lonely planet

# Niederlande

Nicola Williams, Abigail Blasi, Mark Elliott
Catherine Le Nevez, Virginia Maxwell

# REISEPLANUNG



# REISEZIELE IN DEN NIEDERLANDEN

SARAH COGHILL/LONELY PLANET ©

NOORDERMARKT, AMSTERDAM S. 122

PXL.STORE/SHUTTERSTOCK ©

GROTE KERK VAN ST. BAVO, HAARLEM S. 129

GONCHAROVAIA/SHUTTERSTOCK ©

RIJKSMUSEUM S. 72

# Inhalt

# Willkommen in den Niederlanden

*Tradition und Innovation sind hier eng miteinander verwoben: Bilder alter Meister, Windmühlen, Tulpenfelder und gemütliche Kneipen prägen das Land ebenso wie visionäre Baukunst, ultramodernes Design und ein einzigartiges Nachtleben.*

## Kunst & Architektur

Ein Land, das so bedeutende Meister wie Rembrandt, Vermeer, van Gogh und Piet Mondrian hervorgebracht hat, besitzt natürlich ein großes künstlerisches Erbe. Weltbekannte Kunstmuseen in Amsterdam, Den Haag, Rotterdam, Haarlem und Leiden sind randvoll mit berühmten Werken. Auch in der Baukunst sind die Holländer schon seit über 1000 Jahren versiert; die Zeugnisse reichen von den Monumenten aus romanischer und gotischer Zeit über Renaissancepaläste und Giebelhäuser des 17. Jhs. bis zu mustergültigen Werken zeitgenössischer Architektur.

## Landschaften

Mehr als ein Viertel dieses flachen Landes liegt unter Meeresniveau, und 20 % hat man dem Meer abgetrotzt, weshalb Polder (eingedeichte, trockengelegte Areale) allgegenwärtig sind. Die Winde der Nordsee treiben schon seit dem 13. Jh. Windmühlen an. Die Mühlen mahlen nicht nur Getreide, sondern pumpen auch Wasser über die Deiche ins Meer zurück. Rund zwei Drittel der Fläche werden landwirtschaftlich genutzt; dazu zählen auch die Felder mit Krokussen, Narzissen, Hyazinthen und Tulpen, die das Land alljährlich zwischen März und Mai in schillernd bunte Farben kleiden.

## Radfahren

Flaches Land umgibt die Deiche, Kanäle, Flüsse und Küstenstreifen; kein Wunder also, dass das Radfahren zu den großen Vergnügungen der Holländer zählt. Ein Leben ohne die berühmten *fietsen* (Fahrräder) ist hier kaum denkbar; und auch Besucher tun gut daran, das Land auf dem Sattel zu erkunden. Verleihstationen gibt es überall, und das Netz aus Radwegen umfasst rund 32 000 km. Also am besten gleich losradeln!

## Café-Kultur

Wenn die Holländer von einem *café* sprechen, meinen sie eigentlich eine Kneipe. Und davon gibt es wirklich unzählige: im Sommer mit Terrassen an Kanälen, mit Blick aufs Meer oder versteckt in uralten Gassen und an fast jedem Grote Markt (Marktplatz) einer jeden Stadt. Den Holländern sind Geselligkeit und gute Gespräche wichtig. Die *cafés* sind vor allem Orte, an denen man zusammenkommt, seinen Gedanken nachhängt und abends zum Getränk einen Imbiss bestellt. Am allerbesten genießt man die typisch niederländische *gezelligheid* (ein gemütliches Beisammensein) in einem zeitlosen *bruin café*: Diese heißen so, weil das Holz der Einrichtung im Laufe der Jahrzehnte oder Jahrhunderte eine dunkelbraune Farbe angenommen hat.

## Warum ich die Niederlande liebe

Von Nicola Williams, Autorin

Ein Teil meiner Familie lebt in den Niederlanden, mit dem Land fühle ich mich also schon immer sehr eng verbunden. Die tolle Stadt Amsterdam genießen, im Nationalpark De Hoge-Veluwe Sanddünen und Bilder von van Gogh bestaunen, in Friesland das Inselhopping per Fahrrad mitmachen und in einer uralten Brennerei *beerenburg* verkosten, einen Kräuter-Gin, das alles zählt zu meinen Highlights. Am meisten aber gefällt mir die holländische Lebenshaltung. Hier kombiniert man Einfachheit mit der Liebe zu Design und Innovation – damit es allen gut geht.

**Mehr Informationen über die Autoren gibt es auf S. 411**

Zaanse Schans (S. 134)

# Niederlande

Delft
Die schöne Heimatstadt Vermeers (S. 212)
Rotterdam
Ein riesiges Museum der Architekturgeschichte (&. 159)
Maastricht
Eine Stadt mit römischer Geschichte (&. 263)
Nationalpark Hoge Veluwe
Meisterwerke der Natur und Kunst entdecken (S. 293)
HÖHEN
1500 m
1000 m
500 m
0
DEUTSCHLAND
BELGIEN
UTRECHT
GELDERLAND
ZUID-HOLLAND
NOORD-BRABANT
ZEELAND
LIMBURG
Katwijk aan Zee
Leiden
Hilversum
Amersfoort
Apeldoorn
Zutphen
Den Haag
Zoetermeer
Utrecht
Zeist
Barneveld
Ede
Hoge Veluwe National Park
Veluwezoom National Park
Groenlo
Alhaus
Steinfurt
Coesfeld
Winterswijk
Aalten
Doetinchem
Arnheim
Delft
Hoek van Holland
Gouda
Woerden
Veenendaal
Wageningen
Geldermalsen
Tiel
Nimwegen
Emmerich
Kleve
Vlaardingen
Rotterdam
Gorinchem
Leerdam
Zaltbommel
Spijkenisse
Dordrecht
Biesbosch National Park
Heusden
Oss
Cuijk
Goch
Wesel
Dorsten
Schouwen-Duiveland
Renesse
Oude Tonge
Zierikzee
Willemstad
's-Hertogenbosch
Noord-Beveland
Domburg
Zuid-Beveland
Goes
Middelburg
Vlissingen
Kruiningen
Oosterschelde
Westerschelde
Schelde
Roosendaal
Bergen op Zoom
Breda
Tilburg
Zundert
Eindhoven
Helmond
Venray
Geldern
Gelsenkirchen
Moers
Duisburg
Essen
Krefeld
Wuppertal
Düsseldorf
Solingen
Mönchengladbach
Leverkusen
Venlo
Weert
Roermond
Hoogstraten
Terneuzen
Zeebrugge
IJzendijk
Brügge
Eeklo
Antwerpen
St-Niklaas
Lokeren
Herentals
Lier
Mol
Geel
Neerpelt
Bree
Heist
Nete
Willebroek
Mechelen
Leopoldsburg
Maaseik
Ghent
Dendermonde
Aalst
Deinze
Leie
Schelde
Oudenaarde
Kortrijk
Mouscron
Roubaix
Tournai
BRÜSSEL
Ninove
Ronse
Dender
Geraardsbergen
Enghien
Halle
Ath
Leuze
Soignies
Nivelles
Wavre
Gembloux
Tienen
Sint-Truiden
Hannut
Genk
Sittard
Bilzen
Tongeren
Maastricht
Margraten
Heerlen
Geilenkirchen
Jülich
Köln
Aachen
Düren
Troisdorf
Lüttich
Eupen
Verviers
Bad Neuenahr-Ahrweiler
Maas
Waal
Lek
52° N
E19
E25
E31
A30
N44
A13
N15
N210
A27
A15
A325
A12
A29
A16
N57
N59
A59
N603
A50
A73
A77
N256
N257
N259
A17
N263
A261
A2
N277
A58
N260
N270
A67
N60
N273
A3
N295
A79
N278

# Die Top 10 der Niederlande

1

## Grachtengürtel in Amsterdam

1 Die holländische Hauptstadt ist ein Wasserwunderland. Amsterdam (S. 44) erlangte seinen Wohlstand durch den Seehandel. Der Grachtengürtel stammt aus dem Goldenen Zeitalter der Stadt. Bei einem Bummel entlang der Grachten stößt man überall auf die schmalen Giebelhäuser und Tausende Hausboote. Die Terrassen der *cafés* (das sind Kneipen!) laden zum Verweilen ein. Überall kann man Bootsrundfahrten unternehmen und Boote leihen. Vom Wasser aus sieht man ganz andere Details, z. B. die Verzierungen an den Brücken und bei Dunkelheit die Lichter, die sich im Wasser spiegeln.

## Die Architektur von Rotterdam

2 Anders als andere Städte, die nach den Kriegszerstörungen rasch und oft lieblos neu errichtet wurden, ist Rotterdam (S. 179) einen eigenen Weg gegangen. Hier prägt die Architektur ein ganz neues Bild der Stadt. Die besten Architekten der Welt wetteiferten um Aufträge. Das Ergebnis sind einzigartige Entwürfe wie etwa die „vertikale Stadt", ein Wald aus Kubushäusern, ein Wohnturm in Form eines Bleistifts, eine fantastische hufeisenförmige überdachte Markthalle und ein feingliedriges, „wolkenartiges" Museum der Geschichte. Kubushäuser, Overblaak (S. 188)

VERONIKA GALKINA/SHUTTERSTOCK ©

HIT1912/SHUTTERSTOCK ©

3

4

## Meisterwerke der Kunst

**3** Die Niederlande haben viele berühmte Künstler hervorgebracht. In Amsterdam finden sich im Rijksmuseum (S. 72) Rembrandts *Nachtwache* (oben), Jan Vermeers *Dienstmagd mit Milchkrug* und andere Schätze des Goldenen Zeitalters. Das Van Gogh Museum besitzt die größte Sammlung des Meisters, und das Stedelijk Museum stellt Piet Mondrian, Willem de Kooning und andere Visionäre aus. Sehenswert: das Haarlemer Frans Hals Museum, in Rotterdam das Museum Boijmans van Beuningen, und in Den Haags Mauritshuis werden mehrere Meister gezeigt.

## Fahrradfahren

**4** Man schnappt sich ein Fahrrad und fährt los. Leihen kann man den zweirädrigen Untersatz überall, und kein Land ist besser auf Radfahrer (S. 27) eingestellt. Die Niederlande sind nicht nur flach, hier gibt es auch Tausende Kilometer an Fahrradspuren und -wegen, die wirklich jeden Teil des Landes miteinander verbinden. Unterwegs kommt man an Poldern und traditionellen Windmühlen (im Frühling auch an blühenden Tulpenfeldern) vorbei; die Kühe grasen auf riesigen grünen Wiesen, und schon hat man das nächste bezaubernde Dorf erreicht. Kinderdijk (S. 193)

## Bruin Cafés

**5** *Gezelligheid* kann man nicht definieren, man muss sie erleben. Der Begriff umfasst Geselligkeit, Gemütlichkeit, Herzlichkeit, gute Laune und den Gemeinschaftssinn. All das erlebt man in den berühmten „braunen" Cafés (*bruin cafés*, S. 374). Der Name weist auf die alten, mit Tabakflecken beschmutzten Wände dieser geschichtsträchtigen Kneipen hin. Es gibt allein in Amsterdam rund 1000 solcher Cafés und zahllose weitere im ganzen Land. Als Neuling wartet man ein wenig, bis man in die gastfreundliche Atmosphäre hineingezogen wird. Café Hoppe (S. 108)

## Nationalpark De Hoge Veluwe

**6** Der Nationalpark (S. 293) ist ein riesiges Sumpfgebiet mit Wäldern, Dünen, Mooren und Teichen, einst ein privater Jagdgrund. In dieser ländlichen Idylle kann man wunderbar den dicht besiedelten Städten entfliehen. Hier kann man mühelos einen ganzen Tag verbringen. Der eigentliche „Leckerbissen" liegt im Herzen des Parks. Das Kröller-Müller-Museum ist eines der besten des Landes. Hier wartet eine Van-Gogh-Sammlung, die es mit der im namensgleichen Museum in Amsterdam aufnehmen kann. Draußen befindet sich ein verblüffender Skulpturengarten.

PPICTURES/SHUTTERSTOCK ©

## Holländischer Käse

7 Namen wie Gouda und Edam verbindet man eher mit Käse (S. 369) als mit den Städten selbst. Saisonale Käsemärkte fanden schon seit Jahrhunderten auf den Hauptplätzen der Käsestädte statt, und eine Gratisprobe auf dem Kaasmarkt in Alkmaar oder Edam im Norden des Landes ist ein betörendes Feinschmeckererlebnis. Käse kommt in den verschiedensten Sorten und Geschmacksrichtungen daher: Einige sind alt wie ein feiner Parmesan, andere sind mit aromatischen Kümmelkörnern oder Senf verfeinert. Käsestand, Albert Cuypmarkt (S. 81)

## Maastricht

8 Die Stadt, in der die gemeinsame europäische Währung ihren Anfang nahm, war schon seit Jahrhunderten ein Treffpunkt. Die Römer bauten hier unterirdische Befestigungsanlagen, die man immer noch erkunden kann, und jede Generation hat seither ihre Spuren hinterlassen. Sieht man von der 2000-jährigen Geschichte, den Denkmälern, Ruinen, Kirchen und Museen ab, dann wird deutlich, was Maastricht (S. 297) am liebsten mag: den Moment genießen. In nur wenigen Orten der Niederlande gibt es eine solche Dichte an *cafés* und gut besuchten Restaurants.

## Texel

9 Die riesige Waddenzee (Wattenmeer) ist Weltnaturerbe. Die Wattflächen werden von einer Reihe vorgelagerter Inseln durchbrochen, darunter auch Texel (S. 150). Texel liegt nur eine kurze Fährfahrt vom Festland entfernt und bietet herrliche Wandermöglichkeiten an breiten Sandstränden. Die Schönheit kann man an Land, aber auch vom Wasser aus erfahren. Hier gibt es tolle Unterkünfte, Gaststätten und Restaurants, aber auch Läden für heimisches Obst, Käse, Schokolade, Eis, Bier und sogar Wein, in den Niederlanden eine Rarität. Leuchtturm Eierland (S. 153)

## Delft

**10** Die Niederlande haben keinen Mangel an malerischen alten Städten, die das Flair des Goldenen Zeitalters bewahren. Haarlem, Leiden und Utrecht sind einige der bekannteren. Eine der schönsten (und zudem auch gut zugänglichen) ist Delft, die Heimat Vermeers (S. 212). Einen Nachmittag lang locken die Grachten, die Kirchen und das Museum sowie ein Besuch in einem *café*, wo man alles in Ruhe sacken lassen kann. Romantik pur entsteht in Delft jedoch erst am Abend, wenn die Tagesausflügler die Stadt wieder verlassen haben. . Stadhuis (S. 212)

MIHAI LEFTER/500PX ©

# Gut zu wissen

**Weitere Hinweise unter „Allgemeine Informationen" (S. 378)**

### Währung
Euro (€)

### Sprache
Niederländisch, Englisch

### Einreise
EU-Bürger und Schweizer können mit Personalausweis/ Reisepass einreisen und unbegrenzt bleiben.

### Geld
Geldautomaten gibt es praktisch überall. Kreditkarten werden in den meisten Hotels, aber nicht in allen Restaurants, Cafés und Geschäften akzeptiert. Nicht-europäische Kreditkarten werden häufig abgelehnt.

### Handys
Niederländische SIM-Karten können in europäischen Handys benutzt werden.

### Zeit
Mitteleuropäische Zeit (MEZ)

## Reisezeit

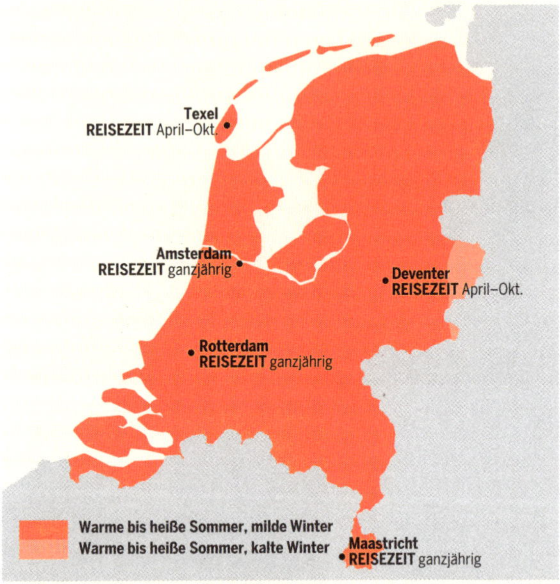


### Hochsaison (Juni–Aug.)

- Sehenswürdigkeiten sind geöffnet.
- Das Wetter ist mild und ideal, um auf der Terrasse zu sitzen oder eine Radtour zu machen.
- Bei den berühmten Museen herrscht großer Andrang.
- Die Preise sind auf dem Höchststand; im Voraus buchen.

### Zwischensaison (April & Mai, Sept. & Okt.)

- Die meisten Sehenswürdigkeiten sind geöffnet.
- Wenig Andrang.
- Moderate Preise. Beliebte Sehenswürdigkeiten in Amsterdam im Voraus buchen.
- Das Wetter kann noch feucht und kalt sein.

### Nachsaison (Nov.–März)

- Außerhalb der großen Städte sind viele Sehenswürdigkeiten jetzt geschlossen.
- Es kann noch kühl sein oder sogar auch mal schneien. Radfahren sollten daher nur die Abgehärteten.
- Es gibt jede Menge Deals.

## Nützliche Websites

**Lonely Planet** (www.lonelyplanet.com/the-netherlands) Infos zum Zielgebiet, Hotelbuchungen, Reiseforum und mehr.

**Netherlands Tourism Board** (www.holland.com) Attraktionen, kulturelle Veranstaltungen und praktische Informationen.

**Dutch News** (www.dutchnews.nl) Tagesnachrichten aus den Niederlanden in Englisch.

**Holland Cycling Routes** (www.hollandcyclingroutes.com) Informationen für Radfahrer mit Karten, Strecken, Fahrradverleih und Reparaturdiensten.

**Dutch Review** (https://dutchreview.com) Online-Magazin über Kultur, Nachrichten, Essen, Ausgehen, Reisen etc.

**Expatica** (www.expatica.com/nl) Führer über das Leben in den Niederlanden mit Nachrichten und Programmverzeichnis.

## Wichtige Telefonnummern

Wer vom Ausland aus anruft, lässt bei der Vorwahl die 0 weg.

| | |
|---|---|
| **Polizei, Feuerwehr, Krankenwagen** | ✆112 |
| **Vorwahl der Niederlande** | ✆31 |
| **Internationale Vorwahl** | ✆00 |

## Wechselkurse

| | | |
|---|---|---|
| Schweiz | 1 SFr | 0,88 € |
| Großbritannien | 1 £ | 1,16 € |
| USA | 1 US$ | 0,89 € |

Wechselkurse: www.xe.com

## Tagesbudget

### Günstig: unter 100 €

- Bett im Schlafsaal: 22–35 €
- Supermärkte und günstige Mittagsgerichte: 15 €
- Fahrradverleih: 8–10 €

### Mittelteuer: 100–200 €

- Doppelzimmer in einem Mittelklassehotel: ab 100 €
- Abendessen in einem zwanglosen Restaurant: 30 €
- Museen und Züge:20 €

### Teuer: über 200 €

- Doppelzimmer im Luxushotel: ab 180 €
- Abendessen mit Getränken in einem Spitzenrestaurant: ab 60 €
- Zugfahrten 1. Klasse: 40 €

## Öffnungszeiten

Öffnungszeiten variieren je nach Saison. In der Nebensaison schließen manche Geschäfte früher.

**Banken** Mo–Fr 9–16 Uhr, einige haben auch samstagsvormittags geöffnet.

**Cafés und Bars** öffnen mittags; die meisten schließen sonntags bis donnerstags um 1 Uhr und freitags und samstags um 3 Uhr.

Die **üblichen Geschäftszeiten** sind Mo–Fr von 9.30–17 Uhr.

**Museen** täglich 10–17 Uhr, einige sind montags geschlossen.

**Restaurants** Mittagessen von 11-14.30 Uhr, Abendessen von 18-22 Uhr.

**Geschäfte** Dienstags bis freitags von 10 oder 12–18 Uhr, samstags und sonntags von 10–17 Uhr, montags von 12 oder 13–17 oder 18 Uhr.

**Supermärkte** 8–20 Uhr.

## Ankunft in den Niederlanden

**Züge von Schiphol International Airport** zum Hauptbahnhof in Amsterdam (Centraal Station) kosten mit einer OV-Chipkaart 4,30 €. Die Fahrt dauert 20 Minuten. Taxis ins Zentrum von Amsterdam (20–25 Minuten) haben einen Festpreis von 39 €.

**Duivendrecht & Sloterdijk Busstationen** Eurolines-Busse kommen am Duvendrecht-Bahnhof, Flix-Busse am Sloterdijk-Bahnhof an. Von beiden Busstationen aus kommt man per U-Bahn oder Zug zum Amsterdamer Hauptbahnhof.

**Von Rotterdam zum Flughafen Den Haag** Jede Viertelstunde fährt die Buslinie 33 (2,50 € mit OV-Chipkaart) vom Flughafen zum Bahnhof in Rotterdam (Centraal Station), Fahrtdauer 20 Minuten. Man kann auch an der Metrostation Meijersplein aussteigen und mit der Metro weiterfahren (Linie E). Die Fahrt mit dem Taxi kostet 25 € und dauert 10 Minuten.

**Flughafen Eindhoven** Die Buslinien 400 und 401 verkehren bis zu sechsmal stündlich ab/zum Bahnhof Eindhoven (2,50 € mit OV-Chipkaart, 25 Minuten).

## Unterwegs vor Ort

Die Niederlande sind ein kleines Land; wegen der guten Transportmöglichkeiten ist es einfach, im Land herumzukommen.

**Fahrrad** Überall gibt es Fahrradwege mit Kurz- und Langstrecken. In den Städten und selbst bei den kleinsten Bahnhöfen findet man Fahrradverleihe.

**Zug** Die Züge sind schnell und verkehren häufig. Mit einer OV-Chipkaart sind die Karten günstiger (auch für die Nutzung anderer Verkehrsmittel).

**Auto** Mit dem Auto kommt man am besten in Regionen mit eingeschränktem Nahverkehr.

**Bus** Mit dem Bus gelangt man in abgelegene Dörfer (ohne Bahnanschluss).

Weitere Infos zum Thema **Unterwegs vor Ort** auf S. 388

# Was gibt's Neues?

## Angesagtes Rotterdam

Das Citizen M (S. 187) und nhow (S. 187) sind die jüngsten Designer-Hotels, die bei der Bewältigung des Touristenbooms behilflich sind. Außerdem ist Rotterdams Museum für bildende Künste (Museum Boijmans van Beuningen) dabei, sein Kunstdepot für Besucher zu öffnen: eine überwältigende Zahl von 70 000 Kunstwerken wird dann zugänglich sein.

## Amsterdams Metro

Nach 15-jähriger Bauzeit ist Amsterdams Nord-Süd-Linie (Noord/Zuidlijn), ein 3,2-Millardenprojekt, das Amsterdam Noord und das World Trade Center im Süden miteinander verbindet, endlich fertig.

## Innovationen in der Restaurantszene

Die holländische Hauptstadt ist weiterhin führend, was trendige Speisen angeht. Amsterdams Avocado Show (S. 105) ist weltweit das einzige Restaurant, das sich nur auf Avocados spezialisiert hat. Ob in Burgern (Avocadohälften ersetzen hier die Brötchenhälften) oder Cocktails.

## Dachpartys

Im DeDakkas (S. 133), Nordhollands unstrittigem Kulturhighlight, gibt es auf dem Dach eines mehrstöckigen Parkhauses in Haarlem DJ-Sets, Filmvorführungen, Yoga, sommerliche Grillpartys und viel nächtlichen Spaß.

## Windmühlenmuseum, Schiedam

Im noch funktionierden Windmühlenmuseum Korenmolen de Walvisch (S. 195) bei Rotterdam erfährt man, wie eine Müllersfamilie im 19. Jh. gelebt hat. Man kann auch frisch gemahlenes Mehl kaufen.

## Nieuwe Markt, Groningen

Das gibt es nicht oft, dass eine Stadt einen neuen Marktplatz (S. 259) mit Kulturzentrum und Lebensmittelabteilung mit Essständen, Kaffeerösterei, Destillerie und Panorama-Dachterrasse bekommt. Genau das richtige Angebot für eine Studentenstadt wie Groningen. Der Neue Markt soll 2019 eingeweiht werden.

## Tierbeobachtung

Im Nationalpark Lauwersmeer (S. 253), der an der Nordostküste des Landes liegt, gibt es Pläne für ein Robbenzentrum mit Dachbecken, in denen die einst endemische Kegelrobbe beobachtet werden kann.

## Umgestaltung des Stadtpalastes

Bei der Überholung des Stadtpalastmuseums Markiezenhof (S. 317) in Bergen op Zoom im Südosten der Niederlande wurde 2018 ein *Geheimenboek* (geheimes Buch) entdeckt, das den Renovierungsarbeiten viel mediale Aufmerksamkeit eingebracht hat.

## Neustart für Tilburg

Tilburg wirbt damit, eines der besten Hostels des Landes zu besitzen: Das Roots (S. 313) ist in einem Bankgebäude aus dem 19. Jh. im Viertel Dwaalgebied untergebracht.

## Mr. Mofongo

Der aktuellste Neuzugang in Groningens schickster Cocktailbar (S. 263) und Craft-Destillerie ist eine Weinbar mit einem Roboterarm als Sommelier und Angestellter.

Weitere Empfehlungen und Hinweise unter lonelyplanet.com/the-netherlands

# Wie wär's mit ...

## Kunst

Im ganzen Land steigt die Zahl der Museen mit Unmengen an Meisterwerken stetig an.

**Rijksmuseum** Das Schatzkästchen der Niederlande schlechthin (S. 72) platzt bald aus allen Nähten mit den Rembrandts, Vermeers, mit Delfter Porzellan und vielem mehr.

**Van Gogh Museum** Besitzt die weltweit größte Sammlung mit den Pinselstrichen des gequälten Künstlers. (S. 76)

**Stedelijk Museum** Berühmte moderne Kunst von Picasso über Mondrian bis hin zu Andy Warhol. (S. 79)

**Hermitage Amsterdam** Zeigt nur temporäre Ausstellungen, die jedoch zum Kassenschlager werden. Hier gibt es alles, von Matisses Spitzenwerken bis hin zu byzantinischen Schätzen. (S. 65)

**Mauritshuis** Die prachtvolle königliche Sammlung (S. 203) in Den Haag umfasst alles, was im Bereich holländischer Kunst Rang und Namen hat.

**Museum Boijmans van Beuningen** Rotterdams größtes Museum (S. 179) birgt Werke von Hieronymus Bosch bis hin zu Werken aus neuerer Zeit.

**Kröller-Müller Museum** Inmitten eines wunderschönen Nationalparks findet sich eine erhebende Sammlung von Van-Gogh-Bildern und anderen Meisterwerken. (S. 293)

**Frans Hals Museum** Ist für jeden Kunstliebhaber Grund genug, nach Haarlem zu fahren. (S. 129)

**Museum Catharijneconvent** Umfasst Utrechts geheimen „Vorrat" an religiöser Kunst, die die Geschichte des Christentums in den Niederlanden beleuchtet. (S. 167)

**Jheronimus Bosch Art Center** Mit dem Kunstzentrum in Den Bosch erweist die Stadt ihrem wichtigsten Sohn und seinen mittelalterlichen Werken die Ehre. (S. 306)

## Geschichte

Da die Geschichte der Niederlande so reichhaltig ist, findet man an jeder Ecke historisch bedeutsame Stätten.

**Anne Frank Huis** Der geheime Anbau, Annes düsteres Schlafzimmer und ihr echtes Tagebuch sind abschreckende Erinnerungen an den Zweiten Weltkrieg. (S. 60)

**Amsterdam Museum** Faszinierende multimediale Exponate nehmen den Besucher mit auf eine informative Reise durch die Irrungen und Wirrungen der verwickelten Geschichte Amsterdams. (S. 53)

**Kamp Westerbork** Aufrüttelndes Museum mit Gedenkstätte (S. 269) auf dem Gelände eines „Durchgangslagers" der Nazis zur Deportation der holländischen Juden im Zweiten Weltkrieg.

**Hindeloopen** Winziges ehemaliges Fischerdorf (S. 243), das wie eine Reise in jene Zeit wirkt, als sich die Menschen hier mehr schlecht als recht durchschlagen mussten.

**Deventer** Die gesamte Altstadt im Zentrum strahlt selbst nach 800 Jahren noch immer die Atmosphäre der einstigen wohlhabenden Hansestadt aus. (S. 273)

**Hunebedden Centrum** In der Provinz Drenthe deuten recht geheimnisvolle Bestattungsanlagen aus riesigen Felsbrocken auf die frühesten Siedlungen der Niederlande hin. (S. 268)

**Airborne Museum Hartenstein** In Arnheims grünem Vorort Oosterbeek erfahren die Besucher viel über die gescheiterte Kriegsoperation Market Garden im Zweiten Weltkrieg. (S. 290)

**Bourtange** Minutiös restaurierte fünfeckige Festungsanlage (S. 267) in der entlegenen südöstlichen Ecke der Provinz Groningen.

**Leiden** Die älteste Universität des Landes, Geburtsort Rembrandts und der Ort, wo die amerikanischen Pilgerväter das

Geld auftrieben, um sich auf der *Mayflower* einschiffen zu können. (S. 217)



## Architektur

Die Holländer waren schon immer gut in einzigartiger Architektur, angefangen bei den Grachtenhäusern aus dem Goldenen Zeitalter und bis hin zu den markanten optischen Statements, die später im ganzen Lande errichtet wurden.

**Amsterdams Grachtengürtel** Jedes der schmalen Grachtengiebelhäuser hat seine eigene Geschichte und Persönlichkeit. (S. 85)

**Rotterdam** Die gesamte Stadt ist ein riesiger Schaukasten grenzüberschreitender, moderner, zeitgenössicher Architektur. (S. 179)

**Rietveld-Schröderhuis** Ein sehenswertes Haus in Utrecht, das von einem führenden Vertreter der De-Stijl-Bewegung entworfen wurde. (S. 167)

**Groninger Museum** Groningens Kunst- und Archäologieschätze füllen drei traumhafte Gebäude des Architekten Alessandro Mendini. (S. 257)

**Rijksmuseum** Die Fassade des prächtigen Entwurfs von Pierre Cuypers aus dem Jahre 1875 weist in Stein gemeißelte Ornamente aus der Zeit der Renaissance auf. (S. 72)

**NEMO** Renzo Pianos mit grünem Kupfer verkleidetes Wissenschaftsmuseums in Schiffsform (S. 62) ist ein moderner Klassiker in Amsterdam.

**ARCAM** Architectuurcentrum Amsterdam (S. 63) ist ein Geschäft, wo es verschiedene architektonische Exponate, Architekturführer und Kartenmaterial zu kaufen gibt.

**Oben:** Markt in Delft (S. 212)

**Unten:** Groninger Museum (S. 257)

## Fahrradfahren

Das ganze Land ist einfach ein Traum für Radfahrer. Im Folgenden gibt es einige gute Tipps für Tagestouren, die nicht so anstrengend sind, dass man abends nicht mehr ausgehen könnte. Fahrräder kann man überall leihen.

**Waterland** Bei Amsterdam; eine Kombination aus klassisch-holländischen Landschaften: Kühe, Deiche, Kanäle und weitläufiges Weideland. (S. 32)

**Blumenfelder** Im Frühling ist es besonders westlich von Leiden schön; man radelt durch weite Tulpenfelder, die in ihrer Farbenpracht unvergleichlich sind. (S. 33)

**Nationalpark Weerribben-Wieden** Durch dieses alte Torfgebiet voller Vögel führen viele schöne Radwege. (S. 282)

**Friesische Inseln** Viele winzige autofreie Dörfer, Polder, Salzwiesen, Wälder und windgepeitschte Radwege. (S. 245)

**Nationalpark Hoge Veluwe** Hier bekommt man parkeigene Fahrräder ganz umsonst und genießt die Natur, die Schönheit und das beste Eis des Landes. (S. 293)

**Nationaal Fietsmuseum Velorama** In Nijmegen kann man sich die faszinierende Sammlung alter Fahrräder aus dem Goldenen Zeitalter der menschenbetriebenen Fortbewegungsmittel anschauen. (S. 287)

**Grenzrundweg Breda** Am Flüsschen Mark entlangradeln, ein belgisches Dorf mit Wallfahrtskapelle und ehemaligem Kloster besuchen und dann durch das Waldgebiet Mastbos wieder zurückkehren. (S. 315)

**Scheveningen** Man radelt Richtung Norden oder Süden an erfrischenden Dünen und Stränden entlang und lässt so die Menschenmassen von Den Haag hinter sich. (S. 208)

## Märkte

Jede holländische Stadt hält wenigstens einmal pro Woche einen Markt unter freiem Himmel ab. Manche sind auf Bio-Produkte oder Antiquitäten spezialisiert. Die meisten werden auf wunderschönen Marktplätzen im Ortskern aufgebaut.

**Albert Cuypmarkt** Amsterdams größter und geschäftigster Markt (S. 81): ein wahres Paradies, das zum Stöbern einlädt und Blumen, Essen, Kleidung und vieles mehr zum Verkauf anbietet.

**De Hallen** Thematisch orientierter Wochenendmarkt (z. B. mit holländischem Design), der in den ehemaligen Straßenbahnschuppen der Hauptstadt stattfindet. (S. 63)

**Flohmarkt Waterlooplein** Amsterdams Flohmarkt (S. 122) ist voller seltsamer New-Age-Präsente, einfacher Fahrradteile, Kleidung und mehr.

**Buchmarkt Oudemanhuispoort** Secondhand-Buchhändler haben ihre Stände in einer stimmungsvollen, überdachten Gasse in Amsterdam aufgebaut. (S. 119)

**De Bazaar Beverwijk** Einer der größten Freiluftmärkte Europas (Nahrungsmittel, Kleidung und Haushaltswaren; S. 134) mit köstlichen Geschmacksproben aus aller Welt.

**Westergasfabriek, Sonntagsmarkt** Der qualitativ gute Kunsthandwerks- und Delikatessenmarkt für Gourmets (S. 78) wird einmal im Monat in dieser umgewandelten Gasfabrik abgehalten.

**Haarlem, Grote Markt** Montag und Samstag stehen auf dem großen Platz in Haarlem viele Marktstände. (S. 134)

**Delfter Markt** Donnerstag ist auf dem Hauptplatz Markttag. Das ist der beste Tag, um ins lebhafte, bezaubernde Delft zu reisen. (S. 212)

## Windmühlen

Nichts ist vermutlich typischer für die Niederlande als die Windmühlen. Auf der Reise durch das Land stößt man unterwegs auf viele der 1200 noch existierender Originalmühlen.

**Zaanse Schans** Diese Windmühlen (S. 134) sind noch immer in Betrieb und dienten stets zu mehr als nur zum Wasserpumpen.

**Kinderdijk** Die 19 Windmühlen (S. 193), die am Deich aufgereiht stehen, gehören zum Unesco-Welterbe und lassen sich am besten mit dem Fahrrad erkunden.

**De Valk** Diese Windmühle (S. 218) ist ein Wahrzeichen von Leiden. Sie wurde im Jahr 1743 erbaut und dient heute als Museum.

**Korenmolen de Walvisch** In dieser Bilderbuch-Windmühle (S. 195) wurde Korn zur Gin-Herstellung gemahlen. Sie ist seit 1794 in Betrieb.

**De Gooyer** Eine Amsterdamer Kornmühle (S. 110) aus dem 18. Jh., unter deren Flügeln sich heute eine Brauerei befindet.

**Keukenhof** Der bekannteste Blumenpark der Niederlande betreibt noch eine traditionelle Windmühle. (S. 226)

**Brouwerij 't IJ** Eine Amsterdamer Bio-Brauerei unter den Flügeln der Windmühle De Gooyer. (S. 110)

# Monat für Monat

**TOP-EVENTS**

**Silvester**, Dezember

**Karneval**, Februar

**Keukenhof**, März

**Königstag**, April

**Nationaler Mühlentag**, Mai

## Januar

**Der erste Monat des Jahres ist kalt und dunkel, was aber den Vorteil bietet, dass zu dieser Zeit in den großen Städten keine Schlangen vor den Museen stehen und man sich in einem gemütlichen Café aufwärmen kann.**

### Nationaler Tulpentag

Mitte Januar wird mit dem Nationalen Tulpentag der Auftakt der Tulpensaison begangen. Der Dam in Amsterdam wird in ein Tulpenmeer aus rund 200 000 Blumen verwandelt, die man am Ende des Tages mit nach Hause nehmen kann.

### Elfstedentocht

Das Spektakel hat zwar seit dem Jahr 1997 nicht mehr stattgefunden, ist jedoch das Sportereignis des Jahres (S. 238), auf das jeder Holländer mit Spannung wartet: Schlittschuhläufer sausen auf den zugefrorenen Kanälen durch elf Städte Frieslands um die Wette. Start und Ziel des beliebten Wettbewerbs ist in Leeuwarden.

## Februar

**Es ist noch immer kalt und die Nächte sind lang. Richtung Süden in den katholischen Provinzen jedoch bereitet man sich langsam auf die größte Party des Jahres vor.**

### Karneval

Am Wochenende vor Rosenmontag finden überall, aber insbesondere in den katholischen Provinzen Noord Brabant, Gelderland und Limburg Feierlichkeiten statt, die sogar in Rio de Janeiro oder New Orleans Anerkennung fänden. In Maastricht läuft eine Party, die mit ungezügeltem Alkoholkonsum, Tanzen und Straßenmusik verbunden ist.

### Amsterdam Fashion Week

Amsterdams Modeszene trifft sich alle zwei Jahre bei der Modewoche (www.amsterdamfashionweek.nl; Februar und September) mit Laufstegvorführungen, Partys, Vorlesungen und Filmen, die überall in der Stadt stattfinden. Viele Events – sowohl kostenlose als auch kostenpflichtige – sind für die Öffentlichkeit zugänglich.

## März

**Wenn das Wetter mitspielt, geht es im März mit der Blütenpracht der Tulpen los. Da Nebensaison herrscht, ist es noch nicht sehr voll auf den Tulpenfeldern.**

### European Fine Art Fair (TEFAF)

Europas größte Kunstmesse (www.tefaf.com) findet an zehn Tagen in der ersten Märzhälfte in Maastricht statt. Hier bekommt man die Chance, einen wertvollen Monet zu ergattern oder zumindest ernsthaft herumzustöbern.

### Keukenhof

Die größte Blumenausstellung der Welt (S. 226) läuft von Mitte März bis Mitte Mai in Lisse mitten in den weiten holländischen Blumenfeldern. Eintrittskarten sollte man im Voraus besorgen.

## April

**Im April dreht sich in den Niederlanden alles um den Königstag. Es ist das Highlight im übervollen Veranstaltungskalender Amsterdams, aber auch im restlichen Land finden überall Feierlichkeiten statt.**

### Königstag (Koningsdag)

Das größte – und möglicherweise beste – Straßenfest Europas findet zu Ehren des Monarchen am 27. April (26. April, falls der 27. ein Sonntag ist) statt. In Amsterdam treffen die Besucher auf viele lärmende, mit Alkohol abgefüllte Gestalten, Livemusik und ausgelassenes Treiben mit riesigem Markt.

### World Press Photo

Eine jährlich stattfindende Ausstellung (S. 87) atemberaubender und oftmals auch berührender Fotos, die von den besten Fotojournalisten der Welt geschossen wurden. Als Ausstellungsort dient die Nieuwe Kerk in Amsterdam. Die Veranstaltung findet in der Zeit von Mitte April bis Mitte Juli statt.

## Mai

**Regen und Sonne wechseln sich ab, und es finden viele historische Events statt, die den Monat nach dem Königstag zur idealen Urlaubszeit machen. Ein mildes Wochenendwetter wäre perfekt, um einige der zahlreichen Windmühlen zu besuchen.**

### Herdenkingsdag & Bevrijdingsdag

Am 4. und 5. Mai, dem Totengedenken und Befreiungstag, werden die Gefallenen des Zweiten Weltkriegs geehrt. In Amsterdam findet dazu ein zeremonialer Akt statt, gefolgt von Livemusik, Debatten und einem Markt am folgenden Tag.

### Nationaler Mühlentag

Am zweiten Samstag (und Sonntag) im Mai entfalten 600 Windmühlen im ganzen Lande ihre Segeltücher und heißen die Öffentlichkeit in ihrem Inneren willkommen (www.molens.nl). Erkennen kann man die teilnehmenden Windmühlen an einem blauen Wimpel.

## Juni

**So langsam strömen die zahlreichen Besucher zur Hochsaison ein. Die Aussicht auf tolles Wetter und lange Tage zieht die Leute nach draußen. Normalerweise ist es nun sonnig und warm, also ideal für Radtouren und ein Päuschen auf einer der Terrassen an den Grachten.**

### Holland Festival

Große Namen der Theater-, Tanz- und Opernszene treffen auf weniger große digitale Filme und experimentelle Musik. Beides ist Teil der größten Extravaganz der darstellenden Kunst in den Niederlanden (S. 87). Der einen Monat andauernde Mix aus hoher und niedriger Kunst findet in ganz Amsterdam statt.

### Fashion Festival Arnhem

Einen Monat lang steht zeitgenössische Mode mit Ausstellungen und Workshops in verschiedenen Locations in der Modestadt des Landes im Mittelpunkt des Interesses (www.fashionfestivalarnhem.nl).

### Rotterdamer Architekturmonat

Die wichtigste Architekturstadt der Niederlande feiert einen Monat lang ihre auffälligen Gebäude der Gegenwart mit unzähligen Events (http://rotterdam architecturemonth.com). In deren Verlauf werden an den Rotterdamer Dakendagen (Dächertagen) ein Wochenende lang die sonst versteckten Hausdächer für die Öffentlichkeit geöffnet.

### Fiets Elfstedentocht

Diese Elfstädtewettfahrt (S. 238) ist anders als das Eislaufpendant nicht vom Wettergott abhängig und zieht 15 000 Radfahrer an, die 235 km ein Radrennen durch elf Städte Frieslands machen.

### Ronde om Texel

Das größte Katamaran-Rennen (S. 154) der Welt wird vor Texel veranstaltet; Zuschauer bevölkern stundenlang die Strände, um die Boote zu sehen, wie sie sich auf dem Meer vor und zurückbewegen.

### Oerol

In der zweiten Juni-Hälfte gilt dieses Freiluftmusikfestival (S. 248) auf Terschelling landesweit als perfekter Grund, um ans Meer zu fahren.

# Juli

**Die Tage sind jetzt richtig lang, die Sonne scheint und wärmt, die Strände werden voll und die Terrassen der *cafés* füllen sich mit Einheimischen und Touristen gleichermaßen. Niemand möchte jetzt mehr drinnen sitzen.**

### André-Rieu-Saison

Von Strauss inspirierte Melodien (www.andrerieu.com) erfüllen fast den ganzen Juli über den Vrijthof in Maastricht, und die vielen Besucher sorgen leider auch dafür, dass die Hotelzimmer zu dieser Zeit so richtig teuer sind.

### North Sea Jazz Festival

Mitte Juli findet in Rotterdam das größte Jazzfestival (S. 185) der Welt statt. Etwa Tausend Musiker aus aller Welt und Unmengen an Zuschauern kommen hierher und lauschen und feiern den Jazz.

### De Vierdaagse

Mitte oder Ende Juli unternehmen Tausende Wanderer aus der Region, aber auch viele Wanderfreunde, die von weither angereist sind, eine viertägige Wanderung über 120 bis 200 km in der Gegend um Nijmegen. (S. 288)

### Zomerfeesten

Etwas mehr als ein halbes Jahrhundert lang lockt dieses riesige Straßenfest (www.vierdaagsefeesten.nl) 1,5 Millionen Partygänger nach Nijmegen, um Livemusik, Theater, darstellende Künste und Märkte zu erleben.

# August

**Der August ist ein erstaunlich guter Monat, um in die Niederlande zu reisen. Die Temperaturen sind weitaus milder als in vielen anderen europäischen Urlaubsregionen. Viele Holländer brechen dann selbst in den Urlaub auf.**

### Pride Amsterdam

Am ersten Wochenende des Monats bedecken Regenbogenfahnen Amsterdam. Überall gibt es Partys und Sonderveranstaltungen. Höhepunkt ist die Pride Parade; sie ist das einzige Spektakel dieser Art, das auf dem Wasser stattfindet. (S. 88)

### Sneekweek

Anfang August fluten Segelbegeisterte das kleine Städtchen Sneek, um die feierliche Regatta (S. 243) inklusive Feuerwerk mitzuerleben. Es ist das größte Segel-Event auf europäischen Binnengewässern.

### Noorderzon

Dieses ungemein fesselnde elftägige Kulturfestival (www.noorderzon.nl), das Mitte August in Groningen stattfindet, bietet alles, von Theater und Musik bis hin zu Kinderanimation und elekronischen Installationen.

### 8 Lowlands

Dieses alternative Musik- und Kulturfestival der Megaklasse findet jährlich Mitte August in Biddinghuizen, Flevoland statt. Die Massen nächtigen auf Campingplätzen (http://lowlands.nl), damit sie die gesamten drei Tage Party machen können.

### Grachtenfestival

Klassikmusiker schlagen beim Grachtenfestival (S. 88) Mitte August für zehn Tage in an Grachten gelegenen Parks und verborgenen Gärten auf . Höhepunkt des Grachtenfestivals ist das Gratis-Konzert auf einer schwimmenden Bühne in der Prinsengracht.

# September

**Der Sommer mag zwar kalendermäßig vorbei sein, aber dennoch ist der September einer der besten Monate für eine Reise in die Niederlande. Es warten einige tolle Festivals, das Wetter ist gut und die Menschenmassen schwinden so langsam.**

### Wereldhavendagen

Anfang September feiert Rotterdam ein Fest zu Ehren seines Hafens, des größten Hafens Europas (www.wereldhavendagen.nl). Es gibt haufenweise Schiffsrundfahrten und Feuerwerke. Festivalbesucher kleiden sich im Retrolook für einen Nebenschauplatz, die Nacht van de Kaap (Kapnacht), in Rotterdams ehemaligem Rotlichtviertel Katendrecht.

### SUP11

Nur die Holländer konnten auf so eine Idee kommen: eine 220 km lange Tour durch die elf wichtigsten Städte Frieslands auf einem Stehpaddelboard. Der Wettkampf (S. 238) findet auf denselben Kanälen statt wie die Elfstedentocht für Schlittschuhläufer im Januar.

### Nederlands Film Festival

Die Filmindustrie in Holland ist zwar nur sehr klein, aber das Ergebnis ist in der Regel erste Sahne. Am besten findet man das selbst heraus, indem man Ende September zum NFF (www.filmfestival.nl) in Utrecht geht, dessen Höhepunkt die Verleihung des begehrten Goldenen Kalbs ist.

## Oktober

**Parkanlagen und Gärten sind in herbstliche Farben getaucht, das Wetter ist weiterhin meist mild, die Preise purzeln, die Schlangen werden kürzer.**

### Leidens Ontzet

In der Stadt Leiden kommt am 3. Oktober zu Leidens Ontzet alles zum Erliegen. Dann erinnert man an das Ende der durch spanische Belagerung verursachten Hungersnot im Jahr 1574. Die Feierlichkeiten beginnen bereits am Abend vorher. (S. 222)

### Amsterdam Dance Event

Ein Festival der elektronischen Musik (S. 88) von riesigem Ausmaß: Beim ADE erscheinen 2200 DJs, Künstler und mehr als 300 000 Clubber, die an fünf langen, heißen Tagen und Nächten zu 450 Veranstaltungen in der ganzen Stadt gehen. Das Event findet Ende Oktober statt.

### Dutch Design Week

Diese Design-Expo, die jeweils Ende Oktober in der Dutch Design Academy stattfindet, ist das wichtigste Event in der im Süden des Landes gelegenen Stadt Eindhoven (www.ddw.nl). Hier findet ein Wissensaustausch statt und die Veranstaltung dient als eine Plattform für junge Designer.

## November

**Kultur-Events und niedrige Nebensaisonpreise machen die kürzeren Tage und kühleren Nächte wieder wett. Die Ankunft von Sinterklaas kündet vom Beginn der festlichen Zeit.**

### 11/11

Der 11/11 ist ein verrückter Auftakt zur Karnevalssession und wird mit einer riesigen Straßenparty in Maastricht begangen, die am 11.11 um 11 Uhr beginnt. (www.sjengkraftkompenei.nl)

### Glow

In der zweiten Novemberwoche werden in der Designerstadt Eindhoven, dem Stammsitz der bekannten Philips-Werke, beim Glow in der ganzen Stadt spektakuläre Lichterinstallationen angeschaltet (www.gloweindhoven.nl).

### Sinterklaas Intocht

Der hl. Nikolaus kommt in Amsterdam mit dem Boot aus dem fernen Spanien an. Das ist der Sinterklaas Intocht (www.sintinamsterdam.nl), der Mitte oder Ende November stattfindet. Der Nikolaus reitet dann zur Freude aller Kinder auf seinem weißen Ross zum Dam und Leidseplein.

### Le Guess Who?

Vier Tage alternative Musik in Utrecht, ausnahmslos nicht aus der westlichen Welt und daher geheimnisvoller Herkunft. Sehr populär bei Anhängern der Weltmusik. Man sollte im Vorfeld online ein Viertageticket kaufen. (S. 169)

### International Documentary Film Festival

Bei diesem Festival in Amsterdam stehen zehn Tage gegen Ende November ganz im Dienst der Verfilmung faszinierender wahrer Geschichten aus aller Welt (www.idfa.nl/en).

## Dezember

**Winterzauber hüllt die Niederlande ein (so wie es in manchen Jahren auch der Schnee tut), auf offenen Plätzen werden Eislaufbahnen eingerichtet und überall leuchten Lichter.**

### Sinterklaas

Am 5. Dezember bringt Sinterklaas (der hl. Nikolaus) den Kindern Geschenke, und Familien schenken sich Kleinigkeiten. Diese lange holländische Tradition stimmt schon auf Weihnachten ein.

### Silvester

In Amsterdam: Feuerwerke über der Amstel und überall sonst in der Stadt (empfehlenswert ist der Nieuwmarkt). Bühnen mit Livebands auf dem Museumplein und Bierzelte tragen zu einer Riesenparty bei. In anderen Städten kommt es auf größeren Plätzen zu spontanen Feiern.

# Reiserouten

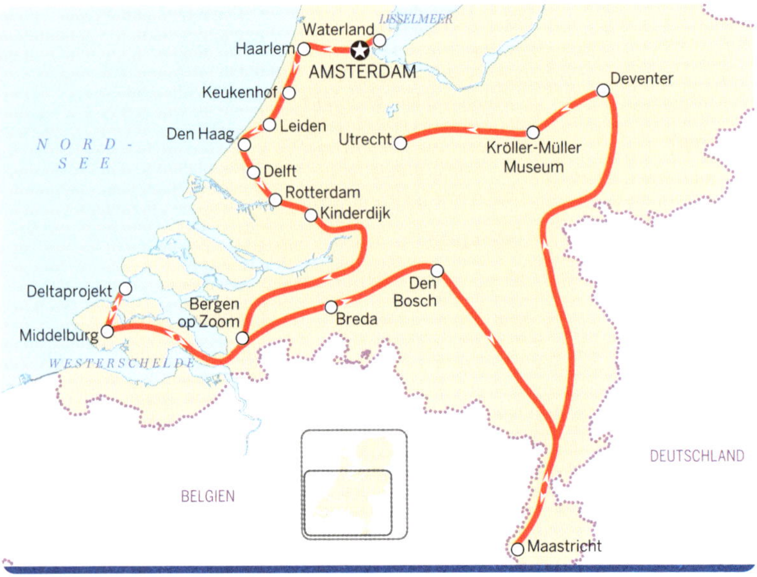


## 3 WOCHEN Südliche Route

Die kultigsten Sehenswürdigkeiten der Niederlande kann man auf einer entspannten Fahrt durch den Süden des Landes erkunden.

Die erste Woche ist für **Amsterdam** und Umgebung vorgesehen. Die Schönheit der Region **Waterland** lässt sich am besten mit dem Fahrrad genießen. In der zweiten Woche stehen **Haarlem**, der **Keukenhof** (saisonbedingt), die Museumsstadt **Leiden**, der Regierungssitz **Den Haag** und das charmante **Delft** auf dem Programm.

Am Anfang der dritten Woche geht es weiter nach **Rotterdam**. Vom Wasserbus aus kann man die Windmühlen bei **Kinderdijk** bewundern, bevor man Zeelands Hauptstadt **Middelburg** und dem **Delta Project** einen Besuch abstattet. Interessant sind der älteste Stadtpalast der Niederlande in **Bergen op Zoom**, die Stadt **Breda** mit ihren zahlreichen Cafés sowie **Den Bosch** mit seinen jahrhundertealten Kanälen. **Maastricht** gehört zu den ältesten Städten der Niederlande und verfügt über ausgezeichnete Restaurants. Weiter geht es nach Norden ins hanseatische **Deventer**, danach in westliche Richtung in den Hoge Veluwe Nationalpark und zum **Kröller-Müller Museum**. Die Woche endet in der historischen Universitätsstadt **Utrecht** mit internationalem Flair.

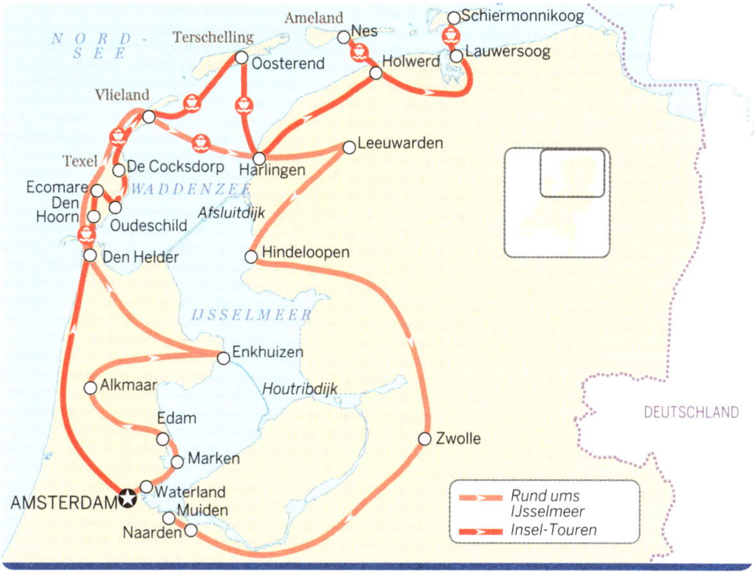




2 WOCHEN

## Rund ums IJsselmeer

Das IJsselmeer ist der größte künstliche See der Niederlande. Zunächst sollte man sich drei Tage für **Amsterdam** Zeit nehmen, um die Museen, Parks und Grachten zu genießen. Von hier aus geht es am Ufer des IJsselmeers entlang in nördliche Richtung und durch die Region **Waterland** bis zum Fischerdorf **Marken**. Auf dem Deich kommt man mit dem Fahrrad nach **Edam** mit seinem Käsemarkt (Juli bis August), bevor man am Morgen des nächsten Tages nach **Alkmaar** fährt. Auch diese Stadt hat einen Käsemarkt (April bis September). Keinesfalls versäumen sollte man das Zuiderzeemuseum in **Enkhuizen**. Weiter geht es nach **Den Helder** und von dort mit der Fähre nach **Texel** mit seinen Stränden. Mit der Fähre kommt man nach **Vlieland**. Zu den Highlights der Insel gehört ein Mittagessen im *strandpaviljoen* (Strandpavillon) Oost. Von hier aus geht die Fähre nach **Harlingen**. Frieslands quirlige Hauptstadt **Leeuwarden** ist nur eine kurze Zugfahrt von hier entfernt ebenso wie die vielen aneinandergereihten Küstenstädtchen, darunter das malerische **Hindeloopen**. Weiter geht es in die Hansestadt **Zwolle** und von dort zu den historischen Festungsstädten **Naarden** und **Muiden**.

1 WOCHE

## Insel-Touren

Die Watteninseln gehören zum UNESCO-Weltnaturerbe; sie sind zum Inselhüpfen gut geeignet; unbedingt die Abfahrtszeiten der Fähren im Auge behalten. Von **Amsterdam** geht es nach **Texel** und mit dem Rad an der Westküste entlang. Von **Den Hoorn** aus fährt man durch Wäldchen bis zum **Ecomare**, einer Auffangstation für Seehunde und Vögel. An der Ostküste lohnt der Besuch des Maritime and Beachcombers Museums in **Oudeschild**. Von **De Cocksdorp** im Norden von Texel geht es am nächsten Morgen mit der Fähre auf die autofreie Insel **Vlieland**, um die Natur und die Wanderwege zu erkunden. Von hier setzt eine Fähre nach **Terschelling** über. Ruhiger ist es in **Oosterend**, wo man durch Dünen radeln kann. Von dort geht es mit der Fähre nach **Harlingen**, einem Hafen an der friesischen Küste, und weiter nach **Holwerd** und auf die Insel **Ameland**. Übernachten kann man in Nes, wo früher Wale gefangen wurden. Am nächsten Morgen geht es zurück aufs Festland und nach Osten bis zum Hafen von **Lauwersoog.** Von hier fährt eine Fähre nach **Schiermonnikoog** mit interessantem Nationalpark. Danach geht es wieder zurück aufs Festland.

## 2 WOCHEN Der Osten

Auch der Osten der Niederlande hat eine Menge zu bieten. Los geht es in **Groningen**, einer quirligen Studentenstadt mit Bars, Cafés und schönen Museen. Im Südosten liegt **Bourtange**, eine bewohnte ehemalige Festung aus dem 17. Jh. In **Borger** sollte man sich die prähistorischen *hunebedden* (Steingräber) ansehen. An die Schrecken der Nazizeit erinnert die Gedenkstätte **Kamp Westerbork**. Von hier aus geht es in die gemütliche Hansestadt **Zwolle** und weiter in den **Nationalpark Weerribben-Wieden**, eine einzigartige Sumpflandschaft, die sich am besten zu Fuß, mit dem Rad oder dem Kanu erkunden lässt. **Deventer** gehört zu den hübschesten Kleinstädten der Niederlande. Der große **Nationalpark Hoge Veluwe**, den man mit einem Mietrad (kostenlos) durchqueren kann, verfügt über ein bekanntes Kunstmuseum. In **Den Bosch** lohnt sich der Besuch des Jheronimus Bosch Art Center. Von hier aus geht es nach Westen in die gemütlichen alten Festungsstädtchen **Heusden** und **Woudrichem**. Bevor man die malerischen Straßen und Grachten von **Dordrecht** erkundet, sollte man einen Stopp beim **Nationalpark Biesbosch** einlegen.

## 1 WOCHE Das Tiefland

Für **Amsterdam** sollte man sich zwei Tage Zeit nehmen, die Museen besuchen und eine Radtour durch das Stadtviertel Jordaan machen. Am zweiten Tag steht eine Grachtenfahrt auf dem Programm sowie ein Abendspaziergang durch das Rotlichtviertel, bevor man es sich in einer „braunen" Kneipe gemütlich macht. Im Westen von Amsterdam liegt **Haarlem** mit seinem historischen Stadtkern und dem Frans-Hals-Museum. Im **Keukenhof** erstrahlen im Frühling zahllose Blumen. In der Universitätsstadt Leiden kann man einen ganzen Tag verbringen, bevor es weiter geht nach **Den Haag** und zum Mauritshuis mit seiner Sammlung holländischer Meisterwerke. Im quirligen **Rotterdam** kann man eine Hafenrundfahrt machen und das Museum Boijmans van Beuningen sowie das Maritiem Museum besuchen. Danach geht es in die Markthalle mit ihrer eindrucksvollen Architektur. Am nächsten Morgen steht ein Spaziergang durch die Stadt mit ihrer supermodernen Architektur auf dem Programm. Mit dem Wasserbus geht es zu den Windmühlen von **Kinderdijk**, die zum UNESCO-Weltkulturerbe gehören. In Rotterdam und Kinderdijk kann man Fahrräder mieten.

Noorderpark, Amsterdam

## Reiseplanung

# Radfahren in den Niederlanden

Die Niederlande sind ein Land, das man wunderbar mit dem *fiets* (Fahrrad) erkunden kann. Selbst wenn man nur einmal einen Tag lang an den Grachten in Amsterdam oder einige Stunden an den Deichen entlangfährt, ist das Gefühl von Freiheit (und Spaß) beim Radfahren einfach unübertroffen.

## Tagestouren per Rad

Hier nur eine kleine Auswahl der endlos vielen Möglichkeiten:

**Von Amsterdam nach Waterland und zurück (37 km)**
Einer der landschaftlich schönsten Rundwege des Landes.

**Von Amsterdam nach Haarlem (50 bis 70 km, hin & zurück)**
Ein Rundweg zu einer tollen Stadt, der auch eine Tagestour werden kann, wenn man einen Abstecher zum Strand mit einbaut.

**Von Den Haag nach Gouda (70 bis 80 km hin & zurück)**
Ein klassischer Tagesausflug durch grüne Landschaften zu einer niedlichen kleinen Stadt, die wegen ihres Käses berühmt ist.

**Von Rotterdam nach Kinderdijk (25 km/50 km ein Weg/hin & zurück)**
Radtour zu denkmalgeschützten Windmühlen und mit einer schnellen Fähre zurück.

**Von Dordrecht zum Nationalpark Biesbosch (25 bis 50 km hin & zurück)**
Ein Ausflug zu einem erstaunlich naturbelassenen Park, der sich am besten per Rad erkunden lässt. Es geht durch endlose Feuchtgebiete, in denen man mit etwas Glück auch einen Biber erspähen kann.

## Fahrradwege

Die Niederlande sind von einem dichten Netz aus Radwegen durchzogen, einige Strecken gelten quasi schon als so etwas wie„Autobahnen" für Fahrräder, und das sind die LF-Routen. LF steht für *landelijke fietsroutes* (Fernradwege, auch „überregionale Fahrradrouten" genannt). Dieses Streckennetz verläuft kreuz und quer durchs Land und soll ähnlich wie Autobahnen dazu dienen, gut von einem Ort zum anderen zu gelangen. Alle Wege sind mit auffälligen grün-weißen Zeichen ausgeschildert. Die meisten Routen machen sich bereits vorhandene Fahrradwege und Landstraßen zunutze, oft an Deichen entlang.

Bis 2021 wird es Änderungen für manche LF-Routen geben. Die Arbeiten dazu wurden bereits 2017 begonnen, als man die ursprünglichen 26 LF-Routen, die zusammen fast 4500 km ausmachen, in zwölf längere Themenrouten zusammenführte. Bis zum Frühjahr 2019 sollen z. B. die drei Strecken mit den Nummern LF21, LF22 und LF23 zu einer einzigen, 400 km langen LF Zuiderzee Route rund ums Ijsselmeer zusammengefasst werden. Im eher ländlichen Twente in Mittelholland soll die 165 km lange „Rondje Twente" (Twenterunde) die Fernradwege LF8, LF14 und LF15 vereinen.

### Die wichtigsten LF-Routen

➡ **LF1 Nordsee** Führt von der belgischen Grenze 330 km Richtung Norden an der holländischen Küste entlang bis nach Den Helder. Bei Den Haag und Haarlem knickt der Weg kurz ins Inland ab. Wenn die Instandsetzung der Strecke 2021 fertig ist, wird sie mit der gegenwärtigen LF10 verbunden, um dann zur „Holländischen Küstenroute" zu werden.

➡ **LF2 Städteroute** Diese 200 km lange Tour führt von der belgischen Grenze (Startpunkt ist Brüssel) über Dordrecht und Rotterdam nach Amsterdam.

➡ **LF3** Eine Marathonstrecke von 555 km Länge, die von Maastricht durch Nijmegen nach Arnhem führt, dann weiter über Deventer nach Zwolle und schließlich nach Leeuwarden und zur Nordseeküste. Im Winter 2018 wurden Teile dieser Strecke mit dem LF12 verbunden und bilden nun die 430 km lange „Maasroute".

➡ **LF4 Midden-Nederlandroute** Beginnt an der Küste bei Den Haag und verläuft 300 km Richtung Osten durch Utrecht und Arnhem bis zur deutschen Grenze.

➡ **LF7 Oeverlandroute** Verläuft 385 km von Maastricht Richtung Nordwesten durch Den Bosch, Utrecht und Amsterdam und weiter bis nach Alkmaar.

## Praktische Informationen

Es gibt unheimlich viel Informationsmaterial zum Thema „Radfahren", das fast überall erhältlich ist. Die größte Herausforderung für den Radfahrer ist eigentlich, sich selbst Grenzen zu setzen.

## Radwanderkarten & Bücher

Die besten Übersichtskarten sind die verbreiteten Karten *Fietskaart met Knooppuntennetwerk* von Falk/VVV (Radfahrnetz; www.falk.nl), eine Serie von 22 Karten, die das Land im Maßstab von 1:50 000 abbilden. Die Beschriftung ist auf Englisch, die Karten sind sehr detailliert und leicht zu benutzen. Jede Fahrradspur, jeder Fahrradweg und andere Strecken sind sogar mit Entfernungsangaben ausgewiesen.

Darüber hinaus gibt es eine fast verwirrende Reihe von regionalen und speziellen Radwanderkarten, von denen manche sogar im Maßstab von 1:30 000 sind. Viele gibt es nur in den örtlichen Touristenbüros der entsprechenden Region.

## Websites & Apps

**Cycling in the Netherlands** (http://holland.cyclingaroundtheworld.nl) Hervorragende Seite (allerdings auf Englisch) mit sehr vielen nützlichen und anregenden Informationen.

**Nederland Fietsland** (www.nederlandfietsland.nl) Holländische Seite mit allen LF-Routen, Fahrradverleihstationen und -läden (für nötige Reparaturen) usw. Der unverzichtbare *fietsrouteplanner* (Fahrradroutenplaner) ist auch dabei.

**Fietsersbond Routeplanner** (https://en.routeplanner.fietsersbond.nl) Online-Routenplaner, unterstützt vom niederländischen Fahrradverband Fietsersbond; seine Smartphone-App ist unterwegs unverzichtbar.

**Startpagina** (http://fiets.startpagina.nl) Holländische Seite, die jede nur erdenkliche Website auflistet, die irgendetwas mit dem Fahrradfahren in den Niederlanden zu tun hat.

## Ausrüstung

Wind und Regen sind die allseits bekannten Widrigkeiten des holländischen Wetters. Eine leichte Nylonjacke bietet schon einmal Schutz, aber sie sollte atmungsaktiv sein (Gore-Tex oder ähnliches), damit der Körper kühl und trocken bleibt. Dasselbe gilt für Fahrradhosen oder -shorts.

Ein normales Tourenrad ist ideal für das flache Terrain und um ein Zelt und Vorräte mitzuschleppen. Eine Gangschaltung ist in jedem Fall nützlich, um besser gegen den Wind antreten oder einen hügeligen Streckenabschnitt in Overijssel oder Limburg bewältigen zu können. Andere beliebte Ausrüstungsgegenstände sind eine Fahrradtasche (für Windjacke und Lunchpaket), Wasserflaschen und eine Kartenhalterung am Lenker, sodass man immer nachsehen kann, wo es lang geht. Nur wenige Einheimische tragen einen Helm, obwohl so ein Helm einen vernünftigen Schutz bietet, besonders für Kinder.

Ein Fahrrad sollte immer eine Klingel haben: Die Fahrradwege können sehr voll sein (manchmal auch mit gleichgültigen Fußgängern, die sich einfach nicht wegbewegen) und es wird echt nervig, wenn man immer fragen muss, ob man wohl durchgelassen werden könnte. Weiterhin ist ein Reparatur-Set auf jeden Fall sinnvoll. Die meisten Leihstationen geben solch ein Set heraus, wenn man danach fragt. Fahrraddiebstahl ist sehr verbreitet; besser ist es, man hat gleich zwei Schlösser.

## Die Qual der Wahl: leihen, kaufen oder eigenes Rad?

Entweder man leiht sich ein Fahrrad, kauft eins oder nimmt das eigene. Alles hat seine Vor- und Nachteile.

### Fahrradverleih

Es gibt Leihstationen in Hülle und Fülle; jede Stadt hat wenigstens eine. Fahrradgeschäfte verleihen ihre Räder für 8,50 bis 12 € pro Tag; für einen wochenweisen Verleih gibt es Ermäßigungen. Viele bieten die verschiedensten Modelle an, darunter auch die äußerst beliebten E-Bikes (Elektrorä-

#### MIT DEM EIGENEN FAHRRAD

Es gibt ja bekanntlich keine Grenzkontrollen, wenn man von Belgien oder Deutschland in die Niederlande einreist. Fähren nehmen eine kleine Gebühr für mitgeführte Fahrräder. Fluglinien haben jeweils ihre eigenen Bestimmungen zur Mitnahme von Fahrrädern. Siehe S. 387 für weitere Informationen.

Und immer dran denken: Das Risiko, dass das Fahrrad gestohlen wird, ist hoch.

der). Die Fahrräder sind immer mit einem Schloss ausgestattet, das fest am Fahrrad montiert ist und mit einem Schlüssel auf- und zugeschlossen werden kann. Alternativ gibt es auch Kettenschlösser. In manchen Geschäften muss man seinen Pass oder Ausweis vorzeigen und eine Kaution hinterlegen (meist 25 bis 100 €, bar oder per Kreditkarte); bei vielen geht es ganz ohne.

Das traditionelle Hollandrad ist mit einer Rücktrittbremse ausgestattet. Manche Fahrräder haben sowohl Rücktritt- als auch Handbremsen, aber viele haben eben nur Erstere, und das führt bei manchen Urlaubern, die nicht daran gewöhnt sind, auch mal zu Irritationen.

Im Sommer ist es ratsam, vorher ein Fahrrad zu reservieren, weil die Läden oft ihren gesamten Vorrat verleihen, besonders in Gegenden wie den fast autofreien friesischen Inseln, wo jeder Ankömmling ein Fahrrad braucht.

Landesweit betreiben die größeren Bahnhöfe ihre eigenen Fahrradverleihstationen mit gesicherten Fahrradparkplätzen. Die Stationen sind häufig lange geöffnet (oft von 6 Uhr bis Mitternacht oder sogar noch länger) und bieten preiswerte Leihgebühren (3,85 € pro 24 Std.). Allerdings ist dabei wichtig zu wissen, dass sich dieses OV-Fiets-Programm (www.ov-fiets.nl) nur an Leute richtet, die eine persönliche OV-*chipkaart* haben (d. h. für Leute, die eine Wohnadresse in den Niederlanden haben).

## Fahrradkauf

Ein einfaches gebrauchtes Fahrrad (ohne Gangschaltung, mit Rücktrittbremse und vielleicht etwas klapprig) gibt es schon für rund 100 € in Fahrradläden oder aufgrund seriöser Zeitungsanzeigen zu kaufen. Besser, man gibt 150 € oder mehr für ein verlässliches Zweirad mit Gangschaltung aus. Gute, neue Modelle sind ab rund 250 € zu haben. Fahrradläden gibt es überall im Land.

## Fahrradmitnahme im Zug

In fast jedem Zug, der Platz hat, kann man auch sein eigenes Fahrrad mitbringen; eine Tagesfahrkarte für Fahrräder (*dagkaart fiets;* 6.20 €) ist im ganzen Land außerhalb der Stoßzeiten von Montag bis

### VERKEHRSREGELN FÜR RADFAHRER

Der viele Verkehr auf den Straßen, sei es durch Autos oder gar Fahrräder, kann etwas störend sein, aber wenn man einige Grundregeln beachtet, radelt man bald so wie die Einheimischen:

- Immer auf Autos achtgeben. Zwar haben Radfahrer Vorfahrt, außer wenn Autos von rechts kommen. Nicht alle Autofahrer halten sich jedoch daran.
- Immer auch auf Fußgänger achten. Meist sind es Touristen, die unvermittelt auf Fahrradwegen laufen, weil sie keine Ahnung haben, dass das gefährlich sein könnte.
- Man sollte immer die Fahrradspuren auf der rechten Fahrbahnseite benutzen; sie sind mit weißen Linien abgetrennt und mit einem Fahrradsymbol auf dem Boden markiert.
- Immer mit dem allgemeinen Verkehrsstrom mitfahren und auf Ampeln und Verkehrszeichen achten.
- Bei Richtungswechsel den Arm ausstrecken, um den anderen Verkehrsteilnehmern anzuzeigen, in welche Reichtung man abbiegen möchte.
- Es ist gesetzlich vorgeschrieben, dass man bei Dunkelheit sowohl vorne als auch hinten am Rad eine Lampe und in beiden Rädern Reflektoren anbringt. Sollte das Fahrrad keine eingebauten Lampen besitzen, muss man mobile Lampen (vorne und hinten) anklipsen.
- Es ist durchaus höflich, die Klingel als Warnsignal zu nutzen. Sollte einem jemand in die Quere kommen, ist es hilfreich, einen scharfen Schrei auszustoßen.
- Es besteht keine Helmpflicht. Die meisten Holländer benutzen keine Helme, und Helme gehören auch nicht zur Standardausrüstung bei Leihrädern.

## Von Amsterdam nach Waterland

Freitag zwischen 9 und 16 Uhr und 18.30 bis 6.30 Uhr gültig, egal wie weit man fahren möchte. An Wochenenden oder im Juli und August gibt es keinerlei Beschränkungen bei der Fahrradmitnahme. Ein Klapprad mitzunehmen ist kostenlos, da das Rad als Handgepäck gilt.

In holländischen Zügen gibt es oft spezielle Fahrradabteile; diese sind außen mit einem Fahrrad-Logo gekennzeichnet.

## Sicherheit

- Immer zwei gute Schlösser für das Fahrrad mitnehmen! Eine Gelenkkette aus gehärtetem Stahl oder ein Bügelschloss sind ideal, um den Rahmen und das Vorderrad an einen Pfahl oder Ähnlichem (am besten einem Fahrradständer) anzuketten.
- In einigen Städten gibt es eine Art „Schließfächer" für Fahrräder, die elektronisch zugänglich sind, das ist jedoch eher selten.
- Man sollte das Fahrrad nicht eine Sekunde unabgeschlossen abstellen. Second-Hand-Räder sind ein lukratives Handelsgut, und Hunderttausende werden jährlich in den Niederlanden gestohlen. Selbst wenn man den Diebstahl bei der Polizei meldet, sind die Chancen auf Wiederbeschaffung praktisch gleich Null.

## Geführte Touren

In den meisten Städten gibt es Veranstalter für Radtouren durch die Stadt. Es gibt aber auch mehrtägige Touren über Land und wirklich viele Anbieter, die so etwas im Programm haben.

## Unterkunft

Abgesehen von den empfohlenen Campingplätzen gibt es viele Naturcamps entlang der Fahrradwege, die oft zu einem örtlichen Bauernhof gehören. Sie sind meist kleiner, einfacher und preiswerter als die normalen Campingplätze, und auf vielen sind Autos oder Wohnmobile verboten. Die Stichting Natuurkampeerterreinen (Stiftung Naturcamps; www.natuurkampeerterreinen.nl) besitzt in ganz Holland 141 Örtlichkeiten dieser Art.

Empfehlenswert sind auch *Trekkershutten* (www.trekkershutten.nl), einfache Wanderhütten, die oft auf Campingplätzen angeboten werden.

Viele Hostels, B&Bs und Hotels sind im ganzen Land auf die Bedürfnisse von Radfahrern eingestellt und bieten z. B. Fahrradschuppen und Ladestationen für E-Bikes. Die Touristenbüros können bei

### Von Leiden zu den Blumenfeldern

der Suche nach solchen Unterkünften behilflich sein.

# Rundwege

## Von Amsterdam nach Waterland

Diese Tour ist eine hervorragende Einführung ins holländische Radfahrerlebnis: hübsche Landschaften, niedliche Städte und leichtes Radeln auf vernünftigen Radwegen.

Die östliche Hälfte von **Waterland** kommt einem Kulturschock nahe: 20 Minuten von der Innenstadt Amsterdams entfernt taucht man in eine Zeit ein, die Jahrhunderte zurückzuliegen scheint. Hier trifft man auf einsame Bauerndörfer und Vogelschwärme inmitten von Gräben, Deichen und Seen.

➡ Zunächst geht man mit seinem Fahrrad auf die kostenlose Buiksloterwegveer-Fähre, die sich hinter Amsterdams Bahnhof Centraal befindet und lässt sich über das IJ übersetzen.

➡ Man radelt dann 1 km am Westufer des Noordhollands Kanaals entlang. Danach überquert man den Kanal über die 2. Brücke und fährt einige Hundert Meter auf der Ostseite weiter, biegt rechts ab, fährt unter der Schnellstraße durch und am Nieuwendammerdijk entlang.

➡ Am Ende des Nieuwendammerdijk biegt man scharf ab und radelt auf dem Schellingwouderdijk weiter. Diesem Deich folgt man weiter unter den beiden Hauptstraßen hindurch bis er zum Durgerdammerdijk wird. Dann weiß man, dass man richtig unterwegs ist.

➡ Das hübsche Städtchen **Durgerdam** liegt am Wasser. Von hier aus hat man einen Blick auf IJburg, ein wichtiges Landgewinnungsprojekt, das am Ende für 45 000 Menschen Wohnraum bieten soll.

➡ Weiter Richtung Norden führt die Deichstraße an einigen Seen und ehemaligen Meeresarmen vorbei; niedrig liegendes, entwässertes Torfland, das bei Sturm überflutet wurde und heute ein wichtiges Brutgebiet für Vögel darstellt. Zu den Vogelkolonien gehören Regenpfeifer, Pfuhlschnepfen, Rohrdommeln, Schellenten, Schnepfen, Reiher und Löffler. Von einem der Aussichtspunkte auf dem Deich hat man in beide Richtungen einen weiten Blick.

➡ Die Straße, nun heißt sie Uitdammerdijk, führt durch den Ort **Uitdam**, nach dem man links (westlich) Richtung **Monnickendam** abbiegt.

➡ Von Monnickendam fährt man zunächst denselben Weg zurück, aber ca. 1,5 km südlich der Stadt biegt man rechts (südwestlich) nach **Zuiderwoude** ab. Von dort aus geht es weiter nach **Broek in Waterland**, einem hübschen Ort mit alten Holzhäusern.

➡ Nun radelt man am Südufer des Broekervaart Kanals Richtung **Het Schouw** am Noordhollands Kanaal. Man überquert den Noordhollands Kanaal (die Brücke führt etwas gen Norden); wer Vögel beobachten möchte, fährt am Westufer entlang nach Watergang mit den zahlreichen Brutplätzen dort.

➡ Nun folgt man dem Westufer zurück nach Amsterdam-Noord. Von hier aus geht es einfach immer gerade aus zur Fähre, die einen zurück zum Hauptbahnhof bringt.

## Von Leiden zu den Blumenfeldern

Die beste Zeit für diese Fahrradtour ist von Mitte März bis Mitte Mai, wenn Tulpen und Narzissen in voller Blüte stehen und die leuchtenden Farben einfach atemberaubend schön sind. Die Tour ist aber eigentlich zu jeder Jahreszeit nett, besonders auch im Sommer, wenn man am Strand anhalten kann, um im Sand eine Pause einzulegen oder ein erfrischendes Bad im Meer zu nehmen.

➡ Ausgangspunkt ist **Leiden**, wo man am Bahnhof oder bei einem der Fahrradhändler in der Stadt ein Fahrrad leihen kann.

➡ Vom Bahnhof geht es auf Fahrradspuren und -wegen Richtung Norden auf die Ostseite der Gleise. Man folgt den Gleisen weiter nordwärts. Nach mehreren Brücken (rund 3 km) sieht man etwas Wasser und rechts das Dorf **Warmond**.

➡ Man bleibt auf dem Bahnweg *(spoorpad)* unterquert die A44. Nun befindet man sich auf dem Rijksstraatweg. Es geht für 4 km rechts weiter (in nordöstlicher Richtung) bis die Straße dann Hoofdstraat heißt. Nun erreicht man das hübsche kleine Dorf **Sassenheim**. Hier sieht man schon die ersten Tulpen und Blumenfelder. Man bleibt auf der kleinen Straße, die an Kirchen vorbeiführt und auf die viel befahrene N443 stößt.

➡ Die N443 wird überquert. Man bleibt nun 4 km lang auf den guten Fahrradwegen am Heereweg bis mitten ins Dorf **Lisse**. Hier lockt ein Besuch im Museum de Zwarte Tulp, das viele interessante Geschichten zum Thema Blumen bereithält.

➡ Von Lisse aus sind es nur noch 1,25 km in westlicher Richtung bis zum **Keukenhof**.

➡ Nach dem Besuch im Blumenpark überquert man die Straße und begibt sich zum stattlichen **Kasteel Keukenhof**. Dann geht es 7,5 km Richtung Westen weiter zum Strand. Startpunkt ist der Delftweg mitten in den Blumenfeldern; man bleibt dann auf den Fahrradspuren, wenn die Straße die N206 (Oosterduinen) quert. Der Fahrradweg trennt sich nun von der Straße und führt durch die sandige Landschaft.

➡ Die Strecke macht nun eine Biegung nach Süden; in Langevelderslag nimmt man den Parallelweg durch die Dünen. Dort wo der Fernradweg LF1 kreuzt, liegt dann der **Strand**.

➡ Für den Rückweg übt man sich ein bisschen in eigener Navigation. Jenseits der Dünen nimmt man kleine Wege durch die Blumenfelder, die Richtung Süden direkt nach **Leiden** führen. Im Sommer wird man von den vielen Farben förmlich verzaubert. Schließlich landet man auf der ursprünglichen Route. Auf dieser geht es einfach zurück zum Bahnhof.

Reiseplanung

# Reisen mit Kindern

Die Niederlande sind eines der kinderfreundlichsten Länder Europas. Die sprichwörtliche Toleranz gilt hier auch den Kindern und die Einheimischen heißen sie – und natürlich auch ihre Eltern – herzlich willkommen. Viele Attraktionen wurden vor allem für die jüngeren Besucher geschaffen und alte Schlösser und Windmühlen faszinieren Kinder aller Altersgruppen.

## Top-Regionen für Kinder

### Amsterdam

Amsterdam ist eine der kinderfreundlichsten Städte. Fast alle Stadtviertel – mit Ausnahme des Rotlichtviertel – sind für die Kleinen geeignet.

### Nordholland

Alte Städte, jede Menge Kühe, Museen für Kinder und die Insel Texel, ein riesiger Sandspielplatz mit Fahrradwegen und leichten Wanderungen.

### Utrecht

Hübsche Kanäle, Schlösser und die faszinierende Ausgrabungsstätte DOMunder.

### Südholland

Südholland hat die hübschesten alten Städte der Niederlande, einen Vergnügungspark in Den Haag, und im aufstrebenden Rotterdam gibt es jede Menge supercoole Dinge. Die Provinz Zeeland hat eine Vielzahl von Windmühlen und schöne Strände.

### Friesland

Bei den Niederländern ist Friesland im Sommer total angesagt. Auf den weiten Feldern der Provinz grasen schwarz-weiße Kühe, die Inseln locken mit ihren goldfarbenen Sandstränden, die Wassersport- und Segelmöglichkeiten sind grenzenlos. Die Provinz durchziehen kilometerlange ruhige und landschaftlich reizvolle Radwege.

## Die Niederlande für Kinder

Wohin man auch kommt, überall wurde auch an die Bedürfnisse und Wünsche von Kindern gedacht.

### Restaurants

Kinder sind in den verschiedensten Restaurants überall herzlich willkommen, selbst in den elegantesten gehobenen Restaurants.

Der weit verbreitete Trend hin zu stilvollen, bistroartigen Restaurants mit hohen Decken und oft auch einer etwas lautstarken Atmosphäre ist für die Kleinen gut geeignet. Die meisten Leute, also sowohl Restaurantmitarbeiter als auch Gäste, sind sehr tolerant, was die Mätzchen von Kindern beim Essen angeht. Niederländische Familien genießen es, in Cafés, Pubs und Restaurants zu essen, egal ob drinnen oder draußen. Sie sitzen auch gerne auf einfachen Bänken und lassen sich einen köstlichen Snack von einer Fischbude, einem der vielen Pommes-frites-Stände oder einem Sandwichladen schmecken.

Menüs für Kinder sind üblich und beinhalten oftmals frittierte Gaumenfreuden, die bei den Kleinen gut ankommen. In vielen Restaurants gibt es Hochstühle und Malstifte für die Kinder.

## Kinderfreundliche Einrichtungen

Bereiche zum Windelwechseln sind auf die großen Kaufhäuser, Museen und auf Bahnhöfe beschränkt. Der Gebrauch dieser Einrichtungen ist zahlungspflichtig. Das Stillen in der Öffentlichkeit wird im Allgemeinen geduldet, wenn es diskret geschieht.

## Unterwegs mit dem Fahrrad oder mit der Bahn

Die meisten Fahrradverleihe haben Anhänger für Kleinkinder, Räder und Fahrradsitze für Kinder. Es gibt jedoch nur wenige, die auch Kinderhelme anbieten, daher ist es ratsam, einen Helm mitzubringen.

In den Zügen gibt es Ruheabteile, wo man dem Lärm aus dem Weg gehen kann. Von den Reisenden (und den Kindern) wird erwartet, dass sie sich ruhig verhalten. Im Gegensatz dazu kann es in anderen Abteilen hoch hergehen, besonders in den Schulferien trifft man dort auf jede Menge lärmender Kinder.

# Highlights für Kinder

## Spaß im Freien

Jede Menge Grünflächen, Parks, Windmühlen und Kanäle – dazu die viele frische Luft, für die Kleinen gibt es nichts Besseres. Im Winter können die Kinder auf den Eisbahnen Schlittschuh laufen oder sich die bunten Karnevalsumzüge ansehen, die in zahlreichen holländischen Städten stattfinden.

**Vondelpark, Amsterdam** (Karte S. 66; www.hetvondelpark.net; 🚋2 Amstelveenseweg) Der riesige und häufig gut besuchte Park mit Ententeichen und Grünflächen zum Picknicken hat an der Westseite coole Rutschen und im Zentrum einen tollen Spielplatz.

**Westerpark, Amsterdam** Im Sommer können sich die Kinder im Planschbecken abkühlen (S. 78).

**Amsterdamse Bos, Amsterdam** (S. 89) In dem Waldstück können die Kinder Ziegen füttern oder auf Bäume klettern.

**Keukenhof Gardens, Lisse** (S. 226) Eine Weile lassen sich auch Kinder von der Farbenpracht der unzähligen Blumen begeistern, wesentlich spannender ist für sie jedoch der riesige Spielplatz auf dem Gelände.

**Canal Bike, Amsterdam** (S. 85) Mit dem Tretboot kann man entspannt die wunderschönen Grachten erkunden.

**Grachten, Den Bosch** (S. 310) Die meisten Kanalstädte in den Niederlanden organisieren kurze Bootsfahrten. In Den Bosch kann man mit dem Boot sogar durch unterirdische Kanäle fahren.

**Artis Royal Zoo, Amsterdam** (S. 62) Löwen, Fische und das Planetarium halten Kinder stundenlang beschäftigt. Erwachsene und junge Leute lieben die wunderschön gestalteten historischen Anlagen.

**Ecomare, Texel** (S. 150) Texel hat ein Naturkundemuseum mit allen Tierarten, die auf der Insel leben. Viele Ausstellungen sind für Kinder konzipiert.

### EINTRITTSPREISE

Es ist nirgendwo festgelegt, wie viel und ab welchem Alter Kinder zahlen müssen. Einige Museen, z. B. das Rijksmuseum in Amsterdam, verlangen keinen Eintritt für Kinder unter 18. Andere bieten freien Eintritt für Kinder unter 17 (z. B. das Van Gogh Museum oder der Königliche Palast in Amsterdam) oder unter 12. Das Anne Frank Huis ist für Kinder unter 9 kostenfrei. Im Allgemeinen erhalten Kinder im Alter von vier oder fünf Jahren freien Eintritt, während Kinder zwischen fünf und 17 die Hälfte des Preises zahlen. Einige Museen bieten kostengünstige Familieneintrittskarten, die sich auf jeden Fall lohnen.

Es empfiehlt sich, eine Liste mit Museen zusammenzustellen, die man besuchen möchte und die Eintrittspreise für Kinder genau zu prüfen, bevor man sich für die Museumkaart für Kinder unter 18 entscheidet (32,45 €), die für fünf Museumsbesuche innerhalb einer Frist von 31 Tagen gültig ist.

KARIN REINE/SHUTTERSTOCK ©

**Oben**: Themenpark Efteling (S. 304)

**Unten**: Strand bei Scheveningen (S. 208)

**Zaanse Schans** (S. 134) In dem Freiluftmuseum nördlich von Haarlem kann man verschiedene Arten von Windmühlen besichtigen und bestaunen.

**Watertaxi, Rotterdam** (S. 194) Die schwarz-gelben Wassertaxis sind eine gute Möglichkeit, um die Stadt zu erkunden.

**De Zelfpluktuin, Texel** (S. 155) Auf dem familienfreundlichen Bauernhof können die Kinder Früchte und Gemüse ernten und jede Menge Blumen pflücken.

## Sand & Surf

**Strände** Texel und die friesischen Inseln haben hervorragende Strände für Kinder. Ein großer Teil der Westküste ist ein langer Strand. Die Stadt Scheveningen bei Den Haag ist für Familien geradezu ideal.

**Reiten & Surfen** Die Reitställe auf Texel organisieren Reiten am Strand und Surfen für Kinder.

**Windsurfen** IJburg, der neue Stadtteil von Amsterdam, bietet ausgezeichnete Möglichkeiten zum Windsurfen. Die notwendige Ausrüstung dafür gibt es beim **Surfcenter IJburg** (www.surfcenterijburg.nl; Berthaanstrakade; Windsurfer/Neoprenanzug 20/5 € pro Stunde; April-Okt. Mi & Fr 15–21 Uhr, Sa & So 11–18.30 Uhr; 26 IJburg).

**Wattenmeer** Das Wattenmeer nördlich von Groningen lädt zum *Wadlopen* (Wattwandern) bei Ebbe ein.

## Essen für Kinder

Pfannkuchen, Pommes, Käse, Eis – selbst Erwachsene mögen das holländische Essen. In jeder Stadt gibt es mindestens einen Wochenmarkt mit Ständen, die eine Vielzahl von leckeren Dingen verkaufen. Unbedingt probieren sollte man die köstlichen *poffertjes* (dünne Pfannkuchen), die meistens in den Wintermonaten angeboten werden.

**Albert Cuypmarkt, Amsterdam** (S. 81) Auf dem Albert Cuypmarkt gibt es *stroopwafels* (Sirupwaffeln), Smoothies, Schokolade, Süßigkeiten und frisches Obst.

**De IJsmaker, Rotterdam** (S. 189) Drei Eisläden mit vorzüglichem italienischem Eis.

**Oudt Leyden, Leiden** (S. 224) Hier gibt es die besten und größten traditionellen Pfannkuchen der Gegend.

**Villa Augustus Restaurant, Dordrecht** (S. 197) Köstliche, gesunde Gerichte mit Produkten aus dem Biogarten des Restaurants. Die Kinder können draußen spielen.

**Oost, Vlieland** (S. 247) Eines der angesagtesten Strandrestaurants. Die Kinder können in aller Ruhe Sandburgen bauen, während die Eltern sich die köstlichen frischen Meeresfrüchte schmecken lassen.

**Vleminckx, Amsterdam** (S. 96) Hier gibt es die besten Pommes von Amsterdam mit 25 verschiedenen Soßen.

**Friture Reitz, Maastricht** (S. 302) Die Pommesbude verkauft leckere Fritten.

**De Haerlemsche Vlaamse, Haarlem** (S. 132) Der Laden ist bekannt für seine Pommes.

**IJsboerderij Labora, Texel** (S. 155) Vorzügliches, hausgemachtes Eis direkt vom Bauernhof.

**IJs van Co, Hoge Veluwe National Park** (S. 294) Im Kröller-Müller Museum kann man die Meisterwerke van Goghs bestaunen, bevor es mit dem Fahrrad zum Eisladen mit dem leckersten hausgemachten Softeis des Landes (und einheimischen Erdbeeren, je nach Saison) geht.

### NÜTZLICHE WEBSITES

**Holiday Sitters** (www.holiday-sitters.com) Professioneller Babysitter-Service für Familien, die Amsterdam, Rotterdam und Den Haag besuchen. Familien können direkt online buchen und die gewünschte Sprache, den Zeitraum und die Dauer (von drei bis zehn Stunden) angeben.

**I am Expat** (www.iamexpat.nl) Äußerst praktische Website für Expats, die in den Niederlanden leben, mit zahlreichen Informationen für Familien mit Kindern.

**Baby Goes 2** (www.babygoes2.com) Reiseführer für Familien

## Museen

Eine Ausstellung holländischer Meisterwerke ist nicht unbedingt das, was Kindern gefällt, doch es gibt auch eine ganze Reihe kindgerechter, lehrreicher und unterhaltsamer Museen für Kinder.

**NEMO Science Museum, Amsterdam** (S. 62) In dem Wissenschaftszentrum können die Kinder auf Entdeckungsreise gehen und alles selbst ausprobieren. Vom Dach des Gebäudes hat man einen atemberaubenden Ausblick auf die Stadt.

**Het Scheepvaartmuseum, Amsterdam** (S. 62) Das nachgebaute Handelsschiff aus dem 18. Jh. mit Kanonen an Bord ist für Kinder äußerst spannend.

**Rijksmuseum, Amsterdam** (S. 72) Damit auch Kinder etwas von den Kunstwerken haben, gibt es für sie eine verstädndliche Audioführung durch das Museum.

**Maastricht Underground, Maastricht** (S. 300) Recht interessant für Kinder und allerdings auch etwas gespenstisch sind die 2000 Jahre alten Tunnel und Höhlen.

**Maritiem Museum, Rotterdam** (S. 184) Im Hafenmuseum von Rotterdam können die Kinder einen virtuellen Gabelstapler fahren, die besten Standorte für Windturbinen in der Nordsee berechnen und an einem Seefahrer-Quiz teilnehmen, also jede Menge Spass und Action.

**Miffy Museum, Utrecht** (S. 166) Miffy gehört zu den beliebtesten Kinderbuchfiguren der Niederlande. In diesem auf Kleinkinder ausgerichteten Museum gibt es zahlreiche Miffys und andere Charaktere.

**Natuurcentrum Ameland, Nes** (S. 251) Das Nordseeaquarium des Naturzentrums beherbergt über 200 Meerestiere, darunter Barracudas und Teufelsrochen.

**Fort Kijkduin, Den Helder** (S. 150) Ein auf einem Hügel gelegenes Fort mit einem Militärmuseum und unterirdischem Aquarium mit Meereslebewesen.

**Markiezenhof, Bergen op Zoom** (S. 317) Das Museum zeigt eine Ausstellung mit Miniaturen über die Kirmes.

**Nederlands Stripmuseum, Groningen** (S. 260) Neben den bekannten und weniger bekannten Cartoonfiguren von Künstlern aus den Benelux-Ländern kann man auch Filme, Figuren u. Ä. sehen.

**Natuurmuseum Fryslân, Leeuwarden** (Karte S. 236; ☎058-233 22 44; www.natuurmusemfryslan.nl; Schoenmakersperk 2; Erw./Kind 9/6 €; ⌚Sept.-Juni Di–So 11–17 Uhr, Juli & Aug. 10–17 Uhr) Zu den Highlights dieses kinderfreundlichen Naturkundemuseums gehören ein Rundgang um einen friesischen Kanal und ein simulierter Vogelflug.

**Nederlands Openluchtmuseum, Arnhem** (S. 291) Das große und allseits beliebte Freilichtmuseum erinnert an eine Szene aus einem Kostümfilm und rekonstruiert die Vergangenheit des Landes mit zahlreichen Mitmachaktionen.

## Vergnügungsparks

**Efteling, Kaatsheuvel** (S. 304) Der beliebteste Vergnügungspark der Niederlande in der Nähe von Tilburg bietet rasante Fahrten, Märchenfiguren u. v. m.

**Madurodam, Den Haag** (S. 206) Miniaturpark im Stadtteil Scheveningen mit zahlreichen Modellen, die Kinderherzen höher schlagen lassen.

**Waterland Neeltje Jans, Zeeland** (S. 231) Der Deltapark präsentiert kinderfreundliche Ausstellungen über den Kampf der Niederländer mit dem Meer. Es gibt hier auch Robben, einen Wasserpark und Fahrgeschäfte.

## Theater

**Amsterdams Marionetten Theater** (S. 118) Das Marionettentheater bietet faszinierende Aufführungen, z. B. *Die Zauberflöte* von Wolfgang Amadeus Mozart.

**Openluchttheater, Amsterdam** (S. 118) Ein Freilichttheater im Vondelpark mit Aufführungen an Samstagnachmittagen in den Sommermonaten.

# Reiseplanung

Für allgemeine Informationen und Ratschläge siehe auch den Lonely-Planet-Band *Reisen mit Kindern*.

## Reisezeit

Obwohl man eigentlich das ganze Jahr über in die Niederlande fahren kann, schätzen Familien die wärmeren, trockeneren Monate im Zeitraum von Ostern bis in den September. Dann können die Kinder bei meist gutem Wetter an den Strand gehen, Rad fahren, segeln oder einfach nur im Park herumtollen.

In die Planung einbeziehen sollte man auch die vielen Feste: Zum Beispiel findet jedes Jahr im Februar der kinderfreundliche Karnevalsumzug statt. Am 5. Dezember bringt Sinterklaas den Kindern kleine Geschenke. Im Sommer gibt es eine Vielzahl von Festivals und Sportveranstaltungen.

## Unterkunft

Es gibt nur wenige Hotels, in denen Kinder nicht willkommen sind, es sind meistens Hotels der gehobenen Preisklasse und in

Stadtvierteln gelegen, in die man seine Kinder ohnehin nicht führt.

Landesweit üblich sind Familienzimmer für vier Personen. Die meisten Hotels stellen gegen einen kleinen Aufpreis auch ein extra Bett oder ein Babybett (kostenlos) ins Doppelzimmer. New-wave Designhostels mit Privatzimmern für bis zu fünf oder sechs Personen sind eine praktische Alternative für Familien mit mehr als zwei Kindern.

Camping ist bei holländischen Familien sehr beliebt, insbesondere auf den friesischen Inseln und in anderen Küstengegenden.

Hotels der gehobenen Kategorie bieten oft Kinderbetreuung an.

# Die Niederlande im Überblick

## Amsterdam

**Museen**
**Kanäle**
**Unterhaltung**

### Prachtvolle Museen

Amsterdams Weltklasse-Museen ziehen jedes Jahr Millionen Besucher an. Dabei nehmen die Kunstsammlungen einen Ehrenplatz ein – überall in der Stadt trifft man auf Gemälde von van Gogh, Rembrandt oder Mondrian.

### Grachten aus dem „Goldenen Zeitalter"

Die Giebelhäuser, die sich entlang der erstaunlich gut erhaltenen Grachten aneinanderreihen, sehen noch genauso aus wie im 17. Jahrhundert und die Boote fahren auf den gleichen Kanälen wie vor 400 Jahren.

### Großartige Unterhaltung

Das Nachtleben in Amsterdam ist wirklich legendär. Jeden Abend wird in zahlreichen Jazzlokalen Livemusik gespielt. Die Dance-Music-Szene boomt und namhafte DJs legen in Clubs überall in der Stadt auf. Auch für Liebhaber klassischer Musik wird jede Menge geboten. Vergnügungssüchtige kommen im Rotlichtbezirk voll auf ihre Kosten.

S. 44

## Haarlem & Nordholland

**Historische Städte**
**Natur**
**Aktivitäten**

### Malerische Städte & Dörfer

Beim Bummel durch die Innenstadt von Haarlem fühlt man sich ins Goldene Zeitalter versetzt. Hin und wieder kommt es vor, dass ein altes Handelsschiff in den Hafen von Hoorn einfährt. Kleiner und hübscher sind die traditionsreichen Städte Edam und Marken.

### Vögel & Seehunde

Texel, die größte Insel der Waddenzee, ist von breiten Stränden und Dünen umgeben, die unter Naturschutz stehen. Es gibt hier Vögel in Hülle und Fülle und draußen auf dem Meer tummeln sich Kolonien von Seehunden.

### Abenteuerliche Unternehmungen

Zu den Wassersportarten gehören Kitesurfen und Segeln. Spaß macht es, mit dem Rad durch die Dünen oder über Land zu fahren.

S. 127

## Utrecht

**Grachten**
**Wahrzeichen**
**Tagesausflüge**

### Grachten auf Tiefebene

Utrecht erinnert an Amsterdam, hat aber nicht so viele Touristen aufzuweisen. Das einzigartige Zwei-Ebenen-Konzept der Grachten mit Kellerbars und versteckten Restaurants verleiht der Stadt eine ganz besondere Atmosphäre.

### Historisches Symbol

Vom Turm (Domtoren) des Utrechter Doms hat man einen schönen Ausblick auf die Stadt, und an klaren Tagen kann man Amsterdam sehen. Um die Geschichte des Doms zu verstehen, sollte man sich mit Taschenlampe und Audioführer auf Entdeckungsreise in den Untergrund begeben.

### Burgen

In dieser Provinz liegen eine Vielzahl von Festungen und Städten mit Burgen, die einen Tagesausflug wert sind. Die spektakulärste Burganlage ist Kasteel de Haar, das Schloss von Doorn hat eine beeindruckende Geschichte. Die Schlösser in Amerongen und Wijk bij Duurstede sind nicht ganz so spektakulär.

S. 163

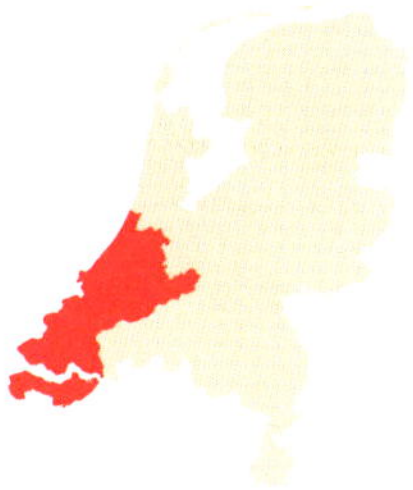

## Rotterdam & Südholland

**Stadtleben**
**Tulpen**
**Radfahren**

### Futuristische Architektur

Rotterdam besitzt nicht nur eine futuristische Architektur, sondern auch eine wichtige Kunstszene, hervorragende Restaurants und Bars sowie ein großes Festival-Programm.

### Blütenpracht

Die wie ein Fächer um die schöne Stadt Leiden angeordneten Blumenfelder erstrahlen jedes Jahr im Frühling in einer herrlichen Farbenpracht. Im Keukenhof gibt es imposante Blumenausstellungen zu sehen, die Kleinstadt Lisse beherbergt ein Tulpenmuseum.

### Radfahren

Mit dem Rad lässt sich das Land am besten erkunden, z. B. die Windmühlen von Kinderdijk, die zum Unesco-Weltkulturerbe gehören, die majestätischen Paläste in Den Haag, den Strand im nahe gelegenen Scheveningen, die Küste von Zeeland oder die mittelalterlichen Gebäude an den Grachten von Delft.

S. 177

## Friesland

**Inseln**
**Geschichte**
**Abenteuer**

### Friesische Inseln

Das an der Nordküste gelegene Wattenmeer gehört zum Weltnaturerbe der Unesco. Dort wimmelt es nur so von Vögeln und Meerestieren, die man am besten vom Boot aus oder bei einem Spaziergang durch das Watt beobachten kann. Trotz der vielen Fähren, die massenweise Touristen vom Festland auf die Inseln bringen, gibt es noch genügend einsame Strände.

### Historische Städte

Harlingen ist eine faszinierende alte Hafenstadt. Leeuwarden verfügt über hervorragende Museen, in denen die Geschichte der Provinz erzählt wird. Hindeloopen ist ein hübsches altes Fischerdorf.

### Boote & Fahrräder

Die Friesischen Inseln bieten jede Menge Spaß im Freien. Man kann mit dem Boot von Insel zu Insel fahren, ein Fahrrad oder Boot mieten oder per Stand-up-Paddleboard die elf Städte der Region erkunden.

S. 233

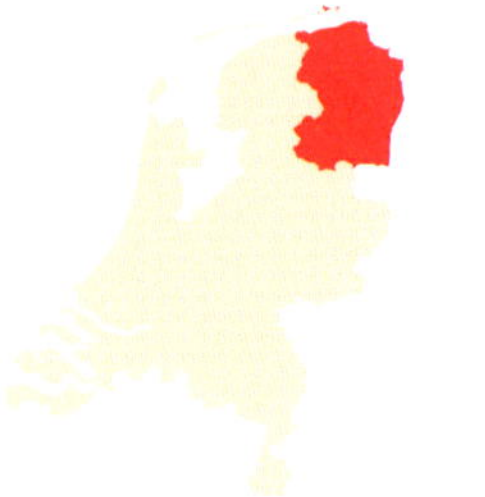

## Der Nordosten

**Geschichte**
**Parks**
**Nachtleben**

### Die Vergangenheit verstehen

Einige der ältesten Funde der Niederlande liegen im äußersten Nordosten: Die *hunebedden* (Hünengräber) sind 5000 Jahre alt. Die bewohnte ehemalige Festung Bourtange stammt aus dem 16. Jh., während in Groningen noch Relikte aus dem Goldenen Zeitalter zu finden sind. Das ehemalige Durchgangslager Kamp Westerbork diente den Nazis zur Deportation von Juden.

### Grünes Land

Schutzgebiete bewahren uralte Landschaften und sorgen dafür, dass sie sich im Einklang mit der Natur entwickeln. Alte Bauernhöfe, Wälder und Heidelandschaften lassen sich am besten zu Fuß oder mit dem Rad erkunden.

### Party Time

In der alten Universitätsstadt Groningen leben 20 000 Studenten, die dafür sorgen, dass es auf den Straßen, in den Cafés und Bars und in den Livemusik-Kneipen immer hoch hergeht.

S. 255

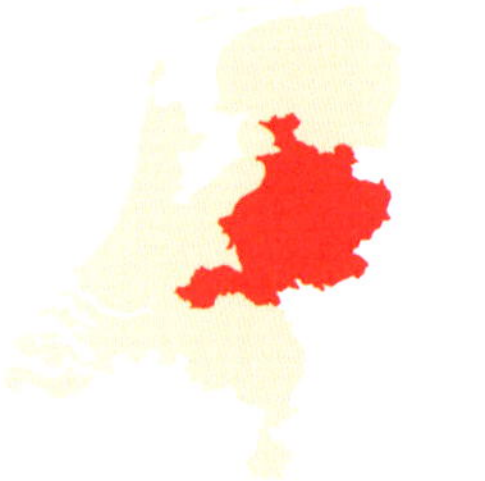

## Das Zentrum der Niederlande

**Städte**
**Kanäle**
**Geschichte**

### Streifzug durch die Gassen

Die Städte des Zentrums lassen sich am besten bei einem Streifzug durch die Straßen und Gassen erforschen. In Deventer stehen noch die alten Backsteinbauten aus der Hansezeit. Auch im benachbarten Zwolle sowie in Kampen sind ähnliche Bauten zu sehen.

### Land & Wasser

Durch das Zentrum der Niederlande ziehen sich zahlreiche Wasserwege. In der Nähe des idyllischen Dorfes Giethoorn mit seinen zahlreichen Kanälen liegt der Weerribben-Wieden Nationalpark, dessen Kanäle im Laufe der Jahrhunderte von Torfterntemaschinen gegraben wurden.

### Zweiter Weltkrieg

In und um Nijmegen und Arnheim erinnern Monumente und Museen an die erbitterten Kämpfe des Zweiten Weltkriegs und die schrecklichen Folgen.

S. 271

## Maastricht & der Südosten

**Geschichte**
**Kunst**
**Cafés**

### Römisches Erbe

Unterhalb von Maastricht ist das Land mit Tunneln und unterirdischen Festungen durchzogen, die aus der Römerzeit stammen. Im Zentrum von Maastricht ist beinahe jede Epoche durch ein Wahrzeichen oder Bauwerk vertreten.

### Kunst

Hieronymus Bosch war ein aufmerksamer Beobachter menschlicher Schwächen und seine aufwendigen Gemälde kann man in Den Bosch, der Stadt, die nach ihm benannt wurde, bewundern. In Maastricht findet jedes Jahr die internationale Kunst- und Antiquitätenmesse statt. In den Museen der Stadt befinden sich jede Menge Kunstschätze.

### Bierkultur

In Breda und Maastricht gibt es eine Vielzahl an Kneipen und Cafés. In der Abtei Koeningshoeven bei Tilburg wird das bekannte Trappisten-Bier gebraut.

S. 296

# Reiseziele in den Niederlanden

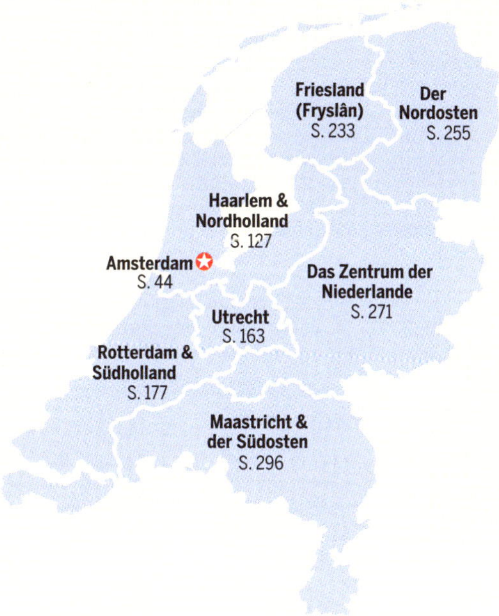

# Amsterdam

☎ 020 / 851 573 EW.

**Inhalt ➡**



## Gut essen

- Rijks (S. 104)
- D'Vijff Vlieghen (S. 97)
- Ron Gastrobar (S. 103)
- Greetje (S. 99)
- De Kas (S. 107)
- Lt Cornelis (S. 118)

## Schön übernachten

- Hoxton Amsterdam (S. 91)
- Collector (S. 94)
- Sir Albert Hotel (S. 95)
- ClinkNOORD (S. 95)

## Auf nach Amsterdam!

Amsterdam lässt seinen märchenhaften Zauber in vielerlei Hinsicht spielen: durch die Giebelgebäude des Goldenen Zeitalters, die schillernden Kanäle voller Boote und vor allem durch die gemütlichen, jahrhundertealten *bruin cafés* (Kneipen) mit heruntergebrannten Kerzen und jeder Menge Schaum auf dem Bier. Kunstliebhaber können nicht anders, als über diese mit Meisterwerken gespickte Stadt zu staunen, was den sagenhaften Sammlungen im Rijks-, Van Gogh-, Stedelijk- und Hermitage-Museum zu verdanken ist. Musikfreunde können sich auf Konzertsäle einstellen, deren Veranstaltungskalender stets prall gefüllt mit Unterhaltung aus aller Welt sind. Und dann wäre da noch die nicht ganz so salonfähige Seite Amsterdams – das Rotlichtviertel und die Coffeeshops, in denen Cannabis verkauft wird.

Die Stadt ist gut begehbar – das kompakte Zentrum lässt sich bestens zu Fuß erkunden. Und man weiß nie, was sich inmitten der stimmungsvollen Gassen verbirgt: ein Garten, ein Büchermarkt, eine Schnapsbrennerei aus dem 17. Jh. – Welten innerhalb von Welten, und nichts scheint je gleich.

## Reisezeit

- Im Sommer ist Hochsaison, dann geht es auf den Terrassen der Cafés hoch her und an fast jedem Wochenende findet ein Festival statt. Da die Einheimischen Ende Juli und im August meistens in Urlaub gehen, ist das Lieblingslokal vielleicht geschlossen.
- Im Oktober sind die Besucherzahlen langsam rückläufig, und im November beginnt jetzt richtig die Nebensaison mit billigeren Tarifen. Von Dezember bis einschließlich Februar verschönern Cafés mit Kaminfeuer, Museen ohne Warteschlangen und Eislauf die kühlen Tage.
- Gegen Ostern nehmen die Menschenmassen wieder zu, und um den Königstag (27. April), den Totengedenktag (4. Mai) und den Befreiungstag (5. Mai) herrscht wieder der übliche Trubel.

## Geschichte

Um 1200 entstand ein Fischerdorf mit dem Namen Aemstelredamme – „der Damm über den Fluss Amstel“ – an genau der Stelle, die heute als Dam bezeichnet wird. Der Ort entwickelte sich schnell zu einem Zentrum des Seehandels. Unbeeinträchtigt von hohen Steuern und mittelalterlichen Feudalstrukturen etablierte sich eine Gesellschaft, die von Individualismus und Kapitalismus geprägt war. Das moderne Konzept Amsterdams war geboren: frei, offen, fortschrittlich.

Die Stadt florierte während des Goldenen Zeitalters im 17. Jh. Kaufleute und Kunsthandwerker stellten sich ein, Rembrandt malte große Kunst, und die Stadtplaner legten die Grachten an. Ein Jahrhundert später ließen Kriege im In- und Ausland sowie der Handelswettbewerb die einheimische Wirtschaft schließlich stagnieren.

Im Jahr 1806 wurde Napoleons Bruder Louis König von Holland. Er wählte das Rathaus am Dam zu seiner Residenz und verwandelte es in einen Königspalast. Projekte zur Infrastruktur wie die Centraal Station, das Rijksmuseum und der Ausbau des Hafens folgten im späteren 19. Jh.

Der Erste Weltkrieg und die Weltwirtschaftskrise forderten ihren Tribut in Form von Lebensmittelknappheit und zunehmender Armut. Der Zweite Weltkrieg brachte Elend, Hunger und die Vernichtung der jüdischen Gemeinde während der Besetzung durch die Deutschen mit sich. Nur jeweils einer von 16 der insgesamt 90 000 Amsterdamer Juden überlebte den Holocaust.

In den 1960er-Jahren avancierte Amsterdam zum „magischen Zentrum“ Europas: Hippies rauchten auf dem Dam Haschisch und kampierten im Vondelpark. Im Jahr 1972 eröffnete der erste Coffeeshop, und 1976 wurde Marihuana entkriminalisiert, um die Polizeiressourcen für den Kampf gegen harte Drogen freizusetzen.

In den 1990er-Jahren hatte sich die Wirtschaft der Stadt zugunsten von Bürojobs und einer florierenden Dienstleistungswirtschaft verändert, was mit einer zunehmenden Gentrifizierung einherging. Die ethnische Zusammensetzung hatte sich ebenfalls gewandelt – Menschen nicht-niederländischer Herkunft, allen voran Marokkaner, Surinamesen und Türken, machten mehr als 45 % der Bevölkerung aus.

Im 21. Jh. entwickelte sich Amsterdam zum Zentrum für Start-ups: Mittlerweile gibt es 1,3 Start-ups auf 1000 Einwohner. Zu den zukunftsweisenden Projekten zählen der Bau von Grachtenhäusern und -brücken mit Hilfe von 3D-Druckern bis hin zu Netzwerken, in denen die Anwohner ihre überschüssige grüne Energie an andere weiterverkaufen können. Zu den großen urbanen Projekten gehören eine im Jahr 2018 eröffnete U-Bahnlinie sowie gewaltige künstlich aufgeschüttete Inseln mit Vorstädten.

Im Juli 2018 wurde Femke Halsema als erste Frau zur Bürgermeisterin von Amsterdam gewählt; sie rekrutierte sich zudem erstmals aus der linksorientierten, grünen Partei GroenLinks, nachdem die Partei bei den Kommunalwahlen im März 2018 die Mehrheit erlangt hatte.

## Sehenswertes

Der von der Unesco als Weltkulturerbe gelistete Grachtengürtel ist in Amsterdam an sich schon eine Sehenswürdigkeit, außerdem beherbergt die Stadt noch mehr als 60 Museen – die höchste Konzentration weltweit. Mehrere dieser Publikumsmagneten befinden sich praktischerweise am Museumplein gleich neben dem Vondelpark, einer grünen Oase, doch auch andere sehenswerte Attraktionen wie das Anne Frank Huis liegen zentral. Jenseits des Grachtengürtels eröffnen immer mehr moderne Sehenswürdigkeiten in so kreativen Gegenden wie Amsterdam-Noord.

### Altstadt & Rotlichtviertel

Eine Handvoll Museen liegt im mittelalterlichen Zentrum versteckt, darunter das Amsterdam Museum (S. 53), aber auch Wahrzeichen wie der Königspalast (s. unten) und so reizende Überraschungen wie der Begijnhof (S. 53). Zu den flippigeren Sehenswürdigkeiten im Rotlichtviertel gehören das Sex-, das Prostitutions- und das Marihuana-Museum, die zur Nieuwe Kerk (S. 53) aus dem 15. Jh. und zum Guan Yin-Schrein (S. 55), einem buddhistischen Tempel, einen spannenden Kontrast bilden.

**★ Königspalast** SCHLOSS

(Koninklijk Paleis; Karte S. 50; ☎020-522 61 61; www.paleisamsterdam.nl; Dam; Erw./Kind 10 €/frei; ⏰10–17 Uhr; 🚋4/14/24 Dam) Das 1655 als Rathaus eröffnete, prachtvolle Gebäude ist seit dem 19. Jh. der Königspalast. Die Räumlichkeiten glänzen nur so, und zwar vor allem die Marmorarbeiten – am schönsten ist

*(Fortsetzung auf Seite 52)*

# STADTVIERTEL IM ÜBERBLICK



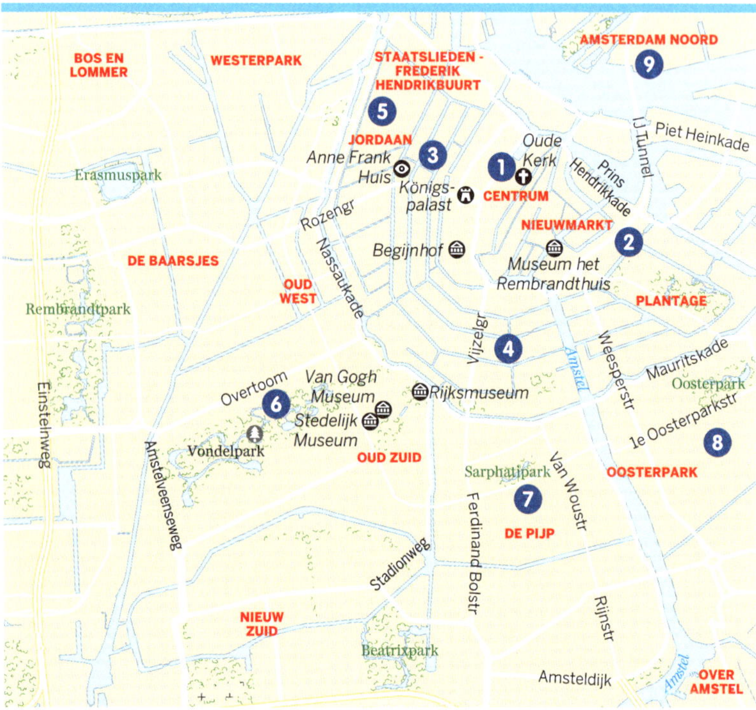


## ❶ Altstadt & Rotlichtviertel (S. 45)

Das mittelalterliche Zentrum Amsterdams ist erstaunlich gut erhalten und sieht heute fast noch so aus wie zu seiner Blüte im Goldenen Zeitalter. Hier tummeln sich die meisten Besucher. Manche kommen, um sich den Königspalast und die Oude Kerk anzusehen, andere stürmen schnurstracks in die Coffeeshops und ins Rotlichtviertel.

## ❷ Nieuwmarkt, Plantage & die östlichen Inseln (S. 56)

Das quirlige Viertel Nieuwmarkt ist sehr geschichtsträchtig. Hier befinden sich das Rembrandthuis – des Meisters Atelier – sowie alte Synagogen und der Waterlooplein-Flohmarkt im alten jüdischen Viertel. Gleich daneben liegt das grüne Plantage, das mit seinem Tierpark und dem Botanischen Garten bezaubert. Das Viertel grenzt an die östlichen Inseln an, dort herrscht eine ganz andere Atmosphäre mit ehemaligen Lagerhäusern, die zu flippigen Bars umfunktioniert wurden. Hier gibt es auch moderne niederländische Architektur zu bestaunen.

## ❸ Westlicher Grachtengürtel (S. 63)

Prachtvolle alte Bürgerhäuser und kleine Läden mit ausgefallenem Warenangebot säumen die Wasserstraßen des Westlichen Grachtengürtels – eine der schönsten Gegenden, die Amsterdam zu bieten hat. Die Tage vergehen bei der Besichtigung wie im Flug. Die meisten Leute kommen jedoch vor allem wegen dem Anne Frank Huis hierher.

## ❹ Südlicher Grachtengürtel (S. 65)

Der Südliche Grachtengürtel ist ein hufeisenförmiger Ring, der aus mehreren paralle-

len Grachten besteht. Hier befinden sich die beiden Zentren des Nachtlebens am Leidseplein (S. 111) und am Rembrandtplein mit Bars, Clubs und Restaurants, die sich um diese beiden großen Plätze gruppieren. Die Grachten zwischen diesen zwei Arealen sind von einigen der elegantesten Häusern der Stadt gesäumt; hier liegen auch viele hervorragende Museen, ein Blumenmarkt sowie Restaurants und Bars direkt am Wasser.

## 5 Jordaan & der Westen (S. 71)

Das einstige Arbeiterviertel Jordaan strotzt nur so vor gemütlichen Kneipen, Galerien und Märkten, die sich in das Geflecht von winzigen Gassen zwängen. Sehenswürdigkeiten gibt es hier allerdings kaum, aber die Gegend besitzt viel Flair und bietet sich für einen Bummel an. Das Viertel grenzt an Amsterdam-West an, eine Industriebrache, die sich zu einem avantgardistischen Kulturzentrum gewandelt hat.

## 6 Vondelpark & der Süden (S. 79)

Der Vondelpark spielt im Herzen Amsterdams eine ganz besondere Rolle. Er fungiert als Grünanlage für alle. Gleich in der Nähe vom Park finden sich im überaus betuchten Oud Zuid (Alt-Süd) das Van Gogh Museum, das Stedelijk Museum und das Rijksmuseum. Südlich liegen der Amsterdamse Bos (Amsterdamer Wald) und das CoBrA Museum, nördlich Overtoom und De Hallen, ein Markt und ein Kulturkomplex.

## 7 De Pijp (S. 81)

De Pijp, das wie ein Dorf anmutet, ist ein Ausbund an Kreativität und das Zuhause einer bunten Mischung von Arbeitern, Einwanderern, Intellektuellen, Sexarbeiterinnen und jungen Städtern. Die Szenerie kann man auf dem größten Straßenmarkt Amsterdams, dem Albert Cuypmarkt, aber auch in den herausragenden Speiselokalen und unkonventionellen *cafés* (Kneipen), die ihn umgeben, auf sich wirken lassen.

## 8 Oosterpark & östlich der Amstel (S. 82)

Amsterdam-Oost (Osten) ist eines der kulturell abwechslungsreichsten Viertel, die diese Stadt zu bieten hat – ein wahrer Schmelztiegel. Diese Gegend entstand im 19. Jh. mit prächtigen Gebäuden und breiten Boulevards. Der große Oosterpark im englischen Stil wurde 1861 angelegt, der grüne Flevopark weiter östlich datiert aus der Zeit, als diese Gegend noch der Erholung auf dem Lande diente. Dahinter liegt das neueste Viertel, IJburg, das sich über mehrere Inseln erstreckt und einen Strand zu bieten hat.

## 9 Amsterdam-Noord (S. 83)

Amsterdam-Noord befindet sich nur wenige Minuten von den früheren Industriegebieten entfernt. Geboten sind innovative Architektur und Hangars, die zu flippigen Hangouts umgestaltet wurden, deren Wände vor Streetart nur so strotzen. Die lange vernachlässigte Gegend wurde als hippstes Viertel neu gestaltet.

# Highlights

**1 Rijksmuseum** (S. 72) Die Kunstschätze von Vermeer, Rembrandt und anderen bedeutenden niederländischen Künstlern bewundern.

**2 Anne Frank Huis** (S. 60) Mehr vom Leben dieses jungen Mädchens, das sich im Zweiten Weltkrieg in diesem Haus versteckte, erfahren.

**3 Van Gogh Museum** (S. 76) Die pulsierenden Wirbel dieses gequälten Genies bewundern.

**4 Museum het Rembrandthuis** (S. 56) Dem Allerheiligsten dieses Malers des Goldenen Zeitalters einen Besuch abstatten.

**5 Jordaan** (S. 113) In den Kneipen dieses Viertels die *gezelligheid* (Gemütlichkeit) erleben.

**6 Albert Cuypmarkt** (S. 81) Auf dem quirligsten Straßenmarkt Amsterdams herumstöbern.

**7 Führung durchs Rotlichtviertel** (S. 86) Im Rahmen einer Führung, die das Prostitution Information Centre veranstaltet, alles über das berühmte Rotlichtviertel erfahren.

**8 Vondelpark** (S. 79) In dieser urbanen Oase inmitten von Teichen, Rasenflächen, dichtem Gebüsch und Spazierwegen entspannen.

**9 Brouwerij 't IJ** (S. 110) Unter den Flügeln einer Windmühle (18. Jh.) ein Bier trinken.

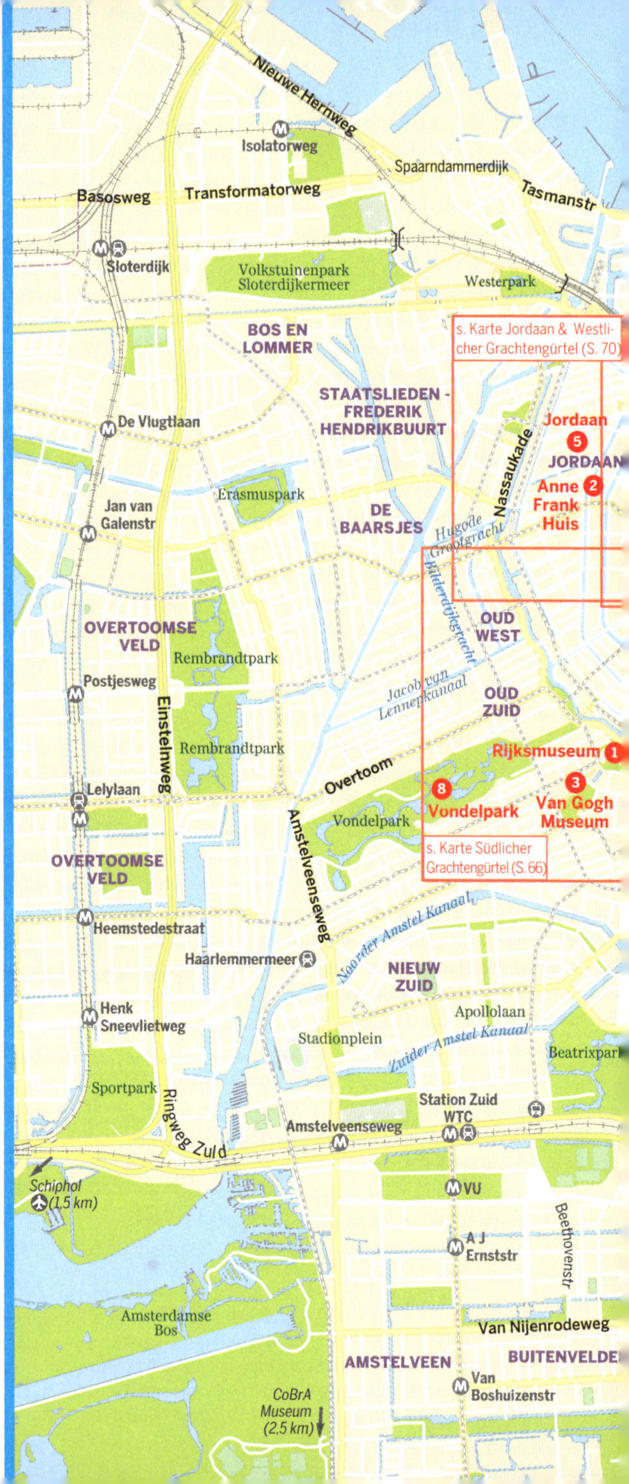

NDSM-Werf
0 2 km
BUIKSLOOT
Noorderpark
NIEUWENDAM
NOORD
WH Vliegenbos
Ringweg Noord
WESTLICHE INSELN
EYE Film Institute
SCHELLINGWOUDE
s. Karte Amsterdam Zentrum (S. 50)
Muziekgebouw aan 't IJ & Bimhuis
Het IJ
Centraal Station
Stationsplein
Javabrug
Java Eiland
ÖSTLICHE DOCKS
KNSM Eiland
IJ Haven
Damrak
s. Karte Östliche Inseln & Plantage (S. 58)
Piet Heinkade
Sporenburg
Keesje Brijdeplantsoen
Zeeburg
Piet Hein Tunnel
Zuiderzeeweg
Rietlandpark
7
Rot-licht-viertel
ÖSTLICHE INSELN
Oude Schans
Borneo Eiland
OOSTENBURG
Nieuwmarkt
Nieuwe Vaart
4
Museum het Rembrandthuis
Entrepotdok
9
Brouwerij 't IJ
Zeeburgerdijk
Waterlooplein
PLANTAGE
Borneostr
DAPPERBUURT
Tropenmuseum
Molukkenstr
Flevopark
Weesperplein
Mauritskade
OOST
Muiderpoort
Linnaeusstr
Oosterpark
Amstel
Ruyschstr
1e Oosterparkstr
Albert Cuypmarkt
6
DE PIJP
Pijp
OOSTERPARKBUURT
Wibautstraat
Middenweg
Ferdinand Bolstr
Weesperzijde
Park Frankendael
Amsteldijk
Hugo de Vrieslaan
Amstelkanaal
Wibautstr
Amstelstation
WATERGRAAFSMEER
Diemen
Biesboschstr
Rijnstr
Hartveldseweg
Spaklerweg
Sportpark Drie Burg
Gooiseweg
Sportpark Voorland
Amstel
OVER AMSTEL
Spaklerweg
DIEMEN
RAI
Zorgvlied Friedhof
Nieuwe Utrechtseweg
Randweg
DUIVENDRECHT
Diemen Zuid
Veenin Stuartweg
Ringweg Zuid
Amstelpark
Overamstel
Van der Madeweg
Venserpolder
Bergwijkdreef
Van der Madeweg
Duivendrecht
Duivendrecht
BIJLMERMEER
Amsterdam Arena (3 km)

# Amsterdam Zentrum

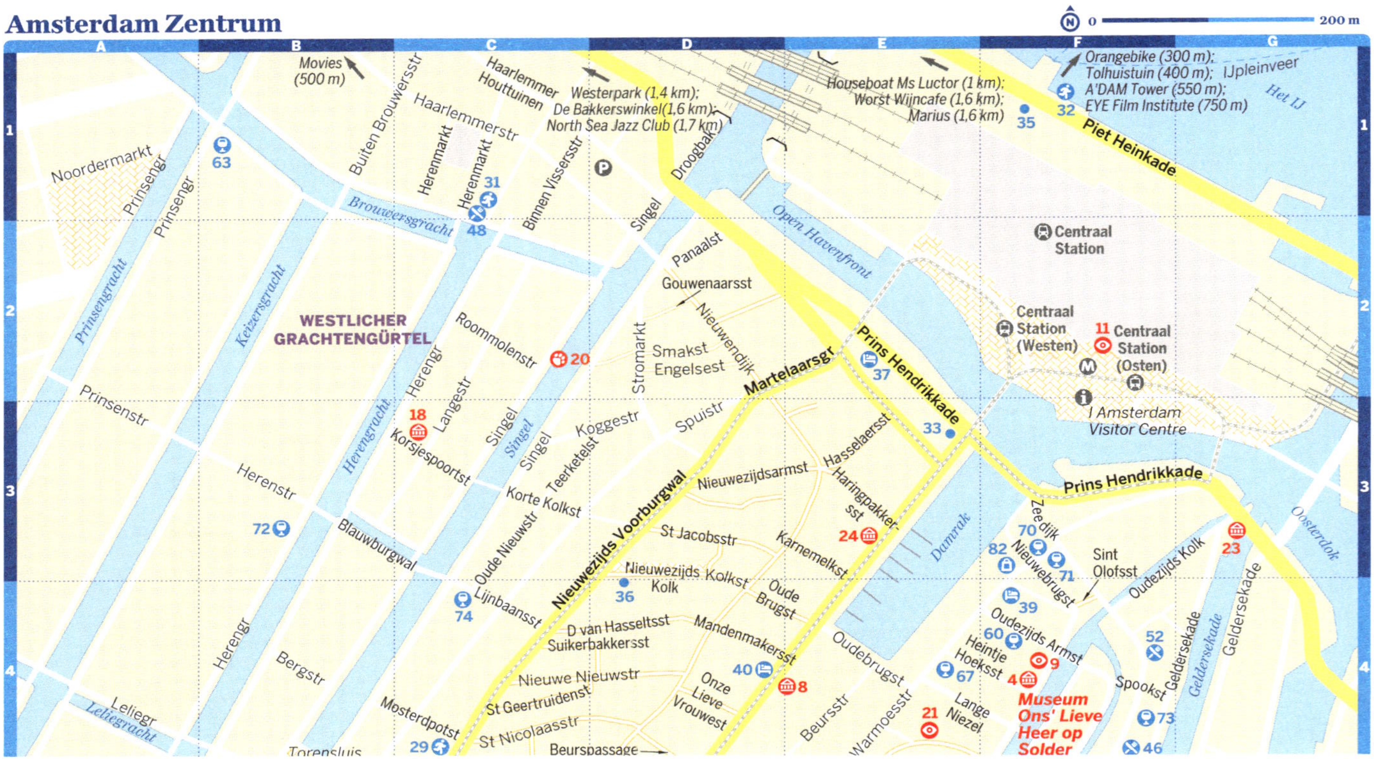

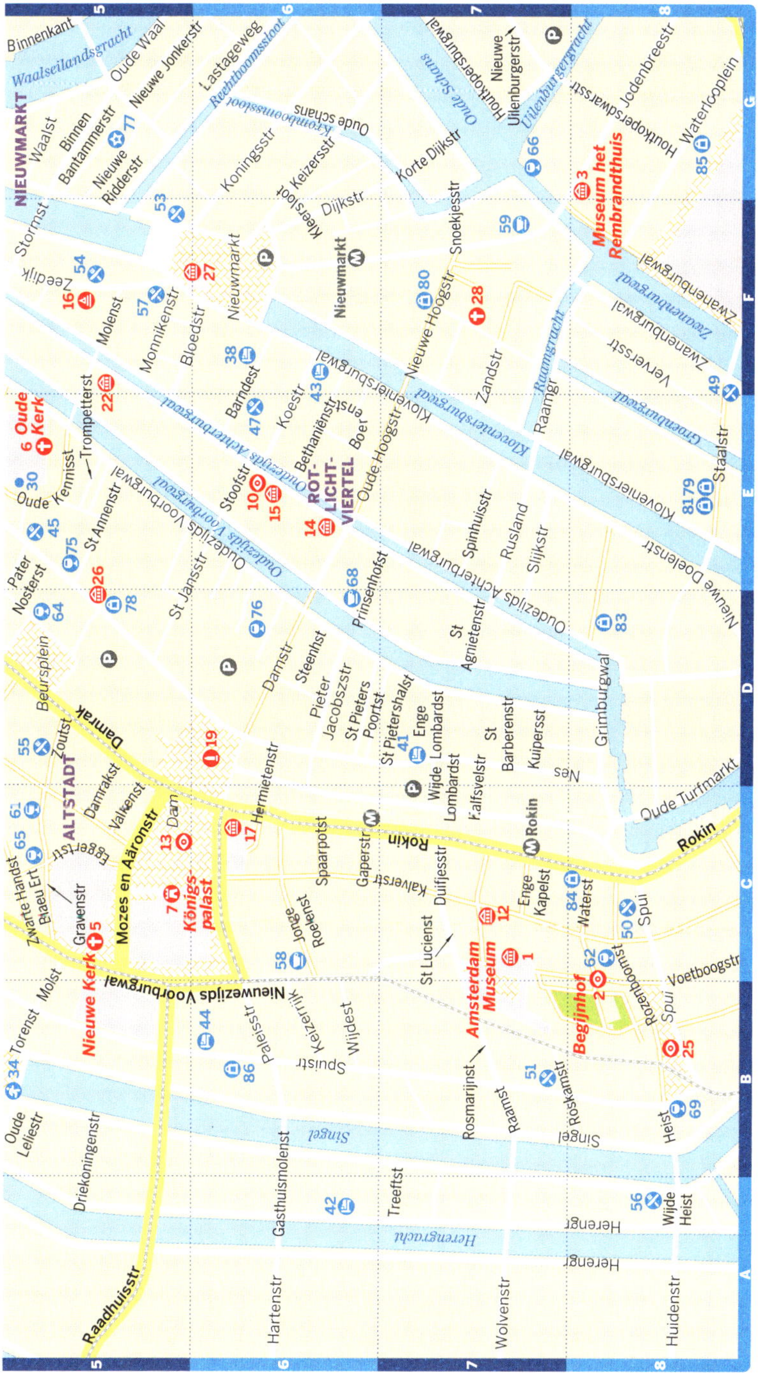
NIEUWMARKT
ALTSTADT
ROT-LICHT-VIERTEL
Oude Kerk
Nieuwe Kerk
Königs-palast
Amsterdam Museum
Begijnhof
Museum het Rembrandthuis
Binnenkant
Waalseilandsgracht
Oude Waal
Nieuwe Jonkerstr
Lastageweg
Rechtboomssloot
Kromboomssloot
Oude Schans
Houtkopersburgwal
Nieuwe Uilenburgerstr
Uilenburgergracht
Jodenbreestr
Houtkopersdwarsstr
Waterlooplein
Waalst
Binnen Bantammerstr
Nieuwe Ridderstr
Koningsstr
Keizersstr
Kleersloot
Dijkstr
Korte Dijkstr
Snoekjesstr
Stormst
Zeedijk
Molenst
Monnikenstr
Bloedstr
Nieuwmarkt
Zwanenburgwal
Zwanenburgwal
Verversstr
Raamgracht
Raamgr
Zandstr
Nieuwe Hoogstr
Kloveniersburgwal
Trompetterst
Barndest
Koestr
Bethaniënstr
Boerenst
Oude Hoogstr
Oudezijds Achterburgwal
Groenburgwal
Staalstr
Oude Kennisst
St Annenstr
Stoofstr
Oudezijds Voorburgwal
Spinhuisstr
Rusland
Slijkstr
Nieuwe Doelenstr
Pater Nosterst
St Jansstr
Prinsenhofst
St Agnietenstr
Grimburgwal
Beursplein
Damrak
Damstr
Steenhst
Pieter Jacobszstr
St Pieters Poortst
St Pietershalst
Enge Lombardst
Wijde Lombardst
Kalfsvelstr
St Barberenstr
Kuiperst
Nes
Oude Turfmarkt
Rokin
Rokin
Zoutst
Damrakst
Valkenst
Eggertst
Dam
Hermietenstr
Spaarpotst
Gaperstr
Kalverstr
Duifjesstr
Enge Kapelst
Naterst
Spui
Zwarte Handst
Blaeu Erf
Gravenstr
Mozes en Aäronstr
Jonge Roelenst
St Luciensst
Nieuwezijds Voorburgwal
Rozenboomst
Voetboogstr
Molst
Torenst
Paleisstr
Keizerrijk
Wijdest
Spuistr
Rosmarijnst
Raamst
Roskamstr
Heist
Oude Leliestr
Driekoningenstr
Gasthuismolenst
Singel
Singel
Treeftst
Herengracht
Herengr
Herengr
Wijde Heist
Raadhuisstr
Hartenstr
Wolvenstr
Huidenstr

## Amsterdam Zentrum

**Highlights**
1 Amsterdam Museum ... C7
2 Begijnhof ... C8
3 Museum het Rembrandthuis ... G8
4 Museum Ons' Lieve Heer op Solder ... F4
5 Nieuwe Kerk ... C5
6 Oude Kerk ... E5
7 Königspalast ... C5

**Sehenswertes**
8 Beurs van Berlage ... E4
9 Brouwerij De Prael ... F4
10 Cannabis College ... E6
11 Centraal Station ... F2
12 Civic Guard Gallery ... C7
13 Dam ... C5
14 Hash, Marijuana & Hemp Museum ... E6
15 Hemp Gallery ... E6
16 Kuan Yin Shrine ... F5
17 Madame Tussauds Amsterdam ... C6
18 Multatuli Museum ... C3
19 Nationaal Monument ... D6
Oude Kerk Tower ... (s. 6)
20 Poezenboot ... C2
21 Prostitution Information Centre ... E4
22 Red Light Secrets ... F5
23 Schreierstoren ... G3
24 Sexmuseum Amsterdam ... E3
25 Spui ... B8
26 W139 ... D5
27 Waag ... F6
28 Zuiderkerk ... F7

**Aktivitäten, Kurse & Touren**
29 Black Bikes ... C4
30 Drugs Tour ... E5
31 Frederic Rentabike ... C1
32 MacBike ... F1
Mee in Mokum ... (s. 1)
Prostitution Information Centre Red Light District Tour ... (s. 21)
33 Randy Roy's Redlight Tours ... E3
34 Reypenaer Cheese Tasting ... B5
Sandeman's New Amsterdam Tours ... (s. 19)
35 Wetlands Safari ... F1
36 Yellow Bike ... D4

**Schlafen**
37 art'otel amsterdam ... E2
38 Christian Youth Hostel 'The Shelter City' ... F6
39 Hotel Luxer ... F4
40 Hotel The Exchange ... D4
41 Hotel V Nesplein ... D7
42 Hoxton Amsterdam ... A6
43 Misc EatDrinkSleep ... F6
St Christopher's at the Winston ... (s. 75)
44 W Amsterdam ... B6

**Essen**
45 Anna ... E5
46 Bird Snackbar ... F4
47 Blauw aan de Wal ... E6
48 De Belhamel ... C1
49 Frenzi ... F8
50 Gartine ... C8
51 Haesje Claes ... B7
52 Hofje van Wijs ... F4
53 Nam Kee ... F5
54 Nam Kee ... F5
55 Rob Wigboldus Vishandel ... D5
56 Singel 404 ... A8
57 Tokoman ... F5

**Ausgehen & Nachtleben**
58 Abraxas ... C6
59 Bluebird ... F7
60 Brouwerij De Prael ... F4
61 Café Belgique ... C5
62 Café de Dokter ... C8
63 Café Tabac ... B1
64 Cut Throat ... D5
65 De Drie Fleschjes ... C5
66 De Sluyswacht ... G7
67 Getto ... E4
68 Greenhouse ... D6
69 Hoppe ... B8
70 In de Olofspoort ... F3
71 Proeflokaal de Ooievaar ... F3
72 't Arendsnest ... B3
73 't Mandje ... F4
74 Tales & Spirits ... C4
75 Winston Kingdom ... E5
76 Wynand Fockink ... D6

**Unterhaltung**
77 Amsterdams Marionetten Theater ... G5

**Shoppen**
78 Condomerie Het Gulden Vlies ... D5
79 Hôtel Droog ... E8
80 Joe's Vliegerwinkel ... F7
81 Juggle ... E8
82 Kokopelli ... F3
83 Oudemanhuispoort Book Market ... D8
84 PGC Hajenius ... C8
85 Waterlooplein Flea Market ... G8
86 X Bank ... B6

*(Fortsetzung von Seite 45)*

der Intarsienboden mit einer Darstellung der Weltkarte im sagenhaften *burgerzaal* (Bürgersaal) im Herzen des Gebäudes. Am besten nimmt man sich beim Betreten des Palasts am Kassenschalter einen kostenlosen Audioguide mit; dieser informiert überaus anschaulich, was es hier alles zu sehen gibt. Wenn König Willem-Alexander den

Palast für Staatsempfänge nutzt, bleibt das Gebäude verständlicherweise für die Öffentlichkeit geschlossen; man sollte sich deshalb rechtzeitig vor dem Besuch erkundigen.

### ★ Amsterdam Museum — MUSEUM

(Karte S. 50; ☎ 020-523 18 22; www.amsterdammuseum.nl; Gedempte Begijnensloot; Erw./Kind 13,50 €/frei; ⏲ 10–17 Uhr; 🚋 2/11/12 Spui) Unternehmergeist, freies Denken, Bürgertum und Kreativität sind die vier Säulen dieser Multimedia-DNA-Ausstellung in diesem spannenden Museum, das die Geschichte Amsterdams in sieben Schlüsselepochen einteilt. Im Gegensatz zu vielen anderen Museen der Stadt tummeln sich hier selten größere Menschenmassen. Dorthin kommt man durch die Arkade, inkl. der **Civic Guard Gallery** (Karte S. 50; Kalverstraat 92; ⏲ 10–17 Uhr; 🚋 2/11/12 Spui) GRATIS.

### ★ Begijnhof — HOF

(Karte S. 50; www.nicolaas-parochie.nl; ⏲ 9–17 Uhr; 🚋 2/11/12 Spui) GRATIS Der umbaute ehemalige Konvent aus dem frühen 14. Jh. ist eine fast schon surreale Oase der Ruhe mit winzigen Häusern und kleinen Gärtchen, die sich um den gepflegten Hof am Gedempte Begijnensloot gruppieren. Die Beginen, ein katholischer Orden für unverheiratete oder verwitwete Frauen, die sich um das Wohl der Alten kümmerten, führten ein religiöses Leben, ohne jedoch ein Klostergelübde abzulegen. Die letzte Begine verstarb 1971. Im *hof* befinden sich die reizvolle **Begijnhof Kapel** (Karte S. 66; www.begijnhofkapelamsterdam.nl; Begijnhof 30; ⏲ Mo 13–18.30, Di–Fr 9–18.30, Sa & So 9–18 Uhr; 🚋 2/11/12 Spui) aus dem Jahr 1671 und die **Engelse Kerk** (Englische Kirche; Karte S. 66; www.ercadam.nl; Begijnhof 48; ⏲ 9–17 Uhr; 🚋 2/11/12 Spui), die um 1392 erbaut wurde.

### Dam — PLATZ

(Karte S. 50; 🚋 4/14/24 Dam) Genau an diesem Platz wurde Amsterdam um 1270 gegründet. Heute haben Tauben, Touristen, Straßenmusikanten und gegegentlich auch einmal ein Volksfest mit Riesenrad das Areal erobert. Der Platz ist noch immer ein Treffpunkt der Einheimischen, und wenn eine große Demonstration stattfindet, dann wird sie immer hier abgehalten.

### Nationaal Monument — MONUMENT

(Karte S. 50; Dam; 🚋 4/14/24 Dam) Der 22 m hohe Obelisk an der Ostseite des Dam wurde 1956 errichtet, um der Opfer der deutschen Besetzung zu gedenken. Vor dem Denkmal stehen zwei Löwen; der Sockel ist mit mehreren symbolischen Statuen versehen: vier Männern (Krieg), einer Frau mit Kind (Frieden) sowie Männern mit Hunden (Widerstand). In den zwölf Urnen an der Rückseite befindet sich Erde von den Soldatenfriedhöfen der elf Provinzen und aus Niederländisch-Ostindien. Auch heute noch findet hier am 4. Mai eine Gedenkfeier zu Ehren der Kriegsopfer statt.

### ★ Nieuwe Kerk — KIRCHE

(Neue Kirche; Karte S. 50; ☎ 020-626 81 68; www.nieuwekerk.nl; Dam; Erw./Kind 11 €/frei; ⏲ 10–18 Uhr; 🚋 2/11/12/13/17 Dam) Diese Nieuwe Kerk, eine spätgotische Basilika aus dem 15. Jh., ist nur im Vergleich zur Oude Kerk (Alte Kirche; 1306) neu. Der eigentlich spartanische Kirchenraum wird von wenigen monumentalen Ausstattungsobjekten dominiert – einer wunderschönen, geschnitzten Kanzel aus Eichenholz, einem Chorgitter aus Bronze und riesigen Buntglasfenstern. In dieser Kirche finden Krönungen und königliche Hochzeiten statt. Ansonsten wird das Gebäude für Kunstausstellungen und Konzerte genutzt. Die Öffnungszeiten und Eintrittspreise definieren sich durch den jeweiligen Event. Ein Audioguide kostet 2 €.

### Spui — PLATZ

(Karte S. 50; 🚋 2/11/12 Spui) Einladende *cafés* (Kneipen) und intellektuelle Büchergeschäfte umgeben den Spui, einen beliebten Treff von Akademikern, Studenten und Journalisten. Freitags findet – wenn das Wetter mitspielt – immer ein kleiner Büchermarkt auf dem Platz statt, sonntags ein **Kunstmarkt** (Karte S. 66; www.artplein-spui.com; Spui; ⏲ März–Dez. So 11–18.30 Uhr; 🚋 2/11/12 Spui).

Und nur so nebenbei: Ausgesprochen, wird der Platz „Spöi".

### Sexmuseum Amsterdam — MUSEUM

(Karte S. 50; www.sexmuseumamsterdam.nl; Damrak 18; 5 €; ⏲ 9.30–22.30 Uhr; 🚋 2/4/11/12/13/14/17/24/26 Centraal Station) Das Sexmuseum ist echt amüsant. Hier gibt es Kopien von pornografischen Tellern aus Pompeji, erotische Bronzen aus Wien aus dem 14. Jh., einige der ersten Nacktfotos der Welt, einen Exhibitionisten im Trenchcoat, der automatisiert furzt, und eine Musikbox zu bestaunen, die *Edelweiß* dudelt und den Anschein erweckt, ein Paar in flagranti zu überraschen. Das Sexmuseum ist jedenfalls lustiger und vergnüglicher als die anderen Erotikmuseen im Rotlichtviertel. Zutritt ab 16 Jahren.

## DAS ROTLICHTVIERTEL: FAKTEN & ZAHLEN

- Das Jahr, in dem die Prostitution in den Niederlanden offiziell legalisiert wurde: 2000
- Anzahl an Prostituierten in Amsterdam: etwa 6000, die Schätzungen liegen zwischen 5000 und 8000
- Gesetzliches Mindestalter einer Prostituierten in den Niederlanden: 21
- Es ist streng verboten, die Schaufenster zu fotografieren. Auch wenn es der erste Impuls ist, einen Schnappschuss zu machen, sollte man das keinesfalls tun – aus Respekt und um zu vermeiden, dass die Zuhälter der Damen einem die Kamera aus der Hand reißen.
- Zu ihrer Sicherheit sind die Zimmer der Prostituierten mit einem Notknopf ausgestattet, der, sobald er betätigt wird, draußen das Licht anspringen lässt. Die Polizei oder anderes Wachpersonal sind dann im Handumdrehen an Ort und Stelle.
- Die roten Lichter im Rotlichtviertel gibt es schon seit ewigen Zeiten; um 1300 trafen Frauen, die eine rote Laterne in der Hand trugen, bereits Matrosen in der Nähe vom Hafen. Das rote Licht schmeichelt, und in Kombination mit schwarzem Licht wirken die Zähne schön glänzend.

**Madame Tussauds Amsterdam** MUSEUM

(Karte S. 50; www.madametussauds.com/amsterdam; Dam 20; Erw./Kind 24,50/20,50 €; ⌚ Aug. 9.30–21.30 Uhr, Sept.–Juli ab 10 Uhr; 🚊 4/14/24 Dam) Klar, das Wachsmuseum Madame Tussauds ist überteuert und kitschig, aber ziemlich amüsant ist es dann doch aufgrund seines Schwerpunkts auf der niederländischen Kultur: Hier können die Besucher die niederländische Königsfamilie, Politiker, Maler und Popstars „treffen", außerdem internationale Berühmtheiten wie George Clooney oder Barack Obama. Kinder sind jedenfalls immer begeistert.

Wer sich seine Eintrittskarten online besorgt, spart ein paar Euro und kann sich an der Warteschlange mit der Schnellabfertigung anstellen. Ermäßigungen bekommt man auf Online-Tickets für die Zeiten vor 11.30 Uhr und nach 18 Uhr.

Die Öffnungszeiten können wechseln; es macht deshalb Sinn, einen Blick in den Online-Kalender zu werfen.

**Centraal Station** SEHENSWERTES GEBÄUDE

(Karte S. 50; Stationsplein; 🚊 2/4/11/12/13/14/17/24/26 Centraal Station) Der Hauptbahnhof ist nicht nur ein Verkehrsknotenpunkt, sondern auch eine Sehenswürdigkeit. Das wunderschöne Bauwerk mit Türmchen datiert aus dem Jahr 1889. Einer der Architekten, P. J. Cuypers, entwarf auch das Rijksmuseum (S. 72). Die Ähnlichkeit erkennt man an den neugotischen Türmen, am Backstein und an der Fülle der Reliefs mit den Themen Schifffahrt, Handel und Industrie.

**★ Oude Kerk** KIRCHE

(Alte Kirche; Karte S. 50; ☎ 020-625 82 84; www.oudekerk.nl; Oudekerksplein; Erw./Kind 10 €/frei; ⌚ Mo–Sa 10–18, So 13–17.30 Uhr; 🚊 4/14/24 Dam) Die Oude Kerk (1306) ist das älteste erhaltene Gebäude Amsterdams. Und ein spannender moralischer Widerspruch ist sie auch: Das Gotteshaus ist von Fenstern im Rotlichtviertel umgeben, wo es so richtig zur Sache geht. Innen lohnen die imposante Vater-Müller-Orgel, die frechen Schnitzereien am Chorgestühl (15. Jh.) und die berühmten Amsterdamer Grabplatten im Boden (u. a. von Rembrandts Frau Saskia van Uylenburgh) einen Blick. Es finden in der Kirche regelmäßig Kunstausstellungen statt. Man kann außerdem im Rahmen einer Führung den **Turm** erklimmen (Karte S. 50; www.westertorenamsterdam.nl; Oudekerksplein; Führung 8 €; ⌚ April–Okt. Mo–Sa 13–19 Uhr; 🚊 4/14/24 Dam). Die Eintrittsgebühr kann nur per Kreditkarte/EC-Karte bezahlt werden.

**★ Museum Ons' Lieve Heer op Solder** MUSEUM

(Karte S. 50; ☎ 020-624 66 04; www.opsolder.nl; Oudezijds Voorburgwal 38; Erw./Kind 11/5,50 €; ⌚ Mo–Sa 10–18, So ab 13 Uhr; 🚊 4/14/24 Dam) In einem Gebäude, das wie ein ganz normales Grachtenhaus aussieht, befindet sich eine komplette katholische Kirche. Ons' Lieve Heer op Solder (Unser Lieber Herr auf dem Dachboden) wurde Mitte 1600 in Auflehnung gegen die Reformation erbaut, als die Katholiken ihre Gottesdienste nicht mehr öffentlich abhalten durften. Innen gibt es heute labyrinthartige Treppenhäuser, prächtige Kunstwerke, Dekor im Stil der Epoche und natürlich die zweigeschossige Geheimkirche selbst zu bestaunen, die heute als Symbol der Religionsfreiheit gilt.

**Cannabis College** KULTURZENTRUM
(Karte S. 50; ☎ 020-423 44 20; www.cannabiscollege.com; Oudezijds Achterburgwal 124; ⏲ 11 19 Uhr; 🚋 1/11/24 Dam) Das gemeinnützige Kulturzentrum gibt den Besuchern hilfreiche Tipps und kennt alle Tricks für ein positives Erlebnis beim Haschisch-Rauchen; außerdem informiert es über die vor Ort gültigen Cannabisgesetze. Pädagogisch ausgerichtete Exponate und eine Bibliothek sind ebenfalls vorhanden.

Die Mitarbeiter halten Stadtpläne bereit und erteilen Ratschläge, wo man Coffeeshops findet, in denen Bio-Cannabis verkauft wird, und Läden, die sich auch für Neulinge eignen. T-Shirts, Sticker, Postkarten und ein paar andere Requisiten mit dem Logo werden hier auch verkauft.

**Guanyin-Schrein** BUDDHISTISCHER TEMPEL
(Fo Guang Shan He Hua-Tempel; Karte S. 50; www.ibps.nl; Zeedijk 106–118; ⏲ Di–Sa 12–17, So 10–17 Uhr; Ⓜ Nieuwmarkt) Europas größter buddhistischer Tempel im Stil des chinesischen Kaiserreichs wurde 2000 erbaut und ist Guanyin, der buddhistischen Göttin der Barmherzigkeit, geweiht. Man betritt ihn durch eines der Seitentore (was üblich ist, denn das Haupttor bleibt Mönchen und Nonnen vorbehalten), gibt eine Spende, entzündet ein Räucherstäbchen und lässt dann die tausend Augen und Hände der Bodhisattva-Statue auf sich wirken.

**Hash, Marijuana & Hemp Museum** MUSEUM
(Karte S. 50; ☎ 020-624 89 26; www.hashmuseum.com; Oudezijds Achterburgwal 148; 9 €; ⏲ 10–22 Uhr; 🚋 4/14/24 Dam) Die schlichten Exponate hier beschäftigen sich mit der Botanik von Cannabis und der Beziehung dieser Pflanze zur Religion. Zu den Highlights zählen eine beeindruckende Pfeifensammlung, ein interaktiver Vaporisator sowie ein Kiosk, an dem die Besucher eine Postkarte erstellen können, die sie in einem Marihuana-Feld zeigt. Im Eintritt inbegriffen ist die Besichtigung der **Hemp Gallery** (Karte S. 50; www.hashmuseum.com; Oudezijds Achterburgwal 130; inkl. Hash, Marijuana & Hemp Museum 9 €; ⏲ 10–22 Uhr; 🚋 4/14/24 Dam) mit jeder Menge Hanfkunst und historischen Objekten; die Galerie befindet sich in einem separaten Gebäude 30 m weiter nördlich.

**Red Light Secrets** MUSEUM
(Museum der Prostitution; Karte S. 50; ☎ 020-846 70 20; www.redlightsecrets.com; Oudezijds Achterburgwal 60h; 12,50 €; ⏲ 10–24 Uhr; 🚋 4/14/24 Dam) Das Museum in einem Grachtenhaus aus dem 17. Jh., in dem sich früher ein Bordell befand, schließt eine Lücke, denn es zeigt neugierigen Besuchern, wie ein Bordellzimmer wirklich aussieht und beantwortet grundlegende Fragen zu diesem Gewerbe. Es wird ein Kurzfilm gezeigt, außerdem bieten sich viele Gelegenheiten zum Fotografieren (im Dominazimmer zum Beispiel).

## GEHEN DIE ROTEN LICHTER AUS?

Seit 2007 verringern die Behörden der Stadt die Anzahl an rot erleuchteten Fenstern – ein Versuch, etwas Ordnung ins Rotlichtviertel zu bringen. Es heißt, dass es dabei nicht um Moral gehe, sondern vielmehr um Kriminalität: Zuhälter, Drogenhändler und Geldwäscher haben sich in der Szene breitgemacht und in dem Viertel eine Abwärtsspirale in Gang gesetzt. Die Gegner weisen auf eine zunehmend konservative Haltung hin und behaupten, die Behörden würden die Kriminalität nur als eine Ausrede benutzen, weil ihnen Amsterdams Ruf als Sündenpfuhl nicht passe.

Seitdem sich die Anzahl an Fenstern reduziert hat, haben sich Modeateliers, Kunstgalerien und Szene-Cafés etabliert und die verlassenen Räumlichkeiten übernommen. Ermöglicht wurde dies durch ein bestimmtes Förderprogramm mit niedrigen Mieten und anderen Impulsen, die den Einzelhandel unterstützten. Die ganze Angelegenheit trägt den Namen Projekt 1012, nach der Postleitzahl dieses Viertels.

Momentan sind noch rund 300 Fenster vorhanden – von ehedem 482. Die Prostituierten und ihre Befürworter gingen in Scharen auf die Straße, um gegen die Schließungen zu protestieren: Ihre Sorge ist, dass nach Schließung der Fenster die Prostituierten gezwungen sind, sich einen anderen Standort in einer wesentlich unsichereren Gegend zu suchen. Die Stadt überdenkt nun ihren Plan, noch zig weitere Fenster zurückzukaufen. Mittlerweile gibt es jedoch auch noch andere Initiativen, die das Gesicht des Viertels verändern wollen, beispielsweise durch die Einführung eines Festivals wie das **Red Light Jazz Festival** (www.redlightjazz.com; ⏲ Anf. Juni).

Ein Besuch in diesem Museum dauert nicht einmal eine Stunde. Wer seine Eintrittskarte online kauft, kommt 2 € billiger weg.

**Schreierstoren** HISTORISCHES GEBÄUDE

(Karte S. 50; www.schreierstoren.nl; Prins Hendrikkade 95; 2/4/11/12/13/14/17/24/26 Centraal Station) An diesem Turm, der um 1480 als Bestandteil der städtischen Wehranlagen errichtet wurde, stach Henry Hudson 1609 in See zur Neuen Welt; eine Plakette markiert die Stelle. Der Turm heißt in der Überlieferung „weinender Turm"– denn hier winkten die traurigen Frauen den Matrosen auf dem Schiff zum Abschied; der Name leitet sich jedoch in Wirklichkeit vom Wort „spitz" ab – wegen der Landspitze, die in die Bucht hineinragt. Wer ins **VOC Café** (Karte S. 58; 020-428 82 91; So–Do 10–1, Fr & Sa bis 2.30 Uhr; 2/4/11/12/13/14/17/24/26 Centraal Station) hineinspaziert, kann einen Blick in das Turminnere werfen.

**Beurs van Berlage** HISTORISCHES GEBÄUDE

(Karte S. 50; 020-530 41 41, Führungen 020-620 81 12; www.beursvanberlage.com; Damrak 243; Führung 14,50 €; Führungen nach Reservierung; 4/14/24 Dam) Der Meisterarchitekt und glühende Sozialist H. P. Berlage (1856–1934) erbaute im Jahr 1903 die Amsterdamer Börse. Er gestaltete den Tempel des Kapitalismus mit Dekor aus, das die Arbeiterschaft hochleben ließ, darunter Wandmosaiken, die das muskelbepackte Proletariat in Vergangenheit, Gegenwart und Zukunft zeigen. Innerhalb von nur 20 Jahren war das Gebäude für den Börsenhandel dann schon zu klein, und die Börse wurde verlegt. In dem Bauwerk finden heute Konferenzen und Kunstausstellungen statt. Führungen (www.artifex.nu) von einer Stunde Dauer veranschaulichen die Geschichte; die Teilnehmer erklimmen dabei auch den Glockenturm, von wo sich ein Panoramablick bietet.

**Prostitution Information Centre** BIBLIOTHEK

(PIC; Karte S. 50; 020-420 73 28; www.pic-amsterdam.com; Enge Kerksteeg 3; Mi–Fr 12–17, Sa bis 19 Uhr; 4/14/24 Dam) Das von einer ehemaligen Prostituierten ins Leben gerufene PIC vermittelt Frauen, die in diesem Gewerbe tätig sind, ihren Kunden und neugierigen Touristen freizügig Informationen zu diesem Gewerbe. Mit dazu gehört ein kleines Geschäft mit erhellender Lektüre und Andenken; und Stadtspaziergänge (S. 86), auf denen die Augen geöffnet werden, werden ebenfalls veranstaltet.

**W139** GALERIE

(Karte S. 50; 020-622 94 34; www.w139.nl; Warmoesstraat 139; 12–18 Uhr; 4/14/24 Dam) GRATIS In diesem Kunstzentrum mit zeitgenössischen Werken sollte man vorbeischauen – und dann über die Multimedia-Exponate nachsinnen, die oft einen provokanten politischen Blickwinkel aufweisen. Auf der Website steht, wann genau die häufig anberaumten Künstlergespräche stattfinden.

## Nieuwmarkt, Plantage & die östlichen Inseln

Historische Gebäude und das ehemalige Wohnhaus von Rembrandt liegen in der Nähe vom Nieuwmarkt, dem historischen Platz, nach dem das Viertel benannt ist, während sich südlich von diesem Knotenpunkt im Zentrum der weitläufige Waterlooplein und das einstige jüdische Viertel erstrecken mit diversen Synagogen, in denen das Joods Historisch Museum (Jüdisches Historisches Museum) untergebracht ist. Ein kleines Stück gen Osten befinden sich die luftigen Grünflächen von Plantage mit Parks, dem Botanischen Garten und dem umfangreichen Artis Royal Zoo, dem Amsterdamer Tierpark.

**★ Museum het Rembrandthuis** MUSEUM

(Rembrandthaus-Museum; Karte S. 50; 020-520 04 00; www.rembrandthuis.nl; Jodenbreestraat 4; Erw./Kind 13/4 €; 10–18 Uhr; M Waterlooplein) Das Museum befindet sich in Rembrandts ehemaligem Wohnhaus, in dem der große Meister seine erfolgreichsten Jahre verbrachte und so bedeutende Auftragsarbeiten wie *Die Nachtwache* malte und zudem das größte Atelier der Niederlande betrieb. Doch sein Erfolg sollte nicht von Dauer sein: Sein Werk kam aus der Mode, er hatte enorme Beziehungsprobleme, und der Bankrott stand vor der Tür. Anhand des Inventars, das erfasst wurde, als Rembrandt das Haus verlassen musste, konnten die Kuratoren die Einrichtung im Domizil des Malers originalgetreu rekonstruieren.

**★ Joods Historisch Museum** MUSEUM

(Jüdisches Historisches Museum; Karte S. 58; 020-531 03 10; www.jck.nl; Nieuwe Amstelstraat 1; Erw./Kind 15/7,50 €; 11–17 Uhr; M Waterlooplein) Das Joods Historisch Museum ist ein wunderschön restaurierter Gebäudekomplex mit vier aschkenasischen Synagogen aus dem 17. und 18. Jh. Diverse Ausstellungsstücke vermitteln den Aufstieg

## AMSTERDAM IN ...

### ... zwei Tagen

Am besten besichtigt man die Topattraktionen zuerst: Ab geht es zu den Meisterwerken im Rijksmuseum (S. 72) in Oud Zuid (Alt-Süd) und ins benachbarte Van Gogh Museum (S. 76). Am Nachmittag ist im Zentrum eine Dosis niederländische Geschichte im Amsterdam Museum (S. 53), Begijnhof (S. 53) oder im Königspalast (S. 45) am Dam (S. 53) angesagt. Am Abend verlockt ein gewagter Abstecher ins Rotlichtviertel, in dem man aus dem Staunen gar nicht mehr herauskommt, oder aber man trinkt einfach ein Bierchen in einem *bruin café* wie dem Hoppe (S. 108).

Am nächsten Tag macht es Spaß, auf dem quirligen Albert Cuypmarkt (S. 81) im Viertel De Pijp herumzustöbern. Dann geht es hinüber zum Südlichen Grachtengürtel, um die prächtigen Grachtenhäuser wie das Museum Van Loon (S. 65) und das Museum Willet-Holthuysen (S. 68) zu besuchen, woran sich eine Bootsfahrt durch die Grachten anschließt. Nachts wird am vom Neonlicht erhellten Leidseplein abgefeiert.

### ... vier Tagen

Am dritten Tag lohnt ein Abstecher zum Westlichen Grachtengürtel mit den Negen Straatjes (Neun Straßen, S. 121), einem Sammelsurium von kleineren Fachgeschäften. Gleich in der Nähe befindet sich das verstörende Anne Frank Huis (S. 60) – ein Muss für viele Amsterdambesucher. Den Abend verbringt man dann am besten im Jordaan bei einem gemütlichen Abendessen oder bei einigen guten Drinks an der Gracht.

Der nächste Tag beginnt mit dem Besuch des Museum het Rembrandthuis (S. 56), dann geht es hinüber zum Viertel Plantage mit dem Hortus Botanicus, dem Artis Royal Zoo und der Brouwerij 't IJ (S. 110), einer Bio-Brauerei in einer Windmühle. Man kann aber auch die kostenlose Fähre nehmen, um Amsterdam-Noord mit seinen coolen Lokalen in aufgelassenen Industrieanlagen am Wasser zu erkunden.

des jüdischen Unternehmertums und dessen Rolle in der niederländischen Wirtschaft sowie die Geschichte der Juden in den Niederlanden. Eine hervorragende Audiotour ist im Eintrittspreis bereits inbegriffen, und es gibt auch ein Museum für Kleinkinder mit allerlei Aktivitäten.

In der Eintrittsgebühr enthalten ist auch der Zutritt zu allen Stätten im Joods Cultureel Kwartier (Jüdisches Kulturviertel), darunter auch die Portugiesisch-Israelitische Synagoge sowie die Hollandsche Schouwburg (S. 62).

#### Portugiesisch-Israelitische Synagoge — SYNAGOGE

(Karte S. 58; www.jck.nl; Mr Visserplein 3; Erw./Kind 15/7,50 €; ⌚ Mai–Aug. So–Fr 10–17 Uhr, März, April, Sept. & Okt. So–Do 10–17, Fr bis 16 Uhr, Nov.–Feb. weniger lang geöffnet; Ⓜ Waterlooplein) Als die Synagoge mit ihrem schwindelerregenden Tonnengewölbe aus Holz 1675 vollendet wurde, war sie die größte ihrer Art in Europa. Sie wird heute noch genutzt und hat kein elektrisches Licht – nach Einbruch der Dunkelheit werden zum Gottesdienst zahlreiche Kerzen entzündet.

Die große Bibliothek, die dem Ets-Haim-Seminar gehört, zählt zu den ältesten und bedeutendsten jüdischen Büchersammlungen auf unserem Kontinent. Unweit vom Eingang führen draußen Treppen zu den unterirdischen Schatzkammern hinunter, in denen es Manuskripte aus dem 16. Jh. und mit Goldfäden durchwirkte Wandteppiche zu bestaunen gibt.

#### Waag — HISTORISCHES GEBÄUDE

(Karte S. 50; www.indewaag.nl; Nieuwmarkt 4; Ⓜ Nieuwmarkt) Die Waag mit ihren vielen Türmchen wurde im Jahr 1488 als Eingangstor in der Stadtmauer errichtet. Im Jahr 1601 wurden die Stadtmauern dann eingerissen, damit sich die Stadt weiter ausbreiten konnte, und das Gebäude wurde zur wichtigsten Wiegestation Amsterdams umfunktioniert und später auch als Stätte für öffentliche Hinrichtungen genutzt. Heute befindet sich dort ein Bar-Restaurant (von 9 bis 22.30 Uhr geöffnet). Auf dem Platz direkt davor, dem Nieuwmarkt, werden allerlei Veranstaltungen abgehalten, beispielsweise der Bauernmarkt am Samstag und der Antiquitätenmarkt am Sonntag.

## Östliche Inseln & Plantage

## Östliche Inseln & Plantage

**Highlights**
1 Königlicher Tiergarten Artis ............... C5
2 Hermitage Amsterdam ........................ A6
3 Het Scheepvaartmuseum .................... D3
4 Joods Historisch Museum ................... A5
5 Micropia ............................................. C5
6 NEMO Wissenschaftsmuseum ........... C2
7 Verzetsmuseum .................................. C5

**Sehenswertes**
8 ARCAM ............................................... C3
9 Gassan Diamonds ................................ A4
10 Hollandsche Schouwburg .................. C5
11 Hortus Botanicus ............................... B5
12 Magere Brug ....................................... A6
13 Oosterpark .......................................... D7
14 Portugiesisch-Israelitische Synagoge A5
15 Scheepvaarthuis ................................ A2
16 Wertheimpark ..................................... B5

**Aktivitäten, Kurse & Touren**
17 Mike's Bike Tours ................................ B3
18 Rederji Lampedusa ............................. C1

**Schlafen**
19 Hotel Hortus ......................................... B5
20 Hotel Rembrandt .................................. C5

**Essen**
21 De Plantage .......................................... C5
22 Gebr Hartering ..................................... B3
23 Greetje .................................................. B3
24 Tokoman ............................................... A5

**Ausgehen & Nachtleben**
25 Hannekes Boom .................................. C1
26 SkyLounge ........................................... A1
27 VOC Café .............................................. A1

**Unterhaltung**
28 Bimhuis ................................................. C1
29 Muziekgebouw aan 't IJ ....................... C1

### Gassan Diamonds — FABRIK

(Karte s. links; www.gassan.com; Nieuwe Uilenburgerstraat 173-175; ⏲9–17 Uhr; M Waterlooplein) GRATIS In diesem Betrieb kann man den Diamantschleifern und Diamantpolierern bei der Arbeit über die Schulter schauen. Interessenten können – kostenlos! – an einer rund einstündigen Führung teilnehmen, in der erklärt wird, wie der Wert von Diamanten ermittelt wird; anschließend landen die Teilnehmer im Laden, wo sich Gelegenheit bietet, die glitzernden Klunkern zu erstehen, die natürlich ihren Preis haben.

Die Fabrik befindet sich in der Nieuwe Uilenburgstraat, einer künstlichen rechteckigen Insel, die in den 1580er-Jahren aufgrund des plötzlichen Zustroms von sephardischen Juden aus Spanien und Portugal angelegt wurde. In den 1880er-Jahren wurde in der Gassan als erste Diamantenfabrik mit Dampfmaschinen gearbeitet.

### Zuiderkerk — KIRCHE

(Karte S. 50; ☎020-308 03 99, Turmführungen 020-689 25 65; www.zuiderkerkamsterdam.nl; Zuiderkerkhof 72; M Nieuwmarkt) Der berühmte niederländische Renaissance-Architekt Hendrick de Keyser erbaute im Jahr 1611 die „Südkirche". Es handelt sich dabei um das erste in Auftrag gegebene protestantische Gotteshaus Amsterdams – noch mit katholischer Ausgestaltung, jedoch ohne Chor. Der letzte Gottesdienst wurde hier 1929 abgehalten. Im Zweiten Weltkrieg diente das Gebäude während des sogenannten „Hungerwinters" als Leichenhalle.

Die Räumlichkeiten werden heute für private Veranstaltungen genutzt; man kann aber auf der Website www.westertorenamsterdam.nl Kontakt aufnehmen, um sich zu erkundigen, ob die Möglichkeit besteht, den Turm zu erklimmen – der Blick auf die Stadt ist einfach sagenhaft.

### Scheepvaarthuis — ARCHITEKTUR

(Haus der Schifffahrt; Karte s. links; www.amrathamsterdam.com; Prins Hendrikkade 108; 🚌22/34/35 Prins Hendrikkade) Das großartige, 1916 erbaute Scheepvaarthuis ist heute das Fünf-Sterne-Grand Hotel Amrath – ein wahres Prachtstück und das erste und schönste Beispiel der expressionistischen Amsterdamer Schule. Das Bauwerk erinnert von außen an einen Schiffsbug mit einer Fülle von nautischen Elementen; einen Blick wert sind die Figuren von Neptun, seiner Frau und vier weiblichen Gestalten, die die vier Himmelsrichtungen repräsentieren. Die Mitarbeiter freuen sich, wenn Touristen sich hier genauer umschauen. Jedenfalls lohnt es sich, in den dritten Stock hinaufzugehen, um die Große Halle mit dem von Willem Bogtman entworfenen Bleiglas zu bestaunen.

### ★ Verzetsmuseum — MUSEUM

(Museum des niederländischen Widerstands, Karte s. links; ☎020-620 25 35; www.verzetsmuseum.org; Plantage Kerklaan 61; Erw./Kind 11/6 €; ⏲Mo–Fr 10–17, Sa & So ab 11 Uhr; 🚋14 Plantage Kerklaan)

KAVALENKAVA/SHUTTERSTOCK ©

## HIGHLIGHTS
# ANNE FRANK HUIS

**Die Geschichte, die hier erzählt wird, ist sehr bewegend: Ein junges jüdisches Mädchen war gezwungen, sich mit seiner Familie zu verstecken, um der Deportation durch die Deutschen zu entgehen. Das Haus, das als Versteck diente, zieht mehr als eine Million Besucher pro Jahr an.**

### Hintergründe

Wer durch den Bücherschrank, eine Drehtür, in den „geheimen Anbau" tritt und die steile Stiege zu den Wohnräumen erklimmt, in denen die Familie mehr als zwei Jahre lang lebte, begibt sich in eine Zeit, die längst vergangen, auf tragische Weise aber dennoch real ist.

Die deutsche Wehrmacht benötigte nur fünf Tage, um die gesamten Niederlande sowie Belgien und einen Großteil Frankreichs zu besetzen. Und nachdem die Streitkräfte Hitlers über das Land hinweggefegt waren, tauchten viele Juden – wie Anne Frank und ihre Familie – unter. In ihrem Tagebuch beschreibt Anne, welche Einschränkungen den niederländischen Juden nach und nach auferlegt wurden: Sie durften nicht mehr mit der Trambahn fahren und mussten ihre Fahrräder abgeben, außerdem war es ihnen nicht gestattet, ihre christlichen Freunde zu besuchen.

Die Franks bezogen die oberen Etagen ihres eigens dafür hergerichteten Hinterhauses, und zwar mit einem anderen Ehepaar, den van Pels (die Anne in ihrem Tagebuch van Daans nennt), und deren Sohn Peter. Vier Monate später schloss sich Fritz Pfeffer (der im Tagebuch Herr Dussel heißt) dem Haushalt an. Hier überlebten sie, bis sie im August 1944 an die Gestapo verraten wurden.

### NICHT VERSÄUMEN

- Annes rotkariertes Tagebuch
- Annes Schlafzimmer
- Wochenschauen aus dem Zweiten Weltkrieg
- Das Zimmer von Peter van Pels
- Das Video von Annes Schulkameradin Hanneli Goslar

### PRAKTISCH & KONKRET

- Karte S. 70
- ☎ 020-556 71 05
- www.annefrank.org
- Prinsengracht 263–267
- Erw./Kind 10,50/5 €
- ⏲ April–Okt. 9–22 Uhr, Nov.–März So–Fr 9–19, Sa bis 21 Uhr
- 🚊 13/17 Westermarkt

### Erdgeschoss

Das Haus selbst ist mit einer modernen, kastenartigen Verkleidung versehen, die den ursprünglichen Charakter des Gebäudes bewahrt – es wurde im Zweiten Weltkrieg als Büro und Lager genutzt. Während der Renovierungsmaßnahmen, zu denen ein neuer Eingang am Westermarkt sowie der Ausbau des Museums gehören, bleibt das Museum geöffnet; dort werden mehrsprachige Wochenschauen aus der Kriegszeit den Auszügen aus Annes Tagebuch gegenübergestellt, wodurch Hitlers Aufstieg untrennbar mit der Geschichte der Familie Frank verknüpft wird.

### Büroräume

Interessant sind die ehemaligen Büros von Victor Kugler, dem Geschäftspartner Otto Franks; sein Ausweis und die Filmzeitschriften, die er für Anne kaufte, sind ausgestellt. Der andere Bürotrakt gehörte Miep Gies, Bep Voskuijl und Johannes Kleiman, zwei Frauen und einem Mann, die tagsüber im Büro arbeiteten und die acht Bewohner des „geheimen Anbaus" mit Lebensmitteln, Kleidung, Schulsachen und anderen Dingen versorgten, die auf dem Schwarzmarkt oder mit Bezugsscheinen erworben wurden. Auch einige persönliche Dokumente sind hier ausgestellt.

### Geheimer Anbau

Während in den unteren Etagen die Geschichte mit Hilfe von moderner, interaktiver Technik vermittelt wird, haben sich die ehemaligen Wohnräume der Familie Frank im *Achterhuis* (Hinterhaus) ihre eindringliche, verstörende Kargheit bewahrt. Die Besucher machen gleichsam einen Schritt zurück ins Jahr 1942. Man sieht, wie die Fenster des Anbaus verdunkelt wurden, damit die Leute in der Umgebung keinen Verdacht schöpften (Verdunkelungen waren eine gängige Maßnahme, um nachts den Bombenflugzeugen die Orientierung zu nehmen).

Jedenfalls sollte man einen Augenblick innehalten, um bei der Besichtigung den raffiniert konzipierten geheimen Anbau auf sich wirken zu lassen. Man gelangt dann zu zwei dunklen, stickigen Etagen, in denen die Franks und ihre Freunde sich tagsüber aufhielten, ohne einen Laut von sich zu geben, bis sie schließlich verraten, festgenommen und ins Konzentrationslager geschickt wurden. Otto Frank, Annes Vater, überlebte als Einziger.

### Das Tagebuch

Weitere Exponate und Videos gibt es im Vorderhaus, u. a. Annes Tagebuch mit rotkariertem Einband, das in einer Glasvitrine liegt. Ansehen sollte man sich das Video von Annes Schulkameradin Hanneli Goslar, die beschreibt, wie sie Anne in Bergen-Belsen traf.

### NACH DEM KRIEG

Die Franks befanden sich unter den letzten Juden, die deportiert wurden. Anne starb im Konzentrationslager Bergen-Belsen im März 1945, nur einige Wochen vor der Befreiung. Nach dem Krieg veröffentlichte Annes Vater Otto ihr Tagebuch, das im Anbau im Müll gefunden wurde – das Mobiliar hatten die deutschen Besatzer abtransportiert.

**Die Eintrittskarten müssen ausnahmslos über die Website vor dem Besuch gekauft werden (0,50 € Aufpreis), und auch das Zeitfenster muss dann sofort ausgewählt werden. Es kommen 80 % der Eintrittskarten zwei Monate vorher in den Verkauf, 20 % werden am Tag selbst online freigegeben. Man muss die Eintrittskarten ausdrucken oder auf dem Smartphone vorzeigen.**

Dieses Museum vermittelt anschaulich das Grauen der deutschen Besatzung während des Zweiten Weltkriegs anhand von Briefen, Artefakten und persönlichen Geschichten, die den Widerstand gegen die Nazis, aber auch das Kapitel der Kollaboration erhellen. Außerdem gibt es noch eine Abteilung, die sich Niederländisch-Ostindien (dem heutigen Indonesien) widmet, und zwar vor und nach dem Krieg. Die Erklärungstafeln sind in niederländischer und englischer Sprache gehalten.

Im zugehörigen **Verzetsmuseum Junior** werden die Schicksale von vier niederländischen Kindern erzählt, wodurch der niederländische Widerstand in einen kindgerechten Kontext gestellt wird.

### ★ Artis Royal Zoo — TIERPARK

(Karte S. 58; ☎ 020-523 34 00; www.artis.nl; Plantage Kerklaan 38-40; Erw./Kind 23/19,50 €, inkl. Micropia 29,50/25,50 €; ⏲ März–Okt. 9–18 Uhr, Nov.–Feb. bis 17 Uhr; 🚋 14 Artis) Der älteste Tierpark der Niederlande ist ein wunderschönes grünes Areal mit einer beachtlichen Auswahl an Wildtieren, weitläufigen Gehegen und viel Platz zum Herumspazieren. Ein hübscher Abschnitt verläuft an einer Gracht entlang mit Aussicht auf das alte Entrepot-Dock. An Lebensräumen bietet der Tierpark afrikanische Savanne und tropischen Regenwald, zudem sind Reptilien, Löwen, Jaguare, Elefanten, Giraffen und viele Primaten zu bestaunen. Außerdem ist ein Komplex mit einem Aquarium vorhanden, in dem Korallenriffe, Haifischbecken und eine Amsterdamer Gracht aus der Perspektive eines Fischs ausgestellt sind – und dann wären da noch ein Planetarium und ein Streichelzoo für Kinder.

### ★ Het Scheepvaartmuseum — MUSEUM

(Museum der Schifffahrt, Karte S. 58; ☎ 020-523 22 22; www.hetscheepvaartmuseum.nl; Kattenburgerplein 1; Erw./Kind 16/8 €; ⏲ 9–17 Uhr; 🚋 22/48 Kattenburgerplein) Das Gebäude der Seebehörde aus dem 17. Jh. liegt am Wasser und beherbergt eine renovierte Ausstellung auf dem neuesten Stand der Technik, die Erinnerungsstücke aus der Seefahrt zeigt. Zu den Highlights zählen edle und einfallsreich präsentierte Landkarten aus dem Goldenen Zeitalter, faszinierende Fotoalben aus dem 19. Jh. von frühen Seereisen sowie eine audiovisuelle Reise, bei der eine Schiffsreise simuliert wird. Draußen können die Besucher auf der maßstabsgetreu nachgebauten *Amsterdam* herumklettern, dem etwa 700 t schweren Schiff der Niederländischen Ostindien-Kompanie – eines der größten der ganzen Flotte – mit winzigen Kojen und Hängematten für die Matrosen; und es besteht sogar die Möglichkeit, die Schiffskanonen – fingiert – abzufeuern.

### ★ NEMO Science Museum — MUSEUM

(Karte S. 58; ☎ 020-244 01 81; www.nemosciencemuseum.nl; Oosterdok 2; 16,50 €, Dachterrasse frei; ⏲ 10–17.30 Uhr, Anf. Sept.–Anf. Feb. Mo geschl., Dachterrasse Juli & Aug. bis 21 Uhr; 🚋 22/48 Kadijksplein) Oben auf dem Eingang zum IJ-Tunnel und fast völlig von Wasser umgeben thront dieses unübersehbare grüne Kupfergebäude mit seinem schräg abfallenden Dach – ein Entwurf des italienischen Architekten Renzo Piano. Von der Plattform auf dem Dach bietet sich eine herrliche Aussicht, außerdem gibt es hier von Wasser und Wind betriebene, interaktive Exponate. Innen ist in diesem Museum für Wissenschaft und Technik alles interaktiv – drei Etagen mit dem reinsten Eldorado an Dingen zum Ausprobieren. Jedenfalls können die Besucher Experimente machen, wie sich von einem Flaschenzug hochhieven zu lassen, Blubberblasen bilden, Gebäude erbauen, Licht in Farben spalten, dem eigenen Schatten hinterherjagen und die Denkweise eines Teenagers erkunden.

### Hortus Botanicus — GÄRTEN

(Botanischer Garten; Karte S. 58; ☎ 020-625 90 21; www.dehortus.nl; Plantage Middenlaan 2a; Erw./Kind 9,50/5 €; ⏲ 10–17 Uhr; 🚋 14 Mr Visserplein) Der seit 1638 bestehende Botanische Garten florierte dank der tropischen Samen und Pflanzen, die von niederländischen Handelsschiffen nach Amsterdam gebracht wurden. Von hier verbreiteten sich Kaffee-, Ananas-, Zimt- und Palmölpflanzen über die ganze Welt. Die gut 4000 Spezies werden in schönen Gebäuden gehegt und gepflegt, z. B. einem Samenhaus aus der Kolonialzeit und einem Treibhaus mit drei Klimazonen.

### Hollandsche Schouwburg — GEDENKSTÄTTE

(Nationales Holocaust-Museum; Holland Theater; Karte S. 58; ☎ 020-531 03 10; www.jck.nl; Plantage Middenlaan 24; Erw./Kind 15/7,50 €; ⏲ 11–17 Uhr; 🚋 14 Artis) Wenige Theater weisen eine Geschichte mit so vielen Höhen und Tiefen auf wie die Schouwburg. Die Bühne wurde 1892 als Artis Theater eröffnet und avancierte zum Dreh- und Angelpunkt des kulturellen Lebens in Amsterdam; auf dem Programm standen bedeutende Schauspiel- und Ope-

## DE HALLEN

Das 1902 aus rotem Backstein erbaute Straßenbahndepot wurde früher von der Hausbesetzerszene genutzt, bis es dann in diesen atemberaubenden Komplex mit einem oben offenen Atrium umfunktioniert wurde. Die spannende Umgestaltung von **De Hallen** (Karte S. 66; www.dehallen-amsterdam.nl; Bellamyplein 51; 🚊7/17 Ten Katestraat) im Jahr 2014 hatte das Ziel, einen Kulturkomplex zu schaffen, der auch eine **Gastro-Halle** (Karte S. 66; www.foodhallen.nl; Hannie Dankbaar Passage 3; Gerichte 3–20 €; ⏲So–Do 11–23.30, Fr & Sa bis 1 Uhr; 👪), eine familienfreundliche Brasserie, eine Bibliothek, Designshops wie den **Denim City Store** (Karte S. 66; ☎020-820 86 14; www.denimcity.org; Hannie Dankbaarpassage 22; ⏲Mi–Fr 11–19, Sa 10–18, So 12–17 Uhr), ein **Fahrradgeschäft mit Reparaturwerkstatt** (Karte S. 66; ☎020-489 70 29; www.recyclefietsen.nl; Hannie Dankbaar Passage 27; ⏲Di–Fr 10–18, Sa bis 17 Uhr),ein **Kino** (Karte S. 66; www.filmhallen.nl; Hannie Dankbaar Passage 12; Karten Erw./Kind ab 11/7,50 €; ⏲10–24 Uhr) und ein **Hotel** (Karte S. 66; ☎020-515 04 53; www.hoteldehallen.com; Bellamyplein 47; DZ 180–255 €; ❄📶) beherbergen sollte. Es finden regelmäßig Veranstaltungen statt, zu denen auch **Themen-Wochenmärkte** (wie beispielsweise Bio-Obst- und -gemüse oder niederländisches Design) zählen. Was gerade auf dem Programm steht, lässt sich auf der Website erfahren. Ein quirliger Straßenmarkt (außer sonntags), der **Ten Katemarkt** (Karte S. 66; www.tenkatemarkt.nl; Ten Katestraat; ⏲Mo–Sa 9–17 Uhr), wird im Freien abgehalten.

rettenaufführungen. Im Zweiten Weltkrieg wurde sie von den deutschen Besatzern in ein den Juden vorbehaltenes Theater umfunktioniert und später als Internierungszentrum für Juden genutzt, die anschließend deportiert werden sollten.

Die Eintrittskarten gewähren Zutritt zu allen Stätten des Joods Cultureel Kwartier (Jüdisches Kulturviertel), so auch zum Joods Historisch Museum (S. 56) und zur Portugiesisch-Israelitischen Synagoge (S. 57)

### Wertheimpark — PARK

(Karte S. 58; Plantage Parklaan; ⏲7–21 Uhr; 🚊14 Artis) Der Park, der ein Übriges zum vielen Grün des Viertels Plantage beiträgt, ist ein schönes Plätzchen, um es sich im Schatten von Weiden an der Nieuwe Herengracht gemütlich zu machen. Er beherbergt das **Auschwitz-Denkmal**, das von dem niederländischen Schriftsteller und Künstler Jan Wolkers entworfen wurde: In einer auf dem Boden installierten Tafel aus zerbrochenen Spiegeln spiegelt sich der Himmel, und die Inschrift besagt *Nooit Meer* („Nie mehr").

### ARCAM — ARCHITEKTUR

(Stichting Architectuurcentrum Amsterdam; Karte S. 58; ☎020-620 48 78; www.arcam.nl; Prins Hendrikkade 600; ⏲Di–Sa 13–17 Uhr; 🚊22/48 Kadijksplein) GRATIS Die kühn geschwungene Amsterdam Architecture Foundation ist ein markantes Gebäude am Wasser, in dem interessante Wechselausstellungen zur Architektur präsentiert werden.

## Westlicher Grachtengürtel

Das Anne Frank Huis (S. 60) ist in diesem Viertel die Hauptattraktion, doch es gibt auch noch andere spannende Museen wie das faszinierende Grachtenhaus-Museum, das Het Grachtenhuis (S. 64). Wer den auffälligen **Glockenturm der Westerkerk** (Karte S. 70; ☎020-689 25 65; www.westertoren amsterdam.nl; Prinsengracht 281; Führungen 8 €; ⏲April–Okt. Mo–Sa 10–19.30 Uhr; 🚊13/17 Westermarkt) erklimmt, wird mit einer sagenhaften Aussicht über die Grachten belohnt.

### Anne Frank Huis — MUSEUM

Siehe S. 60.

### Westerkerk — KIRCHE

(Westkirche; Karte S. 70; ☎020-624 77 66; www.westerkerk.nl; Prinsengracht 281; ⏲Anf. Mai–Okt. Mo–Sa 10–15 Uhr, Nov.–Anf. Mai Mo–Fr 10–15 Uhr; 🚊13/17 Westermarkt) Die Hauptkirche der Niederländischen Reformgemeinde Amsterdams wurde 1620 nach einem Entwurf von Hendrick de Keyser für reiche Protestanten erbaut. Das größte Kirchenschiff der Niederlande wird von einem Tonnengewölbe aus Holz überspannt. Die riesige Hauptorgel datiert aus dem Jahr 1686; ihre Vertäfelungen zieren Instrumente und Bibelszenen. Rembrandt (1606–1669), der völlig verarmt nicht weit von hier in der Rozengracht verstarb, ist in einem Armengrab irgendwo in der Westerkerk bestattet. Wer mag, kann den Glockenturm besteigen.

### Homomonument
MONUMENT

(Karte S. 70; www.homomonument.nl; Ecke Keizersgracht & Raadhuisstraat; 13/17 Westermarkt) Hinter der Westerkerk (S. 63) erinnern die drei 1987 installierten Granitdreiecke von 10 x 10 x 10 m Größe an die Verfolgung durch die Deutschen; sie zwangen homosexuelle Männer, ein rosafarbenes Dreieck als Erkennungsmerkmal zu tragen. Eines der Dreiecke führt in Form von Treppen zur Keizersgracht hinunter und soll den Anlegesteg symbolisieren, von dem die Homosexuellen in die Konzentrationslager deportiert wurden. Andere interpretieren die von der Gracht nach oben führende Treppe als ein Zeichen steigender Hoffnung.

### Het Grachtenhuis
MUSEUM

(Grachtenhaus; Karte S. 70; 020-421 16 56; www.hetgrachtenhuis.nl; Herengracht 386; Erw./Kind 15/7,50 €; Di–So 10–17 Uhr; 2/11/12 Koningsplein) In diesem Museum erfahren die Besucher anhand von Hologrammen, Videos, Modellen, Comics und durch ein maßstabsgetreues Modell von Amsterdam sowie andere innovative Exponate alles über die beachtliche Ingenieurskunst, die hinter dem Grachtengürtel steckt; es wird erklärt, wie die Grachten und die Häuser, die sie säumen, erbaut wurden.

Im Gegensatz zu den meisten anderen Museen in Amsterdam kann man hier nicht einfach so auf eigene Faust herumspazieren: Es gehen kleinere Gruppen gemeinsam hinein, um sich mit den Multimedia-Exponaten zu beschäftigen. An die 45 Minuten dauert der Spaß, und wenn man wieder herauskommt, weiß man, weshalb die Häuser in Amsterdam so windschief sind.

### Huis Marseille
MUSEUM

(Karte S. 70; 020-531 89 89; www.huismarseille.nl; Keizersgracht 401; Erw./Kind 8 €/frei; Di–So 11–18 Uhr; 2/11/12 Keizersgracht) In diesem gut kuratierten Fotomuseum werden Wechselausstellungen präsentiert, deren Exponate sich aus der eigenen Sammlung rekrutieren; zudem stehen in diesem Museum auch Wanderausstellungen auf dem Programm. Zu den Themen zählen Porträts, die Natur- oder Regionalfotografie. Die Exponate verteilen sich auf mehrere Etagen und auf ein Sommerhaus, das sich hinter dem Hauptgebäude befindet. Der französische Kaufmann Isaac Focquier, der 1665 das Huis Marseille erbaute, ließ an der Fassade einen Plan vom Marseiller Hafen anbringen. Das Originalgebäude blieb weitgehend intakt.

### Bijbels Museum
MUSEUM

(Bibel Museum; Karte S. 70; 020-624 24 36; www.bijbelsmuseum.nl; Herengracht 366-368; Erw./Kind 10 €/frei; Di–Fr 10–17, Sa & So ab 11 Uhr; 2/11/12 Spui) Ein maßstabsgetreues Modell der jüdischen Bundeslade, wie sie im Buch „Exodus“ beschrieben wird, ist die Hauptattraktion dieses Bibel-Museums; sie wurde von dem engagierten Geistlichen Leendert Schouten erbaut und lockte schon Tausende Besucher an, bevor sie 1851 überhaupt fertiggestellt wurde.

Das Museum ist in einem Grachtenhaus aus dem Jahr 1622 untergebracht und verfügt über eine außergewöhnliche Sammlung an Bibeln, darunter auch die älteste Bibel der Niederlande, eine 1477 in Delft gedruckte Bibel sowie die Erstausgabe der autorisierten niederländischen Version aus dem Jahr 1637. Bäume und Pflanzen, die bereits in der Bibel Erwähnung finden, sind im hauseigenen Garten zu sehen.

### Poezenboot
TIERHEIM

(Katzenboot; Karte S. 50; 020-625 87 94; www.depoezenboot.nl; Singel 38; nach Spende; Mo, Di & Do–Sa 13–15 Uhr; 2/11/12/13/17 Nieuwezijds Kolk) Diesen malerischen Kahn auf dem Singel möchten vermutlich Katzenfreunde gern besichtigen. Das Tierheim wurde im Jahr 1966 von einer exzentrischen Frau ins Leben gerufen, die Berühmtheit erlangte, weil sie ein paar Hundert streunende Katzen gleichzeitig betreute. Der Kahn wurde mittlerweile von einer Stiftung übernommen, die an die 50 Miezen in Verschlägen artgerecht hält. Manche leben immer hier, die anderen hoffen auf jemanden, der ihnen ein neues Zuhause gibt – nachdem sie kastriert wurden und ihnen ein Identifikationschip implantiert wurde, wie es das niederländische Gesetz vorschreibt.

### Multatuli Museum
MUSEUM

(Karte S. 50; 020-638 19 38; www.multatuli-museum.nl; Korsjespoortsteeg 20; Di 10–17, Mi–So ab 12 Uhr; 2/11/12/13/17 Nieuwezijds Kolk) GRATIS Der unter seinem Spitznamen Multatuli (Lateinisch für: „Ich habe viel gelitten“) besser bekannte Schriftsteller Eduard Douwes Dekker ist vor allem für seinen Roman *Max Havelaar* (1860) berühmt, der von den korrupten Kolonialherren in Niederländisch-Ostindien handelt. Das kleine, aber faszinierende Museum dokumentiert das Leben und Werk des Autors; außerdem sind Möbel und Artefakte aus seiner Zeit in Indonesien zu bestaunen.

## Südlicher Grachtengürtel

Am halbrunden Geflecht des Südlichen Grachtengürtels finden sich sagenhafte Sehenswürdigkeiten, und zwar vor allem aus dem Goldenen Zeitalter Amsterdams, beispielsweise die illustre Kunst der Hermitage (s. unten), die reizvolle Architektur am Goldenen Bogen (S. 68) sowie die in Grachtenhäusern untergebrachten Museen Van Loon (s. rechts) und Willet-Holthuysen (S. 68); und dann wären da noch allerlei andere reizende Zwischenstopps wie das Kattenkabinet (s. rechts).

### ★ Hermitage Amsterdam — MUSEUM

(Karte S. 58; ☎ 020-530 87 55; www.hermitage.nl; Amstel 51; nur eine Ausstellung Erw./Kind 18 €/frei, alle Ausstellungen Erw./Kind 25 €/frei; 🕙 10–17 Uhr; Ⓜ Waterlooplein) Die langen Beziehungen zwischen Russland und den Niederlanden – Zar Peter der Große erlernte hier im Jahr 1697 den Schiffsbau – bedingten die Amsterdamer Dependance des Staatlichen Eremitage-Museums von St. Petersburg. Wechselausstellungen – die reinsten Publikumsmagneten – präsentieren Werke aus der umfangreichen Schatzkammer der Eremitage. Zudem sind in der Porträtgalerie des Goldenen Zeitalters, einer Dauerausstellung, formale Gruppen-Porträts hochkarätiger niederländischer Künstler aus dem 17. Jh. zu bewundern; das Outsider Art Museum präsentiert ebenfalls Wechselausstellungen. Je nach Ausstellung bekommt man mit der I Amsterdam Card und mit den Museumspässen ermäßigten, manchmal sogar kostenlosen Eintritt.

### Bloemenmarkt — MARKT

(Blumenmarkt; Karte S. 66; Singel, zw. Muntplein & Koningsplein; 🕙 April–Okt. Mo–Sa 8.30–19, So bis 19.30 Uhr, Nov.–März Mo–Sa 9–17.30, So 11–17.30 Uhr; 🚋 2/11/12 Koningsplein) Blumen sind in Amsterdam keine hübsche Zugabe, sondern etwas ganz Wesentliches. Schon seit 1860 befindet sich der berühmte Blumenmarkt an dieser Stelle. Hierher kamen Gärtnerinnen und Gärtner einstmals von ihren kleinen Schollen die Amstel heraufgeschippert, vertäuten ihre Kähne und verkauften ihre Waren direkt an die Kunden.

Allerdings sind die Zeiten des schwimmenden Markts längst vorbei – er steht heute auf Pfählen –, aber dafür gibt es hier nun jede Menge Kitsch und Souvenirs, beispielsweise Holzschuhe im Miniaturformat, Kühlschrankmagneten und Tulpen aus Holz. Außerdem kann man hier während der Saison prima – reale – Tulpen und das ganze Jahr über Tulpenzwiebeln erstehen.

### ★ Foam — GALERIE

(Fotografiemuseum Amsterdam; Karte S. 66; www.foam.org; Keizersgracht 609; Erw./Kind 11 €/frei; 🕙 Sa–Mi 10–18, Do & Fr bis 21 Uhr; 🚋 24 Keizersgracht) Von außen sieht das Gebäude wie ein prächtiges Grachtenhaus aus, doch verbirgt sich hier die bedeutendste Fotogalerie der Stadt. In den schlichten, weitläufigen Sälen, von denen einige Oberlichter oder große Fenster aufweisen, die natürliches Licht einlassen, finden pro Jahr vier wichtige Ausstellungen statt. Präsentiert wurden hier schon weltberühmte Fotografen wie William Eggleston und Helmut Newton. Im Basement befindet sich ein **Café**.

### ★ Museum Van Loon — MUSEUM

(Karte S. 66; ☎ 020-624 52 55; www.museumvanloon.nl; Keizersgracht 672; Erw./Kind 9/5 €, frei mit Museumskaart & I Amsterdam Card; 🕙 10–17 Uhr; 🚋 24 Keizersgracht) Das Museum in einem noblen Wohnhaus aus dem Jahr 1672 vermittelt einen guten Einblick ins feudale Leben des 19. Jhs. Das Gebäude war zuerst das Zuhause des Malers Ferdinand Bol und später dann der Familie van Loon. Bedeutende Gemälde wie *Die Hochzeit von Willem van Loon und Margaretha Bas* von Jan Miense Molenaer und eine Sammlung von rund 150 Porträts der van Loons hängen in den prachtvollen Räumlichkeiten.

### Stadsarchief — MUSEUM

(Stadtarchiv; Karte S. 66; ☎ Führungen Reservierungen 020-251 15 11; www.amsterdam.nl/stadsarchief; Vijzelstraat 32; 🕙 Di–Fr 10–17, Sa & So ab 12 Uhr; 🚋 24 Keizersgracht) GRATIS Das markant gestreifte Gebäude aus dem Jahr 1923 beherbergte einst eine Bank, ist heute jedoch Sitz des Amsterdamer Stadtarchivs mit Regalen, die es insgesamt auf eine Länge von 23 km bringen. Im riesigen gekachelten Kellergewölbe können so archivarische Kostbarkeiten wie der Polizeibericht aus dem Jahr 1942 über den Diebstahl von Anne Franks Fahrrad oder auch ein Brief von Charles Darwin an den Artis Royal Zoo aus dem Jahr 1868 bestaunt werden.

Führungen (Erw./Kind 6 €/frei, 1¼ Std.) beginnen samstags und sonntags um 14 Uhr; Buchung empfohlen.

### Kattenkabinet — MUSEUM

(Katzenkabinett; Karte S. 66; ☎ 020-626 90 40; www.kattenkabinet.nl; Herengracht 497; Erw./Kind

# Südlicher Grachtengürtel

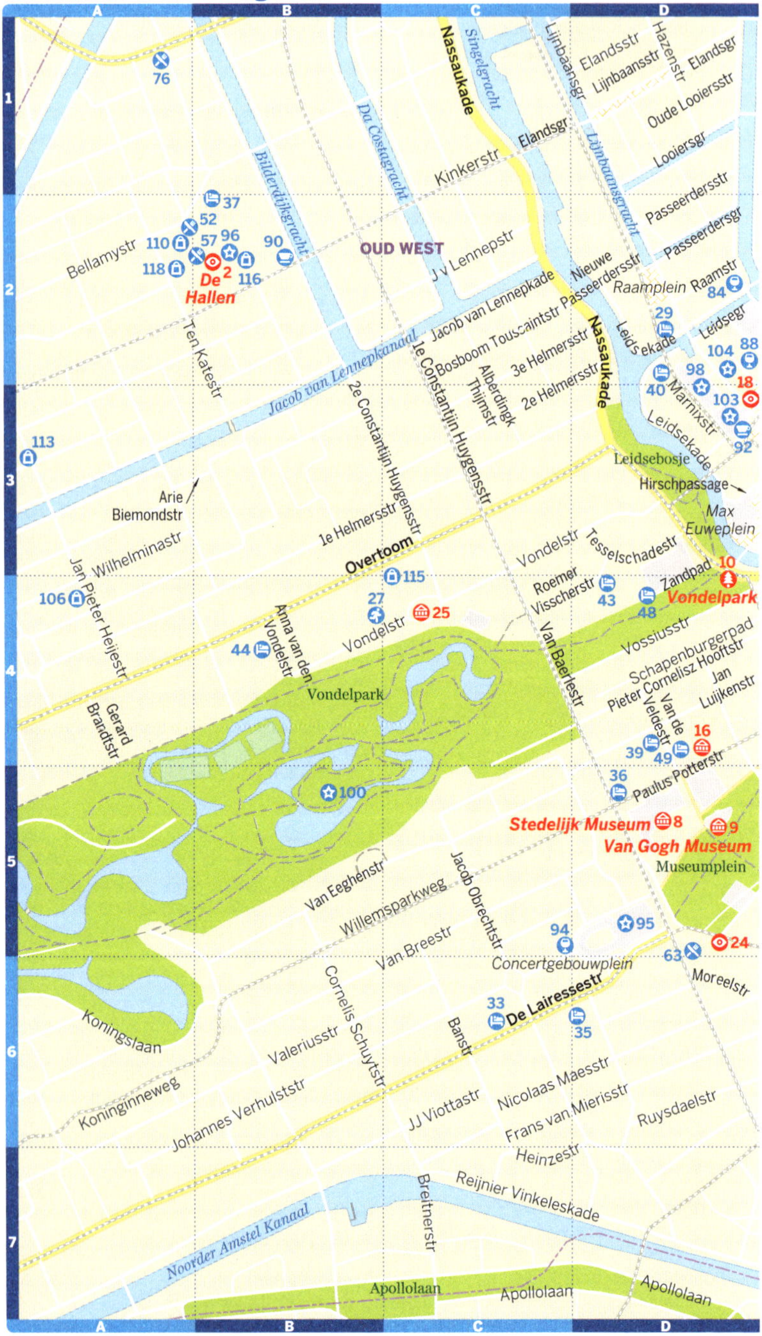

0
500 m
E
F
G
H
1
2
3
4
5
6
7
Rokin
Singel
Kalverstr
Nes
Keizersgr
Herengr
Takst
Spui
Raamgr
Groenburgwal
Zwanenburgwal
Amstel
Runstr
Wijde Heist
Spui
Olieslagersst
Oude Turfmarkt
Gasthuisstr
Binnen
Nieuwe Doelenstr
Handboogstr
Spuistr
Beulingstr
Rokin
Heiligeweg
Kalverstr
Muntplein
Waterlooplein
Paardenstr
Binnen Amstel
Amstel
Molenpad
Leidsegr
Leidsegracht
Koningsplein
Singel
Singel
Reguliersdwarsstr
Amstelstr
Blauwbrug
Leidsestr
Herengracht
Schapenst
Museum Willet-Holthuysen
Prinsengr
Golden Bend
Keizersgracht
Herengr
Utrechtsestr
Amstel
Leidseplein
Nieuwe Spiegelstr
Keizersgr
Foam
Keizersgr
Magere Brug
Korte
Leidsedwarsstr
Keizersgr
Kerkstr
Kerkstr
Lange
Leidsedwarsstr
Museum Van Loon
Vijzelgr
Reguliersgr
Zieseniskade
Prinsengr
Prinsengracht
Amstelveld
Lijnbaansgr
Spiegelgr
2e Weteringdwarstr
3e Weteringdwarstr
Noorderstr
Utrechtsedwarsstr
Singelgracht
Weteringschans
Lijnbaansgracht
Nieuwe Weteringstr
Nieuwe Looiersstr
Fokke Simonszstr
Reguliersgracht
Falckstr
Frederiksplein
Hobbemastr
Stadhouderskade
Weteringschans
Oosteinde
Rijksmuseum
Weteringcircuit
Den Texstr
Westeinde
Nicolaas Witsenstr
OUD ZUID
Nicolaas Witsenkade
Sarphatikade
Stadhouderskade
Heineken Experience
Honthorststr
1e Jacob Van Campenstr
Hemonylaan
Govert Flinckstr
Museumpl
Marie Heinekenplein
2e Jacob van Campenstr
Johannes Vermeerstr
Hobbemakade
Boerenwetering
Quellijnstr
1e van der Helststr
Quellijnstr
Van Woustr
2e Jan Steenstr
Daniël Stalpertstr
Ferdinand Bolstr
Gerard Douplein
Albert Cuypmarkt
1e Sweelinckstr
Frans Halsstr
Gerard Doustr
Albert Cuypstr
1e van der Helststr
2e Jan van der Heijdenstr
DE PIJP
Sarphatipark
Ruysdaelkade
De Pijp
Govert Flinckstr
Sarphatipark
1e Jan Steenstr
Frans van Mierisstr
Ferdinand Bolstr
1e Jan van der Heijdenstr
Ruysdaelstr
2e van der Helststr
Cornelis Anthoniszstr
Balthasar Floriszstr
De Pijp
Ceintuurbaan
Van Ostadestr
Rustenburgerstr
Roelof Hartstr
Gerard Terborgstr
Karel du Jardinstr
Tolstr
Harmoniehof
Cornelis Trooststr
Lutmastr
1 3 4 5 6 7 11 12 13 14 15 17 19 20 21 22 23
26 28 30 31 32 34 38 41 42 45 46 47 50 51 53 54 55 56 58 59 60 61 62 64 65 66 67 68 69 70 71 72 73 74 75 77 78 79 80 81 82 83 85 86 87 89 91 93 97 99 101 102 105 107 108 109 111 112 114 117 119

## Südlicher Grachtengürtel



7 €/frei; Mo–Fr 10–17, Sa & So ab 12 Uhr; 24 Muntplein) Wenn die Mieze auf das große Sofa im Himmel abberufen wird, trösten sich die meisten vereinsamten Katzenbesitzer mit einem Foto auf dem Kaminsims; der wohlhabende Bankier Bob Meijer gründete hingegen ein komplettes Museum zum Gedenken an seinen roten Kater John Pierpont Morgan III. Zur Sammlung gehören Kunstwerke von Tsuguharu Foujita, Théophile Alexandre Steinlen und Amsterdams bedeutendstem Bildhauer Hildo Krop. Ein Besuch dieses Museums ist auch eine gute Gelegenheit, eines der Patrizierhäuser am Goldenen Bogen kennenzulernen – alle anderen sind für die Öffentlichkeit nicht zugänglich.

### ★ Museum Willet-Holthuysen MUSEUM

(Karte S. 66; 020-523 17 30; www.willetholthuysen.nl; Herengracht 605; Erw./Kind 10 €/frei; Mo–Fr 10–17, Sa & So ab 11 Uhr; 4/14 Rembrandtplein) Das wunderschöne Grachtenhaus wurde 1687 für den Amsterdamer Bürgermeister errichtet und dann 1739 umgebaut. Benannt ist es nach Louisa Willet-Holthuysen, die das Haus von ihrem Vater erbte, einem Kaufmann, der mit Kohle und Glas handelte; Louisa führte hier mit ihrem Ehemann das Leben von Bohemiens in Saus und Braus. Sie vererbte die Immobilie 1895 dann der Stadt. Zu den Exponaten des Museums zählt eine Auswahl des 275-teiligen Meissener Tafelservice der Familie, sehenswert ist auch der perfekt angelegte Garten im französischen Stil. Jedenfalls bietet sich ein spannender Einblick in die Welt der Superreichen im 19. Jh.

### Goldener Bogen ARCHITEKTUR

(Gouden Bocht; Karte S. 66; Herengracht, zw. Leidsestraat & Vijzelstraat; 2/11/12 Koningsplein) Am Goldenen Bogen (auch: Goldene Bucht) stehen die protzigsten Immobilien Amsterdams. Die Patrizierhäuser stammen aus dem Goldenen Zeitalter, als sich kostbare Waren in den Kellern von Wohnhäusern

61 La Cacerola ........ F4
62 La Falote ........ E7
63 l'Entrecôte et les Dames ........ D5
64 Lt Cornelis ........ F1
65 Pantry ........ E3
66 Patisserie Holtkamp ........ F3
67 Rijks ........ E4
68 Roc Elements ........ E7
69 Scandinavian Embassy ........ G6
70 Sir Hummus ........ G7
71 Soup en Zo ........ F3
72 Sterk Staaltje ........ G1
73 Surya ........ G6
74 Tempo Doeloe ........ H3
75 Van Dobben ........ G2
76 Van 't Spit ........ A1
77 Vleminckx ........ F1
78 Volt ........ F7

**Ausgehen & Nachtleben**

79 Air ........ H2
80 Bar Moustache ........ H4
81 Boca's ........ G6
82 Bocca Coffee ........ E3
83 Brouwerij Troost ........ F7
84 Café Pieper ........ D2
85 Dampkring ........ F1
86 De Kroon ........ G2
87 Door 74 ........ G2
88 Eijlders ........ D2
Gambrinus ........ (s. 78)
89 Helst ........ G6
90 Lot Sixty One ........ B2
91 Montmartre ........ G2
92 Stanislavski ........ D3
93 Sweet Cup ........ E3
94 Welling ........ C5

**Unterhaltung**

95 Concertgebouw ........ D5
96 Filmhallen ........ B2
97 Jazz Café Alto ........ E3
98 Melkweg ........ D3
99 Muziektheater ........ H2
100 Openluchttheater ........ B5
101 Paradiso ........ E3
102 Pathé Tuschinskitheater ........ G2
103 Stadsschouwburg ........ D3
104 Sugar Factory ........ D2

**Shoppen**

105 Art Market ........ F1
106 Bierbaum ........ A4
107 Concerto ........ H3
108 Coster Diamonds ........ E4
109 De Kaaskamer ........ E1
110 Denim City Store ........ A2
111 Eduard Kramer ........ F3
112 Hutspot ........ H5
International Theatre & Film Books ........ (s. 92)
113 Johnny at the Spot ........ A3
114 Mark Raven Amsterdam Art ........ E2
115 Pied à Terre ........ C4
116 ReCycle ........ B2
117 Skateboards Amsterdam ........ G3
118 Ten Katemarkt ........ A2
119 Young Designers United ........ E2



stapelten, die bereits mit Wertgegenständen vollgestopft waren. Von hier aus ordneten die reichsten Amsterdamer ihre Angelegenheiten. Die frühesten Patrizierhäuser datieren aus den 1660er-Jahren, als der Grachtengürtel gen Süden erweitert wurde. Dank einer gewissen Einflussnahme auf das Rathaus wurden die Giebel hier doppelt so breit wie bei einem üblichen Amsterdamer Standardhaus gebaut; auch die Gärten hinter den Häusern waren viel größer.

### Reguliersgracht — GRACHT

(Karte S. 66; 4/14 Rembrandtplein) Wer die Herengracht, die Keizersgracht und die Prinsengracht überquert, gelangt zum schönsten Kanal Amsterdams, der im Jahr 1658 angelegt wurde, um die Herengracht mit den Grachten weiter im Süden zu verbinden. Die Reguliersgracht ist für ihre sieben Brücken berühmt; wer sich allerdings an der Stelle in Position bringt, wo sie die Herengracht quert, kann in jede Richtung 15 Brücken zählen. Die Häuser, die diese Gracht säumen, sind ein Ausbund an Giebeln und Zierrat. Die Reguliersgracht wurde nach einem Orden benannt, dessen Kloster sich gleich in der Nähe befand.

### Magere Brug — BRÜCKE

(Dünne Brücke; Karte S. 58; zw. Kerkstraat & Nieuwe Kerkstraat; 4 Prinsengracht) Die neunbogige „Dünne Brücke“ aus den 1670er-Jahren durchlief mehrere Wiedergeburten, und zwar zuerst als Holzbrücke und später dann aus Beton. Ihr Mittelteil lässt sich im Handbetrieb hochziehen, sodass Schiffe durchfahren können. Bei Nacht ist die Brücke besonders schön, wenn sie im Glanz von rund 1200 winzigen Lämpchen erstrahlt.

Die Magere Brug war schon in mehreren Filmen zu sehen, beispielsweise auch im James-Bond-Thriller *Diamantenfieber* (1971). Wenn man in der Brückenmitte steht, kann man spüren, wie das Bauwerk durch den Straßenverkehr schwankt.

## Jordaan & Westlicher Grachtengürtel

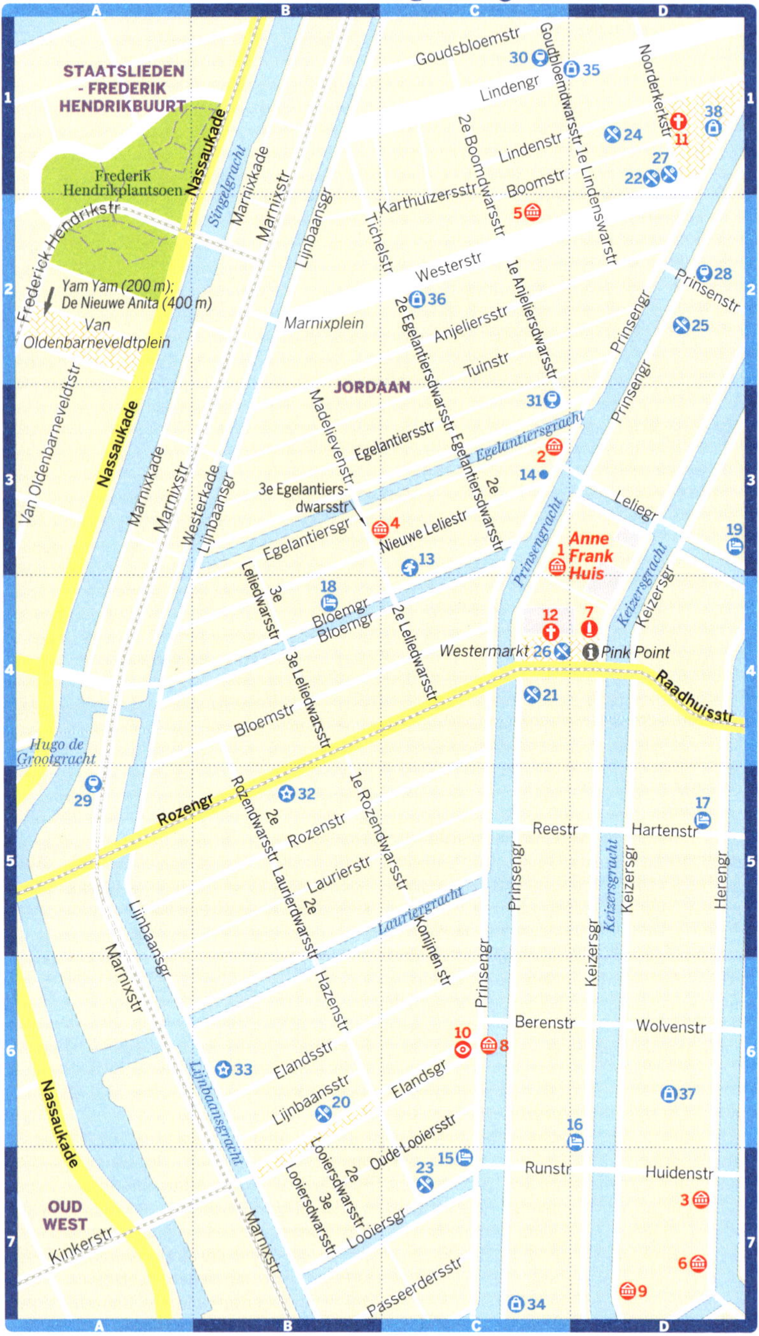

## Jordaan & Westlicher Grachtengürtel

**Highlights**
1 Anne Frank Huis ........ C3

**Sehenswertes**
2 Amsterdam Tulip Museum ........ C3
3 Bijbels Museum ........ D7
4 Electric Ladyland ........ B3
5 Geelvinck Pianola Museum ........ C2
6 Het Grachtenhuis ........ D7
7 Homomonument ........ D4
8 Houseboat Museum ........ C6
9 Huis Marseille ........ D7
10 Johnny Jordaanplein ........ C6
11 Noorderkerk ........ D1
12 Westerkerk ........ C4
Westerkerk Glockenturm ........ (s. 12)

**Aktivitäten, Kurse & Touren**
13 Bike City ........ C3
14 Those Dam Boat Guys ........ C3

**Schlafen**
15 Amsterdam Wiechmann Hotel ........ C7
16 Dylan ........ D6
17 Hotel IX ........ D5
18 Mr Jordaan ........ B4
19 't Hotel ........ D3

**Essen**
20 Balthazar's Keuken ........ B6
21 Bistro Bij Ons ........ C4
22 Boca's ........ D1
23 Festina Lente ........ C7
24 Koevoet ........ D1
25 Pancake Bakery ........ D2
26 Wil Graanstra Friteshuis ........ C4
27 Winkel ........ D1

**Ausgehen & Nachtleben**
28 Café de Vergulde Gaper ........ D2
29 Cafe Soundgarden ........ A5
30 De Kat in de Wijngaert ........ C1
De Twee Zwaantjes ........ (s. 2)
31 't Smalle ........ C3

**Unterhaltung**
32 Boom Chicago ........ B5
33 Maloe Melo ........ B6
Nooderkerkconcerten ........ (s. 11)

**Shoppen**
34 Frozen Fountain ........ C7
35 Lindengracht Market ........ D1
36 Moooi Gallery ........ C2
37 Negen Straatjes ........ D6
38 Noordermarkt ........ D1

## Jordaan & der Westen

In diesem Viertel gibt es keine wirklich großartigen Sehenswürdigkeiten, aber das tut eigentlich gar nichts zur Sache. Im Jordaan sind gerade die unscheinbaren und die kleinen Dinge so reizvoll – die schmalen Gassen, die alten Fassaden, die witzigen kleinen Läden –, und man kann die ganze Zeit einfach mit Herumschlendern vertrödeln, ohne sich Sorgen machen zu müssen, wenn man sich mal verirren sollte.

Und das Gleiche gilt auch für den Westen: Die Hauptattraktionen sind Streifzüge, Essen und das Nachtleben (allerdings nicht unbedingt in dieser Reihenfolge).

**Noorderkerk** KIRCHE
(Nordkirche; Karte s. links; www.noorderkerk.org; Noordermarkt 48; Mo & Sa 10.30–12.30 Uhr; 3/5 Marnixplein) Diese imposante calvinistische Kirche befindet sich unweit des nördlichen Endes der Prinsengracht und wurde im Jahr 1623 für das „einfache Volk" im Jordaan fertiggestellt. Der Oberschicht war die Westerkerk, die weiter südlich liegt, vorbehalten. Die Noorderkerk wurde in Form eines breiten griechischen Kreuzes erbaut (d. h. mit vier gleich langen Seiten), samt einer Kanzel in der Mitte, was der gesamten Gemeinde ungehinderten Zugang zu Gottes Wort verschaffte. Der für diese Zeit ungewöhnliche Grundriss Hendrick de Keysers setzte sich dann im ganzen Land bei protestantischen Kirchen durch.

An Samstagnachmittagen finden hier die renommierten **Nooderkerkconcerten** (Karte s. links; 020-620 44 15; www.noorderkerkconcerten.nl; Eintrittskarten ab 16 €; Sa 14 Uhr; 3/5 Marnixplein) statt, eine allseits beliebte Konzertreihe.

**Houseboat Museum** MUSEUM
(Hausbootmuseum; Karte s. links; 020-427 07 50; www.houseboatmuseum.nl; Prinsengracht 296k; Erw./Kind 4,50/3,50 €; Juli & Aug. tgl. 10–17 Uhr, Sept.–Dez. & Jan.–Juni Di–So; 13/17 Westermarkt) Das malerische Museum – ein 23 m langes Segelboot aus dem Jahr 1914 – vermittelt anschaulich, wie *gezellig* (d. h. gemütlich) das Leben auf dem Wasser sein kann. Die eigentlichen Exponate halten sich in überschaubaren Grenzen, aber man kann sich eine Präsentation zum Thema Hausboote ansehen (manche sind hübsch, manche scheußlich) und die Schlaf-, Wohn-, Koch- und Essbereiche mit jeglichem modernen Schnickschnack inspizieren.

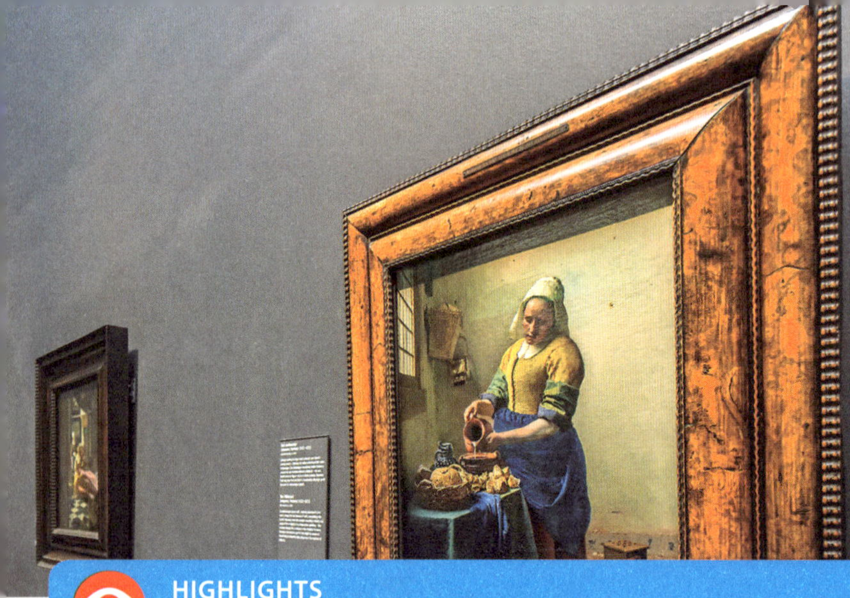



# HIGHLIGHTS RIJKSMUSEUM

**Das Rijksmuseum ist ein herrlicher Hort der Kunst, sein Restaurant ist mit einem Michelin-Stern ausgezeichnet, *und* es ist das einzige Museum, durch das sogar ein Radweg führt. Wunderschön präsentiert werden Meisterwerke von einheimischen Genies wie Rembrandt, Vermeer und van Gogh. Das Museum wurde erbaut, um mehrere nationale und königliche Sammlungen zu beherbergen, die nun 80 Säle mit insgesamt 1,5 km Ausstellungswänden einnehmen.**

## Der Aufbau

Das Museum erstreckt sich über vier Stockwerke, von der Etage 0 (dem Erdgeschoss, wo sich das Hauptatrium befindet) bis zur Etage 3. Die Sammlung ist gigantisch. Die Highlights lassen sich in ein paar Stunden betrachten, doch die meisten Besucher verweilen gern erheblich länger.

Am besten nimmt man sich an der Infotheke am Eingang einen Lageplan mit. Die Säle sind gut gekennzeichnet; in jedem Saal stehen dessen Nummer und Name, die sich dann problemlos auf dem Plan auffinden lassen. Die Etage 1 wird durch das Atrium in zwei Hälften geteilt und hat auf jeder Seite einen separaten Eingang.

## Zweite Etage: 1600–1700

Am besten beginnt man mit der Besichtigung im zweiten Stockwerk, wo sich die Highlights der Sammlung befinden, genauer gesagt die Meisterwerke aus dem Goldenen Zeitalter in der sogenannten Gallery of Honour (Ehrengalerie). Der Weg dorthin ist ein bisschen verschlungen, aber trotzdem gut ausgeschildert.

### NICHT VERSÄUMEN

- *Die Nachtwache* von Rembrandt
- *Der fröhliche Trinker* von Frans Hals
- *Dienstmagd mit Milchkrug* von Vermeer
- *Mutterpflichten* von De Hooch
- Delfter Keramik
- Puppenhäuser
- Restaurant mit Michelin-Stern

### PRAKTISCH & KONKRET

- Nationalmuseum
- Karte S. 66
- ☎ 020-674 70 00
- www.rijksmuseum.nl
- Museumstraat 1
- Erw./Kind 17,50 €/frei
- ⏲ 9–17 Uhr
- 🚋 2/5/12 Rijksmuseum

### Frans Hals

Der erste Saal präsentiert mehrere Gemälde von Frans Hals. Seine breite, flüssige Pinselführung war zu seiner Zeit einzigartig und inspirierte später Künstler wie die Impressionisten. *Der fröhliche Trinker* (1628–1630) zeigt seinen scheinbar spontanen Malstil, bei dem sich ein persönliches Porträt durch Farbschichten aufbaut; der Trinker wirkt jedenfalls auffallend realistisch und lebendig.

### Johannes (Jan) Vermeer

Der nächste Saal enthält wunderbare Werke von Vermeer mit intimen häuslichen Szenen und Einblicken ins Privatleben, die mit fast fotografischem Detail ausgeführt sind. Unbedingt ansehen sollte man die verträumte *Dienstmagd mit Milchkrug* (1660; siehe links). Die Löcher in den Wänden entdeckt? Den Schatten des Nagels gesehen? Bei seinem Bild *Briefleserin in Blau* (1663) zeigt Vermeer das jeweilige Objekt nur teilweise, d.h. einen Tisch, Stühle und eine Landkarte, und überlässt es dem Betrachter, sich den Rest dazuzudenken. Pieter de Hooch, ein Zeitgenosse Vermeers, stellte ebenfalls das Alltagsleben dar, nämlich Sujets wie die friedliche Szenerie in *Mutter entlaust ihr Kind* (1658); das Gemälde trägt auch den Titel *Mutterpflichten*.

### Jan Steen

Nach Vermeer gibt es noch einen Jan auf der anderen Seite des Saals: Jan Steen machte sich mit seinen chaotischen Haushaltsszenen einen Namen, die moralische Lehren vermitteln, wie *Die fröhliche Familie* (1668). Von den betrunkenen Erwachsenen bemerkt keiner, dass der kleine Junge einen Schluck Wein stibitzt, und die Inschrift lautet sinngemäß: „Wie die Alten sungen, so zwitschern auch die Jungen." Steens Bildsprache hinterließ großen Eindruck. Im 18. Jh. wurde die Redewenung „ein Jan-Steen-Haushalt" in den hiesigen Sprachgebrauch aufgenommen – mit der Bedeutung „ein chaotischer Zustand".

### Rembrandt

Ein Stück weiter gelangt man zu mehreren wunderschönen Werken von Rembrandt, darunter sein resigniertes, unnachgiebiges Selbstporträt als Apostel Paulus. *Die jüdische Braut* (1665) zeigt ein Paar in liebevoller Umarmung. Es beeindruckte auch van Gogh, der erklärte, ein Jahrzehnt seines Lebens geben zu wollen, wenn er zwei Wochen mit nur einer Brotrinde zum Essen vor dem Gemälde sitzen dürfe.

### Delfter Keramik & Puppenhäuser

Prächtige Zeugnisse des Goldenen Zeitalters füllen die Säle zu beiden Seiten der Ehrengalerie. Mit Delfter Keramik versuchten die Niederländer im späten

## WARTESCHLANGEN & EINTRITTSKARTEN

Die Warteschlangen am Eingang sind oft lang; freitags, samstags und sonntags ist am meisten los. Vor 10 Uhr und nach 15 Uhr geht es generell am ruhigsten zu. Wer Zeit sparen will, kauft seine Eintrittskarte online. Man muss sich zwar trotzdem am Eingang anstellen, kann drinnen aber sofort ins Museum durchgehen und erspart sich so die Warteschlange an der Kasse. Für Besucher, die in Besitz der Museumkaart oder der I Amsterdam Card sind, gilt dies auch.

**Am besten lädt man sich die kostenlose Museum-App herunter – das WLAN vor Ort ist gratis. Die App bietet eine Führung, man kann einzelne Werke aber auch anhand ihrer Nummer auswählen. Außerdem steht noch eine Führung für Familien zur Auswahl.**

## MINI-ZWEIGSTELLE AM FLUGHAFEN

Das Rijksmuseum unterhält eine kostenlose Zweigstelle am Flughafen Schiphol, in der acht bis zehn Gemälde aus dem Goldenen Zeitalter hängen. Sie befindet sich nach der Passkontrolle zwischen den Lounges 2 und 3 (tgl. 7–20 Uhr).

17. Jh. chinesisches Porzellan zu imitieren. Der Saal 2.22 präsentiert eine Fülle von zart blau-weißer Töpferei. Die Galerie 2.20 widmet sich den unglaublichen Puppenhäusern. Petronella Oortman, die Gattin des Kaufmanns, heuerte Tischler, Glasbläser und Silberschmiede an, die die 700 Objekte des Puppenhauses aus denselben Materialien fertigten wie ein echtes Haus.

## Dritte Etage: 1900–2000

Im obersten Stockwerk befindet sich eine kleinere Sammlung, u. a. die avantgardistischen Gemälde von Karel Appel, Constant Nieuwenhuys und ihren CoBrA-Kollegen (einer Kunstbewegung nach dem Zweiten Weltkrieg) sowie Mobiliar von niederländischen Designern wie Gerrit Rietveld und Michel de Klerk.

## Erste Etage: 1700–1900

Zu den Hauptattraktionen in der ersten Etage zählen Jan Willem Pienemans *Die Schlacht bei Waterloo,* das größte Gemälde des Rijksmuseums im Saal 1.12. Gleich drei Bilder van Goghs hängen im Saal 1.18. Der Saal 1.16 empfindet ein vergoldetes Zimmer in einem Grachtenhaus aus dem 18. Jh. nach.

## Erdgeschoss: 1100–1600

Hier finden sich Kuriositäten, die wirklich faszinierend sind. In den Sonderausstellungen gibt es Abteilungen mit magischen Laternen, Waffen sowie Musikinstrumente und Miniaturen aus Silber. Zu den frühen Schätzen zählen Arbeiten von Dürer und das Besteck von Karl V. Der Asien-Pavillon, ein separates Gebäude, präsentiert Kunstwerke aus China, Indonesien, Japan, Indien, Thailand und Vietnam.

## Fassade & Gärten

Pierre Cuypers entwarf das Gebäude 1885. Interessant ist die Fassade mit ihrer Stilmischung aus Neugotik und niederländischer Renaissance. In den Gärten des Museums – also praktisch in der Freilichtgalerie – findet mindestens einmal im Jahr eine Skulpturenausstellung statt.

## RIJKSMUSEUM

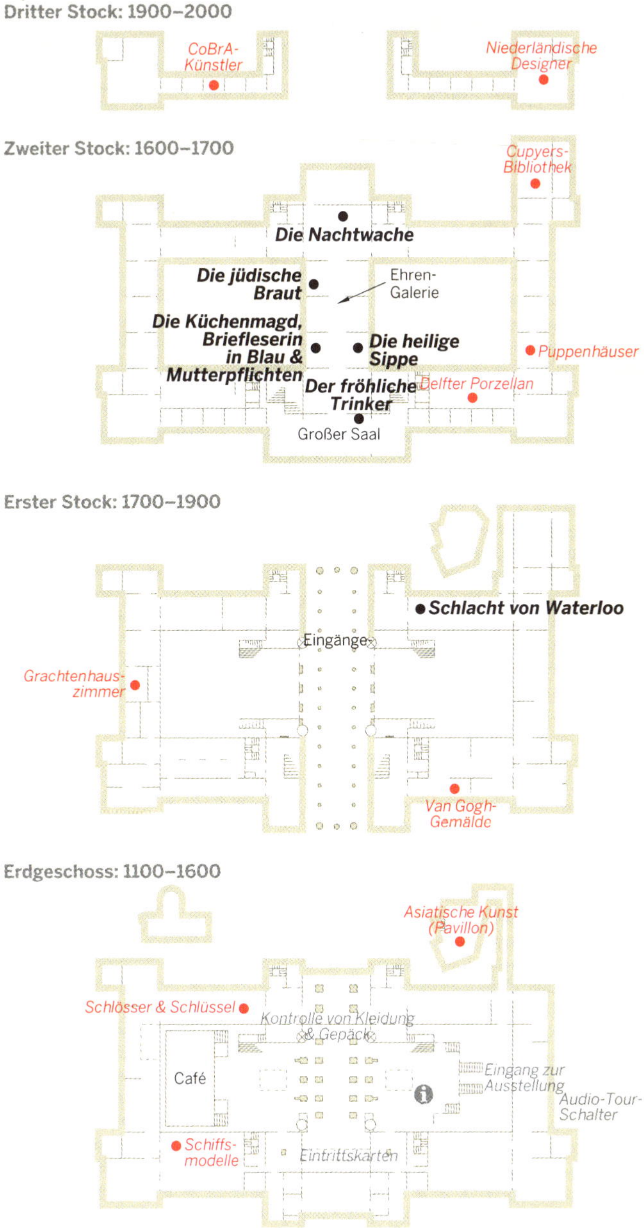

HIGHLIGHTS

# VAN GOGH MUSEUM

**In diesem Museum befindet sich die größte Van-Gogh-Sammlung der Welt. Es ist ein beeindruckendes Erlebnis, dem tragischen und doch so faszinierend produktiven Leben dieses Malers nachzuspüren. Das Museum öffnete 1973 seine Pforten, um die von Vincents jüngerem Bruder Theo zusammengetragene Sammlung zu beherbergen. Präsentiert werden etwa 200 Gemälde und 500 Zeichnungen von Vincent van Gogh und seinen Zeitgenossen, darunter Gauguin und Monet.**

## Museumsaufbau & Attraktionen

2015 wurde das Museum um einen Erweiterungsbau und eine Eingangshalle ergänzt. Das Museum verteilt sich nun auf vier Etagen, wobei die Besucher chronologisch von der Etage 0, d. h. dem Erdgeschoss, zum dritten Stock fortschreiten. Hilfreich ist dabei der Audioguide. Es ist spannend, van Goghs künstlerische Entwicklung nachzuvollziehen. Es sind viele bahnbrechende Werke zu bewundern.

### Die Kartoffelesser & Schädel mit brennender Zigarette

Die frühesten Werke van Goghs – die von seinem elementaren, noch nicht kultivierten Talent zeugen – stammen aus seiner Zeit auf dem Land in Holland sowie in Antwerpen (1883–1885). Van Gogh malte das Leben der Bauern, wobei er ihr Dasein in Werken wie *Die Kartoffelesser* (1885) verklärte. Das symbolische *Stillleben mit Bibel* (1885), das nach dem Tod seines Vaters entstand, zeigt eine abgebrannte Kerze, die Bibel seines Vaters, der protestantischer Pastor war, und ein zerfleddertes kleineres Buch, *La Joie de Vivre,*

## NICHT VERSÄUMEN

- *Die Kartoffelesser*
- *Das gelbe Haus*
- *Weizenfeld mit Raben*
- *Sonnenblumen*
- *Schädel mit brennender Zigarette*

## PRAKTISCH & KONKRET

- Karte S. 66
- ☎ 020-570 52 00
- www.vangoghmuseum.nl
- Museumplein 6
- Erw./Kind 18 €/frei, Audioguide 5/3 €
- ⏲ Ende Juni–Anf. Sept. So–Do 9–19, Fr, Sa bis 21 Uhr, Anf. Sept.–Ende Okt. & März–Ende Juni Sa–Do 9–18, Fr bis 21 Uhr, Ende Okt.–Ende Dez. Sa–Do 9–17, Fr bis 21 Uhr
- 🚋 2/3/5/12 Van Baerlestraat

das für van Goghs eher sekulare Philosophie steht. Das Gemälde *Schädel mit brennender Zigarette* (1886) malte van Gogh als Student an der Königlichen Akademie der Schönen Künste in Antwerpen.

### Selbstporträts

1886 zog van Gogh nach Paris, wo sein Bruder Theo als Kunsthändler tätig war. Er malte dort zig Selbstporträts, um sich in dieser Disziplin zu üben, ohne aber ein Modell bezahlen zu müssen. Nachdem er einige Impressionisten kennengelernt hatte, wurde seine Farbpalette heller.

### Sonnenblumen & Das gelbe Haus

Im Jahr 1888 ging van Gogh nach Arles in der Provence, wo er seine farbenprächtigen Landschaftsgemälde schuf. Aus dieser Schaffensperiode stammen die *Sonnenblumen* (1889) und andere Werke, die im mediterranen Licht nur so erstrahlen. Was auch für *Das gelbe Haus* (1888) gilt, das Domizil, das van Gogh in Arles mietete. In dieser Phase, 1888, schnitt sich van Gogh einen Teil seines linken Ohres ab.

### Weizenfeld mit Krähen

Van Gogh ging 1889 in eine Nervenklinik in Saint-Rémy, wo sein Werk noch außergewöhnlicher wurde. Seine überschäumend expressiven Bilder mit Zypressen und Olivenbäumen basieren auf der Natur der Umgebung. In diese Periode fallen auch die *Schwertlilien*. 1890 zog van Gogh nach Auvers-sur-Oise. Einem seiner letzten Gemälde, *Weizenfeld mit Krähen* (1890), haftet etwas Verhängnisvolles an.

## Extras

Das Museum verfügt über mehrere Hörstationen mit Aufzeichnungen der Briefe van Goghs, die er überwiegend an seinen Bruder Theo schickte, der sich für sein Werk einsetzte. Das Museum hat sämtliche Briefe van Goghs nach Themenschwerpunkten kategorisiert und online gestellt (www.vangoghletters.org).

## Weitere Künstler

Im Museum sind auch Werke von Zeitgenossen van Goghs zu sehen, u. a. Gauguin, Monet und Henri de Toulouse-Lautrec. Außerdem hängen Gemälde von van Goghs Vorgängern wie Jean-François Millet und Gustave Courbet in den Sälen.

## Kurokawa-Flügel

Der niederländische Architekt Gerrit Rietveld entwarf das Hauptgebäude des Museums. Dahinter befindet sich in Richtung Museumplein ein separater Flügel, ein Entwurf des Japaners Kisho Kurokawa mit dem Spitznamen „die Muschel".

### WARTESCHLANGEN & EINTRITTSKARTEN

Die Schlangen am Eingang sind lang, denn die Besucherzahl wird begrenzt. Am besten kommt man erst nach 15 Uhr. Inhaber des Holland Pass oder der I Amsterdam Card haben freien Eintritt, müssen jedoch anstehen. Wer in Besitz eines E-Tickets oder der Museumkaart ist, kommt am schnellsten hinein; dann darf man den Eingang für Gruppen nutzen. E-Tickets können ohne Aufpreis online oder in den Touristinfo gekauft werden. Akzeptiert werden ausgedruckte und digitale Eintrittskarten.

**Van Gogh verkaufte zu seinen Lebzeiten nur ein Gemälde *(Der rote Weinberg bei Arles)*. Es hängt im Pushkin-Museum in Moskau.**

### FREITAGABENDS

Freitags finden besondere Kulturveranstaltungen statt. Meistens wird Livemusik gespielt, oder es legt ein DJ auf.

**Die Museumsbibliothek** (Karte S. 66; ☎ 020-570 59 78; Gabriël Metsustraat 8; ⏲ Mo–Fr 10–12.30 & 13–17 Uhr; 🚊 3/5/12 Museumplein) GRATIS bietet eine Fülle von Sekundärliteratur an.

## WESTERGASFABRIEK

Nur einen Steinwurf nordwestlich vom Viertel Jordaan befindet sich ein Gebäudekomplex aus der späten holländischen Renaissance des 19. Jhs., die **Westergasfabriek** (020-586 07 10; www.westergasfabriek.nl; Pazzanistraat; 5 Van Limburg Stirumstraat/Van Hallstraat). Sie steht direkt neben dem **Westerpark** mit seinen Grünflächen (Spaarndammerstraat; 3 Haarlemmerplein) und fungierte als erstes Gaswerk der Stadt, bis die Gasproduktion 1967 dann eingestellt wurde. Die starke Verschmutzung des Standorts machte eine grundlegende Sanierung erforderlich, doch anschließend konnte das Areal als Kultur- und Erholungspark wiedereröffnet werden – mit großzügigen Rasenflächen, einem langen Kneippbecken, Fahrradwegen und allerlei Sporteinrichtungen.

Die post-industriellen Gebäude beherbergen nun Kreativunternehmen wie Werbeagenturen und TV-Produktionsstudios, aber es finden auch regelmäßig Festivals und Veranstaltungen statt – darunter der **Sunday Market** (Sonntagsmarkt; www.sundaymarket.nl; 1. So im Monat, 12–18 Uhr), ein beliebtes Event mit hochwertigem Kunsthandwerk und köstlichen Gourmetspeisen.

Zur großen Auswahl an Speiselokalen, Kneipen und Unterhaltungsmöglichkeiten in der Westergasfabriek gehören:

**Mossel En Gin** (020-486 58 69; www.mosselengin.nl; Gosschalklaan 12, Hauptgerichte 16,50–17 €; Küche Di–Do 16–22.30, Fr 14–22.30, Sa & So 13–22.30 Uhr, Bar Di–Do & So bis Mitternacht, Fr & Sa bis 1 Uhr; ; 21 Van Hallstraat) Für die Zubereitung der kreativen Gerichte und Cocktails wird Gin verwendet.

**De Bakkerswinkel** (020-688 06 32; www.debakkerswinkel.nl; Polonceaukade 1, Snacks 4–6 €, Gerichte 8–16 €; Mo–Do 8.30–17, Fr 8.30–18, Sa & So 10–18 Uhr; 5 Van Limburg Stirumstraat) Das Café, das sich auf mehrere Ebenen erstreckt, befindet sich in der ehemaligen Steuerzentrale des Gaswerks.

**Raïnaraï** (020-486 71 09; www.rainarai.nl; Polonceaukade 40; Hauptgerichte 19,50–23,50 €, 2-/3-Gang-Menüs 32,50/36 €; Di–So 12–22 Uhr; 21 Van Hallstraat) Hier verlockt algerische Cuisine in orientalisch-exotischem Dekor.

**Westergasterras** (www.westergasterras.nl; Klönneplein 4-6; Mo–Do 11–1, Fr 11–3, Sa 10–3, So 10–1 Uhr; ; 5 Van Limburg Stirumstraat) Diese Bar verfügt über eine der schönsten Terrassen im gesamten Stadtgebiet Amsterdams.

**Brouwerij Troost Westergas** (020-737 10 28; www.brouwerijtroost.nl; Pazzanistraat 27; Mo–Do 16–24, Fr 16–3, Sa 12–3, So 12–24 Uhr; ; 5 Van Limburg Stirumstraat) Diese Brauerei ist etwas für Hopfenliebhaber und coole Typen.

**Pacific Parc** (020-488 77 78; www.pacificparc.nl; Polonceaukade 23; 5 Van Limburg Stirumstraat) Geboten sind Indie-Gigs und DJ-Sets.

**Westerunie** (020-684 84 96; www.westerunie.nl; Klönneplein 6; unterschiedl. geöffn.; ; 5 Van Limburg Stirumstraat) Angesagter Club im Post-Industrie-Schick.

**Johnny Jordaanplein** PLATZ

(Karte S. 70; Ecke Prinsengracht & Elandsgracht; 13/17 Westermarkt) Dieser schattige kleine Platz ist nach Johnny Jordaan benannt (dem Pseudonym von Johannes Hendricus van Musscher), einem in den 1950er-Jahren beliebten Musiker, der vor allem romantische Liebeslieder sang – *levensliederen* mit viel Herz und Schmerz. Die bunt gestrichene Hütte, ein städtisches Trafohäuschen, präsentiert stolz einen seiner Liedtexte: *Amsterdam, wat bent je mooi* („Amsterdam, was bist du schön").

Hinter dem Häuschen stehen dann Johnny und andere Größen der Jordaaner Musikszene in Bronze gegossen.

**Geelvinck Pianola Museum** MUSEUM

(Karte S. 70; 020-627 96 24; www.geelvinck.nl; Westerstraat 106; Museum Erw./Kind 9/4,50 €, Konzertkarten ab 12,50 €; ganzjähr. Fr–So 13–17 Uhr, Konzerte Sept.–Juni; 3/5 Marnixplein) Dieses Museum ist wirklich etwas ganz Besonderes, denn es ist randvoll mit Pianolas aus der Zeit um 1900. An die 50 dieser selbstspielenden Klaviere sind in Besitz des

Museums, doch nur ein Dutzend ist jeweils ausgestellt, dazu rund 30 000 Musikrollen und eine Orgel. Der engagierte Kurator veranstaltet einstündige Führungen mit Musikbeispielen. Auf den automatischen Pianos werden regelmäßig Konzerte gegeben – zu hören gibt es von Mozart bis Fats Waller so ziemlich alles, außerdem werden seltene klassische Stücke oder Jazz gespielt, die eigens fürs Pianola komponiert wurden.

**Electric Ladyland** MUSEUM

(Karte S. 70; ☎ 020-420 37 76; www.electric-ladyland.com; 2e Leliedwarsstraat 5; Erw./Kind 5 €/frei; ⌚ nach Reservierung Mi–Sa 14–18 Uhr; 🚋 13/17 Westermarkt) Das erste Museum der Welt für fluoreszierende Kunst präsentiert einerseits die psychedelischen Skulpturen des Eigentümers Nick Padalino, aber auch von Natur aus leuchtendes Gestein sowie gefertigte leuchtende Objekte (Geld, Personalausweise etc.). Jimi Hendrix, die Beatles und andere flippige Musik laufen auf der Stereoanlage, während Nick liebevoll jedes Objekt seiner Sammlung erklärt. Der Kunstgalerieladen befindet sich im Obergeschoss.

**Amsterdam Tulip Museum** MUSEUM

(Amsterdamer Tulpenmuseum; Karte S. 70; ☎ 020-421 00 95; www.amsterdamtulipmuseum.com; Prinsengracht 116; Erw./Kind 5/3 €; ⌚ 10–18 Uhr; 🚋 13/17 Westermarkt) Etwa eine halbe Stunde sollte man für das winzige Amsterdamer Tulpenmuseum einplanen, das geschickt einen Überblick über die Geschichte der Lieblingsblume dieses Landes vermittelt. Anhand von Exponaten, Zeitleisten und zwei Kurzfilmen (auf Englisch) erfahren die Besucher, wie einst osmanische Kaufleute die Blume in den Steppen des Himalaya entdeckten und dann zu Hause die Tulpe kommerziell zu züchten begannen, wie während des niederländischen „Tulpenwahns" im 17. Jh. ein Vermögen mit dieser Blume verdient und wieder verloren wurde und wie Tulpenzwiebeln im Zweiten Weltkrieg als Nahrungsmittel verwendet wurden.

## Vondelpark & der Süden

Der Vondelpark ist die grüne Seele Amsterdams; nur ein paar Schritte von ihm entfernt liegen die großartigsten Museen der Stadt, allesamt praktisch am Museumplein – genauer gesagt das Rijksmuseum, das Van Gogh Museum und das Stedelijk Museum. Weiter südlich erstrecken sich die Parklandschaften des Amsterdamse Bos, und das Cobra Museum, das sich der Kunstbewegung De Stijl verschrieben hat, befindet sich ebenfalls dort. Nördlich vom Vondelpark verlocken De Hallen, die Kunst- und Gastrohallen in ehemaligen Trambahndepots.

**Rijksmuseum** MUSEUM

Siehe S. 72.

**Van Gogh Museum** MUSEUM

Siehe S. 76.

**★ Stedelijk Museum** MUSEUM

(Karte S. 66; ☎ 020-573 29 11; www.stedelijk.nl; Museumplein 10; Erw./Kind 17,50 €/frei; ⌚ Sa–Do 10–18, Fr bis 22 Uhr; 🚋 2/3/5/12 Van Baerlestraat) Dieses sagenhafte Museum beherbergt die Sammlung, die der Kurator Willem Sandberg nach dem Krieg zusammentrug. Die Exponate werden im Rotationsprinzip gezeigt. Zu bewundern gibt es in jedem Fall eine erstaunliche Auswahl an Werken von Picasso, Matisse, Mondrian, van Gogh, Rothko, De Kooning, Warhol und vielen anderen mehr, dazu ein Wandgemälde des überschwänglich gefeierten Karel Appel sowie großartige Wechselausstellungen. Das Gebäude war ursprünglich eine Bank, die 1895 von A. M. Weissman im Neo-Renaissancestil errichtet wurde; der moderne Erweiterungsbau trägt den Spitznamen „die Badewanne" – die Gründe liegen auf der Hand, sobald man das Gebäude sieht.

**House of Bols** MUSEUM

(Karte S. 66, www.houseofbols.com; Paulus Potterstraat 14; Eintritt inkl. 1 Cocktail 16 €, nur ab 18 J.; ⌚ So–Do 13–18.30, Fr & Sa bis 21 Uhr; 🚋 2/5/12 Van Baerlestraat) Kitschig ist es ja schon, aber dennoch ganz amüsant: Hier kann man auf eigene Faust eine einstündige Besichtigungstour durch den *jenever* (niederländischer Wacholderschnaps) unternehmen. Im „Verkostungssaal" gibt es verschiedene Geschmacksrichtungen und Aromen zu probieren, während im „Destillierie-Raum" der Prozess der Alkoholgewinnung vermittelt wird. Die Besucher erfahren jede Menge über die Geschichte des Gins und dürfen sogar ihren eigenen Cocktail schütteln und am Ende einen Bols der Wahl trinken.

**Diamantenmuseum** MUSEUM

(Karte S. 66; www.diamantmuseumamsterdam.nl; Paulus Potterstraat 8; Erw./Kind 10/7,50 €; ⌚ 9–17 Uhr; 🚋 2/5/12 Rijksmuseum) Die Unmengen an Glitzersteinchen, die in diesem kleinen, bescheidenen Diamantenmuseum ausgestellt sind, sind allesamt clevere

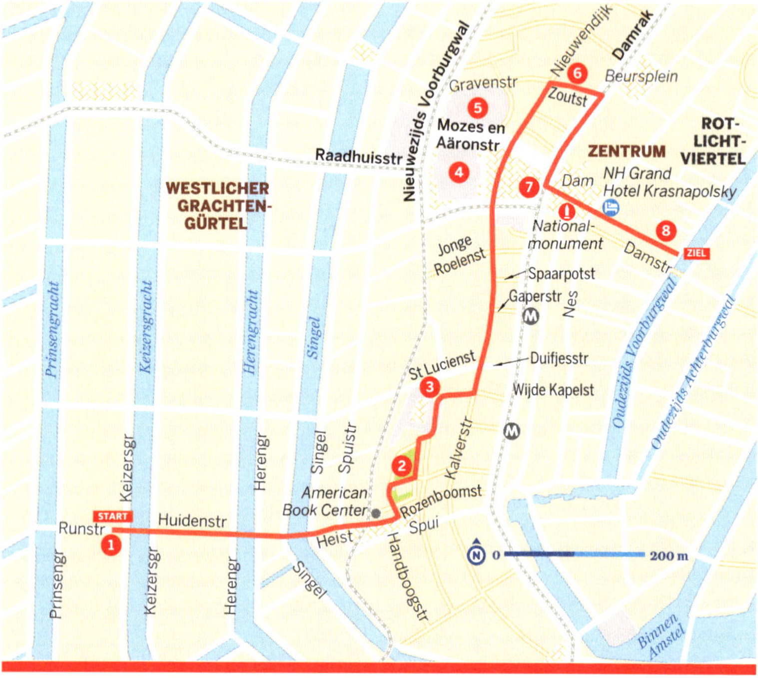


# Stadtspaziergang
## Käse, Gin & Baudenkmäler

**START** DE KAASKAMER
**ZIEL** WYNAND FOCKINK
**LÄNGE/DAUER** 2 KM; 1½ STUNDEN MIT PAUSEN

Dieser Spaziergang ist eine Art Hitparade der beliebtesten Amsterdamer Speisen, Getränke und historischen Sehenswürdigkeiten.

Die Niederländer essen pro Jahr mehr als 14 kg Käse pro Person, und ein Großteil davon wird in der 1 **De Kaaskamer** (S. 120) verkauft. Das Geschäft ist bis unter die Dachsparren voll mit Gouda, Edamer und anderen einheimischen Sorten gepackt. Am besten nimmt man sich ein Stück mit.

Unterwegs am Spui sollte man hinter dem American Book Center nach einer Holztür Ausschau halten. Wer sie öffnet, erblickt den 2 **Begijnhof** (S. 53), der zwei historische Kirchen und Gärten umgibt. Man durchquert den Hof nun zum anderen Eingang hinüber.

Vom Begijnhof bummelt man gen Norden ein kurzes Stück zur 3 **Civic Guard Gallery** (S. 53). Gemälde von strengen Männern mit Rüschenkragen starren von den Wänden herab. Man durchquert die Galerie und gelangt durch das Restaurant im Hof des Amsterdam Museum auf die Kalverstraat.

Auf dieser Straße ist der 4 **Königspalast** (S. 45) rasch erreicht, in dem König Willem-Alexander und Königin Máxima residieren. Direkt neben dem Palast ragt die 5 **Nieuwe Kerk** (S. 53) auf; hier finden Krönungsfeierlichkeiten statt. Anschließend geht es zum Nieuwendijk und weiter zum Zoutsteeg. Bedenken in Sachen roher Fisch sollte man „hinunterschlucken" und sich einen holländischen Hering im winzigen 6 **Rob Wigboldus Vishandel** (S. 96) bestellen. Dann geht es weiter zum Damrak.

Man überquert den Damrak dort, wo das Nationaal Monument am 7 **Dam** (S. 53) steht – die Wiege Amsterdams. Nun folgt man der Straße, die hinter dem NH Grand Hotel Krasnapolsky zum 8 **Wynand Fockink** (S. 108) führt. Die Probierstube des niederländischen Gin-Produzenten datiert aus dem Jahr 1679. Der Barmann schenkt randvoll ein – deshalb sollte man es den Einheimischen gleich machen: nach vorne beugen und nippen, ohne dabei das Glas anzuheben.

Kreationen. Die Besucher bekommen jede Menge Hintergrundinformationen zum Diamantenhandel und zu verschiedenen historischen Kronen und Juwelen, die nur so funkeln. Hier wird klar, wie Amsterdam Jahrhunderte als Epizentrum des Diamantenhandels fungierte, wobei die einheimischen Juden das Schleifen und Polieren in der Hand hatten, und wie diese Zunft nach dem Zweiten Weltkrieg dann nach Antwerpen ging, was wiederum der Dezimierung der jüdischen Bevölkerung geschuldet war.

Wer mag, spart Geld, indem er nebenan zu **Coster Diamonds** (Karte S. 66; ☎020-305 55 55; www.costerdiamonds.com; Paulus Potterstraat 2; ⌚9–17 Uhr) geht – diesem Unternehmen gehört das Museum und ist diesem angeschlossen; dort kann man dann an einer kostenlosen Führung durch die Werkstätten teilnehmen.

### Vondelkerk — HISTORISCHES GEBÄUDE

(Karte S. 66; www.stadsherstel.nl; Vondelstraat 120d; 🚋1/11 1e Constantijn Huygensstraat) Der Architekt Pierre Cuyper errichtete seine Lieblingskirche von 1870 bis 1880. Die Bauarbeiten wurden allerdings durch fehlende Finanzmittel beeinträchtigt, und 1904 beschädigte ein Feuer das Gotteshaus. Im Jahr 1978 sollte die Vondelkerk der Abrissbirne zum Opfer fallen, wurde dann jedoch von einer Gruppe Architekturfreaks gerettet. Die Räumlichkeiten (in denen häufig Hochzeiten stattfinden) werden als Büros genutzt und sind nicht öffentlich zugänglich.

### Hollandsche Manege — REITEN

(Karte S. 66; ☎020-618 09 42; www.dehollandschemanege.nl; Vondelstraat 140; Erw./Kind Museum 8/4 €, private Reitstunden pro 30/60 Min. 39/64 €; ⌚Museum 10–17 Uhr, Reitstunden nach Reservierung; 🚋1/11 1e Constantijn Huygensstraat) Die neo-klassizistische Hollandsche Manege ist eine Überraschung, die es vor den Toren des Vondelpark zu entdecken gilt. Wer diese grandiose Reitschule in einem von der Spanischen Hofreitschule in Wien inspirierten Gebäude betritt, unternimmt eine Zeitreise in die Vergangenheit. Das von A. L. van Gendt entworfene und 1882 fertiggestellte Gebäude hat sich seine reizende Fassade mit Pferdeköpfen bewahrt und kann innen mit einer weitläufigen Reitarena aufwarten.

## De Pijp

Vom Albert Cuypmarkt und der Heineken Experience (s. rechts) einmal abgesehen sind Sehenswürdigkeiten in De Pijp eher Mangelware. Wirklich Spaß macht es hier jedoch, durch die Straßen des Viertels zu bummeln und die Bohemien-Atmosphäre in den Bars, *cafés* (Kneipen), Speiselokalen und Boutiquen auf sich wirken zu lassen.

### ★ Albert Cuypmarkt — MARKT

(Karte S. 66; www.albertcuyp-markt.amsterdam; Albert Cuypstraat, zw. Ferdinand Bolstraat & Van Woustraat; ⌚Mo–Sa 9.30–17 Uhr; 🚋24 Albert Cuypstraat) An die 260 Stände stehen auf dem Albert Cuypmarkt, dem größten Markt Amsterdams. Die Händler preisen lautstark ihr Sortiment an Geräten, Haushaltswaren sowie Blumen, Obst, Gemüse, Kräutern und Gewürzen an. Viele verkaufen Bekleidung und auch andere Waren, die Sachen sind oftmals billiger als anderswo.

Snack-Verkäufer führen gekonnt die zahlreichen Passanten mit Sandwiches mit rohem Hering, *frites* (Pommes), *poffertjes* (winzige niederländische Pfannkuchen, die mit Puderzucker bestäubt sind) und *stroopwafels (Waffeln,* die mit Karamellsirup gefüllt sind) in Versuchung.

Wenn nach all den Köstlichkeiten noch Platz für mehr vorhanden ist, finden sich in der Umgebung Unmengen gemütliche *cafés* (Kneipen) und Restaurants.

### ★ Heineken Experience — BRAUEREI

(Karte S. 66; ☎020-523 94 35; https://tickets.heinekenexperience.com; Stadhouderskade 78; Erw./Kind Tour auf eigene Faust 21/14,50 €, VIP geführte Tour 55 €, Rock the City-Ticket 30 €; ⌚Mo–Do 10.30–19.30, Fr–So 21 Uhr; Ⓜ Vijzelgracht, 🚋24 Ferdinand Bolstraat) Die Heineken „Experience", die die Besucher in eigener Regie kennenlernen können, befindet sich am Standort der alten Brauerei. Geboten ist ein unterhaltsamer und informativer Einblick in den Brauereiprozess anhand von Multimedia-Exponaten, bei denen der geneigte Besucher gleichsam selbst zum Bier „mutiert", indem er durchgeschüttelt, mit Wasser bespritzt und erhitzt wird.

Wer seine Eintrittskarte im Voraus übers Internet bucht, kann 3 € (Erw.) sparen und muss zudem nicht Schlange stehen. Die 2½-stündigen VIP-Touren enden mit der Verkostung von fünf Biersorten; dazu wird der passende Käse gereicht.

In den Rock-the-City-Tickets mit einem super Preis-Leistungs-Verhältnis ist eine Grachtenkreuzfahrt von 45 Minuten Dauer zum A'DAM Tower inbegriffen.

## ERMÄSSIGUNGEN IM MUSEUM

Besucher verschiedener Berufssparten, darunter Künstler, Journalisten, Museumskuratoren und Lehrer, kommen in einigen Locations in den Genuss einer Ermäßigung, wenn sie ihre Akkreditierung bzw. ihren Berufsausweis vorzeigen.

Studenten können in Museen immer mit einer um ein paar Euro verbilligten Eintrittsgebühr rechnen; den Ausweis mitbringen. Senioren über 65 und ihre Partner ab 60 Jahren erhalten eine Ermäßigung in den öffentlichenVerkehrsmitteln, in Museen, bei Konzerten u. a. Wer jünger aussieht, sollte besser seinen Ausweis einstecken.

**I Amsterdam Card** (www.iamsterdam.com; pro 24/48/72/96 Std. 59/74/87/98 €) Mit dieser Karte kann man mehr als 30 Museen besuchen, eine Grachtenkreuzfahrt unternehmen und ermäßigt einkaufen, die Unterhaltungsangebote nutzen und Restaurants besuchen. Der GVB-Transit-Pass ist inbegriffen Die Karte ist bei Kurzbesuchen nützlich. Erhältlich ist sie in den VVV I Amsterdam Visitor Centres sowie auch in einigen Hotels.

**Museumkaart** (www.museumkaart.nl; Erw./Kind 59,90/32/45 €, plus einmalige Registrierung 5 €) Man hat mit dieser Karte ein Jahr lang freien oder ermäßigten Eintritt in den rund 400 Museen im ganzen Land. Erhältlich ist die Museumkaart an allen Kassen der teilnehmenden Museen. Man bekommt zuerst eine vorübergehende Karte, die insgesamt 31 Tage gilt (für maximal fünf Museen); diese Karte kann man dann online registrieren lassen, um sich die offizielle Karte an eine Adresse in den Niederlanden schicken zu lassen, also beispielsweise an sein Hotel; in lediglich drei bis vier Arbeitstagen wird diese dann zugeschickt.

**Holland Pass** (www.hollandpass.com; 3/4/6 Sehenswürdigkeiten ab 40/55/71,25 €) Dieser Ausweis funktioniert so ähnlich wie die I Amsterdam Card, jedoch ohne die übliche Hektik; man kann damit einen Monat lang Sehenswürdigkeiten besuchen. Die Preise definieren sich durch die Anzahl der Sehenswürdigkeiten, die man aus verschiedenen Kategorien auswählt (die beliebtesten/teuersten Sehenswürdigkeiten fallen unter die Kategorie Gold). Mit inbegriffen sind das Zugticket vom Flughafen in die Stadt und eine Grachtenkreuzfahrt. Kaufen kann man den Holland Pass online; direkt mitnehmen lässt er sich am Flughafen Schiphol und im Stadtzentrum.

**Priopass** (www.priopass.com) Viele Hotels bieten den Priopass an. Der Pass – in Form eines Ausdrucks oder auch elektronisch auf dem Handy – ermöglicht bei den meisten Sehenswürdigkeiten einen schnelleren Eintritt. Allerdings ist das keine Ermäßigungskarte – man bezahlt in Museen und bei Führungen den normalen Preis. Viele Besucher finden den Priopass trotzdem praktisch, denn es entfällt langes Schlangestehen; einen Ablauftermin hat der Pass nicht – und somit muss man nicht hetzen und sich mehrere Museen an einem Tag anschauen, damit sich die Ausgabe lohnt. Man bezahlt nur, was man wirklich in Anspruch genommen hat (d. h. es sind keine Fahrtausweise für den Nahverkehr oder Grachtenkreuzfahrten daran gekoppelt). Der Priopass ist kostenlos; man verlinkt ihn mit der Kreditkarte, die dann mit dem jeweiligen Betrag belastet wird.

**Sarphatipark** PARK

(Karte S. 66; Sarphatipark; 3 2e Van der Helststraat) Der Vondelpark ist zwar größer und auch bekannter, doch dieser beschauliche englische Landschaftspark ermöglicht eine ebenso nachhaltige Dosis sommerliche Entspannung, jedoch mit erheblich weniger Menschenmassen. Benannt ist der Park nach Samuel Sarphati (1813–1866), einem jüdischen Arzt, Geschäftsmann und Stadterneuerer. In der Anlage finden sich Teiche, leicht hügelige Wiesen sowie Wälder am Rand. In der Mitte steht das 1886 errichtete **Sarphati-Denkmal** (Karte S. 66), ein bombastischer Tempel mit Brunnen, Wasserspeiern und einer Büste dieses großen Mannes.

## Oosterpark & östlich der Amstel

Im Osten finden sich nur wenige wirklich bedeutende Sehenswürdigkeiten. Hier ist jedoch das faszinierende ethnografische Tropenmuseum zu Hause, und gleich in der Nähe erstrecken sich der Oosterpark und der Flevopark mit einigen Gedenkstätten.

**★ Tropenmuseum** MUSEUM

(Tropenmuseum; ☎ 0880 042 800; www.tropenmuseum.nl; Linnaeusstraat 2; Erw./Kind 15/8 €; ⌚ Di–So 10–17 Uhr; 🚊 14/10 Tropenmuseum) Das Tropenmuseum, ein sagenhaftes Ausstellungsareal mit Arkadenbögen, beherbergt auf drei Etagen Artefakte aus den ehemaligen niederländischen Kolonien – von Schattenspielpuppen aus Indonesien, die auch die Niederländer verkörpern, bis hin zu Dioramen, die das Leben in den Tropen zeigen. Alles wird einfühlsam, einfallsreich und mit jeder Menge Multimedia-Einsatz vermittelt, außerdem gibt es noch großartige Wechselausstellungen zu sehen. Eine interaktive Kinderabteilung ist auch noch vorhanden, in der die Kleinen prima herumklettern können, zudem warten eine Musikabteilung (Kopfhörer mitbringen oder für 1,40 € hier welche kaufen), ein hübscher Andenkenladen und ein reizendes Café.

**Oosterpark** PARK

(Karte S. 58; ⌚ Sonnenaufgang–Sonnenuntergang; 🚊 19 1e Van Swindenstraat) Im Oosterpark mit seiner üppigen Vegetation sitzen wild lebende Sittiche in den Bäumen und Reiher staksen durch die großen Teiche. Der Oosterpark ist zwar als englischer Landschaftspark konzipiert, weist aber in diesem abwechslungsreichen Viertel eine beinahe schon tropische Fülle auf. Gegründet wurde er im Jahr 1891 als Vergnügungspark für die Diamantenhändler, die in den Minen Südafrikas zu Vermögen gekommen waren. Bis zum heutigen Tag herrscht in diesem Park eine elegante, großzügige Atmosphäre.

## Amsterdam-Noord

Die Hauptsehenswürdigkeiten im Norden befinden sich auf der anderen Seite des Wassers gegenüber vom Stadtzentrum. Hier bietet der A'DAM Tower einen Panoramablick über die Stadt, und im EYE Film Institute gibt es Ausstellungen zum Kino zu sehen. Auch die innovative Architektur will gewürdigt sein, beispielsweise das EYE oder auch das Kraanspoor. Die Künstlerenklave an der NDSM-Werft mit Ateliers, Straßenkunst und dem regelmäßig abgehaltenen IJ Hallenmarkt sowie die liebenswerten, hübschen Deichhäuser am Nieuwendammerdijk sind ebenfalls einen Blick wert.

**EYE Film Institute** MUSEUM, KINO

(☎ 020-589 14 00; www.eyefilm.nl; IJpromenade 1; Erw./Kind Ausstellungen 13/3 €, Filme 10,50/8 €; ⌚ 10–19 Uhr; ⛴ Buiksloterweg) Dieser architektonische Triumph der Moderne scheint gleichsam an den Ufern des Flusses IJ (ebenfalls englisch „eye" ausgesprochen) zu balancieren. In diesem Institut werden in vier Kinos Streifen aus dem rund 40 000 Filmtiteln umfassenden Archiv gezeigt, manchmal sogar mit Livemusik.

Ausstellungen von Kostümen, digitale Kunst und andere cineastischen Vergnügungen laufen passend zum jeweiligen Filmprogramm. Das aussichtsreiche Bar-Restaurant mit sagenhafter Sonnenterrasse (falls sie denn mal scheint) ist ein beliebter Treff auf dieser Seite des Flusses.

**★ A'DAM Tower** SEHENSWERTES GEBÄUDE

(www.adamtoren.nl; Overhoeksplein 1; Aussichtspunkt Erw./Kind 13,50/7,50 €, Premium-Ticket Erw. 19,50 €, Schaukel 5 €; ⌚ Aussichtspunkt 10–22 Uhr; ⛴ Buiksloterweg) Der 22-stöckige A'DAM Tower beherbergte früher die Büroräume der Royal Dutch Shell Oil Company, wurde jedoch zur neuesten Megaattraktion Amsterdams aufgestylt. Man fährt mit dem Lift zum Dach hinauf, um den herrlichen Blick in alle vier Himmelsrichtungen zu genießen; und wer keine Höhenangst hat (und gut versichert ist und sich anschnallt), kann in einer gigantischen Schaukel für vier Personen Platz nehmen, die über den

### IM FUSSBALLFIEBER

Amsterdams **ArenA** (www.johancruijffarena; Arena Blvd 1; 📶; Ⓜ Bijlmer ArenA) ist ein Hightech-Komplex mit einem einziehbaren Dach und Sitzplätzen für 53 748 Zuschauer. Hier spielt die berühmteste Mannschaft der Niederlande, Ajax Amsterdam, der viermalige Gewinner der Champions League. Die Fußballspiele finden von August bis Mai in der Regel am Samstagabend oder Sonntagnachmittag statt. Das Stadion liegt rund 7 km südöstlich vom Stadtzentrum und lässt sich problemlos mit der U-Bahn erreichen.

Besucher können an einer einstündigen Führung durch das Stadion (Erw./Kind 15/10 €) teilnehmen. Im Allgemeinen werden acht Führungen pro Tag durchgeführt, man kann auch spezielle Touren für Kinder buchen. Auf der Website ist zu erfahren, was wann genau auf dem Programm steht.

Gebäuderand hinausschwingt. Außerdem verlocken hier eine schicke Bar, um einen Drink zu nehmen oder um eine Kleinigkeit zu essen, sowie das Moon (020-237 63 11; www.restaurantmoon.nl; 12–14 & 18–21 Uhr; Mittagessen 3-/4-/5-Gänge-Menü 40/50/60 €, Abendessen 5-/6-/7-Gänge-Menü 60/70/80 €), ein Drehrestaurant in der 19. Etage.

**Kunststad** KUNSTATELIER
(Kunststadt; www.ndsmloods.nl; NDSM-plein; 8–18 Uhr; NDSM-werf) GRATIS Das ehemalige Lager der Schiffswerft ist proppenvoll mit Ateliers – an die 200 Künstler arbeiten in den NDSM *broedplaats* (wörtl. „Brutplatz", Kunststadt). In diesem recht weitläufigen Areal kann man herumlaufen oder mit dem Fahrrad herumkurven; riesige Kunstwerke baumeln von der Decke herunter und sind in den Hallen des Hangars zu bestaunen.

**★ Nieuwendammerdijk** GEGEND
(32 Buikslotermeerplein) Diese lange schmale Straße mit holländischen Holzhäusern und Stockrosen, die neben jeder Terrasse freundlich nicken, wirkt wie aus dem Bilderbuch – und ist heute eine Immobilienadresse vom Feinsten. Viele der Häuser stammen aus der Zeit ab 1500, und in den Häusern mit den Nummern 202 bis 204 lebte einst die Schiffsbauerfamilie De Vries Lentsch. Die Nummern 301 bis 309 waren früher die Domizile von Schiffskapitänen.

**★ NDSM-werf** GEGEND
(www.ndsm.nl; NDSM-plein; NDSM-werf) Die NDSM-Werft ist eine aufgelassene Schiffswerft, die in eine hochkarätige Künstlerkommune umfunktioniert wurde und vom Amsterdamer Zentrum 15 Minuten flussaufwärts liegt. Sie verströmt ein post-apokalyptisches Flair: Ein altes U-Boot liegt abgewrackt im Hafen, verwaiste Trambahnen rosten am Rand des Wassers vor sich hin, und es gibt kaum eine Fläche, die nicht mit Graffiti bedeckt ist. Junge Kreative hängen in den zig coolen Cafés herum. Hippe Unternehmen wie MTV und Red Bull haben hier ihre europäische Zentrale. Die Gegend ist auch ein Brennpunkt für Untergrundkultur und -veranstaltungen wie beispielsweise das Over het IJ Festival (S. 87).

**U-Boot B-80** U-BOOT
(NDSM-Werft; NDSM werf) Das sowjetische U-Boot B-80 (Projekt 611) datiert aus dem Jahr 1952 und wurde in Sewerodwinsk/Russland gebaut. Es lag vorher im niederländischen Seehafen Den Helder in Nordholland, wurde dann nach Amsterdam gebracht. Innen wurde das U-Boot – umbenannt in *Foxtrot* – mit Streifen ausgestaltet, da die Eigentümer es als Partylocation vermieten wollten. Doch nun liegt es als leere und im wahrsten Sinn des Wortes um Aufmerksamkeit heischende Hülse im Hafen.

**Sexyland** KUNSTZENTRUM
(www.sexyland.amsterdam; Ms van Riemsdijkweg 39; monatl. Mitgliedschaft 2,50 €, Eintrittsgebühr je nach Event; unterschiedl. Öffnungszeiten; NDSM-werf) Wer das Neonschild sieht, denkt sicher gleich, dass es sich hier um eine Außenstelle des Rotlichtviertels handelt – was allerdings verzeihlich ist. Sexyland ist in Wirklichkeit jedoch ein Club für Mitglieder, der es auf 365 Co-Eigentümer bringt, von denen jeder eine Veranstaltung pro Jahr ausrichtet; dabei kann es sich um Pingpong oder tantrischen Tango handeln.

Die eigentlichen Clubnächte finden immer am Wochenende statt. Wer für einen Monat eine Mitgliedschaft erwirbt, kann an jeder der Aktivitäten teilnehmen.

**Kraanspoor** ARCHITEKTUR
(NDSM-werf) Das „Kran" ist ein außerordentliches architektonisches Objekt, das 2007 von den Architekten des OTH auf einer ausgedienten (ja, richtig geraten!) Schiffskrananlage errichtet wurde. Der Glaskasten über den Stelzen dieser Industriebasis wirkt fast schwerelos und beherbergt Büros mit sagenhaftem Blick übers Wasser.

## Aktivitäten

### Radfahren

*Fietsen* (Fahrräder) gibt es in Amsterdam weit mehr als Autos. Und somit findet sich an jeder Ecke ein Fahrradverleih, und die Touristeninformation bei der Centraal Station hält Radkarten bereit.

### Bootsfahrt

**★ Rederji Lampedusa** BOOTFAHREN
(Karte S. 58; www.rederjilampedusa.nl; Dijksgracht 6; 2-stünd. Grachtentour 19 €, VIP-Touren nach Spende; Grachtentouren Juni–Sept. Sa 11 & 13.30 Uhr, VIP-Touren Juni–Sept. Fr alle zwei Wochen; 26 Muziekgebouw) Es macht Spaß, mit dem Boot durch die Grachten zu schippern oder auch bei Sonnenuntergang einen Bootsausflug durch den Amsterdamer Hafen in einem ehemaligen Flüchtlingsboot zu unternehmen, das von dem niederländischen Firmengründer Tuen aus Lampedusa hier hergeschafft wurde. Die Ausflüge mit

## DIE GRACHTEN VON AMSTERDAM

Auf Niederländisch ist ein Kanal eine *gracht*, und die Hauptkanäle bilden den zentralen *grachtengordel* (Grachtengürtel) aus. Diese malerischen Wasserstraßen wurden Anfang des 17. Jhs. angelegt, nachdem die Bevölkerung Amsterdams über die mittelalterlichen Stadtmauern hinausgewachsen war und die Stadtplaner ein ambitioniertes Erweiterungsprojekt ins Leben gerufen hatten. Die konzentrisch angelegten Wasserstraßen, die sie anlegten, entsprechen jedenfalls dem, was heute zu sehen ist.

Den Amsterdamern war stets bewusst, dass ihr Grachtengürtel, der im Goldenen Zeitalter entstand, etwas Außergewöhnliches ist. Was die Unesco im Übrigen offiziell bestätigte, als sie die Wasserstraßen in die Weltkulturerbestätten aufgenommen hatte. Heute gibt es in Amsterdam 165 Grachten, über die sich insgesamt 1753 kleinere oder größere Brücken spannen – mehr als in jeder anderen Stadt der Welt.

Vom Zentrum aus betrachtet heißen die wichtigsten halbkreisförmigen Grachten Singel, Herengracht, Keizersgracht und Prinsengracht. Man kann sie sich einfach merken, denn mit Ausnahme des **Singel** (der ursprünglich ein Festungsgraben war, um die Stadtgrenzen zu verteidigen) sind die Kanäle alphabetisch angeordnet.

Nach Fertigstellung der Kanäle zogen die wohlhabendsten Amsterdamer Bürger in die **Herengracht**. An ihr entlang, vor allem jedoch am Goldenen Bogen, erbauten die hohen Herren ihre Patrizierhäuser – daher der Name dieser Gracht.

Fast ebenso nobel war die **Keizersgracht** (Kaisergracht) – eine Hommage an den römisch-deutschen Kaiser Maximilian I. (1459–1519).

Die **Prinsengracht** – benannt nach Wilhelm dem Schweiger, Fürst von Oranien und der sogenannte „Vater des Vaterlandes" – wurde mit kleineren Wohn- und Lagerhäusern etwas weniger pompös gestaltet. Er diente auch zur Abschottung vor dem Arbeiterviertel Jordaan, das ein Stück weiter entfernt liegt.

viel Herz bieten einen spannenden Einblick in die derzeitige Migrationsproblematik. Sie vermitteln auch, wie die Migration die Geschichte der Stadt Amsterdam geprägt hat – und zwar vor allem die Grachtentour. Beide Ausflüge beginnen neben dem Mediamatic.

**Boaty** BOOTFAHREN
(☎ 06 2714 9493; www.boaty.nl; Jozef Israëlskade; Bootsverleih pro 3 Std./ganzer Tag ab 79/179 €; ⏲ Anf. März–Okt. 9 Uhr bis 30 Min. vor Sonnenuntergang; 🚊 12 Scheldestraat) Die Lage dieses Unternehmens am beschaulichen Amstelkanaal macht das Boaty zum idealen Ausgangspunkt, um die Wasserwege zu erkunden, bevor man sich den überfüllten Grachten im Stadtzentrum widmet. Im Preis für das Leihboot ist eine Karte mit Tourenvorschlägen inbegriffen. Ein extra Bootsführerschein ist dazu nicht erforderlich und Erfahrung ebenso wenig. Am besten bucht man online oder ruft an, um ein Boot für denselben Tag zu reservieren. Je nach Wetterbedingungen kann die Saison länger oder kürzer dauern.

**Canal Bike** BOOTFAHREN
(www.stromma.nl; pro Pers. pro Std. 10 €; ⏲ Ende März–Okt. 10–18 Uhr) Mit diesen Tretbooten kann man im eigenen Tempo in den Grachten herumgondeln. Landestege befinden sich am Rijksmuseum, am Leidseplein und bei der Westerkerk. Eine Kaution von 20 € ist zu hinterlegen. Canal Bike ist dem Unternehmen Canal Bus angeschlossen.

### Eislaufen

Im Winter verwandelt sich der Teich am Museumplein in eine beliebte Eislaufbahn, und die Szenerie hat etwas von einem Schmuckkästchen zum Aufziehen. Die Eislaufbahn darf man kostenlos benutzen, allerdings wird für das Ausleihen der Schlittschuhe eine kleine Gebühr erhoben.

Hin und wieder frieren auch die Grachten zu, so dass man darauf eislaufen kann – was man allerdings nur dann tun sollte, wenn man eine größere Menschngruppe beim Schlittschuhfahren sieht. Das Eis ist oft nicht tragfähig, und zwar vor allem am Rand und unter Brücken.

## ☞ Geführte Touren

### Fahrradtouren

Die folgenden Unternehmen haben auch Leihräder im Angebot:

**Mike's Bike Tours** RADFAHREN
(Karte S. 58; ☎ 020-622 79 70; www.mikesbiketoursamsterdam.com; Prins Hendrikkade 176a; Stadttouren pro Erw./Kind ab 28/25 €, Überlandtouren ab 32 €; ⏲ Büro März–Okt. 9–18 Uhr, Nov.–Feb. ab 10 Uhr; 🚌 22/48 Prins Hendrikkade) Auf dem Programm stehen Fahrradtouren durch die Stadt, auf dem Land und durch den Hafen, die alle vor dem Laden ihren Ausgang haben. Man kann hier auch nur ein Fahrrad ausleihen (13 € pro 24 Std.).

**Orangebike** RADFAHREN
(☎ 06 4684 2083; www.orange-bike.nl; Buiksloterweg 5c; Touren 22,50–37,50 €, Leihrad pro Std./Tag ab 5/11 €; ⏲ 9–18 Uhr; ⛴ Buiksloterweg) Traditionelle Touren durch die Stadt und auf dem Land (inkl. Strand- und Deichtouren), plus Ausflüge mit thematischem Schwerpunkt wie Architektur oder auch eine Snacktour, auf der *bitterballen* (Kroketten) und *jenever* (Gin) probiert werden, stehen auf dem Programm. Je nach Tour sind für die Durchführung vier bis sechs Personen erforderlich. Das Unternehmen bietet auch Leihräder an sowie Zubehör wie Kindersitze und Regenponchos. Orangebike ist in Amsterdam-Noord zu Hause, fünf Minuten mit der Fähre von der Centraal Station entfernt.

**Yellow Bike** RADFAHREN
(Karte S. 50; ☎ 020-620 69 40; www.yellowbike.nl; Nieuwezijds Kolk 29; Stadttouren ab 24,50 €, Waterland-Tour 34,50 €; ⏲ Büro 9–18 Uhr; 🚋 2/11/12/13/17 Nieuwezijds Kolk) Zur Auswahl stehen bei Yellow Bike Stadttouren oder eine längere Radtour auf dem Land (März–Okt.), die durch die hübsche Gemeinde Waterland gen Norden führt. Man kann hier auch nur ein Fahrrad mieten (12 € pro 24 Std.).

### Bootsausflüge

Klar, touristisch sind solche Grachtenkreuzfahrten schon, aber sie sind auch eine wunderschöne Möglichkeit, die Stadt kennenzulernen. Mehrere Veranstalter fahren an den Anlegeplätzen an der Centraal Station, am Damrak, in der Rokin Straat und gegenüber vom Rijksmuseum ab. Der Preis ist etwa gleich. Um beschlagene Fensterscheiben – und getrübte Sicht – zu vermeiden, sollte man sich für ein Schiff mit offenem Sitzbereich entscheiden. Bei Nachtkreuzfahrten sieht man die erleuchteten Brücken (diese Touren kosten allerdings einen Tick mehr).

**Those Dam Boat Guys** (Karte S. 70; ☎ 06 1885 5219; www.thosedamboatguys.com; Touren 25 €; ⏲ März–Sept. nach Reservierung; 🚋 13/17 Westermarkt) Kleine, aber dafür ziemlich entspannte Bootstouren vor Ort.

**Canal Bus** (☎ 020-217 05 00; www.stromma.nl; Hop-on-/Hop-off-Tagespass 23 €, Kreuzfahrten 15–20 €, Tretboote 8 €; ⏲ 10–18 Uhr; 📶) Geboten ist ein praktischer Service, bei dem man nach Lust und Laune ein- und aussteigen kann, so oft man will.

**Blue Boat Company** (Karte S. 66; ☎ 020-679 13 70; www.blueboat.nl; Stadhouderskade 501; 75 Min.-Tour Erw./Kind 18/8,50 €; ⏲ Tour März–Okt. 30-Minuten-Takt 10–18 Uhr, Nov.–Feb. stündl.; 🚋 1/2/5/12 Leidseplein) Hier stehen Bootsausflüge bei Tag und bei Nacht sowie verschiedene Spezialtouren, beispielsweise ein lustiger Piratenausflug für Kinder auf dem Programm.

**Wetlands Safari** (Karte S. 50; ☎ 06 5355 2669; www.wetlandssafari.nl; inkl. Transport & Picknick Erw./Kind 64/35 €; ⏲ Anf. April–Ende Sept. Mo–Fr 9.30, Sa & So 10 Uhr; 🚋 1/4/11/12/13/14/17/24/26 Centraal Station) Nun gut, eine richtige Grachtentour ist das nicht, sondern eher ein außergewöhnlicher, etwa fünfstündiger Bootsausflug, auf dem man mit dem Kanu durch Feuchtgebiete und an Windmühlen und Dörfern aus dem 17. Jh. vorüberfährt.

### Stadtspaziergänge

**Prostitution Information Centre Tour durch das Rotlichtviertel** SPAZIERGANG
(Karte S. 50; ☎ 020-420 73 28; www.pic-amsterdam.com; Enge Kerksteeg 3; Tour 15 €; ⏲ Mi 18.30, Sa 17 Uhr; 🚋 4/14/24 Dam) Das nicht-kommerzielle Prostitution Information Centre (S. 56) bietet rund 90-minütige, aufschlussreiche Spaziergänge durchs Rotlichtviertel an.

Führer erklären in allen Einzelheiten, wie dieses Gewerbe wirklich funktioniert, und zeigen den Teilnehmern auch ein Zimmer in einem Bordell. Die Einnahmen gehen an das Prostitution Information Centre; es ist nicht erforderlich zu reservieren.

**Sandeman's New Amsterdam Tours** SPAZIERGANG
(Karte S. 50; www.neweuropetours.eu; Touren nach Spende; ⏲ tgl. bis zu 12 Touren; 🚋 4/14/24 Dam) Energiegeladene junge Führer, deren Einnahmen allein aus dem Trinkgeld bestehen, zeigen auf einer 2½-stündigen Tour die wichtigsten Sehenswürdigkeiten im Stadtzentrum. Treffpunkt ist das Nationaal Monument (S. 53) am Dam – bei jedem Wetter. Für die Teilnahme gilt das Prinzip: Wer zuerst kommt, mahlt zuerst. Damit man aber auch wirklich mit von der Partie ist, empfiehlt sich dennoch eine Reservierung.

**Hungry Birds Street Food Tours** SPAZIERGANG, GASTRONOMIE
(☎ 06 1898 6268; www.hungrybirds.nl; Tag-/Nacht-Tour pro Pers. 79/89 €; ⏲ nach Reservierung) Führer bringen die Teilnehmer auf „kulinarischen Pfaden" zu Plätzen, wo es niederländische und andere Spezialitäten zu verspeisen gibt. Auf den Touren werden in vier Stunden an die zehn Zwischenstopps in De Pijp, in der Utrechtsestraat, am Rembrandtplein und am Spui besucht – und zwar von Esslokalen in Form eines Familienbetriebs bis hin zu Straßenverkäufern. Sämtliche Speisen sind im Preis inbegriffen. Der genaue Treffpunkt wird nach der Reservierung bekannt gegeben.

**Randy Roy's Redlight Tours** SPAZIERGANG
(Karte S. 50; ☎ 06 4185 3288; www.randyroysredlighttours.com; Touren 15 €; ⏲ tgl. 20 Uhr; 🚋 1/2/4/5/9/13/16/17/24 Centraal Station) Witzige Guides erzählen auf Randy Roys abwechslungsreicher, 1½-stündiger Tour Insider-Anekdoten über das Sexleben in der Stadt und plaudern die Geheimnisse von Berühmtheiten aus. Der Ausflug endet in einer einheimischen Bar, in der es dann noch einen kostenlosen Drink gibt.

Der Treffpunkt befindet sich vor dem Victoria Hotel (Damrak 1–5), gegenüber der Centraal Station, egal bei welchem Wetter. Ohne Reservierung läuft nichts.

**Drugs Tour** SPAZIERGANG
(Karte S. 50; ☎ 06 1528 2688; www.drugstour.com; Touren nach Spende; ⏲ Fr 18 Uhr; 🚋 4/14/24 Dam) Man muss reservieren, um an einem zweistündigen Ausflug teilzunehmen, auf dem Mythos und Realität der Amsterdamer Drogenkultur erkundet werden. Auf dem Weg liegen sogenannte Smart Shops (wo Magic Truffles und Hanfprodukte erhältlich sind) und ein Nutzerraum (in den man aber nicht hineingeht), außerdem werfen die Teilnehmer einen Blick auf gefälschte, nachgeahmte Drogen, die auf der Straße verkauft werden. Die Touren beginnen an der Oude Kerk. Es besteht auch die Möglichkeit, eine Privattour (40 € für 4 Pers.) in einer von mehreren Sprachen zu vereinbaren.

**Mee in Mokum** SPAZIERGANG
(Karte S. 50; www.gildeamsterdam.nl; Gedempte Begijnensloot; Touren Erw./Kind 10/5 €; ⏲ Di–So 11 & 14 Uhr; 🚋 2/11/12 Spui) Die Spaziergänge von Mee in Mokum werden von Freiwilligen aller Altersklassen veranstaltet, die oftmals ein paar persönliche Anekdoten auf Lager haben. Die Touren dauern zwei bis drei Stunden. Los geht es am Amsterdam Museum (S. 53). Reservieren sollte man mindestens einen Tag im Voraus; bezahlt wird dann in Bar am Tag selbst.

## Feste & Events

**Königstag** KULTUR
(Koningsdag; ⏲ 27. April) Der Königstag ist eine Feierlichkeit des Hauses Oranien mit Hunderttausenden orange gekleideten Einheimischen und Besuchern, die sich in den Straßen von Amsterdam drängen, um zu zechen und zu tanzen. Die Stadt verwandelt sich dann auch in einen riesigen Flohmarkt, denn die Leute verkaufen alles, was sie nicht mehr gebrauchen können.

**World Press Photo** KULTUR
(www.worldpressphoto.org; ⏲ Mitte April–Mitte Juli; 🚋 2/11/12/13/17 Dam) Diese beeindruckende Ausstellung der besten prämierten Pressefotos in der Nieuwe Kerk (S. 53) beginnt Mitte April und ist bis Mitte Juli zu sehen.

**Herdenkingsdag** KULTUR
(Volkstrauertag; Dam; ⏲ 4. Mai; 🚋 4/14/24 Dam) Gedacht wird der Gefallenen des Zweiten Weltkriegs. König Willem-Alexander legt am Dam einen Kranz nieder, und in der Stadt wird um 20 Uhr eine Schweigepause von zwei Minuten eingelegt.

**Holland Festival** KULTUR
(www.hollandfestival.nl; ⏲ Juni) Das Holland Festival, das einen Monat lang eine Mischung aus hoher Kunst und Unterhaltung bietet, ist das größte Spektakel der Darstellenden Künste des Landes. Es findet in verschiedenen Locations in der ganzen Stadt statt. Gezeigt wird alles – von Schauspiel, Tanz und Oper bis zu unkonventionellen Digitalfilmen und experimenteller Musik.

**Roots Festival** MUSIK
(www.amsterdamroots.nl; ⏲ Ende Juni/Anf. Juli) Ende Juni oder Anfang Juli steht bei diesem Festival Weltmusik auf dem Programm; gespielt wird an bedeutenden Veranstaltungsorten im gesamten Stadtgebiet. Höhepunkt ist dann das ganztägige, pulsierende Roots Open Air Fest im **Park Frankendael** (Middenweg; 🚋 19 Hogeweg).

**Over het IJ Festival** KULTUR
(www.overhetij.nl; ⏲ Mitte Juli; ⛴ NDSM-werf) Riesige Events der Darstellenden Künste (Tanz, Theater, Musik) finden zehn Tage lang in der NDSM-Werft (S. 84) statt, den ehemaligen Hafenanlagen in Amsterdam-Noord.

**Pride Amsterdam** LGBT
(www.pride.amsterdam; Ende Juli–Anf. Aug.) Amsterdam schwenkt stolz und ausgelassen die Regenbogenfahne. Zu den Höhepunkten dieses ausgelassenen Festivals gehören die Drag Queen Olympics und eine lautstarke Pride Parade (am ersten Samstag im August) auf dem Wasser.

**Grachtenfestival** MUSIK
(www.grachtenfestival.nl; Mitte Aug.) Während des zehntägigen Grachtenfestivals im August spielen Musiker klassische Musik in den Parks und versteckten Gärten an den Grachten. Nicht versäumen sollte man das kostenlose Konzert auf einer schwimmenden Bühne in der Prinsengracht.

**Amsterdam Dance Event** MUSIK
(ADE; www.amsterdam-dance-event.nl; Mitte Okt.) Beim ADE, einem Event mit elektronischer Musik von gigantischen Ausmaßen, nehmen 2200 DJs und Künstler sowie mehr als 300 000 Partygänger teil, die 450 Veranstaltungen in über 120 Locations in der ganzen Stadt besuchen. Das alles findet an fünf langen, schweißtreibenden Tagen und Nächten Mitte Oktober statt.

## Schlafen

Charmant, wie Amsterdam nun einmal ist, hat die Stadt eine Fülle von Hotels an wilden und wunderbaren Locations zu bieten: Geniale Architekten haben alten Gebäuden neues Leben eingehaucht – von umfunktionierten Schulen und Industrielofts bis hin zu ganzen Reihen von Grachtenhäusern, die wie ein Herz und eine Seele wirken. Zahlreiche Unterkünfte liegen an herrlichen Wasserstraßen oder Höfen. Doch preiswert kommt dieser Charme nicht, und die Unterkünfte sind auch schnell ausgebucht – man sollte deshalb möglichst frühzeitig reservieren, und zwar vor allem in den Sommermonaten und an sämtlichen Wochenenden.

Die Preise – und die Menschenmassen – erreichen während der Festivals, im Sommer (Juni bis August) sowie ganzjährig am Wochenende den Höchststand. Wer zu diesen Zeiten unterwegs ist, sollte frühzeitig im Voraus buchen. Am niedrigsten liegen die Preise von Oktober bis April (außer Weihnachten, Silvester und Ostern).

*Jeugdherbergen* (Jugendherbergen) sind in Amsterdam beliebt. Das Niederländische Jugendherbergswerk heißt Stayokay (www.stayokay.com) und ist Hostelling International (HI; www.hihostels.com) angeschlossen. Es werden auch immer mehr unabhängige Luxushostels in der Stadt eröffnet, sogenannte „Poshtels" („schickes Hostel").

Jedes Hotel mit mehr als 20 Zimmern gilt als groß, doch die meisten Zimmer fallen eher schnuckelig klein aus. An jedem Hotel ist an der Fassade eine Plakette angebracht, der die Anzahl an Sternen gemäß der Hotelstars Union (www.hotelstars.eu) zu entnehmen ist. Die Kategorisierung in Sterne (eins bis fünf) definiert sich durch das Vorhandensein bestimmter Einrichtungen und nicht so sehr durch die Qualität der Unterkunft. Und das bedeutet, dass ein Zwei-Sterne-Hotel in besserem Zustand sein kann als ein höher bewertetes, obwohl es eine geringere Infrastruktur oder Ausstattung aufweist. Bei den angegebenen Preisen ist die Amsterdamer Hotelsteuer von 6 % oft bereits enthalten; man sollte sich jedoch vorsichtshalber vor der Buchung erkundigen. Bei Zahlung mit der Kreditkarte verlangen einige Hotels einen Aufschlag von bis zu 5 %.

Die Unterkünfte im Zentrum sind manchmal laut, das Preis-Leistungs-Verhältnis ist auch nicht so gut. Die Quartiere am Westlichen Grachtengürtel befinden sich in der Nähe attraktiver Plätze, sind jedoch gediegener und ruhiger. Der Vondelpark und Oud Zuid (Alt-Süd) können mit qualitativ hochwertigen Unterkünften aufwarten, außerdem sind sie nicht weit von den Museen und nur ein kurzes Stück zu Fuß vom quirligen Leidseplein entfernt – allerdings stehen sie auf der Preisskala ziemlich weit oben.

### Altstadt & Rotlichtviertel

**Saint Christopher's at the Winston** HOSTEL, HOTEL €
(Karte S. 50; 020-6231380; www.st-christophers.co.uk; Warmoesstraat 129; B/DZ ab 47,80/153 €; @; 4/14/24 Dam) Hier geht rund um die Uhr wortwörtlich die Post ab, was den Rock 'n' Roll-Zimmern, dem umtriebigen Nachtclub (S. 110) mit allabendlicher Livemusik, einer Bar, einem Restaurant, einem Biergarten sowie einer Raucherterrasse darunter geschuldet ist.

In den Schlafsälen mit eigenem Bad können bis zu acht Personen übernachten. bei der Gestaltung der Zimmer durften sich einheimische Künstler nach Lust und Laune austoben – herausgekommen sind megamoderne Zimmer (komplett aus Edelstahl), aber auch eher fragwürdige Ergebnisse. Im Zimmerpreis ist das Frühstück inbegriffen (und die Ohrstöpsel auch!).

**★ Hotel V Nesplein** DESIGNHOTEL €€
(Karte S. 50; ☎ 020-662 32 33; www.hotelvnesplein.nl; Nes 49; DZ/Suite ab 170/260 €; ❄ 📶; Ⓜ Rokin, 🚋 4/14/24 Rokin) Die öffentlichen Bereiche wie auch die Zimmer dieses Hotels in sagenhafter Lage an der von Theatern gesäumten Nes ist vollgestopft mit Retro- und Designermöbeln. Die geräumigen Zimmer sind mindestens 18 m² groß und haben Holzböden, unverputzte Ziegelwände und Regenduschen in schicken Bädern (in manchen steht auch eine Wanne). Das Restaurant – Lobby mit Namen – ist im Industriestil gehalten; hier wird kreative moderne Cuisine aus den Niederlanden serviert.

**Hotel The Exchange** DESIGNHOTEL €€
(Karte S. 50; ☎ 020-523 00 80; www.hoteltheexchange.com; Damrak 50; DZ 153-332,50 €; @ 📶; 🚋 2/4/11/12/13/14/17/24/26 Centraal Station) Die 61 Zimmer dieses Hotels, das gegenüber der ehemaligen Börse – nach der das Haus benannt ist – liegt, wurden von Studenten des Amsterdamer Modeinstituts „wie Models" ausgestattet, sodass dem Gast nur so die Augen übergehen. Hier ist alles möglich, von überdimensionalen mit Knöpfen verzierten Wänden bis hin zu einem Marie-Antoinette-Gewand, das über das Bett drapiert ist. Jedenfalls gibt es hier Zimmer mit einem bis fünf Sternen, die von klein und ohne Aussicht bis hin zu großzügigen Wohneinheiten reichen; über ein eigenes Bad verfügen sie aber alle.

**Hotel Résidence Le Coin** APARTMENT €€
(Karte S. 66; ☎ 020-524 68 00; www.lecoin.nl; Nieuwe Doelenstraat 5; Apt. 168 €; 📶; Ⓜ Rokin, 🚋 24 Muntplein) Das Hotel ist in Besitz der Amsterdamer Universität. Geboten sind 42 kleine, aber überaus feudale Apartments, die sich auf sieben historische Gebäude verteilen; alle sind mit Designermöbeln ausgestattet, haben Parkettboden, schnelles

## AMSTERDAMSE BOS & COBRA MUSEUM

Mit Ziegen im Wald und wilden Kunstwerken werden jene Besucher belohnt, die einen Ausflug in den Südwesten der Stadt ins beschauliche Viertel Amstelveen unternehmen, das sich in der Nähe vom Flughafen Schiphol befindet.

Ein wahres Juwel ist hier der **Amsterdamse Bos** (Amsterdamer Wald; ☎ Besucherzentrum 020-545 61 00; www.amsterdamsebos.nl; Bosbaanweg 5; ⏲ Park 24 Std., Besucherzentrum 12–17 Uhr; Ⓜ Van Boshuizenstraat), ein weitläufiges Areal mit einer Ausdehnung von 2 km auf 5 km sowie mit Seen, Wäldern und Wiesen, durch die sich zahlreiche Wege schlängeln. Es lässt sich mit dem Bus in etwa 40 Minuten ab der Centraal Station erreichen. **Fahrradverleihe** (www.amsterdamsebosfietsverhuur.nl; Leihrad pro Std./Tag 5/10 €; ⏲ 10–18 Uhr; Ⓜ Van Boshuizenstraat) finden sich am Haupteingang – und wer den Park erkunden möchte, braucht dazu auch wirklich ein Stahlross. Der **Fun Forest** (www.funforest.nl; Bosbaanweg 3; Erw./Kind 25/20 €; ⏲ Juli tgl. 10–18 Uhr, sonst unterschiedliche Öffnungszeiten; 🚌 170, 172), ein Kletterpark, in dem sich Baumwipfel erklimmen lassen, befindet sich ebenfalls am Haupteingang.

Von hier geht es 2,5 km in Richtung Westen zum **Freilichttheater** (www.bostheater.nl; De Duizendmeterweg 7; ⏲ Juni–Anf. Sept.; 🚌 170, 172). Hier werden den ganzen Sommer über klassische Theaterstücke aufgeführt (in niederländischer Sprache). In der Nähe kann man an der Grote Speelweide **Kanus** und **Kajaks** (pro Std. ab 6 €) sowie **Tretboote** (pro Std. ab 10 €) mieten.

Etwa 0,75 km südlich liegt die schönste Attraktion des Parks: **De Ridammerhoeve** (www.geitenboerderij.nl; Nieuwe Meerlaan 4; ⏲ Ende Feb.–Okt. tgl. 10–17 Uhr, Nov.–Ende Feb. Mi–So; 🚌 170, 172) GRATIS ist ein aktiver Bio-Bauernhof mit Ziegen; hier können Kinder die Zicklein mit Milch aus der Flasche füttern (8 € für 2 Flaschen). In der hauseigenen Cafeteria sind Eis aus Ziegenmilch und andere Molkereiprodukte erhältlich.

Das spannende **CoBrA Museum** (www.cobra-museum.nl; Sandbergplein 1; Erw./Kind 12/7,50 €; ⏲ Di–So 11–17 Uhr; Ⓜ Amstelveen Centrum) befindet sich 3 km südlich vom Haupteingang des Parks. Ins Leben gerufen wurde es nach dem Zweiten Weltkrieg von Künstlern aus Kopenhagen, Brüssel und Amsterdam; die CoBrA-Bewegung schuf semi-abstrakte Werke, die kindlich-naiv anmuten. Das zweigeschossige Gebäude ist die reinste Fundgrube an avantgardistischen Gemälden in kühnen Farben, Keramiken und Statuen, darunter viele Werke von Karel Appel, dem bekanntestenVertreter dieser Stilrichtung.

WLAN und eine Kochnische – und alle lassen sich mit einem Lift erreichen. Das Hotel liegt wunderschön nur fünf Gehminuten vom hübschen Nieuwmarkt entfernt.

**Hotel Luxer** HOTEL €€
(Karte S. 50; ☎ 020-330 32 05; www.hotelluxer.nl; Warmoesstraat 11; DZ ab 150 €; ❄ 📶; 🚋 2/4/11/12/13/14/17/24/26 Centraal Station) Dieses nette kleine Hotel ist eine angenehme Überraschung – hier ist das Preis-Leistungs-Verhältnis im Gedränge des Rotlichtviertels mit am besten. Die 47 Zimmer sind zwar klein, dafür aber gut ausgestattet (u. a. Klimaanlage). Am Abend verwandelt sich der Frühstücksbereich in eine schicke kleine Bar. Das Frühstück kostet 9 € extra.

★ **W Amsterdam** DESIGNHOTEL €€€
(Karte S. 50; ☎ 020-811 25 00; www.wamsterdam.com; Spuistraat 175; DZ/Suite ab 380/567 €; ❄ @ 📶 🏊; 🚋 2/11/12/13/17 Dam) Die Designerhotelkette W öffnete in Amsterdam in zwei Gebäuden, die schon zu Wahrzeichen avanciert sind, ihre Pforten: Im ehemaligen Telegrafenamt der Königlich Niederländischen Post sowie in einer ehemaligen Bank, in der sich heute auch der niederländische Megastore X Bank (S. 119) befindet. Die 238 Hotelzimmer (inkl. miteinander verbundene Familienzimmer und 28 Suiten) kombinieren Design- und Retro-Elemente. Vorhanden sind auch ein topmodernes Spa, ein Fitnessraum, ein herrlicher Pool auf dem Dach, der sich zum Bahnenschwimmen eignet, sowie diverse Restaurants und Bars.

**Hotel de L'Europe** HOTEL €€€
(Karte S. 66; ☎ 020-531 17 77; www.deleurope.com; Nieuwe Doelenstraat 2-8; DZ ab 479 €; ❄ @ 📶 🏊; 🚋 24 Muntplein) Das Hotel in Besitz der Familie Heineken, Amsterdams „zweiter Königspalast", verbindet geschickt klassische Elemente (Lüster, Portiers mit Zylinder) und kapriziöses niederländisches Design. Die 111 prachtvollen Zimmer sind mit iPads, Fußbodenheizung und weißen Marmorbadewannen ausgestattet – und natürlich darf der Grachtenblick nicht fehlen. An Restaurants verlockt das mit zwei Michelin-Sternen prämierte Bord'Eau; weitere Highlights sind das edle Spa, die Zigarrenlounge und Freddy's Bar mit Lederfauteuils und Tischen mit Messingplatte.

**art'otel amsterdam** DESIGNHOTEL €€€
(Karte S. 50; ☎ 020-719 72 00; www.artotels.com; Prins Hendrikkade 33; DZ ab 349 €; ❄ 📶 🏊; 🚋 2/4/11/12/13/14/17/24/26 Centraal Station) Das direkt gegenüber der Centraal Station gelegene, schicke Hotel verfügt über 107 Zimmer mit modernem Dekor und originalen Kunstwerken an den Wänden. Das kreative Flair wird durch die öffentliche Galerie im Basement noch unterstrichen. Die Lobby präsentiert sich als piekfeine Location mit Kamin und Bibliothek. Im Zimmerpreis inbegriffen ist das weit überdurchschnittliche warme Frühstück (am Sonntag wird ein leckerer Brunch angeboten).

## Nieuwmarkt, Plantage & die östlichen Inseln

**Christian Youth Hostel „The Shelter City"** HOSTEL €
(Karte S. 50; ☎ 020-625 32 30; www.shelterhostelamsterdam.com; Barndesteeg 21; B 22,90–27,40 €; @ 📶; Ⓜ Nieuwmarkt) Die weitläufige Jugendherberge ist überaus praktisch, um das Zentrum zu erkunden. Sie befindet sich unter christlicher Leitung unmittelbar am Rand des Rotlichtviertels, ist aber dennoch Welten davon entfernt – hier herrscht religiöser Eifer, und es wird ein Drogen- und Alkoholverbot propagiert. Wer mit diesen Regeln klarkommt, wird mit gespflegten, für Frauen und Männer getrennten Schlafsälen (2–20 Betten), einem kostenlosen sättigenden Frühstück, einem ruhigen Café und einem begrünten Hof mit bunten Sitzgelegenheiten belohnt. Die Leihgebühr für ein Handtuch/Vorhängeschloss beträgt 1/5 €.

**Hotel Hortus** HOTEL €
(Karte S. 58; ☎ 020-625 99 96; www.hotelhortus.com; Plantage Parklaan 8; DZ mit/ohne Dusche ab 120/110 €; Ⓟ 📶; 🚋 14 Plantage Kerklaan) Das Hotel am Botanischen Garten bietet 20 spartanische, abgewohnte Zimmer; es befindet sich jedoch in guter, beschaulicher Lage mit viel Grün, außerdem kann man insbesondere in der Nebensaison prima Sonderangebote ergattern. Im großen Aufenthaltsraum stehen ein Billardtisch und mehrere Fernseher. Es gibt auch zwei Doppelzimmer mit Dusche und zwei ohne; alle teilen sich eine Toilette, verfügen jedoch über ein Handwaschbecken sowie über einen Safe.

★ **Lloyd Hotel** BOUTIQUEHOTEL €€
(☎ 020-561 36 07; www.lloydhotel.com; Oostelijke Handelskade 34; DZ/Suite ab 140/218 €; @ 📶; 🚋 26 Rietlandpark) Das legendäre Lloyd am Wasser diente 1921 Menschen als Hotel, die aus den Niederlanden auswandern wollten; hier wohnten sie, bis ihr Schiff in See stach.

Viele der originalen Elemente haben sich neben modernen Kunstinstallationen und Design erhalten. Die Zimmer weisen ein bis fünf Sterne auf – von einem Billigquartier mit Bad unten an der Lobby bis hin zu Zimmern in der Größe eines Racquetballplatzes mit jeglichem Schnickschnack.

**Hotel Rembrandt** HOTEL €€
(Karte S. 58; 020-627 27 14; www.hotelrembrandt.nl; Plantage Middenlaan 17; EZ/DZ ab 135/150 €; ; 14 Plantage Kerklaan) Das für einen Kaufmann im 19. Jh. erbaute Hotel Rembrandt hat eine imposante rot-weiße Fassade. Die Zimmer fallen alle unterschiedlich aus, sind aber generell hell und freundlich mit bunten Vorhängen, einem Touch Design und Drucken an den Wänden. Im Zimmer 8 beeindruckt ein fast lebensgroßes Wandgemälde: *Die Nachtwache*; ein Zimmer verfügt über einen Balkon und eines über eine Sauna.

**Misc EatDrinkSleep** BOUTIQUEHOTEL €€€
(Karte S. 50; 020-330 62 41; www.misceatdrinksleep.com; Kloveniersburgwal 20; DZ ab 175 €; ; M Nieuwmarkt) Nur ein paar Schritte vom Nieuwmarkt entfernt bietet das Misc sechs reizende Zimmer, die alle individuell gestaltet sind – vom „Wunderzimmer“ mit Laternen und einem üppigen Baldachin bis zum überbordenden „Barockzimmer“. Drei Zimmer – das schicke „Afrika-“, das „Design-“ und das „Rembrandt-Zimmer” – bieten einen schönen Blick auf die Grachten (und kosten deshalb auch etwas mehr); zudem haben sie auch eine Klimaanlage. Die Zimmer, die auf den Garten hinausführen, sind lediglich mit einem Ventilator ausgestattet und fallen ein wenig kleiner aus, sind aber ebenso hell und freundlich.

## Westlicher Grachtengürtel

★ **Hotel IX** BOUTIQUEHOTEL €€
(Karte S. 70; 020-845 84 51; www.hotelixamsterdam.com; Hartenstraat 8; DZ ab 180 €; ; 13/17 Westermarkt) Das einzige Hotel im reizenden Einkaufsviertel Negen Straatjes (S. 121) kann mit megaschicken Suiten (für bis zu vier Pers.) mit schwarz-weißen Wandmalereien und einer kostenlosen Minibar aufwarten. Benannt ist das Hotel nach den „neun Straßen“ in dieser Gegend. Ein Glückstreffer ist die Berenstraat-Suite mit eigener Dachterrasse.

Ein Hinweis noch: Es gibt hier keine Rezeption; man betritt Hotel und Zimmer mit Hilfe eines digitalen Codes, der einem vor der Ankunft zugeschickt wird. Ein Frühstück wird nicht angeboten, ein Lift ist ebenfalls nicht vorhanden.

★ **Hoxton Amsterdam** DESIGNHOTEL €€€
(Karte S. 50; 020-888 55 55; www.thehoxton.com; Herengracht 255; EZ/DZ ab 169/209 €; ; 13/17 Westermarkt) Das Hoxton gehört zu einer Hotelkette mit Sitz in Europa, die für ihren tollen Stil zu erschwinglichen Preisen bekannt ist. Vorhanden sind 111 unterschiedlich große Zimmer – von der sprichwörtlichen „Schuhschachtel“ bis zu geräumigen Wohneinheiten –, die sich auf fünf Grachtenhäuser verteilen. Angenehm sind das kleine Frühstück, das schnelle WLAN, die kostenlosen Auslandstelefonate und das preiswerte Essen im Speisesaal. Es werden Veranstaltungen organisiert, zu denen Künstler aus Amsterdam und Designer eingeladen werden – eine gute Gelegenheit, kreative Einheimische kennenzulernen.

**Dylan** BOUTIQUEHOTEL €€€
(Karte S. 70; 020-530 20 10; www.dylanamsterdam.com; Keizersgracht 384; DZ/Suite ab 359/581 €; @; 2/11/12 Spui) Das exquisite Boutiquehotel befindet sich in einem Grachtenhaus (18. Jh.) in der Keizersgracht; es gruppiert sich um einen im Fischgrätmuster gepflasterten, mit Bäumen und Büschen bestandenen Innenhof. Die 40 individuell gestalteten Zimmer und Suiten (manche im Maisonettestil) sind mit Maßmöbeln wie Barschränken mit Blattsilber und Perlmutt ausgestattet. Das mit einem Michelin-Stern prämierte Restaurant Vinkeles veranstaltet auch Privatdiners auf Einladung des Küchenchefs an Bord des zum Dylan gehörenden Schiffes *Muze*; die Gäste speisen, während sie auf den Grachten schippern.

**Andaz Amsterdam** DESIGNHOTEL €€€
(Karte S. 66; 020-523 12 34; www.hyatt.com; Prinsengracht 587; DZ/Suite ab 335/915 €; @; 2/11/12 Prinsengracht) Der Designer Marcel Wanders gestaltete die einstige Amsterdamer Stadtbibliothek in eine Orgie aus Gold- und Silberbesteck, mit Wandgemälden, Teppichen in Delfter Keramikdesign, Seiten aus den Bibliotheksbänden, die in großen Lettern an die Wände geschrieben sind und anderen fantasievollen Einfällen um. Die 122 Gästezimmer und Suiten sind mit Geneva-Stereoanlagen und riesigen Betten ausgestattet; dazu verlocken kostenlose Snacks und nicht-alkoholische Getränke. Sogar Leihräder stehen gratis bereit.

★ **'t Hotel** BOUTIQUEHOTEL €€€

(Karte S. 70; 020-422 27 41; www.thotel.nl; Leliegracht 18; DZ/FZ ab 145/239 €; ; 13/17 Westermarkt) Die Zimmer sind nach den Wasserstraßen Amsterdams benannt. Die acht Zimmer in diesem reizenden Grachtenhaus aus dem 17. Jh. sind alle individuell gestaltet mit schwarz-weiß Zeichnungen, die nostalgische niederländische Szenen zeigen, bedruckten Kissen und Duschvorhängen sowie gemusterten Tapeten der Wohndesignerin Katarina Stupavska, deren Familie das Hotel gehört. Das Familienzimmer erstrahlt im leuchtend blau-weißen Delfter Keramikdesign; zum Schlafbereich im Loft muss man eine Leiter hinaufklettern.

## Südlicher Grachtengürtel

★ **Cocomama** HOSTEL €

(Karte S. 66; 020-627 24 54; www.cocomamahostel.com; Westeinde 18; B/DZ ab 42/120 €, mind. 2 Nächte; ; 4 Stadhouderskade) Das Hostel war früher einmal ein Edelbordell. Heute bietet das Cocomama Doppelzimmer und Schlafsäle, die hell, freundlich und mit viel Flair gestaltet sind, d. h. die weißen Wände sind mit malerischen Motiven von Delfter Keramikdesign oder Windmühlen verziert. Die Annehmlichkeiten gehen weit über den üblichen Hostelstandard hinaus – die Zimmer haben ein eigenes Bad, in jedem gibt es WLAN, hinter dem Haus wartet ein ruhiger Garten; außerdem gibt es noch eine gut ausgestattete Küche, einen Büchertausch und eine herrlich gemütliche Lounge, in der Filmabende stattfinden. Das Frühstück ist im Preis inbegriffen.

★ **Hotel V Frederiksplein** BOUTIQUEHOTEL €€

(Karte S. 66; 020-662 32 33; www.hotelvfrederiksplein.nl; Weteringschans 136; DZ 99–219 €; ; 1/4/7/19 Frederiksplein) Mit seiner beruhigenden Aussicht auf das üppige Grün des Frederiksplein, aber dennoch nur ein paar Schritte von den Bars und Restaurants in der Utrechtsestraat entfernt, strahlt das Hotel V ein Flair aus, das weit über seiner Preiskategorie liegt. Die 48 Zimmer präsentieren sich in coolem Design mit pfiffigen Einfällen, beispielsweise witzigen Wandschablonen und ledernen Lehnstühlen, die aus den 1950er-Jahren stammen.

**Hotel Freeland** HOTEL €€

(Karte S. 66; 020-622 75 11; www.hotelfreeland.com; Marnixstraat 386; EZ/DZ ab 80/120 €, EZ ohne Bad ab 70 €; ; 2/5/7/11/12/19 Leidseplein) Das Hotel befindet sich in Bestlage an einer Gracht und verfügt über 15 einfache, nette, nostalgische Zimmer mit gefliesten Wänden; jedes Zimmer hat eine andere Blume als Motto (Tulpen, Rosen und Sonnenblumen). Hinzukommt ein leckeres Frühstück – und schon ist die Konkurrenz vom Leidseplein so ziemlich abgehängt.

Das Hotel Freeland ist schwulenfreundlich und überaus einladend. Das Frühstück kostet 6,50 € pro Person.

**Seven Bridges** BOUTIQUEHOTEL €€

(Karte S. 66; 020-623 13 29; www.sevenbridgeshotel.nl; Reguliersgracht 31; DZ 135–280 €; ; 4 Keizersgracht) Das Hotel liegt wunderschön an einer der reizvollsten Grachten Amsterdams und verwöhnt seine Gäste mit noblem Prunk. Die Zimmer sind überbordend ausgestattet mit orientalischen Läufern und auf Hochglanz polierten Antiquitäten.

Das Bedürfnis, auf eine Besichtigungstour zu gehen, lässt meist rapide nach, sobald man sich das Frühstück (10 €) auf das Zimmer bestellt hat – es wird auf edlem Porzellanservice serviert.

★ **Seven One Seven** BOUTIQUEHOTEL €€€

(Karte S. 66; 020-427 07 17; www.717hotel.nl; Prinsengracht 717; DZ ab 250 €; ; 2/11/12 Prinsengracht) Das Hotel wirkt, als wäre es einem Hochglanzmagazin entsprungen. Die exquisit gestalteten Zimmer bieten einen seltenen Luxus in dieser Stadt: viel Platz! Jedenfalls können sich die Gäste des Hauses im Allgemeinen nur sehr schwer von diesen Zimmern – mit hohen Decken, riesigen Sofas sowie der gelungenen Mischung aus modernem und antikem Dekor bei markanter Farbgestaltung – loseisen.

## Jordaan & der Westen

★ **Mr. Jordaan** DESIGNHOTEL €€

(Karte S. 70; 020-626 58 01; www.mrjordaan.nl; Bloemgracht 102; EZ/DZ ab 107/153 €; ; 13/17 Westermarkt) Hölzerne Kopfteile an den Betten, die wie eine Reihe von Grachtenhäusern aussehen, Beleuchtungskörper aus Installationsrohren und Kakteen am Bett – dazu nostalgisches Inventar in den öffentlichen Bereichen, beispielsweise Fernseher aus dem 1960er-Jahren, ramponierte Koffer und Schreibmaschinen – all das sind nur ein paar der unerwarteten Designerelemente in diesem supercoolen und erfrischend legeren Hotel, das im Herzen vom Jordaan zu finden ist.

★ **Houseboat Ms. Luctor** B&B €€
(☎06 2268 9506; www.boatbedandbreakfast.nl; Westerdok 103; DZ ab 140 €; ; 48 Barentszplein) Jeden Morgen wird in diesem metall-ummantelten, mit Mahagoni verkleideten Hausboot aus dem Jahr 1913, das in einer ruhigen Wasserstraße, zehn Minuten zu Fuß von der Centraal Station (fünf vom Jordaan) vertäut liegt, ein randvoller Bio-Frühstückskorb angeliefert. Zur Öko-Ausstattung gehören Sonnenkollektoren, zwei Leihräder und ein Kanu, mit dem man die Grachten erkunden kann. Mindestaufenthalt zwei Nächte.

**Amsterdam Wiechmann Hotel** HOTEL €€
(Karte S. 70; ☎020-626 33 21; www.hotelwiechmann.nl; Prinsengracht 328-332; EZ/DZ ab 115/148 €; @; 5/7/19 Elandsgracht) Viele der 37 Zimmer des Hotels – übrigens ein Familienbetrieb in drei Grachtenhäusern – sind beinahe wie ein Antiquitätenladen eingerichtet. Und der Nippes in der Lobby steht schon seit den 1940er-Jahren herum. Das Hotel befindet sich in Bestlage direkt an der hübschen Prinsengracht (der Aufschlag für ein Zimmer mit Grachtenblick ist die Ausgabe wirklich wert). Allerdings sollte man sich darauf gefasst machen, dass kein Fahrstuhl vorhanden ist und es supersteil die Treppen hinaufgeht. Im Zimmerpreis ist das Frühstück bereits inbegriffen.

**BackStage Hotel** HOTEL €€
(Karte S. 66; ☎020-6244044; www.backstagehotel.com; Leidsegracht 114; EZ ohne Bad ab 85 €, DZ mit/ohne Bad ab 155/125 €; ; 5/7/19 Leidseplein) Dieses Hotel, das sich die Musik zum Motto gewählt hat, ist echt witzig und steht bei Musikern hoch im Kurs, die im Melkweg und im Paradiso gleich in der Nähe aufspielen – was schon das Klavier und der Billardtisch in der Lobbybar beweisen, die mit Autogrammen nur so übersät sind. Poster von Konzerten (viele davon signiert) schmücken die Korridore, und die Zimmer sind in neo-retro Schwarz-Weiß gehalten, haben Musikstationen und Deckenlampen aus Schlagzeugelementen.

## Vondelpark & der Süden

**Stayokay Amsterdam Vondelpark** HOSTEL €
(Karte S. 66; ☎020-589 89 96; www.stayokay.com; Zandpad 5; B 27–65 €, 2BZ ab 136 €; ; 1/3/11 1e Constantijn Huygensstraat) Das dem Jugendherbergswerk angeschlossene Hostel mit 536 Betten liegt praktisch schon im Vondelpark. Es befindet sich in ehemaligen Universitätsgebäuden und lockt mehr als 75 000 Gäste pro Jahr an, genau gesagt ein lebhaftes Völkchen von Backpackern aus dem In- und Ausland, Familien und Gruppen. Es ist das beste Stayokay der Stadt mit Privatzimmern und getrennten Schlafsälen für Frauen und Männer sowie gemischten Unterkünften, in denen jeweils zwei bis neun Personen übernachten können. Alle bieten verschließbare Schränke, anständig große Etagenbetten und ein eigenes Bad. Das Frühstück liegt einen Tick über dem Standard der meisten Hostels.

**Van Gogh Hostel & Hotel** HOSTEL, HOTEL €
(Karte S. 66; ☎020-262 92 00; www.hotelvangogh.nl; Van de Veldestraat 5; B/EZ/DZ ab 35/75/129 €; @; 2/3/5/12 Van Baerlestraat) Den Clou kann man schon dem Namen entnehmen: Das Quartier liegt nur ein paar Schritte vom Van Gogh Museum entfernt, und in jedem Zimmer prunkt ein Wandgemälde von van Gogh, das die gesamte Wand hinter dem Kopfende des Bettes einnimmt.

Nebenan befindet sich das einfachere Hostel mit Schlafsälen, in denen sechs bis acht Betten stehen, sowie eigenem Bad und TV mit Flachbildschirm.

★ **Hotel Not Hotel** DESIGNHOTEL €€
(☎020-820 45 38; www.hotelnothotel.com; Piri Reisplein 34; DZ mit/ohne Bad ab 139/70 €; 7/17 Witte de Withstraat) In diesem Hotel mit einer außergewöhnlichen Sammlung von Installationen wohnen die Gäste in einem

### UNTERKUNFT AM FLUGHAFEN

Das **Citizen M** (☎020-811 70 80; www.citizenm.com; Jan Plezierweg 2; DZ ab 106 €; @; Schiphol) liegt fünf Minuten zu Fuß von den Flughafenterminals entfernt. Geboten werden 355 Zimmer im Stil von Raumschiff Enterprise – sie sind schick, nutzen den Platz jedoch bis zum Anschlag aus anhand von eleganten Betten, die von einer Wand zur anderen reichen, und kompakten Nasszellen. Jedes Zimmer verfügt über eine Zentralsteuerung, mit der sich die Beleuchtung (pink, rot oder weiß), die Jalousien, der Flachbild-TV (kostenlose Kinofilme nach Wahl), die Musik, Temperatur und die Hochdruck-Regendusche regulieren lassen. Aus manchen Zimmern blickt man direkt aufs Rollfeld.

Kunstwerk. Man kann in der Amsterdamer Tram 965 (in einem riesigen Doppelbett) übernachten, auf der Privatterrasse einer spanischen Villa entspannen, sein Haupt hinter einem Geheimbücherschrank betten, dem Alltagstrott in der „krisenfreien Zone" entrinnen, in der links und rechts transsilvanische Holzschnitzereien böse Geister vertreiben sollen, oder über eine Leiter ein Krähennest erklimmen.

### ★ Collector — B&B €€

(Karte S. 66; ☎ 020-673 67 79; www.the-collector.nl; De Lairessestraat 46; DZ 110–125 €; @ 📶; 🚊 3/5/12 Museumplein) Das reizende B&B bietet tadellose Zimmer mit großen Fenstern und Blick ins Grüne, außerdem ist jedes mit einer Sammlung von musealen Uhren, Holzschuhen und Schlittschuhen ausgestattet, die der Inhaber Karel zusammengetragen hat. Jedes Zimmer hat Zugang zum Balkon und ist mit einem TV ausgestattet. Karel bestückt die Küche immer mit Proviant, damit sich die Gäste ihr Frühstück mit Muße selbst zubereiten können (die Eier stammen von den Hennen aus dessen Garten).

### Owl Hotel — HOTEL €€

(Karte S. 66; ☎ 020-618 94 84; www.owl-hotel.nl; Roemer Visscherstraat 1; EZ/DZ 126/164 €; 📶; 🚊 1/3/11 1e Constantijn Huygensstraat) Die Eulenfiguren an der Rezeption des 34-Zimmer-Hotels stammen von den Gästen aus aller Welt, die sie zur Ergänzung der Sammlung ans Hotel schickten. Die Mitarbeiter heißen alle herzlich willkommen, und die Zimmer sind freundlich und ruhig.

Das Frühstücksbüfett ist im Zimmerpreis inbegriffen und wird in einem hellen Zimmer am Garten aufgetragen.

### Hotel Fita — HOTEL €€

(Karte S. 66; ☎ 020-679 09 76; www.fita.nl; Jan Luijkenstraat 37; EZ/DZ ab 125/159 €; 📶; 🚊 2/3/5/12 Van Baerlestraat) Das Fita, ein Hotel in Familienbesitz, liegt in einer ruhigen Straße in der Nähe der Museen. Geboten sind 15 Zimmer mit opulenten Teppichen, ansonsten aber schlichtem Dekor; hübsch sind so Kleinigkeiten wie die Pflanzen in den Zimmern. Die Bäder sind schick, außerdem verlockt ein üppiges kostenloses Frühstück mit Eiern, Pfannkuchen, allerlei Sorten Käse und Brot – und sogar ein Lift ist vorhanden.

Der dynamische junge Inhaber sorgt dafür, dass das Anwesen immer in einem gepflegten Zustand ist. Der Service könnte aufmerksamer nicht sein.

### Conscious Hotel Museum Square — BOUTIQUEHOTEL €€

(Karte S. 66; ☎ 020-820 33 33; www.conscioushotels.com; De Lairessestraat 7; DZ/FZ ab 135/166 €; @ 📶; 🚊 3/5/12 Museumplein) 🍃 Das persönlichste Hotel der Conscious-Kette liegt in allernächster Nähe zu den bedeutendsten Amsterdamer Museen. Es verfügt über eine opulente Gartenterrasse, eine mit Pflanzen üppig bewachsene Wand in der Lobby sowie über Zimmer, die öko- und designbewusst gestaltet sind.

Die Betten bestehen zu 100 % aus natürlichen Materialien, die Schreibtische wurden aus recycelten Joghurtbehältern gefertigt, und die Fernseher weisen einen energiesparenden Plasmabildschirm auf.

Das köstliche Bio-Frühstück ist für einen Aufpreis von 15 € erhältlich.

### ★ Pillows Anna van den Vondel — BOUTIQUEHOTEL €€€

(Karte S. 66; ☎ 020-683 30 13; www.pillowshotels.nl; Anna van den Vondelstraat 6; DZ ab 360 €; 📶; 🚊 1/11 Jan Pieter Heijestraat) Dieses Hotel für Erwachsene befindet sich in drei prachtvollen Anwesen aus dem 19. Jh., die alle nebeneinander liegen. Den Gästen des Hauses stehen Zimmer mit hübscher Aussicht auf einen beschaulichen englischen Landschaftsgarten zur Verfügung.

Das Bettzeug steckt in weicher, weißer, leicht glänzender Leinenbettwäsche, die Wände sind in einem sanften Taubengrau gehalten, und die Sessel im Look der 1950er-Jahre sind mit hellblauem Knautschsamt gepolstert. Das Frühstück muss man extra bezahlen, es kostet 25 €.

### Conservatorium Hotel — DESIGNHOTEL €€€

(Karte S. 66; ☎ 020-570 00 00; www.conservatoriumhotel.com; Van Baerlestraat 27; DZ ab 472 €; ❄ 📶 🏊; 🚊 3/5/12 Van Baerlestraat) Das prunkvolle neugotische Gebäude befindet sich gegenüber vom Königlichen Concertgebouw und war ursprünglich eine Bank und danach die Musikhochschule der Stadt.

Zuletzt wurde es zu einem sagenhaften achtstöckigen Fünf-Sterne-Hotel mit 129 Zimmern und beeindruckenden öffentlichen Bereichen umgestaltet; allen voran sei der riesige überdachte Hof erwähnt, in dem hoch aufragende Glas- und Stahlkonstruktionen eine gelungene Verbindung zwischen der alten Backsteinfassade aus dem 19. Jh. und den modernen Räumlichkeiten in neutralen Farbtönen mit schicken Designermöbeln herstellen.

## De Pijp

**★ Sir Albert Hotel** DESIGNHOTEL €€

(Karte S. 66; 020-710 72 58; www.sirhotels.com/albert; Albert Cuypstraat 2-6; DZ ab 159 €; ; De Pijp, 3 De Pijp) Eine Diamantenfabrik aus dem 19. Jh. beherbergt dieses glamouröse Designhotel. Die 90 kreativ gestalteten Zimmer und Suiten weisen hohe Decken und große Fenster auf, die Bettwäsche ist maßgeschneidert, und Illy-Espressomaschinen und iPads stehen im Arbeitszimmer mit orientalischen Läufern bereit. Die Mitarbeiter sind hilfsbereit und professionell. Von den zehn Zimmern mit Balkon bieten die Zimmer 336, 337 und 338, die nach Westen hinausgehen, einen schönen Blick über die Grachten bei Sonnenuntergang.

**Bicycle Hotel Amsterdam** HOTEL €€

(Karte S. 66; 020-679 34 52; www.bicyclehotel.com; Van Ostadestraat 123; DZ/3BZ/FZ ab 100/150/160 €, EZ/DZ/3BZ ohne Bad ab 30/60/120 €; ; De Pijp, 3 De Pijp) Das nette Hotel mit grünem Konzept wird von Marjolein und Clemens geführt. Die Zimmer sind komfortabel und anheimelnd. Man kann hier auch ein Fahrrad ausleihen (April–Aug. 8 € pro Tag, Sept.–März kostenlos); es kommt ein sagenhaftes Bio-Frühstück (im Preis inbegriffen) auf den Tisch. Sehr auffällig sind die vielen Räder, die vor dem Backsteingebäude stehen.

**Between Art & Kitsch B&B** B&B €€

(Karte S. 66; 020-679 04 85; www.between-art-and-kitsch.com; Ruysdaelkade 75; EZ/DZ ab 85/100 €; ; 24 Ferdinand Bolstraat) Hier lebte einstmals der niederländische Maler Piet Mondrian (1872–1944) – dieser steht für den einen Teil des Namens. Kitsch gibt es im Barockzimmer mit Kristalllüster und lächelndem Messing-Buddha. Das Art-déco-Zimmer mit herrlichen Kacheln bietet eine schöne Aussicht aufs Rijksmuseum. Die Pensionsbetreiber, das Ehepaar Ebo und Irene, könnten netter nicht sein. Das B&B befindet sich im dritten Stockwerk, zu dem eine steile Treppe hinaufführt (kein Fahrstuhl).

**Hotel Okura Amsterdam** HOTEL €€€

(020-678 71 11; www.okura.nl; Ferdinand Bolstraat 333; DZ/Suite ab 276/335 €; ; 12 Cornelis Troostplein) Für Amsterdamer Verhältnisse ist dieses eher auf Geschäftsleute ausgerichtete Hotel eine Rarität, die weit über dem Standard der Konkurrenz liegt, was dem Panoramablick auf die Stadt (vor allem von den teureren Zimmern nach Norden), den insgesamt vier Michelin-Sternen, die hier vergeben wurden – zwei für das Ciel Bleu (S. 106) in der obersten Etage, einer für das japanische Restaurant Yamazato im Erdgeschoss und einer für das Teppanyaki-Restaurant Sazanka ebenfalls im Erdgeschoss – sowie dem sagenhaften Health Club mit einem 18 m langen Strömungspool geschuldet ist. Für das opulente Frühstücksbüfett sind 29,50 € zu zahlen.

## Amsterdam-Noord

**★ ClinkNOORD** HOSTEL €

(020-214 97 30; www.clinkhostels.com; Badhuiskade 3; B/EZ/DZ ab 27,30/93/112 €; ; Buiksloterweg) Das ClinkNOORD ist eine Designerhostelkette mit Zweigstellen in London. Dieses Hostel befindet sich in einem Labor aus den 1920er-Jahren am Flussufer des IJ gleich beim Fährhafen – von der Centraal Station kann man kostenlos in nur fünf Minuten mit der Fähre dorthin fahren (Fährverkehr tgl. rund um die Uhr). Die Schlafsäle sind in einem minimalistischen Industriestil gehalten, mit vier bis 16 Betten bestückt und haben ein eigenes Bad.

**★ Faralda Crane Hotel** DESIGNHOTEL €€€

(020-760 61 61; www.faralda.com; NDSM-plein 78; Suite ab 620 €; ; NDSM-werf) Was das wohl für ein imposanter Kran ist, der da in der NDSM-Werft aufragt? Dieser Riese ist ein Hotel! Drei Suiten wie aus einer Fantasy-Welt thronen in unterschiedlich hohen Ebenen – Free Spirit, Secret und Mystique heißen sie und wirken wie das adäquate Versteck für einen Drogenbaron: frei stehende Wannen, kühne Kunstobjekte und Ausblicke mit Potenzial für einen Höhenkoller. Oben auf dem Dach des Krans können sich die Gäste in einem beheizten Whirlpool aalen – mit fantastischem Panorama auf das Zentrum von Amsterdam.

**★ Sir Adam** DESIGNHOTEL €€€

(020-215 95 10; www.sirhotels.com; Overhoeksplein 7; DZ/Suite ab 224/431 €; ; Buiksloterweg) Großartig ist die Aussicht, die sich von den Deluxe-Zimmern durch die Spiegelglasfenster bietet. Große, gemütliche Betten mit vielen Kissen und schwerer Leinenbettwäsche, Illy-Kaffeemaschine, Crosley-Cruiser-Plattenspieler sowie Regenduschen komplettieren die Annehmlichkeiten. Das Sir Adam ist etwas für Gäste, die Luxus und cooles Design rundum zu schätzen wissen.

# Essen

Amsterdams brutzelnd-heiße Gastronomieszene umfasst klassische niederländische Snacks bis hin zu neuinterpretierten traditionellen Rezepten in modernen Restaurants, Szene-Lokale, in denen wegweisende Konzepte der Welt vorgestellt werden, eine Flut von neuen, supergesunden, oft vegetarischen oder veganen Esslokalen sowie ein zunehmendes Interesse an Verkostungen von Weinen, Cocktails und Craft-Bieren in Kombination mit den passenden Speisen. Außerdem kann diese Multikulti-Stadt mit einer Fülle von Küchen aus der ganzen Welt aufwarten.

Viele Restaurants – und auch Spitzenlokale machen da keine Ausnahme – nehmen keine Kreditkarten an. Und wenn sie es doch tun, dann wird oft ein Aufschlag von 5 % erhoben. Umgekehrt gibt es jedoch auch Lokale, in denen man ausschließlich mit der Kreditkarte bezahlen kann. Man sollte sich also im Vorfeld informieren.

In Restaurants der mittleren und gehobenen Preiskategorie sollte man anrufen und einen Tisch reservieren; fast jeder spricht hier Englisch. Bei vielen Lokalen besteht die Möglichkeit, online zu reservieren.

## Altstadt & Rotlichtviertel

Hier gibt es jede Menge Imbissstände und Cafés, um schnell und preiswert einen Happen zu sich zu nehmen, und auch die zahlreichen Kneipen servieren etwas zu essen. Die kleine Amsterdamer Chinatown mit panasiatischen Restaurants erstreckt sich um den Zeedijk, eine alte Straße. Im gesamten Viertel bieten jedoch immer mehr Lokale ein erlesenes und oftmals überaus einfallsreiches Speiseerlebnis.

### ★ Vleminckx — FASTFOOD €

(Karte S. 66; www.vleminckxdesausmeester.nl; Voetboogstraat 33; Pommes 3–5 €, Soßen 0,70 €; So & Mo 12–19, Di, Mi, Fr & Sa 11–19, Do bis 20 Uhr; 2/11/12 Koningsplein) Seit 1887 frittiert die beste *friterie* Amsterdams schon *frites* (Pommes), und seit 1957 befindet sich das Vleminckx in dieser Imbissbude in der Nähe des Spui. Die Standardbestellung sind perfekt zubereitete, knusprige, fluffige *frites* mit Mayonnaise; es stehen zudem 28 Soßen zur Auswahl, darunter welche mit Apfel, Paprika, Ketchup, Erdnuss, Sambal oder Senf. Die Warteschlange zieht sich sich fast immer den ganzen Block hinunter, aber eigentlich geht es dann doch recht flott.

### ★ De Laatste Kruimel — CAFÉ, BÄCKEREI €

(Karte S. 66; 020-423 04 99; www.delaatstekruimel.nl; Langebrugsteeg 4; Gerichte 3–8.50 €; Mo–Sa 8–20, So ab 9 Uhr; M Rokin, 4/14/24 Rokin) „Der letzte Krümel" ist mit nostalgischen Fundstücken vom Noordermarkt und Lagerrosten aus Holz, die zu Mobiliar umgestaltet wurden, ausgestattet. Das Café mit seiner winzigen Terrasse liegt an einer Gracht. In den Auslagen türmen sich die Pies, Quiches, allerlei Sorten Brot, Kuchen und Zitronen-Mohn-Brötchen.

Großmütter, Kinder und Pärchen beim Date, aber eigentlich so ziemlich jeder strömt hier herein, um sich eine süße Köstlichkeit oder eines der superleckeren Bio-Sandwiches zu genehmigen.

### ★ Gartine — CAFÉ €

(Karte S. 50; 020-320 41 32; www.gartine.nl; Taksteeg 7; Gerichte 6,50–12 €, High Tea 17,50–25 €; Mi–Sa 10–18 Uhr; ; M Rokin, 4/14/24 Rokin) Das Gartine befindet sich etwas versteckt in einer Gasse in der Nähe der betriebsamen Kalverstraat. Hier ist es einfach zauberhaft, das beginnt mit dem zusammengewürfelten Geschirr und endet mit dem erlesenen Frühstücksgebäck, den Sandwiches, den Salaten (aus dem eigenen Garten) und den Eiern vom eigenen Hühnerhof. Der High Tea mit süßem oder salzigem Gebäck wird von 14 bis 15 Uhr gereicht.

### Rob Wigboldus Vishandel — BELEGTE BRÖTCHEN €

(Karte S. 50; Zoutsteeg 6; Belegte Brötchen 2–6 €; Di–Sa 9–17 Uhr; 4/14/24 Dam) Das Fischgeschäft, eine winzige Oase mit drei Tischen, liegt in einer schmalen Gasse gleich beim touristischen Damrak. Serviert werden hervorragende, knusprige Heringsbrötchen aus weißem oder dunklem Mehl. Es gibt aber auch Brötchen mit Räucheraal, niederländischen Garnelen oder frittierter Renke.

### ★ Lt. Cornelis — NIEDERLÄNDISCH €€

(Karte S. 66; 020-261 48 63; www.restaurantcornelis.amsterdam; Voetboogstraat 13; Hauptgerichte 17,50–24,50 €, 3-/4-/5-Gänge-Menüs 35/44,50/51 €, mit passenden Weinen 55,50/71/84,50 €; 17–23 Uhr; 2/11/12 Spui) Das Lt. Cornelis mit seiner Bar im Basement verbindet das Goldene Zeitalter mit zeitgenössischen Elementen. Hier gibt es so unverkennbare Cocktail-Kreationen wie *drop* (Lakritze), Karamell-*stroopwafel* und Apple Pie mit Zimt. Im imposanten, galerieartigen Speiseraum, eine Etage höher, hängen an den marineblauen Wänden gerahmte niederländische Gemälde. Es werden Traditionsrezepte wie gesalzener Hering mit Apfel und Rote-Bete-Carpaccio oder auch Lamm mit weißem Spargel, Seealgen und Lakritzsoße modern interpretiert.

**★ D'Vijff Vlieghen** NIEDERLÄNDISCH €€
(Karte S. 66; ☎ 020-530 40 60; www.vijffvlieghen.nl; Spuistraat 294-302; Hauptgerichte 19–26 €; ⏲ 18–22 Uhr; 🚋 2/11/12 Spui) Das „Fünf Fliegen", das fünf Grachtenhäuser aus dem 17. Jh. einnimmt, ist das reinste Schmuckstück. Die Speiseräume mit alten Holzmöbeln strotzen nur so vor Flair dank der blauen Delfter Kacheln und der Bilder von Rembrandt, die wie echt aussehen. An den Stühlen sind Messingschilder mit den Namen berühmter Gäste angebracht wie Walt Disney oder auch Mick Jagger. Die exquisiten Gerichte reichen von Gänsebrust mit Apfel, Sauerkraut und Räucherbutter bis hin zu kandiertem Schellfisch mit Lakritzsoße.

**Nam Kee** KANTONESISCH €€
(Karte S. 50; ☎ 020-624 34 70; www.namkee.nl; Zeedijk 111-113; Hauptgerichte 12,50–23 €; ⏲ 11.30–22.30 Uhr; Ⓜ Nieuwmarkt) Einen Design-Preis gewinnt das Lokal zwar mit Sicherheit nicht, dennoch serviert das Nam Kee jahrein, jahraus Klassiker der Kantonküche – und ist somit das beliebteste chinesische Lokal in ganz Amsterdam. Die gedämpften Austern und die Schwarze-Bohnen-Soße sind legendär. Wer nicht so gern in einem Ambiente mit Neonröhren sitzt, sollte die **Filiale** (Karte S. 50; ☎ 020-639 28 48; www.namkee.net; Geldersekade 117; Hauptgerichte 12,50–23 €; ⏲ Mo–Fr 16–24, Sa 14.30–24, So 14.30–23 Uhr; 🖉; Ⓜ Nieuwmarkt) des Nam Kee nicht weit von hier am Nieuwmarkt ausprobieren – sie ist etwas schicker.

**Bird Snackbar** THAI €€
(Karte S. 50; ☎ 020-420 62 89; www.thaibird.nl; Zeedijk 77; Hauptgerichte 10–16 €; ⏲ Mo–Mi 13–22, Do–So bis 22.30 Uhr; 🚋 2/4/11/12/13/14/17/24/26 Centraal Station) Im Bird kommt mit das beste Essen am Zeedijk auf den Tisch – die Köche, die sich in der winzigen Küche drängen, knausern nicht mit Zitronengras, Fischsoße und Chili. Die daraus entstehenden Currys sowie Fleisch- und Meeresfrüchtegerichte mit jeder Menge Basilikum lassen so gut wie jeden Gast jubilieren. Etwas mehr Platz, um es sich gemütlich zu machen, bietet das (einen Tick teurere) Restaurant auf der anderen Straßenseite (Nr. 72).

## KÄSEVERKOSTUNG

Hier bietet sich Gelegenheit, zum *Kaas*(Käse)-Connoisseur zu avancieren. Der jahrhundertealte niederländische Käsehersteller **Reypenaer** (Karte S. 50; ☎ 020-320 63 33; www.reypenaercheese.com; Singel 182; Verkostungen ab 16,50 €; ⏲ Verkostungen nach Reservierung; 🚋 2/11/12/13/17 Dam) veranstaltet Verkostungen in einem rustikalen Seminarraum im Basement seines Geschäfts. In einer Stunde werden sechs verschiedene Käse probiert – vier aus Kuhmilch, zwei aus Ziegenmilch –, und zwar chronologisch von jungen zu alten Käsen; dazu werden der passende Wein bzw. Portwein gereicht. Fachkundige Mitarbeiter leiten die Teilnehmer an, die verschiedenen Käsesorten ihrem jeweiligen Aussehen, Aroma und Geschmack entsprechend zu würdigen.

**Haesje Claes** NIEDERLÄNDISCH €€
(Karte S. 50; ☎ 020-624 99 98; www.haesjeclaes.nl; Spuistraat 275; Hauptgerichte 16,25–26,50 €, 3-Gänge-Menü 25 €; ⏲ 12–22 Uhr; 🚋 2/11/12 Spui) Das gemütliche Ambiente im Haesje Claes – mit jeder Menge dunklem Holz und antikem Schnickschnack – hat zur Folge, dass die Gäste hier an genau der richtigen Adresse sind, um sich eine leckere Erbsensuppe, die Leib und Seele zusammenhält, oder das Tagesgericht, den *stamppot* (Püree aus Kartoffeln und Gemüse) zusammen mit Fleischklopsen, Würstchen und Speck, schmecken zu lassen. Wer sich für die großartige Fisch-Vorspeise entscheidet, kann gleich mehrere verschiedene niederländische Variationen auf einmal probieren.

**Hofje van Wijs** CAFÉ €€
(Karte S. 50; ☎ 020-624 04 36; www.wijsenzonen.com; Zeedijk 43; Hauptgerichte 18,50 €, 2-/3-Gänge-Menüs 23,50/28,50 €; ⏲ 12–22 Uhr; 🚋 2/4/11/12/13/14/17/24/26 Centraal Station) Die schon seit mehr als 200 Jahren existierende Tee- und Kaffeehandlung sowie Hoflieferant Wijs & Zonen betreibt dieses hübsche Restaurant in einem Hof.

Hier kommen niederländische Eintöpfe, Fondues sowie verschiedene Fischgerichte auf den Tisch (plus eine vegetarische Speise); dazu schmecken die einheimischen Biere und diverse *jenevers*.

**Anna** NIEDERLÄNDISCH €€

(Karte S. 50; ☎ 020-428 11 11; www.restaurantanna.nl; Warmoesstraat 111; Hauptgerichte 19,50–24,50 €, 3-Gänge-/Überraschungsmenü 37/65 €; ⌚ Di–Sa 17–22.30 Uhr; 🚋 4/14/24 Dam) Der Kontrast ist ja schon krass: Auf den weiß eingedeckten Tischen im Anna stehen Teller mit einfallsreichen Gerichten wie Wild mit Wildschweinbacke, während ein paar Schritte weiter das älteste Gewerbe der Welt in voller Aktion ist. Das Restaurant befindet sich direkt an der Oude Kerk, umgeben von den Schaufenstern mit den Mädels im Rotlichtviertel. Die genial zubereitete, moderne niederländische Küche wird von einer umfangreichen Karte mit Bio-Weinen und edlen Tropfen aus der ganzen Welt begleitet.

**Blauw aan de Wal** EUROPÄISCH €€€

(Karte S. 50; ☎ 020-330 22 57; www.blauwaandewal.com; Oudezijds Achterburgwal 99; 3-/4-/5-Gänge-Menüs 45/57/67 €; ⌚ Mo–Sa 18–23.30 Uhr; Ⓜ Nieuwmarkt) Das exquisite Blauw aan de Wal ist eine „Rose" unter den Dornen. Eine lange, meist mit Graffiti übersäte Gasse führt vom Oudezijds Achterburgwal 99 inmitten des Rotlichtviertels zu diesem Gebäude aus dem 17. Jh. – einem ehemaligen Kräuterlager, in dem auf mehreren Ebenen weiß getünchte, bloße Backsteinwände und alte Stahlgewichte zu sehen sind; in den Sommermonaten stehen jede Menge Tische im romantischen Garten. Die jahreszeitlich wechselnden Menüs werden kunstvoll präsentiert; der Service ist erstklassig.

## Nieuwmarkt, Plantage & die östlichen Inseln

Am Nieuwmarkt, dem Dreh- und Angelpunkt im Zentrum Amsterdams, kann man bestens zum Essen gehen – es finden sich sogar ein paar wirklich außergewöhnliche Restaurants. Plantage ist nur ein kurzes Stück mit dem Fahrrad entfernt, von der Atmosphäre her jedoch eine völlig andere Welt. Wer Spaß an einem legeren Lokal im Grünen hat, der ist in diesem Viertel genau richtig. Auf den östlichen Inseln und im östlichen Hafenviertel kann man sich auf Spektakuläres einstellen; viele der besten Restaurants der Stadt bieten einen sagenhaften Blick auf den Fluss.

**★ Sterk Staaltje** FEINKOST €

(Karte S. 66; www.sterkstaaltje.com; Staalstraat 12; Gerichte 4–8 €; ⌚ Mo–Fr 8.30–19, Sa 8.30–18, So 10–19 Uhr; 🚋 24 Muntplein) Das Sterk Staaltje mit seinem erstklassigen Obst und Gemüse, das sich am Eingang stapelt, lohnt den Besuch allein schon, um den Duft der Esswaren zu genießen, zu denen eine edle Auswahl an bereits vorgekochten Köstlichkeiten gehört, die gleich verspeist werden wollen: Teriyaki-Fleischklopse, eine Quiche mit Feta und in der Sonne getrockneten Tomaten, Wraps mit Kürbisfüllung, die Tagessuppe und vor allem die leckeren Sandwiches – mit Roastbeef, Meerrettich und Rucola oder auch mit mariniertem Hühnchen mit Guacamole und saurer Sahne.

**★ Tokoman** SURINAMISCH €

(Karte S. 58; www.tokoman.nl; Waterlooplein 327; Belegte Brötchen 3,75–5,50 €, Gerichte 7–13.50 €; ⌚ 11.30–21 Uhr; Ⓜ Waterlooplein) Am besten stellt man sich ganz einfach zu den anderen in die Schlange, die im Tokoman auf der Suche nach ihrer „kulinarischen Dosis" an surinamisch gewürzten Speisen sind. Jedenfalls gibt es hier ein sensationelles *broodje pom* (ein Brötchen mit einem leckeren Hühnchenpüree und stärkehaltigem suri namischem Wurzelgemüse). *Zuur* (eingelegter Kohl) und *peper* (Chili) kommen oben drauf, und das alles spült man dann mit einer Dose kaltem Kokoswasser hinunter.

**IJsmolen** EIS €

(Zeeburgerstraat 2; 1/2/4 Eiskugeln 1,50/2,75/4,75 €; ⌚ 12–21 Uhr; 🚋 7 Hoogte Kadijk) Das selbst gemachte Eis in dieser Eisdiele in der Nähe der De Gooyer Windmühle ist in typisch niederländischen Geschmacksrichtungen erhältlich, beispielsweise *stroopwafel* (Waffeln mit klassischem Karamellsirup gefüllt) und *speculaas* (Spekulatius-Gebäck wie an Weihnachten); es gibt aber auch *stracciatella* (Vanille mit Schokosplittern) und Zitronen-Käsekuchen sowie die reinen Fruchtsorten wie Mango, Minze oder Wassermelone. An heißen Tagen hat das IJsmolen bis 22 Uhr geöffnet. Nur Barzahlung.

**Frenzi** MEDITERRAN €€

(Karte S. 50; ☎ 020-423 51 12; www.frenzi-restaurant.nl; Zwanenburgwal 232; Hauptgerichte mittags 8–15 €, abends 18,50–20,50 €, Tapas 5,50–7 €; ⌚ 10–23 Uhr; 🚋 24 Muntplein) Im Frenzi, mit abgewetzten Holztischen, die von Kerzen erleuchtet sind, werden köstliche mediterrane Tapas serviert – Manchego-Käse mit Feigenkompott, marinierte Sardinen, Champignons mit geschmolzenen Gorgonzola, um nur einige dieser Köstlichkeiten zu nennen. Aber man sollte unbedingt noch Platz für die Hauptgerichte lassen, beispielsweise in der Pfanne gebratener Kabeljau mit Fenchelpüree, Kürbis-Gnocchi mit Blattspinat oder Lammhaxe mit gebratenem Spargel.

**De Plantage** MODERN EUROPÄISCH €€

(Karte S. 58; ☎ 020-760 68 00; www.caferestaurantdeplantage.nl; Plantage Kerklaan 36; Hauptgerichte mittags 7,50–21,50 €, abends 17,75–21,50 €; ⏲ Küche Mo–Fr 9–22, Sa & So ab 10 Uhr, Bar tgl. bis 1 Uhr; 🚋 14 Plantage Kerklaan) Riesig und anmutig zugleich ist dieses beeindruckende, ehemalige Gewächshaus, das in den 1870er-Jahren erbaut und um das Jahr 1900 erweitert wurde. Es ist mit hellem Holz und schwarzen Stühlen ausgestattet und bietet eine im wahrsten Sinne des Wortes tierisch tolle Aussicht auf die Gänse, die im Areal des Artis Royal Zoo (S. 62) herumlaufen.

Die Gerichte sind kreativ und lecker; es verlocken Gerichte wie Salat mit Tintenfisch vom Grill, Couscous, Fenchel, *bacalau* (getrockneter und gesalzener Kabeljau), Muscheln und Safran-Mayo.

★ **Gebr. Hartering** NIEDERLÄNDISCH €€€

(Karte S. 58; ☎ 020-421 06 99; www.gebr-hartering.nl; Peperstraat 10; Hauptgerichte 27,50 €, 5-/7-Gänge-Menüs 55/80 €; ⏲ 18–22.30 Uhr; 🚋 22/48 Prins Hendrikkade) Dieses Schmuckkästchen von einem Lokal ist rustikal in hellem Holz gehalten und wurde von zwei Brüdern ins Leben gerufen, die ein Faible fürs Essen hatten. Heute offerieren sie Gerichte à la carte oder auch ein Mehrgängemenü, das sich durch die besten saisonalen Produkte, die gerade erhältlich sind, definiert und täglich wechselt. Die Speisen sind hier immer ein Erlebnis, für das man sich Zeit lassen sollte – am besten macht man es sich also gemütlich und genießt auch die passenden Weine und die schöne Lage an einer Gracht.

★ **Greetje** NIEDERLÄNDISCH €€€

(Karte S. 58; ☎ 020-779 74 50; www.restaurantgreetje.nl; Peperstraat 23-25; Hauptgerichte 23–29 €; ⏲ So–Do 18–22, Fr & Sa bis 23 Uhr; 🚋 22/48 Prins Hendrikkade) 🍃 Das Greetje gilt als das kreativste niederländische Restaurant in ganz Amsterdam – es werden nur die besten saisonalen Produkte verwendet, um den niederländischen Traditionsrezepten neue Geltung zu verschaffen oder sie kreativ umzugestalten, also beispielsweise Gerichte wie gepökeltes Rindfleisch, geschmortes Kalbfleisch mit Aprikosen sowie Lauch-*stamppot* und Schweinebauch mit niederländischer Senfsoße.

Am besten fängt man das Gelage mit dem Big Beginning (17 €) an, einer Auswahl an warmen und kalten Vorspeisen.

## Westlicher Grachtengürtel

Der Westliche Grachtengürtel kann ja vielleicht nicht mit der multikulturellen Gastroszene anderer Stadtteile mithalten, doch sollte man im Hinterkopf behalten, dass das Viertel Jordaan nur einen Steinwurf oder Katzensprung entfernt ist. In den Negen Straatjes (S. 121) finden sich passend zu den hübschen Boutiquen jede Menge reizende Cafés und kleine Restaurants.

**Pancake Bakery** NIEDERLÄNDISCH €

(Karte S. 70; ☎ 020-625 13 33; www.pancake.nl; Prinsengracht 191; Hauptgerichte 9–15,65 €; ⏲ 9–21.30 Uhr; 📶 🍴 👪; 🚋 13/17 Westermarkt) Das Restaurant im Basement eines restaurierten Lagerhauses aus dem 17. Jh., das früher der Niederländischen Ostindien-Kompanie gehörte, bietet Pfannkuchen in sage und schreibe 77 verschiedenen Varianten an – von süß (beispielsweise mit Schokolade, Banane oder Pfirsich) bis pikant (z. B. die kanadische Variation mit Speck, Käse und Barbecue-Soße oder die norwegische Variante mit Räucherlachs, Frischkäse und saurer Sahne). Die Kinder können sich hier einen Piraten-, Feuerwehrmann- und den Prinzessin-Pfannkuchen schmecken lassen.

**Singel 404** CAFÉ €

(Karte S. 50; Singel 404; Gerichte 3,50–9 €; ⏲ 10.30–18 Uhr; 🍴; 🚋 2/11/12 Spui) Das versteckt gelegene Café ist leicht zu übersehen, trotz seiner Lage in der Nähe vom quirligen Spui (nach der kobaltblauen Markise Ausschau halten). Die Speisekarte ist ziemlich einfach gehalten – belegte Brötchen mit Räucherlachs, Kürbissuppe, Limonade mit Honig und Minze –, allerdings sind die Preise unglaublich günstig, die Portionen fallen sehr üppig aus, und auch die Qualität ist vom Feinsten. Mehrere Tische stehen drinnen und draußen im Freien.

**Wil Graanstra Friteshuis** FASTFOOD €

(Karte S. 70; Westermarkt 11; Frites 2,50–4 €, Soße 0,50 €; ⏲ Mo–Sa 12–19 Uhr; 🚋 13/17 Westermarkt) Kohorten von Amsterdamern schwören auf die knusprigen Pommes im Wil Graanstra Friteshuis. Das Familienunternehmen macht am Platz bei der Westerkerk schon seit 1956 Fritten. Die meisten Einheimischen krönen ihre Spitztüte Pommes mit einem guten Klecks Mayonnaise, aber auch mit *oorlog* (eine Mischung aus Erdnusssoße und Mayo), Currysoße und Piccalilli (sauer eingelegtes Senfgemüse) begeistern sie die Geschmacksknospen der Gäste.

**★ De Belhamel** EUROPÄISCH €€

(Karte S. 50; 020-622 10 95; www.belhamel.nl; Brouwersgracht 60; Hauptgerichte 24–26 €, 3-/4-Gänge-Menüs 35/45 €; So–Do 12–16 & 18–22, Fr & Sa 18–22.30 Uhr; 18/21/22 Buiten Brouwersstraat) Bei schönem Wetter stehen mehrere Tische draußen an der Herengracht – es ist das reinste Vergnügen. Im Innern gibt das opulente Art-nouveau-Ambiente vom De Belhamel, das sich auf zwei Ebenen erstreckt, die perfekte Kulisse für die exquisit präsentierten Gerichte ab. Serviert werden beispielsweise pochierte Seezunge mit Wildspinat-Bisque, Kalbsbries mit knusprigem Speck, Zwiebel-Confit und frittiertem Salbei oder auch ein halber Hummer mit samtiger Lachs-Mayonnaise.

**Bistro Bij Ons** NIEDERLÄNDISCH €€

(Karte S. 70; 020-627 90 16; www.bistrobijons.nl; Prinsengracht 287; Hauptgerichte 14,50–20 €; Di–So 10–22 Uhr; ; 13/17 Westermarkt) Wer nicht in Amsterdam ist, um seine niederländische Oma zu besuchen, sollte die waschechten Kochkünste in diesem reizenden Retro-Bistro ausprobieren. Zu den Klassikern zählen *stamppot* mit Würstchen, *raasdonders* (Birnenhälften mit Speck, Zwiebel und eingelegten Gemüsen) sowie *poffertjes* (kleine Pfannkuchen mit Puderzucker bestäubt). An hausgemachten Likören munden beispielsweise die Sorten Pflaume und *drop* (Lakritze).

## Südlicher Grachtengürtel

Am Leidseplein finden sich dicht an dicht jede Menge Steakhäuser, aber es gibt interessantere Lokale, in denen nicht nur ein Stück Rindfleisch auf dem Teller landet. Restaurants, die malerischer und auch gewissermaßen etwas Besonderes sind, warten in den Seitenstraßen in der Nähe vom Platz oder auch an den Grachten.

Der Rembrandtplein ist eher zu vernachlässigen; wer gern lecker essen möchte, sollte ein paar Schritte zur Utrechtsestraat weitergehen; dort verlocken dann einige der feudalsten Restaurants der Stadt.

**★ Van Dobben** NIEDERLÄNDISCH €

(Karte S. 66; 020-624 42 00; www.eetsalonvandobben.nl; Korte Reguliersdwarsstraat 5-9; Gerichte 3–8 €; Mo–Mi 10–21, Do bis 1, Fr & Sa bis 2 Uhr; 4/14 Rembrandtplein) Das Van Dobben öffnete bereits in den 1940er-Jahren seine Pforten und besticht mit seinem coolen Ambiente aus weißen Kacheln und signalroten Wänden. Zu den Spezialitäten des Hauses zählen traditionelle niederländische Fleischgerichte. Die preiswerten Sandwiches mit fein geschnittenem Roastbeef und Senf erfreuen schon seit langer Zeit den Gaumen. Man kann aber auch *pekelvlees* (Pökelfleisch) oder *halfom* (*pekelvlees* mit Leber gemischt) probieren.

**Soup en Zo** SUPPE €

(Karte S. 66; www.soupenzo.nl; Nieuwe Spiegelstraat 54; Suppe 5–7 €; Mo–Fr 11–20, Sa & So 12–19 Uhr; ; 1/7/19 Spiegelgracht) An einem kühlen Tag ist ein Teller dampfende Suppe von diesem kleinen Suppenspezialisten einfach unschlagbar. Zur Auswahl stehen täglich oft eine Kartoffelsuppe mit Roquefort; eine Linsensuppe mit Rinderhack, eine Kürbissuppe mit Backpflaumen oder auch eine pikante Spinatsuppe mit Kokosnuss. Nur zum Mitnehmen.

**Patisserie Holtkamp** BÄCKEREI €

(Karte S. 66; www.patisserieholtkamp.nl; Vijzelgracht 15; Gerichte 3–7 €; Mo–Fr 8.30–18, Sa bis 17 Uhr; M Vijzelgracht, 24 Vijzelgracht) Hier deckt sich das niederländische Königshaus mit Backwaren ein. Die Patisserie Holtkamp wurde 1886 gegründet, die wunderschöne Art-déco-Ausstattung ergänzte der Architekt Piet Kramer im Jahr 1928. Und die Auswahl in diesem Laden ist wahrhaftig königlich – es verlocken Köstlichkeiten wie Sahnetorten und die berühmten *kroketten* mit Hummer- oder Kalbfleischfüllung. Die Variante mit Garnelen schmeckt angeblich nirgendwo in Amsterdam so lecker wie hier.

**★ Buffet van Odette** CAFÉ €€

(Karte S. 66; 020-423 60 34; www.buffet-amsterdam.nl; Prinsengracht 598; Hauptgerichte 9–18,50 €; Mi–Mo 12–22 Uhr; 1/7/19 Spiegelgracht) Nichts wie hinein ins Odette – ein weiß gekacheltes Café in reizvoller Lage an einer Gracht – und gleich kann es losgehen. Hier werden die köstlichen Gerichte alle aus frischen, qualitativ guten Zutaten und mit einem Schuss Kreativität zubereitet. Die sagenhaften Wurstplatten mit verschiedenen Dips sind empfehlenswert, was aber auch für die Hauptgerichte wie Ravioli mit gereiftem Käse, Wasserkresse und Tomaten gilt oder für den Räucherlachs und die Linsen mit pochiertem Ei.

**Pantry** NIEDERLÄNDISCH €€
(Karte S. 66; 020-620 09 22; www.thepantry.nl; Leidsekruisstraat 21; Hauptgerichte 13,50–19 €, 3-Gänge-Menüs 21–30,50 €; 11–22.30 Uhr; 2/11/12 Leidseplein) Mit seinen holzvertäfelten Wänden und der schummrigen Beleuchtung ist dieses kleine Restaurant wirklich *gezellig* (gemütlich). Hier kann man sich klassische niederländische Gerichte wie *zuurkool stamppot* (Sauerkraut-Kartoffelstampf mit Räucherwürstchen oder Fleischklöpsen) oder *hutspot* (Eintopf aus gestampften Kartoffeln, Zwiebeln, Karotten und Rindfleisch) schmecken lassen.

**In de Buurt** INTERNATIONAL €€
(Karte S. 66; www.indebuurt-amsterdam.nl; Lijnbaansgracht 246; Hauptgerichte 12,50–19,50 €; Küche 17–24 Uhr, Bar Mo–Do bis 1, Fr–So bis 3 Uhr; 2/11/12 Leidseplein) Das In de Buurt liegt zwar am Leidseplein, gibt sich jedoch klassisch und tischt vor allem sagenhafte Mini-Burger mit Trüffel-Mayo und gebratenen Cherry-Tomaten auf; auch die Gin Tonics sind köstlich. In den Sommermonaten lädt die Terrasse an der Gracht ein, und drinnen lässt das gemütliche Lokal unverputzte Backsteinwände, Balken und Unmengen an Flaschen sehen.

★ **La Cacerola** MEDITERRAN €€€
(Karte S. 66; 020-627 93 97; www.restaurantlacacerola.nl; Weteringstraat 41; 4-/6-Gänge-Menüs 39,50/49,50 €; Di–Sa 18–22.30 Uhr; 1/7/19 Spiegelgracht) Das romantische Schmuckkästchen von einem Lokal öffnete 1958 seine Pforten und serviert Gourmetmahlzeiten, die nach den Prinzipien des Slow Food zubereitet wurden. Die Menüs (keine Bestellungen à la carte) bestehen aus herzhaften Gerichten wie Lammrücken mit mediterranen Gemüsen und Kartoffel-Ratatouille.

**Tempo Doeloe** INDONESISCH €€€
(Karte S. 66; 020-625 67 18; www.tempodoeloerestaurant.nl; Utrechtsestraat 75; Hauptgerichte 28–37 €, Rijsttafel & Menüs 30,50–51,50 €; Mo–Sa 18–23.30 Uhr; ; 4 Prinsengracht) Das gemütliche Tempo Doeloe mit weißen Tischtüchern, Lüstern und drapierten Vorhängen zählt zu den besten, allerdings auch *pittig* (scharfen) indonesischen Restaurants, die Amsterdam zu bieten hat. Empfehlenswert ist hier die *rijsttafel* (Festbankett der indonesischen Küche) mit mindestens 20 diversen Speisen. Achtung: Die als „sehr scharf" bezeichneten Gerichte sind wirklich wie Feuer. Die Weinkarte ist hervorragend.

## Jordaan & der Westen

Die Restaurants im Jordaan verströmen eine Gastfreundlichkeit, die als das Markenzeichen des gesamten Viertels gilt. Viele Leute zieht es in die Speiselokale in der Westerstraat, wobei die Haarlemmerbuurt immer mehr trendige Lokale zu bieten hat. Oder man unternimmt einfach einen Bummel durch die Seitenstraßen, wo vielleicht gerade das nächste, zukünftige In-Lokal eröffnet.

Selbstversorger sollten auf jeden Fall den Lebensmittelmärkten (S. 121) in diesem Viertel einen Besuch abstatten.

Wer gern nach den neuesten Szene-Restaurants Ausschau hält, wird im Westen fündig, und zwar vor allem in der Umgebung der Westergasfabriek (S. 78).

**Festina Lente** CAFÉ €
(Karte S. 70; 020-638 14 12; www.cafefestinalente.nl; Looiersgracht 40b; Belegte Brötchen 7–8,50 €, kleine Teller 4,50–7,75 €; So–Do 9–22.30, Fr & Sa ab 10 Uhr; ; 5/7/19 Elandsgracht) Das an einer Gracht gelegene Festina Lente (Lateinisch für: Eile mit Weile) verkörpert die *gezelligheid* im Jordaan. Das Café mit Holzvertäfelung und nostalgischen Möbeln füllt sich gern mit Stammgästen, die sich mit Brettspielen die Zeit vertreiben, Bücher lesen und sich dazu kleine mediterrane Gerichte und große Sandwiches gönnen.

**Boca's** TAPAS €€
(Karte S. 70; 020-820 37 27; www.bar-bocas.nl; Westerstraat 30; Bar Snacks 3–9 €, Platten 20–58,50 €; Küche Mo & Sa 9–21, Di–Fr 10–21, So 11–21 Uhr, Bar So–Do bis 1, Fr & Sa bis 3 Uhr; ; 3/5 Marnixplein) Die kleine hippe Bar hinter einer roten Markise und weißen Holzfassade ist die perfekte Location, um sich einen Drink und dazu ein paar leckere Snacks an der Bar zu genehmigen. Probieren sollte man die Mini-Lasagne, Burger, Bruschette und das Hacksteak oder auch die größeren Portionen, die auf Holzbrettchen serviert werden: Käse-Platten, Vegetarisches, Meeresfrüchte, Süßes. Wer sich partout nicht entscheiden kann, bestellt am besten den Kombi-Teller mit etwas von allem.

★ **Wolf Atelier** GASTRONOMIE €€
(020-344 64 28; www.wolfatelier.nl; Westerdoksplein 20; Hauptgerichte 24 €, 4-/5-/15-Gänge-Menüs 42.50/48/75 €; Mo–Sa 12–17 & 18–22 Uhr; 48 Westerdoksdijk) Oben auf einer beweglichen Eisenbahnbrücke aus dem Jahr 1920 ist der Glaskasten mit Drehkippfenstern der

Showroom des experimentierfreundigen österreichischen Küchenchefs Michael Wolf samt seinen wilden Geschmackskompositionen. An Hauptgerichten gibt es vielleicht gerade Kalbsbries mit Trüffelschaum, flambierten Loup de Mer mit in Champager gedämpften Zeeland-Muscheln (die aus dem Südwesten der Niederlande stammen) und einen Streuselkuchen aus – wie die Analyse ergab – Tonkabohnen, Schokolade und Karamell. Der 360-Grad-Panoramablick ist vor allem bei Nacht zauberhaft; man kann hier bei einem Drink bis 1 Uhr verweilen.

**★ Balthazar's Keuken** MEDITERRAN **€€**

(Karte S. 70; ☎ 020-420 21 14; www.balthazarskeuken.nl; Elandsgracht 108; 3-Gänge-Menü 34,50 €; ⏲ Di–So 18–22.30 Uhr; 🚋 5/7/19 Elandsgracht) Das Balthazar's Keuken in einer ehemaligen Schmiede mit modern-rustikalem Ambiente und einer offenen Küche wird immer als eines der besten Restaurants in Amsterdam bewertet. Mit einer umfangreichen Speisekarte ist hier allerdings nicht zu rechnen. Die Philosophie lautet im Grunde eher „was wir halt gerade so zur Hand haben". Und das bedeutet vielleicht Loup de Mer mit Pilzrisotto oder auch Confit vom Kaninchen – aber köstlich schmeckt es wirklich immer. Tischreservierung empfohlen.

**oREM Eiland** NIEDERLÄNDISCH €€

(☎ 020-688 55 01; www.remeiland.com; Haparandadam 45; Hauptgerichte mittags 7,50–15 €, abends 18,50–29,50 €; ⏲ 12–16 & 17.30–22 Uhr; 🚌 48 Koivistokade) Über dem IJ ragt 22 m hoch diese feuerwehrrote Bohrplattform auf, die in den 1960er-Jahren als Piratenradiosender und Fernsehsender errichtet wurde und heute ein Nobelrestaurant ist. Grandios ist der 360-Grad-Panomamablick über das industrielle Hafenviertel.

Über eine steile Metalltreppe (oder mit dem Lift) kommt man dorthin. Die Speiseräume gehen auf eine umlaufende Plattform hinaus; auf dem ehemaligen Hubschrauberlandeplatz auf dem Dach befindet sich heute eine Bar unter freiem Himmel.

**Pont 13** INTERNATIONAL **€€**

(☎ 020-770 27 22; www.pont13.nl; Haparandadam 50; Hauptgerichte mittags 7–14 €, abends 16,50–22,50 €; ⏲ Küche Di–So 12–16 & 17.30–22 Uhr, Bar Di–So 12–24 Uhr; 📶; 🚌 48 Koivistokade) Die ehemalige Auto- und Passagierfähre aus dem Jahr 1927 mit einem Sonnendeck an jedem Ende und weitläufigen Räumlichkeiten pflügte einst durch den IJ und liegt heute permanent im westlichen Hafenviertel vertäut. Aus der offenen Küche kommen gehobene Kneipengerichte auf den Tisch, beispielsweise in Zitrone und Lorbeer marinierter Seebarsch, Burger, Rib-eye-Steaks und geräucherte Makrele mit Fenchelsalat.

**Koevoet** ITALIENISCH **€€**

(Karte S. 70; ☎ 020-624 08 46; www.koevoetamsterdam.com; Lindenstraat 17; Hauptgerichte 12–25 €; ⏲ Di–So 17.30–22 Uhr; 🚋 3/5 Marnixplein) Die kongenialen italienischen Inhaber des Koevoet übernahmen ein ehemaliges Café in einer ruhigen Seitenstraße, behielten das gemütliche Dekor bei und fingen an, die gängigen Gerichte aus ihrer Heimat zu kochen wie selbst gemachte Ravioli, wozu sie aus Süditalien importierte Zutaten verwendeten. Nicht entgehen lassen sollte man sich das unverkennbare, trinkbare Dessert, *sgroppino limone:* Sorbet, Wodka und Prosecco, die am Tisch verquirlt und dann in eine Champagner-Flöte gegossen werden.

**Yam Yam** ITALIENISCH **€€**

(☎ 020-681 50 97; www.yamyam.nl; Frederik Hendrikstraat 88-90; Pizzas 8–14 €, Hauptgerichte 13,50–17,50 €; ⏲ Di–So 17.30–22 Uhr; 🚋 3 Hugo de Grootplein) Wer einen Amsterdamer nach der besten Pizza der Stadt fragt, bekommt oft diese hippe, moderne Trattoria genannt. Aus dem Holzofen kommen knusprige Pizzas beispielsweise mit Salami oder Fenchelsamen sowie die unverkennbare Pizza des Hauses: Yam Yam (mit Bio-Räucherschinken, Mascarpone und Trüffelsoße). Es munden hier jedoch auch die Pasta-Gerichte und kreativen Nachspeisen wie der Salzpekannuss-Karamell-Kuchen.

**★ Marius** EUROPÄISCH **€€€**

(☎ 020-422 78 80; www.restaurantmarius.nl; Barentszstraat 173; 4-Gänge-Menü 48 €; ⏲ Mo–Sa 18.30–22 Uhr; 🚋 3 Zoutkeetsgracht) Feinschmecker schwärmen nur so vom winzigen Marius, das sich zwischen den Künstlerateliers auf den westlichen Inseln versteckt. Küchenchef Kees Elfring geht auf den Märkten vor Ort zum Einkaufen, dann kreiert er sein tägliches Vier-Gänge-Menü (ohne Auswahlmöglichkeiten) aus dem, was er aufgespürt hat. Das Ergebnis sind dann beispielsweise Garnelen vom Grill mit Dicke-Bohnen-Mousse oder auch Rippchen vom Rind mit Polenta und Ratatouille. Marius betreibt auch die sagenhafte Wein- und Tapasbar **Worst Wijncafe** (☎ 020-625 61 67; www.deworst.nl; Barentszstraat 171; Tapas 9–17 €,

Brunch Hauptgerichte 9–13 €; Mo–Sa 12–24, So 10–22 Uhr; 3 Zoutkeetsgracht), die sich gleich nebenan befindet.

## Vondelpark & der Süden

Restaurants mit Küche aus dem In- und Ausland finden sich in Hülle und Fülle rund um den Amstelveenseweg sowie in den Foodhallen des Kulturkomplexes De Hallen (S. 63). Diverse Restaurants säumen auch die Overtoom- und die Jan Pieter Heijestraat.

**★ Braai BBQ Bar** GRILLBAR €

(www.braaiamsterdam.nl; Schinkelhavenkade 1; Gerichte 6,50–15,50 €; tgl. 16–21.30 Uhr; 1/11/17 Surinameplein) Das winzige Lokal war früher ein *haringhuis* (Heringbude) und ist heute eine Grillbar im Stil eines Straßenimbiss' mit toller Lage an einer Gracht. Spezialität des Braai sind marinierte, gegrillte Rippchen (halbe oder ganze Portion) und Grillwürstchen; aber es stehen auch vegetarische Gerichte zur Auswahl. Kreditkarten werden bevorzugt angenommen, doch auch Barzahlung ist möglich. Die Tische am Wasser stehen im Schatten der Bäume.

**Breakfast Club** CAFÉ €

(Karte S. 66; www.thebreakfastclub.nl; Bellamystraat 2; Gerichte 4,50–13 €; Mo–Fr 8–16, Sa & So bis 17 Uhr; 7/17 Ten Katestraat) Wen es zu irgendeiner Tageszeit nach einem Frühstück gelüstet, ist im beschaulichen Breakfast Club genau richtig: Es gibt mexikanisches Frühstück mit *huevos rancheros* (Spiegelei auf Tortilla mit pikanter Tomatensoße), englisches Frühstück mit selbst gemachten *baked beans*, Speck, Eiern, Pilzen und Würstchen oder auch eine New Yorker Variante, nämlich Buttermilch-Pfannkuchen mit roten Früchten und Honigbutter. Aber auch andere verführerische Pfannkuchen sind erhältlich, außerdem Cerealien, Avocado-Toast sowie weitere Frühstückszutaten, wie sie in Westeuropa üblich sind.

**Alchemist Garden** VEGAN €

(020-334 33 35; www.alchemistgarden.nl; Overtoom 409; Gerichte 4–13 €; Mo–Sa 9–21, So ab 12 Uhr; ; 1/11 Rhijnvis Feithstraat) Das helle Café mit hohen Decken bietet gluten-, laktose- und glukosefreie Speisen, die lecker schmecken und auf der gesundheitsbewussten, vitaminreichen Bio-Speisekarte stehen (Gemüsepasteten aus Rohkost, Avocado-Klöße und Champignons mit Pesto-Füllung), dazu gibt es Smoothies, Säfte und Köstlichkeiten, die keine „Schuldgefühle“ machen, wie einen ungebackenen Schokokuchen. Viele der Zutaten stammen aus dem eigenen Garten des Inhabers. Interessierte können sich erkundigen, ob ein Streifzug durch den Vondelpark, auf dem essbare Wildpflanzen gesammelt werden, auf dem Programm steht.

**★ Dikke Graaf** MEDITERRAN €€

(020-223 77 56; www.dikkegraaf.nl; Wilhelminastraat 153; kleine Teller 7,50–16 €; Mi–So 15–22 Uhr; 1/11 Rhijnvis Feithstraat) Das beliebte Restaurant mit Kupferlampen im Industriestil und mit abgewetzten Holztischen geht auf eine Terrasse hinaus, die von Olivenbäumen gesäumt ist. Jedenfalls ist das Dikke Graaf ein wirklich sagenhaftes Lokal, um sich einen *borrel* (Drink) zu genehmigen – es verlocken Gin-Cocktails, offene Weine und kleine Platten, die man sich teilen kann, die mit Austern, Bruschetta, Wurst und Manchego-Schafskäse belegt sind.

**★ Ron Gastrobar** NIEDERLÄNDISCH €€

(020-496 19 43; www.rongastrobar.nl; Sophialaan 55; Gerichte 15 €; 12–14.30 & 17.30–22.30 Uhr; ; 2 Amstelveenseweg) Ron Blaauw führte sein mit zwei Michelin-Sternen ausgezeichnetes Restaurant in diesem minimalistischen und geräumigen Designerambiente, bevor er es in eine erschwinglichere „Gastrobar“ (weiterhin mit Michelin-Stern) umfunktionierte. Hier bekommen die Gäste nun Qualität ohne das frühere relativ steife Ambiente und müssen sich auch keine fünf Gänge mehr bestellen. Serviert werden an die 25 Gerichte im Stil von Gourmet-Tapas, die so überraschende Geschmacksrichtungen wie Foie gras, Himbeere und Joghurt vereinen.

**Van 't Spit** ROTISSERIE €€

(Karte S. 66; www.vantspit.nl; De Clercqstraat 95; halbes/ganzes Hühnchen 11/21 €; Küche 17–22 Uhr, Bar bis 1 Uhr; 13/19 Willem de Zwijgerlaan) Im dezenten Van 't Spit dreht sich alles um Brathähnchen – die Holzscheite stapeln sich nur so für den Drehspieß. Die Auswahl ist relativ einfach: Man kann ein halbes oder ganzes Hühnchen nehmen – andere Hauptgerichte gibt es nämlich nicht. Und dann kann man sich entscheiden, ob man auch Beilagen haben möchte (Maiskolben, Pommes, Salat und selbst gemachten Krautsalat).

**l'Entrecôte et les Dames** FRANZÖSISCH €€

(Karte S. 66; 020-679 88 88; www.entrecote-et-les-dames.nl; Van Baerlestraat 47-49; Hauptgerichte mittags 13,50 €, 2-Gänge-Menü abends

24,75 €; 12–15 & 17.30–22 Uhr; 3/5/12 Museumplein) Das Restaurant mit einer doppelt hohen Wand aus Holzschubladen und einem schmiedeeisernen Balkon bietet eine einfache Speisekarte, auf der Steak- und Fischgerichte stehen. Empfehlenswert ist das *entrecôte*, aber man sollte schon noch Platz für die üppigen Desserts lassen: Wie wäre es mit einer Schokoladen-Mousse, *tarte au citron* (Zitronenkuchen) oder *crêpes au Grand Marnier?*

**Roc Elements** INTERNATIONAL €€

(Karte S. 66; 020-579 17 17; www.heerlijkamsterdam.nl; Roelof Hartstraat 6-8; 2-/3-Gänge Menüs mittags 12,50/15 €, 3-/4-Gänge-Menü abends 21/24.50 €; 11.30–14 & 18–21 Uhr, Juli & Aug. geschl.; 3/5/12/24 Roelof Hartplein) Studenten des Gaststätten- und Gastronomiewesens – also dieselben Leute, die auch das **College Hotel** (Karte S. 66; 020-571 15 11; www.thecollegehotel.com; Roelof Hartstraat 1; DZ ab 227 €; ; 3/5/12/24 Roelof Hartplein) führen – servieren moderne internationale Gerichte in diesem zeitgenössischen Restaurant mit Minimalismus-Schick. Das Ergebnis ist ein Spitzenservice zu exzellenten Preisen. Reservierung empfohlen. Kreditkarten werden nicht akzeptiert.

**La Falote** NIEDERLÄNDISCH €€

(Karte S. 66; 020-662 54 54; www.lafalote.nl; Roelof Hartstraat 26; Hauptgerichte 12,50–23 €; Mo–Sa 14–21 Uhr; 3/5/12/24 Roelof Hartplein) Das schnuckelige kleine La Falote mit Karotischtüchern konzentriert sich auf täglich wechselnde, niederländische Hausmannskost, beispielsweise Kalbsleber, Fleischklopse mit Endivien oder auch gedünsteten Fisch mit Roter Bete und Senfsoße. Die Preise sind das reinste Schnäppchen in diesem ansonsten feudalen Viertel. Und es lohnt sich zu warten, bis der Inhaber sein Akkordeon hervorholt ...

★ **Adam** GASTRONOMIE €€€

(020-233 98 52; www.restaurantadam.nl; Overtoom 515; Hauptgerichte 25 €, 3-/4-/5-/6-Gänge-Menüs 37/45/50/60 €; Di–Sa 18–22.30 Uhr; 1/11/17 Surinameplein) In diesem schicken und gemütlichen Gourmet-Restaurant werden exquisit präsentierte Speisen serviert, z. B. Kalbsbäckchen mit Linsen und Lorbeersoße oder *côte de bœuf* (T-Bone-Steak) für zwei Personen. Zum Dessert gibt es entweder eine Käseplatte oder die Überraschung des Küchenchefs. Die dazu passenden Weine kosten 7,50 € pro Glas.

★ **Rijks** INTERNATIONAL €€€

(Karte S. 66; 020-674 75 55; www.rijksrestaurant.nl; Rijksmuseum; Hauptgerichte 24–32 €, 3-/4-Gänge-Menüs mittags 37,50/47,50 €, 6-Gänge-Menü abends 70 €; Mo–Sa 11.30–15 & 17–22, So 11.30–15 Uhr; 2/5/12 Rijksmuseum) Das Rijks in wunderschönen Räumlichkeiten mit riesigen Fenstern und hohen Decken gehört mit zum Rijksmuseum; im Jahr 2016 wurde das Restaurant mit einem Michelin-Stern ausgezeichnet. Küchenchef Joris Bijdendijk verwendet Zutaten aus der Region, hält sich an die Prinzipien des Slow Food und setzt auf historische niederländische Einflüsse bei seiner kreativen und überaus einfallsreichen Cuisine.

Die Gäste haben mittags und auch abends die Wahl zwischen einem Menü und den À-la-carte-Gerichten.

**Restaurant Blauw** INDONESISCH €€€

(020-675 50 00; www.restaurantblauw.nl; Amstelveenseweg 158; Hauptgerichte 20,50–28 €, Rijsttafel pro Pers. 30–33,50 €; Mo–Mi 18–22, Do & Fr 18–22.30, Sa 17–22.30, So 17–22 Uhr; 2 Amstelveenseweg) Im Blauw geht es immer hoch her – weshalb man auch einen Tisch reservieren sollte. Die *New York Times* kürte das Lokal zum „besten indonesischen Restaurant in den Niederlanden" – und Legionen von Gästen schließen sich dieser Einschätzung an. Zu den Highlights zählen *ikan pesmol* (gebratener Fisch mit Kemirinuss-Soße) und *ayam singgand* (Huhn in gemäßigt scharfer Kokossoße mit Kurkumablättern) sowie indonesische Nachspeisen, bei denen einem nur so das Wasser im Mund zusammenläuft.

## De Pijp

Die florierende kulinarische Szene im Viertel De Pijp gibt sich experimentell und multikulturell, ist aber im Grunde ihres Wesens eben niederländisch. Zur Auswahl stehen Imbissstände, Salatbars, surinamische und asiatische Restaurants, in denen man ganz sicher satt wird, In-Lokale wie das erste Café der Welt, in dem sich alles nur um die Avocado dreht, gastronomische Highlights und stimmungsvolle *bruin cafés,* in denen auch Essen serviert wird.

Der Brunch ist in diesem Viertel besonders lecker; viele Cafés haben sich auf außergewöhnliche Speisekarten für den Vormittag spezialisiert. Die Albert Cuypstraat, die Ferdinand Bolstraat und die Ceintuurbaan bieten sich als Startpunkte an.

★ **Avocado Show** CAFÉ €

(Karte S. 66; www.theavocadoshow.com; Daniël Stalpertstraat 61; Hauptgerichte 9,50–15 €; ⏲9–17 Uhr; ; 24 Ferdinand Bolstraat) Ein Wort vorab: Dieses Café verwendet Avocado in *jedem* Gericht, und zwar oft auf eine wirklich genial funktionierende Art und Weise (Burger mit Avocado-Hälften anstatt Brötchen, Salat-„Schüsseln" aus Avocado-Scheibchen usw.). Abrunden lässt sich alles mit einem Avocado-Eis oder -sorbet. An Avocado-Cocktails verlocken beispielsweise ein scharfer Guaco Mary oder ein Avocado-Daiquiri. Reservierungen werden nicht entgegengenommen, man sollte sich also darauf gefasst machen, anstehen zu müssen. Nur Kreditkarten, kein Bargeld.

**Sir Hummus** ORIENTALISCH €

(Karte S. 66; www.sirhummus.nl; Van der Helstplein 2; Gerichte 6,75–12,25 €; ⏲Mi–So 12–21 Uhr; ; 3 2e Van der Helststraat) Das Sir Hummus ist der Einfall von drei jungen Israelis, deren Leidenschaft für diesen Kirchererbsen-Dip zuerst zu einem Imbissstand auf einem Londoner Straßenmarkt führte und dann zu diesem Café, das sich ganz dem Hummus verschrieben hat. Der Naturhummus ohne jegliche Konservierungs- und Zusatzstoffe wird auf einem fluffigen Pita-Brot mit Salat serviert. Leckere Falafel werden im Sir Hummus auch gemacht. Man kann vor Ort essen oder die Sachen mitnehmen – aber man sollte schon frühzeitig hierherkommen, sonst ist alles ausverkauft.

**Geflipt** BURGER €

(Karte S. 66; www.gefliptburgers.nl; Van Woustraat 15; Gerichte 9–13 €; ⏲So–Do 11.30–21.30, Fr & Sa bis 22.30 Uhr; ; 4 Stadhouderskade) Um die besten Burger tobt ein harter Konkurrenzkampf in diesem kulinarischen Viertel, und das Geflipt ist ein ernst zu nehmender Kandidat. In minimalistischen Räumlichkeiten mit Industrieschick kommen leckere Kombinationen (wie Gasconne-Rindfleisch, Speck, goldgelber Cheddar-Käse, Rote-Zwiebeln-Kompott und Spiegelei) auf Brioche-Brötchen mit Soßen auf den Tisch, die täglich vor Ort aus Zutaten der Region gekocht werden. Pluspunkte gibt es für die Biere der Brouwerij 't IJ (Amsterdam).

**Surya** INDISCH €€

(KarteS. 66; 020-6767985;www.suryarestaurant.nl; Ceintuurbaan 147; Hauptgerichte 14,50–23 €; ⏲Di–So 17–23 Uhr; 3 2e Van der Helststraat) Indische Restaurants sind oftmals eine erstaunliche Glückssache in dieser multikulturellen Stadt – und somit ist das stilvolle Surya eine unschätzbar gute Adresse für Freunde der Küche des Subkontinents. Zu den Highlights auf der Speisekarte gehören herzhafte Madras, ein feuriges Vindaloo, Tandoori-Tikka-Gerichte und ein samtiges *paneer makhni* auf der Grundlage von Tomaten mit cremigem Cottage-Käse, der täglich vor Ort frisch gemacht wird. Zu den Hauptgerichten werden Papadams, Reis und Salate gereicht.

**Volt** MEDITERRAN €€

(Karte S. 66; 020-471 55 44; www.restaurantvolt.nl; Ferdinand Bolstraat 178; Hauptgerichte mittags 8–15.50 €, abends 14,50–20 €; ⏲Küche 17.30–22 Uhr, Bar Mo–Do 16–1, Fr 16–3, So 11–1 Uhr; 12 Cornelis Troostplein) Das Volt – mit zahllosen bunten Glühbirnen – ist ein Juwel in diesem Viertel; hier kommen täglich wechselnde Gerichte mit Zutaten vom Markt auf den Tisch, also beispielsweise Artischocken-Ravioli mit Walnüssen und Rucola, Ochsenschwanz mit Sellerie- und Kartoffel-Mousseline (eine Sahnesoße) oder Steak tatare mit eingelegten Roten Beten.

Die Bar hat länger geöffnet, man kann aber ins „verschwisterte" *bruin café* (Kneipe) gegenüber hineinschauen, ins **Gambrinus** (Karte S. 66; www.gambrinus.nl; Ferdinand Bolstraat 180; ⏲So–Do 11–1, Fr & Sa bis 3 Uhr; ; 12 Cornelis Troostplein).

**Friterie par Hasard** NIEDERLÄNDISCH €€

(Karte S. 66; www.cafeparhasard.nl; Ceintuurbaan 113-115; Hauptgerichte 10,50–23,50 €; ⏲Mo–Do 12–22, Fr & Sa bis 23 Uhr; M De Pijp, 3/12/24 De Pijp) Die schummrige Friterie par Hasard mit einer rot-weiß-karierten Markise ist für ihre *frites* (Pommes, Fritten) berühmt, die zu Gerichten wie Rippchen in traditionellem Limburger Eintopf mit Apfel, Holunder und Lorbeer-Soße serviert werden, ebenso zu mariniertem Hühnchen mit Satay-Soße und eingelegten Gurken, Flank-Steak sowie Kabeljau in Bierpanade. Im **Frites uit Zuyd** (Karte S. 66; www.cafeparhasard.nl; Ceintuurbaan 113-115; Pommes klein/mittel/groß 2,50/3/3,50 €, Soße 0,50–1,50 €; ⏲Mo–Do 14–23, Fr–So ab 13 Uhr; M De Pijp, 3/12/24 De Pijp) gibt es frittierte Pommes zum Mitnehmen.

★ **Graham's Kitchen** GASTRONOMIE €€€

(020-364 25 60; www.grahamskitchen.amsterdam; Hemonystraat 38; 3-/4-/5-/6-Gänge-Menüs 39/48/57/66 €; ⏲Di–Sa 18–22 Uhr; 4 Stadhouderskade) Als Veteran, der einstmals mit

Michelin-Sternen ausgezeichneten Lokalen kreiert Starkoch Graham Mee nun kunstvolle Gerichte in seinem eigenen Restaurant. Zu den Menüs mit mehreren Gängen (nicht à la carte) zählen oft Wild und knuspriges geräuchertes Rote-Bete-*macaron*, Lachs in Gurke mit Gin gegart, Kalbfleisch mit Wasabi und Geisterkrabben sowie ein Streuselkuchen mit Sommerbeeren und Bergminzeeis. Graham Mee erklärt seinen Gästen jedes Gericht höchstpersönlich.

★ **Ciel Bleu** GASTRONOMIE €€€
(☎ 020-678 74 50; www.okura.nl; Hotel Okura Amsterdam, Ferdinand Bolstraat 333; 6-Gänge-Menü 185 €; ⏲ Mo–Sa 18.30–22 Uhr; 🚋 12 Cornelius Troostplein) Die sagenhaften Kreationen in diesem mit zwei Michelin-Sternen prämierten Gourmettempel wechseln mit den Jahreszeiten. Im Frühling verlocken beispielsweise Jakobsmuscheln und Austern mit Vanille-Meersalz und Gin-Tonic-Schaum, Königskrabben mit gesalzener Zitrone, Beurre-blanc-Eis und Kaviar oder auch ein Lammrücken mit Sternanis. Nicht weniger unglaublich ist die Lage dieses Restaurants im 23. Stock mit herrlicher Aussicht gen Norden auf die ganze Stadt.

## Oosterpark & östlich der Amstel

Hier gibt es einige tolle Restaurants, und zwar vor allem ethnische Lokale und kreative Cuisine. Es dauert vielleicht ein bisschen länger, bis man dort ist, aber der Aufwand dafür lohnt sich allemal.

**Wilde Zwijnen** NIEDERLÄNDISCH €€
(☎ 020-463 30 43; www.wildezwijnen.com; Javaplein 23; Hauptgerichte 20 €, 3-/4-Gänge-Menüs 31,50/37,50 €; ⏲ Mo–Do 18–22, Fr–So 12–16 & 18–22 Uhr, Eetbar ab 17 Uhr; 📶; 🚋 14 Javaplein) Der Name bedeutet „Wildschweine", und deshalb steht in diesem modernen niederländischen Restaurant während der Saison in der Regel ein Wildgericht auf der Speisekarte. Das Lokal mit pastellfarbenen Wänden und Holztischen verströmt ein de-

### BRUNCH IN DE PIJP

Die Amsterdamer Brunchszene boomt nur so, und und ein Großteil dieser kulinarischen Highlights spielt sich im Viertel De Pijp ab.

**Bakers & Roasters** (Karte S. 66; www.bakersandroasters.com; 1c Jacob van Campenstraat 54; Gerichte 7–16 €; ⏲ 8.30–16 Uhr; 📶; 🚋 24 Ferdinand Bolstraat) Üppige Brunch-Gerichte werden im Bakers & Roasters, einem Lokal unter brasilianisch-neuseeländischer Leitung, aufgetischt, beispielsweise ein französischer Toast aus Bananen-Nuss-Kuchen mit selbst gemachter Bananenmarmelade und knusprigem Speck, Navajo-Eier mit Pulled Pork, Avocado, Mango-Salsa und Chipotle-Creme oder auch Räucherlachs mit pochierten Eiern, Kartoffelpuffern und Sauce Hollandaise. Die ausgewählten Köstlichkeiten kann man dann mit einem feurigen Bloody Mary hinunterspülen. Es gibt hier aber auch sagenhafte Pasteten, Kuchen und Schnitten.

**Scandinavian Embassy** (Karte S. 66; www.scandinavianembassy.nl; Sarphatipark 34; Gerichte 5–14 €; ⏲ Mo–Fr 8–18, Sa & So ab 9 Uhr; 🚋 3 2e Van der Helststraat) Haferflocken-Porridge mit Blaubeeren, Honig und Kokosnuss, zu dem Ziegemilch-Joghurt gereicht wird, Räucherlachs auf dänischem Roggenbrot mit Schafsmilch-Joghurt, Müsli mit Erdbeeren und frisch gebackenes Gebäck (auch Zimtbrötchen) machen dieses Lokal mit heller Holzvertäfelung zur perfekten Location, um in den Tag zu starten – wozu auch der sagenhafte Kaffee beiträgt; er kommt von skandinavischen Mikro-Röstereien (darunter auch ein erfrischender Eiskaffee mit Tonic Water).

**CT Coffee & Coconuts** (Karte S. 66; www.coffeeandcoconuts.com; Ceintuurbaan 282-284; Hauptgerichte 8–22,50 €; ⏲ 8–23 Uhr; 📶; Ⓜ De Pijp, 🚋 3/12/24 De Pijp) Ein Art-déco-Kino aus den 1920er-Jahren wurde zu diesem sagenhaft lichten Lokal auf drei Ebenen, das etwas von einer Kathedrale hat, umgestaltet. Ganz oben prunkt ein gigantischer Druck, der John Lennon zeigt. Brunch-Gerichte wie Pfannkuchen mit Kokosnuss, Mandeln und Buchweizen, Toast bestehend aus französischem Brioche mit Aprikosen, Toast mit Avocado-Scheiben samt Dukkah- (nordafrikanische Nuss-Würzmischung) und Zitronendressing oder auch Rührei auf Sauerteig mit gekrümeltem Feta-Käse werden bis 13 Uhr serviert.

zentes, rustikal-industrielles Flair. Serviert werden saisonale Speisen mit kreativem Touch, die mit Zutaten aus der Region zubereitet wurden. Gäste, die gern Fleisch essen, kommen hier eher auf ihre Kosten, aber im Allgemeinen wird auch ein vegetarisches Gericht angeboten.

★ **De Kas** INTERNATIONAL €€€

(☎ 020-462 45 62; www.restaurantdekas.nl; Park Frankendael, Kamerlingh Onneslaan 3; 3-/4-Gänge-Menü mittags 32,50/42,50 €, 5-/6-Gänge-Menü abends 52,50/60 €; ⌚ Mo–Fr 12–14 & 18.30–22, Sa 18.30–22 Uhr; ; 19 Hogeweg) Das De Kas in einer Reihe von stattlichen Gewächshäusern aus dem Jahr 1926 pflegt eine ökologische Einstellung, was natürlich perfekt zum schicken Glashaus-Ambiente passt – ein Besuch während eines Gewitters ist ein besonderes Erlebnis! Jedenfalls werden Obst, Gemüse und Kräuter fast komplett hier vor Ort angebaut, und das Ergebnis sind unglaublich reine Aromen in innovativen Kombinationen. Es wird täglich ein Menü angeboten, das auf den jeweils frisch geernteten Zutaten beruht. Eine Tischreservierung ist empfehlenswert.

## Amsterdam-Noord

★ **Hotel de Goudfazant** FRANZÖSISCH €€€

(☎ 020-636 51 70; www.hoteldegoudfazant.nl; Aambeeldstraat 10h; 3-Gänge-Menü 32 €; ⌚ Küche Di–So 18–23 Uhr, Bar Di–So bis 1 Uhr; 34/35 Johan van Hasseltweg, Zamenhofstraat) Der Name dieses außergewöhnlichen, hippen Gourmet-Restaurants stammt aus dem Text des Chansons „Les Bourgeois" von Jacques Brel. Die Räumlichkeiten, die noch irgendwie grob und industriell anmuten, befinden sich in einer großen ehemaligen Autowerkstatt. Und das Thema Werkstatt hat tatsächlich Bestand, denn es befinden sich im Innern noch einige Fahrzeuge. Küchenchefs, die wie Rockstars aussehen, legen sich in der offenen Küche so richtig ins Zeug, wenn sie von Frankreich inspirierte Gerichte zaubern. Ein Hotel gibt es hier übrigens nicht, das kommt bloß im Namen vor.

# Ausgehen & Nachtleben

*Bruin cafés* mit viel Flair sind Glanz und Glorie in der Amsterdamer Gastro-Szene. Die nostalgischen Kneipen mit sandigen Holzböden und Kerzen auf den Tischen sind derart gemütlich, dass die Gäste ewig sitzen bleiben und stundenlang bei ein paar Drinks plaudern.

Die Amsterdamer Craft-Bier-Szene ist in den letzten Jahren geradezu explodiert. Neben den alteingesessenen Mikrobrauereien gibt es eine Fülle von neuen Einrichtungen mit auf Craft-Bier spezialisierten Bars und/oder Läden.

Amsterdamer Kaufleute machten den Kaffee in Europa heimisch, und bis zum heutigen Tag ist er das beliebteste Heißgetränk. Baristas bereiten immer häufiger Gourmet-Kaffee traditionell zu, indem sie ihn Tropfen für Tropfen filtern. Außerdem eröffnen Grillrestaurants und Mikrobackstuben in der ganzen Stadt.

Im Stadtzentrum sind zahllose Zecher und Nachtschwärmer unterwegs. Wer sich gern unter die Einheimischen mischt, sollte dem Viertel Jordaan oder De Pijp unbedingt einen Besuch abstatten.

## Altstadt & Rotlichtviertel

Dieses Viertel ist für seine ausgeflippten Kneipen und Bars bekannt, aber auch für seine Coffeeshops (Cannabis-Cafés), und die Auswahl ist überraschend vielfältig – hier gibt es vornehme *Jenever*-Destillerien mit Probierstuben, die seit Jahrzehnten unveränderten *bruin cafés,* Brauereien und Szene-Adressen wie eine Kombination aus Craft-Bier-Bar und Herrenfriseurladen. Die beiden Zentren der Schwulenszene sind der Zeedijk und die Warmoesstraat.

★ **Brouwerij De Prael** BRAUEREI

(Karte S. 50; www.deprael.nl; Oudezijds Armsteeg 26; ⌚ Mo–Mi 12–24, Do–Sa bis 1, So bis 23 Uhr; 2/4/11/12/13/14/17/24/26 Centraal Station) Bio-Biere (schottisches Ale, India Pale Ale (IPA), Barley Wine (ein starkes Ale) und zig andere Biersorten kann man in der geselligen **De Prael Brouwerij** (Karte S. 50; ☎ 020-408 44 70; www.deprael.nl; Oudezijds Voorburgwal 30; Tour mit 1/4 Bieren 8,50/17,50 €; ⌚ Touren stündl. Mo–Fr 13–18, Sa 13–17, So 14–17 Uhr; 2/4/11/12/13/14/17/24/26 Centraal Station) probieren, einer Brauerei, die dafür bekannt ist, dass sie Menschen mit psychischen Erkankungen eine Anstellung gibt. Der Verkostungsraum auf mehreren Ebenen ist mit gemütlichen Sofas ausgestattet, große Holztische stehen verstreut herum. Sehr häufig wird hier Livemusik gespielt. Ein Probiertablett mit vier Bieren kostet 10 €.

★ **Cut Throat** BAR

(Karte S. 50; ☎ 06 2534 3769; www.cutthroatbarber.nl; Beursplein 5; ⌚ Bar Mo–Do 9.30–1, Fr & Sa

9.30–3, So 11–1 Uhr, Herrenfriseur Mo–Do 11–20, Fr 11–19, Sa 10–18, So 12–18 Uhr; ; 4/14/24 Dam) Das Cut Throat mit verklinkerten Gewölbedecken aus den 1930er-Jahren ist eine geniale Kombination aus Herrenfriseur (Termin vereinbaren) und einer angesagten Bar, in der internationale Craft-Biere, Cocktails wie aromatisierte Gin-Tonics (z. B. Blaubeere und Thymian oder Mandarine und Rosmarin), alkoholisierte Milkshakes und Kaffee aus der Amsterdamer Rösterei De Wasserette serviert werden.
Der Brunch dauert täglich bis 16 Uhr; es gibt Gerichte, die jeden Tag zu haben sind, beispielsweise Brathühnchen und Waffeln sowie Surf-and-Turf-Burger (eine Kombination von Meeresfrüchten und Fleisch).

### ★ Wynand Fockink — DESTILLERIE

(Karte S. 50; 020-639 26 95; www.wynand-fockink.nl; Pijlsteeg 31; Führungen 17,50 €; Probierstube tgl. 14–21 Uhr, Führungen Sa & So 15, 16.30, 18 & 19.30 Uhr; 4/14/24 Dam) Die kleine Probierstube aus dem Jahr 1679 befindet sich in einer Arkade hinter dem Grand Hotel Krasnapolsky. Serviert werden zahlreiche *jenevers* und Liköre. Hinsetzen kann man sich hier zwar nicht, aber in dem persönlichen Ambiente lassen sich dennoch gut ein oder zwei Gläschen kippen. Am Wochenende veranstalten Guides 45-minütige Führungen durch die Destillerie (auf Englisch), anschließend können die Teilnehmer sechs Gins verkosten; reserviert wird online.

### Hoppe — BRUIN CAFÉ

(Karte S. 50; www.cafehoppe.com; Spui 18–20; So–Do 8–1, Fr & Sa bis 2 Uhr; 2/11/12 Spui) Das Hoppe, eine Institution in Amsterdam, füllt schon seit 1670 die Gläser. Kneipengänger und Anekdotenerzähler treffen sich in dem alten *bruin café* mit Holzvertäfelung (Hausnummer 18) auf einen Drink – und ebenso in der moderneren Kneipe mit der Nummer 20, die vom Anfang des 20. Jhs. stammt. Nur wenn es draußen so richtig kalt ist, bleibt das trinkfreudige Völkchen in der Gaststube; ansonsten stehen die Gäste bis auf den Spui hinaus.

### Tales & Spirits — COCKTAILBAR

(Karte S. 50; www.talesandspirits.com; Lijnbaanssteeg 5-7; Di–Do & So 17.30–1, Fr & Sa bis 3 Uhr; 2/11/12/13/17 Nieuwezijds Kolk) Unter den Holzbalken funkeln im Tales & Spirits die Lüster. Die Bar kreiert ihre eigenen Kräutertees, Sirupe und Shrubs (Softdrinks auf der Basis von Essigsäure). Craft-Cocktails wie „Floats Like a Butterfly" (Orangen-Wodka, Pfirsichlikör, Safranhonig und Zitronensorbet) und „Stings Like a Bee" (Dijon-Gin, Cognac, Ahornsirup und Sodawasser) werden in nostalgischen Gläsern serviert, die alle Unikate sind. Mindestalter 21.

### De Drie Fleschjes — DESTILLERIE

(Karte S. 50; www.dedriefleschjes.nl; Gravenstraat 18; Mo–Sa 14–20.30, So 15–19 Uhr; 2/11/12/13/17 Dam) Dieses Schmuckstück von einem Lokal datiert aus dem Jahr 1650. Eine Wand besteht ganz aus Fässern, die von Schiffsbauern meisterhaft gefertigt wurden.

Der Verkostungsraum der Brennerei Bootz hat sich vor allem auf Liköre spezialisiert, beispielsweise den unverkennbaren *bitterkoekje*, einen Likör mit Bittermandelaroma, aber auch auf einen edlen *jenever*. Einen besonderen Blick wert ist die Sammlung von *kalkoentjes* (kleine Fläschchen mit handgemalten Porträts der ehemaligen Bürgermeister Amsterdams).

### Café Belgique — BIER-CAFÉ

(Karte S. 50; www.cafe-belgique.nl; Gravenstraat 2; Mo–Mi 15–1, Do & So 13–1, Fr & Sa 13–3 Uhr; 2/11/12/13/17 Dam) Am besten zieht man sich einen Hocker an den geschnitzten Holztresen und sucht sich dann an den funkelnden Messingzapfhähnen das Passende aus. Hier dreht sich jedenfalls alles um Bier aus Belgien: Acht Sorten sprudeln aus den Hähnen, an die 50 Sorten sind in der Flasche erhältlich. Das Ambiente ist total *gezellig* und lockt jede Menge entspannte Einheimische an. An manchen Abenden gibt es Livemusik oder es legen DJs auf.

### Proeflokaal de Ooievaar — DESTILLERIE

(Karte S. 50; www.proeflokaaldeooievaar.nl; St Olofspoort 1; 12–24 Uhr; 2/4/11/12/13/14/17/24/26 Centraal Station) Diese tolle kleine Probierstube ist kaum größer als ein Fass *jenever* und macht schon seit 1782 Furore. Zur Auswahl stehen 14 *jenevers* und Liköre (z. B. Bride's Tears mit Blattgold und -silber) aus der Destillerie De Ooievaar, die sich bis heute im Viertel Jordaan befindet. Auch wenn es den Anschein erweckt, ist das Haus nicht irgendwie eingesackt, sondern wurde absichtlich so schief erbaut.

### Café de Dokter — BRUIN CAFÉ

(Karte S. 50; www.cafe-de-dokter.nl; Rozenboomsteeg 4; Mi–Sa 16–1 Uhr; 2/11/12 Spui) Auf den Tischen flackern die Kerzen, im Hintergrund dudeln alte Jazz-Platten, und von der Decke des stimmungsvollen Café de Dokter

## SCHWULE & LESBEN IN AMSTERDAM

### Praktische Informationen

**Gay Amsterdam** (www.gayamsterdam.com) Auf dieser Website sind Hotels, Geschäfte, Restaurants und Clubs zusammengestellt; auch Stadtpläne sind vorhanden.

**Pink Point** (Karte S. 70; ☎020-428 10 70; www.facebook.com/pinkpointamsterdam; Westermarkt; ⏰10.30–18 Uhr; 🚋13/17 Westermarkt) Das Pink Point hinter der Westerkerk ist halb Info-Kiosk, halb Andenkenladen. Hier kann man sich bestens mit Material zur Schwulen- und Lesbenszene eindecken und die neuesten Nachrichten in Sachen Partys, Events und Aktivitäten diverser Gruppierungen in Erfahrung bringen.

### Unterhaltung

Die Schwulenszene von Amsterdam ist eine der größten der Welt. An fünf Locations wird am ausgelassensten gefeiert: In der **Warmoesstraat** und am **Zeedijk** im Rotlichtviertel sowie am **Rembrandtplein**, **Leidseplein** und vor allem in der **Reguliersdwarsstraat** am Südlichen Grachtengürtel.

**'t Mandje** (Karte S. 50; www.cafetmandje.amsterdam; Zeedijk 63; ⏰Di–Do 16–1, Fr 16–3, Sa 15–3, So 15–1 Uhr; 🚋2/4/11/12/13/14/17/24/26 Centraal Station) Die älteste Schwulenbar Amsterdams öffnete 1927 ihre Pforten, musste dann aber 1982 schließen, als der Zeedijk immer mehr verwahrloste. Die Räumlichkeiten mit viel Bling-Bling wurden jedoch allwöchentlich liebevoll gereinigt, bis das Lokal 2008 dann wieder eröffnete. Die engagierten Barkeeper geben gern Storys über die frivole lesbische Gründerin Bet van Beeren zum Besten. Das Lokal zählt zu den gemütlichsten im Zentrum, ob nun schwul oder hetero.

**Montmartre** (Karte S. 66; www.cafemontmartre.nl; Halvemaansteeg 17; ⏰So–Do 17–3, Fr & Sa bis 4 Uhr; 🚋4/14 Rembrandtplein) Die stets proppenvolle Schwulenbar steht bei den Einheimischen schon lang hoch im Kurs. Bekannt ist sie für ihre niederländische Musik, und die Stammgäste singen – oder brüllen – bei alten Aufnahmen von holländischen Balladen und Top-40-Hits lautstark mit. Es wird hier auch ein buntes Programm veranstaltet, das aus Karaoke, Drag und Hits aus den 1980-ern und 1990-ern besteht.

**Getto** (Karte S. 50; www.getto.nl; Warmoesstraat 51; ⏰Di–Do 16.30–1, Fr & Sa bis 2, So bis 24 Uhr; 🚋2/4/11/12/13/14/17/24/26 Centraal Station) Diese fetzige, lange Restaurant-Bar ist wegen ihrer offenen, einladenden Art überaus beliebt, außerdem kann man vorne bestens Leute beobachten und in der rückwärtigen Lounge relaxen. Jedenfalls ist das Getto ein Eldorado für Schwule und Lesben – und alle anderen, die mitten im Rotlichtviertel einen Tick Bohemien-Subkultur schätzen. An Essen gibt es u. a. den „Diva-Burger"; Happy Hour ist von 17 bis 19 Uhr.

### Festivals

Der Hauptevent der Feiern von Pride Amsterdam (S. 88) ist eine Parade auf dem Wasser mit exzentrisch geschmückten Booten, die durch die Grachten gleiten.

hängen Leuchter und ein Vogelkäfig herab – es soll übrigens die kleinste Kneipe in ganz Amsterdam sein. Spezialität hier sind Whiskys und geräucherte Rinderwürstchen. Das Lokal eröffnete im Jahr 1798 ein Arzt, daher der Name – und seine Nachfahren betreiben es bis zum heutigen Tag.

★ **In de Olofspoort** BRUIN CAFÉ

(Karte S. 50; www.olofspoort.com; Nieuwebrugsteeg 13; ⏰Di–Do 16–0.30, Fr & Sa 15–1.30, So 15–22 Uhr; 🚋2/4/11/12/13/14/17/24/26 Centraal Station) Die Tür dieses *bruin café* mit Probierstube datiert aus dem Jahr 1618 und war früher das Stadttor. Das Sortiment umfasst mehr als 200 *jenevers*, Liköre und Magenbitter; die außergewöhnliche Auswahl hinter der Bar in einem Hinterzimmer ist wirklich einen Blick wert. Man kann diese einzigartigen Tropfen auch im zugehörigen Laden kaufen – er hat bis 22 Uhr geöffnet. Dass die Gäste im In de Olofspoort gelegentlich miteinander Lieder singen, trägt zur fröhlichen Atmosphäre bei.

## SCHIEFE HÄUSER

Ja, die Gebäude in Amsterdam sind wirklich schief. Manche – De Sluyswacht zum Beispiel – haben sich im Lauf der Jahrhunderte geneigt, es wurden jedoch auch viele Grachtenhäuser mit Absicht so gebaut, dass sie eine Neigung nach vorne aufweisen. Da innen die Treppenhäuser eng waren, mussten sich die Besitzer eine einfache Möglichkeit einfallen lassen, sperrige Waren und Möbel in die oberen Stockwerke zu befördern. Die Lösung? Ein Flaschenzug am Giebel, um Gegenstände nach oben und dann durchs Fenster zu hieven. Durch die Neigung bestand keine Gefahr, dass die Lasten gegen die Fassade krachten.

**Winston Kingdom** CLUB

(Karte S. 50; www.winston.nl; St Christopher's at the Winston, Warmoesstraat 131; So–Do 21–4, Fr & Sa bis 5 Uhr; 4/14/24 Dam) Sogar Leute, die mit Clubs nichts am Hut haben, gefällt das Winston Kingdom wegen der alternativen Indie-Musik, den großartigen DJs und den Livebands. Egal, was gerade geboten ist – von „Dubstep-Chaos" bis zu Vollmondpartys wie in Thailand – in diesem nostalgischen, kleinen Lokal im Saint Christopher's at the Winston (S. 88) flippt die Szene im Allgemeinen ganz schön aus.

## Nieuwmarkt, Plantage & die östlichen Inseln

**★ Brouwerij 't IJ** BRAUEREI

(www.brouwerijhetij.nl; Funenkade 7; Brauerei 14–20 Uhr, englische Führung Fr–So 15.30 Uhr; 7 Hoogte Kadijk) Was könnte typischer niederländisch sein, als ein Bio-Bier unter den knarrenden Mühlenflügeln der 1725 erbauten De Gooyer Windmill zu trinken? Dies ist die führende Bio-Mikrobrauerei Amsterdams mit süffigen Standard- und saisonalen Bieren sowie Limited Editions. Probieren sollte man das wohlriechende, hopfige Hausbier, das Plzeň. Schmecken lassen kann man sich sein Bier im gekachelten Verkostungsraum, in dem es eine erstaunliche Sammlung an Flaschen gibt, oder im Schatten einer Platane auf der Terrasse.

**★ Amsterdam Roest** BIERGARTEN

(www.amsterdamroest.nl; Jacob Bontiusplaats 1; So–Mi 12–24, Do bis 1, Fr & Sa bis 3 Uhr; 22 Wittenburgergracht) Das ist so eine Location, wie es sie nur in Amsterdam gibt, und sie lohnt den Abstecher wirklich. Die einstigen verfallenen Schiffswerften beherbergen nun ein megacooles Künstlerkollektiv samt Bar-Restaurant, das Amsterdam Roest (niederländisch für „Rost") mit einer Terrasse an der Gracht, einem Mammutspielplatz mit Seilen und Autoreifen, Hängematten, Straßenkunst, einem Sandstrand im Sommer und Holzstapeln, die im Winter für ein offenes Feuer entzündet werden.

**SkyLounge** COCKTAILBAR

(Karte S. 58; www.skyloungeamsterdam.com; Oosterdoksstraat 4; So–Di 11–1, Mi & Do bis 2, Fr & Sa bis 3 Uhr; ; 2/4/11/12/13/14/17/24/26 Centraal Station) Diese Bar mit sagenhafter Aussicht bei jedem Wetter bietet einen 360-Grad-Panoramablick auf Amsterdam vom elften Stockwerk des DoubleTree Amsterdam Centraal Station Hotel – und noch imposanter wird es, wenn man auf die weitläufige SkyTerrace mit zahlreichen Sofas hinausgeht, wo sich auch eine Bar unter freiem Himmel befindet.

Wer auf die wunderbare Aussicht anstoßen möchte, hat die Qual der Wahl zwischen ungefähr 500 verschiedenen Cocktails. Hier legen auch regelmäßig DJs auf.

**Hannekes Boom** BIERGARDEN

(Karte S. 58; www.hannekesboom.nl; Dijksgracht 4; So–Do 10–1, Fr & Sa bis 3 Uhr; 26 Muziekgebouw) Das Hannekes Boom lässt sich vom NEMO Science Museum über ein paar Fußgänger- und Fahrradbrücken erreichen. Die entspannte, nonchalant-coole Kneipe am Wasser wurde aus recycelten Materialien erbaut und hat einen Biergarten, der wirklich wie ein Garten anmutet – mit Holzbänken, Picknicktischen unter den Bäumen und einem hippen, künstlerisch angehauchten Publikum, das draußen in der Sonne sitzt (und in den Sommermonaten an sich schon sehenswert ist).

**De Sluyswacht** BRUIN CAFÉ

(Karte S. 50; www.sluyswacht.nl; Jodenbreestraat 1; So–Do 12–1, Fr & Sa bis 3 Uhr; M Waterlooplein, 14 Waterlooplein) Das winzige schwarze Gebäude an einem Grachtenableger wurde im Jahr 1695 erbaut und krängt wie ein Schiff bei starkem Wind. Es war früher das Haus des Schleusenwärters in der Oude Schans. Heute ist die Terrasse an der Gracht mit sagenhaftem Blick auf den Montelbaanstoren ein reizender Ort, um sich bei einem kühlen niederländischen oder belgischen

Bier zu entspannen und sich herzhafte Barsnacks wie *bitterballen*, Pommes und Toasts schmecken zu lassen.

## Westlicher Grachtengürtel

**★ 't Arendsnest** BRUIN CAFÉ

(Karte S. 50; www.arendsnest.nl; Herengracht 90; So–Do 12–24, Fr & Sa bis 2 Uhr; 2/11/12/13/17 Nieuwezijds Kolk) In diesem wunderschön umgestylten *bruin café*, mit glänzenden Kupferkesseln voller *jenever* hinter dem Tresen, kommt ausschließlich Bier aus den Niederlanden auf den Tisch – dafür aber mehr als 100 Sorten (viele aus Kleinbrauereien), darunter 52 regelmäßig wechselnde Sorten vom Fass; man muss sich hier schon häuslich niederlassen, um alle zu probieren. Außerdem gibt es noch mehr als 40 Gins, Cidres, Whiskys und Liköre, die ebenfalls alle aus den Niederlanden stammen.

**Café Tabac** BAR

(Karte S. 50; www.cafetabac.eu; Brouwersgracht 101; Mo–Do 12–1, Fr bis 3, Sa 11–3, So bis 1 Uhr; ; 18/21/22 Buiten Brouwersstraat) Ist das Café Tabac nun ein *bruin café*, eine Designerbar, ein sagenhaftes indonesisches Restaurant oder einfach ein idyllisches Lokal, in dem man ein paar herrliche Stunden an der Kreuzung der beiden beeindruckendsten Grachten Amsterdams verbringen kann? Den Stammgästen scheint die Definition ziemlich egal zu sein – sie genießen ganz einfach die Aussicht und entspannen unter der stabilen Balkendecke.

**Café de Vergulde Gaper** BRUIN CAFÉ

(Karte S. 70; www.deverguldegaper.nl; Prinsenstraat 30; Mo 10–1, Di–Do & So 11–1, Fr 11–3, Sa 10–3 Uhr; ; 13/17 Westermarkt) Die mit alten Apothekerfläschchen und nostalgischen Postern dekorierte Kneipe ist eine ehemalige Apotheke. Die Terrasse an der Gracht liegt am Nachmittag in der Sonne, und gelegentlich wird Livejazz gespielt. Die Kneipe steht bei den Einheimischen hoch im Kurs, und zwar vor allem für einen Drink nach der Arbeit. Übersetzt bedeutet der Name „Goldener Gaffer" – wegen der Büste eines Mohren mit offenem Mund, der traditionell in niederländischen Apotheken steht.

## Südlicher Grachtengürtel

**★ Air** CLUB

(Karte S. 66; www.air.nl; Amstelstraat 24; Do & So 21.30–4, Fr & Sa 23–5 Uhr; 4/14 Rembrandtplein) Größen wie DJ Pete Tong gerieten schon außer Rand und Band wegen des irre tollen Soundsystems im Szene-Club Air, dessen Räumlichkeiten – so auch die Tanzfläche auf mehreren Ebenen – von dem niederländischen Designer Marcel Wanders gestaltet

### DAS NACHTLEBEN IN AMSTERDAM

Das Nachtleben in Amsterdam vollzieht in letzter Zeit einen grundlegenden Wandel. Im Jahr 2012 ernannte die Stadt als erste der Welt einen sogenannten Nachtbürgermeister (*nachtburgemeester*), dem die wichtige Aufgabe zukommt, das gesellschaftliche Leben und den nächtlichen Kommerz zu managen und zu fördern.

In der Nacht seines Amtsantritts genehmigte der Nachtbürgermeister Mirik Milan ausgewählten Locations, die mit kreativen – und nicht profitorientierten – Veranstaltungen einen Beitrag zum kulturellen Angebot der Stadt leisteten, eine Club-Lizenz, die 24 Stunden gültig und somit auch tagsüber nutzbar war. Ein weiteres Kriterium für die Erteilung besagter Lizenz war der Lärmschutz.

Die neuen Wirte in den Hotspots des Nachtlebens in der Innenstadt wie dem **Leidseplein** (Karte S. 66; 2/5/7/11/12/19 Leidseplein) und dem Rembrandtplein erkennen und entschärfen Probleme wie Lärmbelästigung und Müll rechtzeitig, bevor es wirklich Ärger gibt, und stellen auf diese Weise eine friedliche Koexistenz der Anwohner und der Feierfreudigen sicher. Die Infrastruktur um die Partyhochburgen wurde ebenfalls verbessert – so hat man beispielsweise die Straßenbeleuchtung verstärkt.

Im Jahr 2018 wurde Shamiro van der Geld zum Nachtbürgermeister gewählt; seine Amtszeit ist auf zwei Jahre beschränkt.

Das Amt wird gemeinsam von der Stadtverwaltung und von der Gastronomie finanziert; im Beirat sitzen 20 Personen. Die Initiative hat sich als so erfolgreich erwiesen, dass sie im Ausland bereits Nachahmer gefunden hat – auch London, Paris und Zürich haben sich mittlerweile einen Nachtbürgermeister zugelegt.

## COFFEESHOPS

Das Wichtigste vorab: *Café* bedeutet in den gesamten Niederlanden „Kneipe", und in einem *Coffeeshop* ist Marihuana erhältlich.

Cannabis ist in den Niederlanden eigentlich nicht legal, der Besitz und Erwerb von kleinen Mengen (5 g) „weicher Drogen" (d. h. Marihuana, Haschisch, Space Cakes und Trüffeln auf der Basis von halluzinogenen Pilzen) ist jedoch gestattet, und Konsumenten werden nicht strafrechtlich verfolgt, wenn sie diese Stoffe rauchen oder in dieser geringen Menge mit sich führen. Und das bedeutet, dass Coffeeshops eigentlich illegale Geschäfte machen – was aber wieder bis zu einem gewissen Grad geduldet wird.

Die Regierung stellte die Entscheidung, ob sie das nationale *wietpas* (Haschischpass)-Gesetz, das Touristen aus den Coffeeshops verbannte und den Einheimischen das Mitführen ihres Personalausweises auferlegte, umsetzen wollten, den Kommunen anheim. In manchen Regionen der Niederlande vollzieht sich in dieser Hinsicht nun ein Wandel; in Amsterdam entschloss sich die Stadt, einfach zur Tagesordnung überzugehen.

Folgendes sollte man jedenfalls im Hinterkopf behalten:

- Man sollte die Mitarbeiter nach der Karte mit den angebotenen Stoffen fragen, die in der Regel in kleine Tütchen verpackt sind. Es besteht auch die Möglichkeit, vorgefertigte Joints zu kaufen. In den meisten Coffeeshops sind Zigarettenpapier, Pfeifen und sogar Wasserpfeifen erhältlich.
- Außerhalb der Coffeeshops sollte man sich keinerlei weiche Drogen anstecken, ohne sich vorher überzeugt zu haben, dass das auch in Ordnung ist.
- Alkohol und Tabakwaren sind in den Coffeeshops nicht gestattet.
- Man sollte keinerlei harte (d. h. illegale) Drogen verlangen.
- Man muss sich im Klaren sein, dass einige lokale Varianten bis zu 15 % Tetrahydrocannabinol (THC) enthalten können, was eine intensive, lang andauernde, unangenehme Erfahrung mit sich bringen kann. Es empfiehlt sich, die Mitarbeiter um Rat zu bitten, wie, was und wie viel Konsum akzeptabel ist.

**Dampkring** (Karte S. 66; www.dampkring-coffeeshop-amsterdam.nl; Handboogstraat 29; ⌚8–1 Uhr; 📶; 🚊2/11/12 Koningsplein) Das Dampkring, das innen einer überdimensionalen Lavalampe gleicht, ist für die umfangreichste Coffeeshop-Karte in ganz Amsterdam bekannt; sie enthält Angaben zu Aroma, Geschmack und Wirkung. Der Name bezieht sich auf den Ring um die Erdatmosphäre, in dem kleinere Objekte verglühen.

**Abraxas** (Karte S. 50; www.abraxas.tv; Jonge Roelensteeg 12; ⌚8–1 Uhr; 📶; 🚊2/11/12/13/17 Dam) Sanfte Musik, gemütliche Sofas, cremige Milkshakes und Räume mit unterschiedlichem Energielevel verteilen sich über mehrere Etagen, die durch eine schmale Wendeltreppe verbunden sind. Die fürsorglichen Mitarbeiter machen das Abraxas zu einer super Location für Neulinge – wobei die vielen Märchenkunstwerke mit der Zeit dann allerdings schon irgendwie aufdringlich sind.

**Greenhouse** (Karte S. 50; www.greenhouse.org; Oudezijds Voorburgwal 191; ⌚9–1 Uhr; 📶; 🚊4/14/24 Dam) Das Greenhouse ist einer der beliebtesten Coffeeshops der Stadt mit einem überwiegend jungen Publikum und auch Rucksackreisenden, die den „Stoff" konsumieren. Viele der Raucher lieben die fetzige Musik, die bunten Mosaiken und das hochwertige Weed und Haschisch. Es wird hier auch Frühstück, Mittag- und Abendessen für jede Art von Hunger angeboten.

**Bluebird** (Karte S. 50; Sint Antoniesbreestraat 71; ⌚9.30–1 Uhr; 📶; Ⓜ Nieuwmarkt) Das Bluebird, das ein Stück abseits von den geballten Coffeeshops am Nieuwmarkt liegt, ist eher weniger touristisch und hat dafür mehr Lokalkolorit. Der Coffeeshop mit vielen Räumlichkeiten beeindruckt mit wunderschönen Wandmalereien und Gemälden von einheimischen Künstlern; es gibt eine Lounge mit Ledersesseln, eine Bar mit nicht-alkoholischen Getränken, und aus der Küche kommen anständige Snacks, beispielsweise frisch zubereitete Pfannkuchen. Das Bluebird ist vor allem für sein Haschisch bekannt, darunter auch Sorten, die es nirgendwo sonst in Amsterdam gibt.

wurden. Gut durchdacht sind Kleinigkeiten wie versperrbare Schließfächer und aufladbare Karten, die dem Ärger mit dem Wechselgeld an den fünf Bars ein Ende bereiten.

**★ Bar Moustache** BAR
(Karte S. 66; www.barmoustache.nl; Utrechtsestraat 141; ⌚Mo–Do 8–1, Fr 8–3, Sa 9–3, So 9–1 Uhr; 🚋4 Prinsengracht) Die Bar im Stil eines Loft mit unverputzten Backsteinwänden und New Yorker Flair ist ein Design der Lifestyle-Zeitschrift-Herausgeberin Stella Willing. Die Einrichtung besteht aus einer bunten Mischung an kleinen und großen Tischen. In diesem Szene-Lokal treffen sich hippe Einheimische, die sich schnurstracks einen der Plätze am Fenster schnappen. Auf der kleinen Speisekarte stehen italienische Gerichte, die alle satt und glücklich machen, sowie eine tolle Auswahl an Weinen, die auch offen ausgeschenkt werden.

**Door 74** COCKTAILBAR
(Karte S. 66; ☎06 3404 5122; www.door-74.nl; Reguliersdwarsstraat 74; ⌚So–Do 20–3, Fr & Sa bis 4 Uhr; 🚋4/14 Rembrandtplein) Wer in diese Mondscheinkneipe, die sich hinter einer Tür ohne Namenschild verbirgt, eingelassen werden möchte, muss eine Nachricht auf dem Anrufbeantworter hinterlassen oder – was eigentlich besser ist – eine SMS mit einer Reservierung schicken. Hier werden mit die ausgefallensten Cocktails in einem feudalen Ambiente aus dunklem Holz und Decken aus Pressblech im Stil einer Flüsterkneipe aus der Zeit der Prohibition serviert. Die Cocktailkarte wechselt regelmäßig.

**Eijlders** BRUIN CAFÉ
(Karte S. 66; www.cafeeijlders.com; Korte Leidsedwarsstraat 47; ⌚Mo–Do 16.30–1, Fr & Sa 12–2, So 12–1 Uhr; 🚋2/11/12 Leidseplein) Dieses *bruin café* (traditionelle niederländische Kneipe) mit Buntglasfenstern war im Zweiten Weltkrieg ein Treff von Künstlern, die sich weigerten, sich an die von den Nazis auferlegte Kulturvorstellung zu halten, und dieser Widerstandsgeist liegt noch in der Luft. Das Eijlders ist bis heute ein Künstlercafé, in dem die Kellner Frack tragen. Tagesüber geht es eher beschaulich zu, doch abends nimmt dann der Lärmpegel zu, wie in der Umgebung vom Leidseplein üblich.

**De Kroon** BAR
(Karte S. 66; www.dekroon.nl; Rembrandtplein 17; ⌚So–Do 16–1, Fr 16–3, Sa 15–3 Uhr; 🚋4/14 Rembrandtplein) Das renovierte *grand café* De Kroon am Rembrandtplein datiert aus dem Jahr 1898. Es hat schwindelerregend hohe Decken, Lehnsessel zum Hineinsinken und glitzernde Kronleuchter. Die Auswahl an Cocktails, Weinen und Bieren ist groß, außerdem verlockt eine Speisekarte mit jeder Menge Fisch und Fleisch vom Grill. Am Freitag- und Samstagabend verwandelt sich das De Kroon in einen Club.

## Jordaan & der Westen

**★ 't Smalle** BRUIN CAFÉ
(Karte S. 70; www.t-smalle.nl; Egelantiersgracht 12; ⌚So–Do 10–1, Fr & Sa bis 2 Uhr; 🚋13/17 Westermarkt) Die *Jenever*-Destillerie und Probierstube reicht bis ins Jahr 1786 zurück; restauriert wurde sie in den 1970er-Jahren mit antiken Bierpumpen aus Porzellan und Bleiglasfenstern. Das 't Smalle steht bei den Einheimischen als eines der charmantesten *bruin cafés*, die Amsterdam zu bieten hat, hoch im Kurs. Sein Boot kann man direkt an der hübschen Steinterrasse festmachen, die tagsüber richtig nett gesellig und nachts unglaublich romantisch ist.

**★ Monks Coffee Roasters** KAFFEE
(www.monkscoffee.nl; Bilderdijkstraat 46; ⌚Di–So 8–17 Uhr; 📶; 🚋3/13/19 Bilderdijkstraat) Im Monk ist die sagenhafte Kaffeemischung des Hauses, die mit Hilfe verschiedener Filterverfahren zubereitet wird, ganz eindeutig die beste in ganz Amsterdam. Allerdings wird in dem Café auch exquisiter Kaffee von kleinen Amsterdamer Spezialgeschäften wie Lot Sixty One und White Label Coffee oder vom Café Lomi in Paris serviert. Das geräumige Café ist genial für einen Brunch (den Avocado Toast mit Feta, Chili und Limette probieren oder auch das Bananenbrot mit Mascarpone und karamellisierter Ananas).

**Café Pieper** BRUIN CAFÉ
(Karte S. 66; www.cafepieper.com; Prinsengracht 424; ⌚Mo, Mi & Do 12–1, Di 16–24, Fr & Sa 12–2, So 14–22 Uhr; 🚋2/11/12 Prinsengracht) Im kleinen, bescheidenen und alten (1665) Café Pieper sind Buntglasfenster, antike Bierkrüge, die am Tresen hängen, und eine Bierpumpe aus Belgien (1875), die noch in Betrieb ist, zu sehen. Hier schmeckt ein in Amsterdam gebrautes Bier der Brouwerij 't IJ oder auch ein sagenhafter Cappuccino, während man sich in der Bar mit niedriger Decke mit seinen klaustrophobischen Anwandlungen auseinandersetzt – ja, die Menschen waren im 17. Jh. ganz offensichtlich kleiner als heute – sogar die Niederländer.

### De Kat in de Wijngaert
BRUIN CAFÉ

(Karte S. 70; www.dekatindewijngaert.nl; Lindengracht 160; ⌚So–Do 10–1, Fr bis 3, Sa 9–3 Uhr; 🚋3 Marnixplein) Diese sagenhafte Kneipe mit enorm viel *gezelligheid* ist jene Art von Lokalen, in dem aus einem Bierchen schnell sehr viel mehr werden – was ja vielleicht an den künstlerisch angehauchten Einheimischen der alten Schule liegt, die hier ständig herumhängen. Zumindest lässt sich der Alkohol aber mit einem – nach Meinung der Gäste – der besten *tosti* (getoastetes Sandwich) der Stadt aufsaugen.

### Café Soundgarden
BAR

(Karte S. 70; www.cafesoundgarden.nl; Marnixstraat 164-166; ⌚Mo–Do 13–1 Uhr, Fr bis 3, Sa 15–3, So bis 1 Uhr; 🚋5/13/17/19 Marnixstraat) In dieser Spelunke, in der alle Altersgruppen zusammenkommen, heißen die „Alten Meister“ Ramones und Black Sabbath. Irgendwie tragen die Billardtische, die Flipperautomaten aus den 1980er-Jahren, die strubbeligen DJs und die wunderbar bärbeißigen Barkeeper alle miteinander zu einem unsagbar zauberhaften Flair bei. Gelegentlich lassen sich auch Musikgruppen sehen, und auf der Terrasse am Wasser geht es eher wie bei einer privaten Spontanfete im Hinterhof zu.

### De Twee Zwaantjes
BRUIN CAFÉ

(Karte S. 70; ☎020-625 27 29; www.cafedetweezwaantjes.nl; Prinsengracht 114; ⌚So–Do 15–1, Fr & Sa 12–15 Uhr; 🚋13/17 Westermarkt) Das kleine, authentische „Zwei Schwäne“ ist am Wochenende abends immer am amüsantesten, denn dann kann man sich unter die Stammgäste mischen, die lautstark Popklassiker und niederländische Weisen schmettern – bei einem ausgelassenen Karaoke-Kabarett-Abend, den so schnell niemand vergisst. Die Tatsache, dass die „Sänger“ sich oft mit Trappistenbier vom Fass Mut antrinken, trägt zum ausgelassenen (und hochprozentigen) Vergnügen bei. Jedenfalls sollte man sich nicht scheuen, einfach mitzumachen.

## 🍷 Vondelpark & der Süden

### ★ Lot Sixty One
KAFFEE

(Karte S. 66; www.lotsixtyonecoffee.com; Kinkerstraat 112; ⌚Mo–Fr 8–18, Sa & So ab 9 Uhr; 🚋3/7/17 Bilderdijkstraat) 🍃 Wer einen Blick nach unten in den offenen Keller wirft, sieht – und vor allem: riecht – die frischen Kaffeebohnen, die in diesem pfiffigen Laden geröstet werden. Die Bohnen stammen von privaten, öko-freundlichen Farmen; an Sorten gibt es Fivr aus Brasilien mit Schoko-Orangen-Aroma, den zitronigen Kii aus Kenia sowie einen Toffee-Steinobst-Bombora. Alle Kaffees werden als doppelte Portion serviert (außer man äußert einen anderen Wunsch). Auf den Sitzbänken vor dem Haus kann man das bunte Treiben in der Kinkerstraat gut beobachten.

### ★ Edel
BAR

(www.edelamsterdam.nl; Postjesweg 1; ⌚So–Do 10–1, Fr & Sa bis 3 Uhr; 🚋7/17 Witte de Withstraat) Das Edel im Het Sieraard kann mit jeder Menge Stühlen und Tischen direkt am Wasser aufwarten, denn es liegt wunderschön an der Kreuzung zweier Grachten. Drinnen und draußen tummeln sich kreative Typen, die in den Gebäuden in der Umgebung arbeiten. Die Mitarbeiter sind hip, das Essen ist einfallsreich, und die in hellem Holz gehaltenen Räumlichkeiten sind im Sommer für sich schon einen Blick wert, wenn nach Einbruch der Dunkelheit funkelnde Lichterketten alles hübsch beleuchten.

### Welling
BRUIN CAFÉ

(Karte S. 66; www.cafewelling.nl; Jan Willem Brouwersstraat 32; ⌚16–1 Uhr; 🚋2/3/5/12 Museumplein) Etwas versteckt hinter dem Concertgebouw (Konzertsaal) liegt diese schöne, holzvertäfelte Kneipe – ein entspanntes Fleckchen, um ein kühles *biertje* (Glas Bier) zu trinken und sich unter die Intellektuellen und Künstler zu mischen. Und bitte nicht wundern, wenn einem plötzlich die nette Katze der Kneipe auf den Schoß springt. Es wird hier oft Livemusik gespielt, beispielsweise von den Jazzmusikern nach ihrem Auftritt im Concertgebouw.

### Butcher's Tears
BRAUEREI

(www.butchers-tears.com; Karperweg 45; ⌚Mi–So 16–21 Uhr; 🚋24 Haarlemmermeerstation) Bierfans, die sich auskennen, marschieren schnurstracks zur Quelle der Kultbiere: ins Butcher's Tears. Die künstlerisch angehauchte Trinkstube der Brauerei liegt etwas versteckt in einer Gasse. Geboten sind zahllose esoterische Flaschenbiere, aber auch sechs Biere vom Fass. Und einfach mal schauen, ob es gerade ein Far Out (ein Saisonbier) oder ein Misery King (ein bernsteinfarbenes Triple-Hop Ale) gibt.

### Dutch Drafts
BRUIN CAFÉ

(www.craftanddraft.nl; Overtoom 417; ⌚Bar Mo–Do 16–24, Fr bis 2, Sa 14–2, So 14–24 Uhr, Laden Mo–Fr 16–22, Sa & So 14–22 Uhr; 🚋1/11 Rhijnvis Feithstraat) Fans von Craft-Bier werden hier mit einer enorm großen Auswahl verwöhnt, denn es gibt sage und schreibe 40 Biere vom Fass und weitere 100 Sorten aus der Flasche. Es werden täglich Fassbiere angeboten wie das belgische 3 Floyds' Lips of Faith, die amerikanischen Sorten Coronado Stupid Stout und Evil Twin Yang, das britische Red Willow Thoughtless, das schwedische Sigtuna Organic Ale sowie das dänische Mikkeller Peter, Pale & Mary.

## De Pijp

**★ Brouwerij Troost** BRAUEREI
(Karte S. 66; ☎ 020-760 58 20; www.brouwerijtroost.nl; Cornelis Troostplein 21; ⏲ Mo–Do 16–1, Fr bis 3, Sa 14–3, So bis 24 Uhr; 📶; 🚋 12 Cornelis Troostplein) In dieser bedeutenden Craft-Bier-Brauerei kann man zuschauen, wie hinter einer großen Glaswand in Kupferkesseln Bier gebraut wird. Zu den Biersorten von Troost gehören ein sommerliches Helles, ein Rauchbier, ein Starkbier und ein dunkelrotes Imperial IPA; außerdem werden hier auch Gurken- und Wacholder-Gin gebrannt, und superleckeres Kneipenessen kommt auch noch auf den Tisch, zum Beispiel knusprige Garnelen-Tacos und gigantisch große Burger. Am Wochenende sollte man abends besser reservieren.

**★ Helst** CRAFT-BIER
(Karte S. 66; www.helst.nl; 1e Van der Helststraat 72; ⏲ So–Do 11.30–1, Fr & Sa bis 3 Uhr; 📶; 🚋 3 2e Van der Helststraat) In diesem Lokal mit unverputzten Ziegelwänden kommt aus den 30 Fässern eine wechselnde Auswahl an unbekannten Bieren wie das neuseeländische Yeastie Boys, das österreichische Bevog, das spanische Napar-Bier und das in Amsterdam gebraute Two Chefs; außerdem stehen noch 45 verschiedene Flaschenbiere zur Auswahl. Das Helst ist auch eine gute Adresse für Kneipenessen (Krabben-Burger, Schweinerippchen mit Salbei-Kraut-Salat).

**Boca's** BAR
(Karte S. 66; www.bar-bocas.nl; Sarphatipark 4; ⏲ Mo–Do 12–1, Fr & Sa 10–3, So 11–1 Uhr; 📶; 🚋 3 2e Van der Helststraat) Das Boca's (nach dem italienischen Wort für „Mund") ist der ultimative Spot für *borrel* (Drinks). Von den Stühlen und Tischen auf der Galerie oben schaut man auf die von Kissen übersäten Räumlichkeiten. In den Sommermonaten sind die besten Sitzplätze jedoch auf der Terrasse draußen mit Blick auf den grünen Sarphatipark. Die kleine Weinkarte (sieben offene Weine) ist perfekt auf die üppigen Platten abgestimmt, die sich gleich mehrere Personen teilen können.

## Oosterpark & östlich der Amstel

**★ Canvas** BAR
(www.volkshotel.nl; Wibautstraat 150; ⏲ So–Do 7–1, Fr & Sa bis 16 Uhr; Ⓜ Wibautstraat) Nichts wie hinauf in das siebte Stockwerk des Volkshotels (in der ehemaligen Redaktion der Zeitung *Volkskrant*), wo sich diese Hotelbar (auch Nicht-Gästen zugänglich) mit einem der schönsten Ausblicke, die Amsterdam zu bieten hat, befindet. Das Canvas zieht ein kreatives Szene-Völkchen magisch an, und es gibt nur wenige Locations, die sich besser für ein Bier oder einen Cocktail anbieten als diese coole urbane Bar. An den Wochenenden verwandelt sich das Canvas in einen Fresh-Beat-Tanzclub.

**Distilleerderij 't Nieuwe Diep** DESTILLERIE
(www.nwediep.nl; Flevopark 13a; ⏲ April–Okt. Di–So 15–20 Uhr, Nov.–März bis 18 Uhr; 🚋 3/14 Soembawastraat) Wie das Haus von *Hänsel und Gretel* tauchen aus dem Wald plötzlich die malerische Architektur und die ländliche Umgebung dieser alten Pumpstation auf – ein reizender Anblick, der einem das Gefühl vermittelt, als befände man sich auf einem zauberhaften Landsitz, obwohl man doch einfach im grünen Flevopark ist. Die kleine Destillerie produziert an die 100 *jenevers* in kleinen Mengen, Magenbitter, Liköre und Obstschnäpse aus Bio-Zutaten nach alten niederländischen Rezepten.

**De Ysbreeker** BRUIN CAFÉ
(www.deysbreeker.nl; Weesperzijde 23; ⏲ So–Do 8–1, Fr & Sa bis 2 Uhr; 📶; 🚋 3 Wibautstraat/Ruyschstraat) Das historische, jedoch modernisierte *bruin café* öffnete seine Pforten erstmals 1702. Benannt ist es nach einem Eisbrecher, der immer vor dem Haus anlegte, um in den Wintermonaten dem Eis auf dem Fluss zu Leibe zu rücken (Buntglasfenster illustrieren diese Szene). Drinnen bechern aufgestylte Zecher in exklusiven Nischen und an der Marmorbar.

## Amsterdam-Noord

**★ Café de Ceuvel** BAR
(☎ 020-229 62 10; www.deceuvel.nl; Korte Papaverweg 4; ⏲ Di–Do & So 11–24, Fr & Sa bis 2 Uhr; 🚋 34/35 Mosplein) Das einfallsreiche Café de

Ceuvel liegt etwas versteckt in einer ehemaligen Schiffswerft in Amsterdam-Noord. Entworfen wurde es von dem Architekten Wouter Valkenier und dann aus recycelten Materialien erbaut. Das Lokal am Wasser ist auf eine Art Insel hinausgebaut und eine unerwartete Oase an einer Gracht. An Getränken sind selbst gemachte Ingwer-Limonade sowie Flaschenbier der stadtbekannten Oedipus Brewery erhältlich.

**Pllek** BAR

(www.pllek.nl; TT Neveritaweg 59; ⌚ So–Do 9.30–1, Fr & Sa bis 3 Uhr; ⛴ NDSM-werf) Das megacoole Pllek ist ein Besuchermagnet im Norden. Ein hippes Völkchen aller Altersgruppen strömt dorthin, um in den Räumlichkeiten aus alten Schiffscontainern herumzuhängen und sich an den künstlichen Sandstrand zu legen, wenn das Wetter mitspielt.

Jedenfalls ist das Pllek eine super Location, um sich am Wasser ein Bierchen oder ein Glas Wein zu genehmigen.

**★ Café Noorderlicht** BAR

(www.noorderlichtcafe.nl; NDSM-plein 102; ⌚ Juni–Sept. 11–24 Uhr, Okt.–Mai Mo geschl.; ⛴ NDSM-werf) Das ursprüngliche Café Noorderlicht befand sich früher in einem Boot, das dann allerdings abbrannte. Heute hat es sich sicher in einem mit einer Fahne bestückten Gewächshaus etabliert – samt Rasenflächen am Wasser und einer Minibühne, was für eine Art Kneipengarten mit Festivalstimmung sorgt. Da sich draußen ein großer Spielplatz mit einer Rakete aus Blech zum Herumklettern befindet, ist das Noorderlicht auch bestens für Familien mit Kindern geeignet. Auf der Speisekarte stehen Essen, Craft-Biere und allerlei andere Getränke.

## ☆ Unterhaltung

Amsterdam hat eine florierende Kunstszene mit zahlreichen großen Konzertsälen, Theatern, Kinos, Comedy-Clubs und anderen Bühnen, die auch immer gut besucht sind. Musikfans kommen in dieser Stadt voll auf ihre Kosten; es gibt für so ziemlich jede Stilrichtung eine Bühne, vor allem jedoch für Jazz, Klassik, Rock und Avantgardemusik. Wer sich informieren möchte, wirft einen Blick auf I Amsterdam (www.iamsterdam.com); dort sind alle Musik- und Kulturveranstaltungen aufgeführt.

**★ Concertgebouw** KLASSISCHE MUSIK

(Konzertsaal; Karte S. 66 ☎ 020-671 83 45; www.concertgebouw.nl; Concertgebouwplein 10; ⌚ Kartenkasse Mo–Fr 13–19, Sa & So ab 10 Uhr; 🚋 3/5/12 Museumplein) Der Konzertsaal wurde 1888 von A. L. van Gendt erbaut, der es schaffte, eine nahezu perfekte Akustik zu kreieren. Bernard Haitink, der ehemalige Dirigent des Königlichen Concertgebouw Orchesters, merkte einmal an, dass dieser weltberühmte Saal das beste Instrument des Orchesters sei. Von September bis Juni finden mittwochs um 12.30 Uhr kostenlose Konzerte von 30 Minuten Dauer statt; man sollte frühzeitig da sein. Sein Glück kann man auch im Last Minute Ticket Shop (S. 117) versuchen, wo für alle anderen Vorstellungen Karten zum halben Preis erhältlich sind.

**★ Pathé Tuschinskitheater** KINO

(Karte S. 66; www.pathe.nl; Reguliersbreestraat 26-34; ⌚ 9.30–12.30 Uhr; 🚋 4/14 Rembrandtplein) Das fantastische Kino mit einer Fassade, die als Paradebeispiel für die Amsterdamer Architekturschule gilt, ist allein schon wegen der prächtigen Art-déco-Ausstattung einen Besuch wert. Der *grote zaal* (großer Saal, Hauptvorführraum) ist am beeindruckendsten; im Allgemeinen laufen hier kommerzielle Kassenschlager; in den kleineren Sälen werden Filmkunst und Bollywood-Streifen gezeigt. Wenn keine Filme vorgeführt werden, kann man die Räumlichkeiten im Rahmen einer Audiotour (10 €) besichtigen.

**Muziekgebouw aan 't IJ** KONZERTSAAL

(Karte S. 58; ☎ Eintrittskarten 020-788 20 00; www.muziekgebouw.nl; Piet Heinkade 1; ⌚ Kartenkasse Mo–Sa 12–18 Uhr, Mitte Juli–Mitte Aug. geschl.; 🚋 26 Muziekgebouw) Das Musikgebäude beeindruckt allein äußerlich schon mit seiner dramatischen, kastenartigen Konstruktion aus Glas und Stahl am Ufer des IJ und kann in seinem Hauptkonzertsaal mit einer flexiblen Bühne und sagenhafter Akustik aufwarten – modernste Technik vom Feinsten. Die Jazzbühne, das **Bimhuis** (Karte S. 58; ☎ 020-788 21 88; www.bimhuis.nl; Piet Heinkade 3; 🚋 26 Muziekgebouw), gibt sich familiärer. Oft sind im Last Minute Ticket Shop ermäßigte Eintrittskarten erhältlich.

**Muziektheater** KLASSISCHE MUSIK

(Karte S. 66; ☎ 020-625 54 55; www.operaballet.nl; Waterlooplein 22; ⌚ Kartenkasse Sept.–Juni Mo–Fr 12–18, Sa & So bis 15 Uhr oder bis Vorstellungsbeginn; Ⓜ Waterlooplein, 🚋 14 Waterlooplein) Das Muziektheater, die Spielstätte der Niederländischen Oper und des Nationalballetts, gilt als Garant für spektakuläre Aufführungen. Künstler mit großen Namen und internationale Tanz-Ensembles sind ebenfalls auf der Bühne zu sehen. Von September bis Mai finden am Dienstag meistens kostenlose Klassikkonzerte (12.30–13 Uhr) im zugehörigen Boekmanzaal statt.

**Tolhuistuin** LIVE-DARBIETUNGEN

(☎020-763 06 50; www.tolhuistuin.nl; IJpromenade 2; ⛴Buiksloterweg) In der ehemaligen Kantine, in der die Shell-Arbeiter von 1941 an 70 Jahre lang zum Essen gingen, befindet sich nun das raffinierte Kunstzentrum Tolhuistuin. Hier treten auf der Gartenbühne unter den funkelnden Lichtern Tanztruppen aus Afrika auf, es legen auch DJs Grime, Hip-Hop und was sonst noch alles auf. Außerdem finden im Nachtclub Paradiso ausgelassene Club-Nächte statt.

**Melkweg** LIVEMUSIK

(Milchstraße; Karte S. 66; ☎020-531 81 81; www.melkweg.nl; Lijnbaansgracht 234a; 🚋1/2/5/7/11/12/19 Leidseplein) Das nicht-kommerzielle „Milchstraße" in einer ehemaligen Molkerei bietet eine schier schwindelerregende Galaxie an unterschiedlichen Gigs mit DJs und auch Livebands. Den einen Abend steht Electronica auf dem Programm, den nächsten Reggae oder Punk und dann Heavy Metal. Auch Roots, Rock und sanfte Songwriter dürfen die Bühne erobern. Die Website verrät, was im innovativen Kino, Theater und an Multimedia-Veranstaltungen geboten ist.

**Paradiso** LIVEMUSIK

(Karte S. 66; ☎020-622 45 21; www.paradiso.nl; Weteringschans 6; 📶; 🚋1/2/5/7/11/12/19 Leidseplein) Im Jahr 1968 wurde eine wunderschöne alte Kirche zum „Kosmischen Entspannungszentrum Paradiso" umfunktioniert. Heute ist das Flair dort weniger hip als eine aufgetakelte Parade von bekannten Gesichtern, die die ganze Nacht durchfeiern, Themenevents und Indie-Nächten. Im kleineren Saal treten noch unbekanntere Bands auf, die es wissen wollen. Der Hauptsaal jedoch ist wirklich etwas Besonderes – es besteht Gefahr, dass es beim Gedröhne der Rhythmen die Buntglasfenster zerreißt.

**Sugar Factory** LIVEMUSIK

(Karte S. 66; www.sugarfactory.nl; Lijnbaansgracht 238; 🚋1/2/5/7/11/12/19 Leidseplein) Mit ihrem kreativen Flair und den vielen abwechslungsreichen Events ist die Sugar Factory kein Durchschnittsclub. Die meisten Abende beginnen mit Musik (von Indie-Rock bis Techno), Kino, Tanz oder einer Vorstellung mit gesprochenem Wort, gefolgt von DJs und Tanz bis spät in die Nacht. Richtig nett ist die Wicked Jazz Sounds Party am Sonntag, bei der DJs, Musiker, Sänger und Schauspieler miteinander improvisieren.

### ℹ LAST-MINUTE TICKETS

Keine Ahnung, was man abends machen soll? Im **Last Minute Ticket Shop** (www.lastminuteticketshop.nl; ⏲Online-Ticket-Verkauf ab 10 Uhr am Tag der Veranstaltung) sind für denselben Tag Eintrittskarten zum halben Preis erhältlich – Comedy, Tanz, Konzerte und sogar Club-Nächte. Die Veranstaltungen sind mit „LNP" (language no problem/Sprache kein Problem) gekennzeichnet, wenn man dazu kein Niederländisch verstehen muss. Pro Buchungsvorgang kann man maximal zwei Tickets kaufen.

**Jazz Café Alto** JAZZ

(Karte S. 66; www.jazz-cafe-alto.nl; Korte Leidsedwarsstraat 115; ⏲So–Do 21–3, Fr & Sa bis 4 Uhr; 🚋1/2/5/7/11/12/19 Leidseplein) Das Jazz Café Alto ist ein persönliches Lokal mit viel Flair im Stil eines *bruin café*, in dem ernst zu nehmender Jazz und – gelegentlich – auch Blues gespielt werden. Jeden Abend steht ein anderer Liveauftritt auf dem Programm. Die Türen öffnen sich um 21 Uhr, allerdings beginnt die Musik dann erst so ab 22 Uhr. Wer einen Sitzplatz ergattern möchte, sollte am besten frühzeitig hierherkommen.

**Maloe Melo** BLUES

(Karte S. 70; ☎020-420 45 92; www.maloemelo.com; Lijnbaansgracht 163; ⏲So–Do 21–3, Fr & Sa bis 4 Uhr; 🚋5/7/17/19 Elandsgracht) Das ist der locker-flockige, feierfreudige Tempel der winzigen Amsterdamer Blues-Szene. Die Musik reicht von Funk und Soul bis zu Texas-Blues und Rockabilly. Der Eintritt kostet in der Regel so um die 5 €.

**Boom Chicago** COMEDY

(Karte S. 70; ☎020-217 04 00; www.boomchicago.nl; Rozengracht 117; 📶; 🚋5/13/17/19 Marnixstraat) Im Boom Chicago werden total witzige Comedy-Shows im Impro-Stil auf Englisch gezeigt, die sich über die niederländische Kultur, die amerikanische Kultur und so ziemlich alles, was man auf die Schippe nehmen kann, lustig machen.

Die exzentrischeren Shows finden im oberen Stockwerk im kleineren Theater statt. Die Bar vor Ort trägt dazu bei, dass die Festivitäten mit eimerweise Bier mitsamt Eiswürfeln angeheizt werden.

**Amsterdams Marionetten Theater** THEATER
(Karte S. 50; ☎ 020-620 80 27; www.marionettentheater.nl; Nieuwe Jonkerstraat 8; Erw./Kind 16/7,50 €, 90-Min.-Tour 15 €; Ⓜ Nieuwmarkt) Das reizende Marionettentheater hat etwas von einer Reise in die Vergangenheit. Es befindet sich in der ehemaligen Werkstatt eines Schmieds und präsentiert Märchen oder auch Opern von Mozart, beispielsweise *Die Zauberflöte*. Von den zauberhaften Kulissen, Gewändern im Stil der Epoche und den wunderschönen Singstimmen, die die kleine Besetzung zum Leben erwecken, sind Erwachsene ebenso begeistert wie Kinder.

**Openluchttheater** THEATER
(Open-Air-Theater; Karte S. 66; ☎ 020-428 33 60; www.openluchttheater.nl; Vondelpark 5a; ⏲ Anf. Mai–Anf. Sept.; 🚋 1/3/11 1e Constantijn Huygensstraat) Im sagenhaften Freilichttheater im Vondelpark finden im Sommer kostenlose Konzerte in entspannter Feierlaune statt, wie es im hippsten Park Amsterdams ja auch zu erwarten ist. Das Programm umfasst Weltmusik, Tanz, Theater und vieles mehr. Man kann auf der Website bis zu 1½ Stunden vor Veranstaltungsbeginn reservieren (5 € pro Sitzplatz).

**Stadsschouwburg** THEATER
(Karte S. 66; ☎ 020-624 23 11; www.stadsschouwburgamsterdam.nl; Leidseplein 26; ⏲ Kartenkasse Mo–Sa 12–18, So 2 Std. vor Vorstellungsbeginn; 🚋 1/2/5/7/11/12/19 Leidseplein) Als das Theater mit seinem prächtigen Arkaden-Balkon 1894 fertiggestellt wurde, fiel die öffentliche Kritik an der Architektur so heftig aus, dass das Außendekor nie vollendet wurde – worüber der Architekt Jan Springer dann so verärgert war, dass er in den Ruhestand ging. Das hufeisenförmige Auditorium mit 1200 Sitzplätzen für die Zuschauer wird für aufwendige Schauspiele, Operetten und Festivals genutzt. Nicht versäumen sollte man das prächtige Theatercafé **Stanislavski** (Karte S. 66; Leidseplein 26, Stadsschouwburg; ⏲ So–Do 10–1, Fr & Sa bis 3 Uhr; 📶; 🚋 1/2/5/7/11/12/19 Leidseplein) mit seinen Lüstern.

Dem dazugehörigen Laden **International Theatre & Film Books** (Karte S. 66; www.theatreandfilmbooks.com; Leidseplein 26, Stadsschouwburg; ⏲ Mo 12–18, Di–Sa ab 11 Uhr; 🚋 1/2/5/7/11/12/19 Leidseplein) sollte man unbedingt auch einen Besuch abstatten.

**Movies** KINO
(☎ 020-638 60 16; www.themovies.nl; Haarlemmerdijk 161; Karten 11 €; 🚋 3 Haarlemmerplein) Das älteste Kino Amsterdams (1912) ist eine gemütliche Angelegenheit; gezeigt werden Bollywood-Filme und Mainstream-Streifen. Von Sonntag bis Donnerstag kann man sich im Restaurant (17.30–22 Uhr geöffn.) auch etwas zu essen gönnen oder im einladenden Café vor dem Film noch etwas trinken.

## Shoppen

Im Goldenen Zeitalter war Amsterdam das Warenhaus der Welt – d. h. vollgestopft

### DIE U-BAHNLINIE NORD–SÜD

Sie ist gerade einmal 9,7 km lang, doch die Noord/Zuidlijn (U-Bahnlinie-Nord-Süd) geriet zu einer Herausforderung weit größerer Dimensionen. Das Projekt wurde im Jahr 2003 in Angriff genommen, seine Fertigstellung war ursprünglich bis 2011 geplant, doch als die Ingenieuere den IJ-Fluss und die jahrhundertealten Gebäude im Zentrum Amsterdams untertunnelten, begannen sich die historischen Bauwerke im Zentrum von den Fundamenten zu lösen, die Bauarbeiten wurden gestoppt, und es wurde heftig darüber gestritten, ob man trotz der exorbitanten Kosten weitermachen oder die ganze Sache doch besser sein lassen und die zig Millionen Euro, die bereits in das Bauprojekt investiert wurden, einfach abschreiben sollte.

Die Stadt beschloss schließlich, die Bauarbeiten fortzusetzen. Es wurden unter den betroffenen Gebäuden zusätzliche Stützbalken angebracht, und die U-Bahnlinie ging im Juli 2018 in Betrieb. Sie verkehrt nun von der Station Noord in Richtung Süden zum Noorderpark und dann unter dem IJ hindurch zur Centraal Station und weiter zu den Haltestellen Rokin, Vijzelgracht, De Pijp, Europaplein (neben dem RAI Messe- und Kongresszentrum) bis zur Station Zuid.

Archäologische Objekte, die während der Bauarbeiten ausgegraben wurden, sind in Glasvitrinen zwischen den Aufzügen in der U-Bahn-Haltestelle Rokin ausgestellt.

mit Reichtümern aus den entlegensten Winkeln der Erde. Und die Schränke der Hauptstadt sind bis heute mit exotischem Schnickschnack bestückt (dazu muss man bloß einen Blick auf die Rotlichtausrüstung werfen!). Doch das eigentliche Vergnügen in dieser Stadt besteht darin, den einen oder anderen winzigen Laden zu entdecken, der Sachen verkauft, die man sonst nirgendwo mehr finden kann.

## Altstadt & Rotlichtviertel

In der Kalverstraat und in den umliegenden Straßen hat sich eine Fülle von international bekannten Ladenketten etabliert, und dementsprechend voll wird es hier mit Leuten, die ihre Einkäufe erledigen.

Der Damrak ist dagegen mit zahlreichen Andenkenläden vollgepflastert. Esoterische Geschäfte, die von in den Niederlanden entworfenen Haushaltsartikeln, Mode und Kunst bis zu aufgemöbelten Retro-Computerspielen (beinahe) alles verkaufen, finden sich in den Seitenstraßen.

Das Rotlichtviertel beherbergt eine wilde Mischung an Geschäften für Erwachsene und Fetischläden, aber auch sogenannte „Smartshops" in denen Magic Truffles, also halluzinogene Pilze, erhältlich sind.

**★ X Bank** DESIGN

(Karte S. 50; www.xbank.amsterdam; Spuistraat 172; Mo–Sa 10–20, So ab 12 Uhr; 2/11/12/13/17 Dam) Das etwa 700 m² große X Bank ist mehr als ein Concept Store, der in Holland entworfene Haute Couture und Konfektionsmode, Möbel, Kunst, Geräte und Haushaltsartikel in einer ehemaligen Bank präsentiert und heute mit zum auffälligen Hotel W. Amsterdam (S. 90) gehört – es finden hier auch Ausstellungen, Workshops, Präsentationen und Vorträge statt.

Die ausgestellten Exponate wechseln jeden Monat; auf der Website erfährt man, welche Veranstaltungen aktuell und zukünftig auf dem Programm stehen.

**Condomerie Het Gulden Vlies** ERWACHSENE

(Karte S. 50; www.condomerie.com; Warmoesstraat 141; Mo & Mi–Sa 11–21, Di bis 18, So 13–18 Uhr; 4/14/24 Dam) Die hell erleuchtete Boutique mitten im Rotlichtviertel verkauft Kondome in jeder erdenklichen Größe, Farbe, Duftrichtung und Design (Teufel mit Hörnern, Marihuanablätter, Delfter Kacheln ...) sowie Gleitmittel und frivole Geschenke. Es ist nicht gestattet, im Geschäft zu fotografieren.

### MAGIC TRUFFLES & SMART SHOPS

Smart Shops – die mit Bio-Aufputschmitteln und natürlichen Halluzinogenen handeln – waren lange für den Verkauf der sogenannten Magic Mushrooms bekannt. Sie wurden jedoch 2008 nach einem aufsehenerregenden Vorfall, bei dem ein Tourist ums Leben kam, verboten. Beinahe 200 Pilzarten wurden daraufhin auf die Verbotsliste gesetzt – wobei der Magic Truffle erstaunlicherweise fehlte.

Bei diesen Pilzen handelt es sich um jenen Teil, der unter der Erde wächst, jedoch dieselben aktiven Wirkstoffe enthält wie der oberirdische Pilz. Jedenfalls gehören die Truffles heute zum Warenbestand eines jeden Smart Shops. Die Mitarbeiter geben – wie in einer Apotheke – gern Empfehlungen zu den genauen Dosierungen und möglichen Wirkungen. Man sollte unbedingt auf sie hören. Jedes Jahr müssen sich die Schwestern in den Notaufnahmen um Leute auf Horrortrips kümmern, die mehr als die empfohlene Menge eingenommen haben. Und somit liegt es eigentlich auf der Hand, dass man Truffles oder andere Drogen auch nie auf der Straße kaufen sollte.

**Oudemanhuispoort Book Market** BÜCHER

(Karte S. 50; Oudemanhuispoort; Mo–Sa 11–16 Uhr; M Rokin, 4/14/24 Rokin) In der überdachten Gasse mit viel Flair zwischen dem Oudezijds Achterburgwal und dem Kloveniersburgwal türmen sich die antiquarischen Bücher nur so auf den Tischen. Hier steht man dicht an dicht neben Amsterdamer Profs von den Unis, die Bücher von Marx, Aristoteles und anderen Größen durchblättern. Alte Poster, Landkarten und Notenblätter werden ebenfalls feilgeboten. Die meisten Bücher sind natürlich auf Niederländisch, aber es findet sich hin und wieder auch einmal ein Band auf Englisch darunter. Nur Barzahlung.

**PGC Hajenius** GESCHENKE & SOUVENIRS

(Karte S. 50; www.hajenius.com; Rokin 96; Mo 12–18, Di–Sa 9.30–18, So 12–17 Uhr; M Rokin, 4/14/24 Rokin) Das Tabak-Eldorado mit uraltem Buntglas, Goldverzierungen, italienischem

Marmor und hohen Decken mit Leder lohnt auch einen Besuch, selbst wenn man kein Zigarrenkenner sein sollte. Stammkunden – so auch die Mitglieder des niederländischen Königshauses – haben hier ihre privaten Humidore. In der attraktiven Raucherlounge kann man kubanische und andere exotische Zigarren probieren.

**Kokopelli** ERWACHSENE
(Karte S. 50; www.kokopelli.nl; Warmoesstraat 12; ⌚11–22 Uhr; 🚋2/4/11/12/13/14/17/24/26 Centraal Station) Würden hier nicht die „Magic Truffles" (so etwas Ähnliches wie die mittlerweile verbotenen psilocybinhaltigen – und psychoaktiven – Pilze namens „Magic Mushrooms") feilgeboten, würde man schwören, dass dieses große, schöne Geschäft ein schicker Klamotten- oder Haushaltswarenladen ist. Mit dazu gehören eine Kaffee- und Saftbar sowie eine Lounge zum Relaxen mit hübschem Blick auf den Damrak.

## Nieuwmarkt, Plantage & die östlichen Inseln

Nieuwmarkt kann mit jeder Menge kleinen Boutiquen und interessanten inhabergeführten Geschäften aufwarten, die von Fetischklamotten bis zu Kurzwaren (beinahe) alles verkaufen; am Waterlooplein findet einer der besten Flohmärkte Amsterdams statt, und eine Vielzahl der schicksten Haushaltswarengeschäfte ist auf den östlichen Inseln zu Hause.

★ **Hôtel Droog** DESIGN, HAUSHALTSWAREN
(Karte S. 50; www.droog.com; Staalstraat 7; ⌚9–19 Uhr; 🚋24 Muntplein) Nein, das ist kein Hotel, sondern ein einheimisches Designerhaus. *Droog* bedeutet auf Niederländisch „trocken", die hier feilgebotenen Artikel strotzen hier nur so vor trockenem Humor. Jedenfalls findet man hier alle möglichen nützlichen Dinge in schickem Design – beispielsweise einen coolen Küchenschwamm oder eine stromlinienförmige Wärmflasche –, aber es gibt auch die Art Bekleidung, die per gesetzlicher Anordnung jeder Designer oder Architekt tragen sollte.

**Juggle** SPIELWAREN
(Karte S. 50; www.juggle-store.com; Staalstraat 3; ⌚Di–Sa 12–17.30 Uhr; 🚋24 Muntplein) Im winzigen Juggle gibt es mehr als nur Bälle zum Jonglieren. Hier wird auch Artistenbedarf verkauft – von Einrädern bis zu Feuerreifen und diversen Zauberutensilien.

**Joe's Vliegerwinkel** SPIELWAREN
(Karte S. 50; www.joesvliegerwinkel.nl; Nieuwe Hoogstraat 19; ⌚Di–Fr 12–18, Sa bis 17 Uhr; Ⓜ Nieuwmarkt) Kinder und Erwachsene schätzen dieses Spezialgeschäft für Drachen, in dem auch alle möglichen anderen Sachen zu haben sind – von Hula-Tänzerinnen, die mit Sonnenenergie die Hüften schwingen, bis hin zu Lichterketten. Auch Bastelsätze zum Selbermachen kann man erstehen.

## Westlicher Grachtengürtel

Man könnte locker die ganze Zeit, die man fürs Shoppen eingeplant hat, in den Negen Straatjes (S. 121) mit ihren zahllosen kleinen Fachgeschäften verbringen.

★ **Frozen Fountain** HAUSHALTSWAREN
(Karte S. 70; www.frozenfountain.com; Prinsengracht 645; ⌚Mo 13–18, Di–Sa ab 10 Uhr, So 12–17 Uhr; 🚋2/11/12 Prinsengracht) Das Frozen Fountain ist Amsterdams bekanntestes Geschäft für Möbel und Raumdesign. Billig ist es hier jedoch nicht, aber die gewagten Designs sind unkonventionell und hinterlassen einen starken Eindruck (Designerbrieföffner, Küchengeräte und ein Geburtstagsgeschenk für den Kumpel, den eigentlich nichts mehr vom Hocker reißt).

**De Kaaskamer** ESSWAREN
(Karte S. 66; www.kaaskamer.nl; Runstraat 7; ⌚Mo 12–18, Di–Fr 9–18, Sa 9–17, So 12–17 Uhr; 🚋2/11/12 Spui) Der Name bedeutet „Käsekammer" – und wirklich ist De Kaaskamer bis zu den Dachsparren voll mit Käse und Bio-Käse aus den Niederlanden. Allerdings gibt es hier auch Oliven, Olivenpasten, Salate und anderen Proviant für ein Picknick. Man kann die Sachen vor dem Kauf probieren und sich ein Käse-Baguette genehmigen. Wer Käse mit nach Hause nehmen möchte, kann ihn sich vakuumverpacken lassen.

## Südlicher Grachtengürtel

Tulpenzwiebeln, Mode und Design aus den Niederlanden oder ein seltener *jenever* – das alles gibt es am Südlichen Grachtengürtel. Die Nieuwe Spiegelstraat (die Verkehrsader des Spiegel-Viertels) ist für ihre Antiquitätengeschäfte, Nippes, Sammlerobjekte, afrikanische und orientalische Kunst und kommerziellen Kunstgalerien bekannt.

★ **Concerto** MUSIK
(Karte S. 66; www.concerto.amsterdam/en; Utrechtsestraat 52-60; ⌚Mo, Mi, Fr & Sa 10–18, Do

bis 19, So 12–18 Uhr; 4 Keizersgracht) Dieses große Geschäft ist ein Eldorado für Musikfans. Hier gibt es eine sagenhafte Auswahl an neuen und gebrauchten Schallplatten und CDs jeder erdenklichen Musikrichtung. In einem Café im Stil eines Wohnzimmens, in dem zahlreiche Sofas herumstehen, wird regelmäßig Livemusik gespielt (Details sind auf der Website zu finden).

**Young Designers United** KLEIDUNG
(YDU; Karte S. 66; www.ydu.nl; Keizersgracht 447; Mo 13–18, Di–Sa ab 10 Uhr; 2/11/12 Keizersgracht) Diese schnittige Boutique bietet eine schicke Auswahl an erschwinglichen Kleidungsstücken von jungen Designern, die in den Niederlanden arbeiten.

Hier findet man haltbare Basics von Agna K., von Hand gefertigte Leggins von Leg-Inc sowie geometrische Kleider von Fenny Faber. Dazu passend gibt es als Accessoires noch Schmuck und Taschen von YDU.

**Skateboards Amsterdam** SPORT & OUTDOOR
(Karte S. 66; www.skateboardsamsterdam.nl; Vijzelstraat 77; So & Mo 13–18, Di–Sa ab 11 Uhr; 24 Muntplein) In diesem Eldorado für Skater gibt es alles, was man für seinen Lifestyle zum Dahinrollen braucht: Cruisers, Longboards, Schuhe, Schnürsenkel, Kappen, Beanies, Taschen, Rucksäcke und Kleidung, darunter T-Shirts von Spitfire und Skate Mental sowie eine Riesenauswahl an Band T-Shirts.

**Eduard Kramer** ANTIQUITÄTEN
(Karte S. 66; www.antique-tileshop.nl; Prinsengracht 807; Mo 11–18, Di–Fr ab 10, Sa 10–19, So 13–18 Uhr; 1/7/19 Spiegelgracht) Das faszinierende Fachgeschäft für blau-weiße niederländische Kacheln ist bis unter die Decke proppenvoll mit sagenhaften Antiquitäten, silbernen Kerzenhaltern, Kristalldekantern, Schmuck und Taschenuhren.

**Mark Raven Amsterdam Art** KUNST
(Karte S. 66; www.markraven.nl; Leidsestraat 42; 10.30–18 Uhr; 2/11/12 Keizersgracht) Die Kalligrafien, die Zeichnungen und Skizzen des niederländischen Künstlers Mark Raven stellen die Stadtlandschaften Amsterdams dar. Sie werden hier als erschwingliche Kunstwerke, aber auch gedruckt auf T-Shirts, Hoodies, Postern und Kaffeebechern zum Kauf angeboten.

## Jordaan & der Westen

Die Geschäfte hier haben ein künstlerisch angehauchtes, kunterbuntes und anheimelndes Flair. Die Gegend rund um die Elandsgracht ist eine gute Adresse für Antiquitäten und Kunst, aber auch für Fachgeschäfte, in denen es von Taschen bis zu Flaschen einfach alles gibt.

Die Haarlemmerbuurt, die sich über den Jordaan und den Westlichen Grachtengürtel erstreckt und dabei den hippen Haarlemmerdijk im nördlichen Jordaan mit einschließt, strotzt nur so vor trendigen Boutiquen mit Feinkost und Mode. Der Jordaan bietet zudem einige großartige Lebensmittel- und Flohmärkte (S. 122).

★ **Moooi Gallery** DESIGN
(Karte S. 70; 020-528 77 60; www.moooi.com; Westerstraat 187; Di–Sa 10–18 Uhr; 3/5 Marnixplein) Das Geschäft mit Galerie von Marcel Wanders präsentiert niederländisches Design auf die Spitze getrieben – von einem lebensgroßen schwarzen Pferd als Lampe bis hin zur sogenannten Blow-Away-Vase in windstoßartiger Form, die eine klassische Delfter Vase exzentrisch verfremdet.

★ **Lindengracht-Markt** MARKT
(Karte S. 70; www.jordaanmarkten.nl; Lindengracht; Sa 9–16 Uhr; 3 Nieuwe Willemsstraat) Der am Samstag abgehaltene Lindengracht-Markt, der bis ins Jahr 1895 zurückreicht, ist ein schöner, typischer Stadtviertelmarkt mit rund 230 Ständen, die viel frisches Obst und Gemüse, aber auch Fisch und eine sagenhafte Auswahl an Käse feilbieten; auch Gourmet-Feinkost, Kleidung und Haushaltswaren sind hier zu bekommen. Man sollte möglichst früh kommen, denn dann sind die besten Stücke noch erhältlich, und die Menschenmassen halten sich in Grenzen.

NICHT VERSÄUMEN

### NEUN STRASSEN

In einer Stadt, die vor unzähligen Einkaufsmöglichkeiten nur so strotzt – wobei eine toller als die andere ist –, bieten die **Negen Straatjes** (Nine Streets; Karte S. 70; www.de9straatjes.nl; 2/11/12 Spui) die dichteste Konzentration an Verbraucherfreuden. Diese neun kleinen Straßen sind wirklich winzig – jede ist gerade einmal einen Block lang. Die Geschäfte fallen ebenso klein aus, und viele haben ein sehr spezialisiertes Warenangebot. Eine Brille? Käse? Die Einzelausgabe eines Kunstbands? Hier gibt es für alles die richtige Boutique.

## DIE BESTEN MÄRKTE IN AMSTERDAM

**Albert Cuypmarkt** (S. 81) Auf dem größten Markt der Stadt kann man das Lokalkolorit auf sich wirken lassen und exotische Waren erstehen.

**Waterlooplein Flea Market** (Karte S. 50; www.waterlooplein.amsterdam; Waterlooplein; ⌚ Mo–Sa 9.30–18 Uhr; Ⓜ Waterlooplein, 🚋 14 Waterlooplein) Auf diesem Flohmarkt finden Schnäppchenjäger jede Menge Kuriositäten, gebrauchte Schuhe und billige Fahrradersatzteile.

**Bloemenmarkt** (S. 65) Der Blumenmarkt an einer Gracht verlockt zum Kauf von wunderschönen Blüten oder auch Blumenzwiebeln.

**Noordermarkt** (s. unten) Was kann schöner sein als morgens den Markt nach Bio-Esswaren und Vintage-Klamotten zu durchstöbern?

**Dappermarkt** (www.dappermarkt.nl; Dapperstraat, zw. Mauritskade & Wijttenbachstraat; ⌚ Mo–Sa 9–17 Uhr; 🚋 1/3 Dapperstraat) Der Multikulti-Basar von Amsterdam-Oost ist ein Abbild der vielfältigen Einwohnerschaft.

**Noordermarkt** MARKT

(Nordmarkt; Karte S. 70; www.jordaanmarkten.nl; Noordermarkt; ⌚ Flohmarkt Mo 9–13 Uhr, Bauernmarkt Sa 9–15 Uhr; 🚋 3/5 Marnixplein) Der Platz vor der Noorderkerk ist schon seit dem Jahr 1600 ein Marktplatz. Hier finden jede Woche gleich mehrere quirlige Märkte statt. Auf dem **Flohmarkt** am Montagvormittag bekommt man erstaunliche Schnäppchen, und am Samstagvormittag strömen die Einheimischen her, um auf dem reich bestückten **Boerenmarkt** (Bauernmarkt), der vor Bio-Lebensmitteln nur so überquillt, einzukaufen. Rund um den Platz verlocken zahlreiche tolle Cafés, darunter das **Winkel** (Karte S. 70; www.winkel43.nl; Noordermarkt 43; Gerichte 4,50 –8,50 €, Hauptgerichte 9–19 €; ⌚ Küche Mo & Sa 7–22, Di–Fr ab 8, So ab 10 Uhr, Bar So–Do bis 1, Fr & Sa bis 3 Uhr; 📶).

## Vondelpark & der Süden

Oud Zuid (Alt-Süd) südlich vom Vondelpark ist eine der exklusivsten Gegenden von Amsterdam mit entsprechend feudalen Geschäften. Schicke Läden säumen die Cornelis Schuytstraat und den Willemsparkweg; auf der Website www.cornelisschuytstraat.com ist zu erfahren, welche Geschäfte gerade neu eröffnet haben.

Gleich in der Nähe strotzt die megaluxuriöse P. C. Hooftstraat nur so vor Designer-Labels. Mehrere ungewöhnliche Boutiquen finden sich im De-Hallen-Komplex.

**★ Pied à Terre** BÜCHER

(Karte S. 66; ☎ 020-627 44 55; www.piedaterre.nl; Overtoom 135-137; ⌚ Mo 13–18, Di, Mi & Sa 10–18, Do & Fr 10–19 Uhr; 🚋 1/3/11 1e Constantijn Huygensstraat) Leute, die gerne reisen, befinden sich in der größten Buchhandlung Europas für Reiseliteratur mit Galerie und Oberlichtern sozusagen im siebten Himmel. Egal, ob es sich um einen Reise- oder Outdoor-Führer handelt, hier kann man sich in sein Traumland entführen lassen.

**Bierbaum** BIERE

(Karte S. 66; www.bier-baum.nl; Jan Pieter Heijestraat 148; ⌚ So–Fr 14–22, Sa ab 12 Uhr; 🚋 1/11 Jan Pieter Heijestraat) Das Bierbaum hat mehr als 250 Craft-Biere aus 25 verschiedenen Ländern im Sortiment. Sie kommen kalt aus dem Kühlschrank und eignen sich somit bestens, an einem heißen Tag in den Vondelpark mitgenommen zu werden. Außerdem sind noch vier wechselnde Fassbiere erhältlich, die man sich in eine Flasche abfüllen lassen und ebenfalls mitnehmen kann.

**Johnny at the Spot** MODE & ACCESSOIRES

(Karte S. 66; www.johnnyatthespot.com; Jan Pieter Heijestraat 94; ⌚ Mo 13–18, Di, Mi & Sa 11–18, Do & Fr 11–19, So 13–17 Uhr; 🚋 7/17 Jan Pieter Heijestraat) Dieser coole Concept Store füllt mehrere miteinander verbundene Gebäude mit megahipper Damen- und Herrenbekleidung, Schuhen und Regenmänteln aus aller Herren Länder.

## De Pijp

Nach dem Besuch des Albert Cuypmarkts (S. 81) macht es großen Spaß, durch die Straßen in der Umgebung zu bummeln; sie sind nicht so überfüllt und mit Boutiquen und Galerien gesprenkelt.

**★ Hutspot** DESIGN

(Karte S. 66; www.hutspot.com; Van Woustraat 4; ⌚ Mo–Sa 10–19, So 12–18 Uhr; 📶; 🚋 4 Stadhouderskade) Dieses Geschäft ist nach dem niederländischen Eintopfgericht aus gekochten und pürierten Gemüsen benannt. Gegründet wurde es mit dem Ziel, jungen Unternehmern die große Möglichkeit zu geben, ihre Arbeiten zu verkaufen. Das Ergebnis ist ein einfallsreiches Sammelsurium aus in den Niederlanden entworfenen Möbeln, Ausstattungsgegenständen, Kunstwerken, Haushaltswaren und Kleidung sowie verschiedenen Pop-Ups.

## Praktische Informationen

### GELD

Wer einen Geldautomaten sucht, wird im Zentrum sehr schnell fündig; es bilden sich allerdings oftmals längere Warteschlangen. Geld wechseln kann man bei **GWK Travelex** (020-627 27 31; www.gwktravelex.nl; Stationsplein 13f; 10–17 Uhr; 2/4/11/12/13/14/17/24/26 Centraal Station) in der Centraal Station; Filialen finden sich am **Leidseplein** (020-622 14 25; www.gwktravelex.nl; Leidsestraat 103; 9–21 Uhr; 1/2/5/7/11/12/19 Leidseplein) und am **Schiphol International Airport**.

### INTERNETZUGANG

WLAN ist weit verbreitet. Kostenlose WLAN-Hotsports gibt es überall in der Stadt; Infos unter www.wifi-amsterdam.nl.

### MEDIZINISCHE VERSORGUNG

**Onze Lieve Vrouwe Gasthuis** (020-599 91 11; www.olvg.nl; Oosterpark 9; 24 Std.; 1/3 Beukenweg) Das Krankenhaus befindet sich am Oosterpark in der Nähe vom Tropenmuseum; es ist das älteste öffentliche Krankenhaus im Stadtzentrum.

### TOURISTENINFORMATION

**I Amsterdam Visitor Centre** (Karte S. 50; 020-702 60 00; www.iamsterdam.com; Stationsplein 10; 9–17 Uhr; 2/4/11/12/13/14/17/24/26 Centraal Station) Die Touristeninformation vor dem Amsterdamer Hauptbahnhof, der Centraal Station, kann bei so ziemlich allem weiterhelfen: Hier werden die I Amsterdam Card (für Ermäßigungen), Theaterkarten, Eintrittskarten für Museen, Stadtpläne und Fahrpläne für die öffentlichen Verkehrsmittel (GVB, S. 124) verkauft; ein Fahrkartenschalter für die öffentlichen Verkehrsmittel ist angeschlossen. Es bilden sich häufig lange Warteschlangen, deshalb am besten sofort nach dem Eintreten eine Nummer ziehen.

**I Amsterdam Visitor Centre Schiphol** (www.iamsterdam.com; 7–22 Uhr) In dieser Info in der Ankunftshalle 2 des Schiphol International Airport (S. 387) sind beispielsweise Stadtpläne und Rabattkarten erhältlich.

## An- & Weiterreise

### AUTO

Wer mit dem Auto anreist, sollte seinen Wagen am besten auf einem Park-and-Ride-Parkplatz am Stadtrand abstellen. Für die zu entrichtende „symbolische" Parkgebühr (rund 8 € für die ersten 24 Std., ab dann 1 € pro Tag) bekommt man ermäßigte Fahrscheine für die öffentlichen Verkehrsmittel. Weitere Informationen siehe unter www.iamsterdam.com.

### BUS

Busse der Unternehmen Eurolines und FlixBus verbinden Amsterdam mit allen wichtigen Hauptstädten Europas sowie kleineren Ortschaften. Die Fahrkarten bucht man online.

Busse von Eurolines nutzen den **Bahnhof Duivendrecht** (Stationsplein 3, Duivendrecht; M Duivendrecht) südlich vom Zentrum; von dort bestehen U-Bahn-Verbindungen zur Centraal Station (Fahrtzeit rund 20 Min. mit den U-Bahnen 50, 53 oder 54).

Der FlixBus (www.flixbus.com) verkehrt von/zum **Bahnhof Sloterdijk**, westlich vom Zentrum; zur Centraal Station gelangt man von hier mit der Metro Nr. 50 (Fahrtzeit 6 Min.).

### FAHRRAD

Amsterdam lässt sich problemlos mit dem Fahrrad erreichen und verlassen – zig Fahrradrouten führen in alle Himmelsrichtungen. Zur Routenplanung siehe unter www.routeplanner.fietsersbond.nl (auch als englische Version).

### FLUGZEUG

Der Schiphol International Airport (020-653 51 21; www.gwktravelex.nl; 6–22 Uhr) liegt etwa 18 km südwestlich vom Stadtzentrum. Hier gibt es Geldautomaten, Wechselstuben, eine Touristeninformation, Mietwagenfirmen, einen Schalter, an dem Zugfahrkarten erhältlich sind, eine Gepäckaufbewahrung, Esswaren und kostenloses WLAN. Das Stadtzentrum erreicht man mit dem Zug.

### ZUG

Der Hauptbahnhof, die Centraal Station (S. 54), befindet sich im Stadtzentrum und bietet eine Fülle von praktischen Verbindungen. Der Bahnhof verfügt über Geldautomaten, Wechselstuben, eine Touristeninformation, Restaurants, Geschäfte, eine Gepäckaufbewahrung (7–10 € pro Tag) und einen Fahrkartenschalter, an dem Zugfahrkarten ins In- und Ausland erhältlich sind.

Amsterdam ist der Kopfbahnhof des Hochgeschwindigkeitszugs Thalys in Richtung Süden nach Rotterdam, Antwerpen, Brüssel und Paris. Direktverbindungen von Eurostar bestehen ab

Amsterdam (via Brüssel und Rotterdam) seit 2018 zum Londoner Bahnhof Saint Pancras; die Fahrzeit London–Amsterdam beträgt drei Stunden und 41 Minuten. Eine Direktverbindung von Amsterdam nach London ist seit Kurzem in Betrieb.

| REISEZIEL | FAHRPREIS (€) | FAHRZEIT (MIN.) | HÄUFIGKEIT (ZÜGE PRO STD.) |
|---|---|---|---|
| Den Haag | 11,70 | 55 | 2 |
| Haarlem | 4,30 | 15 | 8 |
| Maastricht | 25,30 | 150 | 2 |
| Rotterdam | 15,40 | 75 | 2 |
| Rotterdam (Hochgeschwindigkeit) | 17,80 | 40 | 5 |
| Schiphol Airport | 4,30 | 15 | 8 |
| Utrecht | 7,60 | 25 | 5 |

## Unterwegs vor Ort

### AUTO & MOTORRAD

Das Parken kommt teuer, und freie Plätze sind rar. Das Parken am Straßenrand kostet im Zentrum rund 5/55 € pro Stunde/Tag. Es ist deshalb sinnvoller, einen Park-and-Ride-Parkplatz am Stadtrand zu nutzen, wo man pro Tag nach 10 Uhr lediglich 1 € bezahlen muss. Alle großen internationalen Mietwagenfirmen sind in Amsterdam vertreten.

### FAHRRAD

In Amsterdam sind Fahrräder häufiger zu sehen als Autos (und es gibt sogar mehr Räder als Einwohner, denn es gibt schätzungsweise 881 000 Drahtesel), und wer sich wie ein Einheimischer fortbewegen möchte, braucht ein Zweirad. Mieten kann man eines bei den zahllosen Fahrradverleihfirmen im gesamten Stadtgebiet oder auch in der Unterkunft, in der man logiert. Auf diese Weise wird dann die ganze Stadt zum Tummelplatz für Zweiräder. Radfahren ist die wesentlichste Aktivität bei einem Besuch Amsterdams.

Wer ein Fahrrad mieten möchte, muss dazu seinen Pass oder Personalausweis vorlegen und die Daten seiner Kreditkarte oder eine Kaution in Bar (in der Regel 50 €) hinterlegen. Der Preis für ein durchschnittliches Fahrrad mit Rücktrittbremse liegt bei 11 € für einen Zeitraum von 24 Stunden. Fahrräder mit Gangschaltung und Handbremse kosten dagegen mehr. Eine Diebstahlversicherung kommt auf etwa 3 € extra. Das Fahrradschloss wird in der Regel gestellt – und sollte auch benutzt werden, denn Diebstahl ist weit verbreitet. Helme gibt es im Allgemeinen jedoch nicht (die Niederländer tragen keinen Kopfschutz). Die meisten Veranstalter von Fahrradtouren (S. 85) haben auch Leihräder im Angebot.

**Frederic Rentabike** (Karte S. 50; ☎020-624 55 09; www.frederic.nl; Binnen Wieringerstraat 23; Leihrad pro Tag/Woche 11/60 €; ⏲9–17.30 Uhr; 🚊18/21/22 Buiten Brouwersstraat) Frederic vermietet in seinem Fahrradgeschäft Stahlrösser – und Kunstausstellungen finden hier ebenfalls statt.

**Bike City** (Karte S. 70; ☎020-626 37 21; www.bikecity.nl; Bloemgracht 68-70; Leihrad pro Tag ab 14 €; ⏲9–17.30 Uhr; 🚊13/17 Westermarkt) Da auf den schwarzen Fahrrädern keine Werbung steht, kann man wie ein Einheimischer damit herumkutschieren.

**Black Bikes** (Karte S. 50; ☎0852 737 454; www.black-bikes.com; Nieuwezijds Voorburgwal 146; Leihrad pro 3/24 Std. ab 6/8,50 €, E-Bikes 24/37,50 €; ⏲Mo–Fr 8–20, Sa & So 9–19 Uhr; 🚊2/11/12/13/17 Nieuwezijds Kolk) Black Bikes hat in seinen 13 Filialen im gesamten Stadtgebiet, inklusive diesem Geschäft im Zentrum, City-, Kinder- und Lastenräder im Angebot; außerdem kann man auch Tandems und E-Bikes mieten.

**MacBike** (Karte S. 50; ☎020-624 83 91; www.macbike.nl; De Ruijterkade 34b; Leihrad pro 3/24 Std. ab 5/9,75 €; ⏲9–18 Uhr; 🚊2/4/11/12/13/14/17/24/26 Centraal Station) Dieses Unternehmen zählt wohl zu den touristischsten Fahradverleihs – auf den Rädern prangen große Logos und Werbung. MacBike gibt es neben der Filiale in der Centraal Station noch an mehreren anderen praktischen Locations, beispielsweise am Leidseplein, Waterlooplein und in der Overtoom in der Nähe vom Vondelpark; anständige Fahrradkarten kann man hier auch kaufen.

### ÖFFENTLICHE VERKEHRSMITTEL

Der GVB ist für den öffentlichen Nahverkehr zuständig, eine Mischung aus Trambahnen, Bussen, U-Bahnen und Fähren. Die Fahrkarten, Zeitkarten und Stadtpläne kann man sich im **GVB Informationsbüro** (www.gvb.nl; Stationsplein 10; ⏲Mo–Fr 7–21, Sa & So ab 8 Uhr; 🚊2/4/11/12/13/14/17/24/26 Centraal Station) gegenüber von den Trambahngleisen an der Centraal Station mitnehmen.

#### Trambahn

- Das wichtigste öffentliche Verkehrsmittel in der Stadt ist die Tram. Die Bahnen sind schnell, verkehren häufig und überall und sind von 6 Uhr morgens bis 0.30 Uhr in Betrieb.
- Es werden in der Tram keine Fahrscheine verkauft. Man erwirbt eine OV-chipkaart (www.ov-chipkaart.nl; 1 Std. 3 €) oder einen Tagespass (1–7 Tage 7,50–34.50 €) im GVB Informationsbüro.

- Man muss beim Ein- *und* Aussteigen den Fahrschein an den Kartenleser halten, um „einzuchecken" bzw. „auszuchecken".
- Die meisten Trambahnlinien beginnen an der Centraal Station und führen von dort in die verschiedenen Stadtviertel.

### Bus & U-Bahn

- Die Amsterdamer Busse und die Metro (U-Bahn) bedienen vor allem die Außenbezirke der Stadt.
- Der GVB hat Ein- bis Sieben-Tage-Pässe (7,50–34,50 €) mit unbegrenzten Fahrten im Angebot, die für Trambahnen, einige Busse und die U-Bahn gelten.
- Eine Alternative ist, eine aufladbare OV-chipkaart (www.ov-chipkaart.nl; 1 Std. 3 €) in einem GVB Informationsbüro (S. 124) zu kaufen.
- *Nachtbussen* (Nachtbusse) verkehren, nachdem die anderen Verkehrsmittel ihren Dienst eingestellt haben (1–6 Uhr, im Stundentakt). Eine Fahrkarte kostet 4,50 €.
- Ein Hinweis noch: Connexxion-Busse (die an der Centraal Station abfahren und praktisch sind, um die Sehenswürdigkeiten in Südamsterdam zu erreichen), und der Flughafenbus Nr. 397 nehmen nicht am GVB-System teil; sie kosten mehr (ca. 5 €).

### Zeitkarten

- Zeitkarten sind praktisch und sparen zudem viel Geld gegenüber den vor Fahrtantritt gekauften Fahrscheinen.
- Der GVB hat Ein- bis Sieben-Tage-Tickets (7,50–34,50 €) mit uneingeschränkter Nutzung im Angebot, die für Trambahnen, einige Busse und die U-Bahn gelten.
- Diese Zeitkarten sind im GVB Informationsbüro (S. 124) und in den I Amsterdam Visitor Centres (S. 123) erhältlich, nicht jedoch in den Verkehrsmitteln selbst.
- Die I Amsterdam Card (www.iamsterdam.com; pro 24/48/72/96 Std. 59/74/87/98 €) schließt einen GVB-Fahrtausweis im Preis mit ein.
- Ein Angebot mit erweitertem Streckenangebot ist das Amsterdam & Region Day Ticket (18,50 €), das über das Trambahn- und U-Bahnsystem hinausgeht und auch die Fahrt mit Nachtbussen, Flughafenbussen, Connexxion-Bussen und regionalen EBS-Bussen in Städte wie nach Haarlem, Muiden und Zaanse Schans gestattet. Der Pass ist im GVB Büro und in den Besucherzentren erhältlich.
- Eine weitere Option ist das Amsterdam Travel Ticket (für 1/2/3 Tage 16/21/26 €). Es handelt sich dabei im Grunde um eine GVB-Zeitkarte mit uneingeschränkter Nutzung, die um eine Fahrkarte für den Flughafenzug ergänzt wurde. Kaufen kann man es am Flughafen (am NS-Kartenschalter) oder im GVB Informationsbüro.

### ORIENTIERUNGSHILFE FÜR AMSTERDAM

Die halbkreisförmigen Grachten in Amsterdam und die ähnlichen Straßennamen haben zur Folge, dass man sich schnell einmal verirrt. Hier nun einige Anhaltspunkte: Eine *gracht* (Wasserstraße), z. B. die Egelantiersgracht, ist etwas anderes als eine *straat* (Straße), z. B. die Egelantiersstraat. Eine *dwarsstraat* (Querstraße), die eine *straat* kreuzt, wird durch das vorangestellte *eerste, tweede, derde* und *vierde* spezifiziert (erste, zweite, dritte und vierte; im Stadtplan als 1e, 2e, 3e and 4e verzeichnet). Dazu ein Beispiel: Die Eerste Egelantiersdwarsstraat ist die erste Querstraße der Egelantiersstraat (d. h. die dem Stadtzentrum am nächsten gelegene Querstraße). Und aufgepasst auch bei durchgehenden Straßen, die in ihrem Verlauf immer wieder einmal den Namen wechseln.

## SCHIFF

Zwischen Ende März und Anfang November bietet der Canal Bus (S. 86) eine einzigartige Hop-on-Hop-off-Grachtenkreuzfahrt durch die rund 20 Docks der Stadt und in die Nähe der großen Museen.

Kostenlose Fähren in richtung Amsterdam-Noord legen an den Molen hinter der Centraal Station ab.

## TAXI

- Taxis sind ziemlich teuer und kommen im Amsterdamer Straßenlabyrinth auch nicht gerade flott voran.
- Sie werden auch nicht auf der Straße herangewinkt, sondern stehen an Taxiständen an der Centraal Station, am Leidseplein und anderen betriebsamen Stellen in der ganzen Stadt. Man muss allerdings nicht den ersten Wagen in der Warteschlange nehmen.
- Eine andere Möglichkeit ist es, telefonisch ein Taxi zu bestellen. Die **Taxicentrale Amsterdam** (TCA; ☎ 020-777 77 77; www.tcataxi.nl) gilt als das zuverlässigste Unternehmen in der Hauptstadt der Niederlande.
- Der Fahrpreis wird mit Hilfe eines Gebührenzählers berechnet. Der Grundbetrag beginnt mit 2,95 €, dann sind pro Kilometer 2,17 € zu bezahlen. Eine Fahrt vom Leidseplein zum Dam kostet dann ungefähr 12 €; von der Centraal Station ins Viertel Jordaan sind 10 bis 15 € lockerzumachen.

### ZUG

Züge von NS (www.ns.nl) verkehren in die entlegeneren Vorstädte Amsterdams. Und wer nicht gerade vom oder zum Flughafen fahren muss, wird sie wohl eher nicht nutzen – außer es ist ein Abstecher weiter weg geplant.

Die U-Bahn-Linien, die ebenfalls die entfernteren Vorstädte, aber auch Haltestellen in der Innenstadt bedienen, unterstehen der GVB (S. 124); sie verwenden dasselbe Fahrkartensystem (man muss allerdings OV-chipkaarts an NS-Automaten aufladen, um NS-Züge benutzen zu können).

Wer von einem Viertel zum nächsten möchte und wenn dieses Viertel einen U-Bahn-Anschluss hat, sollte sich vor allem zu Stoßzeiten für diese Alternative entscheiden und nicht für die Trambahn – es geht schneller.

# Haarlem & Nordholland

**Inhalt ➡**



## Gut essen

- Lucas Rive (S. 146)
- Smit Bokkum (S. 138)
- Restaurant Mr & Mrs (S. 133)
- Restaurant ML (S. 133)
- Bij Jef (S. 156)

## Schön übernachten

- ML (S. 131)
- Fort Resort Beemster (S. 139)
- Camp Silver Island Hideaway (S. 157)
- Gevangenis Hotel Hoorn (S. 145)
- Boutique Hotel Texel (S. 156)

## Auf nach Haarlem und Nordholland!

Die durch und durch niederländische Provinz Noord-Holland (Nordholland) umschließt Amsterdam wie eine Krone. Das elegante Haarlem, nur knapp 20 km westlich von Amsterdam, aber völlig eigenständig, ist die Provinzhauptstadt und ein zauberhaftes Beispiel für die Pracht des 17. Jhs. Grachten durchziehen das Zentrum und den westlichen Stadtrand säumen breite Sandstrände.

Daneben bietet Nordholland kleinere Ortschaften, von Hafenstädten aus dem Goldenen Zeitalter wie Hoorn und Enkhuizen, voll von Schiffsmasten und mit architektonisch prächtigen Zentren, bis zu von Grachten durchzogenen Kleinstädten und Dörfern wie Alkmaar und Edam, bekannt für ihren Käse und jahrhundertealte Käsemärkte. Über dic gesamte Provinz erstrecken sich windgepeitschte Polder (also Flächen, die durch Deiche künstlich vor Überflutungen geschützt werden), von Windmühlen gesprenkelte Weideflächen, auf denen Kühe und Schafe grasen, Blumenfelder und wunderschöne Dünenlandschaften, insbesondere auf der malerischen Insel Texel, mit der Fähre nur 20 Minuten entfernt.

## Reisezeit

- Haarlem ist von Amsterdam aus leicht zu erreichen und lockt ganzjährig mit herausragenden Museen, fabelhaften Bars, Cafés, Restaurants und tollen Shoppingmöglichkeiten.
- Besonders die Lammsaison im März und April, rund um Ostern, bietet sich für einen Ausflug auf die Insel Texel an. Aber zum Baden ist es noch zu kalt, und nicht alle Attraktionen und Aktivitätsangebote sind voll im Gang.
- Die wärmeren Monate Mai bis September sind die beste Zeit für Besuche in den kleineren Städten und Dörfern, die in der kalten Jahreszeit einen Winterschlaf zu halten scheinen: Zwischen November und März sind hier die Sehenswürdigkeiten geschlossen.

# Highlights

**1 Frans Hals Museum** (S. 129) In Haarlem unschätzbare niederländische Meisterwerke bestaunen.

**2 Gestam** (S. 139) Im beschaulichen Edam Käse probieren.

**3 Zuiderzeemuseum** (S. 146) In der historischen Hafenstadt Enkhuizen das harte Seefahrerleben in den Zeiten vor dem Afsluitdijk (Abschlussdeich) kennenlernen.

**4 Texel** (S. 150) Auf der Insel direkt vor der Nordküste der Provinz an hohen Sanddünen, verlassenen Stränden, Wäldern und Schafen vorbeiradeln.

**5 Muiderslot** (S. 158) Muidens mächtiges mittelalterliches Schloss aus dem 13. Jh. erkunden.

**6 Museum BroekerVeiling** (S. 144) In Broek op Langedijk nahe Alkmaar eine „schwimmende Auktion" erleben.

**7 Naarden** (S. 159) Durch die eleganten Straßen innerhalb der riesigen sternförmigen Festung schlendern.

# NORDHOLLAND

Neben der dynamischen Provinzhauptstadt Haarlem gibt es in Nordholland noch genügend andere historische Städte und Attraktionen, um mindestens eine Woche zu füllen.

## Geschichte

Die Halbinsel, die heute als Provinz Noord-Holland (Nordholland) bekannt ist, gehörte zu Friesland, bis im 12. Jh. Sturmfluten die Zuiderzee schufen und Westfriesland isolierten. Zu jener Zeit herrschten die handeltreibenden Grafen von Holland über die Region – oder glaubten, sie zu beherrschen. Einer der ersten Grafen, Wilhelm II., wurde 1247 zum König des Heiligen Römischen Reiches gewählt, kam aber auf einem Feldzug gegen die Westfriesen ums Leben. Seinem Sohn, Graf Florens V., gelang es 40 Jahre später, die trotzigen Untertanen zu zähmen.

Westfriesland war nun in der Hand der Grafschaft Holland, einem Gründungsmitglied der Republik der Sieben Vereinigten Provinzen der Niederlande (1579). Nordholland spielte im langen Kampf gegen die spanische Vorherrschaft eine Schlüsselrolle, und Alkmaar war die erste Stadt, die das Joch abschüttelte. Es folgte eine Zeit des Wohlstands, das sogenannte Goldene Zeitalter, und zahlreiche üppig verzierte Bauwerke zeugen in Nordholland von dieser Epoche. Die Fischerei- und Handelshäfen Enkhuizen, Hoorn, Medemblik und Edam bildeten die Zentren dieser Blütezeit.

1795 marschierte Napoleon ein und teilte das Land in zwei Teile, um seine wirtschaftliche Macht zu brechen. Auch als Wilhelm I. sich 1813 selbst zum Souveränen Fürsten der Vereinigten Niederlande erklärte, blieb die Teilung erhalten, und 1840 wurden die Provinzen Noord-Holland und Zuid-Holland gegründet.

Heute ist Nordhollands Haupteinnahmequelle die Landwirtschaft, am berühmtesten ist ihre Käseproduktion.

# Haarlem

☎ 023 / 159 556 EW.

Die klassische niederländische Stadt mit Kopfsteinpflasterstraßen, historischen Bauwerken, prachtvollen Kirchen, noch prächtigeren Museen, gemütlichen Kneipen, noblen Cafés und Grachten liegt nur eine 15-minütige Zugfahrt von Amsterdam entfernt. Westlich der Stadt befinden sich die Küstendünen des Nationalparks Zuid-Kennemerland sowie die beliebten Strände von Zandvoort und Bloemendaal aan Zee.

## Sehenswertes & Aktivitäten

Der von historischen Gebäuden, Restaurants und Cafés flankierte Grote Markt ist Haarlems Herzstück.

**★ Grote Kerk van Sint Bavo** KIRCHE
(www.bavo.nl; Oude Groenmarkt 22; Erw./Kind 2,50/1,25 €; ⏲ ganzjährig Mo–Sa 10–17 Uhr, Juli & Aug. auch So ab 12 Uhr) Die von einem 50 m hohen Turm gekrönte gotische Grote Kerk van Sint Bavo besitzt einige schöne Renaissance-Kunstwerke, die Hauptattraktion ist aber ihre eindrucksvolle, 1738 fertiggestellte Müller-Orgel – eine der schönsten weltweit –, die 30 m hoch ist und rund 5000 Pfeifen besitzt. Schon Händel und der zehnjährige Mozart haben auf dem Instrument gespielt. Kostenlose **Orgelkonzerte** finden von Juli bis Oktober dienstags um 20.15 Uhr und donnerstags um 16 Uhr sowie an manchen Sonntagen um 14.30 Uhr statt.

**★ Frans Hals Museum – Hof** MUSEUM
(www.franshalsmuseum.nl; Groot Heiligland 62; Erw./Kind inkl. Frans Hals Museum – Hal 15 €/frei; ⏲ Di–Sa 11–17, So ab 12 Uhr) Dieses hervorragende Museum in dem Armenhaus, in dem Frans Hals seine letzten Jahre verbrachte, ist ein Muss für jeden, der sich für die niederländischen Meister interessiert. Die Sammlung konzentriert sich auf die Haarlemer Schule des 17. Jhs., und ihr ganzer Stolz sind acht Gruppenporträts der Bürgerwache, Beispiele für Hals' außergewöhnliche Gabe, Stimmungen und psychische Verfassungen einzufangen. Daneben sind weitere Künstlergrößen wie Pieter Bruegel der Jüngere und Jacob van Ruisdael repräsentiert. Die Eintrittskarte gilt auch für das Frans Hals Museum – Hal für moderne und zeitgenössische Kunst.

**Frans Hals Museum – Hal** KUNSTGALERIE
(☎ 023-511 57 75; www.franshalsmuseum.nl; Grote Markt 16; Erw./Kind inkl. Frans Hals Museum – Hof 15 €/frei; ⏲ Di–Sa 11–17, So ab 12 Uhr) Die Zweigstelle des Frans Hals Museum für moderne und zeitgenössische Kunst befindet sich in zwei historischen „Hallen“: in der **Vleeshal** (17. Jh.) aus der niederländischen Renaissance, früher ein Fleischmarkt und vom 17. bis 19. Jh. der einzige Ort, an dem in Haarlem Fleisch verkauft werden durfte, sowie in der

## Haarlem

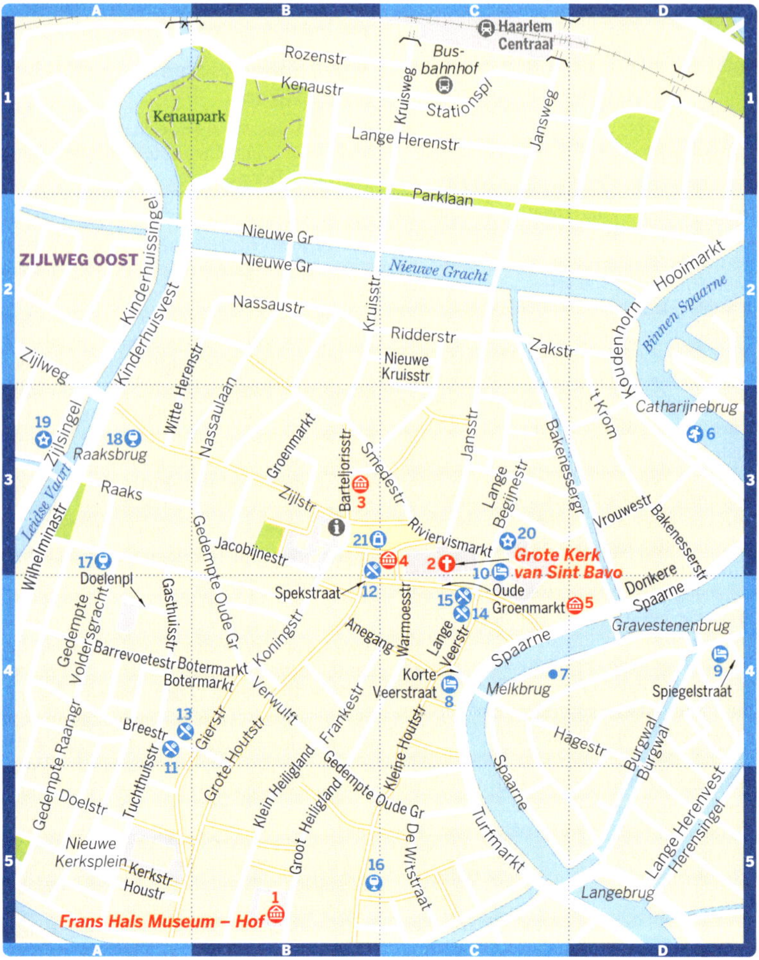


neoklassizistischen **Verweyhal** (Fischhalle). Die Wechselausstellungen reichen von niederländischen Impressionisten und CoBrA-Künstlern (einer Avantgardegruppe aus Kopenhagen, Brüssel und Amsterdam) bis zu Videos, Installationen und Fotografien internationaler Künstler. Die Eintrittskarte gilt auch für das Frans Hals Museum – Hof.

**Corrie ten Boomhuis** HISTORISCHES GEBÄUDE

(☎ 023-531 08 23; www.corrietenboom.com; Barteljorisstraat 19; Spende; ⌚ April–Okt. Di–Sa 10–15 Uhr, Nov.–März Di–Sa 11–14.30 Uhr) Das als „das Versteck“ bekannte Corrie ten Boomhuis ist nach dem weiblichen Oberhaupt einer Familie benannt, die während des Zweiten Weltkriegs in diesem Haus wohnte. Hinter einem Verschlag in ihrem Schlafzimmer versteckte sie Hunderte von Juden und niederländischen Widerstandskämpfern, bis sie in Sicherheit gebracht werden konnten. 1944 wurde die Familie verraten und in Konzentrationslager gebracht, wo drei Mitglieder umkamen. Später bereiste Corrie ten Boom die Welt, um sich für den Frieden einzusetzen. Die einstündigen Führungen (auch auf Englisch und an manchen Tagen auch auf Deutsch) sind mindestens fünf Tage im Voraus zu reservieren.

## Haarlem

**Highlights**
1 Frans Hals Museum – Hof ........ B5
2 Grote Kerk van Sint Bavo ........ C3

**Sehenswertes**
3 Corrie ten Boom House ........ B3
4 Frans Hals Museum – Hal ........ C3
5 Teylers Museum ........ D4

**Aktivitäten, Kurse & Touren**
6 Club Spaarne ........ D3
7 Haarlem Canal Tours ........ C4

**Schlafen**
8 Brasss Hotel Suites ........ C4
9 Hello I'm Local Boutique Hostel ........ D4
10 ML ........ C3

**Essen**
11 Brick ........ A4
12 De Haerlemsche Vlaamse ........ B3
13 Native ........ A4
Restaurant ML ........ (s. 10)
14 Restaurant Mr & Mrs ........ C4
15 Thrill Grill ........ C4

**Ausgehen & Nachtleben**
16 DeDakkas ........ B5
17 Jopenkerk ........ A3
18 Uiltje Bar ........ A3

**Unterhaltung**
19 Patronaat ........ A3
20 Philharmonie Haarlem ........ C3

**Shoppen**
21 Grote Markt ........ B3

**Teylers Museum** MUSEUM
(☎023-516 09 60; www.teylersmuseum.nl; Spaarne 16; Erw./Kind 13,50/2 €; ⏲Di–Fr 10–17, Sa & So ab 11 Uhr) Das Teylers von 1778 ist das älteste ununterbrochen betriebene Museum der Niederlande. Zur Sammlung grandioser Erfindungen gehört ein elektrostatischer Generator, der Bilder von verrückten Wissenschaftlern heraufbeschwört. Der großartige Ovale Zaal (Ovaler Saal) präsentiert auf zwei Ebenen in eleganten, gläsernen Schaukästen naturhistorische Exponate.

Sonntags um 14 Uhr beginnen kostenlose 90-minütige Führungen auf Englisch und Niederländisch.

**Haarlemmerhout** PARK
(www.vriendenhaarlemmerhout.nl; Kleine Houtweg; ⏲24 Std.) Der 60 ha große Haarlemmerhout ist der älteste öffentliche Park des Landes. Erstmals auf einer Landkarte zu finden, war er 1539, zu der Zeit war er aber schon fest etabliert. 1760 wurde er umfassend neu gestaltet. Der Park mit Buchen-, Rosskastanien-, Eichen-, Linden-, Silberahorn- und Platanenbestand ist ein idyllischer Ort für einen Spaziergang oder ein Picknick. Kinder lieben den kleinen Streichelzoo, die Spielplätze und das Pfannkuchenhaus. In den wärmeren Monaten werden hier auch Kunstausstellungen, Konzerte und Festivals veranstaltet.

**Club Spaarne** BOOTSVERLEIH
(☎06 3330 0000; www.clubspaarne.com; Catharijnebrug; Mietboot pro Std./Tag ab 25/100 €; ⏲Mo–Fr 11–21, Sa & So ab 10 Uhr) Besucher können Haarlems Wasserwege auf eigene Faust mit Booten für zwölf Personen erkunden. Benzin und Schwimmwesten sind im Preis inbegriffen; kein Bootsführerschein erforderlich.

## Geführte Touren

**Haarlem Canal Tours** BOOTSFAHRT
(☎06 3394 6144; www.haarlemcanaltours.com; gegenüber Spaarne 17; pro Pers. 14 €; ⏲Touren April–Okt. 11.30–17.30 Uhr) Die vergnüglichen 75-minütigen Touren in traditionellen, offenen Booten starten alle 90 Minuten und führen an Wahrzeichen wie der Windmühle De Molen Adriaan vorbei.

## Schlafen

★ **Hello I'm Local Boutique Hostel** HOSTEL €
(☎023-844 69 16; www.helloimlocal.com; Spiegelstraat 4; B 19–42 €, EZ/DZ/3BZ/4BZ ab 84/88,50/128/150 €; 📶) Das Hostel mit dem spleenigen Namen befindet sich in einem traditionellen, niederländischen Ziegelhaus in einer bezaubernden Gegend am Rand des Zentrums. Im Angebot stehen 56 Betten, verteilt auf zwölf Zimmer, sowie gemütliche Annehmlichkeiten wie eine Küche, ein Patio und ein offener Kamin. Alle Zimmer haben Duschen, einige aber Gemeinschaftstoiletten. Die oberen, kapselähnlichen Schlafkojen sind über Leitern zu erreichen. Fahrradverleih für 12,50 € pro Tag. WLAN gibt es nur in den öffentlichen Bereichen.

★ **ML** DESIGNHOTEL €€
(☎023-512 39 10; www.mlinhaarlem.nl; Klokhuisplein 9; EZ/DZ/Suite ab 105/125/175 €; ❄📶) 2018 öffnete in einem früheren Druck- und

ABSTECHER

## AUSFLUG INS GRÜNE BEI HAARLEM

**Nationaal Park Zuid-Kennemerland** (www.np-zuidkennemerland.nl) Rund 3800 ha typisch niederländische Küstendünen, nur 5 km westlich von Haarlem, wurden zu einer wahren Oase umgestaltet. Wege schlängeln sich durch Hügelwälder aus korsischen Tannen und Täler mit niedrigem Dickicht; am westlichen Rand erstreckt sich eine massive Barriere aus tausendjährigem goldenem Sand. Das Besucherzentrum **De Zandwaaier** (☎ 023-541 11 23; www.np-zuidkennemerland.nl; Zeeweg 12; ⌚ Juli & Aug. tgl. 10–17 Uhr, Sept.–Juni Di–So) zeigt Naturausstellungen und verleiht Fahrräder.

Vom Bahnhof Haarlem den Bus 81 nehmen (2,17 €, 20 Min., alle 30 Min.) oder mit dem Fahrrad oder dem Auto auf der N200 in Richtung Bloemendaal aan Zee fahren.

An den Parkeingängen Koevlak und Parnassia gibt es Parkplätze, von denen Wege ins Naturschutzgebiet führen.

Im Frühling sind sprießende Wüstenorchideen, die leuchtenden Rosetten des hundertjährigen Dünengrases und das weiß blühende Sumpf-Herzblatt zu sehen. Rotfüchse, Damwild und viele Vogelarten sind hier heimisch. Fledermäuse dösen tagsüber in den verlassenen Bunkern, ehe sie in der Abenddämmerung herausfliegen.

Auf dem **Erebegraafplaats Bloemendaal** (Ehrenfriedhof Bloemendal; ☎ 023-526 18 69; www.eerebegraafplaatsbloemendaal.eu; Zeeweg 26; ⌚ April–Okt. 9–18 Uhr, Nov.–März bis 17 Uhr) sind niederländische Widerstandskämpfer bestattet.

Am Vogelmeer-See steht oberhalb des Südufers eine Vogelbeobachtungshütte. Am künstlichen See 't Wed tummeln sich im Sommer die Badegäste. Vielerorts gibt es Aussichtsplätze mit sinnträchtigen Namen wie Hazenberg (Hasenberg). Der gleich hinter der östlichen Parkgrenze aufragende Kopje van Bloemendaal ist mit 50 m die höchste Düne des Landes und bietet einen Ausblick aufs Meer und bis Amsterdam.

Druckguss-Atelier von 1703, in dem einst der königliche Drucker Johan Enschedé lebte, dieses Hotel mit einer monumentalen Metalltreppe unter einer Buntglaskuppel. Die 17 zwischen 30 und 50 m² großen Gästezimmer haben Lüster, Balkendecken und modernes Dekor. Zum Hotel gehören ein Bistro und ein Restaurant mit einem Michelin-Stern (S. 133).

★ **Brasss Hotel Suites** BOUTIQUEHOTEL €€
(☎ 023-542 78 04; www.brasss-hotelsuites.nl; Korte Veerstraat 40; Suite ab 117 €; ❄📶) Jede der zehn luxuriösen Suiten dieses echten Juwels ist nach einem Meerestier benannt (Oktopus, Sardine, Hummer, Makrele etc.) – außer der „Diamonds of the Sea"-Suite mit eigener Sauna. Alle Suiten bieten Kingsize-Betten, Regenduschen und samtige Bademäntel. Der Service übertrifft alle Erwartungen.

## Essen

**Native** CAFÉ, VEGETARISCH €
(www.nativehaarlem.nl; Breestraat 23; Gerichte 4,50–10 €; ⌚ Mo–Sa 8–18, So ab 9.30 Uhr; 📶) In diesem coolen, modernen Café in der grünen Breestraat sind alle Gerichte biologisch und vegetarisch, manche auch vegan und/oder glutenfrei. Reservierungen sind nicht möglich, also einfach vorbeikommen, um frisch gepresste Säfte, hochwertige Tees und in Amsterdam gerösteten White-Label-Kaffee, Gebäck (glasierte Zimtschnecken, Obstkuchen), Salate, Gourmet-Sandwiches und Toasties sowie Tagesspezialitäten wie Kürbis-Hummus mit Leinsamen und Algencracker zu genießen.

**De Haerlemsche Vlaamse** FASTFOOD €
(www.dehaerlemschevlaamse.nl; Spekstraat 3; Pommes frites 1,80–4,40 €; ⌚ Mo–Mi & Fr 11–18.30, Do bis 21, Sa bis 18, So 12–17 Uhr) Vor dieser lokalen Institution stehen die Leute Schlange für eine Tüte knuspriger, goldener Pommes aus frischen Kartoffeln. Sie haben die Wahl unter einem Dutzend Soßen – darunter allein drei verschiedene Mayonnaisen.

**Thrill Grill** BURGER €
(☎ 023-202 40 47; www.thrillgrill.nl; Oude Groenmarkt 26–28; Burger 9,50 €; ⌚ So–Mi 12–22, Do–Sa bis 23 Uhr; 📶) Das zentral gelegene Restaurant ist Teil einer Amsterdamer Mikro-Restaurantkette des früheren Sterne- und Fernsehkochs Robert Kranenborg (bis dato besteht sie aus vier Niederlassungen in den Niederlanden). Mit Blick auf die Grote Kerk van Sint Bavo speisen die Gäste hier

Gourmet-Burger aus lokalem Rindfleisch, Hühnchen, Fisch und Gemüse mit Beilagen wie z. B. getrüffelten Parmesan-Pommes-frites. Für die Kleinen gibt es Miniburger und Hotdogs.

**★ Restaurant Mr & Mrs** BISTRO **€€**
(☎ 023-531 59 35; www.restaurantmrandmrs.nl; Lange Veerstraat 4; kleine Gerichte 11–13 €, 4-/5-/6-Gänge-Menü 40/48/56 €; ⊙ Di–Sa 17–22 Uhr) In diesem winzigen Restaurant wird überraschend kulinarische Küche kunstvoll konzipiert und präsentiert. Die kleinen warmen und kalten Platten sind zum Teilen gedacht – mit Kreationen wie Tatar mit schwarzen Trüffeln, weißem Spargel mit pochiertem Honig-Ei, Makrele mit niederländischer Garnele und Rosenblättern, mit Chorizo gefüllte Wachtel mit *fregola* (brotartiger Pasta) und Desserts wie Passionsfrucht-Tarte mit Minzbaiser und Mangosalsa. Es wird empfohlen, unbedingt im Voraus zu reservieren.

**Brick** EUROPÄISCH **€€**
(☎ 023-551 18 70; www.restaurantbrick.nl; Breestraat 24–26; Hauptgerichte 15,50–21,50 €; ⊙ 18–22 Uhr) Hier schauen die Gäste den Köchen dabei zu, wie sie Risotto, Steaks und Gourmet-Burger zubereiten – nicht nur vom Gastraum im Erdgeschoss aus, sondern auch vom ersten Stock aus, der direkt über der Küche einen Glasboden hat. Vor dem Brick stehen zwar auch Tische, aber die besten Plätze im Sommer befinden sich auf der Dachterrasse.

**★ Restaurant ML** GOURMETKÜCHE **€€€**
(☎ 023-512 39 10; www.mlinhaarlem.nl; Klokhuisplein 9; Hauptgerichte 20,50–29,50 €, 4-/5-/6-/7-Gänge-Menü 55/65/75/80 €; ⊙ Di–Sa 18–21.30 Uhr) Ein Innenhof mit Glasdach und ein Gastraum, der wie eine Kunstgalerie wirkt, sind im Designhotel ML (S. 131) die Kulisse für eines der erlesensten Speiseerlebnisse in Haarlem. Zu essen gibt es raffinierte Sterneküche wie Jakobsmuscheln mit Erbsen-Schalotten-Pesto, Kaiserhummer mit Chicorée-Apfel-Emulsion, Kalbs- und Lammhirn mit Rosmarinfondant oder Texel-Ente mit Nordseekrabben. Der Tisch des Küchenchefs mit zwölf Plätzen überblickt die Küche.

Das ebenfalls zum Hotel gehörende legere Bistro ML nach vorne raus serviert den ganzen Tag über Speisen. Es verfügt über eine Terrasse mit 200 Plätzen und bietet einen Blick auf die Grote Kerk van Sint Bavo.

## Ausgehen & Nachtleben

**★ DeDakkas** DACHBAR
(www.dedakkas.nl; Parkeergarage de Kamp, 6. Stock, De Witstraat; ⊙ Di, Mi & So 9–23, Do–Sa bis 24 Uhr; 📶) Von unten sieht es aus wie ein ganz gewöhnliches, mehrstöckiges Parkhaus, wer aber den Aufzug in den sechsten Stock nimmt, der landet auf diesem fabelhaften, erst 2018 eröffneten Dach, auf dem ein Glashaus-Café und eine Holzterrasse einen weiten Blick über Haarlem bieten (an klaren Tagen sieht man sogar bis nach Amsterdam). Regelmäßig finden hier Grillabende, Open-Air-Kino, Yoga, DJ- und Livekonzerte statt.

**★ Jopenkerk** BRAUEREI
(www.jopenkerk.nl; Gedempte Voldersgracht 2; ⊙ Brauerei & Café 10–1 Uhr, Restaurant 12–15 & 17.30–23 Uhr; 👪) Haarlems stimmungsvollster Ort, um etwas zu trinken, ist diese eigenständige Brauerei in einer Kirche aus dem Jahr 1910 mit Buntglasfenstern. Zwischen den glänzenden Kupferkesseln isst man zu Bieren wie zitronigem Hopen, fruchtigem Lente und schokoladenbraunem Koyt niederländische Barsnacks – *bitterballen* (fleischgefüllte Kroketten) und Käse. Das Restaurant im Zwischengeschoss serviert Gerichte aus lokalen saisonalen Produkten und die Jopenkerk-Biere (es gibt Kombinationsempfehlungen).

**Uiltje Brewing Co** BRAUEREI
(☎ 023-844 63 95; www.uiltjecraftbeer.com; Bingerweg 25; ⊙ Do 12–20, Fr & Sa bis 22, So bis 18 Uhr) Die Brauerei Uiltje, 4 km östlich von Haarlems Zentrum, hat einen lebhaften Barbereich und einen sonnigen Hof, wo die Gäste die zehn *Draught-* und zwei *Cask*-Biere probieren können, und einen Laden, in dem die Biere in Flaschen verkauft werden. Regelmäßig steigen Events wie Lagerfeuerabende, Livemusik und Grillabende. 40-minütige Führungen (auch auf Englisch, pro Pers. 12,50 € inkl. zwei Biere) erklären den Brauereibetrieb.

Unbedingt probieren sollte man: Signature-Biere wie Miss Hooter (India Pale Ale), Cry Baby (Berliner Weiße), Peat the Scotchman (Rauchbier) und Christmas Tree is on Fire (Hafer-Stout).

Mit dem Fahrrad ist das Lokal vom Zentrum Haarlems aus in zehn Minuten zu erreichen; alternativ gibt es in der Innenstadt eine zugehörige **Beer Bar** (www.uiltjecraftbeer.com; Zijlstraat 18; ⊙ Mo–Mi 17–23, Do 12–24, Fr & Sa bis 2, So bis 22 Uhr).

ABSTECHER

### MARKTTREIBEN IN BEVERWIJK

Jedes Wochenende strömen bis zu 80 000 Schnäppchenjäger in den überdachten **De Bazaar Beverwijk** (www.debazaar.nl; Montageweg 35, Beverwijk; Markt Sa & So 9.30–19 Uhr, Imbisshalle bis 21 Uhr), einen der größten Ethnomärkte Europas mit über 2000 Verkaufs- und 69 Imbissständen. Hier gibt es arabische Gewürze, türkische Teppiche, Kleidung, handgefertigten Schmuck und vieles mehr. Die turbulenteste der drei größten Markthallen ist der Zwarte Markt, ein gewaltiger Flohmarkt mit karnevalsartiger Atmosphäre.

Parken (pro Tag 5 €) ist nach 9.30 Uhr problematisch. Züge fahren von Amsterdam Centraal (5,90 €, 40 Min., alle 30 Min.) und Haarlem (3,20 €, 20 Min., bis zu viermal die Std.) nach Beverwijk. Von dort ist es ein 1 km langer Spaziergang bzw. eine dreiminütige Fahrt mit Bus 76 (alle 30 Min.) zum Markt.

## Unterhaltung

**Philharmonie Haarlem** KONZERTHAUS
(023 512 12 12; www.theater-haarlem.nl; Lange Begijnestraat 11; Kartenschalter Mo–Fr 10–16 Uhr) Hinter einer auffälligen Glasfassade befindet sich Haarlems wichtigste Konzertbühne mit einem vielfältigen Programm von klassischer Musik (vom Nederlands Kamerorkest, dem Niederländischen Kammerorchester) bis hin zu großen Popkonzerten (z. B. des „Schock-Rockers" Marilyn Manson).

**Patronaat** LIVEMUSIK
(023-517 58 58; www.patronaat.nl; Zijlsingel 2; Öffnungszeiten variieren) Der angesagteste Musik- und Tanzclub der Stadt präsentiert Bands mit pochenden Rhythmen, von Country bis Punk. Die Events in diesem höhlenartigen Etablissement beginnen meist so gegen 21 Uhr.

## Shoppen

★ **Grote Markt** MARKT
(Grote Markt; Mo & Sa 10–14 Uhr) Am quirligsten geht es in Haarlem montags und insbesondere samstags zu, wenn sich der Grote Markt mit Ständen füllt, die frische Produkte, Käse, Eingemachtes, Gewürze, Nüsse und verzehrfertige niederländische und internationale Snacks sowie Vintage- und neue Kleidung, Taschen, Accessoires und sogar Antiquitäten verkaufen.

## Praktische Informationen

Die **Touristeninformation** (VVV; 023-531 73 25; www.haarlemmarketing.nl; Grote Markt 2; April–Sept. Mo–Fr 9.30–17.30, Sa bis 17, So 12–16 Uhr, Okt.–März Mo 13–17.30, Di–Fr ab 9.30, Sa 10–17 Uhr) bietet Museumstickets zu ermäßigten Preisen.

## Anreise & Unterwegs vor Ort

### BUS

Bus 300 verkehrt zwischen dem Busbahnhof hinter Haarlems Bahnhof und dem Flughafen Schiphol (50 Min., alle 15 Min.).

### FAHRRAD

Radwege verbinden Haarlem mit Amsterdam, 20 km östlich. Die Route ist angesichts der Urbanisation in dieser Gegend nicht eben ländlich; malerische Routen führen von Haarlem aus die Küste entlang gen Norden und Süden.

### ZUG

In Haarlems Jugendstilbahnhof von 1908 halten regelmäßig Züge auf der Strecke Amsterdam–Rotterdam.

| REISEZIEL | FAHRPREIS (€) | FAHRZEIT (MIN.) | HÄUFIGKEIT (ZÜGE PRO STD.) |
|---|---|---|---|
| Alkmaar | 6,90 | 35 | 4 |
| Amsterdam | 4,30 | 15 | 4–8 |
| Den Haag | 8,50 | 40 | 4 |
| Rotterdam | 12,40 | 60 | 2–4 |

# Zaanse Schans

075 / 8870 EW.

Viele Menschen haben eigentlich vor, nur für eine Stunde nach Zaanse Schans zu kommen und bleiben dann doch länger. Das wie ein Freiluftmuseum anmutende Dorf am Fluss Zaan mit seinen in Betrieb befindlichen Windmühlen ist auch allzu malerisch. Es hat zwar einen touristischen Touch, aber die sechs Windmühlen sind absolut authentisch und werden mit Enthusiasmus und Liebe unterhalten. Besucher können die Mühlen auf eigene Faust erkunden und die riesigen, sich bewegenden Teile bestaunen, die diese Bauten zu einer Mischung aus Segelschiff und Rube-Goldberg-Maschine (eine für ihre eigentlich einfache Aufgabe absichtlich viel zu komplizierten Maschine) machen.

## Sehenswertes & Aktivitäten

### ★ Zaanse Schans Windmühlen

WINDMÜHLEN

(☎ 075-681 00 00; www.dezaanseschans.nl; Kalverringdijk; pro Windmühle Erw./Kind 4,50/2 €; ⏱ die meisten Windmühlen April–Okt. 9–17 Uhr, Nov.–März variierend) Das Dorf Zaanse Schaans, in dem Menschen arbeiten und wohnen, fungiert als Windmühlengalerie am Fluss Zaan. Die bei Touristen beliebten Windmühlen sind vollkommen authentisch und werden mit Enthusiasmus und Liebe betrieben. Besucher können sie auf eigene Faust erkunden und die Maschinen aus der Nähe bestaunen. Wann die einzelnen Mühlen zu besichtigen sind, ist unterschiedlich.

Künstler lieben die Mühle, in der Farbpigmente zu kaufen sind – Besucher sehen, wie die Materialien zu Pulver verarbeitet werden, das schon für Renaissance-Meisterwerke verwendet wurde.

Die anderen Gebäude von Zaanse Schaans wurden aus dem ganzen Land hergebracht, um ein Dorf des 17. Jhs. zu schaffen. Es gibt einen frühen Albert-Heijn-Laden, eine Käserei und eine beliebte Holzschuhwerkstatt (mit überraschend interessantem Museum), in der Holzschuhe wie Schlüssel geschliffen werden. Die faszinierende Zinngießerei erklärt die Geschichte hinter Dutzenden kleiner Figuren, während das geschmolzene Zinn in den Formen fest wird.

Nach dem Bummel durch das Dorf bringt ein **Boot** (www.voetveerzaandijk.nl; Kalverringdijk; Erw./Kind 1 €/frei; ⏱ nach Bedarf April–Sept. 10–17 Uhr) die Besucher ans andere Ufer der Zaan.

### Zaans Museum

MUSEUM

(☎ 075-681 00 00; www.zaansmuseum.nl; Schansend 7; Erw./Kind 10/6 €; ⏱ April–Sept. 9–17 Uhr, Okt.–März ab 10 Uhr) Das beeindruckende Zaans Museum erzählt die Geschichte der Windmühlen von den ersten Exemplaren an. Zudem widmet es sich niederländischer Kultur und Tracht und zeigt ein Gemälde von Monet, der die Zaans-Region wiederholt verewigte.

## Praktische Informationen

**Zaanse Schans Informationsschalter** (☎ 075-681 00 00; www.zaanseschans.nl; ⏱ April–Sept. 9–17 Uhr, Okt.–März ab 10 Uhr) Das Informationsbüro ist untergebracht im Zaans Museum.

## Anreise & Unterwegs vor Ort

### FÄHRE/SCHIFF

Seit 2018 verbindet die **Zaanferry** (☎ 06 3330 0022; www.zaanferry.com; Kalverringdijk; Amsterdam–Zaanse Schans einfach/hin & zurück pro Pers. 10/15 €; ⏱ bis zu zehn Fahrten tgl.) Zaanse Schans mit De Rijterkade am nordwestlichen Dock der Amsterdam Centraal Station. Die Fahrt mit ihren vier Zwischenstopps dauert einfach zwei Stunden. Tickets im Voraus online buchen.

### FAHRRAD

Von Amsterdam aus schlängelt sich ein 22 km langer Radweg, sobald er die Stadt hinter sich gelassen hat, zwischen Agrarland und Seen entlang.

**Fietsverhuur Zaanse Schans** (☎ 06 2674 0840; www.zaanseschansbikerent.nl; Stationsstraat, Zaandijk; Fahrrad pro Std. 5 €; ⏱ April–Okt. 9–18 Uhr) an der östlichen Seite des Bahnhofs Zaandijk Zaanse Schans verleiht Fahrräder für eine Tour durch Zaanse Schaans und Umgebung.

### ZUG

Von der Amsterdam Centraal Station (3,20 €, 18 Min., viermal die Std.) den Zug in Richtung Alkmaar nehmen und in Zaandijk Zaanse Schans aussteigen – von hier führt ein gut ausgeschilderter 1,5 km langer Fußweg nach Zaanse Schans.

# Waterland

In dieser ländlichen Gegend, die 9 km nördlich von Amsterdam beginnt, vergeht die Zeit langsam. Grüne Felder werden von Fischreihern bewacht, die bewegungslos an Wasserfurchen inmitten des ausgedehnten Ackerlands stehen. Dies ist ein ideales Fahrradrevier mit vielen Attraktionen wie etwa den idyllischen Städtchen Monnickendam und Marken.

## Monnickendam

☎ 0299 / 9830 EW.

Monnickendam ist nach den Benediktinermönchen benannt, die hier einen Damm bauten, und geht bis auf das Jahr 1356 zurück. Seit dem Niedergang der Fischereiwirtschaft hat sich der Ort zu einem vornehmen Hafen für Jachten und Segler entwickelt.

Die schönen alten Fischtrawler bieten inzwischen hauptsächlich Ausflugsfahrten an. Die schmalen Gassen zwischen den Werften sind noch von Geschichte durchdrungen.

## Sehenswertes & Aktivitäten

An der Hauptstraße, Noordeinde, neigen sich alte Backsteinhäuser in aberwitzigen Winkeln, weil sie langsam in den feuchten Boden sinken.

Beim Bummel durch die Gassen auf die Giebelsteine auf den Häusern achten, denn viele haben eine Geschichte zu erzählen. Jener in der Kerkstraat 32 stammt von 1620, und der in der Kerkstraat 12 erzählt von den fünf Juden, die sich in dem Haus während des ganzen Zweiten Weltkriegs versteckten.

Im Hafen liegen herrliche alte *tjalken, botters* und *klippers,* historische Boote, die gemietet werden können (wie auch bei Bedarf der Skipper dazu); Informationen liefert die Touristeninformation (S. 137).

**Speeltoren** HISTORISCHES GEBÄUDE
(☎ 0299-652 203; www.despeeltoren.nl; Noordeinde 4; Erw./Kind 4,50/3 €; ⌚ Juli & Aug. Mo 13–17, Di–So ab 11 Uhr, April–Juni, Sept. & Okt Di–So, Nov.–März Sa & So) Monnickendams Wahrzeichen ist der Speeltoren aus dem 15. Jh., ein eleganter Uhrenturm im italienischen Stil und früher das Rathaus. Das Glockenspiel (17. Jh.), das älteste in ganz Europa, erklingt samstags um 11 und um 12 Uhr – dazu marschieren seine vier mechanischen Ritter im offenen Holzfenster vorbei. Im Uhrenturm widmet sich das **Museum De Speeltoren** der Geschichte und Gegenwart von Waterland, und Besucher können den erstaunlichen alten Mechanismus bewundern, der die Uhr antreibt.

### WATERLAND-TICKET

Wer einen Tagesausflug per Bus nördlich von Amsterdam in die Waterland-Region, z. B. nach Monnickendam und Marken oder nach Edam, Volendam und Hoorn, plant, spart mit dem Erwerb einer **Waterland Dagkaart** (Waterland-Ticket; Erw./Kind 10/2,50 €) Geld. Diese kostengünstige Karte gewährt einen Tag lang unbeschränkte Fahrten mit den Bussen 312, 314, 315 und 316 und ist online auf www.ovshop.nl oder in Touristeninformationen erhältlich.

**Grote Kerk** KIRCHE
(Sint Nicolaaskerk; www.grotekerkmonnickendam.nl; De Zarken 2; ⌚ April–Okt. Di–Sa 11–16, So ab 13 Uhr, Nov.–Feb. variierende Öffnungszeiten) Die gotische Grote Kerk am südlichen Stadtrand ist für ihre drei Kirchenschiffe, ihre Turmgalerien und ihren umwerfenden Lettner aus Eichenholz (16. Jh.) bekannt. Die große Orgel von 1780 wird auch *zwaluwnestorgel* („Schwalbennestorgel") genannt, weil sie sich wie ein solches hoch oben an die Turmmauer schmiegt.

## Schlafen & Essen

★ **Posthoorn** BOUTIQUEHOTEL €€
(☎ 0299-654 598; www.posthoorn.eu; Noordeinde 43; EZ/DZ/Suite ab 99/135/159 €; P 📶) Das schön restaurierte Gebäude stammt von 1697, aber die Besitzer vermuten, dass es noch älter sein könnte. In den zwölf romantischen Zimmern mischt sich Moderne mit Traditionellem wie antiken Möbeln und Gemälden von Waterlands Landschaften aus dem 17. und 18. Jh. Kinder unter acht Jahren sind nicht gestattet. Das renommierte **Restaurant** (☎ 0299-654 598; www.posthoorn.eu; Noordeinde 43; Hauptgerichte 33,75–38,50 €, Probiermenüs 69–99 €, mit dazu ausgesuchten Weinen 111–168 €; ⌚ Di–Sa 18–21.30, So 12–14 & 18–21 Uhr; 📶) mit Michelin-Stern zelebriert heimische Produkte. Für Wochenenden sind Zimmer und Restauranttisch im Freien im Voraus zu reservieren.

**Theetuin Overleek** CAFÉ €
(☎ 0299-652 735; www.theetuinoverleek.nl; Overleek 6a; Gerichte 4–10,50 €, „High Tea" pro Pers. 29,50 €; ⌚ Juli & Aug. Mi–Mo 10–17 Uhr, Mai, Juni & Sept. Mi–So, Okt. Sa & So) 3 km westlich der Stadt steht dieses hölzerne Teehaus direkt an einer Gracht – ein zauberhafter Ort, um Tee und Gebäck zu genießen. Für den „High Tea" ist eine Reservierung obligatorisch, auf Kleinigkeiten wie Sandwiches oder Kuchen können Gäste aber auch spontan vorbeikommen. Das Café vermietet Elektroboote (2 Std. 45 €, Tag 95 €) für die Erkundung der Wasserwege und verkauft den Freizeitskippern auch Picknickpakete (pro Pers. 12,50 €).

## Shoppen

**Avontuur in Miniatuur** SPIELWAREN
(☎ 0299-652 085; www.avontuurinminiatuur.nl; Noordeinde 76; ⌚ Fr & Sa 10–17 Uhr, So–Do nach Vereinbarung) Puppenhäuser – und alles, um sie einzurichten, zu dekorieren und mit

Bewohnern zu füllen – sind die Spezialität dieses Miniatur-Wunderlands. Besucher können Handwerkern am großen Tisch zusehen, wie sie die kleinen Teile kreieren (vieles, wenn auch nicht alles, ist handgefertigt).

## Praktische Informationen

Waterlands kleine, aber exzellente regionale **Touristeninformation** (VVV; ☎ 0299-820 046; www.vvv-waterland.nl; Zuideinde 2; ⏲ April–Okt. tgl. 10–17 Uhr, Nov–März Mo–Sa 11–14 Uhr) kann Routen für Spaziergänge, unbekanntere Attraktionen und Unternehmungen am und auf dem Wasser empfehlen.

## Anreise & Unterwegs vor Ort

Radwege führen auf ländlichen Deichen am IJsselmeer entlang nach Volendam (7 km) und Edam (9 km). Marken liegt 8,5 km östlich und Amsterdam 15 km südwestlich. **Ber Koning** (☎ 0299-651 267; www.berkoning.nl; Noordeinde 12; pro Tag 12,50 €; ⏲ April–Sept Di–Sa 9–20 Uhr, Okt.–März Di–Fr 9–18, Sa bis 16 Uhr) verleiht Fahrräder.

Die Busse 312, 314 und 315 (20 Min., bis zu viermal stdl.), für die das Waterland Ticket (S. 136) gilt, verbinden Monnickendams Zentrum mit Amsterdams Centraal Station.

# Marken

☎ 0299 / 1810 EW.

Auf der anderen Seite der Gouwzee-Bucht liegt Marken mit seiner kleinen, resoluten Bewohnerschaft. Dies war eine abgeschiedene Insel in der Zuiderzee, bis 1957 ein Damm sie mit dem Festland verband und Marken praktisch in ein museumsreifes Dorf verwandelte. Noch immer hat es das Flair einer Fischersiedlung (vor den Eingängen stehen abgetragene Holzschuhe), und das Autoverbot in der Dorfmitte hält die Besuchermengen zumindest etwas in Schach.

## Sehenswertes

Die farbenfrohe Kerkbuurt im Nordosten des Dorfs ist der authentischste Ortsteil mit schwarz geteerten und bemalten Häusern, die auf Pfählen gebaut wurden, um den Fluten der Zuiderzee standzuhalten. Die meisten Souvenirläden und Restaurants befinden sich in der Hafengegend Havenbuurt.

**Marker Museum** MUSEUM
(☎ 0299-601 904; www.markermuseum.nl; Kerkbuurt 44; Erw./Kind 3/1,50 €; ⏲ Ende März–Sept. Mo–Sa 10–17, So 12–16 Uhr, Okt. Mo–Sa ab 11, So ab 12 Uhr) Eine Reihe von Aalräuchereien wurden zum Marker Museum umgestaltet, das Markens Geschichte erzählt. Das nachgebaute Interieur eines Fischerhauses ist voller persönlicher Details. Eine Rundtour-Broschüre (2 €) führt Besucher durch das komplizierte Gassengewirr mit robusten Holzbauten.

## Schlafen & Essen

Die wenigen Restaurants des Dorfs befinden sich am Hafen. Der Supermarkt gegenüber dem Parkplatz führt Grundnahrungsmittel.

**Hof Van Marken** HOTEL €€
(☎ 0299-601 300; www.hofvanmarken.nl; Buurt II 15; EZ/DZ ab 89/99 €; 📶) Markens einziges Hotel hat große Betten, flauschige Kissen und himmlische Decken. Die sieben behaglichen Zimmer in Pastelltönen reflektieren diese Region, wo Land und Wasser im Nebel ineinander übergehen. Das Restaurant serviert frische, stilvolle Kreationen aus lokalen Produkten und Seafood (Hauptgerichte 12,50 €). Zimmer wie Restauranttische sind im Voraus zu reservieren.

## An- & Weiterreise

Wer mit dem Auto anreist, muss auf dem Parkplatz am Dorfeingang parken (pro Auto am Tag 4,50 € plus pro Pers. 0,50 €).

### BOOT

Die **Marken Express Ferry** (☎ 0299-363 331; www.markenexpress.nl; Havenbuurt; Erw./Kind einfach 8,50/4,25 €, hin & zurück 12,50/6,25 €, Fahrrad 1,50/2,50 €; ⏲ März–Sept. 10.15–19.30 Uhr) fährt alle 45 Minuten von Marken nach Volendam (45 Min.).

### BUS

Bus 315 verbindet Marken mit Amsterdam (40 Min., stdl.) via Monnickendam (10 Min.); dafür gilt das Waterland Ticket (S. 136).

### FAHRRAD

Die 8 km lange Fahrt auf dem Damm von Monnickendam nach Marken bietet stimmungsvolle Meerblicke.

# Volendam

☎ 0299 / 28 490 EW.

Der frühere Fischerhafen Volendam mit seinen aufgereihten Holzhäusern und Bewohnern, die sich zum Kirchgang und für Feste die Tracht anziehen, ist zwar sehr malerisch, aber der Hafen ist voll von kitschigen Souvenirläden, Fotoschnellautomaten für Aufnahmen in traditionell holländischen Kostümen, einem Virtual-Reality-Bummel

NICHT VERSÄUMEN

## DIE GRÖSSTE BLUMENAUKTION DER WELT

Aalsmeer ist die Heimat des **Bloemenveiling Aalsmeer** (www.royalfloraholland.com; Legmeerdijk 313; Erw./Kind 7,50/4,50 €; Mo–Mi & Fr 7–11, Do bis 9 Uhr), der weltweit größten *bloemenveiling* (Blumenauktion), die von dem riesigen Blumenkonglomerat Royal FloraHolland durchgeführt wird. Besucher sollten vor 9 Uhr auf die Zuschauergalerie kommen, um mitzuerleben, wie die blumenbeladenen Wagen zur Rückwärtsauktion gebracht werden. Eine riesige Uhr gibt das Startgebot an. Nach der Startglocke sinkt der Zeiger, bis ein Handel getätigt ist.

Mit Bus 357 von Amsterdams Centraal Station zur Haltestelle Hoofdingang fahren (45 Min., ab 4.59 Uhr).

Am Montag geht es am lebhaftesten zu, Donnerstag ist der ruhigste Tag.

In der 1 Mio. m² großen Halle wechseln Tag für Tag rund 90 Mio. Blumen und 2 Mio. Pflanzen die Besitzer. Besucher können auf eigene Faust eine Tour auf einem rollstuhltauglichen erhöhten Rundgang über dem hektischen Treiben machen und die wohlduftende Choreografie blumenbeladener Gabelstapler und Rollwagen bestaunen. Auf der Route erklären Tafeln auf Knopfdruck das Geschehen; alternativ gibt es auf der Website die Möglichkeit, einen kostenlosen Audioguide herunterzuladen.

Die Route führt an Fenstern vorbei, die einen Blick in die Auktionsräume gewähren oder hinter denen Blüten zusammengestellt werden, ehe sie zur Versteigerung gebracht werden. Da inzwischen immer mehr Transaktionen online stattfinden, sollte man diese Chance wahrnehmen, solange es sie noch gibt.



durch das alte Volendam, einem riesigen Käseladen/-museum, Fischständen und räuberischen Möwen. Am Wochenende wimmelt es von Ausflüglern.

## Sehenswertes

**Volendams Museum** MUSEUM

(0299-369 258; www.volendamsmuseum.nl; Zeestraat 41; Erw./Kind 4/2 €; 10–17 Uhr) Volendams Geschichtsmuseum widmet sich der lokalen Kultur und zeigt traditionelle Trachten, Drucke, Gemälde mit Hafenszenen und sogar die beengten Kajüten eines Schiffs. Aber vor allem Zigarrenfans kommen auf ihre Kosten: Die Wände sind mit rund 11 Mio. Banderolen verziert.

## Schlafen & Essen

Am Hafen gibt es ein paar große Touristenhotels, die meisten Besucher kommen aber nur für einen Tagesausflug aus Amsterdam, 25 km südwestlich, nach Volendam.

★ **Smit Bokkum** FISCH, MEERESFRÜCHTE €€

(029-936 33 73; www.smitbokkum.nl; Slobbeland 19; Hauptgerichte 15,50–27,50 €; Di–So 10–21 Uhr; ) Das Smit Bokkum räuchert seit 1856, inzwischen in der sechsten Generation, heimische Meerestiere wie Aale, Wolfsbarsche, Austern, Makrelen und Herzmuscheln. Im Restaurant mit einer sonnigen Terrasse direkt am Wasser lassen sich die Gäste die aromatischen Spezialitäten des Hauses gleich vor Ort schmecken. Die 20-minütige Räuchereiführung (4,50 € inkl. Verkostung) sollte im Voraus gebucht werden. Das Smit Bokkum ist etwa 800 m südwestlich von Volendams Touristenmeile zu finden.

## Praktische Informationen

Informationen zu Unterkünften in der Gegend und Radwegekarten sind in Volendams geschäftiger **Touristeninformation** (VVV; 0299-363 747; www.vvv-volendam.nl; Zeestraat 37; April–Okt. Mo–Sa 10–17, So 11–15 Uhr, Nov.–März So bis 16 Uhr) erhältlich.

## An- & Weiterreise

Radwege führen an der Zuiderzee entlang nach Monnickendam, 8 km südlich, und Amsterdam, 23 km südwestlich. Edam ist nur eine 3,5 km kurze Tour gen Nordwesten entfernt.

Die **Marken Express Ferry** (0299-363 331; www.markenexpress.nl; Haven; Erw./Kind einfach 8,50/4,25 €, hin & zurück 12,50/6,25 €, Fahrrad 1,50/2,50 €; März–Sept. 9.45–18.45 Uhr) fährt alle 45 Minuten von Volendam nach Marken (30 Min.).

Bus 316 verbindet Volendam mit Amsterdam (25 Min., viermal die Std.) und Edam (10 Min., viermal die Std.); dafür gilt das Waterland Ticket (S. 136).

# Edam

☎0299 / 7380 EW.

Edam war einst ein bekannter Walfängerhafen – in seiner Blütezeit im 17. Jh. gab es hier 33 Werften, die die Flotte des legendären Admiral Michiel de Ruyter bauten –, heute ist die idyllische Kleinstadt ein weiteres Schmuckstück Nordhollands und lädt mit Lagerhäusern, malerischen Kopfsteinpflasterstraßen, handbetriebenen Zugbrücken und bilderbuchgleichen Grachten zu einem Spaziergang ein.

## Sehenswertes & Aktivitäten

**Edams Museum** MUSEUM

(☎0299-372 644; www.edamsmuseum.nl; Museum Damplein 8, Nebengebäude Damplein 1; Erw./Kind 5/3 €; ⏲Museum April–Ende Okt. Di–Sa 10–16.30, So ab 13 Uhr, Nebengebäude April–Ende Okt. Di–So 13–16.30 Uhr) Möbelstücke, Porzellan- und Silberwaren befinden sich dicht gedrängt auf drei Etagen in Edams ältestem Gebäude aus dem Jahr 1540. Der schwimmende Keller ist eine ganz besondere Vorratskammer, die mit dem Fluss ansteigt und sinkt, um die Belastung des Bauwerks darüber zu reduzieren.

Auf der anderen Seite der Gracht, in einem Anbau des Rathauses von 1737, sind weitere Exponate untergebracht. Zwischen ein paar berühmten Meisterwerken hängt dort auch das Bild *Großes Mädchen* eines unbekannten Künstlers, das eine 2,80 m große junge Frau zeigt – angeblich die größte Frau aller Zeiten.

**Gestam** KÄSEREI

(☎0299-372 376; www.gestam.com; Voorhaven 127; ⏲Sa 8.30–16 Uhr) GRATIS In dem wunderbaren und wenig kommerziellen Gestam, einem 1916 als Lagerhaus für regionale Fabrikanten gegründeten Gebäude, gibt es 30 unterschiedliche Käsesorten zu probieren.

**Grote Kerk** KIRCHE

(www.grotekerkedam.nl; Grote Kerkstraat 59; Turm 2 €; ⏲April–Ende Okt. 13.30–17 Uhr) Die Grote Kerk aus dem 15. Jh. legt für das launische niederländische Wetter Zeugnis ab. Ihre 32 überwältigenden Buntglasfenster mit Wappen und historischen Szenen wurden nach 1602 eingebaut, als die Kirche nach einem Blitzeinschlag abgebrannt war. Der Turm kann bestiegen werden, oben bieten sich Blicke über die Dächer der Stadt. Die Website informiert über die regelmäßig in der Kirche stattfindenden Konzerte.

**Kaasmarkt** HISTORISCHE STÄTTE

(Käsemarkt; www.kaasmarktedam.nl; Jan Nieuwenhuizenplein; ⏲Juli–Mitte Aug. Mi 10.30–12.30 Uhr) Im 16. Jh. verlieh Willem van Oranje (Wilhelm I. von Oranien) Edam das Recht, einen Käsemarkt abzuhalten, der fortan bis in die 1920er-Jahre die wirtschaftliche Stütze der Stadt blieb. In seiner Blütezeit wurden hier im Jahr 250 000 Käselaibe verkauft. Edams wöchentlicher Käsemarkt im Sommer ist zwar kleiner als jener in Alkmaar (S. 140), aber ebenso touristisch.

**Fluisterbootjes** BOOTSVERLEIH

(Flüsterboote; ☎0299-371 664; www.fluisterbootverhuur-edam.nl; VVV, Damplein 1; Leihboot pro Std. 24 €; ⏲April–Mitte Okt. 9–17 Uhr) Kleine Elek-

NICHT VERSÄUMEN

### UNESCO-WELLNESSHOTEL

Das 1912 errichtete **Fort Resort Beemster** (☎0299-682 200; www.fortresortbeemster.nl; Nekkerweg 24, LC Zuidoostbeemster; DZ/Suite ab 155/210 €; P 📶 🏊), ein ehemaliges Fort und Gefängnis 10 km westlich von Edam, wurde später zu einem umwerfenden Wellnesshotel umgestaltet. Original erhalten sind z. B. Lampen, Stahltüren und Panzerglasfenster. Einige der 16 Gästezimmer befinden sich im Pförtnerhaus; jene im Fort selbst öffnen sich zu Patios mit Blick auf den See. Die beiden Restaurants bieten moderne niederländische Küche aus Bio-Erzeugnissen.

Zu den Wellnessangeboten (generell ohne Bekleidung) gehören finnische, Holzfeuer- und Himalayasalz-Sauna, türkische Dampfbäder sowie Frei- und Hallenbad.

Das Regenwasser wird vom Sandbelag auf dem Dach gereinigt und im Spa verwendet; das gebrauchte Wasser wird für die Fußbodenheizung genutzt.

Das Fort ist Teil der Unesco-Welterbestätte Stelling van Amsterdam (Stellung von Amsterdam), eines 135 km langen Verteidigungsrings rund um Amsterdam, zu dem 42 Festungen gehören, die zwischen 10 und 15 km vom Stadtzentrum entfernt sind.

troboote selbst durch Edams Grachten navigieren – für die Boote mit sieben Sitzplätzen ist kein Führerschein nötig. Einfach in der Touristeninformation die Leihgebühr entrichten und den Schlüssel entgegennehmen.

## Schlafen & Essen

**L'Auberge Dam Hotel** BOUTIQUEHOTEL €€
(☎0299-371 766; www.damhotel.nl; Keizersgracht 1; DZ/FZ ab 125/175 €; ) Dieses Hotel voller Kunst und Antiquitäten ist ein romantischer Rückzugsort mitten in der Stadt. Einige der elf Zimmer sind zwar recht klein, das machen aber die großen Betten und todschicken modernen Bäder wieder wett. In den beiden Familienzimmern finden drei bzw. vier Personen Platz. Das große Café hat Tische auf Edams Hauptplatz.

**De Fortuna** NIEDERLÄNDISCH €€
(☎0299-371 671; www.fortuna-edam.nl; Spuistraat 3; Hauptgerichte mittags 6–19,75 €, abends 23,50 €, 3-/4-/5-Gänge-Menü 36/43,50/49,50 €; Küche Mitte März–Sept. 12–15 & 18–21.30 Uhr, Okt.–Mitte März bis 21 Uhr; ) Ölgemälde, Erkerfenster und gepolsterte Ledersitze zeichnen dieses zauberhafte Restaurant im Hotel **De Fortuna** (☎0299-371 671; www.fortuna-edam.nl; Spuistraat 3; EZ/DZ/3BZ/FZ ab 87,50/107,50/157,50/177,50 €; ) aus. Zu Mittag gibt es leichte Gerichte wie Gourmet-Sandwiches und rustikales Brot, gegrilltes Seafood, Kroketten und Salate. Abends speisen die Gäste gehobenere Kreationen wie Carpaccio vom Waterland-Rind, gebratenes Perlhuhn mit Rahmspargel und Brombeer-Crumble mit Edam-Joghurteis. Schön ist auch die Terrasse direkt am Wasser.

## Praktische Informationen

**Touristeninformation** (VVV; ☎0299-315 125; www.vvv-edam.nl; Damplein 1; April–Okt. Mo–Sa 10–17, So 10.30–16.30 Uhr, Nov.–März Mo 12–16, Di–Do 10–15, Fr & Sa 10–16 Uhr) Im prächtigen Rathaus aus dem 18. Jh. – Teil des Edams Museums (S. 139).

## Anreise & Unterwegs vor Ort

### BUS

Die Busse 312 und 314 verbinden Edam mit Amsterdam (35 Min., sechsmal die Std.) via Volendam (20 Min.); für sie gilt das Waterland Ticket (S. 136).

### FAHRRAD

Radwege führen gen Norden nach Hoorn, südöstlich nach Volendam und nach Waterland im Westen. Die vielen IJsselmeer-Deiche rund um Edam eignen sich hervorragend für Radtouren.

**Ton Tweewielers** (☎0299-371 922; www.tontweewielers.nl; Schepenmakersdijk 6; Fahrrad/E-Bike pro Tag 10/24,50 €; April–Mitte Sept. Mo–Sa 8.30–18, So 9.30–17 Uhr, Mitte Sept.–März nach Vereinbarung) verleiht Fahrräder, darunter auch Kinderräder und Tandems, sowie Anhänger und Helme. Anlieferung und Abholung können organisiert werden.

# Alkmaar

☎072 / 107 822 EW.

Von April bis Anfang September ist Alkmaars grachtengesäumtes Zentrum jeden Freitagmorgen voller Tagesausflügler, die den berühmten Käsemarkt sehen wollen. Der Markt ist ein echtes Spektakel, aber auch sonst ist Alkmaar einen Besuch wert, und das zu jeder Jahreszeit.

Alkmaar hat in den Herzen der Niederländer einen ganz besonderen Platz – war dies doch 1573 die erste Stadt, die die spanischen Besatzer abwehrte. Die Bewohner öffneten damals die Schleusen und fluteten die Gegend mit Meerwasser, wodurch die verblüfften Invasoren zum Rückzug gezwungen waren. Der Sieg verschaffte der Stadt das Wiegerecht, das das Fundament für ihren Käsemarkt legte.

## Sehenswertes

**Waaggebouw** HISTORISCHES GEBÄUDE
(Waagenhaus; Waagplein 2; Glockenspiel Mitte April–Mitte Sept. Do 18.30 & 19.30, Fr 11 & 12, Sa 12 & 13 Uhr) Das im 14. Jh. als Kapelle errichtete Bauwerk wurde zwei Jahrhunderte später zum Waagenhaus umgebaut. Heute sind in dem schönen Gebäude die Touristeninformation (S. 143) und das **Hollands Kaasmuseum** (Niederländisches Käsemuseum; ☎072-562 85 30; www.kaasmuseum.nl; Waagplein 2; Erw./Kind 5/2 €; März–Nov. Mo, Do & Sa 10–16, Fr ab 9, So 13–15.30 Uhr, Dez.–Feb. Sa 10–16 Uhr) untergebracht. Das mechanische **Glockenspiel** im Turm erwacht mit Rittern zum Leben, die ein Turnier bestreiten.

**Kaasmarkt** MARKT
(Käsemarkt; https://kaasmarkt-alkmaar.business.site; Waagplein; April–Anfang Sept. Fr 10–13 Uhr) Zwischen April und September werden auf dem Hauptplatz jeden Freitagmorgen feierlich gewachste *Kaas*-Laibe aufgestapelt. Dann erscheinen Träger mit den bunten Hüten der Käsegilde, und Händler in weißen Kitteln entnehmen mit hohlen Stäben

eine Käseprobe. Sie schnuppern daran und zerkrümeln den Käse, um Fettgehalt und Feuchtigkeit zu prüfen. Sobald die Geschäfte getätigt sind, transportieren die Träger die Käselaibe auf Holzschlitten zur alten Käsewaage. Das alles ist hauptsächlich Show, aber als lebendige Tradition ebenso faszinierend wie unterhaltsam.

**Stedelijk Museum** MUSEUM

(☎072-548 97 89; www.stedelijkmuseumalkmaar.nl; Canadaplein 1; Erw./Kind 12 €/frei; ⏱Di–So 11–17 Uhr) Allein schon die Sammlung an Ölgemälden alter niederländischer Meister, darunter imposante lebensgroße Porträts Alkmaarer Aristokraten, lohnt den Eintritt ins Stedelijk Museum. Andere Werke zeigen die Stadt im Niedergang nach dem Goldenen Zeitalter; düstere Szenen von Almosenspenderinnen, die für die Armen sorgen, erinnern daran, dass nach dem Einbruch des Handels die Kirche immer wichtiger wurde. Zu den modernen Werken gehört Charley Toorops eigenartiges Gemälde des Alkmaarer Käsemarkts – über ihre Käseträger mit grotesken Zügen gehen die Meinungen auseinander.

**Grote Kerk** KIRCHE

(☎072-514 07 07; www.grotekerk-alkmaar.nl; Kerkplein; ⏱Mitte April–Anfang Okt. Di–So 11–17 Uhr, Anfang Okt.–Mitte April nach Vereinbarung) Alkmaars Grote Kerk ist vor allem für ihre Orgeln bekannt. Die berühmteste ist die kleine „Schwalbennestorgel" aus dem Jahr 1511 im nördlichen Chorumgang. Eine weitere, von Jaco van Campen im 17. Jh. geschaffene Orgel, dominiert das Kirchenschiff. Orgelkonzerte – die auch die Fans von Horrorfilmen aus den 1930er-Jahren begeistern – finden am Mittwochabend sowie an Tagen, an denen die Kirche geöffnet ist, um 12 Uhr statt. Die pastellfarbenen Buntglasfenster lassen den Kircheninnenraum in Frühlingsfarben erstrahlen.

**Nationaal Biermuseum** MUSEUM

(☎072-511 38 01; www.biermuseum.nl; Houttil 1; Erw./Kind 5/2,50 €; ⏱Juni–Aug. Mo–Sa 10.30–16.30 Uhr, Sept.–Mai Mo–Sa 13–16 Uhr) Das Nationaal Biermuseum in der stimmungsvollen alten De-Boom-Brauerei hat eine respektable Sammlung an Geräten zur Bierproduktion und Wachsfiguren zeigen, wie die Sude einst gemacht wurden. Das Video mit niederländischen Bierwerbungen seit den 1950er-Jahren ist zum Schieflachen. Im Eintritt inbegriffen ist ein Bier (oder Softdrink) in der geselligen Bar (S. 143).

**ABSEITS DER ÜBLICHEN PFADE**

### FAHRRADTOUREN ENTLANG DER DEICHE

Das Dorf De Rijp an der N244, zwischen Alkmaar (17 km südöstlich) und Edam (17 km westlich) gelegen, befindet sich am südlichen Ende mehrerer guter Strecken an Deichen entlang. Unterwegs gewinnt man einen guten Eindruck davon, wie niedrig das Land im Vergleich zu den Wasserwegen zwischen den Erdwällen liegt.

Die Straße Oostdijk–Westdijk führt gen Norden zum 6 km entfernten Weiler Schermerhorn an der N243. Direkt westlich davon verläuft ein weiterer schmaler Deich parallel und windet sich an mehreren Windmühlen entlang. Vorsicht vor umherwandernden Schafen!

**Rent a Scooter Alkmaar** (☎072-562 85 30; www.ras-alkmaar.nl; Molenbuurt 21; Fahrrad/E-Bike/Motorroller pro 24 Std. 15/40/55 €; ⏱Mo–Sa 9–17 Uhr) vermietet Fahrräder und mehr.

## Geführte Touren

**Grachtenrondvaart Alkmaar** BOOTSFAHRT

(☎06 5371 4608; www.rondvaartalkmaar.nl; Mient; Erw./Kind 6/4,50 €; ⏱stündl. Mai–Sept. tgl. 11–17 Uhr, April & Okt. Mo–Sa) Die reizvollen 45-minütigen Grachtentouren mit mehrsprachigen Erklärungen beginnen am Mient, nahe der Waage. Die Boote fahren unter 22 Brücken hindurch, die teilweise so niedrig sind, dass die Passagiere sich sogar ducken müssen.

## Schlafen

Alkmaar bietet sich für einen Tagesausflug von Amsterdam, 40 km im Südosten, an. Wer aber hier übernachten will, hat die Wahl zwischen einigen guten Hotels im Zentrum und weiteren in der Umgebung.

**Camping Alkmaar** CAMPINGPLATZ €

(☎072-511 69 24; www.campingalkmaar.nl; Bergerweg 201; Zeltplatz 25–30 €, Hütte 50 €; P 📶) Der ganzjährig geöffnete Campingplatz in einem hübschen Wäldchen befindet sich nahe der Umgehungsstraße, nur 1 km nordwestlich des Bahnhofs. Die Zeltplätze liegen geschützt; die Holzhütten (ohne Bad) haben zwei Betten. Zur Anlage gehören ein Spielplatz und Pingpong-Tische. Bus 6 bis Hogeschool nehmen (10 Min.).

## Alkmaar

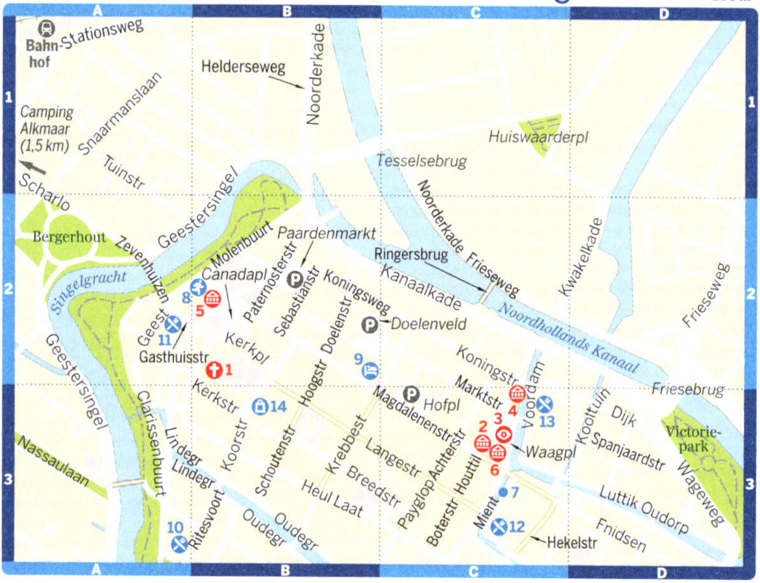




**Grand Hotel** HOTEL €€

(☎ 072-576 09 70; www.grandhotelalkmaar.nl; Gedempte Nieuwesloot 36; DZ/Suite ab 100/170 €; ) Ein 1877 von Cornelis Hendrik Peters, einem Schüler von Pierre Cuypers (der Amsterdams Centraal Station und das Rijksmuseum entworfen hat), erbautes neugotisches Postamt beherbergt heute dieses zentrale Hotel. Die 20 Gästezimmer sind modern und in dunklem Braun gehalten. Einige blicken auf die Altstadt, andere in den Hof. Die kostspieligeren Zimmer haben Minibar, Kaffeemaschine und Whirlpool, eines sogar eine eigene Sauna.

### Essen

Am Waagplein und an der Uferstraße Bierkade locken zahlreiche Restaurants. In Koorstraat und Ritesvoort, abseits vom Rummel des Käsemarkts, sind viele exzellente Bistros und Cafés zu finden.

**De Vlaminck** FAST FOOD €

(www.devlaminck.nl; Voordam 2; Pommes frites ab 2,50 €; Fr–Mi 11–19, Do bis 21.15 Uhr) Die von Hand geschnittenen Pommes frites aus diesem Imbiss sind einfach superb, dazu gibt es eine Auswahl von 17 verschiedenen Soßen, u. a. Erdnusssoße, *sambal oelek* (indonesische Chilisoße), Knoblauchsoße und Tomatenketchup. Die Kundschaft setzt sich mit den Papiertüten voller Pommes auf eine der Bänke an der Gracht.

**Bistro de 13 Balcken** BISTRO €€

(☎ 072-520 00 79; www.13balcken.nl; Zevenhuizen 11; Hauptgerichte mittags 8–18 €, abends 21–26 €; Mo, Mi & Do 15–21.30, Fr & Sa 12–22, So 14–21.30 Uhr; ) Holländischer Käse steht in diesem Eckbistro im Mittelpunkt, sowohl zur Mittagszeit (z. B. Gourmet-Sandwiches mit Ziegenkäse, geräuchertem Alkmaar-Schinken und eingelegten Roten Beten) als auch am Abend (Pannacotta aus Friesland-Blauschimmelkäse). Zum Nachtisch unbedingt den traditionellen *spekkoek* (geschichteter Gewürzkuchen mit Brombeersauce und Zimteis) probieren.

**Cafe Restaurant De Buren** INTERNATIONAL €€

(☎ 072-512 03 08; www.restaurant-deburen.nl; Mient 37; Hauptgerichte 15,50–28 €; Mo–Sa 10–22, So ab 11 Uhr; ) Vor diesem altehrwürdigen Café/Restaurant erstrecken sich die Tische an der Gracht entlang und säumen den alten Fischmarkt. Im Innnenraum gilt es, Werke des niederländischen Bildhauers Ron Moret zu bewundern. Auf der internationalen Speisekarte stehen Gerichte wie etwa *Coq au vin blanc* (Hühnerkeulen in Weißwein) und Steak mit Pommes frites

## Alkmaar



und Pfeffer-Cognac-Soße bis hin zu Kürbis-Ravioli und geräucherten Rippchen mit Maiskolben.

**Abby's** EUROPÄISCH €€
(072-511 11 11; www.restaurantabbys.nl; Ritesvoort 60; Sandwiches 6–10 €, Hauptgerichte 14,50–27,50 €; 11–22 Uhr) Das Abby's im Schatten einer alten Windmühle bietet drinnen coolen Jazz und auf der Terrasse eine kühle Brise. Mittags gibt es hauptsächlich Suppen, Salate und Sandwiches, abends wird Abenteuerlicheres aufgefahren: Tournedos (kleine runde Rinderfilets) mit gebratenen Roten Beten, Spargelravioli mit gehobeltem Fenchel und schwarzem Trüffel oder mit Limetten marinierter Wolfsbarsch mit Zitruspesto.

### Ausgehen & Nachtleben

**De Boom** BRUIN CAFÉ
(www.proeflokaaldeboom.nl; Houttil 1; So & Mo 14–24, Di & Mi ab 13, Do–Sa 13–2 Uhr) Seit den 1930er-Jahren ist diese holzvertäfelte Kneipe im Erdgeschoss des Nationaal Biermuseum (S. 141) unverändert und wird ihrem Standort gerecht. Im Sommer genießen die Gäste die gute Bierauswahl auf einem vertäuten Grachtenboot. Am letzten Donnerstag im Monat gibt es Livejazz.

### Unterhaltung

**Theater De Vest** BÜHNENKUNST
(072-548 98 88; www.theaterdevest.nl; Canadaplein 2; Ticketschalter Mo–Sa 12–16 Uhr, So 90 Min. vor Vorstellungsbeginn) Das De Vest ist das Zentrum für Alkmaars anspruchsvolle Unterhaltung und bietet die ganze Bandbreite von traditionellem Schauspiel und Puppenshows bis zu Avantgarde-Tanz. Im Sommer verwandelt sich der Canadaplein zur Bühne des Festivals für darstellende Künste Zomer op het plein (Sommer auf dem Platz).

### Shoppen

Die Langestraat ist die Fußgänger-Einkaufsmeile, wo die gängigen Labels vertreten sind. Die Laat bietet interessantere und vielfältigere Läden.

**Kaan's Kaashandel** KÄSE
(www.kaanskaas.nl; Koorstraat 11; Mo 13–18, Di–Fr 9–16, Sa 8.30–17 Uhr) Bereits in der vierten Generation wird in Kaan's Kaashandel ein großartiges Sortiment niederländischer Käsesorten angeboten, darunter um die 30 verschiedene Edamer. Der Einkauf kann für die Heimreise kostenlos vakuumverpackt werden.

### Praktische Informationen

**Touristeninformation** (VVV; 072-511 42 84; www.vvvhartvannoordholland.nl; Waagplein 2; April–Sept. 10–17 Uhr, Okt.–März So geschl.)

### An- & Weiterreise

**FAHRRAD**

Radwege führen an Tulpenfeldern vorbei ins 40 km nördlich gelgene Den Helder, nach Haarlem (33 km südlich), nach Amsterdam (45 km südöstlich) und nach Hoorn (26 km östlich).

**ZUG**

Der Bahnhof befindet sich 1 km nordwestlich des Zentrums.

ABSTECHER

## EIN WASSERREICHER ABSTECHER

In der wassergetränkten Region nördlich von Alkmaar verteilten sich einst 15 000 kleine, aber produktive Bauernhöfe, jeder auf seiner eigenen Insel, und die Bauern fuhren mit Ruderbooten zu ihren Feldern. Im **Museum BroekerVeiling** (Broeker-Versteigerungsmuseum; ☎226-313 807; www.broekerveiling.nl; Museumweg 2, Broek op Langedijk; Erw./Kind inkl. Audioguide 17,50/9,25 €; ⏲ Juli & Aug. 10–17 Uhr, Sept.–Juni Mo geschl.) können Besucher das Auktionshaus besichtigen, in dem die Bauern mit ihren Bootsladungen ankamen und dann im Boot warteten, bis sie durch die Auktionshalle rudern durften, wo Großhändler für ihre Waren Gebote abgaben. Das 1877 errichtete Gebäude steht auf 1900 Pfählen. Der Eintritt gilt für das Auktionshaus und das Museum sowie für eine Bootsfahrt.

An der Museumsfassade sind einige der 15 000 Inseln abgebildet, die Ausstellungen im Inneren, die erklären, wie die Bauern arbeiteten, sind eine Mischung aus High-Tech-Zauberei und altmodischen mechanischen Vorrichtungen. Eine 45-minütige Führung besucht auch ein paar der 200 noch bestehenden Inselparzellen in der Nähe. Auf dem Gelände sind einige traditionelle Kulturen an Ort und Stelle zu sehen. Zudem gibt es ein nettes kleines Café.

Das Museum BroekerVeiling befindet sich 8,5 km nordöstlich von Alkmaar. Von Montag bis Freitag fährt Bus 10 (30 Min., stdl.) zur Haltestelle Museumweg; am Wochenende nehmen Besucher Bus 9 (30 Min., stdl.) bis zur Haltestelle Laansloot und gehen zu Fuß 750 m gen Osten. Der 9 km lange Radweg von Alkmaar aus führt an Grachten entlang und durch das winzige alte Dorf Sint Pancras.



| REISEZIEL | FAHRPREIS (€) | FAHRZEIT (MIN.) | HÄUFIGKEIT (ZÜGE PRO STD.) |
|---|---|---|---|
| Amsterdam | 7.60 | 35 | 4 |
| Den Helder | 8.10 | 35 | 2 |
| Haarlem | 6.90 | 35 | 4 |
| Hoorn | 5.10 | 25 | 2 |

# Hoorn

☎0229 / 72 707 EW.

Mit seinem herrlichen, hornförmigen Hafen, dem der Ort auch seinen Namen verdankt, einer Reihe von Museen und ein paar hervorragenden Restaurants lockt Hoorn Scharen von Skippern und Wochenendausflüglern an, die gerne durch die von historischen Gebäuden gesäumten Straßen schlendern. Einst war Hoorn die Hauptstadt von Westfriesland und – dank der Niederländischen Handelsflotte, die hier einen ihrer Sitze hatte – auch eine mächtige Handelsstadt. Als Mitglied im Bündnis der sieben Städte trug Hoorn dazu bei, das Land von den Spaniern zu befreien, die die Stadt in der Zeit von 1569 bis 1573 besetzt hielten.

Hoorns berühmtester Sohn, der 1567 hier geborene Seefahrer Willem Schouten, taufte im Jahr 1616 Südamerikas sturmumtoste südliche Spitze nach seiner Heimatstadt: Kap Hoorn.

## Sehenswertes

Ein Bummel durch Hoorns Straßen, die Gebäude aus dem 16. Jh. säumen, ist eine der Hauptattraktionen der Stadt. Am malerischen Hafen stehen viele stattliche Giebelhäuser, insbesondere am **Veermanskade**. Einen Blick lohnen auch die alten Lagerhäuser am **Bierkade**, wo einst Lagerbier aus Deutschland abgeladen wurde.

Das Altstadtviertel beginnt etwa 800 m südöstlich des Bahnhofs. Vom Bahnhof aus den breiten Veemarkt entlang zum Gedempte Turfhaven gehen, rechts abbiegen und der ersten Straße links zum Grote Noord, der Fußgängerzone, folgen. An deren Ende liegt der schöne Marktplatz, Rode Steen. Zum Haupthafen 300 m weiter südwestlich führt eine Straße namens West.

**Rode Steen** PLATZ

Hoorns Blütezeit als Schifffahrtszentrum ist längst vorbei, aber die imposante **Statue von Jan Pieterzoon Coen**, dem Gründer der Niederländischen Ostindien-Kompanie, wacht noch immer über den Rode Steen (Roter Stein oder Rote Festung). Benannt wurde der Platz nach dem Blut, das einst vom Galgen auf den Boden rann. An der Nordostseite des Platzes steht die **Waag**, das Waagenhaus aus dem 17. Jh., dessen Fassade ein Wappen mit dem Symbol der Stadt, dem Einhorn, ziert.

★ **Westfries Museum** MUSEUM
(☎ 0229-280 022; www.wfm.nl; Rode Steen 1; Erw./Kind 9 €/frei; ⏲ April–Sept. Mo–Fr 11–17, Sa & So ab 13 Uhr, Okt.–März Mo geschl.) Das fesselnde Museum im einstigen Sitz des Staten-College, der einstigen Regionalregierung über sieben Städte in Noord-Holland, hat eine wertvolle Sammlung historischer Gemälde, so wertvoll, dass sie 2005 Zielobjekt eines Diebstahls wurde. Damals wurden Bilder im Wert von 10 Mio. Euro geraubt (fünf davon wurden wiedergefunden, aber 19 sind noch immer verschwunden, ebenso 70 Silberarbeiten). Glücklicherweise nahmen die Diebe vier große Gruppenporträts prominenter *schutters* (bürgerlicher Wachen) von Jan A. Rotius (1624–1666) nicht mit.

Die Hochzeitstorten-Fassade (1632) präsentiert das Wappen von Oranien-Nassau, der niederländisch-deutschen Dynastie, die zu Herrschern ernannt wurde, als Napoleon abzog. Im Hinterhof sind mehrere seltsame Steintafeln hiesiger Hausfassaden zu sehen.

**Hoofdtoren** HISTORISCHES GEBÄUDE
(Hoofd 2) Das massive Wehrtor Hoofdtoren (1532), das die umliegenden Gebäude verdüstert und von einem kleinen Glockenturm gekrönt wird, beherbergt heute ein stimmungsvolles Restaurant (S. 146).

**Museum van de Twintigste Eeuw** MUSEUM
(Museum des 20. Jhs.; ☎ 0229-214 001; www.museumhoorn.nl; Krententuin 24, Oostereiland; Erw./Kind 9/5 €; ⏲ Mo–Fr 10–17, Sa & So ab 12 Uhr) In dem riesigen ehemaligen Gefängnis auf Oostereiland, südlich vom Hoofdtoren, widmet sich dieses unterhaltsame Museum Haushaltswaren und modernen Erfindungen. Zu den aufschlussreichen Exponaten gehören u. a. ein Philips-Großrechner von 1964 – ein klobiges, schrankgroßes Ungetüm mit 1 Kilobyte Speicherplatz – und eine 30 m² große maßstabsgetreue *maquette* (Modell) von Hoorn im Jahr 1650. Ein Audioguide ist im Eintritt inklusive.

## Aktivitäten

**Museum Stoomtram** DAMPFZUG
(☎ 0229-214 862; www.stoomtram.nl; Van Dedemstraat 8; Rundfahrt Erw./Kind 21/16 €, Fahrrad 3,20 €; ⏲ April–Sept. tgl., Okt. & Nov. Sa & So) Von Hoorns kleinem Museum im Bahnhof schnaufen Dampflokomotiven nach Medemblik (22 km, 75 Min.). Die Passagiere können auf dem „Historischen Dreieck" (Erw./Kind 26,70/18,50 €) Zug- und Bootsfahrt kombinieren: mit dem Dampfzug von Hoorn nach Medemblik, weiter mit dem Boot nach Enkhuizen und mit der regulären NS-Bahn zurück nach Hoorn (20 Min.). Da die Abfahrtszeiten variieren, empfiehlt es sich, im Voraus nachzufragen.

## Geführte Touren

**Watertaxi Hoorn** BOOTSFAHRT
(☎ 06 4637 4059; www.watertaxihoorn.nl; Oostereiland 21; 1-stündige Fahrt für bis zu 4 Pers. 50 €, Wassertaxi-Service pro Pers. pro Anlegestelle ab 2,50 €, Leihboot pro Std. 25 €; ⏲ nach Reservierung) Auf den einstündigen Touren ist Hoorns Hafen aus dem Goldenen Zeitalter vom Wasser aus zu bestaunen. Das Unternehmen vermietet auch Boote (kein Führerschein erforderlich) mit optionalen Picknickkörben (pro Pers. 15 €) und bietet einen Wassertaxi-Service im Hafenbecken.

## Schlafen

**Bed & Breakfast Grote Noord** B&B €
(☎ 06 2871 9018; www.bedandbreakfastgrotenoord.nl; Grote Noord 3; EZ/DZ ab 69/79 €; 📶) Vom Rode Steen ist dieses B&B in dem 1592 erbauten Haus eines Kaufmanns der Niederländischen Ostindien-Kompanie (VOC) nur einen Steinwurf entfernt. Die Zimmer befinden sich im zweiten und dritten Stock (einen Aufzug gibt es nicht). Die mittelgroßen und großen Zimmer haben frei liegende Balken aus dem 16. Jh. und Annehmlichkeiten wie Minibars. Wochentags gelten niedrigere Preise.

★ **Gevangenis Hotel Hoorn** DESIGNHOTEL €€
(☎ 0229-820 246; www.gevangenishotelhoorn.nl; Schuijteskade 5; Zelle EZ/DZ 65/85 €, Standard-DZ/-FZ 95/199 €; 📶) Einen Teil von Oostereilands gewaltigem ehemaligen Gefängnis (nach wie vor sind die Fenster vergittert) nimmt heute dieses hippe Hotel ein. Die Gäste können in elf Zellen (die umgebaut wurden und eigene Bäder haben) übernachten, hinter den Originaltüren oder, falls einem das zu unheimlich ist, in 14 Standardzimmern. Hier gibt es auch eine lichtdurchflutete Brasserie mit Hafenblick. Der Parkplatz des Hotels befindet sich auf der anderen Seite der Brücke.

## Essen

**Wormsbecher** FISCH, MEERESFRÜCHTE €
(☎ 0229-214 408; www.wormsbechervis.nl; Wijdebrugsteeg 2; Gerichte 3–13 €; ⏲ 11–18 Uhr) Türkisfarbene Fliesen schmücken den Eingang dieses klassischen Fisch-Take-aways am

Hafen. Die Anwohner lieben den hier angebotenen Räucheraal, den rohen Hering, die Zuiderzee-Muscheln und die Seafood-Salate zu Schnäppchenpreisen. Am Hafen und auf Oostereiland finden sich zahlreiche Picknickplätze.

**★ De Hoofdtoren** EUROPÄISCH €€
(☎ 0229-215 487; www.hoofdtoren.nl; Hoofd 2; Hauptgerichte 15,50–24,50 €, 3-Gänge-Menü 32,50 €; ⏲ 12–22 Uhr) Eine Wendeltreppe aus roten Ziegeln führt in dieses hervorragende Restaurant in Hoorns historischem Hoofdtoren (S. 145) hinab. In dem von Kerzen beleuchteten Raum mit bloßen Klinkermauern wird Küche der Spitzenklasse serviert: Risotto mit Trüffeln, Rindersteak mit Polenta, *stamppot* (Kartoffelbrei) mit Rucola und Rotweinjus, Seezunge mit sautiertem Spinat – und alles zu erschwinglichen Preisen. Eine Reservierung ist zu empfehlen. Die Bar im Erdgeschoss hat im Sommer Tische auf dem Gehsteig.

**★ Lucas Rive** BISTRO €€€
(☎ 0229-213 362; www.lucasrive.nl; Oude Doelenkade 7; Hauptgerichte 28,50–40 €, 3-/4-/5-/6-Gänge-Menü 46/52,50/60/67,50 €; ⏲ Di, Mi & Sa 18–22, Do & Fr 12–14 & 18–22, So 13–15 & 18–22 Uhr) Küchenchef Lucas Rive brauchte in diesem schicken, modernen Restaurant an Hoorns lebhaftem Hafen nur fünf Monate, um sich einen Michelin-Stern zu verdienen. Unbedingt einen Tisch reservieren, um eines der täglich wechselnden Menüs zu genießen – mit Gerichten wie beispielsweise pochierte Entenleber auf geräucherter Entenbrust mit Blutorangensoße, geschmortem Hummer mit gebratener Königskrabbe oder Kalbsbries mit kandierten Nieren und Senfjus.

## ℹ Praktische Informationen

**Touristeninformation** (VVV; ☎ 0229-855 761; www.hallohoorn.nl; Schuijteskade 1, Oostereiland; ⏲ März–Sept. tgl. 10–17 Uhr, Okt.–Feb. Fr–So) Untergebracht im alten Gefängnis auf Oostereiland.

## ℹ Anreise & Unterwegs vor Ort

### BUS

Der Busbahnhof befindet sich neben dem Bahnhof. Bus 135 fährt nach Den Helder (1¼ Std., stdl.). In Den Oever umsteigen, um über das IJsselmeer in Richtung Leeuwarden zu fahren.

Bus 314 verkehrt nach Edam (35 Min., viermal die Std.); hier gilt das Waterland Ticket (S. 136).

### FAHRRAD

Radwege führen 20 km südlich nach Edam, wo sie auf die 25 km lange Küstenroute nach Enkhuizen treffen.

**Fietspoint Ruiter** (☎ 0229-217 096; Stationplein 1; Leihrad pro Tag ab 12 €; ⏲ Mo–Do 16.50–1, Fr & Sa bis 2.40, So 7.30–1 Uhr) Hoorn ist eine beliebte Trabantenstadt Amsterdams, und diese Fahrradwerkstatt mit Radverleih am Bahnhof ist fast rund um die Uhr geöffnet.

### ZUG

| REISEZIEL | FAHRPREIS (€) | FAHRZEIT (MIN.) | HÄUFIGKEIT (ZÜGE PRO STD.) |
|---|---|---|---|
| Alkmaar | 5,10 | 25 | 2 |
| Amsterdam | 8,30 | 35 | 2 |
| Enkhuizen | 4,10 | 25 | 2 |

Auf der historischen Strecke nach Medemblik und Enkhuizen fährt die Museum Stoomtram (S. 145).

# Enkhuizen

☎ 0228 / 18 480 EW.

Das wunderschön erhaltene Enkhuizen ist heute ein beschauliches Städtchen, doch im Goldenen Zeitalter beherbergte sein strategisch gut gelegener Hafen die niederländische Handelsflotte. Ende des 17. Jhs. geriet es ein bisschen in Vergessenheit, doch heute besitzt Enkhuizen eine der größten Flotten von Freizeitschiffen am IJsselmeer.

Für viele Reisende ist das Zuiderzeemuseum (teils Freiluftmuseum), eines der besten der Niederlande und die größte Attraktion der Stadt.

## Sehenswertes & Aktivitäten

**★ Zuiderzeemuseum** MUSEUM
(☎ 0228-351 111; www.zuiderzeemuseum.nl; Wierdijk 12–22; Erw./Kind 16/10 €; ⏲ Binnenmuseum ganzjährig 10–17 Uhr, Buitenmuseum April–Ende Okt. 10–17 Uhr) Dieses faszinierende Museum besteht aus zwei Teilen, zwischen denen 300 m liegen: dem Open-Air-Buitenmuseum mit über 130 an dieser Stelle wiederaufgebauten Wohnhäusern und Werkstätten sowie dem Binnenmuseum über Landwirtschaft, Fischerei und Schifffahrt. Der Besucherparkplatz (5 €) befindet sich an der N302 am südlichen Stadtrand. Eine Fähre (im Eintritt inbegriffen; April–Okt. alle 15 Min.) verbindet den Parkplatz mit dem Bahnhof und dem Buitenmuseum. Für den Besuch ist ein halber Tag einzuplanen.

Das 1983 eröffnete **Buitenmuseum** präsentiert Häuser, Bauernhöfe und Ställe, die aus der ganzen Region hierhergebracht wurden, um das Leben an der Zuiderzee zwischen 1880 und 1932 zu dokumentieren. Jedes nur erdenkliche Detail ist durchdacht, von den Zaundekorationen und der Wahl der Sträucher bis zur Anlage ganzer Dörfer und alles wirkt absolut authentisch. Die im Eintrittspreis enthaltene illustrierte Broschüre (auf Englisch) ist für die Tour ein wichtiger Begleiter.

Die Bewohner tragen traditionelle Kleidung und es gibt echte Läden wie eine Bäckerei, eine Apotheke und ein Süßwarengeschäft. Die Werkstätten bieten den ganzen Tag über Demonstrationen des jeweiligen Handwerks. Obwohl sie sich grundsätzlich unterscheiden, gehen die Ausstellungen nahtlos ineinander über: Kalköfen aus Akersloot stehen wenige Meter neben dem Zuidende und seiner Reihe von Monnickendam-Häusern, die ursprünglich außerhalb der Deiche errichtet worden waren. Nicht zu versäumen ist der Urk-Abschnitt, der die Inselgemeinde widerspiegelt, bevor der Noordoostpolder trockengelegt wurde. Damit Postkarten einen besonderen Stempel bekommen, werfen Besucher sie im alten Postamt von Den Oever ein. Der Marker Haven ist eine Nachbildung des Hafens, der 1830 auf der damaligen Insel Marken gebaut wurde. Am Eingang gibt es einen kurzweiligen Spielplatz.

Das Museumsgelände ist zwar ganzjährig geöffnet, Aktivitäten finden aber nur von April bis Oktober statt.

Neben dem Peperhuis befindet sich in einem ehemaligen Wohn- und Lagerhaus eines niederländischen Schifffahrtskaufmanns das **Binnenmuseum**. Zu den Attraktionen gehört eine Schiffshalle mit Gemälden, Drucken und anderen Exponaten über den Aufstieg und den Niedergang der Fischereiwirtschaft und den Bau der Deiche. Hier sind auch kulturelle Artefakte zu sehen, regionale Trachten, Porzellan, Silber und Schmuck, die den damaligen Reichtum des Landes bezeugen.

**Flessenscheepjes Museum** MUSEUM
(Buddelschiffmuseum; www.flessenscheepjesmuseum.nl; Zuiderspui 1; Erw./Kind 4,50/3 €; Mitte Feb.–Okt. & Mitte Dez.–Anfang Jan. 12–17 Uhr, Nov.–Mitte Dez. & Anfang Jan.–Mitte Feb. Fr–Mo) Dieses zauberhafte Museum, das fast so klein ist wie seine Exponate, zeigt eine erstaunliche Sammlung von Buddelschiffen, die Seeleute im Lauf der Jahrhunderte geschnitzt haben. Einige der mehr als 1000 Schiffe sind bis zu 750 Jahre alt. Ein Film enthüllt das Geheimnis, wie die Schiffe in die Flaschen kommen.

**Westerkerk** KIRCHE
(www.westerkerkenkhuizen.nl; Westerstraat 138; Anfang Juli–Anfang Sept. Di–Sa 13.30–17 Uhr) Beim Bummel durch die Westerstraat fällt die beachtliche Westerkerk auf. Die gotische Kirche aus dem 15. Jh. mit frei stehendem hölzernen Uhrturm hat einen reich verzierten Lettner und eine eindrucksvolle Kanzel.

## Schlafen

**Camping Enkhuizer Zand** CAMPINGPLATZ €
(0228-317 289; www.campingenkhuizerzand.nl; Kooizandweg 4; Zeltplatz 17–27,50 €; April–Sept.; P) An der Nordseite vom Buitenmuseum des Zuiderzeemuseums befindet sich dieser beliebte Campingplatz, ein Modell der Selbstversorgung. Er bietet einen schönen weißen Sandstrand, Tennisplätze, einen Lebensmittelladen und eine Kantine mit WLAN (das aber nicht bis zu allen Zeltplätzen reicht).

★ **De Koepoort** BOUTIQUEHOTEL €€
(0228-314 966; www.hoteldekoepoort.nl; Westerstraat 294; DZ/3BZ/FZ ab 104/149/174 €; P) Gleich neben dem historischen Stadttor De Koepoort, dem westlichen Zugang zur Stadt, befindet sich das gleichnamige Hotel mit 25 holzverzierten Zimmern (einige mit Balkon). Die Gäste entspannen sich in der Lounge mit Ledersesseln, in der Bar, im Restaurant bei Gerichten aus saisonalen regionalen Produkten (Frühstück ist inklusive) oder auf der fabelhaften Dachterrasse mit Blick aufs Tor. Es gibt einen Aufzug, und die Rezeption ist rund um die Uhr besetzt.

**Hotel Garni RecuerDos** B&B €€
(0228-562 469; www.recuerdos.nl; Westerstraat 217; EZ/DZ ab 65/90 €; ) Das stattliche Herrenhaus im Besitz einer herzlichen, freundlichen Musikmäzenin hat drei makellose Zimmer mit jeweils eigener Gartenterrasse. Das Frühstück wird im verglasten Wintergarten serviert, in dem auch häufig Konzerte gegeben werden.

## Essen & Ausgehen

Zahlreiche Cafés und Restaurants säumen den Oude Haven, weitere sind in der Venedie und der Westerstraat zu finden. In der

## TROCKENLEGUNG DER ZUIDERZEE

Die Küste der Niederlande erstreckte sich einst bis zu den Sandstränden von Texel und den anderen Friesischen Inseln. Doch das unerbittliche Meer scheint mit solchen Grenzen nie zufrieden zu sein, und Ende des 13. Jhs. hatten Jahrhundertstürme das Meerwasser über schwache Landbarrieren gespült und weit ins Landesinnere geschoben. Die Folge war die Entstehung der Zuiderzee (Südmeer).

Die herrschenden Holländer hatten jahrhundertelang davon geträumt, die Zuiderzee trockenzulegen, um dem Wasser die gewaltigen Massen an wertvollem Ackerland wieder abzutrotzen. Doch die seefahrenden Bewohner der Küstendörfer waren anderer Meinung, auch wenn die seichte Zuiderzee ständig ihre Häuser und Geschäfte überflutete und oft genug auch Menschenleben kostete. Es musste eine Lösung gefunden werden und die einzige Möglichkeit, das Wasser zu zähmen, war anscheinend, ihm den Weg zu versperren.

Bereits Mitte des 17. Jhs. wurde ein großer Deich geplant, aber erst Ende des 19. Jhs., als neue Bautechniken entwickelt wurden, konnte ein solcher Deich realisiert werden. Der Wasserbauingenieur Cornelis Lely (dem Lelystad den Namen verdankt) war der Erste, der ein Rückhaltesystem entwarf. 1916 setzte eine große Flut den Plan in Gang und die Konstruktion begann im Jahr 1927. Fischer bangten um ihre Lebensgrundlage und die Sorge, dass die Wattenmeerinseln im aufsteigenden Meer versinken könnten, wurde laut. Doch während die Angst der Fischer durchaus angebracht war, erwies sich letztere als unbegründet.

1932 wurde die Zuiderzee durch den Afsluitdijk (Abschlussdeich) feierlich versiegelt. Der imposante Damm (30 km lang und 90 m breit) verbindet seither die Provinzen Nordholland und Friesland. Der Wasserpegel blieb relativ stabil, aber der Fischerei wurde effektiv die Grundlage entzogen, da sich das Becken nach und nach mit Süßwasser vom Fluss IJssel füllte – so entstand das IJsselmeer. Es wurden große Landflächen geschaffen und bald in kultivierbare Polder verwandelt (von Deichen umgebene Flächen, auf denen das Wasser reguliert werden kann). Eine zweite Barriere zwischen Enkhuizen und Lelystad wurde 1976 vollendet – wodurch das Markermeer entstand –, um die nächste Phase der Landrückgewinnung voranzutreiben, aber der Plan wurde aufgrund der Kosten und der Umweltschutzbedenken auf Eis gelegt.

Weitere Informationen über diese enorme menschliche Leistung liefert Lelystads Nieuw Land Museum im Batavialand (S. 160), das die Landrückgewinnung detailliert beschreibt.

Stadt gibt es außerdem auch mehrere Supermärkte, darunter einen großen am Molenweg.

**De Smederij** NIEDERLÄNDISCH **€€**
(☎ 0228-314 604; Breedstraat 158; Hauptgerichte 21–25,50 €, 3-/4-Gänge-Menü 39,50/44,50 €; ⏲ Fr–Di 17–22 Uhr) Das knuffig süße, gemütliche Restaurant, früher eine Schmiede, ist mit schönen alten, gerahmten Landkarten geschmückt. Zum höchst kreativen saisonalen Angebot könnten Entenbrust mit Wildschweinpastete, Rib-Eye-Steak mit Lebkuchen-Bockbier-Dressing oder Wolfsbarsch mit Meerfenchelfüllung und Urkarottenpüree gehören.

★ **De Mastenbar** BAR
(www.demastenbar.nl; Compagnieshaven 3; ⏲ 10–22 Uhr) Die an der Anlegestelle am Compagnieshaven versteckte Mastenbar besitzt ein höhlenartiges Interieur mit, der Umgebung angepasstem, nautischem Dekor: gedruckte Karten an der Decke, alte Schiffssteuerräder, Kompasse und Kupferlaternen. Von der sonnigen Terrasse mit Panoramablick aus lassen sich hervorragend die Ausflugsboote und Lastkähne beobachten. Die Küche ist auf frische Meeresfrüchte, flämische Zwiebelsuppe und leckere Platten z. B. mit Wild spezialisiert.

### ℹ Praktische Informationen

Enkhuizens **Touristeninformation** (VVV; ☎ 0228-313 164; www.enkhuizenboeit.nl; Tussen Twee Havens 1; ⏲ Juli & Aug. 8–17 Uhr, Mai–Juni & Sept. Mi ab 9 Uhr, April & Okt. Mi–Fr 10–16, Sa 11–15 Uhr) gegenüber dem Bahnhof verkauft Fährtickets und hat eine Aufladestation für E-Bikes.

## Anreise & Unterwegs vor Ort

### FÄHRE/SCHIFF

Die **Fähre Enkhuizen–Stavoren** (0228-326 006; www.veerboot.info; Tussen Twee Havens; Erw./Kind einfach 11,50/7 €, Fahrrad 5,30 €; Mai–Sept. dreimal tgl., April & Okt. zweimal tgl.) verkehrt auf dem IJsselmeer und verbindet Nordholland mit Stavoren, Friesland, das an der Bahnstrecke nach Leeuwarden via Sneek liegt; die Fahrt dauert einfach 80 Min. Die Fähre legt nahe der Touristeninformation ab, in der es auch die Fahrkarten zu kaufen gibt.

Im Juli und August bieten die Fähren von **De Zuiderzee** (06 5360 8813; www.de-zuiderzee.nl; Tussen Twee Havens; Erw./Kind einfach 15/10 €, hin & zurück 17,50/12,50 €, Fahrräder frei; Juli & Aug. Mo–Sa 9–18 Uhr alle 2 Std.) die zweistündige Überfahrt übers IJsselmeer nach Urk.

### FAHRRAD

Radwege entlang der Zuiderzee verbinden Enkhuizen mit Medemblik, 21 km nordwestlich, und Hoorn, 25 km südwestlich. Von Enkhuizen aus kann man auch auf dem Houtribdijk nach Lelystad (29 km) radeln; der lange Deich verläuft zwischen dem IJsselmeer im Norden und Markermeer im Süden.

**Bike Totaal** (0228-325 771; www.biketotaalbovenkarspel.nl; Westerstraat 25; Standardfahrrad/E-Bike pro Tag ab 10/25 €; Di–Sa 9–18 Uhr) verleiht normale Fahrräder und E-Bikes sowie Kinderräder, Anhänger, Fahrradtaschen und Kindersitze.

### ZUG

Direktverbindungen gibt es zwischen Enkhuizen und Amsterdam (11,30 €, 1 Std., alle 30 Min.) und Hoorn (4,10 €, 25 Min., alle 30 Min.).

# Medemblik

0227 / 44 275 EW.

Der ruhige Ort Medemblik ist der älteste Hafen am IJsselmeer – Ausgrabungen belegen, dass er bereits im 7. Jh. angelegt wurde. Später wurde Medemblik dann Mitglied der Hanse. Zu den besonders schönen Seiten der Stadt gehören der lebhafte Hafen, die alten Straßen am Ufer sowie die mittelalterliche Burg.

## Sehenswertes & Aktivitäten

Beim Bummel durch Kaasmarkt, Torenstraat, Nieuwstraat und Achterom-Gracht sind die sehenswerten, reich verzierten Fassaden zu bewundern.

### Kasteel Radboud — BURG

(0227-541 960; www.kasteelradboud.nl; Oudevaartsgat 8; Erw./Kind 7/4,50 €; Mi–So 10–17 Uhr, Öffnungszeiten können variieren) Das winzige Kasteel Radboud ließ Graf Florens V. im 13. Jh. errichten. Es diente als Gefängnis, bis Pierre Cuypers (der das Amsterdamer Rijksmuseum entwarf) es neu gestaltete. Der ursprüngliche Grundriss blieb erhalten, und der eindrucksvolle **Ridderzaal** (Rittersaal) sieht noch fast genauso aus wie im Mittelalter. Erklärende Tafeln (auf Englisch) erzählen von der langen Geschichte der Burg und dem Schicksal des Grafen. Vom Hafen im Osten der Stadt aus ist die Burg ausgeschildert. Ein Audioguide ist im Eintritt inklusive.

### Stoommachine Museum — MUSEUM

(Dampfmaschinenmuseum; 0227-544 732; www.stoommachinemuseum.nl; Oosterdijk 4; Erw./Kind 7,50/5 €; Anfang Juli–Aug. 10–17 Uhr, März–Anfang Juli, Sept. & Okt. Di–So) Wer sich je gefragt hat, was die Industrielle Revolution vorantrieb, bekommt im Stoommachine Museum in der alten Pumpenstation außerhalb von Medemblik zumindest teilweise eine Antwort. 30 schöne alte Dampfmaschinen aus den Niederlanden, England und Deutschland werden an verschiedenen Tagen in Gang gesetzt; die Termine stehen auf der Website.

Die Museum Stoomtram (S. 145) fährt vom alten Bahnhof nach Hoorn. Alternativ bietet sich eine Schifffahrt nach Enkhuizen als Teil einer Dreiecksrundfahrt an.

## Schlafen & Essen

Medemblik hat B&Bs und Campingplätze, ansonsten aber kaum Unterkünfte. Mehr Auswahl bietet Hoorn, 22 km südlich.

### Restaurant Meijer's 2.0 — NIEDERLÄNDISCH €€€

(0228-591 667; www.restaurant-meijers.nl; Oosterhaven 3; Hauptgerichte 19,50–27,50 €, Degustationsmenüs 38–57 €; Mo, Mi & Do 18–21.30, Fr 12–16 & 18–21.30, Sa & So 13–16 & 18–21.30 Uhr) Medembliks bestes Restaurant bringt traditionelle niederländische Küche auf eine neue Ebene: Gerichte wie Hummercremesuppe mit Krabben-*bitterballen* (Kroketten), Wattenmeer-Krebs-Fenchel-Pastete, Middenmeer-Schweinebauch mit Heringskaviar sowie in Kreuzbeeren mariniertes Lamm mit Spargel-Pannacotta sind so originell wie köstlich. Gepolsterte Stühle in Austerngrau kontrastieren mit frischen Blumen; im Sommer lockt die kleine Terrasse.

### An- & Weiterreise

Radwege führen auf Deichen gen Süden und Osten nach Enkhuizen (21 km).

Bus 239 verbindet Medemblik mit Hoorn (30 Min., alle 30 Min.).

## Den Helder

☎ 0223 / 56 308 EW.

Den Helder, der größte Marinehafen der Niederlande, hat ein Marinemuseum und ein Aquarium, die den Besuch lohnen, ehe es mit der Fähre weiter nach Texel geht.

### Sehenswertes

**Marine Museum** MUSEUM

(☎ 0223-657 534; www.marinemuseum.nl; Hoofdgracht 3; Erw./Kind 10/6,50 €; ⏲ April–Okt. 10–17 Uhr, Nov.–März Mo geschl.) Im riesigen ehemaligen Zeughaus der Königlich Niederländischen Marine, die das Bauwerk noch immer besitzt, widmet sich das Marine Museum der Seefahrtsgeschichte, hauptsächlich nach 1815 – dem Jahr, als die Niederlande zum Königreich wurden. Besucher können draußen vertäute Wasserfahrzeuge, darunter ein U-Boot, besichtigen. Hier sind auch das Brückenhaus und die Radarantenne der Lenkwaffenfregatte *De Ruyter* ausgestellt, mit denen der Ernstfall nachgestellt und das 3-D-Radar erklärt wird.

**Fort Kijkduin** MUSEUM

(☎ 0223-612 366; www.fortkijkduin.nl; Admiraal Verhuellplein 1, Huisduinen; Museum & Aquarium Erw./Kind 8/6 €; ⏲ April–Okt. 10–17 Uhr, Nov.–März ab 11 Uhr) Die auf Befehl Napoleons im Jahr 1811 für 1400 Soldaten errichtete, massive Hügelfestung (ursprünglich Fort Morland genannt) beherbergt heute ein Militärmuseum mit Rüstkammer und ein fantastisches unterirdisches Aquarium mit 14 Becken, in denen sich alle Meerestiere aus Wattenmeer und Nordsee tummeln. Eines der Becken hat einen begehbaren Tunnel – ein Highlight für Kids.

### Essen

**Kade 60** EUROPÄISCH €€

(☎ 0223-682 828; www.kade60.nl; Willemsoord 60; Hauptgerichte mittags 6,50–17,50 €, abends 14,50–26,50 €; ⏲ Küche Di–So 11–22 Uhr) In einer ehemaligen Eisengießerei an einer Gracht, nahe dem Marine Museum und der Fähranlegestelle, ist heute dieses höhlenartige Restaurant untergebracht. Mittags werden Gourmet-Sandwiches, z. B. mit geräuchertem Rindfleisch, Ei und Trüffel-Mayonnaise, serviert, zum Abendessen gibt es Gerichte wie in Roten Beten mariniertes Lamm mit kandiertem Knoblauch oder im Ofen gebratenen Wolfsbarsch mit Meerfenchelpesto. Gäste können auch nur auf ein Glas Bier, Wein oder Cidre vorbeikommen.

### An- & Weiterreise

Von Den Helder aus fahren Auto- und Passagierfähren (S. 157) nach Texel.

#### FAHRRAD

Die Noordzee-Route, die Den Helder mit Sluis an der belgischen Grenze verbindet, führt an der Nordseeküste an Dünen und bei Juliandorp, ca. 9 km südlich von Den Helder, an Tulpenfeldern entlang.

#### ZUG

Direktverbindungen von Den Helder aus führen nach Alkmaar (8 €, 40 Min., zweimal pro Std.), Amsterdam (14,50 €, 1½ Std., zweimal pro Std.) und Haarlem (13,90 €, 1¼ Std., zweimal pro Std.).

## Texel

☎ 0222 / 13 643 EW.

Weitläufige Sandstrände, Naturschutzgebiete voller Tiere, sonnenverwöhnte Wälder und malerische Dörfer gehören zu den Highlights von Texel (*Tessel* ausgesprochen), der größten und meistbesuchten der Westfriesischen Inseln.

Texel liegt rund 3 km nördlich von Nordhollands Küste, ist 25 km lang und 9 km breit. Durch die typische flache, holländische Landschaft ist die Insel ideal für Radausflüge geeignet. Überall sind Schafe zu sehen; die Texel-Wolle wird hoch geschätzt, und in zahlreichen Molkereien wird Schafskäse hergestellt. In der Lammsaison rund um Ostern springen auf der ganzen Insel Lämmchen umher und die Inselbewohner selbst unternehmen gern eine *Lammetjeswandeltocht* (Lämmerwanderung).

Mit genügend Abwechslung und Aktivitäten, um tagelang beschäftigt zu sein, ist Texel ein sowohl bei Deutschen als auch bei Niederländern beliebtes Ausflugs- und Urlaubsziel, ansonsten aber wenig bekannt und wunderbar ruhig.

### Orientierung

Fähren vom Festland machen in **'t Horntje** im Süden der Insel fest. Von dort fahren Busse in Texels sechs größte Dörfer.

**Den Burg** Der zurückhaltende Hauptort der Insel hat die meisten Dienstleistungen und Läden zu bieten; 7 km nördlich von 't Horntje.

**De Koog** Texels touristisches Zentrum mit weiten Sandstränden und einem recht verkitschten Flair ist der einzige Ort der Insel mit lebhaften Bars; 13 km nördlich von 't Horntje.

**Den Hoorn** Das zauberhafte Dorf liegt nahe an Tulpenfeldern und windumtosten Dünen; 3,5 km nordwestlich von 't Horntje.

**Oudeschild** Texels beste Hafenanlagen, ein exzellentes Museum und hervorragendes Seafood sowie ein Spielplatz mit Piratenthema am nördlichen Dorfrand; 7 km nordöstlich von 't Horntje.

**Oosterend** Beschauliches Dörfchen mit markanter Architektur; 15 km nordöstlich von 't Horntje.

**De Cocksdorp** Der winzige Weiler am nördlichen Inselende ist Anlegestelle für Boote nach Vlieland und zu den anderen Friesischen Inseln; 20 km nördlich von 't Horntje.

Die Strände an der Westküste sind von Süden nach Norden kilometerweise durchnummeriert.

## Sehenswertes

### ★ Nationaal Park Duinen van Texel

NATIONALPARK

(Nationalpark Texelsche Dünen; www.npduinenvantexel.nl) Der Flickenteppich aus Dünenlandschaften an der Westküste der Insel ist einer der Hauptgründe für einen Ausflug nach Texel. Salzwiesen und Heideland wechseln sich mit samtigen, grasbewachsenen Sanddünen ab; zu den hier vorkommenden Pflanzen gehören das Gefleckte Knabenkraut und der Sanddorn (Dünendorn) mit orangefarbenen Beeren. Ein Großteil des Areals ist Vogelschutzgebiet und nur zu Fuß zugänglich. Das Besucherzentrum im Ecomare bietet Programme und Kartenmaterial und reserviert Plätze für die exzellenten zweistündigen, geführten Dünenwanderungen (auf Niederländisch und Deutsch; ab 7,50 €).

**De Slufter** wurde zum Feuchtgebiet, nachdem ein Versuch der Landgewinnung misslungen war. Als Anfang des 19. Jhs. während eines Sturms die Dämme brachen, wurde das Gebiet überflutet, und es entwickelte sich ein einzigartiges Ökosystem. **De Muy** im Süden ist für seine Löfflerkolonie bekannt, die eifrig von hiesigen Naturkundlern kontrolliert wird.

Einen Steinwurf hinter dem windumtosten Strand liegt zwischen Den Hoorn und De Koog der dunkle, grüne Wald von **De Dennen**. Angelegt wurde er ursprünglich als Nutzwald zur Holzgewinnung, doch heute ist er für sein wunderbares Netz aus Wan-



NICHT VERSÄUMEN

### STRANDLEBEN

Texel bietet malerische Möglichkeiten zum Schwimmen, Radfahren, Wandern, Bootfahren oder einfach zum Relaxen. Die ursprünglichen weißen Sandstrände, die sich in einem ununterbrochenen Band an der Westküste aneinanderreihen, sind von Süden nach Norden kilometerweise durchnummeriert und mit einem *paal* (Pfahl) markiert.

Die Strömung kann tückisch sein; Rettungsschwimmer sind im Juli und August von Nr. 9 nordöstlich von Den Hoorn bis zu Nr. 21 nahe De Koog im Einsatz.

Wie überfüllt die Insel auch sein mag, wer ein bisschen wandert, findet immer einen einsamen Strandabschnitt.

Die besten Strände sind folgende:

**Paal** Nicht überlaufen und bei Anwohnern und Nudisten beliebt.

**Paal 12** Nicht überlaufen, mit einem geschützt stehenden Café.

**Paal 17** Texels Partystrand (www.paal17.com) bietet tagsüber und abends viele Unterhaltungsmöglichkeiten.

**Paal 19** An diesem Strand (www.paal19.nl) gibt es zahlreiche Bars und Restaurants.

**Paal 20** Gleich vor der Touristenenklave De Koog und ziemlich bebaut.

**Paal 27** Ein eher einsamer Strand und bei Nudisten beliebt.

**Paal 31** Nahe dem Leuchtturm; wegen gefährlicher Gezeitenwechsel ist Schwimmen verboten, es gibt aber zahlreiche Windsportarten.

**Paal 33** Baden ist verboten, es gibt aber zahlreiche Strandsportangebote; manchmal sind Seehunde zu sehen.

## Texel

der- und Radwegen beliebt. Im Frühling ist der Waldboden über und über mit Schneeglöckchen bedeckt, die hier erstmals in den 1930er-Jahren gepflanzt wurden.

### ★ Ecomare

NATURSCHUTZGEBIET

(☎ 0222-317 741; www.ecomare.nl; Ruijslaan 92, De Koog; Erw./Kind 13/9 €, Audioguide 1 €; ⏲ 9.30–17 Uhr) 🍃 Ursprünglich wurde Ecomare als Rettungsstation für kranke Seehunde aus dem Wattenmeer eingerichtet, inzwischen ist daraus aber ein beeindruckendes Naturzentrum geworden, das sich der Erhaltung und dem Verständnis von Texels Wildtierbestand widmet. Es präsentiert Exponate über Texels Werdegang seit der letzten Eiszeit und die Interaktion zwischen Inselbewohnern und Meer sowie große Aquarien mit Fischen aus Wattenmeer und Nordsee (darunter auch Haie); und im Park gibt es markierte Naturpfade.

Das Highlight aber sind die *zeehonden* (Seehunde) selbst. Ihr spielerisches Wasserballett erfreut auch den abgestumpftesten Zuschauer. Am besten kommt man zur Fütterung um 11.30 oder um 15.30 Uhr. Die Fütterung geretteter Tümmler findet um 10.30 und um 13.30 Uhr statt. Daneben leben hier

## Texel





auch gerettete Vögel. Interessant sind zudem die sechs Skelette von im Wattenmeer gestrandeten Walen, darunter eine 15 m lange Karkasse eines Zwergpottwals samt seinen 52 furchterregenden Zähnen.

**★ Kaap Skil Museum Van Jutters & Zeelui** MUSEUM

(Schifffahrts- & Strandräubermuseum; ☎ 0222-314 956; www.kaapskil.nl; Heemskerckstraat 9, Oudeschild; Erw./Kind 9/6,50 €; ⏲ Di–Sa 10–17, So ab 12 Uhr) Ein auffälliges, mit Holzlatten verkleidetes Empfangsgebäude aus recycelten Materialien umrahmt das hervorragende Schifffahrts- & Strandräubermuseum. Seine außergewöhnliche Sammlung an Schiffsladungen und Strandgut, von versunkenen Schiffen und am Strand eingesammelt, ist überwältigend. Vorführungen von Seilmachern, Fischräucherern und Schmieden finden auf dem Außengelände statt; im Inneren wird alles Mögliche, von Unterwasserarchäologie bis Windmühlentechnik, erklärt.

Die Reede van Texel ist ein riesiger und erstaunlich detailreicher Nachbau der Schifffahrtsstraßen und Häfen des 17. Jhs.

**Eierland Lighthouse** LEUCHTTURM

(☎ 0222-317 741; www.vuurtorentexel.nl; Vuurtorenweg 184, De Cocksdorp; 4 €; ⏲ März–Okt. 10–17 Uhr, Nov.–Feb. Mi, Sa & So) Texels robuster, von Stürmen und Kriegen geschundener, karminroter Leuchtturm wurde 1864 errichtet und ist 35 m hoch. Wer die 153 Stufen erklimmt, genießt oben eine weite Sicht über die Inseln und das seichte Gewässer.

## Aktivitäten

Texel hat über 140 km gut ausgeschilderter Radwege. Alle Straßen sind für Fahrräder geeignet, und Radler können die Insel umrunden, indem sie den Deichen im Osten und den Wegen hinter den Dünen im Westen folgen.

Beliebte Freizeitaktivitäten sind auch Schwimmen, Segeln, Kitesurfen, Fallschirmspringen und Reiten.

**Kitesurf School Texel** KITESURFEN

(☎ 06 1097 1992; www.kitesurftexel.nl; Paal 17; Ausrüstungsverleih pro Std. ab 25 €, 3-std. Kurs ab 95 €; ⏲ April–Okt. 9–17 Uhr) 3 km südlich von De Koog bietet die Kitesurf School Texel atemberaubende Kurse im Kitesurfen und Ausrüstungsverleih. Das Mindestalter der Kursteilnehmer liegt bei zwölf Jahren.

**Tessel Air** FALLSCHIRMSPRINGEN

(☎ 0222-311 464; www.paracentrumtexel.nl; Texel Airport, Postweg 128, De Cocksdorp; 15-min. Rundflug 37,50 €, Tandem-Fallschirmsprung 209 €; April–Okt. tgl., Nov.–März Sa auf Anfrage) Tessel Air bietet 15-minütige Rundflüge über Texel (ab 2 Pers.) und für einen etwas höheren Preis auch über die anderen Westfriesischen Inseln. Doch wer wirklich den Wind im Gesicht spüren will, der sollte einen Tandem-Fallschirmsprung wagen.

**Manege Elzenhof** REITEN
(0222-317 469; www.manegeelzenhof.nl; Bosrandweg 252, De Koog; Ausritt Erw./Kind pro Std. 18/9 €, Kurs pro 30 Min. 19,50 €; Mai–Okt. 8.30–17 Uhr) Manege Elzenhof, eines von mehreren Gestüten auf der Insel, hat Ausritte auf Pferden und Ponys sowie Reitkurse im Programm. Die sanftmütigen Vierbeiner stehen nebeneinander an den Trögen, auf denen Plaketten mit ihren Namen angebracht sind. Die Ausritte am Strand müssen im Voraus gebucht werden.

## Geführte Touren

Im nach wie vor betriebenen Fischereihafen in Oudeschild liegen viele ehemalige große Krabbenkutter, die heute als Ausflugsboote dienen. Sie rivalisieren hart um Kundschaft; am besten an den Docks die Routen und Angebote checken und danach entscheiden. Die Rundfahrten um Texel kommen nahe an die gefährdeten Seehundkolonien auf den Sandbänken heran. Die Abfahrtszeiten hängen von den Gezeiten ab.

**Emmie TX10** SCHIFFFAHRT
(06 5149 8614; www.garnalenvissenoptexel.nl; Haven 8, Oudeschild; Erw./Kind 12,50/10 €; 2- std. Fahrten Mitte März–Okt. Mo–Sa 10.30 & 14 Uhr, Nov.–Mitte März Mi & Sa) Die auf der Wattenseefahrt in diesem Kutter gefangenen Krabben werden für die Passagiere frisch zubereitet.

**Texel 44** SCHIFFFAHRT
(06 5110 5775; www.tx44.nl; Haven 6, Oudeschild; 2-std. Fahrt Erw./Kind 12,50/10 €; April–Okt. Mo 14, Di–Sa 11 & 14, So 12.30 Uhr) Die 1950 als Ausflugsschiff gebaute *Texel 44* hat ein großes Oberdeck zur Seehund-Beobachtung und eine beheizte Kabine, falls das Wetter umschlägt.

**Texelstroom** BOOTSFAHRT
(06 5179 4992; www.texelstroom.nl; Haven 4, Oudeschild; 3-std. Fahrt Erw./Kind 22,50/18 €; Mitte April–Okt. nach Reservierung) Wer ein traditionelles Segelboot den motorbetriebenen Schiffen vorzieht, der kann auf dieser schönen Jacht aus dem Jahr 1906 einen dreistündigen Törn buchen. Bis zu zwölf Passagiere finden hier Platz. Das Mindestalter liegt bei 14 Jahren.

**Tuk Tuk Express** TUK-TUK-FAHRT
(06 2145 2052; www.tuktukexpresstexel.nl; Haven 12, Oudeschild; Tuk-Tuk pro Tag Mo–Fr 99 €, Sa & So 119 €, Buggy pro Std./Tag 50/120 €; April–Okt. 10–18 Uhr, Nov.–März nach Reservierung) Eine lustige Art, die Insel zu erkunden, ist hinterm Steuer eines kleinen dreirädrigen Tuk-Tuks mit vier Sitzen (italienische Piaggio-Calessino-Cabrios, von denen nur 999 Exemplare gebaut wurden). Das Unternehmen verleiht auch offene zweisitzige Buggys.

**Jan Plezier** TOUREN
(06 2009 7793; www.janpleziertexel.nl; Nikadel, De Koog; Tour Erw./Kind 18/9 €, Ausritt pro 3 Std. 65 €; Touren April–Okt. Mo–Sa 10 & 14 Uhr, Ausritte nach Vereinbarung) Die malerischen dreistündigen Pferdekutschenfahrten folgen einer von zwei Routen – eine führt hauptsächlich am Strand entlang, die andere durch den Wald. Die Touren beginnen an der Bushaltestelle an der Nikadel in De Koog. Erfahrene Reiter können an einem dreistündigen Treck teilnehmen.

## Feste & Events

**Ronde om Texel** KATAMARANRENNEN
(www.roundtexel.com; Paal 17; Anfang–Mitte Juni) Das größte Katamaranrennen der Welt lockt alljährlich um die 600 Teilnehmer an und Tausende von Zuschauern an Texels Strände. Start und Ziel ist Paal 17, 3 km südlich von De Koog.

## Schlafen & Essen

Auf Texel werden mehr als 45 000 Betten vermietet, eine Reservierung ist aber unumgänglich, insbesondere im Juli und August. De Koog hat bei Weitem die meisten Unterkünfte; Dörfchen wie Den Hoorn oder De Cocksdorp sind ruhiger.

Die Touristeninformation hat eine Liste mit B&Bs. In der Nebensaison (Okt.–April) sind die Preise niedriger. Texels Campingplätze sind im Sommer gut gefüllt, dann gilt ein Mindestaufenthalt von einer Woche.

### Den Burg

**Stayokay Texel** HOSTEL €
(0222-315 441; www.stayokay.com; Haffelderweg 29, Den Burg; B/DZ/FZ ab 35,50/78,75/149,50 €; P) Texels moderne HI-Jugendherberge, 700 m südlich von Den Burgs Zentrum, hat

INSIDERWISSEN

## INSELERZEUGNISSE

Überall auf Texel sind großartige Inselspezialitäten zu bekommen, von Obst bis hin zu Käse, von Schokolade und Eiscreme bis hin zu Bier und – in den Niederlanden eine Rarität – Wein. Bars und Restaurants bieten auch auf Texel gebrannte Spirituosen wie Gin und Whisky an.

**Texelse Bierbrouwerij** (☎ 0222-320 325; www.texels.nl; Schilderweg 214b, Oudeschild; Führung Erw./Kind 12,50/5 €; ⏲ Führungen nach Vereinbarung, Bar Mitte Juli–Aug. Di–So 10.30–19 Uhr, April–Mitte Juli, Sept. & Okt. Di–So bis 18 Uhr, Nov.–März kürzere Öffnungszeiten) Texels Brauerei bietet Führungen und Bierproben sowie eine eigene Bar.

**De Kroon van Texel** (☎ 06 5180 8386; www.wijngaarddekroonvantexel.nl; Rozendijk 32, Den Burg; Weinbergführung Erw./Kind 9/2,50 €; ⏲ Weinverkostung Mai–Sept. 10–17 Uhr, Weinbergführung Mai–Sept. Di & Sa 11, Fr 14 Uhr) Mit Preisen ausgezeichnetes Weingut.

**Kaasboerderijk Wezenspyk** (☎ 0222-315 090; www.wezenspyk.nl; Hoondernweg 29, Den Burg; Käseverkostung Erw./Kind 5,50/2,75 €; ⏲ Di–Sa 9.30–17 Uhr, Käseverkostung Di & Fr 14, Sa 11 Uhr) Besucher können in der kleinen Käserei selbst gemachten Käse probieren und kaufen.

**De Zelfpluktuin** (☎ 0222-315 080; www.zelfpluktuin.nl; Middellandseweg 4, Oudeschild; ⏲ Mitte Mai–Okt. Mo–Sa 9.30–17.30 Uhr) Auf diesem Hof ernten bzw. pflücken die Kunden Obst, Gemüse und Blumen selbst.

**IJsboerderij Labora** Eiscreme ist die Spezialität dieses bewirtschafteten Milchbauernhofs.

**De Texelse Chocolaterie** (☎ 0222-313 179; www.detexelsechocolaterie.nl; Spinbaan 1a, Den Burg; ⏲ Mo 11–17, Di–Sa 9–17.30 Uhr) Hier wird Schokolade aus Texel-Milch hergestellt.

**De Kade** (Haven 9c, Oudeschild; ⏲ Juli & Aug. 10–18 Uhr, März–Juni, Sept. & Okt. Mo–Sa 10–17, So ab 12 Uhr) Hier gibt es Texel-Erzeugnisse wie Käse, Marmelade und Eingemachtes.

240 Betten in sauberen, farbenfroh gestalteten Räumen und ein dazugehöriges Café. Für die Fahrt zum 6 km entfernten Strand können Räder gemietet werden.

**Hotel De 14 Sterren** HOTEL €€
(☎ 0222-322 679; www.14sterren.nl; Smitsweg 4, Den Burg; DZ/Suite ab 130/170 €; 📶) Am Rand des De-Dennen-Walds bietet das bezaubernde Hotel De 14 Sterren 14 Gästezimmer in mediterranen Tönen, die meisten haben Terrasse oder Balkon. Das Frühstück (im Preis inbegriffen) wird auf dem Zimmer serviert. Das Bistro **De Worsteltent** (☎ 0222-310 288; www.14sterren.nl; Smitsweg 4, Den Burg; Hauptgerichte mittags 6,50–18,50 €, abends 15,50–23,50 €; ⏲ 12–20.30 Uhr; 📶) befindet sich in einer rustikalen Scheune.

**Freya** BISTRO €€
(☎ 0222-321 686; Gravenstraat 4, Den Burg; 3-Gänge-Menü 28,50 €; ⏲ Di–Sa 18–21 Uhr) Dieses kleine, einladende Restaurant serviert ein täglich wechselndes Menü (keine Bestellung à la carte) mit modernen holländischen Gerichten wie geräucherte Entenbrust mit Spargel, Texel-Lamm mit Kräuterkruste und Ofenkartoffeln sowie einheimischen Beeren mit Baiser und Texel-Schlagsahne. Reservierung ist obligatorisch.

**Eiland Keuken** NIEDERLÄNDISCH €€
(☎ 0222-322 084; www.vincenteilandkeuken.nl; Gravenstraat 7, Den Burg; Hauptgerichte mittags 9–19,50 €, abends 15–27,50 €, Degustationsmenüs 42,50–62,50 €; ⏲ Mo & Mi–Sa 12–22, So ab 17.30 Uhr; 👪) Texel-Erzeugnisse bilden das Rückgrat der hochwertigen Küche in diesem stilvollen Bistro: Wattenmeer-Austern mit Zitronen-Meerfenchel-Salsa, Ceviche aus Räuchermakrele, mit Kakao bestäubtes Texel-Lamm mit gebratenen Den-Burg-Äpfeln und Rote-Bete-Mousse sowie Wolfsbarsch und Himbeersorbet mit kandierten Brombeeren. Kinder können die Hälfte einer Erwachsenenportion zum halben Preis bekommen.

## 🛏 De Cocksdorp

**'t Anker** HOTEL €€
(☎ 0222-316 274; www.hotelhetankervantexel.nl; Kikkertstraat 24, De Cocksdorp; EZ/DZ ab 58/98 €; 📶) 🍃 Das kleine Hotel in Familienhand,

unweit des Naturschutzgebiets Roggesloot gelegen, ist geprägt von naturverbundenem Charme. Hinter der soliden Backsteinfassade verbergen sich acht einfache, aber behagliche Zimmer, es gibt einen üppig grünen Garten, und das herzhafte Frühstück besteht aus selbst gebackenem Brot und Bio-Inselprodukten. Für Warmwasser und Strom sorgen eigene Sonnenkollektoren. Kinder sind nicht gestattet

★ **Boutique Hotel Texel** BOUTIQUEHOTEL €€
(☎0222-311 237; www.hoteltexel.nl; Postweg 134, De Cocksdorp; DZ/FZ/Suite 135/215/225 €, Zeltplatz ab 17,50 €; ⏲Hotel ganzjährig, Campingplatz Mitte März–Okt.; P) Texels bestes Hotel bietet 42 elegante Zimmer, in natürlichen Braun- und Grautönen gestaltet, und dahinter einen ruhigen Campingplatz. Zu den erstklassigen Annehmlichkeiten gehören ein Hallenbad, eine Sauna und Beauty-Behandlungen sowie ein hervorragendes Restaurant, das **Gusta** (☎0222-311 237; www.hoteltexel.nl; Postweg 134, De Cocksdorp; Hauptgerichte 20–24 €, 3-Gänge-Abendmenü 29,50 €; ⏲12.30–15 & 18–21 Uhr; ). Zum im Preis enthaltenen Frühstück gibt es vielerlei lokale Erzeugnisse wie z. B. Käse sowie selbst gebackene Köstlichkeiten wie Pfefferkuchen. Das Hotel befindet sich 4,5 km südlich von De Cocksdorp, nicht weit von Texels Flughafen entfernt.

**IJsboerderij Labora** EISCREME €
(www.ijsboerderijlabora.nl; Hollandsweg 2, De Cocksdorp; Eiscreme pro Kugel 1,35 €; ⏲Mai–Aug. 11–20 Uhr, Mitte Feb.–April, Sept. & Okt. 12–17 Uhr) Auf diesem Milchbauernhof können die Besucher zusehen, wie die Kühe (von Robotern) gemolken werden. Aus der Milch wird Laboras leckeres Eis hergestellt. Jeden Tag gibt es 18 Sorten wie z. B. Erdbeereis (aus selbst angebauten Früchten), das in eine riesige Waffeltüte gefüllt und mit frischen Erdbeeren, selbst gemachtem Erdbeersirup und Schlagsahne (ebenfalls aus der Milch der Kühe) dekoriert wird.

**Restaurant Topido** BISTRO €€
(☎0222-316 227; www.topido.nl; Kikkertstraat 21-23, De Cocksdorp; Hauptgerichte 24,50–27,50 €, 3-Gänge-Menü 39,50 €; ⏲Di–So 17–21 Uhr) Das Topido in der Dorfmitte verarbeitet die Inselerzeugnisse zu kreativen Menüs: Texel-Lamm mit gebratenen Roten Beten, Wolfsbarsch mit einer Kruste aus lokal angebauten Kräutern oder Strudel mit einheimischem Gemüse. Das dreigängige Menü für Kinder kostet 18,50 €.

**Kaap Noord** CAFÉ
(☎0222-316 340; www.strandpaviljoenkaapnoord.nl; Volharding 4, Paal 33, De Cocksdorp; ⏲April–Sept. 10–24 Uhr, Nov.–März variierende Öffnungszeiten; ) Diese rustikale Strandbar an der nördlichen Inselspitze hat eine windgeschützte, verglaste Terrasse mit Blick auf den Strand und das Meer dahinter. Der riesige holzverkleidete Gastraum wird mit einem Holzofen geheizt, und Schaffelle bedecken die aus Treibholz gefertigten Möbel. Zu trinken gibt es z. B. Biere der Texelse Bierbrouwerij (S. 155), auf Texel gebrannten Gin und Whisky, offene Weine, frisch gepresste Säfte und selbst gemachte Limonade.

Essen (Salate, Sandwiches, Steaks, Seafood und holländische Pfannkuchen) wird bis 20 Uhr serviert.

## Den Hoorn

**Texel Yurts** JURTEN €€
(☎06 3077 1667; www.texelyurts.nl; Rommelpot 19, Den Hoorn; 3 Nächte in 2-Pers.-Jurten ab 370 €; ⏲Juni–Okt.; P) Hier schlafen die Gäste in einer aus Stoff und Holzbalken gefertigten Jurte und lassen sich von einem Holzofen wärmen. Auf dem Gelände laden Hängematten zum Relaxen ein. Mindestaufenthalt: drei Nächte. 1 km südlich von Den Hoorn.

**Bij Jef** BOUTIQUEHOTEL €€€
(☎0222-319 623; www.bijjef.nl; Herenstraat 34, Den Hoorn; DZ ab 245 €; ) Die zwölf stilvollen Gästezimmer in diesem ehemaligen Pfarrhaus haben eigene Bäder und blicken entweder auf die Landschaft oder auf die ruhige Dorfstraße. Zum opulenten Frühstück (im Preis inbegriffen) wird Sekt gereicht; das Hotelrestaurant hat einen Michelin-Stern.

★ **Bij Jef** EUROPÄISCH €€€
(☎0222-319 623; www.bijjef.nl; Herenstraat 34, Den Hoorn; Hauptgerichte 55 €; ⏲Juli & Aug. tgl. 18–21 Uhr, Sept.–Juni Mi–So) Das Sternerestaurant des Boutiquehotels Bij Jef hat ein ständig wechselndes Speisenangebot aus einheimischen Produkten wie Texel-Milchlamm, De-Westen-Spargel und -Kräuter, Den-Burg-Schokolade, De-Hoorn-Käse, De-Cocksdorp-Erdbeeren, Wattenseemakrelen und Nordseekrabben. Nach einem Tisch im Garten fragen.

## De Koog

**Strandhotel Noordzee** HOTEL €€
(☎0222-317 365; www.strandhotelnoordzeetexel.nl; Badweg 200, De Koog; EZ/DZ ab 130/150 €;

P ☎) Dies ist eines der wenigen Hotels der Insel, die direkt am Strand liegen. Die zehn meerseitigen Zimmer (einige mit Wasserbett) haben witzige Elemente wie Lampen mit Leuchtturm-Sockel. Manche Zimmer besitzen einen Balkon, die Gäste können aber auch auf der Strandterrasse entspannen. Das Hotel hat eine finnische Sauna; das Frühstück ist inklusive.

## Oosterend

**★ Camp Silver Island Hideaway** WOHNWAGENPARK €€
(☎ 0222-318 571; www.campsilver.nl; Eendenkooiweg 2, Oosterend; DZ ab 137,50 €; ⏲ April–Okt.; P ☎) Acht glänzende silberne Airstream-Wohnwagen stehen auf diesem Paradies für Luxuscamper, 5 km nordöstlich von Den Burg. Alle sind mit Designerstoffen und makellosen Edelstahlbädern ausgestattet, einer hat sogar eine Sauna. Das im Preis inbegriffene Frühstück ist biologisch; die Campküche bietet einen gefüllten Vorratsschrank, selbst gemachte Gerichte zum Aufwärmen und Getränke – die Gäste bezahlen nach dem „Honesty-System" (sie schreiben auf, was sie sich nehmen, und bezahlen bei der Abreise). Außerdem gibt es eine Lounge in einer geodätischen Kuppel. Mindestaufenthalt: zwei Nächte.

## Oudeschild

**Design Hotel Texel Suites** DESIGNHOTEL €€€
(☎ 06 5061 5558; www.texelsuites.com; Haven 8, Oudeschild; Suite ab 249 €; ☎) Die drei panoramaartigen Suiten in diesem historischen Backsteinhaus am Hafen sind größer als viele Apartments in den Niederlanden: zwei sind 90 m² (eine davon ist eine Maisonettewohnung für drei Personen), die dritte ist sogar ganze 140 m² groß, für vier Personen geeignet und hat einen großen gasbefeuerten Kamin. Alle haben Küchenzeilen, das Frühstück ist aber inklusive. Frisch gefangene Meeresfrüchte sind die Spezialität des hoteleigenen Restaurants, **'t Pakhuus** (☎ 0222-313 581; www.pakhuus.com; Haven 8, Oudeschild; Hauptgerichte 24,50–44,50 €, 3-/5-/6-/7-Gänge-Menü 36,50/57,50/66,50/74,50 €; ⏲ 11–21 Uhr; 👪).

**Vispaleis Rokerij van der Star** MEERESFRÜCHTE €
(☎ 0222-312 441; www.vispaleistexel.nl; Heemskerckstraat 15, Oudeschild; Gerichte 4–11 €; ⏲ Mo–Sa 8.30–18 Uhr) Seafood frisch aus dem Meer serviert dieses Café, beispielsweise knoblauchlastige Fischsuppe und großartigen Räucherfisch. Der Gastraum ist sehr schlicht – am angenehmsten sitzt es sich auf den Plastikstühlen auf der Terrasse.

## Praktische Informationen

**Touristeninformation** (VVV; ☎ 0222-314 741; www.texel.net; Emmalaan 66, Den Burg; ⏲ ganzjährig Mo–Fr 9–17.30, Sa bis 17 Uhr, Mitte Juli–Mitte Aug. auch So 12–16 Uhr) Am Fährterminal ausgeschildert; am südlichen Ortsrand von Den Burg.

## An- & Weiterreise

Passagiere der Züge von Amsterdam nach Den Helder (14,70 €, 75 Min., alle 30 Min.) werden von **Texel Hopper**-Bussen (☎ 0222-784 000; www.texelhopper.nl; Einzelfahrt/Tagesticket 3/7,50 €) abgeholt und zur Fähre gebracht. Der Bus fährt ebenfalls auf die Fähre.

**Teso** (☎ 0222-369 600; www.teso.nl; Passagier/Auto hin & zurück 2,50/37 €, Fahrrad inkl. Fahrer hin & zurück 5 €, außerhalb der Stoßzeiten Auto hin & zurück Di–Do 25 €; ⏲ nach Texel stdl. 6.30–21.30 Uhr, ab Texel stdl. 6–21 Uhr) bietet Überfahrten von Den Helder nach 't Horntje auf riesigen Fähren; die Fahrt dauert 20 Minuten. Im Sommer legt die Fähre an einigen Tagen alle 30 Minuten ab – Fahrplan auf der Website. Sonntags legt die erste Fähre 30 Minuten bis eine Stunde später ab. In der Hauptsaison können die Autowarteschlangen enorm lang sein – mindestens eine Stunde vor Abfahrt sollte man am Dock sein.

Die saisonal verkehrende Passagierfähre **De Vriendschap** (☎ 06 1352 4734; www.waddenveer.nl; Volharding 2a, Paal 33, De Cocksdorp; Erw./Kind einfach 18,50/12 €, hin & zurück 29,50/19,50 €, Fahrrad einfach 10 €; ⏲ Mai–Sept. einmal tgl.) fährt von Texels Nordspitze auf die autofreie Westfriesische Insel Vlieland; die einfache Fahrt dauert eine Stunde, inklusive Transport zum Het Posthuys. Aus Platzgründen können Fahrräder nur in eine Richtung transportiert werden, nicht hin und zurück, aber auf Vlieland gibt es auch Fahrräder zu leihen. Vorher online buchen.

## Unterwegs vor Ort

### BUS

Bus 28 von Texel Hopper fährt das ganze Jahr über. Fahrkarten im Voraus online kaufen oder aber im Bahnhof Den Helder, in der Touristeninformation von Texel oder in großen Supermärkten. Alternativ gilt auch eine OV-chipkaart. Die Strecke verbindet 't Horntje mit Den Burg (7 Min.) und De Koog (weitere 15 Min.) und führt dann über das Naturschutzgebiet Ecomare zurück. Die Busse fahren normalerweise jede Stunde bei Tageslicht; im Sommer endet der Fahrbetrieb etwa um 22 Uhr.

Für alle anderen Ziele auf der Insel bietet Texel Hopper Minibusse auf Abruf – mindestens 30 Min. vorher telefonisch oder online bestellen und mit Kreditkarte bezahlen oder den Code des zuvor gekauften Bustickets angeben. Auch eine OV-chipkaart gilt für die Minibusse.

### FAHRRAD

Tourenfahrräder können in größeren Ortschaften auf Texel ab 10 € am Tag gemietet werden.

Am Fährterminal verleiht **Rijwielverhuur Veerhaven** (☎ 0222-319 588; www.fietsverhuurtexel.nl; Pontweg 2, 't Horntje; Standard-Fahrrad/E-Bike/Motorroller pro Tag 10,50/21,50/50 €; ⏲ April–Sept. 8.30–18 Uhr, Okt.–März 9–17 Uhr) normale Fahrräder und E-Bikes sowie Motorroller, Kinderfahrräder, Tandems und Kindersitze. Es gibt einen kostenlosen Pannendienst. Abholung und Rückgabe sind überall auf der Insel möglich (ideal für alle, die von der Westfriesischen Insel Vlieland kommen oder dorthin weiterfahren möchten).

### TAXI

**Taxi Botax** (☎ 0222-315 888; www.taxibotaxtexel.com) bringt Gäste vom Fährterminal zu jedem beliebigen Ziel auf der Insel, z. B. nach Den Burg (14 €), De Koog (22,50 €) und De Cocksdorp (35 €). Im Voraus buchen.



# Muiden

☎ 0294 / 6261 EW.

Muiden, eine kurze Spritztour von Amsterdam entfernt, ist ein gemütlicher Ort und für sein mittelalterliches Schloss, das Muiderslot, aus roten Backsteinen bekannt. Ansonsten konzentriert sich das Leben rund um die betriebsame Schleuse im Zentrum, die ständig Ausflugsboote ins IJmeer entlässt – das IJmeer ist eine Bucht, die das Markermeer mit dem riesigen IJsselmeer verbindet.

## Sehenswertes

### ★ Muiderslot — SCHLOSS

(Schloss Muiden; ☎ 0294-256 262; www.muiderslot.nl; Herengracht 1; Erw./Kind 15,50/9 €; ⏲ April–Okt. Mo–Fr 10–17, Sa & So ab 12 Uhr, Nov.–März Sa & So ab 12 Uhr) Das 1280 unter Graf Florens V., Sohn Wilhelms II., erbaute Wasserschloss Muiderslot ist bemerkenswert gut erhalten und mit runden Türmen, einer französischen Erfindung, ausgestattet. Der Graf war ein Fürsprecher der Armen und Sympathisant der Franzosen – zwei Faktoren, die unweigerlich zu Problemen führten: Florens wurde 1296 inhaftiert und bei einem Fluchtversuch getötet. Heute ist dies das meistbesuchte Schloss der Niederlande. Das Interieur kann ausschließlich auf 30-minütigen Führungen besichtigt werden. Die I-Amsterdam- und die Amsterdam-Museum-Tickets gewähren kostenlosen Eintritt.

Im 17. Jh. lud der Historiker P. C. Hooft einige der größten Schriftsteller, Künstler und Wissenschaftler der Zeit – eine Gruppe, die als Muiderkring (Muidenzirkel) berühmt wurde – in dieses Schloss. Auf der „Goldenes-Zeitalter"-Tour durchs Schloss sind wertvolles Mobiliar, Waffen und Gobelins zu sehen, die Hoofts Ära wiederaufleben lassen.

### Pampus — FESTUNG

(www.pampus.nl; Erw./Kind Fähre & Eintritt 20/15 €; ⏲ Mai–Okt. Di–So 10.30–17 Uhr, April Di–Fr 11.30–16, Sa & So 10.30–17 Uhr) Vor Muidens Küste liegt die Insel Pampus mit einem verfallenen Fort. Der massive Bunker aus dem 19. Jh. war ein wichtiger Teil der Stelling van Amsterdam (Stellung von Amsterdam), einem Verteidigungsring aus 42 Festungsanlagen, der durch die Luftkriegsführung nutzlos wurde. Heute ist Pampus eine Unesco-Welterbestätte, und die Erkundung macht großen Spaß. Fähren nach Pampus legen in der Saison (der Fahrplan variiert) am Muiderslot-Hafen ab; die Fahrt dauert 25 Minuten. Vom östlichen Amsterdamer Stadtteil IJburg verkehrt auch eine Direktfähre nach Pampus.

Auf der Insel erweckt die interaktive Ausstellung Pampus Xperience mit audiovisuellen Elementen das Fort zum Leben. Außerdem gibt es diverse Spiele für Kinder.

## Essen & Ausgehen

### De Doelen — FRANZÖSISCH €€€

(☎ 0294-263 200; www.restaurantdedoelen.nl; Sluis 1; Hauptgerichte 24,50–29,50 €; ⏲ 12–14 & 18–22 Uhr) Mit Backpflaumen gefüllte Wachteln, in Honig und Gewürzen marinierte Ente, Wolfsbarsch in der Salzkruste, Steak mit Pommes frites und Sauce béarnaise oder gegrillter Hummer mit Sauce hollandaise, gefolgt von Crème brûlée oder Schoko-Profiteroles – dies ist nur eine kleine Auswahl der französischen Klassiker, die in diesem romantischen Gastraum mit impressionistischen Gemälden an den unverputzten Ziegelwänden sowie auf der baumbestandenen Terrasse mit Blick auf die Schleuse serviert werden.

**Café Ome Ko** BRUIN CAFÉ
(www.omekomuiden.nl; Herengracht 71; ⏲ So–Mi 8–1, Do–Sa bis 2 Uhr) Mit seiner sonnigen Terrasse an der Gracht und regelmäßigen Livekonzerten im Sommer ist das gemütliche holzverkleidete Ome Ko seit 1810 das Zentrum von Muidens geselligem Leben. Hier ließ sich schon Napoleon Bonaparte bewirten, der auf einem Pferd angeritten kam. Cidre (in der Saison), einheimische Craft-Biere und *jenevers* sind die lokalen Spezialitäten.

## Anreise & Unterwegs vor Ort

### BUS

Die Busse 320, 322 und 327 verbinden Amsterdams Amstel-Bahnhof (15 Min., stdl.) mit Muiden. Das Schloss befindet sich 1 km Fußweg von der Bushaltestelle entfernt.

### FÄHRE/SCHIFF

Fähren von **Veerdienst** (www.amsterdamtouristferry.com; Krijn Taconiskade 124, IJburg; Erw./Kind Fähre & Eintritt für Pampus oder Muiderslot 20/15 €; ⏲ April–Okt. Di–So 11 Uhr) verkehren zwischen dem Amsterdamer Stadtteil IJburg (von Amsterdams Centraal Station mit Tram 26 zu erreichen, 20 Min.) und Muiden. Das Ticket gilt auch für einen Besuch von Pampus oder Muiderslot. Fahrräder können gratis mitgeführt werden.

### FAHRRAD

Radwege führen von Muiden nach Amsterdam im Westen und nach Flevoland im Osten.

# Naarden

☎ 035 / 17 115 EW.

Naarden ist dank seiner außergewöhnlichen Festungsanlagen, der Naarden-Vesting, ein Highlight des Waldgebiets Het Gooi südöstlich von Amsterdam. Die Festung, ein militärisches Kunstwerk, hat die Form eines zwölfzackigen Sterns, mit Pfeilspitzen an jedem Ende, und ist von einem doppelten Wassergraben umgeben. Diese Wehranlage, eine der besterhaltenen der Niederlande, wurde errichtet, nachdem die Spanier im 16. Jh. die Einwohner massakriert hatten.

Heute ist die ummauerte Naarden-Vesting eine noble Stadt mit guten Restaurants, Kunstgalerien und Antiquitätenläden.

## Sehenswertes

Die malerischen kleinen Häuser innerhalb der Naarden-Vesting stammen von 1572, dem Jahr, als die Spanier den Ort im Zuge ihrer Kolonisation Noord-Hollands zerstört hatten. An das von Don Frederik de Toledo angerichtete Blutbad erinnert eine Steintafel am Gebäude Turfpoortstraat 7.

**Vestingmuseum** MUSEUM
(Festungsmuseum; ☎ 035-694 45 59; www.vestingmuseum.nl; Westwalstraat 6; Erw./Kind 9/5 €; ⏲ Di–So 10.30–17 Uhr) Das Vestingmuseum erklärt die Hintergründe der gewaltigen sternförmigen Festung, der einzigen in Europa mit zwei Mauern und zwei Wassergräben als Puffer. Besucher können auf den hügeligen Festungswällen entlangwandern, bevor sie in die engen Gänge hinabsteigen, um Einblicke in das einstige Leben der Soldaten zu gewinnen.

**Grote Kerk** KIRCHE
(www.grotekerknaarden.nl; Markstraat 13; Turm Erw./Kind 3/2 €; ⏲ Kirche Mitte Mai–Sept. Di–Sa 10.30–16.30, So & Mo ab 13.30 Uhr, Turm Mitte Mai–Sept. Mi, Sa & So 14–15 Uhr) Der hohe Turm der Grote Kerk in der Mitte der Festungsanlage ist leicht auszumachen. In der gotischen Basilika sind herrliche Deckengemälde aus dem 16. Jh. mit biblischen Szenen zu bewundern. Wer die 235 Stufen des Turms erklimmt, wird oben mit einem wunderbaren Blick übers grüne Gooi und den Fluss Vecht belohnt. Das ganze Jahr über finden in der Kirche Orgelkonzerte statt – die Website informiert über die Termine und die variierenden Eintrittspreise.

**Comenius Museum** MUSEUM
(www.comeniusmuseum.nl; Kloosterstraat 33; Erw./Kind 6 €/frei; ⏲ Di–So 12–17 Uhr) Der tschechische Bildungsreformator Jan Amos Komenský (Comenius) ist in der Waalse Kapel (Wallonische Kapelle) im ehemaligen Kloster der Festung bestattet. Von seinem Leben und Wirken – er trat für die allgemeine Schulpflicht für Arme ebenso wie für Reiche ein – erzählt das Comenius Museum nebenan. Eintrittskarten für die Ausstellung gibt es nur in der Touristeninformation und im Vestingmuseum, nicht im Comenius Museum selbst.

## Geführte Touren

**Vestingvaart Naarden** BOOTSFAHRT
(☎ 035-694 11 94; www.vestingvaart.nl; Kooltjesbuurt; Erw./Kind 7/5 €; ⏲ Mai–Sept. stdl. Mo–Fr 13–16, Sa & So 13–17 Uhr, April & Okt. stdl. 13–16 Uhr) Die einstündigen Fahrten auf historischen Booten führen durch die Wassergräben der Naarden-Vesting und durch natürliche Schilflandschaften.

ABSTECHER

### TAGESAUSFLUG MIT DER FAMILIE

Lelystad, Flevolands weitläufige Hauptstadt, hat zwei Museen, die Kinder wie Erwachsene fesseln.

**Batavialand** (☎ 0320-261 409; www.batavialand.nl; Oostvaardersdijk 1–13; Erw./Kind 14/7,50 €, Kombiticket inkl. Luchtvaart Themapark Aviodrome 22,50/16,50 €; ⌚ Mo–Sa 10–17, So ab 11 Uhr) Batavialands Herzstück ist eine Kopie der holländischen Handelsfregatte *Batavia* aus dem 17. Jh., deren Rekonstruktion zehn Jahre in Anspruch nahm. Das Original war eine *Titanic* des 17. Jh.: groß, kostspielig und angeblich nicht sinkbar. Doch wie die *Titanic* ging sie 1629 bei ihrer Jungfernfahrt – voll beladen mit Kanonen und Gütern für die Kolonien – vor Australiens Westküste unter. Der Nachbau hat das Versagen seiner Vorgängerin jedoch wettgemacht, indem er im Jahr 2000 über den Pazifik fuhr.

**Luchtvaart Themapark Aviodrome** (☎ 0320-289 842; www.aviodrome.nl; Pelikaanweg 50; Erw./Kind 16,95/14,95 €, Kombiticket inkl. Batavialand 22,50/16,50 €; ⌚ Di–So 10–17 Uhr, in Schulferien tgl.) Durch den wie der Check-in-Schalter eines Flughafens gestalteten Empfangsbereich geht's in dieses extrem faszinierende Museum. Zu seinen 70 historischen Flugzeugen gehören ein Nachbau des Flyer der Gebrüder Wright von 1902, Baron von Richthofens Dreidecker aus dem Ersten Weltkrieg, eine Spitfire und eine KLM 747. Besucher können auch in einem nachgebauten Kontrollturm Fluglotse spielen oder im Megakino Luftfahrtfilme anschauen. Der Themenpark befindet sich auf Lelystads Flughafen, 8 km südöstlich vom Bahnhof; Bus 148 (15 Min., alle 30 Min.) fährt hierhin.



## Schlafen & Essen

Die wenigen Unterkünfte in Naarden sind häufig ausgebucht, aber Amsterdam liegt ja nur 23 km nordwestlich.

**Passionata** FEINKOST €
(www.passionata-naarden.nl; Marktstraat 31; Gerichte 3,50–12,50 €; ⌚ Di–Sa 10–18, So ab 12 Uhr) Dieser stilvolle italienische Feinkostladen ist perfekt, um sich für ein Picknick auf den Festungswällen einzudecken. Die fantastischen Sandwiches sind z. B. mit Prosciutto, Bresaola, Ricotta, Gorgonzola, Trüffel-Mayonnaise, sonnengetrockneten Tomaten oder Rucola belegt.

**Fine** BRASSERIE €
(☎ 035-694 48 68; www.restaurantfine.nl; Marktstraat 66; Gerichte 9 €; ⌚ Mi–Mo 12–22 Uhr) Das treffend benannte gemütliche Bar-Restaurant mit Korbstühlen und Holztischen an der Gracht präsentiert regelmäßig Kunstausstellungen. Das monatlich wechselnde Angebot aus kleinen Gerichten, die zum Teilen gedacht sind, ist superb und bringt besonders lokale Meeresfrüchte zur Geltung – mit Kreationen wie selbst geräuchertem Lachs mit Rote-Zwiebel-Mayonnaise, Zuiderzee-Jakobsmuscheln mit Spargelpüree oder in Hoisin-Soße marinierte Makrele. Manch einer kommt auch nur auf ein Glas Wein vorbei.

## Praktische Informationen

**Touristeninformation** (VVV; ☎ 035-694 26 73; www.vvvnaarden.nl; Ruijsdaelplein 6; ⌚ April–Okt. 10–17 Uhr, Nov.–März Mi–So 11–16 Uhr) Gegenüber dem Utrechtse Poort (Utrecht-Tor).

## An- & Weiterreise

Radwege führen 25 km gen Norden über Muiden (8 km hinter Naarden) nach Amsterdam.

Züge verkehren zwischen der Amsterdam Centraal Station und Naarden-Bussum (4,90 €, 25 Min., zweimal pro Std.). Vom Bahnhof fährt Bus 110 (12 Min., bis zu zweimal pro Std.) zur Festung. Alternativ sind die 2 km gen Norden auch ein schöner Spaziergang.

# FLEVOLAND

Flevoland, die zwölfte und jüngste Provinz der Niederlande, ist ein Meisterwerk holländischer Wasserbautechnik. Zwischen 1927 und 1932 wurde der ambitionierte Plan durchgeführt, dem Meer über 1400 km² Land abzutrotzen – eine Idee, die bereits im 17. Jh. erwogen worden war. Die Fertigstellung des Afsluitdijk (Abschlussdeichs) ebnete den Weg für die Erschaffung Flevolands. Ringdämme wurden angelegt, wodurch Wasser in schneckengleichem Tempo herausgepumpt werden konnte. Der Noordoostpolder, einst Teil der Provinz Overijssel, wurde 1942 leer gepumpt, gefolgt vom südöstlichen Flevoland (1957) und dem südwestlichen Flevoland (1968). Die ersten Wohnrechte bekamen die Arbeiter, die an der Landgewinnung beteiligt waren, und Bauern, insbesondere aus Zeeland, die bei der Flut von 1953 alles verloren hatten.

Flevolands recht langweilige Hauptorte – Almere, Lelystad und Emmeloord – sind gitternetzartig angelegt; die Highlights der Provinz sind die alten Fischerdörfer Urk und Schokland sowie Lelystads Museen über See- und Luftfahrt.

## Urk

☎ 0527 / 20 421 EW.

Bis 1939 war Urk eine stolze kleine Insel mit einer ansehnlichen Fischereiflotte und ein wichtiger Signalposten für Schiffe auf dem Weg in die Nordsee. Als dann der umgebende Noordoostpolder trocken gepumpt wurde, schloss es sich widerwillig dem Festland an.

Obwohl Urk nun von der Nordsee abgeschnitten ist, ist es nach wie vor ein Zentrum der Fischereiindustrie, und im Hafen liegen Dutzende historischer Fischerboote. Die Stadt ist in *wijken* (Viertel) eingeteilt: Wijk 1 ist das zentrale Hafengebiet, Wijk 2 der Teil östlich des Hafens, und Wijk 3 umfasst das Stadtzentrum und die Westküste.

### Sehenswertes

**Vuurtoren van Urk** LEUCHTTURM

(Wijk 3; 2,50 €; ⏲ Juli & Aug. 10–16 Uhr) Urks 18,50 m hoher Leuchtturm wurde 1845 an der Stelle eines kleineren Steinturms erbaut, auf dem ein Kohlenfeuer die Schiffe in den Hafen leitete. Wer die 295 Stufen hochsteigt, hat von oben einen Blick auf die Stadt und das IJsselmeer.

**Museum het Oude Raadhuis** MUSEUM

(☎ 0527-683 262; www.museumopurk.nl; Wijk 2; Erw./Kind 4,75/2,60 €; ⏲ April–Okt. Mo–Fr 10–17, Sa bis 16 Uhr, Nov.–März Mo–Sa bis 16 Uhr) Das ehemalige Rathaus von Urk beherbergt heute ein kleines Museum, das anhand von traditionellen Trachten, Schiffsmodellen, nachgebauten Fischerhütten und lokaler Kunst die Geschichte der einstigen Insel erzählt.

**Kerkje aan de Zee** KIRCHE

(Prinshendrikstraat 1; ⏲ April–Sept. Mo–Sa 10–17, So 12–16 Uhr) Die Stützen der Dorfkirche sind komplett aus Masten von Schiffen der Niederländischen Ostindien-Kompanie gefertigt, die einst exotische Waren aus Ostindien brachten. Im Kircheninnenraum sind Schiffsmodelle zu sehen und zuweilen eindringliche Chorgesänge zu hören.

**Vissersmonument** DENKMAL

(Fischerdenkmal; Wijk 3) Gegenüber der Kirche, direkt am Wasser, steht das Vissersmonument, die Statue einer einsamen Frau in einem wogenden Kleid, die aufs Meer hinaus-



ABSTECHER

### DIE EHEMALIGE INSEL SCHOKLAND

Die Bewohner der Insel Schokland lebten jahrhundertelang auf einem langen, schmalen Landstreifen in der Zuiderzee recht und schlecht dahin. Doch Mitte des 19. Jhs. war die Uhr abgelaufen: Die Fischpreise sanken in den Keller und heftige Stürme erodierten die Insel weg. Die beherzten Inselbewohner hielten jedoch trotz der schlimmen Lebensbedingungen durch, weshalb sich Wilhelm III. 1859 veranlasst sah, die Insel zwangsweise zu räumen. Im 20. Jh. wurde Schokland schließlich dem Noordoostpolder eingegliedert. Das **Schokland Museum** (☎ 0527-760 630; www.museumschokland.nl; Middelbuurt 3, Schokland; Erw./Kind 7,50/5 €; ⏲ Juli & Aug. 11–17 Uhr, Sept.–Juni Mo geschl.) bietet Einblicke in diese tragische Geschichte.

Die Ausstellungen, u. a. ein Film auf Englisch, erzählen die Geschichte der Insel, die heute zum Unesco-Welterbe zählt. Die Aussichten vom unteren Weg aus deuten an, wie hoch die Wellen an die bugförmige Barriere aus hohen Holzpfählen schlugen. Ironischerweise begannen die Fundamente nach der Trockenlegung des Gebiets auszutrocknen. Schokland versinkt langsam, aber nicht mehr im Meer.

Das Museum befindet sich 14 km östlich von Urk; da es keine öffentlichen Verkehrsmittel dorthin gibt, sind Besucher auf eigene Fahrzeuge angewiesen. Vom Museum aus führt ein 10 km langer Wanderweg um die alte Insel.

schaut, wo ihre Lieben ums Leben kamen. Rund um die Statue sind auf Marmortafeln die Namen der Urker Seefahrer zu lesen, die niemals von ihrer Fahrt zurückkehrten – und noch immer wird diese Liste um neue Namen ergänzt.

## Schlafen & Essen

Urk besitzt zwar keine Hotels, aber eine Handvoll B&Bs; die Touristeninformation verfügt über eine Liste der Unterkünfte. Ansonsten sind Kampen (30 km südöstlich) und Zwolle (45 km südöstlich) gute Alternativen für eine Übernachtung.

Mittelpunkt von Urks Gastronomie ist der Hafen. Hier gibt es alles, was das Herz begehrt, von einfachen Imbissständen bis hin zu noblen Fischrestaurants.

**De Boet** FISCH, MEERESFRÜCHTE **€€€**
(☎ 0527-688 736; www.restaurantdeboet.nl; Wijk 1; 3-/4-/5-Gänge-Menü 39,50/49,50/57,50 €; ⏲ Di–Fr 12–14 & 17.30–21.30, Sa 17.30–22 Uhr) Urks bestes Restaurant serviert mehrgängige Menüs – es gibt keine à-la-carte-Auswahl – aus Meeresfrüchten, die die Fischereiflotte täglich fangrisch direkt vor der Tür ablädt. Seezunge mit in Jenever gedämpften Herzmuscheln und Austern mit Heringsrogen und Räucheraal sind typische Gerichte.

## Praktische Informationen

**Touristeninformation** (VVV; ☎ 0527-684 040; www.touristinfourk.nl; Wijk 2; ⏲ April–Okt. Mo–Fr 10–17, Sa bis 16 Uhr, Nov.–März Mo–Sa bis 16 Uhr) Gleich nördlich vom Hafen.

## An- & Weiterreise

Bus 141 fährt von Urk nach Kampen (50 Min., Mo–Sa zweimal pro Std.), wo sich der nächstgelegene Bahnhof befindet, sowie nach Zwolle (1¼ Std., Mo–Sa viermal pro Std.).

Radwege führen 30 km südöstlich nach Lelystad und 45 km südöstlich nach Zwolle. Die reizvolle Tour führt an Deichen, Flüssen und Schokland vorbei.

Im Juli und August bieten Fähren von **De Zuiderzee** (☎ 06 5360 8813; www.de-zuiderzee.nl; Handelskade; Erw./Kind einfach 15/10 €, hin & zurück 17,50/12,50 €, Fahrrad frei; ⏲ Juli & Aug. Mo–Sa 9–18 Uhr alle 2 Std.) die zweistündige Überfahrt übers IJsselmeer nach Enkhuizen.

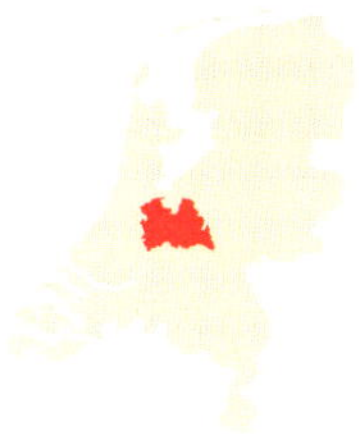

# Utrecht

**Inhalt ➡**



## Gut essen

- ➡ Blauw (S. 171)
- ➡ Heron (S. 171)
- ➡ Jackie Brown (S. 175)
- ➡ Kasteel Amerongen (S. 171)
- ➡ Gys (S. 171)
- ➡ Corazon Coffee (S. 175)

## Schön übernachten

- ➡ Mother Goose Hotel (S. 170)
- ➡ Eye Hotel (S. 169)
- ➡ Mary K Hotel (S. 170)
- ➡ Hotel de Tabaksplant (S. 175)
- ➡ Strowis Hostel (S. 169)

## Auf nach Utrecht!

Die Provinz Utrecht sollte nicht unterschätzt werden. Die namengebende Stadt – mit ihren Studenten, baumbestandenen Kanälen und dem mittelalterlichen Viertel – verdient nähere Betrachtung. Es gibt jede Menge angesagte Bars und gemütliche Cafés. Wer es jedoch lieber ruhiger hat, kann mehr als ein Dutzend große und kleine Museen besuchen – oder durch Nebenstraßen spazieren und Sehenswürdigkeiten aus dem 17. Jh. bewundern.

Auch die Provinz ist besuchenswert. Mit dem Fahrrad lassen sich so interessante Burgen wie das wunderbare Kasteel de Haar, das unmittelbar vor der Stadt liegt, erreichen. Im Osten erstreckt sich der größte Park der Randstad, der Utrechtse Heuvelrug, in dem weitere großartige Landsitze liegen. Amersfoort, Geburtsort des abstrakten Künstlers Piet Mondrian, ist eine eigenständige Großstadt mit mittelalterlicher Atmosphäre im Zentrum.

## Reisezeit

- ➡ Utrecht ist eine Universitätsstadt, daher gibt es außerhalb der Semester, vor allem im Juli und August, abgesehen von Festivals, deutlich weniger Livemusik.
- ➡ Die Monate April und Oktober sind ideal für kleine und große Fahrradtouren durch die Provinz.
- ➡ Der Herbst ist die Zeit von Bockbierveranstaltungen, eines großen Filmfestivals und des Musikfestivals Guess Who?

# UTRECHT

☎ 030 / 345 100 EW.

Es ist schwer, sich nicht in Utrecht zu verlieben, eine der ältesten Städte der Niederlande und jahrhundertelang ein religiöses Zentrum. Das kompakte mittelalterliche Herz der quirligen Universitätsstadt liegt um den bekannten Domtoren aus dem 15. Jh. und ist von einem Ring sehr hübscher baumbestandener Kanäle umgeben. An ihnen stehen typische Häuser, die einst mittelalterliche Lagerhäuser waren – in vielen gibt es heute faszinierende Plätze, um zu essen, auszugehen, zu tanzen oder zu schlafen, mit Terrassen, die bis direkt ans Wasser gehen. Die großartige Café-Kultur reicht über die Grachten hinaus. Utrechts lebhafte Musikszene ist eine große Verlockung und, wer ein bisschen mehr ausgeben kann und möchte, findet herrliche Boutiquehotels in zahlreichen historischen Herrenhäusern.

## Sehenswertes

Es gibt viel zu besichtigen um den Domplein herum, der das Herz der Stadt bildet, dort wo die Kathedrale mit dem Domtoren (Westturm) steht. In der Nähe bietet sich ein Bummel entlang der alten (11. Jh.) und neuen (14. Jh.) Gracht, der **Oudegracht** und der **Nieuwegracht**. Eine dritte Gracht, der Singel, umfasst die Altstadt.

Der Bogen der Oudegracht ist in den Abendstunden beleuchtet; er dient oft als Hintergrund von Hochzeitsfotos. Hunderte sitzen tagsüber auf den Caféterrassen. Südlich davon sind die Gracht und die hübschen Straßen ruhiger; sie erstrecken sich etwa 1 km weit bis zur Südspitze der Altstadt.

Ein Stadtrundgang (kostenlos, Trinkgelder werden jedoch gern akzeptiert) beginnt an Samstagen um 12 und an Sonntagen um 14 Uhr und startet am Domtoren.

### ★ Domtoren — HISTORISCHES GEBÄUDE

(Domturm; www.domtoren.nl; Domplein 9; Turmbesteigung Erw./Student/Kind 9/7.50/5 €; ⏲ Di–Sa 11–17, So 12–16 Uhr) Der Aufstieg über die 465 Stufen auf Utrechts auffälligstes mittelalterliches Wahrzeichen, den 112 m hohen Domturm, lohnt wegen der herausragenden Aussicht; an klaren Tagen kann man bis Amsterdam schauen. Besuche sind nur mit einer Führung möglich, die wenigstens stündlich zur vollen Stunde startet. Karten gibt es in der Touristeninformation (S. 173) auf der anderen Seite des Platzes oder es kann online reserviert werden (im Sommer empfehlenswert). Der Turm war ursprünglich Teil eines wunderschönen Kathedralen-Komplexes aus dem 14./15. Jh., dessen Mittelschiff am 1. August 1674 durch einen schweren Sturm zerstört wurde.

Der eingestürzte Teil wurde nie wieder aufgebaut, so steht der Turm heute entfernt von den übrig gebliebenen Teilen des Querschiffs und dem Chor. Dort wo das Längsschiff sich befinden sollte, liegt heute der offene Domplein (Domplatz).

### Domkerk — KATHEDRALE

(www.domkerk.nl; Achter de Dom 1; Spende 2,50 €; ⏲ Mo–Sa 11–15.30 oder länger, So 12.30–16 Uhr) Der östliche Teil der Kathedrale überstand den zerstörerischen Sturm von 1674 und bildet heute einen seltsam isolierten, aber dennoch eindrucksvollen Ort des Gebets und der Stille.

### ★ Dom Under — ARCHÄOLOGISCHE STATTE

(www.domunder.nl; Domplein 4; Erw./Kind 12,50/10 €; ⏲ Führungen stündl. Di–Fr 11.30–16.30, Sa & So ab 10.30 Uhr) Sehr engagierte freiwillige Führer und faszinierende Filme mit computergenerierten Bildern verdeutlichen den historischen Hintergrund. Dann können die Besucher auf eigene Faust mit einem wunderbaren Audioguide und mit Taschenlampe im Halbdunkel unter dem Domplein auf Erkundung gehen. Entscheidende Hinweise gibt es zum Enträtseln der Schichten von Schutt und Keramikscherben, zum Identifizieren von Relikten aus Utrechts ursprünglichem *castrum* (römisches Militärlager) und seinen frühen Kirchen.

Wer eine Eintrittskarte vom Domtoren vorweist, bekommt 20 % Ermäßigung bei Dom Under und umgekehrt.

### Centraal Museum — MUSEUM

(☎ 030-236 23 53; www.centraalmuseum.nl; Agnietenstraat 1; Erw./Student/Kind 13,50/5,50 €/gratis; ⏲ Di–So 11–17 Uhr) Mehr als die Hälfte der zehn Säle des Museums zeigen Wechselausstellungen (am besten vorher nach dem Programm schauen). Die Dauerausstellung bietet einen Querschnitt durch Utrechts zweitausendjährige Geschichte, mit Schwerpunkt auf Design und Kunst.

Zu den Highlights zählen die surrealistischen Werke des „niederländischen Dalí" Johannes Hendrikus Moesman (1909–1988) und von anderen Künstlern. Außerdem gibt es interessante Gegenüberstellungen aus dem vielfältigen architektonischen Erbe der Stadt, beispielsweise die gotische Rafinesse

## Highlights

**1 Domtoren** (S. 164) Klare Sicht bis Amsterdam vom Turm (Domtoren) von Utrechts Kathedrale, deren Fundamente man auf einer faszinierenden Erkundungstour erkunden kann.

**2 Kasteel de Haar** (S. 171) Eine Kombination aus mittelalterlicher Atmosphäre und der modernsten Technik des ausgehenden 19. Jhs. – in einem neogotischen Wasserschloss.

**3 Amersfoort** (S. 174) In die Welt des abstrakten Künstlers Piet Mondrian eintauchen und dann durch die Altstadtstraßen und entlang der Kanäle bummeln.

**4 Wijk bij Duurstede** (S. 174) Dieses malerische Städtchen besuchen und einen Ausflug nach Amerongen machen.

**5 Grachten von Utrecht** (S. 169) Mit dem Paddel- oder Motorboot unterwegs sein. Oder am von Restaurants gesäumten Ufer an Utrechts Wasserwegen entlangbummeln.

**6 Pyramide van Austerlitz** (S. 172) Zu der von einem Monolithen gekrönte Erdpyramide mitten im Wald gehen und dann erfahren, warum sie von französischen Soldaten erbaut wurde.

**7 Oudewater** (S. 175) Das eigene Gewicht auf der Hexenwaage überprüfen.

des Domtoren und die Funktionalität von Gerrit Rietvelds (1888–1964) Möbeln.

Für die hübsche Oase des Gartencafés benötigt man keine Eintrittskarte. Für Erwachsene beinhaltet der Eintritt auch das Miffy Museum (S. 166) auf der anderen Seite der Straße, aber da es eigentlich nur für kleine Kinder gedacht ist (und man eventuell vorausbuchen muss), ist diese „Geste“ eher weniger großzügig.

## Utrecht

**Miffy Museum** MUSEUM

(Nijntje Museum; ☎030-236 23 62; www.nijntjemuseum.nl; Agnietenstraat 2; Erw./Kind 3,50/8,50 €; ⊙Di–So 10–17 Uhr; 👪) Hier möchte man, dass kleine Kinder Spaß haben; alles darf angefasst und bespielt werden. Im Zentrum steht das Cartoon-Häschen Miffy, das vom einheimischen Künstler Dick Bruna entworfen wurde. In den Niederlanden kennt man die Figur unter dem Namen Nijntje (Abkürzung von Konijntje: „kleines Kaninchen“). Am besten online reservieren.

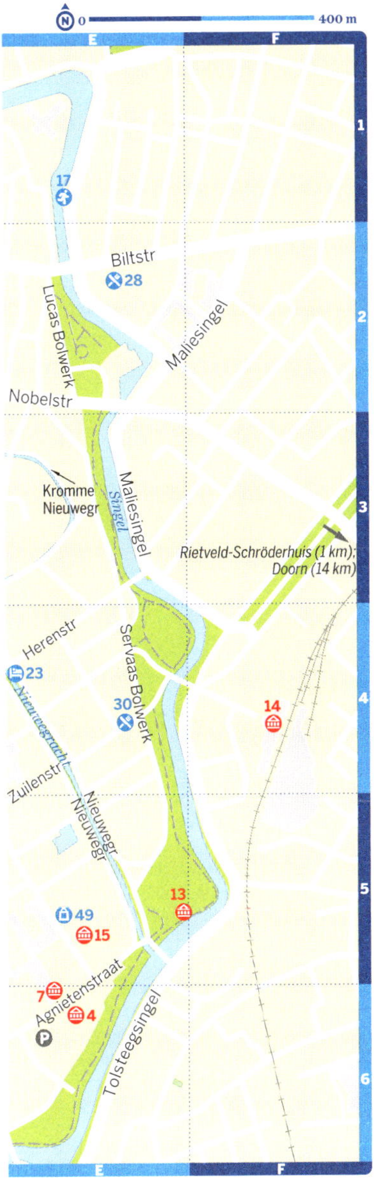


**★ Rietveld-Schröderhuis** HISTORISCHES GEBÄUDE

(☎ Reservierungen 030-236 23 10; www.rietveldschroderhuis.nl; Prins Hendriklaan 50; 16,50 €; ⏲ Führungen stündl. Di–So 11–16, Fr bis 20 Uhr; 🚌 8) Dieses kleine, aber einzigartig entworfene Haus war seiner Zeit weit voraus, als es 1924 vom gefeierten Utrechter Architekten Gerrit Rietveld entworfen wurde. Er wäre überrascht zu erfahren, dass es heute zum Unesco-Weltkulturerbe gehört. Wenn man darin herumspaziert, hat man das Gefühl, sich in einer 3D-Version eines abstrakten Piet-Mondrian-Gemäldes zu befinden. Und ganz besonders interessant wird es, wenn die Wände anfangen, sich zu bewegen. Wer sich für ein informatives Video interessiert, sollte 20 Minuten vor der für die Führung ausgemachten Zeit vor Ort sein.

Die Führung so früh wie möglich buchen, da wegen des beschränkten Raums nur 12 Personen pro Stunde zugelassen sind. Die Eintrittskarte gilt auch für das Centraal Museum (S. 164), das viele von Rietvelds charakteristischen Stühlen zeigt. Wer den Tag im Centraal Museum beginnt, bekommt dort einen Plan und kann ein Fahrrad für die 1,8 km lange Strecke leihen. Das Rad muss allerdings um 16.45 Uhr wieder zurückgegeben werden. Mit dem Bus (Route 8) kommt man von den zentralen Haltestellen Neude oder Janskerkhof zur de Hoogstraat.

**★ Museum Catharijneconvent** MUSEUM

(☎ 030-231 38 35; www.catharijneconvent.nl; Lange Nieuwestraat 38; Erw./Senioren/Student/Kind 14/12,50/7/7 €; ⏲ Di–Fr 10–17, Sa & So ab 11 Uhr) Das Museum Catharijneconvent besitzt die schönste Sammlung mittelalterlicher religiöser Kunst in den Niederlanden – eigentlich die Geschichte des Christentums – in einem ehemaligen gotischen Kloster und einem Haus (18. Jh.) an der Gracht.

Herrlich anzusehen sind die zahlreichen illuminierten Handschriften, das ein oder andere Gemälde des großen Rembrandt (1606–1669) und eine eindrucksvolle Anzahl von Sonderausstellungen.

**Pieterskerk** KIRCHE

(Pieterskerkhof 3; ⏲ Sept–Juni 12–16 Uhr, Juli & Aug. Di–Sa 11–17 Uhr) Der Leichnam von Utrechts Fürstbischof Bernold ist verschwunden, doch der Sarkophag von 1054 steht immer noch in der Krypta der Pieterskerk von 1048. Sie ist eine von vier Kapellen in Utrecht, die er gegründet hat, und die älteste noch existierende Kirche der Stadt.

**Universiteitsmuseum** MUSEUM

(☎ 030-253 80 08; www.museum.uu.nl; Lange Nieuwstraat 106; Erw./Kind 8/4,50 €; ⏲ 10–17 Uhr) Die Arbeit der Universität Utrecht wird hier in Ausstellungen zur aktuellen Forschung

## Utrecht

### Highlights
1 Dom Under .......... D3
2 Domtoren .......... D3
3 Museum Catharijneconvent .......... D4

### Sehenswertes
4 Centraal Museum .......... E6
5 Domkerk .......... D3
6 Flora's Hof .......... D3
7 Miffy Museum .......... E6
8 Museum Speelklok .......... C3
9 Museum voor het Kruideniersbedrijf .......... D2
10 Pandhof .......... D3
11 Pieterskerk .......... D3
12 Sint-Willibrod-Kerk .......... D3
13 Sonnenborgh Museum & Observatory .......... E5
14 Spoorweg Museum .......... F4
15 Universiteitsmuseum .......... E5

### Aktivitäten, Kurse & Touren
16 Canal Bikes .......... C3
17 Greenjoy Boat Rental .......... E1
18 Kanoverhuurutrecht .......... D5
Schuttevaer Canal Tours .......... (s. 35)
19 Sloep Delen Boat Rental .......... D1

### Schlafen
20 Court Hotel .......... D4
21 Eye Hotel .......... D2
22 Grand Hotel Karel V .......... C4
23 Hotel 26 .......... E4
24 Mary K Hotel .......... C2
25 Mother Goose Hotel .......... C3
26 Strowis Hostel .......... D2

### Essen
27 Blauw .......... D4
28 Concours .......... E2
29 Gys .......... D2
30 Heron .......... E4
31 Kimmade .......... C3
32 Loetje Utrecht .......... D3
33 Syr .......... D5

### Ausgehen & Nachtleben
34 ACU .......... D2
35 Bas/s .......... C2
36 Cafe DeRat .......... D5
37 Cafe Kalff .......... C2
38 Café Ledig Erf .......... D6
39 De Bastaard .......... D2
40 De Ontdekking .......... D2
41 Ekko .......... B1
42 Heen en Weer .......... D4
43 Kafé België .......... D4
44 Olivier .......... C3
45 Stadskasteel Oudaen .......... C3
46 't Oude Pothuys .......... D5

### Unterhaltung
47 TivoliVredenburg .......... B3

### Shoppen
48 De Bierverteller .......... D6
49 HetFotoAtelier .......... E5



präsentiert, zudem wird die Erinnerung an längst vergangene Zeiten erweckt: Es gibt einen Hörsaal aus dem 19. Jh. und historische zahnmedizinische Werkzeuge sowie Skelette, Organe und Körperteile. Ein tierisches Kuriositätenkabinett und das Jugendlabor begeistert vor allem die jungen Besucher.

**Spoorweg Museum** MUSEUM

(Eisenbahnmuseum; ☎030-230 62 06; www.spoorwegmuseum.nl; Maliebaanstation; 17,50 €; ⌚Di–So 10–17 Uhr) Das Eisenbahnmuseum betritt man durch einen wunderbar restaurierten Bahnhof (1874) mit grandiosen Jugendstillüstern. Es zeigt zahlreiche historische Lokomotiven, eine umfangreiche Sammlung von Modellzügen sowie interaktive Exponate für Eisenbahnfans jeden Alters. Die Liebe zum Detail zeigt sich auch in den altmodischen Toiletten. Nicht verpassen: De Vuurproef, ein Erlebnis à la *Harry Potter* oder *Charlie und die Schokoladenfabrik*, u. a. wird die Eisenbahngeschichte in den Niederlanden behandelt.

**Sonnenborgh Museum & Observatorium** MUSEUM

(☎030-820 14 20; www.sonnenborgh.nl; Zonnenburg 2; Erw./Kind 7,50/4,50 €; ⌚Di–Fr 11–17, So ab 13 Uhr) Das Sonnenborgh ist eigentlich zwei Museen in einem: im oberen Stockwerk eines Hauses von 1850, das einst eine der wichtigsten astronomischen Forschungsstätten der Welt war, wird die Geschichte der Astronomie illustriert. Darunter sind die Fundamente der wesentlich älteren Stadtmauer, auf die das Haus aufgesetzt wurde.

**Museum Speelklok** MUSEUM

(☎030-231 27 89; www.museumspeelklok.nl; Steenweg 6; Erw./Kind 13/7 €; ⌚Sept.–Juni Di–So 10–17 Uhr, Juli & Aug. tgl.) In einer alten Kirche gibt es eine bunte Sammlung von automatischen Orgeln, Jukeboxes und anderen mechanischen Krachmachern ab dem 18. Jh. zu entdecken. Bei stündlichen Führungen werden sie genussvoll vorgeführt. Wer sparen will, kann sich ein Kombiticket (Erw./ Kind 17/9,50 €) mit dem Domtoren (S. 164) kaufen. Kinder, die über zwölf Jahre alt sind, zahlen denselben Preis wie Erwachsene.

Die Eintrittskarten ermöglichen auch den Zutritt zur Restaurierungswerkstatt in Flora's Hof (S. 170), aber nur am ersten Mittwoch des Monats um 14 Uhr.

**Museum voor het Kruideniersbedrijf** MUSEUM
(historischer Lebensmittelladen; 030-231 66 28; www.kruideniersmuseum.nl; Hoogt 6; Di–Sa 12.30–16.30 Uhr) GRATIS In einer schmalen Straße liegt dieser charmante Nachbau eines alten Lebensmittelladens, in dem die mit Schürzen bekleideten Verkäuferinnen die Süßigkeiten, die sich in dekorativen Gefäßen befinden, abwiegen.

Es ist eine alte holländische Tradition, Salmiakpastillen für den Geschmack in heiße Milch einzutauchen.

**Sint-Willibrod-Kerk** KIRCHE
(www.kerkenkijken.nl; Minrebroederstraat 19; Di–Sa 13–17 Uhr) Die im Jahr 1877 im neogotischen Stil erbaute Kirche wird leicht übersehen. Sie besitzt ein großartiges Inneres mit herrlichen Buntglasfenstern und ornamental verzierten Säulen.

## Festivals & Events

★ **Le Guess Who?** MUSIK
(www.leguesswho.nl; 4-Tage-Pass 117,50 €; Nov.) Das viertägige Festival alternativer Musik, z. B. Jazz, Electronic, Indie Rock, Weltmusik, wird an verschiedenen Veranstaltungsorten innerhalb der Stadt abgehalten.

## Schlafen

In Utrecht nimmt die Zahl an charmanten Boutiquehotels in restaurierten historischen Bauten zu. Es gibt sogar ein paar Möglichkeiten in höhlenartigen Zimmern am Rand eines Kanals zu schlafen, z. B. im Hotel 26. Backpacker haben die Auswahl unter mindestens vier zentral gelegenen Hostels.

★ **Strowis Hostel** HOSTEL €
(030-238 02 80; www.strowis.nl; Boothstraat 8; B 22–28 €, EZ/DZ 72,50/82,50 €, EZ/DZ/3BZ ohne Bad 62,50/72,50/95 €; @ ) Utrechts ansprechendstes Hostel ist in einem Haus aus dem 17. Jh. untergebracht; die Schlafsäle – bis zu 16 Betten – verfügen über große Deckenhöhen. Im Untergeschoss gibt es Gepäckschließfächer (kostenlos, 10 € Kaution) von guter Größe, manche mit einer Ladestation. Die hübsche Café-Lounge grenzt an den Garten. Die kleine, aber gut ausgestattete Küche schließt um 22.30 Uhr.

★ **Eye Hotel** BOUTIQUEHOTEL €€
(030-303 63 03; www.eyehotel.nl; Wijde Begijnstraat 1; kleines/Standard Zi. ab 110/145 €; ) Das wunderbare Boutiquehotel mit 36 Zimmern befindet sich in einem schönen alten Haus,



NICHT VERSÄUMEN

### UTRECHT MIT DEM BOOT

Stündlich bietet **Schuttevaer** (030-272 01 11; www.schuttevaer.com; Oudegracht a/d Werf 85; Erw./Kind 11,95/8,50 €; 11–17 Uhr) Grachtentouren an. Es gibt jedoch viele andere Freizeitmöglichkeiten auf dem Wasser, u. a. begeben sich Einheimische, bewaffnet mit einem Picknickkorb, auf ein offenes Elektroboot. Man kann sie für acht oder weniger Personen mieten, die günstigsten Angebote sind meist die per SMS aktivierten Boote von **Greenjoy** (085-401 95 55; www.greenjoy.nl; gegenüber dem Wittevrouwensingel 57; Miete für 2 Std. 50–90 €; 9–22 Uhr). **Sloep Delen** (030-711 62 00; www.sloepdelen.nl; Hooghiemstraplein; 2 Std. Nebensaison/Hauptsaison 60/120 €, Kaution 150 €) bietet etwas größere Boote an (bis zu 12 Pers.); in der Regel ist beim Ablegen jemand anwesend, der einem erklärt, wie man das Boot steuert. Beide Firmen erwarten eine Online-Buchung im Voraus; die Preise sind werktags vor 16 Uhr oft nur halb so hoch. Bei einigen Anbietern, darunter **Lekkerbootje** (www.lekkerbootjevaren.nl) und **Sloephuren** (www.sloephurenutrecht.nl) gibt es das Boot mit Kapitän und Catering. Zu den wesentlich schlichteren Alternativen zählen Kajaks (*kano*) bei **Kanoverhuurutrecht** (030-633 22 36; www.kanoverhuurutrecht.nl; Oudegracht a/d Werf 275; Einsitzer-/Zweisitzer-Kajak pro Std. 6/12 €, pro Tag 14/28 €; Mo 13–20, Di–So ab 10 Uhr) oder Tretboote – auch **Grachten-Fahrräder** genannt (www.stromma.nl; gegenüber Oudegracht 167; 90 Min. pro Erw./Kind 9,50/4,75 €, Kaution 20 €; Juli & Aug. tgl. 10–1 Uhr, April–Juni & Sept.–Okt. Mi–So). Sie liegen vertäut am unteren Ende der Oudegracht gegenüber der Stadtbibliothek.

INSIDERWISSEN

## GRÜNE FLUCHTEN

Für einen Moment der Ruhe sollte man einen Garten in Utrecht aufsuchen. Hinter dem Universiteitsmuseum (S. 167) ist **De Oude Hortus** (mit Eintrittskarte zum Museum gratis, ohne 2,50 €) ein wunderbar friedlicher, alter botanischer Garten, der Pflanzen beherbergt, die von Niederländern bei ihrer Welterkundung gesammelt wurden.

**Pandhof** (Kloosterhof; www.pandhofvandedom.nl; Domplein; ⌚ Mo–Fr 10–16, Sa & So 12–17 Uh) Zwischen der Domkerk und dem Academiegebouw führt ein Tor in den bezaubernden kleinen formalen Garten, den ein gotischer Kreuzgang aus dem 15. Jh. umgibt.

**Flora's Hof** (Servetstraat 1; ⌚ 9–17 Uhr) Dieser kleine eingefriedete Garten, hinter der Buchhandlung Steven Sterk, ist ein friedliches Refugium, von dem aus man den Domtoren (S. 164) betrachten kann.

**Nationaal Park Utrechtse Heuvelrug** (www.np-utrechtseheuvelrug.nl) Ideal fürs Radfahren und Wandern ist der 65 km große grüne Bogen östlich der Stadt Utrecht. Der Nationalpark besitzt das zweitgrößte Waldgebiet der Niederlande mit zahlreichen Tieren; doch es gibt auch Wiesen und hohe Dünen. Innerhalb des Parkgeländes liegen aber auch ganz normale Siedlungen.



das im Jahr 1858 die erste Augenklinik in den Niederlanden gewesen ist. In dem ausgezeichnet modernisierten Hotel dominiert die Farbe Weiß; die Nachttische sehen aus wie kleine Schultische.

★ **Mother Goose Hotel** TRADITIONSHOTEL €€
(☎ 030-303 63 00; www.mothergoosehotel.com; Ganzenmarkt 26; Zi. 120–250 €; 📶) Ein befestigtes Stadthaus aus dem 13. Jh. wurde geschmackvoll restauriert. Im Boutiquehotel mit 23 Zimmern sind viele historische Details in Zimmern mit modernem Komfort erhalten. Das hilfreiche, intelligente einheimische Personal und die Rezeption sorgen dafür, dass Gäste sich zu Hause fühlen. Vielleicht liegt sogar ein handgeschriebener Willkommensgruß auf dem Bett.

★ **Mary K Hotel** HOTEL €€
(☎ 030-230 48 88; www.marykhotel.com; Oudegracht 25; DZ ab 107 €; 📶) 🍃 Ein ganzer Haufen von Utrechter Designern und Künstlern verschönerte die zehn Zimmer in diesem ideal gelegenen Grachtenhaus aus dem 18. Jh. Die Zimmer gibt es in vier verschiedenen Größen (schnuckelig, medium, groß und XL). Kein Zimmer gleicht dem anderen. Alle verfügen über historische Details; manchmal verläuft ein Holzbalken durch das Badezimmer oder ein niedliches Stofftier ist in den Dachsparren platziert.

**Grand Hotel Karel V** HOTEL €€
(☎ 030-233 75 55; www.karelv.nl; Geertebolwerk 1; Zi. ab 167,50 €; P ❄ @ 📶) Utrechts einziges 5-Sterne-Hotel war im 14. Jh. ein Kloster und beherbergte reisende Ritter und Herrscher, darunter 1543 Karl V. den Kaiser des Heiligen Römischen Reiches. Ab 1823 wurde es als Militärhospital genutzt. Heute ist es ein Hotel von Topqualität, die Zimmer mit Himmelbetten liegen entweder im klassizistischen Hauptgebäude („Empire-Zimmer") oder dem „Roman Wing" von 2007.

**Hotel 26** APARTMENT €€€
(☎ 030-303 63 06; www.hotel26.nl; Nieuwgracht; Zi. 116–245 €) Kein Hotel, sondern ein halbes Dutzend kellerartiger Räume an der Gracht, die in Gästezimmer umgewandelt wurden. Das Einchecken ist im **Court Hotel** (☎ 030-233 00 33; www.courthotel.nl; Korte Nieuwstraat 14; Standard/Höhle Zi. ab 100/140 €; 📶).

## ✗ Essen

Die Vielfalt an Speiselokalen in Utrecht ist erstaunlich groß. Restaurants beim Anleger an der Oudegracht, mit Terrassen an der engen, geschäftigen Dreiharingstraat, sind verlockend, wenn auch oft auf Touristen ausgerichtet. Hier stehen die Küchen aus aller Welt zur Auswahl. In der zunehmend angesagten, an Studenten orientierten Voorstraat gibt es Takeaways und Snacks zu einem guten Preis-Leistungs-Verhältnis, aber auch elegante Lokale. Weitere folgen an der östlichen Fortsetzung der Straße, der Biltstraat. Preiswerte Pizzerien sind in der Nobelstraat zu finden.

**Kimmade** VIETNAMESISCH €
(☎ 030-737 09 93; www.kimmade.nl; Mariastraat 2; Baguettes 3,95 €, Gerichte 5,95–8,50 €; ⌚ Mo–Sa

12–22, So 13–20 Uhr) Dieses kleine Lokal, in dem es lediglich vier Tische gibt, ist im Vergleich mit all den Terrassencafés und -restaurants in der Mariastraat ziemlich unattraktiv. Doch dank der leckeren und preiswerten Speisen im Stil der vietnamesischen Garküchen ist es sehr beliebt.

**Gys** CAFÉ €
(030-259 17 88; www.gysutrecht.nl; Voorstraat 77; mittags/abends Hauptgerichte ab 7,50/10 €; 10–21.30 Uhr; ) In diesem hellen und luftigen Bistro sind alle Gerichte „bio", was den Gästen ein gutes, gesundes Lebensgefühl vermittelt. Allerdings wirkt es aufgrund der Energiesparlampen, der Bilder mit botanischen Motiven und der Topfpflanzen an den Wänden auch sehr einladend. Die meisten Gerichte sind vegetarisch, vegan und/oder glutenfrei – jedoch nicht alle. Einfach nachfragen.

★ **Heron** EUROPÄISCH €€
(030-230 22 29; www.heronrestaurant.nl; Schalkwijkstraat 26–28; 1-/2-/3-/4-/5-Gänge-Menü 22/33/35/40/45 €; Di–Sa 17.30–21.30 Uhr) Dieses bezaubernde kleine Restaurant gibt den Gästen einige geheimnisvolle Hinweise auf ein Essen voller einfallsreicher Aromen und mit vorwiegend saisonalen Zutaten. Alle Produkte kommen aus der Region, darunter auch Waldpflanzen, die der Wirt (und Förster) selbst gesammelt hat. Sechs glückliche Gäste können direkt bei der zentralen Kochtheke sitzen und jeden Handgriff der herausragenden Köche beobachten.

★ **Blauw** INDONESISCH €€
(030-234 24 63; www.restaurantblauw.nl; Springweg 64; vegetarisch/Fleisch/Fisch Hauptgerichte ab 20,50/24,50/27 €, rijsttafel 30/33,50/33,50 €; Mo–Fr 18–22, Sa & So ab 18 Uhr) Das Blauw ist *der* Ort für perfekt zubereitete indonesische Küche; man kann sich nur schwer vorstellen, dass es in Djakarta besser schmecken könnte. Perfekt kombinierte Aromen, bis hin zu den Appetithäppchen mit hausgemachtem Sambal versetzen die Gäste in große Begeisterung.

**Loetje Utrecht** NIEDERLÄNDISCH €€
(030-231 50 40; www.utrecht.loetje.nl; Oudkerkhof 29; Hauptgerichte 8,50–24 €, Sandwiches 4,75–8,75 €; 10–22.30 Uhr) Die wachsende Loetje-Kette rühmt sich ihrer Tenderloin-Steaks (ab 18,25 €), bietet aber auch typische niederländische Gerichte wie Fleischbällchen auf Bauernbrot, Spargel (je nach Saison) und *kapucijners*, eine große Schüssel mit weichen Ackererbsen, Zwiebeln, Essiggurken, Senfgurken und gebratenem Speck. Die stylishe Utrechter Filiale wirkt wie ein großes Café mit einer Überarbeitung im Stil der niederländischen Moderne.

**Concours** EUROPÄISCH €€€
(030-223 11 58; www.restaurantconcours.nl; Biltstraat 23; 3-/4-/5-/6-Gänge-Abednmenü 34,50/42/50/58 €; Mo–Sa 17.30–22.30 Uhr) Das Concours, intim und sehr zurückhaltend dekoriert, ist eine ausgezeichnete Wahl für ein Gourmetmenü. Es ist romantisch, ohne überladen zu sein, vergleichsweise



ABSTECHER

## SCHLOSSBESUCHE

Im Bereich einer Halbtagestour gibt es um die Stadt Utrecht eine Reihe grandioser Schlösser, die leicht per Fahrrad, Bus oder mit dem eigenen Auto zu erreichen sind.

**Kasteel de Haar** (030-677 85 15; www.kasteeldehaar.nl; Kasteellaan 1, Haarzuilens; Erw./Kind Führung 16/10 €, nur Gärten 5/3,50 €; Park 9–17 Uhr, Schloss 11–17 Uhr, Führungen stündl. bis 16 Uhr) Das größte Wasserschloss des Landes ist eine beachtliche Ansammlung von gotischen Türmen, Erkern und Toren mit Fallgittern. Es besitzt eine herrliche Kapelle und ist von einem großen englischen Landschaftsgarten mit breiten Wegen, Statuen und kanalähnlichen Teichen umgeben.

**Kasteel Amerongen** (0343-563 766; www.kasteelamerongen.nl; Drostestraat 20, Amerongen; Erw./Kind 12/6 €, nur Gärten 4 €; April–Okt. Di–So 11–17 Uhr, Nov.–März Do–So 11.30–16 Uhr; 50) Kasteel Amerongen ist ein historisch bedeutendes Wasserschloss, dessen üppige Salons bei der stündlichen Führung (auf Niederländisch) bewundert werden können. Wer nur einen Blick auf das recht sachliche Äußere werfen möchte, kann zum eindrucksvollen Bentinck Café-Restaurant bummeln. Der Bus 50 braucht eine gute Stunde ab Utrecht (5,15 €) und 15 Minuten ab Doorn (2,20 €).

ABSTECHER

## PYRAMIDE VAN AUSTERLITZ

Eine der seltsamsten Sehenswürdigkeiten auf dem flachen Land südlich von Amersfoort ist die **Pyramide van Austerlitz** (www.pyramidevanausterlitz.nl; Zeisterweg 98, N224; Besteigung €3; ⌚ Infozentrum Ostern–Okt. 12–16 Uhr, Pyramidenbesteigung Ostern–Okt. Di–So 11–17 Uhr, Nov.–Ostern nur So), ein 36 m hoher pyramidenförmiger Hügel, der ursprünglich 1804 errichtet wurde, um 18 000 französische Soldaten zu beschäftigen. Obenauf steht ein Monolith. 2004/05 wurde das Ganze restauriert. Beim Parkplatz ist im Infozentrum ein faszinierender Film (gratis) zu sehen, der in acht Minuten den historischen Kontext schildert. Von dort geht es 400 m durch den Wald, um die Erdpyramide zu sehen. Die Betrachtung ist gratis, für die Besteigung braucht man ein Ticket.



erschwinglich und die Gerichte werden wunderschön präsentiert. Es gibt keine Speisekarte – die Gäste müssen sich vertrauensvoll in die Hand des gefeierten niederländischen Kochs Alex Zeelenberg begeben, der ein Tagesmenü aus frischen einheimischen Produkten zaubert.

Für Möchtegern-Meisterköche können an Sonntagen private Koch-Workshops arrangiert werden, außerdem gibt es jeden Monat eine themenorienterte Meisterklasse.

**Syr** NAHÖSTLICH **€€€**
(☎ 030-233 11 04; www.restaurantsyr.nl; Lange Nieuwstraat 71; 3-/4-/5-Gänge-Abendmenü 32,50/37,50/42,50 €; ⌚ tgl. 17–22, Sa & So auch 11.30–16 Uhr) In legerer, entspannter Café-Atmosphäre wird im Syr zuverlässig köstliche nahöstliche Küche mit einem europäischen Touch serviert. Das gesamte Personal besteht aus Flüchtlingen, die dem tragischen Bürgerkrieg in Syrien entkommen sind.

## Ausgehen & Nachtleben

Utrecht hat Biertrinkern sehr viel zu bieten, fast jeder Besucher wird die stimmungsvollen Cafés an der Oudegracht lieben. Bei Sonnenschein ist der Ganzenmarkt bei den Einheimischen mittags für ein Bier und ein Sandwich beliebt, an der Tolsteegbrug ist besonders am Abend viel los. Am späteren Abend wird es am Neude und am Janskerkhof lebendig – Letzterer ist auch bei Tänzern beliebt. Laute und lärmige Pubs an der Nobelstraat locken Studenten an.

★ **Olivier** BRUIN CAFÉ
(https://utrecht.cafe-olivier.be; Achter Clarenburg 6a; ⌚ So–Mi 11–24, Do–Sa 10–2 Uhr) Unattraktiv neben dem hässlichen Hoog-Catharijne-Bau gelegen, befindet sich dieses Bierlokal in einer geschickt und stimmungsvoll umgebauten ehemaligen Kirche, komplett mit Orgel.

★ **Kafé België** BAR
(www.kafebelgie.nl; Oudegracht 196; ⌚ Di–Sa 11–3, So & Mo ab 13 Uhr) In dieser fröhlichen Bar gibt es etwa 20 Biere vom Fass aus den Benelux-Ländern, außerdem noch unzählige andere Marken in Flaschen.

**'t Oude Pothuys** BRUIN CAFÉ
(www.pothuys.nl; Oudegracht 279; ⌚ 12–1 Uhr oder später) An einem schönen Sommertag kann man hier direkt an der Gracht mit Blick auf die Backsteinbögen der Smeebrug essen oder trinken. Hauptanziehungspunkt in diesem behaglichen Pub-Restaurant ist die kostenlose Live-Musik am Abend im weiß gekalkten mittelalterlichen Keller. Die Konzerte beginnen selten vor 23 Uhr (an ruhigeren Abenden um 22 Uhr).

**Heen en Weer** BAR
(Oudegracht 13; ⌚ Mo–Mi 10.30–22, Do–Sa bis 1, So bis 20 Uhr) Der perfekte Platz in diesem Haus von 1702 ist der Ecktisch mit Blick den Kanal hinunter bis zu den Doppelbögen einer Brücke. Oder an warmen Tagen auf der dreieckigen zwischen Straße und Gracht gelegenen Brücke.

**ACU** BAR
(www.acu.nl; Voorstraat 71; ⌚ Di–Do & Sa ab 18, Fr 20–24, So 14–23 Uhr) Das ACU, ein politischer Orientierungspunkt in Utrecht, kombiniert Bar, Veranstaltungsort für Musik, Vortragssaal und mehr. Hier kann man darüber diskutieren, ob Trotzki zu konservativ war, während man leckere Bio-Gerichte von den unübertrefflichen Kitchen Punx (Di–Do & Sa 18–21 Uhr) genießt.

**Cafe DeRat** PUB
(☎ 030-231 95 13; www.cafederat.nl; Lange Smeestraat 37; ⌚ 14 Uhr bis spät; 📶) Dieses behagliche Pub mit Holzfußboden besitzt sehr viel Atmosphäre und eine erstaunliche Fähigkeit, relativ unbekannte Biersorten zu entdecken. Dazu zählt eine ganze Reihe von Lambics (sauere, spontan gärende).

**De Bastaard** PUB
(www.debastaard.nl; Jansveld 17; ⏲16–2 Uhr) Dieses einfache Lokal serviert eine große Auswahl an La-Trappe-Bieren (niederländische Trappistenbiere), die man trinken kann, während man die mitgebrachten Speisen verzehrt – es gibt keine Küche, also dürfen die Gäste ihr Essen mitbringen.

**De Ontdekking** KAFFEE
(Voorstraat 110; Kaffee 2,25–3,45 €, Frühstück 5–11 €; ⏲Mo–Fr 8–18, Sa & So ab 9 Uhr) Reisemagazine in den verschiedensten Sprachen schmücken das alte Haus an einer Straßenecke an der Gracht. Aber es lockt weniger die Lage als der ausgezeichnete Kaffee, das Frühstück und der High Tea.

**Cafe Kalff** SCHWUL & LESBISCH
(☎030-231 09 19; www.cafekalff.nl; Oude Gracht 47; ⏲Di–Fr 13–1, Sa & So ab 15 Uhr) Der Wahlspruch dieses kleinen Pubs, der an der Gracht liegt, lautet: „Geh dorthin, wo man dich feiert, nicht dorthin, wo man dich duldet." Das Cafe Kalff ist ein Zentrum der Schwulen- und Lesbenszene und auch des gesellschaftlichen Lebens.

**Ekko** CLUB
(☎030-231 74 57; www.ekko.nl; Bemuurde Weerd WZ3) Dieser kulturelle Neuerer hat ein gutes Näschen für neue Trends, deshalb lohnt es sich immer, zu verfolgen, was hier so angeboten wird, von Clubnächten bis zu Konzerten. Alle Zahlungen mit PinPay.

**Bas/s** CLUB
(www.clubbasis.nl; Oudegracht a/d Werf 97; Gedeck 8–13 €; ⏲Fr & Sa 23–6 Uhr) Die tanzwütigen Gäste in diesem widerhallenden Keller an der Gracht – mit dementsprechendem Industriedekor aus Beton – werden überwiegend mit Techno-Musik beschallt. Veranstaltungen und Online-Rabatte sind auf der Website zu finden. Bargeld wird nicht akzeptiert, nur Kartenzahlung.

## Unterhaltung

In Utrecht gibt es zahlreiche Kinos, Theater und erstaunliche fünf Konzertsäle im **TivoliVredenburg** (☎030-231 45 44; www.tivolivredenburg.nl; Vredenburgkade 11).

In vielen Hostels und Hotels liegt das wöchentliche Infoblatt **UitLoper** und die kostenlose, jeden zweiten Monat erscheinende Veranstaltungs-Broschüre **MagUtrecht** (www.magutrecht.com) aus. Tägliche Vorschläge zum Ausgehen findet man unter www.duic.nl/uitgaan.

## Shoppen

Die weitläufige Hoog-Catharijne-Mall lässt sich kaum vermeiden – auf dem Weg vom Bahnhof zum Stadtzentrum muss man sie praktisch durchqueren. Es gibt zahlreiche Mainstream-Läden an der Vredenburg und am Steenweg, aber viel interessanter sind die Läden an der Voorstraat und vor allem am Südende der Oudegracht.

★ **De Bierverteller** ALKOHOL
(☎030-737 13 06; www.debierverteller.nl; Twijnstraat 47; ⏲Di–Fr 11–19, Sa 10–18, So 12–18 Uhr) Hilfsbereites Personal steht den Kunden bei der Auswahl aus mehr als 700 Biersorten zur Seite. Etwa einmal im Monat gibt es Verkostungen – Anmeldung online. Oder man gibt der Versuchung nach und kauft eine Kiste der wunderbaren Zuster Agatha aus der Muifel Brouwerij.

★ **HetFotoAtelier** FOTOGRAFIE
(☎030-243 49 98; www.hetfotoatelier.nl; Lange Nieuwstraat 86; ⏲Mi–Sa 14–19 Uhr) Wer Schwarz-Weiß-Fotos aus der vordigitalen Zeit liebt, wird diese Laden-Galerie als eines der Highlights in Utrecht empfinden.

## Praktische Informationen

**Touristeninformation** (VVV; ☎030-236 00 04; www.visit-utrecht.com; Domplein 9; ⏲Mo 11.45–17, Di–Sa 10–17, So 12–17 Uhr) Hier gibt es zahlreiche Broschüren und es werden Eintrittskarten für den Domtoren (S. 164) verkauft. Einige Hostels und Hotels bieten den ausgezeichneten Stadtplan mit Informationen *Use-it*, mit zahlreichen nützlichen Ratschlägen von Einheimischen.

## An- & Weiterreise

Utrecht ist ein Knotenpunkt des öffentlichen Verkehrs. Wer selbst mit dem Auto unterwegs ist, sollte unbedingt beachten, dass die wenigen Parkplätze in den Straßen rund um die Uhr kostenpflichtig sind.

### BUS

Regionale Busse fahren an zwei Stellen, beide im Westen der Centraal Station Utrecht ab. Der Bus 401 nach Breda (11,95 €, 75 Min., stündl.) startet von den **G Bushaltebuchten** (Jaarbeursplein) gegenüber vom Bau des World Trade Centre. Die meisten anderen nützlichen Linien, darunter auch der Bus 107 über Oudewater nach Gouda, fahren an den **C & D Bushaltebuchten** (Jaarbeurszijde) ab, die von der westlichen Bahnhofshalle per Rolltreppe zugänglich sind. Den Bus 50 nach Doorn und Amerongen nimmt man

ABSTECHER

## WIJK BIJ DUURSTEDE

In der bezaubernden, von Grachten umgebenen Altstadt von Wijk verläuft eine Straße mit Cafés und Galerien (Peperstraat) hinter der markanten Kirche (am Markt). Hier erhebt sich eine romantische Burg, von der zwei Türme erhalten sind. Die Burg ist zwar in Privatbesitz – gelegentlich finden dort Hochzeiten statt –, aber der baumbestandene Park ist für Besucher frei zugänglich.

Wijk erreicht man von Utrecht Centraal aus mit dem Bus 41 (4,30 €, 35 Min.) oder dem Bus 56 von Amersfoort über Doorn. Um in die Altstadt zu gelangen, geht man den Zandweg neben dem Hotel-Restaurant Gouden Leeuw hinunter und überquert dann die Kanalbrücke.

besser an der zentral gelegenen **Haltestelle Janskerkhof** (Nobelstraat; 🚇 50).

Informationen zu den Bus- und Straßenbahnlinien gibt es im **U-OV Service Winkel** (www.u-ov.info; ⏲ Mo–Fr 6.30–19, Sa 7–17.30, So 10–17 Uhr) am Bahnhof.

International verkehrende Busse fahren an einer schwer zu findenden **Haltestelle** (Westplein) direkt nördlich des Hochhauses der NH Hotels, hinter der G Bushaltebucht und der Straßenbahnhaltestelle nordwestlich des Bahnhofs).

### FAHRRAD

Der nationale Fahrradweg **LF9** führt über Land etwa 23 km nach Norden bis zur Kreuzung mit dem **LF23**, der durch Muiden und Flevoland verläuft. Nach Süden geht er durch üppige Felder nach Breda. Der Marathonweg **LF7** durchquert die Provinz Utrecht auf seiner 350 km langen Strecke von Alkmaar nach Maastricht; Amsterdam liegt etwa 50 km nordwestlich. Der **LF4** führt ostwärts nach Arnhem (ca. 80 km).

### ZUG

Utrecht CS (Centraal Station) ist ein nationaler Eisenbahnknotenpunkt. Zu den nützlichen Direktverbindungen zählen die folgenden:

**Amsterdam Centraal** (7,60 €, 27 Min., 4-mal stündl.)

**Den Haag** (11,20 €, 40 Min., 2-/4-mal stündl. werktags/Wochenende)

**Groningen** (24,90 €, 1 Std. 55 Min., stündl.)

**Maastricht** (23,90 €, 2 Std., 2-mal stündl.)

**Schiphol Airport** (8,80 €, 32 Min., 4-mal stündl.)

**Rotterdam** (10,50 €, 37 Min., mindestens 3-mal stündl.)

Am Bahnhof gibt es **Gepäckschließfächer** (Utrecht Centraal; kleines/großes Schließfach ab 6/9 €; ⏲ 24 Std.), aber sie sind schwer zu finden. Sie liegen oberhalb des Burger King; man kommt von der nördlichen Passage hin oder indem man das Bistro Centraal durchquert und den oberen Balkon oberhalb der Bahnsteige 18/19 entlanggeht. Wenn man von der Stadtmitte hierher kommt, dann sollte man nicht durch die Fahrkartensperre gehen.

# AMERSFOORT

☎ 033 / 154 700 EW.

Die hübsche Stadt Amersfoort erwarb sich im 16. Jh. Wohlstand aus dem Bier-, Woll- und Tabakhandel. Im gut erhaltenen ovalen Altstadtkern gibt es zahlreiche beachtenswerte Kaufmannshäuser, kleine Grachten und drei historische Tore.

Hier kann man wunderbar bummeln gehen, aber es ist auch ein Zentrum für Kunst, Museen und gute Restaurants.

## ◉ Sehenswertes

Es macht großen Spaß in Amersfoort herumzubummeln, in den Straßen, auf den Plätzen und entlang der Grachten der Altstadt, in der es mehr als 300 Gebäude gibt, die vor dem 18. Jh. entstanden.

**Onze Lieve Vrouwe Toren** HISTORISCHES GEBÄUDE

(www.olvkerk.nl; Lieve Vrouwekerkhof; Erw./Kind 5/4 €; ⏲ Führungen Juli–Aug. Di–So 12–17 Uhr stündl., Rest des Jahres tgl. 14 Uhr) Der gotische Turm aus dem 15. Jh. ist die herausragende Sehenswürdigkeit von Amersfoort. Es ist der einzige erhaltene Teil einer Kirche, die durch eine tragische Explosion im Jahr 1787 zerstört wurde. Nur der Turm blieb stehen.

**★ Mondriaanhuis** MUSEUM

(www.mondriaanhuis.nl; Kortegracht 11; Erw./Kind 8 €/gratis; ⏲ Di–So 11–17 Uhr) Dieses kleine, aber faszinierende Museum widmet sich dem Leben und Werk von Piet Mondrian (1872–1944), dem bekannten Mitglied der Künstlergruppe De Stijl. Das Museum befindet sich in seinem Geburtshaus.

Ein fünfminütiger Film folgt der Entwicklung des Künstlers vom realistischen Landschaftsmaler über den Impressionisten bis hin zu den abstrakten Linien und Grundfarben, die nach seinem Umzug nach Paris zu seinem Markenzeichen wurden.

**Kade Museum** GALERIE
(☎033-422 50 30; www.kunsthalkade.nl; Eemplein 77; Erw./Kind 10 €/gratis; ⏲Di–So 11–17 Uhr) Diese kühn entworfene Galerie ist ein Standort großer Wechselausstellungen, die sich zeitgenössischen Künstlern oder ganz bestimmtem Themen widmen.

## Schlafen & Essen

In der Altstadt gibt es eine großartige Auswahl an Spieselokalen, vor allem an der Krommestraat, und zwar in allen Preisklassen, von Bäckereien mit Café bis zu Gourmetrestaurants, u. a. das mit einem Michelin-Stern ausgezeichnete Blok's.

★ **Hotel de Tabaksplant** HOTEL €
(☎033-472 97 97; www.tabaksplant.nl; Coninckstraat 15; EZ/DZ/Suite ab 85/95/140 €, ohne Bad DZ/3BZ 67/75 €; ⏲8–23 Uhr) Drei historische Häuser, darunter das Haus eines Tabakhändlers von vor 1623, wurden zu einem 25-Zimmer-Hotel umgebaut.

Der Service ist hervorragend, die Einrichtung zeugt von großem Stilgefühl.

**Corazon Coffee** CAFÉ €
(www.coffeecorazon.nl; Krommestraat 18; mittags Gerichte 5,95–13,95 €; ⏲10–18 Uhr; 👪) Fort mit iPad oder Computer! In diesem freundlichen Café betrachtet man digitale Geräte als notwendiges Übel. Stattdessen bietet man einen kostenlosen Büchertausch an und stellt Tische dicht aneinander, um Gespräche und das Miteinander zu fördern. Viele der Sandwiches und Mittagsgerichte sind vegan; es gibt 16 Sorten reinen Arabica-Kaffee, 30 Sorten Tee, Lassis und Smoothies.

**Jackie Brown** FUSION €€
(www.jackiebrown.nl; Hof 23; Mittagsgerichte 7–11 €, Abendgerichte 6–8 €; ⏲11.30 bis spät) Schwarze Wände mit Energiesparlampen und einer Wandmalerei mit Notorious B.I.G. geben dem Jackie Brown ein selbstbewusstes urbanes Flair. Die euro-asiatische Fusionsküche wird in Portionen von Tapas-Größe serviert. Qualität und Präsentation gehen in Richtung Gourmetküche.

## Ausgehen & Nachtleben

Hof und Lieve Vrouwekerkhof sind die Standorte zahlreicher Cafés und Pubs, später am Abend lohnt der Weg zum Groenmarkt. Im **Hop** (www.facebook.com/bierwinkelhop; Achter Het Oude Stadhuis 2; ⏲Mi–Fr 12–18, Sa bis 17, So 13–17 Uhr) kann man eine ausgezeichnete Auswahl an Bieren zum Mitnehmen kaufen.

**Drie Ringen Bierbrouwerij** MIKROBRAUEREI
(www.dedrieringen.nl; Kleine Spui 18; Biere 3,95 €; ⏲Di–Do 14–19.30, Fr–So ab 13 Uhr) Unweit vom Koppelpoort liegt diese vielgerühmte Mikrobrauerei, die ihren Namen von einer Vorgängerin aus dem 17. Jh. übernommen hat. Sieben der elf kräftigen Biervarianten werden hier vom Fass gezapft.

## Praktische Informationen

**Touristeninformation** (VVV; ☎0900-112 23 64 (Anruf 0,50 €); www.vvvamersfoort.nl; Breestraat 1; ⏲Mo 11–17.30, Di–Fr 10–17.30, Sa 10–16, So 11–16 Uhr; Nov.–März So geschl.) Organisiert geführte Spaziergänge und verfügt über Fahrradkarten. Die Information liegt an der Ecke des Hauptplatzes, gegenüber vom Onze Lieve VrouweToren.

## An- & Weiterreise

### FAHRRAD

Utrecht liegt 23 km südwestlich (die Route führt durch Wälder und Ackerland). Es geht über den nationalen Fahrradweg **LF9**, der 23 km nördlich auf den **LF23** trifft; beide Radwege führen weiter zur Provinz Flevoland.

NICHT VERSÄUMEN

### HEXEREI IN OUDEWATER

Der Schritt auf die „Hexengewicht"-Waage ist die Hauptattraktion des kleinen Museums **Heksenwaag** (www.heksenwaag.nl; Leeuweringerstraat 2; Erw./Kind 6/3 €; ⏲April–Okt. Di–So 11–17 Uhr, Juli–Sept. auch Mo, Nov.–März Fr–So). Das Haus der Hexenwaage in der Stadt Oudewater liegt eine 40-minütige Fahrt mit dem Bus 107 von Utrecht entfernt. Während der fürchterlichen Hexenjagden im 16. Jh. wurden fast eine Million Frauen in ganz Europa hingerichtet – verbrannt, ertränkt oder auf andere Art zu Tode gefoltert –, weil sie der Hexerei verdächtigt wurden. Das Wiegen war ganz üblich, um festzustellen, ob eine Frau eine Hexe war. Eine Frau, die für ihre Größe zu leicht war, war „offensichtlich eine Hexe, denn die haben keine Seele". Eine Frau mit „Normalgewicht" war demnach zu schwer, um auf einem Besen zu reiten und war also keine Hexe.

**Fietsboot Eemlijn** (☎ 06 5194 2279; www.eemlijn.nl; Grote Kapel; Erw./Kind pro Sektor 2 €/gratis, Fahrrad 1 €; ⏲ Mitte Juni–Mitte Sept. tgl., Mitte April–Mitte Juni & Mitte Sept.–Mitte Okt. 4-mal wöchentl.) Amersfoorts „Fahrrad-Schiff" pendelt durchs Gelderse-Tal, in 3 ½ Stunden (entweder nach Huizen oder nach Spakenburg am Eemmeer). Es legt um 10 Uhr vom Anleger, 200 m nordwestlich der Koppelpoort, ab; die Rückfahrt beginnt um 14 Uhr. Haltepunkte auf der Hin- bzw. Rückfahrt sind Soest (10.45/17 Uhr), Baarn (11.30/16.15 Uhr) und Eemdijk (12.30/15.15 Uhr). Von jeder Haltestelle aus, macht es Spaß mit dem Fahrrad durch die Wälder zurückzufahren.

Im Stadtzentrum verleiht der **Rijwielhandel van Hoeijen** (☎ 033-461 37 73; www.vanhoeijen.nl; Krommestraat 61; 7-Gang/ E-Bike pro Tag 10/20 €; ⏲ Mo 13–18, Di–Fr ab 9, Sa 9–17 Uhr) Fahrräder pro Kalendertag; über Nacht kostet es also das Doppelte.

## ZUG

Der Bahnhof von Amersfoort befindet sich ungefähr 500 m westlich vom Zentrum. Zu den gut erreichbaren Destinationen gehören u. a. Amsterdam (8,60 €, 35–50 Min.), Deventer (10,80 €, 35 Min., 3-mal stündl.) und Utrecht (4,60 €, 13–20 Min., bis zu 6-mal stündl.).

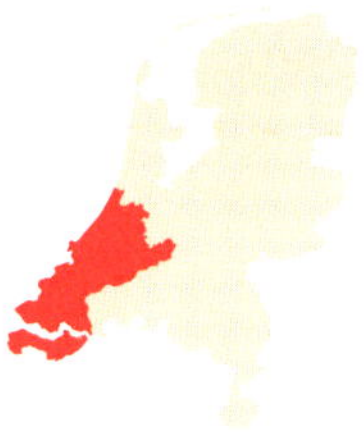

# Rotterdam & Südholland

**Inhalt ➡**



## Gut essen

- Fouquet (S. 209)
- In den Doofpot (S. 224)
- Villa Augustus Restaurant (S. 197)
- Fenix Food Factory (S. 190)
- AJÍ (S. 189)

## Schön übernachten

- Hotel The Roosevelt (S. 229)
- Ex Libris (S. 223)
- Hotel Indigo (S. 207)
- Citizen M (S. 187)
- De Luthiers (S. 197)

## Auf nach Rotterdam & Südholland!

Die Gegensätze machen Südholland und Zeeland zu höchst attraktiven Reisezielen. An einem Tag erlebt man in Rotterdam die neuesten Experimente im Bereich der Architektur und staunt immer wieder über innovative Bauwerke. Am nächsten Tag fühlt man sich im gut erhaltenen historischen Stadtzentrum von Delft wie im Holland des 17. Jhs. – im Goldenen Zeitalter. Und diese Gegensätze sind nicht nur auf den Bereich der Architektur beschränkt: Den Haag bietet kultivierten städtischen Charme und bezaubert seine Besucher mit Kunst, Fine Dining und seiner Kulturszene; Zeeland, dünn besiedelt und mit windgepeitschter Landschaft, scheint am Ende der Welt zu liegen und Gouda entspricht mit den berühmten gelben Käserädern und den überall präsenten Einheimischen in Trachten allen gängigen holländischen Klischees. Das Entscheidende für Reisende ist, dass diese Region für jeden Geschmack etwas zu bieten hat – ob es nun Windmühlen, Weinstuben, Tulpen oder Degustationsmenüs sind.

## Reisezeit

- Rotterdams Museen, Geschäfte, Restaurants, Bars und Nachtleben sowie der ausgezeichnete öffentliche Nahverkehr sorgen dafür, dass das Wetter egal ist, wenn man sich drinnen aufhält; die Stadt bietet sich als ganzjähriges Reiseziel an.
- Der Frühling bringt eine Explosion der Farben in den fantastischen Tulpenfeldern im Keukenhof und sorgt für ein beständiges Klicken der Kameras. Der Garten ist nur für einen Zeitraum von acht Wochen geöffnet, aber es lohnt sich, den Reiseplan darauf abzustellen.
- Vom Frühjahr bis zum Herbst bietet die Region wesentlich mehr Attraktionen als in den Wintermonaten und die Chancen für einen Spaziergang am Kanal oder ein Bad im Meer sind dann ohnehin besser.
- Im Juli und August finden häufig Feste statt, gefeiert wird in den Straßen, in Parks und am Strand.

## Highlights

**1 Rotterdam** (S. 179) Innovative Architektur und Kunst erkunden und dazu die pulsierende Kaffeehauskultur in „der Stadt, die nie fertig wird".

**2 Blumenpark Keukenhof** (S. 226) Die fantastische Attraktion sehen und durch bunte Tulpenfelder spazieren.

**3 Mauritshuis** (S. 203) Sich in Den Haag von Vermeers *Mädchen mit dem Perlenohrgehänge* verzaubern lassen.

**4 Nieuwe Kerk** (S. 212) Die Wendeltreppe im Turm besteigen und mit einem tollen Blick über Delfts mittelalterliches Stadtzentrum belohnt werden.

**5 Kinderdijk** (S. 193) Vorbei an knarrenden Windmühlen und windgepeitschten Deichen wandern oder radfahren.

**6 Rijksmuseum Leiden** (S. 217) In die Sammlungen der Museen Volkenkunde, Boerhaave und Van Oudheden eintauchen.

**7 Sint Janskerk** (S. 199) Die gewaltige Größe von Goudas Kathedrale aus dem 16. Jh. bestaunen und deren fantastische Buntglasfenster bewundern.

# SÜDHOLLAND

Hier befinden sich die beiden größten Städte des Landes – Rotterdam und Den Haag – und viele der schönsten und ältesten Orte; Zuid-Holland (Südholland) ist sowohl bei Einheimischen als auch bei Touristen aus dem Ausland beliebt. Zusammen mit den Provinzen Noord-Holland (Nordholland) und Utrecht ist es Teil der *Randstad*, des wirtschaftlichen Herzens der Niederlande mit der größten Bevölkerungsdichte. Mit berühmten Bauwerken und Museen, Sandstränden sowie Nationalparks, mit einer vielfältigen Vogelwelt, ist diese Region einen Besuch mehr als wert.

## Rotterdam

☎ 010 / 638 710 EW.

Innovation ist das Motto der zweitgrößten Stadt der Niederlande und der größter Hafenstadt Europas. Und die Rotterdamer machen sich dieses Motto mit einem großen Enthusiasmus zu eigen, der sich positiv auf die Besucher auswirkt. Die Zahl der Touristen in Rotterdam wächst jedes Jahr. Der Grund dafür liegt auf der Hand: Architektur und Stadtentwicklung von Weltrang. Dazu kommen erstklassige Museen, Kunst im Übermaß, verlockende Kaffeekultur sowie eine Vielzahl von Wasserwegen, auf denen sich das städtische Leben abspielt – die Einheimischen eilen über wunderschöne Brücken, fahren mit Wassertaxis, bummeln entlang der pittoresken Grachten in der Innenstadt – so ist der großstädtische Charme Rotterdams unwiderstehlich.

Rotterdam, das durch die große Wasserstraße Nieuwe Maas in zwei Teile geteilt wird, besitzt eine ganze Reihe von Tunneln und Brücken; besonders beeindruckend ist die **Erasmusbrug** – eine weiße Schrägseilbrücke, die auch *de Zwaan* („der Schwan“) genannt wird. Nördlich des Flusses erstreckt sich das fußläufige Stadtzentrum.

### Geschichte

Rotterdam hat es weit gebracht seit seiner Gründung als Fischerdorf: von einem der Stützpunkte der Niederländischen Ostindien-Kompanie, dem ersten multinationalen Unternehmen der Welt, bis hin zu Europas wichtigstem Hafen und zum weltweiten Spitzenreiter im Bereich der modernen Architektur und Stadtentwicklung.

Rotterdams Geschichte als bedeutender Hafen begann im 16. Jh. 1572 erhielten die Spanier, die von den aufrührerischen Geusen verfolgt wurden, im Hafen Schutz. Sie belohnten diese Großzügigkeit, indem sie die Stadt plünderten. Rotterdam schloss sich bald darauf der Revolution an.

Rotterdams Lage an den größten Flüssen im Süden der Niederlande ist ideal für Handelsschiffe. In den 1800er-Jahren entstanden die ersten großen Kanäle, die seitdem fortwährend verbessert wurden und den Hafen mit dem Rhein und anderen wichtigen Wasserstraßen verbinden.

Am 14. Mai 1940 stellten die das Land besetzenden Deutschen der niederländischen Regierung ein Ultimatum: Entweder die Niederlande ergeben sich oder Städte wie Rotterdam werden zerstört. Die Regierung kapitulierte; allerdings waren die Bomber bereits in der Luft und der Luftangriff wurde trotzdem durchgeführt.

Rotterdam wurde nicht im historisierenden Stil wieder aufgebaut, sondern erhielt durch Wolkenkratzer und bahnbrechende Architektur eine Silhouette wie keine andere Stadt der Niederlande.

### Sehenswertes

Durch die vielen einprägsamen Gebäude und Wahrzeichen findet man sich in Rotterdam leicht zurecht. Das Stadtzentrum ist viel kleiner als man es von so einer geschäftigen Metropole erwartet – der leistungsfähige öffentliche Nahverkehr mit U-Bahn, Bus und Straßenbahn wird kaum benötigt. Am besten erkundet man die Stadt und ihre Sehenswürdigkeiten mit dem Fahrrad.

**★ Museum Boijmans van Beuningen** MUSEUM

(www.boijmans.nl; Museumpark 18–20; Erw./Stud./Kind unter 19 Jahren 17,50/8,75 €/frei; Di–So 11–17 Uhr; M Eendrachtsplein, Museumpark, Eendrachtsplein) Das Museum wird Anfang 2019 wegen größerer Renovierungsarbeiten für voraussichtlich sieben Jahre geschlossen, allerdings werden diverse Exponate der Sammlung während dieser Zeit in andere Museen verlagert.

Die Liste der Künstler, die in der Sammlung des wohl herausragendsten Rotterdamer Museum präsentiert werden, ist beeindruckend und umfasst eine Vielzahl von Kunstepochen und Stilrichtungen: Rubens, Rembrandt, Monet, Degas, van Gogh, Picasso, Miró, Bacon und viele weitere berühmte Künstler sind hier zu besichtigen.

Zu den Highlights gehören sicherlich Jan van Eycks *Die drei Marien am Grabe*

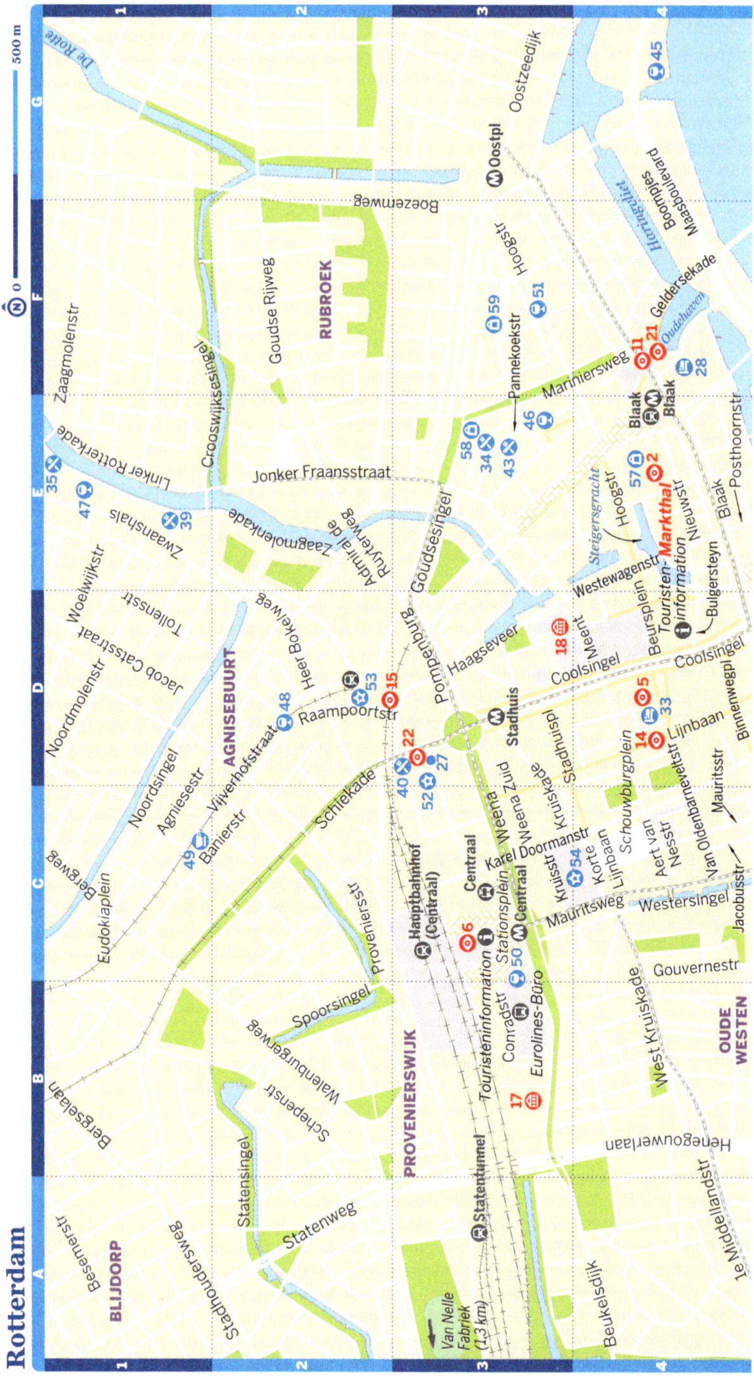

Rotterdam
500 m
BLIJDORP
AGNISEBUURT
RUBROEK
PROVENIERSWIJK
OUDE WESTEN
De Rotte
Bessemerstr
Stadhoudersweg
Statensingel
Statenweg
Bergselaan
Schepenstr
Walenburgerweg
Spoorsingel
Proveniersstr
Eudokiaplein
Bergweg
Banierstr
Agniesestr
Noordsingel
Noordmolenstr
Jacob Catsstraat
Tollensstr
Woelwijkstr
Zwaanshals
Zaagmolenstr
Linker Rotterkade
Crooswijksesingel
Goudse Rijweg
Boezemweg
Oostpl
Oostzeedijk
Jonker Fraansstraat
Zaagmolenkade
Admiraal de Ruyterweg
Heer Bokelweg
Raampoortstr
Vijverhofstraat
Schiekade
Pompenburg
Goudsesingel
Haagseveer
Hoogstr
Pannekoekstr
Marinierswég
Gelderskade
Oudehaven
Haringvliet
Boompjes
Maasboulevard
Blaak
Posthoornstr
Nieuwstr
Markthal
Steigersgracht
Westewagenstr
Touristen-information
Bulgersteyn
Beursplein
Meent
Coolsingel
Stadhuis
Stadhuispl
Lijnbaan
Binnenwegpl
Mauritsstr
Van Oldenbarneveltstr
Aert van Nesstr
Schouwburgplein
Korte Lijnbaan
Kruiskade
Kruisstr
Karel Doormanstr
Weena
Weena Zuid
Centraal
Hauptbahnhof (Centraal)
Stationsplein
Touristeninformation
Conradstr
Eurolines-Büro
Mauritsweg
Westersingel
Jacobusstr
Gouvernestr
West Kruiskade
Henegouwerlaan
1e Middellandstr
Beukelsdijk
Statentunnel
Van Nelle Fabriek (1,3 km)
A
B
C
D
E
F
G
1
2
3
4
2
5
6
11
14
15
17
18
21
22
27
28
33
34
35
39
40
43
45
46
47
48
49
50
51
52
53
54
57
58
59

Willemsbrug
Nieuwe Maas
Ons Park
Oranjeboomstr
Hef Park
Rosestr
Handelspl
Binnenhaven
Koningshaven
Van der Takstr
Maaskade
NOORDER EILAND
Stieltjesstr
Levie Vorstkade
Spoorweghaven
Laan op Zuid
Rijnhaven
Hillelaan
Maassilo (350 m)
Prins Hendrikkade
Wilhelminapl
Posthumalaan
Otto Ruechlinweg
Rijnhaven
Fenix/Walhalla Watertaxi-Anleger
Brede Hilledijk
Maashaven N Z
Speeltuinvereniging Katendrecht (1 km)
WATERSTAD
Scheepmakershaven
Wijnhaven
Leuvehaven W-atertaxi Anleger
Boompjes
Erasmusbrug
WILHELMINAPIER
Wilhelminakade
Rijnhavenbrug
Leuvehaven
Schiedamsedijk
Waterbus
Willemskade
Nieuwe Maas
Wilhelminapier / Hotel New York Watertaxi-Anleger
Katendrecht/Provimi Water Taxi-Anleger
Veerlaan
KATENDRECHT
Beurs
Schilderstr
Schiedamse Vest
Schiedamsesingel
Leuvehaven
Vasteland
Veerhaven Watertaxi-Anleger
Veerhaven
Hartmansstr
Witte de Withstr
William Boothlaan
Van Vollenhovenstr
Parkkade
COOL DISTRICT
Westblaak
Eendrachtspl
Oude Binnenweg
Museumpark
NIEUWE WERK
Parklaan
Huis Sonneveld
Museum Boijmans van Beuningen
Westzeedijk
Kievitslaan
Het Park
Nieuwe Maas
Rochussenstr
Wytemaweg
DIJKZIGT
Maastunnel
Nieuwe Binnenweg
Dijkzigt
Parkhaven
Euromast Watertaxi-anleger
's-Gravendijkwal
Mathenesserlaan
MIDDELLAND
LLOYDKWARTIER
Coolhaven
Museum Rotterdam: 1940-1945 NU
Volmarijnstr
Nieuwe Binnenweg
Rochussenstr
Sint-Jobshaven/Mullerpier Watertaxi-Anleger
St Jobshaven
Lloydstr
Helman Dullaertplein
DELFSHAVEN
Heemraadssingel
Heemraadssingel
Schiehaven
Schiehaven
1 3 4 7 8 9 10 12 13 16 19 20 23 24 25 26 29 30 31 32 36 37 38 41 42 44 55 56
A B C D E F G
5 6 7 8

## Rotterdam

**Highlights**
1 Huis Sonneveld C5
2 Markthal E4
3 Museum Boijmans van Beuningen C5
4 Museum Rotterdam: 1940-1945 NU A7

**Sehenswertes**
5 Bijenkorf Department Store D4
6 Hauptbahnhof (Centraal) C3
7 De Rotterdam E7
8 Erasmusbrug E7
9 Euromast B8
10 Het Park C8
11 Kijk-Kubus Museumwoning F4
12 KPN Telecom Headquarters F7
13 Kunsthal C6
14 Lijnbaan D4
15 Luchtsingel D2
16 Maritiem Museum Rotterdam D5
17 Miniworld Rotterdam B3
18 Museum Rotterdam D3
19 Natural History Museum C6
20 Nederlands Fotomuseum E7
21 Overblaak Development F4
22 Schieblock D3
23 TENT D5
Timmerhuis (s. 18)
24 Tuin Schoonoord C7
25 Wereldmuseum D7
Witte de With Centre for Contemporary Art (s. 23)

**Aktivitäten, Kurse & Touren**
26 Rebus E5
27 Urban Guides D3

**Schlafen**
28 Citizen M F4
29 King Kong Hostel D5
30 Mainport E6
31 nhow E7
32 Pincoffs G6
33 Urban Residences D4

**Essen**
34 AJÍ E3
35 Bertmans E1
36 CEO Baas van Het Vlees E8
37 De IJsmaker D5
38 Fenix Food Factory E8
Kaapse Kitchen (s. 38)
39 Lof der Zoetheid E1
40 Op Het Dak D3
41 Parqiet C7
Pierre (s. 34)
42 Posse E8
43 Tante Nel E3
44 Urban Espresso Bar A6

**Ausgehen & Nachtleben**
45 Aloha G4
Biergarten (s. 40)
46 Bokaal E3
47 Brouwerij Noordt E1
48 Eurotrash United D2
49 Man Met Bril C1
50 Suicide Club C3
51 Verward F3

**Unterhaltung**
52 Annabel D3
53 Bird Jazz Club D2
54 De Doelen C4
55 KINO C5
56 LantarenVenster E8

**Shoppen**
57 Blaak Markt E4
58 De Groene Passage E3
59 Groos F3

(1425–35), Hieronymus Boschs *Der Hausierer* (um 1500) und Pieter Brueghel d. Ä. *Turmbau zu Babel* (1568).

**Kunsthal** GALERIE

(☎ 010-440 03 00; www.kunsthal.nl; Westzeedijk 341; Erw./Stud./Kind 14/7 €/frei; ⊙ Di–Sa 10–17, So 11–17 Uhr; Kievitslaan) Diese dynamische Kultureinrichtung in Rotterdams Museumsenklave ist bekannt für ihre regelmäßig stattfindenden Wechselausstellungen und für das nachdenklich stimmende Ausstellungsprogramm. Es finden immer mindestens drei Ausstellungen statt – von Malerei und Fotografie bis zu Mode oder Grafikdesign –, die über das ganze mehrgeschossige Gebäude verteilt sind. Das interessante Bauwerk, das an einen Deich grenzt, wurde 1988/89 von Rem Koolhaas und Fuminori Hoshino vom ortsansässigen Architekturbüro OMA entworfen.

**Witte de With Center for Contemporary Art** MUSEUM

(☎ 010-411 01 44; www.wdw.nl; Witte de Withstraat 50; Erw./Stud. & Kind unter 18 Jahren 6/3 €/frei, Fr 18–21 Uhr Eintritt frei, Kombi-Ticket mit TENT 9/4,50 €; ⊙ Di–Do, Sa & So 11–18, Fr 11–21 Uhr; M Eendrachtsplein, Museumpark) Das Museum befindet sich auf einem Gelände mit dem **TENT** (www.tentrotterdam.nl; Erw./Stud. & Kind unter 18 Jahren 5/2,50 €, Fr 18–21 Uhr Eintritt frei) und ist stets am Puls der Zeit, was bahnbrechende Entwicklungen in der weltweiten Kunstszene angeht. Die experimentellen Ausstellungen, Installationen und Events haben einen scharfen sozialen und politischen Fokus und geben oft Nachwuchstalenten eine Bühne. Um die Ausstellungen vorzubereiten, ist das Museum zwischen den Events geschlossen; man sollte sich also vor dem Besuch erkundigen. 2018 gab das Museum bekannt, dass es eine Namensänderung erwägt, zurzeit der Recherche war aber noch keine Entscheidung getroffen.

**Museum Rotterdam** MUSEUM

(☎ 010-217 67 50; www.museumrotterdam.nl; Rodezand 26; Erw./Stud./Kind 4–17 Jahre 7,50/3,75/2,50 €, 1. Sa im Monat frei; ⏲ Di–Sa 10–17, So 11–17 Uhr; Ⓜ Stadhuis, 🚊 Stadhuis) Das attraktive **Timmerhuis**-Gebäude wurde von dem Rotterdamer Rem Koolhaas entworfen. Es ist ein exzellenter Ort für ein Museum, dass die Geschichte, Gegenwart und Zukunft der Stadt zum Thema hat. Es gibt drei Hauptausstellungen – eine fesselnde Ausstellung zur „Geschichte Rotterdams" im Erdgeschoss mit vielen Ausstellungsstücken und Modellen der Stadt von 1694, 1940 und heute; eine Multimedia-Show, die sich auf Geschichten der Einwohner konzentriert und im Obergeschoss eine Fläche für Wechselausstellungen sowie eine Spielecke für Kleinkinder.

**★ Van Nelle Fabriek** SEHENSWERTES GEBÄUDE

(Van Nelle Fabrik; www.vannellefabriek.com; Van Nelleweg 1, Spaanse Polder; 🚌 38 & B9 ab Centraal Station) Das Fabrikgebäude im Stil der Moderne wurde zwischen 1925 und 1931 entworfen und gebaut und ist heute ein Unesco-Weltkulturerbe. Es befindet sich nordwestlich des Stadtzentrums und ist ein Musterbeispiel für die Industriearchitektur des 20. Jhs. Oftmals beschrieben als „Glaspalast" (es besteht hauptsächlich aus Stahl und Glas) diente das Gebäude bis in die 1990er-Jahre als hochmoderne Kaffee-, Tee- und Tabak-Produktionsstätte; heute beherbergt es innovative Firmen. Obwohl das Gebäude für die Öffentlichkeit geschlossen ist, werden an den Wochenenden um 13 Uhr manchmal Führungen angeboten (Erw./Kind unter 13 Jahren 8,50/5 €); Informationen sind auf der Website zu finden. Urban Guides (S. 185) bieten ebenfalls an den meisten Samstagen und Sonntagen um 12 Uhr eine einstündige Führung an (pro Pers. 15 €; vorher reservieren).

**★ Museum Rotterdam: 1940–1945 NU** MUSEUM

(Museum über Krieg & Widerstand; www.40-45nu.nl; Coolhaven 375; Erw./Kind 4–17 Jahre 7,50/2,50 €; ⏲ Sa 10–17, So 11–17 Uhr; Ⓜ Coolhaven) Gute Sachen sind manchmal relativ klein – das trifft auch auf dieses ausgezeichnete Museum zu, das unter einer Brücke im Coolhaven liegt. Eine achtminütige eindringliche Multimedia-Show zeigt den Schrecken und die Zerstörung, die die Bombardierung Rotterdams am 14. Mai 1940 verursachte als 54 deutsche Flugzeuge innerhalb von 13 Minuten rund 1300 Bomben über der Stadt abwarfen. Die Ausstellungsstücke zeigen alle Aspekte menschlicher Erfahrungen während des Krieges, dazu mischen sich Begebenheiten von Zuversicht und Mut mit vielen traurigen Geschichten.

**Nederlands Fotomuseum** MUSEUM

(☎ 010-203 04 05; www.nederlandsfotomuseum.nl; Wilhelminakade 332, Wilhelminapier; Erw./Stud. 18–25 Jahre/Kind unter 18 Jahren 12/6 €/frei; ⏲ Di–So 11–17 Uhr; Ⓜ Wilhelminaplein) Diese Einrichtung von nationaler Bedeutung besitzt eine Sammlung von mehr als fünf Millionen Fotografien. Die Ausstellungsräume im Obergeschoss bieten eine gut kuratierte Auswahl aus diesem reichen Fundus.

Die Arbeiten bedeutender niederländischer Fotografen wie Ed van der Elsken, Aart Klein und Cas Oorthuys werden oft gezeigt. Die Ausstellungsräume im Erdgeschoss bieten Wechselausstellungen mit den Werken berühmter Fotografen aus den Niederlanden und aus aller Welt.

**Euromast** AUSSICHTSPUNKT

(www.euromast.nl; Parkhaven 20; Erw./Kind 9,75/6,25 €; ⏲ April–Sept. 9.30–23 Uhr, Okt.–März 10–23 Uhr; 🚊 Euromast/Erasmus MC) Der 185 m hohe Euromast wurde von HA Maaskant als Wahrzeichen entworfen und in den Jahren zwischen 1958 und 1960 erbaut. Vom Panoramadeck in rund 100 m Höhe bietet sich eine unvergleichliche Aussicht auf ganz Rotterdam – noch besser ist sie von der rotierenden Glasgondel „Euroscoop", die sich bis zur Spitze des Masts hochschraubt.

### ℹ GELD GESPART

Mit der Rotterdam Welcome Card (Erw. 1/2/3 Tage 12/17/21 €) erhält man bis zu 25 % Rabatt bei Museumsbesuchen und anderen Attraktionen, außerdem kostenlose Fahrten mit der RET U-Bahn, der Straßenbahn und Bussen. Die Welcome Card gibt es in allen Touristinformationen in Rotterdam.

NICHT VERSÄUMEN

## ROTTERDAM FÜR KINDER

Im Wereldmuseum ist vor Kurzem ein Kindermuseum eröffnet worden.

**Wereldmuseum** (Weltmuseum; www.wereldmuseum.nl; Willemskade 25; Di–So 10–17 Uhr; Willemskade) Im Gebäude des Royal Yacht Clubs, das aus dem 19. Jh. stammt, befindet sich dieses ethnografische Museum, das dem Multikulturalismus gewidmet ist. Weite Teile des Museums werden umfangreich renoviert; Anfang Juli 2019 ist hier das neue Kindermuseum eröffnet worden.

**Maritiem Museum Rotterdam** (Schifffahrtmuseum; 010-413 26 80; www.maritiemmuseum.nl; Leuvehaven 1; Erw./Stud. & Kind über 4 Jahren 12,50/9 €; Di–Sa 10–17, So 11–17 Uhr; ; M Beurs, Beurs) Kinder lieben dieses Museum am Leuvehaven, dessen Dauerausstellungen außerordentlich kindgerecht sind. Zu den besten davon gehört die „Offshore Erfahrung", die die täglichen Arbeitsabläufe auf einer Nordsee-Bohrinsel erläutert und zu der neun interaktive Tätigkeiten gehören. Ältere Kinder können ihre Geschicklichkeit an Kransimulatoren prüfen, einen Test über Sicherheitsvorkehrungen machen, Schiffe mit einem Joystick steuern und noch vieles mehr. Für die Kleinen ist das Spiel „Professor Splash" besser geeignet. Und Wechselausstellungen zu den unterschiedlichsten maritimen Themen faszinieren die Erwachsenen.

Im Eintrittspreis eingeschlossen ist der Besuch der historischen Schiffe und Kräne, die im Leuvehaven vor Anker liegen; alle sind noch funktionstüchtig, einige können auch betreten werden (bis 16 Uhr geöffnet).

**Naturhistorisches Museum** (Het Natuurhistorisch; 010-436 42 22; www.hetnatuurhistorisch.nl; Westzeedijk 345; Erw./Stud. & Kind 5–15 Jahre 7/3,50 €; Di–So 11–17 Uhr; ; Kievitslaan) Das kleine Museum richtet sich hauptsächlich an Kinder und konzentriert sich darauf, Tatsachen unterhaltsam darzustellen. Die Ausstellung „Uitslovers" z. B. zeigt die größten, einzigartigsten und ungewöhnlichsten Tiere; die Ausstellung „Biodiversität" bietet eine Vielzahl an Informationen über Tier- und Pflanzenarten. Natürlich gibt es auch zahlreiche Knochen und Fossilien zum Bestaunen, dazu gehört auch das zusammengesetzte Skelett eines riesigen Asiatischen Elefanten namens Ramon.

**Speeltuinvereniging Katendrecht** (www.svkatendrecht.nl; Staalstraat 91, Katendrecht; Mitgliedschaft 20 €, Tagespass Erw./Kind 1/0,50 €; April–Okt. Mo–Fr 10–18, Sa & So 12–17 Uhr, Nov.–März Mo–Fr 11–17 Uhr; ; 77) Familien mit Kindern lieben den riesigen, gut gestalteten Spielplatz für Kinder – angefangen vom Krabbelalter bis zu den größeren Kindern. Der Platz befindet sich in der Nähe der SS Rotterdam; die Buslinie 77 fährt dorthin (ab der U-Bahnhaltestelle Rijnhaven).



Eine Cocktailbar/Brasserie unterhalb des Panoramadecks lädt zu einem Drink oder zum Essen ein, auf dem Panoramadeck bieten zwei Hotelsuiten Übernachtungsmöglichkeiten (inkl. Frühstück ab 385 €). Wer Nervenkitzel sucht, kann sich am Wochenende am Turm abseilen oder an der Zipline den Turm hinuntergleiten (je 55 €, Mai–Sept., Reservierung erforderlich).

**Het Park** PARK

(; Euromast/Erasmus MC) Der Park im Stil eines englischen Gartens entstand im Jahr 1852. Er ist sehr beliebt bei den Einheimischen, die hierher zum Joggen, Radfahren oder Fußballspielen kommen oder auch, um hier ein Picknick zu veranstalten, zu grillen oder im netten Parqiet (S. 189), einem Café mit Liegestühlen auf dem Rasen, einen Kaffee oder ein Essen zu genießen.

Direkt östlich des Parks befindet sich der **Tuin Schoonoord** (www.tuinschoonoord.nl; Kievitslaan 8; 8.30–16.30 Uhr; Kievitslaan) GRATIS, ein kleiner, umzäunter Garten, der ebenfalls um 1850 entstanden ist.

## Aktivitäten

Natürlich steht das Radfahren hier an erster Stelle, es gibt ein umfangreiches Radwegenetz; dazu gehört auch eine 28 km lange Strecke entlang des Nord- und Südufers der Nieuwe Maas. Geführte Touren konzentrieren sich meistens auf die Stadtarchitektur, die Touristeninformation (S. 192) organisiert auf speziellen Wunsch auch private Touren mit anderen Schwerpunkten.

## Geführte Touren

**★ De Rotterdam Tours** ARCHITEKTUR
(www.derotterdamtours.nl) Diese Touren sind eine tolle Empfehlung für Architekturfreunde, denn sie werden von Experten durchgeführt. Zu den Angeboten gehören eine einstündige Tour zur Markthal und den Kubushäuser (15,95 €), eine etwa 2½-stündige „Tour der Titanen" mit Besuch des De-Rotterdam-Gebäudes, der Markthal und der Kubushäusern (29,95 € inkl. Fahrt mit dem Wassertaxi) und eine etwa 2½-stündige „Turbo Tour" mit Besuch des De Rotterdam, der Centraal Station, des Timmerhuis und der Markthal (29,95 €).

**Urban Guides** SPAZIERGÄNGE
(☎ 010-433 22 31; www.urbanguides.nl; Schiekade 205; Schiffstour Erw./Kind unter 12 Jahren 17/frei €; ⊙ Büro Mo–Sa 10–18, So 12–17 Uhr; Ⓜ Stadhuis, 🚊 Pompenburg, Weena, Stadhuis) Die Gruppe von engagierten Rotterdamern sitzt im Schieblock (www.schieblock.com; Schiekade 189; 🚊 Weena, Pompenburg) und bietet eine ganze Reihe von Touren mit dem Schwerpunkt Architektur an, dazu gehören auch eine einstündige Schiffstour am Wochenende um 15 Uhr (nur Mai–Okt.) sowie eine zweistündige Radtour, die an manchen Samstagen stattfindet (5 € + 10 € Fahrradmiete). Außerdem gibt es eine geführte Tour durch die Van Nelle Fabriek (S. 183); Fahrräder kann man mieten (pro Tag 10 €).

**S'dam Gin Tour** ESSEN & TRINKEN
(www.sdam.nl/zien-doen/tours-tickets/info/gin-tour-sdam; 34,95 €; ⊙ Sa 14.30–17 Uhr) Der 2,5 km lange Spaziergang führt durch Schiedam, den historischen Bezirk der Schnapsbrenner. Dabei besichtigt man die *waag* (Stadtwaage), auf der früher die Wacholderbeeren für den Genever gewogen wurden, und Lagerhäuser und andere Gebäude, die mit zur Brennerei angehörten. Dazu zählt auch ein Halt im National Jenevermuseum Schiedam, bei dem verschiedene Ginsorten aus Schiedam probiert werden können. Buchungen über die Website.

**Whisper Boat** SCHIFFSTOUR
(www.sdam.nl/rondvaarten/info/vertrek-tijden; Lange Haven 99, Schiedam; Erw./Kind 4–12 Jahre 6,50/3,50 €; ⊙ Mitte April–Mitte Okt. Di–So 11.45, 13.30 & 15 Uhr; Ⓜ Schiedam Centrum oder Parkweg) Die Grachtentouren auf einem *fluisterboot* (Flüsterboot) beginnen in der Nähe des historischen *vismarkt* (Fischmarkt) und führen in gemächlichem Tempo an Lagerhäusern, Destillerien und Windmühlen vorbei. Fahrkarten kann man in der Touristeninformation kaufen.

## Feste & Events

**Rotterdam Architecture Month** ARCHITEKTUR
(http://rotterdamarchitecturemonth.com/; ⊙ Juni) Das 2018 ins Leben gerufene, jährlich stattfindende Festival bietet geführte Spaziergänge und Radtouren zum Thema Architektur (einige auf Englisch), Besichtigungen, Ausstellungen und Workshops.

**Rotterdam Bluegrass Festival** MUSIK
(www.bluegrassfestival.nl; Pijnackerplein; ⊙ Ende Juni; 🚊 Benthuizerstaat) GRATIS Prominente Musiker aus den Niederlanden und dem Ausland bringen im Pijnackerplein Park im trendigen Stadtviertel Noord eine begeisterte Menge so richtig in Stimmung.

**Metropolis Festival** MUSIK
(www.metropolisfestival.nl; ⊙ Anfang Juli; Ⓜ Zuidplein) GRATIS Das eintägige Festival im Zuiderpark ist einer der größten Events der Stadt und bietet aufstrebenden Bands aus der ganzen Welt eine Bühne – und das vor manchmal rund 35 000 Zuschauern.

**★ North Sea Jazz Festival** MUSIK
(www.northseajazz.nl; ⊙ Mitte Juli) Eines der weltweit angesehensten Jazz-Festivals, auf dem Hunderte von Musikern auftreten. Das kostenlose Festival „North Sea Round Town" in den Wochen vor dem eigentlichen Festival bietet auf öffentlichen Plätzen und in den Konzerthallen der Stadt ganz unterschiedliche Jazz-Stile.

**Pleinbioscoop Rotterdam** FILM
(http://pleinbioscooprotterdam.nl/; Museumpark; ⊙ Aug.; Ⓜ Eendrachtsplein, 🚊 Museumpark oder Vasteland) Im August findet im Museumpark das größte Freiluftkino Europas statt.

### HOLLAND-JAZZ

In den letzten Jahren hat die niederländische Jazz-Szene einige große Namen hervorgebracht. Zu den talentierten jungen Sängerinnen gehören Fleurine, Ilse Huizinga und die in Surinam geborene Denise Jannah, die bei Blue Note unter Vertrag ist und als beste Jazzsängerin des Landes gilt. Jannahs Repertoire besteht aus US-Standards mit Elementen aus der Musik Surinams.

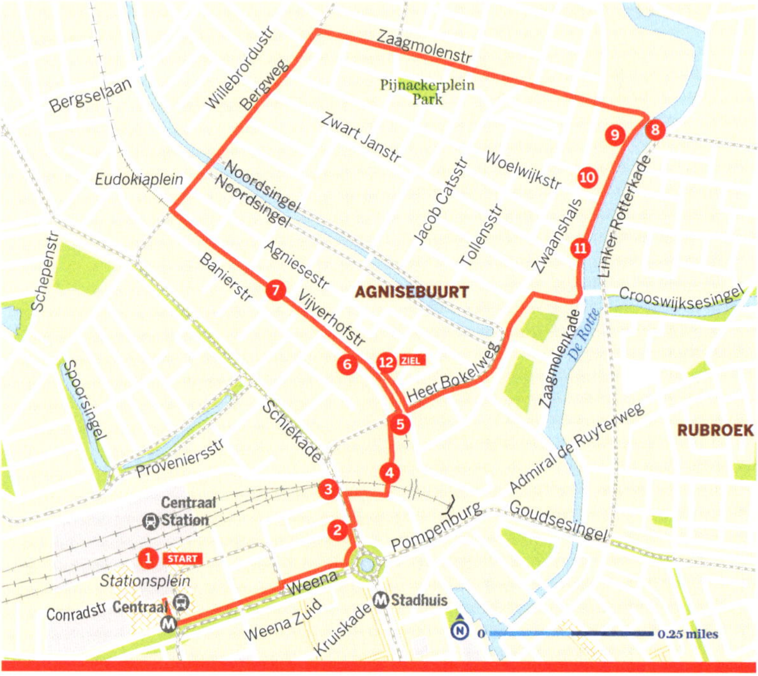


# Stadtspaziergang
## Der Nordosten von Rotterdam

**START** CENTRAAL STATION
**ZIEL** EUROTRASH UNITED
**LÄNGE** 4,4 KM

Ein Bummel durch die Straßen nordöstlich der 1 **Centraal Station** (S. 188) gibt einen guten Einblick in eines der multikulturellsten Stadtviertel Rotterdams. Ausgangspunkt ist der Bahnhofsvorplatz, von dort geht es nach Osten zum großen Kreisel am Hofplein und dann zum Dach des 2 **Schieblock** (S. 185), um einen der größten Dachgärten Europas zu besichtigen. Wie wäre es mit einem Drink im Dachterrassen-Café 3 **Op Het Dak** (S. 189). Von dort geht es über die 4 **Luchtsingel** (Luftbrücke; Ⓜ Stadhuis 🚊 Heer Bokelweg), eine Fußgängerbrücke aus Holz, die vom lokalen Büro ZUS entworfen und durch Crowdfunding finanziert wurde. Der Weg führt zur 5 **Station Hofplein**, einem ehemaligem Bahnhof mit Läden und Restaurants. Weiter geht es Richtung Norden auf der Vijverhofstraat, hier befindet sich der 6 **Hofbogen**, das Gewölbe der Eisenbahnbrücke wird inzwischen von Geschäften, Cafés und Firmen genutzt. Es ist Zeit für eine Pause in der besten Kaffeerösterei der Stadt 7 **Man Met Bril** (S. 190); danach geht man rechts (nach Nordosten) in den Bergweg bis zur Zaagmolenstraat. Der Weg führt nach Osten bis zum 8 **De Rotte Canal** und dann rechts, wo man eine Straße mit vielen Cafés in Noord erreicht. Gut essen kann man bei 9 **Bertmans** (Café; ☎ 010-844 88 60; https://bertmans.nl; Zaagmolenkade 15; Frühstück 7–13 €, mittags Hauptgerichte 12–16 €, abends Hauptgerichte 14–22 €; ⏲ Mo–Fr 8.45–22, Sa & So 9.30–17.50 Uhr; 📶 🖋 🚊 Zwaanshals); Craft-Bier gibt es in der 10 **Brouwerij Noordt** (Brauerei; ☎ 010-223 05 66; www.brouwerijnoordt.nl; Zaagmolenkade 46; ⏲ Schankstube Mi–Fr 15–19, Sa–So 14–18 Uhr; 🚊 Zwaanshals) und einen High Tea im 11 **Lof der Zoetheid** (Café; ☎ 010-265 00 70; http://lofderzoetheid.com; Noordplein 1; High Tea 25 € ; ⏲ Mo & Mi–Fr 10–17, Sa & So 10–17.30 Uhr; 🚊 Zwaanshals). Von hier ist es ein kurzer Weg bis ins Zentrum, es bietet sich aber noch ein Abstecher zur Mikrobrauerei 12 **Eurotrash United** (S. 191) an.

## Schlafen

Es steht nur eine begrenzte Anzahl an Unterkünften zur Verfügung und obwohl die Auswahl langsam besser wird, kann es immer noch manchmal schwierig sein, ein Zimmer zu finden. Man sollte rechtzeitig im Voraus buchen, ganz besonders, wenn man in der Zeit zwischen April und September anreisen möchte, der Hauptsaison. Das Zentrum eignet sich am besten.

**★ King Kong Hostel** HOSTEL €
(☎ 010-818 87 78; www.kingkonghostel.com; Witte de Withstraat 74; B 19–26 €, DZ 75–105 €; 📶; Ⓜ Beurs, 🚊 Museumpark) Das angesagte Hostel in Rotterdams wichtigster Vergnügungsmeile bietet viele Pluspunkte. Die Schlafsäle (gemischt oder nur Frauen) haben Stockbetten für vier bis 18 Personen, Schließfächer unter den Betten und zahlreiche Steckdosen. Die Gemeinschaftsbäder sind modern ausgestattet und sauber. Außerdem gibt es einen Waschsalon (Waschen und Trocknen pro Maschine 8 €), einen Gepäckraum, eine Gemeinschaftsküche, einen Fahrradraum, eine Lounge und ein Café im Erdgeschoss.

**Stadsvilla Mout Hotel** BOUTIQUEHOTEL €
(☎ 010-200 44 99; www.stadsvillamout.nl; Lange Haven 71, Schiedam; kleines DZ 74–89 €, Suite 94–129 €; ❄📶; Ⓜ Schiedam Centrum oder Parkweg) Das Hotel in einem Haus (18. Jh.) an einer Gracht wurde 2018 mit großem Trara eröffnet. Es bietet schicke, geräumige Suiten mit Kitchenette (Frühstückskorb pro Person 12,50 €); dazu kommen wenige Standard- und Familienzimmer. Parkgebühr 12 €.

**★ Citizen M** BOUTIQUEHOTEL €€
(☎ 010-810 81 00; www.citizenm.com; Gelderse Plein 50; Zi. ab 66 €; P@📶; Ⓜ Blaak, 🚊 Blaak) Progressives Hostel für Reisende, die zwar Schlafsäle und Gemeinschaftsbäder meiden, aber nicht auf die Geselligkeit der Backpacker-Treffpunkte verzichten möchten. Citizen M ist ebenso einladend wie günstig gelegen. Die winzigen Zimmer sind bequem und bieten Smart-TV mit vielen Kanälen und kostenlosen Filmen. Im ersten Stockwerk befinden sich eine superschicke Bar, ein Café und eine Lounge, in der man sich gut entspannen oder arbeiten kann.

**★ Urban Residences** APARTMENT €€
(☎ 010-414 32 99; www.urbanresidences.com; Hennekijnstraat 104; Studio 95–150 €, Apt. mit 2 Schlafzimmern 220–280 €; P❄📶; Ⓜ Beurs) Wer in diesen schicken Apartments im Stadtzentrum übernachtet, fühlt sich wie ein Einheimischer. Die 76 großzügigen Apartments sind auf 15 Stockwerken eines kürzlich erbauten Hochhauses verteilt und bieten z.T. eine fantastische Aussicht. Die Einrichtung ist minimalistisch – viele Gegenstände sind von Alessi –, aber sehr komfortabel; vorhanden sind Sofas, Esstische und gut ausgestattete Küchen.

**Pincoffs** BOUTIQUEHOTEL €€
(☎ 010-297 45 00; www.hotelpincoffs.nl; Stieltjesstraat 34, Feijenoord; EZ 125–145 €, DZ 145–175 €, Suite 175–275 €; P❄@📶; Ⓜ Wilhelminaplein) 🍃 Eine geschickte Nachnutzung eines ehemaligen Zollhauses von 1879; das Pincoffs ist das einzige Boutiquehotel in Rotterdam, das diesen Namen wirklich verdient. Vintage-Kunst und -Möbel werden mit Dekor des 21. Jhs. kombiniert und machen das Hotel zu einer ausgezeichneten Wahl, auch wenn es etwas abseits liegt. Im Winter lodert ein Feuer in der eleganten Bar; im Sommer weht auf der Terrasse ein kühles Lüftchen vom Fluss herüber. Das Frühstück kostet 18 €, ein Parkplatz 16 €.

**nhow** HOTEL €€
(☎ 010 206 7600; www.nhow-rotterdam.com; Wilhelminakade 137, Wilhelminapier; Zi. Standard 99–129 €, Premium 114–184 €, Suite 225–255 €; P❄📶🐾; Ⓜ Wilhelminaplein) Die 248 Zimmer in diesem Hotel (gesprochen „nau") sind genauso schnörkellos und minimalistisch wie das Hochhaus von Rem Koolhaas, in dem sie sich befinden. Am schönsten sind die Zimmer der Kategorie „Premium Skyline" – sie sind großzügig und haben riesige Fenster mit Blick auf die Maas. Zum Hotel gehört eine Cocktail-Bar mit Terrasse im siebten Stock, ein Restaurant und ein Fitnessraum. Das Frühstück kostet 20 €, ein Parkplatz 25 €.

**Mainport** DESIGNHOTEL €€€
(☎ 010-217 57 57; www.mainporthotel.com; Leuvehaven 77; Zi. ab 150 €, Suite ab 450 €; P❄@📶🏊; Ⓜ Leuvenhaven, 🚊 Leuvenhaven) Die Lage des Mainport könnte nicht besser sein: spektakulär am Hafen, nur einen Wimpernschlag vom Trubel der Stadt entfernt. Die vornehmen Zimmer stehen alle unter einem anderen Thema und spiegeln weit entfernte Ziele. Sie bieten riesige Betten, einen Schreibtisch und die Möglichkeit, Tee oder Kaffee zuzubereiten; die Suiten beeindrucken mit einer Sauna und/oder einem Whirlpool. Es gibt auch ein kleines Schwimmbad, eine Sauna und einen Fitnessraum (kostenlos) sowie gegen Gebühr ein Spa mit Hammam.

NICHT VERSÄUMEN

## HÖHEPUNKTE DER ARCHITEKTUR

Rotterdam ist ein riesiges Freiluftmuseum für moderne und zeitgenössische Architektur mit bedeutenden Bauwerken. Es gibt viele Highlights, dazu zählen einige fantastische Gebäude von Architekturbüros wie OMA und MVRDV, aber auch einige grandiose Flopps (man denke an das Innport Hotel und das Shipping and Transport College). Was sie alle verbindet, ist der Wille, Neues zu schaffen und mit Formen zu experimentieren.

**Markthal** (Markthalle; https://markthal.klepierre.nl/; Nieuwstraat; Mo–Do & Sa 10–20, Fr 10–21, So 12–18 Uhr; M Blaak, Blaak) Eines der charakteristischen Gebäude der Stadt ist diese außergewöhnliche, wie ein umgedrehtes U aussehende Markthalle, die vom einheimischen Architekturbüro MVRDV entworfen und 2014 eröffnet wurde. Sie bietet nicht nur eine 40 m hohe Markthalle mit einem beeindruckenden Wandgemälde mit Obst und Gemüse, sondern auch heiß begehrte Apartments mit Glaswänden über dem Markt.

**Centraal Station** (www.ns.nl/stationsinformatie/rtd/rotterdam-centraal; Stationsplein 1; M Centraal Station, Centraal) Das am meisten genutzte – und wahrscheinlich auch am meisten geliebte – Gebäude in Rotterdam. Die Centraal Station wurde vom Architekturbüro Benthem Crouwel, MVSA und West 8 entworfen. Erbaut zwischen 1999 und 2013 besticht das Gebäude durch die dramatisch geschwungene Bahnhofshalle, die mit ihrem zugespitzten Dach aus rostfreiem Stahl den Himmel zu durchbohren scheint.

**De Rotterdam** (www.derotterdam.nl; Wilhelminakade 177, Wilhelminapier; M Wilhelminaplein) Entworfen von OMA, dessen Stararchitekt Rem Koolhaas den Pritzker-Preis gewann. Die „Vertikale Stadt" mit ihren drei miteinander verbundenen Türmen wurde 2013 fertiggestellt; es ist das am meisten bejubelte moderne Gebäude Rotterdams.

**Van Nelle Fabriek** (S. 183) Die Fabrik nordwestlich des Stadtzentrums wurde zwischen 1925 und 1931 erbaut. Als Vertreter der Moderne ist sie ein Symbol für die Industriearchitektur im 20. Jh. und steht auf der Liste des Weltkulturerbes.

**Overblaak Development** (Blaakse Bos; Blaak Wald; Overblaak; M Blaak, Blaak) Zwischen 1978 und 1984 wurde diese Siedlung gegenüber der Markthal von dem in Amsterdam lebenden Architekten Piet Blom entworfen. Ihr Kennzeichen ist der spitze Turm und der „Wald" aus 38 würfelförmigen Wohneinheiten auf sechseckigen Pylonen. Der bunte Wohnblock ist eines der aufffälligsten Bauwerke in Rotterdam. Eine Wohnung, die **Kijk-Kubus Museumwoning** (Kubushaus Museum; 010-414 22 85; www.kubuswoning.nl; Overblaak 70; Erw./Stud./Kind unter 11 Jahren 3/2/1,50 €; 10–18 Uhr), ist zu besichtigen.

**Huis Sonneveld** (Sonneveld Haus; www.huissonneveld.nl; Jongkindstraat 25; Erw./Stud./Kind unter 18 Jahren 10/6,50/frei €; Di–Sa 10–17 Uhr; M Eendrachtsplein, Museumpark) Als der Werksdirektor Albertus Sonneveld beschloss, einen Architekten mit dem Entwurf eines modernen Hauses für seine Familie zu beauftragen, fiel seine Wahl auf Leendert Van der Vlugt, der die Van Nelle Fabriek entworfen hatte. Van der Vlugt kreierte zusammen mit Johannes Brinkman ein stromlinienförmiges Gebäude, das schon kurz nach der Fertigstellung 1933 als bemerkenswertes Beispiel für den Holländischen Funktionalismus galt.

**KPN Telecom Hauptverwaltung** (Toren op Zud; Wilhelminakade 123, Wilhelminapier; M Wilhelminaplein) Das bizarre Gebäude der KPN Telecom Hauptverwaltung wurde von dem Stararchitekten Renzo Piano entworfen und 2000 eröffnet. Das Hochhaus neigt sich in einem spitzen Winkel und scheint von einer langen Stange abgestützt zu werden.

**Kaufhaus Bijenkorf** (S. 192) Der legendäre Bauhaus-Architekt Marcel Breuer entwarf zusammen mit dem Architekten Abraham Elzas dieses Kaufhaus, das 1957 eröffnet wurde. Es ist mit hexagonalen Travertin-Platten verkleidet, die Fassade zur Straße Coolsingel wirkt wie eine monumentale Skulptur des russischen Konstruktivisten Naum Gabo.

Wer noch mehr Informationen über die Highlights der Rotterdamer Architektur sucht, sollte sich das Buch *Rotterdam Architecture City* von Paul Groenendijk und Piet Vollaard kaufen, das es auf Niederländisch und Englisch gibt. In der Touristeninformation in Rotterdam gibt es auch die nützliche Broschüre „Rotterdam, City of Architecture", in der neben einem Stadtplan auch sehenswerte Gebäude verzeichnet sind.

## Essen

Fine Dining ist in Rotterdam kein Thema – die Einheimischen mögen keine Förmlichkeiten und keinen großen Aufwand. Frische, jahreszeitlich angepasste Gerichte im Bistrostil sind ihr Ding. Die Stadt ist reichlich ausgestattet mit legeren Restaurants und bietet auch zwei große Märkte – die Markthal und Fenix Food Factory – mit frischen Lebensmitteln und Imbissständen.

**De IJsmaker** EISCREME €

(010-341 84 19; http://deijsmaker.nl/; Witte de Withstraat 7a; Kugel 1,30–1,80 €; Mo–Sa 11–23, So 12–23 Uhr; M Beurs, Museumpark) Die fantastische Eisdiele an der Witte de Withstraat verwendet nur erstklassige Zutaten für ihre Eissorten – das einfach umwerfende Pistazieneis wird mit Nüssen aus Bronte (Sizilien) hergestellt und das verführerische Vanilleeis mit Vanilleschoten aus Madagaskar.

**Tante Nel** FAST FOOD €

(www.tante-nel.com; Pannekoekstraat 53a; Pommes frites 2,50–8,75 €; Mo–Sa 12–22, So 12–21 Uhr; Meent) Diese Frittenbude unterscheidet sich erheblich von den gängigen *Frites*-Anbietern: Das Tante Nel verfügt über hübsche Sitzplätze an der Straße, die von einem bunt zusammgewürfelten Haufen von Stammgästen frequentiert werden. Sie genießen hier handgeschnittene, lecker zubereitete Pommes frites mit Trüffelmayonnaise oder *patat stoofvlees* (Pommes frites mit einer Art Gulasch); dazu trinkt man z. B. ein Gin Tonic, ein Bier oder ein Milkshake.

**★ Urban Espresso Bar** CAFÉ €

(UEB West; 010-477 01 88; www.urbanespressobar.nl; Nieuwe Binnenwag 263; Sandwich 5–6 €, Hauptgerichte 7–9 €; Mo–Sa 9–18, So 10–18 Uhr; Claes de Vrieselaan) Möglicherweise ist dies das beste Café Rotterdams. Der Kaffee ist auf jeden Fall besser als in anderen Cafés (Bohnen aus der Rösterei Giraffe, ausgezeichnete Baristas), aber auch das Essen (Brot und Gebäck vom Bäcker, selbst gemachter Kuchen, Bio-Zutaten und abwechslungsreiche Aromen) lohnt sich. Zu empfehlen sind auch die *toasties* (getoastete Sandwiches) sowie die Suppen und Hamburger. Die Gespräche mit den anderen Gästen am Gemeinschaftstisch sind immer wieder nett. Es wird nur Bargeld akzeptiert.

**Parqiet** CAFÉ €

(06 5100 1606; www.parqiet.nl; Baden Powelllaan 20; Frühstück 5–9 €, Sandwich 6–9 €; 9–18 Uhr; ; Euromast/Erasmus MC) Wildblumen in Kilner-Krügen, Sitzplätze auf der Terrasse und gestreifte Liegestühle auf dem Rasen – das alles trägt zum Charme des Cafés in einer ehemaligen Remise in Het Park (S. 184) bei. Es gibt leichtes, frisch zubereitetes Essen mit vielen Angeboten für Vegetarier. Die geschickten Baristas bereiten mithilfe der Espressomaschine von Marzocco und frisch gerösteten Man-Met-Bril-Bohnen einen köstlichen Kaffee zu.

**Op Het Dak** CAFÉ €

(www.ophetdak.com; Schiekade 189, 7. St.; Frühstück 8–13 €, Mittagessen 8–14 €; Di–Sa 8.30–17, So 9–17 Uhr; ; Weena, Pompenburg) Hoch oben auf dem Bürohaus Schieblock befindet sich Op Het Dak („Auf dem Dach") – der Pavillon bietet Sitzplätze sowohl drinnen als auch auf einer Terrasse oder im Garten, der zu den größten Dachgärten Europas zählt, auf denen geerntet werden kann.

Das gesunde Frühstück und die frischen, schmackhaften Mittagsgerichte werden häufig mit Kräutern, Gemüse, Obst und Honig aus eigenem Anbau zubereitet – vegetarische und vegane Gerichte sind hier eher die Regel als eine Ausnahme.

**★ AJÍ** INTERNATIONAL €€

(010-767 01 69; www.restaurantaji.nl; Pannekoekstraat 40a; Snacks 5–24 €, kleine Gerichte 16–24 €; Di & Mi 12–14 & 17–22, Mi–Sa 12–23 Uhr; Meent) Eigentlich ist qualitativ hochwertiges asiatisches Essen in Rotterdam schwer zu finden, deswegen lieben die Einheimischen dieses schicke Bistro umso mehr. Die Küche ist inspiriert von Asien, aber auch vom Mittelmeerraum. Auf der Speisekarte stehen nette kleine Gerichte oder Snacks, beispielsweise ein Teller mit Austern oder mit spanischem Schinken zum Bier. Es gibt auch guten Wein in der Flasche oder im Glas.

**Pierre** FRANZÖSISCH €€

(010-842 37 57; https://pierre.nl/; Pannekoekstraat 38a; Hauptgerichte 8–25 €; 10–22 Uhr; ; Meent) Pierre ist zu jeder Tageszeit bei Einheimischen und Fremden beliebt. Zum Frühstück gibt es buttrige Croissants, mittags locken köstlich gefüllte Baguettes und abends gibt es klassische Brasseriegerichte, beispielsweise Bœuf bourguignon, Entenconfit, Steak frites, die als kleine oder große Portion angeboten werden. Die Servicekräfte sind freundlich, die Plätze auf der Straße sind sonnig und die Weinkarte ist ausgezeichnet. Formidable!

NICHT VERSÄUMEN

## KÖSTLICHKEITEN VOM MARKT

Fast alles, was es in der **Fenix Food Factory** (www.fenixfoodfactory.nl; Veerlaan 19d, Katendrecht; ⏲ Di–Do 10–19, Fr 10–20, Sa 10–18, So 12–18 Uhr, unterschiedliche Öffnungszeiten der Stände; Ⓜ Rijnhaven), einem riesigen ehemaligen Lagerhaus, gibt, wird in der Region hergestellt und von Händlern angeboten, die sich in der Feinschmecker-Szene einen guten Namen gemacht haben. Dazu gehören Booij Kaasmakers (Käse, Milch, Joghurt, Eier), Cider Cider, Jordy's Bakery (Brot und Gebäck), Stielman Koffiebranders (Kaffeeröster), Stroop Rotterdam *(stroopwafels)*, Kaapse Brouwers (Craft-Bier), Firma Bijten (Fleisch) und De Westlandse Tuin (Obst und Gemüse).

Wer an einem der vielen Stände, dazu gehören beispielsweise Meneer Tanger (marokkanische Mezes) und **The Kaapse Kitchen** (www.kaapsebrouwers.nl; Veerlaan 19d, Katendrecht; Preise variieren; ⏲ Mo–Fr 16–22, Sa & So 12–22 Uhr; Ⓜ Rijnhaven) etwas essen möchte, findet ausreichend Sitzplätze.

Bei der Firma Bijten wird jeden Tag gegrillt. Das bei den Einheimischen sehr beliebte Lokal **Posse** (☎ 010-737 18 15; www.posse.nl; Veerlaan 19a, Katendrecht; Hauptgerichte 17–25 €; ⏲ Mo, Do & Fr 12–20.45, Sa 11–20.45, So 11–18 Uhr; Ⓜ Rijnhaven) befindet sich in einem Nachbargebäude. Der Markt ist vom Wilhelminapier, zu dem die Fußgängerbrücke Rijnhaven führt, leicht und bequem zu erreichen.



★ **CEO Baas van Het Vlees** STEAK €€€
(☎ 010-290 94 54; www.ceobaasvanhetvlees.nl; Sumatraweg 1–3, Katendrecht; Hauptgerichte 21–39 €; ⏲ Di–Sa 17–23 Uhr; Ⓜ Rijnhaven) Fleischliebhaber sollten unbedingt einen Tisch in Rotterdams bestem Steakhaus reservieren. Die Köche in der offenen Küche liefern fantastische Steaks. Besonders toll ist, dass auch halbe Portionen Steak und köstliche Desserts angeboten werden. Die Weinkarte ist beeindruckend (es gibt offene und Flaschenweine). Wirklich ausgezeichnet.

## Ausgehen & Nachtleben

Die Einheimischen lieben Kaffee und Bier gleichermaßen und sind auch einem gut gemixten Cocktail nicht abgeneigt. Es gibt keinen Mangel an Cafés, Cocktailbars, Mikrobrauereien und Kneipen – viele verfügen in den Sommermonaten auch draußen über Sitzplätze – und sie sind über alle Stadtviertel verteilt. In der Witte de Withstraat befinden sich die meisten Bars.

★ **Man Met Bril** KAFFEE
(www.manmetbrilkoffie.nl; Vijverhofstraat 70; Frühstück 6,66 €; ⏲ Mo–Fr 8–17, Sa & So 9–18 Uhr; 📶; 🚊 Schiekade, Walenburgerweg) Man Met Bril war Rotterdams erste Kaffeerösterei (inzwischen gibt es 12). Die Bohnen stammen aus weltweitem Direkthandel, sind zu 90 % biologisch angebaut; sie werden dann in diesen schicken Räumen unter einer Eisenbahnbrücke nördlich der Centraal Station geröstet. Das Café in der Rösterei bietet perfekt zubereiteten Kaffee, Kuchen und Sandwiches. Wer vor 10 Uhr hier eintrifft, kommt in den Genuss des üppigen und außerordentlich günstigen Frühstücks.

★ **Biergarten** BIERGARTEN
(☎ 010-233 05 56; www.biergartenrotterdam.nl; Schiestraat 18; ⏲ 12–24 Uhr oder später; Ⓜ Centraal Station) Ein Labyrinth von sonnengebleichten Holztischen, bunt bemalten Treppenstufen, exotischen Bäumen und niedrigen Lichterketten – im Biergarten drängen sich durstige Einheimische, die hier eiskaltes Pils, hausgemachte Limonade und verlockende Spezialitäten vom Grill genießen. An Freitagen sorgen DJs für ein wenig mehr Stimmung.

★ **Verward** WEINSTUBE
(☎ 06 50 67 04 95; www.verward.nl; Hoogstraat 69a; ⏲ Do–Mo 14–23 Uhr; Ⓜ Blaak, 🚊 Burg Van Walsumweg, Kipstraat) Bier ist in Rotterdam weitaus üblicher als Wein, deswegen findet man in den Bars häufig nur ein mageres Angebot an offenen oder Flaschenweinen. Diese freundliche Weinstube ist jedoch eine Ausnahme, denn der Sommelier Ward De Zeeuw bietet eine interessante Auswahl an Weinen aus Europa. Man kann an der langen Holztheke sitzen oder draußen.

**Suicide Club** COCKTAILBAR
(☎ 010-846 87 97; www.thesuicideclub.nl; Stationsplein 45, 8. St.; ⏲ So, Mi & Do 16–2, Fr & Sa 16–5 Uhr; Ⓜ Rotterdam Centraal, 🚊 Centraal) Im obersten Stockwerk des kultigen, monu-

mentalen Groothandelsgebouw befindet sich diese Bar, in der sich der *beau monde* trifft. Es gibt Sitzecken mit vielen Kissen, erstklassige DJs (freitags und samstags) und eine umwerfende Aussicht. Einen Versuch wert ist der Bamboo Chute (Vodka, Gin, Zitrone, Kokosnuss, Pandan und Zimt).

**Eurotrash United** BRAUEREI

(☎ 010-313 49 70; www.eurotrash-united.nl; Vijverhofstraat 10; ⏲ 15–1 Uhr; 🚊 Heer Bokelweg) Diese ausgezeichnete Brauerei ist das geistige Kind von Arno Coenen und Iris Roskam, den Künstlern, die für das riesige Werk Cornucopia in der Markthal (S. 188) verantwortlich sind. Die fiktiven Gestalten Kaiser Kuttlipp und Snorella schmücken die Etiketten des leckeren Bieres, die Gestaltung des Innenraums spiegelt die einzigartige Sicht der Künstler auf die Welt. Zu den Gästen zählen Studenten und Kunstliebhaber.

**Aloha** BAR

(☎ 010-210 81 70; www.alohabar.nl; Maasboulevard 100; ⏲ So–Do 12–23, Fr & Sa 12–1 Uhr; Ⓜ Oostplein) Nachhaltig, innovativ und etwas abgefahren – die Café-Bar im ehemaligen Tropicana-Bad hat eine große Terrasse mit schöner Aussicht über die Nieuwe Maas. Sie wird vom Blue City Kollektiv betrieben, einer Gruppe von ökologischen Existenzgründern. Das Aloha ist ein fantastischer Ort für ein sommerliches Mittagessen (Sandwich 6–9 €, Snacks 5–13 €) oder einen Drink mit der Spezialität des Hauses: Pilz-*bitterballen* (frittierte Kroketten).

**Bokaal** BAR

(☎ 010-720 08 98; www.bokaalrotterdam.nl; Nieuwemarkt 11; ⏲ So–Do 11–1, Fr & Sa 11–2 Uhr; 🚊 Meent) In ausgezeichneter Lage im Herzen der Fußgängerzone rund um Nieuwmarkt und Pannekoekstraat liegt das *bokaal* (Pokal), das über eine Bar im Innenraum und eine riesige Terrasse verfügt, die den ganzen Tag in der Sonne liegt und an Sommerabenden gerammelt voll ist.

*Die* Spezialität ist Bier (Craft- und Trappistenbier) – es gibt neun Sorten vom Fass und 80 weitere Sorten an Flaschenbier. Eine Speisekarte ist zwar vorhanden, aber die meisten Gäste bedienen sich lieber an den nahe gelegenen Foodtrucks.

**Maassilo** CLUB

(☎ 010-476 24 52; www.maassilo.com; Maashaven Zuidzijde 1-2; ⏲ Öffnungszeiten variieren; Ⓜ Maashaven) Das ehemalige Getreidelager vom Anfang des 20. Jhs. – mit freiliegenden Rohren, mit Graffiti bemalten Betonwänden und Metallgittern – ist heute Rotterdams größter Club. DJs legen die unterschiedlichste Musik auf – von wummernden Techno- und House-Klängen bis zu basslastigem Soca. Infos zum Programm gibt es auf der Website.

## ☆ Unterhaltung

Musik dominiert das Veranstaltungsprogramm der Stadt, es gibt zahlreiche Festivals und Veranstaltungsorte. Viele Schauplätze von Livemusik sind keinem bestimmten Genre zuzuordnen, sondern bieten alles von Jazz bis Rock, Reggae und R&B. Während des weltberühmten North Sea Jazz Festivals (S. 185) im Juli finden After-Show-Partys, die für spontane Auftritte bekannt sind, an vielen Orten in der Stadt statt.

**★ Bird Jazz Club** LIVEMUSIK

(http://bird-rotterdam.nl; Raampoortstraat 24-28, Station Hofplein; ⏲ Di–Do 17.30–1, Fr & Sa 17.30–4 Uhr) Das Lokal wurde nach dem amerikanischen Jazz Saxophonisten Charlie „Bird"



### SCHWULE & LESBEN IN ROTTERDAM

Rotterdam hat eine rege Schwulen- und Lesben-Szene.

Das größte Ereignis des Jahres ist **Rotterdam Pride**, (https://rotterdam-pride.com/en; ⏲ Ende Sept.), ein dreitägiges Fest, das Ende September stattfindet. Dazu gehören eine Pride-Parade, Partys, Seminare und sonstige Veranstaltungen. Auch am Königstag (27. April) finden normalerweise entsprechende Veranstaltungen statt.

Im „Gay Triangle", das von den Straßen Churchillplein, Westblaak, Mauritsweg und van Oldebarneveldtstraat in der Nähe der U-Bahnstation Eendrachtsplein begrenzt wird, finden sich zahlreiche, Kneipen, Bars und Clubs.

Im Sommer wird im Filmkunstkino **LantarenVenster** (☎ 010-277 22 77; www.lantarenvenster.nl; Otto Reuchlinweg 996, Wilhelminapier; Erw./Stud. 9,50/8 €; ⏲ Mo–Do 11.30–1, Fr & Sa 11.30–2, So 10–24 Uhr; Ⓜ Wilhelminaplein) ein Gay & Lesbian Summer Film Festival veranstaltet; jeden Dienstagabend werden LGBT-Filme gezeigt.

**Gay Rotterdam** (www.gayrotterdam.nl/en) bietet nützliche Hinweise und Tipps.

Parker benannt und bietet natürlich beste Jazzmusik, aber auch Soul, Hip-Hop, Funk und Electronica. Auf der Website findet man den aktuellen Veranstaltungskalender, außerdem kann man Tickets kaufen.

Auf der Speisekarte stehen ausgezeichnete, im Holzofen gebackene Pizzas sowie diverse kleine Gerichte bzw. Snacks; die Küche schließt um 21.30 Uhr. In diesem Club finden auch After-Show-Partys während des North Sea Jazz Festivals statt.

**De Doelen** KLASSIKMUSIK
(010-217 17 17; www.dedoelen.nl; Schouwburgplein 50; Kasse Mo–Fr 14–18 Uhr; M Centraal, Kruisplein) Die Heimat des bekannten Rotterdam Philharmonic Orchestra; die prächtige Konzerthalle aus den 1950er-Jahren mit 2200 Sitzplätzen veranstaltet auch Konzerte mit Jazz- oder Weltmusik.

**Annabel** LIVEMUSIK
(06 28 28 94 91 (nur WhatsApp); www.annabel.nu; Schiestraat 20; Do 20–1, Fr & Sa 20–2 Uhr; M Stadhuis, Weena, Pompenburg) Das Annabel ist ein erstklassiger, mittelgroßer Veranstaltungsort, in dem Bands aller Musikrichtungen (von Hip-Hop über Pop bis Electronica) auftreten; außerdem finden hier regelmäßig Tanzabende statt

**KINO** KINO
(010-268 11 60; www.kinorotterdam.nl; Gouvernestraat 129-133; So–Do 10–1, Fr & Sa 10–2 Uhr; Bloemkwekersstraat) Seitdem das Haus 1909 eröffnet wurde, fungierte das legendäre Rotterdamer Kino bereits als Musikhalle, Theater und sogar als Krankenhaus. 2016 wurde es renoviert und unter dem Namen KINO wiedereröffnet; heute befinden sich hier vier Kinosäle, eine Bar und ein Restaurant. Die Filmauswahl ist manchmal recht gewagt.

## Shoppen

Shoppen steht in Rotterdam nicht allzu hoch im Kurs. Alle großen Ketten haben Filialen im **Lijnbaan** (M Stadhuis, Beurs, Stadhuis, Beurs) und in der Beurstraverse (auch „Koopgoot" oder „Einkaufsgasse" genannt), einer z.T. unterirdisch verlaufenden Einkaufspassage, die an der Lijnbaan und unter Coolsingel verläuft. In dieser Gegend befindet sich auch das gehobene **Kaufhaus Bijenkorf** (Coolsingel 105; M Beurs, Beurs). Boutiquen findet man rund um Meent, aber auch am Nieuwemarkt, in der Pannekoekstraat, in der Witte de Withstraat, im Oude Binnenweg und im Nieuwe Binnenweg.

★ **De Groene Passage** MARKT
(http://degroenepassage.nl/; Mariniersweg 9; Mo–Fr 8–20, Sa 8–18 Uhr; Meent) Die Markthalle bietet eine Vielzahl an umweltverträglichen und nachhaltigen Erzeugnissen von kleinen Händlern, die Lebensmittel, Seife, Bekleidung, Haushaltswaren, Möbel und Textilien verkaufen. Wer an einem Tai-Chi-, Yoga- oder Pilates-Kurs teilnehmen möchte, ist hier ebenfalls richtig.

Samstags stehen draußen auf der Straße manchmal Bio-Imbissstände.

★ **Groos** MODE & ACCESSOIRES
(010-0413 33 44; http://groos.nl; Achterklooster 13; Di–Sa 10–18, So 12–17 Uhr; Kipstraat) Der Name stammt aus dem einheimischen Dialekt und bedeutet „Stolz". Der Concept Store im Het Industriegebouw (einem Gebäude für kreatives Handwerk) ist sichtlich stolz auf die Produkte, die er anbietet und die alle in Rotterdam entworfen und produziert werden. Dazu gehören Mode, Schmuck, Haushaltswaren, Kunstwerke, Bücher, Schreibwaren, Musik und Esswaren.

**Blaak Markt** MARKT
(Di & Sa 9–17 Uhr; M Blaak, Blaak) Der Blaak Markt, ein riesiger Straßenmarkt, findet auf dem gleichnamigen Platz östlich der Markthal statt. Die Stände bieten alle Arten von Lebensmitteln, Geräte, Kleidung, Snacks und noch vieles mehr an.

## Praktische Informationen

**Touristeninformation** (010-790 01 85; www.rotterdam.info; Coolsingel 114; 9.30–18 Uhr; ; M Beurs) Größte Touristeninformation.

**Touristeninformation** (www.rotterdam.info; Stationsplein 21, Centraal Station; Mitte Aug.–Anfang Juli So–Mi 9–17.30 Uhr, Anfang Juli–Mitte Aug. 9–19 Uhr) Filiale Centraal Station.

## An- & Weiterreise

### BUS

Rotterdam ist ein Knotenpunkt für die Busse von Eurolines innerhalb Europas. Das **Eurolines-Büro** (088 076 17 00; www.eurolines.eu/rotterdam-eurolines-agency; Conradstraat 16; Mo–Sa 9.30–17.30 Uhr; M Centraal Station, Centraal) befindet sich im Groothandelsgebouw bei der Centraal Station. Die Fernbusse halten in der Nähe.

### FAHRRAD

Die nationalen Radwege Amsterdam–Belgien und Den Haag–Breda führen durch Rotterdam.

Auch wenn die Stadt groß erscheint, erreicht man das Umland in nur 15 Min. zügiger Fahrt.

Auf den Waterbus-Strecken zwischen Rotterdam, Kinderdijk und Dordrecht können Fahrräder kostenlos mitgenommen werden.

### FLUGZEUG

Der riesige niederländische Flughafen Schiphol (S. 387) befindet sich mit dem Hochgeschwindigkeitszug etwa gleich weit von Rotterdam und Amsterdam entfernt (je etwa 20–30 Min.).

Der Flughafen Rotterdam Den Haag (S. 387), von dem aus man zu über 40 Zielen in Europa starten kann, befindet sich nur knapp 6 km nordwestlich von Rotterdam.

### SCHIFF

Die Schnellboote von **Waterbus** (www.waterbus.nl; Willemskade) verkehren zwischen Rotterdam, Kinderdijk und Dordrecht; der Fahrplan ist saisonabhängig. Die Schiffe starten an der Willemskade in der Nähe der Erasmusbrug.

### ZUG

Rotterdams Hauptbahnhof ist Rotterdam Centraal (CS); Züge Richtung Süden halten oft eine Station hinter Centraal in Blaak Station.

ABSTECHER

## TAGESAUSFLUG NACH ROTTERDAM: KINDERDIJK

**Kinderdijk** (078-691 28 30; www.kinderdijk.com; Nederwaard 1; Ort 24 Std., Museum & Besucherzentrum 9–17.30 Uhr; Kinderdijk) GRATIS steht auf der Unesco-Welterbeliste. Der Ort ist landschaftlich schön gelegen in einsamem Marschland mit vielen Kanälen, über die sich die 19 historischen Windmühlen (manche aus Ziegeln, manche aus Holz) wie Wachposten erheben. Die Mühlen sind in betriebsfähigem Zustand und einige dienen als Wohnungen. Im Sommer werden die Kanäle von hohem Schilf gesäumt, Seerosen treiben auf dem Wasser und Vogelgezwitscher unterbricht die Stille. Eine wunderbare – typisch holländische – Landschaft, die zum Spazierengehen einlädt.

Eine Pumpstation wurde zu einem Besucherzentrum umfunktioniert, zwischen den Kanälen verläuft ein Rad- und Fußweg. Zwei der Windmühlen – die aus dem 17. Jh. stammenden Mühlen Nederwaard und Blokweer – dienen als Museum und bieten einen Einblick in das einstige Leben von Müllerfamilien. Ein Video über den *polder* und die Windmühlen wird in dem aus dem 19. Jh. stammenden Pumpwerk Wisboom gezeigt. Der Fuß- und Radweg zwischen den Punkten und zurück beträgt gut zu bewältigende 5,7 km. Der Eintritt ist kostenlos, aber wer die Museen in den Mühlen und das Besucherzentrum besuchen möchte, muss eine Eintrittskarte kaufen (Erw./erm. 8/5,50 €, Online-Ticket 1 € billiger). Auf dem Kanal werden auch Schiffstouren angeboten (Erw./erm. 5,50/3 €).

Der Name „Kinderdijk" soll von der schrecklichen St.-Elisabeth-Flut 1421 stammen, als bei einer Sturmflut ein Kind in einer Wiege auf den Deich gespült wurde. Seit damals steht dieser Teil des Landes im Fokus der niederländischen Bemühungen, dem Meer Land abzuringen. Hier finden sich einige der wichtigsten Typen von Windmühlen, dazu gehören Bockwindmühle und Holländerwindmühle. Letztere gehören zu den höchsten Mühlen des Landes, denn sie sollten den Wind besonders gut ausnutzen.

### An- & Weiterreise

Trotz der kurzen Entfernung zu Rotterdam gibt es keine brauchbaren Bus- oder Zugverbindungen von Rotterdam.

**Fähre** Am schnellsten erreicht man Kinderdijk mit dem Schnellboot 202 von **Waterbus** (www.waterbus.nl; Erw./erm. 4/2 €) ab Rotterdam Erasmusbrug (Erw./erm. 4/2 €, 30 Min., 8-mal tgl.) oder Dordrecht Merwekade (Erw./erm. 4/2 €, 30 Min., häufig). Fahrräder können kostenlos mitgenommen werden. Direktverbindungen verkehren nur zwischen Mai und Oktober; von November bis April fährt man bis Ridderkerk (Erw./erm. 4/2 €, 30 Min., häufig) und muss dort nach Kinderdijk (Erw./erm. 1,70 €, 10 Min., häufig) umsteigen. Der Fähranleger liegt 250 m vom Eingang in Kinderdijk entfernt.

**Fahrrad** Kinderdijk liegt unweit von Rotterdam (16 km) und Dordrecht (11 km).

**Rebus** (06 55 82 64 63; www.rebus-info.nl; Erw./Kind unter 12 Jahren 17,50/12,50 €; April–Okt. Di–So 12 Uhr; M Leuvehaven) bietet ab Rotterdam vierstündige Schiffsausflüge an, bei denen man alle Windmühlen von Kinderdijk sehen kann.

INSIDERWISSEN

## AB AUFS FAHRRAD!

In und rund um die Stadt gibt es eine Vielzahl von beliebten Radtouren, zu denen die unten aufgeführten gehören:

**Roaming Rotterdam** (10 km, Karte bei der Touristeninformation) Vorbei an sehenswerter Architektur und anderen Highlights der Stadt.

**Rondje Katendrecht** (15 km; https://rotterdam.info/bezoekers-informatie/rondje-rotterdam/) Die Route führt entlang der Kais und durch die Häfen Rijnhaven und Maashaven; außerdem kann man Abstecher nach Katendrecht, dem Wilhelminapier und Noordereiland unternehmen.

**Nieuwe Maasparcours** (28 km; www.rotterdam.nl/vrije-tijd/nieuwe-maasparcours) Dieser Radweg verläuft entlang des Nord- und Südufers der Nieuwe Maas und ist in sieben Abschnitte, die zwischen 3,5 und 5 km lang sind, aufgeteilt. Detaillierte Angaben und nützliche Informationen sind auf der Website zu erfahren, außerdem ist in der Touristeninformation auch eine Broschüre zur Strecke erhältlich.



Die Hochgeschwindigkeitszüge von Thalys verkehren häufig von/nach Brüssel (1¼ Std.), außerdem die direkten Züge von NS Intercity (2 Std.). Thalys bedient auch die Strecke nach Paris Nord (2½ Std.). Eurostar-Züge, die Amsterdam mit Brüssel verbinden, halten in Rotterdam; Passagiere haben in Brüssel Anschluss an den Zug nach London. Für die Strecke Rotterdam–Paris benötigt man etwa vier Stunden.

Wichtige Inlandsverbindungen der staatlichen Nederlandse Spoorwegen (NS; www.ns.nl):

| REISEZIEL | FAHRPREIS (€) | FAHRZEIT (MIN.) | HÄUFIGKEIT (ZÜGE PRO STD.) |
|---|---|---|---|
| Amsterdam (Intercity/ Sprinter) | 15,40 | 75 | 4 |
| Amsterdam (Intercity Direct) | 17,80 | 40 | 4 |
| Breda | 9,50 | 25 | 4 |
| Schiphol (Intercity) | 12,40 | 50 | 2 |
| Schiphol (Intercity Direct) | 14,80 | 25 | 4 |
| Utrecht | 10,50 | 40 | 4 |

## Unterwegs vor Ort

### FAHRRAD

**Zwann Bikes** (010-412 62 20; www.czwaan.nl; Weena 703-707; Standard/E-Bike pro Tag 12,50/17,50 €; Mo–Fr 7.30–19.30, Sa & So 9–19.30 Uhr) Vermietet Fahrräder in der Nähe der Centraal Station.

### VOM/ZUM FLUGHAFEN

Die Buslinie 33 von RET fährt zwischen 5.40 und 24 Uhr alle 15 Minuten vom Flughafen zur Centraal Station in Rotterdam (3,50 €, 20 Min.).

Man kann mit diesem Bus auch bis zur U-Bahnstation Meijersplein und von dort weiter mit der Linie E nach Rotterdam fahren; eine Zweistunden-Fahrkarte (3,50 €) ist für Hin- und Rückfahrt gültig.

Ein Taxi benötigt zehn Minuten bis ins Zentrum und kostet etwa 25 €.

### ÖFFENTLICHER NAHVERKEHR

Straßenbahnen, Bus und U-Bahn in Rotterdam werden von **RET** (www.ret.nl) betrieben. Die meisten Linien treffen sich nahe der Centraal Station. Der **RET Informationsstand** (www.ret.nl; Stationsplein 20, Centraal Station; Mo–Fr 7–22, Sa & So 9.30–17.30 Uhr) befindet sich in der Haupteingangshalle in der Centraal Station und verkauft Fahrscheine. An den großen U-Bahnstationen gibt es weitere Informationsschalter.

Ein wiederaufladbares Zweistundenticket, das man beim Busfahrer oder in der Straßenbahn kauft, kostet 3,50 €; ein Tagespass für Touristen (13,50 €) ermöglicht tagsüber unbegrenzte Fahrt in Tram, Bus, U-Bahn und Waterbus. Häufige Fahrscheinkontrollen!

### SCHIFF

Die schnellen schwarz-gelben **Watertaxis** (010-403 03 03; www.watertaxirotterdam.nl; etwa 30 € pro 15 Min.) sind die „Ferraris" auf der Nieuwe Maas. Der Fahrpreis richtet sich nach Entfernungszonen und beträgt zwischen 4,50 und 10 € pro Passagier; Kinder unter 13 Jahren zahlen den halben Preis. Auf der Website findet man Informationen über die Anlegestellen und Tarifzonen.

## Delfshaven & Schiedam

Lediglich 3 km südwestlich von Rotterdams Stadtzentrum liegt die historische Enklave Delfshaven – ursprünglich der Hafen der Stadt Delft. Delfshaven wurde im Krieg nicht zerstört und besitzt bildhübsche Grachten und Giebelhäuser aus seiner Glanzzeit. Westlich davon befindet sich das hübsche Schiedam, das für seine historischen *Jenever*-Destillerien (niederländischer Gin) bekannt ist. Delfshaven erreicht man leicht zu Fuß, mit dem Fahrrad, der U-Bahn oder den Straßenbahnlinien 4 oder 8; nach Schiedam verkehrt die U-Bahn.

### Sehenswertes & Aktivititäten

**Oude of Pelgrimvaderskerk** KIRCHE

(Pilgerväterkirche; ☎ 010-477 41 56; www.oudeofpelgrimvaderskerk.nl; Aelbrechtskolk 22, Delfshaven; ⌚ & jeden 2. Fr 12–18 Uhr; Delfshaven) Die Pilgerväter (S. 218) beteten noch ein letztes Mal in dieser Kirche, bevor sie am 1. August 1620 an Bord der *Speedwell* die Niederlande verließen und nach Amerika aufbrachen. Sie konnten das leck geschlagene Boot kaum über Wasser halten und stiegen schließlich in England auf die *Mayflower* um – der Rest ist Geschichte.

Das Gebäude stammt aus dem Jahr 1417, wurde aber Ende des 16. Jhs. umfangreich umgebaut. Im Inneren befindet sich ein Buntglasfenster aus dem Jahr 1912, als Erinnerung an die Pilgerväter.

**National Jenevermuseum Schiedam** MUSEUM

(Nationales Genevermuseum; ☎ 010-246 96 76; www.jenevermuseum.nl; Lange Haven 74; Erw./Kind 13–17 Jahre/Kind unter 13 Jahren inkl. Eintritt in die Branderij 8,50/8 €/frei, Kombiticket mit Korenmolen de Walvisch 12/11,50 €/frei; ⌚ Di–So 11–17 Uhr; Ⓜ Schiedam Centrum oder Parkweg) Das Museum befindet sich in einer Destillerie aus dem 18. Jh. und widmet sich wofür Schiedam berühmt ist: der Produktion des traditionellen holländischen Gins – des *jenever*. Als sich die Fabrikation 1850 auf ihrem Höhepunkt befand, gab es hier Hunderte von Unternehmen, die aus Malz und Wacholder diesen Schnaps herstellten, der in die ganze Welt verschifft wurde. Die großen Behälter der Destillerie, die Kühlgefäße und die kupfernen Destillierkessel sind noch vorhanden. Im Obergeschoss befinden sich Ausstellungen zur *Jenever*-Herstellung.

## Delfshaven

**Korenmolen de Walvisch** WINDMÜHLE

(☎ 010-246 95 06; www.molendewalvisch.nl; Westvest 229, Schiedam; Erw./Kind 13–17 Jahre/Kind unter 13 Jahren 7,50/7 €/frei, Kombiticket mit National Jenevermuseum Schiedam 12/11,50/frei €; ⌚ Di–So 11–17 Uhr; ; Ⓜ Schiedam Centrum oder Parkweg) Die „Walfischmühle" ist eine der höchsten Windmühlen der Welt. Sie wurde im Jahr 1794 errichtet. Nach einem Brand im Jahr 1996 musste sie wiederaufgebaut werden. Ursprünglich wurde in der Mühle das Malz für die Genever-Herstellung gemahlen, heute dient sie als Museum. Die Ausstellung erläutert den Prozess des Mahlens, außerdem gibt es eine Videovorführung über die rund 1200 Windmühlen, die es in den Niederlanden noch gibt (ein Drittel davon ist noch in Betrieb). Im Laden, der sich im Untergeschoss befindet, wird Mehl von der De Vrijheid Mühle verkauft, der einzigen Mühle von ursprünglich sieben, die in Schiedam noch betrieben wird.

## Essen & Ausgehen

**Restaurant Frits** MODERN EUROPÄISCH €€
(010-477 30 25; www.facebook.com/restaurantfrits/; Piet Heynsplein 25, Delfshaven; 8-Gang-Menü 40 €; Do–So 18–22 Uhr; Delfshaven) In einem typischen Delfshavener Grachtenhaus, mit mehreren Ebenen und dunklem Holz, wird ein erstaunlich günstiges Acht-Gänge-Menü mit Zutaten aus dem eigenen Küchengarten serviert. Auch wenn es keine Auswahl (und kein À-la-carte-Essen) gibt, passt Chefkoch Robbert van Gammeren geschickt das Menü an Diätvorgaben – glutenfrei, vegetarisch, Allergien usw. – an, wenn er rechtzeitig im Voraus darüber informiert wird. Reservierung empfehlenswert.

**Stadsbrouwerij De Pelgrim** BRAUEREI
(010-477 11 89; www.pelgrimbier.nl; Aelbrechtskolk 12, Delfshaven; Mi–Sa 12–24, So 12–22 Uhr; Delfshaven) Der Anblick von blubbernden Kupferkesseln und der berauschende Duft von Hopfen begrüßt die Besucher dieser altmodischen Brauerei, die neben der Oude Kerk liegt. Hier kann man in der Bar, auf der Terrasse an der Gracht oder im Hof saisonale oder klassische Biere wie das beliebte Mayflower Tripel kosten. Eine Bierverkostung mit fünf Sorten kostet 5 €.

**De Oude Sluis** BRUIN CAFÉ
(010-477 30 68; www.cafedeoudesluis.nl; Havenstraat 7, Delfshaven; Mo–Do 12–1, Fr 12–2, Sa 14–2, So 14–1 Uhr; Delfshaven) Von den Tischen auf der Terrasse erstreckt sich der Blick über den Kanal bis zur Windmühle in Delfshaven. Das beliebte *bruin café* existiert bereits seit 1912. Manchmal gibt es Livemusik, dazu wird eine gute Auswahl an Fass- und Flaschenbieren gereicht.

## An- & Weiterreise

### DELFSHAVEN

**Straßenbahn** Linie 4 (Richtung Marconiplein) fährt ab Rotterdam Centraal; Haltestelle ist Delfshaven.

**U-Bahn** Linien A, B und C; Haltestelle Delfshaven.

# Dordrecht

078 / 118 900 EW.

Anders als in anderen historischen Städten in Südholland wird das Alltagsleben in Dordrecht nicht vom Tourismus bestimmt – Dordrecht ist ein entspanntes und lohnendes Ziel für Erkundungen. Die strategisch günstige Lage der Stadt – die zu einem boomenden Weinhandel führte – und ihr Ansehen als älteste Stadt Hollands – im Jahr 1220 erhielt sie Stadtrechte – sorgten dafür, dass hier bis Mitte/Ende des 16. Jhs. eine der mächtigsten Regionen Hollands war.

Viele der gut erhaltenen Gebäude stammen noch aus dieser Zeit. Es gibt eine Vielzahl lohnender Museen, zahlreiche gute Restaurants und viele Freizeitmöglichkeiten im Freien, darunter in dem nahe gelegenen großen Nationalpark De Biesbosch („Binsenwald“) mit dessen Gewässern.

## Sehenswertes & Aktivitäten

Die meisten Sehenswürdigkeiten befinden sich an oder in der Nähe der drei alten Kanäle – dem Nieuwehaven, dem Wolwevershaven und dem Wijnhaven.

**Grote Kerk** KIRCHE
(078-614 46 60; www.grotekerk-dordrecht.nl; Lange Geldersekade 2; Turm Erw./Kind 1/0,50 €; April–Okt. Di–Sa 10.30–16.30, So 12–16 Uhr, Nov.–Mitte Dez. Di, Do & Sa 14–16 Uhr) GRATIS Der massige Turm der aus dem 14. und 15. Jh. stammenden Grote Kerk sollte ursprünglich noch viel höher in den Himmel ragen, aber während der mehr als 150 Jahre dauernden Bauzeit begann der Turm sich zu neigen. Wer die 275 Stufen hinaufgeht, wird mit einer wunderbaren Aussicht auf die darunterliegende Stadt belohnt.

Der Innenraum der Kirche besitzt eine fantastische Marmorkanzel mit einem kunstvoll gefertigten Holzdach, sorgfältig geschnitztes Chorgestühl aus dem 16. Jh. und einige Buntglasfenster.

**Dordrechts Museum** MUSEUM
(078-770 52 17; www.dordrechtsmuseum.nl; Museumstraat 40; Erw./Kind 12 €/frei, Kombiticket mit Museum Simon van Gijn 15 €/frei; Di–So 11–17 Uhr) Das Kunstmuseum widmet sich Dordrechts künstlerischem Erbe und präsentiert auf zwei Stockwerken Landschaftsbilder, die diesen Teil der Niederlande darstellen, sowie Porträts lokaler Berühmtheiten. Zu den Glanzpunkten gehören Werke von Aelbert Cuyp (1620–1691) und Jan van Goyen (1596–1656). Van Goyen war einer der ersten holländischen Maler, die das Wechselspiel von Licht in der Landschaft einfingen – sehenswert ist sein Werk *Blick auf Dordrecht*. Cuyp ist bekannt für die vielen Bilder, die er in Dordrecht und in der Umgebung der Stadt malte.

ABSTECHER

## SLOT LOEVESTEIN

In der Nähe des hübschen kleinen Ortes Woudrichem, der von einer Stadtmauer umgeben ist, befindet sich **Slot Loevestein** (☎018-344 71 71; www.slotloevestein.nl; Loevestein 1, Poederoijen; Erw./Kind 4–18 Jahre 13,50/9 €; ⏲Juli & Aug. tägl. 11–17 Uhr, Mai–Sept. Di–So 11–17 Uhr, März, April & Okt. Sa & So 11–17 Uhr, Nov.–Feb. Sa & So 11–16 Uhr). Die stimmungsvolle Festung aus dem 14. Jh. wurde bereits als Gefängnis, Wohnsitz und Zollstation genutzt – heute kommen Touristen hierher; zudem finden hier kulturelle Veranstaltungen statt. Eintrittskarten können nur mit Bargeld erworben werden.

Das Schloss ist mit öffentlichen Verkehrsmitteln ziemlich schwierig zu erreichen. Vom Bahnhof Gorinchem muss man 1,6 km bis zum Hafen von Binnenstad laufen, von dort gibt es eine **Fähre** (☎018-365 93 14; www.riveer.nl; Tageskarte 3 €) oder ein **Wassertaxi** (☎06 22 55 82 33) zum Schloss. Auf der Website der Fähre ist der Fahrplan zu finden. Das Wassertaxi sollte rechtzeitig im Voraus reserviert werden.

**Distilleerderij Rutte** DESTILLERIE
(☎078-613 44 67; www.rutte.com; Vriesestraat 130; 25-/90-Min. Verkostung 5/15 €, Workshop Genever-Herstellung 34 €; ⏲Geschäft Mo–Fr 9–17, Sa 9.30–17 Uhr) In dieser Destillerie, die bereits seit 1872 das aromatische Feuerwasser herstellt, erfährt man alles über den einheimischen *jenever*. Am besten bucht man eine Führung mit Verkostung oder den dreistündigen Workshop, in dem man die Herstellung selber erlernen kann. Im dazugehörigen Geschäft wird natürlich auch der ausgezeichnete Genever verkauft.

Die 90-minütige Führung muss im Voraus gebucht werden; bei der 25-minütigen „Mini-Tour" und der Verkostung, die freitags und samstags um 15 und 16 Uhr stattfindet, ist das nicht notwendig.

### Schlafen

★ **De Luthiers** B&B €
(☎078-631 33 90; www.deluthiers.nl; Voorstraat 13; Zi. 90–95 €; P ᯤ) Das B&B bietet über der Werkstatt eines Geigenbauers zwei gemütliche Zimmer (im Dachgeschoss mit schrägen Dachbalken). Beide haben eine kleine eingerichtete Kochecke und ein blitzblankes Bad. Das Frühstück wird auf dem Zimmer eingenommen. Das Musikzimmer im Haus besitzt einen Flügel sowie eine Spielecke für Kinder. Die Adresse lohnt sich.

**Villa Augustus** BOUTIQUEHOTEL €€
(☎078-639 31 11; www.villa-augustus.nl; Oranjelaan 7; DZ 125–155 €, FZ/Suite 155/210 €; P ᯤ) Der von einem Garten umgebene, umgebaute Wasserturm von 1882 ist ein Lobgesang auf den Einfallsreichtum niederländischer Designer. Im Turm befinden sich 20 individuell gestaltete Zimmer, die mit Kunst und recycelten Möbeln ausgestattet sind; 17 Familienzimmer befinden sich in Hütten im Garten; sie sind allerdings nicht annähernd so stimmungsvoll. Im Jahr 2019 sind acht Ponton-Zimmer auf dem Wantij neben einem Garten eröffnet worden.

Das À-la-carte-Frühstück wird im Restaurant mit Aussicht auf den großen Küchengarten und einen Obstgarten serviert. Da das Restaurant sehr beliebt ist, kann es zuweilen etwas lauter werden. Man kann hier auch Boote mieten.

### Essen & Ausgehen

Rund um den Scheffersplein, einem großen zentralen Platz neben einer Gracht, befinden sich Cafés, von deren schattigen Terrassen sich im Sommer gut Leute beobachten lassen. Seltsamerweise ist es schwierig Cafés zu finden, die guten Kaffee und Snacks anbieten; am schönsten ist das Café im Garten des **Museum Simon van Gijn** (☎078-770 87 08; www.huisvangijn.nl; Nieuwe Haven 29; Erw./Kind unter 19 Jahren 10/frei €, Kombiticket mit Dordrechts Museum 15/frei €; ⏲Di–So 11–17 Uhr).

Die Wijnstraat und Voorstraat werden von einigen netten Weinlokalen gesäumt.

★ **Villa Augustus Restaurant** MODERN EUROPÄISCH €€
(☎078-639 31 11; www.villa-augustus.nl; Oranjelaan 7; Sandwich 9–10 €, Nachmittagstee 20 €, Pizza 8–14 €, Hauptgerichte 17–38 €; ⏲7–22.45 Uhr; ᯤ) Die Küche verarbeitet Zutaten aus dem eigenen großen Küchen- und Obstgarten, dazu kommen saisonale Erzeugnisse von den Märkten der Umgebung. Die meisten Zutaten sind aus ökologischem Anbau und superfrisch. Man speist im ehemaligen

## Dordrecht

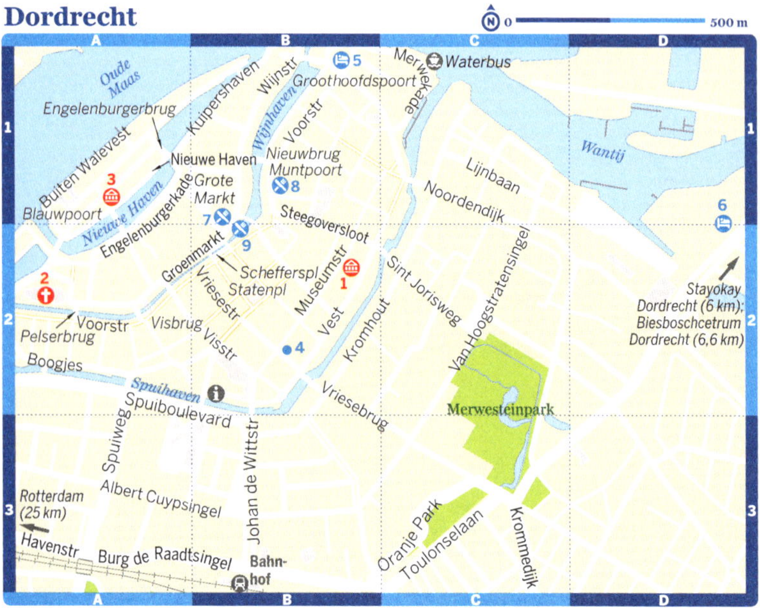


## Dordrecht

**Sehenswertes**
1 Dordrechts Museum ... B2
2 Grote Kerk ... A2
3 Museum Simon van Gijn ... A1

**Aktivitäten, Kurse & Touren**
4 Distilleerderij Rutte ... B2

**Schlafen**
5 De Luthiers ... B1
6 Villa Augustus ... D1

**Essen**
7 Bistro Twee 33 ... B1
8 Magazijn ... B1
9 Strada del Vino ... B2
Villa Augustus Restaurant ... (s. 6)

**Shoppen**
Wereldwijven ... (s. 8)

Pumpenhaus des historischen Wasserturms, in dem sich das Hotel Villa Augustus befindet – ein betriebsamer Ort mit einer großen offenen Küche und einem Pizzaofen.

**Magazijn** INTERNATIONAL €€
(078-890 27 80; www.magazijndordrecht.nl; Voorstraat 180; kleine Teller 4–10 €, große Teller 15–18 €; Mi–Do & So–Mo 10–24, Fr & Sa 10–1 Uhr; ) Cooler kann Dordrecht kaum sein – diese Mischung aus Bar, Café und Restaurant teilt sich ein luftiges historisches Gebäude mit einer Kunstgalerie im hinteren Bereich und einem Plattenladen mit viel Vinyl im Obergeschoss.

Die vielseitigen Gerichte, die aus der halboffenen Küche kommen, sind kaffeehausmäßig und gefallen auch Vegetariern und Veganern. Es gibt sogar einen Spielbereich für Kinder und einen Gartenhof.

**Bistro Twee 33** EUROPÄISCH €€
(078-740 00 04; www.bistrotwee33.nl; Wijnstraat 233; Hauptgerichte 17–26 €; Di–Fr 16–22, Sa & So 14–22 Uhr) Das moderne Bistro und Weinlokal bietet warme Farben, Hängeleuchten, Weinregale sowie eine offene Bar und Küche. Auf der Karte stehen solide Gerichte, beispielsweise hausgemachte Wurstwaren, Austern und französische Bistro-Klassiker (*bavette*, Steak Tatar, herzhaftes Gebäck). Wein wird hier groß geschrieben: Edle Tropfen aus der ganzen Welt werden glas- oder flaschenweise ausgeschenkt.

**Strada del Vino** ITALIENISCH €€
(☎ 078-740 00 01; www.stradadelvino.nl; Wijnstraat 170; Pizza & Pasta 8–19 €; ⏲ So–Do 17–23.30, Fr & Sa 17–24 Uhr; ) Die grün-weiß-roten Fahnen sind der Nachweis, dass hier ein stolzer Italiener residiert. Ein riesiger Pizzaofen beherrscht den hinteren Bereich. Das Lokal ist besonders beliebt bei Familien und den einheimischen Köchen (das Strada del Vino ist eines der wenigen Restaurants, das montags geöffnet hat) – eigentlich bei allen Einwohnern. Die Pizzas, die Pasta-Gerichte und der Espresso schmecken authentisch und sind wunderbar *italiano*.

## Shoppen

Der nördliche Bereich der Voorstraat eignet sich am besten für einen Bummel.

★ **Wereldwijven** TEXTILIEN
(☎ 078-613 63 07; www.wereldwijven.info; Voorstraat 178; ⏲ Mo–Sa 9–17 Uhr) Das Geschäft ist auch ein soziales Unternehmen, den Wereldwijven („Weltfrauen") unterrichtet Migrantinnen im Nähen und Sticken und vermittelt ihnen so die Möglichkeit, Geld zu verdienen. Außerdem lernen sie Niederländisch und lernen Netzwerke und Kultur kennen.

Das Unternehmen finanziert sich, indem es die Textilien dieser Frauen verkauft – die Kissen, Kleidung, Spielzeug und andere Gegenstände in den Regalen im Geschäft sehen sehr ansprechend aus.

## Praktische Informationen

Dordrechts große **Touristeninformation** (VVV Dordrecht; ☎ 078-632 24 40; www.vvvdordrecht.nl; Spuiboulevard 99; ⏲ Mo 10–18, Di–Fr 9–18, Sa 10–17 Uhr) befindet sich genau zwischen dem Bahnhof und dem Stadtzentrum.

## An- & Weiterreise

Die Regionalbusse starten an der Kreuzung, die sich auf der rechten Seite befindet, wenn man den Bahnhof verlässt.

### FAHRRAD

Die Radwege nach Rotterdam, 27 km Richtung Norden, führen durch eine hübsche Landschaft und durch den Ort Kinderdijk. Den Nationalpark De Biesbosch erreicht man nach 10 km Fahrt auf guten Radwegen Richtung Osten.

**Bike Total Zwaan** (☎ 078-635 6830; www.czwaan.nl; Stationplein 10; Standard/E-Bike pro Tag 12/17,50 €; ⏲ Mo–Fr 4.30–1.30, Sa 6.30–1.30, So 7–1.30 Uhr) Der Verleih befindet sich in der *fietsenstalling* (Fahrradgarage) neben dem Bahnhof.

### SCHIFF

Die Schnellfähre **Waterbus** (☎ 0800 023 25 45; www.waterbus.nl; einfach Erw./Kind 4-11 Jahre 6/4 €) verbindet Dordrecht mit Rotterdam. Von Mai bis Oktober existiert auch eine Verbindung über Kinderdijk.

### ZUG

Vom Bahnhof läuft man rund 700 m Richtung Norden bis ins Zentrum von Dordrecht. Regelmäßige Verbindungen nach:

| REISEZIEL | FAHRPREIS (€) | FAHRZEIT (MIN.) | HÄUFIGKEIT (ZÜGE PRO STD.) |
|---|---|---|---|
| Amsterdam | 18 | 30 | 1 oder 2 |
| Breda | 6,10 | 25 | 3. |
| Rotterdam | 4,40 | 20 | 4 |

# Gouda

☎ 0182 / 71 190 EW.

Gouda ist gleichbedeutend mit Käse, denn das gleichnamige Erzeugnis gehört zu den Exportschlagern der Niederlande. Im Frühling und Sommer kommen immer donnerstags Busladungen von Touristen im Ort an, um das Schauspiel *kaasstad* (Käsemarkt) vor der historischen *waag* (Stadtwaage) zu erleben. Aber die Stadt hat mehr zu bieten als Käse: die prachtvolle Sint Janskerk, die die weltweit meisten Glasfenster aus dem 16. Jh. besitzt, und das ausgezeichnete Stadtmuseum. Beide liegen im kleinen historischen Stadtzentrum, das von einer Gracht umgeben und nur fünf Minuten Fußweg vom Bahnhof entfernt ist.

## Sehenswertes

Die Hauptsehenswürdigkeiten erreicht man innerhalb von zehn Minuten vom trapezförmigen Markt aus, aber es lohnt sich, noch ein wenig weiter zu bummeln und kleine Seitenstraßen wie Achter de Kerk und Lage Gouwe zu erkunden, die an kleinen Grachten verlaufen und seit Jahrhunderten unverändert erscheinen.

★ **Sint Janskerk** KIRCHE
(St.-Johannes-Kirche; ☎ 0182-512684; www.sintjan.com; Achter de Kerk 2; Erw./Stud. & Kind 13–18 Jahre 7/3,50 €; ⏲ März–Okt. Mo–Sa 9–17 Uhr, Nov.–Feb. Mo–Sa 10–16 Uhr) Die wegen ihrer Größe und der wunderbaren Buntglasfenster beeindruckende Sint Janskerk besitzt eine wechselvolle Geschichte.

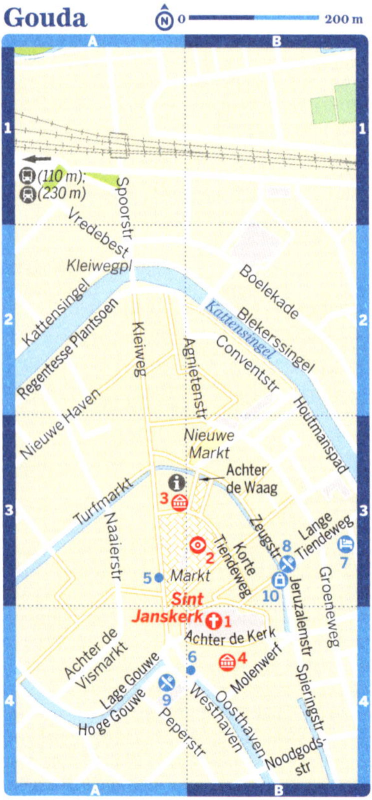


## Gouda

### Highlights
1 Sint Janskerk .................. B4

### Sehenswertes
2 Gouda Kaasstad .................. B3
3 Goudse Waag .................. A3
Kaaswaag .................. (s. 3)
4 Museum Gouda .................. B4

### Aktivitäten, Kurse & Touren
5 Kamphuisen Siroopwafels .................. A3
6 Reederij de IJsel .................. B4

### Schlafen
7 De Utrechtsche Dom .................. B3

### Essen
Brunel .................. (s. 9)
8 David's Gelato .................. B3
9 Kamphuisen .................. A4

### Shoppen
10 't Kaaswinkeltje .................. B3

Mit gottloser Regelmäßigkeit brannte das Gebäude zwischen 1361 und der Mitte des 16. Jhs. ungefähr alle 100 Jahre durch ein zerstörerisches Feuer nieder; in ihrer heutigen Form wurde die Kirche Mitte des 16. Jhs. erbaut. Mit 123 m Länge ist sie auch die längste Kirche der Niederlande. Ein kostenloser Audioguide (in Englisch) bietet jede Menge Informationen über die 72 Buntglasfenster aus dem 16. Jh., die in dieser Anzahl weltweit wohl einzigartig sind.

**Museum Gouda** MUSEUM

(☎ 0182-33 10 00; www.museumgouda.nl; Achter de Kerk 14; Erw./Kind 5–17 Jahre 10/4 €; ⏲ Di–So 11–17 Uhr) Das größte Museum der Stadt befindet sich in einem mittelalterlichen Krankenhaus und besitzt eine Sammlung von Artefakten und Kunstwerken, die thematisch mit Gouda und seiner Umgebung zu tun hat. Es gibt eine Vielzahl an *Gouds plateel* (glasierte Keramik), eine Sammlung mit Gemälden von Künstlern aus der Schule von Barbizon und der Haager Schule (19. Jh.), ein Modell von Gouda, wie es im Jahr 1562 ausgesehen hat, und im Keller eine grauenhafte Abteilung zum Thema Folter im Mittelalter. Das Museum beherbergt auch Reise- und Wechselausstellungen. Zur Sint Janskerk kommt man vom Museum, indem man der Straße Achter de Kerk folgt.

**Goudse Waag** HISTORISCHES GEBÄUDE

(Stadtwaage Gouda) Die ehemalige Stadtwaage zum Wiegen des Käses wurde im Jahr 1668 erbaut. An der Seite schmückt sie ein Relief, das darstellt, wie der Käse einst gewogen wurde. Heute befinden sich hier die Touristeninformation und die **Kaaswaag** (Käsemuseum; ☎ 0182-529 996; www.goudsewaag.nl; Markt 35; Erw./Kind unter 12 Jahren 4,50 €/frei; ⏲ Mitte März–Okt. Fr–Mi 12–17, Do 10–17 Uhr, Nov.–Mitte Dez. & Mitte Jan.–Mitte März Mi–So 10–15 Uhr), ein Museum, das die Geschichte des Käsehandels in den Niederlanden zeigt.

**Gouda Kaasstad** MARKT

(Käsemarkt Gouda; www.goudakaasstad.nl; Markt; ⏲ Anfang April–Ende Aug. Do 10–12.30 Uhr) GRATIS Der nachgestellte Käsemarkt auf dem Markt zieht immer viele einheimische und internationale Besucher an. Neben dem „Käsewiegen" gibt es auch diverse Verkaufsstände mit Milchprodukten und Souvenirs; dazu kommen einige in Trachten gekleidete Einheimische, die für ein Foto posieren. Alles in allem ist es hier ziemlich touristisch.

## Aktivitäten

Ein schöner Radrundweg führt durch das *Groene Hart* („Grüne Herz") der Region. Er beginnt direkt südlich des Stadtzentrums und läuft 42 km lang durch das mit Kanälen gesäumte Ackerland südlich von Gouda. Die sogenannte Krimpenerwaard Route (nach der Region, durch die sie führt) bietet sogar Besuche bei Höfen an, die Käse herstellen. Bei der Touristeninformation (S. 202) gibt es eine kostenlose Broschüre , man kann auch detaillierte Landkarten kaufen.

Praktische Karten für Wanderungen und weitere Informationen gibt es als Download unter www.xplregouda.nl.

**Reederij de IJsel** BOOTSAUSFLÜGE
(☎06 8370 5193; www.reederijdeijsel.nl; Oosthaven 12; Erw./Kind 3–12 Jahre 10/5 €; ⏲Mitte April–Mitte Okt. Do & Sa 13.30 & 15.30 Uhr; 👪) Die rund 90-minütigen Bootsausflüge auf Goudas Kanälen und Wasserwegen werden mit alten Kähnen durchgeführt.

## Schlafen & Essen

Die Tatsache, dass Gouda allgemein nur als Ziel für einen Tagesausflug gilt, wird auch dadurch unterstrichen, dass es keine vernünftigen Unterkünfte in der Stadt gibt – am besten übernachtet man woanders.

Der gleichnamige Käse ist nicht die einzige kulinarische Spezialität, die aus Gouda stammt – die heißgeliebte *siroopwafel* (Waffel mit einer Füllung aus Karamellsirup) ist eine lokale Erfindung und kann direkt in der Fabrik bei **Kamphuisen Siroopwafels** (☎0182-634 965; www.siroopwafelfabriek.nl; Markt 69; Führung 9,95 €; ⏲10–18 Uhr) am Markt probiert werden. Überall in der Ortschaft gibt es Käsegeschäfte, aber leider kaum gute Restaurants.

**De Utrechtsche Dom** PENSION €
(☎0182-528 833; www.hotelgouda.nl; Geuzenstraat 6; DZ mit/ohne Bad 91/71 €; 📶) Diese altmodische Pension befindet sich in einer ruhigen Straße und besitzt zwölf ordentliche, aber etwas abgewohnte Zimmer; die günstigsten verfügen über Gemeinschaftsbäder, einige davon sind ziemlich klein. Das Haus ist bereits seit mehr als 300 Jahren ein Gasthaus, allerdings werden die Ställe heute nicht mehr so oft von Kutschern genutzt.

Die Gäste können sich im Garten erholen, im Frühstücksraum wird den ganzen Tag

ABSTECHER

### NATUR PUR: NATIONALPARK DE BIESBOSCH

Das rund 7100 ha große Feuchtgebiet **Nationalpark De Biesbosch** (http://np-debiesbosch.nl/; ⛴Hollandse Biesbosch) entstand im Jahr 1421 während der großen Sint-Elizabeth-Flut, als ein großes Stück Polderland überschwemmt wurde. Es ist Europas größtes Brackwasserüberschwemmungsgebiet und eine der größten Naturlandschaften der Niederlande. Die geschützte Landschaft, die sich an beiden Ufern des Flusses Nieuwe Merwede sowie östlich und südlich von Dordrecht erstreckt, bietet einer vielfältigen Tierwelt, z. B. Bibern (die 1988 im brabantischen Teil des Parks wieder angesiedelt wurden), Rotwild und Nordischen Wühlmäusen eine Heimat, dazu kommen eine Vielzahl von Vögeln. Drei Besucherzentren, ausgeschilderte Wanderwege und ein großes Netz von Flüssen, Bächen und Inseln, die mit dem Kanu erkundet werden können, machen den Park zu einem beliebten Ziel für alle Fans von Outdoor-Aktivitäten.

Von den drei Besucherzentren ist das **Biesboschcentrum Dordrecht** (☎078-770 53 53; www.biesboschcentrumdordrecht.nl/; Baanhoekweg 53, Dordrecht; ⏲April–Juni & Sept.–Okt. Di–So 9–17 Uhr, Juli & Aug. tägl. 9–17 Uhr, Nov.–März Di–So 10–16 Uhr; ⛴Hollandse Biesbosch), das in der Nähe von Dordrecht liegt, am einfachsten zu erreichen. Angeboten werden nicht nur Schiffsausflüge und geführte Wanderungen, sondern auch ein Boot- und Kanuverleih (nur April–Okt.). Wechselausstellungen geben Einblicke in Flora und Fauna sowie in andere Aspekte des Naturparks.

Das Besucherzentrum erreicht man mit dem Waterbus (ganzjährig) oder dem Bus (nur in den Sommermonaten). Die Linie 23 von Waterbus verkehrt ab Merwekade nach Hollandse Biesbosch (Erw./erm. 4/2 €, 12 Min.); zwischen Oktober und April finden keine Fahrten an den Wochenenden statt. Von der Haltestelle führt ein ausgeschilderter 800 m langer Fußweg zum Zentrum. Im Sommer verkehrt auch die Buslinie 801 vom Bahnhof Dordrecht zum Besucherzentrum (3,50 €).

über kostenlos Tee und Kaffee angeboten. Das Frühstück ist im Zimmerpreis inbegriffen; ein Abstellraum für Fahrräder ist hier ebenfalls vorhanden.

**David's Gelato** EISCREME €

(☎06-28 55 85 59; www.davidsgelato.nl; Lange Tiendeweg 23; Kugel 1,50 €; ⊙Di–Sa 10–22, Mo & So 12–22 Uhr; 👪) Der junge Unternehmer, der diese Eisdiele führt, war der Held in der 2017 von Mirjam van Veelen publizierten Dokumentation *Chill: The Road to David's Gelato*. Es ist die Geschichte seiner Reise an das Mittelmeer, um all das zu erlernen, wie man erfolgreich eine klassische *gelateria* betreibt. Im Angebot gibt es fruchtige Sorbets und Sahneeis, aber auch *frozen yoghurt*. Allerdings finden alle Sorten gleichermaßen Gefallen, sowohl bei den Einheimischen, als auch bei den Touristen.

**Kamphuisen** NIEDERLÄNDISCH €€

(☎0182-514 163; www.kamphuisen.com; Hoge Gouwe 19; Hauptgerichte 17–23 €, 3-Gang-Abendessen 27 €; ⊙17–24 Uhr, Küche 17–22 Uhr; 🖋) Das klassische *bruin café* mit Holzfußboden verfügt über eine Theke, deren Patina die lange Tradition des Hauses erzählt. Im Freien stehen Tische unter der Traufe des alten Fischmarktes. Die Küche ist inspiriert von unterschiedlichen Ländern und Regionen, darunter Italien, Australien und dem Nahen Osten. Abends sollte man reservieren.

**Brunel** BISTRO €€

(☎0182-518 979; http://restaurantbrunel.nl; Hoge Grouwe 23; Hauptgerichte 19–21 €, Menü 27–30 €; ⊙Di–Sa 17–21.30 Uhr; 🖋) Für die Zubereitung der leckeren, modern interpretierten französischen und italienischen Gerichte werden frisch regionale Produkte verwendet.

In den Sommermonaten speisen die zahlreichen Gäste an der Gracht zwischen den Säulen des alten Fischmarktes.

## Shoppen

Die wohl interessanteste Einkaufsstraße ist die Lange Groenendaal; hier gibt es Boutiquen und Concept Stores sowie einen Bio-Lebensmittelmarkt.

**'t Kaaswinkeltje** ESSEN

(☎182 51 42 69; www.kaaswinkeltje.com; Lange Tiendewag 30; ⊙Mo–Fr 8.30–18, Sa 8–17 Uhr) Der wohl verführerischste unter den zahlreichen Käseläden in Gouda; in dem an einer Gracht gelegenen Geschäft lockt eine Vielzahl an leckeren, unpasteurisierten Käsesorten aus diversen regionalen Käsereien.

## Praktische Informationen

**Touristeninformation** (VVV Gouda; ☎0182-589 110; www.welkomingouda.nl; Waag, Markt 35; ⊙April–Okt. tgl. 10–17 Uhr, Nov.–März Mi–So 10–15 Uhr)

## Anreise & Unterwegs vor Ort

### BUS

Wenn man den Bahnhof Richtung Zentrum verlässt, findet man direkt auf der linken Straßenseite die Bushaltestelle. Die Buslinie 107 fährt nach Oudewater (2,90 €, 25 Min., 2-mal stündl.) und weiter nach Utrecht (6,10 €, 55 Min.). Sonntags sind die Verbindungen eingeschränkt.

### FAHRRAD

Radwege verbinden Gouda mit Amsterdam und Rotterdam.

**Oldenburger** (☎0182-516 111; www.oldenburger.nl; Burgemeester Jamesplein 2; Standard/E-Bike pro Tag 12,50/20 €; ⊙Mo–Fr 6–0.15, Sa 7–0.15, So 9–0.15 Uhr) verleiht Fahrräder.

### ZUG

Goudas Bahnhof liegt unweit vom Stadtzentrum. Es gibt regelmäßige Verbindungen nach:

| REISEZIEL | FAHRPREIS (€) | FAHRZEIT (MIN.) | HÄUFIGKEIT (ZÜGE PRO STD.) |
|---|---|---|---|
| Amsterdam | 11,50 | 55 | 4 |
| Den Haag | 5,70 | 20 | 8 |
| Rotterdam | 5,10 | 20 | 6 |
| Utrecht | 6,40 | 20 | 8 |

# Den Haag

☎070 / 519 990 EW.

Den Haag bietet viel mehr als man auf den ersten Blick denkt. Ein beliebtes Vorurteil über die drittgrößte Stadt der Niederlande ist, dass sie ein würdevoller, königlicher Ort voller Bürokraten und Geschäftsleute sei. Bis zu einem gewissen Punkt stimmt das sicherlich, aber Den Haag hat mehr zu bieten.

Die Kulturszene ist eine der aufregendsten des Landes – hier befinden sich das weltbekannte Mauritshuis Museum und das Nederlands Dans Theater (und dazu kommt demnächst die Eröffnung des neuen Bildungs- und Kulturzentrums OCC).

Feinschmecker finden eine Vielzahl verlockender Restaurants und an Unterhaltung gibt es nicht nur die früher dominierenden Cocktailempfänge in den Botschaften, sondern die Partymeile um den Grote Markt und *Paard* – der vielgeliebte Treffpunkt für Fans von Livemusik – sind einen Besuch wert. Die Stadt ist einfach und bequem zu Fuß oder mit der Straßenbahn zu erkunden und ist ein absolut lohnenswertes Ziel für einen mehrtägigen Aufenthalt.

## Geschichte

Den Haag – mit offiziellem Namen 's-Gravenhage (des Grafen Hag) – ist Sitz der niederländischen Regierung und Wohnsitz der königlichen Familie. Bis 1806 war die Stadt Hauptstadt der Niederlande; in jenem Jahr allerdings bestimmte Louis Bonaparte, der Bruder von Napoléon I., Amsterdam zur Hauptstadt des Landes. Als die französische Besatzungszeit in Holland 1813 endete, kehrte die Regierung nach Den Haag zurück, Amsterdam behielt allerdings den Titel „Hauptstadt". Im 20. Jh. wurde Den Haag Sitz mehrerer internationaler juristischer Organe, dazu gehört auch der Internationale Strafgerichtshof der Vereinten Nationen.

## Sehenswertes

**★ Mauritshuis** MUSEUM
(Königliche Gemäldegalerie; ☎ 070-302 34 56; www.mauritshuis.nl; Plein 29; Erw./Stud./Kind unter 19 Jahren 15,50/12,50 €/frei; ⌚ Mo 13–18, Di, Mi & Fr–So 10–18, Do 10–20 Uhr; 🚋 Centrum) Das beeindruckende Museum befindet sich in einem Herrenhaus aus dem 17. Jh., das für den reichen Zuckerbaron Johan Maurits errichtet wurde und bietet eine fantastische Einführung in die Kunst der Niederlande und Flanderns. Im Jahr 1822 wurde es in ein Museum umgewandelt und beherbergt seitdem die königliche Gemäldesammlung; in den Jahren 2012–2014 erhielt es einen schicken Anbau. Die Sammlung mit rund 800 Gemälden legt den Schwerpunkt auf die Kunst vom 15. bis zum 18. Jh. Zur Sammlung gehören Meisterwerke wie Vermeers *Das Mädchen mit dem Perlenohrgehänge* (1665) und Rembrandts faszinierendes Gemälde *Die Anatomie des Dr. Nicolaes Tulp* (1632).

Die Liste der Künstler, die im Museum vertreten sind, ist beachtlich: Neben Werken von Vermeer und Rembrandt hängen hier auch Bilder von Antonis van Dyck, Rubens, Jan Brueghel d. Ä., Hans Holbein d. J., Hals und Steen. Auf keinen Fall verpassen sollte man Van der Weydens *Die Beweinung Christi* (1460–64), Fabritius *Der Distelfink* (1654) und Vermeers *Ansicht von Delft* (1660–61), die berühmteste Stadtansicht aus dem niederländischen Goldenen Zeitalter.

Ein Audioguide kostet 3,50 €, aber das Museum bietet auch eine kostenlose Multimediatour an, die man vom Apple Store oder Google Play herunterladen kann. Das Café und der Souvenirshop liegen im neuen Flügel und sind beide besuchenswert.

Im Ticket inbegriffen ist der Eintritt für die Galerij Prins Willem V (s. unten).

**Binnenhof** SCHLOSS
(🚋 Centrum) Heimat der beiden Kammern der niederländischen Regierung; der Gebäudekomplex neben dem **Hofvijver** (Schlossweiher; 🚋 Centrum) ist rund um einen zentralen Innenhof errichtet, in dem früher Hinrichtungen stattfanden. Der beeindruckende, festliche **Ridderzaal** (Rittersaal) stammt aus dem 13. Jh. Im Nordflügel (17. Jh.) befindet sich der Sitz der Ersten Kammer, die Zweite Kammer tagt in einem Saal im modernen Ostflügel des Komplexes.

Die Institution **ProDemos** (☎ 070-757 02 00; www.prodemos.nl; Hofweg 1; Führung Ridderzaal 5,50 €, Führung Ridderzaal, Erste und Zweite Kammer 11 €; ⌚ Büro Mo–Sa 10–17 Uhr, Reservierung erforderlich; 🚋 Kneuterdijk, Centrum) organisiert Führungen (inkl. Einführungsfilm) durch das Haus an.

**Museum de Gevangenpoort** MUSEUM
(Museum im Tor des Gefängnisses; ☎ 070-346 08 61; www.gevangenpoort.nl; Buitenhof 33; Erw./Kind unter 13 Jahren 10/6 €, Kombiticket mit Galerij Prins Willem V Erw./Kind 12,50/6 €; ⌚ Di–Fr 10–17, Sa & So 12–17 Uhr, letzte Führung 15.45 Uhr; 🚋 Kneuterdijk) Das Gevangenpoort befindet sich in einem Teil der ehemaligen Stadtbefestigung aus dem 13. Jh. und diente in der zeit zwischen 1428 und 1825 als Gefängnis.

Geführte Besichtigungen (30 Min.) finden an Werktagen stündlich statt, an den Wochenenden halbstündlich; sie geben einen interessanten Einblick in den Alltag der Gefangenen und deren Aufseher in jener Zeit. Die Führungen sind für kleine Kinder nicht geeignet, denn manche Führer erklären mit sadistischem Vergnügen bis ins kleinste Detail die Kerkerhaft und Folter der Missetäter. Samstags und sonntags finden um 14.15 Uhr Führungen auf Englisch statt.

**Galerij Prins Willem V** MUSEUM
(www.mauritshuis.nl; Buitenhof 33; Erw./Kind unter 19 Jahren 5/frei €, Kombiticket mit Mauritshuis Erw./Kind unter 19 Jahren 15,50 €/frei, Kombiticket mit Museum de Gevangenpoort Erw./Kind unter 13 Jahren 12,50/6 €; ⌚ Di–So 12–17 Uhr; 🚋 Kneuterdijk) Das Museum teilt sich den Eingang mit dem Gevangenpoort und war das erste

## Den Haag

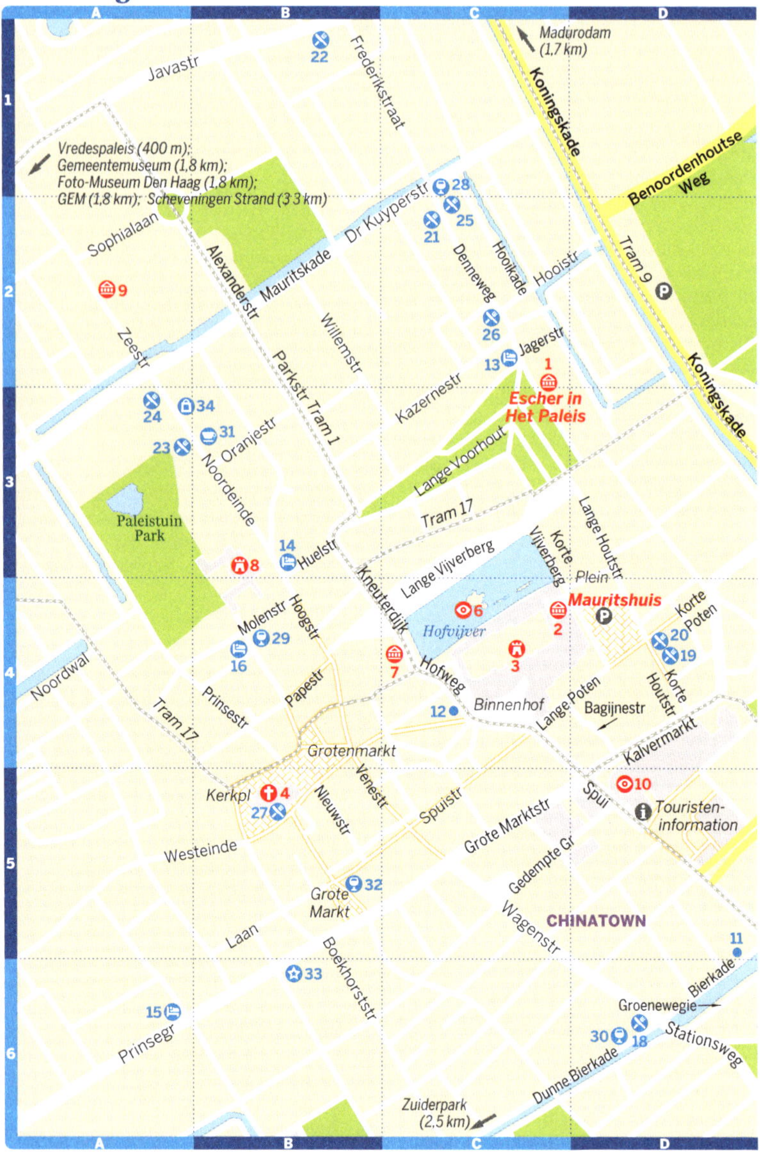


öffentliche Museum in den Niederlanden. Es wurde 1774 eröffnet, um die Kunstsammlung von Wilhelm V. auszustellen, schloss aber bereits 1794, nachdem viele Kunstwerke von den französischen Besetzern „erworben“ wurden. Erst im Jahr 2010 wurde das Museum an gleicher Stelle wiedereröffnet. Heute präsentiert das komplett renovierte Museum rund 150 Werke alter Meister aus der Sammlung des Mauritshuis (Steen, Rubens, Potter u. a.), die im Stil des späten 18. Jhs. dicht an dicht gehängt wurden.

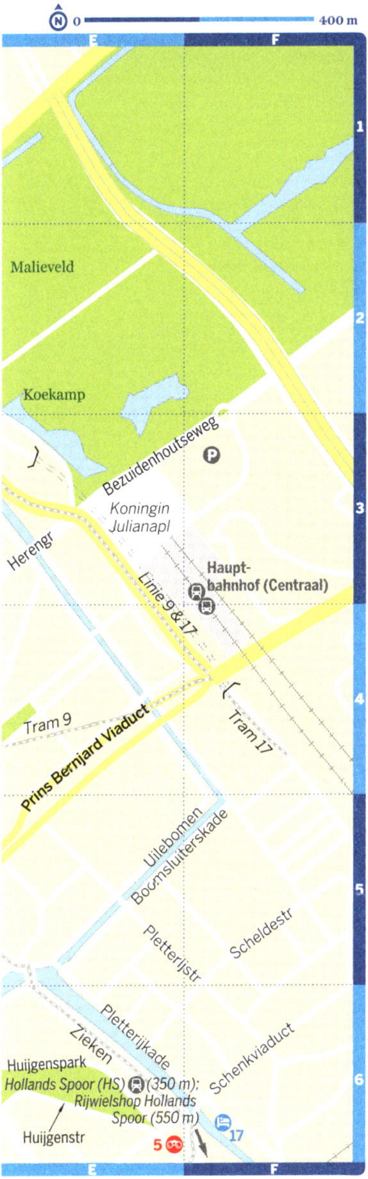


## Grote Kerk

KIRCHE

(070-302 86 30; www.grotekerkdenhaag.nl; Rond de Grote Kerk 12; Erw./Kind unter 12 Jahren 2 €/frei; Ende Mai–Sept. Di–Sa 11–17, So 14–17 Uhr; Grote Markt) Die Große Kirche wurde im Jahr 1450 erbaut und beeindruckt durch eine schöne Kanzel aus dem 16. Jh. Wer sie außerhalb der kurzen Besuchersaison (die Öffnungszeiten wechseln häufig) besichtigen möchte, kann sie bei Konzerten und Orgelvorführungen genießen; auf der Website findet man die Termine.

Das benachbarte **Oude Raadhuis** (Altes Rathaus) wurde im Jahr 1565 errichtet und ist ein ausgezeichnetes Beispiel für niederländische Renaissance-Architektur.

## ★ Escher in Het Paleis

MUSEUM

(070-427 77 30; www.escherinhetpaleis.nl; Lange Voorhout 74; Erw./Stud./Kind 7–15 Jahre/Kind unter 7 Jahren 9,50/8,50/6,50 €/frei; Di–So 11–17 Uhr; Korte Voorhout) Der Lange-Voorhout-Palast aus dem 18. Jh. war früher ein Wohnsitz für Mitglieder der Königsfamilie. Heute befindet sich hier eine Sammlung von Werken des berühmten niederländischen grafischen Künstlers MC Escher (1898–1972). Die Dauerausstellung zeigt Notizen, Briefe, Fotos und zahlreiche Holzschnitte und Lithografien aus verschiedenen Schaffensperioden, dazu gehört alles vom frühen Realismus bis zu seinen späteren Trugbildern. Sie alle zeigen eine faszinierende Mischung unterschiedlicher Perspektiven und die Verknüpfung mathematischer Regeln und künstlerischer Themen.

## Gemeentemuseum

MUSEUM

(Stadtmuseum; 070-338 11 11; www.gemeentemuseum.nl; Stadhouderslaan 41; Erw./erm. 15 €/frei, Kombiticket mit Foto-Museum Den Haag und GEM 19 €/frei; Di–So 10–17 Uhr; Gemeentemuseum/Museon) Das Museum befindet sich in einem ungewöhnlichen Art-déco-Gebäude, entworfen von Hendrik Petrus Berlage, und ist bekannt wegen seiner Ausstellung zu De Stijl. Es wurde 1935 eröffnet. Die Sammlung zu De Stijl leidet etwas durch eine Überbewertung der Gemälde von Piet Mondrian, die noch vor De Stijl liegen, aber das unvollendete Bild *Victory Boogie Woogie* (1942–1944) ist zweifellos ein Meisterwerk. Im Obergeschoss befindet sich die Ausstellung „Entdeckung der Moderne“, zu der neben Werken aus dem frühen 20. Jh. von van Gogh, Picasso, Kandinsky und anderem auch Egon Schieles faszinierendes *Porträt von Edith* (1915) gehört.

## Fotomuseum Den Haag

MUSEUM

(070-338 11 44; www.fotomuseumdenhaag.nl; Stadhouderslaan 43; inkl. GEM Eintritt Erw./erm. 8 €/frei, Kombiticket mit Gemeentemuseum 19 €/frei; Di–Sa 11–18 Uhr; Gemeentemuseum/

## Den Haag

**Highlights**
1 Escher in Het Paleis ... C2
2 Mauritshuis ... C4

**Sehenswertes**
3 Binnenhof ... C4
Galerij Prins Willem V ... (s. 7)
4 Grote Kerk ... B5
5 Haagse Toren ... E6
6 Hofvijver ... C4
7 Museum de Gevangenpoort ... C4
8 Paleis Noordeinde ... B3
9 Panorama Mesdag ... A2
Ridderzaal ... (s. 3)
10 Stadhuis ... D5

**Aktivitäten, Kurse & Touren**
11 De Ooievaart ... D5
12 ProDemos ... C4

**Schlafen**
13 Hotel Des Indes ... C2
14 Hotel Indigo ... B3
15 KingKool ... A6
16 Paleis Hotel ... B4
17 Stayokay Den Haag ... F6

**Essen**
18 Basaal ... D6
19 Bloem ... D4
20 De Basiliek ... D4
21 Dekxels ... C2
22 Fouquet ... B1
23 Het Heden ... A3
24 Madame Poulet ... A3
25 Oker ... C2
26 Oogst ... C2
Walter Benedict ... (s. 25)
27 Zebedeüs ... B5

**Ausgehen & Nachtleben**
28 Bouzy ... C1
29 Café De Oude Mol ... B4
30 De Paas ... D6
31 Lola Bikes & Coffee ... B3
32 VaVoom! ... B5

**Unterhaltung**
33 Paard ... B6

**Shoppen**
34 Frenken ... A3
Mauritshuis Gift Shop ... (s. 2)

Museon) Direkt neben dem Gemeentemuseum (S. 205) befindet sich in einem gemeinsamen Gebäude mit dem **GEM** (☎070-338 11 11; www.gem-online.nl; ⌚Di–So 11–18 Uhr) Den Haags ausgezeichnetes Museum der Fotografie, das mehrere große Ausstellungen pro Jahr veranstaltet. Das Café im Erdgeschoss bietet Aussicht auf den Teich vor dem Gemeentemuseum und ist ein beliebter Treffpunkt in diesem Teil der Stadt.

**Madurodam** VERGNÜGUNGSPARK
(☎070-416 24 00; www.madurodam.nl; George Maduroplein 1; Eintritt Wochentag/Wochenende 16,50/17,50 €, Familienticket 52,50 €, Kinder unter 3 Jahren frei; ⌚März–Aug. 9–20 Uhr, Sept. & Okt. 9–19 Uhr, Nov.–Mitte März 11–17 Uhr; 👪; 🚊Madurodam) Die Niederlande in einer Nussschale – der Freizeitpark bietet Modelle von Schiphol, Amsterdam, Windmühlen und Tulpenfeldern, dem Hafen von Rotterdam, den Deichen im Delta und vieles mehr im Maßstab von 1:25. Das Ganze ist ein nettes Beispiel für die holländische Tendenz, die Welt unter ein Vergrößerungsglas zu legen. Kinder lieben es ganz besonders.

Museumkaarts werden nicht akzeptiert. Wer das Ticket vorher online kauft, spart 2 €, wer das Kombiticket Madurodam/Escher in Het Paleis Museum kauft, spart mindestens 5,50 €. Parkgebühr 8,50 €.

**Panorama Mesdag** MUSEUM
(☎070-310 66 65; www.panorama-mesdag.com; Zeestraat 65; Erw./Stud./Kind 4–11 Jahre 10/8,50/5 €; ⌚Mo–Sa 10–17, So 11–17 Uhr; 🚊Mauritskade) Das Museum ist eine der ungewöhnlichsten Attraktionen von Den Haag: Es beherbergt das *Panorama* (1881), ein gewaltiges 14 m hohes Rundum-Gemälde, das eine Aussicht auf Meer, Dünen und das Fischerdorf Scheveningen zeigt. Das Gemälde hat einen Umfang von 120 m und wurde von Hendrik Willem Mesdag (1831–1915), einem Vetreter der von den Impressionisten beeinflussten Haager Schule, geschaffen. Wer auf der oberen Plattform steht, hat das Gefühl auf einer Düne zu stehen und von dort die ganze Szenerie zu betrachten.

**Haagse Toren** AUSSICHTSPUNKT
(☎070-305 10 00; www.haagsetoren.nl; Rijswijkse plein 786; Eintritt 9 €; ⌚Aussichtsplattform 12–22 Uhr; 🚊Rijswijkseplein) Ein gläserner Fahrstuhl flitzt in 40 Sekunden zur Aussichtsplattform im 42. Stock (135 m) des Turmes; es gibt auch eine langsamere Fahrt in einem normalen Aufzug. An klaren Tagen kann man vom Innenbereich und der Terrasse bis nach Rotterdam, Leiden und Hoek van Holland sehen. Im Preis inbegriffen ist ein Bier, ein Wein oder ein Softdrink in der Sky Bar (nach 18 Uhr gibt es auch einen Cocktail).

**Vredespaleis** HISTORISCHES GEBÄUDE

(Friedenspalast; ☎070-302 42 42; www.vredespaleis.nl; Carnegieplein 2; Besucherzentrum Eintritt frei, Führungen Erw./Kind unter 9 Jahren 11 €/frei; ⊙Besucherzentrum April–Okt. Di–So 10–17 Uhr, Nov.–März Di–So 11–16 Uhr; Vredespaleis) Der Friedenspalast, Heimat des Ständigen Schiedshofs der Vereinten Nationen und des Internationalen Gerichtshofs, befindet sich in einem beeindruckenden Gebäude von 1913, das vom amerikanischen Stahlmagnaten Andrew Carnegie gestiftet wurde. Das Besucherzentrum zeigt in einer Multimedia-Show sowohl die Geschichte des Gebäudes als auch die der im Haus vertretenen Organisationen; die kostenlose Tour mit Audioguide dauert 30 Minuten. Am Wochenende werden nachmittags auch einstündige Führungen durch den Palast (auf Niederländisch und Englisch) angeboten; sie müssen im Voraus über die Website gebucht werden.

Bei jeder Führung sind 20 Plätze für unangemeldete Besucher reserviert – am besten ist es, wenn man bereits um 10 Uhr erscheint. Besucher müssen dafür einen Ausweis (den Reisepass, Personalausweis oder Führerschein) vorzeigen.

## Geführte Touren

**De Ooievaart** SCHIFFSTOUR

(☎070-445 18 69; www.rondvaartdenhaag.nl; Bierkade 18b; Erw./erm. 12/8 €; ⊙Juli & Aug. tgl., April–Juni & Sept. Di–So; Bierkade) De Ooievaart bietet 90-minütige Schiffstouren an, die die Sehenswürdigkeiten von Den Haag aus der Grachtenperspektive zeigen. Die Abfahrtszeiten variieren, deshalb sollte man unbedingt vorher nachfragen.

## Schlafen

In Den Haag sind alle großen internationalen Hotelketten vertreten, es aber gibt auch nette kleine Hotels. Scheveningen bietet Unterkünfte am Wasser, aber keine ist besonders verlockend. Die Preise für Hotelzimmer in der Stadt sind während der Sitzungswochen des niederländischen Parlaments (Termine unter www.houseofrepresentatives.nl) besonders hoch und wenn der Ständige Schiedshofs der Vereinten Nationen oder der Internationale Gerichtshof tagen.

**KingKool** HOSTEL €

(☎70 215 8339; www.kingkool.nl; Prinsegracht 51; B 21–31 €, DZ mit Gemeinschaftsbad 55 €, DZ 69–76 €; P; Brouwersgracht) Nahe am Paard (S. 210) und der Partymeile am Grote Markt liegt Den Haags Backpacker-Unterkunft. Die Bar im Erdgeschoss ist ein beliebter Treffpunkt, die gemischten Schlafsäle (mit acht bis 12 Betten, einige haben dreistöckige Betten) sind mit fröhlichen Street-Art-Wandgemälden geschmückt; die schönsten liegen im ersten Stockwerk. Die Gemeinschaftsbäder erinnern an eine Kaserne, sind aber sauber und es gibt jede Menge heißes Wasser.

**Stayokay Den Haag** HOSTEL €

(☎070-315 78 88; www.stayokay.com; Scheepmakerstraat 27; B 19–35 €, EZ 43–75 €, DZ 49–85 €, 3BZ 93–125 €; @; Rijswijkseplein, Den Haag HS) Das zu HI gehörende Hostel südöstlich des Stadtzentrums bietet nach Geschlechtern getrennte Schlafsäle mit vier bis acht Betten und eigenem Bad. Jedes Bett verfügt über eine eigene Steckdose und ein Leselicht; Schließfächer (24 Std. 2 €) gibt es an der Rezeption. Die privaten Zimmer sind ziemlich schlicht. Zu den Annehmlichkeiten gehören ein Waschsalon, eine Bar mit Billardtisch und eine sonnige Terrasse an der Gracht. Das Frühstück (im Preis inbegriffen) und das Abendbüfett (8,50–14,50 €) werden in der Cafeteria serviert.

Das Mieten eines Fahrrads kostet pro Tag 10 €; für Handtücher zahlt man 3,50 €.

**Hotel Sebel** HOTEL €

(☎070-345 92 00; www.hotelsebel.nl; Prins Hendrikplein 20; EZ/DZ ab 65/75 €; ; Elandstraat, Van Speijkstaat) Das Sebel ist ein preiswertes Hotel mit 33 Zimmern, die sich auf drei Jugendstilhäuser verteilen. Die günstigsten Zimmer sind winzig, manche verfügen sogar über einen Balkon; die Studios haben Kitchenettes. Frühstück kostet 12,50 €.

**Paleis Hotel** BOUTIQUEHOTEL €€

(☎070-362 46 21; www.paleishotel.nl; Molenstraat 26; DZ ab 89 €; P; Kneuterdijk) Das Hotel befindet sich in der Nähe des Noordeinde Palastes und bietet 20 attraktive, aber leicht abgenutzte Zimmer. Die Standardzimmer sind klein und haben enge Bäder; die Superior-Zimmer sind geräumiger, die Executive-Zimmer sind noch größer, liegen dafür aber in der Nähe des betriebsamen und zuweilen lauten Restaurants im Innenhof. Es gibt eine Lounge und einen Frühstücksraum (Frühstück 18,50 €).

★**Hotel Indigo** BOUTIQUEHOTEL €€€

(☎070-209 90 00; www.hotelindigo.com; Noordeinde 33; Standard-Zi. 160–230 €, Superior-Zi. 220–290 €; ; Kneuterdijk) Der ehemalige Hauptsitz der Nederlandsche Bank von 1884

NICHT VERSÄUMEN

## STRANDLEBEN AM RANDE DER GROSSSTADT

Der lange **Strand** in Scheveningen zieht jedes Jahr neun Millionen Besucher an. Er besitzt eine ausgezeichnete Infrastruktur – zahlreiche Cafés drängen sich auf den Promenaden und ebenso Sonnenterrassen am Strand.

Der Strand ist vielleicht nicht nach jedermanns Geschmack, aber viele mögen die rummelplatzmäßige Atmosphäre oder die Wellen. **Aloha Surf** (070-322 71 71; www.alohasurf.nl; Strand Noord 2b, Scheveningen; Surfbrett-/SUP-Verleih 1. Std./jede weitere 30 Min. 10/2,50 €; 8.30 Uhr bis Sonnenuntergang; Vuurbaakstraat) verleiht Surfbretter und Neopren-Anzüge, außerdem wird Surfunterricht angeboten.

Noch schöner ist aber, dass man ganz einfach weitläufige Strände und auch die schöne Natur genießen kann, denn südlich des Hafens sind weniger Menschen anzutreffen.

Die meisten Straßen aus Den Haag, die in westliche Richtung verlaufen, führen nach Scheveningen (nur 4 km entfernt), außerdem verkehren die Straßenbahnlinien 1 und 11 ab dem Bahnhof Hollands Spoor (HS) dorthin.



wurde geschickt umgestaltet; das Indigo befindet sich an der schicken Noordeinde. Die 63 gut geschnittenen Zimmer sind schick, haben eine gut durchdachte Möblierung und viele Annehmlichkeiten – vor allem die Zimmer im Dachgeschoss haben viel Atmosphäre. Den Tag beginnt man am besten mit einem Frühstück im Café im Erdgeschoss (im Preis inbegriffen) und beendet ihn mit einem süffigen Cocktail in der Bar, die sich im Untergeschoss befindet.

**Hotel Des Indes** HISTORISCHES HOTEL €€€
(070-361 23 45; www.hoteldesindesthehague.com; Lange Voorhout 54-56; EZ/DZ/Suite ab 155/169/469 €; P; Korte Voorhout) Das Haus wurde im Jahr 1858 als Wohnsitz erbaut und bereits seit 1881 als luxuriöses Hotel genutzt – es ist noch immer Den Haags bestes Hotel. Das Einchecken geht schnell und bequem, die Lage des Hotels könnte nicht besser sein. Allerdings bekommen einige Zimmer im Erdgeschoss kaum Tageslicht; die öffentlichen Räume – besonders die Bar – könnten mal wieder renoviert werden.

## Essen

Die gastronomische Szene in Den Haag ist von großer Klasse; die Qualität und die Vielfalt entsprechen dem, was man von einer internationalen Stadt erwartet. In den gepflasterten Straßen und an den Grachten am Denneweg werden ständig neue Lokale eröffnet. Wer gut und günstig essen möchte, sollte nach Chinatown gehen.

**Bloem** CAFÉ €
(070-737 0589; www.bloemdenhaag.nl; Korte Houtstraat 6; Sandwich 6,50–7,50 €, Kuchen 3,50 €, High Tea pro Pers. 20,50 €; Di 11–16, Mi–So 11–18 Uhr; Kalvermarkt-Stadhuis) Der Salon des hübschen Cafés ist im „Oma-Stil" eingerichtet, mit hübschen Stickereien, viel Schnickschnack und großblumigem Teppich. Es ist sehr beliebt für einen ausgiebigen High Tea am Nachmittag und bietet zu allen Tageszeiten Kuchen, Quiche und Sandwiches an.

**Madame Poulet** HÄHNCHEN €
(www.madamepoulet.nl; Noordeinde 192; halbes/viertel Hähnchen 8,75/4,75 €, Beilagen 2,50–2,75 €; Mo & Di 16–21, Mi–So 14–21 Uhr; Mauritskade) Diese Dame weiß, wie man ein leckeres, knuspriges Hähnchen hinbekommt! Die Freilandhühner werden ohne Antibiotika aufgezogen und dann mit aromatischen Kräutern in einem französischen Rotisol-Ofen gegrillt. Frische Salate (Waldorf, Bohnen, Kraut oder Linsen) sowie *gratin dauphinois* (Kartoffelgratin) kann man sich noch dazubestellen. Es gibt zwar einige Sitzplätze im Freien, aber die meisten Stammgäste nehmen ihr Essen mit.

**Walter Benedict** BISTRO €€
(070-785 3745; www.walterbenedict.nl; Denneweg 69a; Frühstück 3,50–11 €, Mittagessen 8–18 €, abends Hauptgerichte 16–25 €; 9–23 Uhr; ; Dr Kuyperstraat) Im Walter Benedict, einem netten Café-Bistro gibt es den ganzen Tag über Frühstück (einschließlich Kaffee, Fruchtsaft und Croissant für 5 €), dazu werden in der Mittagszeit Suppen, Hamburger und Salate angeboten. Am Abend stehen hauptsächlich Fleischgerichte auf der Speisekarte – das Steak mit Soße aus geräuchertem Knoblauch und Bratkartoffeln mit Entenschmalz ist stadtbekannt.

**Het Heden** CAFÉ €€

(☎ 070-346 46 64; https://hetheden.nl/; Noordeinde; Sandwich & Piadini 5–10 €, High Tea 20 €, abends Hauptgerichte 18–24 €; ⏲ Di–Sa 11–22, So 11–17 Uhr; 📶; 🚊 Mauritskade) Der Hauptanziehungspunkt ist der sonnige Garten, der hinter dem Lokal liegt. Hier lässt sich in der Mittagszeit wunderbar ein Sandwich oder *piadina* (italienisches Fladenbrot) genießen, später ein üppiger High Tea oder ein einfaches Abendessen. Das Haus mit den verzierten Ziegelwänden und Buntglasfenstern stammt aus dem 19. Jh. und ist eines der schönsten an der Noordeinde.

**Zebedeüs** CAFÉ €€

(☎ 070-346 83 93; www.zebedeus.nl; Rond de Grote Kerk 8; Sandwich 7–9 €, Pasta 10 €, abends Hauptgerichte 21–24 €; ⏲ 11–21.30 Uhr; 📶; 🚊 Gravenstraat oder Grote Markt) 🍃 Das Zebedeüs grenzt an die Mauern der Grote Kerk und bietet seinen Gästen den ganzen Tag Sandwiches, Toasties, Nudeln und Suppe sowie abends eine kleine Karte mit raffinierteren Hauptgerichten. Viele Zutaten stammen aus Bio-Anbau. Neben Kaffee und Alkohol werden kalt gepresste rohe Gemüsesäfte und frisch gepresste Obstsäfte angeboten. Bei schönem Wetter sitzt man am schönsten draußen unter dem Kastanienbaum.

★ **De Basiliek** INTERNATIONAL €€

(☎ 070-360 61 44; www.debasiliek.nl; Korte Houtstraat 4a; Hauptgerichte 18–24 €, 3-Gänge-Menü 37,50–42,50 €; ⏲ Mo–Fr 12–16 & 18–22, Sa 18–22 Uhr; 📶 ✍; 🚊 Kalvermarkt-Stadhuis) Stimmungsvolle Beleuchtung, bequeme Stühle und ein unaufdringlicher Service bilden die Kulisse für einen angenehmen Abend in diesem erstklassigen Restaurant. Auf der Speisekarte stehen hauptsächlich Gerichte aus Italien und Frankreich, dazu kommen einige Spezialitäten aus Indien und dem Nahen Osten. Die Gerichte schmecken großartig, sie werden aus erstklassigen, frischen Zutaten zubereitet. Auf der wunderbaren Weinkarte stehen auch viele offene Weine. Auch der Kaffee ist empfehlenswert.

**Basaal** MEDITERRAN €€

(☎ 070-427 68 88; www.restaurantbasaal.nl; Dunne Bierkade 3; Hauptgerichte 21–24 €, Menü 37–60 €; ⏲ Di–Sa 18–22 Uhr; 🚊 Bierkade) Bistros sind in Den Haag selten so schick wie dieses und auch meist nicht so schön gelegen, denn von diesem Lokal blickt man auf eine Gracht. Im Sommer kann man auch draußen sitzen. Die Speisekarte führt preisgünstige, moderne mediterrane Gerichte mit dazu passenden Weinen. Der Küchenchef Bas Oonk verwendet einheimische saisonale Produkte, aus denen er köstliche Fleisch- und Fischgerichte zaubert; sein dreigängiges Bib-Gourmand-Menü (36,50 €) ist fast schon geschenkt.

**Oogst** MEDITERRAN €€

(☎ 070-360 92 24; www.restaurantoogst.nl; Denneweg 10b; kleine Teller 9 €, 4-Gänge-Menü kleine Teller 30 €; ⏲ Di–Sa 12–14 & 18–22 Uhr; ✍; 🚊 Malieveld, Dr Kuyperstraat) Erstklassig ist die passende Bezeichnung für das kleine Restaurant auf Den Haags Genussmeile. Das trifft nicht nur auf die Einrichtung zu (mit Brokat bezogene Bänke, feine Tischwäsche, teure Gläser), sondern auch für die Speisekarte (klein, geschmackvoll angerichtete Teller). Aus superfrischen Produkten werden großartige Gerichte zubereitet, die zudem noch unglaublich preiswert sind.

**Dekxels** INTERNATIONAL €€

(☎ 070-365 97 88; www.dekxels.nl; Denneweg 130; 4-Gänge-Menü kleine Teller ab 31,50 €; ⏲ 17.30–23 Uhr; ✍; 🚊 Dr Kuyperstraat) Ein weiteres Mitglied der ständig wachsenden Gruppe von Bistros in Den Haag, bei denen die Speisekarten nicht von Hauptgerichten, sondern von kleineren Speisen dominiert werden. Dekxels hat hauptsächlich asiatische Gerichte im Angebot, es sind aber auch italienische Einflüsse vorhanden. Die Präsentation der leckeren Spezialitäten ist übermäßig pingelig. Auf der preislich akzeptablen Weinkarte stehen Weine aus der ganzen Welt.

**Oker** INTERNATIONAL €€

(☎ 070-364 54 53; www.restaurantoker.nl; Denneweg 71; kleine Teller 9–15 €; ⏲ So–Mi 11.30–22, Do–Sa 11.30–23 Uhr; 📶; 🚊 Kuyperstraat) Im stets beliebten Oker kann man die Geschmacksnerven auf eine Reise rund um die Welt mitnehmen. Die Speisekarte mit kleinen Gerichten lässt sich von der italienischen, japanischen, thailändischen, französischen, chinesischen und libanesischen Küche inspirieren; das Angebot an offenen Weinen ist ähnlich abwechslungsreich. In der „Oyster Happy Hour" (Sa & So 15–18 Uhr) kostet eine Auster (Fines de Claire) 1,50 €.

★ **Fouquet** HOLLÄNDISCH €€€

(☎ 070-360 62 73; www.fouquet.nl; Javastraat 31a; Hauptgerichte 25–28 €, 3-Gänge-Menü 30–38 €; ⏲ Mo–Sa 18–21.30 Uhr; ✍; 🚊) Das Drei-Gänge-Menü „frisch vom Markt" in diesem eleganten Restaurant ist eine ausgezeichnete und günstige Einführung in Sebastiaan de Bruijns jahreszeitlich inspirierte französisch-mediterrane Küche. Die Speisekarte wechselt täglich, je nach Angebot auf dem Markt. Alles wird mit Liebe und großem Können zubereitet. Beeindruckend sind die Weinkarte, der Service und das Anrichten der Speisen.

## Ausgehen & Nachtleben

Egal, ob Café, Weinstube oder Kneipe, Den Haag hat viele unterschiedliche Lokale für jeden Geschmack im Angebot. Die meisten Cafés liegen am Denneweg und Noordeinde; rund um den Grote Markt befinden sich die meisten beliebten Kneipen und Bars.

**★ Lola Bikes & Coffee** CAFÉ
(www.facebook.com/LolaBikesandCoffee/; Noordeinde 91; Di–So 8–18 Uhr; Mauritskade) Die Besitzer und die Mitarbeiter in diesem Café sind leidenschaftliche Radfahrer und betreiben auf der Rückseite eine Werkstatt, in dem sie vor oder nach dem Servieren von Kaffee und Kuchen die Fahrräder ihrer Stammgäste reparieren. Man kann hinten im Garten sitzen oder im vorderen Gastraum, der im Shabby Chic eigerichtet ist. Hier ist auch der Sitz des Lola Cycling Clubs, der sich über neue Mitglieder freut.

**Café De Oude Mol** BRUIN CAFÉ
(070-345 16 23; www.facebook.com/DeOude Mol; Oude Molstraat 61; So–Mi 17–1, Do–Sa 17–2 Uhr) Wer durch die mit Efeu bewachsene Tür das Café de Oude Mol betritt, findet in dieser kleinen, bodenständigen Kneipe alles, was er sich unter holländischer *gezelligheid* (Gemütlichkeit) vorstellt. An den Montagen gibt es Livemusik; Speisen werden von Mittwoch bis Samstag angeboten.

**De Paas** KNEIPE
(070-360 00 19; www.depaas.nl; Dunne Bierkade 16a; April–Nov. So–Do 15–1, Fr & Sa 15–1.30 Uhr, Dez.–März So–Do 16–1, Fr & Sa 16–1.30 Uhr; ) Ein altes Lokal mit sehr viel Atmosphäre und einer riesigen Auswahl an holländischen und belgischen sowie anderen internationalen Bieren; aus den Zapfhähnen strömen 13 Biersorten, darunter einige ungewöhnliche, nur jahreszeitlich vorhandene Sorten. Im Sommer gibt es eine Terrasse auf einem Pontonboot auf der Gracht.

**Bouzy** WEINSTUBE
(070-780 35 63; www.bouzywineandfood.nl; Denneweg 83; 15–23 Uhr; Dr Kuyperstraat) Im geschäftigen Denneweg befindet sich das sonnige Ecklokal mit einer Weinkarte, die schwerpunktmäßg europäische Weine anbietet, allerdings sind auch ein paar Angebote aus Übersee vorhanden. Außerdem gibt es Dutzende von Schaumweinen. Zu essen gibt es Wurstwaren und Käseteller, Flammkuchen und natürlich die allgegenwärtigen *bitterballen* (Fleischkroketten).

**VaVoom!** COCKTAILBAR
(070-346 75 06; www.gmdh.nl/vavoom/; Grote Markt 29; Mo–Mi & So 13–1, Do–Sa 13–1.30 Uhr) Cocktails auf Rumbasis sind die Spezialität dieser Bar im Partyviertel der Stadt. Für Kenner gibt es 85 Sorten Rum, die auch in umwerfenden Mischungen wie dem Jungle Jetsetter (Malibu-Rum, Maraschino, Zitronen- und Ananassaft) verwendet werden.

## Unterhaltung

Die meisten Vorstellungen des **Nederlands Dans Theater** (www.ndt.nl; Statenlaan), des National Theaters (www.hnt.nl), des Koninklijk Conservatorium (www.koncon.nl) und des Residentie Orkest (Philharmonisches Orchester; www.residentieorkest.nl) finden gegenwärtig im **Zuiderstrandtheater** (Südstrandtheater; 070-880 03 33; www.zuiderstrandtheater.nl; Houtrustweg 505, Vissershaven; Statenlaan) statt.

Im Sommer gibt es oft kostenlose Konzerte im Zuiderpark südwestlich des Stadtzentrums. Der beste Veranstaltungsort für moderne Livemusik ist Paard (s. unten).

**★ Paard** LIVEMUSIK
(070-750 34 34; www.paard.nl; Prinsegracht 12; unterschiedliche Öffnungszeiten; Grote Markt) Manche nennen es Club, manche einen Tempel für Livemusik und manche nur einen tollen Ort zum Abhängen – das Paard ist eine Institution in Den Haag. Das Programm ist sehr vielseitig: Jazz, Metal, Blues, Roots, Reggae und Soul. Hier finden auch Konzerte im Rahmen von Festivals statt, u. a. das Mondriaan Jazz Festival (Oktober). Das Programm steht auf der Website.

## Shoppen

Den Haag besitzt viele verlockende Einkaufsmöglichkeiten und mehrere Gegenden, die zum Bummeln einladen. In der Grote Marktstraat findet man passenderweise die großen Kaufhäuser und Ketten. Hoogstraat, Noordeinde, Huelstraat und Prinsestraat sind von Boutiquen und Galerien gesäumt. Denneweg ist nicht nur wegen der Restaurants und Bars bekannt, sondern auch wegen der außergewöhnlichen Läden.

**Mauritshuis Gift Shop** GESCHENKE & SOUVENIRS
(Plein 29; Mo 13–18, Di, Mi & Fr–So 10–18, Do 10–20 Uhr; Centrum) Im fantastischen Museumsshop im Mauritshuis (S. 203) werden tolle Souvenirs, die von Gemälden des Museums angeregt sind, dazu Postkarten, Poster, Bücher und vieles mehr verkauft.

**Frenken** KLEIDUNG
(www.frenkenfashion.com; Noordeinde 113a; Do 12–21, Fr 10–18, Sa 11–18 Uhr; Mauritskade) Eric Frenken, Absolvent des Saint Martins College, war Chefdesigner bei der Damenbekleidungsfirma Viktor & Rolf bevor er sein eigenes ausgefallenes Label gründete. Seine toll geschnittene Konfektion wird in dieser edlen Boutique in einer der verlockendsten Einkaufsstraßen der Stadt angeboten.

## Praktische Informationen

**Touristeninformation** (VVV; 070-361 88 60; www.denhaag.com; Spui 68; Mo 12–18, Di–Fr 10–18, Sa 10–17, So 12–17 Uhr; ; Kalvermarkt-Stadhuis) Im Erdgeschoss der öffentlichen Bücherei im beeindruckenden **Stadhuis** (Rathaus; Spui 70; Mo–Mi & Fr 7–19, Do 7–21.30, Sa 9.30–17 Uhr).

## An- & Weiterreise

### BUS

Die Fernbusse von Eurolines und die Regionalbusse verkehren ab der Bus- und Straßenbahnhaltestelle, die sich jenseits der Gleise der Centraal Station befindet.

### FAHRRAD

Der nationale Küstenradweg verläuft hinter Scheveningen im Landesinneren. Wer nach Leiden möchte, muss 20 km Richtung Norden fahren und dann ins Landesinnere abbiegen. Eine andere Strecke führt Richtung Südosten nach Delft (11 km).

**Rijwielshop Centraal** (070-383 00 39; www.rijwielshopcentraal.nl; Lekstraat 21-25; Fahrradverleih pro Tag 10 €; Mo–Fr 8–18, Sa 10–17 Uhr; Centraal, Den Haag Centraal) An der Centraal Station; Fahrradverleih.

**Rijwielshop Hollands Spoor** (070-389 08 30; www.rijwielshop-hollands-spoor.nl; Stationsplein 29; Fahrradverleih pro Tag 7,50 €; Mo–Fr 5–2, Sa & So 6–2 Uhr; HS/Stationsplein, Hollands Spoor) Am Bahnhof Holland Spoor gelegen; verleiht fast rund um die Uhr Fahrräder.

### ZUG

Den Haag hat zwei große Bahnhöfe.

Centraal Station (CS) – ein Kopfbahnhof – liegt am Ostrand des Zentrums. Es ist der wichtigste Bahnhof der Stadt und gleichzeitig ein Knotenpunkt für Straßenbahnen und Busse.

Der Bahnhof Hollands Spoor (HS) liegt 1,5 km südwestlich der Centraal Station an der Hauptstrecke zwischen Amsterdam und Rotterdam.

Den Haags Centraal Station ist außerdem mit der U-Bahnlinie E mit Rotterdam verbunden (4,90 €, 30 Min.).

Regelmäßige Verbindungen nach:

| REISEZIEL | FAHRPREIS (€) | FAHRZEIT (MIN.) | HÄUFIGKEIT (ZÜGE PRO STD.) |
|---|---|---|---|
| Amsterdam | 11,70 | 55 | 2-mal stündl. (CS), 2-mal stündl. (HS) |
| Delft | 2,50 | 5–20 | 6-mal stündl. (CS), 6-mal stündl. (HS) |
| Leiden | 3,50 | 15 | 7-mal stündl. (CS), 4-mal stündl. (HS) |
| Rotterdam | 4,70 | 20–35 | 6-mal stündl. (CS), 6-mal stündl. (HS) |
| Schiphol | 8,20 | 30 | 5-mal stündl. (CS), 2-mal stündl. (HS) |

## Unterwegs vor Ort

Die meisten Straßenbahnlinien laufen an der Centraal Station (CS) zusammen, an der Straßenbahn- und Bushaltestelle oberhalb der Gleise und an der Westseite. Eine Vielzahl von Linien bedient auch den Bahnhof Hollands Spoor (HS); dazu gehört auch die Linie 1, die in Scheveningen beginnt und bis nach Delft führt und dabei auch durch das Zentrum von Den Haag fährt. Die Straßenbahnlinie 11 verbindet ebenfalls Scheveningen mit Den Haag HS. Die letzte Bahn in jede Richtung fährt gegen 1.30 Uhr. In den Linien 1, 6, 12 und 16 kann man Ein-Stunden-Fahrscheine kaufen (mit Münzgeld).

Die Ein-Stunden-Fahrscheine für Bus und Bahn kosten 3,50 € (mit einer OV Chipkaart ist es billiger). Die Verkehrsbetriebe für Bahn und Bus HTM (www.htm.net) bieten ebenfalls einen sehr praktischen Tagespass für Erw./Kinder von vier bis zwölf Jahre an (6,50/1,50 €). Die Nachtbusse dürfen mit diesem Pass allerdings nicht benutzt werden.

# Delft

015 / 101 030 EW.

Delfts wunderschönes Stadtzentrum ist eine Mischung aus mittelalterlichem Stil und der Pracht des Goldenen Zeitalters. Die Stadt ist ein beliebtes Ziel für Tagesausflüge, dann bummeln viele Besucher durch die engen, von Grachten gesäumten Straßen und über den zentralen Markt. Das Zentrum scheint die Jahrhunderte überdauert zu haben – wenig hat sich verändert seit den Zeiten des Künstlers Johannes Vermeer, der in Delft geboren wurde und sein ganzes Leben hier verbracht hat. Hier malte er das berühmte Bild *Ansicht von Delft* (1660/61)

Die um das Jahr 1100 gegründete Stadt erwarb im 13. und 14. Jh. großen Wohlstand durch die Weberei und den Handel. Im 15. Jh. wurde ein Kanal zum Fluss Maas angelegt, der die Stadt mit dem kleinen Hafen Delfshaven verband und so den Handel erleichterte. Im 17. Jh. begannen Künstler mit der Herstellung des Delfter Porzellans, der charakteristischen blau-weißen Keramik, einer Kopie des chinesischen Porzellans. Delfter Porzellan wird auch heute noch hergestellt. Die Stadt besitzt auch eine beliebte Universität, die vor allem für ihre Fakultät für Architektur berühmt ist.

## Sehenswertes & Aktivitäten

Delft erkundet man am besten zu Fuß: Fast alle Sehenswürdigkeiten befinden sich in einem Umkreis von 1 km rund um den großen Markt. Vieles in der Stadt stammt aus dem 17. Jh. und ist erstaunlich gut erhalten.

### ★ Vermeer Centrum Delft — MUSEUM

(015-213 85 88; www.vermeerdelft.nl; Voldersgracht 21; Erw./Stud./Kind 12–17 Jahre 9/7/5 €; 10–17 Uhr) Johannes Vermeer wurde 1632 in Delft geboren und lebte hier bis zu seinem Tod 1675; er starb im Alter von nur 43 Jahren. Bedauerlicherweise blieb keines seiner Werke in Delft, sodass es der Stadt schwerfällt, die Gemälde des großen Malers zu präsentieren. In diesem Zentrum werden Reproduktionen seiner Kunst ausgestellt, außerdem wird ein kurzer Film über das Leben des Meisters gezeigt sowie Maltechniken und Materialien des 17. Jhs. erläutert.

### Markt — PLATZ

Der rechteckige Markt ist einer der größten historischen Marktplätze Europas; er wurde Ende des 15. Jhs. gepflastert. An seinem Rand befinden sich das **Stadhuis** (Rathaus; Markt), die Nieuwe Kerk, Cafés, Boutiquen und Souvenirgeschäfte. Donnerstags findet der Wochenmarkt statt.

### ★ Nieuwe Kerk — KIRCHE

(Neue Kirche; 015-212 30 25; https://oudeennieuwekerkdelft.nl/; Markt 80; Erw./Kind 6–11 Jahre inkl. Oude Kerk 5/1 €, Nieuwe Kerk Turm zusätzlich 4/2 €; April–Okt. Mo–Sa 9–18 Uhr, Nov.–Jan. Mo–Fr 11–16, Sa 10–17 Uhr, Feb. & März Mo–Sa 10–17 Uhr) Mit dem Bau der Nieuwe Kerk wurde 1381 begonnen, sie wurde aber erst 1655 fertiggestellt. Die Kirche ist letzte Ruhestätte von fast jedem Mitglied des Hauses von Oranien (seit 1584), dazu gehört auch Wilhelm von Oranien (Wilhelm der Schweiger), dessen Mausoleum aus Marmor von Hendrick de Keyser entworfen wurde. Kinder unter fünf Jahren dürfen den 109 m hohen Kirchturm mit der engen Wendeltreppe (376 Stufen) nicht hinaufsteigen – ihnen entgeht eine fantastische Aussicht.

### Oude Kerk — KIRCHE

(Alte Kirche; 015-212 30 15; https://oudeennieuwekerkdelft.nl/; Heilige Geestkerkhof 25; Erw./Kind 6–11 Jahre inkl. Nieuwe Kerk 5/1 €, Nieuwe Kerk Turm zusätzlich 4/2 €; April–Okt. Mo–Sa 9–18 Uhr, Nov.–Jan. Mo–Fr 11–16, Sa 10–17 Uhr, Feb. & März Mo–Sa 10–17 Uhr) Die Oude Kerk, 1246 erbaut, bietet einen unwirklichen Anblick: Ihr 75 m hoher Turm, der 1350 errichtet wurde, neigt sich wegen seiner Lage dicht an einer Gracht fast 2 m aus dem Lot und erhielt deswegen den Spitznamen „Scheve Jan" („Schiefer Jan"). Der ältere Teil der Kirche besitzt ein strenges Tonnengewölbe, das neuere, nördliche Querhaus hat ein gotisches Gewölbe. In einer der Grabstätten in der Kirche ruht der Maler Johannes Vermeer (S. 216).

### Museum Prinsenhof Delft — MUSEUM

(015-260 23 58; http://prinsenhof-delft.nl; St Agathaplein 1; Erw./Kind 13–18 Jahre/Kind 4–12 Jahre 12/6/3 €; April–Aug. 11–17 Uhr, Sept.–März Mo geschl.) Wilhelm von Oranien (Wilhelm der Schweiger) wurde in diesem ehemaligen Kloster 1584 ermordet (in der Wand befindet sich noch das Loch von der Kugel); er war das erste politische Oberhaupt der Welt, das durch eine Handfeuerwaffe fiel. Heute befindet sich hier ein verwirrendes Mu-

NICHT VERSÄUMEN

## DELFTER PORZELLAN

Das blau-weiße Porzellan aus Delft ist in der Stadt allgegenwärtig. Wenn man bedenkt, dass Porzellan zuerst in China entstand, ist es eine Ironie des Schicksals, dass die Masse an unechtem Delfter Porzellan, die häufig in den Souvenirläden angeboten wird, aus dem Fernen Osten stammt.

Das echte Delfter Porzellan wird nur in geringen Stückzahlen in wenigen Manufakturen in und rund um Delft produziert. Es gibt vier Manufakturen, in denen man den Künstlern bei der Arbeit zuschauen kann.

**Royal Delft** (Koninklijke Porceleyne Fles; ☎ 015-760 0800; www.royaldelft.com; Rotterdamseweg 196; Erw./Kind 13–18 Jahre/Kind unter 13 Jahren 13,50/8,50 €/frei; ⏲ März–Okt. 9–17 Uhr, Nov.–Feb. Mo–Sa 9–17, So 12–17 Uhr) Die berühmteste Delfter Manufaktur ist auch am besten auf Touristen eingestellt. Im Eintritt ist eine mehrsprachige Audioguide-Führung inbegriffen, dazu kommen eine Vorführung der Porzellanmaler, der Besuch im Firmenmuseum und ein Blick in die Produktionsstätten. Besucher können auch an einem Workshop für Porzellanmalerei teilnehmen (29–39 €; im Voraus buchen). Erstaunlicherweise enden alle Besichtigungen im Souvenirshop der Manufaktur.

**De Delftse Pauw** (Der Delfter Pfau; ☎ 015-212 49 20; www.delftpottery.com; Delftweg 133, Vrijenban; ⏲ Mitte März–Okt. 9–16.30 Uhr, Nov.–Mitte März Mo–Fr –16.30, Sa & So 11–13 Uhr) GRATIS Eine weitere bekannte und alte Manufaktur, „Der Delfter Pfau", bietet regelmäßig kostenlose, kurze Führungen an, die zeigen, wie das Porzellan hergestellt wird. Werktags finden auch Workshops zur Kachelmalerei statt (35 €), die man im Voraus buchen muss.

**De Candelaer** (☎ 015-213 18 48; www.candelaer.nl; Kerkstraat 13a; ⏲ Mai–Sept. Mo–Fr 9.30–17.30, Sa 9.30–17 Uhr, Okt.–März kürzer) In der kleinen, zentral gelegenen Manufaktur mit hauseigenem Geschäft kann man meistens die Porzellanmaler bei der Arbeit sehen.

**De Blauwe Tulp** (☎ 015-214 80 92; www.bluetulip.nl; Kerkstraat 12; ⏲ Mo–Sa 9.30–17.30 Uhr) Das Porzellan wird hier nicht selber hergestellt, aber in dem Geschäft in der Nähe des Marktes wird es bemalt. Die Porzellanmaler fungieren gleichzeitig auch als Verkäufer und erklären gerne den Herstellungsprozess.

seum, das nicht nur über die Geschichte des Hauses Oranien informiert, sondern auch eine Ausstellung über Delft und Innovation zeigt sowie eine Ausstellung mit dem Titel „Delfter Porzellan: Die Entstehung einer weltbekannten Marke". Eine Führung mit Audioguide kostet 1 €.

**Museum Paul Tetar van Elven** MUSEUM
(☎ 015-212 42 06; www.tetar.nl; Koornmarkt 67; Erw./erm. 5 €/frei; ⏲ Di–So 13–17 Uhr) Das Museum liegt abseits der üblichen Touristenpfade; es ist das ehemalige Atelier und Zuhause des im 19. Jh. lebenden niederländischen Künstlers Paul Tetar van Elven, der hier von 1864 bis 1894 lebte und arbeitete. Er vermachte das Haus der Stadt. Das Museum zeigt seine Reproduktionen berühmter Gemälde (dafür war er bekannt) sowie antike Möbel und seine Sammlung von orientalischem und Delfter Porzellan. Das Haus besitzt viel Atmosphäre durch die Original-Möblierung und vermittelt das Gefühl, dass es noch bewohnt wäre.

## Geführte Touren

**Grachtentour** SCHIFFSTOUR
(www.rondvaartdelft.nl; Erw./erm. 8,50/4 €; ⏲ April–Okt. stündl. 11–17 Uhr) Die rund 45-minütige Schiffstour durch Grachten von Delft beginnt am Koornmarkt 113.

## Schlafen

Die Delfter Sehenswürdigkeiten, die fußläufigen Entfernungen und der zentrale Bahnhof machen es zu einem idealen Standort für den Besuch von Südholland. Aufgrund der großen Beliebtheit und weil Delft Universitätsstadt ist, sind Unterkünfte schnell ausgebucht; die Zimmerpreise explodieren vor allem am Wochenende und während der Ferien; unbedingt frühzeitig reservieren.

**Delftse Hout** CAMPINGPLATZ €
(☎ 015-213 00 40; www.delftsehout.nl; Korftlaan 5; Stellplatz 30–38 €, Hütten ab 63 €; ⏲ April–Dez.; P 📶 🏊) Der gut ausgestattete, ganzjährig geöffnete Campingplatz befindet sich nur 1,5 km nordöstlich der Stadt. Das Restau-

# Delft

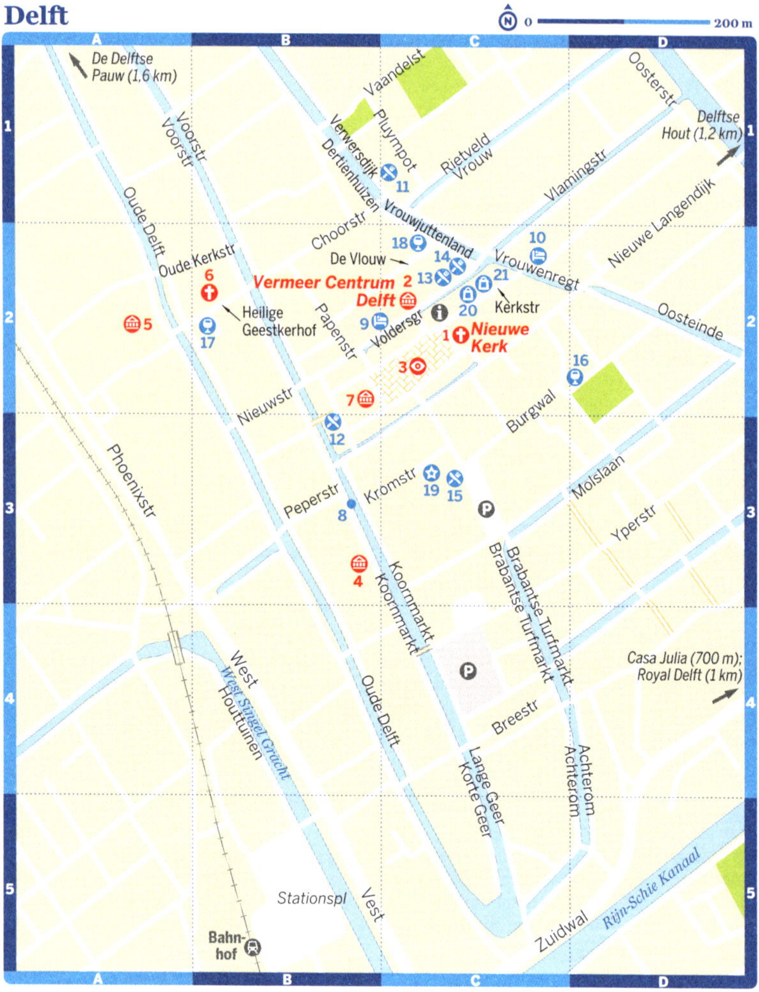


rant des Platzes ist lediglich von April bis September geöffnet. Die Buslinien 61 und 64 (2,50 €) verkehren zum Campingplatz, es gibt auch einen eigenen Shuttle-Service. Der Campingplatz verfügt über 160 Stellplätze und befindet sich einen 15-minütigen Fußweg vom Markt entfernt.

**Hostel Delft** HOSTEL €
(☎ 06 16 49 66 21; www.hosteldelft.nl; 1st fl, Voldersgracht 17; ⊙ B 22,50–26,50 €, Zi. pro Person 25–27 €; 📶) Mitten im Stadtzentrum liegt dieses kleine, empfehlenswerte Hostel. Die drei Schlafsäle mit vier bis 16 Betten haben eigene Bäder, ebenso die drei größeren Zimmer für Familien oder Gruppen. Jedes Bett hat eine Steckdose, ein Leselicht und ein kleines Schließfach. Es gibt eine gut ausgestattete Gemeinschaftsküche, einen bequemen Aufenthaltsraum mit Fernseher und eine Dachterrasse. Kein Frühstück.

**Casa Julia** B&B €€
(☎ 015-256 76 12; www.casajulia.nl; Maerten Trompstraat 33; Zi./Suite/FZ ab 79/115/135 €; 📶) Nahe an der Universität befindet sich in einem Haus aus den 1920er-Jahren das attraktive B&B. Die wohl schickste und komfortabelste Unterkunft in Delft bietet 24 Zimmer mit Smart-TV, Schreibtisch und Teekocher.

## Delft

**Highlights**
1 Nieuwe Kerk ... C2
2 Vermeer Centrum Delft ... C2

**Sehenswertes**
3 Markt ... C2
4 Museum Paul Tetar van Elven ... B3
5 Museum Prinsenhof Delft ... A2
6 Oude Kerk ... B2
7 Stadhuis ... B2

**Aktivitäten, Kurse & Touren**
8 Canal Boat Tour ... B3

**Schlafen**
9 Hostel Delft ... B2
10 Hotel de Emauspoort ... C2

**Essen**
11 Brasserie 't Crabbetje ... C1
12 De Waag ... B3
13 Kek ... C2
14 Puro Cucina ... C2
15 YS Van Jans ... C3

**Ausgehen & Nachtleben**
16 Café-Brasserie Belvédère ... D2
17 De Oude Jan ... B2
18 Doerak ... C2

**Unterhaltung**
19 Bebop Jazzcafé ... C3

**Shoppen**
20 De Blauwe Tulp ... C2
21 De Candelaer ... C2

Die meisten Zimmer sind klein, es lohnt sich, ein „Komfort"-Zimmer zu nehmen. Es gibt auch eine Suite mit Kochecke und zwei Familienzimmer mit Platz für vier Personen. Das Frühstück kostet 15 €.

**Hotel de Emauspoort** HOTEL €€
(015-219 02 19; http://emauspoort.nl; Vrouwenregt 9-11; EZ 115 €, DZ 125–170 €, Zigeunerwagen DZ 125 €, Apt. 150 €; ) Das freundliche kleine Hotel in der Nähe des Marktes bietet 28 altmodische, aber dafür gepflegte Zimmer sowie ein Apartment mit Kochecke und zwei malerische Zigeunerwagen (mit Bad) im Innenhof. Im Zimmerpreis ist ein üppiges Frühstücksbüfett inbegriffen.

## Essen

**YS Van Jans** EISCREME
(015-820 09 70; www.jansdelft.nl/ijs; Brabantse Turfmarkt 87; Kugel 1,25 €; Mo & So 10–17.30, Di–Fr 9–17.30, Sa 8.30–17.30 Uhr, im Winter kürzer; ) Wer durch das Stadtzentrum bummelt, genießt dabei gerne ein leckeres Eis oder Sorbet aus dieser Eisdiele. Besonders *lekker* sind dunkle Schokolade, gesalzener Karamell und Joghurt oder Honig mit Walnuss.

★ **Kek** CAFÉ €
(015-750 32 53; http://kekdelft.nl/; Voldersgracht 27; Frühstück 4–10 €, Sandwich 6–10 €; 8.30–18 Uhr; ) Die Körbe mit Bio-Früchten und -Gemüse im Eingang des schicken Cafés zeigen an, was auf der Karte steht – frisch gepresste Säfte, Obst-Smoothies und eine verlockende Auswahl an Kuchen, Muffins, Tarts und Sandwiches aus einheimischen saisonalen Erzeugnissen (Gerichte ohne Zucker, vegan oder glutenfrei sind erhältlich). Außerdem gibt es den ganzen Tag Frühstück und der Kaffee wird aus Giraffe-Bohnen gebrüht.

**Puro Cucina** CAFÉ €
(015-820 03 90; www.purocucina.nl; Voldersgracht 28; Frühstück 6–10 €, Mittagessen 5–14 €; Mi–Mo 9–18 Uhr) Das Café bezeichnet sich selbst als Kochstudio und ist eine Mischung aus Café und Kochschule. Der schlichte, moderne Innenraum ist rund um eine offene Küche angeordnet.

Auf der Speisekarte stehen Leckereien fürs Frühstück (Pfannkuchen mit Ricotta und Honig, Knuspermüsli mit Joghurt und Obst), einfache, aber leckere Mittagsgerichte (Nudelgericht des Tages, Salate) und zu jeder Tageszeit gibt es selbst gebackenen Kuchen mit Kaffee.

**De Waag** CAFÉ €€
(015-213 03 93; www.de-waag.nl; Markt 11; Sandwich 4–10 €, Café Hauptgerichte 15–20 €, Restaurant Hauptgerichte 24 €; Küche So & Mo 11–22 Uhr, Di–Sa 10–22 Uhr; ) Das Café hat eine große Terrasse hinter dem Stadhuis (Rathaus). Das historische Gebäude mit seinen hübschen Räumlichkeiten ist ein idealer Ort für ein Bierchen nach der Stadtbesichtigung. Das Essen schmeckt ebenfalls gut – im ersten Stockwork befindet sich ein gediegenes Restaurant mit internationaler Speisekarte (nur am Abend), im Erdgeschoss geht es weniger formell zu.

**Brasserie 't Crabbetje** MEERESFRÜCHTE €€
(015-213 88 50; www.crabbetjedelft.nl; Verwersdijk 14; Hauptgerichte 19–36 €, 3-Gänge-De-

## VERMEERS DELFT

Johannes Vermeer (1632–1675), einer der berühmtesten niederländischen Maler, verbrachte sein ganzes Leben in Delft und hinterließ nicht nur elf Kinder, sondern auch knapp 40 Gemälde (die tatsächliche Anzahl ist umstritten, denn ihm wurden fälschlicherweise Bilder zugeschrieben, die von den heutigen Vermeer-Experten angezweifelt werden). Vermeers Gemälde bestechen durch die reiche und sorgfältige Farbgebung; er fing das Licht so genau ein, wie es nur wenigen Malern gelingt. Seine Sujets stammen aus dem Delfter Alltagsleben, seine Innenansichten stellen häusliche Szenen dar und seine Porträts – das berühmteste ist wohl das *Mädchen mit dem Perlenohrgehänge* (1665) – waren sowohl liebevoll als auch bemerkenswert lebensnah.

Vermeers bekanntestes Landschaftsbild, die etwa 1660/61 entstandene *Ansicht von Delft*, fängt bravourös das Spiel von Licht und Schatten an einem teilweise bewölkten Tag ein. Die Stelle auf der anderen Seite des Kanals bei Hooikade südöstlich des Bahnhofs, an der er das Bild malte, ist einen Besuch wert. Leider ist keines von Vermeers Gemälden in Delft verblieben, allerdings bietet das Vermeer Centrum Delft (S. 212) trotzdem einen guten Einblick in dessen Leben und Werk. In der Touristeninformation ist eine Broschüre über des Meisters Spaziergang auf dem „Vermeer Weg" erhältlich (2,50 €). Sowohl das *Mädchen mit dem Perlenohrgehänge* als auch die *Ansicht von Delft* hängen im Mauritshuis (S. 203) in Den Haag; sein wohl bekanntestes Gemälde *Dienstmagd mit Milchkrug* ist im Amsterdamer Rijksmuseum (S. 72) zu besichtigen, zusammen mit der *Briefleserin in Blau* (1663–1664) und anderen Werken.

Vermeers Leben bleibt ein wenig rätselhaft, sein Ruhm als Künstler ist jedoch unumstritten. Der im Jahr 2003 entstandene Film *Das Mädchen mit dem Perlenohrring* (nach einem Roman von Tracy Chevalier) stellt Vermutungen an über eine Beziehung des Malers mit dem jungen Mädchen. Im darauffolgenden Jahr wurde ein Werk, das lange als eine Fälschung galt, als echt identifiziert – *Junge Frau am Virginal*. Es war das erste Gemälde Vermeers, das nach über 80 Jahren auf einer Auktion versteigert wurde. Ein anonymer Bieter zahlte dafür die fantastische Summe von 24 Mio. €.

Auf der ausgezeichneten Website www.essentialvermeer.com bekommt man erschöpfende Daten und Fakten über den Maler und dessen Kunstwerke, dazu gehören auch Informationen, in welcher Stadt und welchem Museum die Bilder zu sehen sind.



gustationsmenü 36,50 €; ⏲Mi–So 17.30–22 Uhr; 📶) In diesem unaufdringlichen Restaurant werden Meeresfrüchte in wundervolle Mahlzeiten für Feinschmecker verwandelt – von Jakobsmuscheln bis Hummer und von Wolfsbarsch bis Königskrabben.

## Ausgehen & Nachtleben

Das Nachtleben in Delft findet rund um den Beestenmarkt statt sowie im bekannten Studententreffpunkt De Oude Jan.

**De Oude Jan** BRUIN CAFÉ

(☎015-214 53 63; www.oudejan.nl; Heilige Geestkerkhof 4; ⏲Ostern–Okt. Mo 10–1, Di–Do & So 10–4, Fr & Sa 10–3 Uhr, Nov.–Ostern ab 12 Uhr geöffnet; 📶) Gegenüber der Oude Kerk befindet sich eines der beliebtesten Lokale von Delft. Beliebt sind seine studentenfreundlichen Öffnungszeiten und die gelegentlichen Auftritte von Livebands, die auf der von einigen Sonnenschirmen geschützten Bühne im Freien auftreten. Tagsüber gibt es auch etwas zu essen, beispielsweise Toasties (3–4 €) oder Hamburger (13 €).

**Café-Brasserie Belvédêre** BIERGARTEN

(☎015-212 32 97; www.bbcbelvedere.nl; Beestenmarkt 8; ⏲Mo–Do 11–1, Fr 11–2, Sa 10–2, So 12–1 Uhr) In der Café-Brasserie Belvédêre fließt das belgische Bier in Strömen. Die Gäste sitzen an den vielen Tischen auf dem baumbestandenen Beestenmarkt. Es gibt über zehn Sorten Bier vom Fass, dazu typisches Kneipenessen wie Muscheln.

**Doerak** KNEIPE

(☎06 45 69 49 28; www.cafedoerak.nl; Vrouwjuttenland 17; ⏲Mo–Do 15–1, Fr 15–2, Sa 12–2, So 13–1 Uhr) Die freundliche Kneipe bietet Sitzplätze an der Gracht und auf dem Bürgersteig, aber die Stammgäste bevorzugen die Plätze an der langen Theke. Es gibt ein riesiges Angebot an Craft- und Trappisten-Bier, davon zwölf Sorten vom Fass.

## Unterhaltung

**Bebop Jazzcafé** LIVEMUSIK

(☎015-213 52 10; www.facebook.com/Jazzcafe Bebop/; Kromstraat 33; ⏲Mo 20–1, Di–Do 16–1, Fr 16–2, Sa 15–2, So 16–1 Uhr) In diesem *bruin café* mit dem dunklen Innenraum gibt es jeden Sonntag Live-Jazz. Dienstags stehen Jam Sessions auf dem Plan, mittwochs Bebop und sonntagnachmittags manchmal Jazz. Auf Facebook findet man den Veranstaltungskalender. In den Sommermonaten macht man es sich im Biergarten gemütlich.

## Praktische Informationen

**Touristeninformation** (☎015-215 40 51; www.delft.com; Kerkstraat 3; ⏲April–Okt. So & Mo 10–16, Di–Sa 10–17 Uhr, Okt.–März So & Mo 11–15, Di–Sa 10–16 Uhr) Verkauft nützliche Broschüren mit Stadtrundgängen und bietet auch Stadtführungen an.

## Anreise & Unterwegs vor Ort

Den Haag und Delft werden durch die Straßenbahnlinie 1 verbunden (3,50 €, 30 Min., häufig).

### FAHRRAD

Von Den Haag (11 km Richtung Nordwesten) und Rotterdam (28 km Richtung Südosten) führen Radwege nach Delft.

**Delft By Cycle** (☎06 24 34 26 10; https://delftbycycle.nl/en/; Phoenixstraat 112; pro Tag 15 €; ⏲9–17 Uhr) verleiht Fahrräder.

### ZUG

Regelmäßige Verbindungen ab Delft:

| REISEZIEL | FAHR PREIS (€) | FAHR-ZEIT (MIN.) | HÄUFIG-KEIT (ZÜGE PRO STD.) |
|---|---|---|---|
| Amsterdam | 13,20–15,60 | 60 | 8 |
| Den Haag | 2,50 | 15 | 10 |
| Rotterdam | 3,40 | 15 | 10 |

# Leiden

☎071 / 122 560 EW.

Das pulsierende Leiden ist eine der großen Städte der Niederlande. Wunderschöne Häuser aus dem 17. Jh. säumen die Grachten, seine Museen, alle fußläufig erreichbar, sind ebenso ein großer Anziehungspunkt wie ein Bummel entlang der pittoresken Grachten oder die Erkundung des hiesigen Nachtlebens, zu dem die beinahe 27 000 Studenten ihren Beitrag leisten.

Leiden ist bekannt als Geburtsort Rembrandts, als Heimat der ältesten und renommiertesten Universität (Einstein war hier Professor) und als der Ort, in dem die Pilgerväter Geld sammelten, um die lecke *Speedwell* zu erwerben, die sie 1620 auf den ersten Teil ihrer Reise in die Neue Welt nahm.

## Geschichte

Leidens Universität – die älteste der Niederlande – war im Jahr 1575 ein Geschenk von Wilhelm von Oranien (Wilhelm der Schweiger) dafür, dass die Stadt die beiden spanischen Belagerungen 1573 und 1574 überstanden hatte. Die schreckliche Zeit endete als die Geusen ankamen und die Belagerer vertrieben. Die Legende will, dass die Spanier sich so schnell zurückzogen, dass sie einen Kessel mit *hutspot* (Möhreneintopf) zurückließen – heute gibt es diese Speise immer noch in vielen niederländischen Restaurants und bei vielen Familien zu essen.

Jahrzehnte später kamen die Protestanten aus den alten Niederlanden, Frankreich und England, die vor Verfolgung flüchten mussten, nach Leiden und waren hier willkommen. Am bemerkenswertesten war die Gruppe um John Robinson (um 1575–1625), die später nach Amerika segelte und als die Pilgerväter an Bord der *Mayflower* in die Geschichte eingingen.

Das Leinengewerbe sorgte in Leiden für wachsenden Wohlstand, im 17. Jh. beherbergte die Stadt eine Reihe brillanter Künstler; der berühmteste war Rembrandt van Rijn, besser unter seinem Vornamen bekannt. Rembrandt wurde 1606 in Leiden geboren und blieb hier 26 Jahre bis er in Amsterdam zu Ruhm gelangte.

## Sehenswertes

Wenn man fünf Minuten von der Centraal Station Richtung Südosten läuft, entfaltet sich der traditionelle Charme der Stadt, ganz besonders rund um die Pieterskerk und südlich davon. Leidens historische Grachten lohnen einen ganztägigen Spaziergang.

★ **Rijksmuseum van Oudheden** MUSEUM

(Reichsmuseum der Altertümer; ☎071-516 31 63; www.rmo.nl; Rapenburg 28; Erw./Stud./Kind 5–17 Jahre 12,50/6/4 €; ⏲Di–So 10–17 Uhr) Im Rijksmuseum befindet sich nicht nur eine Sammlung von griechischen, etruskischen, römischen und ägyptischen Artefakten, denn es ist besonders bekannt wegen der ägyptischen Säle, in denen sich auch eine

## DIE PILGERVÄTER IN LEIDEN

1608 trennte sich eine Gruppe calvinistischer Protestanten von der anglikanischen Kirche und floh vor der Verfolgung aus Nottinghamshire, England. Damit begann eine Odyssee, die Jahrzehnte dauern würde und Tausende von Kilometern betrug. Unter der Führung von John Robinson reisten sie zuerst nach Amsterdam und erfuhren dort theologische Meinungsverschiedenheiten mit den niederländischen Protestanten.

In Leiden trafen sie – dank der Universität und einiger ähnlich gesonnener Calvinisten, die dort lebten – auf eine liberalere Einstellung. Sie trafen auch auf Flüchtlinge, die der Verfolgung anderenorts entkommen waren. Und doch wurde die Gruppe von ihrer Vergangenheit eingeholt. Im Jahr 1618 verkündete James I. von England, dass er die Kontrolle über die Calvinisten in Leiden übernehmen würde. Zusätzlich nahm die Toleranz der einheimischen Niederländer gegenüber religiösen Splittergruppen ab.

Die erste Gruppe Engländer verließ Leiden im Jahr 1620 und ging nach Delfshaven, das heute zu Rotterdam gehört. Hier kauften sie die *Speedwell* mit der Absicht, in die Neue Welt zu segeln. Leider hielt die lecke *Speedwell* nicht das, was ihr Name versprach; nach mehreren Versuchen, den Atlantischen Ozean zu überqueren, gab die Gruppe schließlich auf und ging wider besseres Wissen in Southampton in England vor Anker. Nach mehreren Reparaturen am Schiff und einem vereitelten Versuch, die Reise wieder aufzunehmen, schloss sich die Gruppe in Dartmouth der sehr viel seetauglicheren *Mayflower* an und segelte als Pilgerväter in die Geschichte.

Diese legendäre Reise war genau genommen nur eine der vielen Fahrten der Gruppe aus Leiden. Erst 1630 hatten die meisten Pilger ihre Flucht in die amerikanischen Kolonien im heutigen New England vollendet. Etwa 1000 Personen unternahmen diese langen und beschwerlichen Reisen, dazu gehörten auch einige Niederländer, die wegen ihres ungewöhnlichen Glaubens als Spinner angesehen wurden.

Heute ist es schwierig, in Leiden Spuren der Pilgerväter zu finden. Der beste Ort ist das Leiden American Pilgrim Museum (S. 219).



Rekonstruktion des **Tempels von Taffeh** befindet – ein Geschenk von Anwar El-Sadat an die Niederlande als Dank für die Hilfe bei der Rettung ägyptischer Monumente vor der Flut. Weitere ägyptische Exponate sind Mastabas aus Saqqara und ein Saal mit Mumien. Die Säle im ersten Stock sind angefüllt mit griechischen, etruskischen und römischen Statuen und Vasen sowie mit Schätzen aus dem Nahen Osten.

### ★ Museum Volkenkunde — MUSEUM

(Reichsmuseum für Völkerkunde; www.volkenkunde.nl; Steenstraat 1; Erw./Stud./Kind 4–18 Jahre 14/8/6 €; ⏲ Di–So 10–17 Uhr) Das fantastische Museum zeigt die weltweiten Errungenschaften der Zivilisation in einer Sammlung mit mehr als 300 000 Artefakten aus der ganzen Welt. Daueraustellungen sind den Kulturen Afrikas gewidmet, aber auch der Arktis und Nordamerika, Asien, Zentral- und Südamerika, China, Indonesien, Japan und Korea sowie Ozeanien. Zu den Höhepunkten gehören das stimmungsvoll beleuchtete Buddha-Zimmer neben der Sammlung aus Japan und Korea und die Schnitzerei „Berg der Unsterblichen" in der China-Abteilung. Auch die regelmäßig stattfindenden Wechselausstellungen sind sehr beeindruckend.

### Museum De Lakenhal — MUSEUM

(www.lakenhal.nl; Oude Singel 28-32) Leidens führendes Museum, das Lakenhal, zeigt u. a. Werke des großen Sohnes der Stadt: Rembrandt. Von 2016 bis 2019 war es wegen einer groß angelegten Renovierung und Erweiterung geschlossen. Unbedingt online oder bei der Touristeninformation nach neuen Informationen fragen.

### De Valk — MUSEUM

(Der Falke; ☎ 071-516 53 53; https://molenmuseumdevalk.nl/en; 2e Binnenvestgracht 1; Erw./Kind 6–15 Jahre 4/2 €; ⏲ Di–Sa 10–17, So 13–17 Uhr) Leidens Wahrzeichen ist die Windmühle von 1743, die als eines der besten Beispiele ihrer Zeit gilt. Sie ist heute ein Museum. Ihre Flügel drehen sich noch manchmal im Wind; das letzte Mehl wurde hier 1965 gemahlen. Im Obergeschoss bietet eine audiovisuelle Präsentation viele Informationen über Windmühlen in den Niederlanden.

### ★ Rijksmuseum Boerhaave MUSEUM

(☎071-751 99 99; www.rijksmuseumboerhaave.nl; Lange St Agnietenstraat 10; Erw./Stud./Kind 4–17 Jahre 12,50/7,50/5 €; ⏲Di–So 10–17 Uhr) Das Museum wurde nach dem Arzt, Botaniker, Apotheker und Professor an der Universität von Leiden benannt: Herman Boerhaave (1668–1738) . Die Exponate in dem beeindruckenden Museum für Naturwissenschaften und Medizin zeigen wichtige naturwissenschaftliche Entdeckungen in den Niederlanden und die Ärzte und Wissenschaftler, die dafür verantwortlich waren.

Das Museum befindet sich in einem Klostergebäude aus dem 15. Jh., das später das erste akademische Krankenhaus Nordeuropas wurde; in einem rekonstruierten Anatomie-Hörsaal befindet sich eine Multimedia-Präsentation. Teenager freuen sich über die Möglichkeit für die aktive Interaktion in der Ausstellung „Waterland".

### Hortus Botanicus Leiden GARTEN

(☎071-527 51 44; www.hortusleiden.nl; Rapenburg 73; Erw./Stud./Kind 4–12 Jahre 7,50/2/3 €; ⏲April–Okt. tgl. 10–18 Uhr, Juli & Aug.Do–Di 10–18, Mi 10–21 Uhr, Nov.–März Di–So 10–16 Uhr) Der Botanische Garten wurde im Jahr 1590 von der Universität Leiden eingerichtet. Er ist einer der ältesten Europas; der älteste stammt aus dem Jahr 1545 und befindet sich im norditalienischen Padua.

Die meisten Pflanzen stammen aus Südost- und Ostasien; der Botanische Garten sieht seine Aufgabe darin, diese Pflanzensammlung für die Forschung, öffentliches Interesse und ganz einfach zum Genießen zu erhalten. Zum Garten gehören eine Orangerie aus dem 18. Jh. und ein tropisches Gewächshaus von 1938; in den letzten Jahren kamen auch noch ein Wintergarten sowie ein chinesischer Kräutergarten dazu.

### Naturalis Biodiversity Centre MUSEUM

(www.naturalis.nl; Darwinweg 2; Erw./Kind 12/9 €; ⏲10–17 Uhr) Zur Zeit unserer Recherche zu diesem Reiseführer war der größte Teil des Museum wegen Renovierung geschlossen (nur eine Ausstellung war geöffnet). Es soll allerdings in Kürze wiedereröffnet werden und wird dann das einzige Skelett eines Tyrannosaurus Rex in Europa zeigen.

### Burcht van Leiden BURG, PARK

(⏲Sonnenauf- bis Sonnenuntergang; 👪) GRATIS Die aus dem 11. Jh. stammende Festung auf einem *motte* (Erdhügel) verlor ihre Schutzfunktion als die Stadt sich um sie herum ausdehnte und sie dann verfiel. Heute bietet sich vom Park bei den Ruinen ein wunderbarer Blick auf die Dächer der Stadt.

### Pieterskerk KIRCHE

(☎071-512 43 19; www.pieterskerk.com; Kloksteeg 16; Erw./Kind unter 12 Jahren 4 €/frei; ⏲11–18 Uhr) Die mittlerweile säkularisierte Kirche mit einem riesigen Turm wurde und wird beständig restauriert – schon seit ihrer Errichtung im Jahr 1121 drohte sie einzustürzen. Eine Besonderheit ist der ungewöhnliche Fußboden aus Marmor und Stein. Museumkaarts werden hier nicht akzeptiert.

Zur Kirche gehört die mit einem Giebeldach verzierte **Lateinschule** (Lokhorststraat 16), die – bevor sie zu gewerblichen Zwecken genutzt wurde – in den Jahren zwischen 1616 und 1620 von einem Schüler mit Namen Rembrandt besucht wurde.

Gegenüber vom Haus befindet sich der **Gravensteen** (Pieterskerkhof 6), der im 13. Jh. errichtet wurde und für eine Zeit lang ein Gefängnis war. Von der Galerie (mit Blick auf den daruntergelegenen Platz) beobachteten die Richter früher die Hinrichtungen, die sie selbst angewiesen hatten.

### Leiden American Pilgrim Museum MUSEUM

(☎071-512 24 13; www.leidenamericanpilgrimmuseum.org; Beschuitsteeg 9; Erw./Kind unter 7 Jahren 5 €/frei; ⏲Do–Sa 13–17 Uhr) Das Museum ist eine faszinierende Rekonstruktion eines Ein-Zimmer-Hauses, das um das Jahr 1610 von den angehenden Pilgern (S. 218) bewohnt wurde. Das Haus selbst entstand in den Jahren zwischen 1365 und 1570 (die Fliesen des Fußbodens stammen noch aus dem 14. Jh.), jedoch das Mobiliar stammt aus der Zeit der Pilger. Kurator Jeremy Bangs hat viele Publikationen über die Pilgerväter geschrieben und besitzt ein breites Wissen über ihre Verbindungen nach Leiden.

## Aktivitäten

### Bootjes en Broodjes SCHIFFSTOUR

(☎06 22 61 05 52; www.bootjesenbroodjes.nl; Blauwpoortsbrug 1; 2 Std. E-Boot-Miete 75 €, Grachtenfahrt Erw./erm. 10/6 €; ⏲April–Okt. 10–19 Uhr, Nov.–März 11–17 Uhr; 👪) Wie der Name („Bötchen und Brötchen") schon sagt, kann man hier für die Reise Sandwiches kaufen (auf Vorbestellung). Für die Miete eines leisen Elektro-Bootes braucht man keinen Führerschein, man kann aber auch eine 50-minütige geführte Tour unternehmen. Auf Nachfrage gibt es auch private Touren.

1

3

CELLI07/SHUTTERSTOCK ©

**1. Mauritshuis (S. 203), Den Haag**
Das renommierte Museum , das sich in einem Herrenhaus aus dem 17. Jh. befindet, bietet eine fantastische Einführung in die niederländische und flämische Kunst.

**2. Van Nelle Fabriek (S. 183), Rotterdam**
Die zwischen 1925 und 1931 errichtete Fabrik, heute Weltkulturerbe, gilt als bedeutendes Denkmal der Industriearchitektur des 20. Jhs.

**3. Keukenhof Gardens (S. 226), Lisse**
Während der achtwöchigen Blütezeit lockt der größte Tulpengarten der Welt rund 1,4 Mio. Besucher an.

TTSTOCK/SHUTTERSTOCK ©

# Leiden

## Geführte Touren

**Rederij Rembrandt** SCHIFFSTOUR

(☎ 071-513 49 38; www.rederij-rembrandt.nl; Blauwpoortshaven 5; Erw./Kind 4–12 Jahre/Kind unter 4 Jahren 10/6,50/2,50 €; ⏱ 10.30–16 Uhr) Entspannte einstündige Bootsfahrten auf den Grachten rund um das Stadtzentrum, die Erläuterungen sind mehrsprachig.

## Feste & Events

**Leidse Lakenfeesten** KULTUR

(Leidens Lakenfest; www.lakenfeesten.nl; ⏱ Juni) Auf dem viertägigen Fest, das um das letzte Juni-Wochenende stattfindet, sind Straßenkünstler, ein Drachenbootrennen und eine Kunstausstellung zu sehen. Zu diesem Fest gehören auch die beiden Veranstaltungen „Leiden Culinair“ und „Leiden Bierfest“.

Das Lakenfeesten erinnert an die früher in der Stadt vorhandene Textilindustrie, die heute nur noch Geschichte ist.

**Leidens Ontzet** KULTUR

(3. Oktober Fest; https://3october.nl/; ⏱ 3. oder 4. Okt.) Während des Leidens Ontzet kommt die Stadt völlig zum Stillstand; das Fest erinnert an den Tag 1574 als die durch die spanische Belagerung verursachte Hungersnot beendet wurde. Gefeiert wird das auch nach

## Leiden



mehr als 400 Jahren immer noch groß. Und es gibt jede Menge traditionellen *hutspot* (Eintopf) sowie Hering und Weißbrot zu essen. Schon in der Nacht davor wird mit viel Bier gefeiert. Wenn der 3. Oktober auf einen Sonntag fällt, wird das Fest am 4. gefeiert.

### Schlafen

Günstige Unterkünfte sind in Leiden dünn gesät, die meisten Zimmer befinden sich eher in Boutiquehotels. Wer während des Leidens Ontzet (S. 222) die Stadt besuchen möchte, muss frühzeitig reservieren.

**★ Ex Libris** B&B €€

(☎ 071-240 86 36; www.hotelexlibris.com; Kloksteeg 4; Zi. 120–200 €; ❄ 📶) Es gibt jede Menge hübsche B&Bs in den Niederlanden, aber nur wenige sind so schick, komfortabel und einladend wie dieses. Es befindet sich in der Nähe der Pieterskerk in einer ehemaligen Buchhandlung sowie dem Nachbarhaus und bietet fünf ruhige Zimmer, die man über eine steile Treppe erreicht.

Alle Zimmer verfügen über Kaffee-/Teekocher und ein Smart-TV. Im schicken Frühstücksraum gibt es für 17 € ein tolles Frühstück mit Smoothies, Knuspermüsli, Eiern, Pfannkuchen und Toasties.

**D'Oude Morsch** BOUTIQUEHOTEL €€

(☎ 071-569 00 90; www.hoteldeoudemorsch.nl; Park de Put 1; Zi. 94–180 €; P 📶) Das Hotel liegt an der gleichen Gracht wie De Put Windmühle in einem von 1870 stammenden Wachhaus einer ehemaligen Kaserne. Der Umbau des Gebäudes ist gut durchdacht worden und die neu entstandenen 18 Zimmer sind komfortabel und schick; einige haben ungewöhnliche Bäder. Frühstück (14,50 €) gibt es in der Bar/Café im Erdgeschoss, wo man sowohl drinnen als auch draußen an der Gracht sitzen kann.

**Huys van Leyden** BOUTIQUEHOTEL €€

(☎ 071-260 07 00; www.boutiquehotelsvanleyden.nl; Oude Singel 212; EZ/DZ ab 100/110 €; P 📶) Das geschichtsträchtige Hotel befindet sich an einer Gracht in zwei Häusern aus dem Jahr 1611. Es bietet sieben attraktive Zimmer (besonders schön ist Nr. 4, das groß ist und Blick auf die Gracht bietet) und einen großen Speisesaal, in dem Frühstück (15,50 €), Nachmittagstee (22,50 €) und Abendessen (Hauptgerichte 18–20 €) angeboten werden. Außerdem gibt es eine Sauna und einen Whirlpool. Parken kostet pro Tag 15 €.

### Essen

Leiden ist ein wichtiges Ziel für Foodies in den Niederlanden. Es gibt eine Vielzahl an ausgezeichneten Restaurants, die moderne europäische Küche anbieten; besonders lohnend ist ein festes Menü mit saisonalen Erzeugnissen – es schmeckt köstlich und der Preis stimmt. Die meisten Restaurants mit gehobener Küche befinden sich am Kloksteeg nahe bei der Pieterskerk. In den

Sommermonaten bieten die meisten Restaurants auch Plätze draußen an, häufig mit nettem Blick auf eine Gracht.

**Dapp Frietwinkel** FASTFOOD €
(www.frietwinkel.nl/leiden/; Aalmarkt 14; Pommes frites 2,70–4 €; Mi & So 11.30–19, Do–Sa 11.30–21 Uhr; ) Wer sich gerne eine Portion Pommes gönnt, sollte zu dieser Filiale einer niederländischen Kette gehen. Die Kartoffeln stammen aus Bio-Anbau, dazu gibt es eine leckere Mayonnaise (auch für Veganer), Currysoße oder Ketchup.

**Oudt Leyden** CRÊPES €
(071-513 31 44; www.oudtleyden.nl; Steenstraat 49; Pfannkuchen 7–16 €; 11.30–21.30 Uhr; ) Die riesigen holländischen Pfannkuchen verursachen bei Kindern und Erwachsenen gleichermaßen große Augen. Egal, ob man lieber herzhaft (gebeizter Lachs, Saure Sahne und Kapern), süß (Apfel, Ingwer und Puderzucker) oder einfach mal was Neues (Ingwer und Speck) essen möchte, in diesem netten Lokal is(s)t man immer richtig.

**Vishandel Atlantic** FISCH €
(071-513 73 31; www.vishandelatlantic.nl; Levendaal 118; Hering pro Stück 1,75 €, Fish & Chips 8,50–12,50 €; Di–Fr 10–20, Sa 10.30 bis spät, So 11.30–21 Uhr) Zwei türkische Brüder eröffneten 1989 diese Fischbude und ihr Bewusstsein für Qualität hat sie zu einer der besten Adressen für Fisch in den Niederlanden werden lassen. Die Heringe gewinnen in Wettbewerben häufig zehn von zehn möglichen Punkten, dabei gelten 5,5 Punkte schon als gute Note. Neben Heringen gibt es zahlreiche Sorten geräucherten Fisch sowie Gerichte wie Fish & Chips.

**Brasserie de Engelenbak** NIEDERLÄNDISCH €€
(071-512 54 40; www.deengelenbak.nl; Lange Mare 38; Sandwich 9 €, Salate 11 €, abends Hauptgerichte 17–23 €; Di ab 17 Uhr, Mi–So ab 11 Uhr) Im Schatten der aus dem 17. Jh. stammenden Marekerk befindet sich das elegante Bistro, in dem auf der saisonalen Speisekarte frische Kost aus Europa steht. In vielen Gerichten werden regionale Bio-Erzeugnisse verwendet. Die Tische draußen laden zum Leutebeobachten ein. Im angeschlossenen *café* (Kneipe) gibt es bis Mitternacht Snacks.

**Dartel** EUROPÄISCH €€
(071-512 40 12; http://restaurantdartel.nl/; Kloksteeg 13; 2-/3-/4-Gang-Mittagsmenü 29/39/45 €, 3-/4-/5-/6-Gang-Abendmenü 39/47/57/67 €; Mo–Fr 12–14 & 18–22, Sa 18–22 Uhr; ) Die Gerichte auf der kleinen Karte bestehen aus einheimischen saisonalen Erzeugnissen und sind so gut, dass einheimische und fremde Gourmets in dieses Restaurant im Schatten der Pieterskerk strömen. Das Restaurant besitzt ein eigenes Gewächshaus, in dem Obst und Gemüse wachsen, und Chefkoch Norbert van Dartel verarbeitet die Ernte auf kreative Weise in seinen Menüs.

**Lot en de Walvis** INTERNATIONAL €€
(071-763 03 83; www.lotendewalvis.nl; Haven 1; Frühstück 7–9 €, Sandwich 9–10 €, Hamburger 15–17 €; Mo–Fr 9–22, Sa & So 9–1 Uhr) Der Name bedeutet „kleine Dinge bedeuten viel“. Allerdings sind es nicht die kleinen Dinge, die dieses Café in dem hübschen, 1889 erbauten De-Volharding-Lagerhaus, zu einer gefragten Adresse in Leiden machen. Das ausgezeichnete Essen, die freundlichen Mitarbeiter und die sonnenverwöhnte Terrasse am Wasser sind die wesentlichen Gründe. Das „Erholungs“-Frühstücksbüfett (15 €) am Sonntag von 9 bis 12 Uhr ist so beliebt, dass man besser reservieren sollte.

★ **In den Doofpot** EUROPÄISCH €€€
(071-512 24 34; www.indendoofpot.nl; Turfmarkt 9; Hauptgerichte 30 €, 3-/4-Gang-Mittagsmenü 39/45 €, 4-/5-/6-Gänge-Abendmenü 55/65/75 €; Mo–Fr 12.30–15 & 17.30–22, Sa 17.30–22 Uhr) Gemessen an dem absolut fantastischen Essen, das der Koch Patrick Brugman zaubert, sind die Preise In den Doofpot ein echtes Schnäppchen. Die kreative, selbstbewusste Küche liefert Speisen, die köstlich schmecken und wunderbar anzuschauen sind. Vegetarische Menüs sind auf Anfrage möglich und es gibt passende offene Weine (8 € pro Gang). Absolut empfehlenswert.

## Ausgehen & Nachtleben

Leiden ist eine Universitätsstadt. Es ist also kein Wunder, dass es unzählige Cafés, Bars und Kneipen gibt. Sie konzentrieren sich rund um Nieuwe Rijn, Breestraat, Aalmarkt sowie das Gebiet am Hafen.

★ **Borgman & Borgman** CAFÉ
(071-566 55 37; www.borgmanborgman.nl; Nieuwe Rijn 41; Mo 9–17, Di–Sa 8–18, So 10.30–17 Uhr; ) Der Giesen-Röster im Fenster signalisiert, dass in diesem angesagte Café der Kaffee eine bedeutende Rolle spielt. Das Können der Baristas bemerkt man sofort, sobald man seine Bestellung aufgegeben hat. Es gibt auch eine kleine Karte mit Frühstück, Sandwiches (5–7 €) und Toasties. Der Service ist

freundlich und die Musik ausgezeichnet – Pop aus den 1970er- und 1980er-Jahren ist nicht zu hören. Nur Bargeld.

**Bad Habits International Pub** KNEIPE
(☎071-512 23 07; www.badhabitsleiden.nl; Pelikaanstraat 64; ⊙So–Mi 12–1, Do–Sa 12–2 Uhr) Wir alle haben sie, also warum sollte man seine schlechten Angewohnheiten nicht in dieser beliebten Studentenkneipe feiern. Bier und Hamburger sind in großer Auswahl vorhanden. In den Sommermonaten sind die Stammkunden draußen vor der Kneipe zu finden. Regelmäßig finden Livemusik, Jam Sessions sowie *Game-of-Thrones*-Abende statt und oft gibt es Fußball auf den riesigen Bildschirmen zu sehen.

**Waag** BAR
(☎071-740 03 00; https://waagleiden.nl/; Aalmarkt 21; Sandwich 6–11 €, abends Hauptgerichte 15–22 €; ⊙Sa–Mi ab 10, Do & Fr ab 9 Uhr) Leidens historische *waag* (Stadtwaage) beherbergt heute eines der beliebtesten Lokale der Stadt; den trubeligen Ort besuchen Einheimische jeden Alters. Morgens bieten sich die sonnigen Tische an der Gracht und im hinteren Wintergarten für einen Kaffee an; abends zieht der Hauptraum mit seinen Tischen unter dem Gewölbe und der golden beleuchteten Marmortheke alle an, die essen oder trinken möchten.

Freitags- und samstagsabends verwandelt sich das Lokal zwischen 22 und 3 Uhr in den Waag een Borrel Club mit viel Action an der Bar und auf der improvisierten Tanzfläche.

## Unterhaltung

**De Twee Spieghels** LIVEMUSIK
(www.detweespieghels.nl; Nieuwstraat 11; ⊙Mo–Do 16–1, Fr 16–2, Sa 14–2, So 15–23 Uhr) In diesem intimen Weinkeller findet mindestens viermal in der Woche Live-Jazz statt; das Programm steht im Internet. Eintritt frei.

**Dranklokkal de WW** LIVEMUSIK
(www.deww.nl; Wolsteeg 36; ⊙So–Mi 14–2, Do 14–3, Fr & Sa 14–4 Uhr) Es kann passieren, dass sich die Live-Rockmusik in der Bar freitags und samstags bis auf die Straße ausdehnt und die Massen die Straßen bevölkern. An anderen Wochentagen legen DJs auf. Auch wenn Musik hier das Wichtigste ist, gibt es eine tolle Auswahl an Bier. Nur Bargeld.

## Shoppen

Auf der Haarlemmerstraat sind alle größeren Ketten vertreten. Die großen Kaufhäuser sind bis zur Breestraat zu finden. Interessante Geschäfte befinden sich in Nebenstraßen wie der Vrouwenstraat und in den Gassen rund um die Pieterskerk.

Markttage sind Mittwoch und Samstag. Die Marktstände stehen am Botermarkt, Vismarkt, Aalmarkt und am Nieuwe Rijn.

**Van Stockum Bookshop** BÜCHER
(☎071-516 18 00; www.vanstockum.nl/page/winkels; Breestraat 113; ⊙Mo 12–18, Di–Fr 9.30–18, Sa 9.30–17.30 Uhr) Gegenüber dem reich verzierten *Stadhuis*, dem Rathaus, befindet sich diese ausgezeichnete Buchhandlung mit einer großen Auswahl; dazu gehören auch viele englischsprachige Titel.

## Praktische Informationen

**Touristeninformation** (☎071-516 60 00; www.visitleiden.nl; Stationsweg 26; ⊙Mo–Fr 7–19, Sa 10–16, So 11–15 Uhr; 📶) Die extrem hilfreiche Touristeninformation befindet sich in der Nähe des Bahnhofs.

## Anreise & Unterwegs vor Ort

Alle Busse (Nah- und Fernverkehr) fahren an der Anschlussstelle vor dem Bahnhof Centraal ab.

### FAHRRAD

Vom Bahnhof führen Radwege Richtung Westen entlang der Geversstraat und dann über Rijnsburg 10 km weiter zum Strand bei Katwijk. Von dort kann man weiter Richtung Norden nach Haarlem fahren (34 km). Richtung Süden am Strand entlang erreicht man nach 20 km Scheveningen und Den Haag.

**Oldenburger** (☎071-760 05 66; www.oldenburgerfietsspecialist.nl; Stationsplein; Standard/E-Bike pro Tag 12,50/20 €; ⊙Mo–Fr 7–19, Sa & So 10–18 Uhr) verleiht Räder.

### ZUG

Leidens Bahnhof befindet sich 400 m nordwestlich des Stadtzentrums. Es gibt regelmäßige Verbindungen nach:

| REISEZIEL | FAHR-PREIS (€) | FAHR-ZEIT (MIN.) | HÄUFIGKEIT (ZÜGE PRO STD.) |
|---|---|---|---|
| Amsterdam | 9,10 | 35 | 6 |
| Den Haag | 3,50 | 15 | 6 |
| Rotterdam | 7,40 | 35 | 4 |
| Flughafen Schiphol | 5,90 | 15–25 | 8 |

# Lisse

0252 / 22 740 EW.

Einst war das heutige Städtchen ein ländlicher Rückzugsort für die reichen Händler aus der Stadt; Lisse änderte sein Aussehen jedoch im 19. Jh. als die Herrenhäuser mit ihren formalen Gärten und den umgebenden Wäldern verkauft wurden und auf dem Land das geschah, wofür die Niederlande bekannt sind: die Zucht von Zwiebelpflanzen. Heute sind die Blumen und die Touristen, die in Scharen hierherkommen, die wichtigsten Einnahmequellen der Stadt.

Die Hauptattraktion, den Blumenpark Keukenhof, besuchen jedes Jahr über eine Million Touristen und das nur innerhalb der kurzen Zeit, wenn die fantastischen Tulpenfelder in voller Blüte stehen. Auch wenn es in der restlichen Zeit des Jahres kaum gute Gründe gibt, die Stadt zu besuchen, so ist doch ein Besuch hier im Frühling (am besten April) mit Sicherheit einer der Höhepunkte einer Reise in die Niederlande.

## Sehenswertes & Aktivitäten

Hier schlägt das wahre Herz der niederländischen Tulpenzüchter. Wer Glück hat, fliegt im Frühling beim Anflug auf Schiphol über die leuchtend bunten Felder. Es lohnt sich während der Tulpenzeit auf jeden Fall, ein Fahrrad zu mieten, um dann durch die Stadt und übers Land zu radeln.

**★ Blumenpark Keukenhof** GARTEN

(0252-465 555; www.keukenhof.nl; Stationsweg 166; Mitte März–Mitte Mai 8–19.30 Uhr; ) Eine der Top-Attraktionen der Niederlande; der Keukenhof, etwa 1 km westlich von Lisse, ist der weltweit größte Garten mit Zwiebelblumen. Während der achtwöchigen Saison kommen etwa 1,4 Mio. Besucher, dann blühen auf den Feldern Tulpen in allen Farben, Narzissen und Hyazinthen. Eine Online-Reservierung empfiehlt sich.

**Kasteel Keukenhof** SCHLOSS

(0252-465 555; www.kasteelkeukenhof.nl; Keukenhof 1; Garten April–Sept. 8.30–19.30 Uhr, Okt.–März 8.30–17 Uhr) GRATIS Das großartige Schloss gegenüber dem Blumenpark Keukenhof wurde im Jahr 1641 vom Kommandeur der VOC (Vereenigde Oostindische Compagnie = Niederländische Ostindien-Kompanie) Adriaan Muertenszoon Block erbaut. Es liegt inmitten einer Fläche von über 80 ha, mit Wald, Wiesen und Blumengärten. Zurzeit unserer Recherche war das Schloss wegen Renovierung geschlossen und es gab noch keinen Termin für die Wiedereröffnung; genaue Informationen sind auf der Website zu finden.

**Museum de Zwarte Tulp** MUSEUM

(Museum der Schwarzen Tulpe; 0252-417 900; www.museumdezwartetulp.nl; Heereweg 219; Erw./Kind 5–18 Jahre 7,50/3,50 €; März–Aug. Di–So 10–17 Uhr, Sept.–Feb. Di–So 13–17 Uhr) Das kleine Museum de Zwarte Tulp zeigt alles, was man über Zwiebelpflanzen wissen muss; dazu gehört auch die Tatsache, dass es keine schwarze Tulpe gibt. Diese geheimnisvolle Pflanze heizte 1636 die Tulpenmanie an. Das Museum befindet sich im gleichen Gebäude wie die Touristeninformation.

## Schlafen & Essen

Nur wenige Touristen übernachten in Lisse, die meisten kommen zu Tagesausflügen. Im Ort gibt es nur wenig Unterkünfte, das nahe gelegene Leiden bietet sehr viel mehr.

**De Vier Seizoenen** B&B €

(0252-418 023; http://rdvs.nl; Heereweg 224; DZ ab 80 €; ) Lisses beste Möglichkeiten zum Essen und Schlafen befinden sich bequemerweise im gleichen Haus. Im Obergeschoss sind vier kleine Zimmer in Schokoladentönen, mit schrägen Decken und einem Bad aus Naturstein. Den Frühstückskorb (pro Person 12 €) genießt man entweder im Zimmer oder auf der Dachterrasse. Im Erdgeschoss befindet sich das ausgezeichnete **Restaurant** (0252-418 023; http://rdvs.nl; Heereweg 224; Sandwich 8–12 €, mittags Hauptgerichte 20 €, abends Hauptgerichte 20–29 €; April–Sept. Mo–Sa 12–14.30 Uhr, ganzjährig Mi–Mo 17.30–21.30 Uhr), in dem moderne französische Küche serviert wird. Im Frühjahr blüht der Blauregen auf der Terrasse.

**Den Ouden Heere** INTERNATIONAL €€

(0252-418 660; www.denoudenheere.nl; Heereweg 207; Hauptgerichte 16–28 €; Mo–Do 17–1, Fr & Sa 17–3 Uhr) Das Bistro mit Cocktailbar verteilt sich über zwei Stockwerke und besitzt außerdem eine Terrasse mit Blick auf Lisses Hauptplatz. Es ist eine beliebte Adresse für ein Abendessen oder nächtliche Drinks. Die Speisekarte führt Gerichte aus aller Welt – von asiatisch angehauchten Fischgerichten bis zu Steaks aus dem Big Green Egg (einem Holzkohlegrill aus Keramik). Vegetarier werden hier leider nicht wirklich glücklich.

## Praktische Informationen

**Touristeninformation** (☎ 0252-417 900; www.vvvlisse.nl; Heereweg 219; ⏲ März–Aug. Di–So 10–17 Uhr, Sept.–Feb. 13–17 Uhr) Im Museum de Zwarte Tulp (S. 226); in Lisses Touristeninformation werden Ausflüge zu den Tulpenfeldern angeboten.

## An- & Weiterreise

Lisse erreicht man leicht mit dem Fahrrad von Leiden und Haarlem.

Die Buslinie 361 fährt zum Flughafen Schiphol in Amsterdam (5 €, 45 Min., 4-mal stündl.). Buslinie 50 fährt nach Haarlem (4,90 €, 55 Min., 4-mal stündl.) und Leiden (4,60 €, 40 Min., 4-mal stündl.); wer zum Blumenpark oder Schloss Keukenhof möchte, muss an der Haltestelle Nassaustraat aussteigen und etwa 2 km Richtung Westen laufen.

Während der Hauptsaison gibt es eine Busverbindung zwischen dem Keukenhof und dem Flughafen Schiphol sowie zum Bahnhof Centraal in Leiden; normalerweise werden Kombitickets für Eintritt und Busfahrt angeboten.

# ZEELAND

Die Provinz Zeeland vereinigt eine Schar von Inseln und Halbinseln – Schouwen-Duiveland, Tholen, Sint Philipsland, Noord-Beveland, Walcheren und Zuid-Beveland –, die sich in einem riesigen Delta befinden, das von mehreren europäischen Flüssen gebildet wird. Zur Provinz gehört auch Zeeuws-Vlaanderen, ein Landstrich, der an die belgische Region Flandern angrenzt. Wer die ruhige, flache Landschaft betrachtet, darf nicht vergessen, dass die bodenständigen Zeeländer bereits seit Jahrhunderten gegen das Wasser der Nordsee kämpfen und geniale Methoden erfunden und realisiert haben, um die zerstörerischen Meeresfluten im Zaum zu halten – dazu gehören auch die riesigen Deltawerke.

Hauptstadt der Provinz ist das sympathische Middelburg, die einzige Stadt, die Zeeland vorzuweisen hat. Die meisten Besucher kommen in diesen Teil des Landes, um an den Sandstränden der Nordsee zu faulenzen (während der Sommermonate vervierfacht sich die Bevölkerung). Andere kommen in die Provinz, die hauptsächlich aus Wasser zu bestehen scheint, um die Mächtigkeit und Ingenieurkunst der genialen Deiche und Absperrungen zu bewundern. Wie dem auch sei – später verlassen alle erholt und glücklich die Provinz.

## An- & Weiterreise

Middelburg ist leicht mit dem Zug erreichbar, aber für viele andere Orte benötigt man den Bus. Die Buslinie 395 von **Connexxion/Interliner** (☎ 0900 266 63 99; www.connexxion.nl; ⏲ Mo–Sa 8–19 Uhr) verkehrt stündlich zwischen Rotterdams U-Bahnstation Zuidplein und Zierikzee (10 €, 1 Std.), von dort fahren die Busse zu anderen Orten in Zeeland.

## Middelburg

☎ 0118 / 47 870 EW.

Wer durch Middelburgs stattlichen Hafen, über seinen Markt und durch die gepflasterten Gassen schlendert, wird kaum vermuten, dass ein großer Teil des historischen Zentrums 1940 von deutschen Flugzeugen zerstört wurde. Aber anders als das ähnlich stark verwüstete Rotterdam wurde Zeelands Hauptstadt wieder aufgebaut – und nicht neu entworfen – und behielt ihren historischen Charakter. Die 1595 von den Geusen erbauten Befestigungen sind immer noch in dem Verlauf der großen Kanäle, die den Stadtkern umgeben, erkennbar. Auf dem zentralen Markt schlägt immer noch das Herz der Stadt, besonders donnerstags am Markttag – so wie 1575, als er erbaut wurde.

### Sehenswertes & Aktivitäten

Die hübsche Ortschaft eignet sich mit seinen versteckten Gassen, die zum Markt führen, ideal für Spaziergänge.

In der Gegend rund um den lang gestreckten Damplein (östlich von Abdij) befinden sich zahlreiche Häuser aus dem 18. Jh., in denen sich heute einige interessante Geschäfte und Cafés befinden.

Täglich um 13.30 Uhr gibt es eine etwa 90-minütige Stadtführung in der Innenstadt (Erw./Kind unter 12 Jahren 7,50/frei €); Eintrittskarten bekommt man in der Touristeninformation (S. 229).

★ **Abdij** HISTORISCHE STÄTTE
(Abtei Middelburg; Liebfrauenabtei; Onder den Toren; ⏲ Kirchen Ostern–Okt. Mo–Fr 10.30–17 Uhr, Juli–Sept. auch Sa & So 13.30–17 Uhr) GRATIS Der riesige Klosterkomplex stammt aus dem 12. Jh. und beherbergt nicht nur die Provinzialverwaltung, sondern auch zwei Kirchen: die **Koorkerk** (⏲ Ostern–Okt. Mo–Fr 10.30–17 Uhr, Juli–Sept. auch Sa & So 13.30–17 Uhr) GRATIS (für den Klerus erbaut) und die **Nieuwe Kerk** (für die Gemeinde). Nachdem ein

## Middelburg

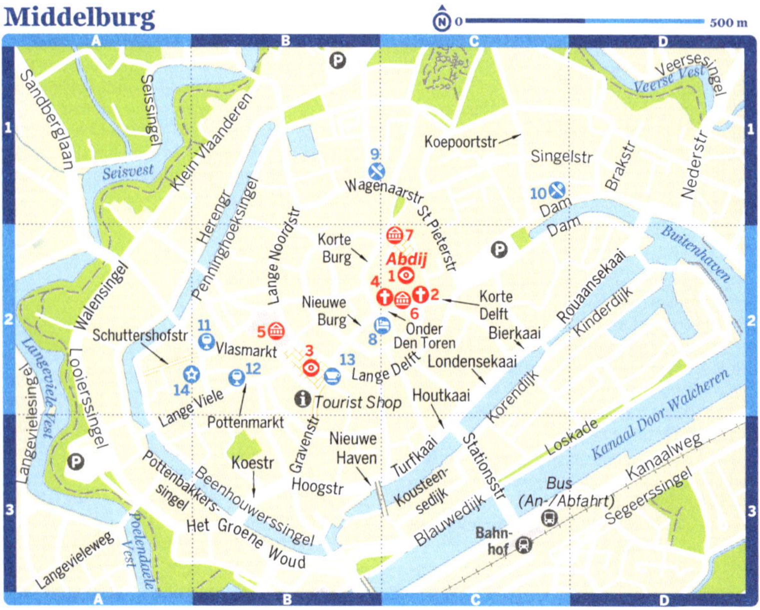


## Middelburg

**Highlights**
1 Abdij ........ C2

**Sehenswertes**
2 Koorkerk ........ C2
Lange Jan Tower ........ (s. 2)
3 Markt ........ B2
4 Nieuwe Kerk ........ C2
5 Stadhuis ........ B2
6 Wandelkerk ........ C2
7 Zeeuws Museum ........ C2

**Schlafen**
8 Hotel The Roosevelt ........ C2

**Essen**
9 Restaurant De Eetkamer ........ B1
10 Vliegendt Hert ........ C1

**Ausgehen & Nachtleben**
11 De Mug ........ B2
12 De Zaak ........ B2
13 Robuust! ........ B2

**Unterhaltung**
14 De Spot ........ A2

Feuer den Komplex zerstört hatte, wurden die Kirchen im 16. Jh. wieder aufgebaut. Die Gotteshäuser verbindet ein zentraler Chor, die **Wandelkerk**. Der **Muntplein**, ein Kreuzgang mit einem kleinen Kräutergarten in der Mitte, befindet sich hinter der Wandelkerk, ebenso wie ein großer Hof an der Rückseite, der **Abdijplein**.

**Zeeuws Museum** MUSEUM

(☎ 0118-653 000; www.zeeuwsmuseum.nl; Abdijplein; Erw./Kind unter 19 Jahren 9,50 €/frei; ⏲ Di–So 11–17 Uhr) Das Museum befindet sich in den ehemaligen Schlafsälen der Mönche im Klosterkomplex. Es hat drei Dauerausstellungen: Eine über Mode, eine über die Geschichte, Kultur und Landschaft Zeelands und eine dritte präsentiert eine thematisch ausgerichtete Auswahl von Exponaten des Museums, die als *Wanderkamer* (Wunderkammer) gestaltet ist. Letztere ist bei Groß und Klein besonders beliebt. Ein Stockwerk ist für Wechselausstellungen frei. Im Museumscafé kann man mittags gut essen.

**Stadhuis** HISTORISCHES GEBÄUDE

(Rathaus; ☎ 0118-675 452; Führung Erw./Kind unter 12 Jahren 5,50 €/frei; ⏲ Führung 11.30 Uhr)

Das aufsehenerregende Rathaus beherrscht den Markt. Es ist reich verziert und zeigt eine bunte Stilmischung: Die gotische Fassade zum Markt stammt aus der Mitte der 1400er-Jahre, die eher klassische Seite zur Lange Noordstraat stammt von etwa 1600.

Im Inneren finden sich mehrere sehenswerte Empfangsräume mit Schätzen wie den allgegenwärtigen Wandteppichen aus Belgien. Das Haus kann bei einer etwa einstündigen Führung besichtigt werden, die Führungen finden (fast immer) an allen Tagen statt. Dabei werden das Bürgermeisterzimmer, der Saal der Räte, der Ratssaal und der Gerichtssaal besichtigt; Eintrittskarten bekommt man im Tourist Shop.

**Lange Jan Tower** KIRCHE
(Turm Langer Jan; ☎ 0118-471 010; www.langejanmiddelburg.nl; Onder den Toren; 4 €; ⏲ Juli & Aug. 11–16.45 Uhr) An der Spitze des 91 m hohen Turms befindet sich eine vergoldete Kaiserkrone, ein Tribut für Kaiser Maximilian I. Wer die etwa 200 Stufen hinaufsteigt, wird mit einem Ausblick über den Ort belohnt.

## Schlafen & Essen

Obwohl die Ortschaft ein beliebtes Ziel für Touristen ist, kommen die meisten Besucher eher für einen Tagesausflug hierher. Daher bietet Middelburg nur eine begrenzte Anzahl an Unterkunftsmöglichkeiten. Am besten ist sicherlich das **Hotel The Roosevelt** (☎ 0118-436 360; www.hoteltheroosevelt.com; Nieuwe Burg 42; DZ 119–199 €, Suite 169–330 €; ❄📶), das zu den schönsten Boutiquehotels des Landes gezählt wird.

★ **Vliegendt Hert** EUROPÄISCH €€
(☎ 0118-236 046; www.vliegendthert.nl; Dam 61; Hauptgerichte 13–16 €, Snack 3–22 €; ⏲ Mi–So ab 15 Uhr, Küche ab 17.30 Uhr) Die Welt braucht mehr Weinlokale! Genau so wie dieses superschicke Lokal in einem umgebauten Herrenhaus aus dem 16. Jh. Essen und Trinken finden hier hinter dem Weingeschäft mit einer erstklassigen Auswahl an Weinen aus aller Welt statt. Man kann eine Flasche kaufen und zum Essen in die Weinstube mitnehmen (Korkgeld 10 €) oder aus den rund 60 offenen Weinen wählen.

**Restaurant De Eetkamer** HOLLÄNDISCH €€€
(☎ 0118-635 676; www.eetkamermiddelburg.nl; Wagenaarstraat 13-15; Hauptgerichte 26–30 €, 3-/4-/5-/6-Gänge-Menü 40/50/60/68 €; ⏲ Di–Sa 12–14, 17.30–21.30 Uhr) Schickes Restaurant mit moderner französischer Küche mit regionalen, jahreszeitlichen Erzeugnissen. Die Gerichte schmecken nicht nur gut, sondern sind auch eine Augenweide.

## Ausgehen & Nachtleben

Auch in Middelburg ist der Trend der Kaffeehauskultur angekommen und rund um den Markt befinden sich einige schicke Cafés. Hinzu kommen einige ausgezeichnete Weinlokale. Das Nachtleben konzentriert sich rund um das Programmkino und das beliebte **De Spot** (☎ 0118-633 229; http://despotmiddelburg.nl; Beddewijkstraat 15; ⏲ Do–Sa 22–4 Uhr, Öffnungszeiten variieren), in dem häufig Livemusik gespielt wird.

**Robuust!** CAFÉ
(☎ 06 2919 89 63; www.facebook.com/robuustmiddelburg/; Markt 35; Frühstück 5 €, Sandwich 4–5 €; ⏲ 8.30–18 Uhr) Pflanzen im Überfluss kennzeichnen das Café als angesagten Treffpunkt, dazu kommen große Gemeinschaftstische und eine Wega-Espressomaschine im Dauereinsatz. Der Kaffee und das Essen sind besser, als man es von einem Lokal am von Touristen überlaufenen Markt denken würde. Und auch ein Drink am späten Nachmittag schmeckt hier gut.

**De Zaak** BRUIN CAFÉ
(☎ 0118-853 200; www.dezaakmiddelburg.nl; Pottenmarkt 24; ⏲ Mo & Di 10–20, Mi 10–18, Do–Sa 10–14, So 12–20 Uhr) De Zaaks rustikale Inneneinrichtung mit dicken Balken und Weinfässern macht es zu einem gemütlichen Platz für die kalten Monate; aber am schönsten ist es bei gutem Wetter, denn dann dehnt sich die Terrasse bis auf den Pottenmarkt aus und wird zu einer riesigen Straßenparty.

**De Mug** BRUIN CAFÉ
(☎ 0118-614 851; www.demug.nl; Vlasmarkt 54–56; Hauptgerichte 15–21 €; ⏲ Mo–Do 16–24, Fr & Sa 15–1, So 15–24 Uhr) Die Bierkarte in „Der Mücke" ist umfangreich und bietet viele seltene Trappistenbiere. Unbedingt probieren sollte man das Mug Bitter, stark hopfig, das in Middelburg extra für dieses Lokal gebraut wird. Es gibt auch etwas zu essen.

## Praktische Informationen

In Middelburg gibt es keine offizielle Touristeninformation der VVV, aber im Buchgeschäft De Drvkkery befindet sich ein Schalter von **Tourist Shop** (☎ 0118-674 300; www.uitinmiddelburg.nl; Markt 51; ⏲ Mo 11–18, Di–Mi & Fr 9.30–18, Do 9.30–21, Sa 9.30–17.30 Uhr, zusätzlich 1. So im Monat 13–17 Uhr; 📶), der eine ausgezeichnete Alternative bietet.

## An- & Weiterreise

Die Regionalbusse halten am Kanaalweg in der Nähe des Bahnhofs.

### FAHRRAD

Ein Radweg verläuft durch die fruchtbare Landschaft in Richtung Osten nach Breda (140 km) und bietet Abstecher zu hübschen Ortschaften wie Goes (36 km).

### ZUG

Middelburgs Bahnhof befindet sich 300 m südöstlich des Zentrums. Regelmäßige Verbindungen nach:

| REISEZIEL | FAHR-PREIS (€) | FAHR-ZEIT (MIN.) | HÄUFIGKEIT (ZÜGE PRO STD.) |
|---|---|---|---|
| Amsterdam | 25,30 | 155 | 2 |
| Roosendaal | 12,50 | 55 | 2 |
| Rotterdam | 20,10 | 100 | 2 |

# Veere

0118 / 1500 EW.

Hier fühlt man sich wie in einem Gemälde von Vermeer: Überall stehen prächtige gotische Häuser und zeugen von dem Reichtum, den der Ort Ende des 17. bis Ende des 18. Jhs. als Hafen mit Stapelrecht für den Wollhandel mit Schottland erwarb. Als der Zugang zum Meer über das Veerse Meer im Zuge des Baus der Deltawerke versperrt wurde, hat man sich in den letzten Jahren auf den Tourismus konzentriert. Heute befindet sich in Veere ein beliebter Yachthafen.

Veeres spätgotisches **Stadhuis** (Rathaus; 0118-555 444; Markt 5) wurde Ende des 15. Jhs. erbaut und bietet einen Turm mit 48 Glocken – sowie die **Touristeninformation** (VVV; 0118-435 858; www.vvvzeeland.nl; Markt 5; 10–17 Uhr; ). Die dort tätigen Mitarbeiter geben nützliche Informationen über Bootsverleiher und Radtouren.

## Schlafen & Essen

Die Unterkunftsmöglichkeiten in der Ortschaft beschränken sich auf einige B&Bs sowie auf ein Boutiquehotel.

**De Werf** BISTRO €€€

(0118-502 105; www.dewerf.nl; Bastion 2; Sandwich 9–11 €, abends Hauptgerichte 25–29 €; 11.30–21 Uhr; ) Die Speisekarte im De Werf hat einen mediterranen Touch, bietet aber eigentlich internationale Küche. Dazu kommen eine schlichte Umgebung, eine Terrasse mit Blick über den Yachthafen und viel Trubel. Die freundlichen Mitarbeiter kümmern sich um Kinder, für die es eine eigene Speisekarte mit Lieblingsgerichten gibt.

## An- & Weiterreise

**Bus** Die Buslinie 584 (2,20 €, 20 Min.) verbindet Veere und Middelburg im Stundentakt.

**Fahrrad** Veere ist leicht von Middelburg zu erreichen (ca. 8 km).

# Domburg

0118

Auch wenn Domburg ein eher unspektakulärer Ferienort ist, kann es hier wegen der hübschen Strände im Sommer sehr voll werden. Wer den Menschnmassen entgehen möchte, sollte in den hohen Dünen Richtung Süden gehen. Man kann etwa 4 km bis hinter den Golfplatz laufen.

Die Touristinformation besitzt die Adressen der Fahrradverleiher vor Ort und verteilt Karten zum beliebten 35 km langen Radweg Mantelingen, der in Domburg beginnt und endet. Auf der Route sieht man Strände, hübsche Landschaften und Orte wie Veere.

## Schlafen & Essen

**Stayokay Domburg** HOSTEL €

(0118-581 254; www.stayokay.com; Duinvlietweg 8; B 24-32 €, DZ 63–85 €; April–Okt.; ) Domburgs HI-Hostel befindet sich in einem Schloss aus dem 13. Jh., das etwa 2 km östlich der Stadt und nur 1 km vom Strand entfernt liegt. Die gemischten Schlafsäle und Doppelzimmer sind sehr beliebt; man sollte unbedingt im Voraus reservieren.

Die Buslinie 52 von Middelburg hält an der N287 in der Nähe des Eingangs (Haltestelle Kasteel Westhove). Im Preis inbegriffen ist das Frühstück in einem der beiden Terrassencafés. Parkgebühr 6 €.

★ **Het Badpaviljoen** MEERESFRÜCHTE €€€

(0118-582 405; www.hetbadpaviljoen.nl; Badhuisweg 21; mittags Gerichte 8–28 €, abends Hauptgerichte 18–48 €; 11–23 Uhr, im Winter kürzer; ) Das bekannte Restaurant befindet sich in einem beeindruckenden Badehaus aus dem 19. Jh. mit großer Terrasse, das in den grasbewachsenen Dünen liegt. Mit Blick auf das Meer genießt man drinnen fantastisch zubereitete Meeresfrüchte, Steaks und Nudeln oder draußen auf der Terrasse einen Drink und holländische Snacks. Und die Kinder (und ihre Eltern) lieben die ihnen gereichten Malbücher mit Stiften.

## Praktische Informationen

Domburgs nur saisonal geöffnete **Touristeninformation** (VVV Domburg; ☎ 0118-583 484; www.vvvzeeland.nl; Schuitvlotstraat 32; ⌚ Ende März–Sept. Mo–Sa 9.30–17.30, So 11–15 Uhr) befindet sich am Ortseingang direkt hinter der Windmühle.

## An- & Weiterreise

**Bus** Die Buslinie 52 (3,30 €, 30 Min.) verkehrt im Stundentakt zwischen den Orten Domburg und Middelburg.

**Fahrrad** Die Region bietet ideale Radwege entlang der Deiche und durch die grüne Landschaft. Nach dem Kauf einer „Bike-Hub"-Landkarte in einer der Touristeninformationen kann die Erkundung der Provinz losgehen. Regionale Fahrradvermieter findet man unter www.vvvzeeland.nl. Middelburg ist etwa 13 km entfernt; viele Wege führen dorthin.

# Deltapark Neeltje Jans

Wer die N57 entlangfährt, erlebt hautnah den Kampf der Niederländer gegen das Meer, denn der Weg führt durch das riesige Schutzsystem der Deltawerke mit hohen Deichen und Dämmen, die die verheerenden Zerstörungen durch Sturmfluten verhindern sollen. Das wohl beeindruckendste Stück verläuft zwischen Noord Beveland und Schouwen-Duiveland in Richtung Norden. Der lange Fahrdamm auf den massiven, beweglichen Elementen wurde so konstruiert, dass das Meerwasser in und aus der Oosterschelde fließen kann. Das Sturmflutsperrwerk ist mehr als 3 km lang und erstreckt sich über drei Zuflüsse und zwei künstliche Inseln; die Bauarbeiten begannen 1976 und dauerten zehn Jahre.

Ungefähr auf halber Strecke zwischen Noord Beveland und Schouwen-Duiveland an der N57 wurde das ehemalige Besucherzentrum des Deltawerkes in einen Freizeitpark umgewandelt, der **Deltapark Neeltje Jans** (☎ 0111-655 655; www.neeltjejans.nl; Neeltje Jans; Erw./Kind 4–11 Jahre/Kind 2–3 Jahre 23/17,50/8,50 €, 1-Std. Bootfahrt extra 4 €; ⌚ Ende Juli–Mitte Aug. 10–18 Uhr, April–Juni & Sept.–Okt. 10–17 Uhr; P 👪) besitzt sogar eine Meerjungfrau als Maskottchen. Zu den Attraktionen gehören ein 3D-Film über die zerstörerische Sturmflut am 31. Januar 1953, ein Becken mit Seehunden, ein Salzwasseraquarium

### DIE DELTAWERKE

Die 1958 begonnenen Deltawerke verschlangen Milliarden von Gulden, Millionen von Arbeitsstunden und unzählige Mengen von Beton und Baumaterial bevor sie 2010 endlich vollendet wurden. Ziel war es, eine Wiederholung der Flutkatastrophe von 1953 zu verhindern, als eine gewaltige Sturmflut das Flussdelta in Zeeland überflutete und die Deiche im Landesinneren brachen. Dadurch wurden in der ganzen Region Deiche in Mitleidenschaft gezogen und ein großer Teil der Provinz wurde überschwemmt.

Die ursprüngliche Idee war, die Flussmündung abzusperren, sodass ein riesiges Frischwassergebiet entstehen sollte. Aber in den 1960er-Jahren entschieden sich die Holländer aus Umweltgründen gegen diesen radikalen Eingriff. So blieb die Oosterschelde für die Gezeiten geöffnet und eine 3 km lange Konstruktion entstand, die bei Sturmflutgefahr geschlossen werden kann. Das Sperrwerk zwischen Noord Beveland und Schouwen-Duiveland ist der beeindruckendste Teil des Deltawerkes und steht auch im Mittelpunkt des Deltapark Neeltje Jans (s. oben), dessen Exponate von den enormen Anstrengungen berichten, die unternommen wurden, um das Sperrwerk zu vollenden.

Durch das Projekt wurden die Deiche der Region erhöht und verstärkt sowie eine bewegliche Barriere am Hafen Rotterdam errichtet, dem letzten Teilstück vor der Vollendung. Als sich die öffentliche Meinung änderte, waren große Bereiche des Wassers bereits eingedämmt und in Süßwasserseen umgewandelt worden. Am Veerse Meer ist das Fischereiwesen verschwunden und wurde danach von Touristen und Segelbooten eingenommen.Die Auswirkungen der Deltawerke sind immer noch spürbar. Im Nationalpark Biesbosch gehen durch den Rückgang der Überschwemmungen Schilfgebiete zugrunde, die seit Jahrhunderten dort existiert haben. Aber wer die Sturmflut 1953 miterlebt hat, tauscht gerne jederzeit einige Schilfrohre gegen seinen Hof ein.

Auch wenn das riesige Projekt schließlich 2010 fertiggestellt wurde, gehen die Arbeiten weiter, um einzelne Abschnitte zu verstärken und zu erhöhen, in Zeiten von steigendem Meeresspiegel aufgrund des Klimawandels.

mit tropischen Fischen sowie ein Wasserpark mit einer Wasserrutsche, Wasserspielplatz und einer Orkanmaschine. Bei einer Schifffahrt erlebt man die Oosterschelde und bekommt zudem eine faszinierende Sicht auf das Sperrwerk und die Landschaft.

Die Insel bietet am Südende einen langen Strand, der bei Windsurfern beliebt ist.

Teile des Küstengebiets gehören zum **Nationalpark Oosterschelde** (www.np-oosterschelde.nl; ⏲ 24 Std.) GRATIS; in der nicht besetzten Information, die an der N57 gegenüber vom Deltapark liegt, gibt es eine interessante Ausstellung.

Die **Buslinie** 133 fährt entlang der N57 und hält auf dem Weg vom Bahnhof Middelburg am Deltapark (4,40 €, 40 Min., alle 30 Min. bis 2 Std.) oder von Zierikzee (5,30 €, 40 Min.).

# Schouwen-Duiveland

33 821 EW.

Den „Mittelfinger" des Deltas bildet eine kompakte Insel voll Dünen, die während der meisten Zeit des Jahres eine verschlafene, dünn besiedelte Gegend ist und nur in den Sommermonaten – wenn sie von Touristen aus den Niederlanden und Deutschland „überschwemmt" wird – mit Leben gefüllt ist. Die Nordseestrände und die Ferienstimmung haben dafür gesorgt, dass rund um den Ort Renesse an der Westküste viele Ferienimmobilien entstanden sind. Der Hauptort der Insel, Zierikzee (11 017 Ew.) bietet die beste Infrastruktur. In den Straßen rund um den historischen Oude Haven (Alter Hafen) befinden sich viele alte Häuser, die einen Stadtbummel lohnen. Gute Informationen finden sich auf der Website des VVV (www.vvvzeeland.nl).

## Sehenswertes & Aktivitäten

**Zierikzee** STADT

Die größte Stadt in Schouwen-Duiveland, Zierikzee, wurde im Mittelalter gegründet. Sie besitzt immer noch einige Bauwerke aus jener Zeit; dazu gehört auch **De Dikke Toren** – der Turm der ehemaligen Sint-Lievens-Kirche, die Anfang des 19. Jhs. niederbrannte. Andere historische Bauwerke sind die **Nieuwe Kerk**, die in den Jahren zwischen 1835 und 1848 als Ersatz für die Sint-Lievens-Kirche errichtet wurde, und das aus dem 16. Jh. stammende **Stadhuis** (Rathaus). Das Städtchen eignet sich wunderbar für einen Bummel durch das historische Stadtzentrum und einen Drink oder ein Essen in einem Hafenlokal.

**Westerschouwen** DORF

An der Spitze von Schouwen-Duiveland in der Nähe des Ortes Burgh-Haamstede liegt dieses kleine Dorf, in dem ursprünglich die Heringsindustrie boomte. Aber als im 16. Jh. der Hafen verlandete, zogen viele Einwohner nach Zierikzee. Heute lebt der Ort vom Sommertourismus – Hauptattraktion sind die Sandstrände mit den Dünen. Ein lohnendes Ziel ist auch der 330 ha große Boswachterij Westerschouwen (Westerschouwen-Wald), der mit dem Fahrrad, zu Fuß oder hoch zu Ross erkundet werden kann.

## Praktische Informationen

Die Touristeninformationen vom VVV befinden sich in **Zierikzee** (VVV; ☎ 0111-410 940; www.vvvzeeland.nl; Nieuwe Haven 7, Zierikzee; ⏲ Juli–Aug. Mo–Sa 10–17 Uhr), **Renesse** (☎ 0111-463 446; www.vvvzeeland.nl; Roelandsweg 3b, Renesse; ⏲ Mitte Mai–Mitte Sept. 9–17 Uhr) und in **Haamstede** (VVV; ☎ 0111-450 524; www.vvvzeeland.nl; Ring 32, Haamstede; ⏲ Juli & Aug. Mo–Sa 10–17 Uhr); alle haben nur in den Sommermonaten geöffnet.

## An- & Weiterreise

**Bus** Die Drehscheibe für alle Busse befindet sich in Zierikzee; die Bushaltestelle liegt nördlich der Innenstadt, nur fünf Minuten Fußweg an der Gracht entlang (Grachtweg). Die Buslinie 133 fährt nach Renesse (3,20 €, 30 Min.) und dann auf der N57 über die Deltawerke bis Middelburg (8,60 €, 50 Min.); unterwegs hält der Bus in vielen Dörfern. Die Buslinie 395 von Connexxion/Interliner verkehrt von Middelburg stündlich nach Rotterdam zur U-Bahnstation Zuidplein (10 €, 1 Std.).

**Fahrrad** Mit dem Rad kommt man hier am besten voran. Es gibt eine Vielzahl an Radwegen, dazu gehört auch eine Strecke entlang der Küste Richtung Norden und Süden und zu mehreren Orten der Deltawerke.

# Friesland (Fryslân)

**Inhalt ➡**



## Gut essen

- Oost (S. 247)
- Restaurant 't Golfje (S. 250)
- Proefverlof (S. 238)
- De Bessenschuur (S. 249)
- Restaurant By Ús (S. 239)
- Pure Vida (S. 249)

## Schön übernachten

- Hotel Nobel (S. 251)
- Alibi Hostel (S. 237)
- Hotel Post Plaza (S. 237)
- De Eilanden (S. 241)
- Sier aan Zee (S. 251)

## Auf nach Friesland!

Die Provinz im Norden der Niederlande wirkt mit ihrer ursprünglichen Natur wie eine Einladung, sich in friesischer Gelassenheit zu üben – inmitten einer rauen Küstenlandschaft und vieler schwarz-weiß gefleckter Friesenkühe.

Die Bewohner Frieslands sind eine ausgesprochen eigensinnige Sorte von Menschen mit einer eigenen Sprache und Ortsnamen, die auf Straßenschildern stolz präsentiert werden. Hier baute man nicht nur Deiche zum Schutz des Landes; das Land selbst musste dem Meer mühevoll abgerungen werden. Die Waddenzee (Wattenmeer) mit ihrem einzigartigen Schlickwatt zählt zu den Welterbeschätzen der Unesco, und die schmalen Inseln, die auf der weiten Wasserfläche zu schwimmen scheinen, sind die begehrtesten sommerlichen Reiseziele des Landes mit Wäldern, Dünen und Stränden, die von Radwegen durchzogen sind.

Den Mittelpunkt der Provinz markiert ihre charmante, von Grachten geprägte Hauptstadt Leeuwarden, eine der Kulturhauptstädte Europas des Jahres 2018 mit dynamischer Aufbruchstimmung. Andernorts üben spielzeughafte Fischerdörfer und Hafenstädtchen wie Hindeloopen und Harlingen mit ihrer Architektur des 16. Jhs. und einem entspannten Lebensrhythmus einen Zauber aus, der seit Jahrhunderten unverändert und hochgradig ansteckend ist.

## Reisezeit

- Der Sommer ist die naheliegendste Reisezeit. Wassersportaktivitäten haben Hochsaison, und die Inseln vor der Küste zeigen sich von ihrer besten Seite.
- Für Freunde von Festivals ist Terschelling das Ziel: Im Juni findet das Kulturfestival Oerol statt. Begeisterte Segler feiern im August die weltweit größte Binnenmeerregatta in Sneek.
- Die Nachsaison hat in alten Städten wie Leeuwarden und Harlingen einen eigenen Reiz.
- Im Winter wird das ganze Land vom großen Schlittschuhrennen der Elfstedentocht (Elf-Städte-Tour) in Atem gehalten.

## Highlights

**1 Leeuwarden** (S. 235) Exzellente Museen und eine kreative Restaurantszene sind hier zu entdecken.

**2 Schiermonnikoog** (S. 252) Im Einklang mit der Natur auf der „Insel der grauen Mönche"; der Nationalpark mit vielen Seevögeln ist von großer Ruhe erfüllt.

**3 Hindeloopen** (S. 243) Auf einer Reise in das Goldene Zeitalter Hollands gibt es viel über traditionelle Möbelmalerei zu lernen.

**4 Terschelling** (S. 247) Die Nächte durchtanzen und am Tag die Bühnenspektakel des erstklassigen Oerol-Festivals erleben.

**5 Ameland** (S. 250) Auf der idyllischen Insel mit einem bildschönen Leuchtturm und einer grenzenlosen, unberührten Natur geht jedes Zeitgefühl verloren.

**6 Harlingen** (S. 240) Den Schiffern beim Navigieren auf alten Wasserstraßen zusehen und heimische Meerestiere – Hering, Makrele, Aal und kleine Nordseekrabben – frisch vom Kutter probieren.

**7 Sneek** (S. 242) Im Segelboot – oder auf dem Paddelbrett – die Seen und Flüsse Frieslands in der Hauptstadt des Wassersports befahren.

## Geschichte

Den Friesen, die ihr Land der Waddenzee mühsam abtrotzen mussten, ist das Ringen mit den Naturgewalten nichts Unbekanntes.

Ackerbau, Fischerei und Schiffsbau bildeten viele Jahrhunderte lang die Lebensgrundlage dieser Gegend und machten Friesland zu einer der wohlhabendsten Regionen der Niederlande in der Zeit vor der Republik. Enger in die holländische Gesellschaft eingebunden wurden die Friesen, wenn auch nicht ganz freiwillig, 1932, als mit dem Abschlussdeich (Afsluitdijk) die ehemalige Meeresbucht der Zuiderzee vom Wattenmeer abgetrennt wurde. Dieser ermöglichte eine bessere Verbindung mit Amsterdam und dem Süden des Landes, wirkte sich aber verheerend auf kleine Fischerdörfer aus, die sich plötzlich am Ufer eines Süßwasserbinnensees wiederfanden.

## Anreise & Unterwegs vor Ort

Die Hauptstadt Leeuwarden ist leicht mit dem Zug aus dem Süden des Landes zu erreichen; Zugverbindungen führen von dort zu den Küstenorten des Südwestens, der Hafenstadt Harlingen im Westen und Groningen im Osten. Zu beachten ist, dass die Nebenstrecken von Arriva betrieben werden, d. h. eine OV-Chipkaart muss unabhängig von einer Zugfahrt mit der niederländischen Bahn (NS) am OV-Chipkaart-Leser eingelesen werden. Wer z. B. mit einem NS-Zug von Amsterdam nach Sneek unterwegs ist, muss sich in Leeuwarden an einem NS-Kartenleser auschecken, dann an einem Arriva-Automaten erneut einchecken, um auf der Nebenstrecke nach Sneek weiterzufahren.

In den übrigen Landesteilen der Provinz ist mehr Geduld nötig, sie sind jedoch mit Bussen erreichbar, für Inselüberfahrten stehen Fähren zur Verfügung; verschiedene Tageskarten sind erhältlich.

Radwanderwege führen kreuz und quer durch Friesland. Der Radfernweg LF3 durchquert die Provinz von Norden nach Süden und führt durch Leeuwarden. Der LF10 überquert die Waddenzee auf dem Afsluitdijk (30 km) von Noord-Holland und führt an der friesischen Küste entlang und zu allen Fährhäfen. Der LF22 führt schließlich an der südlichen Küste entlang, bevor er landeinwärts in Richtung Zwolle abbiegt.

# LEEUWARDEN (LJOUWERT)

058 / 107 600 EW.

Eine überraschende Mischung aus Eleganz, schäbigen Seitenstraßen, von Cafés gesäumten Kanälen und urbanem Aufbruch: Die Hauptstadt Frieslands ist absolut sehenswert. Von einem fantastischen Jahr als Kulturhauptstadt Europas (2018) sind herausragende Ausstellungen und innovative Kulturprojekte geblieben, die faszinierend zu entdecken sind. Ein stetiger Strom von Radfahrern ergießt sich munter über die breiten Radwege, die die Grachten der Stadt flankieren, ihre Brückenbögen sind bei Nacht in ein stimmungsvolles tiefblaues Licht getaucht. Hier lässt es sich gut verweilen und etwas von der nördlichen Gastfreundlichkeit spüren, die in den vielen Bars und Cafés von Leeuwarden mit Leichtigkeit gepflegt wird – mitten im Gedränge der lebenslustigen Liwwadders (wie die Bewohner Leeuwardens offiziell genannt werden).

## Sehenswertes

Die meisten Sehenswürdigkeiten von Leeuwarden liegen innerhalb eines entspannten zehnminütigen Spaziergangs vom **Nieuwestad**. **Zaailand**, dem zentralen Marktplatz. Der Wilhelminaplein, wie er auch genannt wird, ist der kulturelle Mittelpunkt der Stadt: Er wird auf einer Seite vom markanten Gebäude des Fries Museum begrenzt. Interessante Stadtspaziergänge bietet die private Initiative **A Guide to Leeuwarden** (www.aguidetoleeuwarden.nl) GRATIS an; die „Leeuwarden Free Tour" findet jeden Samstag um 16 Uhr auch auf Deutsch statt.

Sehenswert sind auch die historischen Schiffe verschiedener Bauarten, die in den Grachten ankern; bei der Touristeninformation (S. 240) sind Auskünfte zu Grachtenfahrten und Bootstouren zu bekommen.

### ★ Keramiek Museum Princessehof — MUSEUM

(Keramikmuseum Princessehof; 058-294 89 58; www.princessehof.nl; Grote Kerkstraat 11; Erw./Kind 12,50 €/frei; Di–So 11–17 Uhr) Wer schöne Keramik liebt, wird das niederländische Keramikmuseum bewundern. Hier wurde die weltweit größte Sammlung von Kacheln zusammengetragen, eine einzigartige Ausstellung von Delfter Keramiken und Arbeiten aus der ganzen Welt – die japanischen, chinesischen und vietnamesischen Abteilungen sind erstklassig präsentiert. Nicht versäumen: die hochrangigen wechselnden Kunstausstellungen des Museums.

Die Ausstellungen finden im stimmungsvollen Rahmen des Princessehofs statt, in dem Herrenhaus des 17. Jhs. kam der weltberühmte niederländische Grafikkünstler M. C. Escher (1898–1972) zur Welt und verbrachte hier seine ersten Jahre, bis die Familie 1903 nach Arnhem umzog. Überall in der Stadt sind Werke der Street-Art zu entdecken, in denen die von der Mathematik inspirierten Lithografien, Druckgrafiken und Holzschnitte des Künstlers verehrt werden.

### Fries Museum — MUSEUM

(058-255 55 00; www.friesmuseum.nl; Wilhelminaplein 92; Erw./Kind 13/6,50 €; Sept.–Juni Di–So 10–17 Uhr, Juli & Aug. 10–17 Uhr) Das Pro-

## Leeuwarden

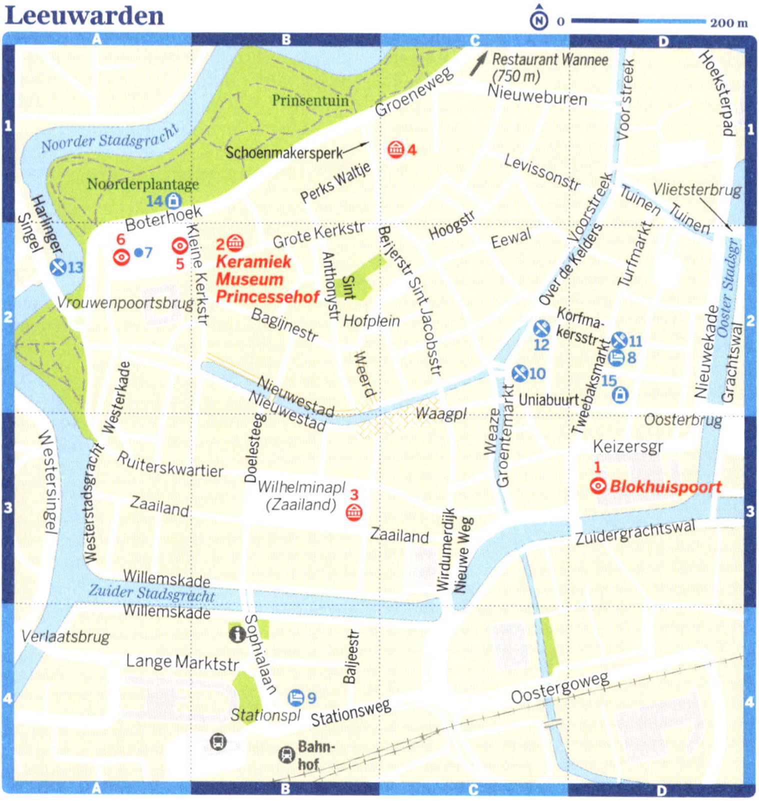


## Leeuwarden

**Highlights**
- 1 Blokhuispoort ... D3
- 2 Keramiek Museum Princessehof ... B2

**Sehenswertes**
- 3 Fries Museum ... B3
- 4 Natuurmuseum Fryslân ... C1
- 5 Obe Paviljoen ... A2
- 6 Oldehove ... A2

**Aktivitäten, Kurse & Touren**
- 7 A Guide to Leeuwarden ... A2

**Schlafen**
- Alibi Hostel ... (s. 1)
- 8 Hotel Post Plaza ... D2
- 9 Oranje Hotel ... B4

**Essen**
- 10 Broodje Bewust ... C2
- 11 Grand Café ... D2
- Proefverlof ... (s. 1)
- 12 Restaurant By Ús ... C2
- 13 Stek ... A2

**Unterhaltung**
- Podium Asteriks ... (s. 1)

**Shoppen**
- 14 Afûk ... A1
- 15 Priuw ... D2

vinzmuseum nimmt den Raum eines imposanten Gebäudes mit Glasfront ein, das eine hinreißende Dachkonstruktion aus Holz und Stahl zur Schau stellt, sie ragt weit auf den Wilhelminaplein hinaus. Auf drei Ebenen befinden sich mehrere Säle. Ein guter Ausgangspunkt ist der Saal Ferhaal fan Fryslân (erster Stock), er vermittelt einen Überblick über die Provinz durch repräsentative Objekte der Sammlung.

**Oldehove** WAHRZEICHEN

(☎058-233 23 50; www.oldehove.eu; Oldehoofsterkerkhof; Erw./Kind 3,50/1,50 €; ⊙Mitte April–Sept. 13–17 Uhr) Am nordwestlichen Rand des historischen Stadtkerns steht der bekannte Schiefe Oldehove-Turm – Frieslands Gegenstück zum Schiefen Turm von Pisa. Der Turm begann bereits aus dem Lot zu geraten, nachdem der Bau 1529 gerade begonnen hatte, und erreichte nie mehr weder eine kerzengerade Position noch die geplante Höhe. Besucher können mit einem Lift den 39 Meter hohen Turm hinauffahren und einen weiten Blick über den sich unten ausdehnenden Platz genießen, auf dem einzelne Steinplatten mit Inschriften auf den Friedhof hindeuten, der sich bis 1833 an dem Ort befand.

Im Juli und August 2018 fanden Klang- und Licht-Shows mit Videoprojektionen am Turm (Donnerstag-, Freitag- und Samstagabend um 22.45 Uhr) bei freiem Eintritt statt; viele hoffen seitdem, dass das wunderbar stimmungsvolle, abendliche Event fortgesetzt werden wird.

**Obe Paviljoen** KULTURZENTRUM

(Heer Ivostraatje 1; ⊙wechselnde Öffnungszeiten) Nach dem friesischen Dichter Obe Postma (1868–1963) ist dieser moderne Pavillon aus Holz und Glas benannt, der nicht nur in seinem architektonischen Stil Ecken und Kanten aufweist, sondern auch Ausstellungen mit scharfen Konturen zeigt. Das wellenförmige Dach hat auch die Funktion einer öffentlichen Tribüne mit hervorragendem Blick auf den historischen Oldehoofsterkerkhof und den schiefen Oldehove-Turm (s. oben).

★ **Blokhuispoort** KULTURZENTRUM

(☎06-1117 2362; www.blokhuispoort.frl; Blokhuisplein 40; Erw./Kind 10 €/frei; ⊙Mo–Do 9–17, Fr 9–23, Sa 12–17 Uhr, geführte Touren Sa 14 & 16 Uhr) Keines der markanten Bauwerke veranschaulicht die Unterströmung einer explosiven Kreativität, von der die Hauptstadt Frieslands durchdrungen ist, so deutlich, wie dieses Gefängnis des 19. Jhs., in dem ein Kulturzentrum entstanden ist. Eine Vielzahl von schwungvollen Start-ups und jungen Firmengründungen nehmen heute die Räume der alten Gefängniszellen ein; Künstlerateliers, Tattoo-Studios, Kunsthandwerksläden und ein Designerhostel haben sich im Zellentrakt H eingerichtet. Der Trendsetter unter den angesagten Restaurants der Stadt ist das Proefverlof (S. 238), die schönste Adresse für ein Essen oder Getränk am Grachtenufer. Von dort starten auch Führungen, die von einem ehemaligen Gefängniswärter in echter Uniform geleitet werden.

## Schlafen

★ **Alibi Hostel** HOSTEL €

(☎06 1207 7449; https://alibihostel.nl; Blokhuisplein 40; B 23,50–25 €, DZ mit Bad 72,70–77,50 €, DZ ohne Bad 50–55 €; @📶) Die Neuartigkeit des witzigen Designerhostels im alten Stadtgefängnis Blokhuispoort macht einen großen Teil seiner Faszination aus. Es gibt unterschiedliche Räume mit insgesamt 63 Betten: einen großen gemischten Schlafsaal mit 17 Betten (schachtelartige Schlafkabinen mit dreistöckigen Etagenbetten) und verschiedene Vier-Bett-Zellen sowie Doppelzimmer mit gemeinschaftlichen oder eigenen Bädern.

★ **Hotel Post Plaza** BOUTIQUEHOTEL €€

(☎058-215 93 17; www.post-plaza.nl; Tweebaksmarkt 27; DZ 92–310 €; ❄@📶) Draußen vor dem elegantesten Hotel der Stadt steht eine Reihe schwarzer Fahrräder; mit urbaner Eleganz wurde das Hotel im Postamt aus dem 19. Jh. und in einem benachbarten alten Bankhaus eingerichtet. Das Holz der Parkettböden, die schweren Stoffe, die ein oder andere antike Balkendecke und eine faszinierende Raumbeleuchtung ergeben eine attraktive Mischung aus alten und neuen Elementen. Familienzimmer bieten

### FRIESISCH SPRECHEN

Auf den westfriesischen Inseln wird Westfriesisch gesprochen, das dem Deutschen und Altenglischen in vieler Hinsicht nähersteht als dem Niederländischen. Einem alten Sprichwort nach verhält sich die englische zur friesischen Sprache wie die Milch zum Käse. Die Mehrheit der Friesen ist jedoch mit dem Niederländischen vollkommen vertraut.

Seit Westfriesisch als zweite Amtssprache gilt, steht der Name der Provinz, holländisch „Friesland", gleichberechtigt neben dem friesischen Namen „Fryslân". Ebenso werden Ortsnamen in der Regel zweisprachig angegeben, z. B. Leeuwarden/Ljouwert, Sneek/ Snits (die zweite Regionalhauptstadt) und Hindeloopen/Hylpen. Ein allen Friesen vertrauter Ausspruch stellt jedoch klar, welchem Land der Vorrang gebührt: *Fryslân boppe! (Friesland regiert!)*

NICHT VERSÄUMEN

## ELF-STÄDTE-TOUREN

Eislaufen ist untrennbar mit der holländischen Kultur verbunden; keine Veranstaltung vermittelt davon ein besseres Bild als die **Elfstedentocht** (Elf-Städte-Tour; www.elfstedentocht.nl). Obwohl dieses Schlittschuhrennen seit vielen hundert Jahren bekannt ist, geht es offiziell auf das Jahr 1909 zurück. Das Rennen wird auf einer 200 km langen Bahn ausgetragen, beginnt und endet in Leeuwarden und führt durch elf friesische Städte: Sneek, IJlst, Sloten, Stavoren, Hindeloopen, Workum, Bolsward, Harlingen, Franeker und Dokkum.

Die Rekordzeit eines absolvierten Eislaufs liegt bei sechs Stunden und 47 Minuten, sie wurde 1985 vom legendären Eisschnellläufer Evert van Benthem erreicht, der das Rennen erneut 1986 gewann. Zu einem besonderen Ereignis wird dieser wahre Marathonlauf durch den Umstand, dass er nur bei großer Kälte stattfinden kann, die alle Wasserstraßen vollständig zufrieren lässt; dies war seit 1909 nur fünfzehnmal der Fall – zuletzt 1997.

Die berühmt-berüchtigte Elfstedentocht wurde zum Vorbild für viele ähnliche Veranstaltungen, die glücklicherweise vom Wetter unabhängig sind: Zum 235 km langen Radrennen **Fiets Elfstedentocht** (www.fietselfstedentocht.frl; ⏲ Pfingstmontag) versammeln sich 15 000 Radrennfahrer im kleinen Ort Bolsward am Pfingstmontag zu einer Radtour durch die traditionellen elf Städte Frieslands. **SUP11** (https://sup11citytour.com; ⏲ Sept.) ist ein Wettkampf von Stand-up-Paddlern, die fünf Tage lang den Spuren der Eisläufer auf der Elfstedentocht folgen.

Raum für vier Personen, eine der beiden Suiten ist sogar mit einem eigenen Kamin ausgestattet.

**Oranje Hotel** HOTEL €€
(☎ 058-212 62 41; www.oranjehotelleeuwarden.com; Stationsweg 4; DZ ab 125 €; ❄@📶) Direkt gegenüber vom Bahnhof gelegen, ist das heutige Businesshotel die historische Hoteladresse der Stadt. Das Haus besteht seit rund 130 Jahren und strahlt mit seinen hohen Fenstern in der lebhaften Brasserie im Erdgeschoss, einem klassischen Interieur und klar aufgeteilten Räumen in Gold- und Bordeauxtönen eine zeitlose Eleganz aus. Die rückwärtigen Zimmer haben eine friedliche Aussicht ins Grüne. In der Hotelgarage können Gäste ihre Fahrräder abstellen. Ein Frühstück kostet 20 €.

## Essen & Ausgehen

Leeuwarden besitzt eine große Auswahl an Restaurants in der Hand kreativer Küchenchefs und eine Vielzahl studentenfreundlicher Sandwichbars und Imbisse.

**Broodje Bewust** SANDWICHES €
(☎ 058-203 00 20; www.broodjebewust-leeuwarden.nl; Groentemarkt 1; Sandwiches 5,50–8 €; ⏲ Mo–Fr 8–17.30, Sa 9–17.30 Uhr; 🌶) Wer den einheimischen Gästen in diesen studentischen Sandwich-Shop folgt, kann ein leichtes Mittagessen mit Grachtenblick genießen. Alles stammt aus ökologischer Erzeugung, die umfangreiche Sandwich-Karte führt viele vegane und vegetarische Optionen sowie eine kreative Auswahl mit Fisch, Fleisch, Käse und Eiern auf, außerdem gibt es Salate, würzige Tartes, Burger und Quiches.

**Stek** CAFÉ €
(☎ 058-203 73 37; www.stekleeuwarden.nl; Harlinger Singel 2; Frühstück 5,95–11,95 €, Bowls & Salate 7,95–12,95 €; ⏲ Di & Mi 9–18, Do–Sa 9–20.30, So & Mo 11–18 Uhr; 📶) Eine Holzplankenterrasse direkt über dem Wasser, ein Ausblick auf das Treiben in der Gracht – Segelboote gleiten auf die benachbarte Brücke zu, die sich hebt, um sie passieren zu lassen – unglaublich romantisch ist das mondäne Café im alten Brückenwärterhaus untergebracht. Die Speisenauswahl ist betont vollwertig und führt Frucht-Bowls, Detox-Säfte und Smoothies, Wraps, kreative Salate und Burger auf, ein köstlicher Akzent im bezaubernden Gesamtbild.

★ **Proefverlof** INTERNATIONAL €€
(☎ 058-302 00 30; www.proefverlof.frl; Blokhuisplein 40; Mittagshauptgerichte 7,50–12,50 €, Abendhauptgerichte 13,50–21 €; ⏲ 11–23 Uhr; 📶) So cool wie hier kann ein Cocktail nirgendwo sonst serviert werden: an Bord eines riesigen pinkfarbenen, aufblasbaren Flamingos, der an der Plankenterrasse des Proefverlof festgemacht ist. Die angesagteste Restaurant-Bar der Stadt glänzt auch mit einem hochkarätigen Promipublikum. Die

Speisekarte umfasst alles von friesischem Wildgänsebraten, Erbsenrisotto und Austern über knusprig frittierte Tintenfische, Steaks, sättigende Salate bis hin zu verführerischen Fingerfood-Spezialitäten.

Zum Kaffee gibt es *Fryske Dúmkes* (traditionelle friesische Aniskekse mit Mandeln oder Haselnüssen). Solo-Gäste, die gern andere Reisende oder Neubürger der Stadt treffen möchten, können einen Platz am „Häftlingstisch" reservieren – das Proefverlof befindet sich im alten Stadtgefängnis aus dem 19. Jh. (S. 237).

**Grand Café** INTERNATIONAL **€€**
(☎ 058-215 93 17; www.post-plaza.nl; Tweebaksmarkt 25–27; Hauptgerichte 16,50–28,50 €; ⏲ 7–23 Uhr; 📶) Der Name des zeitgemäßen Restaurants ist in jeder Beziehung gut gewählt. Das Café in einem Postamt von 1903 aus rotem Backstein gibt innen und außen ein herrschaftliches Bild ab. Die Speisekarte umfasst alle Tageszeiten vom warmen „Katerfrühstück" und einem Nachmittagstee mit *Fryske Sûkerbôle* (friesischem Zuckerbrot) bis hin zu edlem *Jenever* (dem holländischen Genever) und Meeresfrüchteplatten für mehrere Gäste. Gelegentlich ist an Cocktailabenden und Sonntagen Livemusik zu hören.

Das Café betreibt eine eigene Kaffeerösterei und serviert auch exzellente Mocktails mit Kaffee und andere Spezialitäten. An Verbindungen für den Laptop fehlt es ebenfalls nicht.

**Restaurant Wannee** HOLLÄNDISCH **€€**
(☎ 058-303 08 00; www.restaurantwannee.nl; Rengerslaan 8; 1/3/4 Gänge 7,50/15/20 €; ⏲ Juli & Aug. Mo–Fr 7–21 Uhr, Sept.–Juni Mo–Fr 7–21, Sa & So 8–21 Uhr; 📶) Authentischer als in diesem modernen Restaurant, das von Schülern der Hotelfachschule der Stadt geführt wird, kann die friesische Küche nicht sein. Als Einstieg ist ein fantastischer friesischer Mojito (Flying Dutchman-Rum und Beerenburg – ein Kräuterbitter auf Basis des *Genever*) gut geeignet, danach kann ein gehaltvolles Menü folgen, das die ganze Fülle regionaler Produkte zeigt. Ein Extralob gilt dem Kräutergartenbeet mitten im Restaurant und den köstlichen Vorspeisen aus einfallsreich gemachten Appetithappen.

★ **Restaurant By Ús** HOLLÄNDISCH **€€€**
(☎ 058-215 86 63; www.restaurantby-us.nl; Over de Kelders 24; 3-/4-/5-gängiges Menü 40/50/58 €; ⏲ Mi–So 18–21 Uhr; 🖉) Regionale Bio-Gerichte werden im Bistro von Michiel und Lilian im Licht von Kerzen und in einem flippigen Interieur aus Holz und Leder mit Street-Art-Elementen zelebriert. Die Rezepte der friesischen Küche ragen aus dem jahreszeitlich wechselnden Angebot besonders hervor – beim Überraschungsmenü wählen Gäste nur die Anzahl der Gänge, die auf Wunsch vegetarisch sein können, und überlassen alles Weitere dem Küchenchef. Es gibt eine exzellente Weinkarte, und im Winter sorgen Kunstfelle und ein mit Holz beheizter Ofen für Wärme.

## ☆ Unterhaltung

**Podium Asteriks** LIVEMUSIK
(http://podiumasteriks.nl; Blokhuisplein 40; 7,50–12,50 €; ⏲ Sept.–Juni) Die Bühne der Stadt für aufstrebende friesische und holländische Bands. Konzerte finden an den meisten Freitagen ab 20 Uhr statt. Man findet die Bühne im ehemaligen Gefängnis von Leeuwarden (S. 237).

## Shoppen

Bei einem Spaziergang auf der Kleinen Kerkstraat und Tuinen sind einige der originelleren Läden und Boutiquen Leeuwardens zu entdecken. Die traditionelle blau-weiße Keramik gibt es im Museumsladen des Keramiek Museum Princessehof (S. 235) zu kaufen.

**Afûk** BÜCHER
(☎ 058-234 30 79; http://afuk.frl; Boterhoek 3; ⏲ Mo–Fr 9.30–17.30, Sa 10.30–17 Uhr) In eine hervorragende Auswahl von Büchern über Friesland, darunter einige Übersetzungen von Werken friesischer Lyriker und Romanschriftsteller, können sich Besucher des friesischen Buchgeschäfts und Kulturzentrums vertiefen.

Es wird von Lan fan taal (https://lanfantaal.com) betrieben, einer Kultureinrichtung, die sowohl die friesische Literatur als auch neue Lesewelten anderer Sprachen fördert und zugänglich macht. Draußen vor der Buchhandlung fällt der Blick auf ein riesiges Ausrufezeichen – zusammengesetzt aus vielen hunderten von Social-Media-Posts aus Friesland in vielen verschiedenen Sprachen – es ist an der seitlichen Fassade des Hauses zu sehen.

**Priuw** ESSEN & TRINKEN
(☎ 058-785 04 92; www.priuw.nl; Nieuwe Oosterstraat 6; ⏲ Mi–Fr 12–18, Sa 10–18, So 13–17 Uhr) Die Zeit scheint stillzustehen in diesem alt-

modischen, nostalgischen Geschäft, in dem typische Speisen und Getränke aus dem Umland und den verschiedenen Regionen Frieslands verkauft werden. Zum Angebot gehören Käsespezialitäten, luftgetrocknete Würste, Moosbeerengelee und Konfitüren, Tees, Liköre und Spirituosen, darunter auch der traditionelle *Jenever* und der Beerenburg, eine Spezialität aus dem nahe gelegenen Sneek.

## Praktische Informationen

**Touristeninformation** (VVV; ☎ 058-234 75 50; www.vvvleeuwarden.nl; Sophialaan 4; ⏲ Mo 11–17, Di–Fr 9.30–17, Sa 10–16 und So 12–15 Uhr)

## An- & Weiterreise

Leeuwarden befindet sich am Ende der Haupteisenbahnstrecke aus dem Süden. Es ist zugleich auch der zentrale Bahnhof des regionalen Zugverkehrs in Friesland, von dem westwärts verlaufende Bahnlinien nach Harlingen (über Franeker), Stavoren (über Sneek) und Groningen führen, die von Arriva betrieben werden. Schließfächer sind im Eingangsbereich des Bahnhofs zu finden.

| REISEZIEL | FAHRPREIS (€) | FAHRZEIT (MIN.) | HÄUFIGKEIT (ZÜGE PRO STD.) |
|---|---|---|---|
| Groningen | 10 | 45 | 3 |
| Utrecht | 24,10 | 120 | 2 |
| Zwolle | 12,40 | 60 | 3 |

Busse halten auf der linken Seite des Bahnhofsausgangs. Leeuwarden liegt rund 110 km nördlich von Kampen (bei Zwolle) am Radernweg des LF3.

INSIDERWISSEN

### DE TOBBEDANSER

Gegenüber dem Fährhafen steht eine **Bronzeskulptur** (Oude Ringmuur), von einer Holzbank umgeben, ein hübscher Platz für eine Pause mit Hafenblick. Die Figur stammt vom niederländischen Bildhauer Bert Kiewiet (1918–2008) und erinnert an die Zeit der Wollfabrikation in Harlingen. Zur Reinigung wurde die Wolle in großen Bottichen in Wasser getaucht und tänzerischer Beinarbeit unterworfen, daher der heimische Spitzname der Bewohner Harlingens – *Tobbedansers*.

# DIE KÜSTE DER WADDENZEE

Zwischen der friesischen Hauptstadt und dem bildschönen Hafen von Harlingen dehnt sich ein intensiv bewirtschaftetes Bauernland aus, dessen Mittelpunkt ein historisch bedeutender Ort ist – die alte Universitätsstadt Franeker. Im Norden von Harlingen begrenzt ein hoher Deich die weite Fläche des Wattenmeeres (Waddenzee) und verbindet eine Reihe abgelegener Bauerndörfer, deren geduckte Backsteinhäuser stoisch auf riesige Ackerflächen blicken.

## Harlingen

☎ 0517 / 15 822 EW.

Von allen alten friesischen Küstenorten hat nur Harlingen seine Verbindung zum Meer behalten. Die Stadt nimmt immer noch eine wichtige Rolle als Seehafen für die Region ein – es ist der lebhafte Fährhafen für den ganzjährig betriebenen Fährverkehr zu den Inseln Terschelling und Vlieland.

Harlingen bewahrt ein vollständiges Bild seiner baugeschichtlichen Vergangenheit in einem attraktiven, denkmalgeschützten Stadtkern: Dieser besteht zum größten Teil aus hübschen Grachtenhäusern des 16. und 18. Jhs., in deren winzig kleinen, nett gepflegten Vorgärten Bänke mit Wasserblick stehen und Malvenbeete in leuchtenden Farben angelegt sind. Das Glockenspiel am *stadhuis* (Rathaus) lässt zu jeder halben und vollen Stunde seine hübsche Melodie erklingen, wie es schon seit der Mitte des 18. Jhs. in der ganzen Stadt zu hören war.

### Sehenswertes & Aktivitäten

Harlingen lässt sich zu Fuß am schönsten entdecken. Bei Spaziergängen entlang der Grachten sind Hebebrücken zu sehen, die sich in regelmäßigem Rhythmus öffnen, insbesondere am **Zuiderhaven** und **Noorderhaven** mit ihrem Gedränge von Segeljachten. Der Letztgenannte war seit dem 16. Jh. ein Hafen für Hochseeschiffe; er ist von Häusern gesäumt, die aus der wohlhabenden Handelsepoche stammen. Ein umwerfender Blick über den betriebsamen Hafen und die Silhouette der Altstadt mit Kirchturm und Giebelhäusern öffnet sich von der Aussichtsplattform des leuchtend weißen **Leuchtturms** im Art-déco-Stil, zu der eine Wendeltreppe aus Metall führt.

ABSTECHER

## FRANEKER (FRJENTSJER)

6 km östlich von Harlingen liegt die charmante kleine Stadt Franeker, wo das älteste noch funktionstüchtige Planetarium der Welt verborgen ist. Mit einer gut erhaltenen Altstadt, die wie zu einem unbeschwerten sommerlichen Spaziergang geschaffen ist, kann sie leicht einen Tagesausflug ausfüllen. Franeker wurde nach der Reformation zu einer bedeutenden Universitätsstadt, bis Napoleon die Universität 1810 auflösen ließ.

Das **Eise-Eisinga-Planetarium** (☎ 0517-393 070; www.planetarium-friesland.nl; Eise Eisingastraat 3; Erw./Kind 5,25/4,50 €; ⏲ ganzjährig Di–Sa 10–17, So 11–17 Uhr, April–Okt. Mo 11–17 Uhr) ist nach seinem Erbauer, einem Wollfabrikanten des 18. Jhs., benannt, der nebenher ernsthafte Forschungen in kosmischer Mathematik und Astrologie betrieb. Von 1774 bis 1781 richtete er das Planetarium im Wohnzimmer seines Grachtenhauses ein, um die Mechanik der Himmelskörper anschaulich zu machen. Es ist faszinierend zu sehen, wie Eisinga ein bewegliches Modell des Sonnensystems aus einem mechanischen Räderwerk bauen konnte, das die Umlaufbahnen und -geschwindigkeiten der Planeten so differenziert darstellt.

Ein Arriva-Zug hält in Franeker (ab Leeuwarden; 4 €, 16 Min., 2-mal stündl.), 500 m von der Stadtmitte entfernt.

**Museum Hannemahuis Harlingen** MUSEUM
(☎ 0517-413 658; www.hannemahuis.nl; Voorstraat 56; Erw./Kind 5/2,50 €; ⏲ Di–So 12–17 Uhr) Untergebracht im Herrenhaus einer angesehenen Familie Harlingens aus dem 18. Jh., bewahrt das Museum das maritime Erbe der Stadt. Ein besonderer Fokus liegt auf der Bedeutung der Stadt für den Walfang, der Friesland in der Zeit um 1700 einen so großen Wohlstand bescherte. Weitere Ausstellungen behandeln andere einträgliche Bestrebungen wie das Silberschmiedehandwerk und das Brennen des *Jenever*.

## Schlafen

**'t Heerenlogement** HOTEL €
(☎ 0517-415 846; www.heerenlogement.nl; Franekereind 23; EZ/DZ/3BZ/4BZ 70,50/92/126/144 €; Ⓟ) Die Geschichte dieses Hotelrelikts von 1654 wird eifrig gepflegt – bis hin zu den großgemusterten Tapeten in den unterschiedlich gestalteten Zimmern, von denen eher eine Atmosphäre gerade vergangener Jahrzehnte ausgeht. Wirklich eindrucksvoll ist die Lage des Hauses am Grachtenufer: eine Terrasse mit Blumenschmuck, die in der Abendsonne besonders schön wirkt, ein benachbarter englischer Garten, der zwischen alten Mauern angelegt ist.

**De Eilanden** BOUTIQUEHOTEL €€
(☎ 0517-210 002; Noorderhaven 24; DZ 95–120 €) Einen unwiderstehlichen Charme besitzt das prächtige Boutiquehotel mit Grachtenlage in einem spielzeugartigen alten Stadthaus mit karamellfarbenem Mauerwerk und sonnenblumengelben Farbakzenten. Elegantes Parkett, gemusterte Tapeten und schwere Stoffe dekkorieren die zeitgemäß gestalteten Zimmer; die Räume im obersten Stockwerk beeindrucken mit jahrhundertealten Balken und schönen Ausblicken aufs Meer (eines verfügt sogar über eine Dachterrasse). Rezeption und Frühstück werden vom benachbarten Hotel Zeezicht mit übernommen.

**Hotel Zeezicht** HOTEL €€
(☎ 0517-412 536; www.hotelzeezicht.nl; Zuiderhaven 1; DZ 115 €; 📶) Einen treffenderen Namen als „Meerblick“ kann es für dieses Hotel am Wasser nicht geben; es nimmt einen dominierenden Platz gegenüber dem Fährhafen und dem alten Leuchtturm ein. Mehrere Zimmer, einige mit dem zusätzlichen Vorteil eines Balkons, haben einen Meerblick, die Terrassenbar des Hotels bietet eine ortstypische Eleganz passend zum Sundowner. In den Zimmerpreisen ist ein Frühstück enthalten.

## Essen

Die Voorstraat und ihre westliche Verlängerung, der Grote Bredeplaats, sind von lässigen Restaurants und Cafés gesäumt, deren Tische bei schönem Wetter stimmungsvoll bis an die Straßen gerückt sind. Fische und Austern aus Nordsee und Wattenmeer sind naheliegenderweise die regionalen Spezialitäten des Ortes.

**★ De Tjotter** FISCH €€

(☎ 0517-414 691; www.detjotter.nl; St Jacobstraat 1-3; Menüs 26,50–39,50 €, Hauptgerichte 20–26,50 €; ⏲ Mi–Sa 12–22, So–Di 13–22 Uhr) Hering, Makrele, Kabeljau, Aal und Massen winziger Nordseekrabben werden direkt von den Fischkuttern in das beste Fischrestaurant Harlingens geliefert. Gäste, denen die Auswahl hier schwerfällt, können einen Probierteller mit fünf verschiedenen Sorten bestellen, der mit Pommes frites, Salat und einer köstlichen Kapernsoße serviert wird, oder in einem opulenten viergängigen Menü mit Schalen- und Krustentieren schwelgen. An der „Austern- und Fischbar" am Wasser sitzen die Gäste ganz ungezwungen beim Essen, im Restaurant geht es dagegen förmlicher zu.

**Nooitgedagt** INTERNATIONAL €€

(☎ 0517-434 211; www.eetcafenooitgedagt.nl; Grote Bredeplaats 35; Hauptgerichte 17–21,50 €; ⏲ 11.30–22 Uhr) Der Name könnte grob mit „etwas, woran man nie gedacht hätte" übersetzt werden. In diesem stilvollen Café in einem Weinlagerhaus aus dem Jahr 1647 erwartet die Gäste eine ganz besondere Atmosphäre. Im Raumdesign verbinden sich urban wirkende weiße Fliesen mit dem verwitterten Holz der Tische und sonnenblumengelben Barstühlen, die Klänge von Jazz mit der jugendlichen Stimmung einer Strandbar. Die kreative gehobene Küche umspannt die ganze Welt: Fischcurry, Spare-Ribs oder Austern aus der Waddenzee sind einige Beispiele.

## ℹ Praktische Informationen

**Touristeninformation** (☎ 0517-430 207; www.harlingen-friesland.nl; Grote Bredeplaats 12; ⏲ Mo–Sa 10–17, So 12–16 Uhr)

## ℹ An- & Weiterreise

Harlingen ist durch Arriva-Züge mit Leeuwarden (5,49 €, 22 Min.) verbunden, diese fahren zweimal stündlich. Die Bahnstationen liegen südlich des Stadtzentrums und in Hafennähe (Harlingen Haven), 300 m vom Fährhafen entfernt. Ganzjährig werden Fährverbindungen nach Vlieland (90 Min.) und Terschelling (45 oder 90 Min.) betrieben; der Fahrkartenverkauf ist tgl. von 7.30 bis 20.10 Uhr geöffnet.

Der Fährhafen liegt am Radfernweg dem LF10, der 8 km im Süden an der Küste zum Afsluitdijk und zum Übergang nach Noord-Holland verläuft; in nordöstlicher Richtung passiert er die Fährhäfen zu den Inseln Ameland und Schiermonnikoog.

# SÜDWESTLICHES FRIESLAND

Die seenreiche Region südwestlich von Leeuwarden ist ein attraktives Ziel für Segler, Windsurfer und alle anderen Wassersportbegeisterten. Seit die Region durch den Afsluitdijk vom Meer abgeschnitten wurde, sind die Küstenorte Hindeloopen und Stavoren in einen verschlafenen Zustand gefallen, in dem ihre Seefahrervergangenheit noch nachwirkt. Stavoren ist der Abfahrtshafen für die Fähren in Richtung Noord-Holland.

## Sneek (Snits)

☎ 0515 / 33 855 EW.

Friesen kommen sprichwörtlich schon als Segler und Fischer zur Welt. Für die Bewohner von Sneek ist das sicherlich zutreffend, es blieb ihnen aber auch nichts anderes übrig: Die friesischen Seen und Flüsse sind mit dem IJsselmeer verbunden und überziehen das Land mit einem Fleckenmuster, das dem der friesischen Milchkühe nicht unähnlich ist. Wer es nicht erwarten kann, selbst ein Segel zu setzen, der ist hier genau am richtigen Ort.

### ◉ Sehenswertes & Aktivitäten

**Fries Scheepvaart Museum** MUSEUM

(☎ 0515-414 057; www.friesscheepvaartmuseum.nl; Kleinzand 16; Erw./Kind 7,50/3 €; ⏲ Mo–Sa 10–17, So 12–17 Uhr) Sneek ist seit Jahrhunderten ein Knotenpunkt der friesischen Wasserwege. Das Fries Scheepvaart Museum veranschaulicht stilvoll die Seefahrt und die Schifffahrtskunde in der Provinz in ihren zahlreichen Facetten. Die Prunkstücke des Museums sind die Modelle der *Skûtsjes* und *Kuffen*, die eine so große Bedeutung für den inländischen und überseeischen Handel besaßen.

**JFT Watersport** BOOTSFAHRTEN

(☎ 0515-443 867; www.jft-watersport.nl; Hendrik Bulthuisweg 16; Verleih pro Tag 50–200 €) Der Familienbetrieb verleiht Segelboote in vielen verschiedenen Formen, sowohl offene als auch Kajütboote. Der Verleih von Stand-up-Paddelbrettern (pro Std./4 Std./Tag 10/25/35 €) ist die zweite Attraktion des Betriebs, passend dazu werden auch Wetsuits verliehen (5 €); Buchungen sind vorab im Internet möglich.

NICHT VERSÄUMEN

## DIE WACHOLDERVERSUCHUNG

Kein Getränk hat in der Seestadt Sneek eine ältere Tradition als der *Beerenburg*, ein Kräuterbitter auf der Grundlage des Genever, mit dem sich ursprünglich die Seeleute gegen Kälte und Krankheiten wappneten. Seit 1864 wird er bei **Weduwe Joustra** (☎0515-412 912; www.weduwejoustra.nl; Kleinzand 32; ⏱Mo–Fr 9–18, Sa 9–17 Uhr) gebrannt, einem faszinierenden alten Spirituosengeschäft, das in der fünften Generation geführt wird. Im oberen Stockwerk gibt es ein Museum und einen Verkostungsraum, im Hinterhaus befindet sich die Brennerei.

Kräuter und Aromen nach geheimen Rezepturen – darunter können u. a. Lorbeerblätter, Wacholderbeeren, Enzianwurzel, Sandelholz, Süßholz und Orangenschalen sein – werden in riesigen Fässern in *Jenever* (dem holländischen Wacholderschnaps) eingelegt und für mindestens vier Wochen mazeriert. Es entsteht ein Kräuterbitter mit einem beachtlichen Alkoholgehalt von 32 %. Im Geschäft sind außerdem Beerenburg FS und Beerenburg FSOB mit höllischen 38 % in Keramikflaschen zu kaufen, sie reifen drei bzw. fünf Jahre lang in Eichenfässern zu einem perfekten friesischen Digestif heran.

Führungen von einer Stunde (Erw./Kind 5 €/frei) mit Verkostung können telefonisch reserviert werden.

## Feste & Events

**Sneekweek** SPORT

(www.sneekweek.nl; ⏱Anfang Aug.) Zu keiner Jahreszeit geht es in Sneek festlicher zu als beim jährlichen Segelfestival Anfang August. Es ist die größte Segelsportveranstaltung auf allen Binnengewässern Europas. Eine Regatta mit Feuerwerk eröffnet das Fest, zu dem zahlreiche Segelwettkämpfe, ein Markt sowie Spiel und Spaß in den Straßen gehören.

## Schlafen & Essen

Die Übernachtungsmöglichkeiten hier sind begrenzt; viele Besucher kommen im Rahmen von Tagesausflügen von Leeuwarden hierher.

**Stadslogement King-Size** B&B €

(☎0515-487 605; www.stadslogementkingsize.nl; Prins Hendrikkade 20; DZ 70–90 €; ❄📶) Fünf auf stilvolle Art zeitgemäße Zimmer stehen in diesem historischen Gebäude von 1898 zur Verfügung. An diesem Ort wurden die berühmten holländischen „King"-Pfefferminzbonbons erstmals 1902 hergestellt. Die luxuriösen Räume sind mit Wasserkesseln und raffinierter Beleuchtung ausgestattet, eine Wendeltreppe führt zu zwei Dachbodenräumen hinauf. Das Frühstück in hundertprozentiger Bio-Qualität wird aufs Zimmer gebracht und kostet 10 €.

Das B&B besitzt keine Rezeption; die Gäste wählen verschiedene Telefonnummern zum Öffnen der automatischen Eingangstür und der Zimmertüren.

**Royaal Belegd** SANDWICHES €

(☎0515-750 503; www.royaalbelegd.nl; Lemmerweg 4; Sandwiches 3,95–6,50 €; ⏱Di–Fr 9–17, Sa & So 10–17 Uhr) „Fairer Handel und von Hand gemachtes gutes Essen" lautet die Maxime in diesem witzigen Eckcafé. Sitzplätze an der Bar vor einer großen Fensterfront bieten weite Ausblicke über Sneeks charaktervolle Kanalschleusen, kreativ belegte *broodjes* (Sandwiches) aus verschiedenen Nuss- und Körnerbroten sind ein perfektes leichtes Mittagessen. Frühstücksgerichte und exzellente Kaffeespezialitäten gibt es außerdem.

## Praktische Informationen

**Touristeninformation** (VVV; ☎0515-750 678; www.vvvzuidwestfriesland.nl; Kleinzand 16; ⏱Mo–Fr 10–17, Sa 12–17 Uhr)

## Anreise & Unterwegs vor Ort

Vom Bahnhof ins Stadtzentrum ist es ein Spaziergang von fünf Minuten entlang der Stationstraat. Eine Fahrt in einem der Arriva-Züge auf der Strecke Leeuwarden–Stavoren kostet 4,68 € (22 Min., 2-mal stündl.).

Bei **Profile Rodenburg** (☎0515-413 096; www.profiledefietsspecialist.nl; Lemmerweg 13-15; ⏱Di–Fr 9–18, Sa 9–17 Uhr), 150 m westlich des Waterpoort, werden Fahrräder verliehen.

# Hindeloopen (Hylpen)

☎0514 / 920 EW.

Geduckt am Ufer des IJsselmeers gelegen, war Hindeloopen jahrhundertelang vom übrigen Friesland abgeschnitten. Wer sich über das flache Land dem Ort nähert, bemerkt plötzlich einen Wald von Bootsmasten, durch den sich der Ort am Horizont zu erkennen gibt.

Im 16. und 17. Jh. gingen Handelsschiffe aus Amsterdam in diesem Hafen an der Zuiderzee auf ihrem Weg nach England und Skandinavien vor Anker, brachten dem Land Wohlstand und verbanden es mit der großen Welt. Die überwältigende Schönheit und der Zauber des Goldenen Zeitalters Hollands ist noch lebendig im heutigen Hindeloopen mit seinen schmalen Gassen und blumengeschmückten Grachten, der Vielzahl von Brücken (16, um genau zu sein) und der Handvoll äußerst geschickter Möbelschreiner, die seit Generationen die aufwendig bemalten Eichenholzmöbel wie ihre Vorfahren von Hand bauen.

## Sehenswertes & Aktivitäten

Der grasbewachsene Deich, der den Ort begrenzt und im Sommer mit weidenden Schafen gesprenkelt ist, ist eine eindrucksvolle Umgebung für Wanderungen und bietet lohnende, weite Ausblicke über das IJsselmeer. Im Süden ist die windige Küste ein beliebtes Revier der Kitesurfer.

**Museum Hindeloopen** MUSEUM

(☎ 0514-521 420; www.museumhindeloopen.nl; Dijkweg 1; Erw./Kind 6/4 €; ⌚ April–Okt. Mo–Sa 11–17, So 13.30–17 Uhr) Die Ausstellungen des kleinen Museums im Innern des einstigen Rathauses (1683) neben der Kirche richten den Fokus auf die Seefahrtsgeschichte und traditionelle Handwerkskünste des Ortes, insbesondere die kunstvolle Möbelmalerei des 16. und 17. Jhs., für die Hindeloopen berühmt ist. In mehreren Räumen werden blau-weiße friesische Kacheln und lebensgroße Figuren von Bewohnern der Gegend in Trachten aus der Zeit um 1740 gezeigt.

**Het Eerste Friese Schaatsmuseum** MUSEUM

(Friesisches Schlittschuhmuseum; ☎ 0514-521 683; www.schaatsmuseum.nl/home; Kleine Weide 1–3; Erw./Kind 3/2 €; ⌚ Mo–Sa 10–18, So 13–17 Uhr) In außerordentlich kalten Wintern ist Hindeloopen einer der wichtigsten Orte an der Strecke des Schlittschuhrennens der Elfstedentocht (S. 238). Das eisige Spektakel ist, wie das Eislaufen selbst, der Schwerpunkt des Museums. Die Ausstellungen, die das Schlittschuhlaufen im Wandel der Jahrhunderte behandeln, sind genauso fesselnd wie die Geschichte der Elf-Städte-Tour.

## Essen & Ausgehen

Ein Festessen mit Austern aus der Region und dem dunklen, nussigen *Fries roggebrood* ist eine gute Einführung in das kulinarische Friesland. In ein paar Restaurants mit Blick auf den alten Hafen werden diese regionalen Spezialitäten neben einer Fülle von frischem Fisch serviert.

**De Hinde** HOLLÄNDISCH €€

(☎ 0514-523 868; www.dehinde.nl; 't Oost 4; Mittagshauptgerichte 6–12,50 €, Abendhauptgerichte 12–29,50 €, 3-gängiges Abendmenü 37 €; ⌚ Do–Di 11–21 Uhr) Die Terrasse gegenüber einem altertümlichen Rettungsbootsschuppen ist der schönste Platz des Hafenrestaurants, das seit drei Generationen von einer Familie geführt wird. Von 12 bis 16 Uhr werden Mittagsgerichte wie Erbsensuppe, Heringssalat und *Fries roggebrood* mit frischem Schafskäse angeboten. Am Abend werden köstliche Fischgerichte serviert, z. B. Austern der Region, Räucheraal aus dem IJsselmeer und Zander.

Über dem Restaurant gibt es mehrere stilvolle Zimmer mit Meerblick zu mieten.

**De Drie Harinkjes** HOLLÄNDISCH €€

(☎ 0514-522 222; www.de3harinkjes.nl; Buren 39; Hauptgerichte 19–22,50 €; ⌚ Mo, Di & Fr 17–21, Sa 16–21, So 12–21 Uhr) An kalten Tagen lässt es sich in diesem Fischrestaurant in einer historischen Autowerkstatt am alten Hafen gut entspannen. Im Speiseraum mit Dachterrasse im oberen Stock bieten sich den Gästen hinreißende Ausblicke auf das IJsselmeer und das Schauspiel glühender Sonnenuntergänge am Horizont. Zu den Fischspezialitäten gehören u. a. in Butter gebratene Scholle und Kabeljau in Senfsoße, außerdem gibt es eine schmackhafte Auswahl an Grillspezialitäten mit Fleisch.

**De Foeke** CAFÉ

(☎ 06 4257 6330; www.defoeke.com; Nieuwstad 49; ⌚ Mai–Sept. Mi–So Garten ab 10 Uhr, Club Sa 22 Uhr bis open end) Versteckt am Ende des Hafens, ist die anheimelnde *terras* ein friedlicher Ort, an dem sich die Gäste mit Blick auf eine Gracht und angrenzende, blumenreiche Gärten hinterm Haus im Gras entspannen können. Romantische Zweisitzersofas aus alten Holzplanken stehen am Wasser, dazu werden kleine Gerichte serviert.

Zwischen Mai und September nehmen an Samstagabenden nächtelange Tanzpartys im Club De Foeke (Eintritt 2 €) ihren Lauf; die Türen öffnen sich um 22 Uhr.

## Shoppen

★ **Roosje Hindeloopen** KUNST & HANDWERK

(☎ 0514-521 251; https://roosjehindeloopen.com; Nieuwstad 44; ⏲ Mo–Sa 8.30–12.30 & 13.30–17 Uhr) Ein Rundgang durch Werkstatt und Geschäft des ältesten Möbelschreiners von Hindeloopen ist ein Highlight. Das Familienunternehmen wurde 1894 gegründet und wird heute von Bertus und seinen beiden Söhnen Johan und Titus geführt, unter deren Händen exquisite Klapptische, Truhen und traditionelle Schlitten entstehen, die an die reich verzierten Möbelstücke erinnern, mit denen wohlhabende Schiffskapitäne ihre Häuser im 17. Jh. ausstatteten.

Die nach Kundenwünschen handgearbeiteten Stücke – jedes einzelne mit einer Fülle von Blumen, Vögeln, verschlungenen Linien, Szenen aus der griechischen Mythologie und anderen Motiven sorgfältig von Hand mit Ölfarben bemalt – werden in die ganze Welt exportiert und kosten mehrere tausend Euro. Die Werkstatt ist in einem Kapitänshaus aus dem Jahr 1656 untergebracht, das stilecht mit originalen handbemalten Wandtäfelungen und Wandgemälden im Büro des oberen Stockwerks verziert ist. Besucher, die höflich darum bitten, lässt Titus vielleicht einen Blick hineinwerfen.

## Praktische Informationen

Die kleine, aber hilfreiche Touristeninformation im Museum Hindeloopen (S. 244) hält Verzeichnisse von Hotels und B&Bs im Ort sowie eine praktische Broschüre (1,50 €) bereit, in der ein faszinierender Spaziergang durch Hindeloopen beschrieben ist. Es gibt außerdem einen Fahrradverleih.

## An- & Weiterreise

Die winzig kleine Bahnstation – nicht mehr als ein Bahnsteig inmitten von Feldern – liegt einen landschaftlich reizvollen Spaziergang von 2 km außerhalb des Ortes entfernt. Ein glücklicher Zufall ist es eher, wenn die Fahrtzeiten des Zuges mit der Buslinie 102 oder dem Shuttlebus Opstapper (4 €, stündl.) übereinstimmen, der zwischen Bahnstation und Ortsmuseum pendelt. Arriva-Züge fahren stündlich nach/von Leeuwarden (8,25 €, 45 Min.) über Sneek (4,70 €, 20 Min.) und weiter nach Stavoren, von wo die Fähren nach Enkhuizen in Noord-Holland ablegen.

Mit dem Fahrrad sind es 27 km von Sneek nach Hindeloopen über IJlst, wo zwei windschiefe Sägemühlen vom einstigen Bauholzhandel des idyllischen Ortes zeugen, und in die von Seen bedeckte Region westlich von Oudega. Von Hindeloopen verläuft der Radfernweg LF22 an der Küste entlang nördlich nach Harlingen und südlich nach Stavoren.

# WESTFRIESISCHE INSELN

Der Bogen von Inseln vor der Küste Frieslands – Vlieland, Terschelling, Ameland und Schiermonnikoog – bildet ein einzigartiges natürliches Ganzes und eine ausgeprägt eigenständige Region Hollands. Wie eine natürliche Barriere zwischen der friesischen Küste und der Nordsee begrenzen sie die Waddenzee (Wattenmeer), ein Welterbe der Unesco seit 2009 und ein vorzügliches Revier fürs *wadlopen* – Wattwanderungen mit professionellen Naturführern. Von Dörfern, Polderdeichen und Salzmarschen werden die Inseln an ihren Küsten zur Waddenzee hin gesäumt, während ihre Nordseite von Stränden und Dünen geprägt ist. Landeinwärts findet man ausgedehnte Wald- und Heideflächen, die von Wander- und Radwegen kreuz und quer durchzogen sind.

Seit mindestens tausend Jahren sind die abgelegenen Inseln bewohnt; wiederholt mussten sie den Gewalten der Natur Opfer bringen, wenn das Meer ganze Orte von der Landkarte spülte und wandernde Sandbänke neue Konturen schufen. Unter der Notwendigkeit, dem Land eine Lebensgrundlage abzuringen, wandten sich die Inselbewohner der Fischerei und dem Walfang zu. Seit dem Ende des Zweiten Weltkriegs ist der Tourismus aber die wichtigste Säule der Wirtschaft.

## An- & Weiterreise

Regelmäßig verbinden Fähren die Inseln mit dem Festland. Für die Mitnahme von Autos oder Fahrrädern werden zusätzliche Gebühren verlangt.

### INSELUNTERKÜNFTE

Bei einem riesigen Andrang von Sommergästen (die Einwohnerzahlen verzehnfachen sich regelmäßig an Wochenenden mit schönem Wetter) kann es auf den Inseln voll werden; nach einer Unterkunft sollte man sich möglichst rechtzeitig umsehen. Zur großen Vielfalt der Übernachtungsmöglichkeiten gehören Hotels, B&Bs und Ferienhäuser sowie zahlreiche Campingplätze.

Nach Vlieland und Schiermonnikoog dürfen nur die Anwohner ein Auto mitnehmen. Auf allen friesischen Inseln gibt es gute Busverbindungen sowie Fahrradvermietungen mit Elektro- und anderen Rädern direkt an den Fährhäfen.

Es lohnt sich, die Preise im Internet zu vergleichen; bei Überfahrten nach Terschelling oder Vlieland bietet z. B. die **Rederij Doeksen** (☎0889 000 888, 06 1332 6406; www.rederij-doeksen.nl) eine hervorragende Tageskarte inkl. Leihfahrrad pro 24 Stunden ab der Ankunft an.

# Vlieland

☎0562 / 1145 EW.

Historisch die entlegenste und bis heute die am seltensten besuchte der Inseln, ist Vlieland ein stürmisches und wildes Fleckchen Erde, aber genau das macht einen großen Teil seines Charmes aus. Fähren kommen in der einzigen Ortschaft, dem von Wald umgebenen Oost Vlieland, am östlichen Ende der Insel an. Dort sind alle Hotels, Restaurants und Einrichtungen zu finden. Das westliche Ende der Insel ist ein wüstenartiges Ödland, das der Gewalt des Meeres ausgeliefert ist, es dient zum Teil als militärisches Gelände.

## Sehenswertes & Aktivitäten

Die Insel lädt mit ihrer Fläche von 72 km² dazu ein, mit dem Fahrrad oder zu Fuß entdeckt zu werden, vor allem ihre Strände mit einer Gesamtlänge von 18 km. Eine Radtour rund um Vlieland kann ein Abenteuer sein; es gibt viele unbefestigte Wege, die für wagemutige Geländefahrer eine Herausforderung sind. Die Touristeninformation (S. 247) hält Material zu unbegleiteten Naturwanderungen und Radtouren in englischer Sprache bereit.

**Museum Tromp's Huys** MUSEUM
(☎0562-451 600; www.trompshuys.nl; Dorpsstraat 99; Erw./Kind 4/2,50 €; ⏲Di–Do & Sa 14–17, Fr 10–13 Uhr) Wie auf einer Zeitreise versetzt das winzige Museum im ältesten Wohnhaus von Vlieland (es stammt von 1575) Besucher in das Inselleben am Anfang des 20. Jhs. Die norwegische Landschaftsmalerin Betzy Akersloot-Berg (1850–1922) lebte und arbeitete ab 1896 auf Vlieland und malte die Landschaften der Insel und das Meer unzählige Male. Mehrere ihrer Werke hängen im Museum, außerdem sind antike Schiffsmodelle, Karten, Silber und andere Ausstellungsstücke zu sehen, die in einem Wohnhaus auf Vlieland des frühen 20. Jhs. üblich waren.

**Vlieland Outdoor Center** KAJAKFAHREN
(☎06 5146 0152; www.vlielandoutdoorcenter.nl) Das Outdoorzentrum sorgt für praktisch alles, was mit Aktivitäten in der Natur zu tun hat: Wildwasserflöße und Kajaks, Kites (2 Std. Kitesurfen mit Unterricht kosten 70 €) und Stand-up-Paddelbretter (12,50 €/Std.) werden verliehen und Kurse angeboten. Zum Programm gehören auch Golf und Tennis am Strand sowie Koch-Workshops unter freiem Himmel (3 Std. kosten 72 €), dabei gehen die Teilnehmer auf Muschelsuche ins Watt und kehren zur Zubereitung ihrer Funde ins Strandlager zurück. Das Zentrum liegt westlich des Badwegs in den Dünen.

**De Noordwester Information Centre** OUTDOOR
(☎0562-451 700; www.denoordwester.nl; Dorpsstraat 150; ⏲Juni–Sept. Mo–Fr 10–17, Sa 14–17, So 12–17 Uhr, sonst wechselnde Öffnungszeiten) Hier können sich Besucher zu Wanderungen oder Vogelbeobachtungen zusammenschließen. Zum Angebot gehören auch tägliche Bootsfahrten rund um die Insel, in denen auch ein wenig *wadlopen* enthalten ist.

## Essen & Ausgehen

Zahlreiche Cafés und Restaurants mit Sommerterrassen und Speisekarten, die übereinstimmend Steaks, Fisch und das ein oder andere Pastagericht aufführen, reihen sich an der Dorpsstraat, der Hauptstraße des Ortes, aneinander. In derselben Straße gibt es alles für ein Strandpicknick zu kaufen: in den beiden kleinen Supermärkten Vlielands in den Häusern Nr. 38 und 108. Frisches Brot und Gebäck ist in der Dorfbäckerei im Haus Nr. 100 zu bekommen.

**Leut Koffiebar & Logies** CAFÉ €
(☎0562-853 791; www.leutvlieland.nl; Dorpsstraat 118; Salate & Sandwiches 5,25–11,95 €; ⏲9–18 Uhr; 📶) Mit einer hübschen Terrasse unter Bäumen ist das karamellfarbene Ziegelsteinhaus eine mondäne Adresse an der Hauptstraße für einen Chai Latte, ein Smoothie oder frisch aufgebrühten Kräutertee. Unter einem Frühstück versteht man hier reichlich Joghurt und Obst-Bowls; zu Mittag werden köstliche Salate und Wraps in der Zeit von 11.30 bis 17 Uhr angeboten. Zum High Tea werden unter anderem wild wach-

sende Cranberrys direkt von der Insel, begleitet von opulenten Mengen von *slagroom* (Schlagsahne), serviert.

Gästen, die dem fantastischen Kaffee, dem vollwertigen Essen und dem von skandinavischem Design inspirierten Interieur hoffnungslos verfallen sind, bietet das Leut drei elegante Hotelzimmer (DZ ab 100 €) mit einer kleinen gemeinschaftlichen Küche im oberen Stockwerk an.

**★ Oost** FISCH €€
(☎ 06 1007 8585; https://oostvlie.nl; Fortweg 20, Strand Fortweg Vlieland; Hauptgerichte 9,95–15 €; ⊙ April–Sept. 10–22 Uhr) Kein Strandrestaurant der Insel hat so viel Stil wie dieser *Strandpaviljoen* – das fantastische Oost, in seinem modernen Design einer Schuhschachtel ähnlich, liegt verborgen zwischen Dünen und einem verträumten Strandabschnitt mit feinem goldbraunen Sand. Fisch und Schalentiere aus der Nordsee und dem Wattenmeer sind die Spezialitäten des Hauses – sie werden mit kreativen Fusion-Akzenten im Holzkohleofen zubereitet.

Das Mittagsangebot *Schelpen in het Zand* („Miesmuscheln im Sand") ist ein Bowl-Gericht mit Miesmuscheln, würzigem geriebenen Brot und Kräutern, dazu gibt es Brot mit Meeresalgenbutter – genauso herausragend wie der hausgemachte Burger mit Rindfleisch, Wakame-Braunalgen und Wasabi-Mayonnaise. Außerhalb der Hauptzeiten gibt es kleine Gerichte mit Sardinen, Heringen, Muscheln oder Frühlingsrollen mit Meerestieren. Das Abendessen wird ab 18 Uhr serviert, besteht aus vier Gängen und ist nur nach einer Reservierung zu haben.

## Praktische Informationen

**Touristeninformationen** (VVV; ☎ 0562-451 111; www.vlieland.net; Havenweg 10; ⊙ Mo–Fr 9–17, Sa 10–17, So 10–12 & 16–17 Uhr)

## An- & Weiterreise

Die Rederij Doeksen (S. 246) betreibt regelmäßige Fährverbindungen von Harlingen nach Vlieland (Erw./Kind Hin- und Rückfahrt 26,66/13,26 €), die Überfahrt dauert 90 Minuten. Abfahrt ist normalerweise um 8.30 oder 9 Uhr sowie 14 und 19 Uhr, die Fahrpläne wechseln jedoch in jeder Saison. Eine schnelle Fährverbindung (39,36/26,42 €) dauert 45 Minuten (direkt) und 90 Minuten über Terschelling. Es lohnt sich, auf preiswerte Saisonangebote zu achten: 2018 wurde eine Tageskarte für 25 € bzw. eine Tageskarte inkl. Leihfahrrad oder Busfahrten auf der Insel für 29 € angeboten.

Im Sommer bietet **De Vriendschap** (☎ 022-231 64 51; http://waddenveer.nl; Erw./Kind Tageskarte Hin- und Rückfahrt 29,50/19,50 €, Fahrrad 10 €; ⊙ Mai–Sept.) eine Verbindung zwischen Vlieland und Texel durch eine 30-minütige Fahrt über das Flachmeer. Tagesfahrten (Erw./Kind 29,50/19,50 €) starten bei Het Posthuys in der Ortsmitte, dort gehen Passagiere an Bord des **Vliehors Express** (☎ 06 2182 0842; www.vliehorsexpres.nl; Dorpsstraat 74; Erw./Kind 16,50/11 €). Eine 12 km lange Fahrt führt zum Hafen von Vliehors am westlichen Ende von Vlieland, von dort fahren Schiffe nach Texel. Eine einfache Überfahrt (18,50/12 €) nach Texel ist ebenfalls möglich, falls ein Aufenthalt auf der Insel geplant ist.

## Unterwegs vor Ort

Bei **Jan van Vlieland** (☎ 0562-451 509; www.janvanvlieland.nl; Havenweg 7; ⊙ Juli & Aug. 9–21 Uhr, April–Juni & Sept. 9–18 Uhr, sonst kürzere Öffnungszeiten) können Fahrräder/E-Bikes (8/20 € pro Tag) gegenüber dem Fähranleger geliehen werden, außerdem auch Tandems, Kinderfahrräder und Anhänger. Ein Bus befährt die wenigen Straßen von Oost-Vlieland.

# Terschelling

☎ 0562 / 4720 EW.

Terschelling ist die größte der westfriesischen Inseln; sie ist auch touristisch am besten erschlossen und wird am häufigsten bereist. Dörfer reihen sich zwischen Polderdeichen und Dünen über die Ausdehnung der Insel von 30 km aneinander. West-Terschelling mit dem Fährhafen am westlichen Ende der Insel und das benachbarte Midsland sind die größten Orte mit vereinzelten Andenkenläden, Cafés und Restaurants. Das östliche Ende der Insel ist eine wilde und abgelegene Einöde. Insgesamt haben die Wander- und Radwege eine Länge von 250 km.

## Sehenswertes & Aktivitäten

Die Touristeninformation (S. 250) ist der Startpunkt für eine riesige Vielfalt organisierter Ausflüge, Aktivitäten und Workshops, darunter Wattwanderungen, Robben- und Vogelbeobachtungen und Wanderungen in Begleitung von Naturführern.

**Bunker Museum** MUSEUM
(Stellung Tiger; ☎ 0562-850 732; http://bunkersterschelling.nl; Tigerpad 5, West-Terschelling; Erw./Kind 5 €/frei, Führung 8 €; ⊙ Di–Fr 10–17, Sa 12–17, So 11–16 Uhr) In einem Waldgebiet

## INSEL-HOPPING

Im Sommer verkehren täglich Fähren zwischen den Inseln Texel, Vlieland und Terschelling, ohne einen Zwischenhalt auf dem Festland einzulegen.

Für Gäste, die genügend Zeit mitbringen, gibt es eine abenteuerliche Alternative, bei der alle Inseln mit Noord-Holland verbunden werden. Der **Eilandhopper** (020-261 46 28; www.eilandhopper.nl; Juli & Aug.) betreibt zwei grazile Klipper, die mehrere hundert Jahre alt sind: Die *Avontuur* segelt zwischen Amsterdam und Terschelling (über Enkhuizen und Stavoren) und die *Willem Jacob* zwischen Texel und Schiermonnikoog, wobei alle Inseln angelaufen werden. Die Ausflüge können mehrere Tage (mit Unterkunft und Verpflegung an Bord), einen Tagesausflug (55 € pro Person) oder eine Tagestour mit Übernachtung (70 €) umfassen. Die Abfahrt erfolgt normalerweise von Terschelling um 18 Uhr mit Ankunft auf Ameland am folgenden Vormittag um 11 Uhr. Fahrpläne und Reservierungsmöglichkeiten sind im Internet zu finden.

östlich von West-Terschelling verborgen liegt ein ungewöhnliches, unterirdisches Labyrinth von 85 Bunkern, die im Zweiten Weltkrieg als Radarstationen dienten. Die Bauarbeiten begannen 1941 und dauerten bis 1944 an. Bei einem Besuch der kleinen Ausstellung und mehrerer Bunker sind Helme, Munition, Lagepläne und andere Gegenstände aus dem Besitz der 200 deutschen Soldaten zu sehen, die in der Stellung Tiger und anderen Stellungen am Atlantikwall stationiert waren. Im Rahmen einer Führung kann auch der Übertragungsraum besichtigt werden.

**Terschelling Museum 't Behouden Huys** MUSEUM

(0562-442 389; www.behouden-huys.nl; Commandeurstraat 30, West-Terschelling; Erw./Kind 5/2 €; April–Okt. Mo–Fr 11–17, Sa & So 13–17 Uhr, Nov.–März Mi, Sa & So 13–17 Uhr) Ein netter Ort für einen Regentag ist das kleine Museum zur maritimen Geschichte und den Traditionen der Insel. Es ist nach dem „Winterhaus" benannt, in dem der niederländische Entdeckungsreisende Willem Barents und seine Mannschaft in der Inselgruppe Nowaja Semlja überwintern mussten, nachdem sie 1596 im Nordpolarmeer vom Eis eingeschlossen worden waren; ein Nachbau dieses Winterhauses ist auch im Museum ausgestellt.

**De Boschplaat** PARK

Das ausgedehnte Naturschutzgebiet am östlichen Ende der Insel, De Boschplaat, war ursprünglich eine von zwei Inseln, bis 1880 die Meerenge zwischen den beiden versandete. Wanderwege führen kreuz und quer durch ein Dünengelände mit hohen Strandgräsern, das von unzähligen Zugvögeln bevölkert ist.

## Feste & Events

**Oerol** KULTUR

(www.oerol.nl; Erw./Kind 30/7,50 €, Vorverkauf 25/5 €; Ende Juni) Das jährliche Open-Air-Festival Oerol wird im ganzen Land als perfekter Anlass zum tagelangen Feiern begrüßt. Es geht auf einen Brauch der Bauern zurück, ihre Kühe an einem Tag des Jahres frei laufen zu lassen (daher die Bezeichnung *oerol* – „überall"). Es ist eine ausgelassene Kunst- und Kulturveranstaltung, bei der die Maske nordländischer Sprödigkeit für zehn Tage in der zweiten Junihälfte ins Rutschen kommt, ein fröhliches Fest mit Theater, Musik und Straßenunterhaltung auf improvisierten Bühnen, die überall auf der Insel, auch an Stränden, in den Dünen und in den Kiefernwäldern, aufgeschlagen werden.

## Schlafen

Vom Zeltplatz und Hostel bis hin zum Luxushotel sind Übernachtungsmöglichkeiten aller Preisklassen auf dieser großen Insel vertreten. Die größte Auswahl an Unterkünften ist in West-Terschelling und Midsland zu finden.

**Stayokay Terschelling** HOSTEL €

(0562-442 338; www.stayokay.com/terschelling; 't Land 2, West-Terschelling; B ab 26,50 €, DZ/3BZ/4BZ 120/136/160 €; Rezeption 9–17 Uhr; ) Dieses Haus einer landesweit betriebenen Kette steht an einem Steilufer mit Hafenblick, 1½ km östlich des Leuchtturms in West-Terschelling. Die Ausblicke aufs Meer von der Mensa, der Terrasse und vielen der Zimmer sind unvergleichlich schön, der Standort ist so fern von allem, dass es schon abenteuerlich wirkt. Busse der Linie 121 halten in der Nähe (Haltestelle Dellewal); auch der Küstenradweg führt in nordöstlicher

Richtung zum Hostel. Handtücher können selbst mitgebracht oder für 3,50 € geliehen werden.

**'t Wapen van Terschelling** HOTEL €
(☎ 0562-448 801; www.twapenvanterschelling.nl; Oosterburen 25, Midsland; EZ ohne Bad 40 €, DZ mit/ohne Bad 99/69 €; 📶) Mitten in der Boutiquen- und Cafézeile von Midsland, 6 km östlich des Fährhafens liegt dieses alteingesessene Gasthaus. Unten befindet sich ein einladendes Bruin Café mit einer viel gelobten Bierauswahl und faszinierenden Erinnerungsstücken (darunter Straßenschilder, Musikinstrumente, Figuren, Küchengerätschaften). 24 gut gepflegte Zimmer sind mit Teppichen, einige mit gemeinschaftlichen Bädern, andere mit Balkonen ausgestattet. In den Zimmerpreisen ist auch ein Frühstück enthalten.

## Essen & Ausgehen

**De Bessenschuur** CAFÉ €
(☎ 0562-448 800; www.terschellingercranberry.nl; Badweg West 1, West-Terschelling; Kuchen 4–7 €; ⏲ 11–17 Uhr) Ursprünglich diente die Waldhütte als Lagerhaus für die in diesem Teil der Insel reiche Cranberryernte. In dem hübschen Haus mit rot-weiß gestreiften Baldachinen werden heute verschiedene Getränke, Gebäck, Kuchen und Süßspeisen mit den Beeren zubereitet. Ein idealer Zwischenstopp auf einer Radtour vom oder zum Strand von West ann Zee (2,3 km weiter nördlich).

Seit Jahrhunderten werden die wilden Cranberrys, die in den Dünen verstreut wachsen, auf der Insel gesammelt – zur Blütezeit dieses Heidekrautgewächses von Ende Mai bis Anfang Juni bedeckt ein purpurrotes Blütenmeer die feuchten Dünentäler. Erntezeit ist in der Regel von Anfang September bis November. Ein kleines Museum im oberen Stock des Hauses Bessenschuur zeigt Schwarz-Weiß-Fotos der Cranberryernte im Lauf der Jahrhunderte.

★ **Pura Vida** INTERNATIONAL €€
(☎ 06 1185 5457; www.puravidaterschelling.nl; Oosterburen 36, Midsland; Toasts & Sandwiches 6,95–8,95 €, Hauptgerichte 14,50 €, kleine/große Bowls 10,50/16,50 €; ⏲ Küche 10–22 Uhr, Bar 10–24 Uhr; 📶) Die jugendliche Foodbar mit Bio-Küche trifft den süßen Geschmack ihrer Gäste, sei es mit einem Smoothie am Morgen (einen Versuch wert: Spinat, Ingwer, Yuzu-Frucht und Mandelmilch), einem Cocktail oder einer vollständigen Mahlzeit. Zur Mittagszeit werden opulent belegte Toasts, Sandwiches, Salate und Burger (mit Lamm, Fisch oder Meeresalgen) serviert. Die abendliche Küche (ab 17.30 Uhr) bietet eine große Auswahl an Bowl-Gerichten mit Einflüssen aus aller Welt, z. B. mit rohem Fisch, Nüssen oder Chinakohl.

**De Walvis** FISCH €€
(www.walvis.org; Groene Strand 1, West-Terschelling; Hauptgerichte 15–25 €; ⏲ Feb.–Dez. Do–Di 10.30–20.30 Uhr, Bar 10–23 Uhr) Am Fuß der westlichen Dünen findet man den „Wal", einen flachen Strandpavillon an einer mit Gräsern bewachsenen Düne mit einer riesigen Terrasse, von der das stetig wechselnde Panorama der Waddenzee zu betrachten ist. Neben dem Fang des Tages werden in der Küche eine kräftige Bouillabaisse und



**INSIDERWISSEN**

### DIE KÜCHE DES MEERES

Koch und B&B-Inhaber Flang ist gebürtiger Terschellinger und veranstaltet ideenreiche kulinarische Ausflüge und Workshops in seinem **Kookstudio Flang in de Pan** (☎ 0562-850 134; www.flangindepan.nl; Dorpsstraat 25) im Dorf Hoorn, darin enthalten sind zweistündige Wanderungen in der Waddenzee (April bis Oktober; Erw./Kind 20/12,50 €) und die Suche nach Austern, Strandschnecken und Algen für eine Mahlzeit, die anschließend nach Anweisung zubereitet wird. Auf einer der Winter-Veranstaltungen gehen die Teilnehmer auf die Suche nach Erbsen und Möhren – auf einem amüsanten Spaziergang durch Hoorn (19,50/16,50 €, inkl. Erbsensuppe).

Für Fischliebhaber gibt es eine Wanderung zu einer traditionellen *takkenfuik*, einer Reuse aus Ästen im Watt, bei der es viel über traditionellen Fischfang und die Zubereitung der Tiere zu lernen gibt; die Teilnehmer bereiten selbst ein Fischgericht zu (67 €). Flang hält außerdem einige B&B-Zimmer über seinem Kochstudio für Übernachtungsgäste bereit.

Fleisch vom französischen Limousin-Rind zubereitet. Ein Genuss für zwischendurch ist die Cranberrytorte mit Schlagsahne.

★ **Restaurant 't Golfje** NIEDERLÄNDISCH €€€
(☎0562-448 105, 06 2060 8796; www.restaurant-tgolfje.nl; Heereweg 22a, Midsland; 4- bis 7-gängige Menüs 42,50–62,50 €; ⌚Mi–So 18–21 Uhr, geschl. 2 Wochen im Juli) In Terschelling geboren und zu einer Ausnahmeköchin gereift, lockt Helga Stobbe Feinschmecker mit mehrgängigen Menüs in ihr rustikales Restaurant am nördlichen Rand von Midsland. Die kleinen Gerichte bestehen aus Fisch und Meerestieren der Region in überraschenden Kombinationen, die von ihren Reisen inspiriert sind. Fantastische Weine werden zu jedem Gang empfohlen, die Gäste bestellen die gewünschte Anzahl von Gängen. Nicht im Menü enthalten sind Käse oder Nachtisch (11/8,50 €).

**De Ouwe Smitte** KAFFEE
(☎0562-448 069; www.deouwesmidte.nl; Oosterburen 37, Midsland; ⌚Mo–Sa 10–17 Uhr) Der Liebe der Holländer zu einem gut gemachten Kaffee ist es zu verdanken, dass die Insel über eine eigene Kaffeerösterei verfügt, zu der außerdem ein verführerisches Café, ein Tearoom und eine Boutique an der Hauptstraße von Midsland gehören. Die Auswahl ist groß: Kaffee aus der Stempelkanne oder dem Handfilter, „kalt gebrüht", als Espresso oder vielfältig aromatisierte Cappuccino- und Latte-Spezialitäten – Black Pearl mit dunkler Schokolade und Chili ist einfach sensationell.

Teespezialitäten, handwerklich gemachte holländische Schokolade, hausgemachtes Cranberrytoffee und Teegebäck mit Schlagsahne sind nur einige der wirklich unwiderstehlichen süßen Spezialitäten, die hier zu haben sind.

## Praktische Informationen

**Touristeninformation** (VVV; ☎0562-443 000; www.vvvterschelling.nl/en; Willem Barentszkade 19a, West-Terschelling; ⌚Mai–Sept. Mo–Fr 9.30–16, Sa 10–15, So 11–14 Uhr, sonst kürzere Öffnungszeiten)

## An- & Weiterreise

Die Rederij Doeksen (S. 246) betreibt regelmäßige Fährverbindungen von Harlingen nach Terschelling (Erw./Kind Hin- und Rückfahrt 26,66/13,26 €, Fahrrad 15 €), eine Überfahrt von zwei Stunden. In der Regel gibt es täglich drei, an Sommerwochenenden bis zu fünf Abfahrten. Eine schnelle Fährverbindung (Erw./Kind Hin- und Rückfahrt 39,36/26,42) dauert 45 Min. und legt dreimal täglich ab.

Im Sommer fahren Dienstag bis Donnerstag schnelle Fähren von Terschelling nach Vlieland (30 Min.). Aktuelle Fahrpläne im Internet.

Es lohnt sich, auf günstige Sonderangebote zu achten: 2018 wurde eine Tageskarte zu jeder der Inseln für 25 € bzw. eine Tageskarte inkl. Leihfahrrad oder Busfahrten für 29 € angeboten.

## Unterwegs vor Ort

Stündlich befahren Busse (2 €) die ganze Länge der Hauptstraße. An der Hauptstraße in West-Terschelling findet man **Rijwielverhuur Tijs Knop** (☎0562-442 052; www.tijsknop.nl; Torenstraat 10/12, West-Terschelling; 3-/7-Gang-Hollandrad pro Tag 6,50/8,50 €; ⌚9–18 Uhr), eine von mehreren Fahrradvermietungen auf der Insel. Auf Wunsch wird das Gepäck zur Unterkunft gebracht.

# Ameland

☎0519 / 3591 EW.

Von allen westfriesischen Inseln ist Ameland die ausgeglichenste. Ihre vier Dörfer – Buren, Nes, Ballum und Hollum – sind touristisch weniger erschlossen als die Ortschaften Terschellings, bieten aber den meisten Gästen eine ausreichende Infrastruktur. Obwohl den Naturgewalten weniger stark unterworfen als Schiermonnikoog oder Vlieland, birgt diese Insel noch genügend weite Gebiete unberührter Naturschönheit. Alles in allem ist Ameland ein Bild der Ruhe, wie es nicht idyllischer sein kann.

Nur 8 km vom friesischen Festland entfernt, ist Ameland auf einer schnellen Fährüberfahrt zu erreichen, manche ziehen es vor – in Begleitung eines qualifizierten Wattführers – zu Fuß hinüberzugehen (S. 265). Ameland hat von allen vier Inseln die vielleicht seltsamste Geschichte: Um 1400 war die Insel ein Lehen holländischer Grafen und wurde in den folgenden Jahrhunderten von friesischen Häuptlingen regiert, bis der letzte Abkömmling der Herrscherfamilie 1680 ohne Nachkommen starb. Ursprünglich bestand Ameland aus drei Inseln, die im 19. Jh. durch künstliche Sandbänke miteinander verbunden wurden.

## Sehenswertes & Aktivitäten

Unter allen Inselorten ist der einstige Walfängerhafen **Nes** aus dem 18. Jh. besonders lebhaft und charmant, seine Straßen sind von adretten Backsteinhäusern gesäumt. Von **Hollum**, am weitesten westlich gelegen, sind windverwehte Dünen leicht zu Fuß zu erreichen, in Sichtweite steht ein berühmter rot-weiß geringelter Leuchtturm mit weiten Ausblicken.

In ihrem östlichen Drittel besteht die Insel aus einer Mischung aus Marschland und Dünen – ohne die geringsten Anzeichen menschlicher Besiedlung!

Mit ihrer gesamten Länge von 25 km ist Ameland mühelos per Rad zu bewältigen. Radwege verlaufen über die ganze Insel, darunter ein 27 km langer, befestigter Sandweg, der fast an der gesamten Länge der Nordküste, unterhalb schützender Dünen, verläuft.

**Leuchtturm** LEUCHTTURM

(Oranjeweg 57, Hollum; Erw./Kind €5/3.75; März–Okt. Mo 13–17, Di 10–17, Mi–So 10–17 & 19–21 Uhr, sonst kürzere Öffnungszeiten) Das Wahrzeichen von Ameland ist ein rot-weiß geringelter Leuchtturm, der mit seiner Höhe von 55 m am westlichen Ende der Insel aufragt. Als einziger Leuchtturm der Inselkette ist er auch öffentlich zugänglich; der Bau aus Gusseisen kann über 236 Stufen bestiegen werden und ermöglicht von oben weite Ausblicke über die Insel und die Waddenzee. Beim Aufstieg können die Besucher Exponate zur Geschichte des Leuchtturms betrachten und den Erlebnisberichten alter Leuchtturmwärter lauschen, die digital vermittelt werden.

Von Hollum kommend (1 km östlich gelegen), fahren die Radfahrer westlich auf dem Badweg und folgen dann dem welligen Sandweg durch den Hollumerbosch, einen Kiefernwald.

**Natuurcentrum Ameland** MUSEUM

(Naturzentrum Ameland; 0519-542 737; www.amelandermusea.eu; Strandweg 38, Nes; Erw./Kind 6,75/4,75 €; März–Nov. Mo–Fr 10–17, Sa & So 11–17 Uhr, sonst kürzere Öffnungszeiten) Direkt im Norden von Nes gelegen, besitzt das Schutzzentrum ein exzellentes Meeresaquarium, in dem sich etliche Bewohner der Nordsee tummeln, unter ihnen Rochen, Pfeilhechte und Aale. Besucher können vom angrenzenden Beobachtungsturm die Insel von Küste zu Küste überblicken oder auf einem 2,2 km langen Rundwanderweg zum Nesserbos, einem Waldgebiet, wandern. Das Schutzzentrum bietet Touren an, darunter Wattwanderungen, Strandspaziergänge und Ausflüge zum Netzfischen.

## Schlafen

**Camping Middelpôlle** CAMPINGPLATZ €

(06 2386 8480; Het Westerpad 3, Nes; Zeltplatz 6,50 €, zusätzlich Erw./Kind 5/3,50 €; April–Sept.) Die vollkommene Abgeschiedenheit zwischen Dünen und Wald macht den Reiz des naturnahen Campingplatzes mit 40 Zeltplätzen und vielen Wildkaninchen aus, die auf Grashügeln zwischen den Bäumen herumhoppeln. Es gibt keine Elektrizität, der Strand liegt nur einen Spaziergang von 15 Minuten entfernt. Wer ein Zelt bewohnen, aber nicht auf Komfort verzichten will, kann eines von drei vollausgestatteten Quonset-Zelten mit jeweils eigener Küche mieten.

**Sier aan Zee** HOSTEL €

(0519-555 353; http://sieraanzee.nl; Oranjeweg 59, Hollum; EZ/DZ/3BZ/4BZ 55/65/82,50/110 €; ) Peter und Ruth sind die einfallsreichen Köpfe hinter diesem quirligen Hostel in Hollum, das im Zweiten Weltkrieg ein Erholungsheim für deutsche Soldaten war. Die Atmosphäre eines sommerlichen Ferienlagers geht von den schlichten, aber gut gepflegten Zimmern aus, in denen sich gern Familien mit Kindern einrichten; es gibt Veranstaltungen für Kinder – und sanft gewellte Dünen direkt vor der Haustür. Das Hostel liegt 200 m hinter dem Leuchtturm; die Buslinie 130 hat hier eine Haltestelle.

**Hotel De Jong** HOTEL €

(0519-542 016; www.hoteldejong.nl; Reeweg 29, Nes; EZ/DZ 74,20/89 €; ) An der Straßenkreuzung von Ameland steht das freundliche Gasthaus, das in der Saison voller Leben ist. Von einer Terrasse mit Tischen und Stühlen ist das Kommen und Gehen der Fähren (1 km südlich) zu sehen. In den zwölf Zimmern harmoniert das reinliche Weiß der Wände mit dem hellen Holz des Parketts und vereinzelten maritimen Gemälden. Das maritime Thema setzt sich im schmackhaften Eintopf mit Meerestieren oder Aal mit Kräutern im Café des Hauses fort.

★ **Hotel Nobel** DESIGNHOTEL €€

(0519-554 157; www.hotelnobel.nl; Gerrit Kosterweg 16, Ballum; DZ ab 160 €; ) Ein perfektes Designobjekt ist das luxuriöse Hotel mit Restaurant und 19 eleganten Zimmern, die in strahlenden Weißtönen und mit großformatigen Modefotografien an den Wänden in einem umgebauten Bauernhaus eingerichtet wurden. Zwei romantische Suiten wurden in einer säkularisierten Ziegelsteinkirche auf dem von Bäumen bestandenen Hotelgelände eingerichtet, in dem angrenzenden Bruin Café wurde 1902 der berühmte Ameländer Nobeltje-Likör erfunden.

## Essen & Ausgehen

**★ Sunset** BAR

(☎06 2070 3648 0519-554 280; www.thesunset.nl; Oranjeweg 61, Hollum; ⏲Mo, Di, Do & Fr 10–23, Mi 9–23, Sa & So 12–23 Uhr) Nicht weit von der Postkartenschönheit des Leuchtturms (S. 251) in Hollum ist dieser sommerliche Strandclub entfernt. Gäste kommen hier mit ortskundigen Insulanern beim Gin Tonic oder Cocktail ins Gespräch, die schönsten Sonnenuntergänge der Insel liefern den passenden Hintergrund. Ein paar frisch geöffnete Austern machen alles perfekt.

Das ganztägige Speisenangebot ist genauso fantastisch. Aus der Küche kommen kreative Fischgerichte, Sandwiches mit Zupfbraten oder Falafel (12 €), außerdem Suppen, geröstete belegte Brote und Burger zum Mittag. In der Abenddämmerung sind Gerichte wie scharfes Thunfisch-Sushi, geräucherte Makrele mit Grünteenudeln oder einfach der Tagesfang frisch aus der Nordsee keine schlechte Wahl.

## Praktische Informationen

Die zentrale **Touristeninformation** (VVV; ☎0519-546 546; www.vvvameland.nl; Bureweg 2, Nes; ⏲Mo–Fr 9–17, Sa 10–15.30 Uhr) der Insel befindet sich in Nes, sieben Minuten zu Fuß oder eine Bushaltestelle vom Fährhafen entfernt.

## An- & Weiterreise

**Wagenborg** (☎0900 9238, aus dem Ausland 088-103 10 00; www.wpd.nl) betreibt Fährverbindungen zwischen Nes und dem großen Fährhafen von Holwerd auf dem Festland. Die Fähren verkehren fast alle zwei Stunden (Erw./Kind Hin- und Rückfahrt 15,10/8,35 €, Auto mit Fahrer/Fahrrad 22,90/9,50 €, 45 Min.) ganzjährig in der Zeit von 9 bis 20 Uhr sowie im Juli und August freitags und samstags jede Stunde.

Von Leeuwarden fährt die Arriva-Buslinie 66 zum Fährhafen Holwerd (5 €, 40 Min., stündl.). Mit dem Fahrrad sind es 26 km auf dem LF3b.

Taxis und ein kleines öffentliches Busnetz verbinden die vier Inselorte und sind auf den Fährfahrplan abgestimmt. Einfache Busfahrkarten kosten 1,50/2 € mit/ohne OV-Chipkaart, ein Tagespass zum Preis von 5 € gewährt unbegrenzte Busfahrten. **Kiewiet Fietsverhuur** (☎0519-542 130; www.fietsenopameland.nl; Oude Steiger 1, Nes; Räder mit 3-/7-Gangschaltung pro Tag 8/9 €; ⏲Mo–Do 8–19, Fr 9–21, Sa & So 8.30–19 Uhr) mit einem Standort direkt beim Fährhafen verleiht 7-Gang-Hollandräder (Gazelle).

# Schiermonnikoog

☎0519 / 947 EW.

Als die kleinste und stillste der westfriesischen Inseln ist Schiermonnikoog der ideale Ort für alle, die auf der Suche nach dem Alleinsein sind. Die Stimmung der völligen Abgeschiedenheit kann betörend wirken, wenn man die Insel mit ihrer bescheidenen Länge von 16 km, einer Breite von 4 km und Stränden von insgesamt 18 km erkundet – tatsächlich ist die gesamte Insel, mit Ausnahme ihrer einzigen Ortschaft, als Nationalpark geschützt. Der Name leitet sich von den grauen Mönchskutten (*skier* ist friesisch und bedeutet „grau") der Zisterziensermönche her, die die Insel bis ins 15. Jh. bewohnten.

## Sehenswertes & Aktivitäten

Schiermonnikoog ist fürs Radfahren hervorragend geeignet und auch ein beliebtes Ziel der *wadlopers* (Wattwanderer) vom Festland her. In der Dunkelheit bezaubert die Insel, die fast völlig frei von Lichtverschmutzung ist, Sterngucker mit einem überwältigenden Nachthimmel.

**Nationalpark Schiermonnikoog** NATIONALPARK

(☎0519-531 641; www.np-schiermonnikoog.nl; Torenstreek 20; ⏲Besucherzentrum Mo–Sa 10–12 & 13.30–17, So 13.30–17 Uhr) Die gesamte Insel, außer ihrem einzigen Ort und der umgebenden Polderlandschaft, wurde 1989 als erster Nationalpark der Niederlande ausgewiesen. Auf einer Gesamtfläche von 54 km² mit Stränden, Dünen, Salzmarschen und Waldgebieten kann die Orientierung leicht verloren gehen. Besucher, die gut geplante Wanderungen bevorzugen, können sich einer Vielzahl von geführten Touren anschließen; Informationen und Reservierungen vergibt das **Bezoekerscentrum Schiermonnikoog**, das in einem alten Kraftwerk zu Füßen des weißen Leuchtturms im Ort eingerichtet ist.

Einen weiten Rundblick gewährt der **Wassermann**, diese Überreste eines deutschen Bunkers stehen auf der Höhe bewaldeter Dünen im Norden des Ortes. Vogelbeobachter erspähen vielleicht Rohrdommeln im Schilf des Westerplas (der Süßwassersee

ABSEITS DER ÜBLICHEN PFADE

## LAUWERSMEER: FLACHWASSER & KEGELROBBEN

Naturliebhaber finden ihr Paradies im kleinen **Nationalpark Lauwersmeer** (☎06 5123 0923; www.np-lauwersmeer.nl/doen-zien/activiteitencentrum; De Rug 1, Lauwersoog; ⏲Besucherzentrum Di–So 11–17 Uhr), in dem das von Menschenhand geschaffene Lauwersmeer an der Grenze zwischen den Provinzen Friesland und Groningen unter Schutz steht. Der flache See entstand 1969 durch einen Deichbau zwischen der Waddenzee (Wattenmeer) und der Lauwerszee, deren starke Ausdehnung von der verheerenden Sturmflut des Jahres 1287 verursacht war. Vogelkundler können die seltenen Seeadler und zahlreiche Zugvögel über dem seichten Gewässer erspähen; Wildgänse und Konik-Pferde sind auf dem umgebenden Grasland heimisch.

Die traditionelle Fischerei ist noch heute die Lebensgrundlage von **Zoutkamp**, einem winzigen Dorf, wo die Häuser der Fischer in allen Regenbogenfarben gestrichen sind und Aale direkt im Hafen in einer *rokerij* geräuchert werden. Vom Hafen **Lauwersoog** steuern Fähren die Nationalparkinsel Schiermonnikoog an. Ein 1½ km langer Naturpfad des Besucherzentrums vermittelt eine gute Einführung in den Nationalpark; geführte Wanderungen und Ausflüge zur Vogelbeobachtung in Begleitung von Park-Rangern können gebucht werden.

Für das Jahr 2020 ist die Eröffnung eines neuen Robbenzentrums in Lauwersoog geplant. Nach einem Entwurf der dänischen Architektin Dorte Mandrup soll der moderne Glasbau auf Stelzen über dem Wasser aufragen, im Innern sollen Ausstellungen zum Ökosystem der Waddenzee, ein Forschungszentrum und ein Café sowie Robbenbecken auf dem Dach entstehen – hier werden die ehemals heimischen Kegelrobben aus großer Nähe zu beobachten sein.

liegt westlich des Ortes), in den Salzmarschen sind Silbermöwen, Seeschwalben und Löffelreiher heimisch.

## Schlafen & Essen

Auf Schiermonnikoog gibt es wenige Hotels oder B&Bs, dafür mehrere Bungalows und Apartments. Camping ist im Nationalpark nicht gestattet. In der Touristeninformation ist ein Verzeichnis von Unterkünften auf Bauernhöfen erhältlich, auf denen manchmal auch Zimmer vermietet werden; in jedem Fall dürfen Gäste ein Zelt aufschlagen, beim Füttern der Kälber helfen und sich mit frischer Milch und Joghurt stärken.

**Hotel van der Werff** HOTEL €€

(☎0519-531 306; www.hotelvanderwerff.nl; Reeweg 2; EZ/DZ/3BZ 57,50/115/172,50 €; 📶) Teile dieses historischen Grandhotels bestehen seit 200 Jahren. Die 57 modernen, komfortablen Zimmer des Hauses sind mit dunklen Stilmöbeln und bordeauxroten Teppichen ausgestattet, einzelne alte Stiche schmücken die Wände. Einige Zimmer haben Balkone mit schönem Ausblick, die Suiten sind für Familien gut geeignet. Die Caféterrasse ist ideal für ein ausgiebiges Frühstück, der Oldtimerbus des Hotels holt Gäste von der Fähre ab.

**Ambrosijn** HOLLÄNDISCH €€€

(☎0519-720 261; www.ambrosijn.nl; Langestreek 13; 3- bis 6-gängige Menüs 32,50–65 €, Hauptgerichte 26,50 €; ⏲Mo–Sa 12–16.30 & 17.30–20.30 Uhr) Wie die wilde Apfelsorte, die auf Schiermonnikoog wächst, ist das Ambrosijn nach der Götterspeise Ambrosia benannt – ein Bekenntnis zu den saisonalen Erzeugnissen der Insel, die der Inhaber und Küchenchef Co Huijbrechts in liebevoller Handarbeit zu exquisiten Gerichten verarbeitet. Das Probiermenü mit mehreren Überraschungsgängen ist eine gute Wahl. Kein Menü wäre aber vollständig ohne ein hausgemachtes Eis aus friesischer Milch, je nach Erntemonat gibt es wechselnde Sorten wie Holunderblüte, Kreuzbeere oder Inselhonig.

Über dem Restaurant stehen drei luxuriöse Suiten für Gäste bereit, das Haus hat eine eigene Eisdiele, die von April bis Oktober geöffnet ist.

## Praktische Informationen

Die **Touristeninformation** (☎0519-531 233; www.vvvschiermonnikoog.nl; Reeweg 5; ⏲Mo–Sa 9.30–17 Uhr) liegt mitten im Ort, in dem man nahe beieinander auch einen Lebensmittelladen, einen Geldautomaten, eine Apotheke, eine Fahrradreparaturwerkstatt und andere Geschäfte findet.

## An- & Weiterreise

**Wagenborg** (☎ 0900 9238; www.wpd.nl; Erw./Kind Hin- und Rückfahrt 15,30/8,55 €, Fahrrad 9,50 €) betreibt große Fähren zwischen Schiermonnikoog und dem Hafen von Lauwersoog in der Provinz Groningen. Fähren bewältigen die 45-minütige Überfahrt täglich bis zu 5-mal – in der Zeit von 6.30 bis 18.30 Uhr. Hotelbusse und öffentliche Busse (Hin- und Rückfahrt 3,50 €) halten in Übereinstimmung mit allen einlaufenden Fähren am Hafen, 3 km vom Ort Schiermonnikoog entfernt. Am Hafen werden auch Fahrräder verliehen. Autos dürfen von Besuchern nicht auf die Insel gebracht werden.

Die Buslinie 50 befährt die einstündige Strecke nach Lauwersoog fast jede Stunde ab Leeuwarden (8 €). Von Groningen benötigt die Buslinie 163 ebenfalls etwa eine Stunde zum Fährhafen.

# Der Nordosten

**Inhalt ➡**



## Gut essen

- Bistro Vive La Vie (S. 263)
- 't Zielhoes (S. 266)
- Roezemoes (S. 262)
- Bistro 't Gerecht (S. 263)
- Wadapartja (S. 263)
- Villa Tapas (S. 269)

## Schön übernachten

- Hotel Miss Blanche (S. 261)
- The Student Hotel (S. 260)
- Prinsenhof Groningen (S. 262)

## Auf in den Nordosten!

Nur wenige Reisende verschlägt es in diese entlegene Ecke der Niederlande. Aber wer nicht hierhin reist, lässt sich das landwirtschaftliche Herz der Niederlande entgehen, den Ort, wo Traditionen gepflegt werden und prähistorische Relikte die Landschaft prägen. Der bekannteste Fernwanderweg der Niederlande, der Pieterspad, beginnt hier und führt von Pieterburen 490 km südlich nach Maastricht.

Die Provinzhauptstadt Groningen ist eine lebendige, junge Stadt. Museen, Restaurants, Bars, Theater, Kanäle, Festivals – es ist das kulturelle Zentrum des Nordens und ein idealer Ausgangspunkt für Exkursionen.

Die Küste lädt zum Wattwandern *(wadlopen)* – ein faszinierendes Erlebnis wie man es auch von der deutschen Nordseeküste kennt. In Bourtange an der östlichen Grenze zu Deutschland wirken die schweren Befestigungsanlagen heute noch genauso abschreckend wie im 16. Jh. Drenthe, im Süden gelegen, ist wie ein großer Garten mit wechselnden Tableaus aus Schafsweiden, von Bächen durchzogenen Torfsümpfen, Marschland und faszinierenden *hunebedden* (Megalith-Grabstätten aus der Jungsteinzeit), die oft nur zu Fuß oder mit dem Fahrrad erreicht werden können.

## Reisezeit

- Am besten eignet sich der Sommer. Die langen Tage bieten ein Übermaß an Licht, das nur ganz langsam in die Abenddämmerung übergeht. Die Terrassen der Cafés sind bis tief in die Nacht belebt und Strandliebhaber kommen zum Stadtstrand am Fluss mitten in Groningen.
- August ist der Festivalmonat im angesagten Groningen, sei es Kunst, Musik oder das Feuerwerk am 28. August, um die Niederlage angreifender Truppen, angeführt vom Bischof von Münster, im Jahr 1672 zu feiern.
- von Mai bis Oktober ist die Saison für geführte Wattwanderungen entlang der Küste.

## Highlights

**1 Groningen** (S. 257) Kultur vom Feinsten in dieser lebhaften Unistadt erleben, in der es jede Menge interessante Museen, elegante Kirchen, stimmungsvolle Cafés und witzige Bars gibt.

**2 Hoogeland** (S. 266) In Gummistiefeln mit einem erfahrenen Wattführer durch das Watt wandern; Nachtwanderungen sind besonders stimmungsvoll.

**3 Bourtange** (S. 267) In dieser entlegenen Stadt die Festungsmauern aus dem 16. Jh. entlangspazieren.

**4 Hunebedden** (S. 268) Die mächtigen prähistorischen Dolmen aus Stein bestaunen, die verstreut wie Legostücke in der ländlichen Landschaft liegen.

**5 Kamp Westerbork** (S. 269) Über die Geschichte des Zweiten Weltkriegs in einem NS-Durchgangslager nachdenken.

**6 Drenthe** (S. 267) Ein Fahrrad leihen und diesen nahezu vergessenen Teil der Niederlande auf den ländlichen Nebenstraßen befahren und Torfgebiete, mystische Dolmen und entlegene Nationalparks mit einer prächtigen Flora und Fauna erkunden.

## PROVINZ GRONINGEN

Versteckt in der nordöstlichsten Ecke des Landes, ist diese stark landwirtschaftlich geprägte Provinz eine kleine Schatzkammer mit einigen Überraschungen.

In ihrem Zentrum befindet sich die Hauptstadt Groningen, eine schmucke Hansestadt aus dem 14. Jh., die über die Jahrhunderte nichts von ihrem Charme eingebüßt hat. Die Stadt ist heute für die Universität, die Kneipen- und Clubszene bekannt.

Im Süden der Region, direkt an der Grenze zu Deutschland, steht eine der besterhaltenen Festungsanlagen der Niederlande. Nördlich von Groningen liegt Menkemaborg, ein authentisches Gutshaus, hinter dem die flache Landschaft in das Wattenmeer übergeht. Das Watt bei Hoogeland – gefühlt das Ende der Welt – bietet unzählige Abenteuer und Entdeckungen für *wadlopers* (Wattwanderer), die sich hier in Scharen treffen, um in Gummistiefeln bei Ebbe ihren Weg durchs Watt zu suchen.

# Groningen

☎ 050 / 202 570 EW.

Auf der Karte der Niederlande sieht es so aus, als läge Groningen weit weg von allem. Aber diese lebendige, junge Stadt gehört zu den fortschrittlichsten Metropolen des Landes. Die rund 40 000 Studenten bringen jede Menge kreativen Elan in die geschäftige Café-Kultur, in das bunte Nachtleben und in die blühende Kulturszene.

Groningen war schon im späten Mittelalter ein unabhängiger Stadtstaat und bedeutendes Handelszentrum. Der Martinitoren (Martiniturm), der auf wundersame Weise die heftigen Kämpfe im Zweiten Weltkrieg vor der Befreiung der Stadt am 17. April 1945 überstand, erinnert an dieses goldene Zeitalter. Die hochangesehene Universität der Stadt wurde 1614 gegründet. Die erfrischend autofreie Innenstadt ist das Ergebnis vorausschauender Stadtplanung in den 1970er-Jahren, als die Stadt den motorisierten Verkehr aus der Altstadt verbannte – damals eine durchaus kontroverse Entscheidung. Dutzende holländischer Städte folgten seitdem diesem Beispiel, aber das wegweisende Groningen ist und bleibt eine der besten Fahrradstädte des Landes.

## Sehenswertes

Die historische Stadtmitte ist kompakt und vollständig von Kanälen durchzogen. Südlich vom weitläufigen Grote Markt liegt der Vismarkt, ein kleinerer, hübscher Platz. Der Stadtstrand liegt im zunehmend angesagten Stadtviertel Ebbingekwartier.

**★ Groninger Museum** MUSEUM

(☎ 050-366 65 55; www.groningermuseum.nl; Museumeiland 1; Erw./Kind 15 €/frei; ⏲ Di–So 10–17 Uhr) Wer mit dem Zug anreist, kann das Groninger Museum nicht übersehen. Über drei Inseln im Ringkanal vor dem Bahnhof verteilt, ist das Museum mindestens ein hervorstechendes Gebäude, das bei allen Besuchern eine Meinung provoziert. Im Inneren bietet es eine abwechslungsreiche internationale Mischung von Kunstwerken aus mehreren Jahrhunderten.

Die ziemlich unterschiedliche Architektur war die Idee des Architekten Alessandro Mendini, der drei seiner Kollegen dazu einlud, jeweils einen Teil zu entwerfen. Das erklärt, warum das Museum für viele Betrachter wenig einheitlich und wie zufällig zusammengewürfelt wirkt. Im Inneren sind die Dinge aber ganz anders. Helle Pastellfarben bringen zusätzliches Leben in die Ausstellungshallen und natürliches Licht flutet aus allen Richtungen hinein.

Der Mendini-Pavillon ist ein Musterbeispiel für Dekonstruktion und beherbergt Sonderausstellungen, die genau wie die Dauerausstellung eine wunderbar exzentrische Mischung darstellt.

**Martinikerk** KIRCHE

(☎ 050-311 12 77; www.martinikerk.nl; Martinikerkhof 3; ⏲ Mai–Sept. Mo–Sa 11–17 Uhr, Juli & Aug. auch So 14–17 Uhr) GRATIS Diese riesige Kirche stammt aus dem 16. Jh. und ist die älteste Kirche der Stadt. Sie beherrscht die nordöstliche Ecke des Grote Markt (S. 259). Die ikonische Kirche und ihr Martinitoren (Martiniturm; S. 259) gehören zu den wenigen Überresten des Goldenen Zeitalters, die die schweren Kämpfe vor der Befreiung Groningens im Zweiten Weltkrieg überstanden haben. Der große Platz, auf dem sie von historischen Häusern umgeben wird, wurde bis zum Jahr 1837 noch als Friedhof benutzt.

**★ Noordelijk Scheepvaartmuseum** MUSEUM

(Nördliches Schifffahrtsmuseum; ☎ 050-312 22 02; www.noordelijkscheepvaartmuseum.nl; Brugstraat 24-26; Erw./Kind 7,50/4 €; ⏲ Di–Sa 10–17, So 13–17 Uhr) Dieser fesselnde Einblick in das Leben der Seeleute und die Schiffe, auf denen sie die Meere befuhren, führt durch mehrere Gebäude, die im 16. Jh. eine Destillerie bildeten. Bereits der Weg durch die 18 Räume ist eine Navigationsaufgabe.

Zu den Highlights gehören die aufwendig geschnitzte Nachbildung der Kirche von Paramaribo – der Hauptstadt der ehemaligen niederländischen Kolonie Surinam – in einer Flasche (Raum 3) sowie detailreiche Modelle, die zeigen, wie auf den vielen örtlichen Werften im Laufe der Jahrhunderte gearbeitet wurde (Raum 8).

## Groningen

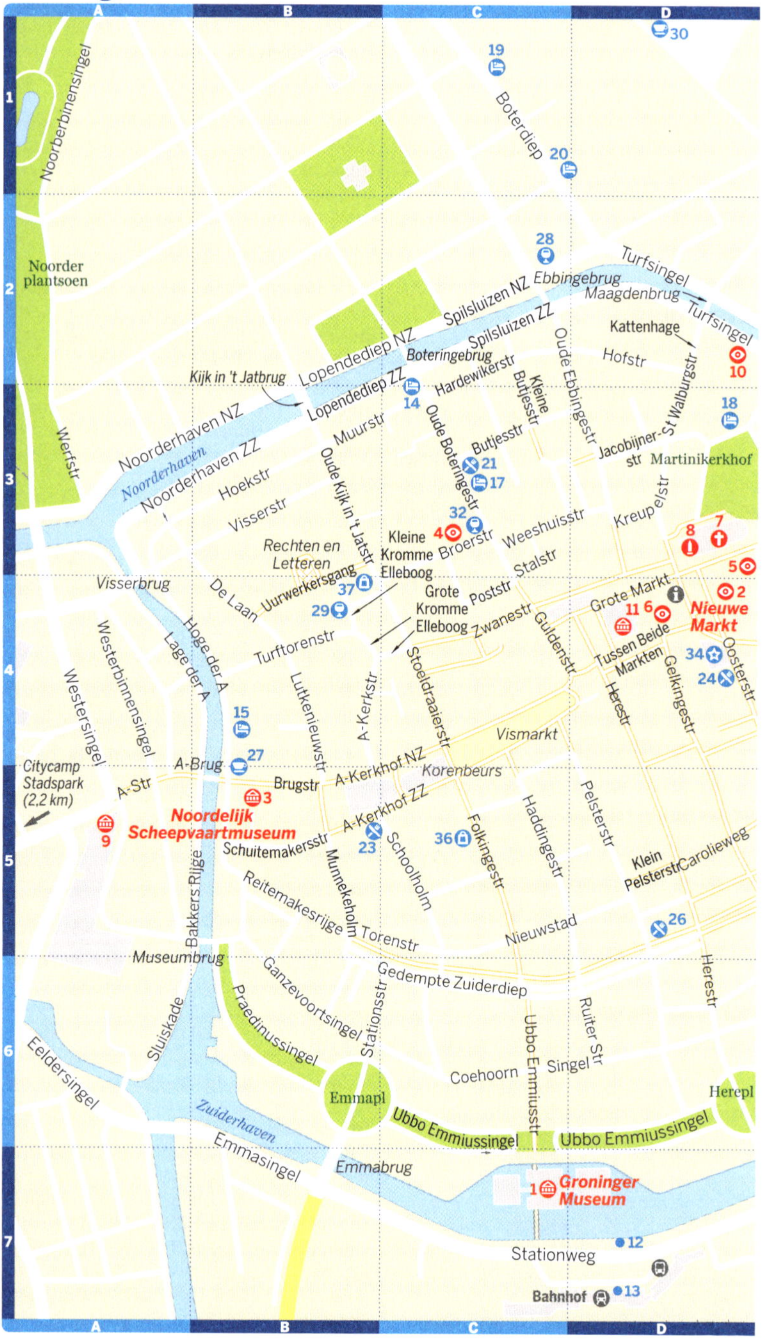

A
B
C
D
1
2
3
4
5
6
7
Noorderbinnensingel
Noorder plantsoen
Werfstr
Boterdiep
Turfsingel
Ebbingebrug
Maagdenbrug
Kattenhage
Spilsluizen NZ
Spilsluizen ZZ
Boteringebrug
Hofstr
Lopendediep NZ
Lopendediep ZZ
Kijk in 't Jatbrug
Hardewikerstr
Kleine Butjesstr
Oude Ebbingestr
St Walburgstr
Jacobijner-str
Martinikerkhof
Noorderhaven NZ
Noorderhaven
Noorderhaven ZZ
Muurstr
Oude Boteringestr
Butjesstr
Hoekstr
Visserstr
Oude Kijk in 't Jatstr
Kreupelstr
Weeshuisstr
Rechten en Letteren
Kleine Kromme Elleboog
Broerstr
Stalstr
Visserbrug
De Laan
Uurwerkersgang
Grote Kromme Elleboog
Poststr
Zwanestr
Grote Markt
Nieuwe Markt
Guldenstr
Tussen Beide Markten
Oosterstr
Westerbinnensingel
Hoge der A
Lage der A
Turftorenstr
Westersingel
Lutkenieuwstr
A-Kerkstr
Stoeldraaierstr
Herestr
Gelkingestr
Vismarkt
Citycamp Stadspark (2,2 km)
A-Brug
A-Str
Brugstr
A-Kerkhof NZ
Korenbeurs
Noordelijk Scheepvaartmuseum
A-Kerkhof ZZ
Pelsterstr
Schuitemakersstr
Folkingestr
Haddingestr
Schoolholm
Munnekeholm
Reitemakersrijge
Bakkers Rijge
Klein Pelsterstr
Carolieweg
Torenstr
Nieuwstad
Museumbrug
Ganzevoortsingel
Gedempte Zuiderdiep
Herestr
Stationsstr
Praedinussingel
Sluiskade
Ruiter Str
Ubbo Emmiusstr
Coehoorn Singel
Eeldersingel
Emmapl
Herepl
Zuiderhaven
Ubbo Emmiussingel
Emmasingel
Emmabrug
Groninger Museum
Stationweg
Bahnhof
1
2
3
4
5
6
7
8
9
10
11
12
13
14
15
17
18
19
20
21
23
24
26
27
28
29
30
32
34
36
37

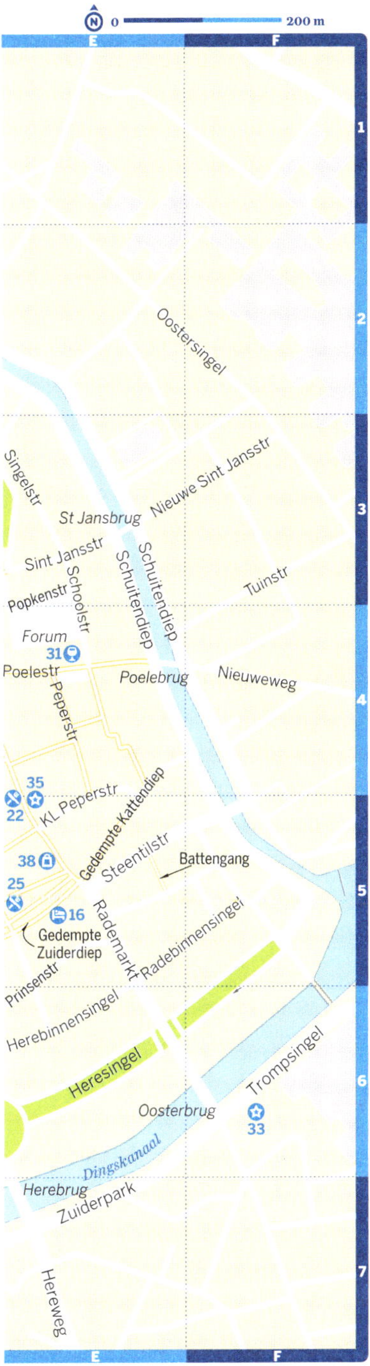


### Grote Markt
PLATZ

Der Hauptplatz bietet einige Schmuckstücke, von denen das **Rathaus** (Stadhuis; Grote Markt) aus dem Jahr 1810 das wohl beeindruckendste Gebäude ist. Die Cafés entlang der Südseite sind immer gut besucht.

Ein wahrer Gebäudemix aus den 1950er-Jahren, der auf der Ostseite nach den Zerstörungen des Zweiten Weltkriegs entstand, wird gerade aufgewertet und soll nach der Fertigstellung Ende 2019 passenderweise Neuer Markt genannt werden.

### ★ Nieuwe Markt
PLATZ

Das ambitionierteste Sanierungsprojekt dieser dynamischen Stadt ist der glänzende „Neue Markt“. Er soll das Zentrum für städtisches Leben im Freien werden, wenn er bald fertiggestellt sein wird. Die Ostseite wird vom pyramidenförmigen Koloss des Groninger Forums (S. 261) begrenzt und mehrere Cafés mit Terrassen, beispielsweise das trendige Het Concerthuis (S. 264) werden die Südseite umsäumen.

Für Feinschmecker wird **Merck** (das altholländische Wort für „Markt“) der Hauptanziehungspunkt sein – eine hochmoderne Restauranthalle mit 24 einzelnen Küchenständen, einer Kaffeeösterei, Dachterrasse und Destillerie vom Cocktail-König Mr. Mofongo (S. 263). Im Jahr 2020 wird ebenfalls ein neues Luxushotel, das 4-Sterne WestCord Market Hotel Groningen mit Bäckerei, Bar und Terrasse, eröffnen.

### Martinitoren
TURM

(Erw./Kind 3/2 €; ⏲ April–Okt. Mo–Sa 11–17 Uhr, Juli & Aug. auch So 11–16 Uhr, Nov.–März Mo–Sa 12–16 Uhr) Der Weg über 251 steinerne Stufen einer steilen Wendeltreppe führt auf die Spitze des eleganten, 96 m hohen mittelalterlichen Turms (1482) und belohnt mit großartiger Aussicht – und einer beängstigenden Nähe zu ihren großen Glocken, die alle 15 Minuten läuten. Eintrittsmünzen gibt es bei der Touristeninformation (S. 265) auf der gegenüberliegenden Straßenseite.

Von der oberen Plattform führen weitere 54 Stufen zur Glockenspielerhütte hoch. Hier gibt der Stadtglockenspieler, der eigentlich Professor an der Universität ist, zweimal in der Woche (Di 12 Uhr und Sa 11 Uhr) ein faszinierendes einstündiges Konzert. Das derzeitige Glockenspiel wurde in den Jahren 1662/63 gegossen und besteht aus insgesamt 52 Glocken. Das ganze Jahr über gibt es an Feiertagen sowie während Festivals gelegentlich Konzerte.

## Groningen

**Highlights**
1 Groninger Museum ........ C7
2 Nieuwe Markt ........ D4
3 Noordelijk Scheepvaartmuseum ........ B5

**Sehenswertes**
4 Academiegebouw ........ C3
5 Forum Cultural Centre ........ D3
6 Grote Markt ........ D4
7 Martinikerk ........ D3
8 Martinitoren ........ D3
9 Nederlands Stripmuseum ........ A5
10 Prinsentuin ........ D2
11 Rathaus ........ D4

**Aktivitäten, Kurse & Touren**
12 Canal Tours ........ D7
13 Walk Like a Local ........ D7

**Schlafen**
14 Auberge Corps de Garde ........ C3
15 Hotel Miss Blanche ........ B4
16 Martini Hotel ........ E5
17 NH Hotel de Ville ........ C3
18 Prinsenhof Groningen ........ D3
19 Simplon Jongerenhotel ........ C1
20 The Student Hotel ........ C1

**Essen**
21 Bistro 't Gerecht ........ C3
22 Bistro Vive La Vie ........ E5
23 Eeterie de Globe ........ B5
24 Gustatio ........ D4
25 Roezemoes ........ E5
26 Wadapartja ........ D5

**Ausgehen & Nachtleben**
27 Café de Sigaar ........ B5
28 Café de Toeter ........ C2
29 De Pintelier ........ B4
30 Dot ........ D1
31 Het Concerthuis ........ E4
32 Mr Mofongo ........ C3

**Unterhaltung**
33 De Oosterpoort ........ F6
34 Grand Theatre ........ D4
35 Vera ........ E5

**Shoppen**
36 Folk Concept Store ........ C5
37 Holtbar ........ B4
38 Kaashandel van der Ley ........ E5

**Academiegebouw** UNIVERSITÄT
(Akademiegebäude; Broerstraat 5) Das umwerfende Academiegebouw im Stil der niederländischen Renaissance ist das Hauptgebäude der Universität. Der vorherige Universitätsbau brannte im Jahr 1906 während Renovierungsarbeiten nieder. Reichsbaumeister Johannes Antonius Willibrordus Vrijman (1865–1954) entwarf im Jahr 1909 das jetzige Gebäude mit einem atemberaubend reich verzierten Exterieur.

**Nederlands Stripmuseum** MUSEUM
(☎050-317 84 70; www.stripmuseum.nl; Westerhaven 71; Erw./Kind 8,95/7,50 €; ⏲Di–Fr 12.30–17, Sa & So 10–17 Uhr) Dieses Museum zeigt die Werke der bekanntesten Comic-Zeichner aus den Niederlanden und Belgien, beispielsweise Tintin (hier bekannt als Kuifje), Suske & Wiske und, seltsamerweise, Donald Duck.

**Prinsentuin** GÄRTEN
(Prinzgarten; Turfsingel; ⏲April–Okt. 10–18 Uhr, Nov.–März 10–16.30 Uhr) GRATIS Atmen Sie durch in den ruhigen Gärten des Prinsenhofs, einem zum Luxushotel umgebauten Herrenhaus aus dem 15. Jh. mit Gärten im Renaissancestil, die nach Rosen und einer Vielzahl von Kräutern duften. Auf keinen Fall die Sonnenuhr versäumen.

### Geführte Touren

**Auf den Wegen der Einheimischen** STADTFÜHRUNG
(Stationsweg 13) Die kostenlosen, rund zweistündigen Touren durch die Stadt beginnen vor dem Bahnhof; die Touren werden von Einheimischen durchgeführt, die von ihrer Stadt begeistert sind. Bei der Touristeninformation im Voraus buchen.

**Kanalrundfahrten** BOOTSTOUR
(☎050-312 83 79; www.rondvaartbedrijfkool.nl; Stationsweg 1012; Erw./Kind 12,50/7 €) Die Bootstouren durch die größten Kanäle der Stadt dauern ungefähr eine Stunde und starten abhängig von der Jahreszeit ein- bis sechsmal täglich vor dem Bahnhof.

### Schlafen

★ **The Student Hotel** DESIGNHOTEL €
(☎050-206 91 61; www.thestudenthotel.com; Boterdiep 9; DZ ab 79 €; ) Im Student Hotel, bei dem das Motto „Jeder sollte jeden mögen" auf der Fassade prangt, könnte das Willkommen wärmer und besser nicht sein. In der offenen, hellen Lobby hängen Bananen von der Decke, Liegestühle sollen Gäste dazu verführen, sich nach draußen zu legen; außerdem gibt es eine Bücherei, Tischfuß-

ball, Innengarten, einen Swimmingpool auf dem Dach, eine Gemeinschaftsküche, eine schicke Bar die „Pool" heißt, und laptopfreundlich Arbeitsplätze.

Ein Fitnessraum sowie ein Fahrradverleih vom Designer VanMoof sind ebenfalls vorhanden. Das Hotel befindet sich im angesagten Stadtviertel Ebbinge, das nördlich der Altstadt liegt. Frühstück 14 €.

**Simplon Jongerenhotel** HOSTEL €

(050-313 52 21; www.simplonjongerenhotel.nl; Boterdiep 73-2; B/EZ/DZ/3BZ/4BZ So–Mi 18/36/45/86,50/116 €, Do–Sa 20/40/64/90/122 €; ) Das kreativ designte Hostel befindet sich in einem Backsteingebäude aus dem frühen 20. Jh., das zuvor als Konservenfabrik und – vielleicht bekannter – als Fabrik für die Simplon-Regenmäntel gedient hatte. Die freundliche Belegschaft wird speziell ausgebildet, um wieder in den Arbeitsprozess eingegliedert zu werden.

Das vorzügliche Café **Eetcafé 73-2** (Hauptgerichte 11 €) bietet verschiedene, köstliche vegetarische Gerichte zu annehmbaren Preisen an. Das Frühstück kostet 5,50 € pro Person zusätzlich.

**Martini Hotel** HOTEL €

(050-312 99 19; www.martinihotel.nl; Gedempte Zuiderdiep 8; EZ 69–89 €, DZ 74–109 €, 3BZ 104–129 €, 4BZ 109–129 €; ) Das älteste Hotel der Stadt wird schon seit 1871 betrieben, wofür das klassische Inventar einen Beleg liefert. Beachtung verdienen der Aufzug mit Glaswänden sowie das majestätische **Weeva**, ein Restaurant mit Bar, in dem Groninger Spezialitäten aus vergangenen Zeiten, beispielsweise *Groningen bloedworst* (Blutwurst) zubereitet werden. Die Zimmer sind zwar etwas in die Jahre gekommen, haben aber ein ausgezeichnetes Preis-Leistungs-Verhältnis. Das üppige Frühstücksbüfett kostet 12,50 € pro Person.

★ **Hotel Miss Blanche** BOUTIQUEHOTEL €€

(050-820 09 66; www.hotelmissblanche.nl; Hoge der A 4; DZ ab 109 €; ) Gleichermaßen jugendlich und chic ist das am Kanal gelegene Miss Blanche die erste Wahl, wenn es um stylisches Übernachten geht. Jede der 46 Suiten, die sich auf eine Handvoll historischer Gebäude in der Umgebung verteilen, ist individuell gestaltet – viele mit romantischem Blick auf den Kanal.

Die Ausstattung ist dezent modern mit Kunstwerken als Blickfang. Einige der teureren Apartments und Suiten, die Platz für bis zu sechs Personen bieten, haben kleine Küchenzeilen und Essbereiche.

**NH Hotel de Ville** HOTEL €€

(050-318 1222; www.nh-hotels.com/hotel/nh-groningen-hotel-de-ville; Oude Boteringestraat 43-45; DZ Neben-/Hochsaison ab 115/212 €; ) Dieses 4-Sterne Hotel, das an einer der angesagtesten Straßen Groningens liegt und eine umwerfende teils klassische, teils moderne Ausstattung bietet, ist immer ausgebucht. Ein wunderschöner Garten, perfekt zum Frühstücken, umgibt das Stadthaus aus rotem Backstein. Die Zimmer bieten die Möglichkeit, Tee und Kaffee zuzubereiten,

NICHT VERSÄUMEN

## DAS FORUM

Nachdem es im Zweiten Weltkrieg nahezu vollständig zerbombt wurde, erfährt das ganze Gebiet östlich des Grote Markt derzeit eine dramatische Renaissance. Der unschöne bauliche Mischmasch der 1950er-Jahre, der nach der kriegsbedingten Zerstörung entstand, wurde abgerissen, um für das neue Herzstück **Forum** (www.groningerforum.nl) Platz zu machen. Aufgrund seiner riesigen Trapezform ist dieses 45 m hohe moderne Gebäude mit einem gezackten Hohlraum in der Mitte nicht zu verfehlen. Verkleidet ist es mit demselben Wachenzelles Dolomitgestein wie der nahe gelegene Martinitoren, und nach seiner Fertigstellung (Ende 2019) soll es das Hauptkulturzentrum von Groningen werden. Beherbergen wird es die Touristeninformation (S. 265), das Nederlands Stripmuseum (S. 260), die Stadtbibliothek, Vortragssäle, fünf Kinos, Ausstellungsräumlichkeiten sowie Tiefgarage und Radstation. Die Dachterrasse wird für alle zugänglich sein, die die zehn Stockwerke erklimmen möchten, um von dort oben die herrliche Aussicht auf die Dächer der Stadt zu genießen; hier sollen unter dem Sternenhimmel auch Filme gezeigt werden. Ein Café im Erdgeschoss wird eine riesige Außengastronomie auf dem neuesten Platz der Stadt betreiben, dem Nieuwe Markt (Neuer Markt), zukünftig der beste Platz in der Stadt, zum Sehen und Gesehen werden (S. 259).

ABSTECHER

## FIGÜRLICHER KUNSTAUSFLUG

**Museum De Buitenplaats** (☎050-309 58 18; www.museumdebuitenplaats.nl; Hoofdweg 76, Eelde; Erw./Kind 10 €/frei; ⏲Di–So 11–17 Uhr) In Eelde, 5 km südlich von Groningen gelegen, widmet sich diese Galerie der figürlichen Kunst aus ganz Europa. Mit ihren organischen Formen fügen sich die Gebäudeteile mühelos in die umgebende Natur ein. Gezeigt werden Gemälde von einigen der progressiveren niederländischen Künstler des 20. Jhs. wie etwa Wout Muller, Henk Helmantel, Herman Gordijn und Matthijs Röling. Faszinierende Wechselausstellungen ergänzen die Dauerausstellung.

Die wunderschöne Gartenanlage präsentiert ein makelloses Kaleidoskop an perfekt geschnittenen Eiben und Stechpalmen, geometrischen Blumenbeeten, prächtigen Rosengärten, Apfelgärten und Kletterreben und beherbergt eine wunderbare Sammlung an Skulpturen. Dazu kommen ein sonniges Café und, im Sommer, an fast jedem Sonntag Dichterlesungen, Erzählstunden oder Konzerte auf der Freilichtbühne.

Von Groningen aus verkehrt Buslinie 52 hierher (4 €, 28 Min., halbstündlich); der Radweg führt an der Westseite des Paterswoldsemeer entlang.



und das Hotel verfügt über eine fantastische Bar und eine Lounge mit offenem Kamin. Fahrradverleih 5 € pro Tag.

**Auberge Corps de Garde** HOTEL €€
(☎050-314 54 37; www.corpsdegarde.nl; Oude Boteringestraat 74; EZ 85 €, DZ 145 €; ❄📶) Dieses Haus aus dem 17. Jh. mit Pferdeköpfen über der Eingangstür war ehemals das Quartier der Stadtgarde. Die 19 Zimmer bieten eine Mischung aus klassischen und zeitgenössischen Stilen. Die „historischen Zimmer" haben alte Holzbalken, die abhängig von der Körpergröße der Gäste eine Freude oder aber eine Gefahr darstellen.

★ **Prinsenhof Groningen** HISTORISCHES HOTEL €€€
(☎050-317 65 50; www.prinsenhof-groningen.nl; Martinikerkhof 23; DZ ab 164 €; P📶) Eine fabelhafte Wiedergeburt eines mittelalterlichen Klosters, der Residenz des Vizekönigs von Nassau *(de stadhouders)* im 16. Jh., eines Militärhospitals und eines Fernsehsenders – dieses Luxushotel verströmt mit jedem einzelnen seiner roten Backsteine ein Stück Geschichte. Alle 34 Zimmer sind unterschiedlich ausgestattet, einige davon blicken auf den romantischen Garten Prinsentuin (S. 260) oder den imposanten Martinitoren (S. 259). Das Grand Café befindet sich in der ursprünglichen Kapelle (1436) mit riesigen Fenstern aus buntem Glas.

## Essen

*Eetcafés* (Kneipen, in denen auch Speisen angeboten werden) dominieren – vielleicht auch aufgrund der großen budgetbedachten Studentenschaft der Stadt – die kulinarische Szene in Groningen.

Eine bunte Mischung von Cafés, Bistros und Craft-Kaffeeläden säumt die geschäftige Gastro-Straße Oude Kijk in't Jatstraat. Eine hochmoderne Food Hall mit 24 verschiedenen Küchenständen wird 2020 am Nieuwe Markt (S. 259) eröffnet.

**Eeterie de Globe** NIEDERLÄNDISCH €
(☎050-318 22 26; www.eeteriedeglobe.nl; Akerkhof ZZ 22; 2-Gänge-Menüs 6,50–9 €; ⏲Mo–Fr 12–15 & 17–20, Sa 17–20 Uhr; 🖉) Ein Superdeal: Suppe oder Vorspeise, ein ordentlicher Teller Gemüse, Fisch oder Fleisch mit Beilagen für unter 10 €. Kein Wunder, dass die große, helle Speisehalle viele Studenten und Schnäppchenjäger als Stammkunden hat. Die Karte wechselt täglich und bietet immer auch eine vegetarische Option; auf der Website steht das Angebot für die ganze Woche.

★ **Roezemoes** NIEDERLÄNDISCH €€
(☎050-314 88 54; www.eetcafe-roezemoes.nl; Gedempte Zuiderdiep 15; Gulasch 12,50 €, Drei-Gulasch-Probiermenü 14,50 €; ⏲Mo 12–23, Di, Mi & So 11–23, Do 11–24, Fr & Sa 11–2 Uhr) Seit 1996 eine zeitlose Adresse für traditionelle holländische Küche. In diesem *bruin café* werden herzerwärmende Spezialitäten wie *stamppotten* (Eintöpfe) mit hausgemachten Fleischbällchen, geräucherter Wurst oder auch vegetarischen *bitterballen* sowie anderen Zutaten wie Grünkohl und Bacon oder Endivien mit Walnüssen und Käse gereicht. Die andere Spezialität ist *Groninger Rijsttafel* – kein Reis, aber jede Menge Speck und Zwiebeln mit Pickles und Apfelmus.

**Wadapartja** INTERNATIONAL €€
(06 3903 4837; www.wadapartja.nl; Gedempte Zuiderdiep 39-41; Hauptgerichte Mittagessen 5,50–9,75 €, Abendessen 13,95–16,50 €; Di 9–18, Mi–Fr 9–22, Mi–Fr 9–22, Sa 10–22, So & Mo 11–18 Uhr) *Wadapartja* bedeutet in Groningen „Wie außergewöhnlich!" – absolut zutreffend für dieses flippige, verrückte Café mit sonnenüberfluteter Terrasse an der Straße (in den Sommermonaten können die Gäste mit den Füßen in einem Planschbecken Kaffee trinken). Auf der Speisekarte ist für jeden Geschmack etwas dabei: zum Frühstück gibt es u. a. marokkanischen Eintopf, Eier mit Bacon und hausgemachtes Bananenbrot mit Orangenblütensirup.

Mittags sind mehrere vegane und vegetarische Gerichte sowie ein unwiderstehlicher Gin-Tonic-Käsekuchen im Angebot.

**Gustatio** ITALIENISCH €€
(050-313 64 00; http://gustatiogroningen.nl/; Oosterstraat 3; Hauptgerichte 11–17 €; Di & Mi 12–21.30, Do–Sa bis 22.30, So & Mo 13–21.30 Uhr) Kreative Pastagerichte aus frischen Nudeln sind in dieser ansprechenden Trattoria an der Tagesordnung. Der temperamentvolle „Römer von Groningen" Valerio Pizzonia schmeißt hier den Laden. Egal ob Lachslasagne, pechschwarze Gnocchi mit Tintenfischtinte und Erbsen oder Artischockenravioli mit Lammragout – alles ist hausgemacht und schmeckt köstlich.

Für hartgesottene Pasta-Traditionalisten ist eine Seite auf der Speisekarte den klassischen, quasi in Stein gemeißelten Rezepten der italienischen Küche vorbehalten.

★ **Bistro Vive La Vie** BISTRO €€€
(050-850 39 70; www.vivelaviegroningen.nl; Oosterstraat 39; 4-/5-/6-/7-Gang Probiermenü 39/46/55/59 €; Di–Sa 18–21.30 Uhr) Dieses schicke, kleine Bistro mit der modernen schwarzen Fassade und traditionellen holzgetäfelten Decken gehört zu den gehobensten Speiselokalen Groningens. Küchenchef Jeroen Sportel verarbeitet heimische und saisonale Produkte für seine einfallsreichen Probiermenüs mit eindeutig französischem Einfluss (der Name des Restaurants bedeutet vielsagend „Lebe das Leben").

**Bistro 't Gerecht** BISTRO €€€
(050-318 12 22; www.bistrohetgerecht.nl; Oude Boteringestraat 43; Hauptgerichte 24–32 €, Menü 36,50 €; Mo–Sa 18–22 Uhr) Dieses elegante Bistro an einer der lebhaftesten Straßen Groningens serviert moderne europäische Küche. Zu genießen gibt es kreative Gerichte wie Makrele mit Rettich, Seeteufel in Lauch-Weißwein-Soße oder Biertatar mit Austern, Sellerie, Fenchel und Estragon – und danach frische Mango mit Kokosnusssahne, Litschisorbet und Biskuitstreusel. Reservierung empfohlen.

## Ausgehen & Nachtleben

Das studentische Nachtleben von Groningen findet rund um die Poelestraat statt. Sobald es auch nur den kleinsten Anschein von schönem Wetter gibt, ist es hier gerammelt voll. Abseits der Massen ist Grote Kromme Elleboog ein idyllisches Altstadtgässchen mit einigen schönen Cafés.

★ **Mr. Mofongo** BAR
(050-314 42 66; www.mofongo.nl; Oude Boteringestraat 26; 11–3 Uhr) Cooler kann eine Bar nicht sein als Mr. Mofongo. Im Erdgeschoss ein hippes Studentencafé mit einer beliebten Außenterrasse, darüber in der ersten Etage eine Cocktailbar mit der sensationellen „Wand" aus 56 selbst gebrannten Spirituosen, die von einem Roboterarm ausgeschenkt werden, eine Craft-Destillerie und eine Weinbar. Besonders zu empfehlen: der traditionelle *jenever* (niederländischer Gin) und die wunderbaren Liköre, Wodkas und Gins aus Ingwer, Thymian etc.

In der ebenfalls hochtechnologisierten Weinbar sorgen drehbare Regalböden

INSIDERWISSEN

### URBANE BEACHPARTY

Eine weitere angesagte Chill-Zone zeugt ebenfalls von Groningens kreativem, innovativem Flair: **Dot** (050-211 25 14; www.dotgroningen.nl; Vrydemalaan 2; 11–23 Uhr) ist eine großzügige und luftige Café-Bar mit einer Sommerterrasse im Stil von Saint Tropez und liegt am sandigen Stadtstrand des zunehmend angesagten Viertels Ebbingekwartier. Im Sommer treten DJs hier auf, es finden auch Livekonzerte statt; im Kino mit Gewölbedach im zweiten Stockwerk werden Filme gezeigt. Einfach auf das Gebäude zusteuern, das aussieht wie ein riesiger weißer Ball.

Kinokarten (6 €) und Eintrittskarten für die Tanzpartys am Wochenende, Jazzkonzerte am Sonntag oder andere Veranstaltungen lassen sich am besten online im Voraus besorgen.

für staubfreie Gläser, und auch die eingetopften Kräuter bekommen ausreichend Sonnenlicht und Wasser. Ein Roboterarm holt die Flaschen aus dem Weinkeller und gießt sogar die Gläser ein.

Die Bar ist nach einem Entdeckungsreisenden benannt, den der weltenbummelnde Eigentümer (ein Unterwasserfotograf) in der Santa-Lucia-Lagune auf Kuba getroffen hatte, nachdem dieser dort beim Tauchen mit Bullenhaien war.

**★ Café de Sigaar** CAFE

(☎ 050-311 23 99; http://cafedesigaar.nl/; Hooge der A 2; ⏲ Mo 12–21, Di & Mi 10–23, Do–Sa 10–24, So 11–21 Uhr) Mit einer pflaumenfarbenen, traditionellen Front zum Hooge-der-A-Kanal ist dieses moderne Café das letzte Wort was kanalseitigen Schick betrifft. Sobald in den Sommermonaten die Sonne scheint, ist die Terrasse – eine der wenigen, die direkt am Ufer liegen – proppenvoll. Die Tische stehen unter Bäumen neben der zeitgenössischen Bronzeskulptur eines Frosches, der den Pflastersteinen entspringt.

Im Innern des Cafés sorgen Buntglasfenster und Ölgemälde der Groninger Künstlerin Olga Wiese (geb. 1944) für ein schickes künstlerisches Ambiente.

**★ Het Concerthuis** BAR

(☎ 050-230 42 50; www.hetconcerthuis.nl; Poelestraat 30; ⏲ Fr & Sa 10–3, So–Mi bis 1, Do bis 2 Uhr; 📶) Das Concerthuis ist eine hippe Location mit langen Öffnungszeiten und mit Café, Bar, Livemusik und DJ-Auftritten. Die Außenterrasse blickt auf einen der geschäftigsten Plätze der Stadt. Durchgesessene alte Sofas, gemusterte rötlich braune Teppiche und recycelte Regale aus alten Holzpaletten sorgen drinnen für ein Retro-Ambiente. Der Brakke Brunch („Katerbrunch“, 13,80 €) am Sonntag ist extrem beliebt.

**★ De Pintelier** BAR

(☎ 050-318 51 00; www.depintelier.nl; Kleine Kromme Elleboog 9; ⏲ So–Mi 15–2, Do–Sa 15–3 Uhr) Diese gemütliche belgische Bar wirkt wie aus den 1920er-Jahren. Die riesige Auswahl an Bier und *jenever* könnte eine ganze Enzyklopädie füllen. Die lange Bar aus Holz und die große Zahl der Tische mit Kerzenlicht wirken beinahe zeitlos. Die Plätze im luftigen Innenhof werden häufig von Studenten mit ihren Laptops bevölkert.

**Café de Toeter** CRAFT BIER

(☎ 050-312 44 99; www.cafedetoeter.nl; Turfsingel 6; ⏲ Mo & Di 19–3, Mi, Do & So 16-3, Fr & Sa 15–3 Uhr) Ein Dauerbrenner unter Studierenden: Diese Vintage-Bar ist für ihre tolle Auswahl an Flaschenbieren (über 160 Sorten) und Malt Whisky bekannt (unglaubliche 350 Sorten stehen zur Wahl). Aber das eigentliche Highlight ist das Craft-Bier aus der eigenen Rockin'-Ludina-Brauerei, die sich auf einem Lastkahn befindet, der direkt vor der Bar vor Anker liegt.

## ☆ Unterhaltung

**Vera** LIVE MUSIC

(☎ 050-313 46 81; www.vera-groningen.nl; Oosterstraat 44) Wer die Rockstars von Morgen erleben möchte, sollte sich zu diesem Club begeben, wo jede Woche vier Konzerte und ein Filmabend stattfinden. In den frühen 1980er-Jahren traten hier U2 vor einem etwa 30-köpfigen Publikum auf und auch Nirvana spielten hier mal vor gut 60-Zuschauern, bevor sie Supernova-Status erreichten. Karten gibt es vorab online.

**De Oosterpoort** LIVEMUSIK

(☎ 050-368 03 68; www.de-oosterpoort.nl; Trompsingel 27; 🐾) In De Oosterpoort treten die bekannten Musikgrößen auf. Das monatliche Programm besteht in erster Linie aus Jazz und Klassik.

**Grand Theatre** DARSTELLENDE KÜNSTE

(☎ 06 4360 0093; www.grandtheatregroningen.nl; Grote Markt 35) Dieses Jugendstiltheater von 1929 wurde glanzvoll restauriert und bietet jetzt ein breites Programm an klassischen Konzerten, Tanz und Kindertheater.

## Shoppen

Märkte finden dienstags, freitags und samstags auf dem Grote Markt und Vismarkt statt. Ladenketten säumen die ganze Herestraat; die Folkingestraat bietet witzigere Einkaufsmöglichkeiten. Galerien und trendige Konzeptläden finden sich auf der westlichen Seite zuhauf, vor allem auf der Visserstraat und Oude Kijk in 't Jatstraat.

**★ Holtbar** KONZEPTLADEN

(☎ 050-851 72 22; www.holtbar.nl; Oude Kijk in 't Jatstraat 20; ⏲ Mo–Sa 10–18 Uhr) Mit Bio-Röstbar, selbst gebackenem Kuchen und tadelloser Auswahl an niederländischen Markenprodukten lohnt dieser kleine Konzeptladen einen längeren Besuch.

Besondere Highlights unter den Designer-Haushaltswaren, dem Schmuck und den Schreibwaren sind beispielsweise die mit Pflanzen gefüllten Lampen von Spru-

NICHT VERSÄUMEN

## DAS WATT ERKUNDEN

Bei Ebbe zieht es Touristen und Einheimische gleichermaßen mit Begeisterung ins Watt, um im Schlamm zu wandern und herumzurutschen. Beim *wadlopen* (Wattwandern) übt man sich im Minimalismus, da man sich gezwungenermaßen auf das Kleine konzentriert, während man auf den gleichförmigen Horizont zuwandert.

Das Watt erstreckt sich bis hin zu den vorgelagerten Friesischen Inseln; Wanderungen hinüber nach Schiermonnikoog und Ameland sind sehr beliebt. Da die Gezeiten tückisch sein können und Wanderer auch schon mal die Orientierung verlieren und sich verirren, dürfen Wattwanderungen nur mit Wattführer unternommen werden. Liebhaber des Wattwanderns beschreiben es als anstrengend, aber anregend; die unveränderliche Aussicht auf Watt und Himmel hat geradezu meditative Züge. Der Ruf der Vögel und die Gelegenheit, sich nur auf Kleinigkeiten wie die kleinen Krabben und Muscheln unter den Füßen zu konzentrieren, stärkt die Naturverbundenheit.

Das Zentrum für *wadlopen* liegt in Pieterburen an der Küste nördlich von Groningen, wo mehrere Gruppen ausgebildeter Wattführer ansässig sind, darunter:

**Wadloopcentrum** (☎0595-528 300; www.wadlopen.com; Hoofdstraat 76, Pieterburen; ⏲Mai–Okt.)

**Dijkstra Wadlooptochten** (☎0595-528 345; www.wadloop-dijkstra.nl; Hoofdstraat 118, Pieterburen; ⏲10–21 Uhr)

**Wadlopers.nl** (☎0595-528 689; www.wadlopers.nl; Wierhuisterweg 63, Pieterburen)

Geführte Wattwanderungen werden zwischen Mai und Oktober angeboten und es gibt Fixpreise. Die Bandbreite reicht von einem kurzen rund 5 km Watt-Spaziergang (11 €, 3 Std.) bis hin zu einer anspruchsvollen 20 km Wanderung nach Schiermonnikoog (35 €, 5 Std.). Diese Insel ist mit ihrem Nationalpark die beliebteste Destination. Im Preis ist das Fährticket für die Rückfahrt inbegriffen.

Wattwanderungen sollten mindestens einen Monat im Voraus reserviert werden. Es gibt dann Hinweise, welche Bekleidung je nach Jahreszeit empfehlenswert ist. Gummistiefel oder hohe Turnschuhe sind grundsätzlich erforderlich.

itje Amsterdam, Accessoires für weibliche Globetrotter von Anna+Nina sowie handgefertigter Schmuck von Riverstones.

**Kaashandel van der Ley** KÄSE
(☎050-312 93 31; www.kaasvanderleij.nl; Oosterstraat 61–63; ⏲Di–Fr 9–18, Sa 9–17 Uhr) Seit 1934 verkauft dieser Käsehändler den besten Käse aus den Niederlanden (über 300 Sorten) und der ganzen Welt. Besondere Beachtung verdienen die lokalen Sorten aus Bio-Milch und einige seltene, gereifte Sorten, die die Niederländer nie exportieren. Weitere Delikatessen und eine große Auswahl an Oliven liefern die Zutaten für ein perfektes Picknick. Zu den örtliche Käsesorten, die es zu probieren lohnt, zählen hervorragender *boerenkaas* (Bauernkäse), der in kleinen Mengen von den Bauernhöfen der Umgebung aus Rohmilch hergestellt wird.

**Folk Concept Store** KUNSTHANDWERK
(www.folk-store.nl; Folkingestraat 17; ⏲Mo 13–18, Di–Fr 11–18, Sa 10–18 Uhr) Der umweltfreundliche Folk Concept Store lädt mit seiner zauberhaften und vielseitigen Sammlung an Kleidern, Kosmetiktaschen, Haushaltswaren, Schmuck, Kunsthandwerk sowie der organischen Snackbar zum Stöbern und Verweilen ein. Er ist die geniale Idee von zwei Groninger Künstlern (Tischler und Schmuckdesigner), die ausschließlich Produkte aus der Region feilbieten.

## ℹ Praktische Informationen

**Touristeninformation** (VVV; ☎050-313 97 41; www.toerisme.groningen.nl; Grote Markt 29; ⏲Mo 12–18, Di–Fr 9.30–18, Sa 10–17, So 10–16 Uhr)

## ℹ An- & Weiterreise

Die Bushaltestellen für die Regionalbusse befinden sich vom Bahnhofsausgang aus auf der rechten Seite.

### FAHRRAD

Fahrräder zu Studentenpreisen gibt es bei **Bikes in Groningen** (☎06 2451 5546; www.facebook.com/BikesInGroningen/; Sint Jansstraat 25;

⌚ Mo–Fr 11–18, Sa 12–17 Uhr). In der Innenstadt patrouillieren Fahrradordner in weinroten T-Shirts, die nicht zögern, falsch abgestellte Fahrräder umzusetzen und in dafür vorgesehenen Bereichen in gerade Reihe aufzustellen.

Die nationale Radroute **LF9** führt gen Süden nach Utrecht (ca.200 km) und noch weiter. Sie zeichnet einen möglichen Küstenverlauf nach, wenn es keine Deiche gäbe. Die **LF14** führt nach Lauwersoog im Nordwesten (48 km). Hier fährt die Fähre nach Schiermonnikoog ab.

### ZUG

Der in seiner ursprünglichen Schönheit restaurierte Hauptbahnhof von 1896 ist auch dann einen Besuch wert, wenn man gar nicht mit dem Zug fahren will. Auf Gleis 2b befinden sich Schließfächer und es gibt eine große Auswahl an anderen Services. Zwei Nebenstrecken von Arriva bedienen den Norden der Provinz.

Beispiele für Fahrpreise und Häufigkeiten:

| REISEZIEL | FAHR-PREIS(€) | FAHR-ZEIT (MIN.) | HÄUFIGKEIT (ZÜGE PRO STD.) |
|---|---|---|---|
| Leeuwarden | 11,17 | 40 | 3 |
| Utrecht | 25,90 | 120 | 1 |
| Zwolle | 19 | 60 | 4 |

## Hoogeland

Nördlich von Groningen in Richtung Küste stehen stoisch jahrhundertealte Kirchen und Windmühlen sowie Deiche, die das Land vor Flutwasser schützen sollen, in der flachen Landschaft, die Hoogeland („Hochland“) heißt. Sie bilden ein dauerhaftes Zeugnis für die frommen Menschen, die hier ein ärmliches Dasein aus dem matschigen, sandigen Boden fristeten. Heutzutage ist die Gegend bei wagemutigen *wadlopers* (Wattwanderern) sehr beliebt, die es hierher zieht, um durch Watt und Sumpfgebiete zu wandern. Das winzige Dörfchen **Pieterburen** ist der zentrale Ausgangspunkt für geführte Wattwanderungen.

### Sehenswertes & Aktivitäten

**Noordpolderzijl** HAFEN

Der kleinste Hafen der Niederlande liegt etwa 29 km nördlich von Groningen und 4,5 km nordwestlich des Dorfs Usquert. Seine einsame Schönheit ist umwerfend und lässt sich am besten vom Watt aus bewundern. Der Hafen wurde bis vor Kurzem noch von Krabbenkuttern aus Usquert (der nächstgelegene Bahnhof) genutzt und dient jetzt hauptsächlich als Ausgangspunkt für Wattwanderungen. Von Usquert aus fährt man mit dem Fahrrad oder Auto durch flache Felder hierher, im Blick die riesigen Wolken am weiten Horizont. Die alte Pension, die einstmals dem Schleusentor diente, **'t Zielhoes** (☎ 0595-423 058; www.zielhoes.nl; Zijlweg 4, Usquert; Sandwiches 3–7,50 €, Hauptgerichte 10,50–12,50 €; ⌚ Di–Fr 10–18, Sa & So 10–19 Uhr), gibt es immer noch und ein Besuch lohnt allein schon wegen der *waddentaart*, einem rumgetränkten Obstkuchen.

### AUSGEFRACKT

Nachdem ein Bauer im Jahr 1959 unweit der Stadt Slochteren natürliche Gasvorkommen entdeckt hatte, begann die Provinz Groningen im großen Stil mit Gasbohrungen, was ein landesweites Wirtschaftswachstum beförderte. Aber die schnelle Ausbeutung dieses Mineralstoffs aus dem größten natürlichen Gasfeld Europas (und dem zehntgrößten der Welt) hat über die Jahre eine Reihe kleiner Erdbeben rund um das Dorf Loppersum ausgelöst. Proteste in Groningen durch die Anti-Fracking Bewegung, die sich unter den Bürgern formierte, die über die Schäden an ihren Häusern und an öffentlichen Gebäuden verärgert waren, brachte die Regierung schließlich dazu, die Förderung im Jahr 2014 zu reduzieren (von einem Höchststand von 54 Milliarden m³ in 2013) und über einen Zeitraum von fünf Jahren eine Entschädigung in Höhe von 1,2 Milliarden Euro an die betroffenen Anwohner zu zahlen. Im Jahr 2016 wurde die Gasförderung noch weiter zurückgefahren, von 27 auf 24 Milliarden m³ pro Jahr.

Ein größeres Erdbeben im Januar 2018, das eine Stärke von 3,4 auf der Richterskala hatte – das Epizentrum lag beim Dorf Zeerijp bei Loppersum – und bis zur Stadt Groningen spürbar war, hat die Sache hoffentlich ein für alle Mal geklärt. Die niederländische Regierung hat jetzt bestätigt, dass die Gasförderung im Gasfeld Groningen pro Jahr um 12 Milliarden m³ reduziert werden soll, mit dem Ziel, das Fracking bis 2022 vollständig einzustellen. Derzeit deckt Gas 40 % des Energiebedarfs des Landes.

**Zeehondencreche Pieterburen** TIERSCHUTZSTATION
(Seal Creche; ☎ 0595-52 65 26; www.zeehondencentrum.nl; Hoofdstraat 94a, Pieterburen; Erw./Kind 9,50/6 €; ⏲ 10–17 Uhr) Diese Tierschutzstation widmet sich der Rettung und Pflege kranker und verletzter Seehunde. Zumeist leben hier 20 bis 30 der Meeressäuger. Besucher können zusehen, wie sie in den verschiedenen Becken schwimmen und sich in der Sonne aalen. Das Zentrum bietet auch Bootsausflüge zur Seehundbeobachtung auf der Waddenzee an, die von Lauwersoog abfahren, und ist der Ausgangspunkt für geführte Wattwanderungen.

Informationen über die Zeiten für die Bootstouren und Wanderungen stehen auf der Website, über die man auch eine Reservierung vornehmen kann.

**Menkemaborg** HISTORISCHES GEBÄUDE
(☎ 0595-431 970; www.menkemaborg.nl; Menkemaweg 2, Uithuizen; Erw./Kind 7,50/3,50 €; ⏲ März–Sept. Di–So 10–17 Uhr, Okt.–Dez. bis 16 Uhr) Etwa 25 km nordöstlich von Groningen, in der Stadt Uithuizen, befindet sich eines der authentischsten Herrenhäuser der Niederlande. Menkemaborg, ursprünglich eine befestigte Burg aus dem 14. Jh., erhielt sein heutiges, elegantes Erscheinungsbild – drei Gebäude inmitten einer üppig gestalteten Gartenanlage und umgeben von einem Wassergraben – im frühen 18. Jh. Seither ist es kaum verändert worden.

Im Innern ist das aristokratisch-prunkhafte Ambiente erhalten geblieben, darunter geschnitzte Kaminsimse aus Eichenholz, Prunkbetten und edles Porzellan.

### An- & Weiterreise

Diese entlegene Küstenregion lässt sich am besten mit dem Fahrrad oder Auto bereisen; die Radroute **LF10** führt direkt durch Menkemaborg.

Von Groningen aus kommt man mit dem Zug bis Usquert (6,60 €, 30 Min.) oder Loppersum (6,60 €, 25 Min.). Nach Pieterburen, 12 km westlich von Usquert, nimmt man den Zug von Groningen nach Winsum (3,75 €, 15 Min.) und dann die Buslinie 68 (20 Min.).

## Bourtange

☎ 0599 / 430 EW.

Die rekonstruierte Festung von Bourtange steht in isolierter Lage im äußersten Südosten der Provinz, 7 km östlich vom verschlafenen Ort Vlagtwedde. Es mag zwar entlegen sein, aber es lohnt sich wirklich, die Landschaft und Sumpfgebiete, die es umgeben, zu erkunden, idealerweise mit dem Fahrrad oder Kanu.

### Sehenswertes & Aktivitäten

**Festung Bourtange** FESTUNG
(☎ 0599-354 600; www.bourtange.nl; Willem Lodewijkstraat 33; Erw./Kind/Familie 8,50/4,50/22 €; ⏲ April–Okt. Mo–Fr 9.15–17, Sa & So 10–17 Uhr, Feb.–März & Nov.–Dez. Sa & So 11–16 Uhr) Eine der am besten erhaltenen Festungen des Landes steht im winzigen Bourtange unweit der deutschen Grenze. Mit ihrem Wassergraben, den wuchtigen Befestigungsanlagen und malerischen, rundum beschützten Häusern ist sie ein beeindruckender Anblick und versetzt die Betrachter zurück in eine Zeit, als bewaffnete Banden durch die Lande zogen und Dorfbewohner Mauern errichteten, um sich vor ihnen zu schützen.

**De Sikkepit** KANUFAHREN
(☎ 0599-354 748; www.sikkepit.nl; Bisschopsweg 15; pro Std. 1-/2-/3-Personenkanu 8/12,50/15,50 €, Ruder-/Elektroboot 13/17,50 €; ⏲ April–Nov.) Wer Bourtange aus einer anderen Perspektive betrachten möchte, kann sich ein Kanu, Ruderboot oder elektrisches „Flüster"-Boot von De Sikkepit auf dem **Festungsbauernhof** mieten, um vom Wasser aus die Festungskanäle und Natte Horizon, einen See südlich der Festungsstadt, entlang zu gleiten. Vor der Abfahrt nach einer Karte fragen, die verschiedene Touren auflistet.

### An- & Weiterreise

Von Groningen, 60 km westlich, dauert die Anreise mit Zug und Bus etwa zwei Stunden und kostet 11,40 €. Erst den Zug gen Osten nach Winschoten, dann die Buslinie 14 südlich nach Vlagtwedde, und schließlich die Linie 11 nach Bourtange nehmen. Auf der Verkehrsinfo-Website (www.9292.nl) stehen die Zeiten.

Wer mit dem Fahrrad unterwegs ist, kann auf einer mehrtägigen Fahrt Bourtange mit einem Besuch der *hunebedden* in Drenthe verbinden, die rund 40 km südwestlich liegen.

# PROVINZ DRENTHE

Wenn irgendeine Ecke der Niederlande als vergessen bezeichnet werden kann, dann diese. Ohne direkten Zugang zum Meer und ohne größere Stadt (das Nachkriegsprojekt Emmen ist die größte) lässt sich Drenthe immer noch mit den Worten von Vincent

ABSEITS DER ÜBLICHEN PFADE

## DER URGESCHICHTE AUF DER SPUR

In dem Gebiet von Drenthe sind menschliche Spuren bereits seit 3000 v. Chr. bezeugt, als prähistorische Stämme sich in dieser weiten Sumpf- und Torflandschaft niederließen. Diese frühen Bewohner begannen damit, das Land zu bebauen, und schufen den heute eindeutig interessantesten Aspekt Drenthes, die *hunebedden*.

*Hunebedden* (Dolmen), die noch älter sind als Stonehenge, sind prähistorische Grabkammern, die aus Steinblöcken erbaut wurden, von denen manche bis zu 25 000 kg wiegen können. Vermutlich gelangten die Steine durch eiszeitliche Gletscher aus Schweden in die Niederlande. Über die Erbauer der *hunebedden*, die ihre Toten zusammen mit persönlichen Gegenständen und Werkzeugen unter diesen riesigen Megalith-Bauwerken begruben, ist nur wenig bekannt. 52 dieser beeindruckenden Gruppen von düsteren grauen Steinen können in Drenthe und zwei in Groningen bewundert werden.

Das beeindruckende **Hunebedden Centrum** (☎ 0599-23 63 74; www.hunebedcentrum.nl; Bronnegerstraat 12, Borger; Erw./Kind 9,50/5,25 €; ⏲ Mo–Fr 10–17, Sa & So 11–17 Uhr) ist der logische Anfangspunkt für eine *Hunebedden*-Tour. Es befindet sich in Borger, einem kleinen Städtchen, etwa 17 km nordwestlich von Emmen. Auf der Website www.hunebedden.nl sind ebenfalls zahlreiche Informationen zu finden.

Das Centrum präsentiert viel Wissenswertes rund um die Steine sowie Ausgrabungsfunde aus. Das größte *hunebed* befindet sich direkt am Museum. Ansonsten sind die meisten rund um die Dörfer Klijndijk, Odoorn, Annen und Midlaren zu finden, die sich entlang der N34, einer hübschen Straße, die Emmen und Groningen verbindet, aufreihen.

Die *hunebedden* lassen sich am besten mit einem eigenen Fortbewegungsmittel erkunden; eine Karte und verschiedene Vorschläge für thematisch orientierte Radtouren (Länge von 6 bis 53 km) gibt es im Hunebedden Centrum – man sollte auf der Fahrt Ausschau nach den abgebildeten Piktogrammen halten. Borger liegt etwa 25 km südöstlich von Assen an der nationalen Radroute LF14.

van Gogh von 1883 beschrieben: „Hier ist es friedlich.“ Seine Gemälde der Torfstecher im Südosten der Provinz liefern auch heute noch den Beweis für seine Worte.

Friedlich – dies ist genau der Grund, weshalb es sich lohnt, dieser mehrheitlich ländlichen Region einen Besuch abzustatten. Die Liste an Nationalparks hier ist groß und es gibt die geheimnisvollen *hunebedden* (Dolmen) zu erkunden, die sich in großer Anzahl entlang des Hondsrug (auch Drenther Erhebung genannt) finden, eines bis zu 26 m hohen Höhenzugs, der sich entlang des östlichen Teils der Provinz erstreckt.

# Assen

☎ 0592 / 67 600 EW.

Die bildhübsche Kleinstadt Assen mit ihren gemütlichen Radwegen entlang der Kanäle und dem prächtigen Kunstmuseum lädt dazu ein, mal einen Gang herunterzuschalten. Assen eignet sich auch hervorragend, um von hier aus die benachbarten Nationalparks, *hunebedden* und Kamp Westerbork zu erkunden. Überraschenderweise versammeln sich einmal im Jahr Hunderte Biker in Ledermontur in diesem verschlafenen Städtchen beim jährlichen TT Motorradfestival. Die Touristeninformation von Assen hält ausgezeichnete Rad- und Wanderkarten der Region sowie nützliche Informationen zu den Nationalparks bereit.

## Sehenswertes

**Drents Museum** MUSEUM

(☎ 0592-377 773; www.drentsmuseum.nl; Brink 1; Erw./Kind 15 €/frei, Garten frei; ⏲ Di–So 11–17, Garten April–Okt. 11–17 Uhr, Nov.–März bis 16 Uhr) Gemälde und Kunstgewerbe des späten 19. und frühen 20. Jhs. sowie zeitgenössischer Realismus bilden die Schwerpunkte der Kunstsammlung im städtischen Museum, das sich in einem prächtigen roten Backsteingebäude befindet, welches 1882 für die Drenther Provinzverwaltung erbaut wurde. Der Zugang zum Gebäude erfolgt durch das Kutschenhaus aus dem 18. Jh., auf dessen Dach eine Statue eines heroischen Drenthekriegers steht, der in ein Tierfell gehüllt ist und Speer und Hammer hält. Der strahlend-weiße moderne Gebäudeflügel beherbergt die Wechselausstellungen.

**Kamp Westerbork** HISTORISCHE STÄTTE
(☎0593-59 26 00; www.kampwesterbork.nl; Oosthalen 8, Hooghalen; Erw./Kind 8,75/4 €; ⏲Feb.–Dez. Mo–Fr 10–17, Sa & So 11–17 Uhr) Von den 107 000 Juden, die vor dem Zweiten Weltkrieg in den Niederlanden lebten, wurden bis auf 5000 alle durch die Deutschen in Konzentrations- und Todeslager in Mittel- und Osteuropa deportiert. Ihre schicksalshafte Reise dorthin begann in Kamp Westerbork, einem NS-Durchgangslager in einem Wald 10 km südlich von Assen, unweit vom Dorf Hooghalen. Ein ausgezeichnetes Museum vor Ort verdeutlicht die Geschichte des Holocausts in den Niederlanden. Große Fotos zeigen, wo sich während des NS-Regimes die verschiedenen Gebäude befanden, beispielsweise das Strafgebäude und die Werkstätten, in denen Gefangene de facto wie Sklaven arbeiten mussten.

Paradoxerweise wurde Kamp Westerbork im Jahr 1939 von der niederländischen Regierung erbaut, um die deutschen Juden, die vor den Deutschen fliehen mussten, unterzubringen. Ab 1942 nutzten die Deutschen es als Durchgangslager für jene Gefangene, die in die Todeslager geschickt wurden, darunter Anne Frank.

Vom Museum aus muss man zum Lager noch 2 km zu Fuß durch den Wald gehen (oder für 2 € mit dem Bus fahren). Heutzutage gibt es hier nur noch wenig zu sehen. Nach dem Krieg nutzte die niederländische Regierung die Baracken zur Unterbringung von Flüchtlingen aus den Südlichen Molukken. Danach ließ man sie abreißen. Hört man sich die Beschreibungen aus erhalten gebliebenen Tagebüchern ehemaliger Häftlinge über das harte Leben im Lager an, kann man sich in etwa vorzustellen, wie furchtbar damals das Leid und die entsetzlichen Zustände waren.

Von den verschiedenen Monumenten, die sich hier befinden, berühren am meisten wohl die 102 000 Steine auf einer Karte, die die Niederlande darstellen, die sich auf dem ehemaligen Appellplatz in der Mitte dieses Lagers befinden.

Das Lager liegt 7 km nördlich der Stadt Westerbork (und 7 km südlich von Assen). Es gibt keine öffentlichen Verkehrsmittel, die direkt zur Gedenkstätte fahren.

Wer mit dem Zug anreist, nimmt die Bahnstrecke Zwolle–Assen bis Beilen (mind. zwei Züge pro Stunde) und dann die Buslinie 22 nach Hooghalen, von wo es zu Fuß noch etwa 25 Minuten sind.

Mit dem Fahrrad geht es südlich von Assen aus entlang des ländlichen Radwegs *knooppunten* 9-8-33-31-58.

**Drentsche Aa Nationallandschaft** GEBIET
(www.drentscheaa.nl) Die Drentsche Aa Nationallandschaft umfasst ein abwechslungsreiches, 10 000 ha großes Gebiet an uralten Bauernhöfen, dichten Wäldern und struppiger Heide, die im Spätsommer violett erblüht. Durch dieses Gebiet nordöstlich von Assen zu radeln ist einfach umwerfend. An jedem *knooppunt* (nummerierte Wegweiser) hängen Karten zur Orientierung. Die nationale Radroute LF14 führt mitten hindurch.

Mehrere *hunebedden* (Dolmen) sind nördlich von Gasteren, in der Parkmitte, sowie neben einer mittelalterlichen Kirche bei Rolde im Süden zu finden.

## Schlafen & Essen

Die wenigen Hotels in Assen richten sich vornehmlich an Geschäftsreisende. Die Touristeninformation hält eine gute Liste der gemütlicheren und heimeligeren B&Bs in und um Assen bereit.

**Villa Tapas** TAPAS **€€**
(☎0592-202 123; www.villatapas.nl; Vaart NZ 2; Tapas ohne Ende Mo–Do 19,50 €, Fr–So 23,50 €; ⏲16.30–22 Uhr; 📶) Ein Pluspunkt dieses modernen Lokal ist seine sonnige Außenterrasse mit Blick auf den Kanal, der andere Pluspunkt ist die Tapas-Flatrate. Im Innern gruppieren sich Designersitzmöbel unter ei-

**ABSEITS DER ÜBLICHEN PFADE**

### RENDEZVOUS MIT DER NATUR

Der **Dwingelderveld Nationalpark** (☎0522-472 951; www.nationaalpark-dwingelderveld.nl; Benderse 22, Ruinen; ⏲April–Sept. tgl. 10–17 Uhr, Okt.–März Mi–So 10–17 Uhr) schützt rund 3700 ha. des größten Feuchtheidegebiets Europas. Mehr als 60 km an Wanderwegen und 40 km an Radwegen durchziehen Moor, Wiesen und Wald. Er ist von karger Schönheit und an Sommerwochenenden ein beliebtes Ausflugsziel. Das **Besucherzentrum** befindet sich in der südwestlichen Ecke des Parks außerhalb von Ruinen, 7 km westlich der A28 an der N375. Am besten hier erstmal Wander- und Radwegkarten abholen, bevor man mit der Erkundung loslegt.

nem gleißenden, mit Laternen behangenen Glasdach. Die Bestellung gibt man mit dem bebilderten Menü-Tablet ab. Kinder (3–11 J.) zahlen für jedes Lebensjahr 1,50 €.

## Praktische Informationen

**Touristeninformation** (☎ 0592-24 37 88; www.drenthe.nl; Marktstraat 8; ⏱ Mo 12–18, Di–Fr 9.30–18, Sa 9.30–17, So 13–17 Uhr)

## An- & Weiterreise

Züge verbinden Assen mit Groningen (5,70 €, 20 Min.) und Zwolle (18 €, 60 Min.).

Der **Laden** (☎ 030-751 51 55; Stationsplein 5c; pro Std. 7,50 €) links vom Bahnhof vermietet 3-Gang-Räder (50 € Kaution). Die nationale Radroute **LF14** verläuft etwa 34 km südlich von Groningen und führt weiter nach Emmen (ca. 40 km südöstlich).

# Das Zentrum der Niederlande

**Inhalt ➡**



## Gut essen

- Cèpes (S. 294)
- De Zilte Zeemeermin (S. 292)
- Fresca (S. 288)
- De Hemel (S. 289)
- Fooddock (S. 275)

## Schön übernachten

- Hotel de Serrenberg (S. 294)
- Lucy Cube (S. 274)
- Boutique Hotel Straelman (S. 288)
- Hotel Credible (S. 288)
- De Librije (S. 277)

## Auf ins Zentrum der Niederlande!

In den „vergessenen" Provinzen im Zentrum des Landes, Overijssel und Gelderland, treffen historische Handelszentren mit ihren kulturellen Reichtümern auf die Schönheit der Naturlandschaft. Der Nationalpark Hoge Veluwe mit dem Kröller-Müller-Museum (und der welweit schönsten Van-Gogh-Sammlung) sollte eine wichtige Rolle auf jeder Reise durch Holland spielen. Deventer, Zwolle und Kampen sind jahrhundertealte Städte mit malerischen Gebäuden, die an die Zeit erinnern, als diese Städte noch zur Hanse gehörten. Nijmegen hat das Flair einer Stadt am Wasser. Hier leben zahlreiche Studenten, und jedes Jahr findet ein Marsch statt, der mittlerweile die Form einer einwöchigen Party angenommen hat. Auf der historisch anderen Seite gibt es in Arnhem und Umgebung viele Stätten, die an den Zweiten Weltkrieg erinnern. Diese Region wird von der Waal und der IJssel samt ihren Nebenflüssen durchschnitten. Lohnend sind hier schöne Fahrradtouren, besonders an den sumpfigen Ufern der Waal östlich von Nijmegen im IJssel-Delta nördlich von Kampen, einem entlegenen Schutzgebiet mit silbern schimmernden Kanälen.

## Reisezeit

- Auf dem Lande ist man in den Niederlanden am besten im Sommer aufgehoben, wenn die Felder grün sind, die Gewässer sich zum Schwimmen eignen und wenn es abends lange hell ist. Auf den unzähligen Rad- und Wanderwegen hat man zu dieser Zeit des Jahres besonders viel Spaß. Aktivitäten wie Kanu- und Kajakfahren haben Hochkonjunktur.
- Die meisten Kanuverleiher haben saisonale Öffnungszeiten (April bis September/Oktober).
- Tausende Wanderer begeben sich im Juli nach Nijmegen, um am Wanderfest De Vierdaagse teilzunehmen. Dafür muss man weit im Voraus buchen!
- Durch die Straßen und über die Plätze der holländischen Städte zu bummeln – und das zu jeder Jahreszeit.

## Highlights

❶ **Nationalpark Hoge Veluwe** (S. 293) Sich ein kostenloses Fahrrad schnappen und durch Wald, Sanddünen und grüne Parklandschaft radeln.

❷ **Kröller-Müller-Museum** (S. 293) Die weltweit zweitgrößte Sammlung der Werke van Goghs bewundern.

❸ **Deventer** (S. 273) Die verführerische mittelalterliche Architektur in den Seitenstraßen der Hansestadt und die unmwerfenden Neuheiten im alten Hafen entdecken.

❹ **Nationalpark Weerribben-Wieden** (S. 282) Die geheimnisvollen Feuchtgebiete in Overijssel mit Rad, Boot oder zu Fuß erkunden.

❺ **Oosterbeek** (S. 292) Im beachtenswerten Airborne Museum Hartenstein und auf dem nahe gelegenen Soldatenfriedhof der Opfer des Zweiten Weltkriegs gedenken.

❻ **Zwolle** (S. 276) Den „Pfeffermühlen"-Kirchturm erklimmen, um aus der Vogelperspektive die sternförmige Stadtmauer, den Kanal und die mit Brunnen versehenen Plätze zu erleben.

# OVERIJSSEL

Mit ihrem majestätisch anmutenden Fluss, der IJssel, der einen Großteil ihrer westlichen Grenze bildet, ist es nicht weiter verwunderlich, dass diese kleine Provinz im Zentrum der Niederlande Overijssel oder „über die Ijssel" genannt wird. Im Osten, also nahe an der Grenze zu Deutschland, ist die Landschaft anders als an der flachen und sumpfigen ehemaligen Küste, die heutzutage durch Flevolands Noordoostpolder im Westen landumschlossen ist – nämlich erfreulich hügelig.

Wer diese ländlich geprägte und bewaldete Landschaft erkunden will, schlägt sein Quartier am besten in der postkartenreifen Hansestadt Deventer oder in der Provinzhauptstadt Zwolle auf. Im Norden haben Generationen von Torfarbeitern mit viel Schweiß und Tränen die weitgehend wenig bekannte, friedlich daliegende Naturschönheit des Nationalparks Weerribben-Wieden so geformt wie sie heute ist. Wer durch dieses Feuchtgebiet in das venezianisch anmutende Dorf Giethoorn vordringen möchte, macht dies am besten mit einem altmodischen Ruderboot oder einem modernen Elektro-Boot – ein wahres Highlight!

Die Region Twente im Osten wird von der Universitätsstadt Enschede beherrscht und gilt unter den einheimischen Liebhabern wilder, einsamer Natur als Geheimtipp.

## Deventer

☎ 0570 / 98 510 EW.

Manche Besucher sind positiv überrascht von Deventers hübschem Stadtbild. Am besten erlebt man das hanseatische Ambiente an einem wunderbaren Abend im August, wenn man die gewundenen Gassen der Altstadt entlangläuft und nach den eigentümlichen Details auf den alten Fassaden Ausschau hält. Was wie ein Mauerriss aussieht, ist in Wirklichkeit ein winziger Durchgang, der zur IJssel führt. Dann gibt es noch das Havenkwartier, ein einst pulsierndes, aber nun heruntergekommenes Hafenviertel, wo heute kreative junge Leute mit abgefahrenen neuen Hotels und Esslokalen vieles zum Besseren verändert haben.

Deventer war schon um 800 n. Chr. ein lebendiger Handelshafen und konnte seine blühenden Handesbeziehungen über viele Jahrhunderte erhalten – eine Tatsache, die überall an den aufwendig gestalteten alten Gebäuden deutlich wird.

### Sehenswertes & Aktivitäten

Der Brink ist der Hauptplatz und Zentrum der Cafékultur in Deventer. Wenn man sich in Richtung Osten über den riesigen, lang gestreckten Platz bewegt, schließt sich das bohemehafte Bergkwartier mit zahlreichen wunderschönen und restaurierten Gebäuden aus der Hansezeit an.

An den malerischen Ufern der IJssel lässt sich wunderbar radeln. Eine 32 km lange Rundtour führt am Ufer entlang Richtung Norden nach Olst, wo man eine Fähre über den Fluss nehmen und an der anderen Seite nach Deventer zurückradeln kann. Das Gleiche kann man in südlicher Richtung bis Zutphen machen, ein Rundweg von 47 km.

**★ Museum de Waag** HISTORISCHES GEBÄUDE

(☎ 0570-693 780; http://museumdewaag.nl/; Brink 56; Erw./Kind 9/2,50 €; ⏲ Di–So 11–17 Uhr) Dieses ansprechende Museum mitten auf dem Brink ist in einer der landesweit ältesten Stadtwaagen (1528) untergebracht und der Geschichte des Ortes gewidmet.

Zur Blütezeit der Stadt im 14. und 15. Jh. brachten Kaufleute ihre wertvollen Waren, um sie hier wiegen zu lassen, bevor sie dann auf einem der fünfmal im Jahr abgehaltenen Jahrmärkte auf dem riesigen Stadtplatz zum Kauf angeboten wurden.

**★ Grote of Lebuïnuskerk** KIRCHE

(☎ 0570-612 548; www.pkn-deventer.nl; Grote Kerkhof 38; Turm 2,50 €; ⏲ Kirche April–Nov. 11–17 Uhr, Dez.–März bis 16 Uhr, Turm Sa 13–16 plus April–Okt., in den Schulferien Mo–Fr) Die Hauptkirche der Stadt ist nach dem englischen Kleriker benannt, der sie im Jahr 738 gründete; die gotische Architektur stammt aus dem späten 15. Jh. Die vielen Wandgemälde, die im Jahr 1580 vom protestantischen Mob weiß überpinselt wurden, sind später restauriert worden. Geduldige Betrachter können unter anderem Szenen aus dem Jüngsten Gericht ausmachen. Der Aufstieg auf den Kirchturm ist lohnenswert, um einen Rundumblick auf die Dächer der Stadt und die IJssel genießen zu können.

### Schlafen

**Camping De Worp** CAMPINGPLATZ €

(☎ 0570-613 601; www.stadscamping.eu; Worp 12; Campingplatz 6 €, plus 5/3/2,50 € pro Erw./Kind/Auto; ⏲ April–Okt.; 📶) Dieser hübsche, kleine Campingplatz unter Bäumen ist ideal, um seinen Wohnwagen abzustellen und von

## Deventer

## Deventer

**Highlights**
1 Grote of Lebuïnuskerk .......... B3
2 Museum de Waag .......... C3

**Schlafen**
3 Camping De Worp .......... A3
4 Hotel de Leeuw .......... B2
5 Hotel Gilde .......... B2

**Essen**
6 Bouwkunde .......... B2
7 Brood van Joop .......... B3
8 Jackie's .......... B3

**Ausgehen & Nachtleben**
9 De Heks .......... C3
10 De Hip .......... C2

dort den Blick auf die Hansestadt auf der anderen Flussseite zu genießen. Die Anlegestelle für die Personenfähre in die Stadt liegt fünf Minuten per pedes entfernt. Die Überfahrt dauert ebenfalls nur fünf Minuten.

Unzählige Fahrradwege ziehen sich durch die üppig grüne Umgebung.

**Hotel de Leeuw** HOTEL €
(☎ 0570-610 290; www.hoteldeleeuw.nl; Nieuwstraat 25; EZ/DZ ab 79/89 €; @ 📶) Nicht nur wegen dem Bäckereimuseum und alten Süßwarenladen ist dies ein „süßer" Ort zum Übernachten. Hier gibt es alle erdenklichen Annehmlichkeiten, bis hin zur Wettervorhersage beim Frühstück (das man auch im Innenhof einnehmen kann). Die einfachen Zimmer sind gemütlich, und vielfach mit einer Kitchenette ausgestattet. Der Zimmerpreis ist einschließlich Frühstück.

**★ Lucy Cube** DESIGNHOTEL €€
(☎ 06 4123 8068; http://elucy.nl/; Scheepvaartstraat; DZ wochentags/Wochenende 165/200 €; 📶) Das Lucy Cube ist eins von drei Mikrohotels im aufstrebenden Havenkwartier und ist zudem ein Designhotel mit nur einem einzigen Zimmer, das sich im Obergeschoss eines alten Getreidesilo am Uferrand im alten Hafenviertel befindet. Das pfiffige, komplett weiß getünchte Innere ist mit Bad, Kühlschrank (inkl. Bier und Wein zur Begrüßung), einer Glasdecke für den romantischen Blick auf den Sternenhimmel und einer Dachterrasse ausgestattet.

**Hotel Gilde** HOTEL €€
(☎ 0570-641 846; www.hotelgilde.nl; Nieuwstraat 41; EZ 69–89 €, DZ 99–129 €, 3BZ 124–153 €; 📶) Dieses 37-Zimmer-Hotel war einstmals ein Kloster und ist ein atemberaubendes

Architekturbeispiel des 17. Jhs. Im Inneren beschränken sich die aufwendigen Besätze und Rüschen auf den öffentlichen Bereich: Die spartanischen Zimmer erinnern die Gäste an die Enthaltsamkeit der ursprünglichen Bewohner. Im Preis inbegriffen ist ein großzügiges Frühstücksbüfett, das im Frühstücksraum (1. Stockwerk) oder im malerischen Innenhofgarten serviert wird.

## Essen

**Brood van Joop** SANDWICHES €

(☎06 3377 6827; www.facebook.com/broodvanjoop/; Grote Poot 12; Sandwiches 6–7 €, Salate 9,95 €; ⏲Di–Fr 8.30–17.30, Sa bis 17 Uhr) *„Ambachtelijk brood“* (selbst gebackenes Brot), das noch dazu Bio ist, gehört zu den verlockenden Angeboten dieses modernen Speiselokals. Im Innern sitzt man an Bar-Tischen und im Freien auf zwei einfachen Bänken mit einer wunderbaren Sicht auf einen hübschen Platz, der in einer Seitenstraße liegt. Auf der Speisekarte stehen frische Salate, hausgemachte Suppen und Sandwichhälften mit einer märchenhaften Auswahl an leckeren Belägen.

★ **Fooddock** FOOD HALL €

(http://en.fooddock.nl/; Zuiderzeestraat 2; Gerichte 5–10 €; ⏲Mi, Do & So 12–21, Fr & Sa 12–23 Uhr) Wer mal etwas ganz anderes sucht, geht Richtung Osten ins alte Hafenviertel (Havenkwartier), wo ein altes Industriesilo in eine abgefahrene Food Hall umgewandelt worden ist. Hier sitzen die Gäste von etwa einem Dutzend Essensstände auf rustikalen Bänken an den großen hölzernen Gemeinschaftstische. Das Speisenangebot umfasst kleine Schüsseln mit Ramen, mit gebratener Tofu-Poke, mit gegrilltem Pulled Pork, mit würzigen Thunfisch-Temaki (Sushi-Röllchen), mit knuspriger Tempura, mit Frozen Yogurt und Smoothies sowie süßen Waffeln mit verschiedensten kalorienreichen Belägen. Nur Barzahlung.

**Bouwkunde** BISTRO €€

(☎0570-614 075; www.theaterbouwkunde.nl; Klooster 4; 2-/3-/4-Gänge-Menü 29,50/34,50/43 €; ⏲Di–Sa 18–21 Uhr) In diesem auf Hochglanz polierten Esslokal mit einem kleinen Theater rundet Küchenchef Pieter van de Pavoordt die heimischen Bio-Zutaten mit einer französischen Note ab; Sommelier Heleen Boom wählt dazu den richtigen Wein aus. Zu den Gerichten gehört ein superzartes *confit de canard* (eingekochte Ente) und Tarte Tatin mit weißer Schokoladenmousse und einem Grand-Marnier-Sabayon. Zum Abschluss empfiehlt sich ein Trio aus unpasteurisiertem französischen Käse.

In den Sommermonaten dehnt sich der Essbereich in einen ruhigen, im Fischgrätenmuster gepflasterten Innenhof mit versteckt dahinterliegendem Garten aus. Unbedingt frühzeitig reservieren!

**Jackie's** INTERNATIONAL €€

(☎0570-616 666; www.jackiesnyc.com; Grote Poot 19; Hauptgerichte 16,50–32,50 €, 5-Gänge-Menü 55 €; ⏲17–23.30 Uhr; 📶) Es ist zwar nicht ganz die New Yorker Küche, wie der Werbeslogan suggeriert, aber die internationale Küche in diesem trendigen Esslokal ist erste Sahne, und die Außenterrrasse ist einfach grandios. Auf der Speisekarte stehen 5-Gänge-Überraschungsmenüs zusammen mit kreativen Gerichten, beispielsweise Pekingentenpfannkuchen, Schweinebauchscheiben mit Erdnüssen und Koriander, Kaviar, Burger, saftige Black-Angus-Steaks und saisonale Austern.

## Ausgehen & Nachtleben

**De Hip** BAR

(☎0570-745 091; www.dehip.nl; Brink 21; ⏲Di–Sa 12 Uhr-spät, So wechselnde Öffnungszeiten, Laden 10–18 Uhr) De Hip ist Café, Bar, Kulturzentrum, Konzertbühne, Theater, Ausstellungsraum und hipper Laden in einem, und Deventers abendlicher Hotspot. Die Küche bereitet ein preiswertes Tagesgericht zu (12,50 €), die spätabends stattfindenden, alternativen geheimen Jam-Sessions locken die Massen an; und am Sonntagnachmittag ist Boogie-Zeit. Infos zu den aktuellen Events am Wochenende gibt es auf der Website und auf Facebook. Reservierung empfohlen.

**De Heks** BRUIN CAFE

(☎0570-613 412; www.deheks.nl; Brink 63; ⏲So–Do 14 –2, Fr & Sa bis 3 Uhr nachts) In diesem alten *bierencafé* (Bier-Café) gibt es wenigstens 25 Biersorten vom Fass, wo Studenten und alte Stammgäste Seite an Seite an der Theke stehen oder bei warmem Wetter auf der malerischen Terrasse auf Deventers altem Marktplatz sitzen. Die Hausmarken Witte Maan („Weißer Mond“) und das helle Bitter De Pyromaan („der Pyromane“) sind besonders empfehlenswert.

## Praktische Informationen

**Touristenbüro** (☎0570-710 120; www.deventer.info; Brink 89; ⏲Mo 11–17, Di–Sa 10–17 Uhr)

## Anreise & Unterwegs vor Ort

Der Busbahnhof befindet sich, wenn man aus dem Bahnhof kommt, zur Rechten.

### FAHRRAD

Die nationale Fahrradroute LF3 verläuft etwa 36 km in nördlicher Richtung durch landwirtschaftlich geprägte Gegend nach Zwolle. In südwestlicher Richtung führt sie etwa 55 km nach Arnhem und zum Eingang des Nationalparks Hoge Veluwe. Die meiste Zeit geht es an breiten Ufern und Deichen entlang.

### ZUG

In Deventer kreuzen sich zwei Bahnstrecken. Am Bahnhof auf Gleis 3 befinden sich Schließfächer zur Gepäckaufbewahrung.

| REISEZIEL | FAHRPREIS (€) | FAHRZEIT (MIN.) | HÄUFIGKEIT (ZÜGE PRO STD.) |
|---|---|---|---|
| Amsterdam | 17,60 | 75 | 2 |
| Arnhem | 8,60 | 30 | 2 |
| Nijmegen | 11,90 | 50 | 2 |
| Zwolle | 6,30 | 24 | 2 |

# Zwolle

☎038 / 127 600 EW.

Das mittelalterliche Zwolle ist jenseits der alten Stadtmauern von einem sternförmigen Stadtgraben umgeben. Viele verlieben sich auf den ersten Blick in diese Stadt. Innerhalb der Altstadt führen idyllische, kopfsteingepflasterte Gassen auf lebendige Plätze mit Springbrunnen und sind von Straßencafés, Boutiquen, modernen Kunstwerken und coolen Coffeeshops gesäumt. Der Sommer kündigt sich an mit Wochenmärkten, Festivals, Cocktails am Strand und kleinen Kanu- oder Kajaktouren auf den mit Seerosen bedeckten Grachten.

Im 14. und 15. Jh. konnte Zwolle als wichtigster Handelshafen der Hanse zu Reichtum gelangen und wurde ein berühmtes kulturelles Zentrum. Die Stadt blieb Hauptstadt der Provinz Overijssel und kann leicht im Rahmen eines Tagesausflugs von Kampen oder Deventer erreicht werden.

## Sehenwertes & Aktivitäten

Vom Oude Vismarkt aus hat man einen guten Blick auf zwei der wichtigsten Gebäude: Die **Grote Kerk** (☎038-421 25 12; www.academiehuis.nl/grote-kerk/; Grote Markt 18; ⊙Di–Sa 11–17 Uhr) ist zwar prächtig, sie war jedoch noch prachtvoller, bevor ein Blitz den Turm zerstörte. Vieles von dem, was übrig geblieben ist, stammt aus dem 15. Jh. Gleich nebenan befindet sich das **Rathaus** (Stadhuis; Lübeckplein 2) mit einem typisch altholländischen Gebäudeteil (15. Jh.) und einem etwas seltsamen neuen Teil (1976).

**★Onze Lieve Vrouwe Basiliek** KIRCHE
(Peperbus; www.peperbus-zwolle.nl; Ossenmarkt 10; Turm Erw./Kind 2,50/1 €; ⊙Mo 13.30–16.30, Di–Sa 11–16.30 Uhr) Die Menschen aus Zwolle fühlen sich bei ihrer Rückkehr aus dem Urlaub erst so richtig wieder zu Hause, wenn sie das Wahrzeichen der Stadt, den Onze Lieve Vrouwetoren (auch bekannt als *peperbus*, zu Deutsch: Pfefferbüchse oder -mühle), erblicken. Der Turm einer riesigen Basilika, die zwischen 1394 und 1452 erbaut wurde, beherrscht die Skyline der Stadt. Von der 75 m hohen Turmspitze aus (234 Stufen!) kann man den Rundumblick über die Stadt und das Dach des angrenzenden Museums De Fundaties genießen.

**★Museum De Fundatie** MUSEUM
(☎0572-38 81 88; www.museumdefundatie.nl; Blijmarkt 20; Erw./Kind 12,50 €/gratis; ⊙Di–So 11–17 Uhr) Zwolles berühmtes Kunstmuseum ist in einem neoklassizistischen Gerichtsgebäude am Wasser untergebracht und stellt im großen Stil Wechselausstellungen zeitgenössischer Künstler aus.

Die kleine Dauerausstellung spürt mit repräsentativen Stücken dem Entwicklungsverlauf moderner Kunst nach (ein weiterer Teil ist im Kasteel het Nijenhuis, ca. 17 km südöstlich von hier, ausgestellt). Die surrealen Zusätze auf dem Dach – ein goldener Vogel und ein überdimensioniertes Schneckenhaus leuchten im Sonnenlicht – kann man ganz einfach nicht übersehen.

**Sassenpoort** HISTORISCHES GEBÄUDE
(Sachsentor; ☎038-203 84 56; www.sassenpoortzwolle.nl; Sassenstraat 53; ⊙Mi & Sa 11–17 Uhr) Das Sassenpoort wurde im Jahr 1409 am südlichen Ende der Sassenstraat errichtet und ist eins der noch verbliebenen Stadttore. Es gehört mit seinen beiden zinnenartigen Türmen und deren hexenhutförmigen Spitzen sicherlich zu den fantasievollsten Toren des Landes. In der Mitte thront ein neogotischer Glockenturm.

**Hiawatha Actief** BOOTFAHREN
(☎0529-43 60 66; www.hiawatha-actief.nl; Potgietersingel; ⊙Juli & Aug. tgl. 11–18 Uhr, April–Juni & Sept. Mi & Fr 13–18, Sa & So 12–18 Uhr) Unten am Wasser nicht weit von der Nieuwe Havenbrug (Neue Hafenbrücke) kann man ein

Kanu (15 € für 2 Std.), ein Elektroboot (35 € pro Std.) oder ein Stehpaddel-Board (11,50 € für 1½ Std.) leihen, um den sternförmigen Stadtgraben rund um die Stadt zu erkunden. Das i-Tüpfelchen ist ein Lunch an Bord der *Donut*, eines ringförmigen leuchtend orangefarbenen Gummiboots mit Elektromotor. Hier finden Grillveranstaltung für bis zu zehn Personen (175 € für 2½ Std.) statt.

## Schlafen

**Hotel Fidder's** HOTEL €€

(☎ 421 83 95; www.hotelfidder.nl; Koningin Wilhelminastraat 6; DZ ab 110 €; ) Drei Häuser aus dem späten 19. Jh. wurden zu einem großen, familiengeführten Hotel mit 23 Zimmern zusammengelegt. Innen sind viele Antiquitäten zu sehen; die Gäste können in der Bibliothek mit Klavier und Kamin verweilen. Einige der eleganteren Zimmer sind mit Himmelbetten, Badewannen oder einer eigenen Infrarot-Sauna ausgestattet.

In allen Zimmern befinden sich Möglichkeiten zum Kaffee- oder Teemachen. Das Essen im Restaurant, Hauptgerichte kosten etwa 18 €, ist streng biologisch.

**★ De Librije** DESIGNHOTEL €€€

(Die Bibliothek; ☎ 038-421 20 83; www.librije.com; Spinhuisplein 1; DZ 310 €; P ) Das luxuriöseste Hotel in Zwolle ist eine kühne Kreation der beiden Gstronomen Jonnie und Thérèse Boer und befindet sich im ehemaligen Gefängnis (1739). Die zauberhaften Erinnerungen an die originalen Gitterfenster und Zellentüren wurden erhalten. 19 aufwendig eingerichtete Zimmer sind mit iPads und einem Soundsystem von Bang & Olufsen ausgestattet. Auf Wunsch kommt auch ein Butler auf das Zimmer.

Das Restaurant befindet sich im glasüberdachten Innenhof. Hier zu speisen ist ein kulinarischer Hochgenuss (Hauptgerichte/Menüs ab 101/203 €). Kein Wunder, denn das De Librije ist mit drei Michelin-Sternen ausgezeichnet. Der Chefkoch legt den Schwerpunkt auf hochwertige Zutaten, die oft aus der Region stammen.

## Essen

**Lots & More** EUROPÄISCH €

(☎ 06 508 983 68; www.lotsandmorezwolle.nl; Sassenstraat 49; kleine/mittlere/große Schalen ab 3,95/4,95/6,50 €, Salate ab 10 €; ⏲ Di–Fr 9.30–18, Sa 9.30–17, So 12–17 Uhr) Den ganzen Tag über wird in diesem ansprechenden Lifestyle-Café Brunch serviert. Es liegt nur einige Schritte von dem Sassenpoort und dem dahinterliegenden Wasser entfernt. Joghurt und Smoothies gibt es in kleinen, mittleren oder großen Portionen, die aus wundervollen kreativen Kombination bestehen. Gleiches gilt für die Waffeln mit süßer oder pikanter Auflage. Am besten ist das Joghurt und das Salatmenü, das wegen seinen Kombinationsmöglichkeiten den Gästen ermöglicht, ihre individuellen Brunchspezialitäten selbst zusammenzustellen.

**Blue Sakura** JAPANISCH €€

(☎ 038-333 53 33; www.bluesakura.nl; Bethlehemkerkplein 35; Lunch/Dinner 18,50/26,50 €; ⏲ Mo 13 22, Di & Mi 12–22, Do–So 12–0.30 Uhr,) Wer von holländischer und europäischer Klüche genug hat, geht in dieses japanische Sushi- und Grillrestaurant, das die zahlreichen Gäste mit seinem fast unbegrenzten Menü (alles, was man in 2½ Stunden essen kann) und der atemberaubenden Lage in der monumentalen gotischen Kirche (1309) des Augustinerklosters Bethlehem anlockt. Bleiverglaste Fenster, der Altar und die Gräber adeliger Familien sind alle noch vollständig intakt und machen das Essen gewissermaßen zu einem surrealen Erlebnis.

**Poppe** HOLLÄNDISCH €€

(☎ 038-421 30 50; www.poppezwolle.nl; Luttekestraat 66; Hauptgerichte 18,50–28,50€, 3-/

INSIDERWISSEN

### IMMER AN DER LINIE ENTLANG!

Wer vom Bahnhof in die Altstadt geht, sieht, wie sich eine seltsame blau-weiße Linie auf dem Asphalt entlangschlängelt. Die gehört in der Tat zu einer zeitgenössischen Kunstinstallation namens *Portal* (2015) des holländisch-israelischen Bildhauers Ram Katzir (geb. 1969) und des holländischen Künstler-Duos und Paars Hertog Nadler (Chaja Hertog und Nir Nadler). An der Kunstroute finden sich verschiedene Skulpturen und Kunstwerke, darunter auch ein bronzener Stadtplan in 3D, der wie ein Stadtsiegel aus Wachs aussieht. Er befindet sich im Bodenbelag auf der Burg Van Royensingel. Außerdem gibt es neben der Nieuwe Havenbrug ein Audioskop, aus dem Trompetenmusik erschallt.

## Zwolle

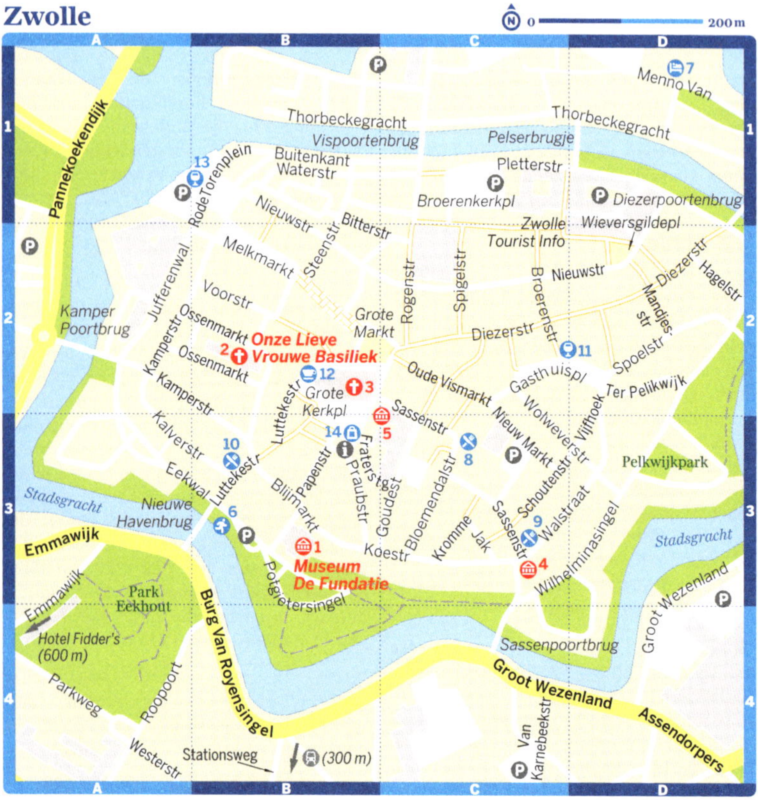


## Zwolle

**Highlights**

- 1 Museum De Fundatie ........ B3
- 2 Onze Lieve Vrouwe Basiliek ........ B2

**Sehenswertes**

- 3 Grote Kerk ........ B2
- 4 Sassenpoort ........ C3
- 5 Rathaus ........ C3

**Aktivitäten, Kurse & Touren**

- 6 Hiawatha Actief ........ B3

**Schlafen**

- 7 De Librije ........ D1

**Essen**

- 8 Blue Sakura ........ C3
- 9 Lots & More ........ C3
- 10 Poppe ........ B3

**Ausgehen & Nachtleben**

- 11 Dogtails ........ C2
- 12 Espressobar Maling ........ B2
- 13 Stads Strand Zwolle ........ B1

**Shoppen**

- 14 Zwolle Balletjeshuis ........ B3

4-/5-Gänge-Menü 33,50/39,50/46,50 €; ⌚Di–Fr 12–15, tgl. 17 Uhr–Mitternacht) Dieses elegante Restaurant verbirgt sich hinter einer teils schwarzen, teils roten Backsteinfassade in einer ehemaligen Hufschmiede. Hier gibt es fast immer hervorragende saisonale Gerichte – im Frühling Spargel, in den Sommermonaten Muscheln und im Herbst Wildente mit Birnenkompott. Die Gerichte werden in einer offenen Küche zubereitet. Bei warmem Wetter kann man auch im Freien an der Straße speisen.

## Ausgehen & Nachtleben

**★ Dogtails** COCKTAILBAR
(☎ 038 853 17 09; www.dogtails.nl; Gasthuisplein 13; ⊙ Mi & So 12–23, Do 12–24, Fr & Sa 12–1 Uhr) Ausgefallene Hotdogs und originelle Cocktails treiben die Gäste in diese mega-hippe Bar mit Speiselokal auf dem schicken Gasthuisplein. Alle handgemixten Cocktails (7,50–10 €) sind nach jener Ära aufgelistet, in der man sie hätten servieren dürfen: vor der *drooglegging* (die Zeit vor der „Trockenlegung", vor der Zeit des Alkoholverbots, also vor der Prohibition), nach der Zeit der *drooglegging* (die Zeit nach der Prohibition) und die Zeit der *drooglegging* (während der Prohibition). Zu ihnen zählen atemberaubende Kreationen wie Blood & Sand und Bees Knees No 5. Dazu passend bestellt man sich einen Hotdog (6–8,50 €), der auf einer Holzplatte serviert wird.

**Espressobar Maling** KAFFEE
(www.facebook.com/malingzwolle/; Luttekestraat 28; ⊙ Mo–Sa 8.30–18.30, So 10–17.30 Uhr) Ob es nun ein Cortado, ein Pott Filterkaffee, ein Latte macchiato oder ein cremiger Flat White sein soll, diese klitzekleine Espressobar ist in Zwolle *der* Spezialist für Kaffee. Die Baristas verstehen ihr Handwerk und verwenden hauptsächlich sorgfältig ausgesuchte Bohnen der innovativen holländischen Kaffeerösterei Keen.

Die kleine Terrasse vor der Tür ist mit „Sofas" und Tischen aus umgewandelten Paletten bestückt und bietet eine tolle Aussicht auf die Leute auf dem Grote Kerkplein.

## Praktische Informationen

In Zwolle gibt es kein echtes Touristenbüro, sondern eher einen **Infopunkt** (☎ 038-421 88 15; www.visitzwolle.com; Grote Kerkplein 13; ⊙ Mo–Sa 10–17 Uhr) mit hilfsbereitem Personal. Hier bekommt man Informationen zu Unterkünften und Sehenswürdigkeiten. Untergebracht ist dieser Infoschalter im historischen Süßwarenladen **Zwolle Balletjeshuis** (☎ 038-421 88 15; www.zwolseballetjes.nl; Grote Kerkplein 13; ⊙ Mo–Sa 10–17 Uhr).

## Anreise & Unterwegs vor Ort

### FAHRRAD

Der OV-fiets-Laden (mit einer OV-chipkaart kostet ein Leihrad 3,85 € für 24 Std.) befindet sich nach dem Verlassen des Bahnhofs auf der linken Seite.

Das historische Urk in Noord-Holland liegt rund 50 km in nordwestlicher Richtung an der nationalen Fahrradroute LF15, eine malerische Radtour an Deichen und Flüssen entlang. Deventer liegt etwa 36 km südlich an der LF3, außerdem gibt es noch viele weitere Radtouren entlang der IJssel.

NICHT VERSÄUMEN

### DAS LEBEN AM STRAND

Zwei riesige eingetopfte Palmen künden vom Eingang zum **Stads Strand Zwolle** (☎ 038-760 01 01; www.stadsstrand-zwolle.nl; Rodetorenplein; ⊙ Mai–Sept. 11–23 Uhr), an dem man auf eine Strandbar in einem Industriecontainer am Kanal trifft. Gestreifte Liegen stehen im goldenen Sand am Ufer, und für die kühlen Abende liegen blaue und hellgraue Decken parat, um sich damit zu wärmen. Cocktails und Bier sind unerlässlich, außerdem gibt es gegen den ersten Hunger schmackhafte Strandhäppchen wie Burger, Frozen Yoghurt, Surf and Turf, Fish and Chips, Bruschette und Salate. Freitagabends versammeln sich die Stehpaddel-Fans am Strand zum abendlichen Paddeln in der Dämmerung; Boards können geliehen werden (11 € für 1½ Std.).

### ZUG

Zwolle ist ein Umsteigebahnhof mit guten Zugverbindungen. Im Bahnhof befinden sich Gepäckschließfächer (klein/groß 3,85/5,70 € für 24 Std.) am Gleis 14.

| REISEZIEL | FAHRPREIS (€) | FAHRZEIT (MIN.) | HÄUFIGKEIT (ZÜGE PRO STD.) |
|---|---|---|---|
| Deventer | 6,30 | 24 | 2 |
| Groningen | 18 | 60 | 4 |
| Leeuwarden | 16,60 | 60 | 2 |
| Utrecht | 15,60 | 60 | 4 |

# Kampen

☎ 038 / 53 060 EW.

Das malerische Kampen, eine ehemalige Hansestadt, liegt 15 km westlich von Zwolle. Der historische Ortskern gilt als einer der am besten erhaltenen des ganzen Landes. Hier stehen viele mittelalterliche Gebäude, z. B. Wohnhäuser, Tore und Türme.

Probleme mit dem Wasserstand, die Folgen von Kriegen und der allmähliche Niedergang der Hanse beendeten Kampens Rolle als wichtige Hafenstadt. Der daraus re-

INSIDERWISSEN

### DIE KUH VON KAMPEN

Aus gutem Grund steht eine moderne Bronzefigur (1980) einer „verrückten" Kuh vor dem Nieuwe Toren (s. unten). Noch bizarrer ist es, dass eine lebensgroße Plastikkuh an einem Seil am genannten Turm für fünf Wochen während des Sommerfestivals von Kampen, den Kamper Ui(t)dagen (s. unten) im Juli und August, herunterhängt und stranguliert wird. Die Kühe erinnern an eine alte Legende, nach der es in der Vergangenheit eine Rivalität zwischen verschiedenen Städten der Region gab. Dieser Legende nach sprachen die Menschen in Kampen nicht nur ihren eigenen Dialekt (als *Kampers* bekannt), sondern galten auch als ein bisschen dumm: So brach der Nieuwe Toren eines Tages ab und im Laufe der Zeit wuchs Gras aus der restlichen Turmspitze. Als ein einheimischer Bauer das sah, band er einer seiner Kühe ein Seil um den Hals und zog sie am Turm hoch – allerdings starb sie schon, bevor sie die Spitze erreichte. Niemand, weder die Leute in der Stadt noch der Bauer, verstand, warum die Kuh eigentlich gestorben war – so die Geschichte. Bis heute wird daher jedes Jahr beim Kampener Sommerfest aus Spaß eine lebensgroße Plastikkuh am Turm hochgezogen.

sultierende wirtschaftliche Niedergang verhinderte dringend nötige Modernisierungen und so blieben die alten Gebäude nahezu unverändert erhalten.

Eins der auffälligsten Bauwerke der Stadt ist die glänzende Zugbrücke, die mit goldenen Rädern und einer Fußgängerplattform, von der aus man aus nächster Nähe beobachten kann, wenn der mittlere Abschnitt der Brücke hochgezogen wird, um größere Schiffe durchzulassen.

## Sehenswertes

Sightseeing in Kampen bedeutet durch mittelalterliche Straßen und Gassen zu bummeln, die in geraden Linien parallel zur IJssel verlaufen; das bedeutet aber auch, die historische Atmosphäre, die in den Museen existiert, in sich aufzunehmen.

**★ Nieuwe Toren** HISTORISCHES GEBÄUDE

(Neuer Turm; Oudestraat; 3 €; Ende Juli–Aug. Do 10–17 Uhr) Dieser auffällige Turm wurde im 17. Jh. als reines Symbol des städtischen Reichtums erbaut und ragt hoch über der Hauptstraße Oudestraat empor (wenn auch mit einer unglaublichen Neigung).

Sein Glockenspiel (1659–62), das ursprünglich aus 30 Glocken bestand – gegenwärtig sind es 48 Glocken – wird an Markttagen (Montag und Samstag) und an Freitagen im Sommer um 19.30 Uhr vom städtischen Glockenspieler gespielt.

Der klassizistische Turm kann nur in den Sommermonaten an den jährlich stattfindenden **Kamper Ui(t)dagen** (Kamper Tage; www.kamper-uitdagen.nl) am Donnerstag um 17 Uhr bestiegen werden.

**Kamper Kogge** SCHIFF

(038-331 05 15; www.kamperkogge.nl; Havenweg 7; variabel) Die *Kamper Kogge* mit dem Spitznamen die „schwarze Lady von Kampen", ist eine eindrucksvolle Nachbildung (unter Verwendung mittelalterlicher Materialien und Bautechniken) einer Kogge aus dem 14. Jh. – ein Schiff, das im Goldenen Zeitalter der Hanse Salz, Holz, Korn, Heringe, Wein, Bernstein etc. transportiert hatte. Der Mast ragt 22,4 m auf, und unvorstellbare rund 10 000 handgemachte Koggennägel wurden benutzt, um das prachtvolle Eichenholzschiff zusammenzuhalten.

Ein originalgetreu nachgebautes mittelalterliches Fischerhaus, eine Tischlerwerkstatt und eine Schmiede vervollständigen das interessante Ensemble.

**Stedelijk Museum** MUSEUM

(038-331 73 61; www.stedelijkemuseakampen.nl; Oudestraat 133; Erw./Kind 5,50 €/gratis; Di–Sa 10–17, So 13–17 Uhr) Das Stadtmuseum ist im alten und neuen Rathaus untergebracht. Das alte ist ein gotisches Meisterwerk, das mit vielen Skulpturen verziert ist. Die Ausstellung im oberen Stockwerk ist dem Wasser und seiner Schlüsselrolle bei der Entwicklung der Stadt gewidmet; unten drunter hängen auf voller Länge lebensgroße Porträts aller Mitglieder des Königshauses Oranien. Das Erdgeschoss wird für Wechselausstellungen genutzt.

## Schlafen & Essen

**Hotel van Dijk** HOTEL €

(038-331 49 25; www.hotelvandijk.nl; IJsselkade 30–31; EZ/DZ/3BZ/4BZ 60/90/125/145 €; )

In diesem überwältigend freundlichen 3-Sterne-Hotel am Fluss könnte die Gastfreundschaft kaum herzlicher ausfallen. Für die Bedürfnisse von Radfahrern wird alles getan: Es gibt einen abschließbaren Fahrradraum, ganz zu schweigen von Irmas begeisternden Ratschlägen für Unternehmungen unterschiedlicher Art. Sie führt das Hotel zusammen mit ihrem Mann Herman. Die Ausstattung ist im Stil der 1980er-Jahre gehalten; das Frühstücksbüfett (im Preis inbegriffen) ist ein wahres Festessen.

Von März bis zum Ende des Sommers gleichen die selbst gemachte Erdbeermarmelade und die frischen Erdbeeren, die von einem örtlichen Bauernhof stammen, dem Himmel auf Erden – wenn man Irma nach der Adresse fragt, kann man eine kleine Radtour mit einem Besuch des bäuerlichen Erdbeerfeldes verbinden und die süß-saftigen Früchte selbst pflücken. Das Hotel organisiert gerne ein Leihfahrrad.

**Boetiek Hotel Kampen** BOUTIQUEHOTEL €
(☎ 038-888 87 37; www.hotelkampen.nl; IJsselkade 20; EZ/DZ/Ste ab 85/97,50/125 €; 📶) In diesem modernen Hotel am Fluss ist es wie in einem B&B. Es liegt in einem altehrwürdigen graubraun-grünen Backsteinhaus mit dekorativen Wandfliesen und umwerfendem Blick auf den Fluss. Jedes der insgesamt zehn Zimmer und Apartments fällt unterschiedlich aus, teilweise mit offenen Badezimmern, fantastischen Regenwaldduschen und wunderschönen Stoffen. Für die Gäste steht eine gemeinsame Espresso-Maschine bereit, und das köstliche Frühstück (im Preis enthalten) wird im Designersalon oder eleganten Hinterhof serviert.

**Banketbakkerij Smit** CAFÉ €
(Oudestraat 148; Kuchen ab 2 €; ⏲ Mo–Fr 9–18, Sa bis 17 Uhr) Zu den unwiderstehlichen Spezialitäten dieses etwas altertümlich wirkenden Cafés gehören *vulkoek* (Mandelcreme in einem würzigen Zimt-Muskat-Keks), *Kamper slof* (ein reichhaltiges Walnuss-Karamell-Gebäck) und die grell pinkfarbene *vanillestang* (Vanillegebäckstange) – alles passt perfekt zu einer Tasse Kaffee oder Tee.

**Restaurant de Bottermarck** HOLLÄNDISCH €€€
(☎ 038-331 95 42; www.debottermarck.nl; Broederstraat 23; Hauptgerichte 25–35 €; ⏲ Di–Fr 12–21, Sa 17–21 Uhr, Mo nur mit Reservierung, Gleiches gilt auch von Mai–Aug. & 2 Wochen im März am So) Ein gehobenes Speisevergnügen auf der bezaubernden Terrasse mit Blick auf den idyllischen Bottermarkt ist sommertags ein absolutes Highlight. Die Küche gleicht einem Bistro mit französischer Note und zeichnet sich durch saisonale und oft auch durch Bio-Zutaten aus: im Frühling Spargel mit Schinken in einer Petersilienbuttersoße oder Muscheln in einer Gemüse-Nusscrème, gefolgt von Steinbutt in Champagnersoße oder Entenbrust mit Shiitake-Pilzen.

## ℹ Praktische Informationen

**Touristenbüro** (De Van Heutszkazerne; ☎ 038-202 23 66; www.ontdekdeijsseldelta.nl; Oudestraat 216; ⏲ Di–Sa 10–16 Uhr) Stadtführungen und viele Infos für Touristen, die lieber auf eigene Faust unterwegs sein möchten.

## ℹ Ankunft & Unterwegs vor Ort

### FAHRRAD

Fahrräder kann man sich vor Ort beim **Fiets verhuurkampen.nl** (☎ 038-333 71 10; www.



### DIE HANSE

Der mächtige Handelsverbund, der unter dem Namen Hanse bekannt ist, wurde Mitte des 13. Jhs. gegründet. Die Mitgliedsstädte der Hanse kamen durch Import und Export von Gütern wie Getreide, Erz, Honig, Textilien, Bauholz und Flachs schnell zu Reichtum. Die Hanse war zwar kein Staat mit eigener Regierung, aber dennoch verteidigte sie ihre Schiffe gegen Angriffe und trat in Handelsbeziehungen mit großen Partnern, so beispielsweise mit den Schweden ein. Sie erlangte ihre mächtige Handelsposition u. a. auch durch Bestechung, Boykotte und andere etwas fragwürdige Methoden. Die Mitglieder der Hanse bemühten sich sehr darum, Kriege zwischen ihren Partnern zu vermeiden, und das aus dem einfachen Grund, weil Konflikte schlecht fürs Geschäft waren.

Sieben holländische Städte an der IJssel waren wohlhabende Mitglieder: Hasselt, Zwolle, Kampen, Hattem, Deventer, Zutphen und Doesburg. Ironischerweise hat der Untergang der Hanse ganz viel mit den Holländern zu tun. Die Händler in Amsterdam taten etwas Kluges, als sie den Niedergang bemerkten und schlugen die Hanse im 15. Jh. mit ihren eigenen Waffen: Sie wurden ihr Schritt für Schritt auf den Märkten überlegen.

ABSTECHER

### EIN WAHRHAFT KÖNIGLICHER ORT

Im Jahr 1685 wurde 3,5 km nördlich von Apeldoorn ein überwältigender Palast für Wilhelm III. erbaut. Der **Paleis Het Loo** (☎ 055-577 24 00; www.paleishetloo.nl; Amersfoortweg 1; Erw./Kind 7/2,50 €; ⏲ Di–So 10–17 Uhr) bot Königin Wilhelmina bis 1962 eine Heimat. Bis 2021 sind die möblierten Innenräume – die königlichen Gemächer, die königliche Gemäldesammlung, das reichhaltig eingerichtete Speisezimmer aus dem Jahr 1686 – wegen Erweiterungsarbeiten – in Höhe von 123,2 Millionen € – geschlossen. Aber die prächtigen Stallungen (1907–1909) und die Wagenremise und der herrliche Garten aus dem 17. Jh. mit seinen symmetrisch angelegten Blumenbeeten und den kunstvollen Statuen bleiben die ganze Zeit geöffnet. Gleiches gilt für das Dach des Palastes, von dem aus man einen guten Blick auf das gesamte Anwesen hat.

Jenseits des Palastgartens erstreckt sich der **Schlosspark**, ein gewaltiger, wunderschön gestalteter Teil des Anwesens, wo die Oranier in ihrer freien Zeit promenierten (Eintritt bis 15.30 Uhr). Auf der **Oranien Route** lassen sich die wesentlichen Highlights des Parks entdecken, beispielsweise das königliche Bootshaus und die verschiedenen romantischen Pavillons. Zum Mittagessen geht man in eines der beiden Restaurants vor Ort, in denen holländische und europäische Gerichte serviert werden. Alternativ kann man sich irgendwo zum Picknick niederlassen.

Vom Bahnhof Apeldoorn fährt Bus Nr. 10 zur Haltestelle Tuinmanslaan (4 €, 15 Min.), die lediglich fünf Minuten zu Fuß vom Palais Het Loo entfernt liegt.

fietsverhuurkampen.nl; Ijsseldijk 37; ab 8,75 € pro Tag; ⏲ Mo–Sa 9–20 Uhr) leihen.

Kampen ist ein Verkehrsknotenpunkt nationaler Fahrradrouten: LF15, der in nordwestlicher Richtung nach Urk und Richtung Osten nach Zwolle (18 km) führt; LF23, der dem alten Küstenverlauf unterhalb von Flevoland folgt und 130 km westlich nach Amsterdam geht; LF22, der ebenfalls der alten Küstenlinie Richtung Norden und Westen nach Friesland folgt; LF3, der in südlicher Richtung über Zwolle nach Arnhem verläuft.

Um zum Nationalpark Weerribben-Wieden zu gelangen, nimmt man die Routen LF3 oder LF22 und radelt 21 km Richtung Norden.

#### ZUG

Kampen hat zwei Bahnhöfe: einen direkt auf der anderen Seite der IJssel für die Regionalzüge aus Zwolle (3,50 €, 10 Min., 2-mal pro Std.) und einen zweiten (Kampen-Zuid), 2 km weiter südlich, mit einer direkten Verbindung nach Amsterdam über Lelystad (16,70 €, 70 Min.). Die Buslinie 74 fährt zwischen den beiden Bahnhöfen hin und her.

## Nationalpark Weerribben-Wieden

Der Nationalpark Weerribben-Wieden zeichnet sich durch eine stille und geheimnisvolle Landschaft aus: Zahlreiche Kanäle, Teiche und Seen befinden sich im größten Süßwasserfeuchtgebiet Nordwest-Europas. Seine sumpfigen rund 10 000 ha Fläche bestehen aus jahrhundertealten Torfgebieten, Mooren, Schilfrohrflächen – bewachsen von verschiedenen Orchideenarten –, Wald und einer reichen Tierwelt. Grasmücken, Rohrdommeln, Rohrweihen und Purpurreiher nisten hier zur Freude der zahlreichen Vogelfreunde, die hierherkommen, um die reiche Artenvielfalt im Park zu entdecken. Dazu sitzt man in einem traditionellen Stechkahn oder radelt auf einem der vielen malerischen Radwege des Parks oder wandert auf einem der herrlichen Wanderwege.

Die Ortschaften Sint Jansklooster und das venedigartige Giethoorn sind die wichtigsten Ausgangspunkte für eine Erkundung dieses Nationalparks.

## Giethoorn

☎ 0521 / 2620 EW.

Giethoorn ist eine Stadt ohne Straßen und absolutes Highlight im Nationalpark Weerribben-Wieden. Hier gibt es nur Grachten, Wander- und Radwege. Entgegen der holländischen Geografie ist das „holländische Venedig" auf Wasser erbaut, das nur durch einige wenige Inselchen durchbrochen wird. Selbst die Bauern transportierten ihre Kühe einstmals in Ruderbooten, die mit Heu gefüllt waren. Der Ort ist in den Sommermonaten ein äußerst beliebtes Reiseziel; in den anderen Jahreszeiten hat er einen mystischen Charme, wenn man sich auf den eigentümlichen Wasserwegen fortbewegt.

Wenn die Touristenmassen in den Ort einfallen – vor allem für asiatische Reisegruppen gehört der Besuch hier zum Pflichtprogramm –, sollte man sich eher in den Norden des Dorfes zurückziehen, weil es hier ruhiger und idyllischer ist.

## Aktivitäten

Bootfahren ist bei Weitem die lustigste Art und Weise, sich auf den Wasserwegen des Nationalparks fortzubewegen. Giethoorn ist *der* Ort im Park, um sich ein Boot auszuleihen. Hier gibt es Kajaks, Kanus, Ruderboote, traditionelle Stechkähne und Gott sei Dank leise Elektroboote auszuleihen, je nachdem was man gerne mag oder wie fit man ist.

Bei **Eco Waterliner** (☎0527-20 56 60; www.visitweerribbenwieden.com/Fietsen/EcoWaterLiner; Beulakerpad 1, Sint Jansklooster; Tageskarte Erw./Kind/Fahrrad 10/5/6 €; ⏲Mai–Sept. 10–17 Uhr) kann man Bootsfahrt und Radtour miteinander verbinden.

Kreuz und quer durch den Park verlaufen verschiedene, ruhige Radwege. Die Stille wird nur durch die Rufe, das Gackern, Gurren und das Plantschen von Vögeln, Fischen, Fröschen, Ottern und Bibern unterbrochen.

Fahrräder leiht man bei **De Gele Lis** (Die gelbe Iris; ☎0561-477 442; www.degelelis.nl; Hoogeweg 27a, Ossenzijl; ⏲April–Okt. 10–17 Uhr) in Ossenzijl, dann fährt man den LF22a in südlicher Richtung nach Blokzijl. Das ist eine wunderschöne und ruhige Fahrt am Fluss Kalenberg entlang. Unterwegs werden zahlreiche Holzbrücken, die sich über die Seitenkanäle spannen, überquert.

## Schlafen & Essen

★ **The Black Sheep Hostel** HOSTEL €
(☎06 8009 0614; http://hostelgiethoorn.com; Zuiderpad 19; B ab 29 €; @📶) Umwerfende, topaktuelle Schlafsäle mit Hochbetten, und die seltsamen Spritzer in sonnenblumengelb verblassen ganz, wenn man auf den blumenbedeckten Garten mit Hängematte usw. schaut. Die Lage am Kanal, der Designer-Frühstücksraum und das traditionelle reetgedeckte Dach dieses wunderschönen Häuschens an der Hauptgracht von Giethoorn sind einfach großartig. Der chinesisch-indonesische Jimmi und die holländische Gea sind das clevere Paar, das dieses familiengeführte Hostel betreibt.

## Praktische Informationen

**Besucherzentrum De Wieden** (Bezoekerscentrum De Wieden; ☎0527-24 66 44; www.natuurmonumenten.nl/natuurgebieden/de-wieden; Beulakerpad 1, Sint Jansklooster; ⏲Juni–Sept. Mo 12–17, Di–So 10–17 Uhr, April, Mai & Okt. Di–So 10–17 Uhr, Nov.–März Mi, Sa & So 12–16 Uhr) Sint Jansklooster.

**Outdoor-Zentrum Weerribben** (Buitencentrum Weerribben; ☎0561-477 272; www.np-weerribbenwieden.nl; Hoogeweg 27, Ossenzijl; ⏲April–Okt. 10–17 Uhr) Ossenzijl.

**Touristeninformation** (VVV; ☎0521-360 112; http://touristinformationgiethoorn.nl; Eendrachtsplein 1; ⏲Mo–Sa 10–17 Uhr) Giethoorn.

## Anreise & Unterwegs vor Ort

Der Bus 70 versorgt Giethoorn auf der Strecke zwischen Steenwijk (18 Min.) und Zwolle (1 Std.). Er fährt einmal die Stunde.

# Twente

627 000 EW.

Twente bildet eine eigene Region am südöstlichen Rand der Provinz Overijssel und erstreckt sich bis zur Grenze nach Deutschland. Sie wird von den einheimischen Twentenaren oder „Tukkers“ bewohnt und ist der am meisten städtisch geprägte Teil von Overijssel: Die Universitätsstadt **Enschede** wird von etwa 26 000 Studenten verstärkt und besitzt ein sichtbar industrielles Erbe (Textilindustrie und Brauwesen) sowie zwei verlockende Kunstmuseen.

Der ländliche Teil Twentes mutet wie ein riesiger Garten an, der für seine idyllischen Landschaften mit sanften Hügeln und Wiesen, Torfmooren und Sumpfgebieten, blühender Heide und goldenen Sandstränden an den Flussufern bekannt ist, die in einem Naturschutzgebiet geschützt werden. Ruhige Wander- und Radwege, die sich kreuz und quer durch die altertümlich wirkende Landschaft ziehen, Bauernhöfe, die in vierter Generation bewirtschaftet werden und hin und wieder einige Dörfer, in denen die Zeit stillzustehen scheint.

**Ootmarsum** mit einer gotischen Kirche und einem Übermaß an touristisch ausgerichteten Galerien und Kunstgewerbeläden ist ein mittelalterliches Vorzeigedorf.

## Sehenswertes

**Rijksmuseum Twenthe** MUSEUM
(☎053-435 86 75; www.rijksmuseumtwenthe.nl; Lasondersingel 129–131, Enschede; Erw./Kind 12,50 €/gratis; ⏲Di–So 11–17 Uhr) Nur ein Bruchteil der rund 9000 Exponate großen Kunstsammlung in den Kunstmuseen von

ABSEITS DER ÜBLICHEN PFADE

## LUTTERZAND

Im weit östlich liegenden Teil von Twente, ganz nah an der deutschen Grenze, erheben sich spektakuläre Sandverwehungen am Ufer der Dinkel, die dann in duftende Wacholderbüsche, Kiefernwälder und dahinterliegendes flaches Moor übergehen. Das alles bildet **Lutterzand** (www.lutterzand.nl), ein rund 750 ha großes Naturschutzgebiet. Die winzige Ortschaft **De Lutte** ist Ausgangspunkt für eine 35 km lange Radtour durch Lutterzand (die allerdings gesperrt ist, wenn der Flusspegel zu hoch ist), und Wanderer können sich über fünf ausgewiesene Wanderwege freuen (3–7 km lang).

Kartenmaterial und Informationen gibt es am Touristen-Infoschalter im **Paviljoen Lutterzand** (☎ 0541-551 386; www.lutterzand.nl; Lutterzandweg 12, De Lutte; Sandwiches 5,20–8,50 €, Pfannkuchen 5,80–9,50 €, Hauptgerichte 15–22,50 €; ⌚ April–Okt. Di–Sa 10–20, So 10.30–20 Uhr, Nov.–März Mi–So 11–20 Uhr) in De Lutte.



Twente können in dieser ansprechenden Villa zur gleichen Zeit ausgestellt werden. Die Villa besteht aus zwei Flügeln rund um einen zentralen Innenhof. Das eigens zu diesem Zweck gebaute Museum wurde vom Textilhersteller Jan Bernard van Heek und seinem Bruder – beides passionierte Kunstsammler – im Jahr 1930 geschaffen. Die Sammlung reicht vom Mittelalter bis zur Gegenwart – quasi jede westliche Kunststilrichtung ist hier präsent. Die mittelaltlichen Skulpturen, Reliquien und Manuskripte sind besonders beeindruckend.

**De Museumfabriek** MUSEUM

(Museumsfabrik; ☎ 053-2012099; www.demuseumfabriek.nl; Het Rozendaal 11, Enschede; Erw./Kind 8,50/7,50 €, Fam. 25 €; ⌚ Di–So 11–17 Uhr) Dieses ungewöhnliche Museum wurde entworfen, um die neugierigen Geister jeder Epoche zu reizen und zu inspirieren. Sie mischt geschichtlich relevante Exponate mit angewandter Kunst, traditionellem Handwerk aus der Region, Naturgeschichte, Wissenschaft und Technik. Die Highlights seiner ständigen Ausstellung sind u. a. ein 3,6 m hohes Mammutskelett, eine lebensgroße Nachbildung eines traditionellen reetgedeckten *lös hoes* (Bauernhaus mit nur einem Zimmer, in dem sowohl die Familie als auch deren Hoftiere untergebracht waren) sowie verschiedene Flugzeuge aus den 1920er-Jahren, der Frühzeit der Luftfahrt. Im letzten Raum werden verschiedene Webstühle aus dem 19. Jh. gezeigt, die einen Höllenlärm machen, wenn sie in Betrieb sind.

**Monument vuurwerkramp Enschede** MONUMENT

(Gedenkstätte Feuerwerksfabrik Enschede; Tollensstraat 7523, Lasonderbleek Park) Dieses ungewöhnliche Monument in einem grasbewachsenen Park vor De Museumfabriek erinnert an die 23 Menschen, die in Folge einer schrecklichen Explosion in einer Feuerwerksfabrik am 13. Mai 2000 starben, und genauso an die Tausende Verletzten. Die in schwarzem Granit angedeuteten Umrisse im Rasen stellen die Fundamente der rund 400 umliegenden Häuser (und der nahe gelegenen Grolsch-Brauerei) dar, die bei der Explosion beschädigt wurden und infolgedessen abgerissen werden mussten. Das gesamte Roombeek-Viertel nördlich von Enschedes historischer Altstadt wurde nach dieser Katastrophe neu errichtet.

**Grolsch-Brauerei** BRAUEREI

(☎ 053-483 33 33; www.royalgrolsch.com; Brouwerslaan 1, Enschede; Erw./Kind 12–18 J. 15/12,50 €; ⌚ Mi & Do 9.30–12, 13.30–16 & 19–21.30, Fr 9.30–12 & 13.30–16 Uhr) Eines der berühmtesten Biere der Niederlande – leicht am typischen Schwingverschluss erkennbar – wird seit 1895 in Enschede gebraut. Eine Führung dauert etwa 2½ Stunden und leitet die Besucher durch alle Aspekte der Braukunst, von der Geschichte des Bieres über die Herstellung, Abfüllung bis hin zur Etikettierung und Verkostung. Das helle De-Klok-Bier ist eine Verneigung vor der ursprünglichen Brauerei bei Groenlo, wo das Bier im Jahre 1615 zum ersten Mal gebraut wurde. De Klok fusionierte dann 1922 mit De Enschedesche Bierbrouwerij und entwickelte sich so zur Brauerei Grolsch.

Das über der Brauerei befindliche **Grolsch Living History** (freier Eintritt) stellt zahlreiche Erinnerungsstücke der Grolsch-Brauerei aus, die von einem leidenschaftlichen Fan in den letzten gut 25 Jahren gesammelt wurden.

Die Brauerei befand sich bis zum Jahre 2000 im industriell geprägten Stadtteil Roombeek nördlich des historischen Stadtkerns. Da wurde sie dann durch die Explosion in einer benachbarten Feuerwerksfabrik stark beschädigt. Die neue, supermoderne Brauerei (2004) liegt nun am äußersten östlichen Rand der Stadt bei Boekelo. Vom Bahnhof oder Busbahnhof in Enschede nimmt man den Bus 506 (4 €, 15 Min.) bis zur Haltestelle Usselerhofweg und muss dann noch etwa 10 Minuten laufen.

## Schlafen & Essen

**Het Meuleman** CAMPINGPLATZ €

(0541-551 289; www.camping-meuleman.nl; Lutterzandweg 16, De Lutte; Campingplatz 29–45 €, Wanderhütte für 2 Pers. 50 €, Haus für 6 Pers. ab 250 €; April–Okt.; ) Dieser Campingplatz der alten Schule erstreckt sich auf einer Fläche von ungefähr 7 ha. Er liegt teilweise im Naturschutzgebiet Lutterzand und lädt dazu ein, sich einfach nur in dieser wunderschönen Landschaft zu verlieren. Ob man nun im Teich angeln oder schwimmen geht, an der Dinkel entlang wandert, Rad oder mit dem Kanu fährt oder auf den sandigen Stränden einfach nur entspannt, das Leben auf diesem Anwesen mit seinen 113 Plätzen ist angenehm ruhig.

Es gibt zudem voll ausgestattete Ferienhäuser, aber auch Wanderhütten mit Kamin, Kochplatten und Kühlschrank.

Auch ein Restaurant, ein gut genutzter Minigolf-Platz, Boule-Plätze, ein Volleyballplatz und Baumwipfelpfad gehören mit dazu. Man kann auch Fahrräder leihen.

**Twentsche Foodhall** FOODHALL €

(Performance Factory; 053-203 23 12; www.twentschefoodhal.nl; Hoge Bothofstraat 39a, Enschede; Hauptgerichte 5–15 €; Do & Fr 16–22, Sa 12–22, So 12–21 Uhr) Enschedes nachhaltige Foodhall ist ein angesagter Ort für alles mögliche, vom twentschen Sandwich mit *bakworst* (im Ofen gebackene Leberwurstscheiben) bis zu würzigerer indischer oder bolivianischer Kost, surinamesischem Soul Food (wörtl. Seelenkost), veganer Rohkost oder texanischen Rippchen. Alles muss von einem Koch aus der Region streng handgemacht sein; verkauft werden kann nur, wenn die Zutaten aus einem Umkreis von unter 40 km rund um Enschede kommen.

Die Twentsche Foodhall befindet sich im Inneren der Performance Factory, die auf dem Polaroid-Werksgelände liegt.

## Praktische Informationen

**Touristeninformation Enschede** (Enschede Promotie; 053-480 19 70; www.uitinenschede.nl; Langestraat 41, Enschede; Mo–Fr 8.30–17.30 Uhr)

## Anreise & Unterwegs vor Ort

### FAHRRAD

Die nationalen Fahrradrouten LF14, LF15 und LF8 führen momentan durch Twentes verlockende und landwirtschaftlich geprägte Umgebung, durch Torffelder und sanfte Hügel. Das könnte sich jedoch im Jahr 2020 ändern, wenn die drei Routen zur neuen Ostholland-Route zusammengefasst werden. Neueste Informationen sind zu finden auf der Website www.hollandcyclingroutes.com.

### ZUG

Enschede ist für Bahnreisende das Tor zu den Niederlanden . Von hier gibt es täglich Verbindungen nach Zwolle (13,44 €, 1 Std.), Deventer (12,30 €, 45 Min.) und Utrecht (22,30 €, 1¾ Std.), und von dort jeweils Anschlüsse nach Amsterdam, Groningen und in andere Ortschaften des Landes.

# GELDERLAND

Die größte holländische Provinz mit einer Fläche von 5136,31 km$^2$ ist Gelderland. Sie wird geprägt durch üppige grüne Landschaften mit riesigen Heideflächen, Wäldern, Getreidefeldern und sich dahinschlängelnden Deichen. Der Name leitet sich von dem historischen Herzogtum Geldern ab, dessen namensgebende Stadt Geldern in Nordrhein-Westfalen liegt. Im Zweiten Weltkrieg in der desaströsen Operation Marketgarden wurde die Hauptstadt Arnhem stark bombardiert und die Flussbrücken zerstört. Allerdings ist der Ort wie Phönix aus der Asche auferstanden und heute eine lebendige, moderne Stadt mit ansprechenden Museen und gepflegten Parkanlagen.

Im Norden liegt der stille Nationalpark Hoge Veluwe, wo sich die besten Kunstmuseen und Skulpturparkanlagen befinden, sowie unzählige Rad- und Wanderwege durch die grüne Natur. Im Süden der Provinz, quasi nur einen Katzensprung von der deutschen Grenze entfernt, liegt die große Stadt Nijmegen am Ufer der Waal, erinnert an die weit zurückliegenden römischen Ursprünge und strotzt wegen seiner zahlreichen Studenten nur so vor kreativer Energie.

## Nijmegen (Nimwegen)

## Nijmegen (Nimwegen)

**Highlights**
1 Nationaal Fietsmuseum Velorama ........ C1

**Sehenswertes**
2 De Waagh ........ C2
Grote Markt ........ (s. 2)
3 Museum het Valkhof ........ D2
4 Sint Stevenskerk ........ B1
5 Valkhofpark ........ D1

**Aktivitäten, Kurse & Touren**
Commanderie van St Jan ........ (s. 10)

**Schlafen**
6 Boutique Hotel Straelman ........ D3
7 Hotel Credible ........ D2
8 Hotel Karel ........ C2

**Essen**
9 De Firma ........ B1
10 De Hemel ........ C1
11 Fresca ........ C2

**Ausgehen & Nachtleben**
Brouwerij De Hemel ........ (s. 10)
Café In De Blauwe Hand ........ (s. 2)
12 Demain ........ B1
Down Town ........ (s. 2)

# Nijmegen (Nimwegen)

☎ 024 / 170 680 EW.

Nijmegen hat sich von einem Römerlager zu einer Stadt mit katholischer Hochschule mit 13 000 Studenten entwickelt und ist eine lebendige Stadt, in der man sich gut und gern einige Tage aufhalten kann. Sie ist die älteste Stadt der Niederlande mit einem überschaubaren mittelalterlichen Kern und besitzt dennoch das urbane Flair einer Großstadt; historische und moderne Cafés, eine Handvoll guter Museen und Denkmäler, die die Straßen säumen sowie Straßen, die sich sanft von der an den Ufern der Waal liegenden Unterstadt aus dem 16. Jh. in die ältere Oberstadt emporwinden. In den Sommermonaten fallen zum viertägigen Wanderfest und dem Musikfestival Zomerfeesten holländische Partygänger ein.

## Sehenswertes

### Grote Markt
PLATZ

Gott sei Dank gehört der beeindruckende Marktplatz in Nijmegen zu den wenigen Teilen der Altstadt, die den Zweiten Weltkrieg schadlos überstanden haben. Jede Woche am Samstag und Montag wird hier der Markt abgehalten. Das schmucke Haus **De Waagh** (Stadtwaage; Grote Markt) aus der holländischen Renaissance – erbaut im Jahr 1612 – ist heute ein beliebtes Café.

In der Mitte des Platzes steht das Standbild der reuigen Mariken van Nieumeghen, einem Mädchen aus der spätmittelalterlichen holländischen Literatur, die vom Moenen („dem Teufel") verführt worden war und sieben Jahre in Sünde lebte.

**Sint Stevenskerk** KIRCHE

(☎ 024-360 47 10; www.stevenskerk.nl; Sint Stevenskerkhof 62; Turm Erw./Kind 4/2 €; ⏲ Kirche April–Okt. Mo–Sa 10.30–17, So 12–17 Uhr, Turm April–Okt. Mo 11–13, Mi, Sa & So 14–16 Uhr, Nov. & Dez. nur am Wochenende) Vom Grote Markt geht man unter dem verzierten gotischen **Kerkboog** (1542; Kirchenbogen) durch – ursprünglich mit Viehrost und Vertiefung darunter, damit die Schweine vom Marktplatz nicht in den Kirchhof laufen konnten –, um diese für den Ort charakteristische Kirche zu entdecken. Sie wurde zwischen dem 13. und 15. Jh. erbaut, jedoch im Zweiten Weltkrieg durch Bomben stark beschädigt. Beim folgenden Wiederaufbau ihres klassisch reformierten Inneren wurden keine Kosten beim Anstrich oder bei der Gestaltung der Kronleuchter gescheut. Wer die 183 Stufen des Turms hinaufsteigt, wird durch ein wunderschönes Stadtpanorama belohnt.

**Valkhofpark** PARK

Der Valkhof thront über der Waal und ist ein hübscher Park mit Überresten einer mittelalterliche Königspfalz, deren Bau im 8. Jh. von Karl dem Großen begonnen und von Kaiser Friedrich Barbarossa ab 1155 (die Blütezeit dieser Königspfalz kann man auf einem Gemälde von Jan van Goyen im Museum auf der anderen Straßenseite bestaunen) fortgeführt wurde.

Alles bis auf zwei Seitenkapellen wurde im Jahr 1796 zerstört: Zu bewundern gibt es die 16-seitige Sint Nicolaaskapel (Nikolauskapelle), ein seltenes Beispiel byzantinischer Architektur in den Niederlanden, und die verfallene Sint Maartenskapel (Martinskapelle, auch Barbarossaruine genannt).

**Museum het Valkhof** MUSEUM

(☎ 024-360 88 05; www.museumhetvalkhof.nl; Kelfkensbos 59; Erw./Kind 11/5,50 €; ⏲ Di–So 11–17 Uhr) Wechselnde Ausstellungen gehören zum festen Bestandteil dieses Museums für Heimatgeschichte, das in einem auffälligen, gläsernen, an einen Schuhkarton erinnernden Gebäude am Valkhofpark untergebracht ist. Zu der reichhaltigen Sammlung erstklassiger römischer Kunstwerke gehört ein Säulenfragment aus den römischen Grundmauern der Stadt.

Auf dem Platz vor dem Museum fungiert eine Replik davon als Sonnenuhr.

**★ Nationaal Fietsmuseum Velorama** MUSEUM

(Nationales Fahrradmuseum; ☎ 024-322 58 51; www.velorama.nl; Waalkade 107; Erw./Kind 5/3 €; ⏲ Mo–Sa 10–17, So 11–17 Uhr) In diesem Museum unten am Wasser kann man mehr als 250 Fahrräder bestaunen: Hier findet sich alles, von hölzernen Geräten aus dem 19. Jh. und Fahrrädern mit Handantrieb bis zu einem kompletten Raum, der sich nur



INSIDERWISSEN

## WO WILDE KERLE WOHNEN ...

Keine Adresse spiegelt die jugendliche Begeisterung der Stadt deutlicher wider als der **Honigcomplex** (https://honigcomplex.nl; Waalbandijk 8–22, nijmegen; ⏲ variabel), eine ehemalige Suppenfabrik, die in ein unternehmerisch aktives Zentrum verwandelt wurde und 1,5 km westlich des Grote Markt am Fluss liegt. Bis 2022 sind die riesigen Industrieflächen für kreative Unternehmer geöffnet. Unter den 140 Firmen, die bereits eingezogen sind, befindet sich die Kaffeerösterei **Blommers**, die Kleinbrauereien **Oersoep** und **Bloom**, die **Galerie Bart**, die die Werke junger aufstrebender holländischer Künstler zeigt, ein Laden für Designer-Möbel und ein Schokoladengeschäft (Chocolate Bar).

Hier finden auch Tanzpartys, Gigs, Kinderworkshops etc. statt. In Holland ist der Name Honig als Firmenname ein Begriff; das Unternehmen hat in der Zeit zwischen 1914 und 2012 im Honigcomplex Weizenstärke und später Suppen, Fadennudeln und andere Trockennahrungsmittel hergestellt. Zehn Jahre zuvor wurde die Fabrik am Wasser von Heinz aufgekauft und 2012 geschlossen.

Hochrädern widmet, plus moderne Maschinen. Das Museum ist ein Muss für alle, die immer schon die holländische Vorliebe für Zweiräder bewundert haben.

## Feste & Events

**★ De Vierdaagse** KULTUR

(Nijmegenmarsch; www.4daagse.nl; ⏲ Mitte bis Ende Juli) Nijmegens großes Event ist die jährlich stattfindende 120 bis 200 km lange Wanderung, die sich über vier Tage erstreckt. Dieses Ereignis gibt es seit dem Jahr 1909. Tausende Teilnehmer wandern mindestens 30 km am Tag. Die Strecken variieren je nach Geschlecht und Alter. Wer die Wanderung komplett schafft, kann sich der Landesehre sicher sein und bekommt eine Medaille. Viele leiden unter Blasen, die die Betroffenen ordentlich schwächen; Tausende aber müssen einen schrecklichen Kater erdulden, denn die Wandelvierdaagse sind eine gute Entschuldigung für die Stadt, um eine wochenlange Party zu feiern.

## Schlafen

**★ Hotel Credible** DESIGNHOTEL €

(☎ 322 04 98; www.in-credible.nl; Hertogstraat 1; EZ/DZ 55/75 €; 📶) Spaß und alter Chic sind die Schlagworte in diesem coolen Hotel, das sich in einem Stadthaus auf der gegenüberliegenden Straßenseite des Valkhofparks befindet und in allen Farben des Regenbogens angestrichen ist. 18 strahlend weiße Zimmer auf drei Etagen sind mit offenem Licht, Büchern und inspirierenden Slogans ausgestattet (z. B.: „Warum nach dem Aufwachen mit dem Träumen aufhören?").

Jeden Samstag legen DJs in der Bar unten ausschließlich Vinylplatten auf, eine Adresse, die sich ansonsten auf hervorragenden Kaffee spezialisiert hat und den ganzen Tag Frühstück und Lunch mit Hipster-Superfood serviert (Hauptgerichte 5,50–12,50 €). Entspannend wirken das virtuelle Feuer, das auf dem Bildschirm eines alten Fernsehers flackert und die Sofas. In den Regalen gibt es Bücher zum Stöbern. Auf der Terrasse draußen an der Straße geht es lebhaft zu.

**Hotel Karel** HOTEL €

(☎ 024-360 30 00; www.hotelkarel.nl; Grote Markt 38–40; EZ 50–59 €, DZ 75–85 €; 📶) Dieses Hotel mit seiner auffälligen cremefarbenen-roten Backsteinfassade und den beiden poppig-orangefarbenen Sonnenschirmen auf dem Grote Markt ist durch und durch hochmodern. Das beschwingte Bistro im Erdgeschoss samt einer kreativen Speisekarte mit kombinierbaren Speisen ist gleichzeitig die Rezeption. Die Dreibett- und Vierbettzimmer sind für Familien ein lohnendes Angebot. Das Frühstück kostet 9,50 €.

**★ Boutique Hotel Straelman** BOUTIQUEHOTEL €€

(☎ 024-388 80 00; www.boutique-hotel-straelman.nl; Straalmanstraat 28; DZ ab 100 €; 📶) Die Eigentümerin Tanja Seegers ist das Designertalent hinter diesem schicken Boutiquehotel mit seinen fünf Zimmern. Das Hotel ist in einem eleganten Stadthaus aus dem 19. Jh. untergebracht. Der Frühstücksraum führt zu einem wunderschönen Garten und einer Terrasse heraus. Jedes Zimmer ist einzigartig und nach einem Luxusprodukt benannt – Kaviar, Trüffel, Champagner etc. Im Preis ist ein sensationelles hausgemachtes Frühstück inbegriffen. Gäste, die die Romantik und Abgeschiedenheit suchen, werden bestimmt nicht enttäuscht sein.

## Essen

**★ Fresca** INTERNATIONAL €

(☎ 024-324 02 78; https://frescanijmegen.nl/; Van Broeckhuysenstraat 16; Frühstück 3,50–8,50 €, Sandwiches & Salate 7–10 €, Abendessen 21,50 €; ⏲ 10–18 Uhr; 📶) Das Fresca zieht clevere Leute aus dem Ort an. Es hat eine hübsche Terrasse mit Blick auf einen von Bäumen beschatteten Platz, und die Speisekarte ist voller frischer hausgemachter Salate, Schüsselchen mit Superfood und einfallsreicher Kuchen. Das Bio-Brot ist natürlich auch als glutenfreie Variante erhältlich. Die saisonale *frittata* oder das mit Zimt und Cashewkernen verfeinerte Couscous sind hervorragende vegetarische Speisen.

Die richtig gute Kaffeespezialität der Rösterei Brinks (mit Soja-, Hafer- oder Kokosmilch-Varianten), beispielsweise ein aromatisierter eisgekühlter Latte macchiato (möchte jemand einen pikant gewürzten Kürbis- oder Haselnuss-Latte?), täglich wechselnde Smoothies, frische Säfte und ein super „guilty pleasure freak shake" (gesalzene Karamellschokolade mit Schlagsahne, Karamelltoffee, Mokkabohnen und Marshmallows) machen das Fresca zu einem erstklassigen Treffpunkt für durstige Kehlen.

**De Firma** TAPAS €€

(☎ 024-322 60 40; https://defirmanijmegen.nl; Lage Markt 47; Gerichte für zwei 7–10 €, Menü 30 €; ⏲ 17–24 Uhr) Angesichts seiner Lage in der Unterstadt, unweit vom Wasser, in einer Straße aus dem 16. Jh. ist das ansprechende Strandflair in De Firma ziemlich passend. Alte meeresblaue Bodenfliesen und weiße Tische und Stühle sorgen für eine trendige Seemannsatmosphäre. Die tapas-ähnlichen Gerichte (für zwei oder mehr Personen) mit ihren farbenfrohen Einflüssen aus aller Welt sind etwas für jede Stimmung und jeden Geschmack.

## Ausgehen & Nachtleben

**★ Demain** COCKTAILBAR

(☎ 024-324 33 45; https://cafedemain.nl/; Lange Hezelstraat 58a; ⏲ Di–So 16–24 Uhr) Das Demain (zu Deutsch: „morgen") ist berühmt für seine professionell geschüttelten, handgemachten Cocktails und ein fantastisches Lokal, um den Abend beginnen oder enden zu lassen. In der ältesten Straße der Stadt kann man auch auf der immer gut besuchten Terrasse sitzen, und im heißblütigen dunklem Inneren legt am letzten Wochenende im Monat immer ein DJ (elektronische Musik, Trip-Hop, Jazz) auf.

**Down Town** CAFÉ

(www.downtownnmgn.nl; Kannenmarkt 16; ⏲ Mi–So 8.30–17 Uhr) Hinter der Stadtwaage (S. 287) am Grote Markt befindet sich ein ziemlich angesagtes Café, das in einem postkartenreifen Stadthaus mit hübscher olivgrüner Fassade und Korbstühlen im Bistrostil auf der gut besuchten Straßenterrasse untergebracht ist. Anscheinend pilgern alle Hipster der Stadt in das helle, weiße Innere, um den Spezialkaffee der Nijmegener Kaffeerösterei Blommers, Avocado-Toast, Berge von Pfannkuchen und den besten Brunch der Stadt zu genießen.

**Café In De Blauwe Hand** BRUIN CAFE

(Blaue Hand; ☎ 024-323 20 66; https://indeblaauwehand.nl/; Achter de Hoofdwacht 3; ⏲ Mo & Di 15 –24, Mi & Do 15–1, Fr 15–2, Sa 13–2, So 14–24 Uhr) Dieses einladende Lokal liegt in einer Ecke des Grote Markt und steht unter dem Motto: „Ein kühles Bier sorgt für Wärme, Freude und süßes Vergnügen." Es gilt als eine der ältesten Kneipen der Stadt und ist nach ihrer Kundschaft aus dem 17. Jh. benannt worden – Arbeiter aus der nahe gelegenen Färberei, die mal eben mit ihren blau eingefärbten Händen auf ein schnelles Bier hier vorbeikamen.

## Praktische Informationen

**Touristenbüro** (VVV; ☎ 0900 112 23 44; www.visitnijmegen.com; Keizer Karelplein 32h; ⏲ Di–Sa 9.30–17.30 Uhr)

## Anreise & Unterwegs vor Ort

Regional- und Stadtbusse fahren vom Busbahnhof an der Nordseite des Bahnhofs ab.

### FAHRRAD

Fahrräder kann man im **Rijwielshop** (☎ 024-322 96 18; Stationsplein 7; Fahrrad/Tandem oder E-Bike 7,50/17,50 € pro Tag; ⏲ Fr & Sa 5.20–3.10, So 7–24, Mo & Di 5.20–5, Mi & Do 5–1 Uhr morgens) am Bahnhof ausleihen, aber auch in der Innenstadt bei **Nijmegen Actief** (☎ 06 2783 4974; http://nijmegenactief.nl; Waalkade 113; Fahrrad/E-Bike 9/20 € pro Tag; ⏲ 10–17 Uhr).



NICHT VERSÄUMEN

### KREATIVE FEINSCHMECKERSZENE IN NIJMEGEN

Die **Commanderie van Sint Jan** (Franseplaats 1) ist ein monumentales rotes Backsteingebäude mit einem ruhigen, von Bäumen beschatteten Innenhof und ein Zentrum für epikureische Gaumenfreuden. Sie wirbt mit einer Brauerei im Keller, einigen Restaurants und der Bistro-Bar **De Hemel** im Erdgeschoss (Himmel; ☎ 024-333 30 94; https://restaurantdehemel.nl; Franseplaats 1, Commanderie van St Jan; Sandwiches 4,50–9,75 €, Salate 12,50–19,75 €, Abendessen 18,95 €, Abendmenü 34,75 €; ⏲ Mo 12–18, Di–Do bis 24, Fr & Sa bis 1, So 11–1 Uhr). Im ersten Stockwerk gibt es eine trendige Kaffeerösterei und im zweiten Stock eine Kochschule. Sie wurde 1196 als Pilgerunterkunft errichtet und wurde im 13. Jh. vom Orden des hl. Johannes übernommen.

Die Mönche brauten hier Bier, und in den nachfolgenden Jahrhunderten wurde das Gebäude als Schule, Kirche und Studentenunterkunft genutzt. Interessant sind die Cuppingveranstaltungen (Kaffeeverkostungen) und Workshops mit den Baristas in der Kaffeerösterei **Holy Beans** (www.holybeans.nl) sowie die faszinierenden Koch-Workshops im **Eeet Verleden** (www.eetverleden.nl), die sich auf altertümliche bzw. vergessene Gerichte spezialisiert haben

Arnhem liegt etwa 40 km am kurvenreichen Uferweg der nationalen Fahrradroute LF3. Den Bosch liegt rund 70 km in südwestlicher Richtung am ebenso kurvigen LF12.

### ZUG

Am Bahnhof befinden sich auf Gleis 1A Schließfächer zur Gepäckaufbewahrung.

| REISEZIEL | FAHRPREIS (€) | FAHRZEIT (MIN.) | HÄUFIGKEIT (ZÜGE PRO STD.) |
|---|---|---|---|
| Amsterdam | 19,20 | 85 | 2 |
| Arnhem | 4,30 | 13–18 | 8 |
| Den Bosch | 8,30 | 28–42 | 4 |

## Groesbeek

024 / 11 390 EW.

Die kleine Stadt Groesbeek 10 km südlich von Nijmegen ist besonders interessant für Veteranen des Zweiten Weltkriegs und deren Familien, denn hier gibt es das informative **Nationale Befreiungsmuseum 1944–45** (National Bevrijdingsmuseum; 024-397 44 04; www.bevrijdingsmuseum.nl; Wylerbaan 4; Erw./Kind 10/5,50 €, Familie 25 €; Mo–Sa 10–17, So 12–17 Uhr) und etwa 2 km nördlich davon den **Kanadischen Soldatenfriedhof** (www.cwgc.org; 24 Std.) GRATIS, auf dem 2598 bekannte und 20 unbekannte Soldaten beerdigt wurden – vornehmlich Kanadier, einige wenige Briten, Australier, Polen und auch Belgier – die bei der Operation Market Garden hier gefallen sind und nun in Frieden ruhen. Der Besuch kann emotional sehr berührend sein und eignet sich wunderbar als Halbtagstour von Nijmegen aus.

### An- & Weiterreise

Buslinie 5 (4 €, 20 Min., alle 15 Min.) fährt vom Bahnhof Nijmegen zur Haltestelle „Oude Molen" in Groesbeek, etwa 300 m zu Fuß vom Museum gelegen. Bus 562 (4 €, 20 Min., alle 15 Min.) hält direkt vor dem Friedhof.

Mit dem Fahrrad fährt man von Nijmegen auf der **LF3b** südlich zum *knooppunt* 33 (Knotenpunkt 33) – starker Anstieg – dann geht es in östlicher Richtung zum Knotenpunkt 88, insgesamt eine 13 km lange Radtour.

## Arnhem (Arnheim)

026 / 156 600 EW.

Die Suche nach den wichtigsten Schauplätzen in der Schlacht von Arnhem, die im September 1944 an beiden Ufern des Nederrijn (Niederrhein) geführt wurde, ist und bleibt für viele Besucher der Hauptgrund, nach Arnhem zu kommen. Das Stadtzentrum, das im Zweiten Weltkrieg komplett eingeebnet wurde, ist der Beweis, das aus Arnhem eine wohlhabende Stadt geworden ist – mit hübschen Museen, wunderschönen Parkanlagen und einer blühenden Modeindustrie, die aus dem Mode- und Designinstitut ArtEZ hervorgegangen ist. Im Juni wird hier jedes Jahr die wichtigste Mode-Biennale der Landes abgehalten.

### Sehenswertes & Aktivitäten

Sightseeing findet in Arnhem zwischen der Altstadt, dem Ufer mit der für die Stadt so berühmten „Brücke von Arnheim", die an den Zweiten Weltkrieg erinnert, und den grünen Vororten im Norden der Stadt mit einigen hübschen Parks statt.

Die Altstadt selbst war bis zum 19. Jh. von einer ringförmigen Stadtmauer umgeben und wurde zu der Zeit weitgehend zerstört (bis auf die Sabelspoort, die das einzige noch verbliebene Stadttor ist).

**John Frostbrug** HISTORISCHE STÄTTE

(John-Frost-Brücke) Der moderne und viel befahrende Ersatz für die berüchtigte „Brücke von Arnheim" sieht vielleicht nicht sehr aufregend aus, aber ihre symbolische Wirkung ist immens. Sie wäre die letzte von insgesamt 14 Brücken über den Rhein gewesen, die britische paramilitärische Truppen im Zweiten Weltkrieg während der berühmten Operation Market Garden im Zweiten Weltkrieg hätten überqueren müssen.

**Airborne at the Bridge** MUSEUM

(026-333 77 10; www.airbornemuseum.nl; Rijnkade 150; 10–17 Uhr) GRATIS Es gibt keinen schöneren Blick auf Arnhems berühmte John-Frost-Brücke als vom gläsernen Aussichtsturm dieses kleinen Museums am Fluss. Ein kurzer, rund sechsminütiger Film im Untergeschoss führt in die Geschichte der Schlacht bei Arnhem ein.

Die Exponate im Erdgeschoss illustrieren die Schlacht aus der Sicht dreier Soldaten, die dort gekämpft haben – eines Holländers, eines Engländers und eines Deutschen.

**Eusebiuskerk** KIRCHE

(St.-Eusebiuskirche; 026-443 50 68; http://eusebius.nl; Kerkplein 1; Kirche Erw./Kind 2,50/1,50 €, Turm 7,50/5 €; April–Okt. Mo–Sa 10–17, So 12–17 Uhr, Nov. & Dez. Mo–Sa 11–16, So 12–16 Uhr, Jan.–März Di–Sa 11–16, So 12–16 Uhr) Diese riesi-

## DIE BRÜCKE VON ARNHEIM: OPERATION MARKET GARDEN

Die Schlacht, die gemeinhin als Operation Market Garden bekannt ist, wurde vom britischen General Bernard Montgomery ersonnen, um den Zweiten Weltkrieg Weihnachten 1944 zu beenden. Sie wurde im berühmten Kriegsepos *A Bridge Too Far* (1977; *Die Brücke von Arnheim*) verfilmt. Obwohl die Ratgeber Montgomerys davor warnten, die gesamte Operation könne scheitern, trieb er sie weiter voran. Er hatte oftmals beklagt, dass die Amerikaner unter General George Patton für ihr Kommando in Frankreich die gesamte Aufmerksamkeit in den Schlagzeilen bekamen.

Der Plan war, dass die britischen Streitkräfte in Belgien über einen schmalen Korridor bis Arnhem in den Niederlanden vordringen sollten, wo sie den zahlreichen deutschen Truppen auf ihrem Rückzug nach Deutschland den Weg abschneiden und so ostwärts bis Berlin vorpreschen konnten, um den Krieg zu beenden.

Es ging jedoch alles schief. Die paramilitärischen britischen Truppen hatten nur für zwei Tage Proviant dabei, und die Truppen von Süden mussten insgesamt 14 Brücken überqueren, die alle passierbar bleiben sollten und leicht zu verteidigen sein mussten, damit der Plan einwandfrei funktionieren konnte. Die von Süden kommenden Truppen trafen auf einige der hartnäckigsten Einheiten der deutschen Wehrmacht, außerdem waren nicht alle Brücken völlig intakt. Dadurch strandeten die Paramilitärs in Arnheim. Sie hielten dort und im benachbarten Oosterbeek acht Tage ohne Verstärkung aus. Die Überlebenden, lediglich 2163, zogen sich im Schutz der Dunkelheit zurück. Mehr als 17 000 britische Soldaten verloren ihr Leben.

Die Folgen dieses Debakels waren für die Holländer verheerend: Arnhem und andere Städte wurden zerstört und Hunderte Zivilisten wurden getötet. Der holländische Widerstand vermutete fälschlicherweise, dass die Befreiung nahte und kam aus seinen Verstecken, um gegen die Deutschen zu kämpfen. Aber ohne die erhofften alliierten Truppen als Unterstützung wurden Hunderte von ihnen gefangen und getötet.

Schließlich gab Montgomery den Plan auf. Der Winter 1944/45 ging als „Hungerwinter" in die Geschichte ein. Die Menschen verhungerten zuhauf, weil keine Nahrungsmittel aus dem von den Alliierten besetzten Belgien herbeigeschafft werden konnten.



ge ehrfurchtgebietende, spätgotische Kirche lohnt einen Besuch. Auch wenn es nur wegen der Fahrt mit dem Aufzug in den 73 m hohen Turm ist, um einen Blick auf Europas größtes Glockenspiel (mit 54 Glocken) zu werfen und das herrliche Stadtpanorama zu bewundern, dass sich oben von der gläsernen Aussichtsplattform bietet.

**Nederlands Openluchtmuseum** MUSEUM
(Niederländisches Freilichtmusem; ☎ 026-357 61 11; www.openluchtmuseum.nl; Hoeferlaan 4; Erw./Kind 19/16 €; ⏲ April–Okt. 10–17 Uhr) Das Freilichtmuseum erinnert in seiner Größe an eine dörfliche Siedlung und liegt etwa 7 km nördlich vom Bahnhof. Es zeigt eine landesweite Sammlung von Gebäuden und Artefakten mit allem, von Bauernhäusern und Kutschen bis zu noch in Betrieb befindlichen Windmühlen. Freiwillige in zeitgenössischen Kostümen zeigen traditionelles Handwerk, beispielsweise Flachsspinnen und -weben, Kornmahlen, Eisenschmieden, Kochen auf dem Lande und sogar Bierbrauen (ja, das Museum hat sogar eine eigene Brauerei). Die Eintrittskarten sind online preiswerter (17,50/14,50 €).

Die Anreise kann mit dem Bus Nr. 3 (Richtung Burgers Zoo Openl.Museum) vom Bahnhof bis zur Haltestelle Peter van Anrooylaan (2 €, 17 Min.) erfolgen. Ab da läuft man noch etwa fünf Minuten zu Fuß. Alternativ nimmt man Bus 8 (Richtung Velp Ziekenhuis) bis zur Haltestelle Openluchtmuseum Oost (2 €, 10 Min.).

## Schlafen & Essen

**Stayokay Arnhem** HOSTEL €
(☎ 026-442 01 14; www.stayokay.com/arnhem; Diepenbrocklaan 27; B 27 €, DZ/3BZ ab 53/79,50 €; 📶) Arnhems Hostel thront auf einem bewaldeten Hügel, etwa 2 km nördlich der Stadt. Es liegt zwar nicht so gut zur Innestadt, aber dafür nahe beim Nationalpark De Hoge Veluwe – das englisch anmutende Pub ist bis Mitternacht geöffnet.

Ab dem Bahnhof nimmt man den Bus Nr. 3 (Richtung Burgers Zoo Openl. Museum) und fährt anschließenn etwa zehn Mi-

ABSTECHER

## EIN HALBTAGSAUSFLUG NACH OOSTERBEEK

Oosterbeek ist ein alter, vornehmer Vorort, etwa 5 km westlich von Arnhem gelegen. Mit seinen baumbestandenen grünen Parks und den eleganten Villen, die im 19. Jh. entstanden sind, als die Wohlhabenden hier ihre Landhäuser bauen ließen, hat Oosterbeek sein ausgeprägtes bourgeoises Flair bewahren können. Hier war allerdings auch ein Schauplatz der schweren Kämpfe während der Operation Market Garden im September 1944. Das Kriegsmuseum vor Ort ist eine wichtige Anlaufstelle für all jene, die sich auf die Spuren des Zweiten Weltkriegs begeben wollen.

Das viel besuchte **Airborne Museum Hartenstein** (026-333 77 10; www.airbornemuseum.nl; Utrechtseweg 232; Erw./Kind 10/6 €; Mo–Sa 10–17, So 12–17 Uhr) ist in einem gelben Herrenhaus aus dem 19. Jh. untergebracht und wurde während der Operation Market Garden sowohl von den Briten als auch von den Deutschen als Kommandozentrale genutzt. Die verhängnisvolle Mission wird hier wirklich gut in ihrem historischen Kontext beleuchtet. Ein Bunker unter der Terrasse des Cafés schafft die richtige Atmosphäre für den Besuch in diesem Museum. Es handelt sich um ein spektakuläres unterirdisches Labyrinth, in dem eine nächtliche Szene aus der Schlacht um Arnhem (17.–26. September 1944) simuliert wird, bei der diverse Szenen aus dem Schwarzweißfilm *Theirs is the Glory* (1946) eingespielt wird.

In der Nähe befinden sich mehrere Reihen an weißen Grabsteinen von 1691 alliierten Soldaten – die meisten von ihnen Briten –, die bei der Operation Market Garden im September 1944 getötet wurden und nun auf Oosterbeeks **Soldatenfriedhof** (01628-507 200; Van Limburg Stirumweg 6861; 24 Std.), etwa 500 m östlich des Oosterbeeker Bahnhofs, beerdigt liegen. Einfach den Schildern folgen!

Nach dem Museumsbesuch stärkt man sich mit einem sättigenden Club-Sandwich wieder, das gut und gerne eine echte Mahlzeit ersetzt, oder mit einem kreativ kreierten Salat oder einem schmackhaften *bitterballen* (frittierte Fleischkroketten, mit Rinderragout gefüllt). Das alles gibt es direkt neben dem Kriegsmuseum in **Klein Hartenstein** (026-334 21 21; www.kleinhartenstein.nl; Utrechtseweg 226; Hauptgerichte 7,75–13,50 €; 10.30–23 Uhr, Küche 11.30–21 Uhr), einer cremefarbenen Villa (1779) mit einem Sommergarten und Blick auf die grüne Dorfwiese.

Vom Bahnhof in Arnhem nimmt man die Busline Nr. 352 direkt zum Museum (4 €, 10 Min., alle 30 Min.) oder Bus Nr. 1 vom Velverplein zur Haltestelle A Weeninklaan (4 €, 10 Min.), die nur fünf Gehminuten vom Museum entfernt liegt. Regionalzüge, die zwischen Arnhem und Utrecht verkehren, halten in Oosterbeek (von Arnhem 2,30 €, 3 Min., alle 30 Min.). Mit dem Fahrrad nimmt man die nationale Fahrradroute LF4b in westlicher Richtung, dabei geht es die meiste Zeit entlang der Eisenbahnschienen.



nuten (2 €) bis zur Haltestelle Ziekenhuis Rijnstate (Krankenhaus). Das Frühstück ist im Zimmerpreis inbegriffen.

★ **Hotel Modez** BOUTIQUEHOTEL €€
(026-442 09 93; www.hotelmodez.com; Elly Lamakerplantsoen 4; EZ/DZ ab 106/119 €; P) Dieses Boutiquehotel liegt an einem hübschen Platz mitten im Herzen des Modeviertels von Arnhem. Das Modez verfügt über 20 Zimmer, die alle individuell von einem führenden Modedesigner gestaltet wurden.

Je nach Lust und Laune kann man beim Einschlafen die Knöpfe an der Decke zählen oder sich mit gestrickten Einrichtungsaccessoires umgeben oder zwischen goldenen Gemäuern schlafen oder die Nacht damit verbringen, die an den Wänden – und zwar von der Decke bis zum Boden – angebrachten QR-Codes zu entziffern.

★ **De Zilte Zeemeermin** FISCH €
(Die stille Meerjungfrau; 026-379 48 16; www.deziltezeemeermin.nl; Steenstraat 83a; kleine Teller ab 5 €; Bar Do–Sa 16–22, Laden Di–Sa 9–22 Uhr) *Hollandse Nieuwe* oder eingelegter Hering (leicht eingelegte, rohe junge Heringe), Hering-Sandwiches, *gerookte meervalfilet* (geräuchertes Welsfischfilet), im Ofen gegarte Muscheln und frisch enthülste Austern mit den verschiedensten und verlockendsten Soßen sind nur einige der schmackhaften Spezialitäten, die in diesem überaus beliebten Fischlokal verspeist werden können.

**★ Caspar** EUROPÄISCH €€

(☎026-840 35 24; www.casperarnhem.nl; Elly Lamakerplantsoen 2; Hauptgerichte 9,40–18,60 €; ⊙So–Mi 9.30–1, Do–Sa bis 2 Uhr; 📶) Moderne holländische und europäische Küche wird draußen unter Bäumen oder in einem designermäßig gestalteten Inneren – mit flippigen ledernen Barhockern und einer einladenden Sofaecke – serviert.

**MeeM** INTERNATIONAL €€

(☎06 2376 0851; http://meemetenendrinken.nl; Coehoornstraat 8; Burger 13–16 €; ⊙Do–Mo 16–23 Uhr, Küche ab 17.30 Uhr; 📶) In diesem legeren Lokal am Bahnhof lässt man sich einfach auf einer Bank nieder und sucht sich etwas aus dem leckeren Angebot an Feinschmeckersalaten, Burgern und Hotdogs aus. Der Star auf der Speisekarte ist der Bucketlist Burger (40 €), eine Gaumenfreude, die aus mehreren Burgern mit einer schwindelerregenden Höhe von bis zu 50 cm besteht – für mehrere Personen geeignet.

## Ausgehen

**★ 't Taphuys** BAR

(☎026-202 02 58; www.taphuysarnhem.nl; Jansplein 56; ⊙So–Do 11–1, Fr & Sa 11–3 Uhr; 📶) Diese topaktuelle Bier-Bar mit rund 100 Bieren und etwa 80 Weinen vom Fass befindet sich in dem ehemaligen Postgebäude, einem prachtvollen Bau in rotem Backstein, der an Arnhems geschäftigstem Altstadt-Platz liegt.

Vor Ort kauft man einen sogenannten *pas* (aufladbare Karte, 2 € Pfand), lädt ihn mit dem gewünschten Guthaben auf und bedient sich selbst mit einer Bier- oder Weinsorte, auf die man gerade Lust hat.

## Praktische Informationen

**Touristenbüro** (☎0900 112 23 44; www.visitarnhem.com; Stationsplein 13; ⊙Mo–Fr 9.30–17.30, Sa bis 17 Uhr) Befindet sich im Bahnhofsgebäude.

## Anreise & Unterwegs vor Ort

Regionalbusse fahren vor dem Bahnhofsgebäude (auf der Südseite) ab.

### FAHRRAD

Im Untergeschoss vom Bahnhof befindet sich am Ausgang links ein Fahrradverleih mit 7-Gang-Batavus-Rädern (7,50 € pro Tag, plus 50 € in bar als Kaution). Auf der nationalen Fahrradroute LF3 geht es 55 km in nordöstlicher Richtung nach Deventer; Nijmegen erreicht man über einen gewundenen Weg nach rund 40 km in südlicher Richtung.

### Zug

Am Bahnhof von Arnhem befinden sich gegenüber den öffentlichen Toiletten im Erdgeschoss Schließfächer zur Gepäckaufbewahrung (klein/groß 3,85/5,70 € für 24 Std.).

| REISEZIEL | FAHRPREIS (€) | FAHRZEIT (MIN.) | HÄUFIGKEIT (ZÜGE PRO STD.) |
|---|---|---|---|
| Amsterdam | 16,90 | 60 | 2 |
| Deventer | 8,60 | 35 | 2 |
| Nijmegen | 4,30 | 12–18 | 8 |

# Nationalpark Hoge Veluwe

Die Feuchtgebiete, die Heidelandschaft mit ihren Eidechsen, Sümpfe mit alten Kiefernbeständen, Eichen- und Buchenwälder voller Spechte und Rotwild sowie die spektakulären weiten Treibsandflächen sind Grund genug für einen Besuch in diesem rund 5500 ha großen **Nationalpark** (www.hogeveluwe.nl; Erw./Kind 9,50/4,75 €, mit Museum 19/9,50 €; ⊙Juni & Juli 8–22 Uhr, Mai & Aug. 8–21 Uhr, April 8–20 Uhr, Sept. 9–20 Uhr, Okt. 9–19 Uhr, Nov.–März 9–18 Uhr), dem größten in den Niederlanden. Das Van-Gogh-Museum und der sensationelle Skulpturenpark mit zeitgenössischen Kunstwerken machen den Park ganz einfach zu einem Muss.

Es gibt zahllose Fahrradwege und ein dichtes Netz an 42 km Wanderwegen, von denen zwei mit *paddenstoelen* (Pilzsymbolen) beschildert sind. Am Nordrand liegt an einem See das **Jachthuis Sint Hubert** (☎0800 8353 628; www.hogeveluwe.nl; Apeldoornseweg 258, Hoenderloo; 45-minütige Führung Erw./Kind 4/2 € ohne Eintrittsgebühr für den Nationalpark; ⊙Führungen von 11.30 bis 16 Uhr alle halbe Stunde), das als Landsitz der Kröller-Müllers erbaut wurde und nach dem Schutzheiligen der Jäger, dem hl. Hubertus, benannt ist.

Besucher – ob Fußgänger, Rad- oder Autofahrer – zahlen an einem der drei Eingänge zum Park eine Eintrittsgebühr: Schaarsbergen (im Süden), Hoenderloo (im Osten) und Otterlo (im Westen; der am meisten genutzte Eingang). Eintrittskarten gibt es online oder an den Eingangsschaltern; hier erhält man auch das sehr hilfreiche Kartenmaterial zum Park (2,50 €).

## Sehenswertes & Aktivitäten

**★ Kröller-Müller-Museum** MUSEUM

(☎0318-591 241; www.krollermuller.nl; Houtkampweg 6, Otterlo; inkl. Eintrittsgeld für den Natio-

NICHT VERSÄUMEN

### PARADIES FÜR EIS-GOURMETS

In **Ijs van Co** (☎055-378 1502; www.ijsvanco.nl; Krimweg 33d, Hoenderloo; Hörnchen 0,70–2 €, Becher €0.90–8, Belag 0,50–2 €; ⏲12–20 Uhr) können Feinschmecker die hohe Kunst der Eisherstellung erleben. Es handelt sich um eine ganz bescheidene Eisdiele in Hoenderloo, zehn Gehminuten vom Parkeingang entfernt. Seit 1938 wird hier weiches, cremiges Vanilleeis gemischt. Der Laden ist eine wahre Institution in der Gegend; das sieht man auch schon an den Schlangen, die draußen warten. Um vom Parkeingang per Rad hierherzukommen, folgt man einfach den Schildern *knooppunt* 12.

nalpark Erw./Kind 19/9,50 €; ⏲Museum Di–So 10–17 Uhr, Skulpturengarten bis 16.30 Uhr) Dieses auffällige Museum befindet sich umgeben von Bäumen und beherbergt Werke einiger der größten Maler aus mehreren Jahrhunderten, von Bartholomäus Bruyn dem Älteren bis zu Pablo Picasso. Die Van-Gogh-Sammlung kann mit dem gleichnamigen Museum in Amsterdam mithalten: Die zweitgrößte Sammlung der Welt umfasst unter anderem das düster wirkende Bild *Der Weber* (1884), *Die Kartoffelesser* (1884) und *Caféterrasse am Abend* (1888), die er in Südfrankreich gemalt hat. Zu den bekanntesten Impressionisten, die hier vertreten sind, zählen Renoir, Sisley, Monet und Manet.

Und dann ist da noch der sensationelle Skulpturengarten auf dem Museumsgelände. Hier stehen etwa 160 Werke von Rodin, Moore und anderen, die die 25 ha große Grünfläche mit unberührten Blumenbeeten und schattigen Alleen schmücken.

Vom Parkeingang in Otterlo sind es per Fahrrad lediglich 3 km zum Museum, vom Eingang in Hoenderloo etwa 4 km und rund 10 km von Schaarsbergen.

## Schlafen & Essen

**De Houtkamp** — B&B €

(☎0318-591 706; www.dehoutkamp.nl; Houtkampweg 7, Otterlo; EZ/DZ 45/65 €; 📶) Auf diesem postkartenreifen Bauerhof unweit des Otterlo-Eingangs zum Nationalpark De Hoge Veluwe befinden sich im Bauernhaus aus den 1930er-Jahren drei Doppelzimmer und ein Ferienhaus für Selbstversorger (6–10 Pers.). Die perfekte Unterkunft für Besucher des Nationalparks. Bei warmem Wetter können die Gäste wunderbar im Freien unter Bäumen frühstücken.

★**Hotel de Serrenberg** — DESIGNHOTEL €€

(☎0318-591 228; www.sterrenberg.nl; Houtkampweg 1, Otterlo; DZ 170 €; ❄@📶🏊) Urbaner Chic trifft in diesem atemberaubenden Landhotel auf natürliche Schönheit. Es liegt fünf Minuten per Fahrrad (600 m) vom Parkeingang Otterlo entfernt. 44 Zimmer bieten jegliche Art von Komfort, und im Wellnessbereich gibt es ein Schwimmbecken, eine Sauna, eine Schwitzstube und ein absolut göttliches Tepidarium.

★**Cèpes** — EUROPÄISCH

(☎0318-591 228; http://cepes.nl/en/; Houtkampweg 1, Otterlo; Mittagsgerichte 13,50–18 €, Abendgerichte 24–28 €; ⏲12–16 & 17.30–20.30 Uhr; 📶) Diese trendige, moderne Adresse mit ihrer sonnenschirmbedachten Terrasse und Blick auf einen Blumengarten und dahinterliegende Wiesen ist insbesondere bei warmem Wetter sehr angenehm.

Küchenchef Robert Hartelman bekommt seine frischen Bio-Produkte von den umliegenden Bauernhöfen und Käsereien – mit erstaunlich kreativen Ergebnissen.

## Praktische Informationen

Die Ticketschalter an den Parkeingängen verkaufen hilfreiches Kartenmaterial (2,50 €) mit eingezeichneten Rad- und Wanderrouten (2,6 bis 9,2 km). Sie organisieren auch zahlreiche faszinierende Führungen durch den Park: Birdwatching in der Morgendämmerung, Meditationsworkshops, Themenwanderungen etc. Die Eintrittskarten (10–23 €) müssen im Voraus reserviert werden.

Das **Besucherzentrum des Nationalparks Hoge Veluwe** (Bezoekerscentrum & Museonder; ☎0800 8353 628; www.hogeveluwe.nl; Houtkampweg 9c, Otterlo; ⏲April–Okt. 9.30–18 Uhr, Nov.–März bis 17 Uhr) bietet Informationen zu Natur, Kultur und Geschichte des Nationalparks. Ebenso nimmt es Buchungen von Führungen entgegen. In naher Zukunft soll ein hochmodernes Gebäude an derselben Stelle eröffnet werden.

## An- & Weiterreise

### AUTO & MOTORRAD

Autofahrer können auf riesigen Parkplätzen, die sich an allen drei Eingängen befinden, parken (4,40 €). Alternativ können sie 6,75 € zahlen, um in den Park hineinfahren zu dürfen. Parkplätze befinden sich am Besucherzentrum und am Kröller-Müller-Museum.

## BUS

Vom Bahnhof in Arnhem nimmt man Bus 9 (4 €, 25 Min., alle halbe Std.) zum Eingang Schaarsbergen (Haltestelle: Koningsweg) oder Bus 105 (Richtung Barneveld) bis Otterlo (4 €, 30 Min., alle halbe Std.). Vom Bahnhof Apeldoorn im Norden fährt Bus 108 nach Hoenderloo (4 €, 25 Min., stdl.). Im Park selbst verbindet Bus 106 (4 €, 10 Min.) die Eingänge bei Hoenderloo und Otterlo und hält unterwegs am Kröller-Müller-Museum.

## FAHRRAD

Der Nationalpark ist von allen Seiten gut erreichbar: Die nationale Fahrradroute LF4 durch Arnhem ist die am nächsten gelegene Hauptroute; im Park gibt es ein Netz von 40 km Radwegen.

Fahrräder leihen kann man bei **Geerts Tweewielers** (☎ 0318-595 404; www.geerts-tweewielers.nl; Dorpsstraat 2c, Otterlo; Fahrrad/E-Bike 9/22 € pro Tag; ⌚ Mo–Sa 8.30–18 Uhr) im Dorf Otterlo. Alternativ kann man die berühmten kostenlosen weißen Räder des Parks selbst nutzen (komplett mit Kindersitz), die an den Eingängen bereitstehen. In der Hochsaison sollte man an Sonntagen vor 12 Uhr mittags anreisen, um noch eines der 1800 Fahrräder ergattern zu können.

# Maastricht & der Südosten

**Inhalt ➡**



## Gut essen

- Restaurant Hemingway (S. 317)
- Dames Pellens (S. 317)
- Dit (S. 311)
- Witloof (S. 303)
- De Burgerij (S. 314)

## Schön übernachten

- Kruisherenhotel (S. 302)
- Sense Hotel (S. 310)
- Bliss Hotel (S. 315)
- Hostel Roots (S. 314)
- Hotel Nassau (S. 316)
- Hotel Restaurant Parkzicht (S. 305)

## Auf nach Maastricht & in den Südosten!

Jenseits der Flüsse ist alles ganz anders: Die Provinzen Noord Brabant und Limburg sind vom Charakter her eher katholisch, entspannter und im Fall von Süd-Limburg ist die Landschaft auch hügeliger als in den Niederlanden sonst üblich. Zu den Einflüssen, die im Süden auf der Hand liegen, zählt die Vorliebe für ein gutes Bier und leckeres Essen, die im Konzept *Bourgondisch* zum Ausdruck kommt. Hier wird mit einem Feuereifer getafelt, der den genussfreudigen Einwohnern im französischen Burgund in nichts nachsteht.

Maastrichts mittelalterliche Stadtmauern, die Backsteintürme, die polyglotten Einwohner und die Rolle, die diese Stadt bei der Schaffung der Eurozone spielte, lassen auf eine stärkere Bindung zu Europa als zu den Niederlanden schließen. Das hügelige Gebiet im Osten bietet sich für landschaftlich wunderschöne Rad- und Wandertouren an.

Noord Brabant ist eine uneinheitliche Kombination aus historisch reizvollen Städten wie Den Bosch und Breda sowie postindustriellen urbanen Zentren wie Tilburg und Eindhoven, die mittlerweile an ihrer neuen Identität als Horte von Design, Kultur und Technik arbeiten und in Fahrradweite von beschaulichen Landschaften liegen.

## Reisezeit

- Der kühle Februar/frühe März wird durch den Karneval angeheizt – er wird sehr ausgelassen gefeiert, ganz besonders in Bergen op Zoom und in Maastricht.
- Die Terrassen-Cafés sind vom Frühlingsende bis zum Frühherbst in Betrieb, vor allem in Breda und Maastricht.
- Frühlingsende bis Herbstbeginn ist die ideale Zeit, um in Noord Brabant an den Flüssen oder in den Hügeln um Valkenburg Rad zu fahren; Juli und August sollte man meiden, dann trüben die Touristenmassen den Charme der Landschaft.
- Im Mai finden in Breda und Den Bosch bedeutende Jazz-Festivals statt.

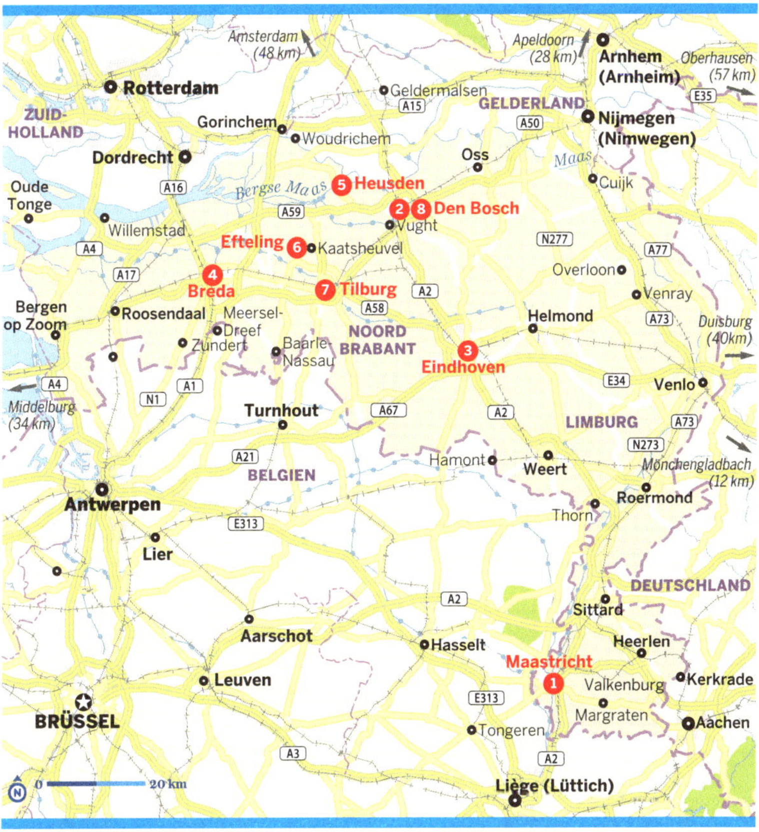


## Highlights

**1 Maastricht** (S. 297) Dem guten Leben frönen und im Karneval so richtig auf den Putz hauen.

**2 Jheronimus Bosch Art Center** (S. 306) Die unzähligen Botschaften im Werk des Künstlers entschlüsseln, mit dem Den Bosch untrennbar verbunden ist.

**3 Philips Museum** (S. 312) In diesem genialen Museum, das Eindhovens bekannte internationale Handelsmarke würdigt, die Mischung aus Nostalgie und Tech-Design-Kunst bestaunen.

**4 Breda** (S. 315) In dieser pulsierenden Partystadt, die von einem herrlichen gotischen Kirchturm überragt wird, von einer tollen Bierkneipe zur anderen ziehen.

**5 Heusden** (S. 310) Jenseits der Touristenpfade dieses charmante Festungsstädtchen besichtigen.

**6 Efteling** (S. 304) Mit der ganzen Familie einen der angesagtesten Themenparks in Europa besuchen.

**7 Koningshoeven** (S. 314) In der Abtei unweit von Tilburg, wo das Bier auch gebraut wird, ein leckeres Trappistenbier probieren.

**8 Die Kanäle von Den Bosch** (S. 307) Durch die mystischen Kanäle gleiten, die oft unter den Gebäuden hindurchführen.

# MAASTRICHT

☎ 043 / 122 500 EW.

Das quirlige, energiegeladene Maastricht kann auf seine römische Geschichte zurückblicken; es besitzt ein Labyrinth aus Tunnelgängen und eine Fülle von historischen Gebäuden. Außerdem wären da noch die exquisite burgundische Esskultur, die bacchantische Trinkkultur und das von den vielen Studenten geprägte Leben auf der

## Maastricht

Straße erwähnenswert, das weit über das Stadtgebiet hinausgeht. Die Menschen sind ungezwungen und scheren sich nicht um die Hänseleien ihrer Landsleute, wenn sie ihren Dialekt (Mestreechs oder Maastricher Platt) sprechen, der die Holländer verblüfft. Keine Reise in die Niederlande ist jedenfalls ohne einen Besuch dieser Stadt komplett.

### Sehenswürdigkeiten & Aktivitäten

Maastricht ist weit mehr als die Summe seiner Sehenswürdigkeiten. Den Zauber dieser Stadt lernt kennen, wer sich einfach so durch das kompakte Areal aus schmalen Straßen voller Cafés auf beiden Seiten der Fußgängerzone Sint Servaasbrug treiben lässt; gemeint ist die Gegend zwischen den drei Hauptplätzen Vrijthof, Markt (S. 304) und Onze Lieve Vrouweplein. Außerdem ist noch unmittelbar südlich das Gebiet an der Stadtmauer von Interesse.

Für eine Wanderung bietet sich das grüne Sint-Pietersberg-Plateau an – oder man schließt sich der sogenannten Maastricht-Underground-Tour an, bei der sich die Teilnehmer in eines der komplexesten Grottensysteme der Welt begeben.

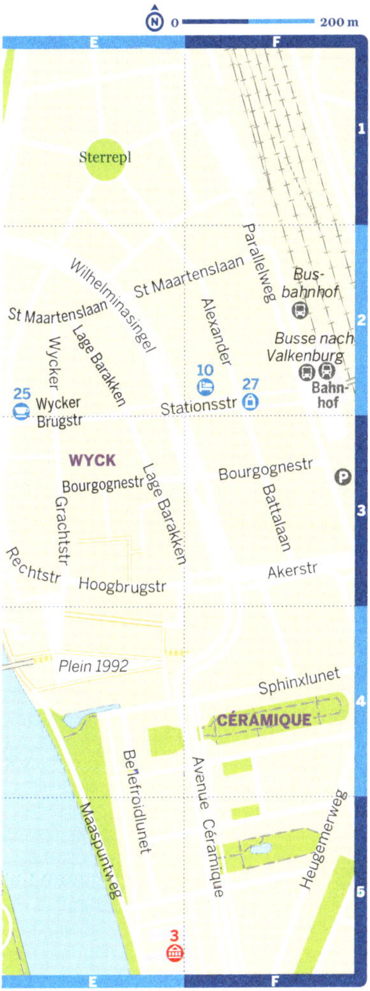


## ★ Sint Servaasbasiliek

KIRCHE

(Servatiusbasilika; www.sintservaas.nl; Keizer Karelplein 3; Erw./Kind 4,50/3 €; ⏲ Mo–Sa 10–17, So ab 12.30 Uhr) Die über dem Grab von Sint Servaas (hl. Servatius), dem ersten Bischof von Maastricht, erbaute Basilika lässt ein architektonisches Kaleidoskop sehen: Die frühesten Strukturen datieren aus dem Jahr 1000. Türme und die wunderschön geschwungene Apsis aus Backstein dominieren den Vrijthof, den großen Platz im Stadtzentrum. In der Eintrittsgebühr inbegriffen ist die Besichtigung des Gartens an den Kreuzgängen sowie der Schatzkammer mit vier Räumen; die Hauptattraktionen sind die vergoldete Büste des Sint Servaas und der Sarkophag, der aus dem 11. Jh. stammt.

## Sint Janskerk

KIRCHE

(Vrijthof 24; Turm Erw./Kind 2,50/1,50 €; ⏲ Mo–Sa 11–16 Uhr) Der Kirchenraum dieses attraktiven gotischen Gotteshauses aus dem 17. Jh. strebt relativ schmucklos gen Himmel. Der 43 m hohe Turm aus Kalkstein weist einen dunkelroten Farbton auf, der ursprünglich durch mehrere Schichten Ochsenblut erzielt wurde – heute handelt es sich einfach nur um Farbe. Wer den Turm erklimmt, genießt einen weiten Blick; was genau zu sehen ist, erklären Informationstafeln, die generell eine prima Einführung in die Stadt Maastricht geben. Die engen Wendeltreppen (mit rund 260 Stufen und wenig Ausweichstellen) sind allerdings nichts für Leute, die zur Klaustrophobie neigen.

## Museum Aan Het Vrijthof

MUSEUM

(☎ 043-321 13 27; www.museumaanhetvrijthof.nl; Vrijthof 18; Erw./Jugendl./Kind 9/4,50 €/frei; ⏲ Di–So 10–17.30 Uhr) Die Ausstellungen in diesem kleinen Museum wechseln alle paar Monate, doch auch wenn die aktuell präsentierte Thematik für einen persönlich nicht ganz so interessant ist, lohnt es sich durchaus, mal kurz hineinzuschauen.

Das Grand Café, in das man auch ohne Eintrittskarte gelangt, befindet sich in einem Atrium mit Oberlichtern, das die Steinloggia eines Gebäudes mit einbezieht – die Rede ist vom Spaans Gouvernement. Hier logierte vor 500 Jahren Karl V., Kaiser des Heiligen Römischen Reiches, immer wenn er Maastricht einen Besuch abstattete.

## ★ Onze Lieve Vrouwebasiliek

KIRCHE

(Liebfrauenbasilika; ☎ 043-321 38 54; www.sterre-der-zee.nl; Onze Lieve Vrouweplein 9; Schatzkammer Erw./Kind 3/1 €; ⏲ 8.30–17 Uhr, Schatzkammer 11–16 Uhr) Die 1000 Jahre alte Basilika, die einen intimen Platz mit vielen Cafés prägt, ist ein sagenhaftes Beispiel für die Maasländische Architektur, die von 1886 bis 1916 unter der Regie von Pierre Cuypens (1827–1921; er erlangte bereits mit dem Rijksmuseum Berühmtheit) durch Restaurationsmaßnahmen noch eine extra Portion „Authentizität" verpasst bekam. Die Kirche ist bis heute ein Ort inbrünstiger Spiritualität; beim Eintreten passiert man in der Regel einige Pilger, die vor der mittelalterlichen Gnadenfigur der hl. Maria Meeresstern knien, wo eine Fülle von Kerzen flackert.

## Maastricht

**Highlights**
1 Onze Lieve Vrouwebasiliek .................. C3
2 Sint Servaasbasiliek.............................. B3

**Sehenswertes**
3 Bonnefantenmuseum .......................... E5
4 Markt.................................................. C2
5 Museum Aan Het Vrijthof..................... B3
6 Sint Janskerk...................................... B3
7 Vrijthof .............................................. B3

**Aktivitäten, Kurse & Touren**
8 Stiphout Cruises ................................. D2

**Schlafen**
9 Botel Maastricht ................................. D4
10 Designhotel .......................................F2
11 Hotel Derlon ...................................... C3
12 Kruisherenhotel ................................. A3
13 Stayokay Maastricht .......................... D5
14 Trash Deluxe ...................................... B1

**Essen**
15 Bisschopsmolen .................................. C4
16 Café Sjiek ........................................... C4
17 Eetcafé Ceramique.............................. D3
18 Friture Reitz ....................................... C2
19 Kantine De Brandweer ......................... A2
20 Marres Kitchen ................................... A2
21 Witloof ............................................... C4

**Ausgehen & Nachtleben**
22 Café de Pieter ..................................... C4
23 De Gouveneur ..................................... C1
24 In Den Ouden Vogelstruys .................. B3
25 Zondag ................................................E2

**Shoppen**
26 Boekhandel Dominicanen.................... B2
27 Organic Market....................................F2

Nur langsam gewöhnt sich das Auge an den beklemmend finsteren Kirchenraum mit seinen gewaltigen romanischen Säulen.

**Bonnefantenmuseum** GALERIE
(☎043-329 01 90; www.bonnefanten.nl; Ave Cèramique 250; Erw./Kind 12,50 €/frei; ⏲Di–So 11–17 Uhr) Maastrichts Stargalerie in einem extravaganten Gebäude von Aldo Rossi bietet im Erdgeschoss eine hervorragende Sammlung früher europäischer Malerei und Bildhauerei. Wirklich berühmt ist sie jedoch für ihre zeitgenössische Kunst mit Werken von Limburger Künstlern, die im Obergeschoss ausgestellt sind; über eine imposante Treppe kommt man hin. Es werden regelmäßig Wechselausstellungen präsentiert.

**Maastricht Underground** GROTTEN
(☎043-325 21 21; www.maastrichtunderground.nl; Luikerweg 71; Grottentour Erw./Kind 6,25/5 €, Kombi-Tour 9,95/6,95 €; ⏲siehe Website) Maastricht Underground veranstaltet gruselige, amüsante und spannende Touren durch Abschnitte des weitläufigen Tunnelsystems unter dem Sint-Pietersberg-Plateau. Der Zeitplan, wann genau es losgeht, ändert sich ständig, aber es finden in den Sommermonaten bis zu fünf Exkursionen statt, in der Nebensaison weniger – am besten also einen Blick auf die Website werfen.

**Fort Sint Pieter** FESTUNG
(☎043-325 21 21; www.maastrichtunderground.nl; Luikerweg 71; Festungstour Erw./Kind 6,75/5,30 €, Kombi-Tour 10/8 €; ⏲tgl. 5 Touren, auf Deutsch in die Zonneberg-Grotten im Sommer, auf Englisch ganzjährig in die nördl. Grotten, sonst auf Niederländisch) Das wuchtige fünfeckige Backsteinfort ist von einem tiefen, wasserlosen Graben umgeben und bildete einstmals die südlichen Befestigungsanlagen der Stadt; es ist mit einem wahren Labyrinth von unterirdischen Tunneln verbunden.

Die Festung aus dem Jahr 1701 lässt sich eher als interessant denn als schön bezeichnen. Am besten betrachten kann man sie von den Spazierwegen aus, die um sie herumführen und auch einen schönen Blick auf die Stadt ermöglichen.

Die restaurierten Räumlichkeiten kann man im Rahmen einer Führung erkunden; mit dazu gehört ein Abstecher in eine der Grotten (verschiedene Alternativen, siehe Website) Die Eintrittskarten sind im Restaurant Chalet Bergrust am gebührenpflichtigen Parkplatz erhältlich.

Die Festung liegt 2 km südlich von Maastricht und lässt sich somit zu Fuß erreichen. Man kann aber auch den Bus 7 nehmen und am Mergelweg aussteigen. Hier nehmen drei Naturpfade ihren Anfang, die zur einfacheren Orientierung mit einer Farbkennzeichnung versehen wurden. Das Fort ist auch der südlichste Punkt des Pieterpad, eines der beliebtesten Fernwanderwege der Niederlande; er führt über 492 km nach Pietersburen in der Provinz Groningen.

### Geführte Touren

**Stiphout Cruises** SCHIFFSAUSFLUG
(☎043-351 53 00; www.stiphout.nl; Maaspromenade 58; Erw./Kind ab 10/5,75 €; ⏲April–

Okt. tgl., Nov.–Dez. Sa & So) Stiphout Cruises veranstaltet stündlich Schiffsausflüge auf der Maas (11–17 Uhr); es besteht bei einigen Touren die Möglichkeit, den Ausflug am Slavante-Steg zu unterbrechen. Man kann dann von dort zu den Zonneberg-Grotten spazieren, wo am Treffpunkt eine Führung beginnt, und anschließend wieder zurück zum Schiff – bloß ewig herumtrödeln darf man natürlich nicht.

## Feste & Events

**★ Carnaval** KARNEVAL
(www.carnavalinmaastricht.nl; Feb. od. März) Im Karneval hat wirklich *alles andere* Pause. Bereits ab dem November bereiten sich die Einwohner Maastrichts auf diesen Event vor. Gefeiert, getanzt und gezecht wird dann auf zahlreichen Festen und Veranstaltungen ab dem Donnerstag vor Faschingsdienstag – bis am Aschermittwoch dann auch der letzte feierwütige Karnevalist umfällt.

## Schlafen

**Stayokay Maastricht** HOSTEL €
(043-750 17 90; www.stayokay.com/maastricht; Maasboulevard 101; B 21–41 €, DZ 53–96 €; @ ) In diesem hervorragenden Hostel nimmt eine Café-Bar den größten Teil des Erdgeschosses ein, zu der auch eine großzügige Terrasse an der Maas gehört.

Die Preise steigen am Wochenende und in den Hauptferienzeiten sprunghaft an. HI-Mitglieder sparen 2,50 €.

**Botel Maastricht** HOTEL €
(043-321 90 23; www.botelmaastricht.nl; Maasboulevard 95; B 35 €, EZ/DZ mit Bad 63/70 €, ohne Bad 57/64 €) Das in zentraler Lage vertäute Boot bietet 34 einfache, preiswerte Kajüten mit derart kompakten Betten, dass größere Gäste darin keinen Platz haben. Die Doppelzimmer sind so beengt, dass Paare ständig auf Tuchfühlung sind; viele verfügen über ein winziges, aber gut ausgestattetes Bad.

NICHT VERSÄUMEN

### KEIN LICHT AM ENDE DES TUNNELS

Der Sint Pietersberg, ein Plateau im Süden von Maastricht, ist ein herrliches Wandergebiet, über das eine wuchtige Festung wacht. Noch spannender ist allerdings das Labyrinth an Bergwerksstollen darunter, eine bemerkenswerte Leistung vorindustrieller Technik. Mergel und Kalkstein wurden hier schon seit den Zeiten der Römer von Hand abgebaut, und irgendwann durchzogen dann 20 000 separate unterirdische Tunnel das Areal bis zur belgischen Grenze – die Gesamtlänge beträgt stolze 230 km. Diese Tunnel boten in Kriegszeiten Zuflucht, fungierten in den Tagen vor der EU als Schmugglerrouten, und ein Abschnitt wurde lange als geheime **NATO-Kommandostation** (NAVO-hoofd kwartier; www.limburgs-landschap.nl; Cannerberg; siehe Website) genutzt. Mehr als ein Drittel des Labyrinths ist intakt geblieben; es gibt mehrere Möglichkeiten, das Areal zu besichtigen – allerdings alle im Rahmen einer Führung, denn sich hier zu verirren, wäre schlichtweg fatal. Durch die Gänge zu spazieren ist ein irgendwie gruseliges Erlebnis, und wer sich nicht warm genug angezogen hat, dem wird so richtig kalt. Es herrscht hier nämlich ganzjährig eine Temperatur von 11 °C bei einer Luftfeuchtigkeit von 95 %.

Auf den meisten Touren werden die nördlichen Tunnel besucht; die Führer konzentrieren sich vor allem auf die Bedeutung der Gänge in der französischen Zeit unter Napoléon I. Es lohnt sich, den Führer nach dem Besuch eines außergewöhnlichen Gewölbes zu fragen, das nicht immer zugänglich ist; es wurden hier im Zweiten Weltkrieg während der deutschen Besetzung rund 750 Gemälde gelagert, damit sie nicht beschädigt werden. Auch Rembrandts Gemälde *Die Nachtwache* befand sich darunter – in einen Wandteppich eingerollt und in einem Sarg ins besagte Gewölbe transportiert. Die genauen Zeiten der Führungen kann man bei Maastricht Underground (S. 300) in Erfahrung bringen; zu touristischen Stoßzeiten sollte man reservieren. Die Nordtour beginnt am Kartenkiosk der Festung Sint Pieter. Die erwähnte Website verrät auch Einzelheiten zu den weniger häufigen Touren, die zu den ebenso spannenden **Zonneberg-Grotten** (Grotten Zonneberg; Slavante 1) führen; sie sind mit Generationen von Kohlezeichnungen verziert – von antiken römischen Strichmännchen bis hin zu Darstellungen von Filmstars, die während des Kriegs entstanden. Die Besuche beginnen hinter dem Buitengoed Slavante Café, etwa 3 km südlich der Stadt (kostenlose Parkplätze).

**Trash Deluxe** B&B €€
(☎043-852 55 00; www.trashdeluxe.nl; Boschstraat 55; DZ 82–145 €, FZ 130–225 €; ) Recycelte Förderbänder aus Gummi, Industriebeleuchtung, Packtische und dergleichen schaffen ein einzigartiges, ultraschickes Ambiente in den acht von Künstlern gestalteten Zimmern, die sich auf zwei historische Gebäude in der Nähe vom Markt verteilen. Das kleine/große Frühstück kostet 6/13,50 € extra. Das Trash Deluxe bezeichnet sich zwar als Hotel, eine Rezeption ist jedoch nicht vorhanden – und deshalb sollte man auch keinesfalls seinen Zugangscode verlieren, den man bei der Buchung erhält.

★ **Student Hotel** HOTEL €€
(☎043-711 22 35; www.thestudenthotel.com; Sphinxcour 9a; Zi. 80–130 €) „Nehmen Sie Platz oder tanzen Sie mit uns" lautet der Vorschlag der bunten, offenen Rezeption in diesem lichtdurchfluteten Hotel mit 140 Zimmern. Das Student Hotel verströmt sehr viel Industrieschick in einer genial umfunktionierten Fabrik, in der früher Toilettenschüsseln aus Keramik hergestellt wurden.

Heute ist hier alles hip und total modern, und man muss auch kein Student sein, um sich in dieses Hotel einzumieten. Die Zimmer sind voll ausgestattet.

**Hotel Derlon** HISTORISCHES HOTEL €€
(☎043-321 67 70; www.derlon.com; Onze Lieve Vrouweplein 6; Zi. wochentags/Wochenende 150/200 €) Archäologen aufgepasst! Das wahrlich ehrwürdige Hotel Derlon aus dem Jahr 1870 befindet sich in perfekter Lage in der Altstadt; geboten sind 48 frisch renovierte Zimmer. Doch das eigentlich Besondere hier ist der Frühstücksbereich im Basement mit Tischen, die sich um eine völlig unerwartete Attraktion gruppieren – die ausgegrabenen Relikte einer römischen Piazza sowie weitere sagenhafte Funde in Vitrinen, die alle auch kurz erklärt werden.

**Designhotel** DESIGNHOTEL €€
(☎043-328 25 25; www.designhotelmaastricht.com; Stationsstraat 40; Zi. 89–220 €; ) Das ruhige, professionelle Designhotel mit einem hausinternen Künstler, der auch hier wohnt, verfügt über eine Lobby mit dem Flair der 1970er-Jahre und eine renommierte Brasserie, die einen komfortablen, zeitgemäßen Modernismus verströmt. Die 105 Zimmer – die meisten mit Parkettboden – weisen alle eine unterschiedliche Größe und einen ganz anderen Stil auf; und in allen befinden sich ein Wasserkocher und eine Kaffeemaschine. Das Frühstück kostet 15 € pro Person.

★ **Kruisherenhotel** BOUTIQUEHOTEL €€€
(☎043-329 20 20; www.kruisherenhotel.nl; Kruisherengang 19-23; Zi. wochentags/Wochenende ab 195/279 €; ) Das für sein Design prämierte Hotel befindet sich im ehemaligen Klosterkomplex des Ordens vom hl. Kreuz aus dem Jahr 1483. Moderne Ausstattung wie geformte Möbel und gepolsterte Wände setzen im historischen Ambiente Akzente. Jedes der 60 prachtvollen Zimmer ist individuell gestaltet. Manche Zimmer schmücken Wandmalereien und Kunstwerke, andere befinden sich in den Dachsparren der alten Kirche. Das Frühstück schmeckt dementsprechend himmlisch.

## Essen

Maastricht kann mit vielen hervorragenden Speiselokalen aufwarten. Es lohnt sich, am östlichen Ende der Tongersestraat ein bisschen herumzuschauen, doch auch in den kleinen Straßen um den Vrijthof und in der Rechtstraat, unmittelbar östlich vom Fluss, wird man fündig. Der Onze Lieve Vrouweplein bietet sich bei milden Temperaturen für einen Zwischenstopp in einem Café an, und mehrere winzige Restaurants mit viel Flair säumen die Gasse, die von hier direkt nach Süden verläuft – eine gute Adresse vor allem am Montagabend, wenn die meisten anderen Lokale geschlossen haben.

★ **Bisschopsmolen** BÄCKEREI €
(www.bisschopsmolen.nl; Stenebrug 3; Vlaai 2,40 €, Baguette-Sandwiches 6 €; ⏲Di–Sa 9–18, So 10–17 Uhr) Ein Wasserrad aus dem 7. Jh. liefert einer nostalgischen Mühle elektrischen Strom, die wiederum die zugehörige Bäckerei mit Dinkel versorgt, den man braucht, um ein 100 % reines Dinkelbrot sowie *vlaai* (saisonale Pasteten mit Obstfüllung) zu backen. Man kann vor Ort im Café essen und dann – wenn nicht viel los ist – die Mühle auf eigene Faust besichtigen und zuschauen, wie seit ewigen Zeiten Mehl hergestellt wird.

**Friture Reitz** FASTFOOD €
(www.reitz.nl; Markt 75; kleine/große Portion Pommes 3/3,50 €, Soße 0,75–1 €; ⏲Di–So 11–19 Uhr) Am besten stellt man sich in dieser kultigen Snackbar, in der schon seit 1909 aus Limburger Kartoffeln leckere, zweifach frittierte Pommes zubereitet werden, ganz einfach in die Warteschlange.

**Marres Kitchen** MEDITERRAN €€
(☎06-1333 3583; www.marres.org; Capucijnenstraat 98; Hauptgerichte 18–24 €; ⌚Di–So 12–17 & 18–22 Uhr) Direkt neben einer Galerie für zeitgenössische Kunst tischt das Marres Kitchen die ganze Spanne an mediterranen Köstlichkeiten auf, dazu auch eine anständige Auswahl an fleischlosen Speisen, die vor allem unter den schön präsentierten *mezes* aus dem östlichen Mittelmeer oder Nahen Osten zu finden sind. Mit zum Flair trägt ein halb verwilderter Garten bei; er befindet sich an einer kleinen Straße.

★ **Witloof** BELGISCH €€
(☎043-323 35 38; www.witloof.nl; Sint Bernardusstraat 12; Hauptgerichte 17,50–21,50 €, 2-/3-Gänge-Abendessen 27/33 €; ⌚Mi–So 17.30–21.50 Uhr) Selbst zehn Jahre nachdem das Witloof in die *New-York-Times*-Liste mit den trendigsten Restaurantkonzepten aufgenommen wurde, ist dieses Lokal noch immer von gleichbleibend hoher Qualität. Die belgischen Traditionsgerichte sind vorzüglich, der Bierkeller (unbedingt anschauen!) ist erstaunlich und das Interieur ist außergewöhnlich mit einer guten Prise Ironie und augenzwinkerndem Humor.

**Café Sjiek** NIEDERLÄNDISCH €€
(☎043-321 01 58; www.Cafésjiek.nl; St Pieterstraat 13; Hauptgerichte 13,50–26 €; ⌚Küche Mo–Mi 17–23, Do–So ab 12 Uhr, Bar bis 2 Uhr; 📶) Das gemütliche Lokal ist eine prima Adresse, um das traditionelle *zuurvlees* (Sauerbraten) aus Pferdefleisch zu probieren, das mit einer Apfelsoße serviert wird. Es gibt hier aber auch frische Fischgerichte sowie die Klassiker des Café Sjiek, beispielsweise Bœuf Stroganoff, Steaks, Hühnchen mit Pommes frites und Quiche. Reservierungen werden nicht entgegengenommen. Eigentlich geht es hier immer hoch her, aber man kann notfalls auch an der Bar essen.

**Kantine De Brandweer** FUSIONKÜCHE €€
(☎043-852 22 29; www.debrandweer.com; Capucijnenstraat 21; Hauptgerichte 17–24 €; ⌚Mo 10–18, Di–So bis 22.30 Uhr) In diesem ehemaligen Feuerwehrhaus, das in eine trendige Speisehalle umgewandelt wurde, herrscht eine nette, legere Atmosphäre. Die Gäste sitzen an großen Resopaltischen neben einem langen Tresen, an dem sich die Bücher aneinanderreihen, und schauen zu, wie das junge Küchenteam seine Kochkünste bei einer abenteuerlichen Mischung aus verschiedenen Cuisines zelebriert.

**Eetcafé Ceramique** NIEDERLÄNDISCH €€
(☎043-325 20 97; www.eetcaféceramique.nl; Rechtstraat 78; Hauptgerichte 17–25 €; ⌚17.30–22 Uhr) Das Ceramique ist schon seit Dekaden ein beliebtes Restaurant in Maastricht. In den entspannten, leger eingerichteten Räumlichkeiten ist bei schummriger Beleuchtung von Kerzen, die in Papiertüten stecken, immer viel los. Die breit gefächerte Speisekarte bietet eine Mischung aus traditioneller Hausmannskost und internationalen Gerichten und Aromen mit einem großen Anteil an veganen oder vegetarischen Speisen. Probieren sollte man die Chicorée-Rhabarber-Lasagne mit Wodka-Soße. Wer clever ist, reserviert einen Tisch.

## Ausgehen & Nachtleben

Maastricht kann mit einer florierenden Kneipenszene aufwarten, die meisten Cafés servieren auch Essen. Auf der Ostseite des Vrijthof finden sich zahlreiche Lokale; der Onze Lieve Vrouweplein und die Gassen in der Nähe von diesem Platz sind aber sicherlich gemütlicher, um bei milden Temperaturen einen netten Nachmittag auf der Terrasse zu verbringen.

Drei Cafés verfügen sogar über beneidenswert hübsche Terrassen direkt am Fluss am östlichen Ende der Sint Servaasbrug.

Die wohl gewagteste Barista-Cafébar der Kette Coffeelovers befindet sich im Boekhandel Dominicanen.

★ **In Den Ouden Vogelstruys** BRUIN CAFÉ
(www.vogelstruys.nl; Vrijthof 15; ⌚9.30 Uhr bis open end) Das klassische *bruin café* an einer sonnigen Ecke des Vrijthof lässt an seinen Wänden mit dunkler Holzvertäfelung Schwerter, Medaillen und Porträts der Stammgäste aus den 1950er-Jahren sehen. Zu den sieben Bieren vom Fass gehören zwei Trappistenbiere (La Trappe Blonde und Westmalle Dubbel), außerdem gibt es sorgsam ausgewählte Flaschenbiere, beispielsweise das einheimische ungefilterte Klinker III (8,5 %) und das prämierte Mooie Nel IPA (auch bekannt als Northsea, 6,5 %) von Jopen.

**Café de Pieter** BRUIN CAFÉ
(www.Cafédepieter.nl; Sint Pieterstraat 22; ⌚Di–So 12–2, Mo ab 15 Uhr) Dieses kleine, total authentische *bruin café* bietet ein buntes Durcheinander an Kunst, Tischen auf der Terrasse neben der Stadtmauer und Bieren vom Fass, darunter das in Valkenburg gebraute Leeuw IPA und Tongerlo. Irgendwie ist es den Betreibern gelungen, sogar noch eine Bühne

ABSTECHER

### KONKURRENZ ZU DISNEYLAND

Ist **Efteling** (www.efteling.nl; Europalaan 1; 38 €, Parken 10 €; ⏲ Sept.–Juni 10 od. 11–18 Uhr, Juli & Aug. bis 20 Uhr; 🚌 300, 301) Europas tollster Themenpark? Die Niederländer sind ganz eindeutig dieser Meinung. Die Konkurrenz zu Disneyland lockt jährlich mehr als vier Millionen Besucher an und bietet eine sagenhafte Auswahl an Unterhaltung im Stil einer reizenden Märchenwelt mit sprechenden Bäumen und Wassershows. Es gibt hier jedoch auch einige der verrücktesten Achterbahnen, die man jemals erlebt hat, darunter der Nervenkitzel namens „Baron" (mit freiem Fall) und die Dunkelachterbahn mit Light- und Soundeffekten: „Vogel Rok".

Efteling liegt nicht weit vom kleinen Städtchen Kaatsheuvel entfernt. Die Busse 300 und 301, die mehrmals pro Stunde auf der Strecke Tilburg (3 €, 20 Min.) und Den Bosch (4.90 €, 40 Min.) verkehren, halten in Efteling.



unterzubringen – am Mittwochabend steht jedenfalls Open-Mic auf dem Programm, am Wochenende treten Jazz-Bands auf, und freitags legen manchmal DJs auf.

**De Gouverneur** CAFÉ
(☎ 043-852 11 25; www.degouverneurmaastricht.nl; Boschstraat 105a; ⏲ 10 Uhr–open end) Die Gäste sitzen auf der perfekt gelegenen Terrasse am Rand des Markts und studieren die Getränkekarte, die stolze 270 verschiedene Biere, darunter 16 vom Fass, zählt. Das Gouverneur gleicht eher einem Biermuseum als einem Café. Es werden klassische belgische Gerichte serviert – und es gibt auch Spitztüten mit hervorragenden *frites*.

**Zondag** CAFÉ
(www.Cafézondag.nl; Wycker Brugstraat 42; Sandwiches 6–8 €; ⏲ So–Do 10–2, Fr & Sa bis 3 Uhr) Das Zondag („Sonntag"), das sich hinter einer alten Ladenfront verbirgt, trifft den richtigen Ton zwischen einem hippen Kaffeehaus, einem gemütlichen Mittagstreff und einer angesagten Kneipe. Jedenfalls lockt die Gaststube mit originalen Bodenfliesen ein schickes und jugendliches Volk an, und zwar bei Tag und auch bei Nacht.

## ☆ Unterhaltung

★ **Cinema Lumière** KINO
(☎ 043-321 40 80; www.lumiere.nl; Bassin 88) Das Kino ist bekannt für unkonventionelle Streifen und auch für Filmklassiker, die hier laufen. Aber der Besuch lohnt sich auch wegen des Ambientes – das Kino befindet sich in einem ehemaligen Elektrizitätswerk –, der verlockenden Bar mit Terrasse in Wassernähe und des irgendwie kuriosen postindustriellen Restaurants.

## Shoppen

Der **Markt** ist der Schauplatz gleich mehrerer Märkte. Ein allgemeiner Markt findet mittwochs statt, der Fischmarkt am Freitag und der *brocante* (Flohmarkt) am Samstag und am Sonntag. Am Donnerstagnachmittag wird ein **Bio-Markt** (Stationstraat; ⏲ Do 13.30–18.30 Uhr) abgehalten.

**Boekhandel Dominicanen** BÜCHER
(☎ 043-321 08 25; Dominicanenkerkstraat 1; ⏲ Mo 10–18, Di–Sa ab 9, So ab 12 Uhr; 📶) Eine Buchhandlung wie eine Kathedrale – im wahrsten Sinn des Wortes. Nicht versäumen sollte man den gemütlichen Kaffeehausbereich – er befindet sich genau an der Stelle, wo einstmals der Altar stand.

## ℹ Praktische Informationen

**Touristeninformation** (VVV; ☎ 043-325 21 21; www.vvvmaastricht.nl; Kleine Straat 1; ⏲ Mo 10–18, Sa & So 11–17 Uhr) Sie befindet sich im Dinghuis (Altes Gerichtsgebäude) aus dem 15. Jh; hier gibt es nützliche Empfehlungen für Fahrradtouren.

## ℹ An- & Weiterreise

### BUS

Wer nach Valkenburg möchte, nimmt den Bus 8 oder 4 (2,85 €, 30 Min.) an der **Boschstraat**, am Mosae Forum oder am unüberdachten Areal des **Busbahnhofs** (Parallelweg) an der Nordwestseite vor dem Bahnhof. Der **Bus 350** (Parallelweg) fährt von hier viermal stündlich via die US-Kriegsgräber in **Margraten** (2,60 €, 20 Min.) und die Brauerei in **Gulpen** nach Aachen (einfach/hin & zurück 6/8,50 €, 65 Min.).

### FAHRRAD

**Aon de Stasie** (Stationsplein; ⏲ Mo–Sa 7–22, So 9–21 Uhr) Wenn man aus dem Bahnhof herauskommt, befindet sich linker Hand dieser Laden. Hier kann man City-Fahrräder (ab 5/10 € pro Tag ohne/mit Handbremse) und Mountainbikes (ab 20 €) mieten.

### ZUG

Man checkt mit seiner OV-*chipkaart* an den gelben Automaten für NS-Züge ein, darunter die zweimal pro Stunde verkehrenden Züge nach Amsterdam (25,30 €, 2½ Std.), Den Bosch (20,40 €, 85 Min.) und Utrecht (23,90 €, 2 Std.). Für Arriva-Züge nach Valkenburg (3 €, 12 Min.) und Roermond (9,50 €, 45 Min) verwendet man die blauen Automaten.

Wer nach Brüssel, Paris und Köln reisen möchte, nimmt einen Zug der Belgischen Eisenbahn nach Hasselt (95 Min., Stundentakt) und steigt schließlich in Lüttich (Liège; 6,80 €, 33 Min.) um. Obwohl bereits seit Jahren in Planung, hat man mit dem Bau der Schnellbahn Maastricht–Hasselt, einer Direktverbindung, noch nicht einmal begonnen.

# Valkenburg

043 / 16 500 EW.

Das kleine Valkenburg liegt gerade einmal 12 km von Maastricht entfernt und lässt sich bequem und problemlos erreichen. Das Dorf, das in einer waldreichen Umgebung liegt, ist schon seit etwa 1840 eines der beliebtesten Ferienziele der Niederlande. Bewacht wird es von den Ruinen einer alten **Burg** (Valkenburg; 043-820 00 40; www.kasteelvalkenburg.nl; Grendelplein; Erw./Kind 6,50/4,50 €, mit Tunnels 12/9 €; März–Okt 10–17.30 Uhr, Nov.–Dez. bis 16 Uhr, Jan. & Feb. eingeschränkte Öffnungszeiten).

Das Dorfzentrum mit seinen zahlreichen Cafés weist viele historische Elemente auf, eine ganze Reihe kleiner Brücken spannt sich über den kleinen Fluss Geul (Göhl). Vom Gesamteindruck her handelt es sich jedoch eher um ein betriebsames Ausflugsziel und nicht so sehr um eine Idylle. Eine Replik der römischen **Katakomben** (043-601 25 54; www.katakomben.nl; Plenkerstraat 55; Erw./Kind 9,75/6,25 €; Di–So 11, 13 & 15 Uhr), die in einer alten Kalksteinmine installiert wurde, stammt von dem Architekten Pierre Cuypers, der durch das Rijksmuseum berühmt wurde. In der hügeligen Landschaft im Osten und Südosten kann man herrliche Fahrradtouren und Wanderungen unternehmen. Der **Drielandenpunt** (wo die Niederlande, Belgien und Deutschland zusammentreffen) ist mit 323 m die höchste Erhebung des Landes.

## An- & Weiterreise

Arriva-Züge erreichen Maastricht (3,30 €, 4-mal pro Std.) in acht bis 15 Minuten. Die Busse 4 (2-mal pro Std.) oder 8 (Stundentakt) brauchen etwa 20 bis 30 Minuten.

# Roermond

047 / 57 300 EW.

Die bedeutendste Stadt von Midden-Limburg zieht sich an der Maas entlang, die hier von einer Reihe von Jachthäfen gesäumt wird; außerdem wurden künstliche Seen als Erholungsgebiet angelegt. Der Zweite Weltkrieg und ein Erdbeben im Jahr 1992 fügten der Stadt schwere Schäden zu, doch im quirligen Zentrum hat sich noch einiges an älterer Architektur erhalten, darunter zwei Kirchen, die allerdings mehrmals restauriert wurden; an den jeweiligen Plätzen sind zahlreiche Cafés mit Terrassen ansässig: Die Attraktion der **Munsterkerk** (www.roermondparochiecluster.nl; Munsterplein; April–Okt. 14–17 Uhr, Nov.–März nur Sa), die im 13. Jh. enstand, sind die Grabplastiken von Herzog Gerhard IV. und seiner Frau Margaretha von Brabant – die ältesten liegenden Statuen in den Niederlanden. Die lichtdurchflutete **Sint-Christoffelkathedral** (St. Christopheruskathedrale; www.roermondparochiecluster.nl; Grote Kerkstraat 29; Mo–Fr 14–17, Sa & So ab 13 Uhr) weist einen Turm auf, der akribisch rekonstruiert wurde, nachdem er in den letzten Tagen des Zweiten Weltkriegs von den sich zurückziehenden deutschen Truppen gesprengt worden war.

Roermond ist bekannt als die Heimatstadt des Meisterarchitekten Pierre Cuypens (1827–1921), der für die Amsterdamer Centraal Station und das Rijksmuseum verantwortlich zeichnete. Sein ehemaliges Domizil und **Atelier** (047-535 91 02; www.cuypershuisroermond.nl; Pierre Cuypersstraat 1; Erw./Kind 6/4 €; Di–So 11–16.30 Uhr) ermöglicht spannende Einblicke in die architektonische Konzeption seiner Bauwerke.

Wer gern in Roermond übernachten möchte, dem sei das vornehme **Hotel Restaurant Parkzicht** (047-531 74 54; www.parkzichtroermond.nl; Parklaan 8; DZ/Suite 84/104 €; Restaurant 17–21 Uhr; 61) empfohlen; es befindet sich etwa 1 km südöstlich vom Zentrum und ist ein echtes Schmuckstück. Zum Haus gehören ein traditionelles Café und ein Restaurant, in dem italienische Gerichte mit einem gutem Preis-Leistungs-Verhältnis auf den Tisch kommen.

Für alle Shopping-Freunde: In Roermond gibt es ein riesiges Outlet-Einkaufszentrum.

## An- & Weiterreise

Roermond befindet sich an der Intercity-Linie, die Amsterdam, Utrecht, Den Bosch,

Eindhoven (9,80 €, 30 Min.) und Maastricht (8,80 €, 30 Min.) miteinander verbindet. Wer den langsameren Stoptrein nach Maastricht (9,50 €, 45 Min.) oder den zweimal pro Stunde verkehrenden Zug nach Nijmegen via Venlo (5,20 €, 20 Min.) nimmt, sollte aufpassen, dass er auch wirklich am richtigen Automaten, dem von Arriva, steht.

# NOORD BRABANT

Die größte Provinz der Niederlande liegt zwischen Zeeland und Limburg eingekeilt und teilt über zig Kilometer die Grenze mit Belgien, seinem Nachbarn im Süden, zu dem auch kulturelle Verbindungen bestehen. Jedenfalls sollte man sich nicht wundern, wenn man plötzlich an einer Straßenkreuzung eine katholische Kirche sieht – und außerdem einige der interessantesten Dörfer, die die Niederlande zu bieten haben. Die Kaffeehauskultur blüht, die Biere aus Brabant sind süffig, darunter das einzige Trappistenbier der Niederlande, und die Veranstaltungskalender der Ortschaften sind prall gefüllt mit Festlichkeiten.

Historisch überaus interessante Städte wie Breda und Den Bosch können mit den Relikten alter Kanäle und Stadtmauern aufwarten, während die postindustriellen, jüngeren Städte Eindhoven und Tilburg in zeitgenössischer Kultur nur so schwelgen.

Aus Noord Brabant stammt übrigens auch Vincent van Gogh, genau gesagt aus Zundert südlich von Breda – und natürlich räumt die Provinz ihren großen Künstlern in den hervorragenden Museen einen Ehrenplatz ein. Die ländliche Umgebung, die Flusstäler und Wälder, die diese Künstler einstmals inspiriert haben, lassen sich alle auf dem gut ausgebauten Radwegenetz wunderbar erkunden.



## Den Bosch

☎073 / 153 000 EW.

Den Bosch („der Wald") steht im allgemeinen Sprachgebrauch kurz und bündig für 's-Hertogenbosch („Herzogenwald"), obwohl die Bäume längst verschwunden sind; Den Bosch ist heute die Hauptstadt von Noord Brabant. Bekannt ist die Stadt als Geburtsort des Renaissance-Malers Jheronimus van Aken (15. Jh.), der dann später den Namen der Stadt annahm und auf der ganzen Welt als Hieronymus (oder Jheronimus) Bosch für seine surrealen Höllenszenarien bekannt ist. Neben den Sehenswürdigkeiten, die mit ihm in Verbindung stehen, kann die Stadt aber auch mit einer von Statuen geschmückten Kirche, vielen schönen alten Straßen, einer tollen Café- und Restaurantszene sowie einigen einzigartigen Kanälen, die zum Teil unter den Häusern hindurch verlaufen, aufwarten. Das Gebiet war während des Achtzigjährigen Krieges, auch Spanisch-Niederländischer Krieg genannt (1568–1648), heiß umkämpft; bis heute lässt sich erkennen, wo die Befestigungslinien den Kanalanlagen folgten.

### Sehenswürdigkeiten

Man kann die Stadt auf einem großen Rundweg zu Fuß erkunden. Als Alternative bieten sich Minibusse an, die **Blauwe Engelen** (www.gastvrij-shertogenbosch.nl; Stationplein; ⏲Di–Sa 10–17, So 12–16 Uhr); GRATIS ein- und aussteigen kann man nach Lust und Laune.

★**Sint Janskathedraal** KIRCHE
(☎073-681 49 33; www.sint-jan.nl; Choorstraat 1; Turm Erw./Kind 5/2,50 €; ⏲8.30–17 Uhr, Turmführungen April–Okt. Di–So 11, 13 & 15 Uhr) Diese Kathedrale gilt als eine der schönsten Kirchen der Niederlande. Erbaut wurde sie in den Jahren zwischen 1336 und 1550. Der Kirchenraum lässt gotische Buntglasfenster, eine Orgel aus dem 17. Jh. und eine hochverehrte Madonnenstatue sehen, die im Mai viele Pilger anlockt. Es lohnt sich, den 73 m hohen Turm mit seinem Glockenspiel zu erklimmen – die Aussicht ist sagenhaft.

**Stadhuis** HISTORISCHES GEBÄUDE
(Rathaus) Am Südrand von Den Boschs weitläufigem, dreieckigem Marktplatz steht das ursprünglich gotische Rathaus mit seinem Türmchen; die hübsche Fassade im Barockstil datiert aus dem Jahr 1670.

★**Jheronimus Bosch Art Center** MUSEUM
(☎073-612 68 90; www.jheronimusbosch-artcenter.nl; Jeroen Boschplein 2; Erw./Kind 7/3,50 €; ⏲April–Okt. Di–So 11–17.30, Sa & So ab 12 Uhr, Nov.–März Di–So bis 17 Uhr) Das bemerkenswerte Museum in der erhabenen, jahrhundertealten St. Jakobskirche präsentiert Reproduktionen aller 29 bekannten Gemälde des Künstlers, die mit Hilfe einer kostenlosen Broschüre mit Erklärungen zu neuem Leben erwachen. Zum Flair der Ausstellung tragen herabhängende 3D-Skulpturen, eine astronomische Uhr sowie eine Replik des Ateliers von Hieronymus Bosch im Basement bei.

## Den Bosch

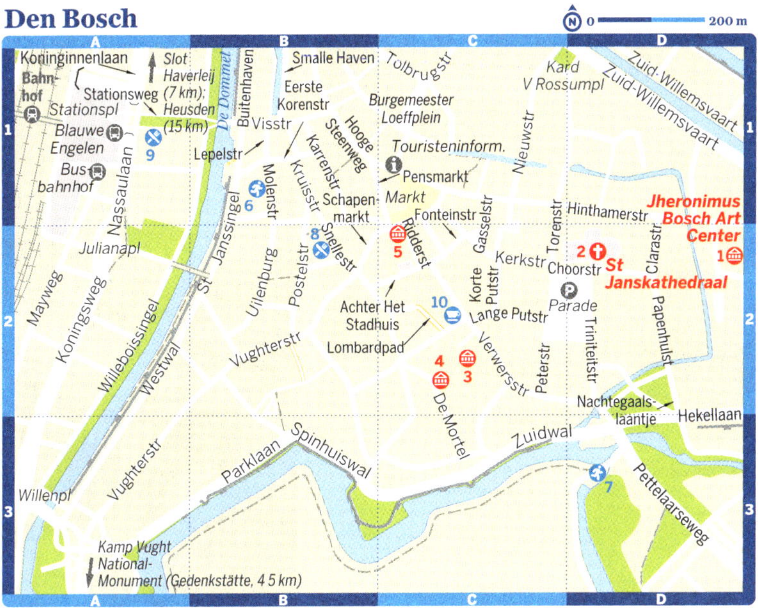


## Den Bosch

**Highlights**

1 Jheronimus Bosch Art Center .............. D2
2 Sint Janskathedraal .............................. D2

**Sehenswertes**

3 Design Museum Den Bosch .................. C2
4 Noordbrabants Museum ........................ C2
5 Stadhuis ................................................ C2

**Aktivitäten, Kurse & Touren**

6 Binnendieze ..........................................B1
7 Bossche Broek ...................................... D3

**Schlafen**

Sense Hotel .......................................(s. 1)

**Essen**

8 Dit ........................................................ B2
9 Jan de Groot ......................................... A1

**Ausgehen & Nachtleben**

10 Robbies Cafe ........................................ C2

### Noordbrabants Museum — MUSEUM

(☎ 073-687 78 77; www.hetnoordbrabantsmuseum.nl; Verwersstraat 41; Erw./Kind 12 €/frei; ⏲ Di–So 11–17 Uhr) Das moderne Museum in der ehemaligen Gouverneursresidenz des 18. Jhs. verwendet Kunstwerke und allerlei verspielte Multimedia-Darstellungen, um interessante, doch leider manchmal unzusammenhängende Einblicke in die komplizierte Geschichte Brabants zu vermitteln.

Erheblich mehr Raum wird jedoch jenen Sälen zuteil, die regelmäßig bedeutende Wechselausstellungen präsentieren; ausgestellt sind auch immer einige Kunstwerke aus dem hervorragenden Kernbestand des Museums, nämlich Brabanter Künstler von 1500 bis zur Gegenwart.

### Design Museum Den Bosch — MUSEUM

(Stedelijk Museum; www.designmuseum.nl; De Mortel 4; Erw./Kind 7 €/frei; ⏲ Di–So 11–17 Uhr) Das 2014 eröffnete und 2018 umbenannte Museum besteht aus zwei großen Hallen, die wechselnde interaktive Exponate zeigen, wobei der Hauptaspekt auf Keramik und Schmuck liegt. Es werden jedoch auch spannende Designkonzepte betrachtet, die heutzutage modisch und angesagt sind.

## Aktivitäten

### ★ Binnendieze — SCHIFFSAUSFLUG

(www.dagjedenbosch.com; Molenstraat 15a; Erw./Kind 8/4 €; ⏲ Touren April–Okt. Di–So 10–17.20, Mo ab 14 Uhr) Viele Kanaltouren in Den Bosch könnte man beinahe schon als „Abenteuer“

MATYAS REHAK/SHUTTERSTOCK ©

**1. Grachtenrundfahrt (S. 307), Den Bosch ('s-Hertogenbosch)**
In Den Bosch gibt es die unterschiedlichsten Bootstouren.

**2. Philips Museum (S. 312), Eindhoven**
Das Museum zeigt den Aufstieg einer Glühbirnenfabrik zum internationalen Elektronikkonzern.

**3. Sint Servaasbasiliek (S. 299), Maastricht**
Die ältesten Elemente dieser herrlichen Basilika stammen aus dem Jahr 1000.

**4. Heusden (S. 310)**
Ein hübsches Dorf mit historischen Häusern, Bockwindmühlen, einer Minibrücke sowie einem Binnenhafen für Jachten.

MATYAS REHAK/SHUTTERSTOCK ©

TONYV3112/SHUTTERSTOCK ©

3

SERGEY KOHL/SHUTTERSTOCK ©

ABSTECHER

## SEHENSWERTE DÖRFER

Drei fotogene Dörfer bieten neugierigen Reisenden, die sich wirklich mit dem eher „unerforschten" Noord Brabant auseinandersetzen möchten, sehr viel Charme in Wassernähe, seelenvolle Nostalgie und überraschende Eigenheiten.

**Heusden** (www.hbtheusden.nl) In diesem Bilderbuchstädtchen sind alte Häuser mit Ziegeldächern, Bockwindmühlen, eine Minibrücke und ein hübscher Jachthafen zu besichtigen, die allesamt von einem bewehrten Flussgraben umgeben sind, an dem sich noch die alten dreieckigen Bastionen erhalten haben.

Im Hotel und in den liebenswerten B&Bs logieren oft Familien, die unterwegs nach Efteling (S. 304; 16 km südwestl.) sind, doch eigentlich ist Heusden selbst einen Besuch absolut wert. In Den Bosch steigt man in den Bus 135 (3,40 €, 25 Min.); die schönere Alternative ist jedoch, in Heusden einen Zwischenstopp einzulegen, wenn man eine Radtour von Den Bosch nach Woudrichem unternimmt.

**Woudrichem** (Woerekum; www.woudrichem.nl) Das reizende Dorf mit einer Zitadelle ist von mittelalterlichen Wehranlagen am grünen Flussufer umringt. Bekannt wurde der reizende Ort als Schauplatz der beliebten TV-Serie *Dokter Tinus*. Im kleinen Hafen liegen zahllose nostalgische Fischerboote, der verhältnismäßig intakte Platz in der Mitte (Hoogstraat) ist von Häusern aus dem 17. Jh. gesäumt – und ein paar schwimmende Restaurants sind ebenfalls noch vorhanden. Eine Mini-Fähre (1,40 € pro Strecke) bringt die Passagiere bei Bedarf zur anderen Seite des Flüsschens hinüber, genau gesagt vom Jachthafen zum Kasteel Loevesteen, einer mit einem Burggraben umgebenen Festung aus dem 14. Jh., die gleichzeitig ein feudales B&B ist.

Radfahrer, die nach Gorinchem wollen, nehmen eine andere Fähre; an deren Mole steht der Lieferwagen eines Fischers geparkt; er verkauft köstliche, vor Ort gefangene Barsche (*baars*), die auf Bestellung frittiert werden.

**Baarle-Nassau** (toerismebaarle.com) Die beiden Orte Baarle Nassau (NL) und Baarle Hertog (B) bilden eine außergewöhnliche geopolitische Kuriosität – sie sind durch ein Grenzpuzzle voneinander getrennt, das chaotischer gar nicht sein könnte: 22 belgische Mini-Enklaven sind in den Niederlanden vorhanden, und wiederum ein weiteres halbes Dutzend niederländische Unter-Enklaven befinden sich darin. Am besten stattet man der Touristeninformation einen Besuch ab und sieht sich dort eine Ausstellung an, in der die hilfreichen Hintergründe erklärt werden. Im Anschluss bummelt man durch die (ansonsten ganz normalen) Straßen, wobei man auf die Markierungen auf den Straßen und Bürgersteigen achtet, die zeigen, wie exzentrisch die Grenze verläuft.

bezeichnen, bei denen man mit den Booten zum Teil unter den Gebäuden hindurchfährt. Von den zahlreichen Angeboten ist vor allem die Tour beliebt, die dreimal pro Stunde an der Molenstraat beginnt (und endet) und rund 50 Minuten dauert.

Die Erklärungen erfolgen im Allgemeinen auf Niederländisch, aber die Teilnehmer erhalten auch eine Broschüre, die in englischer Sprache gehalten ist. Die Fahrt durch das denkmalgeschützte Stadtgebiet mit ihren schmalen Passagen und niedrigen Durchbrüchen ist jedenfalls in jeder Sprache ein unvergessliches Erlebnis.

**Bossche Broek** RADFAHREN
(Sterrebosweg) Auf der anderen Seite des Flusses Dommel vom Stadtzentrum Den Boschs aus betrachtet, weicht die urbane Stadtlandschaft den weiten Wiesen dieses ungefähr 202 ha großen Naturschutzgebiets. Das ganze Areal ist von mehreren Wander- und Radwegen durchzogen und bietet schöne Ausblicke auf die Skyline der Stadt und deren Stadtmauern.

## Schlafen & Essen

★ **Sense Hotel** BOUTIQUEHOTEL €€
(Stadshotel Jeroen; ☎073-610 35 56; www.stadshoteljeroenbosch.nl; Jeroen Boschplein 6; EZ/DZ/Suite ab 108,10/146,20/181,20 €; wifi) Dieses reizende kleine Hotel befindet sich direkt neben dem Jheronimus Bosch Art Center (S. 306) und verfügt über vier Zimmer und drei Suiten, die allesamt individuell gestaltet

sind. Das Frühstück (17,50 €) wird in einem netten Restaurant serviert, das schon häufig als eine der Top-Gourmet-Adressen Den Boschs Erwähnung gefunden hat.

**Jan de Groot** BÄCKEREI €
(www.bosschebollen.nl; Stationsweg 24; Bossche bol 2,25 €; ⌚ Mo–Fr 8–18, Sa bis 17 Uhr) Das eigentlich eher schlichte Konditorei-Café mit pink-weißem-Herzchen-Dekor gilt als *die* Adresse, um die einheimische Spezialität zu probieren, den *bossche bol* (wörtl. „Den Bosch-Ball"), einen Windbeutel in der Größe einer Grapefruit mit leckerer Sahne und üppigem Schokoladenguss.

★ **Dit** BISTRO €
(www.eetbar-dit.nl; Snellestraat 24; Snacks 6–12 €; ⌚ Mo 12–21, Di–So ab 10 Uhr) Das witzige, flippige Dit („Das") ist ein absolut nettes Bistro, um sich ein paar Drinks, Snacks und unkonventionelle Mahlzeiten zu gönnen; manche Gerichte sind fantastische Traumgebilde wie beispielsweise die Ziegenkäse-Eclairs mit karamellisierten Haselnüssen. Ein köstliches Kunstwerk – zum Essen.

★ **Robbies Café** CAFÉ
(☎ 073-303 27 10; www.robbies.nl; Verwerstraat 29; Mittagsgerichte 6–9,50 €; ⌚ Di–Sa 10–18, So–Mo ab 11 Uhr; 📶) Das Robbies ist ein prämiertes Einzelhandelsgeschäft und befindet sich in einem ehemaligen Bankgebäude. Es ist geradezu ideal für einen Kaffee, frisch gepressten Obstsaft, einen Käse-Schinken-Toast oder ein Baguette zur Mittagszeit.

Wer einen Blick in die im unteren Stockwerk gelegene Kinderabteilung werfen möchte, erblickt die alten Gewölbe, die heute für Partys gebucht werden können. Allerdings: kein Alkohol.

## Praktische Informationen

**Touristeninformation** (☎ 073-612 71 70; www.bezoekdenbosch.nl; Markt 77; ⌚ Mo 13–17, Di–Sa ab 10 Uhr)

## Anreise & Unterwegs vor Ort

### BUS

Der **Busbahnhof** (Stationsplein) befindet sich unmittelbar südlich vom Bahnhof. Die Busse 300 und 301 fahren nach Tilburg, der Bus 156 verkehrt nach Eindhoven.

### FAHRRAD

Der nationale Radfernweg **LF12** führt in Richtung Westen durch herrliche Landschaft; bis nach Dordrecht sind es über die Nordseite des Nationaal Park Biesbosch (S. 201) rund 70 km. Der **LF12**, der in Richtung Nordosten über etwa 70 km nach Nijmegen verläuft, führt immer auf einem sich dahinschlängelnden Flussufer entlang.

Fahrräder kann man bei **Fiets RataPlan** (Stationsplein; Rücktrittbremse/3-Gang-Rad pro Tag 8,50/10 €; ⌚ Mo–Fr 5–1.25, Sa & So ab 7.15 Uhr) ausleihen, der Fahrradgarage unter dem Bahnhof (Eingang durch den Tunnel westlich vom Kreisverkehr mit dem goldenen Drachen). Wer gern ein E-Bike oder ein Fahrrad mit mehreren Gängen hätte, sollte sein Glück bei **Kemps Bike Totaal** (☎ 073-613 76 86; www.kempsbiketotaal.nl/services/fietsverhuur; Korenbrugstraat 12; Fahrrad pro Tag/Woche 9,50/47,50 €; ⌚ Di–Sa 9–17 Uhr) versuchen; hier sind gute, gepflegte City-Räder mit sieben Gängen erhältlich.

### ZUG

Der Bahnhof befindet sich gleich nördlich vom Busbahnhof und rund 600 m östlich vom Markt. Schließfächer finden sich in der Halle jenseits der Bahngleise.



**NICHT VERSÄUMEN**

### MIT DEM RAD VON EINEM DORF ZUM ANDEREN

Eine tolle Radtour von 40 km Länge führt an der Maas entlang – ein Großteil der Strecke wird dabei oben auf den Deichen zurückgelegt. Es geht zunächst von Den Bosch in Richtung Nordosten nach Heusden (S. 310), einer der reizvollsten Kleinstädte der gesamten Niederlande. Sie ist von gut erhaltenen Wallanlagen mit Gras und Wassergräben umgeben und hat gleich drei Windmühlen; außerdem verlocken ein von Cafés gesäumter Platz und ein reizender kleiner Hafen. Von hier geht es weiter ins weniger bekannte, aber ebenso hübsche Woudrichem (S. 310) mit nostalgischen Booten im Innenhafen, Häusern aus dem 17. Jh. in der Hoogstraat und einer Mini-Fähre, die die Fußgänger auf Wunsch auf die andere Seite zu einer von einem Wassergraben umgebenen Burg übersetzt. Vor der Stadtmauer Woudrichems schippert eine etwas größere Fähre die Radfahrer über den Fluss nach Gorinchem; hier kann man seinen Drahtesel dann mit dem Zug zurück nach Den Bosch (1 Std. inkl. Umstieg in Geldermalsen) bringen.

INSIDERWISSEN

## ABSTECHER NACH THORN

Wer im Landstrich zwischen Maastricht und Eindhoven unterwegs ist, sollte einen reizvollen kurzen Abstecher zum schönen historischen Dorf **Thorn** (www.vvvmiddenlimburg.nl; Parken 2,50 €; 🚌73) einplanen. Der Ort war einst das kleinste Fürstentum *(vorstendom)* des Heiligen Römischen Reiches – und ein Damenstift für wohlhabende unabhängige Frauen, die ohne Mann ein klöstlerliches Leben ohne Gelübde führen wollten.

Beinahe jedes Gebäude – von der schönen Kirche einmal abgesehen, die heute als Museum dient – wurde seit den 1790er-Jahren weiß getüncht. Damals ordneten die französischen Herrscher an, Hausbesitzer nach der Größe ihrer Fenster zu besteuern. Viele verringerten daraufhin kurzerhand die Fenstergröße und übertünchten das neu entstandene Mauerwerk mit weißem Kalk, um den Umbau zu verbergen. Auf diese Art und Weise soll sich die ganze Sache jedenfalls abgespielt haben.

Eine nette Art, Thorn (sprich: To-ren) einen Besuch abzustatten, ist, in Wessem, einer kleinen Ortschaft an der E25 nördlich von Maasbracht, in ein Schiff der Reederei Cascade zu steigen (April–Sept. nur am Wochenende, Juli & Aug. tgl.). Das Schiff fährt täglich drei Touren und steuert dabei auch das freundliche, attraktive Stevensweert an.



| REISEZIEL | FAHRPREIS (€) | FAHRZEIT (MIN.) | HÄUFIGKEIT (ZÜGE PRO STD.) |
|---|---|---|---|
| Amsterdam | 15,50 | 60 | 2 |
| Breda | 8,30 | 35 | 4 |
| Maastricht | 20,40 | 90 | 2 |
| Nijmegen | 8,30 | 27-42 | 4 |
| Utrecht | 9,10 | 30 | 4 |

# Eindhoven

☎ 040 / 227 800 EW.

Wer sich in der fünftgrößten Stadt der Niederlande wiederfindet, hat das möglicherweise einem Flug mit einem Billigflieger zu verdanken – aber es gibt natürlich auch Fußballfans, die ein Spiel im Philips Stadion vom PSV Eindhoven sehen möchten.

Eindhoven ist jedoch auch ein spannendes Zentrum für kreatives Design und postindustrielle Neuerfindung. Nun gut, rein optisch hat die Stadtlandschaft den Charme der weißrussischen Hauptstadt Minsk – und zwar an einem scheußlichen Tag. Die heutige Stadt entstand durch das Zusammenwachsen mehrerer Pfarrbezirke um 1900.

Doch bevor man möglichst schnell weiterfährt, sollte man zumindest das faszinierende Philips Museum besuchen; es erzählt die Geschichte dieses international so renommierten Elektronikkonzerns, auf den im Grunde das moderne Eindhoven zurückgeht. Interessant sind auch noch eine überaus nachdenklich stimmende, moderne Kunstgalerie und die kuriose Architektur aus den 1960er-Jahren in UFO-Form.

## Sehenswürdigkeiten & Aktivitäten

**★ Philips Museum** MUSEUM

(www.philips-museum.com; Emmasingel 31; Erw./Kind 9/4,50 €, Führung 5 €; ⏲ Di–So 11–17 Uhr) Vom Tonbandgerät von Keith Richards bis zu einem Breitbildprojektor, der mit einem Oscar ausgezeichnet wurde, erzählt das engagierte Museum die außergewöhnliche Geschichte des Glühbirnenherstellers, der zu einem multinationalen Elektronikkonzern emporstieg. In diesem Unternehmen, das rund 100 Jahre lang die Entwicklung Eindhovens geprägt hatt, wurde beispielsweise auch die CD erfunden.

**Van Abbemuseum** GALERIE

(☎ 040-238 10 00; www.vanabbemuseum.nl; Bilderdijklaan 10; Erw./Kind 12 €/frei, Di frei ab 15 Uhr; ⏲ Di–So 11–17 Uhr; 🚌1) Dieses exquisite Kunstmuseum der Moderne zieht Elemente seiner umfangreichen Sammlung (darunter Originalwerke von Picasso, Braque und Kandinsky) sowie eine Fülle zeitgenössischer Materialien heran, um damit tiefgründige Fragen zum Wesen der Kunst, ihrer sich verändernden Rolle und dem Raum, den sie einnimmt, zu stellen.

Allein schon das Gebäude selbst ist ein spannendes architektonisches Statement: Die ursprüngliche Galerie im Stil eines burgartigen Backsteingebäudes (1936) wurde 2003 mit einem futuristischen Ergänzungsbau aus grauem Stein mit mehreren Ebenen verbunden, der ein Wehr des Flusses Dommel ins Ensemble einbindet. Das Café am Wasser lädt zu einer netten Pause ein.

**Area 51** SPORT
(☎ 040-234 10 60; www.area51skatepark.nl; Klokgebouw 51, Strijp-S; Skater/Zuschauer 6 €/frei; ⏲ Mo 16–22, Di–Fr 15–23, Sa 11–1, So 12–20 Uhr) Skater kennen diesen Indoor-Skatepark von Weltrang wegen seines legendären MU-Bowls und der langen Practice-Runs. Wer selbst nicht skatet, kann von der Bar und anderen Zuschauerarealen kostenlos die Kunststücke und Überschläge bestaunen.

## Schlafen & Essen

Im Stadtzentrum bietet sich das historische Viertel De Bergen (www.debergeneindhoven.nl) an, um ein erschwingliches, aber dennoch originelles Restaurant aufzuspüren; fündig wird man mit Sicherheit in der Bergstraat, wo sich auch ein Biergeschäft mit einem ausgezeichneten Sortiment befindet. Außerdem gibt es noch mehrere Designerlokale, die sich etwas versteckt im postindustriellen Strijp-S befinden, einer Kreativstadt in historischen Philips-Gebäuden auf dem ehemaligen Gelände des Elektronikkonzerns.

**Blue Collar Hotel** HOTEL, HOSTEL €
(☎ 040-780 33 34; www.bluecollarhotel.nl; Klokgebouw 10; B/DZ/4BZ/Suite ab 29,50/69/135/149 €) Zwei riesige Wandgemälde – der finster dreinblickende Rockmusiker Lemmy und Beethoven – starren einander quer durch die Bar mit Rockfeeling an, die gleichzeitig auch als Rezeption dieses ungewöhnlichen Ho(s)tels fungiert. Das Blue Collar befindet sich in einem der umfunktionierten Strijp-S-Fabrikgebäude. Die Zimmer und gut konzipierten Zellenschlafsäle lassen einen Designerstil erkennen, der bewusst das industrielle Erbe dieses Areals aufgreift. Das Frühstück kostet 10 €.

## Anreise & Unterwegs vor Ort

### BUS

**Airexpress** (www.airexpressbus.com; P2 Parkareal, Eindhoven Airport) Busse von Airexpress verkehren von Amsterdam (22,50 €, 1¾ Std.) via Utrecht (Halt an der Umgehungsstraße) und Den Bosch (8,50 €, 30 Min.) zum Flughafen Eindhoven. Von der Stadtmitte Eindhovens fahren die Busse 400 und 401 an der Nordseite des Bahnhofs (mit/ohne OV-kaart 2,50/3,50 €, 25 Min.) zum Flughafen hinaus.

### FAHRRAD

Von Eindhoven nach Den Bosch gelangt man auf dem nationalen Radfernweg LF7 im Rahmen einer Tagestour.

### FLUGHAFEN

Der Flughafen von Eindhoven (S. 387), 6 km westlich vom Zentrum, fungiert als Drehkreuz von Budget-Fluglinien wie Ryanair, WizzAir und Transavia. Angeflogen werden beispielsweise Wien, Innsbruck, London Stansted, Dublin sowie viele süd- und osteuropäische Städte. Die niederländische Fluglinie KLM bietet Verbindungen nach Deutschland, Österreich und der Schweiz, man muss allerdings meistens in Amsterdam umsteigen.

### ZUG

Praktische Verbindungen ab dem Bahnhof Eindhoven Centraal sind:

**Amsterdam** (19,50 €, 80 Min.)
**Breda** (10,80 €, 40 Min.)
**Maastricht** (17 €, 1 Std.)
**Schiphol Airport** (20,10 €, 1½ Std.)
**Tilburg** (7,30 €, 22 Min.)
**Utrecht** (14,50 €, 50 Min.)

Wer einen „Sprinter"-Nahverkehrszug ab Tilburg oder Den Bosch nimmt, kann direkt an der Eindhoven Strijp-S-Station aussteigen; von hier sind es dann nur noch fünf Minuten zu Fuß bis zum Blue Collar Hotel.

# Tilburg

☎ 013 / 215 600 EW.

Die „Bierkrugstadt" Tilburg war noch nie sonderlich schön, doch wer sich ein bisschen genauer umsieht, stößt auf jede Menge gute Laune, süffiges Bier und einen beeindruckenden Willen zur Erneuerung. Ein preisgekröntes Museum gedenkt Tilburgs stolzem Erbe aus der Industriezeit; die einst verfallene Spoorzone nordöstlich vom Bahnhof ist nun ein Schmelztiegel der Kreativität

### BEWEGT SICH DAS HAUS?

Die Hasselt Rotonde ist ein eher unansehnlicher Kreisverkehr in der Nordwestecke der Tilburg Ringbaan, der inneren Ringstraße. Wer sich jedoch Zeit nimmt und sie eine Weile betrachtet, bekommt plötzlich den Eindruck, als würde das kleine Haus in der Mitte des Kreisverkehrs sich von der Stelle bewegen. Nein, das ist kein Traum! Im Zeitraum von 53 Minuten vollzieht das **Draaiend Huis** (Ringbaan; 🚌 300, 301) einen kompletten Kreis auf einem unterirdischen Schienensystem – im Namen der Kunst.

(www.spoorzone013.nl); und im Dwaalgebied, in dessen Straßen Backsteinhäuser aus dem 19. Jh. stehen, gibt es reizende Esslokale und sogar ein cooles Hostel. Ein ausgelassener Karneval, die alljährliche riesige Straßenkirmes und zahlreiche Studenten sorgen dafür, dass Tilburg so lebhaft ist. Ganz im Gegensatz dazu wird im beschaulichen Areal der Abtei Koenigshoeven von den Mönchen (das bis 2012 in den Niederlanden einzige) Trappistenbier gebraut.

## Sehenswürdigkeiten

**De Pont Museum** MUSEUM
(013-543 83 00; www.depont.nl; Wilhelminapark 1; Erw./Kind 10 €/frei, Do 17–20 Uhr frei; Di–So 11–17 Uhr) Das weitläufige moderne Kunstzentrum in einer ehemaligen Wollspinnerei-Fabrik präsentiert regelmäßig Wechselausstellungen. Selbst wenn das Museum geschlossen ist, lohnt sich der Spaziergang von 1 km von Tilburg Centraal gen Nordwesten, um draußen vor dem Eingang den sogenannten Skymirror von Anish Kapoor zu betrachten, in dem sich der Himmel spiegelt. So werden selbst vorbeiziehende Wölkchen zu einem (temporären) Kunstwerk.

**Textielmuseum** MUSEUM
(Textilmuseum; 013-536 74 75; www.textielmuseum.nl; Goirkestraat 96; Erw./Stud./Jugendl./Kind 12/5,50/3,50 €/frei; Di–Fr 10–17, Sa & So ab 12 Uhr; 5) Das innovative Museum wurde 2017 als „Niederländisches Museum des Jahres" ausgezeichnet. Es hat sich der Pflege und Produktion von Originaltextilien verschrieben – eine Industrie; die mindestens ein Jahrhundert lang der Hauptwirtschaftsfaktor von Tilburg war. Das Museum befindet sich in einer historischen Mühle, 1,5 km nördlich von Tilburg Centraal.

Die Besucher können die Spinn- und Webtechnik aus dem frühen 20. Jh. bestaunen und zuschauen, wie neue Maschinen Stoffe mit innovativen, künstlerischen Designs herstellen, die dann im beliebten Museumsladen verkauft werden.

## Schlafen & Essen

★ **Hostel Roots** HOSTEL €
(0652-308 518; www.hostelroots.nl; Stationsstraat 41; B/DZ ab 21/65 €; @ ) Das nette, schicke Hostel liegt praktisch gleich beim Bahnhof von Tilburg. Ein ehemaliges Bankgebäude aus dem 19. Jh. wurde mit viel Gespür für Design renoviert, sodass das Roots nun als eines der besten Hostels der Niederlande gilt. Die gemütlichen, total kompakten Stockbetten aus Holz und Metall sind alle mit einer eigenen Lampe und vielen Steckdosen versehen. Das Frühstück kostet 8,50 €. Die Privatzimmer sind hell und freundlich; einige haben Balkon.

★ **De Burgerij** EUROPÄISCH €€
(www.deburgerij.nl; Nordstraat 87; Hauptgerichte 9,95–25,50 €; 10–24 Uhr) Das reizende Restaurant im erweiterten Wohnzimmer eines Tilburger Stadthauses serviert moderne Burgunder Küche mit altniederländischem Touch – oder, wie es dort so schön heißt: alles von Kohl bis Kaviar. Man kann sich dort auch einen *stamppot* bestellen; eine wunderbare Delikatesse, besser kann ein Eintopfgericht aus gestampften Kartoffeln und Gemüse nicht schmecken. Außerdem verlockt noch französisch inspirierte Nouvelle Cuisine – oder eben ein Steak.

## An- & Weiterreise

Vier Züge pro Stunde halten an der Centraal Station Tilburg zwischen Breda (4,60 €, 12–18 Min.) und Den Bosch (4,70 €, 15 Min.).

Der unüberdachte **Busbahnhof** (Burgemeester Brokclaan) befindet sich zwei Gehminuten westlich vom Nordausgang des Bahnhofs.

NICHT VERSÄUMEN

### TRAPPISTENBIER, DAS NICHT AUS BELGIEN KOMMT

Das in der **La Trappe Brouwerij** (013-572 26 50; www.latrappe.nl; Eindhovenseweg 3, Koeningshoeven; Küche 12–17 Uhr, Geschäft Di–So bis 18, Mo 13.30–17 Uhr, Nov.–März kürzere Öffnungszeiten, Touren Di & Do 13, Sa 11.30 Uhr) in der grünen Umgebung des Klosters Koeningshoeven am Stadtrand von Tilburg gebraute La Trappe war bis 2012 das einzige Trappistenbier der Welt, das nicht aus Belgien kam. Das *proeflokaal* (Probierstube) des Klosters ist ein modernes, neotraditionelles Café mit Reetdach, das hervorragendes Mittagessen sowie neun verschiedene Biere zum Verkosten im Angebot hat. Die Führung durch die Brauerei dauert etwa 1½ Stunden und ist ziemlich amüsant (auf Englisch 12 €) – sie lohnt die Online-Buchung absolut.

Der Bus 411 (Stundentakt) verkehrt zur Abtei Koningshoeven (an der zweiten Haltestelle Koningshoeven aussteigen), der Bus 300 fährt via Efteling nach Den Bosch und der Bus 132 nach Breda über Baarle Nassau.

# Breda

076 / 183 600 EW.

Von der Hoge Brug („Hohe Brücke") aus betrachtet ist Breda wirklich sehr schön: Die gotische Kirche überragt majestätisch die prächtigen alten Häusern (heute Kneipen) in der Vismarktstraat, während Boote und die wuchtigen (unzugänglichen) Festungstore der Burg Breda sich im ruhigen Wasser der Kanalkreuzung spiegeln.

Oberhalb liegen die kleine Altstadt und ein hübscher Park, der an den reizenden Begijnhof angrenzt. Doch das eigentliche Vergnügen, das ein Besuch in Breda mit sich bringt, ist, in die pulsierende Kaffeehaus-Szene einzutauchen; und zwar besonders während des Jazzfestivals Anfang Mai, das in der gesamten Stadt begangen wird.

## Sehenswürdigkeiten & Aktivitäten

An sonnigen Tagen kann man sich zwei Stunden lang ein Kanu (10 € pro Pers.) oder ein Motorboot (15 € pro Pers.) am nördlichen Ende der Straße Haven mieten.

Mit dem Fahrrad lassen sich nette Touren in den Süden der Stadt unternehmen, die durch den Mastbos, ein rund 570 ha großes Waldgebiet, und am idyllischen Flussufer der Mark entlangführen. In nur wenigen Stunden kann man sich den alten Marktplatz von Ginneken ansehen, am hübschen Kasteel Bouvigne (1548; nicht öffentlich zugänglich), einem Schloss mit Wassergraben, vorbeifahren und die (nicht zu erkennende) Grenze nach Belgien überqueren, um Meersel-Dreef, ein rustikales Dorf mit der Lourdesgrot, einer – katholischen – Mariengrotte, zu besuchen.

**★ Grote Kerk** KIRCHE

(www.grotekerkbreda.nl; Kerkplein 2; optionaler Audioguide 3 €; Mo–Sa 10–17, So ab 13 Uhr) Der im Jahr 1509 vollendete Turm dieser hoch in den Himmel ragenden gotischen Kirche, auch Onze-Lieve-Vrouwekerk genannt, zählt zu den schönsten der Niederlande. Mit einer Höhe von 97 m ist er das Wahrzeichen des alten Breda. Samstags (in den Sommermonaten auch donnerstags) kann man ihn im Rahmen einer Führung (5 €) besteigen; diese beginnt im Innern der Kirche um 13 Uhr; wer daran teilnehmen möchte, kann einfach ohne eine Voranmeldung hingehen.

**Stedelijk Museum Breda** MUSEUM

(MOTI; 076-529 99 00; www.stedelijkmuseumbreda.nl; Boschstraat 22; Erw./Kind 12/6 €; Di–So 10–17 Uhr) Bredas bedeutendstes Museum erzählt die Geschichte dieser bemerkenswerten Stadt anhand von Gemälden und Artefakten vom Achtzigjährigen Krieg bis heute. Wer wirklich etwas darüber erfahren möchte, sollte sich die Broschüre mit Erklärungen geben lassen und bei der Besichtigung eifrig mitlesen. Die Reihenfolge ist etwas verwirrend; wer von den sechs Sälen des Museums zwei sorgfältig besichtigen möchte, hat sich schon viel vorgenommen.

Ansonsten werden hier in regelmäßigen Abständen Wechselausstellungen präsentiert – sie sind einfallsreich und beinhalten auch Virtual-Reality-Kunst.

**Begijnhof** HISTORISCHE STÄTTE

(www.begijnhofbreda.nl; Catharinastraat 29; Di–So 12–17 Uhr) GRATIS Die herrlich beschaulichen und schönen historischen Versorgungsheime für verwitwete oder unverheiratete Frauen *(begijnen)* sind hier ein wenig feudaler als die bekannteren Beginenhöfe in Belgien und Holland; sie wurden im Jahr 1535 an ihren derzeitigen Standort verlegt. Um die traditionellen Kräutergärten gruppieren sich helle Backsteingebäude mit einem Obergeschoss; Gebäude mit weiteren Stockwerken sowie die Katharinenkapelle wurden im 19. Jh. ergänzt.

## Feste & Events

**Breda Jazz Festival** MUSIK

(www.bredajazzfestival.nl; Mai) Ab Christi Himmelfahrt im Mai findet das renommierteste Jazz-Festival der Niederlande an mehr als einem Dutzend Outdoor-Locations statt – es stehen über 100 kostenlose Events auf dem Programm. Außerdem gibt es noch viele andere Indoor-Konzerte in den verschiedensten Veranstaltungsorten; kostenlos sind diese dann nicht, aber die Eintrittspreise fast geschenkt.

## Schlafen & Essen

**★ Bliss Hotel** BOUTIQUEHOTEL €€€

(076-533 59 80; www.blisshotel.nl; Torenstraat 9; Zi. 200–320 €; Rezeption 7–22 Uhr; ) In diesem überaus persönlichen Hotel mit erstklassigem Service werden die Gäste freundlich mit einem Gläschen Sekt will-

## Breda

## Breda

**Highlights**
1 Grote Kerk ........ B4

**Sehenswertes**
2 Begijnhof ........ C3
3 Stedelijk Museum Breda ........ D3

**Schlafen**
4 Bliss Hotel ........ B4

**Essen**
5 Dames Pellens ........ D3
6 Den Boerenstamppot ........ B3

kommen geheißen. Die neun Suiten weisen alle ein individuelles Design auf. Typisch ist die intensive Farbgestaltung, wobei zwei Suiten allerdings ganz in Weiß gehalten sind. Die (funktionstüchtigen) Kamine und das antike Mobiliar schaffen ein sehr klassisches Ambiente (mit dreibeinigen Stehlampen, Bücherregalen etc.).

**★ Hotel Nassau** HOTEL €€€
(☎ 076-888 49 21; www.hotelnassaubreda.nl; Nieuwstraat 23; Zi. 124–199 €, Suite 200–249 €; ❄ @ ☜) Wenn 94 blitzende, moderne Zimmer sich auf drei historische Häuser verteilen, entsteht ein ziemliches Labyrinth, das durch die frivole Fotokunst – die Nonnen zum Thema hat und für den einen oder anderen Geschmack schon etwas zu blasphemisch wirkt – noch akzentuiert wird. Aber wie dem auch sei, der Frühstückssaal in einer großen Steinkapelle und ein paar Zimmer (Nr. 202, 203 sowie das Executive-Zimmer 213), in denen sich die originalen Fachwerkbalken erhalten haben, machen das Nassau hinsichtlich Komfort und Originalität zu einer ausgezeichneten Wahl.

**★ Den Boerenstamppot** NIEDERLÄNDISCH €
(☎ 076-514 01 62; www.facebook.com/denboerenstamppot; Schoolstraat 3-5; 1/3-Gänge-Abendessen 7/10 €; ⏲ Mo–Sa 16–19.30 Uhr) Die beiden le-

benslustigen Inhaber Fred und Marloes van Weerd bringen hier schon seit 45 Jahren gute, alte, niederländische Hausmannskost auf den Tisch. Das klassische Abendessen ist ein üppiger Teller *stamppot* (Kartoffelstampf mit Gemüse des Tages), auf den noch Fleischklopse nach Wahl kommen, *stofvlees* (Rindseintopf), Hühnchen, Würstchen, Kotelett usw. Für einen Gesamtpreis von gerade einmal 10 € bekommt man noch eine warme Suppe oder eine Vorspeise und zudem einen Nachtisch dazu.

★ **Dames Pellens** FRANZÖSISCH €€€
(☎ 076-887 69 29; www.damespellens.nl; Boschstraat 24; Hauptgerichte 19–25 €, 3/4/5/6 Gänge 34,50/44,50/53,50/62,50 €; ⏲ Di & Mi 16–24, Do–Sa ab 12, So bis 22 Uhr) Diese gemütliche Weinbar bietet eine edle Zusammenstellung an ausgewählten Weinen zu anständigen Preisen; die Hauptattraktion ist hier jedoch eigentlich das vorzügliche Essen.

Es werden jeden Abend Salate, Coq au vin oder ein Tagesgericht serviert. Von Donnerstag bis Sonntag bekommt das Ganze dann noch einen Gourmet-Touch, denn dann gibt es ein exquisites, etwas experimentelles „Küchenchef-Special" – ein edles Menü mit bis zu sechs Gängen. Es empfiehlt sich, einen Tisch zu reservieren.

## Praktische Informationen

Momentan gibt es zwei hilfreiche Touristeninformationen, die künftig aber möglicherweise zusammengelegt werden:

**Innenstadtfiliale** (VVV; ☎ 076-522 89 24; www.vvvbreda.nl; Grote Markt 38; ⏲ Mi–Fr 10.30–17.30, Sa bis 17 Uhr; 📶)

**Willemstraat** (☎ kostenfreie Nummer 0900-522 24 44; Willemstraat 17 19; ⏲ Mo 13–17, Di–Fr ab 10, Sa bis 14.30 Uhr)

## Anreise & Unterwegs vor Ort

### FAHRRAD

Der nationale Radfernweg LF11 beginnt hier und führt über 110 km in Richtung Nordwesten via Dordrecht und Rotterdam nach Den Haag. Der LF9 verläuft über Utrecht bis zur Nordküste, und der LF13 führt von Middelburg via Breda schnurstracks nach Osten zur deutschen Grenze.

Wer ein einfaches City-Fahrrad mieten möchte, wird bei **Fietsenstalling Oude Vest** (Oude Vest 25; Fahrrad pro Tag 5 €, Kaution 50 €; ⏲ Mo–Mi 7–24, Do–Sa bis 3.30, So 11–1 Uhr) fündig; die Preise sind günstig, die Öffnungszeiten lang. Werden Gangschaltung und Handbremsen gewünscht, schaut man besser bei **De Klein Fietsen** (☎ 076-532 48 70; www.dekleinfietsen.nl; Markendaalsweg 38; Fahrrad pro 24 Uhr 7,50 €; ⏲ 9–18 Uhr) vorbei. Ein Hinweis: Der Bus 6 kommt am Kasteel Bouvinge vorbei.

### ZUG

Nützliche Zugverbindungen führen nach Rotterdam (9,50 €, 21–31 Min.), Den Bosch (8,30 €, 35 Min.) und Eindhoven (10,80 €, 40 Min.).

# Bergen op Zoom

☎ 0164 / 66 200 EW.

Eines der vergessenen kleinen Juwele der Niederlande ist Bergen op Zoom. Bekannt ist die Stadt vor allem für ihren ausgelassenen Karneval, den **Krabbegat** (Grote Markt), der sogar vor dem Kirchturm nicht Halt macht. Außerdem kann man von hier aus wunderbar das Naturschutzgebiet Brabantse Wal erkunden. In der Stadt selbst befinden sich mehr als 800 alte Häuser, darunter der wunderschöne **Markiezenhof** (☎ 0164-277 077; www.markiezenhof.nl; Steenbergsestraat 8; unten frei, Obergeschosse Erw./Kind 6,50/3 €; ⏲ Di–So 11–17 Uhr), der als das älteste erhaltene Stadtschloss der Niederlande gilt und zu den Top-25-Baudenkmälern gezählt wird. Die **Touristeninformation** (www.vvvbrabantsewal.nl; Steenbergsestraat 6; ⏲ Mo 13–17, Di–Sa ab 10, So ab 11 Uhr) ist in diesem Gebäude untergebracht. Das Zentrum ist vom niederländischen Staat zu *beschermd stadsgezicht* (Geschütztes Stadtbild) erklärt worden.

Der ausgelassenste Karneval des Landes, der dreitägige Krabbegat mit vielen Festivitäten, lässt ein breites Spektrum an Charakteren sehen, darunter der unvergessliche De Peperbus – der Glockenturm der Sint-Gertrudiskerk, der mit einem menschlichen Gesicht versehen und verkleidet wird.

Wer gern hier übernachten möchte, sollte sich ein feudales Abendessen und ein Bett im **De Draak** (☎ 0164-252 050; www.hoteldedraak.nl; Grote Markt 38; DZ 79–139 €, Suite 99–199 €; P ✻ 📶) gönnen – dieses Hotel ist in den gesamten Niederlanden am längsten durchgehend in Betrieb. Das Frühstücksbüfett mit jeder Menge Prosecco wird in einem Saal aufgetragen, dessen Decke von antiken Landkarten geschmückt wird.

Das dazugehörige **Restaurant Hemingway** (☎ 0164-252 050; www.restauranthemingway.nl; Grote Markt 36; Mittag-/Abendessen Hauptgerichte 12,95/27,50 €, 3-/4-/5-/6-Gänge-Menüs abends 37/45/62,50/75 €; ⏲ Juni–Sept 12.30–14.30 & ganzjährig 18–21 Uhr) zählt zu den feudalsten Verfechtern der modernen niederländischen Küche in dieser Region; die verwendeten Zutaten stammen allesamt aus der Umgebung. Das Dessert mit dem schönen Namen *drakenei* („Drachenei") ist weit und breit berühmt.

## An- & Weiterreise

Bergen op Zoom liegt an der Zugstrecke Amsterdam–Dordrecht–Vlissingen, genauer gesagt eine Haltestelle (10 Min.) westlich von Roosendaal, wo man nach Breda (7,30 €, 30 Min. insgesamt), Tilburg (10,80 €, 50 Min.) oder Antwerpen (Belgien, 80 Min.) umsteigt. Die Fahrt kostet 17 € ab Antwerpen, nur 12 €, wenn man die Fahrkarte in Bergen kauft; am günstigsten kommt man jedoch weg, wenn man zuerst von Bergen nach Roosendal (mit/ohne OV-*chipkaart* 3,20/4,20 €) fährt und dann die Teilstrecke Roosendaal–Antwerpen (6,80 €, nur EC-Karte, 48 Min.) mit einer Fahrkarte der Belgischen Eisenbahn zurücklegt, die am Automaten neben dem Kiosk im Bahnhof Roosendaal erhältlich ist.

# Die Niederlande verstehen

# Die Niederlande aktuell

**Niederländer sind optimistisch, innovativ und sehr sozial eingestellt. Überall im Land werden heute Start-ups gegründet; kein Wunder, dass die Niederlande als weltweit wichtiges Wirtschaftszentrum gelten. Designer, Erfinder und Wissenschaftler tüfteln hier an technisch anspruchsvollen ökologischen Produkten, und die städtische Architektur ist auf eine Weise „grün", wie man sie anderswo kaum findet. Premierminister Mark Rutte gilt als einflussreicher Akteur auf dem internationalen Parkett, und die Amsterdamer sind ganz besonders stolz auf die erste weibliche Bürgermeisterin ihrer traditionsreichen Stadt.**

### Die besten Bücher

**Das Tagebuch der Anne Frank** (Anne Frank; 1947) Die Aufzeichnungen eines jungen jüdischen Mädchens, das sich vor den Nazis verstecken musste.

**Das Mädchen mit dem Perlenohrring** (Tracy Chevalier; 1999) Die Geschichte des Malers Johannes Vermeer und einer jungen Dienstmagd spielt im Delft der 1660er-Jahre.

**Die Magie der kleinen Dinge** (Jessie Burton; 2014) Ein wohlhabender Kaufmann im Amsterdam des Goldenen Zeitalters kauft seiner jungen, unschuldigen Frau aus der Provinz ein Puppenhaus.

**Die Abende** (De Avonden; Gerard Reve; 1947) Der niederländische Klassiker handelt von einem Freundeskreis aus der Mittelschicht im Jahr 1946.

### Top in den Charts

**Radar Love** (Golden Earring; 1973) Größter Hit der Niederlande, von der Rockband Den Haag.

**Naught Naught Violence** (Canshaker Pi; 2018) Genau dieses Album durfte man von der angesagtesten Indie-Rock-Band aus Amsterdam erwarten.

**Binnestad** (Yung Internet; 2015) Das Hip-Hop-Trio hat das Amsterdamer Nachtleben im Blick.

**ISON** (Sevdaliza; 2017) Das Debütalbum der niederländisch-iranischen Trip-Hop-Sängerin Sevdaliza; wirklich eindringliche Songs.

## Holland oder Niederlande?

„Holland" wird oft gleichbedeutend mit „Niederlande" verwendet; streng genommen handelt es sich dabei nur um einen Oberbegriff für die Provinzen Nordholland (Noord-Holland) und Südholland (Zuid-Holland). Der Rest des Landes hat mit Holland nicht viel zu tun; viele Niederländer sprechen allerdings umgangssprachlich selbst von „Holland", wenn sie ihr eigenes Land meinen.

## Liberale Premiers & freisinnige Bürgermeister

Im Licht des Brexit und angesichts des unerwarteten Aufstiegs rechtsextremer und rechtspopulistischer Parteien in Europa richteten sich im März 2017 alle Augen auf die Niederlande. Zu diesem Zeitpunkt endete die vierjährige Amtszeit des Premierministers Mark Rutte, der eine bürgerlich-liberale Regierung anführte – es war das erste Mal seit 2002, dass eine Regierung in den Niederlanden volle vier Jahre durchgehalten hatte. Nun standen wieder Parlamentswahlen an. Ruttes Volkspartij voor Vrijheid en Democratie (VVD) ging zwar geschwächt aus den Wahlen hervor und behielt im 150 Sitze umfassenden Parlament nur noch 33 statt 41 Mandate, die 21,3 % für seine Partei wurden aber dennoch als entscheidender Sieg des amtierenden Ministerpräsidenten gewertet. Denn für die Anhänger der Rechtspopulisten war die Niederlage ihres Spitzenkandidaten Geert Wilders und seiner EU- und Islam-feindlichen Partij voor de Vrijheid (PVV) ein herber Rückschlag; die PVV kam mit 13,1 % der Stimmen und 20 Mandaten allerdings noch auf Platz zwei. Da die traditionsreiche sozialdemokratische Partij van de Arbeid praktisch am Boden lag (sie erhielt nur noch 5,7 % der Stimmen und verlor 29 ihrer 38 Parlamentssitze), benötigte Rutte rekordverdächtige 225 Tage, um eine neue Vier-Parteien-Koalition zu schmieden. Rutte gilt als gemäßigt-liberaler „Mann des Volkes", der mit dem Fahrrad zur Arbeit kommt. Wenn es um die Nachfolge des Europäischen Ratspräsidenten Donald Tusk geht, dessen Amtszeit 2019 endet, fällt immer wieder Ruttes Name.

In Amsterdam freut man sich indessen über die Ernennung der ersten Bürgermeisterin in der Geschichte der Stadt: Es ist die aus Haarlem stammende Femke Halsema (geb. 1966), die in Amsterdam als Dokumentarfilmerin gearbeitet und u. a. Themen wie Terrorismus oder die Rolle der Frauen im Islam behandelt hatte. Die Mutter von Zwillingen war bereits Fraktionsvorsitzende der linksgerichteten grünen Partei GroenLinks im Parlament. Ihre sechsjährige Amtszeit begann im Juli 2018. Sie rechnet sich selbst zu den „Freisinnigen".

## Innovative Wohnideen

2018 setzte der Global Innovation Index die Niederlande auf Platz zwei – was niemanden überraschen konnte, der die Innovationsfreude der Niederländer kennt. Ob im Bereich der Kunst und Architektur, bei der Umwelt oder im Transportwesen – immer sind die Niederländer mit neuen Ideen und Technologien zur Stelle. In Rotterdam zum Beispiel haben Stadtplaner ein ganz neues Museumskonzept entwickelt, das 2019 im Depot Boijmans Van Beuningen Wirklichkeit werden soll. Das Konzept soll die Art und Weise der Kunstbetrachtung revolutionieren: In einem eigens zu diesem Zweck errichteten Gebäude werden Besucher sich frei durchs Depot des renommierten Museums bewegen und sämtliche der 70 000 hier gelagerten Kunstwerke betrachten können, von denen sonst nur ein Bruchteil ausgestellt wird.

Architektonisches Neuland betritt die Stadt Eindhoven, wo die weltweit ersten Betonhäuser aus dem 3D-Drucker aufgestellt werden sollen. Die futuristischen Prototypen dieser Hobbit-artigen Gebäude, die Schicht für Schicht im 3D-Verfahren entstehen, sollen 2019 in Betrieb genommen werden. Sie könnten ein Beispiel für die Schaffung von preiswertem Wohnraum werden (besonders in einem dicht besiedelten Land, dessen Bevölkerung dank Zuwanderung und steigender Lebenserwartung bis 2031 auf 18 Mio. Menschen anwachsen könnte). In Amsterdam hat man schwimmende Häuser getestet; im Stadtteil IJburg sind sie ein echter Verkaufsschlager. Der neu geschaffene Stadtteil besteht aus zehn künstlich aufgespülten Inseln im IJmeer; bis 2025 sollen hier 45 000 Menschen ihr Heim finden. Wo Grundflächen Mangelware sind wie in der Boom-Stadt Rotterdam, wachsen dagegen neue „vertikale Städte" in die Höhe.

Umweltschutz und Nachhaltigkeit spielen in den Niederlanden eine große Rolle – und regen zu weiteren Innovationen an. Der Künstler Daan Roosegaarde aus Rotterdam ist ein Pionier auf dem Gebiet schmutzabsorbierender Techniken, etwa mit seinem Smogfreien Turm (der Turm saugt verschmutzte Außenluft an und reinigt sie) und dem ähnlich ausgerichteten Smogfreien Fahrrad. Um die Sache abzu-

EINWOHNER: **17 MIO.**

FLÄCHE: **41 543 KM²**

BIP PRO KOPF: **42 929 €**

ARBEITSLOSIGKEIT: **3,9 %**

TULPENFELDER: **260 KM²**

WINDMÜHLEN: **1200**

**Wenn in den Niederlanden 100 Menschen lebten, wären …**

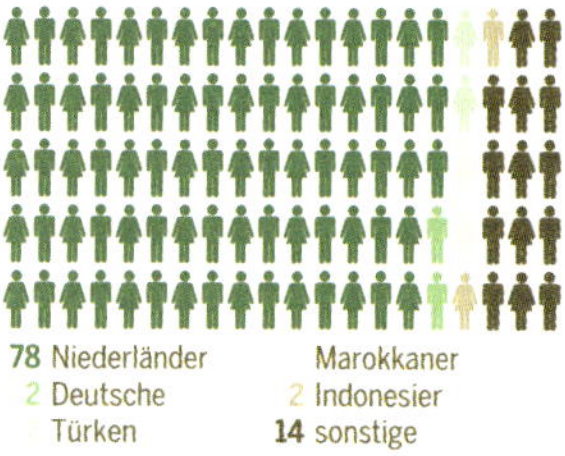


## Religion

(% der Bevölkerung)

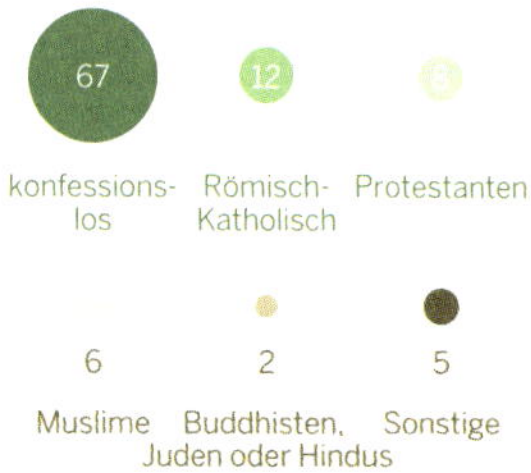


## Einwohner pro km²

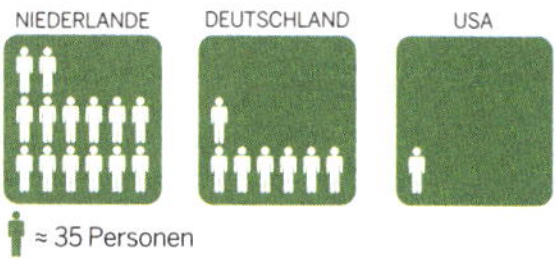

### Die schönsten Filme

**Redbad** (2018) Das niederländische Historiendrama spielt im Jahr 754: Ein friesischer Krieger kehrt heim, um die Christen zu bekämpfen.

**De Achtste Dag** („Am achten Tag"; 2018) Ein Dokumentar-Thriller über eine große belgisch-niederländische Bank in der Finanzkrise im Jahr 2008.

**Tulpenfieber** (2017) Die Liebesgeschichte nach einem Roman von Deborah Moggach spielt im Amsterdam des 17. Jhs., zum Höhepunkt der Tulpen-Besessenheit.

**Antonias Welt** (1995) Eine holländische Witwe kehrt nach dem Zweiten Weltkrieg in ihr Heimatdorf zurück und begründet eine matriarchalische Gemeinschaft.

### Die besten Blogs

**Stuff Dutch People Like** (www.stuffdutchpeoplelike.com) Heitere und humorvolle Informationen über Kultur, Lifestyle, Traditionen etc. in den Niederlanden.

**Amsterdam Foodie** (www.amsterdamfoodie.nl) Bewertungen von Amsterdamer Restaurants, Berichte aus der Gastronomie-Szene, Gourmet-Reisetipps und vieles mehr.

**Write Now Rebekah** (www.writenowrebekah.com) Lifestyle-Blog einer irischen Autorin und Mutter zweier Kinder, die in einer niederländischen Vorstadt lebt.

**Dutch Review** (www.dutchreview.com) Gehaltvolles Internet-Magazin mit heimischen Nachrichten, Reportagen, Bewertungen von Restaurants und Museen, dazu zahlreiche praktische Tipps für Expats.

runden, werden die herausgefilterten Smogpartikel und der Kohlenstoff zu Ringen gepresst und als „smog-freie Ringe" in einer limitierten Schmuckedition verkauft. Jeder Ring steht für 1000 m³ gereinigte Stadtluft und soll auf das Anliegen sauberer Atemluft hinweisen. Was staatliches Handeln betrifft, hat die Regierung sich 2018 verpflichtet, die Kohlendioxidemissionen bis 2020 um 49 % zu reduzieren, bis 2050 sogar um 95 %. Die gesamte Stromgewinnung soll bis 2050 klimaneutral erfolgen.

## Coffeeshops

Im April 2018 hat Den Haag als erste niederländische Stadt den Cannabiskonsum im Stadtzentrum untersagt, ein deutliches Zeichen dafür, dass es mit der traditionell sehr großzügigen Haltung der Holländer gegenüber „weichen" Drogen bald vorbei sein könnte. Die Entscheidung fiel kurz nach der Schließung mehrerer Coffeeshops in Amsterdam, die einer neuen gesetzlichen Regelung von 2014 weichen mussten, derzufolge Coffeeshops einen Abstand von 250 m zu Grundschulen und 350 m zu weiterführenden Schulen einhalten müssen. Amsterdams älteste Einrichtung dieser Art, das 1967 eröffnete Mellow Yellow Cafe, stellte im Januar 2017 widerstrebend (und unter großer Anteilnahme der treuen Stammkundschaft) seinen Betrieb ein.

Niederländische Coffeeshops bewegen sich im Rahmen geltenden Rechts, wenn sie pro Kunde und Tag nicht mehr als 5 g Cannabis abgeben; die Kommunen können allerdings davon abweichende Satzungen erlassen. Die meisten Shops ignorieren übrigens eine Verordnung von 2013, wonach Coffeeshops ihr Cannabis nur an Bürger der Niederlande verkaufen dürfen.

Ein Drittel der rund 570 holländischen Coffeeshops findet man in Amsterdam, der Rest befindet sich in 103 der insgesamt 380 Städte des Landes, darunter Rotterdam, Maastricht und Utrecht.

## Land der Radfahrer

Auf so etwas konnten nur die Holländer kommen: einen silbergrauen, aus Photovoltaik-Paneelen bestehenden Radweg, der Strom ins allgemeine Netz einspeist. Der zunächst 70 m lange Abschnitt in der Kleinstadt Krommenie bei Amsterdam war ein voller Erfolg: Er produzierte 9800 kWh, den Jahresbedarf dreier niederländischer Haushalte. Kein Wunder, dass andere Städte inzwischen ähnliche Solar-Radwege angelegt haben.

Die Niederlande sind zutiefst „grün"; die Regierung hat sich gerade erst verpflichtet, bis 2022 250 Mio. Euro in den Bau weiterer Radwege und Bikeparks zu investieren. Ziel ist es, 200 000 Autofahrer zum Umsteigen aufs Fahrrad zu bewegen, damit die Anzahl der Fahrradkilometer pro Jahr bis 2027 auf 15 bis 18 Mrd. ansteigt. Momentan wird das System der Fernradwege überarbeitet, um es an den internationalen Markt anzupassen. Utrechts faszinierender neuer Fahrradabstellplatz, auf mehreren Ebenen unter dem Hauptbahnhof gelegen, soll sogar noch erweitert werden und dann der größte auf der Welt sein – mit Platz für 12 500 Räder!

# Geschichte

**Bedenkt man, wie friedfertig die Niederländer von heute sind, mag man kaum glauben, dass es in der Geschichte dieses Landes einst höchst dramatisch zuging. Gier, Leidenschaft und Kriege spielten in der Vergangenheit eine erstaulich große Rolle; hinzu kamen dann noch Piraten und Abenteuer auf den Weltmeeren. Die Niederländer hatten immer wieder mit Eindringlingen zu tun – seien es nun fremde Armeen oder Invasoren, die über das Meer kamen. Aus all diesen Widrigkeiten ist eine liberale Gesellschaft hervorgegangen, die auf Toleranz und Achtung der Menschenrechte setzt und die Probleme bevorzugt im Konsens löst.**

## Invasoren

Die ersten Invasoren, die die Bewohner der heutigen Niederlande ins Visier nahmen, waren die Römer, die unter Julius Caesar bis 59 v. Chr. weite Landstriche entlang des Rheins und seiner Nebenflüsse eroberten. Kelten und Germanen unterwarfen sich zunächst der römischen Herrschaft, und Utrecht wurde ein bedeutender Außenposten des Imperiums.

Als die Macht der Römer schwand, griffen die Franken ein, ein germanisches Volk, das aus mehreren Stammesgruppen bestand. Gegen Ende des 8. Jhs. hatten die Franken die „Niederen Lande" in ihren Besitz gebracht; sie bekehrten die einheimische Bevölkerung zum christlichen Glauben. Der mit Abstand bedeutendste Franke war Karl der Große (747 oder 748–814), aus dem Geschlecht der Karolinger; er war der erste westeuropäische Herrscher seit dem Alterum, der die Kaiserwürde erhielt. Karl der Große ließ in Nimwegen einen Palast errichten. Das Frankenreich erreichte unter ihm seine größte Ausdehnung, allerdings zerfiel das Reich schon bald nach seinem Tod im Jahr 814.

In den folgenden zwei Jahrhunderten fielen Wikinger immer wieder ins Land ein; sie plünderten die Ortschaften entlang der Flüsse. Regionale und lokale Herrscher ließen ihre Städte befestigen.

Im Laufe der Zeit gewann dieser Adel, der nominell an den deutschen König bzw. Kaiser gebunden war, immer mehr an Bedeutung. Führten zwei dieser Herren einen Krieg um Landbesitz, wurden sie von ihren Städten unterstützt – allerdings forderten die Städte als Gegenleistung

Der amerikanische Expat Russell Shorto beschreibt die Entwicklung seiner Wahlheimat in einem bereits zum Klassiker avancierten Buch: *Amsterdam: A History of the World's Most Liberal City* (2013).

**ZEITACHSE**

**3000–2000 v. Chr.**

Menschen in der heutigen Provinz Drenthe bestatten ihre Toten in Großsteingräbern, genannt Hünengräber oder Dolmen – auf Niederländisch: *hunebedden*.

**59 v. Chr.**

Die Römer dehnen ihr Reich bis in die heutigen Niederlande aus. In den folgenden 400 Jahren bauen sie moderne Städte, Gehöfte und Straßen, die die Landschaft bis heute prägen.

**800**

Die Bewohner der Niederen Lande werden gewaltsam zum Christentum „bekehrt". Karl der Große errichtet in Nimwegen eine Kirche, von der noch Teile erhalten sind.

verschiedenste Freiheiten, die ihnen schriftlich verbrieft wurden. Anfang des 12. Jhs. schlossen sich viele niederländische Orte mit Zugang zum Meer, beispielsweise Deventer und Zwolle, der Hanse an. (Die Hanse war ein mächtiger, norddeutscher Kaufmanns- und später auch Städtebund, dem viele Hafenstädte angehörten, u. a. Hamburg und Bremen.) Nicht behaupten konnten sich die Territorialherren am Ende gegen die Herzöge von Burgund, die die „Niederen Lande" nach und nach übernahmen.

Die frühen Siedler im sumpfigen Friesland errichteten ihre Häuser auf Erdhügeln, den sog. *terpen*, um vor Überschwemmungen sicher zu sein.

Herzog Philipp der Gute (Philipp III. von Burgund; reg. 1419–1467) zeigte den Städten der „Niederen Lande" schon bald, wer Herr im Hause war – und zwang sie, auf ihre Privilegien zu verzichten. Die neue Zentralgewalt begrenzte damit zwar die Freiheiten der Städte, brachte aber auch Stabilität in eine Region, die man während der Zeit der Territorialstreitigkeiten vermisst hatte. Das 15. Jh. bescherte den „Niederen Landen" daher großen Wohlstand – es war die erste von zahlreichen vergleichbaren Blütezeiten. Die Holländer taten sich im Schiffbau hervor, da der Handel im Rahmen der Hanse für sie von großer Bedeutung war. Kaufleute brachten es u. a. durch Geschäfte mit Luxusgütern wie Wandteppichen, modischer Kleidung und Gemälden zu großem Reichtum; sehr beliebt waren damals aber auch Waren wie Salzheringe oder Bier.

## Kampf um die Unabhängigkeit

Der spanische König Philipp II. (1527–1598) war streng katholisch; er hatte die Niederlande zusammen mit Spanien 1555 von seinem Vater, Kaiser Karl V.m geerbt, also in einer Zeit, als die Zugehörigkeit großer Teile Europas häufig wechselte, abhängig davon, wer gerade wen geheiratet hatte. Ein Konflikt zwischen König und den Niederlanden war unausweichlich, denn deren Bewohner hatten sich mit Überzeugung der Reformation angeschlossen, ganz unter dem Eindruck der Lehren des Erasmus von Rotterdam und Martin Luthers. Vor dem Eintreffen der Spanier war die religiöse Landkarte der Niederlande dennoch recht bunt: Die Lutheraner waren sehr einflussreich, für kleinere Glaubensgemeinschaften blieb aber dennoch viel Raum. Die Täufer zum Beispiel praktizierten Polygamie und eine Art Sozialismus; Nacktheit galt ihnen als Weg zu gesellschaftlicher Gleichheit (jedenfalls in den Sommermonaten). Als schärfste Widersacher der römisch-katholischen Kirche – und der Herrschaft Philipps II. – erwiesen sich jedoch die Calvinisten.

Als Verfechter der Inquisition sah Philipp es als seine Aufgabe, gegen die Protestanten vorzugehen. Ein Anlass bot sich, als puritanische Calvinisten 1566 katholische Kirchen plünderten und dort alle bildlichen Darstellungen zerstörten. Die kargen Innenräume vieler niederländischer Kirchen zeugen bis heute von diesem Konflikt.

Philipp sah sich zum Eingreifen gezwungen. 1568 entsandte er den Herzog von Alba (1507–1582) mit einer 10 000 Mann starken Armee, um

**1150–1300**
Die Menschen legen Deiche entlang des IJ zwischen Zuiderzee und Haarlem an; es sind die ersten Beispiele für Sicherungsmaßnahmen gegen das Meer, wie sie bis heute benötigt werden.

**1200**
Es ist die Zeit der Stadtstaaten; regionale Herrscher residieren in Städten entlang von Flüssen. Der Handel zwischen den Städten schafft Wohlstand und garantiert Frieden.

**1275**
Gründung von Amsterdam, nachdem der Graf von Holland den Bewohnern an der Amstel Zollfreiheit gewährt hat. Die Stadt ist über die Zuiderzee mit dem Meer verbunden.

**1287**
Bei einer Sturmflut kommen im Bereich der Zuiderzee mehr als 80 000 Menschen ums Leben. Die See gilt, von Hafenstädten abgesehen, überwiegend als Risiko und Gefahrenquelle.

die rebellischen Untertanen zur Räson zu bringen. Alba machte keine Gefangenen, seine Truppen metzelten Tausende nieder; so begann der Unabhängigkeitskrieg der Niederlande, der als Achtzigjähriger Krieg (1568–1648) in die Geschichtsbücher einging.

Prinz Wilhelm I. von Oranien (1533–1584), genannt Wilhelm der Schweiger (weil er sich weigerte, über Religionsfragen zu diskutieren), war einer der wenigen Adligen, die sich nicht auf die Seite Philipps stellten; stattdessen führte er die niederländische Revolte gegen die spanische Herrschaft an. Behindert wurde er dabei von anderen Adligen, die eine abwartende Haltung in dieser politischen Frage bevorzugten. Im Jahr 1572 heuerte er englische Piraten an, die für seine Sache kämpfen sollten. Diese *watergeuzen* kreuzten durch die unzähligen Flüsse des Landes und eroberten Städte wie Leiden vom Wasser her, zum Schrecken der Spanier, die sich auf Armeen von Land eingestellt hatten.

1579 schlossen sich die sieben besonders protestantischen und rebellischen Provinzen des Nordens zur Republik der Sieben Vereinigten Provinzen zusammen. Dieser ausdrücklich gegen das habsburgische Spanien gerichtete Bund gilt als Keimzelle der Niederlande in ihrer heutigen Form. Die südlichen Teile der Niederen Lande waren stets katholisch geblieben und neigten deshalb eher zum Ausgleich mit Spanien. Aus diesen „Spanischen Niederlanden" ging später Belgien hervor.

Ein wirkliches Ende fanden die kriegerischen Auseinandersetzung erst mit dem Westfälischen Frieden von Münster und Osnabrück im Jahr 1648; in diesem Vertrag erkannte Spanien die Unabhängigkeit der Vereinigten Provinzen an, sie schieden auch aus dem Heiligen Römischen Reich aus. Damit war auch der Dreißigjährige Krieg beendet.

## Das Goldene Zeitalter

Während der Unruhen des 15. und 16. Jhs. war es den Kaufmannsstädten, darunter vor allem Amsterdam, trotz allem gelungen, den Handel aufrechtzuerhalten. Ihre Erfahrung im Handel wie in der Seefahrt war so konkurrenzlos, dass die Spanier selbst in den Zeiten heftigster Unabhängigkeitskämpfe auf den Transport ihres Getreides durch die Holländer angewiesen blieben. Kaum war tatsächlich Frieden eingekehrt, begannen die Städte regelrecht aufzublühen. Diese Phase wirtschaftlichen Wohlstands und kulturellen Reichtums nannte man schon bald das „Goldene Zeitalter"; damals entstanden viele Meisterwerke der Kunst und Architektur, die noch heute bewundert werden.

Vom Reichtum der Kaufleute profitierten auch die Künstler, darunter Jan Vermeer, Jan Steen, Frans Hals und Rembrandt. Das Geld ermöglichte aber auch Exzesse wie das „Tulpenfieber"; und auch die Wissenschaften erlebten eine Blütezeit: Der niederländische Physiker und Astronom Christiaan Huygens entdeckte die Ringe des Saturn und erfand die Pen-

Anfang des 17. Jhs. überschwemmte die Niederländische Ostindien-Kompanie die heimischen Märkte mit billigem Porzellan aus China. In Holland reagierte man darauf mit Delfter Blau, einem Gegenentwurf zur Importware. Kauft man heute Delfter Blau, handelt es sich allerdings oft um preiswerte Importware – aus China!



**1419**

Anfang vom Ende der mächtigen Stadtstaaten. Die Herren von Burgund führen reiche Handelsstädte zu geografischen Einheiten zusammen. Ihre Zentralregierung schränkt die Freiheit der Städte ein.

**1452**

Ein Feuer zerstört die Holzbauten von Amsterdam. Neue Bauordnungen schreiben die Umstellung auf Ziegelbauten vor. Ähnliche Regeln in anderen Städten führen zum typisch niederländischen Stadtbild.

**1519**

Karl V. wird Kaiser des Heiligen Römischen Reiches. Durch Heiraten und Verträge fällt Amsterdam an die katholischen Habsburger. In Holland und im Nordosten werden Protestanten geduldet.

**1555–1566**

Philipp II. von Spanien geht gegen niederländische Protestanten vor. Es kommt zu Religionskriegen; Calvinisten plündern katholische Kirchen.

## TULPENWAHN

Wenn es um irrationale Investments geht, rangiert die Tulpenmanie von 1636/37 ganz vorn unter den großen Boomphasen und Katastrophen der Wirtschaftsgeschichte.

Tulpen gehen auf Wildblumen in Mittelasien zurück; zuerst kultiviert wurden sie von den Türken, die ihre Höfe mit diesen prächtigen Frühlingsblumen schmückten („Tulpe" ist aus der türkischen Bezeichnung für „Turban" abgeleitet). Mitte des 16. Jhs. brachte der Habsburger Botschafter in Istanbul einige Zwiebeln nach Wien, wo der kaiserliche Botaniker Carolus Clusius herausfand, wie man die Blume züchtet.

Im Jahr 1590 wurde Clusius zum Direktor des Hortus Botanicus (S. 219) von Leiden berufen, also an den ältesten Botanischen Garten Europas; im kühlen und feuchten Klima der Niederlande mit dem fruchtbaren Boden des Deltagebiets gelangen ihm bei der Zucht der Tulpen außerordentliche Erfolge.

Zu den exotischen Varianten zählten Tulpen mit gezackten Blütenblättern oder Streifen in verschiedenen Farben; reiche Kaufleute wurden auf die Blume aufmerksam, sie dekorierten ihre Wohnzimmer und Dielen damit, um den Besuchern zu imponieren. Da das Land insgesamt wohlhabend war und man an exotischen Waren großen Gefallen fand, hatten die Tulpengärtner plötzlich eine hohe Nachfrage zu befriedigen.

So begann eine fieberhafte Spekulation; die Menschen zahlten hohe Preise für die schönsten Tulpenzwiebeln, von denen viele mehrfach ihre Besitzer wechselten, bevor die grünen Blätter zum Vorschein kamen. Mit Tulpenzwiebeln erzielte man Traumrenditen.

Natürlich konnte dieses „Fieber" nicht von Dauer sein; als mehrere Händler in Haarlem im Februar 1637 die erhofften Preise nicht mehr erzielen konnten, brach der Markt zusammen. Innerhalb weniger Wochen waren einige der reichsten Kaufleute insolvent, auch andere, die sich schlicht übernommen hatten, verloren ihre gesamte Habe.

Die Liebe zu dieser ungewöhnlichen Blume blieb freilich bestehen. Holländer sind bis auf den heutigen Tag Weltmarktführer im Tulpenanbau. Auch Narzissen, Hyazinthen und Krokusse werden in Holland erfolgreich gezüchtet und vermarktet.

Was aber wurde aus den mehrfarbigen Tulpen von damals? Sie werden immer noch kultiviert, sind aber nicht mehr so recht in Mode; heute heißen sie „Rembrandttulpen", da sie auf vielen Gemälden des 17. Jhs. zu sehen sind.

Wer die imposaten, farbenfrohen Tulpenfelder bewundern möchte, sollte während der Saison den Blumenpark Keukenhof (S. 226) bei Leiden besuchen. Schön ist aber auch der Blumenmarkt (S. 138) in Aalsmeer.

*Tulpenwahn: Die verrückteste Spekulation der Geschichte* (2001) von Mike Dash schildert das bizarre Tulpenfieber, das die Niederlande im 17. Jh. gepackt hatte.

deluhr; der berühmte Philosoph Baruch (Benedikt) de Spinoza (1632–1677) setzte Gott mit dem Universum gleich; und der französische Philosoph und Mathematiker René Descartes (1596–1650; „Ich denke, also bin

**1566–1568**

Die Niederlande rebellieren gegen den Verlust ihrer religiösen Freiheiten; es kommt zum Achtzigjährigen Krieg. In Friesland gewinnen die Rebellen ihre erste Schlacht; die Nationalhymne erinnert bis heute daran.

**1579**

Dutzende Städte sind in calvinistischer Hand; es kommt zur Gründung der Sieben Vereinigten Provinzen.

**1596**

Eine niederländische Handelsexpedition bringt Waren zurück, die mit hohem Gewinn verkauft werden. Die neu gegründete Ostindien-Kompanie beginnt mit der Kolonisierung fremder Gebiete.

**17. Jh.**

Im „Goldenen Zeitalter" wird Amsterdam zur Kulturstadt. Zur Zeit Rembrandts entsteht der innere Grachtengürtel. Die Einwohnerzahl erreicht die Marke von 200 000 Menschen.

ich") lebte zwei Jahrzehnte lang in den Niederlanden, weil er die geistige Freiheit hier besonders zu schätzen wusste.

Die Vereinigten Niederlande garantierten ihren Bürgern religiöse Toleranz; die Folge war eine Vielfalt an Glaubensüberzeugungen, wie sie zu jener Zeit in Europa äußerst ungewöhnlich war. Der Calvinismus war Staatsreligion, doch auch andere protestantische Gemeinschaften, Katholiken und Juden durften ihre Religion ausüben. Wegen der langjährigen spanischen Angriffe auf die Niederlande durften Katholiken sich allerdings nur privat zu Gottesdiensten versammeln; das führte zur Entstehung sogenannter Geheimkirchen. Viele dieser ungewöhnlichen Bauten blieben bis heute erhalten.

Das Niederländische Staatsarchiv (www.nationaalarchief.nl) besitzt Karten, Zeichnungen, Fotos und Dokumente aus fast 1000 Jahren.



## Kolonialgeschichte

Reichtum – und das Streben nach immer größerem Reichtum – brachte die Niederländer dazu, ihren Radius weit auszudehnen. Kaufleute mit ihrer Handelsflotte schlossen sich im Jahr 1602 zur Vereenigde Oostindische Compagnie (Niederländische Ostindien-Kompanie) zusammen und kontrollierten schon bald die wichtigsten Handelsrouten – vom Kap der Guten Hoffnung in Afrika bis zum Indischen Ozean (Indien, Ceylon, das heutige Indonesien); es war die größte Handelsgesellschaft des 17. Jhs. Die Handelskompanie war fast so mächtig wie ein souveräner Staat; sie war in der Lage, eigene Truppen einzusetzen und Kolonien zu gründen.

Ihr Gegenstück, die Niederländische Westindien-Kompanie, trieb Handel in Westafrika, in der Karibik und auf dem amerikanischen Kontinent und war entscheidend am Sklavenhandel beteiligt.

Seefahrer, die für beide Gesellschaften reisten, „entdeckten" bzw. eroberten viele Länder, darunter Teile Australiens, Neuseeland, Malaysia, Sri Lanka und Mauritius. Im Auftrag der Ostindien-Kompanie landete der englische Entdecker Henry Hudson im Jahr 1609 auf der Suche nach der Nordwest-Passage auf der Insel Manhattan (Manna-hata), wo holländische Siedler Neu-Amsterdam (Nieuw Amsterdam) gründeten.

Damals kam es regelmäßig zu internationalen Konflikten. 1652 befanden sich die Vereinigten Niederlande im Krieg mit ihrem alten Verbündeten England; es ging vor allem um die wachsende Macht der niederländischen Handelsflotte. Beide Länder gingen dabei Allianzen ein – mit Spanien, Frankreich und Schweden. Im Zuge diverser Verhandlungen traten die Holländer Neu-Amsterdam bereitwillig an die Engländer ab (die der Siedlung dann den Namen New York gaben); im Gegenzug erhielten die Niederlande das südamerikanische Suriname und die vollständige Herrschaft über die Gewürzinseln in Indonesien.

Der Blick in die Ferne und das behagliche Leben der wohlhabenden Klasse in den heimatlichen Provinzen führte dazu, dass man die naheliegenden Gefahren übersah. 1672 marschierte die französische Armee

Die Niederländer kauften den Lenape 1626 die Insel Manhattan für Perlen im heutigen Gegenwert von 24 US$ ab (das Konzept des Handels war den nordamerikanischen Stämmen damals noch völlig fremd).

**1602**

In der Amsterdamer Börse werden Anteile an der Ostindien-Kompanie gehandelt. Insiderhandel ist noch nicht verboten.

**1620**

Die „Pilgerväter" erreichen an Bord der *Mayflower* die Neue Welt. An Bord befindet sich auch eine Gruppe von Religionsflüchtlingen aus den Niederlanden.

**1642**

Rembrandt malt die *Nachtwache*. Viele der Porträtierten sind unzufrieden, weil sie bezahlt hatten, um aufs Bild zu kommen, aber ungern in der hinteren Reihe stehen wollen.

**1650er-Jahre**

Ein großer Fehler: Die Holländer verkaufen ihre Kolonie Neu-Amsterdam (heute New York) an die Briten.

in die Provinzen ein; da die Niederländer sich vollständig auf Konflikte zur See eingestellt hatten, leisteten sie den Franzosen an Land kaum Widerstand. Es folgten jahrzehntelange Auseinandersetzungen, an deren Ende sich die Holländer ihre Flotte und die Abenteuer in Übersee nicht mehr leisten konnten. Fortan kontrollierte England die Handelsrouten und erwarb den damit verbundenen Wohlstand.

Den Holländern blieben Niederländisch-Ostindien (das heutige Indonesien) und einige Besitzungen in der Karibik. Die Intensität ihrer Machtausübung in Ostindien verlief wellenförmig – je nach politischer Lage daheim. Ihre Kolonialverwaltung erreichte dabei aber nie die Strenge und Effektivität, die die Briten praktizierten (im heutigen Indonesien muss man sich schon große Mühe geben, um noch Relikte der niederländischen Kolonialzeit zu entdecken).

Niederländisch-Ostindien erklärte sich 1945 für unabhängig; es folgte eine vierjährige militärische Auseinandersetzung, an deren Ende die Niederlande schließlich 1949 die Unabhängigkeit Indonesiens anerkannten. Suriname folgte erst im Jahr 1975. Die Niederländischen Antillen gehörten bis 2010 zum Königreich der Niederlande; auch nach der Autonomie (autonome Länder innerhalb der Niederlande) unterhalten die Inseln recht enge Beziehungen zum einstigen Kolonialherrn.

Der *Fliegende Holländer* ist der Sage nach ein Schiff aus dem 17. Jh., dessen Kapitän dazu verdammt ist, für immer über die Meere zu irren, ohne jemals einen Heimathafen anlaufen zu können. Von diesem Stoff gibt es unzählige Varianten; zu den bekanntesten Bearbeitungen zählt *Der Fliegende Holländer* von Richard Wagner.

## Die Gründung der heutigen Niederlande

Die Kriege gegen Frankreich führten im 18. Jh. zum Niedergang der einstmals so erfolgreichen und mächtigen Handelsmacht. Wechselnde Allianzen zwischen Niederländern, England, Spanien und diversen deutschen Fürstentümern trugen dazu bei, Frankreichs Einfluss zu begrenzen. Das aber war kostspielig, und die Bindungen zwischen den einzelnen Provinzen der Vereinigten Niederlande lockerten sich – was ihren Einfluss weiter schwächte. Infolge der schwierigen Wirtschaftslage ging auch die Einwohnerzahl zurück, und die Deiche befanden sich in einem schlechten Zustand – für Ausbesserungen waren einfach keine finanziellen Mittel mehr vorhanden, immer wieder wurden Teile des Landes überflutet. Das Goldene Zeitalter war längst Geschichte.

Politisch befanden sich die Niederlande in keinem besseren Zustand als ihre Deiche. Zwistigkeiten zwischen dem Haus Oranien und dessen demokratischen Widersachern führten 1785 zu einem Bürgerkrieg. Ein Tiefpunkt war 1806 erreicht, als Napoleon die „Batavische Republik", Nachfolgerin der Vereinigten Niederlande, ins Königreich Holland überführte und seinen Bruder Louis Bonaparte zum König ernannte. Napoleons gescheiterter Russland-Feldzug ebnete den Holländern schließlich den Weg zu ihrer eigenen Monarchie: Prinz Wilhelm VI. von Oranien wurde 1813 zum Souveränen Fürsten der Niederlande berufen; im folgenden Jahr krönte man ihn als Wilhelm I. zum König. Damit begann

**1795**
Französische Revolutionstruppen unterstützen die Gründung der Batavischen Republik. Der Rest der Vereinigten Provinzen wird ein Zentralstaat mit der Hauptstadt Amsterdam.

**1813/14**
Nach Vertreibung der Franzosen erlangen die Niederlande unter Wilhelm VI. von Oranien ihre Unabhängigkeit zurück. Der protestantische Norden und der katholische Süden schließen sich zusammen.

**1830**
Unterstützt von Frankreich, begehren die südlichen Provinzen auf und gehen als Königreich Belgien eigene Wege. Die verbleibenden nördlichen Provinzen bilden die Niederlande in ihrer heutigen Form.

**1865–1876**
Eine Zeit rascher wirtschaftlicher und sozialer Veränderungen. Der Nordseekanal wird angelegt, das Eisenbahnnetz wächst, die Regierung orientiert sich stärker an sozialen Forderungen.

die Linie des Hauses Oranien-Nassau, bis heute das herrschende Königshaus in den Niederlanden.

1815 entstand das Königreich der Vereinigten Niederlande; es umfasste die eigentlichen Niederlande im Norden und einen Teil des späteren

## JÜDISCHE GEMEINDEN IN DEN NIEDERLANDEN

Die Geschichte jüdischen Lebens in Europa handelt oft von Unterdrückung, Verfolgung und Spaltung. In den Niederlanden dagegen waren die Mitglieder der jüdischen Gemeinde weithin akzeptiert und hatten teil am Wohlstand – jedenfalls bis zum Einmarsch der deutschen Wehrmacht im Zweiten Weltkrieg.

In der Geschichte des niederländischen Judentums spielt Amsterdam eine wesentliche Rolle – und die jüdischen Mitbürger waren jahrhundertelang sehr wichtig für die Entwicklung dieser Stadt. Erste Belege für jüdische Einwohner stammen aus dem 12. Jh. Die Gemeinden wachsen sichtlich nach der Vertreibung der sephardischen Juden aus Spanien und Portugal in den 1580er-Jahren.

Wie fast überall in Europa wurden die Gewerbe von Gilden reglementiert, die die Neuankömmlinge von vielen Berufsfeldern ausschlossen. Einige Sepharden wurden daher Diamantschleifer, denn in diesem Bereich gab es keine Gilden. Den meisten Ankömmlingen blieben freilich nur einfache Arbeiten und eine Existenz als kleine Händler am unteren Rand der Gesellschaft. Immerhin aber gab es kein Getto, Juden unterlagen keinen rechtlichen Beschränkungen, konnten Immobilien erwerben und ihre Religion ausüben – Freiheiten also, die ansonsten im restlichen Europa selten waren.

Ein weiterer Zustrom in die jüdischen Gemeinden erfolgte im 17. Jh.; dieses Mal waren es aschkenasische Juden, die sich vor den Pogromen in Mittel- und Osteuropa in Sicherheit brachten. Die beiden unterschiedlichen Gruppierungen kamen nicht immer gut miteinander aus, jede von ihnen unterhielt eigene Synagogen; Amsterdam aber wurde zu einem der wichtigsten Zentren des Judentums in Europa.

Die Gilden und die verbliebenen Einschränkungen für jüdische Bürger wurden unter französischer Herrschaft beseitigt: Im 19. Jh. erlebte die jüdische Gemeinde eine Blütezeit. Natürlich verschwand die Armut nicht über Nacht, doch die wirtschaftliche, soziale und politische Emanzipation der Juden half vielen beim Aufstieg in die Mittelschicht.

Diese Entwicklung endete mit der deutschen Besetzung der Niederlande. Unter der Terrorherrschaft der Nationalsozialisten wurde fast die gesamte jüdische Gemeinde der Niederlande vernichtet. Vor dem Zweiten Weltkrieg lebten 140 000 Juden in den Niederlanden, davon etwa zwei Drittel in Amsterdam. Weniger als 25 000 überlebten den Krieg; das jüdische Viertel in Amsterdam wurde zur Geisterstadt. Viele Häuser standen seither leer und wurden in den 1970er-Jahren abgerissen; und nur wenige alte Synagogen im ganzen Land dienen heute noch als Stätten des Gebets.

Schätzungen zufolge leben in den Niederlanden heute etwa 50 000 jüdische Bürger; die größte Gemeinde befindet sich erneut in Amsterdam.



**1914–1920**

Die Niederlande sind im Ersten Weltkrieg neutral und treiben Handel mit beiden Seiten. Das Land leidet aber unter Nahrungsmittelknappheit; Streiks, Unruhen und Unterstützung für die Kommunistische Partei sind die Folgen.

**1919**

Mit einem Flug von London nach Amsterdam nimmt die KLM ihren Flugbetrieb auf. Am Ende ist die KLM die älteste noch unter ihrem ursprünglichen Namen betriebene Fluggesellschaft der Welt.

**1932**

Nach Jahrhunderten des Deichbaus gegen die Fluten beginnt die Rückgewinnung der Zuiderzee, nicht zuletzt als Folge einer tödlichen Sturmflut von 1916. Am Anfang steht die Fertigstellung des riesigen Afsluitdijk.

**1939**

Die Niederlande errichten das Lager Westerbork, um jüdische Flüchtlinge zentral unterzubringen. Die Deutschen nutzen später das Lager, um Juden von hier aus in die Vernichtungslager zu transportieren.

Belgien im Süden. Dieser „Ehe" war freilich von Anfang an kein Glück beschieden. Die Partner hatten wenig gemein; die Unterschiede betrafen nicht zuletzt die Religion (Calvinisten im Norden, Katholiken im Süden), die Sprachen (Niederländisch und Französisch) und die bevorzugte Art des Gelderwerbs (Handel, Produktion). König Wilhelm erwies sich als wenig hilfreich, häufig war er auf Seiten des Nordens.

Im Jahr 1830 kam es zum Aufstand („belgische Revolution") des Südens, der sich für unabhängig erklärte; neun Jahre später musste der König die südlichen Niederlande als unabhängigen Staat anerkennen. Als Gegenleistung für die Anerkennung Belgiens erhielten die Niederlande den östlichen Teil von Limburg zurück; damit endete Maastrichts neunjähiges Dasein als niederländische Enklave (eine Rolle ähnlich der von West-Berlin zu DDR-Zeiten). Ironie der Geschichte: Wilhelm trat ein Jahr später zurück, um heiraten zu können – eine belgische Katholikin. Ob zu Hause Französisch gesprochen wurde, ist nicht bekannt.

Sein Sohn, König Wilhelm II. (1792–1849), gestand den Niederländern im Jahr 1848 eine neue, liberalere Verfassung zu. Darin waren bereits erste demokratische Forderungen umgesetzt, und die Monarchie ist seither der jeweiligen gewählten Regierung unterstellt. Die Niederlande als parlamentarische Monarchie basiert heute noch auf dieser Verfassung. Die Zeiten als Weltmacht lagen jedenfalls schon damals weit zurück, die Niederlande spielten auf europäischer Ebene nur noch eine untergeordnete Rolle und konzentrierten sich darauf, die Freiheitsrechte im Inneren zu verteidigen. Aus dem Ersten Weltkrieg hielt sich das Land heraus, profitierte aber vom Handel mit beiden Seiten.

Wachsender Wohlstand der Mittelschicht führte in den 1920er-Jahren zu einem Wunsch nach mehr bürgerlichen Freiheiten. Die Niederlande legten ein innovatives Sozialprogramm auf und kümmerten sich um die Armutsbekämpfung, die Rechte von Frauen und Kindern und um die Bildung. Rotterdam entwickelte sich zu einem der wichtigsten europäischen Häfen. Im Jahr 1932 nahm man dann ein Großprojekt in Angriff, die Landgewinnung in der ehemaligen Zuiderzee.

**Museen zum Zweiten Weltkrieg**

- *Museum Rotterdam: 1940–1945 NOW (Rotterdam)*
- *Airborne Museum Hartenstein (Oosterbeek)*
- *Befreiungsmuseum 1944–1945 (Groesbeek)*

**Jüdische Stätten**

- *Anne Frank Huis (Amsterdam)*
- *Joods Historisch Museum (Amsterdam)*
- *Kamp Westerbork (bei Groningen)*

## Zweiter Weltkrieg

Die Niederländer versuchten, auch im Zweiten Weltkrieg neutral zu bleiben, im Mai 1940 überfielen die Deutschen das Land aber trotzdem. Deutsche Bombenangriffe legten einen großen Teil der Rotterdamer Innenstadt in Schutt und Asche, um das Land zur Kapitulation zu zwingen. Diese Taktik hatte schließlich Erfolg.

Königin Wilhelmina wandte sich in einer Erklärung „mit glühendem Protest" an ihre Nation, dann flüchtete sie mit ihrer Familie nach England. Die Monarchin, die bei der Neutralität im Ersten Weltkrieg eine entscheidende Rolle gespielt hatte, fand sich nun in einer vollkommen

**1940**
Deutschland überfällt die Niederlande. Die Luftwaffe legt Rotterdam in Schutt und Asche; Amsterdam kapituliert und erleidet nur geringe Schäden. Königin Wilhelmina begründet in London eine Exilregierung.

**1944/45**
Die Alliierten befreien die südlichen Niederlande. Die britische Operation „Market Garden" scheitert, im sog. Hungerwinter kommen Tausende zu Tode.

**1946**
Die UN setzen in Den Haag den Internationalen Strafgerichtshof ein; die Niederlande spielen damit international wieder eine wichtige Rolle.

**1958**
Nach der Flutkatastrophe von Zeeland 1953 mit vielen Toten und Zerstörungen beginnt der Bau der Deltawerke. Die Errichtung der riesigen Sperrwerke dauert Jahrzehnte.

anderen Lage wieder; nun wandte sie sich über die BBC und Radio Oranje an die Menschen in der Heimat. Die Kriegszeit wurde entbehrungsreich; die Deutschen zwangen Industriebetriebe und Bauernhöfe der Niederlande, für den deutschen Krieg zu arbeiten. Die Widerstandsbewegung im Lande verhielt sich weitgehend passiv; ein wenig Auftrieb erhielt sie erst, als Tausende Holländer nach Deutschland verschleppt wurden, um dort in den Fabriken zu arbeiten. Ein sehr viel schrecklicheres Schicksal stand allerdings den holländischen Juden bevor.

Besonders schlimm war es im Hungerwinter 1944/45. Die von den Briten angeführte „Operation Market Garden" wurde zum Desaster; danach unternahmen die Allliierten keinen weiteren Versuch mehr, die Niederlande zu befreien. Die Deutschen dagegen entzogen dem Land einen großen Teil seiner Nahrungsmittel und Ressourcen, sodass viele Menschen buchstäblich verhungerten; manchen blieben nur noch Tulpenzwiebeln als Nahrungsersatz. Kanadische Truppen befreiten das Land schließlich im Mai 1945.

Nach dem Krieg lagen die Niederlande am Boden – wirtschaftlich wie geistig und kulturell. In Kriegsgerichtsverfahren wurden 66 000 Holländer der Kollaboration mit NS-Deutschland überführt (900 davon wurden zum Tode verurteilt). In Wirklichkeit lag die Zahl der Kollaborateure noch deutlich höher, und Unzählige – darunter die Holländer, die Anne Frank und ihre Familie verraten hatten – wurden nie vor Gericht gestellt. Auf der anderen Seite gingen viele Holländer hohe Risiken ein und halfen jüdischen Mitbürgern während der Kriegsjahre.

Zwei Filme handeln von der niederländischen Widerstandsbewegung im Zweiten Weltkrieg: In *Oorlogswinter* (Mein Kriegswinter; 2008) wird die Loyalität eines Jungen auf die Probe gestellt, als er den Widerstandskämpfern dabei hilft, einen britischen Piloten zu verstecken; *Zwartboek* (Black Book; 2006) behandelt die weniger heldenhaften Seiten der Resistance.



## Wohlstand & Stabilität

Nach den materiellen und geistigen Entbehrungen der Besatzungsjahre mussten die Niederländer sich zunächst einmal um sich selber kümmern. In den 1950er-Jahren begann schließlich der ersehnte Wiederaufstieg zu neuem Wohlstand. Im Jahr 1953 wurden Zeeland und der Süden von einer verheerenden Springflut *(Watersnood)* heimgesucht; aufgrund dieser Katastrophe begannen damals die 40 Jahre währenden Sicherungsarbeiten, in deren Verlauf das Land buchstäblich neu geschaffen wurde, damit die Nordsee ein für allemal gebannt bleibt.

Die sozialen Unruhen, die die ganze Welt in den 1960er-Jahren erfassten, waren auch in den Niederlanden spürbar. Studenten, Hippies und andere Teile der Bevölkerung versammelten sich auf den Straßen zu Protestmärschen. Besonders hohe Aufmerksamkeit erfuhr dabei die anarchistische Gruppierung der sog. Provos.

In dieser Zeit avancierte Amsterdam zum *magisch centrum* der europäischen Jugendbewegung. In den 1960er- und 1970er-Jahren blickte die Hippie-Kultur vor allem auf diese Stadt. Damals waren Wohnungen knapp, trotzdem ließen Spekulanten Wohnraum absichtlich leerstehen;

**1960er-Jahre**

Revolten führen u. a. zur Gründung der Provos, einer provozierenden Bewegung der Gegenkultur. Hausbesetzungen werden alltäglich. Die konservative niederländische Kultur steht stark unter Druck.

**1974**

Die Niederlande verlieren das Finale der Fußball-Weltmeisterschaft. Bei der WM 1978 bzw. 2010 werden sie erneut nur Zweiter.

**1980**

Die Amtseinführung von Königin Beatrix wird von Rauchbomben und Unruhen in Amsterdam überschattet. Der Begriff „proletarisches Einkaufen" (für Plünderungen) geht in den allgemeinen Wortschatz ein.

**2001**

Als erstes Land der Welt ermöglichen die Niederlande gleichgeschlechtliche Ehen. In den Jahren darauf folgen Belgien, Spanien, Kanada und Südafrika.

### DIE KARIBISCHEN NIEDERLANDE

Das Königreich der Niederlande wurde mit der Auflösung der ehemaligen Niederländischen Antillen noch ein Stückchen kleiner. Das Überseegebiet war eine Ansammlung verschiedenster holländischer Besitzungen in der Karibik, darunter Curaçao; im Jahr 1954 wurden sie zu einem autonomen Land innerhalb des Königreichs zusammengefasst. Die Bewohner sahen sich selbst jedoch in erster Linie als Bewohner ihrer jeweiligen Inseln, die Niederlande kamen erst an zweiter Stelle.

Im Jahr 1986 schied Aruba als erstes Land aus den Niederländischen Antillen aus; der gesamte Verband wurde dann 2010 aufgelöst. Die Territorien, die die Niederländischen Antillen ausmachten, gehören übrigens bis heute zum Königreich der Niederlande; jede Insel hat aber ihren ganz eigenen rechtlichen Status. Curaçao und Sint Maarten wurden nach dem Vorbild von Aruba autonome Länder innerhalb des Königreichs; so spart man sich eigene Botschaften, eigene Armeen und dergleichen.

Bonaire, Sint Eustatius und Saba gelten heute als „besondere Gemeinden der Niederlande" – hübsch warme Gemeinden, die bei niederländischen Touristen sehr beliebt sind.

es begann die Zeit der Hausbesetzungen. Der Vondelpark entwickelte sich mit Billigung der Behörden zeitweise zu einem Freilicht-Schlafsaal.

In diesen Jahren entwickelte sich die berühmte niederländische Toleranz gegenüber Drogen, aber auch die Achtung der Rechte Homosexueller. Die nachlässige Haltung gegenüber Drogen folgte dabei praktischen Erwägungen – in der Zeit der „Flower-Power" war die Durchsetzung einer härteren Drogenpolitik praktisch nicht möglich. Gleichgeschlechtliche Beziehungen wurden ebenfalls schon verhältnismäßig früh toleriert; im Jahr 2001 führten die Niederlande dann als erstes Land der Welt sogar die gleichgeschlechtliche Ehe ein.

1969 residierten John Lennon und Yoko Ono eine Woche lang in einem Bett des Amsterdamer Hilton Hotels und luden die Weltpresse dazu ein. Es ging dort nicht um Anzüglichkeiten, sondern um Vorträge über den Weltfrieden.

Wirtschaftlich ging es den Menschen Schritt für Schritt besser; gegen Ende der 1980er-Jahre galt ein unspektakuläres Mittelstandsleben gewissermaßen als gesellschaftliche Norm.

Seit 1945 bestanden sämtliche Regierungen aus Koalitionen; die Parteien unterschieden sich vor allem hinsichtlich ihrer Wirtschaftspolitik. Die Koalitionen verändern sich jedoch stetig, abhängig vom politischen Gesamtklima; in jüngster Zeit sind Zeichen einer Veränderung wieder unübersehbar. Unterschiede in der politischen Ausrichtung haben in den Niederlanden eigentlich nie zu ernsthaften Konflikten geführt; nach den Morden an Pim Fortuyn und Theo van Gogh war das Land jedoch emotional aufgewühlt, und manche fürchten sich vor der Zukunft.

2006 verabschiedete das Parlament ein umstrittenes neues Einwanderungsgesetz, das die Erteilung einer Aufenthaltserlaubnis von Kenntnissen der niederländischen Sprache und Kultur abhängig macht.

**2002**

Der rechtspopulistische und immigrationsfeindliche Politiker Pim Fortuyn wird ermordet. Nach deutlichen Niederlagen bei den Parlamentswahlen rücken die niederländischen Regierungsparteien sichtlich nach rechts.

**2004**

Der islamkritische Filmemacher Theo van Gogh fällt einem Anschlag zum Opfer. Es beginnt eine Debatte über die Grenzen des Multikulturalismus und die Anerkennung niederländischer Werte durch Immigranten.

**2008**

Amsterdam kündigt an, den Rotlichtbezirk stärker zu kontrollieren und Coffeeshops zu schließen. Andere Städte folgen dem Beispiel; die „Smart Shops", in denen bisher weiche Drogen verkauft wurden, verschwinden.

**2010**

Mitglieder der Niederländischen Regierung entschuldigen sich offiziell bei der jüdischen Gemeinde dafür, dass die Niederlande jüdische Mitbürger nicht vor dem Völkermord der Nationalsozialisten geschützt hatten.

## Provokante Provos

Die 1960er-Jahre waren geprägt von wachsender Unzufriedenheit mit dem Establishment; diese Stimmung führte in den Niederlanden zur Gründung der Provos. Die kleine Anarchisten-Gruppe veranstaltete öffentliche Happenings oder andere fantasievolle, spielerische Provokationen (daher der Name) auf dem Spui von Amsterdam.

Im Jahr 1962 begann der Amsterdamer Fensterputzer und selbsternannte „Zauberer" Robert Jasper Grootveld, die Plakatwände mit Zigarettenwerbung mit einem großen „K" zu versehen – der Hinweis auf *kanker* (Krebs) sollte auf die Rolle der Werbung in der krank machenden Konsumwelt aufmerksam machen. Als Medizinmann verkleidet, leitete er Zusammenkünfte in seiner Garage und sang dazu Mantras gegen den Zigarettenrauch (all das unter dem Einfluss von Marihuana!). Diese Bewegung fand ziemlich rasch Anhänger.

Internationale Beachtung erhielt die Gruppe im März 1966 durch ihren Protest gegen die Ehe der Prinzessin (und späteren Königin) Beatrix mit dem Deutschen Claus von Amsberg. Die Demonstranten verhöhnten das Paar, als der Zug durch Amsterdam rollte; die gezündeten Rauchbomben waren weltweit im Fernsehen zu sehen.

Noch im gleichen Jahr gewannen die Provos genügend Sympathien, um sich einen Sitz im Amsterdamer Stadtrat zu sichern. Ihre sozialen Projekte und Umweltschutz-Anliegen (etwa die Forderung, jedem ein Gratis-Fahrrad zur Verfügung zu stellen) erwiesen sich damals allerdings noch als recht unpraktikabel; als ihre eher liberalen Forderungen in den 1970er-Jahren Allgemeingut wurden, löste sich die Bewegung auf.

Die amtliche Website der Königlichen Familie (www.koninklijkhuis.nl) enthält Kurzbiografien und virtuelle Führungen durch den Palast, aber auch allerlei Nachrichten.



## Moderne Politik

Das bekannteste Wesensmerkmal der Niederländer ist eigentlich ihre Toleranz. Diese Idee des „Du störst mich nicht, und ich störe dich nicht" geriet 2010 erstmals in Gefahr, als sich in den Niederlanden ein klarer Rechtsruck abzeichnete. Der Koalitionsregierung gehörte in jenem Jahr auch Geert Wilders an, Vorsitzender der „Partei für die Freiheit", die politisch weit rechts steht und Immigranten ablehnt.

Premierminister Mark Rutte unterbreitete eine Reihe von Vorschlägen, die mit der bisherigen Linie niederländischer Politik brachen. Umweltschutzauflagen wurden aufgeweicht, die öffentliche Förderung von Kunst und Kultur zurückgefahren, und der Verkauf von Marihuana in den Coffeeshops des Landes wurde erheblich erschwert. Die unbestrittene Zugehörigkeit der Niederlande zur Europäischen Union wurde ganz plötzlich offen in Frage gestellt.

Bei vorgezogenen Neuwahlen im September 2012 schien die Kompassnadel der niederländischen Politik aber wieder in die Mitte zurückzu-

König Willem-Alexander und seine Frau Máxima haben zusammen drei Töchter: Prinzessin Catharina-Amalia (Prinzessin von Oranien), Prinzessin Alexia und Prinzessin Ariane.

**2013**

Nach 33 Jahren dankt Königin Beatrix zugunsten ihres ältesten Sohnes ab. Willem-Alexander wird das erste männliche Oberhaupt der Niederlande seit 123 Jahren.

**2014**

Ein Flugzeug der Malaysian Airlines wird auf dem Weg von Amsterdam nach Kuala Lumpur über der Ostukraine abgeschossen. 298 Menschen sterben, darunter 193 Niederländer.

**2017**

Amsterdams ältester Coffeeshop, der Mellow Yellow, wird nach einem halben Jahrhundert (seit 1967) geschlossen. Grund ist ein Gesetz von 2014, das einen Mindestabstand von 250 m zu Schulen vorschreibt.

**2018**

Die linksgerichtete Femke Halsema aus Haarlem wird Amsterdams erste Bürgermeisterin.

### DAS KÖNIGSHAUS

Das Haus Oranien, seit 200 Jahren das herrschende Königshaus der Niederlande, geht auf das 16. Jh. zurück. Im Unterschied zu manch anderen europäiischen Königshäusern, etwa bei den Nachbarn jenseits des Ärmelkanals, hat das Haus Oranien den Boulevardblättern wenig Spektakuläres zu bieten. Halbwegs berühmt war Königin Wilhelmina, die sich an Königin Victoria von England orientierte und auftrat, als sei sie ein General. Ihre Flucht vor den Deutschen im Zweiten Weltkrieg wurde ihr zwar von manchen verübelt, am Ende aber dankte man ihr die unablässige Unterstützung auch aus dem Exil heraus.

In der Nachkriegszeit trat die Familie nur gelegentlich in Erscheinung (ihr politischer Einfluss ist nämlich äußerst gering). Eine Ausnahme machte Prinz Bernhard (1911–2004) – Prinzgemahl von Königin Juliana –, der in den 1970er-Jahren in einen Bestechungsskandal der US-Firma Lockheed verwickelt war.

Königin Beatrix (geb. 1938) dankte 2013 zugunsten ihres Sohnes ab; damit endete eine mehr als ein Jahrhundert lange Tradition weiblicher Regenten. König Willem-Alexander, Vater dreier Töchter, hat Máxima Zorreguieta als Prinzessin der Niederlande an seiner Seite, eine studierte Wirtschaftswissenschaftlerin und ehemalige Bankangestellte, die er auf einer Party in Spanien kennengelernt hatte. Die Rolle ihres Vaters in der argentinischen Regierung unter General Videla führte zwar zunächst zu einigen skeptischen Fragen, Máxima gelang es dann aber schnell, die Menschen von sich zu überzeugen, u. a. durch ihren Einsatz für Einwanderer und die Rechte Homosexueller.

Die Familie zählt zwar zu den wohlhabendsten königlichen Familien Europas, ihr Lebensstil ist aber eher bescheiden. Beatrix fuhr zum Beispiel mit dem Fahrrad durch Den Haag. Gefeiert wird das Haus Oranien einmal im Jahr am Koningsdag.

schwingen. Wilders' Partei verlor neun von 24 Parlamentssitzen, und Ruttes „Volkspartei für Freiheit und Demokratie" musste sich mit den Sozialdemokraten (unter dem Vorsitz eines ehemaligen Greenpeace-Aktivisten) arrangieren und verabschiedete – nach 49 endlos langen Verhandlungstagen! – einen Koalitionsvertrag. Rutte kehrte schließlich ins Amt des Premierministers zurück.

Im Jahr 2016 wurde Geert Wilders vor Gericht wegen Diskriminierung und Beleidigung von Marokkanern verurteilt, eine Strafe wurde allerdings nicht verhängt. Gegenstand des Verfahrens war ein Wahlkampfauftritt im Jahr 2014, bei dem er versprochen hatte, die Zahl der Marokkaner in den Niederlanden zu verringern.

In jüngster Zeit haben auch die Niederlande Flüchtlingen aus Syrien geholfen. 2015 verpflichtete sich die Regierung, binnen zwei Jahren 7000 Flüchtlinge aufzunehmen; untergebracht wurden sie zunächst in temporären Zeltstädten und ehemaligen Gefängnissen.

## Das Erbe von Fortuyn & van Gogh

Die Ermordung des Filmregisseurs Theo van Gogh (1957–2004) im Jahr 2004 erschütterte die Niederlande; zwei Jahre zuvor war bereits der rechtspopulistische Politiker Pim Fortuyn (1948–2002), kurz vor den Parlamentswahlen, einem Mordanschlag zum Opfer gefallen.

Die politische Karriee Fortuyns währte nur fünf Monate, seine Wirkung auf die Politik des Landes hält aber bis heute an. Im Wahlkampf von 2002 redete er u. a. über Einwanderung: Die Niederlande seien „voll" und Einwanderer dürften kein Bleiberecht erhalten, wenn sie die Sprache nicht erlernten und sich integrierten.

Nur wenige Tage vor der Parlamentswahl im Mai 2002 wurde Fortuyn von einem militanten Tierrechtler in Hilversum ermordet, rund 20 km von Amsterdam entfernt. Fortuyns Partei, die Lijst Pim Fortuyn (LPF), brachte eine Reihe von Kandidaten ins Parlament, die sogar an der nächsten Koalition beteiligt waren, doch ohne ihr Aushängeschild Fortuyn verschwand sie 2007 wieder von der Bühne.

Der Filmemacher Theo van Gogh hatte einen provozierenden Kurzfilm gedreht, in dem behauptet wurde, manche Teile des Korans ließen sich als Aufruf zur Gewalt gegen Frauen verstehen. Mitgearbeitet hatte Ayaan Hirsi Ali, eine Somalierin muslimischen Glaubens, die ihr Land verlassen hatte, um einer arrangierten Ehe zu entfliehen und die schließlich sogar ins niederländische Parlament gewählt wurde.

Der Film wurde 2004 im niederländischen Fernsehen gezeigt; daraufhin wurde van Gogh getötet, als er gerade mit dem Fahrrad in Amsterdam unterwegs war. An dem Messer, das in seiner Brust steckte, befand sich ein Brief mit Drohungen gegen das Land, die Politiker und insbesondere gegen Hirsi Ali. Der Schock saß umso tiefer, vor allem als bekannt wurde, dass der Mörder, ein 27-jähriger Mann marokkanischer Herkunft, in Amsterdam geboren und aufgewachsen war. Er erklärte, zur Verteidigung des Islam gehandelt zu haben und auch weitere Taten zu begehen, sollte er die Gelegenheit dazu erhalten (er wurde zu lebenslanger Haft verurteilt). Hirsi Ali zog schließlich in die USA, wo sie auf Seiten der Konservativen bekannt und beliebt wurde.

Mittlerweile versuchen rechtspopulistische Politiker wie Geert Wilders, aus den Morden an Fortuyn und van Gogh Kapital zu schlagen, indem sie Vorbehalte gegenüber dem Islam schüren.

Hans Brinker, der seinen Finger in ein Loch im Deich steckt und damit die Niederlande vor einer Überschwemmung bewahrt, ist eine amerikanische Erfindung – und in den Niederlanden vollkommen unbekannt. Die Figur stammt ursprünglich aus einem Kinderbuch des 19. Jhs.

# So lebt man in den Niederlanden

**Die Niederländer sind schon von alters her bekannt für ihren Unternehmungsgeist. Den besaßen die Entdeckungsreisenden vergangener Jahrhunderte ebenso wie die Kaufleute und die Ingenieure, die das Land mit einem System von Kanälen, Poldern und Deichen schützten, oder die Künstler, Architekten und Designer von heute. Kein Wunder, dass die moderne Start-up-Kultur sich als Triebfeder der Wirtschaft erwiesen hat. Den weltoffenen, freigeistigen Niederländern geht es dabei aber nicht nur ums Geschäft; sie schätzen gute Gespräche, Kameradschaft, das Beisammensein und schöne Ausflüge – am liebsten mit dem Fahrrad.**

## Toleranz

Die niederländische Begeisterung fürs Ingenieurwesen erstreckt sich sogar bis weit in die Gesellschaft hinein. Hier hat man die *verzuiling* („Versäulung") erfunden, eine soziale Ordnung, in der jede Religionsgemeinschaft und jede politische Gruppierung das Recht hat, ihre eigenen Überzeugungen in ihren eigenen Institutionen zu pflegen – quasi in Form nebeneinander stehender Säulen. Demzufolge gibt es hier nicht nur viele verschiedene Kirchen, sondern auch ganz unterschiedliche Radiosender, Zeitungen, Gewerkschaften, politische Parteien, Sportvereine etc. Mit separaten Bäckereien ist das System vielleicht ein wenig an seine Grenzen geraten, insgesamt aber sichert es gesellschaftliche Stabilität und Harmonie, weil jede Stimme hörbar bleibt.

Das wunderbare holländische Wort *uitwaaien* lässt sich nur schwer in andere Sprachen übersetzen. Gemeint ist etwa „durch einen Spaziergang im frischen Wind wieder einen klaren Kopf bekommen".

Mittlerweile sind die einzelnen Säulen nicht immer so klar erkennbar wie früher, geblieben ist als Erbe aber die Toleranz – ein entscheidendes Merkmal der niederländischen Wesensart, das nicht zuletzt dem Wirtschaftsleben inklusive Handel und Tourismus – zugute kommt. Toleranz erleichtert aber auch die typisch niederländische *gezelligheid*, eine Mischung aus Geselligkeit und Gemütlichkeit und eine Form, leicht miteinander vertraut zu werden. Niederländer sind unglaublich redselig. Wer allein in einer Kneipe hockt, hat schon bald eine fröhliche Runde um sich versammelt. Auf eine mitunter befremdliche Direktheit sollte man nicht beleidigt reagieren, es ist einfach die niederländische Art, sich offen und ehrlich zu geben.

## Lebensart

Viele Niederländer sind heutzutage sehr geschäftig, ihr Leben ist streng getaktet und folgt strikten Zeitplänen. Alles gehört in den Terminkalender, auch der familiäre Besuch bei der Mutter; einfach nur einmal irgendwo vorbeizuschauen kommt nicht in Frage. Im ländlichen Raum geht es deutlich entspannter zu; dort spielen die *noabers* (Nachbarn) im Alltag noch eine wichtige Rolle. *Noaberschap* (Nachbarschaft), das bedeutet, vor allem in Twente und im ländlichen Overijssel und Drenthe im Nordosten, dass man einander in allen Dingen mit Rat und Tat zur Seite steht.

Die meisten holländischen Familien sind klein, mehr als zwei oder drei Kinder sind die Ausnahme. Fürs Wohnen ist der öffentliche Sektor zuständig: 31 % der Haushalte wohnen zur Miete, die wenigsten mieten von privaten Eigentümern. Bei privaten Immobilien liegt der Mietzins hoch, und die Nachfrage übersteigt das Angebot; viele junge Menschen wohnen also noch weit in ihr drittes Lebensjahrzehnt hinein bei den Eltern oder teilen sich eine Wohnung mit anderen. Die höchsten Mieten zahlt man naturgemäß in Amsterdam; für eine 65-Quadratmeter-Wohnung werden dort um die 1500 € pro Monat verlangt, also rund 23 € pro Quadratmeter; der Quadratmeterpreis liegt in Rotterdam bei 19,42 €, in Den Haag bei 15,82 € und in Friesland bei weniger als 9 €.

Das Durchschnittseinkommen beträgt in den Niederlanden 2816 € im Monat (oder 36 500 € im Jahr); das ist sogar mehr als in Deutschland. Die Menschen geben ihr Geld gern für Reisen aus, vor allem in warme Regionen.

### Sex & Drugs

Was „Sex & Drugs", also den Bereich der Prostitution und Drogen betrifft, gehen die Holländer pragmatisch vor: Das Laster wird ohnehin nie verschwinden, also sollte man es lieber kontrollieren. Über Sex sprechen Holländer ungewöhnlich offen, was aber nicht heißt, dass sie Promiskuität besonders schätzen. Nur fünf Prozent der Freier, die den Amsterdamer Rotlichtbezirk aufsuchen, kommen aus den Niederlanden.

Auch Haschisch und Marihuana werden geduldet, obwohl nur ein sehr kleiner Teil der Bevölkerung diese Drogen konsumiert: Studien zufolge haben nur acht Prozent der Niederländer im jeweils zurückliegenden Jahr Marihuana oder vergleichbare Drogen genommen; der Wert ist niedriger als in Frankreich (11,1 %), in den USA (16,3 %) und Australien (10,2 %), wo die Gesetze sehr viel schärfer sind. Harte Drogen wie Heroin, LSD, Kokain und Ecstasy sind auch in den Niederlanden verpönt, Drogendealer werden verfolgt und bestraft.

## Die Bevölkerung

Das Bedürfnis, gut mit dem eigenen Nachbarn auszukommen, ist in den Niederlanden größer als anderswo; einfach weil die Bevölkerungsdichte hier so hoch ist wie nirgendwo sonst in Europa (507 Einwohner pro Quadratkilometer). Beinahe die Hälfte der 17 Mio. Niederländer lebt geografisch gesehen in einem westlichen Bogen rund um Amsterdan, Den Haag und Rotterdam; die Provinzen Drenthe, Overijssel und Zeeland im Südwesten sind dagegen eher dünn besiedelt, jedenfalls für niederländische Verhältnisse.

Rund 80 % der Bevölkerung sind ursprünglich niederländischer Herkunft; der Rest stammt vor allem aus den ehemaligen Kolonien Indonesien, Suriname und von den Niederländischen Antillen; hinzu kommen noch Neuankömmlinge aus der Türkei, aus Marokko und anderen afrikanischen Staaten.

### Echte Größe

Holländer sind statistisch gesehen die größten Menschen der Welt, der durchschnittliche Mann misst 1,83 m, die Frau 1,71 m. Der reichliche Konsum von Milcheiweiß, kleine Familien und hervorragende medizinische Versorgung schon vor der Geburt werden gern als Gründe dafür ins Feld geführt; andere Experten vermuten irgendeinen wundersamen „Dünger" in den Genen. Wie dem auch sei, die Holländer wachsen bislang kontinuierlich in die Höhe, und mit ihnen die Türen der Häuser. Heute liegt die vorgeschriebene Mindesthöhe für Türen in Neubauten und Büros bei 2,315 m.

Auf vielen holländischen Grundstücken steht im Garten ein Mast, an dem die Bewohner ihre Nationalflagge hissen, vor allem an staatlichen Feiertagen und zu anderen wichtigen Anlässen. Am Uitslagdag Mitte Juni hängt man spaßeshalber Schultaschen an den Mast, um den Examenstag der Hochschulstudenten zu feiern.

## Religion

Jahrhundertelang war die Gesellschaft im Lande wie in ganz Europa in Religionsdingen zweigeteilt: Ein Teil bekannte sich zum Katholizismus, ein anderer zu einer der protestantischen Kirchen. Heutzutage gehören 67 % der über 18-jährigen Niederländer überhaupt keiner Religionsgemeinschaft mehr an, was sich im Lande leicht an der großen Zahl einstiger Kirchen ablesen lässt, die heute als Büros, Kunstgalerien oder Läden genutzt werden.

Ein wachsende Anzahl von Todesfällen in den Niederlanden geht auf Sterbeholfe zurück (2017 mehr als 7000; 2014 waren es noch 4829). Der umstrittene Freitod auf Wunsch der Patienten erfolgt unter ärztlicher Aufsicht.

Der Glaube ist auf dem Rückzug: Nur zwölf Prozent der Bevölkerung bekennen sich zur katholischen Kirche, die Protestanten machen ganze acht Prozent aus – und die Zahlen sind Jahr für Jahr weiter rückläufig. Nur Spuren weisen heute noch auf die einstige Religionsgrenze zwischen Protestanten und Katholiken hin: Zieht man eine Linie, die ungefähr von der Provinz Zeeland im Südwesten bis zur Provinz Drenthe führt, so leben die Protestanten vorwiegend nördlich dieser Grenze, während die Gebiete weiter südlich überwiegend katholisch geprägt sind.

Die Kirche hat kaum noch Einfluss auf gesellschaftspolitische Fragen wie gleichgeschlechtliche Ehen, Sterbehilfe oder die Verordnung von Cannabis aus medizinischen Gründen; all das ist in den Niederlanden gesetzeskonform.

Die einzige Religion, die heute noch einen erkennbaren Einfluss auf die Gesellschaft des Landes hat, ist der Islam. Sechs Prozent der Bewohner der Niederlande rechnen sich zu den Muslimen, und ihre Zahl wächst stetig, vor allem im multikulturellen Rotterdam.

## Multikulturalismus

In der Geschichte der Niederlande spielte Toleranz gegenüber Einwanderern und eine wohlwollende Haltung gegenüber Neuankömmlingen immer eine recht große Rolle. Die größte Einwanderungswelle erlebte das Land in den 1960er-Jahren; damals bemühte sich die Regierung um Arbeitsmigranten aus der Türkei und Marokko, um einem akuten Arbeitskräftemangel abzuhelfen. Mitte der 1970er-Jahre entließen die Niederlande ihre südamerikanische Kolonie Suriname in die Unabhängigkeit; damals kamen besonders viele Surinamesen ins einstige Mutterland.

Kein anderes Haushaltsgerät symbolisiert die Sparsamkeit der Holländer besser als der beliebte *flessenlikker* (Flaschenkratzer; wörtlich: „Flaschenauslecker"). Das wundersame Werkzeug ist ein Stiel mit einer Scheibe an einem Ende; damit bekommt man das letzte kleine Tröpfchen Fett aus dem Mayonnaiseglas oder den kleinsten Rest Salatdressing aus der Flasche.

In jüngster Zeit wird die großzügige Zuwanderungspolitik allerdings zusehends in Frage gestellt. Politisch erlebte das Land einen deutlichen Rechtsruck und damit verbunden die Bestrebung, die Einwanderung stärker zu beschränken. Die Ermordung von Pim Fortuyn und Theo van Gogh führte zu Spannungen zwischen „ursprünglichen" Holländern und muslimischen Einwanderern und zum Erfolg rechtspopulistischer Anti-Islam-Politiker wie Geert Wilders. Als Königin Beatrix allerdings beim Besuch einer Moschee im Oman ein Kopftuch trug und Wilders sie dafür kritisierte, stellte sich die große Mehrheit der Bevölkerung hinter die Königin.

Deutlich spürbar ist heute die Sorge darüber, die Immigranten würden womöglich nicht wirklich „holländisch". Die Regierung legt offiziell großen Wert darauf, dass die Zuwanderer Sprachkurse und Unterricht in der Landeskultur erhalten und dabei auch das Prinzip der Toleranz kennenlernen. Ob das Konzept, Menschen quasi von Amts wegen die Idee der Toleranz nahezubringen, am Ende aufgeht, wird sich zeigen.

## Sport

Die Niederlande sind ein sehr sportliches Land. Rund 65 % der Menschen betreiben eine Sportart, und der Durchschnittsholländer widmet irgendeiner Form von Bewegung heute 20 Minuten pro Woche mehr als in den 1970er-Jahren. Sport findet dabei häufig in organisierter Form

## ORANJE-FIEBER

Wer schon einmal ein Sportereignis mit holländischer Beteiligung erlebt hat, kennt das Phänomen: *oranjegekte* (Oranje-Wahn) bzw. *oranjekoorts* (Oranje-Fieber). Ursprünglich war das Tragen der traditionellen Farbe des Königshauses Oranje-Nassau, das leuchtende Orange, Festtagen der Monarchie vorbehalten, also dem *Koninginnedag* bzw. dem *Koningsdag*. Insbesondere seit der Fußballweltmeisterschaft von 1974, als Zehntausende Fans in Orange ihre Nationalmannschaft anfeuerten, ist daraus ein festes Ritual geworden: Holländer in seltsamer orangefarbener Aufmachung; in Orange gehalten sind Kleidung, Schals, Perücken, Hüte aus Kunstpelz, die Gesichtsbemalung, Federboas ... eben einfach alles. Wer wirklich mit den Einheimischen feiern will, weiß also, was zu tun ist.

statt: Etwa fünf Millionen Menschen sind Mitglieder in einem der fast 30 000 Sportvereine.

Die Lieblingssportarten der Niederländer sind Fußball, Radfahren und Eislaufen.

## Fußball

Fußball ist Nationalsport, hier kochen die Emotionen am höchsten. Clubs wie Ajax, Feyenoord und PSV sind international anerkannt; das Land hat einige Weltklasse-Spieler hervorgebracht (Ruud Gullit, Dennis Bergkamp und den legendären Johan Cruyff). Die landestypische Spielweise wird auch als „totaler Fußball" bezeichnet (dabei können alle Spieler theoretisch auf alle Positionen rücken); mit dieser anspruchsvollen Taktik begeisterten holländische Teams vor allem in den 1970er-Jahren.

Trotz einer insgesamt guten Bilanz (beim WM-Finale 2010 verlor man gegen die Spanier, 2014 schlugen die Niederlande den Gastgeber Brasilien und erreichten Platz drei) konnte sich die Nationalmannschaft zur großen Enttäuschung der Fans nicht für die WM 2018 qualifizieren. (Einige trösteten sich am Ende damit, dass zumindest fünf Spieler aus der Nationalmannschaft von Marokko, die sich zum ersten Mal seit 20 Jahren für eine WM qualifiziert hatte, in Holland geboren und aufgewachsen waren.) Das Desaster bei der WM-Qualifikation folgte unmittelbar auf die verpasste Qualifikation zur Europameisterschaft 2016 und verstärkte den Eindruck, der niederländische Fußball sei international gerade in eine tiefe Krise gerutscht.

Was die nationale Ebene betrifft, zählt der niederländische Fußballverband eine Million Mitglieder; am Wochenende wird überall im Land gekickt, ob nun in Profiteams oder bei den Amateuren. Viele Profi-Clubs spielen in modernen Hightech-Stadien wie der ArenA (S. 83) in Amsterdam; auch die Polizei ist bestens ausgerüstet, um Störungen durch Hooligans zu unterbinden.

## Radfahren

Schon nach fünf Minuten in den Niederlanden hat man begriffen, dass die Einheimischen praktisch alle Wege mit dem Fahrrad zurücklegen. Wirklich alle Wege. Sie radeln zum Zahnarzt, zur Arbeit, zur Oper oder zum Brunch, sie radeln bei Schnee, Regen, Sonnenschein oder Nebel. Es ist also gar nicht ungewöhnlich, wenn man sich zu einem Abendessen, einer Theateraufführung oder einem Besuch im Club fahrradtauglich einkleidet; das ist sogar typisch holländisch. Egal, was man trägt oder wo man gerade ist, man mischt sich einfach unter die Leute (und vergnügt sich). Kein Wunder also, das 84 % der Niederländer ein oder mehrere Fahrräder besitzen – weltrekordverdächtige 22,5 Mio. bzw. 1,3 *fietsen* pro Kopf.

Wie wurde Amsterdam eigentlich zur fahrradfreundlichsten Stadt der Welt? Das erfährt man in einem sehr lesenswerten Buch: *In the City of Bikes: The Story of the Amsterdam Cyclist* (Pete Jordan; 2013).

Das größte Straßenradrennen der Niederlande ist das Amstel Gold Race; Mitte April führt das Eintagesrennen durch die Hügellandschaft von Limburg. Die Strecke misst 260 km; unterwegs sind Dutzende steile Abschnitte zu bewältigen. Der Parcours zählt zu den anspruchsvollsten im Profiradsport.

Unbestrittener niederländischer Liebling bei den Olympischen Spielen von 2016 war die Radrennfahrerin Annemiek van Vleuten, die beim Straßenrennen der Frauen stürzte und sich Absplitterungen an drei Wirbeln zuzog. Ihre Teamkollegin Anna van der Breggen gewann am Ende die Goldmedaille, ihre niederländische Kollegin Marianne Vos (Olympia-Gold im Straßenrennen 2012) kam auf den neunten Platz.

Zu den Radsportlegenden des Landes zählen außerdem Leontien van Moorsel (geb. 1970), die in den 1990er-Jahren zahllose Rennen gewann und bei den Olympischen Spielen 2000 und 2004 insgesamt vier Gold-, eine Silber- und eine Bronzemedaille. Die Tour der France von 1980 gewann Joop Zoetemelk (geb. 1946), nachdem er bereits sechsmal Vizemeister geworden war.

Wer wissen will, wie die Holländer wirklich ticken, und das auf manchmal witzige Art präsentiert bekommen möchte, sollte sich zwei Bücher vornehmen, die allerdings nur im englischen Original vorliegen: *Why the Dutch are Different: A Journey into the Hidden Heart of the Netherlands* (Ben Coates; 2015) und *The UnDutchables* (Colin White & Laurie Boucke; 1989).

### Eislaufen

Wenn die Seen, Gräben und Grachten des Landes zufrieren, begeben sich die Niederländer in Scharen mit ihren Schlittschuhen aufs Eis. Für die frostfreie Zeit gibt es Dutzende Eissporthallen und -Bahnen auf Olympia-Niveau, Stadien für Eishockey und Plätze für den Eiskunstlauf. Das berühmteste Event für Schlittschuhamateure ist die 200 km lange Strecke der Elfstedentocht (Elfstädtetour; S. 238) in Friesland.

Niederländische Sportler tun sich besonders im Eisschnelllauf hervor. Bei den Olympischen Winterspielen 2018 gewannen Holländerinnen im 3000-m-Lauf der Frauen Gold, Silber und Bronze. Insgesamt kehrte das Team mit 20 Medaillen in die Heimat zurück; allesamt auf dem Eis gewonnen, darunter Gold in allen Eisschnelllaufwettbewerben (mit einer Ausnahme). Star des Teams war die 22-jährige Esmee Visser, die den 5000-m-Lauf gewann, dies sogar nur wenige Monate, nachdem noch völlig offen war, ob sie sich überhaupt für Olympia qualifizieren könne.

Bei den Winterspielen von 2014 waren die Niederlande das erste Land überhaupt, denen es viermal gelang, alle drei Medaillenplätze zu erobern.

## Niederländisches Design

Die Niederländer sind nicht nur gute Ingenieure und Sportler, sie haben auch einen Blick fürs Schöne. Zeitgenössisches niederländisches Design ist bekannt für eine minimalistische, kreative Gestaltung alltäglicher Möbelstücke und Haushaltswaren, angereichert um Vintage-Elemente und gelegentlich ironisch angehaucht. Was in den 1990er-Jahren von einigen kreativen Köpfen begonnen wurde, ist inzwischen zu einer Bewegung herangewachsen, die das Land an die Spitze des industriellen Designs katapultiert hat. Auch Mode aus Holland ist weit über die Landesgrenzen hinaus bekannt; die Entwürfe sind lebendig und fantasievoll und gleichzeitig enorm praktisch.

Das zeitgenössische Design des Landes geht auf eine Handvoll Gestalter zurück. Keimzelle war Droog Design (www.droog.com), ein Amsterdamer Design-Kollektiv, das 1993 gegründet wurde und einen eigenen Laden, ein Café und inzwischen sogar ein eigenes Hotel in der City unterhält. Mit seinem charakteristischen Sinn für surrealen Witz arbeitet das Kollektiv mit einer Gemeinschaft von Designern zusammen und unterstützt sie beim internationalen Vertrieb ihrer Produkte; dank guter Kontakte werden viele Objekte auch von großen Marken übernommen.

Zu den Pionieren zählen die Design-Legende Marcel Wanders (geb. 1963), der mit seinem 1996 geschaffenen *Knotenstuhl* internationale Beachtung fand. Der aus Aramidfasern, Karbonfasern und Harz konstruierte Stuhl musste an der Luft trocknen – und wurde letztlich von der Schwerkraft mitgeschaffen. Er befindet sich inzwischen in der Dauerausstellung des Museum of Modern Art in New York. 2001 gründete Wamders im Ort Breda gemeinsam mit dem Unternehmer Casper Vis-

### Design online

*Dezeen (www.dezeen.com/tag/netherlands) Niederländische Architektur, Innenarchitektur und Design.*

*Het Nieuwe Instituut (http://hetnieuweinstituut.nl) Architektur, Design, Mode und eKultur.*

*Fashion Council NL (http://fashioncouncilnl.com) Design- und Mode-Events überall in den Niederlanden.*

sers das Design-Label Moooi (www.moooi.com): Der Name enthält das niederländische Wort für „schön"; ein zusätzlich eingefügtes „o" steht für besonders herausragende Schönheit und Einzigartigkeit.

Wanders (www.marcelwanders.com) arbeitet auch weiterhin an eigenen Entwürfen; sein Atelier nutzt die Räume einer früheren Kunstschule im Amsterdamer Viertel Jordaan. Vissers hat 2018 in Rotterdam das Möbel-Label Revised ins Leben gerufen. Inspiration holt er sich aus der Tradition. Die Objekte des jungen niederländischen Designers Sjoerd Vroonland sind nach englischen Dörfern benannt und verwenden traditionelle Materialien wie Glas, Holz, Stahl, Marmor und Stein.

Maarten Baas (geb. 1978; http://maartenbaas.com) hat an der Design Academy Eindhoven 2002 seinen Abschluss gemacht und wurde sofort mit seiner „Smoke Collection" berühmt, Second-Hand-Möbeln, die er mit einem Lötkolben bearbeitete, um sie „verbrannt" aussehen zu lassen. Jugendliche Extravaganz und Risikobereitschaft zeichnen diesen Designer aus – typisch für eine Generation, die stets für Neues aufgeschlossen ist.

Zu den übrigen revolutionären Designern der Niederlande zählen Jurgen Bey (geb. 1965), der sehr architekturbezogen arbeitet und Innenräume wie öffentliche Räume gestaltet; die Industriedesignerin Hella Jongerius (geb. 1963; www.jongeriuslab.com), die auch Porzellanteller und Kacheln entwirft und mit neuen Drucktechniken experimentiert. Piet Hein Eek (geb. 1967; https://pietheineek.nl) arbeitet mit wiederverwendetem Holz. Lex Pott (geb. 1985; www.lexpott.nl) aus Rotterdam ist ein junger Designer, der Holz, Stein und Metall in möglichst rohen Formen verwendet.

Scholten & Baijings (Stefan Scholten und Carole Baijings) produzieren farbenfrohe Stoffe und Haushaltswaren. Ineke Hans (geb. 1966; www.inekehans.com) wurde mit ihrem Stuhl „Ahrend 380" bekannt, zu dem ein eigener Tisch gehört. Und dann gibt es auch noch den Möbel- und Produktdesigner und Innenarchitekten Richard Hutten (www.richardhutten.com), dessen funktionale und oft witzige Architektur darauf abzielt, das Gestaltete daran unkenntlich zu machen. Seine Arbeiten werden weltweit ausgestellt und gehören zu den Sammlungen vieler Museen, darunter auch das Stedelijk Museum (S. 79) in Amsterdam.

Eindhoven gilt als eine Art Geburtsstätte des niederländischen Designs. Die Niederländische Design Academy ist dort in der ehemaligen Glühbirnenfabrik von Philips untergebracht (zusammen mit einem familienfreundlichen, interaktiven Museum, das die Produktpalette der Firma Philips präsentiert). Im ehemaligen Philips-Industriekomplex Strijp S findet im Oktober die Dutch Design Week (www.ddw.nl) statt; Höhepunkt ist die alljährliche Verleihung des Dutch Design Award (www.dutchdesignawards.nl).

## Futuristische Mode

Während das bekannte Modehaus Viktor & Rolf – also das Duo Viktor Horsting und Rolf Snoeren – sein 25-jähriges Jubiläum mit einer strahlend weißen Kollektion feierte, experimentieren junge Modeschöpfer gerade mit Kleidung aus dem 3D-Drucker. Protagonistin dieser Richtung ist Iris van Herpen (geb. 1984; www.irisvanherpen.com); sie hat ihr erstes 3D-Kleid bei den Pariser Modewochen 2010 vorgestellt und entwirft seither Kleidung für viele Prominente, von Björk bis Lady Gaga. Van Herpens Kleider sind eigentlich eher tragbare Skulpturen als Mode für den tatsächlichen Gebrauch und in erster Linie für den Laufsteg entworfen; einige ihrer Kleider bestehen aus transparentem Harz oder lasergeschnittener Mylarfolie, einfach nur hinsetzen kann man sich darin nicht.

Ältere niederländische Toiletten ähneln älteren deutschen Toiletten in einem Punkt, der in vielen anderen Ländern vollkommen unbekannt ist: Das, was dort hinuntergespült werden soll, fällt nicht sofort ins Rohr und – geruchsneutral – unter Wasser, sondern liegt zunächst oberhalb des Wasserrohrs, quasi zur Inspektion. Das mag medizinische Gründe haben (wenn ein genauerer Blick auf die eigenen Hinterlassenschaften angeraten ist) oder auch mit einem geringeren Wasserverbrauch begründet sein. Eher in den Bereich der Spekulation fällt wohl die Erklärung, die stets vom Meer bedrohten Holländer könnten es einfach nicht mitansehen, wenn etwas von Wasser bedeckt wird …

# Niederländische Malerei

**Die niederländischen Meister – Rembrandt, Frans Hals und Jan Vermeer – werden nicht umsonst so genannt. Sie gehören als Klassiker zu den renommiertesten und berühmtesten Malern der Welt. Und dann sind da natürlich noch Vincent van Gogh, heute ein Star unter den Impressionisten, der sich quälte und von seinem Bruder Theo finanziell unterstützt wurde, und die Künstler des 20. Jhs. wie der De-Stijl-Vertreter Piet Mondrian und das Grafikgenie Maurits Cornelis Escher. Um den Kern der niederländischen Malerei zu verstehen, ist ein Blick in die Geschichte nötig.**

## 15. & 16. Jahrhundert

### Die flämische Schule

Bis Ende des 16. Jhs., als Belgien noch Teil der Niederlande war, konzentrierte sich die Kunst in den flämischen Städten Gent, Brügge und Antwerpen. Typisch für die Malerei der flämischen Schule waren biblische und allegorische Themen, wie sie von den Geldgebern – Kirche, Hof und (weniger ausgeprägt) Adel – bevorzugt wurden.

Zu den Berühmtheiten der Epoche gehören Jan van Eyck (1390–1441), Begründer der flämischen Schule und ein Künstler, der die Technik der Ölmalerei wesentlich voranbrachte, außerdem Rogier van der Weyden (1400–1464), der seinen religiösen Porträts Individualität verlieh; Pieter Bruegel der Ältere (1525–1569) bevorzugte in seinen allegorischen Szenen flämische Landschaften und bäuerliches Leben.

Hieronymous Bosch, als Jheronimus van Aken geboren, (ca. 1450–1516), übernahm den Namen seiner Heimatstadt Den Bosch. Er schuf mit seinen makaberen allegorischen Gemälden voller religiöser Anspielungen Jahrhundertwerke. Das Gemälde *Der verlorene Sohn*, das in Rotterdam im Museum Boijmans Van Beuningen (zurzeit wegen Renovierung geschlossen, S. 179) hängt, ist eine Studie in Bewegung und Witz.

**Personenbezogene Museen**

- *Vermeer Centrum Delft (Delft)*
- *Jheronimus Bosch Art Center (Den Bosch)*
- *Museum het Rembrandthuis (Amsterdam)*
- *Frans Hals Museum (Haarlem)*
- *Mondriaanhuis (Amersfoort)*
- *Escher in Het Paleis (Den Haag)*

### Die niederländische Schule

In den nördlichen Niederlanden begannen die Künstler, einen eigenen Stil zu entwickeln. Auch wenn die Künstler jener Zeit nie die Anerkennung erfuhren wie ihre flämischen Kollegen, wurde die Niederländische Schule dafür bekannt, dass ihr Realismus wichtiger war als Allegorie. Haarlem war das Zentrum der Bewegung – mit Künstlern wie Jan Mostaert (1475–1555), Lucas van Leyden (1494–1533) und Jan van Scorel (1495–1562). Maler in der Stadt Utrecht waren berühmt für ihren Gebrauch des Chiaroscuro (scharfer Kontrast von Licht und Schatten), eine Technik, die man mit dem italienischen Meister Caravaggio verbindet.

## Das Goldene Zeitalter

Nach der Vertreibung der Spanier aus den Niederen Landen änderte sich der Kunstmarkt. Es gab keine katholische Kirche mehr, die Kunstwerke erwarb, und viele Kirchen hatten während des calvinistischen Bildersturms von 1566 ohnehin ihre Kunstschätze verloren, und es existierte auch kein Hof von Rang. Kunst wurde zum Geschäft und die Künstler mussten sich auf dem freien Markt durchschlagen. An die Stelle von Kirche und Hof trat das neue Bürgertum aus Kaufleuten, Handwerkern und Ladenbesitzern, die für die Verschönerung ihrer Häuser und Arbeitsplätze gerne Geld ausgaben. Entscheidend war allerdings, dass die Bilder einen Bezug zum jeweiligen Käufer aufzuweisen hatten.

Die Maler wurden zu eigenständigen Unternehmern und produzierten in Großateliers wie am Fließband triviale Bilder, Kopien und Meisterwerke. Gemälde wurden quasi zur Massenware, die auf den Märkten neben Möbeln und Geflügel zum Verkauf stand. Schon bald waren die Wände der reichsten Haushalte von oben bis unten mit Bildern bedeckt. Aus diesem Grund spotteten Besucher aus dem Ausland, dass selbst in Bäckereien und Metzgereien das eine oder andere Bild zu sehen sei. Die meisten Maler spezialisierten sich daher auf eines der angesagten Genres jener Zeit.

## Rembrandt van Rijn

Rembrandt van Rijn (1606–1669), der größte Künstler des 17. Jhs., wuchs als Sohn eines Müllers in Leiden auf, war aber bereits mit knapp 20 Jahren ein versierter Maler.

Im Jahr 1631 zog er nach Amsterdam, um das Atelier des wohlhabenden Kunsthändlers Hendrick van Uylenburgh zu leiten. Besonders Porträts verkauften sich gut und Rembrandt und seine Angestellten (oder „Schüler“) produzierten solche Bildnisse wie am Fließband, darunter auch Gruppenporträts wie *Die Anatomie des Dr. Tulp*. 1634 heiratete er van Uylenburghs Nichte Saskia, die ihm oft Modell stand.

Zwar überwarf sich Rembrandt mit seinem Chef, doch das Vermögen seiner Frau ermöglichte es ihm, das prächtige Haus neben van Uylenburghs Atelier (heute Museum het Rembrandthuis; S. 56) zu erwerben. Hier eröffnete er sein eigenes Atelier, seine Angestellten arbeiteten in einem Lagerhaus im Jordaan. Es waren erfüllte und produktive Jahre: Rembrandt hatte großen Erfolg mit seinen Gemälden und sein Atelier

2012 wurde ein „neuer“ Rembrandt entdeckt, als der führende Experte Ernst van de Wetering die Herkunft bestätigte und erklärte, dass es eines von einem Paar Gemälden von 1643 war. *Der alte Mann* (oder *Der alte Rabbi*) hängt in einer privaten englischen Sammlung und gilt nun als Selbstbildnis.



### 10 BEDEUTENDE ALTE NIEDERLÄNDISCHE GEMÄLDE (UND WO SIE ZU SEHEN SIND)

**Amsterdam** (Rijksmuseum; S. 72)
- *Die Nachtwache*, Rembrandt
- *Selbstbildnis*, Rembrandt
- *Der fröhliche Zecher*, Frans Hals
- *Das Sankt-Nikolausfest*, Jan Steen
- *Briefleserin in Blau*, Vermeer

**Den Haag** (Mauritshuis; S. 203)
- *Das Mädchen mit dem Perlenohrgehänge*, Vermeer
- *Die Anatomie des Dr. Nicolaes Tulp*, Rembrandt

**Haarlem** (Frans Hals Museum; S. 129)
- *Regenten & Regentinnen des Altmännerhauses*, Frans Hals

**Rotterdam** (Museum Boijmans Van Beuningen; S. 179)
- *Turmbau zu Babel*, Pieter Bruegel der Ältere
- *Der verlorene Sohn*, Hieronymus Bosch

wurde zum größten in den gesamten Niederlanden, auch wenn ihm seine groben Manieren und sein offener Agnostizismus nicht gerade Abendeinladungen der Elite eintrugen.

Rembrandt wurde einer der bedeutendsten Kunstsammler der Stadt. Er hatte nicht nur Talent in der bildlichen Darstellung, sondern er war auch bekannt dafür, dass er bei Auktionen den Preis seiner eigenen Werke durch von ihm beauftragte Bieter in die Höhe trieb. Oftmals zeichnete und malte er nur für sich und ermutigte seine Angestellten, es ihm gleichzutun. Vorbilder für seine ausdrucksstarken biblischen Szenen fand er in den Bewohnern des umliegenden jüdischen Viertels.

## Die Nachtwache

Im Jahr 1642, nach dem Tod dreier Kinder in jungen Jahren, wurde Rembrandts Sohn Titus geboren; im folgenden Jahr starb Saskia. Mit den Geschäften ging es bergab. Obwohl Rembrandts imposantes Gruppenbild *Die Nachtwache* (1642) von Kunstkritikern hoch gelobt wurde – es ist heute das Prunkstück des Rijksmuseum (S. 72) und auf dem **Rembrandtplein** (Karte S. 66; 4/14 Rembrandtplein) steht sogar eine lebensgroße Skulptur als Nachbildung – waren einige der dargestellten einflussreichen Personen gar nicht erfreut. Jeder Einzelne von ihnen hatte 100 Gulden bezahlt und manch einer beklagte sich, weil der Meister ihn in den Hintergrund geschoben hatte. Rembrandt teilte ihnen mit, sie könnten ihm den Buckel runterrutschen. Plötzlich ging die Zahl der Aufträge deutlich zurück.

Carel Fabritius' großartiges Meisterwerk *Der Distelfink* (1654), das heute im Mauritshuis in Den Haag zu sehen ist, steht im Mittelpunkt von Donna Tartts mit dem Pulitzer Prize ausgezeichneten Roman *Der Distelfink* (2013). Das umfangreiche, mehr als 1000 Seiten umfassende Buch beginnt und endet in Amsterdam. 2019 kommt die Filmfassung mit Ansel Elgort und Finn Wolfhard in den Hauptrollen.

Rembrandt fing eine Affäre mit Geertje Dircx an, dem Kindermädchen seines Sohnes, das er aber wenige Jahre später entließ, als er sich in die neue Magd, Hendrickje Stoffels, verliebte, mit der er seine Tochter Cornelia bekam. Die Öffentlichkeit empörte sich über den Lebensstil dieses Mannes und seine wachsenden Schulden. Schließlich ersuchte er 1656 um eine *cessio bonorum* (eine respektablere Form der Insolvenz). Sein Haus und die umfangreiche Kunstsammlung musste er verkaufen und in die Rozengracht im Jordaan ziehen.

## Radierungen

Auch wenn er seit seiner Involvenz nicht mehr der Liebling der Reichen war, malte und zeichnete Rembrandt weiterhin und fertigte Stiche an – seine im Museum het Rembrandthuis (S. 56) ausgestellten Radierungen gehören zu den besten, die je geschaffen wurden.

Gelegentlich erhielt er Aufträge, z. B. für das monumentale Gemälde *Die Verschwörung des Claudius Civilis* (1661) für das Amsterdamer Rathaus – nachdem Govert Flinck, der den Auftrag eigentlich erhalten sollte, vor Beginn der Arbeit verstorben war. Der Behörde gefiel Rembrandts Version allerdings nicht recht, das Bild wurde später aus dem Rathaus entfernt.

Im Jahr 1662 vollendete der Meister im Auftrag der Tuchmacherzunft die *Staalmeesters* („Porträt der Vorsteher der Tuchmacherzunft") und sorgte dafür, dass – im Unterschied zur *Nachtwache* – jede dargestellte Person gut zu erkennen war. Dennoch sollte dies sein letztes Gruppenporträt sein.

## Spätwerke

Seine späteren Werke zeigen, dass Rembrandt nichts von seinem Talent verloren hatte. Da er nicht mehr an Kundenwünsche gebunden war, genoss er die neue künstlerische Freiheit; seine Arbeiten wurden unkonventioneller und ließen dennoch eine stärkere Einfühlung erkennen, wie in dem Bild *Die Judenbraut* (ca. 1666). Seine zahlreichen Porträts vom Sohn Titus und von der Geliebten Hendrickje sowie seine Selbstporträts,

## GRUPPENPORTRÄTS VON HALS

Frans Hals spezialisierte sich auf großartige Gruppenporträts, auf denen die Teilnehmer in natürlichen Posen zu sehen waren, ganz anders als die aufgereihten Personen auf den Bildern weniger begabter Zeitgenossen. Allerdings war er nicht so galant wie Rembrandt, der die Gesichter der Gesamtkomposition unterwarf. Ein gutes Beispiel sind die zwei Bilder die zusammen als *Regenten & Regentinnen des Altmännerhauses* (1664) im Frans Hals Museum (S. 129) in Haarlem zu sehen sind. Das Museum nimmt Räumlichkeiten ein, die Hals gut kannte; er lebte zwar nie im Armenhaus (entgegen der weit verbreiteten Meinung), doch er und seine Familie wohnten in den 1630er-Jahren in Groot Heiligland, der Straße, in der sich auch das Altmännerhaus befand.

die immer düsterer gerieten, zählen zu den ergreifendsten Werken der Kunstgeschichte.

Zwischen 1663 und 1666 fiel jeder siebte Amsterdamer einer Pestepidemie zum Opfer, darunter auch Hendrickje. Titus starb, frisch verheiratet, 1668 im Alter von 27 Jahren und hinterließ eine kleine Tochter; Rembrandt folgte ihm ein Jahr später als gebrochener Mann.

## Frans Hals

Ein weiterer herausragender Maler seiner Epoche war Frans Hals (ca. 1583–1666). Er wurde in Antwerpen geboren, lebte aber in Haarlem. Den größten Teil seiner Karriere widmete er der Porträtmalerei, versuchte sich aber gelegentlich an Genreszenen in dramatischer Hell-Dunkel-Malerei (Chiaroscuro). Er besaß wie Rembrandt die Begabung, das Minenspiel seiner Modelle einzufangen, doch ging er nicht im gleichen Maße ihrem Charakter auf den Grund. Beide Meister arbeiteten mit expressivem, grobem Pinselstrich und bei beiden wandelte sich der Stil vom fröhlichen Überschwang der frühen Schaffensjahre zu düsterem Ernst im Spätwerk. Auch die Impressionisten des 19. Jhs. bewunderten das Werk von Hals. Tatsächlich könnte sein Gemälde *Der fröhliche Trinker* (1628) in der Sammlung des Rijksmuseum (S. 72) mit seinem kühnen Pinselstrich beinahe das Werk eines Impressionisten sein.

*Das Mädchen mit dem Perlenohrring*, eine dramatische Ausführung zu Vermeers berühmtem Gemälde, ist ein sehr lesenswerter Roman von Tracy Chevalier von 1999. 2003 wurde das Buch verfilmt; der Film wurde für drei Oscars nominiert.

## Jan Vermeer

Der Dritte im Bunde der großen Meister des 17. Jhs. ist Jan Vermeer (1632–1675). Er malte in seinem Leben lediglich 34 (eventuell auch 35) akribisch angefertigte Bilder (anderen Untersuchungen zufolge sind es möglicherweise auch 66 Arbeiten). Vermeer starb bettelarm und hinterließ elf Kinder (vier weitere waren in frühester Kindheit gestorben). Um die Schulden von über 600 Gulden zu begleichen, bezahlte seine Frau den Bäcker mit zwei Bildern. Vermeer beherrschte die Genremalerei wie kein anderer. Zu seinem Gesamtwerk gehören die frühen historischen und biblischen Szenen, seine berühmte *Ansicht von Delft* (ca. 1660/1661) im Mauritshuis (S. 203) in Den Haag und einige liebevolle Porträts unbekannter Frauen, wie etwa das betörend schöne *Mädchen mit dem Perlenohrring* (ca. 1665–1667), ebenfalls im Mauritshuis.

### Berühmte Werke

Vermeers Gemälde sind berühmt für das heitere Licht, dass durch große Fenster einfällt. Der ruhige, vergeistigte Effekt wird durch die dunklen Blau-, tiefen Rot- und warmen Gelbtöne verstärkt, ebenso durch die ausgesprochen ausgewogene Komposition. Gute Beispiele sind im Rijksmuseum (S. 72) *Dienstmagd mit Milchkrug* (ca. 1660) und *Briefleserin in Blau* (ca. 1663). Seine Verwendung der Perspektive wird in *Der Liebesbrief* (ca. 1669/1670) deutlich.

*Straße in Delft* (ca. 1658), auch als *Die kleine Straße* bekannt, ebenfalls zur Sammlung des Rijksmuseums gehörig, ist die einzige Straßenszene, die von Vermeer erhalten ist.

**Bedeutende Kunstmuseen**

*Rijksmuseum (Amsterdam)*

*Van Gogh Museum (Amsterdam)*

*Mauritshuis (Den Haag)*

*Museum Boijmans Van Beuningen (Rotterdam)*

*Museum De Lakenhal (Leiden)*



### Weitere Maler des Goldenen Zeitalters

Mitte des 17. Jhs. wichen der Blick für Stimmung und das subtile Spiel mit dem Licht allmählich der Pracht des Barock. Jacob van Ruisdael (um 1628–1682) malte ausdrucksstarke Himmel, Albert Cuyp (1620–1691) italienisch anmutende Landschaften. Van Ruisdaels Schüler Meindert Hobbema (1638–1709) bevorzugte verspielte ländliche Szenen.

Nach den Malern Cuyp, Ruisdael und Hobbema sind in Amsterdam Straßen im Alten Süden und in de Pijp benannt, viele weitere Straßen hier tragen die Namen anderer niederländischer Künstler, darunter Frans Hals, Govert Flinck, Ferdinand Bol, Cornelis Troost und Jan Steen.

Die Genrebilder des Jan Steen (um 1625–1679) offenbaren eine fast frivole Seite des Barock (Steen selbst arbeitete auch als Kneipenwirt). Ein gutes Beispiel dafür ist das ausgelassene Gelage auf seinem Bild *Die fröhliche Familie* (1668) im Rijksmuseum (S. 72); die Erwachsenen vergnügen sich am Esstisch, während die Kinder im Vordergrund unbemerkt Alkohol trinken.

## 18. Jahrhundert

Nach dem Angriff Frankreichs auf die Niederlande im Jahr 1672 endete das Goldene Zeitalter der niederländischen Malerei fast ebenso plötzlich, wie es auch begonnen hatte. Die Wirtschaft im Land brach zusammen und mit ihr auch der Markt für Bilder. Die Maler, die im Geschäft blieben, schlugen sich auf die „sichere Seite" und knüpften an frühere Erfolge an. Im 18. Jh. kopierten sie die Stilrichtungen der Franzosen und schlugen so aus der modischen Bewunderung für alles Französische Kapital.

Die Ergebnisse waren akzeptabel, aber nicht weltbewegend. Cornelis Troost (1696–1750), einer der besten Genremaler, wird wegen seiner satirischen und zugleich einfühlsamen Porträts einfacher Leute manchmal mit dem britischen Künstler William Hogarth (1697–1764) verglichen; wie dieser nahm Troost Szenen von häuslichen Trinkgelagen in seine Pastellgemälde auf.

Gerard de Lairesse (1641–1711) und Jacob de Wit (1695–1754) spezialisierten sich auf Wand- und Deckenmalerei – de Wits Trompe-l'œil-Bilder (optische Illusionen; frz. für „täusche das Auge") im Bijbels Museum (S. 64) sind sehenswert.

## 19. Jahrhundert

Das späte 18. und fast das gesamte 19. Jh. brachten, abgesehen von der Landschaftsmalerei des Johan Barthold Jongkind (1819–1891) sowie den realistischen, beinahe schon fotografischen Amsterdam-Szenen von George Hendrik Breitner (1857–1923), nichts erwähnenswert Neues. Beide inspirierten offensichtlich die französischen Impressionisten, von denen viele Amsterdam besuchten.

Jongkind und Breitner entdeckten den Realismus des 17. Jhs. neu und beeinflussten die Haager Schule der 1880er- und 1890er-Jahre. Maler wie Hendrik Mesdag (1831–1915), Jozef Israëls (1824–1911) und die drei Brüder Maris – Jacob (1837–1899), Matthijs (1839–1917) und Willem (1844–1910) – schufen Landschaftsgemälde, Seestücke und Genrebilder wie Mesdags beeindruckendes *Panorama Mesdag* (1881; in Den Haag), eine gigantische, zylinderförmige (14 m hoch, Umfang von 120 m) Darstellung des Seebads Scheveningen als 360-Grad-Panorama von einer Düne aus gesehen.

## VAN GOGH IN WORTEN & BILDERN

Nur wenige Künstler des 20. Jhs. haben so viele hochdramatische Bücher und Filme inspiriert wie der emotional schwierige Vincent van Gogh. Selbst seine überlieferten letzten Worte zeugen von der tief melancholischen Schönheit, die seine Gemälde ausdrücken. Nach einem geradezu manischen Anfall von Arbeitswut schoss er sich selbst in die Brust. Zwei Tage danach saß Theo bei ihm, als er auf Französisch gesagt haben soll: „La tristesse durera toujours" (die Traurigkeit wird ewig bleiben).

### Lektüre

*Vincent van Gogh: Die Briefe* enthält alle 902 Briefe von van Gogh an seinen Bruder, an Freunde, Geliebte, Vertraute und Künstlerkollegen sowie an ihn gerichtete Briefe. Sie bieten einen bewegenden Einblick in sein Innenleben sowie ein Zeugnis der außergewöhnlichen Freundschaft und künstlerischen Verbindung zwischen ihm und seinem Bruder Theo.

### Filme

- *Vincent van Gogh – ein Leben in Leidenschaft* (1956)
- *Vincent* (1987)
- *Vincent und Theo* (1990)
- *Loving Vincent* (2017)

## Vincent van Gogh

Der bedeutendste niederländische Maler des 19. Jhs. war zweifellos Vincent van Gogh (1853–1890). Seine aufgebrochenen Formen und die furiosen Farben bilden eine Welt für sich und entziehen sich bis heute jeder Kategorisierung. (Ein Post-Impressionist? Ein Vorläufer des Expressionismus?)

Die niederländischen Meister waren zwar bekannt für ihre dunklen, schwermütigen Gemälde, aber erst van Gogh erhob mit seinem ganz eigenen morbiden Stil das Leiden zur Kunstform. Selbst heute noch verkörpert er das ewige Ringen des Künstlers: bittere Armut, keine öffentliche Anerkennung, Abhängigkeit von einem Mäzen – in seinem Fall von seinem treuen Bruder Theo –, psychische Labilität und vorzeitiger Tod durch Selbstmord. Und natürlich das abgeschnittene Ohr, die berühmteste Ausdrucksweise von Selbstzerstörung eines Künstlers.

### Das Leben des Künstlers

Vincent van Gogh war arm – er verkaufte zu Lebzeiten nur ein einziges Gemälde – und starb jung. Er war erst 37 Jahre alt, als er sich das Leben nahm, was auf seinen Selbstporträts nicht ersichtlich ist, auf denen er viel älter erscheint (zum Teil als Folge seiner Armut). Aber sein kurzes Leben beeinflusst die Kunst bis heute.

Der 1853 in Zundert geborene niederländische Maler lebte mit seinem jüngeren Bruder Theo, einem Kunsthändler, der ihn von seinem bescheidenen Einkommen finanziell unterstützte, in Paris. Dort begegnete er wegweisenden Künstlern wie Edgar Degas, Camille Pissarro, Henri de Toulouse-Lautrec und Paul Gauguin.

Van Gogh zog 1888 nach Arles in der Provence. Er schwelgte in dem intensiven Licht und den strahlenden Farben und malte mit glühender Inbrunst Sonnenblumen, Schwertlilien und andere leuchtende Motive. Er schickte seine Gemälde zum Verkauf an Theo nach Paris und träumte davon, eine Künstlerkolonie in der Provence zu gründen. Doch nur Gauguin folgte seiner Einladung. Ihre unterschiedlichen künstlerischen

Ansätze – Gauguin malte aus der Fantasie, van Gogh was er sah – und ihr künstlerisches Temperament, aufgeputscht vom Absinth, gipfelten in einer Auseinandersetzung, in deren Folge sich van Gogh ein Ohr abschnitt (das er einer ihm bekannten Prostituierten gab). Er wurde anschließend in Arles in ein Krankenhaus eingeliefert.

Im Mai 1889 ging van Gogh freiwillig in eine Nervenheilanstalt in Saint-Rémy de Provence. Dort blieb er ein Jahr, eine Woche und einen Tag und malte in dieser Zeit zahllose Bilder, darunter Meisterwerke wie *Schwertlilien* und *Sternennacht*. Theo schickte ihm französische Zeitungen mit positiven Kritiken seiner Werke. Im folgenden Monat kaufte Anna Boch, die Schwester seines Freundes Eugène Boch, für 400 Franc (heute knapp 100 €) das Bild *Roter Weinberg* (1888). Es hängt heute im Puschkin-Museum in Moskau.

**Van Goghs Top 5**

- *Sonnenblumen (Van Gogh Museum)*
- *Weizenfeld mit Raben (Van Gogh Museum)*
- *Selbstbildnis mit grauem Filzhut (Van Gogh Museum)*
- *Die Kartoffelesser (Kröller-Müller Museum)*
- *Der Weber (Kröller-Müller Museum)*

### Vermächtnis eines gequälten Genies

Am 16. Mai 1890 zog van Gogh nach Auvers-sur-Oise bei Paris, um näher bei Theo zu leben. Doch am 27. Juli desselben Jahres erschoss er sich, vermutlich um seinem Bruder nicht weiter finanziell zur Last zu fallen, der auch die kränkliche Mutter der beiden Brüder unterstützte. Theos Frau hatte gerade einen Sohn zur Welt gebracht, der den Namen Vincent erhielt. Van Gogh starb zwei Tage später mit Theo an seiner Seite. Theo erlitt daraufhin einen Nervenzusammenbruch, kam ebenfalls ins Krankenhaus und wurde körperlich krank. Er starb im Alter von 33 Jahren, nur sechs Monate nach seinem Bruder Vincent.

Es sollte noch knapp ein Jahrzehnt dauern, bis van Goghs Talent breite Anerkennung fand. Anfang der 1950er-Jahre war er schließlich weithin bekannt. 1990 erzielte sein Gemälde *Porträt des Dr. Gachet* bei Christie's den Rekordpreis von 82,5 Mio. US$. Unter Berücksichtigung der Inflation ist es bis heute noch immer der höchste Preis, der je auf einer öffentlichen Versteigerung für ein Kunstwerk bezahlt wurde.

## 20. & 21. Jahrhundert

### De Stijl

De Stijl („Der Stil"), auch Neoplastizismus genannt, war eine niederländische Bewegung, die alle Künste miteinander in Einklang bringen wollte, indem sie die künstlerischen Ausdrucksmittel auf ihren Kern zurückführte. Die wichtigste Stimme der Gruppe war die gleichnamige Zeitschrift, die 1917 erstmals von Theo van Doesburg (1883–1931) publiziert wurde. Van Doesburg schuf ähnliche rechteckige Muster wie Piet Mondrian, doch er verzichtete auf die dicken schwarzen Linien und drehte später die Rechtecke um 45 Grad – Mondrian fand diese Verfehlung ernst genug, um ihm die Freundschaft aufzukündigen.

Während der 1920er- und 1930er-Jahre zog De Stijl Bildhauer, Dichter, Architekten und Designer an. Zu ihnen gehörte Gerrit Rietveld (1888–1964), der das Van Gogh Museum (S. 76) und andere Gebäude entwarf. Die größte internationale Aufmerksamkeit zog er aber mit Möbelstücken auf sich, dem *Rot-Blauen Stuhl* (1918) und einer Reihe unbequemer Sitze in Zickzackform, die von der Seite ein „Z" mit Rückenlehne bilden.

### Mondrian

Ein führender Vertreter von De Stijl war Piet Mondrian (eigentlich Mondriaan, 1872–1944), der ursprünglich in der Tradition der Haager Schule malte. Nach einer Annäherung an den Kubismus begann er, mit kühnen, rechteckigen Flächen zu arbeiten und benutzte nur noch die drei Primärfarben (Gelb, Blau und Rot), die er gegen die drei neutralen Farben (Weiß, Grau und Schwarz) setzte. Er nannte diese Stilrichtung, die er als unverfälschte Wiedergabe der Wirklichkeit in reiner Form und reiner Farbe betrachtete, Neoplastizismus. Ein eindrucksvolles Beispiel ist seine *Komposition Nr. 2* in Rot, Schwarz, Blau, Gelb und Grau von 1920 in der Sammlung des Stedelijk Museum. Mondrians spätere Arbeiten waren schroffer (oder „reiner"), wurden aber wieder dynamischer, als er 1940 nach New York zog.

### MC Escher

Einer der bemerkenswertesten Grafiker des 20. Jhs. war Maurits Cornelis Escher (1898–1972). Seine Zeichnungen, Lithografien und Holzschnitte von offensichtlich unmöglichen Ansichten faszinieren Mathematiker bis heute: ein Wasserfall, der sich aus sich selbst speist, ein Treppenhaus, das endet, wo es begonnen hat, zwei Hände, die sich gegenseitig zeichnen. Seine Arbeiten sind in Het Paleis (S. 205) in Den Haag ausgestellt. Von Escher inspirierte Kunst an Wegen und Plätzen ist in seinem Geburtsort Groningen zu entdecken.

### CoBrA

Nach dem Zweiten Weltkrieg rebellierten Künstler gegen die gestalterischen Konventionen und fanden im abstrakten Expressionismus ein Ventil für ihren Zorn. In Amsterdam griffen Karel Appel (1921–2006) und Constant (Constant Anton Nieuwenhuys, 1920–2005) Stilrichtungen auf, deren Vorläufer Paul Klee und Joan Miró waren. Sie benutzten leuchtende Farben und nahmen sich „unverfälschte" Kinderzeichnungen zum Vorbild für ihre lebhaften Werke, die förmlich aus der Leinwand heraussprangen. In Paris trafen sie 1945 auf den Dänen Asger Jorn (1914–1973) und den im belgischen Lüttich geborenen Niederländer Corneille (Guillaume Cornelis van Beverloo, 1922–2010). Zusammen mit anderen Künstlern und Schriftstellern gründeten sie die Gruppe CoBrA (Copenhagen, Brüssel, Amsterdam), die gern als letzte große Avantgarde-Bewegung bezeichnet wird.

Ihre erste große Ausstellung 1949 im Stedelijk Museum löste einen Proteststurm aus (mit Kommentaren wie „mein Kind malt genauso"). Dennoch übten die CoBrA-Künstler selbst noch nach der Auflösung der Gruppe 1951 einen starken Einfluss in ihren jeweiligen Ländern aus. Das CoBra Museum (S. 89) in Amstelveen südlich des Stadtzentrums von Amsterdam gibt einen guten Überblick über die Arbeiten der Gruppe, darunter auch farbenfrohe Keramiken.

## Zeitgenössische Szene

Moderne niederländische Künstler sind in der Regel bei internationalen Veranstaltungen gut vertreten und sind bekannt für ihre Mischung verschiedener Medien.

Das Künstlerduo Liet Heringa (*1966) und Maarten van Kalsbeek (*1962) ist bekannt für seine informellen Skulpturen, von denen eine Reihe im Kröller-Müller Museum (S. 293) in Otterlo zu sehen ist. Harma Heikens (*1963; www.harmaheikens.nl) ist eine andere Bildhauerin, die an die Grenzen geht und sich durch bittersüße Pop-Figuren auszeichnet, die voller Anspielungen und Kommentaren zu kontroversen Themen wie Gewalt, sexuellem Missbrauch, Krieg, Religion und Gesellschaft stecken.

Der in Amsterdam geborene Michael Raedecker (*1963) schafft verträumte leuchtende Stillleben in seinem Atelier in Großbritannien, in die er oft Stickereien integriert. Im Jahr 2000 wurde er für den renommierten Turner Prize nominiert.

Levi van Veluw (*1985; https://levivanveluw.com) ist ein Amsterdamer Künstler, der dafür bekannt ist, seinen eigenen Körper als Leinwand zu nützen – mit *Landscapes* (2004) interpretiert er traditionelle Landschaftsmalerei neu, und zwar mit einer Serie von vier verschiedenen

Landschaften, darunter eine Heide, auf der weiße Ziegen weiden, alles um die 3D-Konturen seines eigenen Gesichts gestaltet.

Anouk Kruithof (*1981) arbeitet mit Fotografie für gesellschaftliche Projekte wie *Happy Birthday To You* (2011), ein Buch über Geburtstagswünsche von zehn Patienten einer Psychiatrie – einen Geburtstagsjoint in Utrecht zu rauchen, eine große Party zu schmeißen mit einer Liveband und Hering auf Toast für die Gäste.

Auf den Straßen von Amsterdam sollte man nach der bemerkenswerten Tape-Kunst des urbanen Straßenkünstlers Max Zorn (*1982; www.maxzorn.com) Ausschau halten, der nur braunes Klebeband und Rasierklingen verwendet, um die erstaunlichsten Darstellungen von Prominenten, Landschaften usw. in Sepia-Tönen zu schaffen. Ansonsten ist Amsterdam Noord der heißeste Hotspot im ganzen Land für Straßenkunst: Auf den früheren Werften entstand das alternative Kunstkollektiv NDSM-werf (S. 84), dessen Gebäude passenderweise mit einem 24 m hohen Porträt Anne Franks vom brasilianischen Weltklassekünstler Eduardo Kobra auf einem Teil der riesigen Fassade geschmückt ist.

## Niederländische Grafik

Es geht nicht nur um Malerei auf Leinwand, auch moderne niederländische Grafik genießt einen guten Ruf.

Dick Bruna (1927–2017) aus Utrecht ist berühmt als Schöpfer von Miffy (Nijntje auf Niederländisch), einem liebenswerten Cartoon-Kaninchen. Er schrieb und illustrierte 124 Kinderbücher und entwarf Tausende von Bucheinbänden, dazu Hunderte anderer Bücher, Poster, Postkarten und Drucke. Das Miffy Museum (S. 166) in Utrecht ehrt ihn.

Die niederländische Tradition klarer visueller Kommunikation entwickelte sich seit Anfang des 20. Jhs. Besucher werden jeden Tag Beispiele sehen, darunter bei der nationalen Eisenbahn, die ein früher Trendsetter der grafischen Kommunikation war. Herausragende Beispiele niederländischer Grafik zeigt das Stedelijk Museum Breda (S. 315).

# Architektur

**Die Niederländer sind Meister in der Architektur und der Raumausnutzung, aber das ist nichts Neues. Im Lauf der Jahrhunderte hatten nur wenige Länder größeren Einfluss auf Kunst und Baukunst als die Niederlande. Von den ursprünglichen schlichten Kathedralen bis zu den eleganten modernen Gebäuden verbreiteten sich die Ideen und Entwürfe in Europa und darüber hinaus. Bombastische Konstruktionen wie den Petersdom oder den Louvre wird man vergeblich suchen; Prahlerei lag dem niederländischen Charakter schon immer fern.**

## Romanik

Die romanische Architektur, die Europa zwischen 900 und 1250 im Sturm eroberte, ist der früheste existierende Architekturstil in den Niederlanden, abgesehen, von den *hunebedden* (Kammergräbern). Typische Kennzeichen sind eine einfache Form, dicke Wände, kleine Fenster und Rundbögen.

**Oben** Noorderkerk (S. 71), Amsterdam

Die älteste Kirche der Niederlande in diesem Stil ist die Pieterskerk (S. 167) in Utrecht. Im Jahr 1048 errichtet, ist sie eine von fünf Kirchen in der Stadt, die ein Kreuz bilden, mit der Kathedrale im Zentrum. Die zweitälteste ist die 16-eckige Sint Nicolaaskapel (S. 287) in Nijmegen, die im Grund genommen in kleinerem Maßstab eine Kopie der Pfalzkapelle Karls des Großen in Aachen ist. Ein weiteres klassisches Beispiel der Romanik ist die Onze Lieve Vrouwebasiliek (S. 299) in Maastricht.

Auf dem flachen Land gibt es in den Niederlanden auch zahlreiche Beispiele dieses Stils. Die windigen Ebenen im Norden sind gesprenkelt mit plumpen Backsteinkirchen, die im 12. und 13. Jh. errichtet wurden, z. B. die einsame Kirche auf einem Hügel in Hegebeintum, Friesland.

## Gotik

Um 1250 war die Liebe zur Romanik vorbei und die Gotik kam in Mode. Spitzbögen, Rippengewölbe und Schwindel erregende Höhen kennzeichneten diesen neuen Architekturstil, der mindestens bis 1600 vorherrschte. Obwohl die niederländischen Bauten nicht so groß sind wie die gotischen Kathedralen in Frankreich, entstand im katholischen Brabant ein reicher Stil, der durchaus mit dem Ausland konkurrieren konnte. Steinerne Kirchen mit hochaufragenden Gewölben und Strebebögen wie die Sint Janskathedraal (S. 306) in Den Bosch und die Grote Kerk (S. 315) in Breda wurden errichtet. Beide sind gute Beispiele für die typische Brabanter Gotik.

Auffällig sind hölzerne Gewölbe und der weit verbreitete Gebrauch von Backsteinen. Normalerweise sind gotische Bauten aus Stein, doch im sumpfigen Land der westlichen Niederlande waren Steine zu schwer (und zu selten). Hingegen gab es die Grundbestandteile von Backsteinen (Lehm und Sand) im Überfluss. Doch auch Backsteine sind nicht gerade leicht und deshalb konnten die Baumeister nicht so sehr in die Höhe bauen, sondern errichteten stattdessen lange oder breite Kirchenschiffe. Die Sint Janskerk (S. 199) in Gouda ist mit einem Schiff von 123 m Länge die längste Kirche des Landes und repräsentiert den üppigen Stil der Flamboyant-Gotik. Gotische Bauten aus Stein gibt es im westlichen Holland; die Grote Kerk van Sint Bavo (S. 120) in Haarlem ist ein wunderschönes Beispiel dafür.

## Manierismus

Ab der Mitte des 16. Jhs. drang die Renaissance, die sich rasch in ganz Italien ausbreitete, auch in die Niederlande vor. Doch wie nicht anders zu erwarten, gaben die Niederländer auch diesem Stil eine eigene Abart, die als Manierismus (ca. 1550–1650) bekannt wurde. Dieser einzigartige Stil, auch Niederländische Renaissance genannt, ist irgendwo zwischen

### GIEBEL

Zu den großen Schätzen entlang der alten Grachten in Amsterdam, Haarlem und anderenorts zählen die großartigen Giebel – die Fassaden auf Dachhöhe, die elegante Häuser zieren. Der Giebel verbarg das Dach vor den Blicken und diente dazu, das Haus zu kennzeichnen, bis 1795 die französischen Besatzer Hausnummern einführten. In der Folge wurden die Giebel zu modischem Beiwerk.

Es gibt vier Haupttypen von Giebeln: den einfachen Schnabelgiebel mit diagonalen Konturen und halbrunden Fenstern oder Fensterläden, der von den 1500er- bis zu den 1700er-Jahren vor allem an Lagerhäusern in Gebrauch war; den Stufengiebel, eine spätgotische Form, die bei niederländischen Renaissance-Architekten beliebt war; den Halsgiebel, eine ab ca. 1640 lange Zeit beliebte Form und den Glockengiebel, der in den 1660er-Jahren aufkam und im 18. Jh. populär wurde.

## FLASCHENZÜGE & SICH NEIGENDE HÄUSER

Viele alte Grachtenhäuser sind ganz bewusst leicht nach vorn geneigt. Wegen der engen Treppenhäuser brauchten die Besitzer eine andere Möglichkeit, große Waren und Möbel in die oberen Stockwerke zu befördern. Die einfache Lösung: ein Flaschenzug im Giebel, um schwere oder sperrige Gegenstände hoch- und durch die Fenster zu hieven. Die Neigung verhinderte Kollisionen mit der Hauswand. Einige Anwesen waren mit riesigen Rollen für den Flaschenzug im Dachboden versehen, dazu mit einem Seil und einem Haken im Balken des Flaschenzugs.

Die Neigung nach vorn lässt die Häuser auch größer erscheinen, denn so lassen sich Fassade und Giebel besser bewundern – ein Glücksfall für alle.



Renaissance und Barock angesiedelt. Er vermischt die kühn geschwungenen Formen des Barock mit klassischen griechischen und römischen sowie traditionell niederländischen Elementen. Häuserfassaden wurden durch Pilaster gegliedert und die einfachen Schnabelgiebel durch Stufengiebel ersetzt, die reich mit Skulpturen, Säulen und Obelisken verziert waren. Die spielerische Verwendung des Kontrasts von roten Backsteinen und waagerechten Streifen aus weißem oder gelbem Sandstein entsprach mathematischen Formeln, die für einen besonders gefälligen Anblick standen.

Hendrik de Keyser (1565–1621) war der bedeutendste Baumeister des Manierismus. Seine Zuiderkerk (S. 59), Noorderkerk (S. 71) und Westerkerk (S. 63) in Amsterdam sind herausragende Beispiele des Stils; alle drei zeigen eine deutliche Weiterentwicklung gegenüber den schlichten, kompakten Linien der Backsteinkirchen auf dem flachen Land. Ihre Türme sind verziert und aus unterschiedlichen Materialien gebaut; ihre Fenster sind mit weißem Stein eingefasst, der sich deutlich von den braunen Backsteinen abhebt. Üppige Ornamente beleben die Wände und Dachfirste.

Rotterdams zwölfstöckiges Witte Huis (1898 erbaut) war Europas erster Wolkenkratzer. Heute wirkt es im Vergleicht mit seinen Nachbarn eher gedrungen; irgendwie hat es die Zerstörung der Stadt 1940 überstanden.

## Goldenes Zeitalter

Nachdem die Niederlande im 17. Jh. eine Macht im Welthandel geworden waren, wollten die reichen Kaufleute durch prächtige Bauten ihren Status demonstrieren.

Hauptaufgabe der neuen Architektur war es, Eindruck zu schinden. Die wichtigsten Architekten wie Jacob van Campen (1595–1657) und die Brüder Philips und Justus Vinghoons schöpften ihre Ideen wieder aus der griechischen und römischen Antike. Um die Häuser größer erscheinen zu lassen, wurde der Stufengiebel durch den Halsgiebel ersetzt und die Pilaster wirkten wie königliche Säulen mit einem Säulenfuß. Dekorative Voluten wurden ergänzt und oben auf dem Giebel wurde ein Dreieck oder eine Kugel platziert, um einem Tempeldach zu ähneln.

Ein herrliches Beispiel dafür ist der Koninklijk Paleis (Königliche Palast, S. 45) in Amsterdam, 1648 als Rathaus der Stadt erbaut. Der Architekt, Van Campen, griff auf klassische Vorbilder zurück und ließ viele der verspielten Dekorationen De Keysers weg, sodass der Bau durch seine festen Linien und Formen einen gewissen Ernst ausstrahlt.

Diese neue Architekturform gefiel den Kaufleuten der Stadt, die der Welt ihren Erfolg kundtun wollten. Da rote Sportwagen erst Jahrhunderte später aufkamen, waren die Grachtenhäuser die Statussymbole. Auf kleinen Grundflächen setzten die Giebel mit Skulpturen und zahlreichen Mustern und Formen ein deutliches Zeichen. Philips und Justus Vingboons waren Spezialisten für diese eleganten Herrenhäuser; zu ihren bekanntesten Werken zählen das Bijbels Museum (Bibelmuseum; S. 64) und Häuser am westlichen Grachtengürtel in Amsterdam.

Doch nicht nur in der Hauptstadt gibt es großartige Architektur. Den Haag besitzt seine eigenen Schmuckstücke aus dem 17. Jh., das **Paleis Noordeinde** (Karte S. 204; Noordeinde; Kneuterdijk) und das Mauritshuis (S. 203 ); zahlreiche andere Beispiele säumen die malerischen Grachten von Leiden, Delft und Maastricht, um nur einige zu nennen.

Die Website www.architectenweb.nl ist ein Who's Who der niederländischen Architekturszene. Sie informiert auch über neu geplante und im Bau befindliche Projekte.

## Französischer Einfluss

Im 18. Jh. wandte sich die reiche Klasse vom Handel ab und einem ruhigeren Leben im Bank- und Finanzwesen zu. So verbrachten sie viel Zeit zu Hause. Niederländische Architekten begeisterten sich für alles Französische (das spiegelt die französische Vorherrschaft im Land in dieser Zeit wider). Zierliche Louis-XV-Möbel und üppige Rokokoverzierungen waren groß in Mode. Zu dieser Zeit kamen auch französische Architekturtrends ins Land. Daniel Marot (1661–1752), zusammen mit seinen Assistenten Jean und Anthony Coulon, war der Erste der französische Innenarchitektur in die Niederlande brachte. Gute Beispiele für ihre Arbeit finden sich am Lange Voorhout in Den Haag.

## Klassizismus

Während der Napoleonischen Kriege Ende des 17. Jhs. geriet die Architektur in den Hintergrund. Natürlich musste auch weiterhin gebaut werden und so griffen Baumeister wieder auf antike griechische und römische Vorbilder zurück und schufen so schließlich den Klassizismus (ca. 1790–1850). Mit seiner klassischen Ordnung, Symmetrie und Schlichtheit wurde der klassizistische Stil wichtig für Kirchen, Gerichts- und andere offizielle Gebäude. Ein grandioses Beispiel für den Klassizismus ist das Rathaus von Groningen; insbesondere zu beachten sind die klassischen Pfeiler, obwohl die Verwendung von Backsteinwänden einen typisch niederländischen Akzent setzt. Viele Kirchen wurden von der Waterstaat-Behörde subventioniert und heißen daher Waterstaatkerk, wie etwa die einsame Kirche von Schokland.

## Ende des 19. Jhs.

Ab den 1850er-Jahren breiteten sich in den großen Bauprojekten gotische Elemente aus; so entstand die Neogotik. Kurz danach wurde die Religionsfreiheit erklärt und Katholiken durften Kirchen in protestantischen Regionen bauen. Die Neogotik gefiel den Katholiken gut, da sie an ihre eigene Glanzzeit erinnerte. Es kam zu einem Boom im Kirchenbau.

Im ganzen Land inspirierte die Sehnsucht nach den glorreichen Tagen des Goldenen Zeitalters die Neo-Renaissance, die viel von De Keysers Meisterwerken übernahm. Neo-Renaissance-Bauten entstanden überall und wirken wie aufpolierte dreihundert Jahre alte Veteranen. Für viele Beobachter sind die Gebäude mit Stufengiebeln und dem Wechsel zwischen Backstein und Stein der Inbegriff der klassischen niederländischen Architektur.

Einer der führenden Architekten dieser Epoche war Pierre Cuypers (1827–1921), der einige neogotische Kirchen baute, aber auch oft andere Stile darunter mischte, etwa die Neo-Renaissance. Das sieht man bei der Centraal Station (S. 54) und dem Rijksmuseum S. 72). Es handelt sich hauptsächlich um gotische Bauten, doch es gibt auch Backsteinelemente der niederländischen Renaissance.

*Architectural Guide to the Netherlands* von Paul Groenendijk und Piet Vollaard bietet einen umfassenden Überblick über die Architektur seit 1900, nach Regionen geordnet, mit kurzen Erläuterungen und Fotos. Es gibt zwei Bände: *1900–2000* und *1980–Present*. Dazu gehört die Website www.architectureguide.nl mit einer Liste der 100 wichtigsten Bauten.

## Berlage & die Amsterdamer Schule

Im Vorfeld des 20. Jhs. kritisierte Hendrik Petrus Berlage (1856–1934), der Vater der modernen niederländischen Architektur, die Neo-Stile und ihr Vertrauen auf die Vergangenheit. Er bevorzugte einfache, praktische Entwürfe gegenüber reichen Verzierungen: Amsterdams Beurs van Berlage (S. 56) von 1902 präsentiert diese Ideale perfekt.

**Oben:** Fassaden mit Giebel (S. 352), Amsterdam

**Unten:** Rietveld-Schröderhuis (S. 167), Utrecht (Stadt)

TAKASHI IMAGES/SHUTTERSTOCK ©

Berlage arbeitete mit Bildhauern, Malern und Kachelkünstlern zusammen, um sicherzustellen, dass Verzierungen in den allgemeinen Entwurf eingegliedert wurden und nicht die Baustruktur verdeckten. Das Gemeentemuseum (S. 205) in Den Haag, Berlages letztes Hauptwerk, ist eine noch ehrgeizigere Präsentation seiner Prinzipien.

Berlages Entwürfe für Wohnhäuser nahmen einen Block immer als Ganzes in den Blick, nicht als Ansammlung einzelner Häuser. Damit beeinflusste er die jungen Architekten, die später als Amsterdamer Schule bekannt wurden, obwohl sie seine streng rationalen Entwürfe ablehnten und einen kreativeren Ansatz vorzogen. Hauptvertreter waren Michel de Klerk (1884–1923), Piet Kramer (1881–1961) und Johan van der Mey (1878–1949); Letzterer führte sich bei der Amsterdamer Schule (ca. 1916–1930) mit seinem außergewöhnlichen Scheepvaarthuis (S. 59) ein, einst Hauptsitz einiger Speditionen, heute ein Hotel.

Backstein war das bevorzugte Material dieser Architekten. Häuserblocks wurden als Skulpturen behandelt, mit abgerundeten Ecken, seltsam platzierten Fenstern und felsförmigen Türmen. Ihre Wohnbauten in Amsterdam, wie etwa De Klerks „Schiff" im Westen wurden als Märchenschlösser in einer niederländischen Version des Art déco bezeichnet. Dass ihnen Form immer wichtiger war als Funktion, führte dazu, dass ihre Entwürfe oft schön anzusehen waren, aber sich nicht so gut zum Darinleben eigneten, mit kleinen Fenstern und einer unvorteilhaften Platzausnutzung.

Fördergelder für den Hausbau führten in den 1920er-Jahren zu einer regen Bautätigkeit. In dieser Zeit arbeiteten viele Architekten der Amsterdamer Schule für die Stadtverwaltung und entwarfen Bauten für Oud Zuid (Alter Süden). Dieses weitläufige Neubauviertel, dessen Grundriss Berlage schuf, stand für Qualitätshäuser, breite Straßen und lauschige Plätze.

## Funktionalismus

Während Häuser im Stil der Amsterdamer Schule überall in der namengebenden Stadt errichtet wurden, begann eine neue Generation von Architekten gegen die unpraktischen Bauten (ganz zu schweigen von den hohen Kosten) zu rebellieren. Sie bildeten eine Gruppe genannt „de Stijl", die vom Bauhaus in Deutschland, von Frank Lloyd Wright in den

### KUNST ODER ARCHITEKTUR?

Für manche zeitgenössische niederländische Künstler ist der Übergang zwischen Kunst und Architektur fließend. In seinem Atelier in Nieuwkoop in Zuid-Holland verwischt Daan Roosegaarde (*1979; www.studioroosegaarde.net) die Grenzen zwischen Kunst und urbaner Technik, indem er Installationen schafft, die Kunst und Umwelt verschmelzen, um das Umweltbewusstsein zu steigern.

Mit *Icoon Afsluitdijk* (2017) verwandelte der Künstler einen Teil des 32 km langen Afsluitdijk in Noord-Holland – eines Stein für Stein von Hand errichteten Damms – in eine futuristische Öko-Landschaft. Wenn es dunkel wird, beleuchten die Scheinwerfer der vorbeifahrenden Autos 60 Schleusentore am Rand der Straße, die in reflextierendes Material verpackt sind. So entsteht ein an Science-Fiction erinnerndes Fahrerlebnis auf einer energieneutralen Straße. Roosegaardes Installation *Gates of Light* ist Teil eines gewaltigen Regierungsprojekts, das ab 2018 umgesetzt werden soll, um den Damm aus den 1930er-Jahren zu renovieren.

Auf den ersten Blick scheint John Körmelings *Draaiend Huis* (2008) in Tilburg nur ein weiteres normales Haus zu sein, wenn auch eines, das ganz allein in der Mitte eines Kreisverkehrs auf einer mehrspurigen Vorortstraße steht. Doch wer genauer hinschaut, sieht, dass sich das Haus tatsächlich um die Mitte des Kreisverkehrs bewegt.

Erasmusbrug (S. 179), Rotterdam

USA und Le Corbusier in Frankreich beeinflusst wurde. Hier machte sich zum ersten Mal der Funktionalismus bemerkbar.

Architekten wie Ben Merkelbach (1901–1961) und Gerrit Rietveld (1888–1965) waren der Meinung, dass die Form der Funktion folgen sollte und sangen ein Loblied auf Stahl, Glas und Beton. Ihre geräumigen Bauten waren praktisch und ließen sehr viel Sonnenlicht ins Innere. Das Rietveld-Schröderhuis (S. 167), Utrechts Meisterwerk, ist das einzige Haus, das komplett nach den funktionalistischen Prinzipien von De Stijl gebaut wurde.

Nach dem Krieg rückte der Funktionalismus in den Vordergrund und prägte neue Viertel, die im Westen und Süden von Amsterdam entstanden, ebenso wie die vom Krieg zerstörten Städte wie Rotterdam. Vororte mit Hochhäusern entstanden in großem Umfang, reichten aber nicht aus, um mit der Bevölkerungsexplosion und der Urbanisierung des niederländischen Lebens Schritt zu halten. Doch der Funktionalismus war nicht mehr so beliebt, als schicke Designelemente in schlichter Form bei preiswerten Bauprojekten für die Massen angewendet wurden.

Ein wunderbares Beispiel für frühen Funktionalismus sind Windmühlen, die es in vielen unterschiedlichen Formen gibt und deren typisches Aussehen zu einem Symbol für das Land geworden ist.

## Moderne & darüber hinaus

Seit den 1980er-Jahren herrschte ein Bauboom in den Niederlanden und so hatten die Architekten reichlich Gelegenheit mit verschiedenen „ismen" zu flirten, etwa dem Strukturalismus, dem Neorationalismus, der Postmoderne und der Neomoderne.

Zeugnisse dieser Stile finden sich in Rotterdam, einem architektonischen Weltzentrum, wo Stadtplaner kühne Entwürfe ermutigt haben: von Piet Bloms verblüffenden würfelförmigen Boompjestorens bis zu Ben van Berkels graziöser **Erasmusbrug** (Karte S. 180; Ⓜ Wilheminaplein, Leuvehaven). In der Tat ist die ganze Stadt ein Schaufenster moderner Architektur, wo ständig neue „Ausstellungsstücke" errichtet werden.

Gegenwärtig ist der MaasToren mit 165 m das höchste Gebäude, wird jedoch schon bald klein erscheinen im Vergleich zum 215 m hohen Zalmhaventoren, der 2021 fertig werden soll. Der geplante Wohnturm, flankiert von zwei niedrigeren Bauten, soll als „vertikale Stadt" 492 Wohnungen und begleitende Infrastruktur bieten.

Nicht weit entfernt entstand ein Trio von transparenten Türmen namens De Rotterdam (S. 188) (2009), die wunderbar von den vorbeifahrenden Autos aus zu sehen sind und die von Rotterdams eigenen Rem Koolhaas (*1944) entworfen wurden. Er ist einer der einflussreichsten Architekten der Welt und seine Firma, OMA, eine Brutstätte für eine ganz neue Generation von Architekten. Sein gegenwärtiges Projekt, ein neues Stadion für das Fußballteam der Stadt an der Nieuwe Maas, wird teilweise auf dem Wasser gebaut werden. Man erwartet, dass es eine rasche Wiederbelebung des Viertels Feyenoord am Flussufer bedeutet.

Weitere faszinierende Beispiele kühner neuer Architektur lassen sich im ganzen Land bewundern; oft verbinden sie Symbolik mit einem verspielten Touch. Bei Den Bosch imitiert der Wohnkomplex Haverleij eine mittelalterliche Landschaft mit zehn von einem Graben umgebenen Gemeinden, jede mit ihrem eigenen Schloss, außerdem gibt es gemeinsame Grünflächen. In Breda bildet ein surrealer kupferbelegter Block eine akustisch ausgewogene Kuppel für die Mezz Popmusikhalle. In Zwolle scheint ein UFO mit einer Fassade aus reflektierenden blauen Kacheln auf dem Dach des klassizistischen Museums De Fundatie (S. 276) gelandet zu sein.

Das Nederlands Architectuur Instituut (www.nai.nl) in Rotterdam ist die höchste Autorität, wenn es um die neuesten Entwicklungen in der niederländischen Architektur geht. Es gibt dort interessante Ausstellungen, die zeigen, welche Trends die Architektur des Landes geprägt haben.

Im Musikzentrum TivoliVredenburg (S. 173) in Utrecht gibt es vier Säle (jeder Saal für einen anderen Musikstil), die um und über dem ursprünglichen Symphoniesaal angeordnet sind, wie die Abteilungen in einem Schallplattenladen. Das neue Kulturzentrum Forum in Groningen, das im Jahr 2019 fertiggestellt werden soll, erhebt sich wie eine große Pyramide beim Hauptplatz. Und in Amsterdam erweckt das NEMO Science Museum (S. 62) den Eindruck, dass ein U-Boot gerade aus den Fluten auftaucht.

Viel Platz für Experimente entsteht durch Bereiche oder Gebäude, deren Funktion sich geändert hat oder aufgegeben wurde. Im ganzen Land gibt es unzählige faszinierende Beispiele für städtische Umwidmung und kreative Neuverwendung von Gebäuden – eine nachhaltige Alternative zum Abriss. Da es immer weniger Kirchengänger gibt, wurden Kirchen in Zwolle und Maastricht in Buchhandlungen oder ein elegantes Hotel umgewandelt. In Eindhoven wurde der weitläufige Industriepark der Firma Philips für kreative Talente umgestaltet, mit einem Veranstaltungszentrum, einem Konzertsaal, einem Hostel und einem Skateboard-Park; das Ganze ist allgemein bekannt als Strijp-S.

An Maastrichts östlichem Flussufer entstand ein neues Wohngebiet, dass von einem Team internationaler renommierter Architekten entworfen wurde, auf dem Areal einer alten Keramikfirma und heißt jetzt passenderweise Céramique. Auf der NDSM-Werft (S. 84) in Nord-Amsterdam beherbergt die frühere Schweißhalle heute Ateliers und Filmstudios; alte Frachtcontainer sind Studentenwohnungen und die Krangeleise (Kranspoor) bilden die Basis für ein längliches Bürogebäude.

An den Ufern des Flusses IJ in Amsterdam gibt es zahlreiche gute Beispiele für die viel gepriesene niederländische Tradition der städtischen Architektur. Nordwestlich der Centraal Station wird im Bereich des Houthaven („Holzhafen") sehr viel gebaut. Die sieben künstlichen Inseln bilden ein neues Wohnviertel. Eines der faszinierendsten Objekte in diesem Bereich ist REM Eiland (S. 102), eine 22 m hohe Plattform, früher Sitz eines Piratensenders, heute finden sich hier ein Restaurant und eine Bar.

Im Osten, etwa 10 km von der Innenstadt, wächst das aufblühende Viertel IJburg auf einer Kette künstlicher Inseln. 2025 sollen 45 000 Menschen auf diesen Inseln wohnen. Die Enneüs Heerma Brug mit zwei riesigen Stahlbögen, von den einheimischen mit dem Spitznamen Dolly-Parton-Brücke versehen, verbindet das Viertel mit dem Festland. Und so entsteht eine neue Stadt dort, wo einst Sumpfland war – eine tpyische Geschichte in den Niederlanden.

# Natur & Umwelt

**Ohne Zweifel sind die Niederlande das Ergebnis menschlicher Anstrengungen. Wohin man auch schaut, ob es nun die akkurat angeordneten Polderreihen sind oder die allgegenwärtigen Deiche, alles sieht geplant und durchorganisiert aus. Ein Sprichwort lautet „Gott schuf die Welt, aber die Niederländer schufen die Niederlande." Das viele Herumflicken an den natürlichen Gegebenheiten ist oft aus Not heraus geschehen – es ist eben recht schwierig, unter dem Meeresspiegel zu leben. Diese ganze Umgestaltung hat die niederländische Umwelt jedoch sehr belastet.**

**Oben:** Schutz gegen Sturmfluten bieten die Deltawerke (S. 231)

## Ein Land wird erschaffen

Die Niederlande sind von Belgien, Deutschland und den unsteten Gewässern der Nordsee umgeben. Ihre Landmasse ist über Jahrhunderte hinweg zu einem großen Teil künstlich aus dem Meer gewonnen worden. Landkarten aus dem Mittelalter muten heute sehr seltsam an, denn große Landesteile von Nordholland und Zeeland fehlen dort schlicht und ergreifend. Das Land umfasst heute mehr als 41 500 km² und ist damit halb so groß wie Schottland.

Die Niederlande bestehen aus zwölf Provinzen. Fast alle sind so platt wie ein *pannenkoek* (Pfannkuchen); die einzigen nennenswerten Hügel erheben sich im südlichen Zipfel unweit von Maastricht. Die Erde im Westen und Norden ist relativ jung und besteht aus Torf und Lehm, der weniger als 10 000 Jahre alt ist. Ein großer Teil dieser Gegend liegt unter dem Meeresspiegel oder ist das Ergebnis von zahlreichen Landgewinnungsmaßnahmen.

Niemand kann leugnen, dass die Niederlande ein niedriges, flaches Land sind (der holländische Name „Nederlands" sagt schon alles ). Der niedrigste Punkt – die Stadt Nieuwerkerk am IJssel bei Rotterdam – liegt 6,74 m unterhalb des Meeresspiegels, während sich der höchste Punkt – der Vaalserberg in Limburg – bescheidene 321 m über den Meeresspiegel erhebt.



## Deiche

Die Anstrengungen der Niederländer, neues Land zu gewinnen, muten fast übermenschlich an. Allein im letzten Jahrhundert wurden durch kluge Ingenieurskunst drei riesige Polder geschaffen: Wieringermeer in Nordholland, die Inselprovinz Flevoland und der angrenzende Noordoostpolder. Ein großer Teil davon, nämlich knapp über 1700 km², wurde trockengelegt, nachdem im Jahre 1932 ein Schutzdeich die Nordsee fernhielt. Insgesamt sind erstaunliche 20 % des Landes das Ergebnis von Landgewinnungsmaßnahmen.

Über die niederländische Landschaft lässt sich nur sprechen, wenn man auch das viele Wasser erwähnt, das 20 % der gesamten Landesfläche bedeckt. Die meisten Niederländer schaudern bei dem Gedanken, ein Leck könnte in den Deichen entstehen. Wenn die Niederlande ihre 2400 km mächtigen Deiche und Dünen verlören – einige sind sogar 25 m hoch – würden große Städte einfach überschwemmt werden. Moderne Pumpstationen (der heutige Ersatz für alte Windmühlen) laufen rund um die Uhr, um Überschusswasser abzupumpen.

Überflutungsgefahr droht vor allem in der südwestlichen Provinz Zeeland, ein ausgedehntes Mündungsgebiet der Flüsse Schelde, Maas, Lek und Waal. Die letzten beiden sind Mündungsarme des Rheins (Rijn), das Ende einer Reise, die in den Schweizer Alpen beginnt. Die Maas entspringt in Frankreich und fließt durch Belgien, bevor sie dann in dem Deltagebiet in die Nordsee mündet.

Die Überflutungen von 1953 verwüsteten Zeeland und die umliegenden Regionen. Die in der Folge entstandenen Deltawerke sollten als eins der größten öffentlichen Werksprojekte der Erde zukünftige Überflutungen verhindern.

Unmengen kleiner Wege verlaufen auf den alten Deichen und sind Teil eines wunderbaren Radwegenetzes. Von dort oben kann man erkennen, wie tief das Land unterhalb der Wasseroberfläche der Kanäle liegt. Außerdem kommen die historischen Windmühlen in den Blick, die das Wasser einst fernhalten sollten.

Größere Säugetiere wie Fuchs, Dachs und Damwild haben sich in die Nationalparks und Naturschutzgebiete zurückgezogen. Manche Arten wie Wildschwein, Mufflon (wildes Schaf) und Rotwild wurden in kontrollierte Lebensräume zurückgeführt.

# Natur

Die Eingriffe der Menschen haben eine große Rolle in Natur und Umwelt der Niederlande gespielt. Nur wenige Lebensräume sind noch intakt, und mehr als zehn Prozent der Tierarten des Landes sind von anderswoher eingeführt worden. Während Flora und Fauna der Niederlande einem stetigen Wandel unterworfen sind, bleibt eine Tatsache unverändert: Vögel lieben dieses Land.

In manchen Fällen arbeiten die menschlichen Aktivitäten sogar zum Vorteil mancher Arten. In Gelderland wurde der Teil der Waal, die durch Geldersepoort fließt, so erweitert, dass der Durchfluss erheblich gesteigert wurde und sich so neue Vogelarten wie z. B. Säbelschnäbler nun in diesem Gebiet von Seen, Teichen, Sümpfen und Weidenbäumen niedergelassen haben. Ähnlich ist es mit der Rückkehr einiger Arten wie z. B. des Silberreihers, der bis 1988 in der österreichisch-ungarischen

## BEDEUTENDE NATIONALPARKS & NATURSCHUTZGEBIETE

| NAME | EIGENSCHAFTEN | AKTIVITÄTEN | BESTE REISEZEIT |
|---|---|---|---|
| NP Biesbosch | Schilfmoor im Mündungsgebiet, Waldgebiet | Kanufahren, Wandern, Birdwatching, Radfahren | März–Sept. |
| NP Duinen van Texel | Dünen, Heide, Wald | Wandern, Radfahren, Birdwatching, Schwimmen | März–Sept. |
| NP Hoge Veluwe | Sumpfland, Wälder, Dünen | Wandern, Radfahren, Kunst anschauen | ganzjährig |
| NSG Oostvaardersplassen | Wildes Schilfmoor, Weideland | Wandern, Radfahren, Birdwatching, Angeln | ganzjährig |
| NP Schiermonnikoog | Autofreie Insel, Dünen, Watt | Wandern, Wattwandern, Birdwatching | März–Sept. |
| NP Weerribben-Wieden | Torfmoor | Kajak- & Kanufahren, Wandern, Birdwatching | ganzjährig |
| NP Zuid-Kennemerland | Dünen, Heide, Wald | Wandern, Birdwatching, Radfahren | März–Sept. |

In den Küstengewässern gibt es zwölf Krustentierarten, darunter die invasive Chinesische Wollhandkrabbe. Weiter draußen auf dem Meer haben die Bestände des Nordseekabeljaus, der Shrimps und Seezunge sehr unter chronischer Überfischung gelitten, sodass die Fangquoten mittlerweile durch die EU begrenzt werden.

Grenzregion beheimatet war und nach der Errichtung neuer Polder in Flevoland auftauchte oder mit dem Seeadler, der im Nationalpark Biesbosch gesichtet wurde (S. 201). In anderen Fällen wurden Arten in Naturschutzgebieten angesiedelt, wie z. B. der Europäische Bison sowie die Hochland- und Gallowayrinder, die wie ausgestorbene Arten behandelt werden und die Landschaft in ihren ursprünglichen Zustand zurückversetzen sollen.

## Nationalparks

Da es nur so wenige unberührte Fleckchen in den Niederlanden gibt, schätzen die Niederländer jedes bisschen Natur, das noch übrig geblieben ist, und das trifft insbesondere auf ihre Nationalparks zu (www.nationaalpark.nl) zu. Während das erste Naturschutzgebiet jedoch bereits 1930 ausgewiesen wurde, dauerte es bis 1984, bis der erste mit öffentlichen Mitteln finanzierte Nationalpark eingerichtet wurde.

Nationalparks sind in den Niederlanden eher kleinflächig: Um zu einem Park zu werden, genügt ein Gebiet von über 10 km², das irgendwie umweltschutztechnisch bedeutsam ist. Die meisten der 20 Nationalparks des Landes sind durchschnittlich nur 64 km² groß und dazu da, sowohl von Menschenhand geschaffene als auch naturbelassene Gebiete zu schützen. Insgesamt 1200 km² (etwas über 3 %) der niederländischen Landesfläche werden als Nationalparks geschützt. Der nördlichste ist die Insel Schiermonnikoog in Friesland und der südlichste ist die terrassierte Landschaft von De Meinweg in Mittel-Limburg.

Manche Nationalparks sind regelrecht überlaufen, nicht nur weil dort viel Natur zu sehen ist, sondern auch weil es dort gut ausgestattete Besucherzentren mit hervorragenden Ausstellungen zur aktuellen Flora und Fauna gibt. Hoge Veluwe mit seinen Sandhügeln und Wäldern, die einst für diesem Teil der Niederlande charakteristisch waren, ist besonders beliebt. Der Park wurde 1935 gegründet und ist der einzige, für den man Eintritt zahlen muss.

Von den anderen 19 Nationalparks ist Weerribben-Wieden in Overijssel der wichtigste, weil er eine Landschaftsform schützt, die einst stark vom Torfabbau gezeichnet war. Hier verfolgt man ein modernes Ziel, nämlich dem Land Gelegenheit zu geben, sich zurück zur Natur zu entwickeln. Genauso soll es auf Schiermonnikoog geschehen, das zu einem großen Teil aus Land besteht, das einst von einer Mönchssekte genutzt wurde und das zur von der Unesco im Jahre 2009 unter Schutz gestellten Region Wattenmeer gehört.

## Umweltprobleme

Als Gesellschaft insgesamt sind die Niederländer sicherlich umweltbewusster als die meisten anderen Nationen. Mit der hohen Bevölkerungsdichte, den vielen Privatautos, der starken Industrialisierung, der intensiven Landwirtschaft und der Tatsache, dass mehr als ein Viertel der Landesfläche niedriger als der Meeresspiegel liegt, ist Umweltbewusstsein das Gebot der Stunde.

Schon in den 1980er-Jahren begann jede niederländische Regierung damit, Gesetze zu erlassen, die die Verschmutzung durch Industrie und Landwirtschaft eindämmen sollten. Recycling gehörte zum Alltagsleben, obwohl darüber vielfach debattiert wurde. Alle einigten sich auf die Notwendigkeit von Recycling, aber nicht darauf, wie das geschehen und wer es machen sollte. Eine Finanzierungsidee war dabei, dass diejenigen zur Kasse gebeten werden, die den Müll ungetrennt abgeben.

Die Bohrungen nach den natürlichen Gasvorkommen bei Groningen wurden als Grund für vermehrte Erdbeben in der Region angeführt; Anfang 2018 hatte ein Erdbeben der Stärke 3,4 auf der Richterskala Städte in den nordöstlichen Niederlanden beben lassen. Daraufhin drosselte die Regierung die Gasproduktion in der Gegend von Groningen erheblich und das mit dem Ziel, die Bohrungen bis 2022 ganz einzustellen. Im Moment bestehen noch etwa 40 % der Energie des Landes aus Gas.

Süßwasserfische wie Güster, Rotfeder, Hecht, Barsch, Stichling und Karpfen lieben die Grachten und Kanäle. Man kann sie ganz aus der Nähe in einem Aquarium, das einer Amsterdamer Gracht nachgebildet ist, im Königlichen Artis-Zoo in Amsterdam bewundern,.

### Autos

Die Niederländer sind zwar passionierte Radfahrer, lieben es jedoch genauso, ihr Auto zur sofortigen Verfügung zu haben. Trotz der guten, recht preisgünstigen öffentlichen Verkehrsmittel ist die Zahl der Privatwagen in den letzten zwei Jahrzehnten erheblich angestiegen – gegenüber den späten 1980er-Jahren etwa um die Hälfte. Hohe Parkgebühren, begrenzter Parkraum, Fußgängerzonen und horrende Geldstrafen haben jedoch geholfen, dem Verkehrsinfarkt in den Innenstädten entgegenzuwirken.

### BIRDWATCHING FÜR ANFÄNGER

Für einen Amateur-Vogelkundler sind folgende Vögel schon recht interessante Arten:

**Säbelschnäbler** – am Wattenmeer und in Mündungsgebieten verbreitet; mit schmalem, nach oben gebogenem Schnabel und schwarz-weißem Gefieder.

**Schwarzspecht** – klopft selten, aber laut. Um ihn zu sichten, geht man am besten in Waldgebiete wie den Nationalpark Hoge Veluwe.

**Blaukehlchen** – sein Gesang gleicht dem Freilauf eines Fahrrads; im Nationalpark Biesbosch, auf Flevoland und in Mündungsgebieten zu sehen.

**Silberreiher** – verbreitet in Sumpfgebieten. Konnte sich erstmals in den frühen 1990er-Jahren auf Flevoland vermehren.

**Rohrweihe** – Greifvogel; kreist oft über Röhricht und Ackerland.

**Löffler** – dieser seltsam aussehende Bursche war einst selten, hat sich mittlerweile jedoch stark an den Küsten Zeelands und auf den Friesischen Inseln ausgebreitet.

**Weißstorch** – seit den 1980er-Jahren fast ausgestorben, aber mittlerweile gut erholte Zahlen. Riesige Nester.

## WINDMÜHLEN

Ganz wesentlich für die Geschichte der Niederländer und ihren Kampf gegen das Wasser sind die Windmühlen. Diese Wahrzeichen des Landes waren eine geniale Erfindung, die sich die fast stetig wehenden Winde von der Nordsee zu Nutze machten, um das Wasser vom Eindringen ins Land abzuhalten. Windmühlen wurden erstmals im 13. Jh. eingesetzt, um das Wasser von den Landflächen, die unterhalb des Meeresspiegels lagen, über die Deiche hinwegzupumpen. Später wurden sie für alles Mögliche genutzt; Beispiele kann man an den 1200 noch existierenden Windmühlen sehen.

**Standerdmolen** – Ältester Windmühlentypus der Niederlande. Das hölzerne Haus dreht sich. Wurden überwiegend zum Kornmahlen genutzt.

**Wipmolen** – Spätere Variante der *standerdmolen*; wurden benutzt, um das Wasser aus den Poldern zu pumpen. Das kleinere Mühlenhaus dreht sich auf einem festen pyramidenförmigen Sockel.

**Stellingmolen** – Stehen auf einer hohen Plattform, sodass sie in bebauten Gebieten leichter Wind abbekommen. Um den Sockel steht ein Gerüst, von wo aus die Mühlen betrieben werden und die Windmühlenflügel der Windrichtung entsprechend optimal ausgerichtet werden können. Wurden für Papier- und Ölherstellung genutzt. Ein gutes Beispiel dafür ist **De Gooyer** (Funenkade 5; 🚊10 Hoogte Kadijk) neben der Brouwerij 't IJ im Osten Amsterdams.

**Tjasker** – Windmühlenflügel, die hoch oben auf einem abgewinkelten Schaft platziert sind und als Pumpe fungieren. Wurden von Torfstechern benutzt, um den Wasserspiegel zu senken und dadurch die Arbeit zu erleichtern. Beispiele gibt es im Nationalpark Weerribben-Wieden.

**Rietmolen** – Mini-Windmühlen, die wie Wetterfahnen aussehen. Wurden von Schilferntehelfern benutzt, um das Schilfgras trocken zu halten.

Bis Mitte des 19. Jhs. waren in allen Teilen der Niederlande über 10 000 Windmühlen in Betrieb. Die Erfindung der Dampfmaschine machte sie jedoch bald überflüssig. Bis Ende des 20. Jhs. waren nur noch 950 funktionierende Windmühlen übrig, aber diese Zahl hat sich mittlerweile eingependelt, da vielen Menschen sehr daran liegt, diese Zeitzeugen zu erhalten. Die niederländische Regierung bietet eine dreijährige Ausbildung für künftige Mühlenbetreiber an, denn diese brauchen eine Lizenz für ihre Tätigkeit.

Eine Mühle an einem windigen Tag zu betreiben ist ähnlich kompliziert wie die Arbeit eines Matrosen auf einem großen Segelschiff. Jeder, der schon einmal in einer Mühle war und die riesigen Holzbalken knarren gehört hat, wird sich dieser Ähnlichkeit schnell bewusst. Die größte Gefahr beim Betreiben einer Mühle ist es, dass die Segel sich so schnell drehen, dass man sie nicht mehr anhalten kann. Das endet häufig mit einer Katastrophe, weil sich die Mühle dann unerbittlich selbst zerreißt.

Heutzutage trifft man eher auf turbinenbetriebene Windräder als auf Windmühlen, aber dennoch gibt es landesweit noch genügend Gelegenheiten, die alten Mühlen zu sehen.

In Kinderdijk bei Rotterdam befinden sich in einer klassischen Polderlandschaft jede Menge Windmühlen. Um Mühlen in Funktion zu sehen und zu erfahren, wie sie arbeiten, sollte man sich nach Zaanse Schans (S. 134) bei Amsterdam aufmachen.

Fast jede noch in Betrieb befindliche Windmühle des Landes ist am Windmühlentag, der in der Regel am zweiten Samstag im Mai stattfindet, für Besucher geöffnet. Erkennbar sind teilnehmende Windmühlen an kleinen wehenden blauen Fähnchen.

Außerhalb der Stadtzentren wurden die Nebenstraßen so umgebaut, dass Radfahrer Vorfahrt haben. Sie teilen sich die einspurigen Fahrbahnen mit den Autofahrern. Solche verkehrstechnischen Maßnahmen plus der intensive Bau eines eigenen Fahrradroutennetzes haben dazu geführt, die Nutzung des Autos unattraktiver zu machen.

**Oben:** Schwarzspecht (S. 363)

**Unten:** Windräder, Flevoland (S. 160)

Holstein-Kuh

Während in anderen Ländern der Erde umweltbewusste Fahrer auf Hybridfahrzeuge umschwenken, geht der Trend in den Niederlanden zu E-Bikes. Die Niederländer besitzen mittlerweile 1,5 Millionen dieser Elektroräder; ideale Gefährte, um damit auch längere Strecken zurücklegen zu können. Das ist wahrscheinlich auch der Grund dafür, dass sie fast 30 % mehr Kilometer per Rad zurückgelegt haben als noch fünf Jahre zuvor, nämlich durchschnittlich 1018 km pro Jahr.

**Umweltorganisationen**

*Freunde der Erde, Niederlande (www.milieudefensie.nl)*

*Natur & Umwelt (www.natuurenmilieu.nl)*

## Wasser

Die Auswirkungen des Klimawandels sind in den Niederlanden offensichtlich. Im letzten Jahrhundert sind die Winter kürzer und milder geworden. Der Eislaufwettbewerb Elfstedentocht (S. 238), der durch elf Städte geht, könnte langsam aussterben, weil die Wasserwege in der nördlich gelegenen Provinz Friesland nur noch selten fest genug zufrieren (der letzten Wettlauf fand 1997 statt). Der nationale Wetterdienst der Niederlande KNMI prophezeit, dass in diesem Jahrhundert nur noch vier bis zehn Wettbewerbe stattfinden werden. Obwohl die Winter noch immer feucht und kalt sind, sind sie kein Vergleich mehr zu den eisbedeckten Landschaften, die man auf Gemälden der Renaissance bestaunen kann.

Für ein Land, in dem 26 % der Landmassen unterhalb des Meeresspiegels liegen, könnte der Anstieg des Meeresspiegels eine Katastrophe epischen Ausmaßes bedeuten. Wenn der Meeresspiegel so ansteigt wie vorhergesagt – geschätzte 20 cm pro Jahrhundert – könnte das Land theoretisch wie einst die sagenumwobene Stadt Atlantis in den Wellen untergehen oder künftig zumindest jedes Jahr überflutet werden. Wassermanagement hat für die innovativen Niederländer, die in der Vergangenheit ihre Landschaft immer wieder gegen einbrechende Fluten verändern mussten, eine immense Bedeutung.

Im Zuge der Deltawerke, die von der American Society of Civil Engineers als eines der sieben Wunder der modernen Welt betrachtet werden, wurden Dämme und Sturmflutsperrwerke zum Hochwasserschutz errichtet. Außerdem dienen „Wasserplätze" in Städten zu Zeiten starker Regenfälle als Rückhaltebecken. So kann etwa der Benthemplein in Rotterdam Schwindel erregende 1,7 Millionen Liter Wasser aufnehmen. Im ganzen Lande erstrahlen grüne Dächer mit Wasser absorbierendem Blattwerk in voller Schönheit.

### Mehr Platz für Flüsse

Wenn der Wasserspiegel von Meer und Flüssen steigt, muss mehr Platz geschaffen werden, um die Massen zu bewältigen. Ein starker Sturm im Jahr 1995 nährte die Angst, dass die Flüsse des Landes über die Ufer treten könnten und Tausende Menschen evakuiert werden müssten. Das traf besonders auf die Waal in der Region Nimwegen zu. Dieses Ereignis war der Auslöser für ein landesweites Projekt zur Erweiterung von Flüssen und Errichtung höherer Deiche, die weiter entfernt von den Flüssen liegen sollten. Das Ganze sollte 2,3 Mrd. € kosten.

Über 30 verschiedene Projekte mit Erdarbeiten, der Versetzung von Deichen und der Entfernung von Fließhindernissen sind im Moment an Waal, Lek, Niederrhein und IJssel mit all ihren Nebenflüssen im Gange. Außer der Verbreiterung von Flüssen zielt das Projekt, das unter dem Namen „Mehr Platz für Flüsse" bekannt ist, darauf, mehr Lebensraum für Natur und halbnatürliche Lebensräume zu schaffen. Tierarten kehren nicht nur wegen der neuen Lebensräume zurück, sondern auch weil die Flüsse sauberer werden.

Polder (Landstriche, die für die landwirtschaftliche Nutzung trockengelegt wurden) bilden 60 % der niederländischen Landschaft; das ist bei Weitem der höchste Prozentsatz der Welt.

## Landwirtschaft

In den Niederlanden leben um die 100 Millionen Hühner. Das ist eine der größten Konzentrationen in der industrialisierten Welt (sechs Hühner pro Einwohner; Schweine schaffen es auf eine Dichte von einem Schwein pro Einwohner). Seit dem Zweiten Weltkrieg war eine solche industrielle Produktion der Eckstein der niederländischen Landwirtschaft und hat dem Land viel Reichtum gebracht. Mittlerweile gibt es Sorgen um die Qualität des Grundwassers, das wegen der intensiven Landwirtschaft mit all ihren Düngemitteln, Chemikalien und tierischen Abfällen unter ständiger Kontrolle steht. Die Provinz Noord-Brabant im Süden des Landes war die erste Region, die die Hofgrößen begrenzen und Antibiotika in Futtermitteln verbieten ließ.

Mittlerweile wird einer nachhaltigen Entwicklung mehr und mehr Aufmerksamkeit geschenkt. Bionahrungsmittel werden immer populärer, und die riesige Agrarindustrie merkt langsam, dass man auch mit nachhaltiger Bewirtschaftung Geld verdienen kann und sattelt auf Bio um. Ein Ansatz ist beispielsweise, die Treibhäuser mit Erdwärme zu beheizen und Industriebetriebe dazu zu bringen, die für das Pflanzenwachstum nötigen Kohlendioxyde aus den Nebenprodukten ihrer eigenen Produktion in die Treibhäuser einzuleiten.

Ein Drittel allen Milchviehs der Erde sind Holstein-Kühe, genauer gesagt die schwarz-weiße Sorte aus dem Norden der Niederlande, die weltweit oft als die typische Kuh in Werbespots erscheint.

# Niederländische Küche

**Obwohl die Niederlande nicht zu den führenden kulinarischen Nationen der Erde gehören, muss man mittlerweile zunehmend mit dem Vormarsch der niederländischen Küche rechnen. Herzhaft, deftig und nahrhaft – so wird die niederländische Kost in der Regel beschrieben. Traditionellerweise wurde dem Essen nur wenig Bedeutung beigemessen, denn das Arbeiten stand immer an erster Stelle. Wenn die Niederländer eins sind, dann innovativ; und das findet sich nun in der Küche wieder. Die neue Welle niederländischer Küchenchefs ist eifrig damit beschäftigt, die Kreationen ihrer eher bescheidenen Vorfahren zu verfeinern und ihnen eine moderne Geschmacksnote zu verleihen.**

## Auf der Speisekarte

### Niederländisch

Van Gogh hat die Hauptspeise der traditionellen niederländischen Küche perfekt in seinem Gemälde *Die Kartoffelesser* dargestellt. Die „Erdäpfel" sind in der Regel zu lange gekocht und werden zusammen mit Fleisch serviert – dazu gibt es dann noch länger zerkochtes Gemüse. Zur Geschmacksaufwertung kommt eine Soße hinzu. Nicht sehr einfallsreich, aber sättigend.

Nur wenige Restaurants servieren ausschließlich niederländische Küche, sie schreiben noch viele regionale Gerichte mit auf die Speisekarte, vor allem im Winter. Hier einige bewährte Lieblingsspeisen:

**stamppot** (Kartoffeleintopf) – Ein einfaches Kartoffelgericht aus gestampften Kartoffeln mit Grünkohl, Endivien oder Sauerkraut; dazu Räucherwürstchen oder geschnetzeltes Schweinefleisch. Ein ideales Winteressen.

**hutspot** (Eintopf) – Ähnlich wie *stamppot*, aber mit Kartoffeln, Karotten, Zwiebeln, geschmortem Fleisch und mehr Gewürzen. Das Gericht kommt ursprünglich aus Leiden, dessen Einwohner das Rezept angeblich (in modifizierter Form) von der Besatzungsmacht Spanien geerbt haben.

**erwtensoep** (Erbsensuppe) – Viele Erbsen mit Zwiebeln, Karotten, Räucherwürstchen und durchwachsenem Speck. Die perfekte Konsistenz der Erbsensuppe ist erreicht, wenn ein Löffel aufrecht darin stehen bleibt. (Wird leider nicht im Sommer serviert.)

**asperges** (Spargel) – Weißer Spargel, der fest und saftig ist und besonders in Limburg und Noord-Brabant angebaut wird; besonders beliebt zur Spargelzeit (im Frühjahr); wird mit gekochtem Schinken und Butter serviert.

**kroketten** (Kroketten) – Panierte Kroketten werden mit verschiedensten Füllungen frittiert gegessen; *bitterballen*, frittierte und mit Rinderragout gefüllte Krokettenbällchen werden gerne mit Senf dazu in Kneipen serviert.

**mosselen** (Muscheln) – Sie werden in Weißwein zusammen mit geschnittenem Porree und gehackten Zwiebeln gegart und in einer Schüssel oder einem Kochtopf serviert. Dazu gibt es *frites* oder *patat* (Pommes frites); am besten sind sie von September bis April.

Lamm ist ein wesentlicher Bestandteil auf den Speisekarten des Landes. Die preisgekrönten Lammrassen werden auf Texel gezüchtet. In Küstennähe stehen auch immer Meeresfrüchte mit auf der Speisekarte. *Haring* (Hering) ist ein Nationalgericht der Niederländer. Er wird leicht gesalzen oder gelegentlich auch eingelegt gegessen. *Paling* (Aal) ist in der Regel geräuchert und stellt eine weitere beliebte Delikatesse dar. *Kibbeling*, in Backteig frittierter Kabeljau, ist ein leckerer Snack, der viel an Fischständen auf Straßenmärkten angeboten wird.

Als Nachtisch bieten Cafés oft *appeltaart* (Apfelkuchen) mit *slagroom* (Schlagsahne) an. *Vlaai* ist der typische, mit knusprigen Streuseln gedeckte Kuchen in Limburg, der mit Obst oder einem weichen, leicht süßlich-zimtig abgeschmeckten Pudding gefüllt ist. Himmlisch!

In den meisten Orten gibt es mindestens ein Lokal, in dem es *pannenkoeken* (Pfannkuchen) wie Crêpes gibt, die oft mit Obst und Zimt oder anderen süßen oder herzhaften Auflagen serviert werden. *Poffertjes* sind die kleine Variante (etwa münzgroß), also Pfannküchlein mit Puderzucker und kleinen Butterstücken. Sie werden oft ganz frisch auf Märkten angeboten.

## Käse

Einige Niederländer behaupten, Käse ließe die Menschen groß werden, andere klagen, er verursache Alpträume. Wie dem auch sei, die Niederlande sind zu Recht berühmt für ihren *kaas* (Käse). Der durchschnittliche Niederländer konsumiert 18,6 kg Käse pro Jahr.

Fast zwei Drittel des gesamten Käses wird in Gouda verkauft. Die schmackhafteren Sorten haben einen starken, komplexen Geschmack und werden am besten zu einem Glas Wein gegessen. Klassifiziert wird der Käse nach der Reifedauer, also von *jong* (jung) und *belegen* (mittelalt) bis *oud* (alt). Letzterer ist hart und reichhaltig im Geschmack. Oud Amsterdammer ist eine echte Gaumenfreude, tieforange und eher krümmelig mit weißen Reifekristallen.

Edamer Käse ist ähnlich wie der Gouda, aber etwas trockener und weniger cremig. Leidse bzw. Käse aus Leiden ist ein weiterer Exportschlager, der mit Kreuzkümmel oder echtem Kümmel bestreut und leicht im Geschmack ist.

In den Läden findet man auch Unmengen Sorten, die außerhalb der Niederlanden praktisch unbekannt sind. Friesischer *Nagelkaas* ist mit Petersiliensaft, Buttermilch und Kümmel gewürzt. *Kruidenkaas* birgt eine ganze Mischung aus Gemüsesorten und Kräutern in sich, so beispielsweise Fenchel, Sellerie, Pfeffer oder Zwiebeln. *Graskaas* ist ein Goudakäse, der aus der Milch gemacht ist, die die Kühe direkt, nachdem sie wieder auf den Weiden grasen dürfen, geben.

Das Nationalgericht *Vlaamse frites* kommt eigentlich aus Belgien. Diese Art von Pommes ist aus ganzen Kartoffeln gemacht, nicht aus Kartoffelbrei (die heißen dann nur *frites*). Sie müssen quasi unter einem Mayonnaiseberg ersticken, man kann jedoch auch nach Ketchup, Currysoße, Knoblauchsoße oder anderen Soßen fragen.

## Indonesische Küche

Die indonesische Küche ist ein würzig-pikantes Erbe aus der Kolonialzeit. Sie ist eine reiche und komplexe Mischung vieler Kulturen: Chilischoten, Erdnusssoße und Curry-Gerichte aus Thailand, Zitronengras und Fischsoße aus Vietnam, komplizierte indische Gewürzmischungen aus Indien und das alles mit asiatischen Zubereitungsmethoden.

In den Niederlanden werden die indonesischen Gerichte oft an die empfindsamen europäischen Gaumen angepasst. Wer es so richtig scharf (*pedis*) mag, sagt das einfach, muss aber damit rechnen, dass ihm beim Essen die Tränen in die Augen schießen und die Geschmacksknospen im Mund fast verbrennen. Sicherer ist es, ein *sambal* (Chilipaste) zu bestellen und damit die Schärfe selbst zu bestimmen. *Sambal oelek* ist rot und scharf; das dunkelbraune *sambal badjak* ist mild und süß und basiert auf Zwiebeln.

Das bekannteste Gericht ist die *rijsttafel* (Reistafel), d.h. verschiedene kleine scharfgewürzte Gerichte, wie z.B. geschmortes Rindfleisch, Schweine-Satay und Rippchen, zu denen weißer Reis gereicht wird. *Nasi rames* ist ein dampfender Teller voller gekochtem, mit verschiedensten

### HOLLÄNDISCHE DELIKATESSEN

Der Anblick eines Einheimischen, der gerade langsam einen rohen Hering mit dem Kopf zuerst (Gott sei Dank ohne Kopf) in seiner Kehle verschwinden lässt, verfehlt nie seine Wirkung auf Neuankömmlinge: Da muss man einfach zweimal hingucken! Aber die Niederländer lieben diese Delikatesse nun mal. Falls ein ganzer Fisch zu viel ist, kann er auch in mundgerechte Häppchen zerteilt und mit Zwiebeln und eingelegten Gurken serviert werden. Heringsverkäufer finden sich überall im Land – einfach nach der Aufschrift *haring* oder *Hollandse nieuwe* Ausschau halten und hineinbeißen. Jedes Jahr im Mai gibt es neue Heringe, und das wird im ganzen Land gefeiert.

Eine weitere, für manche gewöhnungsbedürftige holländische Delikatesse ist *drop*. Das ist Lakritz, auf das die Niederländer einfach verrückt sind – jedes Jahr sollen angeblich 30 Millionen Kilo konsumiert werden. Der etwas bittere Geschmack erinnert an so manche Medizin aus Kindheitstagen, und viele Ausländer verweigern einen zweiten Bissen.

Gewürzen bestreutem Reis; das gleiche Gericht mit dicken Nudel nennt sich *bami rames*.

### Surinamesisch

Die Gerichte aus dieser ehemaligen Kolonie haben ihre Wurzeln in der Karibik, mischen afrikanische und indische Geschmacksrichtungen mit indonesischen Einflüssen und wurden von Arbeitern aus Java in die Niederlande eingeführt. Hähnchen-, Lamm- und Rindfleischcurrys sind gängige Gerichte auf der Speisekarte und werden entweder mit Reis oder in einem Sandwich serviert – Letzteres sind die ewig beliebten *Surinaamse broodjes*. *Roti*, ein Pfannkuchen aus Kichererbsenmehl, der mit Curry gewürzten Kartoffeln, Spargelbohnen und Fleisch gefüllt ist (es gibt auch vegetarische Varianten), stellt ein preiswertes, sättigendes Mahl dar.

**Die besten Pommesbuden**

*Vleminckx, Amsterdam*

*De Haerlemsche Vlaamse, Haarlem*

*Friture Reitz, Maastricht*

### Vegetarisch

Es ist ganz erstaunlich, wie wenige Niederländer sich selbst als Vegetarier bezeichnen – in den meisten Umfragen nur vier Prozent. Außerhalb der wichtigsten Metropolen findet man so gut wie keine streng vegetarischen Restaurants; in dem Fall kann man sich in den meisten Restaurants jedoch auf einige vegetarische Gerichte auf der Speisekarte verlassen. Ob diese Gerichte wirklich 100 % ohne Fleisch oder Fisch sind, sollte man jedoch vor der Bestellung noch einmal nachprüfen (oft ist nämlich noch so etwas wie Fleischbrühe enthalten). In den allgegenwärtigen surinamesischen Snackbars gibt es in der Regel Tofu und Tempeh als Sandwichfüllung.

## Getränke

*Borrel* bedeutet auf Niederländisch einfach nur „Umtrunk" – ein Gläschen Schnaps, traditionellerweise ein *jenever* (niederländischer Wacholderschnaps). In der Umgangssprache bedeutet die Einladung zu einem *borrel*, bei einem geselligen Besammensein mit Getränken, Unterhaltung und Spaß dabei sein zu dürfen. Oft gibt es dabei auch etwas zu essen, insbesondere sogenannte *borrelhapjes* (Häppchen) wie z. B. *borrelnootjes* (Erdnüsse in einer knusprigen, würzigen Schale) und *kroketten* (Kroketten), inklusive *bitterballen* (kleine runde Fleischkroketten). Der Name kommt aus der Tradition heraus, dass sie mit bitteren Getränken, besonders *jenever*, serviert wurden.

Ein *borrel* kann zu jeder Gelegenheit stattfinden: zu einem Geburtstag, einem wunderschönen Sonnenuntergang auf der Terrasse, zum

Ende eines Arbeitstages (*vrijdagmiddagborrel,* meist abgekürzt zu *vrijmibo* oder nur *vrimibo.* Das sind feucht-fröhliche Wochenabschlussfeiern mit Kollegen). Wenn man eine Gruppe Einheimischer mit einem Bier in der Hand aus einem „braunen Café" auf die Straße treten sieht, ist das ein *borrel.* Die für ihre Offenheit bekannten Niederländer haben meist nichts dagegen, wenn man sich ihrer Gruppe anschließt.

## Kaffee & Tee

Das Heißgetränk der Wahl ist der Kaffee – schließlich waren es Amsterdamer Kaufleute, die den Kaffee nach Europa gebracht haben. Serviert wird er pro Tasse (es wird nicht nachgeschenkt) und meist mit einem Keks dazu.

Wer einen *koffie* bestellt, bekommt eine recht große Tasse mit einem separaten Päckchen oder Kännchen *koffiemelk,* eine etwas säuerlich schmeckende Kaffeesahne, die an Kondensmilch erinnert. *Koffie verkeerd* ist wie ein Milchkaffee, der in einer Pott-Tasse mit viel richtiger Milch serviert wird.

Echte Kaffeeliebhaber vermissen vielleicht die traditionelle Kaffeetasse, aber handwerkliche Espresso-Bars gewinnen allmählich Land: Die Coffee Company, eine nationale Kette, ist Hollands Antwort auf Starbucks und handwerkliche Kaffeeröstereien und Mikro-Röstereien schießen landesweit in den Städten wie Pilze aus dem Boden. Viele Baristas rösten die Kaffeebohnen in ihren eigenen Räumlichkeiten, wie etwa in einem Café des sogenannten Third Wave Coffee, und setzen professionelle Methoden zur Kaffeezubereitung ein, darunter Filterkaffee, Cold Brew, Espresso etc.

Wichtige niederländische Kaffeeröstereien sind u. a. Man Met Bril (S. 190) und Giraffe in Rotterdam (zwei von etwa einem Dutzend Röstereien in der zweitgrößten Stadt der Niederlande), Brinks bei Nimwegen in Mittelholland und Keen Coffee in Utrecht. Bedeutsame Mitbewerber in Amsterdam sind u. a. **White Label** (☎020-737 13 59; https://whitelabelcoffee.nl; Jan Evertsenstraat 136; ⌚Mo–Fr 8–18, Sa & So 9–18 Uhr; 🚋7/13 Mercatorplein), Lot Sixty One (S. 114), **Two for Joy** (Haarlemmerdijk 182; ⌚9–18 Uhr; 🚋3 Haarlemmerplein), Monks (S. 113), **Bocca** (Karte S. 66; ☎321 314 667; www.bocca.nl; Kerkstraat 96; ⌚Mo–Fr 8–18, Sa & So ab 9 Uhr; 🚋Prinsengracht) und **Sweet Cup** (Karte S. 66; www.sweetcupcafe.com; Lange Leidsedwarsstraat 101; ⌚Mi–Fr 8–18, Sa & So ab 10 Uhr; 🚋1/2/5 Leidseplein).

Tee wird in der Regel so serviert: eine Tasse oder ein Kännchen mit heißem Wasser und einem Teebeutel dazu. Die verschiedenen Sorten werden manchmal in einer Box präsentiert, aus der man sich eine Sorte aussuchen kann. Wer den Tee mit Milch möchte, sagt *met melk, graag.* Viele Einheimische mögen jedoch lieber eine Zitronenscheibe dazu.

## Bier

Die Niederländer lieben Bier. Es scheint der perfekte Begleiter für ein geselliges Beisammensein mit Freunden in der Sonne oder bei einer Party bis in die frühen Morgenstunden zu sein. Und die Holländer hatten bereits viel Zeit, diese bedingungslose Liebe zu kultivieren – Bier ist schon seit dem 14. Jh. ein beliebtes Getränk, und zu einer bestimmten Zeit hatten die Niederlande nicht weniger als 559 Brauereien. Traditionellerweise ist das holländische Bier ein Lagerbier (oder ein Pilsener), ein klares, spritziges, helles Bier mit starkem Hopfengeschmack.

Bier wird kühl und mit einer Schaumkrone serviert. Wer *een bier* oder *een pils* bestellt, bekommt ein ganz normales Glas Bier. *Een kleintje pils* ist ein kleines Bier und *een fluitje* ist ein hohes, aber schmales Glas – ideal, um viel nachzubestellen.

Heineken ist das bekannteste Bier der Niederlande (und möglicherweise auch der ganzen Welt). Es wird im Lande selbst jedoch oft nieder-

### Gastronomie-Feste

**Taste of Amsterdam** *(www.tasteofamsterdam.com; Anfang Juni) Die besten Restaurants und Küchenchefs Amsterdams präsentieren ihre Vorzeigegerichte an den Ufern der Amstel.*

**Food Truck Festival Trek** *(www.festival-trek.nl; Mitte Mai bis Mitte September) Dutzende Food Trucks fahren in acht verschiedene niederländische Städte, um dort für ein im wahrsten Sinne des Wortes bewegtes Fest zu sorgen; dazu gibt es Livemusik.*

**Preuvenemint** *(www.preuvenemint.nl; Maastricht; Ende August) Preuvenemint („Verkostungs-event") gilt als das größte Essensfest des Landes und präsentiert die vielen Restaurants, die es in der südlich gelegenen Stadt gibt.*

### DIE FEINEN UNTERSCHIEDE

In den Niederlanden ist es ganz wichtig, den Unterschied zwischen einem *coffeeshop* (Café zum Rauchen von Marihuana), einem Café *(koffiehuis;* wie eine spezielle Espresso-Bar, die handgemachten Kaffee serviert) und einem *café* (Gaststätte) zu verstehen.

Ein *coffeeshop* mag zwar auch Kaffee (niemals Alkohol) ausschenken, aber der Schwerpunkt liegt auf Cannabis und Haschisch. In *cafés* ist das Rauchen (egal von was) gesetzlich verboten.

gemacht als „das Bier, das dein geiziger Vater trinkt" (nur um mal eine der vielen Redensarten zu nennen). Amstel (im Besitz von Heineken) ist auch recht gut bekannt, und Grolsch (S. 284) (Besichtigung der Brauerei in Enschede, Twente) kann auch einen gewissen internationalen Ruf für sich beanspruchen. Die meisten Biersorten haben rund fünf Prozent Alkohol, und mehrere dieser niedlichen kleinen Gläser können es ganz schön in sich haben.

Während die großen Namen überall gegenwärtig sind, haben die Niederlande noch Unmengen kleinerer Brauereien, deren Biere auch einen Versuch wert sind, so z. B. Gulpener (aus Gulpen in Ost-Limburg), Jopen (S. 133, in Haarlem), Drie Ringen (S. 175, in Amersfoort), Leeuw (in Leeuwarden) und Hettinga (Zwolle). La Trappe (S. 314, das in der Nähe von Tilburg gebraut wird und dessen Brauerei zu Besichtigungszwecken geöffnet hat) und Zundert (aus Zundert, dem Geburtsort van Goghs in Noord Brabant) sind holländische Trappistenbiere. Die Starkbiere der Amsterdamer Brouwerij 't IJ (S. 110) werden vom Fass verkauft, und in einigen heimischen Kneipen gibt es das empfehlenswerte Columbus-Bräu (9 % Alkohol).

Weitere regionale Brauereien sind z. B. Texelse Bierbrouwerij (S. 155) auf Texel, die Rotterdamer Stadsbrouwerij De Pelgrim (S. 196), Utrechts **Oudaen** (Karte S. 166; ☎030-231 18 64; www.oudaen.nl; Oudegracht 99; ⊙Mo–Sa 8–1, So bis 23 Uhr) und **De Hemel** (Himmel; Karte S. 286; ☎024-360 61 67; www.brouwerijdehemel.nl; Franseplaats 1, Commanderie van St Jan; Führung mit Verkostung 11–15,50 €; ⊙Sa & So 13–17 Uhr) in Nimwegen. Außerdem gibt es fast in jedem Ort wenigstens eine Gaststätte oder Bar, die eine ganze Reihe verschiedener Biere ausschenkt.

Wer im Frühjahr oder Herbst in der Gegend ist, sollte auf jeden Fall eins der saisonalen Bockbiere wie z. B. Lentebok (Frühlingsbock) und Herfstbok (Herbstbock) probieren. In Utrecht's **Café Ledig Erf** (Karte S. 166; www.ledigerf.nl; Tolsteegbrug 3; ⊙10–2 Uhr nachts) lohnt es sich, viele davon zu probieren und auch die möglichen Folgen zu ertragen. Hier findet an einem Herbstwochenende ein Bockbierfest statt. Alternativ lockt auch das jährlich stattfindende Bockbierfestival (www.facebook.com/bockbierfestival) in Amsterdam, das größte und bekannteste Bierfest, das Ende Oktober drei Tage lang gefeiert wird.

## Alkohol

Es dreht sich nicht alles ums Bier: Die Niederländer mögen auch die härteren Sachen. Lange bevor Gin erfunden wurde, hatten die niederländischen Seefahrer schon Malzwein destilliert (aus medizinischen Gründen und zugleich, um den Seeleuten das monatelange Leben auf See erträglicher zu machen), um das herzustellen, was heute als *jenever* (holländischer Wacholderschnaps, auch *genever* geschrieben) bekannt ist. Seinen Namen erhielt er von den Wacholderbeeren, die benutzt wurden, um dem feurigen Gesöff, das traditionellerweise in bis zum Rand gefüllten winzigen Gläsern serviert wird, Geschmack zu verleihen. In der Destillerie Wynand Fockink (S. 108) in Amsterdam, die auf das Jahr 1679 zurückgeht, erfährt man alles rund um den *jenever*. Natürlich darf eine Verkostung nicht fehlen .

*Jonge* (junger) *jenever* ist im Allgemeinen sanfter und leichter zu trinken als der dunklere, stärkere *oude jenever*, der im Geschmack recht gewöhnungsbedürftig sein kann. Eine verbreitete Kombination ist ein Glas *jenever* mit einem Bier dazu, die man dann *kopstoot* (Kopfstoß) nennt; nur wenige Menschen vertragen davon mehr als zwei bis drei.

Es gibt natürlich auch noch viele einheimische Liköre, darunter den *advocaat* (einen Eierlikör) und *beerenburg*, einen friesischer Kräuterschnaps, der noch immer wie seit Jahrhunderten von Weduwe Joustra (S. 243) in der kleinen friesischen Stadt Sneek hergestellt wird. Der Brennerei, die in fünfter Generation in Familienbesitz ist, ist ein kleines Museum angegliedert, in dem die Besucher erfahren, wie der Schnaps hergestellt wird. Im Museumsladen werden Keramikflaschen mit Beerenburg FS und Beerenburg FSOB angeboten, beide mit feurigen 38 % Alkohol und drei oder fünf Jahre in Eichenfässern gereift, um am Ende den perfekten, friesischen Digestif zu erhalten.

Keine handwerkliche Brennerei experimentiert mit so vielen heimischen Geschmacksrichtungen und Inhaltsstoffen – mit schwindelerregender Wirkung – wie Mr. Mofongo (S. 263) in Groningen. Seine Liköre, Wodkas und Schnäpse aus Ingwer, Thymian und alle übrigen Sorten sind einfach sensationell.

Holländischer Spezialkaffee, eine lebendige Kunst der Latte-macchiato-Zubereitung, Musik, Workshops für Kaffee-Baristas und ein trendiger Street-Food-Markt machen das jährlich an drei Tagen stattfindende **Amsterdam Coffee Festival** (www.amsterdamcoffeefestival.com) zu einem angesagten Termin für weltmännische Feinschmecker.

## Essen & Trinken

Restaurants gibt es in Hülle und Fülle, und sie bieten die verschiedensten Geschmacksrichtungen an. Es ist für jeden Geldbeutel etwas dabei. Die Küchenchefs in vielen Spitzenrestaurants kochen ausschließlich mehrgängige Überraschungsmenüs mit (nicht immer) passendem Wein dazu. Zwangloser geht es in *eetcafés* zu, erschwinglichen gaststättenähnlichen Esslokalen mit treuer Stammkundschaft.

### Cafés

Wenn die Niederländer von *café* sprechen, meinen sie eigentlich eine Gaststätte. Allein in Amsterdam gibt es über 1000 davon. In einem Land, in dem Geselligkeit und Konversation mehr gelten als das Trinken selbst, sind diese Cafés nicht nur dazu da, um dort einen zu heben, sondern um dort Stunde um Stunde zum Nachdenken oder Unterhalten zu verbringen. In jeder Stadt gibt es verschiedene stimmungsvolle *cafés*, die Stammgäste seit Jahren, wenn nicht gar Generationen, als ihre zweite Heimat entdeckt haben.

Viele *cafés* haben auch draußen auf einer *terras* (Terrasse) Sitzplätze, was im Sommer einfach herrlich ist; einige sind überdacht und im Winter sogar beheizt. Hier kann man sich wunderbar entspannen, Leute beobachten, die Sonne genießen, die Zeitung lesen oder Postkarten

### DIE HOHE KUNST DER GEZELLIGHEID

Diese speziell niederländische Eigenart, die vor allem in den alten brauen Cafés zu finden ist, ist einer der besten Gründe für einen Besuch in Amsterdam. Der Begriff *gezelligheid* wird auf verschiedenste Art und Weise übersetzt: als Gemütlichkeit, Freundlichkeit, Behaglichkeit, Zwanglosigkeit, Geselligkeit und Gastlichkeit. Die *geselligheid*, kann man nicht definieren, man muss sie erleben! Die Zeit bleibt hier einfach stehen, das Hier und Jetzt zählt, man lässt alle Sorgen hinter sich, naja, zumindest bis zum nächsten Tag. Dieses warme und diffuse Gefühl bekommt man, wenn man sich in Kneipen oder in sonstigen Situationen mit Freunden an einem Glas Bier gütlich tut. Für solch einen gemütlichen Umtrunk kommen fast alle mit Kerzen erleuchteten Etablissements in Frage.

## ESSEN GEHEN

**Reservierungen** In Restaurants der oberen Preisklasse schadet es nie, telefonisch einen Tisch zu bestellen.

**Nicht hungrig wieder gehen** Niederländische Restaurantküchen schließen manchmal recht früh; hier gelten oft andere Essenszeiten als in anderen europäischen Ländern. In kleineren Städten sollte man gegen 20 Uhr auf jeden Fall schon beim Abendessen sitzen, damit man am Ende nicht in einer Kneipe oder einem Imbiss landet (was nicht unbedingt schlecht ist).

**Trinkgeld** Restaurantgäste geben zwar oft Trinkgeld, aber das sollte sich im Rahmen halten. Man rundet einfach auf den nächsten Euro auf oder gibt rund 5 %. Ein Trinkgeld von 10 % gilt als äußerst großzügig. Sollte sich eine Rechnung auf 9,50 € belaufen, reichen 10 €. Wenn man mit Kreditkarte zahlt, sagt man einfach, welche Summe man inklusive Trinkgeld zahlen möchte.

**Bezahlen** Viele Restaurants nehmen keine Kreditkarten, es sei denn sie haben einen eingebauten Chip. Sollte das der Fall sein, wird manchmal eine Gebühr von 5 % erhoben. Das sollte man also immer vorher abklären. In letzter Zeit nehmen manche Lokale auch kein Bargeld mehr, sondern nur noch europäische Bankkarten.

**Geld sparen** *Dagschotel* ist das Tagesgericht. Leute mit einem gesunden Appetit wählen dann eher das *dagmenu* (ein drei- oder mehrgängiges Tagesmenü). Im Café zu frühstücken ist meist überteuert. Stattdessen sollte man lieber in eine Bäckerei gehen.

schreiben. In vielen dieser Gaststätten wird auch Essen serviert, darunter kleine Snacks wie die traditionellen *bitterballen* (kleine, runde frittierte Fleischbällchen), aber auch überraschend hervorragende Komplettgerichte.

Natürlich werden die Niederlande wegen ihrer historischen *bruin cafés* (braune Cafés) in die Geschichte der Gastronomie eingehen. Der Name stammt von den jahrhunderte alten Rauchflecken. Auf den Holzfußböden liegt manchmal Sand, auf den Tischen persische Läufer, um das übergeschwappte Bier aufzusaugen.

Prachtvolle *cafés* sind geräumig, haben bequeme Sitzmöbel und sind einfach herrlich. In vielen gibt es die gute Tradition eines Lesetisches, der mit aktuellen Tageszeitungen und Nachrichtenmagazinen ausstaffiert ist, darunter durchaus auch ein oder zwei in Englisch. In der Regel gibt es auch eine Speiskarte, die manchmal auch gut ausgeklügelt sein kann. *Cafés* sind ideal für einen entspannten Brunch oder eine abendliche Einkehr vor einem Theaterbesuch.

Theater-*Cafés* sind oftmals so wie diese eher prächtigen Cafés, sind in der Regel den Theatern angeschlossen und servieren Essen vor den Aufführungen und danach Getränke. Im Allgemeinen trifft man dort nach der Vorstellung die Akteure, aber sie sind auch zu anderen Tageszeiten nette Einkehrorte.

### Websites für Feinschmecker

**Lekker** *(www.lekker.nl) Hier finden sich die aktuellen Restaurant-Neueröffnungen und alle Infos zu den mehr als 9000 Restaurants und Cafés des Landes.*

**IENS** *(www.iens.nl) Tägliche Restaurantbesucher geben hier auf Holländisch ihre Meinung ab.*

**Amsterdam Foodie** *(www.amsterdamfoodie.nl) Unmengen Restaurantbesprechungen.*

**Your Little Black Book** *(www.yourlittleblackbook.me) Alles, was in Amsterdam neu und angesagt ist.*

## Imbisslokale

*Broodjeszaken* (Sandwichläden) und Imbissbuden breiten sich immer mehr aus. Libanesische und türkische Snackbars haben sich auf *shoarma* spezialisiert, ein Pittabrot mit Lammgeschnetzeltem von einem vertikalen Spieß – das auch als Döner Kebab bekannt ist – und türkische Pizza, auch *lahmacun* genannt, ein sehr dünner Pizzaboden (ähnlich wie Crêpe) mit würzigem Hackfleisch, Salat und Soße gefüllt und aufgerollt.

Die nationale Fastfoodkette FEBO hat seit den 1940er-Jahren verschiedene Fastfood-Automaten (mit Münzeinwurf) produziert, die den Lebensnerv von spät heimkehrenden Partygängern treffen. Die Kette kommt ursprünglich aus Amsterdam, hat jedoch mittlerweile überall im Lande ihre Niederlassungen.

**Frikandel** Wurst ohne Pelle mit glücklicherweise nicht weiter identifizierbaren Inhaltsstoffen; macht süchtig.

**Kaas soufflé** Teigtasche mit zähflüssigem, käseähnlichem Inhalt.

**Bami** Nudeln und Gemüse nach indonesischer Art in einer frittierten orangefarbenen Panierhülle.

**Kipcorn** Panierte und frittierte Stangen mit Lamm-, Rind-, Satay- oder fleischloser Füllung.

**Broodje bal** Fleischbällchen auf oder in einem Brötchen.

# Praktische Informationen

# Allgemeine Informationen

## Botschaften & Konsulate

Amsterdam ist zwar die Hauptstadt der Niederlande, aber in Den Haag ist der Sitz der Regierung. Zahlreiche Botschaften befinden sich daher in Den Haag. In Amsterdam sind hingegen etliche Konsulate angesiedelt.

### Amsterdam

**Deutsches Konsulat** (☎020-574 77 00; www.niederlande.diplo.de; Honthorststraat 36–38; 🚋2/5 Hobbemastraat)

**Österreichisches Konsulat** (☎020-471 24 38; www.botschaft-konsulat.com/at; Prins Hendriklaan 19; 🚋2 Valeriusplein)

**Schweizer Konsulat** (☎020-717 34 16; www.eda.admin.ch/; De Lairessestraat 97; 🚋2 Emmastraat)

**US-amerikanisches Konsulat** (☎020-575 53 09; https://nl.usembassy.gov; Museumplein 19; 🚋3/5/12/16/24 Museumplein)

## Ermäßigungen

Besucher verschiedener Berufsgruppen wie Künstler oder Lehrer bekommen bei Vorlage eines entsprechenden Nachweises manchmal einen Preisnachlass bei bestimmten Veranstaltungen.

Studenten erhalten in der Regel Rabatt auf den Museumseintritt: Also immer einen Ausweis parat haben!

Ältere Menschen über 65 mit ihren Partnern ab 60 bekommen reduzierte Fahrkarten für öffentliche Verkehrsmittel, ermäßigte Eintrittskarten für Museen, Konzerte und mehr. Am besten, man hat seinen Ausweis dabei, denn viele Menschen sehen jünger aus, als sie tatsächlich sind.

In vielen Städten (z. B. Amsterdam, Den Haag und Rotterdam) werden ermäßigte Kombi-Karten für Museen, Sehenswürdigkeiten und öffentliche Verkehrsmittel angeboten. Infos dazu in den Touristenbüros.

**Cultureel Jongeren Paspoort** (Jugendpass Kultur; www.cjp.nl; Karte 17,50 €) Hoher Preisnachlass auf Museen und Kulturveranstaltungen für Personen unter 30 Jahren (gilt im ganzen Land).

**Holland Pass** (www.hollandpass.com; 3/4/6 Sehenswürdigkeiten 40/55/75 €) Ab dem 1. Gültigkeitstag (erster Besuch einer Sehenswürdigkeit) kann man einen Monat lang Sehenswürdigkeiten besuchen. Die Preise richten sich nach Anzahl und Art der Attraktionen (die beliebtesten/teuersten Sehenswürdigkeiten sind goldfarben markiert und am besten durch den Großen Holland Pass abgedeckt.

**Museumkaart** (Museumskarte; www.museumkaart.nl; Erw./Kind 59,90/32,45 €, plus Registrierungsgebühr 4,95 €) Kostenloser und ermäßigter Eintritt in etwa 400 Museen im ganzen Land; Gültigkeit: ein Jahr. In den ersten 31 Tagen auf fünf Museen beschränkt.

## Essen

In den Niederlanden kann man ganz unterschiedlich essen gehen. Das Land zeigt sich äußerst offen gegenüber den besten Küchen der Welt, aber auch gegenüber Vegetariern und Veganern. Die Wertschätzung gegenüber den einheimischen Produkten der Saison und der traditionell-niederländischen, jahrhundertealten Kochkunst ist ebenfalls tief verwurzelt. Im Kapitel „Niederländische Küche" (S. 368) finden sich ausführliche Einblicke in das, was man als Reisender in den Niederlanden essen und trinken kann.

### ESSENSPREISE

Die folgenden Preise beziehen sich auf ein Hauptgericht.

**€** unter 12 €

**€€** 12–25 €

**€€€** über 25 €

## Feiertage

Die meisten Museen haben an Feiertagen die gleichen Öffnungszeiten wie an Sonntagen (außer an Weihnachten und Neujahr; dann sind sie nämlich geschlossen), selbst wenn sie auf einen Tag fallen, an dem sie sonst geschlossen hätten, wie z. B. montags. Viele Leute behandeln den Totengedenktag am 4. Mai als Feiertag.

Im katholischen Süden wird ausgiebig Karneval gefeiert. In der Zeit bis Karnevalsdienstag finden große Partys statt, sodass dann nur wenige Menschen regulär arbeiten.

**Nieuwjaarsdag** (Neujahr) 1. Januar. Viele Partys und Feuerwerk.

**Goede Vrijdag** Karfreitag

**Eerste Paasdag** Ostersonntag

**Tweede Paasdag** Ostermontag

**Koningsdag** (Königstag) 27. April (falls der 27. ein Sonntag ist, wird am 26. April gefeiert)

**Bevrijdingsdag** (Tag der Befreiung) 5. Mai. Kein universell geltender Feiertag: Regierungsangestellte haben frei, aber fast jeder andere muss arbeiten.

**Hemelvaartsdag** (Christi Himmelfahrt) 40. Tag nach Ostersonntag

**Eerste Pinksterdag** (1. Pfingsttag, Pfingstsonntag) 50. Tag nach Ostersonntag

**Tweede Pinksterdag** (2. Pfingsttag, Pfingstmontag) 50. Tag nach Ostermontag

**Eerste Kerstdag** (1. Weihnachtstag) 25. Dezember

**Tweede Kerstdag** (2. Weihnachtstag) 26. Dezember

## Freiwilligendienst

- Man sollte sich im Vorfeld bei der niederländischen Botschaft oder dem Konsulat im Heimatland erkundigen, ob ein Freiwilligendienst irgendeinen Einfluss auf den Status des Visums hat (vorausgesetzt, man kommt aus einem Land, das zum Aufenthalt in den Niederlanden ein Visum erforderlich macht).
- Online-Quellen wie Go Abroad (www.goabroad.com) und Transitions Abroad (www.transitionsabroad.com) führen die gelegentlichen Möglichkeiten zur Freiwilligenarbeit in den Niederlanden auf.
- Volunteers For Peace (www.vfp.org) ist eine gemeinnützige Organisation, die in den USA ansässig ist. Sie vermittelt Projekte für Freiwillige im Bereich sozialer Arbeit, Umwelt, Bildung und Kultur.
- WWOOF Netherlands (World Wide Opportunities on Organic Farms; https://wwoofnetherlands.org) Hier kann man auf einer Tulpenplantage arbeiten, bei der Blaubeerernte helfen oder bei der Renovierung alter Gebäude auf einem holländischen Biohof mitmachen.
- Access (https://access-nl.org) Online-Quelle für alles, was Ausländer in den Niederlanden wissen müssen. Es gibt einen hervorragenden Abschnitt über Freiwilligenarbeit.
- I Amsterdam (www.iamsterdam.com) Freiwilligenorganisationen in Amsterdam.

## Geld

In den gesamten Niederlanden wird im alltäglichen Zahlungsverkehr in der Regel Bargeld benutzt.

### Währung

In den Niederlanden gilt der Euro (€).

### Geldautomaten

Geldautomaten befinden sich meist außen an den Banken sowie in Flughäfen und Bahnhöfen. Kreditkarten wie Visa- und MasterCard/Eurocard werden gern genommen, aber auch Karten aus dem Plus- und Cirrus-Netz. Geldautomaten sind in der Regel der günstigste Weg, um an Geld zu kommen oder Geld zu tauschen. Dennoch sollte man die Gebühren bei der Hausbank klären.

Obwohl man mit der Bank- oder EC-Karte an den Geldautomaten im ganzen Land gut Euros ziehen kann, ist es in erstaunlich vielen Geschäften, Restaurants und Cafés nicht möglich, damit zu bezahlen, denn dort werden nur Karten mit holländischer PIN akzeptiert.

### Kreditkarten

Alle wichtigen internationalen Kreditkarten werden anerkannt und in den meisten Hotels und großen Läden angenommen. Viele Geschäfte, Restaurants und andere Dienstleister (darunter auch die niederländische Eisenbahn und Supermarktketten) akzeptieren keine Kreditkarten oder EC-Karten mit nichtholländischen Sicherheitschips.

Manche Einrichtungen schlagen 5 % (oder mehr) auf Kreditkarten auf, um die Gebühr der Kreditkartengesellschaften auszugleichen. Also besser vorher immer fragen.

### Geldkarten

In den Niederlanden sieht man überall Leute, die fröhlich ihre „Pin-Karten“ benutzen, ob in Geschäften, Supermärkten oder Warenautomaten. Diese Karten sehen aus wie Kredit- oder Bankkarten, sind jedoch für Besucher nicht von Bedeutung, weil man dazu ein holländisches Bankkonto benötigt.

### Trinkgeld

Die Holländer geben Trinkgeld, aber eher in Maßen.

**Gepäckträger** 1 bis 2 €

**Restaurants** einfach aufrunden oder 5 bis 10 %

**Taxis** 5 bis 10 %

## Gesundheit

Es ist sehr unwahrscheinlich, dass man sich in den Niederlanden irgendwelche Krankheiten einfängt. Falls es doch passiert, ist man medizinisch gut aufgehoben. Die Versorgung ist Weltklasse. Dennoch ist es unter Umständen wichtig, eine Reisekrankenversicherung abzuschließen.

Hier noch einige Reisetipps:

- Die eigenen Medikamente sollten in ihrer Originalverpackung mitgeführt werden.
- Man sollte eine Liste der Verordnungen dabei haben (Kopien der Verpackungen sind auch nützlich) inklusive der generischen Namen, sodass man vor Ort Ersatz bekommt, falls das Gepäck einmal verloren geht. Diese Liste daher getrennt vom Gepäck aufbewahren.
- Wer gesundheitliche Probleme hat, die einer Behandlung bedürfen, sollte einen datierten und vom Arzt unterschriebenen Brief dabei haben, in dem der Gesundheitszustand beschrieben wird und die entsprechende Medikation angegeben ist.
- Wer Spritzen oder Nadeln mitführt, sollte einen Arztbrief bei sich haben, der die medizinische Notwendigkeit dokumentiert.
- Als Brillen- oder Kontaktlinsenträger sollte man eine Ersatzbrille oder -linsen und/oder die medizinische Verordnung dafür dabei haben.

## Vor der Reise

### KRANKENVERSICHERUNG

Als EU-Bürger deckt eine European Health Insurance Card (EHIC), die sich in der Regel auf der Rückseite der Gesundheitskarte befindet oder beim Krankenversicherungsträger beantragt werden kann, die meisten medizinischen Behandlungen ab. Sie kann jedoch nicht für Behandlungen eingesetzt werden, die kein Notfall sind, und auch nicht für den Notfall-Rücktransport in die Heimat. Bürger anderer Staaten prüfen zunächst einmal, ob ihr eigenes Land ein wechselseitiges Abkommen für kostenlose Behandlungen mit den Niederlanden hat. Wer dennoch eine Krankenversicherung benötigt, sollte darauf achten, dass die Police das schlimmstmögliche Szenario abdeckt, wie z. B. einen Unfall, der den Rücktransport in die Heimat erforderlich macht. Vor der Reise sollte man auch prüfen, ob die Versicherung direkt mit dem Arzt oder Krankenhaus abrechnet oder ob man in Vorleistung gehen und das Geld hinterher bei der Kasse zurückfordern muss.

### EMPFOHLENE IMPFUNGEN

Für die Niederlande sind keine besonderen Impfungen notwendig. Die Weltgesundheitsorganisation (WHO) empfiehlt jedoch generell eine Impfung gegen Diphtherie, Tetanus, Masern, Mumps, Röteln und Polio, ganz egal wohin die Reise gehen soll.

## In den Niederlanden

### VERFÜGBARKEIT & KOSTEN DER MEDIZINISCHEN VERSORGUNG

Die medizinische Versorgung ist flächendeckend gewährleistet. Bei kleineren Wehwehchen kann die *apotheek* (Apotheke) wertvolle Ratschläge erteilen und entsprechende Medikamente direkt ausgeben. Dort kann man ebenfalls einschätzen, wann professionelle Hilfe gebraucht wird und wo man diese am besten erhält. Der Standard in der zahnmedizinischen Versorgung ist in der Regel hoch, es ist jedoch immer besser, vor einer längeren Reise die Zähne überprüfen zu lassen.

### LEITUNGSWASSER

Das Leitungswasser ist im ganzen Land einwandfrei als Trinkwasser zu gebrauchen.

# Handeln

Außer auf manchen Flohmärkten wird in den Niederlanden kaum um Preise gefeilscht.

# Internet

- Kostenloses WLAN gibt es in fast allen Hotels, Restaurants, Bars und *coffeeshops* (evtl. muss man nach dem Zugangscode fragen), aber auch in vielen Touristeninformationen und an anderen öffentlichen Orten.
- Auf www.hotspot-locations.com kann man nach kostenlosen WLAN-Hotspots in den Niederlanden suchen. In Amsterdam geht man auf www.wifi-amsterdam.nl.
- In Amsterdam können Reisende ein kleines mobiles WLAN-Gerät von Pocket Wifi Amsterdam (www.pocketwifi-amsterdam.com) ausleihen, das in jede Tasche passt und man mit sich herumtragen kann. Damit ist beim Stadtbummel eine schnelle Internetverbindung gewährleistet. Man kann es online bestellen oder sich ins Hotel, Apartment oder zum Flughafen Schiphol liefern lassen. Alternativen sind HipPocketWifi (http://hippocketwifi.com), Travel WiFi (http://travel-wifi.com) oder My Webspot (http://my-webspot.com).
- Internetcafés sind rar. Einige Touristenbüros, *coffeeshops* und Hotels bieten Internet-Terminals (manchmal sogar gratis).
- Coworking Cafés, die unbegrenzt schnelles Internet bieten, sind in Amsterdam sehr verbreitet und in anderen städtisch geprägten Gebieten stark im Kommen.

# Karten & Stadtpläne

Die besten Straßenkarten der Niederlande sind die von Michelin und dem Niederländischen Automobilclub ANWB (www.anwb.nl). Der ANWB gibt auch Provinzkarten heraus mit detaillierten Fahrradwegen und landschaftlich schönen Autostrecken. Eine gute Auswahl an Karten gibt es in jeder Touristeninformation, aber auch in Buchläden und an Zeitungsständen.

Touristeninformationen verkaufen alle Arten von Karten, darunter auch Stadtpläne mit Rundgangsvorschlägen oder auch Broschüren auf Englisch oder Deutsch (3,50 €).

## Öffnungszeiten

Die Öffnungszeiten können je nach Saison variieren. In der Nebensaison sind sie oft kürzer.

**Allgemeine Bürozeiten** Montag bis Freitag 8.30–17 Uhr

**Banken** Montag bis Freitag 9–16 Uhr, einige haben auch Samstagvormittag geöffnet

**Gaststätten (Cafés) und Bars** Öffnen gegen Mittag (die genauen Zeiten wechseln); die meisten schließen von Sonntag bis Donnerstag um 1 Uhr nachts, Freitag und Samstag um 3 Uhr

**Geschäfte** Dienstag bis Freitag 10 oder 12–18, Samstag und Sonntag 10–17, Montag 12 oder 13–17 oder 18 Uhr (wenn überhaupt)

**Museen** Tgl. 10–17 Uhr, einige haben Montag geschlossen

**Restaurants** Mittagessen 11–14.30 Uhr, Abendessen 18–22 Uhr

**Supermärkte** 8–20 Uhr

## Post

Die Post in den Niederlanden ist privatisiert und Postämter sind nicht immer leicht zu finden. Um einen Brief oder ein Paket aufzugeben, geht man in eine PostNL-Stelle (www.postnl.nl), die in einem Supermarkt, einem Tabakladen oder in irgendeinem anderen Geschäft ist; auf der Website stehen die nächstgelegenen Zweigstellen.

## Rechtsfragen

➡ Die holländische *politie* (Polizei) ist ganz entspannt und hilfsbereit, es sei denn, man tut etwas eindeutig Verbotenes, wie z. B. direkt vor ihrer Nase Müll wegwerfen oder einen Joint rauchen.

➡ Die Polizei kann Verdächtige bis zu sechs Stunden zur Befragung festhalten (plus weitere sechs Stunden, wenn sie die Identität nicht feststellen kann, oder sogar 24 Stunden, wenn es um eine ernste Sache geht). Man darf niemanden anrufen, aber die Beamten verständigen das Konsulat. Man gilt als unschuldig, solange die Schuld nicht bewiesen wurde.

## Klima

### Amsterdam

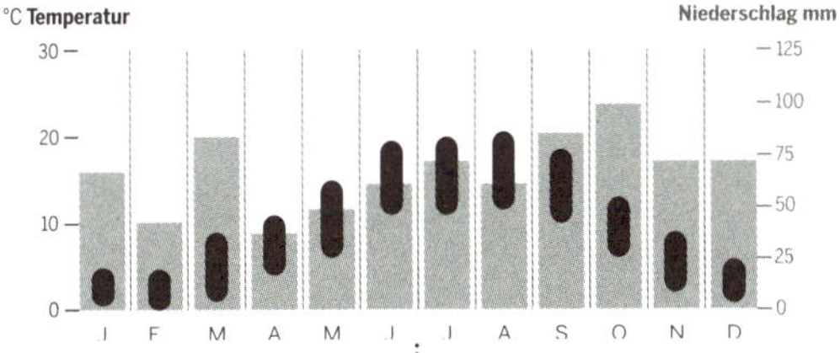


## Reisen mit Behinderung

Da die Niederlande als relativ reiches Land in der Europäischen Union gelten, ist der Zugang zu öffentlichen Gebäuden, Räumen und Verkehrsmitteln fast überall garantiert. Wie in vielen anderen europäischen Ländern gibt es jedoch Einschränkungen, wenn es um alte Gebäude oder kopfsteingepflasterte Straßen geht.

➡ Die meisten Büros und größere Museen verfügen über Aufzüge und/oder Rampen ebenso wie Behindertentoiletten.

➡ Viele preiswertere oder mittelklassige Hotels sind nur bedingt behindertengerecht ausgestattet, weil sie sich oft in alten Gebäuden mit steilen Treppen oder ohne Aufzug befinden.

➡ Kopfsteinpflaster ist für Rollstuhlfahrer recht holprig.

➡ Restaurants sind meist im Erdgeschoss, allerdings können da manchmal doch einige wenige Stufen zu überwinden sein.

➡ Die Toiletten in Restaurants sind nicht immer rollstuhlgerecht oder mit Haltegriffen ausgestattet.

➡ Bahnhöfe und Stationen anderer öffentlicher Verkehrsmittel haben manchmal Aufzüge.

➡ Die meisten Bahnhöfe und öffentlichen Gebäude bieten behindertengerechte Toiletten.

➡ Züge haben in der Regel einen rollstuhlgerechten Einstieg.

➡ Die staatliche holländische Organisation für Menschen mit Behinderungen ist der ANGO (www.ango.nl).

### Infos im Internet

**Accessible Travel Netherlands** (www.accessibletravelnl.com) Hotelbuchungen, Verkehrsmittel, behindertengerechte Führungen, Aktivitäten und maßgeschneiderte Rundreisen. Man kann hier auch Hilfsmittel für Gehbehinderte ausleihen.

**Ongehinderd** (www.ongehinderd.nl) Detaillierte Berichte zum behindertengerechten Zugang tausender interessanter Orte im ganzen Land, die nach Städten sortiert sind. Auch als Smartphone-App verfügbar, allerdings nur auf Holländisch.

**Museum4All** (www.museum4all.eu) Eine Auflistung von Museen, die auf Seh- und Gehbehinderte eingestellt sind; nach Städten sortiert.

**Lonely Planet** (http://lptravel.to/AccessibleTravel) Hier kann der hilfreiche Reiseführer Accessible Travel von Lonely Planet kostenlos heruntergeladen werden.

### Öffentliche Verkehrsmittel

Wer Infos zur Nutzung von Zügen oder Hilfestellung beim Bahnfahren braucht, schaut auf www.ns.nl/en/travel-information/traveling-with-a-functional-disability nach. Die meisten Busse und neueren Straßenbahnen sind rollstuhlgerecht, allerdings ermöglichen nicht alle Straßenbahnhaltestellen einen ebenerdigen Einstieg in die Bahnen. Der rollstuhlgerechte Einstieg befindet sich in der Mitte der Straßenbahn. Sollte der Zugang doch noch eine Stufe haben, legt der Schaffner eine Rampe aus – allerdings sollte man darauf achten, vom Fahrer bemerkt zu werden, damit er nicht einfach weiterfährt.

Wer den Routenplaner für den öffentlichen Verkehr in Amsterdam nutzt (http://maps.gvb.nl/en/lijnen), sucht sich zuerst eine Linie aus: Die rollstuhlgerechten Haltestellen sind mit Kreisen kenntlich gemacht. Auf der Website des öffentlichen Nahverkehrs www.connexxion.nl sind rollstuhlgerechte Haltestellen mit einem dreidimensionalen Diamanten gekennzeichnet.

## Schwule & Lesben

Die Niederlande waren das erste Land, das gleichgeschlechtliche Ehen legalisierte (2001). Amsterdam gilt als die schwulen- und lesbenfreundlichste Stadt der Welt.

- Amsterdams Schwulen- und Lesbenszene ist riesig groß. In Rotterdam, Den Haag, Utrecht und den meisten Universitätsstädten gibt es auch pulsierende Szenen, die jedoch kleiner sind.
- Die Einstellung zur Homosexualität ist auf dem Lande und in den Dörfern konservativer, aber dennoch insgesamt angenehm liberal.
- **Pride Amsterdam** (www.pride.amsterdam) bekam 2017 ein neues Image, um nicht nur Schwule, sondern auch Transgender, Bisexuelle usw. miteinzubeziehen. Es gibt einen traditionellen Umzug auf Booten und auf den Straßen. Gefeiert wird Ende Juli und Anfang August und das an neun Tagen.

### Infos im Internet

**COC Nederland** (www.coc.nl) Von der Regierung unterstützt und seit 1946 die beste staatliche Informationsquelle; landesweite Niederlassungen geben gute Ratschläge.

**Gay Amsterdam** (www.gayamsterdam.com) Listet Hotels, Geschäfte und Clubs auf und liefert Kartenmaterial.

**PANN** (https://pann.nl) Seit 1969 in Utrecht aktiv und Gastgeber einer monatlich stattfindenden hetero-freundlichen Schwulenparty, die oftmals zur landesweit besten ihrer Art erkoren wird.

## Sicher reisen

Die Niederlande gehören zu den sichersten Ländern Europas. In Amsterdam und anderen größeren Städten des Landes gelten die gleichen Vorsichtsmaßnahmen wie in jeder anderen großen Stadt Europas.

- Fahrraddiebstahl ist sehr verbreitet. Daher sollte man immer zwei Schlösser benutzen (das normale Schloss am Fahrrad selbst, das an den meisten holländischen Fahrrädern verbaut ist, plus ein festes Kettenschloss). Parken sollte man, möglichst, an bewachten Fahrradstellplätzen.
- Beim Überqueren der Straßen, ist auf schnell fahrende Fahrräder zu achten. Wer ohne genau zu gucken einfach auf einen Fahrradweg tritt, kann schwere Unfälle verursachen.
- In Amsterdam sind natürlich in touristisch frequentierten Bereichen wie am Bahnhof Amsterdam Centraal, auf dem Bloemenmarkt und im Rotlichtviertel Taschendiebe unterwegs. Also: Vorsicht walten lassen!

## Strom

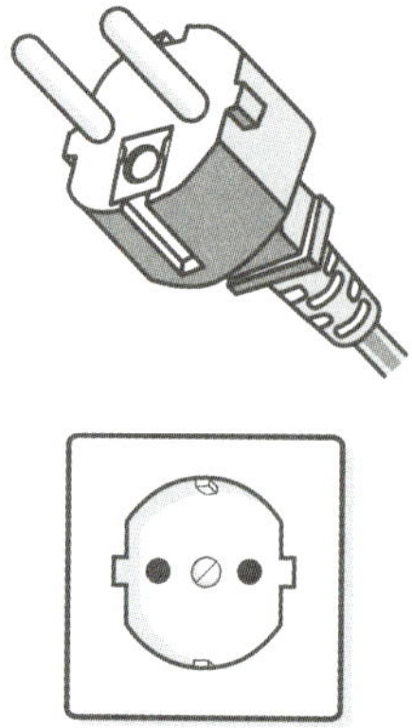

Type F
230V/50Hz

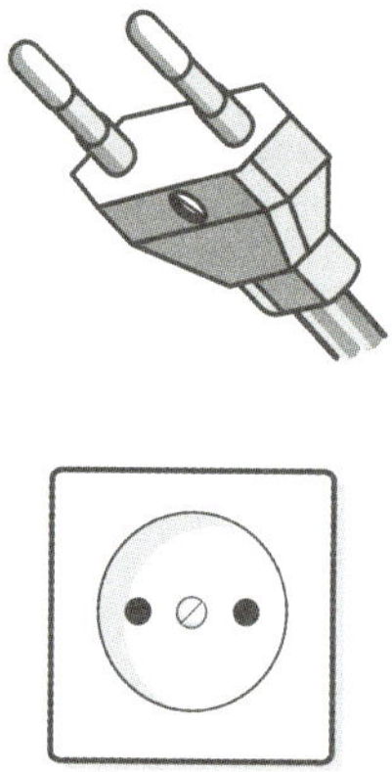

Type C
230V/50Hz

## Telefon

Das holländische Telefonnetz KPN (www.kpn.com) funktioniert gut. Gemessen am europäischen Standard sind die Preise ganz in Ordnung.

**Collect Call** (0800 01 01 für Auslandsanrufe, 0800 04 10 für Inlandsanrufe) Beide Nummern sind gratis.

### Telefonnummern

Um ins Ausland zu telefonieren, wählt man die 00 plus die Landesvorwahl des gewünschten Ziellandes, dann die Städtevorwahl (in der Regel ohne die 0, falls es eine gibt) und dann den Anschluss selbst.

**Ländervorwahl Niederlande** 31

**Gratis-Anrufe** 0800

**Handynummern** 06

**Kostenpflichtige Info-Gespräche** 0900; sie kosten zwischen 0,10 und 1,30 € pro Minute.

Wer von außerhalb der Niederlande anruft, lässt die 0 bei den Städtevorwahlen weg (z. B. bei Amsterdam 20 statt 020). Von einem Festnetz aus wählt man die Städtevorwahl dann nicht mit, wenn man sich in derselben Stadt oder der zur Nummer gehörenden Region befindet.

### Mobiltelefone

- Die Niederlande nutzen GSM Handys, die mit den restlichen euopäischen Ländern kompatibel sind. Die EU hat die internationalen Roaming-Gebühren abgeschafft, aber Vorsicht für Nicht-EU-Bürger.
- Alternativ kauft man sich vor Ort eine SIM-Karte, die in die meisten entsperrten Handys passt. Es empfiehlt sich, in größeren Einkaufsstraßen nach Phone House-, Orange-, T-Mobile- und Vodafone-Läden Ausschau zu halten.

## Toiletten

- Öffentliche Toiletten sind in holländischen Straßen nur selten zu finden. Eine Ausnahme bilden die frei stehenden Urinale für Männer in Amsterdams Rotlichtviertel.
- Die meisten Leute gehen einfach in ein *café* (Kneipe) oder Kaufhaus.
- Die App HogeNood (Höchste Not; www.hogenood.nu) zeigt auf einer Karte die dem eigenen Standort nächstgelegene Toilette. Im System sind etwa 4000 Toiletten im ganzen Land gespeichert.

## Touristeninformation

- Wer sich vor Reiseantritt zwecks Planung informieren möchte, findet auf www.holland.com hilfreiche Hinweise.
- Innerhalb der Niederlande ist die VVV (Vereniging voor Vreemdelingenverkeer, niederländischer Fremdenverkehrsverband; www.vvv.nl) das offizielle Netzwerk der Touristeninformationen im Land. Jede Touristeninformation wird jedoch von den Gemeinden vor Ort verwaltet und gibt Informationen zum Ort und zur jeweiligen Region. Nur wenige Veröffentlichungen der VVV sind gratis; die Touristeninformationen verkaufen Karten und Reiseführer zu der Region.
- ANWB (Niederländischer Automobilclub; www.anwb.nl) bietet Karten und Reiseführer zum Kauf an. Er gibt viele hilfreiche Informationen und Hilfestellungen, wenn man mit irgendeiner Art von Fahrzeug (Auto, Fahrrad, Motorrad, Jacht usw.) unterwegs ist. In manchen Städten befinden sich VVV und ANWB im selben Büro. Wer nachweisen kann, dass er im eigenen Heimatland Mitglied im Automobilclub ist, bekommt Kartenmaterial kostenlos oder zumindest vergünstigt.

## Unterkunft

Bei den Hotels, B&Bs und Hostels ist für jeden Reisenden – ob nun Rucksackreisender oder Freund von 5-Sterne-Hotels – etwas dabei. Zur Hauptsaison (bes. im August) oder zu einer Großveranstaltung sollte man im Voraus reservieren.

### B&Bs

Beim Übernachten in B&Bs können Urlauber die netten Einheimischen von Angesicht zu Angesicht kennenlernen und die teils seltsamen, exzentrischen und wundervollen Inneneinrichtungen der Niederländer aus erster Hand erleben. In Städten sind sie zwar wenig verbreitet, dafür auf dem Land umso

### PRAKTISCH & KONKRET

**Zeitungen** Zeitungen auf Holländisch sind z. B. *De Telegraaf* (www.telegraaf.nl), der Bestseller in den Niederlanden, und *Het Parool* (www.parool.nl), eine Amsterdamer Zeitung mit Fokus auf das, was in der Stadt so passiert. Wichtige englischsprachige Zeitungen sind die *International Herald Tribune*, der *Guardian*, oder Wochenmagazine wie der *Economist* oder *Time*. Sie sind alle an Zeitungsständen erhältlich.

**Rauchen** In den Niederlanden ist das Rauchen in Bars und Restaurants verboten, aber draußen auf der Terrasse ist das Rauchen kein Problem, solange sie zu einer Seite hin komplett offen ist.

**Maße & Gewichte** Es gilt das metrische System.

mehr. Die Touristeninformationen vor Ort haben Listen mit B&Bs parat. Für ein Doppelzimmer muss man zwischen 70 und 100 € rechnen.

## Camping

Die Niederländer sind passionierte Camper, sogar in ihrem eigenen Land. Campingplätze gibt es sowohl in wilden, entlegenen Gegenden (oft mit Meerblick), wie etwa auf den friesischen Inseln, als auch in Form von eigenständigen Siedlungen mit Geschäften, Cafés, Spielplätzen und Swimmingpools. Listen mit Campingplätzen inklusive Ranking (1–5 Sterne) gibt es in den Touristeninformationen.

Ein Zeltplatz für 10 bis 20 € bezieht sich auf ein Zweipersonenzelt; ein Auto kostet 2 bis 6 € extra. Wohnwagen sind auch sehr beliebt und es gibt jede Menge Stromanschlüsse.

Einfache Bungalows, Holzhütten oder luxuriöse Zelte mit gemeinschaftlich genutzten Sanitäranlagen sind auf vielen Campingplätzen ebenfalls eine mögliche Übernachtungsform.

## Ferienwohnungen

Eine Ferienwohnung kann recht lustig sein. In Amsterdam hat man nach einem langen Tag unterwegs dann wenigstens eine Küche und andere Annehmlichkeiten zur Verfügung, die sie wie ein zweites Zuhause werden lassen. Draußen auf dem Land bieten ein Haus oder eine Wohnung viel Ruhe und Abgeschiedenheit. Preislich sind diese Mietobjekte ähnlich wie die Hotels, in denen es häufig an Betätigungsmöglichkeiten und Platz fehlt.

## Hostels

Das holländische Jugendherbergswerk Stayokay (www.stayokay.com) ist an Hostelling International (HI) angeschlossen. Die meisten Hostels bieten eine gute Auswahl an unterschiedlichen Zimmern. Die sanitären Einrichtungen sind meist tipptopp, besonders bei neueren Hostels. Einige, wie z. B. Rotterdams Stayokay, befinden sich in auffälligen Gebäuden. Nicht alle Hostels bieten ihren Gästen die Möglichkeit, in einer Gemeinschaftsküche zu kochen. Wer darauf Wert legt, sollte sich vor der Buchung genauer informieren.

Fast alle Stayokay-Hostels und die meisten unabhängigen Hostels bieten Schlafsäle für acht oder mehr Personen, aber auch private Zimmer für ein bis vier Personen. Die Preise rangieren in der Regel von 20 bis 30 € für ein Bett im Schlafsaal pro Person und Nacht und ab 60 € für private Zimmer. Insbesondere in der Hochsaison sollte man im Voraus reservieren.

Amsterdam hat Unmengen an unabhängigen Hostels (von denen manche wirklich auf dem neuesten Stand und manche eher chaotisch sind, in wieder anderen werden nur ausgelassene Partys gefeiert oder es wird gekifft). Im restlichen Lande steigt die Zahl der Hostels aber auch immer mehr an. In kleinen Städten und außerhalb der touristischen Gegenden sind Hostels bisher aber nur selten zu finden.

### ÜBERNACHTUNGSPREISE

Die folgenden Preisangaben beziehen sich auf ein Doppelzimmer mit Bad in der Hochsaison. Wenn nicht anders angegeben, ist das Frühstück nicht im Preis enthalten.

**€** unter 100 €

**€€** 100–180 €

**€€€** über 180 €

## Hotels

Alle Hotels mit mehr als 20 Zimmern gelten als groß und sind fast durchweg gemütlich. An der Vorderseite eines jeden Hotels ist ein Schild mit der Anzahl der Sterne entsprechend der Nederlandse Hotel Classificatie (NHC; niederländisches Hotelklassifizierungssystem) angebracht. Die Sterne (1–5) werden nach Ausstattungsmerkalen, nicht unbedingt nach Qualität, vergeben. So kann es sein, dass ein 2-Sterne-Hotel besser ist als ein Hotel mit mehr Sternen, obwohl es weniger Ausstattungsmerkmale hat.

### AUSSTATTUNG

WLAN ist fast in allen Hotels verfügbar, aber Klimaanlage und Aufzug eher nicht. Oft gibt es sehr steile Treppen.

**Spitzenhotels** Hier gibt es Aufzüge, Minibars, Nespresso-Kaffeemaschinen und Zimmerservice. Am oberen Ende der Skala sind Dinge wie Klimaanlage und Fitness-Center selbstverständlich. Das Frühstück ist oftmals nicht im Preis enthalten.

**Mittelklassehotels** Die meisten Hotels dieser Kategorie bieten viel Komfort und sind wenig förmlich und so überschaubar, dass die Gäste sehr persönlich umsorgt werden. Die Zimmer sind in der Regel mit Toilette und Dusche, Fernseher und Telefon ausgestattet. Nur wenige Hotels dieser Klasse, die mehr als zwei Stockwerke haben, besitzen einen Aufzug. Die engen Treppen sind gewöhnungsbedürftig, insbesondere mit Gepäck. Das Frühstück ist meist inbegriffen.

**Preiswerte Hotels** Hotels in der unteren Preisklasse sind, anders als Hostels, eher dünn gesät. Die besseren Optionen sind tadellos sauber, aber mit Möbeln ausgestattet, die bestenfalls preiswert und gut sind. Das Frühstück ist oft im Preis inbegriffen.

# Versicherung

Eine Reiseversicherung ist immer eine gute Sache, wenn die eigene Police

## UNTERKÜNFTE ONLINE BUCHEN

Weitere Hinweise aus der Feder von Lonely-Planet-Autoren finden sich auf http://lonelyplanet.com/hotels/. Hier gibt es neutrale Beschreibungen, aber auch Empfehlungen für die besten Unterkünfte. Und man kann hier sogar direkt online buchen.

nicht für die Niederlande gelten sollte. Auch wenn die medizinischen oder zahnmedizinischen Kosten durch gegenseitige Abkommen im Gesundheitsbereich abgedeckt sind, braucht man noch immer Schutz gegen Diebstahl, Verlust und unerwartete Änderungen des Reiseplans (Ticketstornierungen etc.). Am besten, man prüft vorab, was in der heimischen Versicherung oder durch die Kreditkarte bereits abgedeckt ist.

Eine weltweit gültige Reiseversicherung gibt es bei www.lonelyplanet.com/travel-insurance. Hier kann man online Versicherungen abschließen, erweitern oder Erstattungen beantragen – selbst, wenn man schon unterwegs ist.

# Zeit

- In den Niederlanden gilt die MEZ (so wie in Berlin, Wien und Zürich).
- Am letzten Sonntag im März werden die Uhren nachts von 2 auf 3 Uhr vorgestellt und am letzten Sonntag im Oktober von 3 auf 2 Uhr wieder zurückgestellt.

# Zoll

Für Besucher aus der EU gelten Beschränkungen nur für außergewöhnliche Mengen. Details auf www.belastingdienst.nl.

Für Bewohner anderer Länder gilt eine Beschränkung bei folgenden Gütern:

**Alkohol** 1 l Spirituosen oder 2 l Wein oder 16 l Bier

**Tabak** 200 Zigaretten oder 250 g Tabak (Shag oder Pfeifentabak) oder 100 Zigarillos oder 50 Zigarren.

# Verkehrsmittel & -wege

## AN- & WEITER-REISE

Die Niederlande sind ganz einfach zu erreichen. Es gibt hier drei wichtige Flughäfen: den internationalen Flughafen Schiphol in Amsterdam, The Hague Airport in Rotterdam und den Flughafen Eindhoven.

Mit ICEs und anderen Hochgeschwindigkeitszügen ist man von Frankreich, Belgien, Deutschland und Großbritannien (von London mit dem Eurostar) besonders schnell dort. Die Einreisewege über Land sind völlig unproblematisch; Grenzkontrollen sind dank der EU quasi unsichtbar.

Einmal in den Niederlanden angekommen, ist die Weiterfahrt absolut problemlos. Die meisten Strecken, die man per Bahn, Auto oder Bus zurücklegt, sind so kurz, dass man die einhzelnen Reiseziele gut zwischen zwei Mahlzeiten erreichen kann. Und weil die Landschaft so flach ist, ist auch die Fortbewegung mit dem Fahrrad das reinste Vergnügen.

Flüge, Autos und Touren können online auf lonely planet.com/bookings gebucht werden.

### KLIMAWANDEL & REISEN

Der Klimawandel stellt eine ernste Bedrohung für unsere Ökosysteme dar. Zu diesem Problem tragen Flugreisen immer stärker bei. Lonely Planet sieht im Reisen grundsätzlich einen Gewinn, ist sich aber der Tatsache bewusst, dass jeder seinen Teil dazu beitragen muss, die globale Erwärmung zu verringern.

#### Fliegen & Klimawandel

Fast jede Art der motorisierten Fortbewegung erzeugt $CO_2$ (die Hauptursache für die globale Erwärmung), doch Flugzeuge sind mit Abstand die schlimmsten Klimakiller – nicht nur wegen der großen Entfernungen und der entsprechend großen $CO_2$-Mengen, sondern auch, weil sie diese Treibhausgase direkt in den hohen Schichten der Atmosphäre freisetzen. Die Zahlen sind erschreckend: Zwei Personen, die von Europa in die USA und wieder zurück fliegen, erhöhen den Treibhauseffekt in demselben Maße wie ein durchschnittlicher Haushalt in einem ganzen Jahr.

#### Emissionsausgleich

Die englische Website www.climatecare.org und die deutsche Internetseite www.atmosfair.de bieten sogenannte $CO_2$-Rechner. Damit kann jeder ermitteln, wie viel Treibhausgase seine Reise produziert. Das Programm errechnet den zum Ausgleich erforderlichen Betrag, mit dem Reisende nachhaltige Projekte zur Reduzierung der globalen Erwärmung unterstützen können, beispielsweise Projekte in Indien, Honduras, Kasachstan und Uganda.

Lonely Planet unterstützt gemeinsam mit Rough Guides und anderen Partnern aus der Reisebranche das $CO_2$-Ausgleichsprogramm von climatecare.org.

Alle Reisen von Mitarbeitern und Autoren von Lonely Planet werden ausgeglichen. Auf der Homepage des Verlages – www.lonelyplanet.com – gibt es weitere Informationen zu diesem Thema.

## Einreise

Die Einreise in die Niederlande könnte nicht einfacher sein, vorausgesetzt alle Papiere sind in Ordnung.

## Mit dem Flugzeug

Der riesige und absolut reibungslos funktionierende internationale Flughafen ist Amsterdam Schiphol. Er stellt den wichtigsten Knotenpunkt für den Luftverkehr dar. Hier starten und landen zahllose Flüge in/aus Städten in aller Welt. Dadurch ist Fliegen eine ganz einfache Möglichkeit, ein- oder auszureisen. Innerhalb Europas steuern Billig-Airlines den Flughafen Rotterdam oder Eindhoven an.

### Flughäfen

KLM Royal Dutch Airlines (www.klm.com) ist die nationale Fluggesellschaft, die ein großes Angebot an internationalen Flügen bereithält. Die Abflugsteuer ist im Ticketpreis enthalten.
Es gibt in den Niederlanden keine Inlandsflüge.

**Flughafen Amsterdam Schiphol** (AMS; www.schiphol.nl) Dieser wichtigste internationale Flughafen der Niederlande ist ganz bequem sowohl von Amsterdam als auch von Rotterdam zu erreichen. Was die Auslastung angeht, steht er in Europa an vierter Stelle und wird von den meisten wichtigen Airlines der Welt angeflogen. Der Flughafen ähnelt mit seiner riesigen Shopping-Mall voller nützlicher Dinge für Reisende und mit den benachbarten Flughafenhotels fast schon einer kleinen Stadt.

**Flughafen Rotterdam Den Haag** (RTM; ☎010-446 34 44; www.rotterdamthehague airport.nl; WLAN) ist mit über 40 europäischen Ziele verbunden.

**Eindhoven Airport** (EIN; www.vliegeindhovenairport.nl; Luchthavenweg 25; ⌚4.30–24 Uhr) Verkehrsknotenpunkt für Billig-Airlines.

### VERSTECKTE RADARFALLEN

Mehr als 1600 versteckte Radarfallen (auf Niederländisch: *flitspalen*) wachen über die holländischen Autobahnen. Selbst wenn man im Mietwagen geblitzt wird, verfolgt einen die Mietwagenfirma bis nach Hause und berechnet zusätzlich zur Strafe eine Bearbeitungsgebühr.

## Auf dem Landweg

ICEs und andere Hochgeschwindigkeitszüge sowie eine ganze Armada internationaler Busse verbinden die Niederlande mit ihren Nachbarländern. Es empfiehlt sich, die Fahrkarten vorher zu reservieren, besonders in der Hochsaison, wenn Züge und Busse auf einigen Strecken schnell überfüllt sind.

Die Anreise per Auto ist unproblematisch, gibt es doch keinerlei Grenzkontrollen an den Grenzen zu den benachbarten Schengen-Ländern.

### Auto & Motorrad

➡ Autofahrer benötigen die Zulassungspapiere, eine Haftpflichtversicherung und ihren nationalen Führerschein. Am besten, man besorgt sich die grüne Versicherungskarte von der eigenen Autoversicherung, um einen Beleg für den Versicherungsschutz vorlegen zu können.

➡ ANWB (www.anwb.nl) stellt Infos, Kartenmaterial, Tipps und Service zur Verfügung, wenn man einen Mitgliedsausweis des Automobilclubs seines Heimatlands vorlegen kann, wie z. B. vom ADAC.

➡ Trampen ist in den Niederlanden unüblich. Wie in so vielen Ländern birgt das Reisen per Anhalter ein kleines, aber nicht zu leugnendes Risiko und ist daher nicht zu empfehlen.

### Bus

Immer genau die Abfahrts- und Ankunftshaltestellen prüfen. Die folgenden Busgesellschaften halten nicht notwendigerweise an den Busbahnhöfen der Städte, sondern oftmals an einer Haupteinfallstraße:

**Eurolines** (www.eurolines.com) Ein Konsortium von Busunternehmen, die preiswerte internationale Busverbindungen in die/von den Niederlanden betreiben. An Bord der Reisebusse gibt es eine Toilette und Liegesitze. In manchen Linien steht den Reisenden auch freies WLAN zur Verfügung.

**Busabout** (www.busabout.com) Von Mai bis Oktober fahren die Busse festgelegte Runden durch ganz Europa und halten in den wichtigsten Städten. Das System richtet sich vor allem an junge Leute; komplexe Preisstruktur.

**Flixbus** (www.flixbus.com) Preiswerte Intercity-Busse, die zwischen 27 europäischen Ländern hin- und herfahren. Sie sind bequem, bieten eine Toilette, Snacks, Steckdosen und freies WLAN. Sie fahren auch nachts. Hier mal einige Beispiele für die Fahrpreise: ab 32 € einfache Fahrt Amsterdam–Paris oder ab 23 € Rotterdam–Köln.

**IC Bus** (www.dbicbus.com) Die Busse verkehren zwischen den Niederlanden und Deutschland.

### Fahrrad

➡ Wer das eigene Fahrrad mitbringen möchte, kann dies ohne Weiteres tun. Man kann es im Flugzeug transportieren. Dazu erkundigt man sich am besten bei der Fluggesellschaft nach den nötigen Regularien. Im Zug muss man in der Regel das Vorderrad ausbauen und es in eine Hülle packen.

➡ Fernradwege heißen *landelijke fietsroutes* (LF), auch noch im nördlichen Belgien.

**BELGIEN**

Wer mit dem Fahrrad von Belgien direkt in die Niederlande radeln möchte, hat verschiedene sichere, einfache und speziell ausgewiesene Fernradwege dazu zur Auswahl. Die Route LF2 verläuft 350 km lang von Brüssel über Antwerpen, Dordrecht und Rotterdam bis nach Amsterdam.

**DEUTSCHLAND**

Die Route LF4 erstreckt sich 300 km von Enschede nahe der Grenze zu Deutschland bis nach Den Haag.

Die schnellen deutschen ICEs von Köln und Frankfurt sind nicht sehr fahrradfreundlich. Besser, man weicht auf Regionalbahnen aus.

### Zug

Die internationalen Zugverbindungen sind gut. Alle Eurail- and Interrail-Pässe sind in holländischen Zügen der NS (Nederlandse Spoorwegen; www.ns.nl) gültig. Viele internationale Verbindungen werden von NS International (www.nsinternational.nl) betrieben.

In Stoßzeiten sollte man Plätze im Voraus reservieren. Fahrkarten kauft man online bei SNCB Europe (www.b-europe.com).

Die wichtigsten holländischen Bahnhöfe sind mit internationalen Fahrkartenschaltern ausgestattet; Karten für Regionalbahnen nach Belgien oder Deutschland kann man auch an ganz normalen Schaltern erwerben.

Die hervorragende Website Seat 61 (www.seat61.com) bietet umfangreiche Infos über das Reisen mit der Bahn.

**BELGIEN**

Schnelle Thalys-Züge (www.thalys.com) fahren nach Brüssel (1 Std. 50 Min. von Amsterdam; in Brüssel kann man dann in den Eurostar umsteigen) und Paris. Diese Gesellschaft bietet gute Preise, wenn frühzeitig im Voraus gebucht wird, und viele weitere Ermäßigungsmöglichkeiten. Im Süden gibt es eine stündliche Verbindung zwischen Maastricht und Liège (Lüttich; 5,80 €, 40 Min.).

**DEUTSCHLAND**

Zwischen Amsterdam und Köln verkehren deutsche ICE-Züge (ab 35,90 €, 3 Std.). Viele fahren nach Frankfurt (ab 45,90 €, 4–4¾ Std.) mit Zwischenstopp am Frankfurter Flughafen weiter. Fahrkarten gibt es im Voraus auf www.b-europe.com oder www.bahn.de.

Von Köln oder Frankfurt kann man ganz leicht in alle Teile Deutschlands weiterfahren. Eine weitere Direktverbindung vekehrt mehrmals täglich zwischen Amsterdam und Berlin (ab 55,90 €, 6½ Std.) sowie eine Regionalverbindung von Groningen (17,40 €, 55 Min.; auf dieser Strecke fährt tatsächlich ein Bus!) Richtung Osten ins kleine Leer (Ostfriesland), von wo aus es per Zug nach Bremen und weiter ins Land hinein geht.

Von Maastricht erreicht man Köln über Liège in Belgien und Aachen in Deutschland (ab 24,80 €, 1½–2 Std.).

# UNTERWEGS VOR ORT

Da die Niederlande so klein und überschaubar sind, macht es viel Spaß, im Land herumzureisen.

## Auto & Motorrad

Das holländische Autobahnnetz ist zwar weitläufig, aber dennoch sehr staoanfällig. Die Straßen rund um Amsterdam, die A4 Richtung Belgien (südlich) und die A2 Richtung Maastricht (südöstlich) sind besonders zu Stoß- und Urlaubszeiten sehr voll und verstopft. In der Ferienzeit werden hier und da Staus mit einer Gesamtlänge von 350 km gemeldet.

Kleinere Straßen sind in der Regel gut in Schuss. Allerdings gibt es seit der Kampagne zur Eindämmung des Autoverkehrs zahlreiche Hindernisse auf den Straßen: Zweispurige Straßen sind wegen einer breiten Fahrradspur nur noch einspurig oder es gibt Hindernisse, Temposchwellen und andere verkehrsberuhigende Maßnahmen.

Das Parken in größeren Städten kann einem wirklich Kopfschmerzen bereiten, und die Preise dafür sind auch recht hoch. Die Städte begrenzen die Parkmöglichkeiten bewusst, um die Autos aus den Innenstädten fernzuhalten. Aus demselben Grund sind Parkplätze auch sehr teuer: Hotels werben mit ermäßigten Parkgebühren für ihre Übernachtungsgäste, aber oftmals sind das immer noch 30 €. Alternativ locken die preiswerteren „Park & Ride"-Parkplätze, die häufig noch in Laufweite zum Stadtkern liegen.

### Automobilclubs

ANWB (www.anwb.nl) ist der niederländische Automobilclub; in den meisten größeren Städten gibt es eine Zweigstelle davon. Mitglieder im Automobilclub ihres eigenen Heimatlandes (z. B. ADAC) bekommen hier Hilfe, kostenloses Kartenmaterial, Ermäßigungen und vieles mehr.

### Autoverleih

➡ In den Niederlanden ist es kein Problem, ein Auto zu leihen. Alle größeren Mietwagenfirmen haben landesweit zahlreiche Niederlassungen.

➡ Außer in Amsterdam und an den Flughäfen sind diese Niederlassungen jedoch meist nicht so günstig gelegen, wenn man mit der Bahn in einem Ort ankommt.

➡ Das Mindesalter, um ein Auto mieten zu können, liegt bei 23 Jahren. Einige Verleihfirmen erheben einen kleinen Aufpreis für Jungfahrer unter 25.

- Es wird auf jeden Fall eine Kreditkarte benötigt, um ein Auto mieten zu können.
- Weniger als 4 % der europäischen Autos haben ein Automatikgetriebe; wer das unbedingt haben möchte, sollte weit im Voraus reservieren und sich auf hohe zusätzliche Aufschläge gefasst machen.

### Benzin

Wie in vielen Ländern Westeuropas ist Benzin sehr teuer. Der Preis ändert sich ständig. Im Allgemeinen kostet ein Liter Benzin etwa 1,76 €. Benzin heißt auf Niederländisch *benzine*. Diesel (1,45 € pro Liter) ist billiger; deshalb lohnt es sich eventuell, einen Diesel zu mieten.

Um die jeweils geltenden Benzinpreise abzufragen, ist ein Blick auf www.fuel-prices-europe.info sinnvoll. Schlaue Autofahrer in der Nähe der belgischen Grenze fahren kurz über die Grenze, um dort zu tanken (und, Tipp für Raucher: sich gleichzeitig mit Tabak einzudecken), weil sich dort etwa 0,20 € pro Liter sparen lassen.

### Führerschein

Besucher aus Ländern außerhalb der EU dürfen in den Niederlanden mit ihrem eigenen nationalen Führerschein bis zu 185 Tage pro Kalenderjahr Auto fahren; Bürgern aus der EU ist dies ganzjährig gestattet.

Wer in den Niederlanden ein Auto mieten möchte, der muss einen gültigen Führerschein vorlegen können. Ein internationaler Führerschein wird nicht zwingend benötigt.

### Straßenverkehrsregeln

Die Verkehrsregeln ähneln denen im restlichen Europa. Da sowohl Autos als auch Fahrräder und Fußgänger in schneller Folge aus dem Nichts auftauchen können, ist immer volle Konzentration vonnöten.

- Es herrscht Rechtsverkehr.
- Das Midestalter beträgt 18 Jahre für das Fahren von Autos und 16 Jahre für Motorräder.
- Es besteht auf allen Sitzplätzen Gurtpflicht, und Kinder unter 12 Jahren müssen hinten sitzen.
- Straßenbahnen haben immer Vorfahrt.
- Beim Rechtsabbiegen haben Fahrräder Vorfahrt.
- Fahrzeuge, die sich bereits im Kreisverkehr befinden, haben Vorfahrt.
- Innerhalb geschlossener Ortschaften gilt eine Höchstgeschwindigkeit von 50 km/h, auf Landstraßen 80 km/h, 100 km/h auf Fermstraßen und 120 km/h auf Autobahnen (manchmal auch nur 100 km/h, was dann aber entsprechend ausgeschildert ist). Zur Überwachung der Geschwindigkeiten lauern überall versteckte Radarfallen.

### Versicherung

Eine Vollkaskoversicherung kommt zum Mietpreis dazu, ist aber immer lohnend. Ohne Versicherung müsste man den Schaden bis zum vollen Wert des Wagens selbst tragen.

Viele Kreditkartengesellschaften und Autoversicherungen im Heimatland bieten so etwas wie eine Vollkaskoversicherung an; also sollte man diese Möglichkeit immer erst prüfen, bevor man den kostenpflichtigen Vollkaskoschutz (ab 10 € pro Tag) der Verleihfirmen ablehnt.

Bei den meisten Mietwagenanbietern ist mit der Vollkaskoversicherung im Schadensfall eine Eigenbeteiligung von 500 bis 1000 € verbunden. Für 10 bis 20 € Aufschlag pro Tag kann man diese Eigenbeteiligung vermeiden. Also immer prüfen, welche Leistungen in der eigenen Kreditkarte und bei der eigenen Autoversicherung enthalten sind. Vielleicht braucht man dann gar nichts extra zu bezahlen.

## Bus

Busse werden eher für kürzere Fahrten innerhalb einer Region genutzt und weniger für lange Strecken, für die man sich besser in den Zug setzen kann. Sie sind ganz wichtige Transportmittel, besonders in Teilen des Nordens und Ostens, wo Züge seltener sind oder gar nicht existieren. Die Fahrpreise sind nach Zonen gestaffelt. Normalerweise kauft man die Fahrkarten beim Busfahrer (sie werden auch OV-*chipkaart* genannt, die man nach der einfachen Fahrt wegwirft; 2 bis 5 € für kürzere Strecken), allerdings bezahlen die meisten Leute mit einer wiederaufladbaren OV-Chipkarte.

Es gibt keine Unterscheidung in Klassen. In manchen Regionen gibt es Tageskarten, die für alle Busse gelten; einfach den Busfahrer fragen. Sie sind in der Regel sehr hilfsbereit.

## Fahrrad

Die Niederlande sind ein extrem fahrradfreundliches Land. Also rauf auf die *fiets* (Fahrrad) und los geht's! Für viele Leute ist das die Tour ihres Lebens, wenn sie sich mit nichts außer der eigenen Muskelkraft und den Pedalen vorwärts bewegen. In den meisten Fortbewegungsmitteln wie Zügen und Bussen ist man sehr wohlwollend gegenüber Radfahrern eingestellt. Gut ausgeschilderte Fahrradwege führen praktisch überall hin.

Jede holländische Stadt ist in der Regel mit Fahrradwegen ausgestattet. Sie befinden sich entweder auf den Straßen selbst oder in Form von ebenen Wegen abseits des Straßenverkehrs.

## Fähren & Boote

Das ganze Jahr über setzen Fähren vom Festland auf die friesischen Inseln über. Zu-

## TIPPS ZUM KAUF VON FAHRSCHEINEN

Der Kauf einer Zugfahrkarte ist der komplizierteste Teil einer Bahnreise in den Niederlanden.

➡ Nur wenige Fahrkartenautomaten nehmen Bargeld, und wenn sie es tun, kann man nur Münzen einwerfen, sodass man eine ganze Tasche voller Kleingeld braucht.

➡ Automaten, die mit Kartenzahlung funktionieren, nehmen meist keine nichteuropäischen Kredit- oder Bankkarten. Die Ausnahme bilden einige wenige Automaten am Flughafen Schiphol und am Bahnhof Amsterdam Centraal.

➡ Manche Automaten geben Tickets nur an Reisende aus, die im Besitz einer OV-*chipkaart* sind.

➡ Der Fahrkartenschalter akzeptiert keine Kredit- oder Bankkarten, aber zumindest Euroscheine. Die Warteschlangen sind oft sehr lang, und ein Zuschlag auf den normalen Fahrpreis ist hier oft unvermeidbar.

➡ Ermäßigte NS-Fahrscheine für den internationalen Zugverkehr werden online verkauft, aber dafür benötigt man eine holländische Kreditkarte. Die preiswerten Fahrentgelte können jedoch nicht am Fahrkartenschalter gekauft werden.

➡ Das viel gepriesene *Voordeelurenabonnement* (Pass für ermäßigte Fahrkarten außerhalb der Stoßzeiten) gewährt gute Preisnachlässe, aber nur wenn man ein holländisches Konto hat.

➡ Um eine Fahrkarte für eine Regionalbahn oder einen internationalen Zug mit einer ausländischen Kreditkarte online zu kaufen, geht man auf die Website von SNCB Europe (www.b-europe.com). Das Ticket muss man dann allerdings meist ausdrucken.

sätzlich fahren noch, je nach Saison, Fähren zwischen den beliebten Inseln Texel, Vlieland und Terschelling hin und her.

Personenfähren verkehren in der Westerschelde im Süden Zeelands und verbinden so den Südwesten des Landes mit Belgien. Sie sind besonders beliebt bei Leuten, die den Fährhafen in Zeebrügge nutzen und fahren ganzjährig in regelmäßiger Häufigkeit.

Der Waterbus (www.waterbus.nl) ist eine wunderbar schnelle Fährverbindung zwischen Rotterdam und Dordrecht, aber auch zu den beliebten Touristenzielen Kinderdijk und dem Nationalpark Biesbosch. Die Fähren fahren das ganze Jahr über, aber manche Strecken werden, je nach Saison, auch mal ausgespart.

Viele weitere kleinere Fähren fahren auf den unzähligen holländischen Kanälen und Wasserwegen und verbinden so die Orte miteinander.

### Bootsverleih

Sich ein Boot zu mieten, ist eine sehr beliebte und angenehme Art und Weise, sich auf den Flüssen, Seen und Binnenmeeren fortzubewegen. Boote gibt es in allen Formen und Größen, von Kanus über Motorboote und kleine Segelboote bis hin zu großen, historischen Lastschaluppen. Die Preisspanne umfasst das gesamte Spektrum, und es gibt im ganzen Land Hunderte von Verleihfirmen.

## Flugzeug

In den Niederlanden gibt es keine Inlandsflüge.

## Öffentliche Verkehrsmittel

In den meisten größeren Städten verkehren Busse oder Straßenbahnen. In Amsterdam und Rotterdam gibt es zusätzlich ein U-Bahnnetz.

## Taxi

Offiziell darf man ein Taxi nicht an der Straße herbeiwinken, sondern es wird per Telefon bestellt. Taxis stehen jedoch auch vor Bahnhöfen und Hotels bereit und kosten etwa 12 bis 15 € für 5 km. Selbst kürzere Fahrten in der Stadt können schnell teuer werden.

## Zug

Die Züge in Holland sind zuverlässig, schnell und bequem. Sie fahren recht häufig und verbinden Inlandsziele in regelmäßigen Zeitabschnitten, manchmal sogar fünf- bis sechsmal die Stunde. Das Bahnnetz ist hervorragend und genügt meist schon, um im Land herumzukommen. Es gibt jedoch einige wenige Vorbehalte.

➡ Die nationale Bahngesellschaft NS (Nederlandse Spoorwegen; www.ns.nl) betreibt alle wichtigen Strecken in den Niederlanden. Im Norden und Osten wurden unbedeutendere Strecken an private Bus- oder Zugbetreiber abgestoßen, wobei die Fahrpläne und Fahrpreise weiterhin Teil des nationalen Systems geblieben sind.

➡ Fahrräder können meist gut in Zügen mitgenommen werden.

➡ An den Bahnhöfen werden die Abfahrtszeiten angezeigt, aber nicht die Reise- oder Ankunftszeit. Dazu informiert man sich online oder fragt am Fahrkarten- oder Infoschalter nach.

➡ Etwa von 24 bis 6 Uhr morgens fahren keine Züge außer auf der Strecke Amsterdam–Schiphol–Rotterdam–Den Haag–Leiden, wo die Züge auch nachts stündlich verkehren.

➡ Hochgeschwindigkeitszüge der NS fahren zwischen Amsterdam, Schiphol, Rotterdam und Breda.

## Bahnhöfe

Mittelgroße und große Bahnhöfe haben alle möglichen Service-Einrichtungen: Geldwechsel, Geldautomaten, kleine Lebensmittelläden, Food-Courts, Fastfood-Automaten, Blumenläden und vieles mehr.

Auf kleineren Bahnhöfen gibt es oft gar keinen Service, nicht einmal einen Fahrkartenschalter (Fahrkarten gibt es dann nur am Automaten). Das trifft besonders auf die Strecken zu, die nicht von NS betrieben werden.

## Gepäckaufbewahrung

An vielen Bahnhöfen gibt es auf einem Bahnsteig Schließfächer zur Gepäckaufbewahrung *(Bagagekluizen)*, die man mit der Kreditkarte bedient. Die Gebühr für 24 Stunden beträgt meist 3,85/5,70 € für ein kleines/großes Fach. Wer erst nach über 24 Stunden zurückkehrt, zahlt mit der Kreditkarte noch einmal 5,55/8,45 € für weitere 24 Stunden.

Maximal kann man ein Gepäckschließfach für 72 Stunden mieten. Nach dieser Zeit ist der Bahnhof dazu berechtigt, die Sachen herauszunehmen, zum zentralen Fundbüro nach Utrecht (0900 321 2100) zu schicken und eine Strafgebühr von 70 € zusätzlich zum höheren 24-Stundenpreis zu verlangen. Also nicht wirklich zu empfehlen.

Die Schließfächer am Bahnhof in Amsterdam (7/10 € für 24 Std.), Rotterdam (6/9 €), Den Haag (6/9 €) und Utrecht (6/9 €) sind teurer.

Einige Bahnhöfe, die besonders bei Ausflüglern beliebt sind (z. B. Enkhuizen, Delft), haben gar keine Schließfächer.

## Zugfahrkarten

Zugfahren ist in den Niederlanden einigermaßen erschwinglich. Die hier angegebenen Bahnpreise richten sich an Inhaber einer OV-*chipkaart* (S. 392); wer keine solche Karte hat, muss 1 € auf den angegebenen Preis dazurechnen.

Beim Kauf einer Fahrkarte in den Niederlanden, muss man wissen, dass nicht-europäische Kredit- und Debitkarten an den Fahrkartenautomaten meist nicht funktionieren.

**Fahrkartenautomaten** Nehmen meist nur holländische Bankkarten. Rund 25 % akzeptieren keine Münzen, und Geldscheine funktionieren gar nicht. Man kann zumindest Englisch als Bedienungssprache auswählen.

**Fahrkartenschalter** gibt es an mittelgroßen und großen Bahnhöfen. Das Personal spricht Englisch oder auch Deutsch und ist sehr hilfsbereit. Die Schlangen davor können recht lang sein, und die Schalter sind nachts meist geschlossen.

**Online** Elektronisch kann man die Fahrkarten auch leicht auf der Website der NS erweben, muss sie aber auch ausdrucken. Auf manchen Strecken, die man der Reisplanner Xtra-App entnehmen kann, gelten auch Handy-Tickets. Die Online-Fahrpreise sind genauso hoch oder niedrig wie die, die mit einer OV-Chipkarte gelten, d. h. man spart sich den Aufschlag von 1 €.

Wer an einem Bahnhof auf einen geschlossenen Fahrkartenschalter trifft und keine Münzen für den Automaten hat, darf in den Zug einsteigen, muss aber den Schaffner suchen und ihm die Notlage erklären (aber nicht flunkern, denn die Schaffner kennen die Bahnhöfe genau). Er wird dann *normalerweise* eine Fahrkarte ausstelllen, ohne die Strafgebühr von 50 € fürs Schwarzfahren zu erheben, die üblicherweise noch zu dem normalen Ticketpreis hinzukommt. Sollte er doch auf dieser Strafgebühr bestehen, kann man bei einem Fahrkartenschalter eine Rückzahlung dieser Strafe beantragen.

### ZONETAXI

Landesweit bieten etwa 130 Bahnhöfe ein hervorragendes NS-Zonetaxi-Netz, das die Reisenden innerhalb einer 2-km-Zone mit dem Taxi zum/vom Bahnhof fährt. Die Fahrten werden im Vorhinein gebucht und entkrampfen so die lästige spontane Suche nach einem Taxi. Die Preise beginnen bei 6 € und sind festgelegt, sodass es keine bösen Überraschungen bei der Ankunft gibt. In einem Taxi können bis zu drei Fahrgäste mitfahren. Diesen Taxiservice gibt es täglich ab dem ersten Zug und er endet mit dem letzten Zug. Buchen kann man über die Reisplanner Xtra-App oder über die Telefonnummer 0900 679 82 94.

**RESERVIERUNGEN**

In Regionalbahnen ist keine Reservierung erforderlich. Man kreuzt einfach am Bahnhof auf und muss nur selten mehr als eine halbe Stunde auf den passenden Zug warten. Für internationale Züge sollte man vorher reservieren.

**TICKETARTEN**

➡ *Enkele reis* (einfache Fahrt) – Fahrkarte für eine einfache Fahrt; mit einem gültigen Fahrschein kann man die Fahrt auf der direkten Strecke auch einmal unterbrechen.

➡ *Dagretour* (Tageskarte für hin & zurück) – eine normale Tageskarte für beide Wege. Sie kostet genauso viel wie zwei einzelne Hinfahrten.

➡ *Dagkaart* (Tageskarte) – 50,60/85 € für die 2./1. Klasse ermöglicht unbegrenztes Zugfahren durchs ganze Land. Ist empfehlenswert, wenn man an einem Tag viel reisen will.

➡ Holland Travel Ticket – unbegrenzt gültiges Tagesticket für Züge (2. Klasse), Busse, Straßenbahnen und U-Bahnen im ganzen Land (55 €); die günstigere Variante ist die Karte, die nur außerhalb der Stoßzeiten gilt (39 €); gilt nicht werktags zwischen 6.30 und 9 Uhr morgens.

➡ Railrunner – 2,50 €; landesweit gültige Tageskarte für Kinder zwischen vier und elf Jahren.

Wichtig zu wissen: Bei Verspätungen von mehr als einer halben Stunde, kann man egal welcher Grund vorliegt, eine Fahrpreiserstattung beantragen. Verspätungen von 30 bis 60 Minuten führen zu einer Erstattung von 50 %. Wenn der Zug mehr als eine Stunde verspätet ist, gibt es den gesamten Fahrpreis zurück.

Für internationale Züge müssen Fahrgäste das Zugticket im Voraus kaufen und mögliche Aufschläge in Kauf nehmen; manchmal gibt es Preisnachlässe.

## FAHRPREISE, FAHRSCHEINE & OV-CHIPKAARTS

Die einfachste und preiswerteste Möglichkeit, an ein Zugticket oder einen Fahrschein für andere öffentliche Verkehrsmittel (Busse, Straßen- und U-Bahnen) zu kommen, ist der Kauf einer mit Guthaben aufgeladenen Plastikkarte, die man als OV-*chipkaart* (www.ov-chipkaart.nl) bezeichnet.

➡ Bei der Ankunft in den Niederlanden kauft man sich einfach am Bahnhof, an Infoschaltern des öffentlichen Nahverkehrs, im Supermarkt oder Zeitungskiosk eine OV-Chipkarte (7,50 €), die dann fünf Jahre gültig ist. Das geht auch im Voraus online auf www.public-transport-holland.com.

➡ Es gibt zwei Arten dieser OV-Chipkarten: „anonyme" OV-Chipkarten richten sich an Touristen und kurzzeitige Besucher des Landes, für „personalisierte" OV-Chipkarten benötigt man eine Wohnungsadresse in den Niederlanden, Belgien, Deutschland oder Luxemburg.

➡ Um die Karte nutzen zu können, muss man sie zunächst an irgendeinem Infoschalter für öffentliche Verkehrsmittel, am Bahnhofsschalter oder an einem Fahrkartenautomaten mit einem Guthaben aufladen (für Busse mind. 10 € und für Züge des NS mind. 20 €). Das Guthaben muss für die anzutretende Fahrt ausreichen.

➡ Beim Ein- und Ausstieg in einen Bus, eine Straßen- oder U-Bahn hält man die Karte vor einen Scanner an den Türen oder Bahnsteigzugängen oder -ausgängen. Das System rechnet dann den Fahrpreis aus und zieht ihn vom Guthaben der Karte ab. Wenn man das Einlesen der Karte beim Aussteigen vergisst, zieht das System den höchstmöglichen Fahrpreis ab. An Bahnhöfen sind die Lesegeräte strategisch günstig an den Auf- oder Abgängen der Bahnsteige platziert.

➡ Bei der Abreise bekommt man das noch auf der Karte befindliche Guthaben an jedem Infoschalter des öffentlichen Nahverkehrs zurückerstattet. Dafür wird eine Gebühr von 1 € einbehalten.

➡ Wer nur ein paarmal mit öffentlichen Verkehrsmitteln fahren möchte, kann genausogut bei Antritt jeder Fahrt mit Bus oder Straßenbahn eine teurere Einfach-OV-Chipkarte oder ein Zugticket kaufen. Für Zugfahrten bedeutet das 1 € Aufschlag auf den normalen Fahrpreis.

➡ In manchen Straßenbahnen sind Schaffner für die Fahrkarten zuständig, in anderen regelt der Fahrer das. In Amsterdam ist es nicht mehr möglich, einen Fahrschein in öffentlichen Verkehrsmitteln bar zu bezahlen.

### FAHRPÄSSE

Es gibt zahlreiche Bahnpässe für Reisende, die innerhalb oder außerhalb der Niederlande wohnen. Diese sollte man sich vor der Ankunft besorgen. Allerdings sind die Vorteile durch diese Pässe nicht sonderlich groß, selbst wenn man viel mit dem Zug fahren möchte.

**Eurail** (www.eurail.com) Nicht-Europäer, die außerhalb Europas wohnen, können einen Benelux-Pass erwerben, mit dem sie einige Tage innerhalb eines Monats in den Niederlanden, Belgien und Luxemburg umherfahren können. Er kostet 158/190/221/297 US$ für drei/vier/fünf/acht Tage in der 2. Klasse.

**Interrail** (www.interrail.eu) Für europäische Bürger, die in Europa wohnen, kostet ein Benelux-Pass 226/272/354/427 € für drei/vier/sechs/acht Reisetage innerhalb eines Monats.

## Zugklassen

Die längste Bahnfahrt dauert in den Niederlanden rund 4¼ Stunden und geht von Maastricht nach Groningen. Die meisten Fahrten sind also erheblich kürzer. Die Züge haben Abteile der 1. Klasse, die sich aber meist wenig von denen der 2. Klasse unterscheiden und sich angesichts der kurzen Strecken auch nicht lohnen.

Die 1. Klasse kann sinnvoll sein, wenn man zu Stoßzeiten reist, in denen die Plätze der 2. Klasse überbucht sind.

## Zugtypen

Nach Geschwindigkeit in absteigender Folge sortiert:

**Thalys** (www.thalys.com) Betreibt französische Hochgeschwindigkeitszüge im Stil des TGV von Amsterdam, Schiphol und Rotterdam Richtung Süden nach Belgien und Paris. Die Züge sind vornehm und haben WLAN. Das flexible Preissystem bedeutet, dass Vorabreservierungen unabdingbar sind, um den günstigsten Preis zu bekommen.

**ICE** (Intercity Express; www.nshispeed.com) Deutsche Hochgeschwindigkeitszüge von Amsterdam nach Köln und weiter zum Frankfurter Flughafen und nach Frankfurt selbst. Für Inlandsfahrten gibt es Aufschläge; die Fahrpreise sind gestaffelt, je nachdem, wie lange vor Antritt der Fahrt gebucht wird.

**Intercity** Der beste Inlandszug; hat feste Preise. Sie halten nicht an kleineren Bahnhöfen und fahren auf allen wichtigen Strecken. In der Regel sind sie klimatisiert und doppelstöckig.

**Sneltrain** (Schnellzug) Kein Intercity, aber nicht so langsam wie ein *stoptrein*. Meist nicht klimatisiert.

**Stoptrein** (Bummelzug) Hält „an jeder Milchkanne", fährt nie volles Tempo. Manche haben nicht einmal Toiletten.

# Sprache

Niederländisch wird weltweit von rund 20 Millionen Menschen gesprochen. Die germanische Sprache ist eng mit dem Deutschen verwandt, insbesondere das Niederdeutsche weist viele Gemeinsamkeiten auf.

Die Aussprache des Niederländischen ist relativ einfach. Unterschieden wird zwischen Langvokalen und Kurzvokalen, die bedeutungsunterscheidend sein können – wie z. B. bei *man* (Mann) und *maan* (Mond).

Auch die Konsonanten sind recht einfach auszusprechen. Das ch wird hinten im Kehlkopf gebildet, wie das „ch" in „Loch". Das r wird gerollt, das zh ist ein stimmhafter „sch"-Laut (wie beim „j" in „Journalist"). Wer die rot unterlegte Aussprachehilfe auf diese Weise liest, sollte zumindest verstanden werden. Betonte Silben sind kursiv wiedergegeben.

Wo erforderlich, werden die höfliche oder förmliche (höfl.) Ausdrucksweise ebenso angegeben wie die eher informelle (inf.).

## KONVERSATION

| | | |
|---|---|---|
| **Guten Tag./Hallo.** | *Dag./Hallo.* | dach/ha·*loh* |
| **Auf Wiedersehen.** | *Dag.* | dach |
| **Ja./Nein.** | *Ja./Nee.* | yaa/nee |
| **Bitte.** | *Alstublieft.* (höfl.)<br>*Alsjeblieft.* (inf.) | al·stü·*blihft*<br>a·sye·*blihft* |
| **Danke.** | *Dank u/je.* (höfl./inf.) | dangk ü/ye |
| **Gern geschehen.** | *Graag gedaan.* | chraach che·*daan* |

### NOCH MEHR NIEDERLÄNDISCH?

Mehr Wörter und Redewendungen enthält das *Dutch Phrasebook* von Lonely Planet (in englischer Sprache). Man bekommt es unter **shop.lonelyplanet.com**, im Buchhandel oder im Apple App Store.

**Entschuldigung.** *Excuseer mij.* eks·kü·*zee* mey

**Wie geht es Ihnen?**
*Hoe gaat het met u/jou?* (höfl./inf.) — huh chaat het met ü/yau

**Gut. Und Ihnen?**
*Goed.* — chuht
*En met u/jou?* (höfl./inf.) — en met ü/yau

**Wie heißen Sie?**
*Hoe heet u/je?* (höfl./inf.) — huh heet ü/ye

**Ich heiße ...**
*Ik heet ...* — ik heet ...

**Sprechen Sie Englisch?**
*Spreekt u Engels?* — spreykt ü *eng*·els

**Ich verstehe nicht.**
*Ik begrijp het niet.* — ik beh·*chreyp* heht niht

## ESSEN & TRINKEN

**Was würden Sie empfehlen?**
*Wat kan u aanbevelen?* — wat kan ü *aan*·be·ve·len

**Was ist in dem Gericht enthalten?**
*Wat zit er in dat gerecht?* — wat zit er in dat che·*recht*

**Ich hätte gern die Speisekarte.**
*Ik wil graag een menu.* — ik wil chraach ehn me·*nü*

**Köstlich!**
*Heerlijk/Lekker!* — *heer*·lihk/*le*·ker

**Prost!**
*Proost!* — prohst

**Bringen Sie bitte die Rechnung.**
*Mag ik de rekening alstublieft?* — mach ik de *re*·ke·ning al·stü·*blihft*

| | | |
|---|---|---|
| **Ich möchte einen Tisch für ... reservieren** | *Ik wil graag een tafel voor ... reserveren.* | ik wil chraach ehn *taa*·fel vohr ... rey·ser·*ve*·ren |
| **(zwei) Personen** | *(twee) personen* | (twee) per·*soh*·nen |

| | | |
|---|---|---|
| **(acht) Uhr** | *(acht) uur* | (acht) ür |
| **Ich esse kein/e/en ...** | *Ik eet geen ...* | ik eet cheen ... |
| **Eier** | *eieren* | ey·ye·ren |
| **Fisch** | *vis* | vis |
| **(rotes) Fleisch** | *(rood) vlees* | (roht) vlees |
| **Nüsse** | *noten* | noh·ten |

## Wichtige Begriffe

| | | |
|---|---|---|
| **Abendessen** | *avondmaal* | aa·vont·maal |
| **Bar** | *bar* | bar |
| **Café** | *café* | ka·fe |
| **Flasche** | *fles* | fles |
| **Frühstück** | *ontbijt* | ont·beyt |
| **Gabel** | *vork* | vork |
| **Getränkekarte** | *drankkaart* | drang·kaart |
| **Glas** | *glas* | chlas |
| **kalt** | *koud* | kaut |
| **Kneipe** | *kroeg* | kruch |
| **Lebensmittel-laden** | *kruidenier* | kröy·de·nihr |
| **Löffel** | *lepel* | le·pel |
| **Markt** | *markt* | markt |
| **Messer** | *mes* | mes |
| **mit/ohne** | *met/zonder* | met/zon·der |
| **Mittagessen** | *middagmaal* | mi·dach·maal |
| **Restaurant** | *restaurant* | res·toh·rant |
| **scharf** | *heet* | heet |
| **Speisekarte** | *menu* | me·nü |
| **Teller** | *bord* | bort |
| **vegetarisch/es (Essen)** | *vegetarisch* | ve·che·taa·ris |
| **würzig** | *pikant* | pih·kant |

## Fleisch & Fisch

| | | |
|---|---|---|
| **Austern** | *oester* | uhs·ter |
| **Ente** | *eend* | eent |
| **Fisch** | *vis* | vis |
| **Fleisch** | *vlees* | vlees |
| **Forelle** | *forel* | fo·rel |
| **Garnelen** | *garnalen* | char·naa·len |
| **Hering** | *haring* | haa·ring |
| **Hummer** | *kreeft* | kreeft |
| **Hähnchen** | *kip* | kip |
| **Kalbfleisch** | *kalfsvlees* | kalfs·vlees |
| **Kammmuscheln** | *kammosselen* | ka·mo·se·len |
| **Krabben** | *steurgarnaal* | stör·char·naal |
| **Lachs** | *zalm* | zalm |
| **Lamm** | *lamsvlees* | lams·vlees |
| **Muscheln** | *mosselen* | mo·se·len |
| **Rindfleisch** | *rundvlees* | runt·vlees |
| **Schweinefleisch** | *varkensvlees* | var·kens·vlees |
| **Thunfisch** | *tonijn* | toh·neyn |
| **Tintenfisch** | *inktvis* | ingkt·vis |
| **Truthahn** | *kalkoen* | kal·kuh |

### NÜTZLICHE WENDUNGEN

Diese einfachen Satzmuster kann man mit Wörtern aus dem Verzeichnis kombinieren, um ein Anliegen vorzutragen:

**Wann geht (der nächste Bus)?**
*Hoe laat gaat (de volgende bus)?* — huh laat chaat (duh vol·chen·deh bus)

**Wo ist (der Bahnhof)?**
*Waar is (het station)?* — waar is (heht sta·syon)

**Ich suche (ein Hotel).**
*Ik ben op zoek naar (een hotel).* — ik ben op zuhk naar (ehn hoh·tel)

**Haben Sie (eine Karte)?**
*Heeft u (een kaart)?* — heeft ü (en kaart)

**Gibt es hier (eine Toilette)?**
*Is er (een toilet)?* — is er (en twa·let)

**Ich hätte gern (die Speisekarte).**
*Ik wil graag (een menu).* — ik wil chraach (en me·nü)

**Ich möchte (einen Wagen mieten).**
*Ik wil graag (een auto huren).* — ik wil chraach (en au·toh hü·ren)

**Kann ich (hereinkommen)?**
*Kan ik (binnengaan)?* — kan ik (bi·nen·chaan)

**Können Sie bitte (helfen)?**
*Kunt u alstublieft (helpen)?* — kunt ü al·stü·blihft (hel·pen)

**Muss ich (ein Visum beantragen)?**
*Moet ik (een visum hebben)?* — muht ik (en vih·zum he·ben)

## Obst & Gemüse

| | | |
|---|---|---|
| **Ananas** | *ananas* | a·na·nas |
| **Apfel** | *appel* | a·pel |
| **Banane** | *banaan* | ba·naan |
| **Beeren** | *bessen* | be·sen |
| **Blumenkohl** | *bloemkool* | bluhm·kohl |
| **Bohnen** | *bonen* | boh·nen |
| **Erbsen** | *erwtjes* | erw·tyes |
| **Gemüse** | *groenten* | chruhn·ten |
| **Gurke** | *komkommer* | kom·ko·mer |

| | | |
|---|---|---|
| **Kartoffeln** | *aardappels* | aart·a·pels |
| **Kohl** | *kool* | kohl |
| **Linsen** | *linzen* | lin·zen |
| **Möhre/Karotte** | *wortel* | wor·tel |
| **Nüsse** | *noten* | noh·ten |
| **Obst** | *fruit* | fröyt |
| **Orange** | *sinaasappel* | sih·naas·a·pel |
| **Paprika** | *paprika* | pa·prih·ka |
| **Pfirsich** | *perzik* | per·zik |
| **Pflaumen** | *pruimen* | pröy·men |
| **Pilze** | *paddestoelen* | pa·de·stuh·len |
| **Spinat** | *spinazie* | spih·naa·zih |
| **Tomaten** | *tomaten* | toh·maa·ten |
| **Weintrauben** | *druiven* | dröy·fen |
| **Zitrone** | *citroen* | sih·tuhn |
| **Zwiebeln** | *uien* | öy·yen |

## Andere Lebensmittel

| | | |
|---|---|---|
| **Brot** | *brood* | broht |
| **Butter** | *boter* | boh·ter |
| **Eier** | *eieren* | ey·ye·ren |
| **Eis** | *ijs* | eys |
| **Essig** | *azijn* | a·zeyn |
| **Gebäck** | *gebak* | che·bak |
| **Honig** | *honing* | hoh·ning |
| **Käse** | *kaas* | kaas |
| **Marmelade** | *jam* | zhem |
| **Nudeln** | *noedels* | nuh·dels |
| **Pfeffer** | *peper* | pe·per |
| **Reis** | *rijst* | reyst |
| **Salz** | *zout* | zaut |
| **Sojasoße** | *sojasaus* | soh·ya·saus |
| **Suppe** | *soep* | suhp |
| **Zucker** | *suiker* | söy·ker |
| **Öl** | *olie* | oh·lih |

## Getränke

| | | |
|---|---|---|
| **Bier** | *bier* | bihr |
| **Kaffee** | *koffie* | ko·fih |
| **Milch** | *melk* | melk |
| **Rotwein** | *rode wijn* | roh·de weyn |
| **Saft** | *sap* | sap |
| **Softdrink** | *frisdrank* | fris·drangk |
| **Tee** | *thee* | tee |
| **Wasser** | *water* | waa·ter |
| **Weißwein** | *witte wijn* | wi·te weyn |

### Fragewörter

| | | |
|---|---|---|
| **Wie?** | *Hoe?* | huh |
| **Was?** | *Wat?* | wat |
| **Wann?** | *Wanneer?* | wa·neer |
| **Wo?** | *Waar?* | waar |
| **Wer?** | *Wie?* | wih |
| **Warum?** | *Waarom?* | waa·rom |

# NOTFÄLLE

**Hilfe!**
*Help!* — help

**Lass mich in Ruhe!**
*Laat me met rust!* — laat me met rust

**Rufen Sie einen Arzt!**
*Bel een dokter!* — bel en dok·ter

**Rufen Sie die Polizei!**
*Bel de politie!* — bel de poh·liht·sih

**Es hat einen Unfall gegeben.**
*Er is een ongeluk gebeurd.* — er is en on·che·luk che·bört

**Ich habe mich verlaufen.**
*Ik ben verdwaald.* — ik ben ver·dwaalt

**Mir ist schlecht.**
*Ik ben ziek.* — ik ben zihk

**Es tut hier weh.**
*Hier doet het pijn.* — hihr duht het peyn

**Wo sind die Toiletten?**
*Waar zijn de toiletten?* — waar zeyn de twa·le·ten

**Ich bin allergisch gegen (Antibiotika).**
*Ik ben allergisch voor (antibiotica).* — ik ben a·ler·chihs vohr (an·tih·bih·yoh·tih·ka)

# SHOPPEN & DIENSTLEISTUNGEN

**Ich möchte ... kaufen**
*Ik wil graag ... kopen.* — ik wil chraach ... koh·pen

**Ich schaue mich nur um.**
*Ik kijk alleen maar.* — ik keyk a·leen maar

**Kann ich mir das ansehen?**
*Kan ik het even zien?* — kan ik het e·ven zihn

**Haben Sie noch andere?**
*Heeft u nog andere?* — heeft ü noch an·de·re

**Wie viel kostet das?**
*Hoeveel kost het?* — huh·veel kost het

**Das ist zu teuer.**
*Dat is te duur.* — dat is te dür

**Können Sie den Preis reduzieren?**
*Kunt u wat van de prijs afdoen?* — kunt ü wat van de preys af·duhn

**In der Rechnung ist ein Fehler.**
*Er zit een fout in de rekening.* — er zit en faut in de re·ke·ning

| | | |
|---|---|---|
| **Geldautomat** | *pin-automaat* | pin·au·toh·*maat* |
| **Wechselstube** | *wisselkantoor* | *wi*·sel·kan·tohr |
| **Postamt** | *postkantoor* | *post* kan tohr |
| **Einkaufs-zentrum** | *winkel-centrum* | *wing*·kel·sen·trum |
| **Touristen-information** | *VVV* | ve·ve·*ve* |

## UNTERKUNFT

| | | |
|---|---|---|
| **Haben Sie ein ... Zimmer?** | *Heeft u een ...?* | heeft ü en ... |
| **Einzel-** | *éénpersoons-kamer* | *een*·per·sohns·kaa·mer |
| **Doppel-** | *tweepersoons-kamer met een dubbel bed* | *twee*·per·sohns·kaa·mer met en *du*·bel bet |
| **Zweibett-** | *tweepersoons-kamer met lits jumeaux* | *twee*·per·sohns·kaa·mer met lih zhü·*moh* |

| | | |
|---|---|---|
| **Was kostet es pro ...?** | *Hoeveel kost het per ...?* | he·*veel* kost het per ... |
| **Nacht** | *nacht* | nacht |
| **Person** | *persoon* | per·*sohn* |

**Ist das Frühstück enthalten?**
*Is het ontbijt inbegrepen?* — is het ont·*beyt* *in*·be·chre·pen

| | | |
|---|---|---|
| **Bad** | *badkamer* | *bat*·kaa·mer |
| **Bed and Breakfast** | *gasten-kamer* | *chas*·ten·kaa·mer |
| **Zeltplatz** | *camping* | *kem*·ping |
| **Pension** | *pension* | pen·*syon* |
| **Hotel** | *hotel* | hoh·*tel* |
| **Fenster** | *raam* | raam |
| **Jugend-herberge** | *jeugdherberg* | *yöcht*·her·berch |

## VERKEHR

### Öffentlicher Nahverkehr

| | | |
|---|---|---|
| **Ist das die ... zum (linken Ufer)?** | *Is dit de ... naar (de linker-oever)?* | is dit de ... naar (de *ling*·ker·*uh*·ver) |
| **Fähre** | *veerboot* | *veer*·boht |
| **U-Bahn** | *metro* | *me*·troh |
| **Straßenbahn** | *tram* | tram |

| | | |
|---|---|---|
| **Bahnsteig** | *perron* | pe·*ron* |
| **Fahrplan** | *dienst-regeling* | *dihnst*·re·che·ling |
| **Wann fährt ...** | *Hoe laat gaat* | huh laat chaat |

#### Schilder

| | |
|---|---|
| **Ingang** | Eingang |
| **Uitgang** | Ausgang |
| **Open** | Offen |
| **Gesloten** | Geschlossen |
| **Inlichtingen** | Information |
| **Verboden** | Verboten |
| **Toiletten** | Toiletten |
| **Heren** | Herren |
| **Dames** | Damen |

| | | |
|---|---|---|
| **(der Bus)?** | *de ... (bus)?* | de ... (bus) |
| **erste** | *eerste* | *eer*·ste |
| **letzte** | *laatste* | *laat*·ste |
| **nächste** | *volgende* | *vol*·chen·de |

**Eine Fahrkarte nach ..., bitte.**
*Een kaartje naar ... graag.* — en *kaar*·tye naar ... chraach

**Wann ist die Abfahrtszeit?**
*Hoe laat vertrekt het?* — huh laat ver·*trekt* het

**Hält er in ...?**
*Stopt het in ...?* — stopt het in ...

**Welches ist die nächste Haltestelle?**
*Welk is de volgende halte?* — welk is de *vol*·chen·de *hal*·te

**Ich möchte gern bei ... aussteigen**
*Ik wil graag in ... uitstappen.* — ik wil chraak in ... *öyt*·sta·pen

**Ist dieses Taxi frei?**
*Is deze taxi vrij?* — is *de*·ze *tak*·sih vrey

**Bringen Sie mich bitte nach ...**
*Breng me alstublieft naar ...* — breng me al·stü·*blihft* naar ...

### Radfahren

| | | |
|---|---|---|
| **Ich möchte ...** | *Ik wil graag ...* | ik wil chraach ... |
| **mein Fahrrad reparieren lassen** | *mijn fiets laten herstellen* | meyn fihts *laa*·ten her·*ste*·len |
| **ein Fahrrad mieten** | *een fiets huren* | en fihts *hü*·ren |
| **Ich möchte einen ... leihen** | *Ik wil graag een ... huren.* | ik wil chraach en ... *hü*·ren |
| **Korb** | *mandje* | *man*·dye |
| **Kindersitz** | *kinderzitje* | *kin*·der·zi·dye |
| **Helm** | *helm* | helm |

**Haben Sie einen Fahrradabstellplatz?**
*Heeft u parking voor fietsen?* — heeft ü *par*·king vohr *fiht*·sen

**Können wir dort mit dem Rad hinkommen?**
*Kunnen we er met* — *ku*·nen we er met

*de fiets heen?* de fihts heyn

**Ich habe eine Reifenpanne.**
*Ik heb een lekke band.* ik hep en *le*·ke bant

| | | |
|---|---|---|
| **Fahrradweg** | *fietspad* | *fihts*·pat |
| **Luftpumpe** | *fietspomp* | fihts·*pomp* |
| **Fahrradmonteur** | *fietsenmaker* | fiht·sen·*maa*·ker |
| **Fahrradständer** | *fietsenrek* | fiht·sen·*rek* |



## WEGWEISER

**Wo ist …?**
*Waar is …?* waar is …

**Wie weit ist es?**
*Hoe ver is het?* huh ver is het

**Wie lautet die Adresse?**
*Wat is het adres?* wat is het a·*dres*

**Können Sie das bitte aufschreiben?**
*Kunt u dat alstublieft opschrijven?* kunt ü dat al·stü·*blihft op*·s chrey·ven

**Können Sie mir das zeigen (auf der Karte)?**
*Kunt u het mij tonen (op de kaart)?* kunt ü het mey *toh*·nen (op de kaart)

| | | |
|---|---|---|
| **an der Ecke** | *op de hoek* | op de huhk |
| **bei der Ampel** | *bij de verkeerslichten* | bey de ver·*keers*·lich·ten |
| **hinter** | *achter* | *ach*·ter |
| **vor** | *voor* | vohr |

**Zahlen**

| | | |
|---|---|---|
| 1 | *één* | een |
| 2 | *twee* | twee |
| 3 | *drie* | drih |
| 4 | *vier* | vihr |
| 5 | *vijf* | veyf |
| 6 | *zes* | zes |
| 7 | *zeven* | *ze*·ven |
| 8 | *acht* | acht |
| 9 | *negen* | *ne*·chen |
| 10 | *tien* | tihn |
| 20 | *twintig* | *twin*·tich |
| 30 | *dertig* | *der*·tich |
| 40 | *veertig* | *feer*·tich |
| 50 | *vijftig* | *feyf*·tich |
| 60 | *zestig* | *ses*·tich |
| 70 | *zeventig* | *se*·ven·tich |
| 80 | *tachtig* | *tach*·tich |
| 90 | *negentig* | *ne*·chen·tich |
| 100 | *honderd* | *hon*·dert |
| 1000 | *duizend* | *döy*·zent |

| | | |
|---|---|---|
| **links** | *links* | lingks |
| **nahe (bei)** | *dicht bij* | dicht bey |
| **neben** | *naast* | naast |
| **gegenüber** | *tegenover* | tey·chen·*oh*·ver |
| **direkt geradeaus** | *rechtdoor* | rech·*dohr* |
| **rechts** | *rechts* | rechs |

## ZEIT & DATUM

**Wie spät ist es?**
*Hoe laat is het?* huh laat is het

**Es ist (10) Uhr.**
*Het is (tien) uur.* het is (tihn) ür

**Halb (11).**
*Half (elf).* half (elf)

| | | |
|---|---|---|
| **vormittags** | *'s ochtends* | *soch*·tens |
| **nachmittags** | *'s middags* | *smi*·dachs |
| **abends** | *'s avonds* | *saa*·vonts |

| | | |
|---|---|---|
| **gestern** | *gisteren* | *chis*·te·ren |
| **heute** | *vandaag* | van·*daach* |
| **morgen** | *morgen* | *mor*·chen |

| | | |
|---|---|---|
| **Montag** | *maandag* | *maan*·dach |
| **Dienstag** | *dinsdag* | *dins*·dach |
| **Mittwoch** | *woensdag* | *wuhns*·dach |
| **Donnerstag** | *donderdag* | *don*·der·dach |
| **Freitag** | *vrijdag* | *vrey*·dach |
| **Samstag** | *zaterdag* | *zaa*·ter·dach |
| **Sonntag** | *zondag* | *zon*·dach |
| **Januar** | *januari* | *ya*·nü·waa·rih |
| **Februar** | *februari* | *fe*·brü·waa·rih |
| **März** | *maart* | maart |
| **April** | *april* | a·*pril* |
| **Mai** | *mei* | mey |
| **Juni** | *juni* | *yü*·nih |
| **Juli** | *juli* | *yü*·lih |
| **August** | *augustus* | au·*chus*·tus |
| **September** | *september* | sep·*tem*·ber |
| **Oktober** | *oktober* | ok·*toh*·ber |
| **November** | *november* | noh·*vem*·ber |
| **Dezember** | *december* | dee·*sem*·ber |

# GLOSSAR

**abdij** – Abtei, Kloster
**ANWB** – Niederländischer Automobilclub
**apotheek** –Apotheke

**benzine** – Benzin
**bevrijding** – Befreiung
**bibliotheek** – Bibliothek
**bos** – Wald
**botter** – Fischerboot aus dem 19. Jh.
**broodje** – Brötchen (belegt)
**bruin café** – „braunes" Café, traditionelle Kneipe
**buurt** – Nachbarschaft

**café** – Kneipe, Bar; auch: *kroeg*
**coffeeshop** – Kneipe mit der Lizenz zum Verkauf von Cannabis

**eetcafé** (Kneipe) mit kleinen Mahlzeiten

**fiets** – Fahrrad
**fietsenstalling** – sicherer Stellplatz für Fahrräder
**fietspad** – Radweg

**gemeente** – Stadt, Kommune
**gezellig** – gesellig, behaglich
**GVB** – Gemeentevervoerbedrijf; Amsterdamer Nahverkehrsgesellschaft
**GWK** – Grenswisselkantoren; amtliche Wechselstuben

**haven** – Hafen
**hof** – Hof, Innenhof
**hofje** – Armenhaus oder Gebäude um einen kleinen Innenhof; auch: *begijnhof*
**hoofd** – wörtlich „Kopf", „Haupt"; oft in Straßennamen (Hauptstraße)
**hunebedden** – prähistorische Grabkammern, Hünengräber

**jenever** – holländischer Gin; auch: *Genever*

**kaas** – Käse
**koffiehuis** – Espresso-Bar; Café (im Unterschied zum Coffeeshop)
**klooster** – Kloster
**koningin** – Königin
**koninklijk** – königlich
**kunst** – Kunst
**kwartier** – Quartier, Viertel

**LF Routes** – *landelijke fietsroutes*; amtliche Rad-(Fern-)Wege
**loodvrij** – bleifrei (Benzin)

**markt** – Marktplatz, Markt
**meer** – See
**molen** – Mühle, Windmühle

**NS** – Nederlandse Spoorwegen; Staatliche Eisenbahngesellschaft

**OV-chipkaart** – Fahrkarte für öffentliche Verkehrsmittel

**paleis** – Palast
**polder** – eingedeichtes Gelände in Wassernähe
**postbus** – Postfach

**Randstad** – der Großraum mit Amsterdam, Utrecht, Rotterdam und Den Haag
**Rijk(s-)** – der Staat

**scheepvaart** – Schifffahrt
**schouwburg** – Theater
**sluis** – Schleuse (für Schiffe)
**spoor** – Bahnsteig
**stadhuis** – Rathaus
**stedelijk** – städtisch
**stichting** – Stiftung, Institut
**strand** – Strand

**terp** – künstlicher Hügel in Friesland als Schutz bei Flut
**treintaxi** – Taxi für Bahnreisende
**tuin** – Garten
**tulp** – Tulpe

**verzet** – Widerstand
**Vlaams** – flämisch
**VVV** – Touristeninformation

**waag** – alte Stadtwaage
**wadlopen** – Wattwandern
**weeshuis** – Waisenhaus
**werf** – Werft
**winkel** – Laden

**zaal** – Zimmer, Saal
**zee** – See
**ziekenhuis** – Krankenhaus

# Hinter den Kulissen

## WIR FREUEN UNS ÜBER EIN FEEDBACK

Post von Reisenden zu bekommen ist für uns ungemein hilfreich – Kritik und Anregungen halten uns auf dem Laufenden und helfen, unsere Bücher zu verbessern. Unser reiseerfahrenes Team liest alle Zuschriften genau durch, um zu erfahren, was an unseren Reiseführern gut und was schlecht ist. Wir können solche Post zwar nicht individuell beantworten, aber jedes Feedback wird garantiert schnurstracks an die jeweiligen Autoren weitergeleitet, rechtzeitig vor der nächsten Nachauflage.

Wer Ideen, Erfahrungen und Korrekturhinweise zum Reiseführer mitteilen möchte, hat die Möglichkeit dazu auf **www.lonelyplanet.com/contact/guidebook_feedback/new**. Unter **www.lonelyplanet.de/kontakt** erreichen uns Anmerkungen speziell zur deutschen Ausgabe.

Hinweis: Da wir Beiträge möglicherweise in Lonely-Planet-Produkten (Reiseführern, Websites, digitale Medien) veröffentlichen, ggf. auch in gekürzter Form, bitten wir um Mitteilung, falls ein Kommentar nicht veröffentlicht oder ein Name nicht genannt werden soll. Wer Näheres über unsere Datenschutzpolitik wissen will, erfährt das unter www.lonelyplanet.com/privacy


## DANK VON LONELY PLANET

**Vielen Dank an alle Reisenden, die mit der letzten Ausgabe unterwegs waren und uns nützliche Hinweise, gute Ratschläge und interessante Begebenheiten übermittelt haben:** Chesara G Belo, Deirdre O'Meara, Hans Deseure, Lucy Connell, Max Muijrers, Roberto Lena, Roëlle de Bruin, Stephen Potts, Tim Lunshof, Willem Linders

## DANK DER AUTOREN

### Nicola Williams

Ein großer Dank geht an die vielen Freunde, Kollegen und andere Unterstützer, darunter: in Groningen an Sara van Geloven (Chefredakteurin des *Lonely Planet Magazine* NL), Eeflie Smit und Annebel Nillessen Blaauw (Marketing Groningen) und Nick Nijboer (Mr Mofongo); in Arnheim an die Radfahrerin Charlie Johnson, Louise Henstridge (und Sally Dibden, die den Kontakt hergestellt hat); in Nimwegen an Beppie (VVV) und Nico de Mol (Visit Holland); in Leeuwarden an Mariska und Eliszabeth für die Fakten über friesische Kultur; in Sneek an den friesischen Brennereiexperten Steve Sibson (Weduwe Joustra) aus Yorkshire und in Leeuwarden an Femke.

### Abigail Blasi

Ich danke Daniel Fahey für den Auftrag und Catherine Le Nevez für ihre Unterstützung. Ein großes *dank je* geht an Jo Dufay, die mit ihrem Wissen und ihren Büchern zur Stelle war, an Wouter Steenhuisen und Geerte Udo von iAmsterdam, an Esther Nelsey für Tipps und an Luca, Gabriel, Benjamin und Alessia für ihre Gesellschaft.

### Mark Elliott

Ein ganz besonderer Dank geht an die wunderbare Sally Cobham für ihre freundliche Begleitung und ihre klugen Einsichten. Von den Leuten, die ich unterwegs getroffen habe, danke ich besonders Lucile, Eveline und Niels in Utrecht; Jennick, Paul, Matt mit Familie in Roermond; Hants van Gils in Breda; Robert Kingsbury in Maasbracht; Sam und Natalie bei Koningshoeven; Aimée in Tilburg; Marie-Louise in Heusden; Hans, Anja und Olga bei Philips (Eindhoven); Adrien, Joos, Alette, Lisette und „Blackbird" in Den Bosch; außerdem Simone, Karen und Jan.

### Catherine Le Nevez

*Hartelijk bedankt* vor allem an Julian und an alle hilfreichen Leute in Amsterdam, Haarlem und Nordholland, die mir bei dieser Aktualisierung und in den Jahren zuvor mit Hinweisen und mit ihrer Anwesenheit geholfen haben. Ein großes Dankeschön geht an den Redakteur Daniel Fahey und meine Autorenkollegen und überhaupt an jeden bei Lonely Planet.

Wie immer *merci encore* an meine Eltern, meinen Bruder, *belle-sœur*, *neveu* und *nièce*.

### Virginia Maxwell

In den Niederlanden bin ich Kim Heinen, Annemieke Loef, Renske Satijn, Nina Swaep und Eveline Zoutendijk sehr dankbar. Aus der Londoner Redaktion möchte ich Dan Fahey und Jennifer Carey besonders erwähnen. Und daheim in Melbourne danke ich vor allem Peter und Max Handsaker.

## QUELLENNACHWEIS

Die Daten in der Klimatabelle stammen von Peel MC, Finlayson BL & McMahon TA (2007), Aktualisierte Weltkarte der Köppen-Geiger-Klimaklassifikation, *Hydrology and Earth System Sciences*, 11, 1633-44.

Abbildung auf dem Umschlag: Zaanse Schans, Nordholland, Maurizio Rellini/4Corners ©



## ÜBER DIESES BUCH

Dies ist die 1. deutsche Auflage von *Niederlande*, basierend auf der mittlerweile 7. englischen Auflage von *The Netherlands*. Die Gesamtverantwortung für das buch lag bei Nicola Williams; geschrieben wurde das Buch von Nicola, Abigail Blasi, Mark Elliott, Catherine Le Nevez und Virginia Maxwell. Die beiden vorhergehenden englischen Auflagen stammten von Catherine und Daniel C. Schechter, Ryan Ver Berkmoes und Karla Zimmerman. Im Verlag wurde der Band betreut von:

**Programmleitung:** Daniel Fahey

**Redaktionsleitung:** Grace Dobell, Genna Patterson

**Projektredaktion:** Ronan Abayawickrema

**Leitung der Kartografie:** Mark Griffiths

**Kartografie:** James Leversha

**Layout:** Gwen Cotter

**Redaktionsassistenz:** Michelle Bennett, Andrea Dobbin, Kellie Langdon, Fionnuala Twomey, Sam Wheeler

**Bildredaktion für den Umschlag** Naomi Parker

**Dank an** Jennifer Carey, Hannah Cartmel, Melanie Dankel, Sandie Kestell, Amy Lynch, Claire Rourke, James Smart, Angela Tinson

# Register

## E



## F



## G



## H



## I



## J



## K

Karten **000**
Abbildungen **000**

## N



## O



## P



## R

Karten **000**
Abbildungen **000**

# Kartenlegende

## Sehenswertes
- Strand
- Vogelschutzgebiet
- Buddhistisch
- Burg/Schloss/Palast
- Christlich
- Konfuzianisch
- Hinduistisch
- Islamisch
- Jainistisch
- Jüdisch
- Denkmal
- Museum/Galerie/Hist. Gebäude
- Ruine
- Shintoistisch
- Sikh-Religion
- Taoistisch
- Weingut/Weinberg
- Zoo/Naturschutzgebiet
- andere Sehenswürdigkeit

## Aktivitäten, Kurse & Touren
- Bodysurfen
- Tauchen
- Kanu/Kajak
- Kurse/Touren
- Sento-Bad/Onsen
- Skifahren
- Schnorcheln
- Surfen
- Schwimmbad/Pool
- Wandern
- Windsurfen
- andere Aktivität

## Schlafen
- Schlafen
- Camping

## Essen
- Essen

## Ausgehen & Nachtleben
- Ausgehen & Nachtleben
- Café

## Unterhaltung
- Unterhaltung

## Shoppen
- Shoppen

## Praktisches
- Bank
- Botschaft/Konsulat
- Krankenhaus/Arzt
- Internet
- Polizei
- Post
- Telefon
- Toilette
- Touristeninformation
- andere Information

## Landschaft
- Strand
- Hütte
- Leuchtturm
- Aussichtspunkt
- Berg/Vulkan
- Oase
- Park
- Pass
- Picknickplatz
- Wasserfall

## Bevölkerung
- Hauptstadt (National)
- Hauptstadtl (Staat/Provinz)
- Stadt/Großstadt
- Ort/Dorf

## Verkehrsmittel
- Flughafen
- Grenzübergang
- Bus
- Cable Car/Seilbahn
- Radfahren
- Fähre
- Metrohaltestelle/-station
- Monorail
- Parkplatz
- Tankstelle
- S-Bahn-Haltestelle
- Taxi
- Bahnhof/Zugstrecke
- Tram/Straßenbahn
- U-Bahn-Station
- anderes Verkehrsmittel

*Hinweis: Nicht alle hier aufgeführten Symbole sind auf den Karten dieses Buches zu finden*

## Verkehrswege
- Mautstraße
- Autobahn
- Hauptstraße
- Landstraße
- Nebenstraße
- Weg
- Piste/unbefestigter Weg
- Straße in Bau
- Platz/Fußgängerzone/Mall
- Treppe
- Tunnel
- Fußgängerbrücke
- Wanderung/Wanderweg
- Wanderung mit Abstecher
- Wanderpfad

## Grenzen
- Internationale Grenze
- Bundesstaat/Provinz
- umstrittene Grenze
- Regional/Vorort
- Gewässergrenze
- Klippen
- Mauer

## Gewässer
- Fluß, Bach
- periodischer Fluss
- Kanal
- Wasserfläche
- Trocken-/Salz-/period. See
- Riff

## Fläche
- Flughafen/Flugpiste
- Strand/Wüste
- Friedhof (christlich)
- Friedhof (andere Religion)
- Gletscher
- Watt
- Park/Wald
- Sehenswertes (Gebäude)
- Sportanlage/-platz
- Sumpf/Mangroven

# DIE AUTOREN

**Nicola Williams**

Das Zentrum der Niederlande, Friesland (Fryslân), Der Nordosten Die britische Autorin, Läuferin, Feinschmeckerin, Kunstliebhaberin und Mutter dreier Kinder hat mehr als zehn Jahre in einem französischen Dorf am Südufer des Genfer Sees gelebt. Für Lonely Planet hat sie bereits an über 50 Reiseführern mitgeschrieben, z. B. an den Bänden über Paris, die Provence, Rom, die Toskana, Frankreich, Italien und die Schweiz. Twitter/ Instagram: @tripalong. In diesem Buch ist Nicola auch für die „Reiseplanung" und Teile des Kapitels „Die Niederlande verstehen" verantwortlich.

**Abigail Blasi**

Amsterdam Als freiberufliche Reiseautorin hat Abigail bereits in London, Rom, Hongkong und Kopenhagen gelebt und gearbeitet. Im Auftrag von Lonely Planet war sie in Indien, Ägypten, Tunesien, Mauretanien, Mali, Italien, Portugal, Malta und Großbritannien unterwegs. Sie schreibt außerdem regelmäßig für Zeitungen und Zeitschriften, darunter *Independent*, *Telegraph* und *Lonely Planet Traveller*. Abigail hat drei Kinder, die sie oft auf ihren Reisen begleiten. Twitter/Instagram: @abiwhere

**Mark Elliott**

Maastricht & der Südosten, Utrecht Mark hatte bereits auf fünf Kontinenten gelebt und gearbeitet, bevor er – damals, in den dunklen Zeiten vor dem Internet – mit dem Schreiben von Reiseführern begann. Mittlerweile ist er an rund 60 Büchern beteiligt, Dutzende davon für Lonely Planet. Nebenher ist er Reise-Consultant, gelegentlich auch Tour Guide, Sprecher und Interviewer, er führt Videos vor und spielt die Mundharmonika.

**Catherine Le Nevez**

Amsterdam, Haarlem & Nordholland Catherines Reiseleidenschaft begann, als sie im Alter von vier Jahren von Paris aus auf eine Reise kreuz und quer durch Europa mitgenommen wurde; seither nutzt sie jede Gelegenheit, um wieder unterwegs zu sein – bisher in rund 60 Länder. Dabei hat sie an Dutzenden Lonely Planets mitgearbeitet und sonstige Beiträge verfasst – über Paris, Frankreich, Europa und viele andere Ziele. Ihre Arbeiten erscheinen in zahlreichen weiteren Online- und Print-Publikationen.

**Virginia Maxwell**

Rotterdam & Südholland Virginia lebt zwar eigentlich in Australien, verbringt aber die Hälfte des Jahres damit, überall auf der Welt Lonely Planets zu prüfen und zu aktualisieren – etwa in Spanien, Italien, der Türkei, Syrien, im Libanon, in Israel, Ägypten, Marokko, Tunesien, Finnland, Bali, Armenien und in den Niederlanden. Man kann @maxwellvirginia dabei auf Instagram und Twitter folgen.

# DIE LONELY PLANET STORY

Ein uraltes Auto, ein paar Dollar in den Hosentaschen und Abenteuerlust, mehr brauchten Tony und Maureen Wheeler nicht, als sie 1972 zu der Reise ihres Lebens aufbrachen. Diese führte sie quer durch Europa und Asien bis nach Australien. Nach mehreren Monaten kehrten sie zurück – pleite, aber glücklich –, setzten sich an ihren Küchentisch und verfassten ihren ersten Reiseführer *Across Asia on the Cheap*. Binnen einer Woche verkauften sie 1500 Bücher und Lonely Planet war geboren. Heute unterhält der Verlag Büros in Melbourne (Australien), London und Oakland (USA) mit über 600 Mitarbeitern und Autoren. Sie alle teilen Tonys Überzeugung, dass ein guter Reiseführer drei Dinge tun sollte: informieren, bilden und unterhalten.

**Lonely Planet Global Limited**
Digital Depot
The Digital Hub
Dublin D08 TCV4
Ireland

**Verlag der deutschen Ausgabe:**
**MAIRDUMONT,** Marco-Polo-Str. 1, 73760 Ostfildern,
www.lonelyplanet.de, www.mairdumont.com,
lonelyplanet-online@mairdumont.com

Chefredakteurin deutsche Ausgabe: Birgit Borowski

Redaktion und technischer Support: CLP Carlo Lauer & Partner, Valley

Übersetzung: Dr. Birgit Beile-Meister, Marion Gieseke, Christiane Gsänger, Dr. Annegret Pago, Dr. Thomas Pago, Christiane Radünz, Jutta Ressel M.A., Beatrix Thunich, Linde Wiesner

**Niederlande**

1. deutsche Auflage August 2019, übersetzt von *The Netherlands 7th edition*, Mai 2019, Lonely Planet Global Limited



Printed in Poland



FSC®
www.fsc.org
MIX
Papier aus verantwortungsvollen Quellen
FSC® C018236